唐五代韻書集存

上册

周祖謨編

臺灣學生書局印行

臺灣版序

唐本韻書自宋代以後流傳日少，偶有傳本，輾轉於收藏家之手，也只作爲古代的書畫來珍賞，對書的內容並不重視。自二十世紀初，唐本韻書迭有發現。除蔣斧本《唐韻》和故宮博物院所有的兩種《刊謬補缺切韻》以外，其他都出於甘肅敦煌莫高窟和新疆吐魯番地帶。出於敦煌的，在一九〇七年至一九〇八年之間都被外國侵略者所劫掠。英人斯坦因劫去的藏於倫敦博物院圖書館，法人伯希和劫去的藏於巴黎國家圖書館。出於新疆吐魯番的，在一九〇二年間爲德人列考克所得，藏於柏林普魯士學士院。這些出自敦煌和吐魯番的古韻書，少者存幾行，多者有幾卷，現在所能見到的存於國外者總計有二十七種不同的寫本和刻本。

這些寫本和刻本流入外人之手以後，深閉固扃，幾十年間，不曾整理。原物皺摺的既不能裝潢展平，零散殘破的也不能安排整治。有的隨便粘貼，任其雜亂；有的前後倒置，上下不接。同是一種書，或分裂爲兩段、三段；有的不是一種書，而又粘接在一起。甚至於把一葉粘附在另一葉的背後，用紙糊起，不能展開來看。鹵莽滅裂，出人意表。足見他們對此完全無能爲力。其中還有些寫本斯坦因與伯希和各掠奪其一部分，而分散在倫敦和巴黎兩處。例如王國維曾經抄印的《切韻》第一種存上聲「海」韻至「銑」韻，原物在倫敦（斯坦因編號二六八三），但很少有人知道還有上聲「感」「敢」「養」三韻字一段在巴黎（伯希和編號爲四九一七）。又例如伯希和編號三六九三、三六九四以及三六九六的一部分與斯坦因編號六一七六同是一書，本來是相連接的，而被割裂爲二，東西異處，難爲延津之合。總之，這些寫本和刻本韻書爲外人所攫奪，所損壞，要希望他們去加以整理是不可能的。因此，我們有責任把這些分散在各處的韻書，不論多少，都編印在一起，分別異同，辨章源流，使這些沈霾千載的古籍能成爲人人可以取用的資料。

在這一方面，我國的學者曾經費過很多的精力，做了不少辛勤的工作。在一九二一年，王國維首先把倫敦所藏的三種《切韻》殘卷根據照片抄錄印行。一九二五年，劉復又把從巴黎抄回的王仁昫《刊謬補缺切韻》和兩種《切韻》的序文刻入《敦煌掇瑣》。後來，在一九三六年，北京大學又出版了《十韻彙編》，把當時所能見到的幾種唐五代韻書都編輯在內。一九五五年，姜亮夫先生又把自己以前在國外摹錄的一些韻書集爲一編，名爲《瀛涯敦煌韻輯》，對原本的行款、紙葉的大小和內容都有細緻的介紹，同時也做了很多研究工作。至於單篇論者，數量也很多。足見我國的學者對敦煌所出的古籍一直是關心的，並且盡可能摹錄刊布，以便學者研究探討。這也正是我國人民一向珍視自己的歷史文物的表現。可是由於原物遠在國外，受着種種限制，不能把所有的韻書都能摹錄出來，所以還有一些重要的寫本在以上各書裏都沒有能收錄。就是在已有的摹印本和刻本中，文字和行次也都不免有脫誤，不見原物，就不能校正。所幸北京圖書館經過多年的努力，大部分的材料都有了照片。王重民先生在這方面曾經盡了很大的力量。一九四九年以後，中國科學院又獲得斯坦因所劫去的全部敦煌古籍的顯微膠片。這樣，我們就完全有可能把國內外所存的唐五代韻書都盡量利用照片影印出來，供人研究。

韻書是按照字音分韻編排的一種字典。這些唐五代的韻書對我們研究古代漢語的用處很多。它不僅是我們研究六朝以迄隋唐古音的重要憑藉，而且也是研究文字、詞彙以及詞義的重要資料。因爲從隋代陸法言編定《切韻》以後，到唐代，就《切韻》進一步刊正字體和增字加訓的書很多，這些書中在字形方面記載了很多異體字和簡體字，我們可以從中看到不少文字在表音、表義和書寫方面發展的情況和規律。另外，在這些書當中雖然以字爲單位，但是一個字所代表的是一個單音詞還是一個複音詞的一個詞素，一般從訓解中還是可以看得出來的。所以，一部韻書既是字典，也是詞典，可以做爲我們研究唐以前詞彙的材料。更值得注意的是有些韻書在書面語詞彙之外還記載了很多當時的口語詞彙。這對研究近代語的參考價值更大。在韻書中，字的訓解總的發展趨勢是由簡單而趨於繁富，除採自訓詁書以外，還往往增添一些當時通行的新的意義。由此來看，要研究訓詁和詞義的發展，韻書也是相當重要的材料。總起來說，韻書的用處有考詞、定字、辨音、明義四個方面。如果僅僅認爲唐本韻書對研究漢語的中古音有用，那還是不夠全面的。我們應當善於從中發現對我們實際有用的東西，不能只看到一方面，而忽略其餘。

現在所編錄的韻書包括唐五代的寫本和刻本，一共有三十種。其中沒有著者姓名的居多，有些連書名也沒有，現在只能根據書的體例、性質和內容來編列。凡體例、性質、內容相近的則歸爲一類。這樣大體可以分爲七類：

(1) **陸法言《切韻》的傳寫本** 這一類寫本收字少，沒有增加字，通常應用的字大都沒有訓解。全書分爲一百九十三韻。韻紐第一字下先出訓解，後出反切和又音，再記一紐的字數。如果沒有訓解，則只有反切和字數。與以下幾類韻書相比較，時代較早，應是陸法言書的傳寫本。

(2) **箋注本《切韻》** 這一類書以陸法言書爲底本，分韻和體例與陸書相同，只是字數略有增加，而且在原注之外往往附有案語。其中案語，或解釋字體，或補充訓釋，一律以《說文》爲準。新增的字也大抵出自《說文》。這一類都屬於長孫訥言箋注本。

(3) **增訓加字本《切韻》** 這一類書重點在於增訓或增字。韻次和紐次還是陸法言書的面目，而反切用字或小有不同。其中有的則是在一紐第一字下先出反切，後出字數，訓解則列在最後，在體例方面與陸書不同。但作者都無可考。

(4) **王仁昫《刊謬補缺切韻》** 王仁昫書根據陸法言書重修，刊正謬誤，增字加訓，分爲一百九十五韻，比陸書增多兩韻。全書字數大有增加，每字下都有訓解，而且詳載異體。每韻一紐第一字下一律先列反切，後列訓解和又音以及或體，最後記出一紐的字數，與以上三類體例不一樣。

(5) **裴務齊正字本《刊謬補缺切韻》** 這是根據長孫訥言箋注本《切韻》和王仁昫《刊謬補缺切韻》等書編錄的一部韻書，分韻爲一百九十五韻，但韻目的名稱和次第大有變革，在字的歸韻方面也與王韻有不同，所以做爲另外一類。

(6)《唐韻》寫本　這一類都是屬於孫愐書的一系。孫緬《唐韻》分爲一百九十五韻（詳後考釋），在陸韻之外，又增加數千字，而特別詳於訓釋，引書繁富是其特點。現存的蔣斧本《唐韻》，去聲有五十九韻，入聲有三十四韻，分韻又有增加。但每紐第一字下先出訓解，後出反切和又音，最後記出一紐的字數，仍與陸韻體例相同。遇有增加字，則加字數目與原來字數合計，然後再注明其中有哪幾個字是新加的，體例比較謹嚴。

(7)　**五代本韻書**　這一類是在《刊謬補缺切韻》和《唐韻》之後分韻最多、收字最廣的《切韻》。不僅「眞」「淳」、「寒」「桓」、「歌」「戈」三類四聲開合有分，而且「仙」韻的合口也分立爲「宣」韻。在反切用字方面與王韻《唐韻》也很有不同。有的韻書又把「仙」韻入聲「薛」韻的合口分立爲「雪」韻。有的韻書從「齊」韻內又分出「栘」韻，這些都與以上各類韻書不同。

以上七類韻書當中，除陸法言書以外，著作年代比較清楚的是長孫訥言箋注本《切韻》、王仁昫《刊謬補缺切韻》和孫愐《唐韻》，其他雖然沒有年代可考，但是根據書的內容與這三部書相比較，也可以大體上區分出一個先後類別來。這樣，既可以從中看出唐代韻書發展的情況，同時也可以瞭解宋修《廣韻》與唐五代韻書的關繫。現存的這些韻書可以說都是《切韻》一系的韻書，如唐人所作《韻英》《韻詮》一類的書並沒有發現。儘管有些殘本沒有書名，但不妨根據內容擬名爲《切韻》。

現在能夠見到的這些韻書，凡是有照片的都用照片影印。有的原本汚黯，攝製不夠清楚，則另附摹本或摹刻本，以便參閱。在這些寫本中都不免有錯字，要全部校訂是不容易的，現在只取其中行數少的稍作比勘，寫成校記，其他不能細校，讀者當善於辨析，不可爲寫本所誤。書中所收每種韻書，都略爲考釋，說明原書的體製、內容及其特點，並與有關的韻書相比較，指出異同，闡明彼此之間的關繫，以便讀者參照比證，做進一步的探討。

本書除匯集這些唐五代寫本和刻本韻書之外，還收錄兩部分資料。一部分是敦煌所出與音韻有關的一些書籍的寫本，包括字母等韻與依韻摘抄的一些材料。另一部分是唐代郭知玄、韓知十、蔣魴、薛峋、裴務齊、麻杲、武玄之、祝尚丘、孫愐、孫伷、弘演寺釋某、沙門清澈等諸家韻書的佚文。這些佚文對我們瞭解唐代韻書的發展和字的音讀訓解都有一定的用處。

另外，最後附有兩個表。一個是〈切韻系韻書反切沿革異同略表〉，一個是《唐韻前韻書收字和紐數多少比較簡表》。這兩個表對瞭解唐代《切韻》系韻書的發展情況是有幫助的。

這部書的編寫始於一九四五年，當時就所能見到的照片隨手摹錄，並舉其要點，辨別時代早晚，寫成考釋三十餘篇。爾後隨着新材料的發現和認識的改變，又陸續有所改訂和補充。在編寫過程中，多蒙北京圖書館善本室的先生和中華書局的趙誠先生熱情襄助，於一九六五年暑期寫定成書。嗣因人事多故，擱置多年，遲至一九七八年始交中華書局發印，直至一九八三年始得出版。事之成之難有如此者。今已多歷年載，印本無多。茲應臺灣學者的需求，特付臺灣學生書局加工精製臺灣版，以饗讀者，並希讀者賜教。

又本書名爲集存，而尚有以往限於條件未能收入的二三韻書殘葉。如日本已故上田正先生在一九八一年《東方學》第六十二輯所錄蘇聯科學院東方學研究所所藏的三件韻書殘葉即失載。今即作爲補遺附印於書後，以供學者參校。

一九九二年三月**周祖謨**重訂時年七十有八

補遺

蘇聯科學院東方學研究所所藏韻書殘葉，見日本上田正在『東方學』第六十二輯所作『ン連にある切韻殘巻について』一文。上田先生摹錄原文極精細，今一併印出。

補遺

箋注本切韻（正） DX一三七二＋DX三七〇三

（1）藥韻第十九小韻 〔・㘎（1）㘎嗌〻笑不止 區虐反三 蹻舉足高皃 䣐須臾亦倦 ・𡢃作𡢃縛反一 ・縛〕
（1）朱点以下同 ・𥇀（1）大視也許𥇀又弓弦急 ・籰所以收絲王縛反一
（1）従瞿 ・玃大猨山言縛反四加一說文云𥇀是人殺從又者是大母猴亦瞿從（1） 𨗨大𥇀步 𤜴 攫
持也二同 𢸟 䂇宋說文云欲逸走從又持之𥇀𥇀也一曰視遽皃 〔・芍〻藥香草張略反一 ・著直略反二〕
（1）（2）躩（1）躩𨀨縛反一宋說文足𨀨如也新加
廿八（1）鐸大鈴也徒落反七加一 剫木治（2） 𢜬忖 踱跡地〻 跌足 澤楚詞云冬冰之洛澤
（1）韻次朱書以下同 （2）治
度量也又徒故反 襗衣 頶顙也出文 ・莫（1）慕各反九加一說文日且冥也從日在茻 茻莫胡反 幕
（1）以下三行鏌以下剝紅而裏面第九行第十行下於此側貼布
雄縣名在河 鄚澗 膜肉 寞〻寂 鏌〻鋣 摸〻索又莫胡反 漠〻沙
瘼病 嗼寂也 ・落盧各反十七加一說文草曰苓木日落也 烙〻 絡〻 洛水名
古也作雒 珞〻瓔 酪〻乳 樂喜也又五覺五教二反 轢陵〻也又音歷 笿〻籠 硌〻磊
馲〻駝 䮫大駱馬色也一曰白馬黑髦尾 䩬革 剶節 去木 𩹉古又五格反
（1）二 鵅鼠名 零雨零出說文 ・託他各反六加一 袥開衣領大 橐作槖又槖並同
（1）柝 魠魚名 籜竹〻 拆（1）擊也或作此檡 侘寄也 蘀草木落〻詩曰十月殞蘀
（1）涂（2）存疑 ・作則落反又則箇反三 柞木 䣢米精細 鑿倉各反三加一說文金塗也 醋（2）
（1）以下四字疑由「索」下混入者 （2）脫「四」 䲦魚名 𩽝說文從巾作帋又云交遊 ・各古落反說文異也從口久者有行而止相聽之意 閣亦舉也

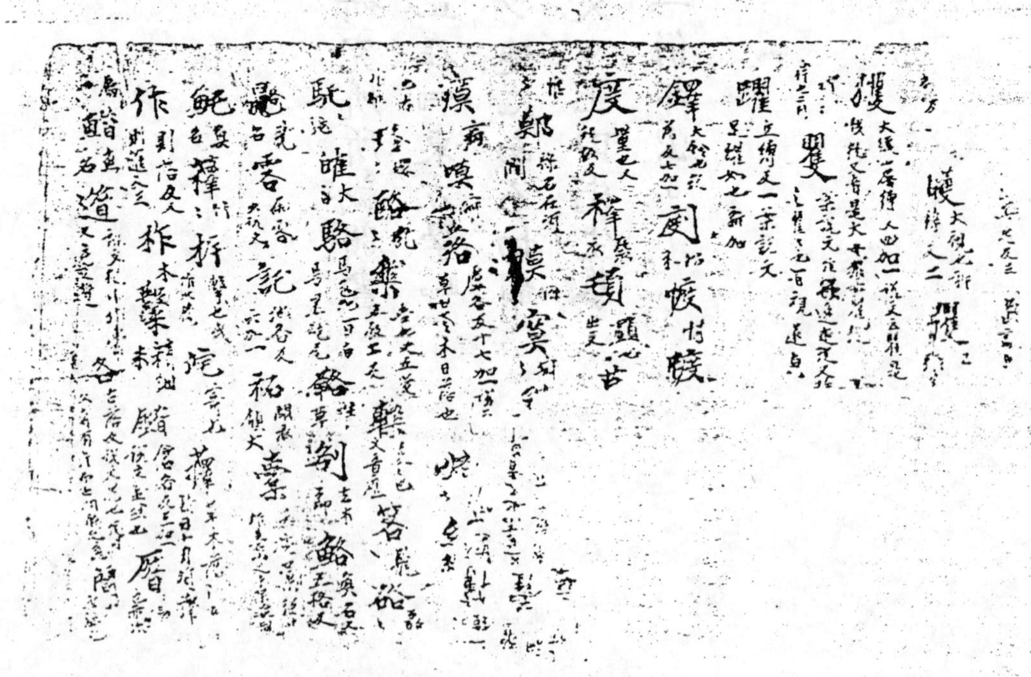

Courtesy of the Institute of Oriental Studies Leningrad

（背）

1 格 樹枝 胳 腋ミ ・恪 苦各反一說文從容也 ・愕 驚也五各反〔九〕〔說〕文作咢 鄂 國名在武昌 諤

2 直 鍔 劍端 崿(1) 山𡶒 鶚 鳥名 蕚 花 噩 㦸在酉日作盐 鰐 魚〔名〕 ・惡 烏〔各〕

(1) 崖

3 反又烏故反三 蟚 蛇名 堊 白土 ・諾 奴各反一 ・頔 面大兒匹各反五 濼 陂ミ或作 濼 粕 〔糟〕ミ

4 膊 剖肉 䪙 車覆靴 ・泊 止也傍各反四 亳 國名 箔 簾 薄 ミ厚 曰草〔藂〕

5 ・膗 羹ミ 又(1)大酷反四 呵 叡反 鄗 縣名漢光武改名高邑 壑 丘ミ 說文云無土 亦得□□□□ 蠚 螫ミ也說文從若

(1) 火

6 聲□□作 作蓺 同 ・索 蘇各反又所戟反二 㩳 ミ摸 ・涸 下各反四 洛 洛澤 水名 (1) 鶴 似〔鵠〕〔長〕 喙□

(1) 皃

7 說文作鵅 狢 ミ狐 說文作貈 又從各省聲也 ・昨 在各反九 酢 酬ミ也說文作此 醋字 莋 縣名在越嶲

(1) 豸各

8 怍 慙也說文作𢈈 慙語也 義略同 鑿 鏨 柞 木名 犻 牛 筰 竹〔索〕 〔毃〕〔𥦮〕

9 ・博 補各反八加一說文 從十尃聲 髆 ミ胛 爆 迫於火 鎛 鍾磬上 横木 嚗 ミ嚗 ミ嗚

10 白(1)嚗字 子入反 搏 手擊 襮 衣領ミ 一本□ 暴 鑮 大(2) 鍾ミ 簙 □ 戲也 〔霍〕 搏ミ 虎

(1) 貝 (2) 以下于次行驚視以下剝離而正面第八行第九行下段逆倒貼布

11 郭 反四 作䨥 雵 雲消貝又 雨止雲〔罷〕貝 瞗 驚視 藿 豆葉也又香草□ □說文□□

12 ・郭 古博反三 說文作此𩫏(1) 椁 棺ミ也說文作 槨〔匝〕從〔𩫏〕 〔崞〕 縣名在鴈門說文作

(1) 𩫏 字訓

Courtesy of the Institute of Oriental Studies Leningrad

13 嶂比 ·膢(1)烏郭反三 食薄蠖蚇 ·穫刈胡郭反五 彠心動 檴木名 濩濩落

(1) 臒

14 鑊鼎鑊 爅熱 ·廓虛郭反二加一 鞹皮鞹 漷水名在魯

15 廿九職之翼反五說文從戠 織織作 膱油敗 蟙蟙蝁虫 蘵草名似酸漿

(1) 記敨也

16 ·直除力反一 ·力良直反四 朸縣名在平原 屴山皃 仂不勝 勑

17 飭恥力反七 宑密 湜水名 趩行聲 栻局栻 伏

18 〔意媳代代〕 鳷弋鳥 ·陟竹力反二 稙早種 ·食乘力反二 蝕日蝕

19 〔·息相即反四 熄木名 鄎新鄎縣在汝南 瘜肉病 ·

增字本切韻 DX三一〇九+DX一二六七

數所矩反一 ○矩或作榘俱羽反五(1) 踽獨行 椇枳椇 枸木名出蜀 蒟蒟醬出蜀子俱付反又求 ○取七庾反一 ○縷絲縷力主反六加一(4)

(1) 王二王三九

(2) 切三六王一王二王三十

瞜瞜驢縣名在交阯瞜字落朱反(1) 僂傴僂 褸襤褸 簍小筐 嶁岣嶁山名(2) 漊雨漊漊也一曰汝南謂飲酒習之不醉為漊出說文

(1) 切三弋王一王二王三于

(2) 切三無王二王三訓註小異

數所矩反一 ○矩或作榘俱羽反五 踽獨行 椇枳椇 枸

瞜瞜驢縣名在交阯瞜字洛朱反 僂傴僂 褸襤褸 簍小筐 嶁岣嶁山名 漊雨漊漊也一曰汝南謂飲酒習之不醉為漊出說文

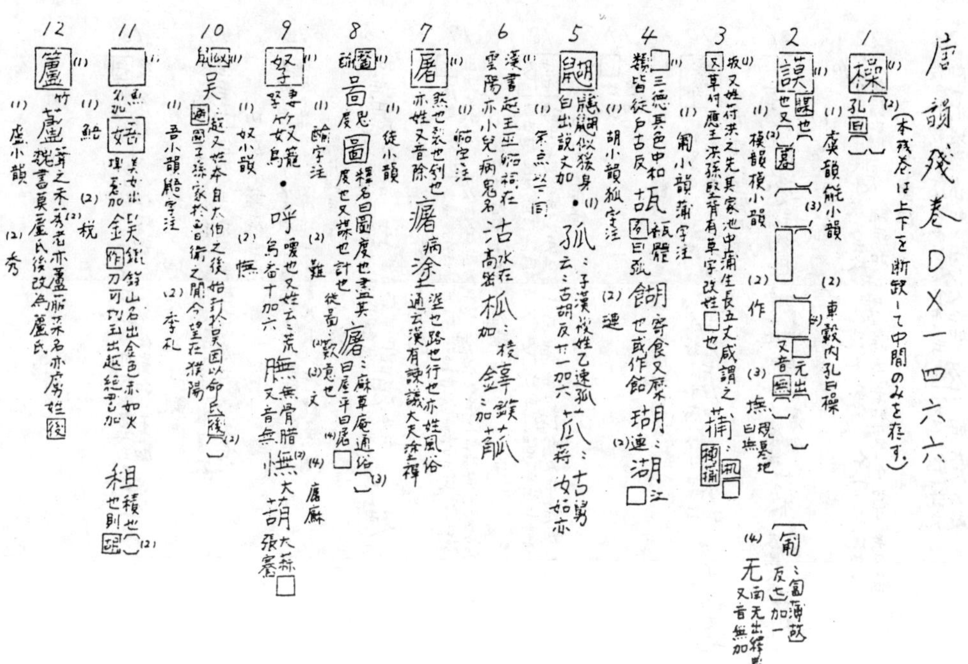

唐韻殘巻DX一四六六

(本残巻は上下を断缺して中間のみを存す)

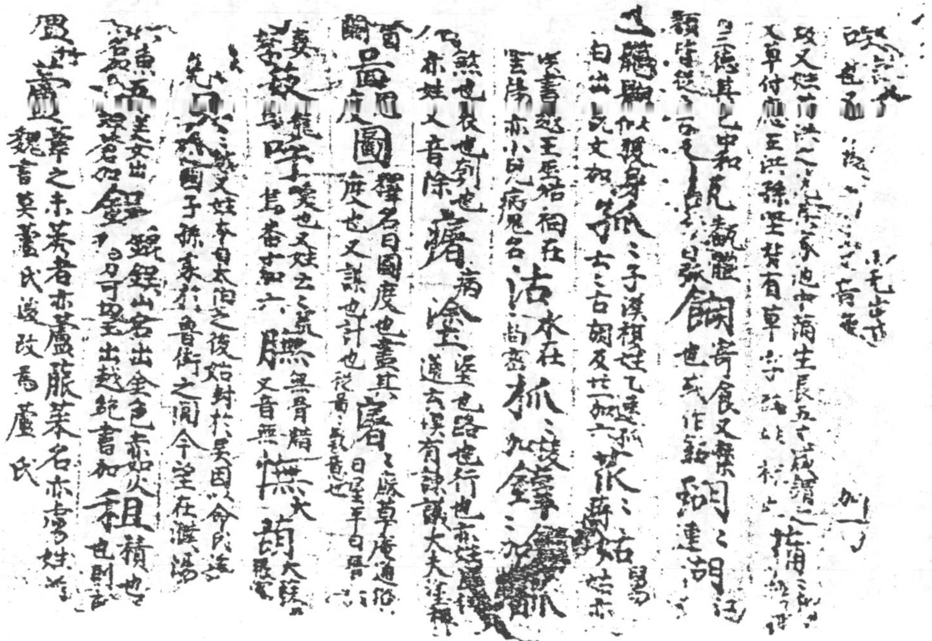

Courtesy of the Institute of Oriental Studies Leningrad

13 [囗][1]後䋠布廬[2]又[3]籀文作此鑪　瀘水亦州名在蜀加　壚玉名加　爐

(1) 櫨字注　(2) 盧　(3) 瓺

14 [1]木也滿也悞也望=[反]四加一　穌息也舒悅也死而更生也　蘇蘆　麻　蘇酒元日

(1) 穌小韻蘇字注

15 [1]其助氣故鄒反去加六=又作汚　洿水不流　杇塗摱=字[2]　木莫寒反　嗚=呼　鰞=鰂=

(1) 烏小韻烏字　(2) 鏝

16 [又][1]加　洿盜盜旋流又憂俱反加　蝺蜘蛛蠋蟲也大如指白色加　惡=山安也加　•　逋

(1) 鄔字注是「縣名又音塢」

17 [䂟][1]痒也出說文加　•　麤踈也大也物不精也倉胡反三加一　麤[2]麤行路遠字統云警防也鹿之性相背而食慮

(1) 枯小韻殆字注當作「殆痒」　(2) 性

18 [都][1]=由揔也又國也凡也大也又姓出吳興當孤反四加一　䈥竹名　闍闍闉城上重門又市遮反　[illegible]

(1) 由，猶仮借

19 □[1]也出也加

(1) 𦙶小韻誧字注是「諫也出博雅也加」

20 [𪗉][1]=狼獸名似麐又子兮反　蠐=螬　𪗉好兒　𪗋病加　齏等出說文加　•　𥟖黎也又姓

(1) 齊韻齊小韻

21 [ ][1]瓠為飲[作]蠡　遫徐行　𨟙邑亭名在上黨　廲=屢綺窗加　莿=名加　𧆜盧蘽竹刺

(1) 蠡字注「以瓠為飲器亦作蠡」

22 [ ][1]斐文章相錯加　齌說文云炊餔疾加　霎說文云霽謂之霎加　•　低=昂俛也垂也丁奚反西

(1) 妻小韻𣁒字注

23 視加　隄或作堤加　岻山名加　隄纂文云人姓加　𡗐[大也]加　趆說文云超

Courtesy of the Institute of Oriental Studies　Leningrad

目錄

上编

唐五代韻書

總述

韻書是按照字音分韻編排文字的一種書。遠自魏晉時期應用反切注音的方法盛行以後，就開始有了粗疏的按音分字的韻書。後來為經籍作音的書不斷增多，學者在通習書音反切的過程中提高了辨音的能力，而且逐步有了系統的音韻知識，韻書纔有了新的發展。在南北朝時期，分別紐韻、區分四聲的韻書相繼產生。如梁夏侯該、北齊陽休之、李槩以及杜臺卿等各有述作，而審音分韻，互有異同。到隋代統一南北以後，臨漳（即鄴城）陸法言根據顏之推、蕭該、魏彥淵、薛道衡等人的討論，參酌南北韻書，編定為《切韻》五卷（公元六○一），着重保持了當時傳統書音的音位系統，並參校河北與江東語音，辨析分合，而不以一地方音為準，以利於南北人應用。雖然自成一家言，而實際上是為了適應當時政治統一形勢的需要而作的（詳見拙著問學集中切韻的性質和它的音系基礎）

到了唐代，文人用力於詩賦，離不開韻書，於是《切韻》大行於世。可是陸法言書重在分辨聲韻，所收文字和義訓並不詳備，因此在唐代又有不少種增修的韻書。這些韻書大抵因承陸法言《切韻》，而又有所增益和變革。增益包括增字，增注，還有增加又音和異體字。變革包括改變體例韻次，改換反切用字和分韻加細。陸書分為一百九十三韻，常用的字大都沒有訓解，一韻之內，每紐第一字下先記反切和又音，次記一紐的字數，如果本字有訓解，則先列訓解後列反切。字有異體，則注云「古作某」、「或作某」。唐人所修的韻書，見於記載的有二十餘家。現在傳流下來的寫本或刻本，保存比較多的主要是長孫訥言的箋注、王仁昫的刊謬補缺切韻和孫愐唐韻一類的書。這三

種書的類例各不相同，

長孫書作於高宗儀鳳二年（公元六七七），重點在於以說文訂補切韻，體製因承法言之舊，而字數略有增加，所增的文字大體都出自說文。原書的文字形體和義訓與說文不相合的，多據說文增加案語，箋記於原注之末。一紐的字數如有增加，則記載字數時注明幾加幾。

王仁昫的書作於中宗神龍二年（公元七〇六）（拙作王仁昫切韻著作年代釋疑已有考證），全書分為一百九十五韻，韻次同於法言書，但增多了與平聲「嚴」韻相承的上去兩韻，反切大都依據陸書，而重點在於增字加訓。原書沒有訓解的，一律補加訓解；原書沒有收錄的字，都用朱書補綴於每紐之末。每紐第一字下不先出訓解，而先出反切，次出訓解。最後注一紐收字的總數，但不再注明「幾加幾」。至於異體或又音，一般都列在訓解之後。王韻在小紐第一字下先出反切，那麼，按音檢字，就更為便利。

孫愐唐韻作於唐開元二十年（公元七三二）之後。據清人卞永譽式古堂書畫彙考所記明項元汴所藏憲宗元和九年（公元八一四）的唐韻寫本，分類總數與王仁昫書相同，所收文字為一萬五千字，最大的特點乃是增加訓釋。可是蔣斧印的唐韻則又是在孫愐以後的一種唐韻，分韻已經進一步增多。「真」、「寒」、「歌」平上去各分為兩韻，入聲「質」、「末」也各分為二。全書總有二百〇四韻。其注文之繁密，亦前所未有，這與項本孫愐唐韻序中所說注釋的情況是相合的。書中每紐第一字下先出訓解，後出反切和又音，最後記出一紐字數，與陸書、長孫書相同。（惟入聲「之」韻先出反切，後出訓解，與王韻相同。）遇字有增加，則一律注明「幾加幾」。惟前一數字指一組總數，後一數字指總數內所增的字數，體例與長孫箋注一類的書所說的「幾加幾」內容不同。更值得注意的是書中的反切用字改變極多，已非陸法言之舊，這是很大的變易。其後，韻書又有了新的發展。不僅收字加多，注釋加詳，而且分韻也增多，其中有多到二百一十一韻的。以平聲為例，除「真」「諄」、「寒」「桓」、「歌」「戈」分立以外，又從「仙」韻分出合口字，稱為「宣」韻，有的又從「齊」韻中分出「移」「鸛」二字為「移」韻，審音分韻更加精細。有的韻書一韻的紐次還改為按聲母的五音類屬來排列，秩然有序，這又是一種創新的體製了。

以上所說這些書同是以陸法言切韻為基礎而發展出來的，音系的大類並沒有很大的改變；但從書的體製上來說，唐韻以後的韻書和唐韻以前的韻書很有不同。可以說：分韻加多和注釋增繁是這一系韻書發展的一個總的趨勢。分韻加多，主要是把切韻中一些開合口字都比較多的韻分為兩韻，以便於尋檢。注釋增繁，不僅是增加義訓，而且增加了不少解釋名物和姓氏的材料。這樣，韻書就兼有多方面的用處，更符合社會的需要。所以到五代刻板盛行以後所刻的韻書都是這一類的。

現在所集的唐五代本韻書種類比較多，其中有些零篇斷簡連書名和作者都無可考。不過，根據上面所說的幾種韻書的體例，性質和內容來互相比證，也可以尋繹出這些韻書的類別和各類書彼此之間的關係。現在本書所分的七類（見序）只是一個粗疏的類別，是根據韻目、韻次、收字、反切和注文等幾方面來分辨異同而加以排比的。每一種書所安排的地位都是經過與其他寫本反復比較而確定的。凡性質和特點相近的就歸為一類。一類之內，有的是同一種書的不同寫本，有的只是性質相近的幾種不同的書，其中又以體製和內容相似與否比次先後。類與類前後的安排，主要是從韻書發展的趨向來定的。事物總是不斷發展的。最初編韻詳於音或字體，其後乃詳於訓解，趨於時要，進一步則辨音加細，訓釋益繁。根據這樣一種情況，大體也就可以排出一個先後次第來。

這些韻書，書寫的年代有早有晚，但大都為冊葉裝，也就是古人所說的葉子本。每一種寫本都不免有脫落和錯字。錯字有因形近或因承上文而誤的，有因聲音相同或相近而誤的。由音近而訛的，有時也會透露出一點當時寫書人口裏讀音的情況，值得注意。寫本的通例是在韻目上用朱筆記出韻目的數次，韻目有的也用朱筆來寫。每韻小紐第一字上大都加上朱點，以便尋覽。有的寫本在記一紐的字數時也用朱書，這是在寫完之後經過檢校而再加上的。不過，有些寫本就直用墨書。另外，唐人寫字在偏旁方面有不少通俗的寫法。例如「互」作「乐」，「氐」作「互」，「才」作「扌」，「候」作「侯」，「匹」作「⿺辶兀」，「匱」作「遺」，翻閱較多，自然可以熟悉。原來書寫的時候，也有由於一時疏忽而寫錯的，寫者多在字旁加一墨點，或加三點，表示這個字是不要的。有時把上下兩個字寫顛倒了，寫者就在下一字旁加一側筆「丨」做標識。如斯二〇五五切韻卷首有「伯加千一字」一行，「一」字旁有「丨」，這表明原文是「一千」而不是「千一」，因為寫時筆誤，所以在「一」字旁加「丨」來改正。這類例子是常見的，我們不應當讀為「千一」，應當依寫書人的指示讀為「一千」。在敦煌掇瑣一書裏往往把字寫錯，這與不明唐人書寫的習慣有關係。唐人韻書中注文與正文相同的字多半用「〻」來表示，「〻」即由古代的「二」字來的。五代刻本當中也有不用「〻」而用一豎線「丨」來表示的，這又是晚出的簡易的辦法。

陸法言切韻所表現的是南北朝齊梁時期傳統書音的一個音韻系統，並非一時一地之音，這在前面已經說過了。到了唐代，南北語音又有了改變，科舉考試，作詩押韻，雖以切韻為準，但文人苦其苛細，不得不略有變通。可是上層的讀書人仍然以切韻做為論音的依據，所以唐人所修的韻書幾乎都沒有脫離切韻的成規，即使有人別創新裁，也很少流傳下來。現在所看到的這些韻書當中既沒有韻詮韻英那一類完全革新的書，也沒有發現與廣韻韻次完全相同的韻書。其中比較特殊的是裴務齊正字本刊謬補缺切韻和五代刻本切韻。裴本切韻改變韻次，五代刻本切韻改變紐次，這都反映出一部分唐人語音的情況。

在反切方面，這些書裏互有異同。其中有些只是用字上的差異，與音類不相涉，但也有些牽涉到讀音的問題。屬於用字上的改變，各書的情況不同。在用字上為甚麼要改變，還不完全清楚。稍能理解的有兩種情形：一種是為避諱而改字。例如王仁昫書作於中宗時，為避太宗諱改「民」為「名」（入聲質韻「蜜」字，民必反，改為名必反），為避高宗諱，改「治」為「直」（平聲鍾韻「重」，治容反，改為直容反；去聲御韻「筯」，治據反，改為直據反），為避中宗諱，改「顯」為「典」或「藺」（上聲銑韻「銑」，蘇顯反，改為蘇典反；「典」，多顯反，改為多藺反）。又如蔣斧印本唐韻避睿宗諱改「旦」為「案」或「旰」（去聲翰韻「翰」，胡旦反，改為侯旰反；「旰」，古旦反，改為古案反）。另一種是反切上字不用正紐字，而改用旁紐字。在切韻裏有不少用同一韻系的同紐四聲字作切語的，這就是古人所謂的正紐字。例如脂韻「葵」音渠隹反；上聲「揆」則音葵癸反；又平聲「逵」音渠追反，去聲「匱」則音逵位反；這些都是正紐字互切的例子。可是從唐韻以後就略有改變。例如廣韻去聲遇韻的「樹」字，王韻作殊遇反，「殊」即「樹」之平聲，蔣本唐韻則作常句反；又同韻「芋」字王韻音羽遇反，羽為「芋」

之上聲，唐韻則作王遇反；「常」與「殊」、「王」與「羽」聲同而不屬於同一韻系，這就是旁紐雙聲。反切用字的改變，在唐韻中最多。至於改變切語而涉及到讀音問題的，主要是聲母中的脣音、舌音和匣母用字的改變。例如支韻「鈹」字，王韻音敷羈反，當本於陸法言書，而箋注本切韻二改作普羈反；同韻「卑」字，箋注本一音符移反，而裴本切韻作必移反。又脂韻「邳」字切韻音符悲反，而箋注本二作蒲悲反；同韻「胝」字，箋注本一作丁私反，箋注本二則改作陟夷反。文韻「雲」字，箋注本一作户分反，王韻則作王分反；同樣，月韻「越」字，箋注本一作户伐反，王韻則作王伐反。覺韻「斵」字，箋注本一和王韻音丁角反，唐韻則改作竹角反。又月韻「怫」字，箋注本一音匹伐反，唐韻則作拂伐反。這些都表明韻書的編者或寫者為切合語音的實際情況對反切不免有所改動。不過，把反切完全徹底地一一加以修訂的書並沒有發現。

在文字方面，這些書中以王仁昫書所收的異體和通俗字體最多。我們要了解唐代文字的通常寫法，這是最有用的書了。書中所載的通俗字體，如趋、帰、咠、呉、来、纒、僞、喬、将、潛、繩、隐、庿、袜、宋等都是承用已久的簡體字，很多至今仍然通用。劉復作宋元以來俗字譜止取宋元以後的字，而沒有上求之唐代（如干祿字書之類），未免數典忘祖。

在注釋方面，陸法言書原來是非常簡略的，從長孫訥言據說文補加一些訓解以後，到王仁昫作刊謬補缺切韻，每字都有了訓釋，不過還比較簡要，惟自裴本切韻以後，韻書訓釋增多，一字往往數訓，而且引書增繁。以裴本而論，除引五經說文以外，還引到論語、孟子、呂氏春秋韓詩外傳淮南子東觀漢記獨斷爾雅方言釋名廣雅字林漢書音義字書玉篇山海經荊南異物志顏師古漢書集注等書以及漢魏晉之間的辭賦；而蔣本唐韻則引書更加繁富。如埤蒼聲類韻略纂文文字集略字統文字指歸音譜以及國語莊子風俗通崔豹古今注列仙傳三國志晉書神異經南越志何氏姓苑等書，以前各韻書都不曾稱引，而且在不常見的字下大都注明出處。下至五代傳刻的一些韻書，踵事增華，文字加多，訓釋也更趨詳密，甚至還引及文選中的樂府詩。宋代所修的廣韻就是承襲這一類晚出的韻書而來的。

總起來說，現在所見的這些韻書就是唐代在不同時間內所流行的一些字典。其中的文字音訓固然多以前代書籍為本，但也登錄不少口語中通行的詞。有些字的寫法可能與現代不同，而詞義與現代仍有不少是一樣的。因此，這些韻書對研究近代漢語文字、語音以及詞彙特別是詞義各方面發展的歷史都是極其有用的資料。至於各書的特點和彼此之間的關係，具詳於考釋部分，在此不一一詳說。今就各本韻書所存各韻列表如下，以便讀者參校比證。

平聲

(編號)	(首卷)													
1·1		1 東	2 冬	3 鍾										
1·2				鍾	江			支	脂	之				模
1·3														
1·5								支	脂					
2·1				3 鍾	4 江			5 支	6 脂	7 之	8 微	9 魚	10 虞	11 模
2·2	陸序 長孫序 平聲上韻目	1 東	2 冬	3 鍾	4 江			5 支	6 脂	7 之	8 微	9 魚		
3·3	陸序 四聲韻目	1 東												
3·8												魚	10 虞	11 模
4·1	王序 陸序													
4·2								5 支		7 之	8 微	9 魚	10 虞	11 模
4·3	王序 陸序 平聲韻目	1 東	2 冬	3 鍾	4 江			5 支	6 脂	7 之	8 微	9 魚	10 虞	11 模
5·1	王序 長孫序 字樣 平聲一韻目	1 東	2 冬	3 鍾	4 江	5 陽	6 唐	7 支	8 脂	9 之	10 微	11 魚	12 虞	13 模
6·1	孫序													
6·2		1 東	2 冬	3 鍾										
7·1	陸序 長孫序 唐韻序													
7·2	陸序 長孫序 唐韻序 論曰													
7·3a	孫序 平聲上韻目	1 東	2 冬	3 (鍾)	4 (江)			5 (支)	6 (脂)	7 (之)	8 (微)	9 魚	10 虞	11 (模)
7·4		東												
7·5														

																			1·1
												真	哈	灰				齊	1·2
																			1·3
																			1·5
25 刪		24 寒	23 痕	22 魂	21 元			20 殷	19 文	18 臻		17 真	16 哈	15 灰	14 皆	13 佳		12 齊	2·1
																			2·2
																			3·3
																		12 齊	3·8
																			4·1
													16 哈	15 灰	14 皆			12 齊	4·2
25 刪		24 寒	23 痕	22 魂	21 元			20 殷	19 文	18 臻		17 真	16 哈	15 灰	14 皆	13 佳		12 齊	4·3
			25 痕	24 魂		23 寒	22 登	21 斤	20 文	19 臻		18 真	17 臺	16 灰	15 皆			14 齊	5·1
																			6·1
																			6·2
																			7·1
																			7·2
27 (刪)	26 (桓)	25 (寒)	24 (痕)	23 (魂)	22 (元)			21 (殷)	20 (文)	19 (臻)	18 (諄)	17 (真)	16 (哈)	15 (灰)	14 (皆)	13 (佳)		12 (齊)	7·3a
																			7·4
	27 桓	26 寒									(諄)						(移)		7·5

																			1·1
																			1·2
																			1·3
																			1·5
4 宵	3 蕭					2 仙	1 先	下平聲韻目	26 山	25 删		24 寒	23 痕	22 魂	21 元			20 殷	2·1
																			2·2
																			3·3
																			3·8
																			4·1
宵	蕭					仙	先												4·2
30 宵	29 蕭					28 仙	27 先		26 山	25 删		24 寒	23 痕	22 魂	21 元			20 殷	4·3
(宵)	(蕭)	(元)	(山)	(删)		(仙)	(先)						25 痕	24 魂		23 寒	22 登	21 斤	5·1
																			6·1
																			6·2
																			7·1
																			7·2
33 宵	32 蕭				31 宣	30 仙	29 先	下平聲韻目	28 (山)	27 (删)	26 (桓)	25 (寒)	24 (痕)	23 (魂)	22 (元)			21 (殷)	7·3a
																			7·4
											27 桓	26 寒							7·5

																			1·1
																			1·2
																			1·3
																			1·5
	16 青	15 清	14 耕	13 庚	12 唐	11 陽	10 談	9 覃	8 麻			7 歌					6 豪	5 肴	2·1
																			2·2
																			3·3
																			3·8
																			4·1
		清		庚	唐	陽	談	覃	麻			歌					豪	肴	4·2
	42 青	41 清	40 耕	39 庚	38 唐	37 陽	36 談	35 覃	34 麻			33 歌					32 豪	31 肴	4·3
42 侵									41 麻	40 佳		39 歌	38 冥	37 清	36 耕	35 庚	34 豪	33 肴	5·1
																			6·1
																			6·2
																			7·1
																			7·2
	46 (青)	45 (清)		43 (庚)	42 (唐)						(戈)						35 豪	34 肴	7·3a
																			7·4
																			7·5

															1·1
															1·2
															1·3
									鹽	侵	幽				1·5
	28 凡	27 嚴	26 銜	25 咸			24 登	23 蒸	22 添	21 鹽	20 侵	19 幽	18 侯	17 尤	2·1
															2·2
															3·3
															3·8
															4·1
卷二韻目	凡	嚴	銜	咸			登	蒸	添	鹽	侵	幽	侯	尤	4·2
	54 凡	53 嚴	52 銜	51 咸			50 登	49 蒸	48 添	47 鹽	46 侵	45 幽	44 侯	43 尤	4·3
	54 凡	53 嚴	52 銜	51 咸	50 談	49 覃			48 添	47 鹽		46 幽	45 侯	44 尤	43 蒸 5·1
															6·1
															6·2
															7·1
															7·2
	58 (凡)	57 (嚴)	56 (銜)	55 (咸)			54 (登)			51 (鹽)	50 (侵)	49 (幽)	48 (侯)	47 (尤)	7·3a
															7·4
															7·5

海																		1·4	
15 海	14 賄	13 駭	12 蟹	11 薺	10 姥	9 麌	8 語	7 尾	6 止	5 旨	4 紙			3 講	2 腫	1 董	上聲韻目	2·1	上
																		2·3	聲
	賄	駭	蟹	薺	姥		語	尾	止	旨								3·8	
海	賄			薺	姥	麌	語	尾	止	旨	紙			講	腫	董	上聲韻目	4·2	
15 海	14 賄	13 駭	12 蟹	11 薺	10 姥	9 麌	8 語	7 尾	6 止	5 旨	4 紙			3 講	2 腫	1 董	上聲韻目	4·3	
16 待	15 賄	14 駭		13 薺	12 姥	11 麌	10 語	9 尾	8 止	7 旨	6 紙	5 蕩	4 養	3 講	2 腫	1 董	上聲韻目	5·1	
							8 語	7 尾										7·3a	
																		7·4	
																		7·5	

		銑	産	潸		旱	很	混	阮			隱	吻		軫	1·4
	26 獮	25 銑	24 産	23 潸		22 旱	21 很	20 混	19 阮			18 隱	17 吻		16 軫	2·1
	26 獮	25 銑														2·3
																3·8
	獮	銑	産	潸		旱	很	混	阮			隱	吻		軫	4·2
	26 獮	25 銑	24 産	23 潸		22 旱	21 很	20 混	19 阮			18 隱	17 吻		16 軫	4·3
(阮)(産)(潸)	(獮)	(銑)					(很)	(混)		(旱)	(等)	(謹)	18 吻		17 軫	5·1
		27 銑	26 産	25 潸	24 緩									(準)		7·3
																7·4
(選)?																7·5

39	38	37	36	35	34	33	32			31					30	29	28	27	
				養	敢	感													1·4
39 靜	38 耿	37 梗	36 蕩	35 養	34 敢	33 感	32 馬			31 哿					30 晧	29 巧	28 小	27 篠	2·1
39 靜	38 耿	37 梗	36 蕩				32 馬			31 哿					30 晧	29 巧	28 小	27 篠	2·3
																			3·8
靜			蕩	養	敢	感	馬			哿					晧	巧	小		4·2
39 靜	38 耿	37 梗	36 蕩	35 養	34 敢	33 感	32 馬			31 哿					30 晧	29 巧	28 小		4·3
							(馬)	(解)		(哿)	(茗)	(請)	(耿)	(梗)	(晧)	(絞)	(小)		5·1
									(果)										7·3a
																			7·4
									(果)										7·5

																1·4
51 范		50 檻	49 豏			48 等	47 拯	46 忝	45 琰	44 寑	43 黝	42 厚	41 有		40 迥	2·1
51 范		50 檻	49 豏			48 等	47 拯	46 忝	45 琰	44 寑	43 黝	42 厚	41 有		40 迥	2·3
																3·8
范	广	檻	豏			等	拯	忝	琰	寑	黝	厚	有		迥	4·2
52 范	51 广	50 檻	49 豏			48 等	47 拯	46 忝	45 琰	44 寑	43 黝	42 厚	41 有		40 迥	4·3
52 范	51 广	50 檻	49 減	48 淡	47 禫			46 忝	45 琰		44 黝	43 厚	42 有	(拯)(寑)		5·1
																7·3a
																7·4
																7·5

去聲

(首卷) 1·6

2·3 去聲韻目 送 宋 用 (絳) 寘 (至) (志) (未) (御) (遇) (暮) (泰) 13霽 14祭

3·1

3·7

3·8 去聲殘韻目 送

4·2 去聲韻目 送 寘 至 志 未 御 遇 暮 泰 霽 祭

4·3 去聲韻目 1送 2宋 3用 4絳 5寘 6至 7志 8未 9御 10遇 11暮 12泰 13霽 14祭

5·1 去聲韻目 1凍 2宋 3種 4絳 5漾 6宕 7寘 8至 9志 10未 11御 12遇 13暮 14霽 15祭 16泰

6·3 未 9御 10遇 11暮 12泰 13霽 14祭

7·6

				24 願			23 焮	22 問		21 震									1·6
(諫)			26 恨	25 恩	24 願			23 焮	22 問		21 震	20 廢	(代)	18 隊		17 夬	16 怪	15 卦	2·3
				恩	願			焮											3·1
																			3·7
																			3·8
諫		翰	恨	恩	願			焮	問		震		代	隊		夬	怪	卦	4·2
28 諫		27 翰	26 恨	25 恩	24 願			23 焮	22 問		21 震	20 廢	19 代	18 隊		17 夬	16 怪	15 卦	4·3
			28 恨	27 恩		26 翰	25 磴	24 靳	23 問		22 震		21 代	20 誨	19 廢	18 夬	17 界		5·1
30 諫	29 換	28 翰	27 恨	26 恩	25 願					(稃)			19 代	18 隊		17 夬	16 怪	15 卦	6·3
		28 翰	27 恨	26 恩															7·6

																			1·6
38 勘	37 禡			36 箇					35 号	34 効	33 笑	32 嘯				(線)	(霰)	(襉)	2·3
																			3·1
																			3·7
																			3·8
勘	禡			箇					号	効	笑	嘯				線	霰	襉	4·2
38 勘	37 禡			36 箇					35 号	34 効	33 笑	32 嘯				31 線	30 霰	29 襉	4·3
	44 禡	43 懈		42 箇	41 暝	40 清	39 諍	38 更	37 号	36 教	35 笑	34 嘯	33 願	32 襉	31 訕	30 線	29 霰		5·1
41 勘	40 禡		39 過	38 箇							35 笑	34 嘯				33 線	32 霰	31 襉	6·3
									37 号	36 効	35 笑					33 線			7·6

																	1·6
		53 嶝	52 證	51 榇	50 艷	49 沁	48 幼	47 侯	46 宥		45 徑	(勁)	(諍)	(敬)	(宕)	40 漾 39 闞	2·3
																	3·1
		53 嶝															3·7
																	3·8
		嶝	證	榇	豔	沁	幼	侯	宥		徑	勁	諍	敬	宕	漾 闞	4·2
		53 嶝	52 證	51 榇	50 豔	49 沁	48 幼	47 侯	46 宥		45 徑	44 勁	43 諍	42 敬	41 宕	40 漾 39 闞	4·3
53 闞	52 醰			51 榇	50 艷		49 幼	48 侯	47 宥	46 證	45 沁						5·1
		56 嶝	55 證	54 榇	53 豔	52 沁	51 幼	50 侯	49 宥		48 徑	47 勁	46 諍	45 敬	44 宕	43 漾 42 闞	6·3
																	7·6

櫛	物	術	質	鐸	藥	覺	燭	沃	屋	韻目	
7 櫛	6 物		5 質			4 覺	3 燭	2 沃	1 屋	(首卷) 入聲韻目	2·1
7 櫛	6 物		5 質						1 屋	入聲韻目	2·3
											3·2
											3·4
											3·5
											3·6
						覺	燭				3·7
	物		質			覺	燭	沃	屋	入聲韻目	4·2
7 櫛	6 物		5 質			4 覺	3 燭	2 沃	1 屋	入聲韻目	4·3
8 櫛			7 質	6 鐸	5 藥	4 覺	3 燭	2 沃	1 屋	入聲韻目	5·1
8 櫛	7 物	6 術	5 質								6·3
		(術)(聿)									7·3b

入聲

梵	嚴	鑑	陷	
				1·6
56 梵		55 鑑	54 陷	2·3
				3·1
		55 鑑	54 陷	3·7
				3·8
梵	嚴	鑑	陷	4·2
57 梵	56 嚴	55 鑑	54 陷	4·3
57 梵	56 嚴	55 覽	54 陷	5·1
59 梵		58 鑑	57 陷	6·3
				7·6

17 昔	16 錫					15 薛	14 屑	13 鎋	12 黠		11 末	10 没	9 月				8 迄		2·1
											11 末	10 没	9 月				8 迄		2·3
																			3·2
																			3·4
																			3·5
																			3·6
																			3·7
昔	錫					薛	屑	鎋	黠		末	没	月				迄		4·2
17 昔	16 錫					15 薛	14 屑	13 鎋	12 黠		11 末	10 没	9 月				8 迄		4·3
	20 覓	19 隔	18 月	17 鎋		16 薛	15 屑					14 紇		13 黠	12 褐	11 德	10 訖	9 物	5·1
19 昔	18 錫					17 薛	16 屑	15 鎋	14 黠	13 末	12 曷	11 没	10 月				9 迄		6·3
	21 錫				20 雪	19 薛													7·3b

(德)	(職)	(鐸)	27 藥	26 緝	25 怗	24 葉			23 狎	22 洽	21 盍	20 合					19 陌	18 麥	2·1
																			2·3
			27 藥	26 緝	25 怗														3·2
30 德	29 職																		3·4
	職	鐸																	3·5
30 德	29 職																		3·6
																			3·7
						葉			狎	洽	盍						陌	麥	4·2
30 德	29 職	28 鐸	27 藥	26 緝	25 怗	24 葉			23 狎	22 洽	21 盍	20 合					19 陌	18 麥	4·3
							30 昔	29 格	28 狎	27 洽	26 蹋	25 沓	24 怗	23 葉	22 職	21 緝			5·1
32 德	31 職	30 鐸	29 藥	28 緝	27 怗	26 葉			25 狎	24 洽	23 盍	22 合					21 陌	20 麥	6·3
34 德	33 職				29 怗	28 葉			27 狎	26 洽	25 盍						23 陌	22 麥	7·3b

(乏)	(業)	2·1
		2·3
		3·2
乏 [32]	業 [31]	3·4
		3·5
乏 [32]	業 [31]	3·6
		3·7
		4·2
乏 [32]	業 [31]	4·3
乏 [32]	業 [31]	5·1
乏 [34]	業 [33]	6·3
(乏)	(業)	7·3b

第一類

陸法言切韻傳寫本

第一類　陸法言切韻傳寫本

這一類有四種殘葉，兩種斷片，共六種。所存主要是平聲韻和上聲韻，去聲韻很少。這幾種寫本的共同點是收字少，沒有增加字，常用字大都沒有訓解。每紐第一字下如有訓解，則先出訓解，後出反切，最後記載一紐的字數。推測這些寫本都是陸法言切韻的傳寫本。

三（一）切韻殘葉一（伯三七九八）

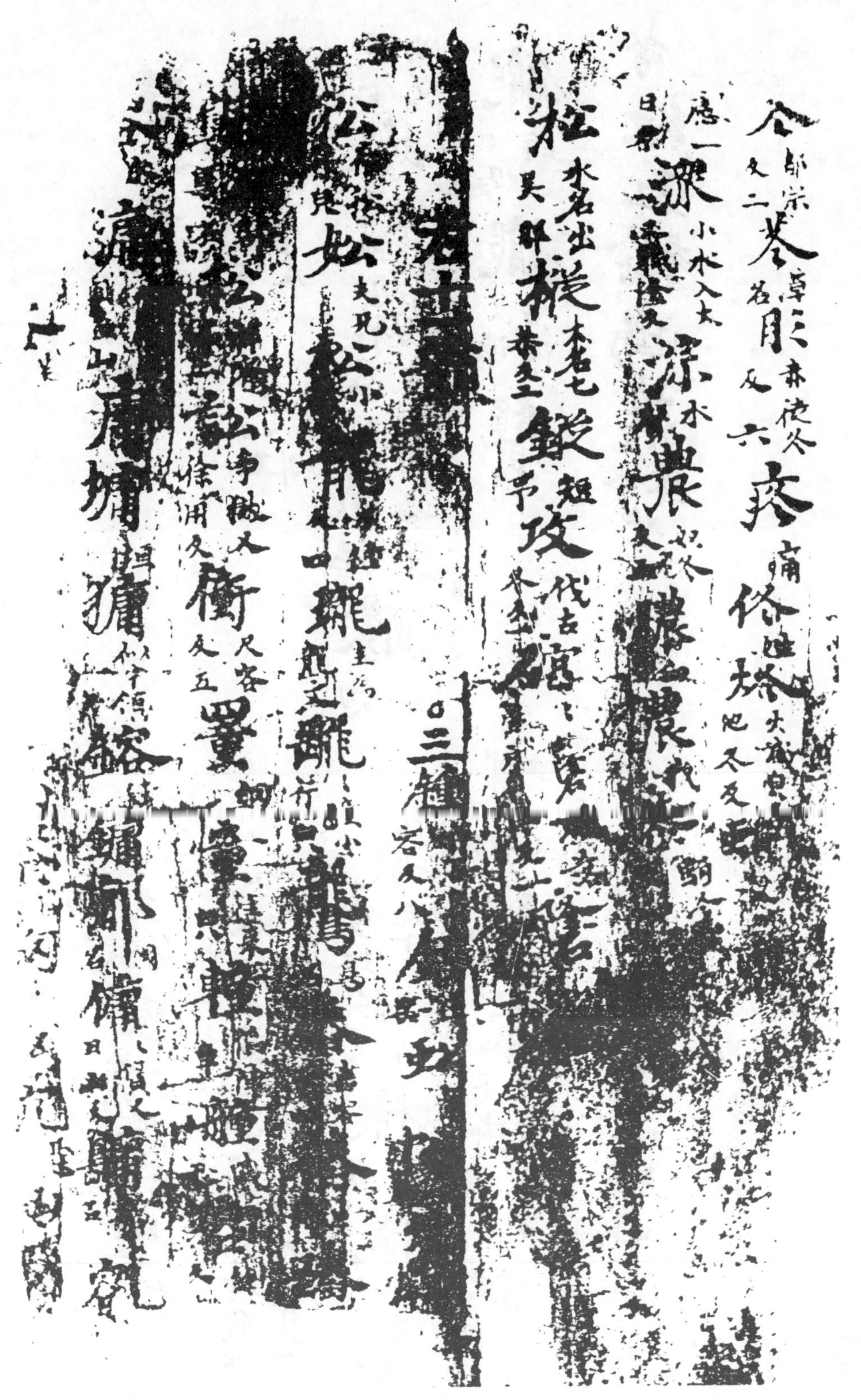

𧽊 走 充
青色 䅝 稻稈 公 古反 一 茳
鹹食消皃 鬉 馬垂鬉 騣 驢子 檬 似槐黃葉 醭 麴
龐 ˋ馬頭 瀧 ˋ凍沾漬 聾
弩 紅 虹 又古巷反 鴻 葓 水草 芷

主 瞽鼓 空 苦紅反五 箜 ˋ篌 崆 山名
蒙 莫紅反十二 濛 大雨皃 朦 ˋ 艨 ˋ艟戰船 又武用反
籠 盧紅反十三 礱 大谷 櫳 ˋ房 曨 日欲明 聾
嚨 喉ˋ 蘢 赤ˋ 蘢 草名 洪 胡籠反十 訌 訌潰
翁 依 烏紅反三 蓊 螉
馬 ... 他紅

驄 仆

馬驄 逄 薄紅反二 夆 車ヽ 烘 火皃呼同反二 魟 河魚 ヽ鼊

冬 都宗反二 苳 草名 彤 赤徒冬反六 疼 痛 佟 姓 炵 火盛皃又他冬反 垂

處一日樂 潨 小水入大又職隆反 淙 水聲 農 奴冬反三 膿 血 儂 我 恭 駒冬反四 丢

淞 水名出吳郡 樅 木名七恭反二 鏦 短矛 攻 伐古冬反一 碚 ヽ磬石落聲戶冬反一 隆 力ヽ

右十一韻

○三鍾 酒器職容反八 鍾 樂器 蚣 虫 忪 心動 笻 長節竹

松 征松行皃 㚡 夫兄 松 小褌 龍 力鍾反四 瓏 圭為龍文 蹖 ヽ蹱小行皃 龓 鳥名 舂 書容反四 摏 ヽ撞 踳

鵅 鸀鵅鳥名 松 祥容反二 訟 爭獄又徐用反 衝 尺容反五 罿 網 憧 往來皃 幢 陷陣車 艟 戰船 容 餘十反十

[illegible] 水 滽 水名出宜蘓山 庸 墉 垣 獞 似牛領有宍 鎔 鑄 鏞 鄘 國名 傭 ヽ債又丑凶反 鷛 鳥名 頌

[illegible] 芺

容 凶金 匕柄 匈 水 匈 兇 惡 凶 衆 頁

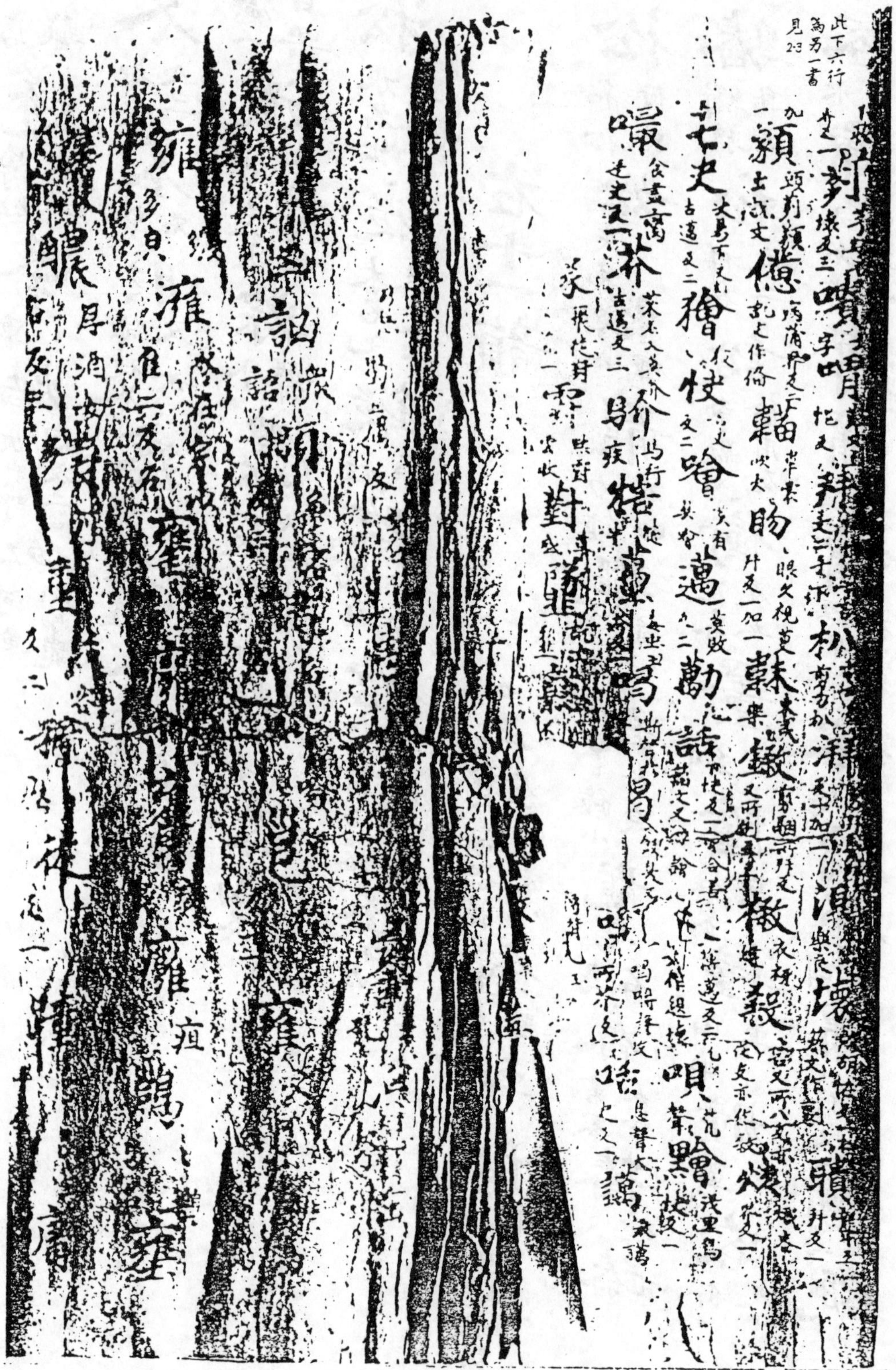

1·2
(2)

切韻殘葉二（伯三六九五、三六九六）

[illegible]鱠以下為伯三六九六

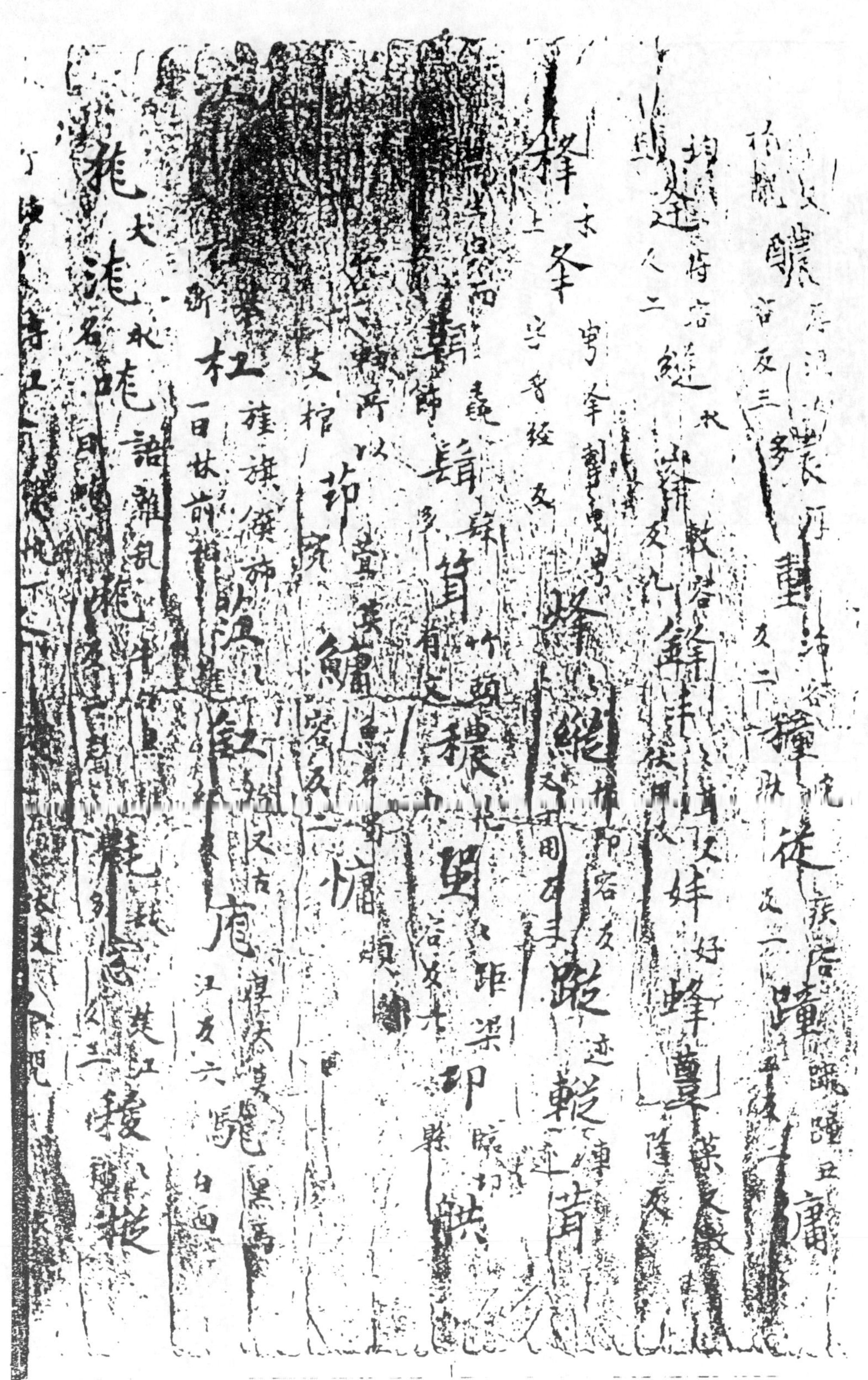

厖大 浝水名 哤語雜亂 牛白[illegible] 莫江反 [illegible] 種 [illegible]
[illegible]名 曰哤 [illegible] 反二 [illegible] 窓 [illegible] 反三 [illegible]
打鍾 邦 博江反 棒 [illegible] 雙 [illegible] 所江反 [illegible]
鼓 [illegible] 江反四 降 胡江反 降 古巷反 [illegible]
鼓 䃶 南人名船 [illegible]
[illegible] 聲 䃶 呂江反一 [illegible] 反 [illegible]
大腹 肛 許江 腔 羊腔 [illegible] 椌 打空 [illegible]
[illegible] 反二 江反 [illegible]
橦 橦 木名又徒東反 [illegible]
橦 花可為布 [illegible]
卑移 卮 酒器 枝 樹 [illegible] 衹 [illegible]
支 章移反十 [illegible]
禔 褆 移 弋支 [illegible] 移 [illegible]
[illegible] 反 [illegible] 在 [illegible] 追 [illegible]

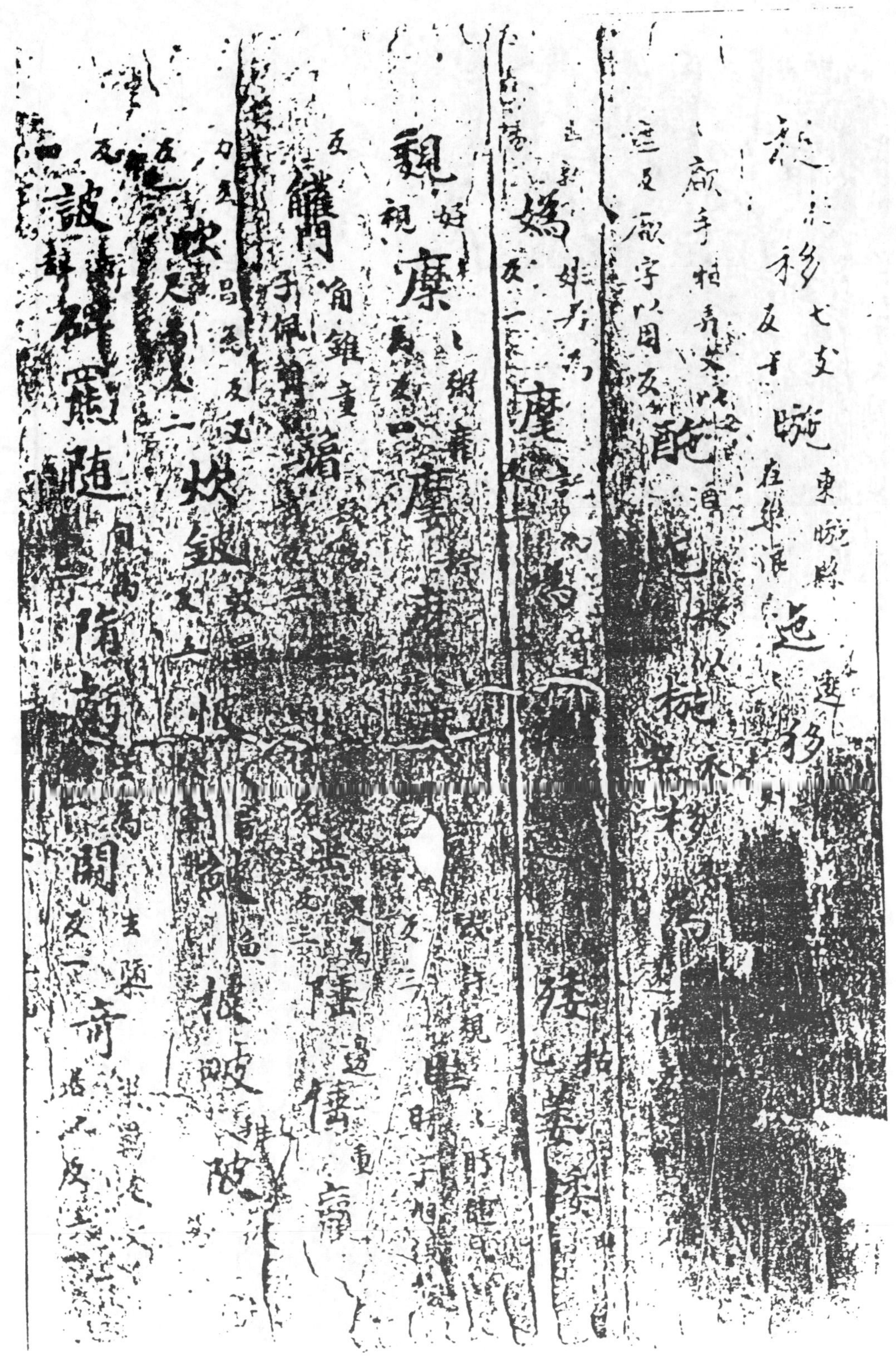

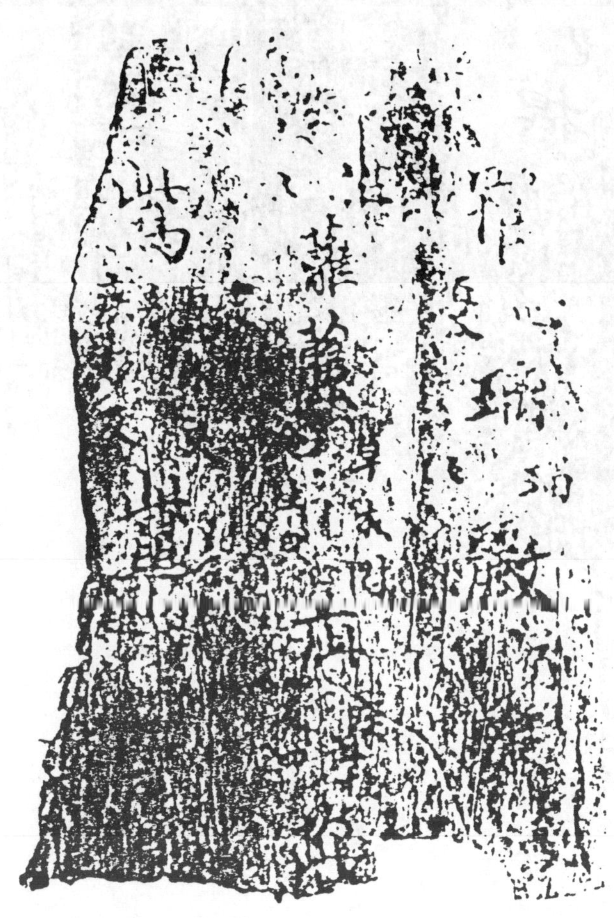

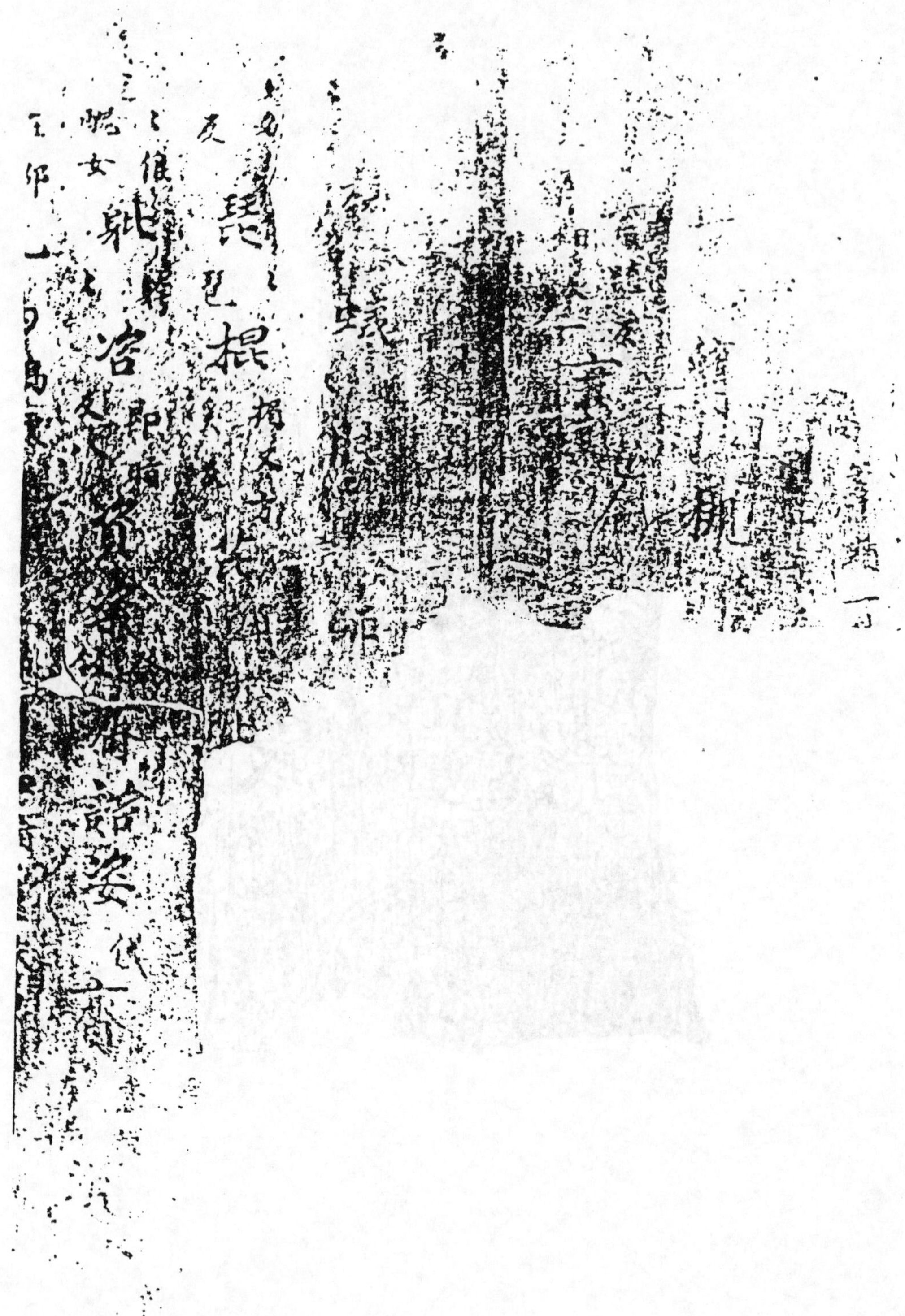

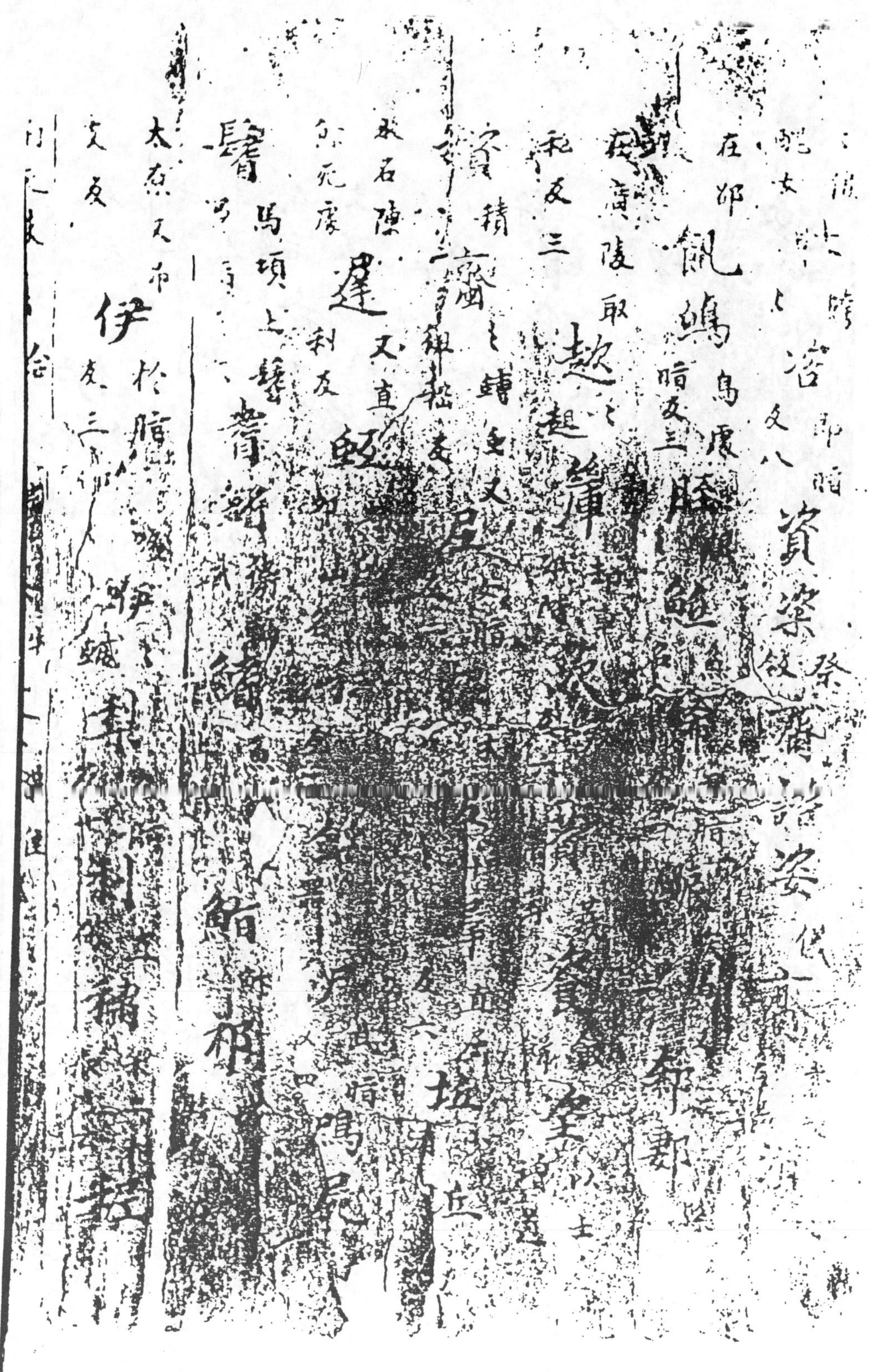

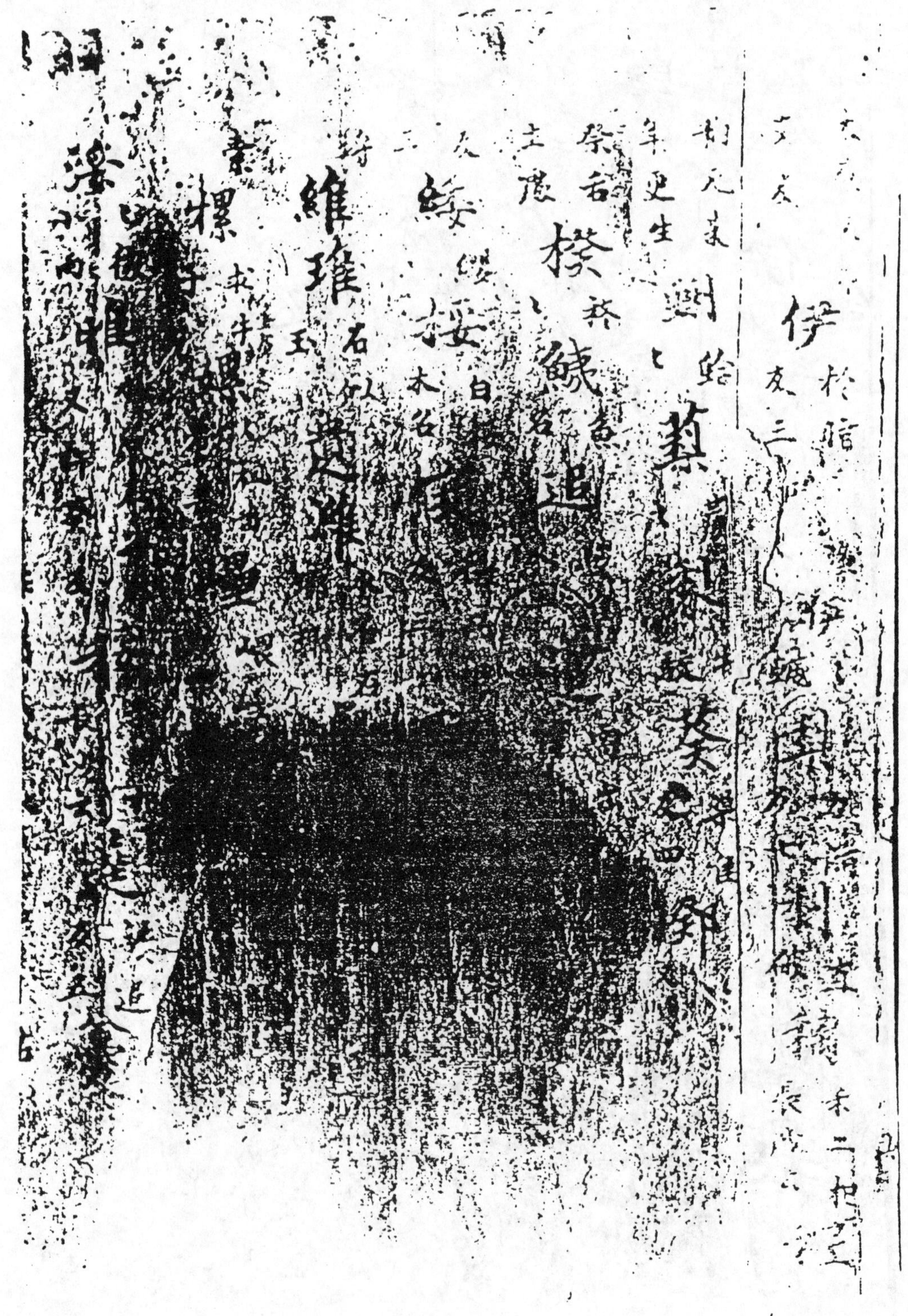

淮水名在梁郡 娞 求四犯 一 退

睢 又許葵反 長沙云 反五

戣 兵 吉作 眉 悲五九 湄 楣 瑂

竹名又 徽 又

無非反 又 又

崔 雕 唯 有悲 郿 下邳部

反 郿 悲反

丕 邳 有 秠 桃花 頯 大 倠 仳倠 許

支五 加 秦 馬色 雖 反一

追 頭 推 穀 紕 績 崔 高貌

鎚 槌 反一 追 反二 綏 反三

樵 以木有所擣 春秋 而 五追 大 反

歸 又 反一 又 巨 反一

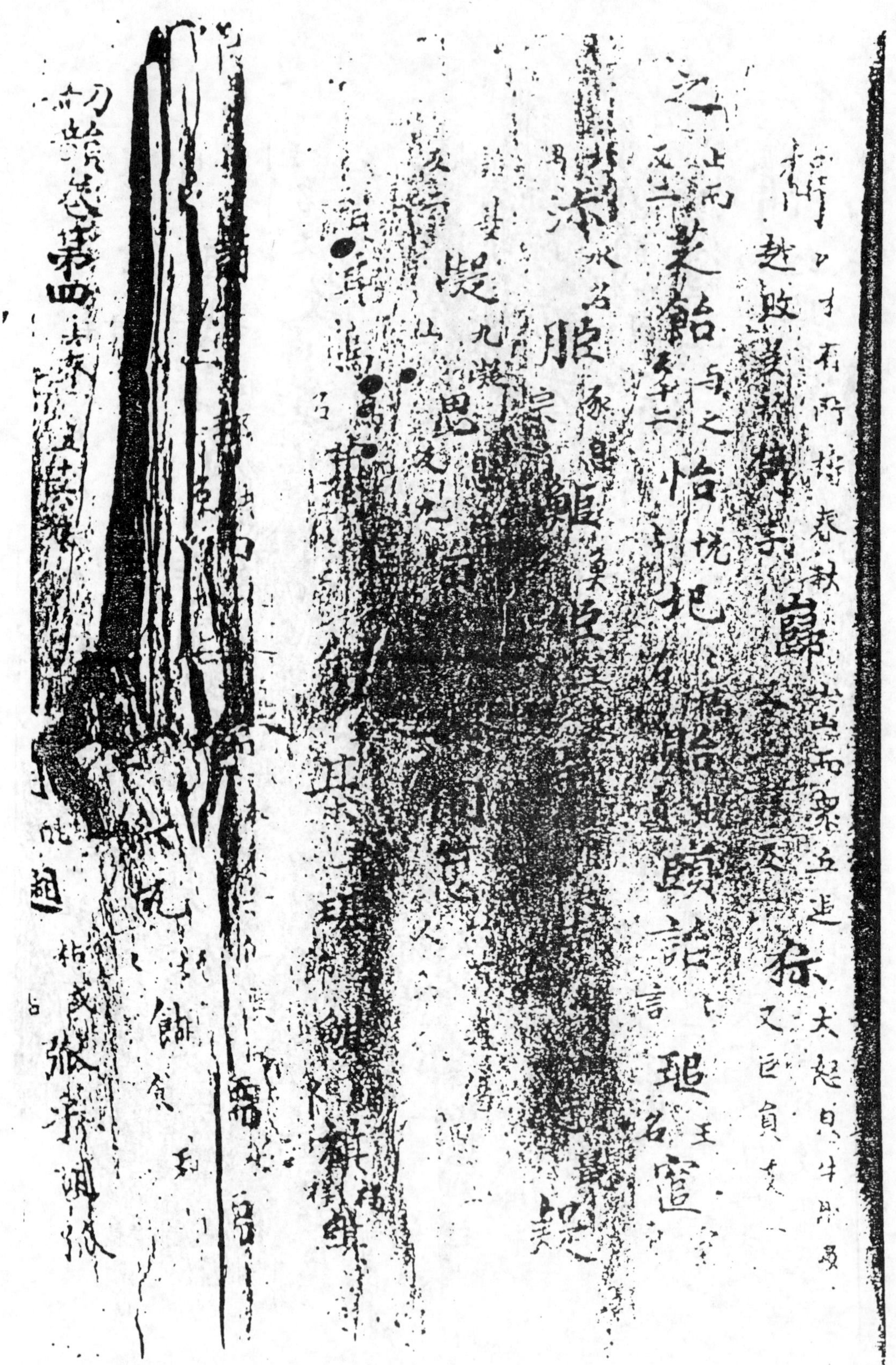

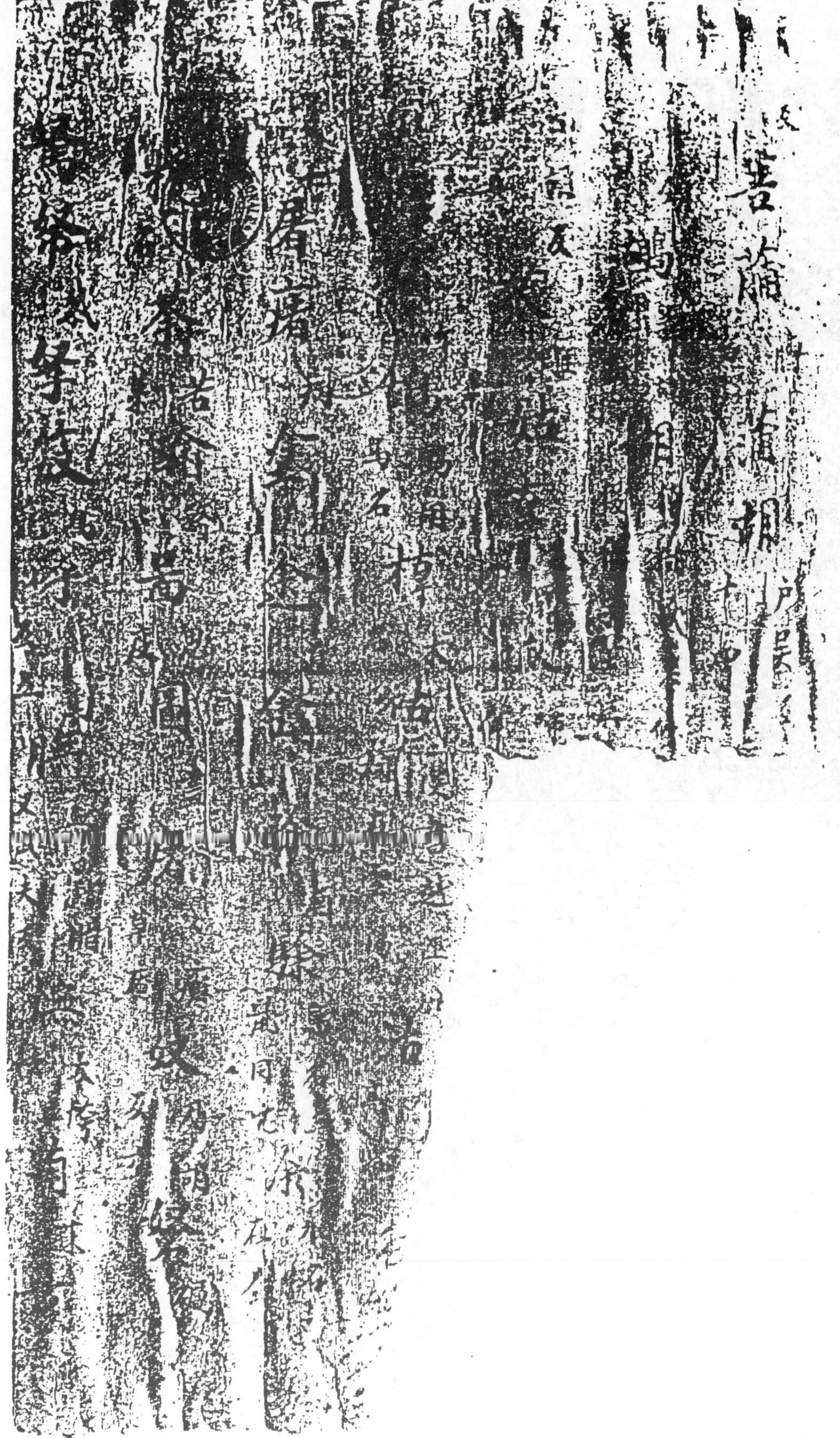

以下為佃三六九五

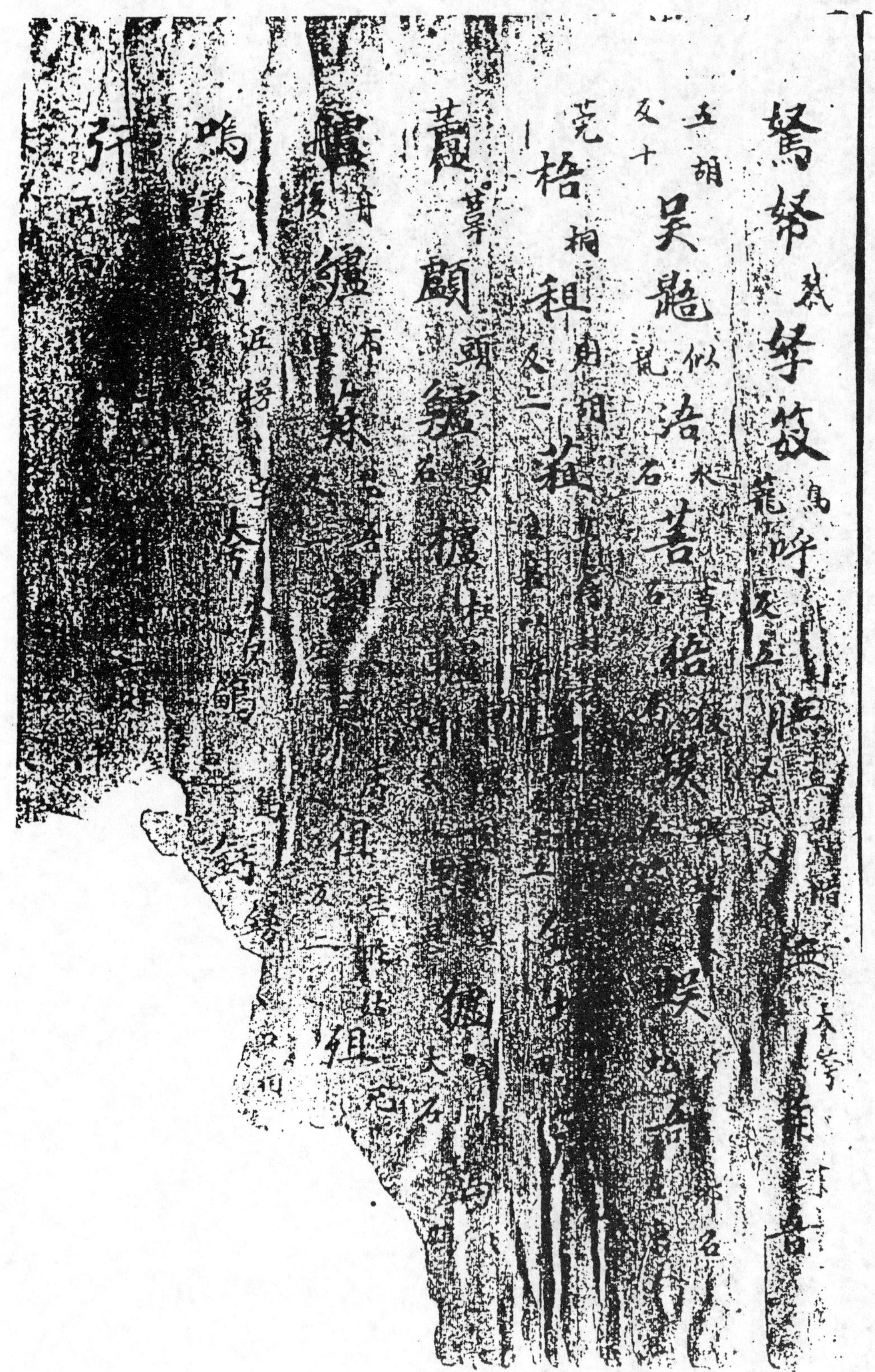

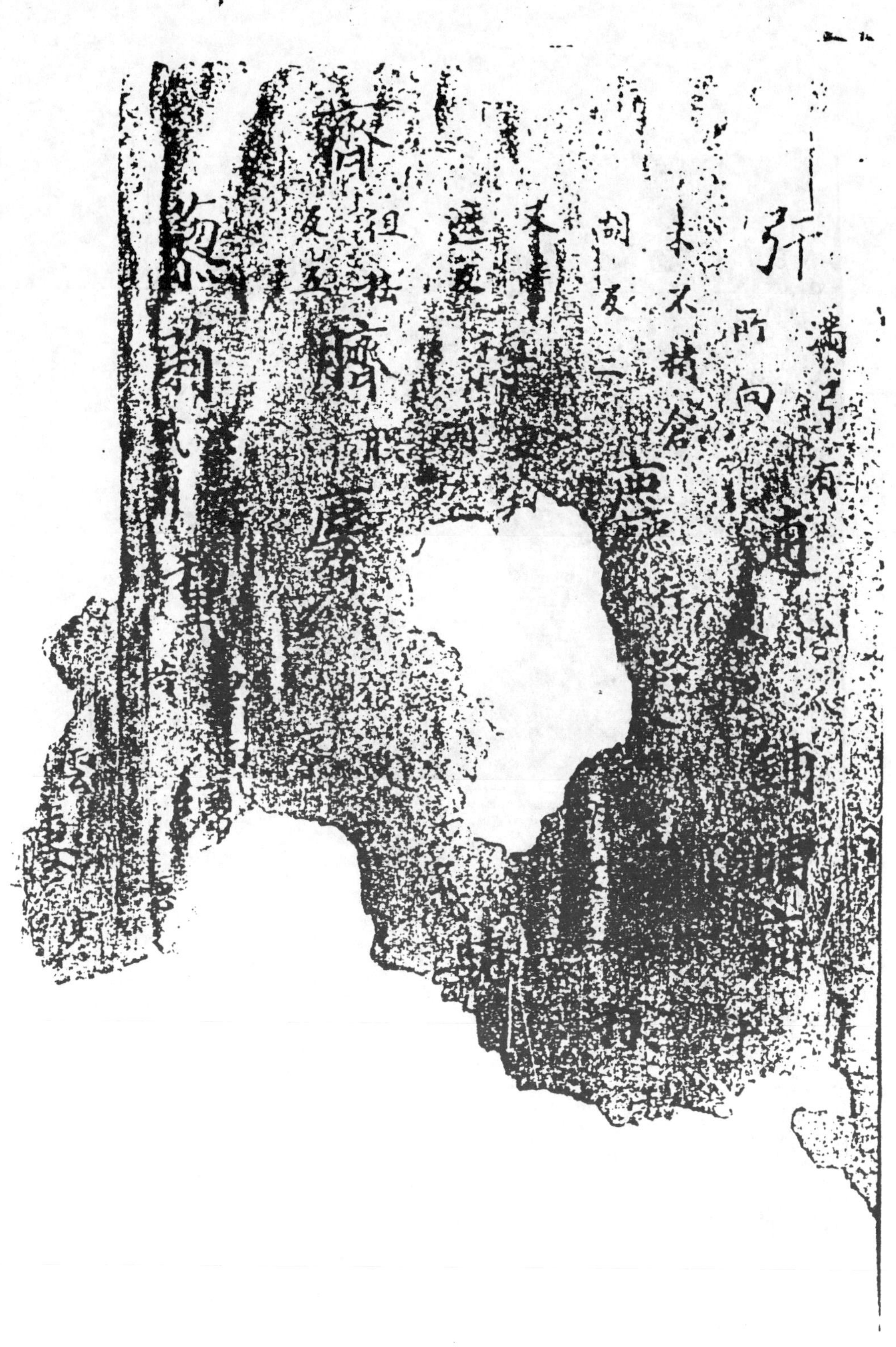

䀉眙一月㘅心皃 酒 皃 同 反三
芳杯反四 㛊 醅 醱漉
嵬 崔 𩋚 車盛皃 蓷 草 𢤧 古之 樓
𡼥 他回反二 名 者 灰回
咍 笑 呼來反二 𠯑 欬 嗷聲 開 苦哀反一 𢾊 哀 烏開反三 埃 塵 唉 譍 於其反
臺 徒哀反六 擡 擧 菭 魚衣溼者 炱 煤 儓 鈘 薹 蕓 詥
孩 戶四 孩 八極又埃下提名在 荄 草根又 郂 鄉名在 䑓
䠿白 沛郡項羽敗處 古 諸反 陸陳 留
才 昨哀反 本 又音 庫 陔 殿 一日 昨 來 傋式
眙 剴 又五哀反 日 垓 反 二 繞 作 衣 財 才 材 裁
來 落哀反六 萊 藜又東萊 郡在青州 郲 在蜀 地名 騋 馬高七尺 𡗦 𩫕

切韻殘葉（伯三六九五、三六九六）

鳥名 㼿 甖 鱅 魚名又蜀庸反 蓉 芙ㄑ 犎 野牛 胷 許容反七 匈 銎 柄孔 洶 水勢 恟 懼

兇 惡 凶 訩 衆語 顒 魚容反三 鰅 魚名 喁 ㄑ噞 邕 於容反十二 雍 又於用反 嗈 鳥鳴

雝 ㄑ貜多皃 灉 水在宋以佳二反名 甕 汲器 廱 辟ㄑ 饔 熟食 癰 疽 鶅 ㄑ鳹鳥名 壅

塞又於隴 醲 厚酒女容反三 穠 厚 重 治容反二 穜 晚熟 從 疾容反一 蹱 龍蹱丑凶反二 傭

均直 逢 符容反二 縫 水 峯 敷容反二 鋒 丰 ㄑ茸又伏風反 妦 好 蜂 蘴 菜又敷隆反

摓 㭯 夆 甹夆掣曳甹字普經反 烽 火ㄑ 縱 橫即容反又子用反 蹤 迹 䡩 車迹 茸

草生皃而容反五 䩸 毳飾 髶 髮多 䈶 竹頭有文 穠 花皃 蛩 ㄑ距渠容反六 卭 臨卭縣 舼

小船 笻 竹 輁 軸所以支棺 莁 蕢莢實 鱅 魚名蜀容反二 慵 懶

江

古雙反五 扛 舉鼎 杠 旌旗飾一曰牀前橫 茳 ㄑ蘺 釭 燈又古紅反 厖 厚大莫江反六 駹 黑馬白面

狵 犬 浝 水名 哤 語雜亂曰哤 牻 牛白黑雜反二聲 鬞 毛多髮 窗 楚江反三 穖 ㄑ穜 樅

打鼓 鐘 邦 博江反 栙 雙帆江反四 下 跭 胡ㄑ豆雙 降 伏ㄑ又古巷反 舡 䡎類 胮 ㄑ脹尺江反二

韸 鼓聲 瀧 南人名端呂江反一 雙 所江反四 䝗 豆 㩳 左傳曰駟氏㩳 龐 薄江反 夅 ㄑ

大脹皃 肛 許江反二 腔 羊腔苦江反 椌 打 悾 信皃

橦 突ㄑ 橦 木名花可為布又徒東反 惷 愚丑江反又丑龍丑用三反 䚋

支

章移反十 卮 酒器 枝 ㄑ樹 疧 病 衹 適又巨支反 觶

禔 福 移 弋支反十 暆 東暆縣在樂浪 迤 逶ㄑ 𧳅 獸名似犬見則有大兵 又

ㄑ歋手相弄又以遮反 歋 字以周反 酏 酒 匜 似杯柹 椸 衣架 杝 架 為 薳支反又遠偽反二

出新陽 嬀 姓居為反一 麾 許為反三 撝 口不正 撝 謙 逶 於為反五 𣨙 枯死 萎 䅗 田器

覰好視糜ㄑ粥靡為反四𡢃𢇉縻爵ㄑ爢爛ㄑ○毀許規反三睢ㄟ盱健只盱字旭倶
反觿角錐童子佩觿䯿髮落直垂反二錘八銖又馳偽反垂是為反三陲邊倕重𩫖
力為反一吹昌為反又尺為反二炊鈹敷羈反五帔又芳髲鮍ㄑ魚披𥅕耕陂彼為
反四詖辯辭碑罷隨旬為反二隋虧去為反一闚去隨反一奇渠羈反又居宜反六
琦玉名騎鵸似鳥三首六尾魋小貝君碕曲岸又巨橠祇地神巨支反八
路ㄑ邔邑駮劫疷病詩云俾我疷兮𩏂勦犧許羈反七羲欯笑欱貪者見食
皃㰎杓巇ㄑ險羛地名在魏瀸水名在名新豐
踦腳跛宜魚羈反五儀鄯地名在徐𪇰
ㄑ氏縣在蜀提是支反七又弟泥反匙
羅心憂璃瑠ㄑ𢿢陳驪馬
口ㄑ蘺𧆓草木附地生皃疵疾移反四茈
鴜鳥水又疾移反𪕮鼠似雞訾思

脂

韉 鞌鞘一曰 皃山垂反
規反 觜星 纗細繩 槻木名居
三 劵觜隨反 衰楚危反一 腄
又在細反一 祬敬 砡石 姨以脂反十二
旨夷反三
茥〻 桋木名 鮧〻蛦 胂夾脊骨皃 師疎反
叉三 琵琶〻 棍榍又方奚反 茈莿茈荊蕃 阰在楚 蒤 垂
反 躰〻躰 咨即脂反八 資粢祭飯 齋 諮 姿儀 齋黍稷在器 濱水名
醜〻女 隹 飢 鵖鳥 脂反 處三 脛〻 膍 鮗魚名 絺丑脂反三 輾咲皃又三 郗 鄑縣名
在邵 陵 在廣陵 取 私反三 趑趄〻 篳邦車階 茨疾脂反六 濱蒺藜 餈飯餅 垐以土增道
稽積 齋〻 鎒祖稽反 又 而 尼女脂反三 柅木名 怩〻忸 墀直尼反六 坻渚〻 泜
水名 陳 餘死處 遲又直利反 蚳蟻卵 峜山名 私息茲反二 鋖平木器 尸式脂反四 鳲 屍
鬐馬項上鬐 渠脂反六 耆 鍺鐵衛軸 鰭魚鰭上骨脊 鮨鮓 祁盛皃又縣名在
太原 又市支反 伊於脂反三 咿〻喔 蛜〻蝛 梨力脂反七 剓直破 犂禾二把長沙云 秖
稲死來年更生 蜊〻蛤 蔾〻蒺 犁牛駁 葵渠隹反四 鄈又〻
祭主處后 楑〻杸 鯠魚名 追陟隹反二 靁雷出韓詩
三反 緌〻纓 桵白桵木名 衰楚微反三 所追 榱
埒 維 琟似石玉 遺 潍水名在瑯琊 灢
索 縲求牛子 嫘〻祖黃帝妻 壘 嵬〻 壘力罪反又
涹〻微小雨 睢水名在梁郡 又許葵反 移禾四把長沙云 逵渠追反五 䕫作䕫
馬皃行 馗 戣兵名 眉武悲反九 古作睂 湄水 楣〻户 瑂似石玉 䁕

竹名又無非反黴〻𪏼垢腐皃又莫背反麋蘪〻蕪悲府眉反一錐職追反六隹[illegible]

鹿歲一鵻騅萑木名似桂誰視隹反二脽生處惟清悲反一邳下邳郡符悲反三

岯山魾大鱗丕敷悲反五伾有力秠黑黍駓桃花馬色䫠大面倠仳倠許維反一

鎚直追反三槌顀頭亞推尺隹反一胚穀始熟紕繒欲壞疋夷反二嶉高皃醉綏反一

檇以木有所擣春秋越敗吳於檇李巋小山而衆丘追又丘誄反狋犬怒皃牛肌反又巨員反一

之

之止而反二芝飴与之反十二怡〻悅圯〻橋名貽貺遺頤詒〻言𤥁王名宧室東

北隅洍水名[illegible]豕息皃鮔魚名姬王妻別稱時市之反三塒鑿垣棲鼭鼠疑

語基反二嶷九嶷山思息慈反九司罳罘〻絲伺⿱竹思竹有毒傷人即死禗玉綦

麒淇鶀鳥名藄紫藄似蕨錤鎡棊弈璂弁飾鯕鯿魚祺福祥綨

白倉色詩書之反二邿地名而如之反十二栭木名子似栗而需木需

反 菩 蒱 鯆魚 蒲 胡 戶吳反十四 壺 㧾 瓳 瓳甒 餬 寄食 瑚 湖

牛頸下垂 䳂 鵜䳂鳥名 猢 獑猢獸名似猨獑字士咸 醐 醍ㄟ 麹 粘或作黏 弧 乎 湖 狐

古胡反十五 苽 雕胡 姑 辜 罪 哌 啼聲 罛 魫上網 派 水名在雁門 酤 觚 酒器

蛄 螻蛄 箛 竹 鴣 鷓鴣鳥名 橭 木名 殆 漢書越巫殆祠在雲陽 沽 水名在高密 徒 度都

七反十 屠 瘏 病 塗 泥 途 道 峹 山ㄟ 酴 酒 駼 鳥名與鼠同穴 涂 水名在益

州 梌 木名 荼 苦菜 酴 醬ㄟ 啚 思度 圖 畫 廜 廜ㄟ草菴 奴 乃胡反六 砮 礪

駑 帑 戮 孥 笯 鳥籠 呼 荒烏反五 膴 無骨腊又武夫反 憮 大怯 葫 蒜 吾

五胡反十 吳 䑶 似舟 浯 水名 䓊 草名 㹳 猨屬 珸 琨珸美石次玉 蜈 蜈蚣ㄟ 郚 鄉名在東

莞 梧 桐 租 則胡反二 蒩 茅藉封諸侯藉以茅 盧 落胡反十五 鑪 壚 黑田 籚 竹

蘆 葦 顱 頭 鱸 魚名 櫨 柱 轤 轒轤轉木 櫨 圓 黸 黑甚 獹 韓獹犬名 鸕 鸕鷀ㄟ

艫 舟後 纑 布縷 蘇 思吾反三 穌 更生 𢋉 ㄟ屠 徂 往 昨姑反二 殂 死

嗚 嗚呼 杇 泥槈杇ㄟ字 洿 水不流 鰞 鰞ㄟ魚 鴮 鴮ㄟ 釫 鏝 欠口相鳥

弙 滿弓有所向 逋 博孤反四 鋪 晡 庯 平屋 鯆 魚名 [足甫] 馬

胡反二 米不精 倉 麤 行路 瑹 美玉他胡反二 稌 稻都

又時遮反 秿 豆胡反 稃

反祖五 秬 臍 膍ㄟ 麡 麡ㄟ名似狼獸 齊ㄟ

齊

藜 莉 織ㄟ荊花 黧 黃黑而 縓 惡 凄 雲 寒

來反晦昒背宊又亡代反長虫枚反十腜孕始也

傀大皃雷路回反四罍酒器儡同

雉似羆而又人名饋頹禿崔

䭔餅堆聚土摧折昨㤂昨反三崔嵬ㄟ字嵬与

反三挼繫裴薄㤂反五徘徊ㄟ培益陪

肧懷胎一月芳杯反四坏瓦燒未𤸎弱醅酒未漉鮠回反三魚

嵬ㄟ崔輫車盛皃他回反二蓷草名櫌古之善塗者乃回二挼摩

咍笑呼來反二殹毅殹咳聲開苦哀反二毅殹ㄟ哀烏開反三埃塵唉慯譍又於其反

臺徒哀反六檯舉苔魚衣濕者曰濡苔炱煤ㄟ嬯劣鈍薹蕓ㄟ該古哀反九

孩豕四蹄白垓八極又垓下堤名在沛郡項羽毀處荄草根又古諧反郂鄉名在陳留殪

羊胎剴木鐮一曰摩又五哀反陔殿階之曰垓裁昨來反六纔僅或作裁財才材[illegible]

[illegible]來落哀反六萊藜又東萊郡在青州郲地名在蜀騋馬高七尺崍ㄟ磑山[illegible]鄉名

在扶風又力之反宊祖才反三栽種𢦏精疑倉才反二偲才胎湯來反四鮐魚名

台三台星名郃地名在始平或作邰也孩始生小兒胡來反二咳小兒咲鰓魚頰藨楒ㄟ檯

粞碎米䚡角中骨皚霜雪白五來反四磑崍ㄟ𢼄有所治殪殺羊出胎才反四能獸名年來反一

真

職鄰反四甄姓又居延反振又之刃反禛以真受福春昌脣反一脣食倫反三漘水際脣

牛蒡草名似蔺青黑色匀遍羊倫反一淪沒力屯反十倫等論又盧侖舩侖侖

1·3 (3) 切韻殘葉三（斯六一八七）

1·4 (4) 切韻殘葉四（斯二六八三，伯四九一七）

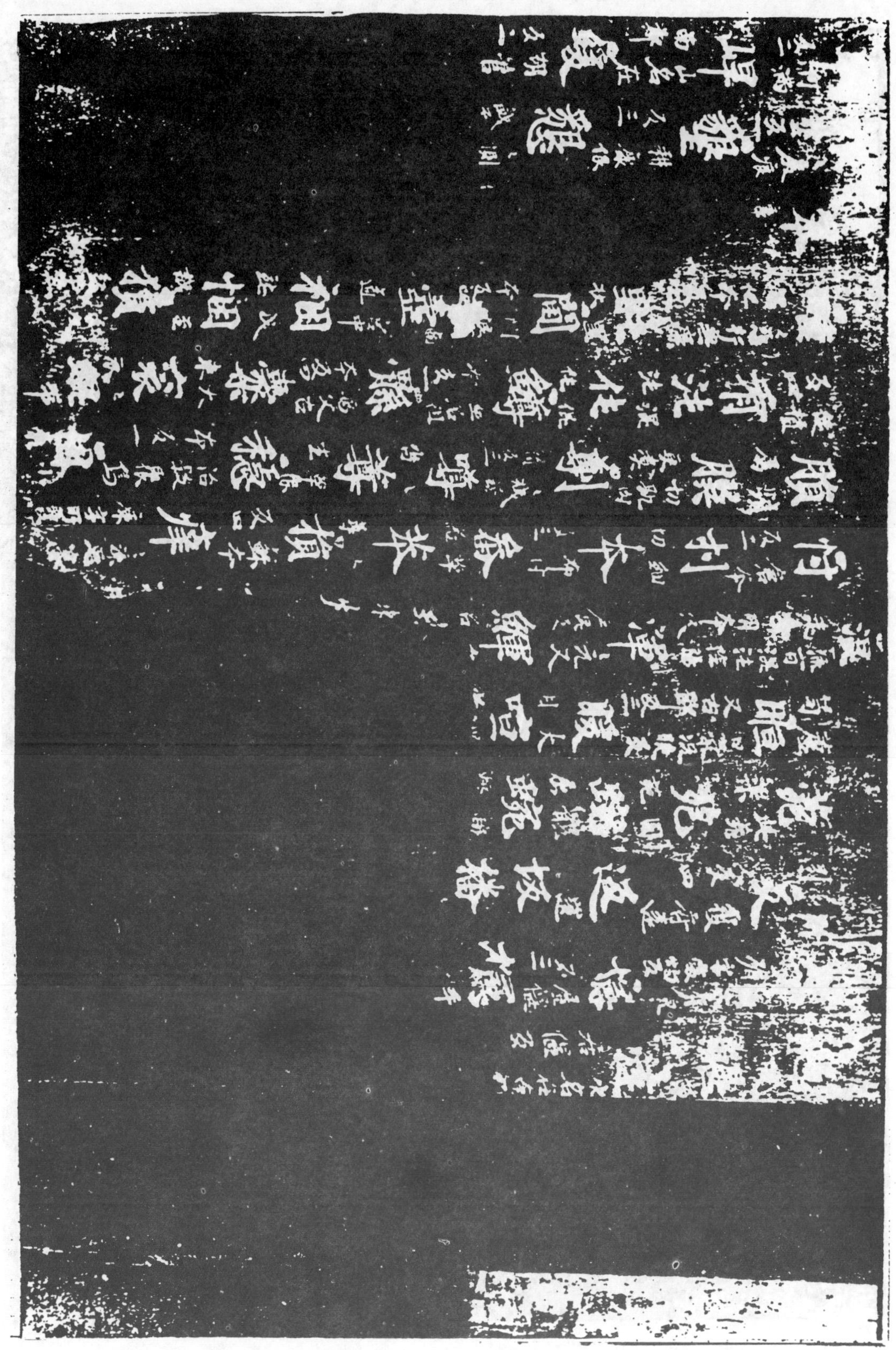

（上斯二六八三）

黲 暗色又倉敢反 顩 反一 昝 人姓子感反三 寁 揩 動

糣 糝 坎 苦感反二 欿 飯食未飽 顑 胡感反五

咸反四 㛴 撼 動 滔 水和 菼 黕 㜗 黄色 黮 感反二

嵌 反三 橄 木名 澉 覽 視 盧敢反三 擥 手 攬 反二

鉄 青黄色 膽 肝膽 都敢反二 紞 噉 食 徒敢反三 澹 水 菼 黲

日暗色 敢反一 始 鄉名 謨敢反一 饏 食無味子 坡反一 槧 版 七 反一 埯

坎 安敢

敢反一 姶 鄉名在□□味行 一 嶃 □良無沫子 埳反一 [illegible] 于敢反 埯

坎安敢 養 餘兩反三 癢 皮 瀁 洸瀁 水 像 詳兩反四 象

反一 蟓 桑上 橡 木 覺 鞅 鄔兩反三 [illegible] 又奉丈反 紫 織兩 良獎反五 魍

腡 朕 柄 [illegible] 兩 [illegible] 其兩反一 [illegible] 於兩反四 怏 木 秧 名 秧 [illegible] 仰

魚兩反一 碌 凡石洗物 剡 [illegible] 丈記 [illegible] 息兩反一 [illegible] 職兩反三 [illegible]

[illegible] 鷄 [illegible] 昌兩反三 [illegible] 毛 [illegible] 許兩反四 饗 [illegible]

[illegible] 又音 [illegible] 居 [illegible] 反兩反三 [illegible] 丈 有兩反二 杖 [illegible] 反二 壤

如兩二 [illegible] 乙罰

識兩 [illegible] 曰兩 [illegible]

(上伯四九一七)

1·5
(5)

切韻斷片一（見西域考古圖譜）

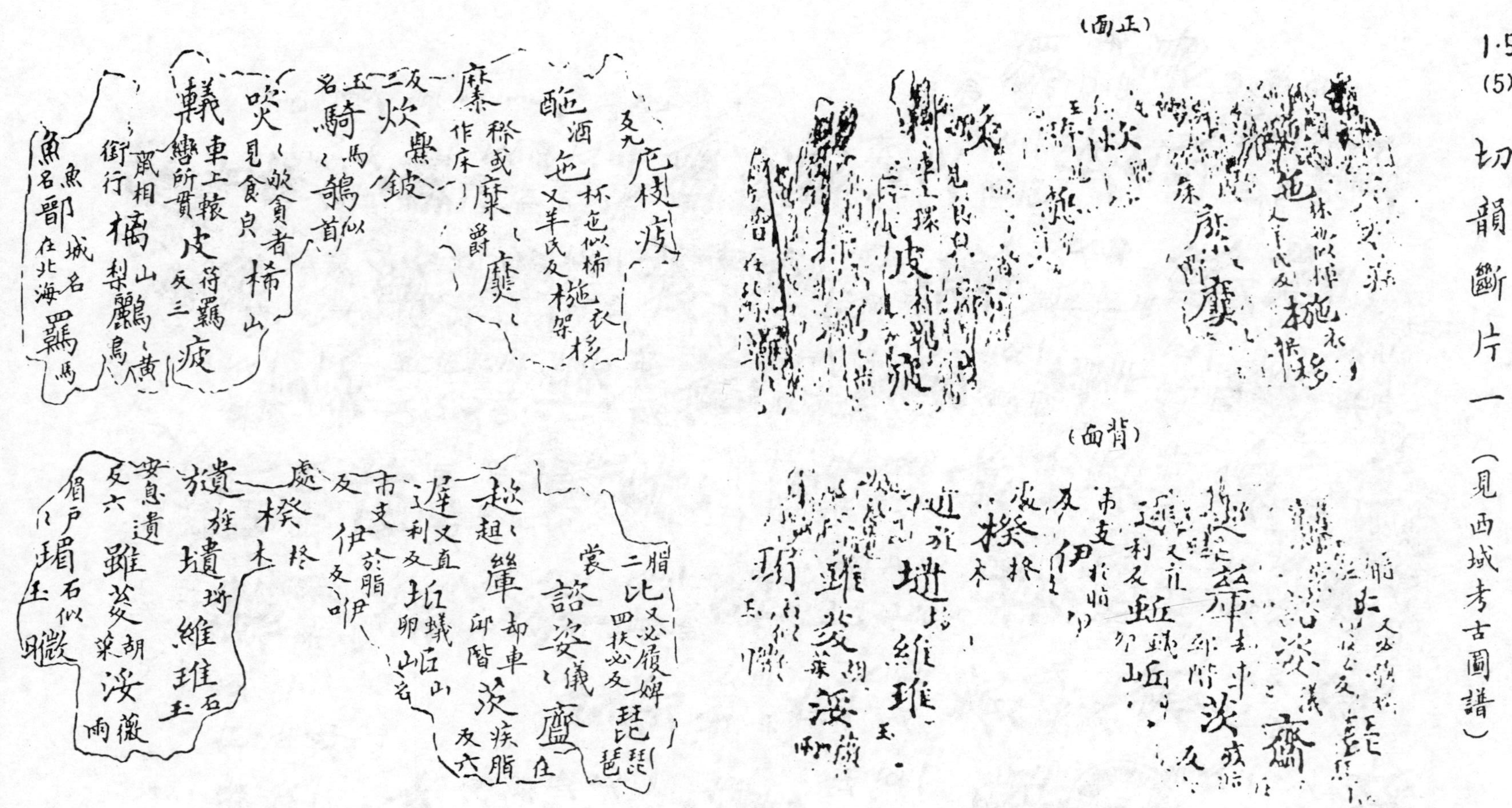

1·6
(6) 切韻斷片二 (列TID)

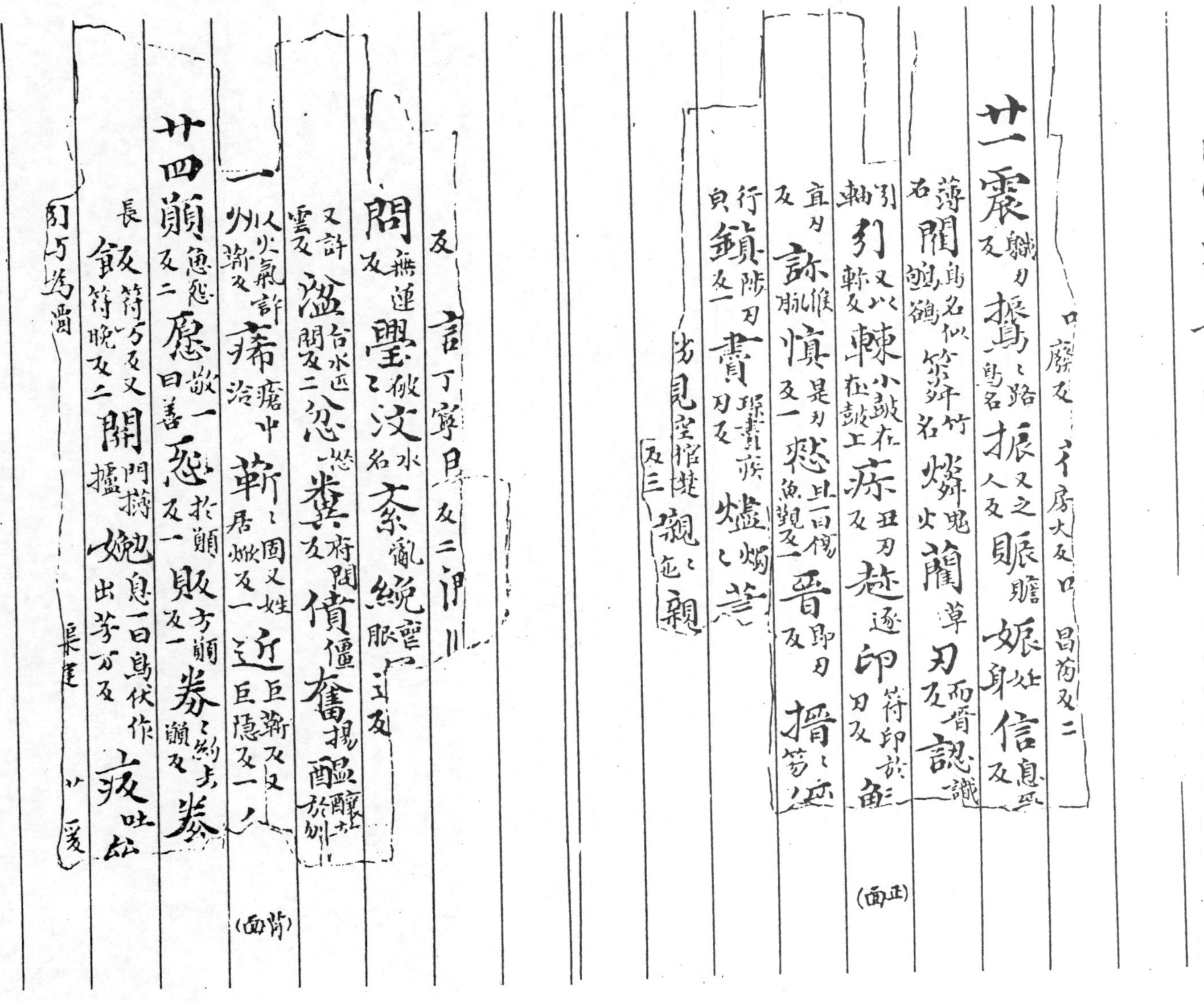

(正面)

(背面)

第二類

箋注本切韻

第二類　箋注本切韻

這一類有三種不同的寫本切韻。共同的特點是以陸法言書為底本，而文字和訓解有增加，注文中兼有案語，大抵都是依據許愼說文解字箋注形體異同，或增廣義訓。三種寫本性質相同，所以歸為一類。第一種（斯二〇七一）闕卷首，作者無可考，存平上入三聲；第二類（斯二〇五五）卷首有陸法言序和長孫訥言序，書中只錄平聲東韻至魚韻九韻字；第三種有四葉，三葉在巴黎，一葉在倫敦，所存有上去入三聲，但都不完備，體例與第二種相同。後兩種可能同是長孫訥言箋注的傳本。不過，第二種寫本當中有一段是採用王仁昫刊謬補缺切韻抄配上去的，這是抄寫上的問題，與前面幾韻原著無關，所以仍與第三種寫本做為一類。

這三種寫本的照片都不甚清晰，均依次另附摹錄本於後。前兩種採用的是王國維的摹本，摹本中稍有錯字，讀者可與照片比觀。

2·1 (7) 箋注本切韻一（斯二〇七一）

蟦 汾 又五 杓 木名 有 下 …

𢊧 痝 訑 背 纊 櫰 醜 旋 辭 跍

又三 痤 姊規 觜 䦆 痱 癘

衰 又一 腄 騅 又子 閨 規 罶

姨 寅 彝 痍 㢊 陂 陴 誒 跠 肨 胰 師 六 脂 祗 砥

𨊠 琵 枇 芘 䘩 𦉀 𩋛 祇 比 妣 毗 肶 𪐝 批 紕 仳

資 粢 齍 諮 姿 齋 濟 饑 飢 肌

紕 諮 資 粢 齍 咨 姿 縉 沘 肌 肥

䏍 鵙 紩 纓 郪 趑 範 𦭦

資 餈 垐 𤸃 尸 屍 鳲 埵 垻 泜

鍇 鵴 鰭 脂 祁 曲 迹 咽 卬 犁 剺 黎 䅧 蒼

遲 蚳 坻 墀 𧤏 私 鍩 尸 㞑 屍 蓍 鴱 耆

枅 頬 䟕 䍗 犂 剃 鸝

租 蛸 穲 鄭 鋍 䱹

彪 鮧 䲅

泹 𨪐 跡 𦒋 緌 帷 𩖜

𡎄 維 𣐉 遺 唯 濰 𪓰 櫐 蘽 絫 䉂

櫐 欙 䨨 鋌 綏 𦚌 𥡪 㝡 𧭢 䧌

蘡 𩆀 㕬 戣 葵 躨 逵 馗

虁 𣓪 悲 鐨 睢 跧

惟 𢉅 邳 𤨏 𨭢 玉 伾 秠 𩣡 駓

𤩸 頨 椎 䞿 紕 𨖃 𥌯 㩞 推

𢇍 冞 脂 瀰 𢊁 咨 時 稊

沬 𧍜 𧑐 𨇦 之 𩣝 飴 怡 圯 貽 頤 姬 𦥊 其

𢃇 絲 伺 㹃 思 𢞵 罳 颸 其 期

旗 萁 騏 基 琪 棋 淇 麒 鵙 䑴 鍈

碁 𤪌 蟴 錤 祺 䔢 𦍘 鵙 跩

脄 𦷊 洏 而 胹 栭 輀 陑 𩓐 臑

鬝 㥳 姬 𦐏 寘 箕 其 諆 詞 祠 𨿅 鐖

𩑉 㮻 𤫕 𡵂 耔 𧀱 詞 祠

犛 嫠 斄 孷 漦 釐 氂 嫠 剺 貍 狸 滋

嵬 瓌 淮 匯 對 儡 差

崔 嵗 揮 指

十五灰 虺 瘣 恢 詼 悝 魁 藯 隈 煨 猥

回 洄 徊 佪 槐 瑰 虯 枚 玫 梅 煤 䊪

脢 䐈 䱊 鋂 環 雷 罍 礧 颾

磓 頹 隤 蘈 崔 縗 磓

推 摧 嵟 慛 催 裴 徘 培 陪

杯 肧 坏 痞 醅 鮠 桅 嵬

十六咍 哀 埃 唉

𦱀 㥆 㨂

臺 擡 臭 儓 薹 詒 孩 垓 荄

郰 對 咳 戴 纔 財 才 材

來 萊 郲 騋 崍 鶆 災 栽 烖

猜 偲 胎 鮐 台 邰 孩 咳 綵

皚 嵦 敱 能 開 十七真 甄

振 禛 春 脣 唇 匀 淪 倫 綸

輪 綸 倫 淪 掄 毛 純 尊 蹲

醇 鶉 錞 鐏 淳 瞤 旬

烟 湮 氤 堙 茵 姻 鎮 新

新 辰 晨 宸 鷐 臣 仁 人 申 伸 紳

紳 呻 身 神 晨 續 鄰 粦 鱗

驎 麐 麟 陳 塵

津 璡 濜 瞋 嗔 秦 螓 榛 親 𡨚

寅 夤 銀 圻 齦 鄞 囷

閽 緡 巾 民 閩 泯 旻 濱 擯

詢 恂 珣 荀 洵 遵 跧

逡 踆 皴 竣 旬 巡 馴 揗 紃

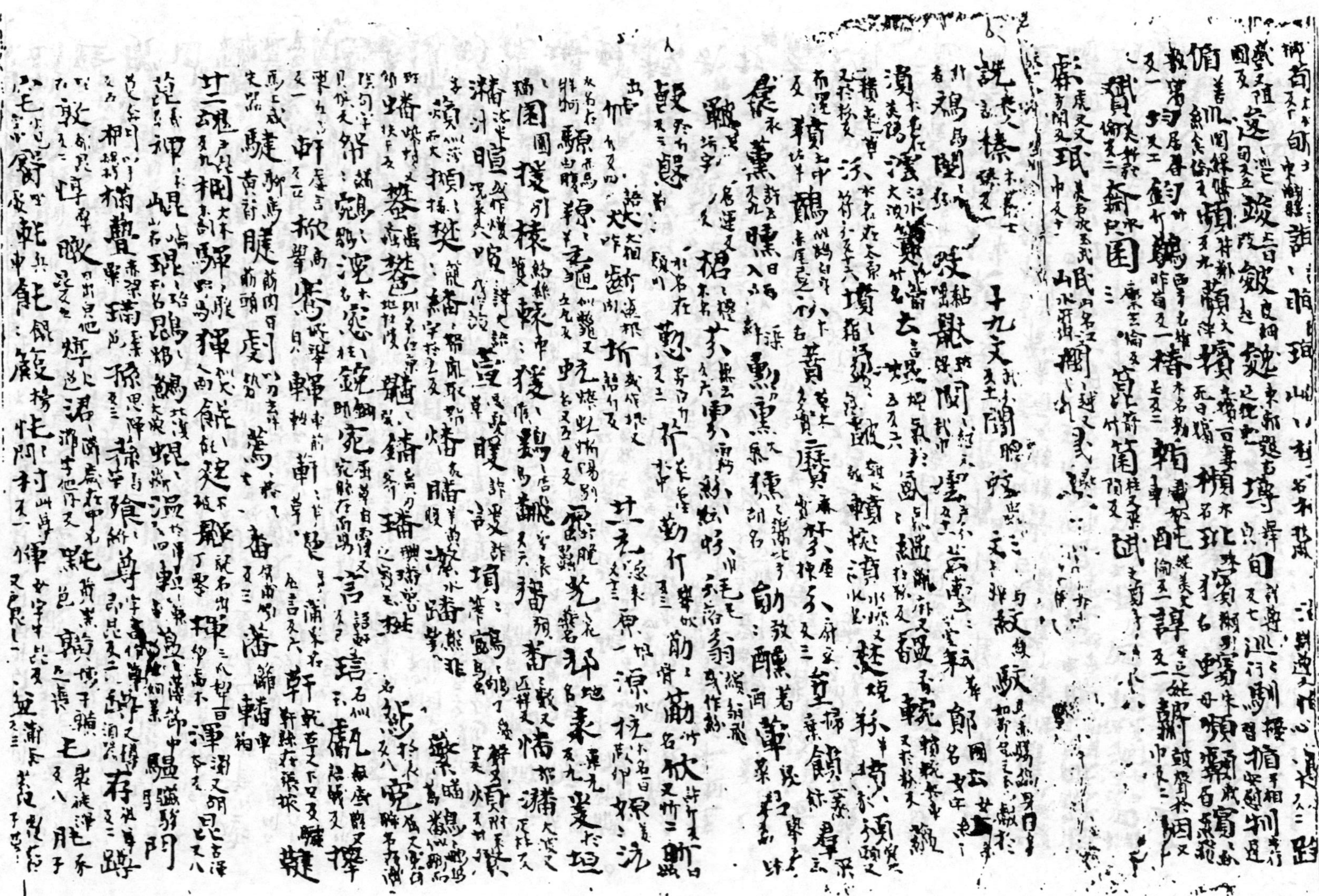

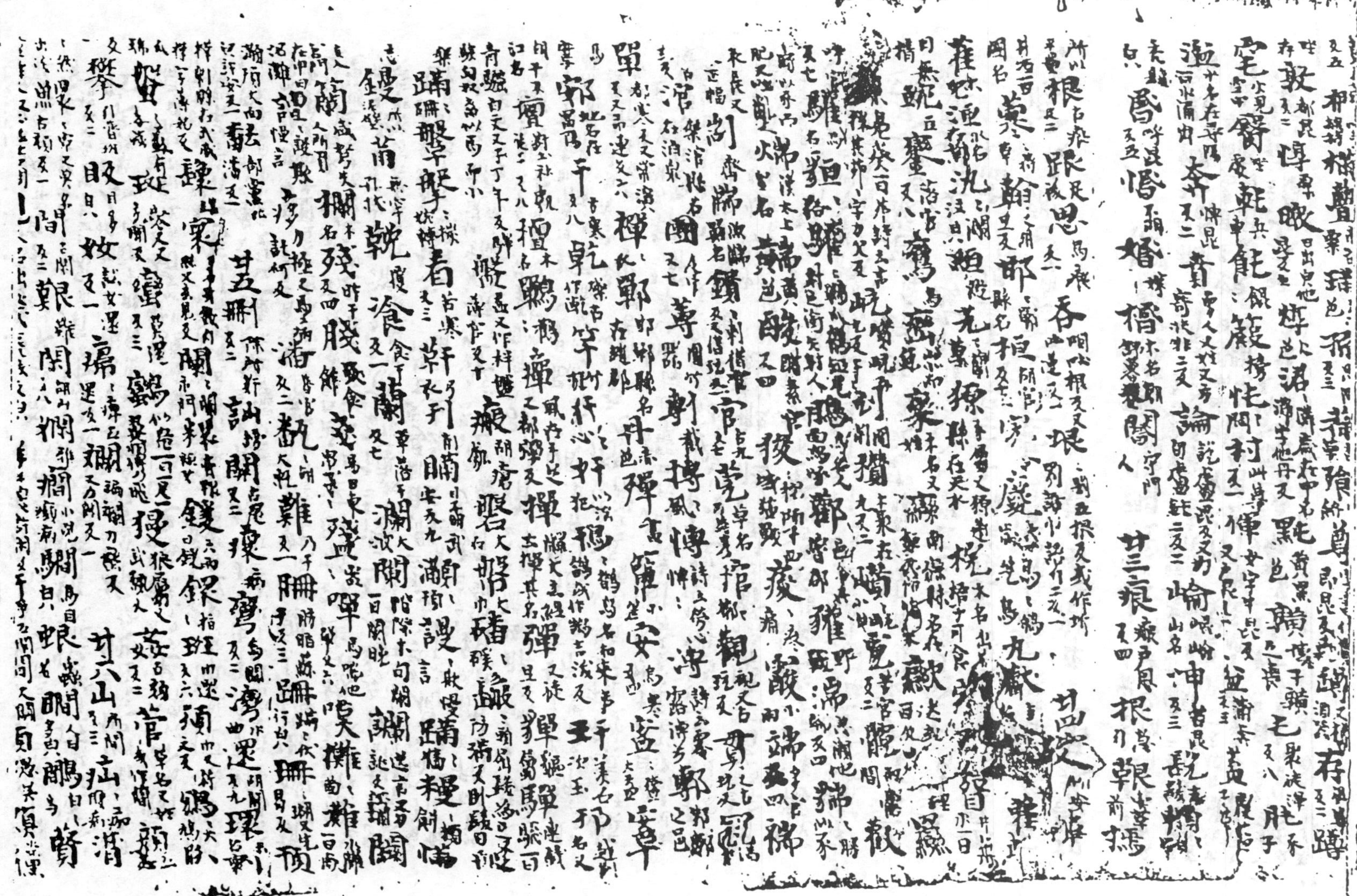

……[illegible]
一攀 □□□班反二 眅 目多白 奻 訟女還反一 瘝 □瘝病□還反一 爛 □□□□□ 廿八山 所閒反三 㾕 㾕病 潸 □□
□□ 蟈 □□□□□ 閒 古閑反二 鰥 □□ 閑 胡山反八 𤢸 □□ 癇 小兒病 鷴 □□ 𧓍 □□ 𨵮 □□ 鷳 白□ 贆 □□
□□ 虥 古頑反一 □□ 艱 □□ 𩓊 □□ 顴 □□ □□
□□ 慳 □苦閒反二 䡈 □□ 䘏 □□ 𢶒 □□ 頑 □□ 顆 □□
□□ 鰥 □□ 𢉄 □□ 嫺 □□ □□ 𡢃 □□ 羴 □□ 𥮡 □□ 斕 □□ 囒 □□ 灡 □□ [illegible]

切韻卷第二　平聲下廿八韻
一先 蘇前　二仙 相然　三蕭 蘇彫　四宵 相焦　五肴 胡茅　六豪 胡刀　七歌 古俄　八麻 莫霞
九覃 徒含　十談 徒甘　十一陽 与章　十二唐 徒郎　十三庚 古行　十四耕 古莖
十五清 七精　十六青 倉經　十七尤 羽求　十八侯 胡溝　十九幽 於虯　廿侵 七林　廿一鹽 余廉
廿二添 他兼　廿三蒸 諸膺　廿四登 都滕　廿五咸 胡讒　廿六銜 戶監　廿七嚴 語驗　廿八凡 符芝

一先 蘇前反又蘇見反二 躚 蹁躚 前 昨先反一 千 倉先反五 阡 阡陌 汘 水 芊 □□ 箋 □□ 㳂 □□ 悛 □□
□□ 𪂽 □□ 天 他前反二 䦥 □□ 堅 古賢反十 鑋 □□ 䰇 □□ 肩 □□ 鳽 □□
□□ 蕭 □□ 賢 胡千反六 弦 □□ 胘 □□ 舷 □□ 絃 □□ 蚿 □□ 煙 烏前反四 咽 □□
[illegible]

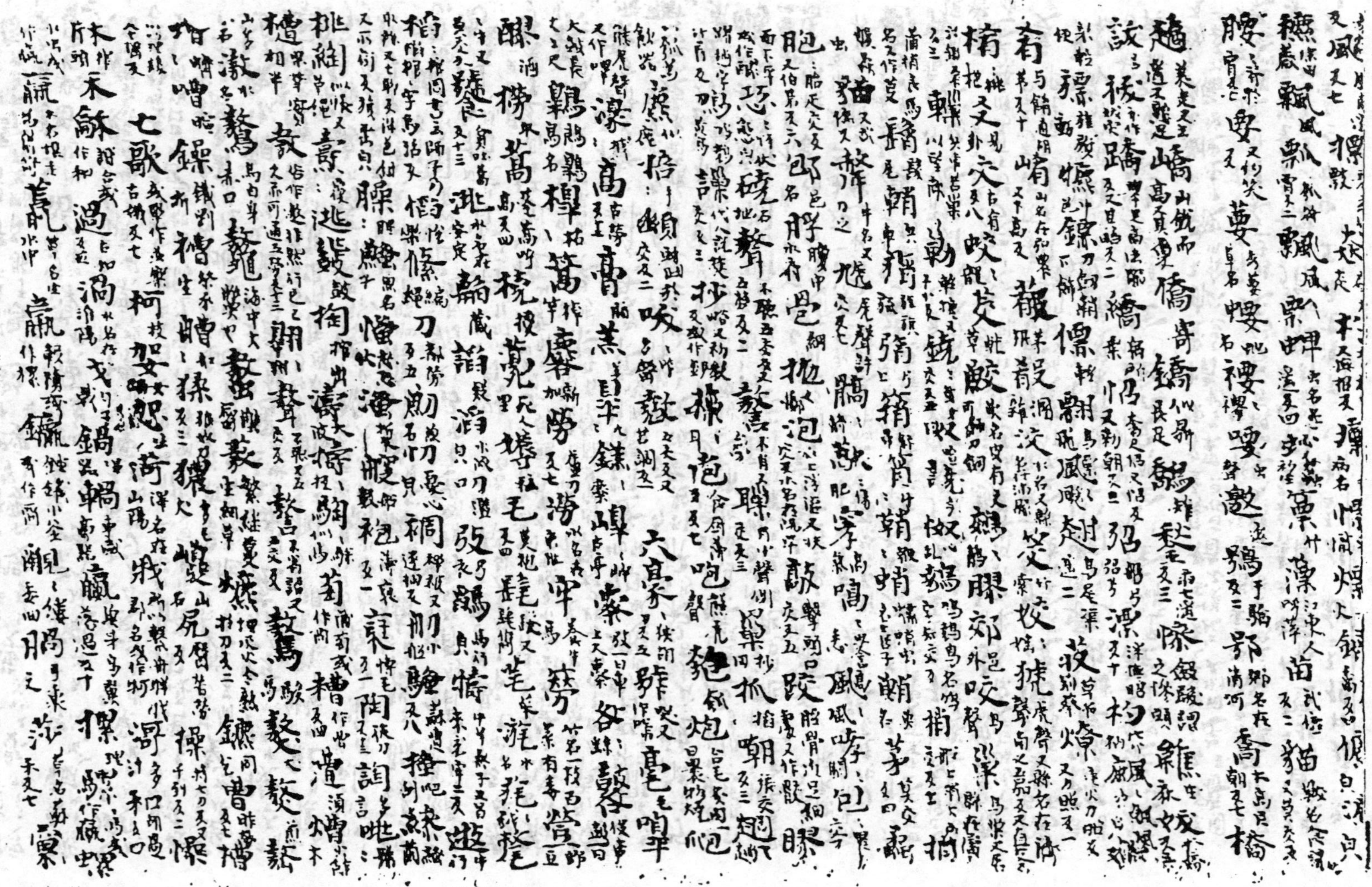

築 䐶 揚 耽 耽 酖 龕 戡
領 堪 戡 峆 酣 毿 弇 鈐
十談 郯 惔 錟 淡 甘 柑
苷 泔 擔 儋 膽 三 㪔 藍 鑑 檻
籃 濫 坩 甝 酣 憨 䤌 酣
甜 柑 蚶 憨
十一陽 羊 瘍 蛘 洋
暘 錫 揚 楊 瘍 暘 徉
詳 翔 洋 祥 庠 良 梁 涼 粱 蜋
鵑 彷 防 魴 章 漳 樟 璋 障 彰 暲
悵 昌 猖 倡 閶 羌 蜣 倀 薑 長
韁 韁 疆 殭 橿 姜 蠸 僵 長
鵑 彷 防 魴 章 漳 樟 璋 障
粻 踉 鯨 香 薌 鄉 商 觴 殤 傷 蔏 鶬
襄 纕 動 穰 方 坊 肪 蚄 邡 鄉
十二唐 倉 蒼 鶬 滄 桑 康 糠 穅 欶
荒 肓 巟 皇 煌 湟 喤 潢 㶊 徨 堭

當都郎反 鐺 簹竹 襠 璫 襠 倉 蒼 鶬 滄 [illegible]

笐 鋼 綱 亢 犅 㭎 桑 嗓 康 糠 𩞁

穅 荒 肓 㼝 [illegible] 黃 皇 璜 遑 潢 堭 煌

餭 蝗 騜 艎 簧 隍 瘽 鄺 湟 [illegible] 艎 篁

葟 洸 洸 恍 桄 胱 觥 橫 鏜 闛 湯 踼

鎊 霶 滂 汪 尪 𤆁 侊 觵 眆 航

筕 行 迒 頏 魧 邟 茫 [illegible] 芒

萌 𤯔 牂 䍼 曩 傍 徬 膀 跨 跁 [illegible]

駒 柳 昂 茚 峨 䑐 十三庚古行反六 鶊 更

連 杭 蒴 盲 鑑 鄳 蝱 猛 擤

鬌 蝗 鏞 蝗 喤 颯 灙 觵 鍠 𧡬 閍 閛

祊 謣 觥 㔳 㴠 隍 蹝 鬤 棚 [illegible]

榜 榜 搒 胼 朋 騁 棠 擤 鎗 槍 傖

衡 鉽 酸 滐 英 瑛 璜

嫈 嚶 櫻 晉 咢 坪 鶯 京 荊 麖 明

盟 嚶 鳴 棖 瞠 瞪 趟 趙 樘 紫 蝶

[illegible] 萌 鎞 卿 生 笙 牲 猩 鉎 甥 勢

勍 鯨 黥 擎 檠 擏 勁 迎 行 衡 [illegible] 王 磸

騰 鐃 鵯 十四耕古莖反 鏗 [illegible] 鞕 甇 豐 鏧 [illegible] 䃔 硜 磬

甍 萌 氓 䗂 十 宏 紘 閎 [illegible] 嶸 峵 聃 鞃 硡 𡾋

䱐 朾 [illegible] 打 玎 瑛 嚶 鸚 罌 櫻 [illegible]

嚶 嫈 鸎 崢 [illegible] 琤 箏 錚 儜 綾

穹 諍 䌨 㛔 怦 拼 閛 伻 抨 怦 㷚

輕 磬 翶 揁 [illegible] 澋 紭 絣 栟 𢶉 棦

湞 浤 泓 𤮃 弘 甇 轟 䌨 宖 [illegible] 爭 箏 錚 崢

琤 鬇 晶 鶄 睛 十五清七情反 菁 精 晴 鯖 氏 菁 旌

[illegible] 盈 䌢 楹 瀛 盈 籝 [illegible] 嬴 贏 楹

[illegible] 瑩 鎣 縈 嬰 䙬 [illegible]

[illegible] 鏳 [illegible] 情 [illegible] 鉦 [illegible] 蓂 [illegible] 盛

刊謬補缺切韻卷第三　上聲五十一韻

一董多動　二腫之隴　三講古項　四紙諸氏

切韻卷第三　上聲五十一韻

一董　二腫　三講　四紙
五旨　六止　七尾　八語　九麌　十姥　十一薺
十二蟹　十三駭　十四賄　十五海　十六軫　十七吻　十八隱
十九阮　廿混　廿一很　廿二旱　廿三潸　廿四產　廿五銑
廿六獮　廿七篠　廿八小　廿九巧　卅晧　卅一哿　卅二馬　卅三感
卅四敢　卅五養　卅六蕩　卅七梗　卅八耿　卅九靜　卌迥
卌一有　卌二厚　卌三黝　卌四寑　卌五琰　卌六忝　卌七拯
卌八等　卌九豏　五十一范

一董　嗊　蠓　孔　動　侗　桶　曈
攏　摠　從　蓊　嵸　瀚
隴　籠　鞏　奉　捧　勇　涌　踊
二腫　湩　寵　冗　拱　栱　拲　覂
三講　港　棒　項　蚌　鸃
四紙　只　帋　軹　是　氏　徥　彼　靡
抵　此　毀　委　跪　詭　詑　洈
技　錡　妓　倚　陊　掎　弛　侈　觜
綺　蟻　艤　剞　寄　移　迆　灑
爾　邇　邐　褫　選　徙　緌
为　鄬

十六青

十七尤

犌[illegible] 𦏁[illegible] 𡵂[illegible] 几 机 簋 晷 厬[illegible] 匕[illegible]

秕 秠 比 沘 水名 祉 軌 簋 晷 厬 作軓

宄 匭 洧 水名 鮪 魚名 痏 瘡 蒲 美 䀐 屎 死 雉 䧅[illegible]

牝 頯 水 壘 礧 䃭 摧 鸓 飛生鳥名 藟 葛藟 蘽 誄

秉 揆 楑 趡 踓 柅 癸 晷 揆 䅅 瘔

圮 仳 婓 歹 朽 枯落 蓷 蘃 薿 唯 䭩

䳡 鮨 遺 遺 遺 𩓺 歖 㵲 䧅 唯

𠑹 齝 𩻆 鍭 嶷 膢 [illegible]

䟢 址 阯 庤 市 恃 㣽 喜 六止 時 峙 沚 茝

祀 已 紀 已 起 杞 杞 記 子 汜 汜 記 紀 巳 史

使 駛 耳 洱 駬 裏 理 鯉 李 瘇 俚 鄙

䎃 枲 葸 葸 蕈 齒 蔥 思 之 峙 痔 跱 痔

俟 起 杞 屺 芑 士 仕 柿 俟 涘 子 仔 𪓊

秄 梓 耔 矣 擬 儗 薿 齒 恥 祉 剚 滓

苐 第 胏 七尾 顗 泥 豈 豈 㞗 扆

懨 偯 扆 偯 蟣 幾 饑 蟣 斐

㞞 菲 匪 棐 篚 斐 榧 餼 韙 偉 煒 暐 瑋 韡

幕 韡 鬼 巍 娓 尾 顝 㟴 俙 鬼

硊 嵬 八語 藇 圉 敔 圄 衙 語

𢈈 呂 膂 稆 䊵 梠 儢 侶 佇 紵

杼 竚 與 歟 与 予 淤 渚 汝 敃 汝 䊵 𥮑

暑 鼠 黍 癙 籹 杼 汝 貯 佇 貯 楮 褚 䇡 𧖎

𩛹 湑 女 汝 褚 許 巨 拒 秬 柜 距

鉅 苣 駏 黍 所 䶗 楚 礎

醑 沮 咀 沮 𣓌 擧 莒 櫸

敘 序 漵 緒 抒 嶼 去 䊵 野

芋 䢴 䣍 九麌 俁 羽 雨 宇 絲

禹 翊 鄅 㝢 聚 鄅 麌

䎸 斧 俯 府 䨺 簠 䱐 莆 武 舞 嫵

脯 輔 潕 甫 鵡 鸚 之 人 嫵 甫 浦

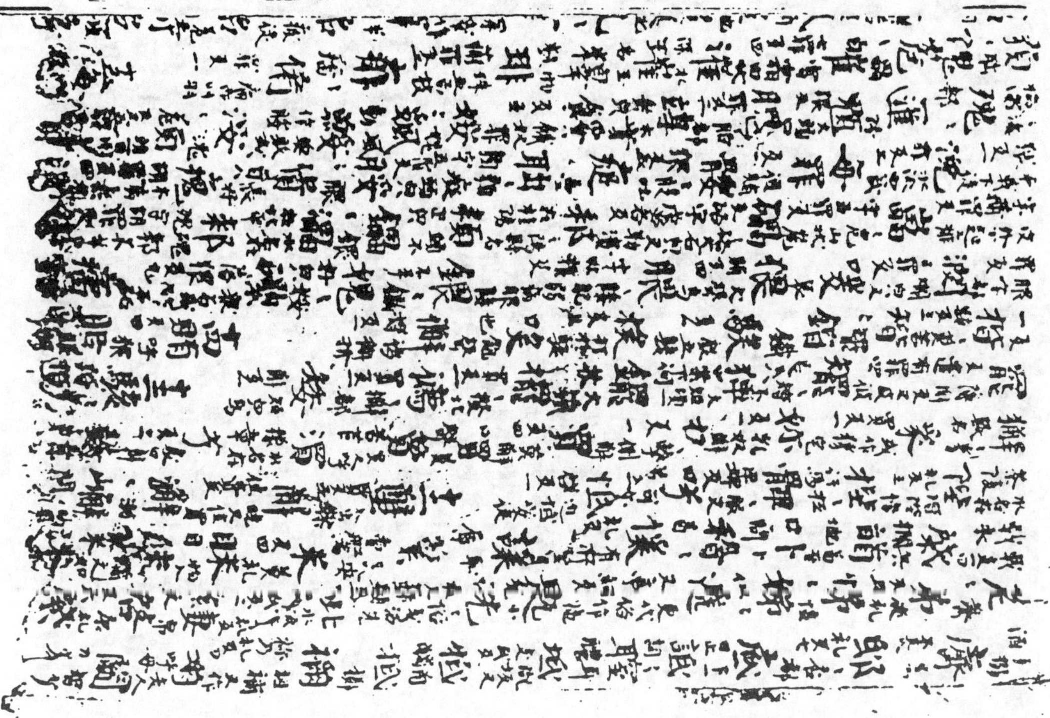

反一 [illegible] 反三 鋸字 [illegible] 館 音反二 日暖 [illegible] 反四 [illegible]

𦡊 [illegible] 管 [illegible] 脘 輐 [illegible] 琯 玉 痯 病 斷 [illegible] 伴 [illegible]

又一 滿 [illegible] 但 徒旱反六 袒 [illegible] 誕 大 𧃹 [illegible] 潬 水中 亶 [illegible] 反二 亶 [illegible] 㜊 [illegible] 笥 [illegible]

[illegible] 罕 [illegible] 稈 [illegible] 散 [illegible] 饊 繖 [illegible] 䍐 [illegible] 罕 [illegible]

[illegible] 濟 [illegible] 廿三潸 數 [illegible] 綰 [illegible] 板 [illegible] 版 [illegible] 赧 [illegible]

僩 [illegible] 睆 [illegible] 皖 [illegible] 阪 [illegible] 䡪 [illegible] 莧 [illegible] 僩 [illegible] 簡 [illegible]

𡸖 產 [illegible] 嵼 山 滻 [illegible] 限 [illegible] 𩈫 [illegible] 眼 [illegible] 簡 [illegible] 柬 [illegible]

[illegible] 睞 揀 [illegible] 剗 [illegible] 鏟 [illegible] 𨪕 [illegible] 棧 [illegible] 𢦏 [illegible]

眼 [illegible] 醆 [illegible] 廿五銑 [illegible] 跣 [illegible] 洗 [illegible] 𢿌 [illegible] 淟 [illegible]

[illegible] 鋻 [illegible] 繭 [illegible] 䩞 [illegible] 峴 [illegible] 晛 [illegible] 𤊠 [illegible] 𠑗 [illegible] 斷 [illegible]

[illegible] 撚 [illegible] 跧 [illegible] 輾 [illegible] 㞡 [illegible] 瑑 [illegible] 㠭 [illegible]

[illegible] 𧢀 [illegible] 犬 [illegible] 廿六獮 [illegible]

[illegible] 錢 [illegible] 𧪊 [illegible] 善 [illegible] 蟮 [illegible] 鱓 [illegible] 反 [illegible] 淺 [illegible] 剗 [illegible]

[illegible] 展 [illegible] 輾 [illegible] 蹍 [illegible] 淺 [illegible] 闡 [illegible]

[illegible] 遣 [illegible] 繾 [illegible] 善 [illegible] 墠 [illegible] 鱓 [illegible] 蹇 [illegible]

蹇 [illegible] 翦 [illegible] 𨁈 [illegible] 鄽 [illegible] 遽 [illegible]

[illegible] 件 [illegible] 譾 [illegible] 𨑹 [illegible] 衍 [illegible] 𢑌 [illegible]

[illegible] 幝 [illegible] 𩐁 [illegible] 𢘋 [illegible] 囝 [illegible] 篆 [illegible] 卷 [illegible] 蠕 [illegible]

[illegible] 𦠗 [illegible] 轉 [illegible] 選 [illegible] 撰 [illegible] 僎 [illegible] 蜎 [illegible]

[illegible] 蔫 [illegible] 耎 [illegible] 剸 [illegible] 孨 [illegible] 臠 [illegible] 篿 [illegible]

[illegible] 兖 [illegible] 沇 [illegible] 𥤯 [illegible] 變 [illegible] 卷 [illegible] 䡅 [illegible]

[illegible] 緬 [illegible] 湎 [illegible] 𠼩 [illegible] 褊 [illegible] 吮 [illegible] 雋 [illegible] 𦙶 [illegible]

[illegible] 兗 [illegible] 緛 [illegible] 𩯤 [illegible] 輭 [illegible] 蜓 [illegible] 蝡 [illegible]

[illegible] 㛂 [illegible] 攣 [illegible] 戩 [illegible] 踐 [illegible] 鬋 [illegible] 𣝗 [illegible]

[illegible] 毨 [illegible] 暖 [illegible] 輾 [illegible] 殄 [illegible]

[illegible] 辯 [illegible] 免 [illegible] 俛 [illegible] 勉 [illegible] 鮸 [illegible]

[illegible] 篠 [illegible] 茭 [illegible] 皎 [illegible] 皦 [illegible] 皎 [illegible] 䥗 [illegible]

[illegible] 鳥 [illegible] 杳 [illegible] 窈 [illegible] 嬈 [illegible] 嫽 [illegible] 了 [illegible] 燎 [illegible] 朓 [illegible]

[illegible] 蔦 [illegible] 嬲 [illegible] 窕 [illegible] 掉 [illegible] 嬈 [illegible] 鄡 [illegible]

[illegible] 廿八小 [illegible] 肇 [illegible] 趙 [illegible] 兆 [illegible] 旐 [illegible] 沼 [illegible] 少 [illegible]

[illegible] 殘 [illegible] 撓 [illegible] 繞 [illegible] 遶 [illegible] 擾 [illegible] 嬈 [illegible] 召 [illegible] 摽 [illegible] 縹 [illegible] 麃 [illegible]

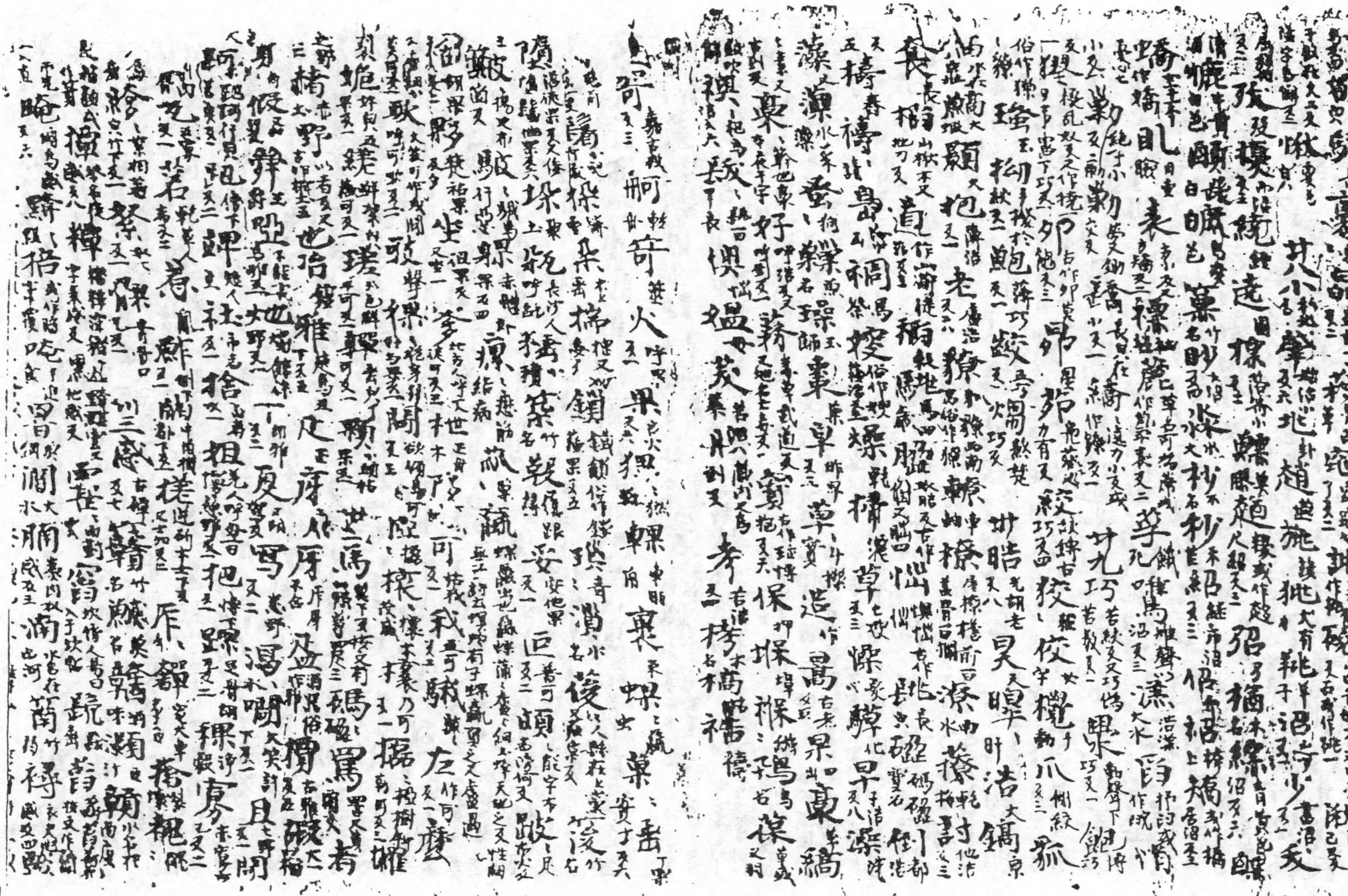

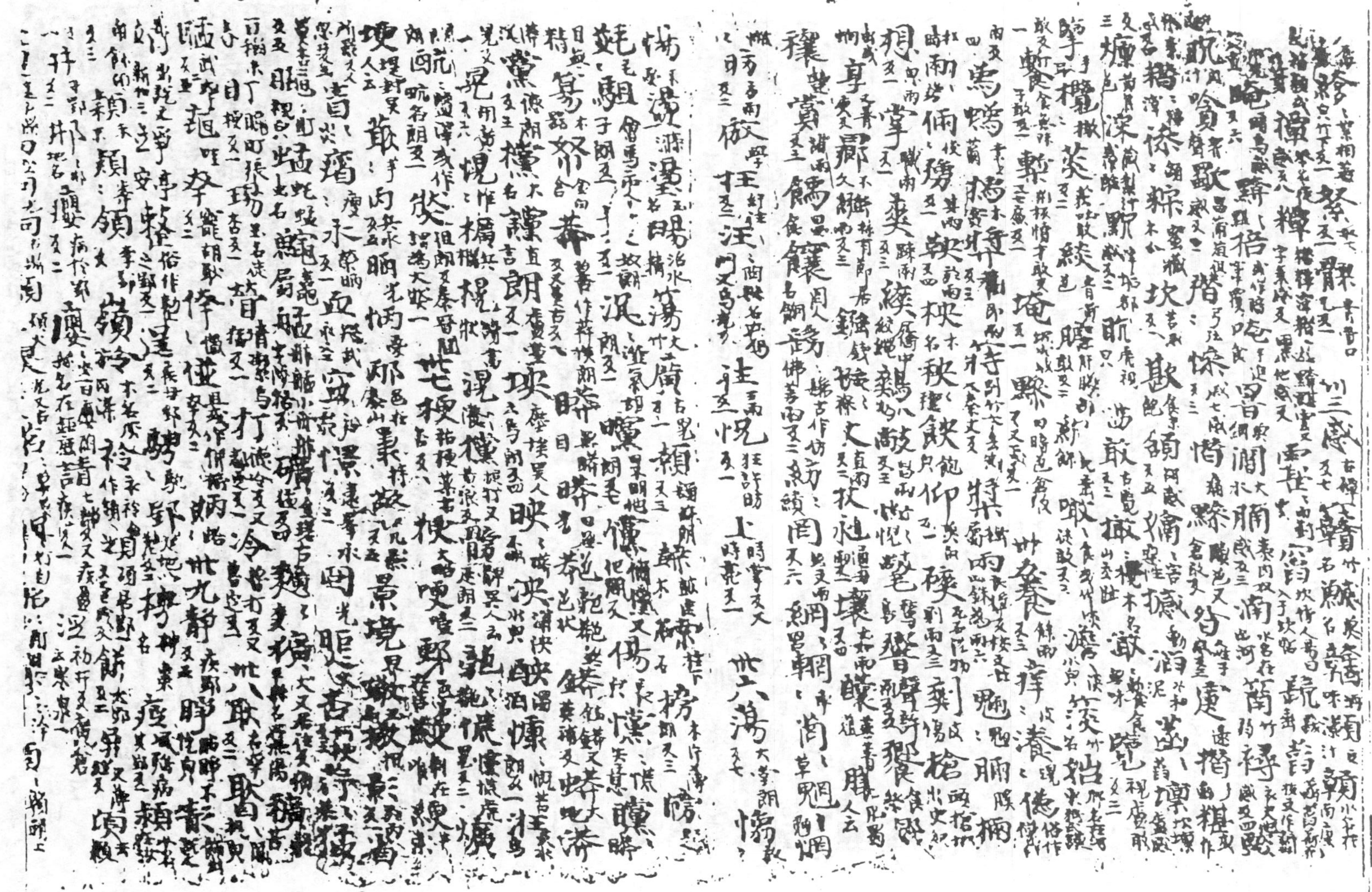

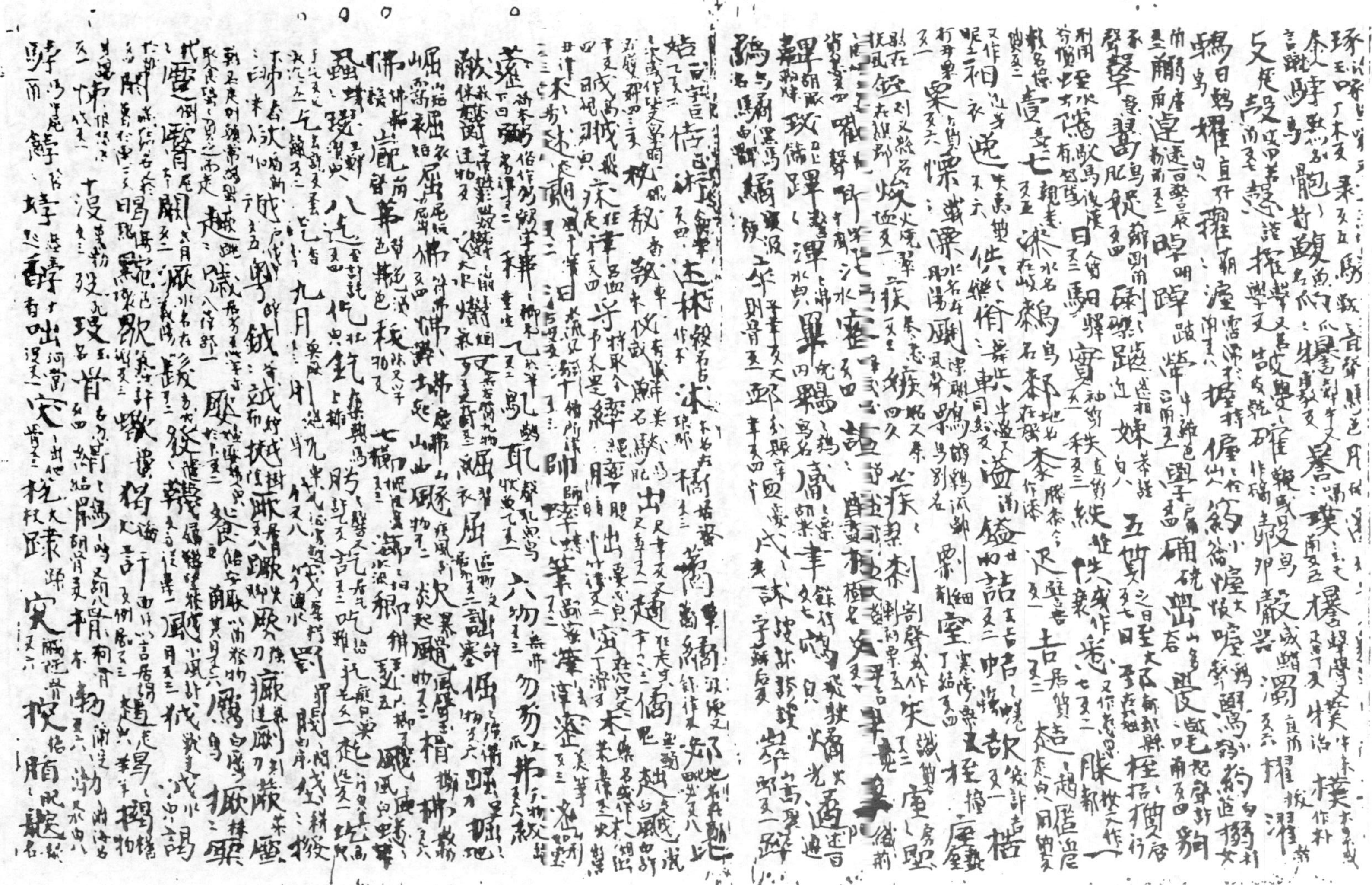

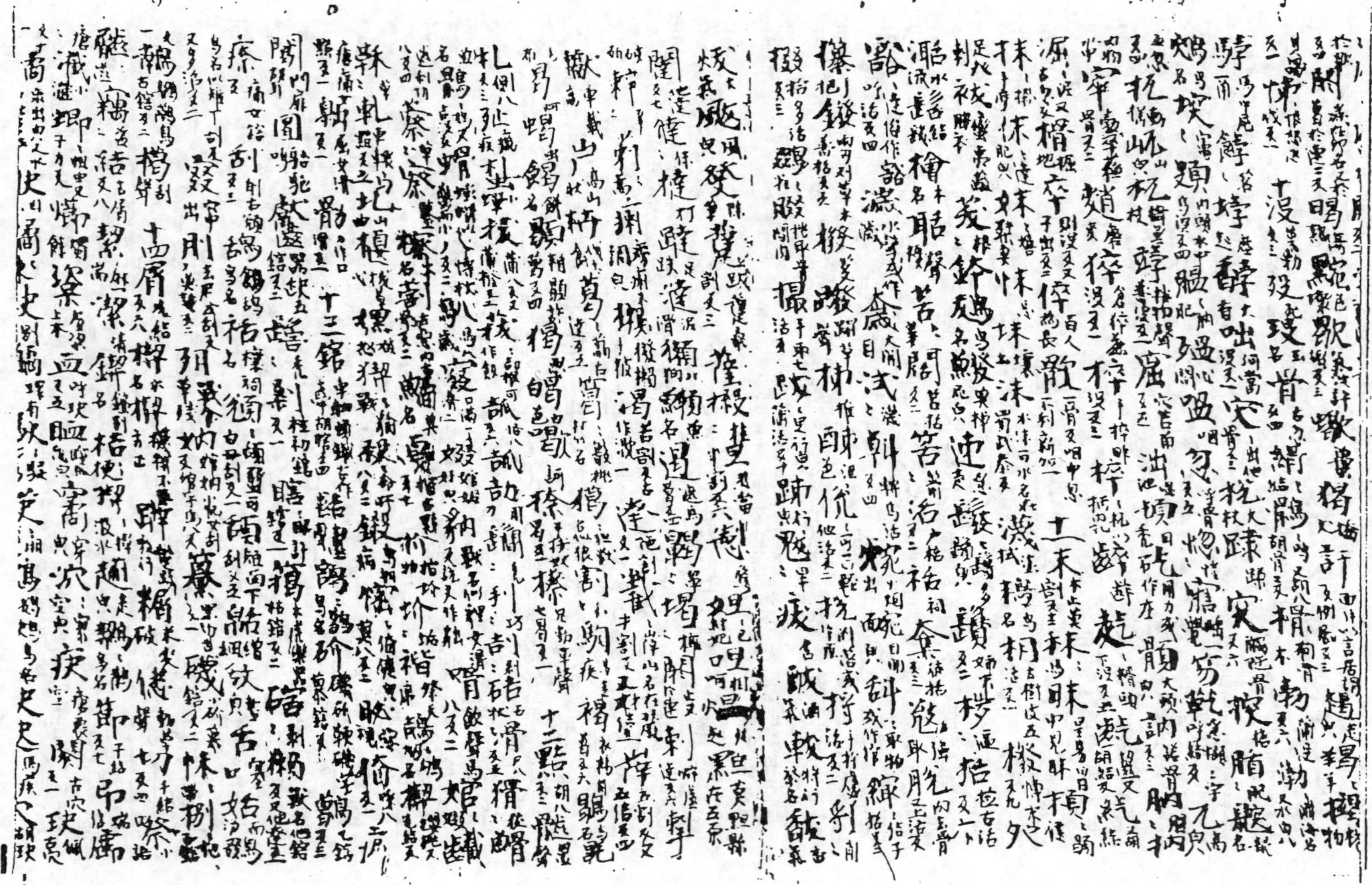

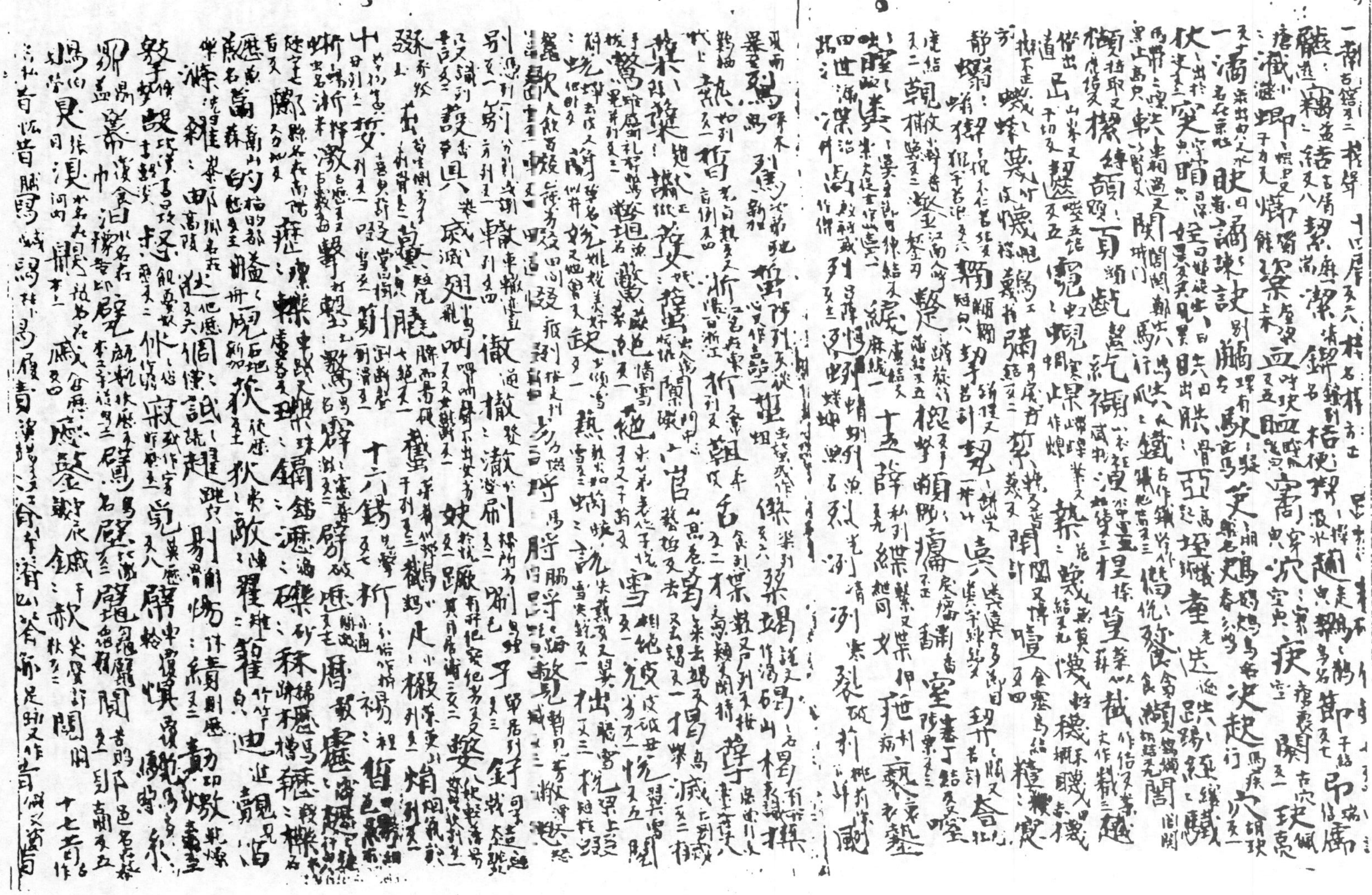

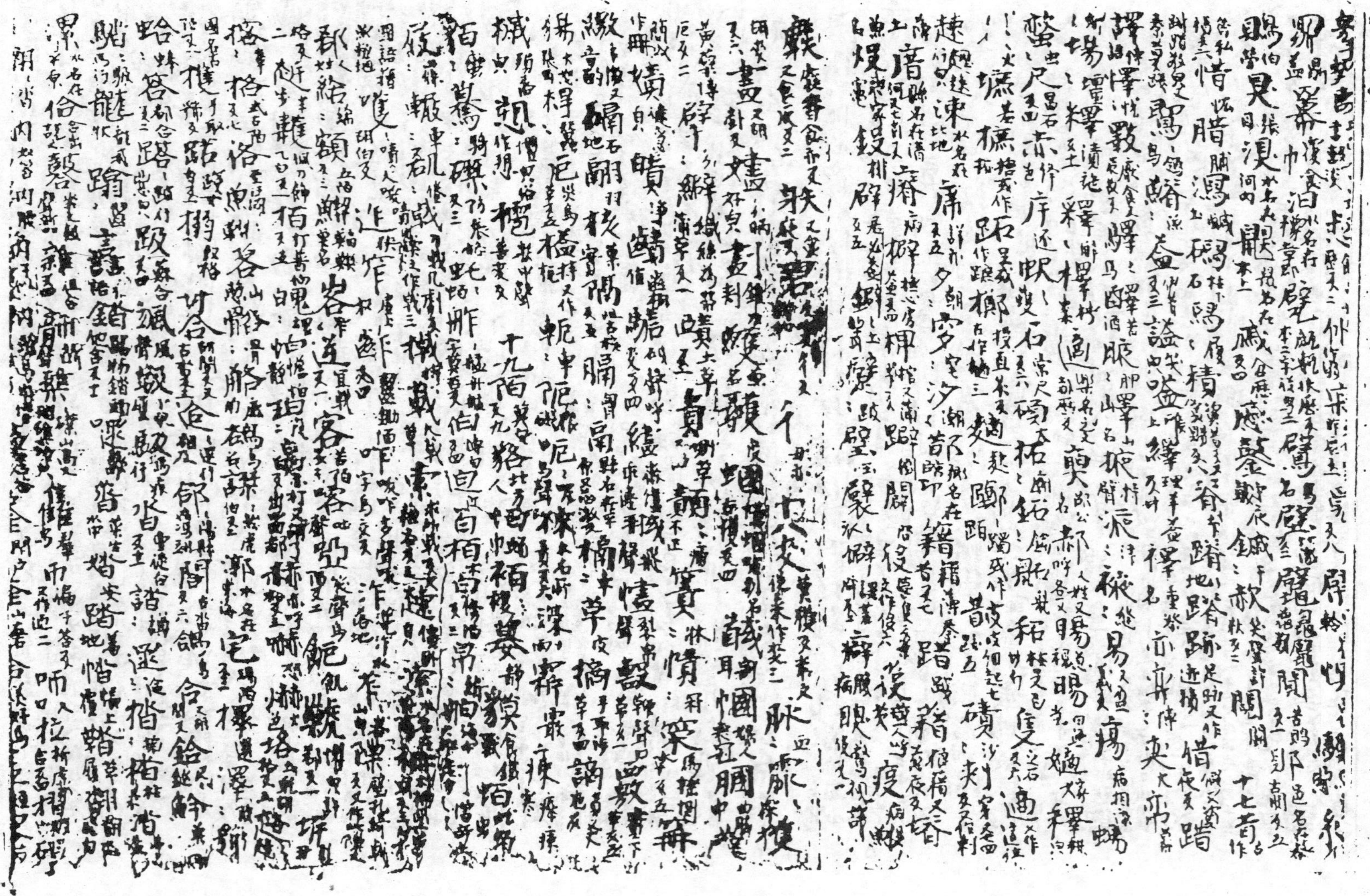

呫言㤴苦協反二 唼 片反十二 叶語 聶聲 㖃 言 呫 垣 輒 聲 疊 疊 布 垂
褺衣 疊重 喋喋 蹀蹀 蝶虫 箕 篋蔽 㩶 痁 於 牒 疊 子 協 反七 㵟 㵟 芳 白 𠌫 惗 下 嚐 聲 聾 𧾂 晦 㦦 聲 捻 㥏 㤲 反 寒
反五 鍱 𥊚 𨋟 蹀 蹀 蹀 爀 緤 蝶 㲲 具 疊 巗 石 𡴛 𤸱 蹋 𦖞 聲 疊 聑 丁 惬 㗱 𡗝 言 㯎 㩶 協 反一 浹 谷 子 反
葉 弓 㷸 張 葉 閒 一 廿六 緝 七入 咠 十 是 執 拾 取 十 什 仙 入 執 執 反三 汁 新 野 名 在 北 海 習 一
弓 呼 協 反二 目 目 七入 咠 吹 反二 十 反二 檜 十 篇 執 三 戢 十 飾 什 十 習
入反 襲 重 㬬 京 褶 袴 褶 神 集 聚 春 輯 和 𨶜 㑪 㩴 揖 反二 𢲵 的 㦀 小 雷 俗 作 㙷 生 耳 集
三 了 褶 執 反一 入反三 輯 揖 反二 三 且 夫 入反二 耳 皃
溼 濕 溼 滑 日 姊 入反 濈 出 泉 潗 縶 合 及 其 立 反三 㲺 風 縶 縶 足 反二 霸 小 雨 馬 𦙅 䵘 絆 墊 虫 立 反二 脂 肉 汁
湁 字 補 各 反三 入
立 力 急 反六 𦧲 粒 米 笠 雨 𩿳 鳥 㕦 苙 白 芷 又 㦦 急 居 立 反 㦦 六 給 供 𣳾 引 伋 子 思 名 級 階 岌 山 高 皃
泣 去 急 反二 㬬 㰞 欲 歙 𣢐 丑 聲 吸 許 及 反五 𩱻 漢 有 𩱻 縣 又 姓 名 翕 火 起 𧬊 語 翕 水 流 㴸 邑 立 反 又 作 𢵧 三
戢 雨 𩃧 𨠟 㦦 反五 㵦 止 但 立 𩁌 汝 𩂣 𩕳 多 咠 眾 聲 戢 名 邑 英 及 悒 𩱇 香 浥 溼 䓃 邑 共 𩚅 食 治
濕 一 灄 兔 𨿽 火 𡚢 為 㬿 㬿 明 弋 反 二 甲 曄 曄 㬿 反 廿 七 藥 以 若 反 八 躍 跳 躍 祭 名 蒻 藕 蒲 名 鑰 關 籥 燭 𦘘 𦠆 略 離 雕 良 反 二
火 反二 約 輒 文 石 薬 鑰
繁 鉄 脚 居 灼 反五 𢷾 鞋 灼 燒 之 灼 反 十 斫 刀 斫 苦 木 汋 山 谷 名 在 涂 江 𥦞 𢵧 𥦠 㸂 名 酌 酒 𦽧
焯 火 炙 檪 五 穀 皮 又 爍 灼 爍 書 鑠 銷 鑠 大 鱳 未 杆 出 𢴦 杓 苦 枕 苕 又
𥟇 榴 葯 菜 名 出 𧖣 綽 寬 綽 又 𣧿 約 孨

唐寫本切韻殘卷三

縫容反三 鉄 漨水 峯 鏠反

烽火 縱縱橫即容反又子用反三 蹤

邛渠容反六 卭縣名 舼小船 笻竹杖 輁軸所以支棺 䓖

杠古雙反五 扛舉鼎 杠旌旗飾一曰方前橫 茳蘺 釭燈又古紅反

耳中聲女江反二 䰾多髮 憃楚江反三 樁橦 摐打

䏺匹江反二 胮脹 瀧南人湍名呂江反一 雙所江反

腔羊腔苦江反五 控打 悾信 跫 蹋地聲

椿撞都江反一 目不明 五支章移反九 卮

弋支反十 䧇東䶢縣在樂浪 迻迻遞 移 獸名似犬現則有兵大 栘木名

為薳支反又于僞反二 衣架 潙水名出新陽 媯姓居為反一 麾許為反三 𡇣

䙷好視 靡靡 為反四 縻 縻繫 糜 靡

錘八銖又馳偽反 垂是為反三 陲邊 倕重 㲘

鈹 披散 𥍂 陂彼為反四 詖辯 羆 碑

琦玉名 騎跨馬又奇寄反 鵸似鳥三首六尾 魌小兒鬼 䗁

戲我戲 羲許羈反八 犧 氣 唏

郫郫縣在蜀 提飛是支反又 匙 匙

崎去奇反四 不正 觭角一俯一仰 踦 宜魚羈反

驪馬 鸝小鳳相 樆山梨 鸝黃鸝 鵹

移反七 𪃩口上毛 巂似鳥又疾移 鸃鼠似鷄 觜

奇不耦又渠羈反 羈寄 卑府移反五 椑木名似柿 卄

埤附 絁繒似布又式支反三 施 葹草名拔心不死 斯息反

淩 磃館名 褫疫病 傂ˎ祁地名在平陽 虒

鸍鳿鴗 擒ˎ拘山名 猕猴ˎ 㺄縣名在寨 深 㛼呼母

漪作蜘蛛 猗於離反五 椅木名 禕美 旖ˎ氏縣在河東 馳直反 池 簃連閣 箎樂器 踟

爲反三 犧 厜ˎ 沱水名在南郡 訑自多皃香支反一 眵目汁支反一 釃下酒所宜反又山今反二 簁下物 䕯𥫗一曰山名 㜷月病一曰不能相反

八角反於佳反一 厜ˎ㕒山顛狀姉規反三 觜星名 纗細繩 槻木名堪作弓居隨反四 規圓 䂓三足釜有柄 雉 鷤鴂別名 劑

春蘭遵反又在卿反一 衰楚危反一 𩦽馬赤白色子垂反又子𩦽反 闚去垂反又作䦱 大脂反三 祇敬 秖

姨以脂反十一 夷 彝 侇ˎ 夷 痍瘢 陳ˎ咸 荑 桋木名 蛦ˎ蛦 胰夾脊肉 恞悅 師疎脂反二 鰤魚名老 毗

𣬉 比又必履必寐二反 琵ˎ琶 枇蔓又方 芘荊藩 沘水名在楚 貔豹屬 膍牛百葉 蚍ˎ蜉 枇ˎ杷 仳ˎ倠醜皃

鶿ˎ 咨即脂反八 資財 粢祭飯 齋 諮問 姿儀 齍在器 澬水名在邵陵 飢居脂反二 肌肥 鳾

烏處脂反三 胝ˎ 鮧魚名 絺丑脂反三 郗 郗縣名在廣陵取私反三 趑ˎ趄 嶀 茨疾脂反七

蒺 餈餅 瓷 以土增道 積 蠹 尼女脂反三 柅木名 怩忸ˎ 坻直尼反六 坻小渚 泜水名在常山

遲又直吏反 蚳蟻卵 茈山名 私息脂反二 鋖平木器 尸式脂反四 鳲ˎ鳩 屍 蓍草 鬐馬項上鬐渠脂反六 耆長

鰭魚脊上骨 鮨鮓 祁ˎ盛皃又縣名在太原又市支反 伊於脂反三 蛜ˎ蝛 咿喔 梨力脂反七 剺直破 穲禾二把長沙云

秜稻死來年更生 蜊ˎ蛤 蔾蒺ˎ 犁牛駁 葵渠隹反四 鄈ˎ丘地名在陳留又地名在河東漢祭后土處 楑ˎ椎 鍨兵

追陟隹反二 磓雷出韓詩 龜居追反二 跽 騤 綏 桵白桵木名 衰楚危反三 㩄 瘰病 惟以隹反八 䑊

㩮 壝 維 璀石似玉 遺失 濰水名在琅耶 唯 纍力追反七 虆蔓ˎ 嫘ˎ祖黃帝妻也

欙山行 樏求子牛 壘 罍力罪反 綏安也遺反六 葰ˎ胡 雖 浽 雎水名在梁又許葵反 稼禾四把長沙云 逵

反五 夔〻龍俗作蘷 騤馬行皃 馗神名 戣兵名 眉又作眉武悲反九 湄水名 瑂石似玉 覹伺視 篃竹名又非反 黴〻黑垢皃又莫背反

麋鹿屬 縻〻無 悲府眉反一 錐職追反六 隹 𪉊 歲 鵻鳥 萑木名似桂 騅馬倉白雜 誰視隹反二 脽尻

帷洧悲反一 邳下邳縣符悲反三 岯山 魾大鱗 丕敷悲反五 伾有力 秠黑黍 碩大面 駓馬桃花色 倠仳倠許維反一

追反三 槌 鎚鐵 推尺隹反一 胝皮厚丁私反二 秖穀始熟 紕繒欲壞匹夷反一 唯 䧳許規反二 巂以木有所擣春秋越巂吳於巂

小山而衆丘追反 又丘誄反一 狋犬怒皃牛肌反又巨貞反 七之 之止而反十二 芝瑞草 飴与之反十三 怡悅 圯〻橋 貽貺遺 頤 詒〻

宧室東北隅 泜水名 胑豕息肉 鮔魚名 姬王妻別名 時市之反三 塒鑿垣 鼪 疑語基反二 嶷〻九嶷

葸〻菜 緦伺候 緦〻麻 楒相思木 葸竹有毒傷人即死 禗不安意 鶅側治反二 緇楚治反又 颸風 其渠之反十六 期

旗旌 萁菜 騏馬青黎色 蜝蟣蜝似蟹 琪玉 璂弁飾 麒麟 淇水 鵙鳥名 綦似蕨 錤

綦卒 璂弁飾 鯕魚 祺祥 禥 緒白倉色 詩所之反二 邿地名 而如之反十二 栭木名子似栗而細一日梁上柱 檽木耳 臑

坂 胹煮熟 輀喪車 洏漣洏流皃 鮞魚子 耏多毛 咡吻 娸丸之墊 誀誘 欺詐去其反五 娸姓一曰醜 魌

顛〻作𩑶 僛 姬居之反七 朞 基 萁 箕 藄菜似蕨 笸可以取蟣 諆謀詩云周爰諮諆 詞似茲反四 祠 鎡 辭

又作辞一 釐理一曰福 貍似貓 氂毛 犛十毛 剺劃 嫠寡 狸 從土與宇出穴 孷 漦 菑側持反八 淄水名

輜車又莊治反 錙銖 緇黑繒 鶅鳥 鯔魚名 僖樂許其反十二 歖喜 熙和 嬉美一日遊 禧福 譆痛聲 熹

盛 瞦目精 焟 嘻 歖 毉於其反二 噫恨聲 癡丑之反三 齝牛吐食 笞打 治直之反二 持

蚩蟲名赤之反二 嗤 慈疾之反三 磁石名 鶿鸕鶿鳥名 茲子知反九 孳息 嵫崦〻 孜孜〻 滋多 嗞吚〻

黳 鎡錤之別名 鼒小鼎 𡥞 八微 微無非反四 溦小雨 薇菜 薇武悲反

輝許歸反七 暉日 揮張 徽美 翬飛皃 褘后祭服 㦣魚有力 煒香衣非反七 闈門內 圍 韋姓 韓

違 遲 湋水名 霏芳非反六 妃 菲又芳尾反 騑細毛皃 騑驂馬 斐〻 見左傳 飛

〻戶 緋絳 非不 蜚 騑山牛一日白 䬠 肥符非反五 腓腨 淝水 痱風病又作痱 威於非反五 葳蕤

〻懷又於鬼反 隇〻陝 蝛 祈巨希反九 頎長 旂 畿 鬿 崎山傍曲岸又作圻 覬

危又公衣反 肶 肉肶 機 居希反十二 譏 誹 蘄 縣名在譙郡 嘰 小食 璣 珠 饑 穀 蘞 草 磯 大石激 戦

繫馬 鐖 鐖不熟 禨 祥 希 虛機反六 睎 日氣乾 莃 兔葵 稀 北方名雉 稀 疏 晞 視 依 於機反五 衣 譩 痛

陎 天陎縣在酒泉 悠 痛 沂 水名魚機反一 巍 語韋反一 歸 俱韋反 巋 大丘韋反 九魚 語居反六 漁

陽 鱟 捕魚 齬 齟齬不相值又魚舉反 鋙 鉏鋙 䁥 馬目白 初 楚魚反 書 傷魚反六 鵨 鳥名似鷖 𤦷 玉 舒 開 紓

地名在廬江 居 舉魚反六 据 手病詩云予手拮据 裾 衣衿 琚 玉 腒 乾雉 鶋 鶢鶋鳥 渠 強魚反十三 璩 玉 磲 次

蕖 芙蕖 遽 蘧蒢 醵 合錢飲酒 篆 匡 涁 小渠之涁 腒 鶏 鳥 駏 余 与魚反十九 蜍 蟾蜍 餘 殘

又与庶反 旟 旟旗 鸒 鳥同穴 璵 璵璠魯寶玉 艅 艅艎 畬 田二歲 瀩 水名 轝 又以據反 輿 女子 舁 對舉 好 婕好 旟 山獸

又餘佇反 歟 鸒 馬行貌 歟 胥 思餘反七 諝 鰖 魚名 笙 竹器 湑 沉 稰 落 稰 蝑 水名 蝑 蜙蝑 疽 七余反十一 岨 石山戴土

土 趄 趑趄 苴 履中藉 沮 水名在北地又慈与反 狙 猨 蛆 在肉中 罝 ⺊ 苴 郱名在鄱縣 䧺 鳩 蛆 蝍蛆 鉏 助魚反 據 舒初居反二

樗 惡木又作樗 疎 色魚反四 練 蔬 菜 梳 櫛 虛 許魚反五 驉 驒驉 歔 歔欷 嘘 吹 魖 耗鬼 徐 似魚反三 鄃 地名 狳

於 央魚反五 菸 菸 菸 淤 淤泥又於據反 箊 竹名 唹 笑貌 豬 陟魚反又作豬三 瀦 水所停 作豬三 藸 臚 皮臚又鴻臚 力魚反十

鬞 閭 門 蘆 漏蘆草名 廬 小屋 櫚 栟櫚 驢 藘 蘆藘 𧞣 養 山獸 諸 章魚反五 櫧 木名 瀦 水名在北岳

藷 藷蔗甘蔗 蠩 䗂蠩 除 直魚反七 躇 躊躇 儲 涂 水名在當邑又直胡反 篨 籧篨 蕏 慈名 寧 門屏間又直呂反 如

女魚反四 蕠 洳 水名在南鄉又人慮反在晉 鴽 鴽鳥 且 子魚反三 砠 山 蛆 蝍蛆食蛇歸字子據反 虛 去魚反五 𦲸 祛 袖 祛 依去魚反

馬圉 据 木名 菹 側魚反三 爼 姓 鋤 署魚反二 鉏 藥名 䂸 女余反三 帑 挐 毛大多 十虞 語俱反十二 愚

娛 樂 湡 齊藪名又水名在襄國 堣 堣夷日所入 鷃 鳥現則大旱 嵎 山名在吳 禺 番禺縣在南海 髃 骨名 隅 角 鸆 鳥似鵜鶘 鰅 魚名有文出樂浪

𦓷 測隅反一 無 有武夫反十二 毋 止 瞴 瞜瞴 膴 無骨腊又 蕪 草 誣 謗 巫 璑 三采玉 憮 地名在 蕪 黑咬竹

巫 在女日巫 于 明俱反七 迂 曲又意俱反 盂 盂器 邘 地名在河內 雩 祭名又況于反 竽 笙 玗 玉名 訏 大 況于反七 吁 歎 盱

嘆 歍飲 貪者見食貌 疛 病 盱 明俱反七 斛 衣 其俱反十六 衢 軥 車軛 氍 氍毹 朐 一曰屈又地名在東海 鴝 比名在河東

欨

臞 鴝鵒 飾 灈 水名在汝南 躣 行貌 鸜 馬有白 鼩 鼩鼱小鼠 鑺 兵器書云執鑺於西垂 蘧 蘧䕫又巨居反 斪

鉏俞 儒日朱反七 濡水名 獳獸名 襦 懦弱又力乱反 嚅嚅唲多言 鱬魚身人面 鬚又作須相俞反八 須待 繻
傳ヽ 顉頭 須女須星名 需疑 儒子 朱 誅責 邾地名 鼄鼅鼄 跦行皃 貙獸名勑俱反一 銖
市朱反六 殊 洙水名在魯 茱茱萸 殳 殳殳小 殳詩云伯也執殳 逾越羊朱反廿五 窬門邊小竇 臾 腴肥 歈 鄃縣名
ヽ窳 俞然又姓 諛諂 愉悅 踰 歈巴歈歌 揄揶揄舉手相弄或作揶揄 褕衣 瑜玉 崳山在鴈門 悚 喜 羭黑羖 蝓蝸蝓
朱反 萸茱萸 隃 榆木 楰 瘉 郚地名在涿郡 渝 覦 區氣俱反六 嶇崎嶇 驅 鰸魚名出遼東 軀身 驅 貙 樞
襄裹又苦侯反 朱止俱反六 珠 侏侏儒 袾 咮言皃 鴸似鴟人首 趨疾行七朱反一 婁力朱反九 蔞蔞蒿 毹毛布
瞜 蔞山 鱸魚 鷜鷜鶘野鵞 摟曳 膢 扶持附夫反十 芙芙蓉 颫風 苻 鳧野鴨 榑
海外大桑日所出 蒿ヽ 苻草名 蚨青蚨青色如蝉子母不相離 夫ヽ若 稃穬 鳺 敷施芳無反十六 麩 孚
信 郛郭 㪢 鄜縣名在馮翊 鋪又普胡反 筟 籰者 俘 痡病 殍餓死 怤思 䴸
孵卵化 紨細絹 諏謀子于反 陬 娵 緅 跗足 膚 鄜 鈇 枎 柎
之輸 玞碔玞美石似玉 鯈 鱅魚名三首六足六目三翼 膚 藨 夫人 紨 荂 芋
逾 輸式朱反一 樞昌朱反二 姝 廚直誅反二 躕踟躕 拘又九遇反 駒 岣山別名 眗 鄃 株
跔手足寒 鴝鴝鵒 俱皆 毹 愉 榆 十一模 法莫胡反七 摸以手摸 嫫
齊ヽ 蘇 揄 鋪 膴 謨謀 蒲 酺 摸 模 模式
瓠 菩 蒲水草 胡戶吳反 壺酒器 狐狸 瓳 餬 瑚 湖 鶘 猢
縠 翔 鬍 翩 麴 孤古胡反 苽 觚 菰 泒 罛 酤
又音 酺 蛄 葫 鴣鵓鴣鳥名 樗 菩 湖 徒度都反 屠 瘏病
泥 途 塗 荼 駼 騟 涂 茶 酴 圖
盧 奴乃胡反 砮 帑 駑 孥 笯 呼 膴 鱗 無骨
烏 吾五胡反 鼯 浯 吾 梧 珸琨珸美石似玉 吳 郚 麤 祖則吾反二 租

蘆以籍白蒂 盧落胡反卅六 鑪 壚黑土 盧竹 蘆葦 顱頭顱 驢畜名 瓐 鑪火 爐 轤轆 櫨欂櫨 圓 櫨黑 蠦

黸黑甚 獹韓獹 鸕鸕鶿 艫舳艫 纑布縷 蘇息吾反三 穌更生 麻磨 狙七余反二 砠石山 殂死 烏哀都反九 鳴嗚呼 杇

泥塗 洿水不流 鵚鵚鷋 鋘鋘鍒 歍歍口相就 鎢鎢錥溫器 汙有所污 逋博孤反四 餔食 晡日晚 庯屋上平 枯

刳刳剔三反 郚地名 麤倉胡反二 麁行路遠 菟美玉 稌稻 都當孤反二 闍城上臺 蒱博孤反

鋪設 鯆魚名 餔 痡病 十二齊徂奚反五 臍 齎持 蠐蠐螬 蠀 黎郎奚反十二

犂耕 驪馬深黑色 黧黑 棃 䵚 藜草名 蔾 蒺蔾 鵹 鵹黃 盠瓢 邌徐行 犁

萋菜盛 妻七稽反五 凄寒 淒 悽悽愴 低當嵇反 氐 羝羖羊 袛衣短 隄 磾

睇 稊稗 蹄杜奚反 䗖 題 提 鵜 鵜鶘 鶗 緹 荑 騠 醍

緀 淒 綈 厚繒 啼 鷤 渧 禔 㖒

視 鷄 㜵 蹊 嵠 谿 鼷 奚胡雞反 騱 螇 徯 傒 兮 醯

桂 門外行馬 狸 奚 雞 豯 鸂 鸂鶒 溪 溪谷

驨 騠 膍 牛百葉 鵹 羝 稽 古奚反 笄

翳 榼 醫 霓 兒 倪 猊 郳 婗 鯢 蜺 輗 麑

霓 鷖 鯢 觬 鼙 鞞 批 鎞 錍 篦 豍

卧 韓 迷 謎 鼙 批 豍 鈚

撕 嘶 犀 稊 睼 䶏 谿

樀 婗 西 迷

䂂 珪 邽 閨 睽 奎 溪 封

不名 䳗 蕎 蜀 雕 睳 攜 酅 鑴

十三佳 古膎反二 街 膎 懈 娃 鮭 罜 𦊉

又符羈反 媧 女媧氏姑華反三 緺 青緺綬 䵷 蝦蟇屬烏緺反一 咼 口戾苦蛙反 絓 絓絲 柴 薪士佳反四 㘑 不齊天 齜 齜齒不正

漇 漇湖梁名又漇革嶷余反 釵 楚佳反二 杈 犲狗海布支 㸅 物不正大咼反一 𦖀 𦖀鬚胡羊妳佳反一 崖 岸五佳反四 㕓 㕓下闉 涯 水際 齖 齖齒

娃 美女只於佳反三 洼 水名又烏瓜反 哇 淫聲 㥶 呼彼之稱山佳反又山宜反一 䯞 䯞火佳反二 欸 欬欸氣逆 扠 以拳加人五作㨖字廿佳反一 䚾 視只莫佳反 (䚾)

十四皆 古諧反十 偕 俱 䕸 麻稈 喈 鳥聲 階 級 稭 𥢶 𧆾 𧆾諸藥名決明子是 荄 瘖瘣 瘣 堦 砌 諧 戶佳反五 湝 風

骸 不止 骸 骨 揩 黑石 𩢺 馬性和 排 推步皆反四 𨋩 車箱 俳 𠐦 俳優 㸧 旁乖反一 懷 古懷 褱 戶乖反七 𧝞 𧝞衣 櫰 木 褱

哉 秋 褢 嵗 褢 㨻 似牛四角 淮 水 匯 澤名苦淮反一 豺 狼屬士諧反二 儕 等 差 蕭楚皆反一 虺 虺隤馬病呼懷反一 埋

三 癡 風而雨 㨥 㥆 齋 齋側皆反一 嵗 嵗嵗裴羊不乙乖反一 𪗍 齧齒卓皆反一 揩 揩摩拭 𢱿 㨻皆皆反一 諧 諾皆反一

十五灰 呼恢反三 㼺 豕掘地 瘣 馬病 恢 大苦回反五 詼 詼諧 悝 病 魁 師一日北斗星 敊 竹箭 隈 水曲烏回反三 煨 煻煨大 縗 色

鯸 鯸鮐戶恢反 𩵋 回 洄 逆流 徊 徘徊 迴 還 槐 宮槐木名 瑰 玫瑰大齊珠 𧋩 人腹中長蟲 枚 莫杯反十二 媒 媒 玫 玫瑰 梅 木 煤 炱煤大集屋上

脢 背肉又莫杯反 𦙶 脢 腜 孕始也 禖 求子祭 𦉵 叀䌊 䤋 鏈大鐵 壞 五回反二 隗 大兒 雷 路回反四 罍 酒器 儡 𠑻 𠑗 𩰅 䨓 頹

𩗗 暴風杜回反六 隤 瘣 墤 墜下 魋 似熊而小又人名 𩕢 頹 秃 𥕟 𩫖 崔 山回反三 催 𦡟 衣 𩈣 落都回反三 𩞲

餧 𡐯 推 折回反三 𢣷 忼 嵟 㕓嵬與人姓崔字同音別 摧 傷 𢠕 𢠕𢠕 啡 徊 迴反二 𢯊 孚 裵 薄回反五 徘 徊 培 益 陪 厠

𩨃 鄉名在河東聞喜 杯 布回反一 䀛 芳杯反四 坏 㾼 病 𦐖 醅 酒未 𩻧 魚似鮎五回反三 桅 舟上橦 嵬 崔嵬 䧅 車盛良 𦋩 四反二

𡟦 草名 𨻳 古之善塗者乃回反二 挼 摩 十六咍 笑呼來反二 㰯 笑聲 𧄝 𩒹 又於其反 埃 塵 唉 慯 譽

臺 徒來反六 擡 舉 𧄝 儓 泥澤 炱 炱煤 嬯 鈍 薹 蕓薹 該 古哀反七 荄 𨚰 郭 垓 八極又垓下 陔 不欺 𦵵 梓

又古諧反 郂 鄉名在陳留 殪 羊胎 𩳐 又五哀反 陔 階次序 𡡢 𡡢日 裁 昨來反六 纔 僅 財 資 才 學 材 調

𩫖 落哀反六 萊 藜又東萊郡名在青州 郲 地名在蜀 騋 馬高七尺 崍 崍山 䘲 鄉名在狀風又力之反 𧰝 祖才反三 栽 種 𢦏

痗 疑倉才反二 偲 才 胎 湯來反四 鮐 魚名 台 三台星名 邰 地名在始平或作斄 孩 小兒胡來反二 咳 笑 鰓 魚頰蘇才反四 𢢄 𢢄 𥿇 碎米

腮 頰中骨 皚 霜雪白五來反三 嵦 嵦山 䶅 有所治 能 獸名又奴代反奴登二反一 開 苦來反一 十七真 職鄰反俗作真四 甄

姓又居延反 振 又之刃反 禛 以真受福 春 昌脣反一 漘 水際食倫反三 脣 蓴 水草名似蘭青黑色 勻 羊倫反一 淪 沒力迍反十 倫 等 論

又盧昆反 蜦 輪 崘山名 錀 魚名 蜦 蛇能興雲雨 棆 木名 綸 絲綸 乇 陟倫反二 窀 窀穸下棺 純 常倫反八 蓴 蒲秀 蒓

水茶 醇 醲酒 鶉 鵪鶉字鳥合反 恂 憂 錞 所以和鼓 淳 清 犉 牛脣如均反二 瞤 目動或作眴 因 於鄰反十一 禋 祭宗 闉

闉城七重門 駰 馬又於巾反 烟 烟煴天地氣 湮 沉 氤 氤氳 垔 塞 諲 敬 姻 婚姻 珚 玉 堙 陟鄰反三 填 壓又徒賢反 鎮 成又陟刃反 新 息鄰反

辛 苦 薪 柴 辰 植鄰反六 晨 旦 宸 屋宇天子所居 䢅 鳥 鷐風 蜃 蜄大蛤 臣 君臣 仁 如鄰反二 人 申 書鄰反六 神 伸 呻 娠

娠孕又指刃反 紳 紳帶大 呻 吟 身 神 食鄰反二 晨 旦 獜 健又平 獜 犬走草狀 縝 縝紛 鄰 力珍反九 轔 車聲 嶙 嶙峋山深崖狀 粼 亂

木在石間 獜 馬色 驎 麒驎 麟 麒麟 鱗 魚鱗 橉 手柄 貫誼曰 鋤耰棘矜作矝 巨巾反二 堇 土 陳 直珍反三 蔯 茵蔯蒿 …

塵 埃 津 將鄰反三 璡 美石似玉 濜 瀸之液 瞋 怒目 鄰 瞋 內脹起 秦 匠鄰反三 螓 螓螓 蓁 牛 親 七鄰反一 豳 彬

又下珍反一 寅 敬又以之反 膑 脂 夤 草 銀 語巾反八 折 大齗 齗 齒 犍 爭 垠 木色 鄞 縣名在會稽 又魚斤反 圁

陽縣在西河 誾 和 嚚 愚 忠信曰嚚 紉 單繩 巾 居鄰反一 民 彌鄰反三 閩 泯 沒又武忍反 賓 必鄰反二 濱 水際又作瀕 蘋

鄰 郇 相倫反十 郇 地名在河東 詢 諮 恂 信 珣 玉 峋 嶙峋 榫 木名 栒 邑名在 洵 水名又詳遵反 恂 心 逡 將倫反二 踆

逡 迴 逡 遁又七倫反五 竣 止 皴 皮細起 夋 東郭 踆 蹲 遵 詳遵反七 巡 行 馴 擾 揗 手相安慰 㧑

循 善 紃 圓條 食倫反 頻 符鄰反九 蘋 大萍 嬪 九嬪一曰婦 嚬 木名 玭 珠 獱 名 蠙 鼊 嚬 顰 眉 繽 紛

敷賓反一 昀 居春反二 鈞 均 麏 西方鳥 羣 麕 木名 輴 車 纃 衣 倫反一 諄 至之純反一 鷷 巾反二 騆

又 贇 美好於倫反 𧦬 兒 囷 廩 去倫反 箘 竹 筍 桂 又渠 磤 文質

豳 虎文又方閔反 珉 美石次玉 岷 山名 江水所出 閩 越又 鼏

十九文 武分反十二 聞 聽 蚊 蟲 彣 青與赤雜 紋 綾 馼 馬赤鬣縞身目若黃金 文王以獻於

者紞 鳺 鳥 闅 鄉在 汶 鼢鼠 閺 越人 雲 戶分反十二 芸 蕓 薹 秐 耘 鄖 國名 妘 女字 紜 紛

濆 水名在美陽 澐 江水大波 篔 竹名 蒷 云 言 熅 煙氣 氛 氣 氳 氤 緼 亂麻又於粉反 馧 香 輑 輴 兵車 藴

積 束草又於粉反 汾 水名在太原 符分反十六 墳 焚 氛 盆 鼖 大鼓 轒 轒輼 濆 水際又水名 焚 燒 羒 羊 豶 鐼 䴅

布還反 獱上中怙羊 鶅似鵲白身赤尾六足 枌木名 賁草木多實 膹賁膹 棼屋棟 分府文反三 坌掃棄 饙饙飯 羣集

褰衣 薰許云反九 臐入 曛日 纁絳 葷菜 勳功 熏火氣 獯獯鬻北方 勛放 醺酒醟 焄臭菜 君舉云反四

皸足坼 裠居運反 裙裙襬 莙木名 芬無云反六 雰霧 紛紛紜 帉帉帨巾 氛祥 翁毛落 翂或作翂飛

殷於斤反三 慇慇懃 溵水名在潁川 懃勞巨斤反三 芹菜名生水中 勤斤舉欣反三 筋骨 斦二斤 斤 昕日照

虓虎斤反四 欣喜 訢相 齗齒根肉 圻或作垠又諸斦文 廿一元愚袁反十三 原一根 源水 杬木名一曰藏卵 嫄姜嫄 沅

騵赤馬白腹 羱羊 黿似鼈五丸反 蚖螈蚖蜥蜴別名 又五丸反 蠠 芫芫花藥名 邧地名 袁雨元反九 爰於 垣

𥎰園圃 援引 猿猨 轅車 猿猴 鶢鶢居鳥 蝯反 蕃蕃廡 翻孚袁反 藩籬 番數 幡旛 潘大波又 楆拜反

溡汁 萱忘憂草 暄暄諠 誼譁 諠或作諼 喧況袁反八 暖 諼詐 塤樂 鶠鶠鳥 煩附袁反 繁

多 蹞似蒲而大 攑 樊蕃 繙 帑亂取 蹯獸足 膰胙 羳羊黃 璠玉 蕃茂 蟠 蘩白蒿 䋣

鐇廣刃斧 䗺蟠蟲 蟠 䘫 蹯 鐇 璠璠璵魯之寶玉 礬 鴛於袁反八 冤屈又冤句縣名在濟

陰 𡲞 鴛鴦 鵷鶵 惌枉 鋺 蜿 宛屈草自覆 宛縣在南陽 言語斬反三 琂石似玉 甗無底甑 櫸

掀舉 言 軒虛言反五 掀舉高 騫飛 輴車前 藖草 蓒 攑居言反六 鞬 韃 鞭 䩞 攓拔

馬上盛弓矢器 鞬 犍 䭈 劇 豭 蔫 諏 蓄 斷 藩 轓車

廿二魂戶昆反十 餫 䍕 騉 鯀 䲅 魂 渾本反 又胡昆反

崑 草 褌衣 崐崙山名 琨玉名 鵾雞 鯤大魚 蜫蟲 溫於渾反四 轀車 薀 縕 䮍 門莫奔反五 捫撫持 璊玉赤 糜赤粱 穈 蓀思渾反三 孫 猻 飧餅 尊祖昆反二 罇 樽 存 蹲

敦都昆反 惇 墩 燉 涒 暾 黗 驐 豚 纯 屯 忳

窀 翻 軘 飩 䬻 豘 村 湓 蒲奔反三 盆 瓫 葐 蒕

溢 湓 水名在尋陽 噴 賁 論 崙 坤 髡 頓

昏 呼昆反五 惛不明 婚 棔 閽守門 廿三痕戶恩反四 根 跟

所以平量根古痕反二 跟足後 恩烏痕反一 吞吐根反又吐遵反一 垠~岸五根反或作圻 䂼語巾語斤二反 廿四寒胡安 韓

井垣又國名 寒~暑 翰草~ 邯~鄲縣名 桓胡官反十五 完全 麃~鳥 丸 獻 萑 雚

萑兔 洹水名在鄴 汍~瀾泣貌 絙緩 芄草~蘭 獂豕屬又獂道縣在天水 梡木名出蒼梧子可食 刓 智 井無水曰

精目無 睆 鑾五~ 鸞鳥 欒 木名又~ 鑾 曫 鈴 鑾 攣 鸞

鯀 丸 剜 刓 攢 寬 歡

呼官反七 驩 貆 酄 讙 鵈 貒 䝯

肥子吐丸反 湍 鷒 鯍 瘢 蹣 皤 瑞 䝪

衣長又衣正幅 剬 齒 鑽 官 莞 棺 觀 貫 冠

又古丸反 涫 圕 專 剸 摶 慱 漙 鄟

單 鄲 丹 殫 箪 安 鞍 案

馬 鄲 干 竿 肝 玕 乾 靬 邗 奸 刊 汗

胡干反 壇 檀 鸛 彈 撣 驒 䩥 鱓

青驄 駩 盤 瘢 磐 磻 鬆 般

槃 蹣 搫 看 靬 刊 瞞 讕 謾 蹣 槾 慲

鏝 萌 饅 蘭 瀾 闌 讕 闤

安入 蘭 爤 殘 戔 盞 嘆 攤 灘

在 讀 瘨 潘 皴 雞 跚 珊 殞

瀾 訕 闌 癏 彎 灣 還 環

慳 剝 鰥 鰥 關 擐 鐶 鍰 斑 頒 縣

蠻 斑 鷴 獂 姦 菅 顏

一攀 引普班反二 眅 目多白皃 姦 訟女還反一 瘝 瘝瘵五還反一 襉 編襴力蠻反又力閑反一 廿六山 所閑反三 疝 疝腹病 潸

鬜 魚名古頑反一 閒 古閑反二 艱 難 閑 胡山反八 燗 癇 小兒癇病 鷳 馬目白皃 瞯 人目多白 鷴 鳥 羴

慳 恪又苦閑反二 覸 人名出孟子 虥 虎淺文皃 羴 羊臭許閑反又式然反一 譠 爭五閑反二 爛 犬聲 顛 頑息異反 黰 黑皃

 反二 羶 羊黑 編 編襴色不純方閑反又方變反二 彬 虎文又甫巾反 斕 斒斕力閑反一 嘫 諸閑反 孱 女子賤 嬛 嬛狀

切韻卷第二 平聲下廿八韻

一先 蘇前 二仙 相然 三蕭 蘇彫 四宵 相焦 五肴 胡茅 六豪 胡刀 七歌 古俄 八麻 莫霞

九覃 徒含 十談 徒甘 十一陽 与章 十二唐 徒郎 十三庚 古行 十四耕 古莖

十五清 七精 十六青 倉經 十七尤 雨求 十八侯 胡溝 十九幽 於虯 廿侵 七林 廿一鹽 余廉

廿二添 他兼 廿三蒸 諸膺 廿四登 都滕 廿五咸 胡讒 廿六銜 戶監 廿七嚴 語驗 廿八凡 符芝

一先 蘇前反又蘇見反二 躚 蹁躚 前 昨先反一 千 倉先反五 阡 阡陌 汘 水名 仟 千人長 芊 草盛皃 牋 表則前反 濺 水名又子賤反

小兒 蘢 天 他前反二 靛 顛 堅 固古賢反十 鑿 剛 菣 縣名在東萊 慳 布名 豜 種 肩 鳥名又五草反

豣 大豕一日豕三歲 薦 蜀葵 賢 胡千反六 弦 弓弦 舷 船舷 絃 琴絃 蚿 馬蚿 嫺 鳥名 蠲 又於見反 呴

喉 檾 香草 蓮 落賢反五 憐 愛 嗹 嗹嘍 縺 縺褸 蓮 田 徒賢反九 佃 佃作 畋 取 鈿 又

從見反 盷 目平皃 填 塞又陟陳反 闐 闐 䡘 車聲 鈿 金花 年 奴賢反二 鄆 鄉名在 顛 都年反七

顚 癲 病又 槇 木上 驒 馬 滇 池 建寧 趌 走皃 牽 苦賢反四 縴 縴綪 郱 地名在河

刑 又音 汧 水名在安定 妍 五堅反三 鵑 研 摩 眠 莫賢反一 蹁 部田反七 鶣 蠙 珠 胼 胼胝 駢

㾉 丁 駢 馬 鷏 蹁 黃 胼 腁 淵 水 馬 鳶 五 痟 骨節疼 焆 焆勢 剬 剪 鬋 鬋聲 涓 水流 睊 視皃 蠲

背 草名 稍 麥 鶴 鍽 銅 鍵 騙 馬 邊 布玄反八 籩 竹器 甂 小 蝙 蝙 仙 編 次 方顯反 猵

檷 秈 粘 鮮 生魚 玄 胡涓反五 懸 眩 眩亂 駭 馬一歲 弦 漢有 二仙 相然反六 鮮 竹 仙 草名 似菟

穮 比也 篇 方 頭

蹮舞皃 秈稻 秔 鮮生魚 按文為鱻 錢昨仙反一 遷七然反二 韆棍櫏 木名 煎子仙反二 湔洗 一曰水名在蜀玉壘山 又子先反 然如延反四 燃

㸐然 撚獸名 黑文 燃姓 延以然反七 埏墓道 莚席 郔地名在鄭 綖冠上覆 蜒蚰蜒 梴長木 項工衣 饘粥 諸延反 饘同六

旃之旃 旜又旜 栴檀香 鸇鷐風 鳥 甄舉 一曰免 居延反 又職鄰反一 邅迍邅 張連反 又直連治戰二反三 鱣黃魚 驙馬載重行難 又徒安反

反白馬黑脊 潺潺湲 水流皃 士連反一 羶羊臭 式連反三 埏打 挻柔 脠魚醢 丑延反三 梴長木 鋋小矛 市連反 又以然反六 單于

蟬 嬋娟 儃態 禪靜 纏繞 直連反四 躔行 湹水名在河南 廛與廛同一畝半 市內空地 焉於虔反四 嫣長好皃 又於虔於遠二反

二反 翩飛 㒇輕舉皃 連力延反五 聯不絕 漣漪動水 鰱魚似鱮 篇芳連反五 偏不正 翩飛 媥

身輕便皃 便房連反二 緶縫 綿武連反五 棉屋聯 矊 邊 臱 蝒馬 全疾緣反三 泉 牷

牲全色 宣須緣反三 揎手發衣 愃快 吳人云 鐫鑽 鐫子泉反一 翾小飛 許緣反三 儇利 狷 㘣江河邊地 又廛埠而緣反 又如究二反 穿

昌緣反三 川 灥三泉 沿從流而下 余專反七 鉛錫 或作鈆 櫞枸櫞 可作粽 鳶鴟 蝝蝗子一曰蟻子 緣 捐棄 旋還 似宣反五 椽

璿玉名 淀回淵 又辝選反 琁美石似玉 娟一曰好皃 於緣反三 嬛身輕便 悁忿 船食川反一 鞭卑連反四 鯿魚名 編次 又布千反

旋竹與 涎口液 叙連反一 詮平 此緣反十二 痊病 佺偓佺 仙人 悛改 銓衡 駩白馬黑脣 荃香草 筌取魚竹 絟細布 譔

善言 譔言語 和悅 專職緣反四 甎亦作塼 顓項 篿楚謂 竹 遄市緣反四 圌倉 或作篅 輲無輻車

椯木名 貟王權反三 圓 湲潺湲 跧曲卷 莊緣反一 栓木釘 山緣反一 鐉所以鉤門樞 此緣反二 剶去枝 乾古作乾 渠焉反六 虔

揵為郡 在益州 犍名獸 鄽聚名在河東聞喜縣 騝騮馬黃脊 愆罪 去乾反四 褰衣 騫虧 一曰馬腹縶 又許言反 攐

言誇 又已偃反 蹇足根 權巨員反十二 拳屈手 䄅曲角 㩲氏縣在代郡 弮 顴骨頰 婘好 踡手屈病

西脊 捲牛黑耳 又居万反 蕥食䊛 菜 櫞屋椽 直緣反二 傳又持戀 攣綴拘 呂緣反 貟反三 䜌南䜌縣在鉅鹿 又力丸反

病 勬強健 居貟反一 卷 縣名在滎陽 去貟反四 棬器似升屈木為 鬈髮好 新加 馬於乾反一 嬛續 連反一 權

袻衣 而全反一 三蕭 草名又縣名在沛郡 蘇彫反 簫管 瀟水名 颾涼風 蟏蛸蟲 橚長木

五 挑撥 眺月見西方 桃 貂似鼠 都聊反十 鼦 彫刻 琱 凋落 鯛魚名 鵰

鵰鳥 別名 中小蟲 迢遞 徒聊反 條 髫小兒髮 跳躍 鋚銅飾 蜩蟬 佻獨行 詩云佻佻公子 苕

芍藁花 調ヽ 驍ヽ武貝吉堯反八 梟鳥名 県首到懸 澆淡 慠ヽ幸ヽ作傲侮 邀遮 釗弩機又周康王名招遙反 蟂似蛇四足食人

蕭落蕭反卅 膠耳中聲 膋腸間脂 飀風 撩取物 遼遠又水名 憀無憀賴 寥空 窙穿 料理 橑蓋骨又力道反 㰐

𡑱周垣 廫鳥氏辛伯廫力姓力救反廫湛廫豆是 僚周官為僚字或作寮 鐐有孔鐙 嵺空谷 嶚ヽ嶚山貌 簝宗廟盛肉方竹器 嵺

鄝付名 璙玉名 嫽相戲人力弔反嫽戾性自是 潦水清 鷯鷦鷯鳥 堯五聊反四 嶢山嶢 僥僬僥短人 垚土高貌 膮豕美許幺反二

哮聲 幺小於堯反一 鄡ヽ陽縣名在鉅鹿苦聊反二 郻縣名在鉅鹿 宵夜相焦反十 消滅 霄近天赤色 捎動搖 逍ヽ遙 痟

ヽ渴病 綃生絲又蘇彫反 銷鑠 硝藥名 蛸螵蛸虫 超勅宵反二 怊悵ヽ 朝知遙反一 晁人姓直遙反 潮ヽ水又水名 䵲噎詩反十

移星名 歊氣 嚻大聲 獢獢獢短喙 𤞴犬黃白色 䕧白芷別名 蕉芭蕉反八 劁草刈 僬ヽ僥南方短人 䞗耳中聲 燋

ヽ悴或作顦顇 譙國名 嶕ヽ嶢山 䕴巢山高貌 驕馬高六尺舉喬反六 嬌女字 憍矜 橋木秀 蕎大管 鷮似雉而小 焦大焦即遙

蕉ヽ芭反九 髐骲髐毛飾 膲人之三膲 鷦ヽ鷯鳥 樵又子蕭反 鷍ヽ鵬似鳳南方神鳥 噍啁噍鳥聲 鐎溫器三足有柄 饒如招反六 褕衣

撽又女校反 擾牛馴伏又女紹反 蟯人腹中蟲 蕘ヽ蒭 橈又燃式昭反一 遙餘招反十八 媱美好 傜ヽ役 䌛由 颻ヽ飄 歋氣出貌

窯燒瓦竈 䔄蒲䔄草名 銚ヽ戈長矛 珧玉珧蜃甲 鰩魚名鳥翼能飛 銚燒器又徒弔反 姚ヽ娆美好貌 搖動 瑤美石次玉 謠

軺ヽ車名又似遙反 愮憂 陶 韶舜樂一曰美市招反二 佋廟佋穆或作昭又市沼反 昭心遙反五 鵃鶻鵃鳥名斑鳩 招呼 鉊淮南人呼鐮 釗古文

飄風甫遙反七 摽擊又作𢯱 杓北斗柄星又扶招反 瘭ヽ疽病名 慓 幖頭上 熛火飛 鑣馬銜甫嬌反四 儦行貌 瀌雨雪貌

䕯蜱田 飄風 䫂符宵反二 蜱蟲名無遙反四 䔸初生 菓竹 漂江東人呼萍 苗武儦反二 貓又莫交反獸名食鼠

腰ヽ脊於宵反七 要又約 葽秀葽草名 蠳蚰 褸ヽ䙔 喓蟲聲 邀遮 鴞于驕反 郻鄉名在清河 喬高而曲巨嬌反七 橋

蹻舉足高去遙反又去堯反 嶠山銳而高又其廟反 僑寄 鐈似鼎長足 鷮雉 鍫甾七遙反三 幓斂謂之幓頭 雛麻生 嫶反三

譊言 䞦亦作 蹻舉足高去遙反又其略反二 繑乘所 怊身尺招又昭反 弨弓弨 漂浮瓢 杓北斗柄 飄ヽ吹貌 嫖

身輕 獠 䗚 穮 鐮刀刈 僄輕 翲鳥飛 飃ヽ 翹鳥尾渠遙反二 荍草名荊葵 獥 照又力照反一

肴與銷通胡茅反十 崤山名在弘農下高反 殽 殽雜 淆水名又雜 筊竹索 姣姣ヽ 虓虎聲 猇 聲南人音加反又直夭反

梢ヽ枇 爻易 交古肴反八 蛟龍 茭草乾 鮫魚名皮有文可飾刀劍 鵁鶄ヽ 膠 郊邑外 咬鳥聲 巢鳥巢又居 樔

江細有反三 鰈 兵卓若菜心望觀 勦 蝿提又子小反 鏡 ㄟ敵女交反五 啾 喧 諺 争 㤘 心乱 鵃 鶻鵰鳥名鴉字知交反 梢 船上梢木所交反十一 捎

髾 猶良馬名又作窠 髾 鬉尾 輎 車兵 旓 旌旗旒 蛸 上蛸 筲 飲帚 筲 斗 蛸 ㄟ蛸 鞘 鞭 蛸 蠨蛸虫名喜子 䱋 魚名 茅 莫交反四 蝥 螌

蟊 虫 貓 又武儦反 芉 芉名又刀之 虓 虎聲交反七 詨 許 鷕 ㄟ翦 歊 ㄟ記 ㄟ傷 窙 高氣 嗃 ㄟ志 ㄟ嗸 飇 風 哮 ㄟ闞 包 ㄟ裹布交反

胞 ㄟ胎又匹交反 郇 邑名 脬 腹中水府 匏 瓠 拋 擲ㄟ 泡 水上浮漚又扶交反 又薄孝反 敲 擊頭口交反五 跤 骹 脛骨近足細處又作骹

面不平 䖏 ㄟ 磽 石地 聲 不聽五交反又五勞反二 聱 不肯又五勞 䫜 身中聲交反三 巢 柎 抓 搯 嘲 ㄟ張交反三 䎐 ㄟ

蟂 蟂字 竹育反 鵃 ㄟ鵃 謿 代人說 交反二 抄 略又初教反 或作鈔 摷 ㄟ耳 庖 食廚 交反五 咆 熊虎聲 匏 瓠 炮 合毛炙肉 日裹物燒 袍

以瓠為飲器 庣 似 摷 手 頫 頭凹於 交反二 咬 ㄟ咋 多聲 敲 五交反又 苦謟反一 六 豪 ㄟ俠 胡刀反五 嗥 哭又 作嘷 毫 毛 嗥

熊虎聲 又作嘷 濠 ㄟ城 高 古勞反十三 膏 脂 羔 羊 皐 ㄟ 九 鼛 ㄟ 皐 ㄟ 嘷 ㄟ 噑 古亭 櫜 上大櫜 咎 ㄟ 繇 鼕 假 事 鼓二

大鼓長二尺 䳬 鶴 鶻名 槹 ㄟ 桔 篙 篙竿 檰 神祀 加勞 慮刀反七 澇 水名在京兆 牢 養牛馬 䔩 竹名一枝百葉有毒 登 野豆

醪 酒 醪 取 蒿 蓬蒿 高反四 嗃 呼 撓 攪 蒿 死人里 嬈 私 毛 莫袍反四 髦 髮又 髦 髦毛 旄 水名 旄 ㄟ 鍪 ㄟ 尾

三半又 莫交反 饕 貪 食 反十三 滔 ㄟ 洮 水名在安定 韜 藏 謟 疑 滔 水流 叨 濫 弢 弓衣 縚 馬行 綯 牛羊絲子又 求交 牢二反 遊

韜 ㄟ 搯 周書云師子乃 韜 搯 字 烏 浩反 慆 悅 樂 絛 縧 繩 刀 都勞反五 鯛 魚名 忉 憂心 裯 禪被又 直 由反 舠 小船 騷 蘇遭反八 搔 爬 繰

叔 絲又七 聊反 繅 色紺 艘 船 總名 慅 愁 蚤 乃 折 艘 船 袍 薄 袞 衣 褒 博毛反一 陶 徒刀反 綯 ㄟ 謟 多言 咷 ㄟ哭 縧

桃 綯 似帳又 車繩 㲈 ㄟ 逃 ㄟ 鞉 鼓 掏 擢 ㄟ 濤 大波 檮 杌 騊 ㄟ駼 似馬 萄 蒲萄 酶 槽 作曹 ㄟ 遭 作漕 反四 曹 大 㳘 木

禮 果莘 相羊 敖 俗作遨非 敖遊 又亦可通五勞反十三 翱 ㄟ翔 聱 ㄟ 不聽又五交反 鼇 不肯語又 五交反 驁 駿 ㄟ馬 嗷 ㄟ 獒 犬 蟄

山多小石 磝 ㄟ 水名 鷔 鳥白身赤口 鼇 海中大鼇也 螯 蟹 蔜 蘩縷 生細草 嫐 埋 厥 犬 令 熟 作刀反二 鏕 同 曹 昨勞反七 槽

螬 ㄟ 嘈 喧 鏪 析 鐵 剛 褿 祭 ㄟ 糟 ㄟ 酒 搔 爬 搔 ㄟ 作刀反二 猱 犬 ㄟ 多毛 嚘 ㄟ 尻 ㄟ 臀 苦勞反 操 持七刀反又 七到反二 慅

所心 理 騷 又七 嫂 反 七 歌 古 俄反七 牁 牂 ㄟ 柯 枝 哥 女 ㄟ 娿 浛 ㄟ 河 山陽 戕 所以繫船 牂 ㄟ 舸 郡名 或作 舸 滒 ㄟ 和 胡過反四

脉 ㄟ 禾 穌 作和 過 古和反五 渦 水名在 淮陽 戈 ㄟ 鍋 ㄟ 器 輠 車 ㄟ 膏器 蠃 魚身鳥翼 落過反十 摞 理 騾 ㄟ 驘 作 ㄟ 螺

水名 或作 嬴 嬴 木名 堪 為 箭 笴 蠃 ㄟ 水中 鑹 ㄟ 鍼 小釜 剾 作 覶 ㄟ 縷 委曲 鵬 手 ㄟ 文 莎 草名 苏 禾 反 莎

[illegible]
[illegible]
[illegible]

䰐名魚 莏ﾞ挼 莣ﾞ在汴郷 趖ﾞ走 衰ﾞ病 蓑可以為雨衣亦作簑 梭ﾞ織 痤ﾞ癤昨和反三 矬短 銼小釜 訛謬五和反三 鈋圓

囮網鳥者媒 科ﾞ段苦和反七 窠ﾞ窟 薖草名 錁青稞 萪ﾞ藤生海邊 蝌蚪 菜助可為茂 䖸牛無角 婐東海中女王 過古和反二 濄

趓水名 蹉跌七何反四 磋玉名 搓ﾞ碎 瑳ﾞ沼 多得何反一 娑淩娑素何反三 挱ﾞ摩 傞舞不止 婆薄波反三 鄱ﾞ陽 鄱名

韶日頭 䯧或作醻 摩ﾞ研莫波反 磨 魔鬼 麿ﾞ病 磨ﾞ按此是研摩手者 駞路駞徒何反八 鼉 鼉 又徒寒反

鞁ﾞ負 紽絲縷又 鮀魚名 陁 迤ﾞ迤 跎似羊四耳九尾 䴜白酒 詑何反八 㸰殘歲 瘥病 鄘縣名在沛郡 䮰 䮰病馬

䃈別名 嵯 嵯峨 蒫草名似莓 蕥齊 莪 五哥反八 哦吟 娥美好 峨 峨嵯 鵝 鵝鳥 䳘ﾞ䳘 俄ﾞ頃 䄉ﾞ齊 他託何

三反 拖曳 疼病又力極他單反 羅盧何反三 蘿ﾞ蔦 籮ﾞ筁 那何又朝那縣在安定諾何反五 難 儺驅 郍ﾞ𡸁 挪似牛白尾 儺

逶 何胡歌反四 河 苛煩政 訶責虎何又或作呵二 頗ﾞ傾 波博何反四 嶓 老人色白又滂何反 皤 䥽ﾞ磨 嶓ﾞ家山名在隴西

牠牛無角 徒何反一 犁ﾞ牲 無反語一 軻又苦賀反 阿烏何反三 㔹 䖸頭不決病 訛欲吐何反二 滹水名在西河 挱ﾞ䟽 奴何反一

頗滂河反二 坡ﾞ坂 珂苦何反二 䇂小堆丁戈反一 伽鳳反語之平聲一 八麻莫霞反三 麻ﾞ 蟆ﾞ蝦 車昌遮反二 硨ﾞ磲 寶石

奢ﾞ侈式車反二 賒不交 邪琅邪郡名以遮反六 鋣ﾞ鏌 釾 又似嗟反 中谷名 㨖 木名在交州 䔑 竹名生臨海 擨ﾞ歈舉手相弄 歈字以朱反

遮ﾞ斷止奢反二 嗟 吳人呼父 喒 邪反二 罝網 虵 毒虫食遮反又作蛇一 華戶花反五 驊ﾞ騮周穆王馬 鷨 似雉 鏵ﾞ鍫 又作鋘

凧古華反四 騧 馬名 蝸小螺 䔢ﾞ苻 花 呼瓜反二 誇 大言苦瓜反二 誇 䠸ﾞ 又以體手人 挐 牽女加反三 拏 詉 言不正 䋈 語字張家反

絮相牽又女余反 嘉古牙反十五 家 加 葭ﾞ蘆 茄ﾞ蘆莖 蘆 豭 豕 痂ﾞ瘡 駕ﾞ鴐 鴐 麚 枷ﾞ鎖 又連枷打穀

䴥 䴥ﾞ 賀 木中黑虫 珈 婦人首飾 迦 釋迦 遐 遠胡加反九 蝦 水中虫又蝦蟇 鍜 鍜 霞 赤氣 瑕 玉病 騢 色馬 鰕 鰕魚

下腳 蹢 蹢言語不節 䞓 草名又布白巴反一 鴉 鳥別名 鴉加反三 鈀 鍜 窊 又茶作字宅加反 茶ﾞ茗 巴伯加反五 笆 有刺竹 豝 豕 芭 蕉

又叉初牙反一 砂 所加反六 沙 名魚 鯊 木名在吳 娑 莎 袈裟 紗 縐 紗 沙 白 文牙五加反四 衙 縣名在馮翊 衙 曰衙府 牙 萌牙 齖 齖齟不正

櫨 似梨而酸側加反四 楂 苴 水中浮草 查 宜茶 蹅 陟加反一 茶 蓬苦菜又案作搽 鄌 亭名在郃陽

春戲 茶 早采者為茶 晚采者為茗 一名荈 蜀人名之苦茶 蔎 不正 蔎作斜 斜 斜ﾞ 閣 城上重門 閩 稠

撾 打 陟瓜反一 吧 爬 搔 蒲巴反三 琶 琵琶 杷 枇杷 楂 水中木 䝪 䝪 加反二 䵧 側加反 侘 侘傺 失意 只加反一 奓 張加反三 謯 謯ﾞ 詉 語不正 髗

冂廣 蝦 大氣許加反又呼家反二 呀 哈呀哈字呼含反 𪠃 加反一 九覃 徒含反三 鄿 城在潭南 潭 水深 曇 雲布 譚 水名作潭

撢 木名灰可染 蟫 衣中白魚 譚 大 醰 燂 熱火 壜 甔 䊤 叅 倉含反四 驂 駕 𩦎 趨 傪 好皃

南 那含反三 男 枏 水 諵 鶕 婪 香 媕 庵 腤 煮魚 含 胡男反六 涵

拎 肣 鋡 菡 貪 嵐 探 取 簪 作含反

蔘 又作蘸反 賸 犙 耽 丁含反五 眈 視近而志遠 媅 樂 酖 耳 酖 酒 龕 塔 口含反五 戡

頷 醜皃 堪 任 戡 剪 谽 谷 酣 谽 毿 毛長 蘇含反一 弇 古南反後漢有耿弇又部谷反三 鼲 鼠 淦

水入船又古暗反 或省作泠 十談 徒甘反六 郯 國名在東海 惔 憂 錟 長鋒 淡 水皃又徒濫反 痰 水病 甘 古三反五 苷 柑 橘

苷 草藥名 泔 𤚨 擔 都甘反二 儋 人名漢書田儋 聸 耳國名 三 蘇甘反二 𧟄 衣破 藍 染草 盧甘反六 籃 鬛 襤 褸 襤

㽁 艦 瀶 道 坩 苦甘反 甝 酣 他含反一 蚶 蚶 胡甘反三 𡏅 水衝岸壞 憨 非甘反二 蚶 甘反三

甝 白虎 𧋍 桑上蚕 姏 老女稱 武酣反一 蚶 蚌屬出會稽 大談反三 憨 痴 長面作 三反一 十一陽 与章反十三 暘 日出暘谷 揚文

陽 煬 擇金 鍚 名 揚 舉 楊 木 禓 道上祭一曰道神又舒羊反 易 飛也 在交阯 羊 瘍 頭創 蛘 虫名 徉 徜徉 徜

商頭 曰暘 詳 審 似羊反又許 狂 以章反五 翔 洋 水流 祥 庠 養老宮 良 呂張反十 涼 涼 粱 蜋 蜣蜋 蜋 颹 颺 又 量 力向反

狼 人 跟 踉 蹡 鯨 車 香 許良反三 鄉 薌 穀氣 商 書羊反九 賣 殤 傷 蔏 陸 觴 酒 禓 道上祭

鷸 鳥 房 符方反三 防 魴 魚 章 諸良反 漳 水名在鄴 樟 獐 璋 圭 麞 墇 明 麞 鄣 名

在紀 㢓 昌 處良反五 裮 衣被不帶 倡 優 猖 狂 閶 閶闔門 羌 發語端 去良反三 蜣 蜣蜋 薑 菜名 居良反十 橿

羊長脊一曰白脊羊 韁 馬紲 疆 界 殭 死不朽 礓 石 繮 名橿木百歲 姜 蠆 僵 作 長 直良反五 萇

似椒生枝 文羊 跟 踉 場 祭神處又 張 陟良反三 餦 餳 粻 食米 蘘 陽 鄣

在南陽 瀼 露濃 囊 奴當反 勷 勳 迫皃 勷 方 府良反八 坊 肪 脂 蚄 好 邡 十 在廣漢

鶬 鶬 枋 木名又蜀以木為枋 鈁 鍑 襄 息良反九 相 廂 廊 湘 水名在零陵 箱 竹器 緗 淺黃 驤 纕 馬帶

鶈 㩆 將 即良反五 漿 鱂 魚名 將 醬 寒 瘡 一 亡 武方反六 望 又武放反 望

忘武方反又武放反 惹惹瑞 鋩刀端 硭硭硝 亲屋梁 邙山名在河南郡一曰洛北邙山 孃女良反二 瓤瓜中實又如羊反 床今作牀 庄士莊反一

莊側羊反三 粧粉粧 裝治裝又側亮反 常市羊反六 裳 嘗 尚又時亮反 鋿車輪鋿 鱨魚名 霜所良反四 孀孀婦 驦驦馬 鸘鸘鳥

墻疾良反五 嬙宮嬙 檣帆上檣 薔薔薇 戕他國臣來殺君 鏘鏘鏘七將反七 瑲玉聲 槍拒 蹌和鳴又蹌蹌七羊反 蹡行兒 斨 牄

匡去王反八 筐 蛙江中大蝦 邼邑名 框棺框禮記曰土不受框 洭水名在始興 恇怯 劻劻勷迫兒 王雨方反一 央於良反六 鴦鴛鴦又烏郎反

鉠鉠鈴聲 秧稻秧又於丈反 泱水流兒 強巨良反四 彊 橿 鱧魚名 殭 畺居良反三 疆 僵

蘘 攘 芳敷方反二 妨害 狂病渠王反 軖紡車 十二唐徒郎反十五 塘 糖 餹飴 堂 蓎

螗 鶶 磄 唐 篖 溏 隚 搪 傏 醣 糖 塘 螳 蟷 磄 鶶

郎魯當反廿 稂 粮 榔 桹 欴 鋃 硠 䱶 狼 浪 硠 鋃 艆

眼 蜋 蜋 琅 筤 狼 䍚 蓈 踉 莨 峎 䡾

當都郎反六 鐺 簹 襠 璫 檔 倉七崗反四 蒼 鶬 滄 剛古郎反九 崗 綱

笐 鋼 犅 亢 㭎 堈 桑息郎反二 喪 康苦岡反四 糠 㱂 漮

荒呼光反四 肓 衁 巟 黃胡光反廿 皇 璜 遑 惶 潢 煌 鍠

鍠 蝗 騜 艎 簧 篁 隍 蟥 鄺 徨 湟 䗍 鰉

黌 洸古皇反七 胱 光 桄 恍 䍿 横 黋 湯吐郎反三 鏜 蕩 膀

鎊 滂 汪烏光反三 鴦 尪 艕 侠 炕 放 舤

蕁 䓻 行 迒 頏 魧 斻 䢚 郎 䡭 沆 䗫 㶜

嗆 吉 臧則郎反三 牂 贓 囊奴當反一 傍步光反五 彷 膀 髈 䠙 卬五崗反一

䟫 䣈 昂 茚 藏昨郎反一 骯 十三庚古行反六 鶊 更

逆 秔 羹 坑客庚反 盲武庚反六 䖟 鄳 䁅 莔 鄸 橫

十 黌 蝗 鐄 鍠 喤 䭝 潢 鍠 禮 閍

二反 祊廟門傍祭 諻語聲虎横反一 觥兕角爲酒器古横反一 彭薄庚反九 澎澎池 蟚蟚蜞似蟹而小 髶髶鬤亂髮 棚閣又步□反

搒笞打又甫孟反引船 磅〻礴 榜輔 脝膨脝許庚反二 瞠直視丑庚反二 撐撐 鎗鼎楚庚反二 搶攙搶妖星 傖〻林助庚

三反 衡角長 䦨〻裹 霙雨雪雜 鍈鈴聲 鍧大鐘聲 渶水名出青丘山 英〻茂又於香反 瑛玉名 磅

小名落聲 怦滿 亨通又許庚反 䎙使 平符兵反四 評量 苹蘋〻 枰局 驚舉卿反四 京 荊 麖 明武兵反四

盟 鳴 鵬似鳳 鳴 棖門傍木直庚反四 振觸 盯直視 澄水清 趟跳躍竹盲反 榮永兵反 蠑名四

〻蜿蜥蜴別名 瑩玉色詩云充耳琇瑩又烏定反 兵甫明反一 卿去京反一 兄許榮反一 生所京反六 笙 牲 猩〻〻獸名 鉎鐵鉎 甥 孽

勍强力 鯨海大魚 黥墨刑 檠所以正弓 擎 勍山巖 鯨 迎語京反一 行戶庚反又戶孟反六 衡 蘅杜蘅 珩珮玉 蘅

〻膯 鬤乃庚反二 髶毛髮 十四耕古莖反一 鏗〻鏘口莖反五 牼牛鳴 鶯鳥 誙〻庄子曰如 牼牛脛骨有司馬

尸耕反二 革木聲 甖名 打伐木聲中莖反二 玎玉〻 嚶鳥聲 甖缶 櫻含桃 嫈〻嫇新婦兒又烏敬反

耕反五 屋棟 萌芽 甿民 嫇〻嫈 宏大戶萌反八 紘冠卷 閎巷門 嶸峥嶸 谹谷中響 鋐 翃飛聲

心䒤 鸚〻鵡 嚶〻 峥〻嶸山峻七耕反三 爭 箏〻亂 琤玉聲 錚金聲 停田女耕反四

爭〻訟 諍〻爭小聲 怦心急普耕反六 姘齊與女交罰金四兩曰姘 閛門聲 怦牛色駁如星 抨彈 砰〻礚如雷

轟車聲呼宏反五 鍧 鸄鳥 訇聲 湜水名 絣束兒衣墨子曰葛以絣之甫萌反二 繃 絣振繩墨 橙柚屬直耕反三 橕 樘

湞水名出南海 泓水深烏宏反二 鸎 宖室響 棚兵車 棚崩反二 娙身長兒漢武帝夫人名娙娥五莖反二 爭側莖反四 箏 綪〻縈

掙似豹 十五清七精反二 圊廁 情疾盈反三 晴 請又在性七井二反 精子情反九 氏 旌旗 菁蕪菁 旌 鶄

鵁鶄鳥 蜻〻蛉蟲 鼱〻鼩小鼠 婧竦立又慈性反 盈以成反八 嬴姓 籯 嬴 瀛海 贏財 楹柱 盈

似猿黃色 營余傾反五 縈〻縈 塋墓域 嬰〻兒於盈反三 瓔〻珞 纓冠 貞陟盈反四 禎祥 楨女貞 郎地名又直 檉

枡〻櫚木名 屏〻營東檐 傾榮

甇週一口 眾 視 甖 攖 嫈

埩玉 䋊弓々甬 頸項,又居郢反,巨成反 經 揞名 勬草 鼠屬 十六青 倉經反一 經古靈反二 涇水名

形戶經反八 刑法 邢地名在鄭 桯床前長机 鉶祭器 型鑄鐵 陘連山中絕 侀成 庭特丁反十二 停 艇似鼠豹文 莛莖 葶

歷莛竹 亭 䵺日出汁 霆雷 ˎ 脡縣名在廖東 𣕊木名 丁當經反 釘 馨呼刑反二 𦗚諸亦聲 星桑經反八 腥

豕息肉又胜 犬膏臭 鮏ˎ臭 猩猩ˎ 醒ˎ酒又息定反 鉎鐵鉎又所庚反 箵箵䈂籠 竮竮 跰行不正 又作傍 普丁反二 甹ˎ夆 掣曳

不ˎ 了反廿八 柃ˎ 木 深閑 舲舟 ˎ 齡年 ˎ 囹ˎ圄 零落 ˎ 麢羊 鴒鶺鴒 鳥名 蛉蜻蛉 虫又作䗅 鈴似鐘而小

醽淥ˎ酒 苓茯ˎ 櫺窗ˎ 伶樂人 泠清泠 水 瓴ˎ甋 一曰似瓮有耳 玲玉聲 酃地名在湘東 又力鼎反 䡼似瓴有耳 䯍鬼 聆以耳聽

蛉ˎ蜻 不止 䴇鼠 蘦草名似蔘可茹 苓ˎ 箐小籠 軨 鸋 寧奴丁反二 寕 ˎ 新加 汀水際平 他丁反又

綎絲綎帶 亦作綎 聽 廳屋 町田處又徒頂反 鯖魚青色頭有枕骨 冥莫經反九 暝 瞑 螟ˎ蛉 榠ˎ樝 銘 鄍晉邑 溟

顛眉目 門 䫤 蛉ˎ 䳇小鳥 萺 ˎ 瓶汲水器 薄經反十一 䴵以翼鳴虫 軿鼠 屏ˎ風 又 蓱 ˎ 翳雨師名 箳

𤁸水上浮萍 亦作蓱 萍ˎ 𦿵 馬帚草 似蒿 井 ˎ 東莞 熒光明 戶扃反四 滎 水 螢 虫 𤇾 小水 扃 戶外閉 古螢反六

駉 馬肥 駫 馬 坰 林外 郊外 䕎 鼎 ˎ 又古 鼎反 䮿 ˎ 鼠 十七尤 雨求反七 杭 木名 又原檞 䗛 ˎ 說文 縣名在東萊 疣 ˎ 病 沈 水名在 萬落

郵 境上舍 訧 過 憂 於求反十 優 倡ˎ 麀 鹿ˎ 瀀 渥ˎ 櫌 打塊 槌 瀀 渥ˎ 鄾 地名在鄧 𢡀 小 𢡀 怮 不言 嚘 ˎ

嗅 瘶 劉 力求反十六 留 畱 ˎ 藥名 鰡 衿刀 左傳 劉 ˎ 又力 逐反 摎 摎 縛殺 秦有摎毐 ˎ字 力 衰反 鶹 ˎ離 鳥 駵 馬 ˎ 美長 醪 ˎ 䮲 ˎ 駠 赤馬黑

駵 騮 周 穆王馬 畱 田不耕 而火種 䍡 䍡 流 旒 旗ˎ 飀 風 高 瘤 肉起 病 榴 石ˎ 鎏 美金 瑠 ˎ璃 䶉 食竹根鼠 又力救反 秋 七遊反六

鞧 車ˎ 鶖 鶖ˎ 鰍 魚名 萩 蕭 似蒿 楸 木名 䲡 以周反廿 悠 遠 油 由 猶 攸 所 ˎ 莜 水中細草 浟 水流 ˎ 貝 遒 ˎ

字與 㕤 㕤 𢿡 手 冘 不ˎ 逰 游 ˎ 輶 輕車又易 ˎ 以周反 蕕 草 柚 秧 䖖 蚰 ˎ蜒 蝣 蜉ˎ 櫾 木名出 崑崙山 猷 䒒 ˎ

童牛 諸求反一 遒 字秋反四 鰌 鳥化為魚項上有細骨如鳥毛 揪 耳鳴 蝤 ˎ蠐 似蟹而大生海邊 酋 長 ˎ 字秋反二 崷 ˎ 嵷 䗒 ˎ 息

流反 蕃 條 治 ˎ 餐 ˎ 蹍 ˎ字 直又反 抽 敕鳩反三 惆 ˎ 悵 瘳 病瘥 犨 白色牛 赤周反一 周 職鳩反六 州 洲 渚ˎ 賙 ˎ 贍 弼 呼雞

舟 讎 市流反四 酬 ˎ 醻亦作 訓 以言荅又 之又反 雠 ˎ 鳥 柔 耳由反七 䢆 田 良 鍒 柔鐵 騥 馬青驪 葇 香菜 鞣

蹂 柔皮 蹂 踐穀 收 式周反一 丘 去求反三 蓲 烏蓲草名 又丈富反 蚯 ˎ蚓 飍 風吹貌 ˎ 秝 一穀二米 又芳鄙反 啾 子由反一 鳩 居求反三

125

春秋傳作怮保居由反 勃力大 不甫鳩反又甫救甫九二反一 捊索俗作搜所鳩反十 餿飯壞 颼颾風只 溲小便 鎪鏤只 騪馬 廋論語人焉廋人

㝡 蒐春獵 䐹乾魚 鄒國 蝬北方蟲蜍蝬 搊手搊 菆楚丸菆 ˇ酒或作醔 鄹地名側鳩反三 騶廐御一曰騶虞 陬ˇ隅 緅青赤色

鄒名一曰 緅青赤色 愁士求反一 休許尤反三 貅ˇ貔 鵂ˇ鶹鳥 惆庚去愁反一 囚似由反二 泅浮 儔直由反 幬帳

裯禪被 疇田ˇ 紬ˇ繒 綢ˇ繆 稠ˇ稠 壽ˇ藸 檮木名 籌算 儔ˇ侶 㕋昌吉

三座聰在 扶風 啁ˇ噍鳥聲 譸ˇ張 裘 扶文求無點巨鳩反十二 求 銶 ˇ鏨 仇 訄 地名在淮 頄ˇ頄 蛷蛷ˇ 逑匹 球ˇ玉 璆ˇ璆

艽地名詩云至于艽野 觓ˇ角 尻ˇ月令曰氏多鼽嚏 捊 浮薄謀反十七 吥吹氣又匹尤反 捊聚 抱持 蜉蜉蝣 罦車上網

琈玉名 涪水名在巴西 桴ˇ栰 鴀ˇ鳩 罘罝 鮃魚名 烰火氣 衰ˇ 紑 芣ˇ苢 蜉蚍 謀莫浮反十二 雺天氣下地不應 鍪又莫

侯反 眸目瞳子 牟牛聲 侔等 矛戈 蝥ˇ蝥 鞪ˇ 麰ˇ麥 鵝名 堥小堆 蝥蟲 蟊食根蟲 蛑ˇ蟹

十八侯胡溝反十三 猴猨 鍭鳥羽 喉ˇ咽 篌ˇ箜 帿射帳布 餱ˇ糧 鍭大 翭 鯸鮧魚名 鄇 糇乾食 鍭

鏂所以 鉤頭 謳烏侯反八 甌小甌 區ˇ送 鏂鉤 ˇ 甌ˇ 瓯 歐 漚 鷗水鳥 嘔ˇ判 歐姓 鸁ˇ獳 耦胡羊 ˇ羺 獳犬怒 鏂子

樓落侯反十五 婁星名 樓ˇ 膢ˇ具 樓 摟ˇ取 樓ˇ艛 鏤ˇ 嫪名又力 婁 慺 嘍ˇ 貙ˇ 謱ˇ 謰 螻ˇ 蔞 髏髑 剅小穿 嘍ˇ鳥聲

瞜視 樓ˇ 貗似羊 螻ˇ蛄 蔞ˇ蒿 漊 心ˇ 㔷沈浹反一 彄弓 疆 摳ˇ衣 剾 鼩ˇ 韝射 鞲 怐ˇ指

涵水名在北地又口侯反 鼽ˇ鼻息 呼侯一反 鏂麻餻子 偷託侯反四 鍮ˇ石 媮ˇ女巧 點 緰ˇ紫 頭度侯反三 剾ˇ

投擲 鄹鄹五侯反一 鉤古侯反 劬 句龍 溝ˇ 篝篝 ˇ 鞲 緱ˇ氏縣 又刀劍頭纏絲 篝ˇ籠 鉤挑枝

鼀ˇ鼀 鼁 ˇ 嚶唱 ˇ 鮰ˇ 篝 數名 搆ˇ 夠 ˇ 鴝 兜ˇ 兜 侯反五 侸 佝 佝瞀 吺 言 篼 食馬 腹

三勝目汁凝 䁖 細斷 鉤反一 十九幽 於虯反三 呦 泑澤名在崑崙山下 呦鹿鳴 虯 ˇ龍 渠幽反 又居幽反四 觩 ˇ 璆 美玉 觓 角貌

彪虎文甫休反三 髟髮垂又所銜反 騳馬 馬走 樛木下垂 居虯反一 鏐紫磨金 力幽反一 滮水流 皮彪反一 犙牛三歲 山幽反一 繆 ˇ 鳥 狀 語

一虯反 䬎風香 幽反又 風幽反一 休 許彪反一 繆綢繆 武彪反 又靡幼反一 稵禾生 子幽反一 廿侵 漸進七林反二 駸馬行 尋徐林反七 鐔

劍鼻又徐鉗反 覃南二反 潯傍深 鱘魚名又徐針反 樳木名 鄩古姓 㝷小堆 帤 尋 ˇ 八 琳 玉名 淋以水 痳病 臨 箖竹名

枝長又 金反 舮船行 綝善 郴縣名在桂陽 琛ˇ貢 踸ˇ踔 深又八 針 古文作鍼

箴規誡 䶩酸將草 沉除深反四 抌牛水 茺草名 霃久雨 碪擣衣石 椹

鵀鳥名 㤕信 壬 深式針反七 㴱蕭蒻 淫大雨餘針反七 蟫

杺息林反二 車網 愖時林反一 祲日傍氣姊心反又子禁反三

岑吟 音 王一諷喉聲

廉反十 簾、 鎌、刀 霑久雨 慊慊、 蘞、 薟白蘞 奩鏡奩 𪉨鹹 獫長喙犬

虛撿反 砭以石刺病 府廉反 𢧵七廉反六 臉 䁂 醶水和鹽 籤簡板又才敢反 憸詖 銛咸 㦓有懺 廣反四 占視 瞻

覘 蟾蟾蜍 蛞蝓 銛利息廉反八 暹人名 枮木名 綅白經黑緯 韱似韭而細 纖小 䊱細 憸疾利口尚書曰相時憸民新加

棎果似柰而酸視詹反一 苫草覆失廉反二 痁病又都念反 𧝆屏敝廉反六 姑輕薄兒 襜𧝆 𧝆衣動兒 𧝆

皮剝 䫡鬚毛波鹽反五 𪙆張口 蚦蛇名 柟梅 詀多言 黏女廉反一 𤆍熱于廉反又餘念反一 霑張廉反二 沾 覘視 䀡視

奄英廉反三 淹 崦嵫 𢤦女立廉反一 鹻鹵差語廉反一 尖子廉反六 熸火滅 殲盡 瀸泉出水 䆂

懴不康歇子子俱反 潛作潛 䥇吳興 𥫔牽 箝 蒲 𪂮 鍼 𨪌廬江 箝鉗巨淹反五 𢜺𢜺 鉗持鐵

黚淺黑又黜陽縣在武陽 拑持 𧷏安穀鹽反三 猒飽 饜和 燖鬻肉徐廉反湯爚肉 或作𤊹一 𧿳菜山 甘二添 他兼反

䛳䛳跋丁廉反四 聑耳垂 貼目垂 敁敁㪄 甜甘徒廉反四 恬靖 湉水 菾菜名 鬑鬢髮 謙 㽥 蒹葭 㶨

鎌古嫌反六 鶼比翼鳥 縑青白絹 蒹荻未秀 稴 嫌心不平户兼反二 稴稻不黏 鮎魚名奴兼反二 拈指取物 馦香氣許兼反一

謙古兼反一 廿三蒸 諸膺反二 烝火氣上 丞署陵反二 承 澄直陵反三 橙 懲

陵力膺反七 凌 淩冰 菱芰 倰 鯪魚名 䌫䌫 膺於陵反三 應 鷹鳥名 㥠

凭依几反二 冰冰凍 掤箭筩盖又筆陵反 繩食陵反七 譝 澠水名 乘 𩢍 瀜

塍 蠅余陵反一 升式陵反四 陞 騰 昇 仍如乘反一 兢居陵反二 矜

呂陟陵反二 癡 癡病 繒 帛，疾陵反五 鄫 國名，在琅耶 驓 馬名 橧 豕所寢 矰 高皃 凝 水結，魚陵反一 𪓛 知輕重，處陵反

從禾又作稱，尺證反同 偁 宣揚，美事 殑 殑殑，死狀，其矜反二 㱓 根可緣，竹器 僜 僜行皃，丑升反一 興 起，按文作興，虛陵反一 廿四登 都滕反六

登 石似玉 燈 大燈 簦 笠，長柄 鐙 跳鐙 𧊴 全𧊴草 㲪 四方木字，或作稜，盧登反三 輘 輘轢 倰 長皃 僧 蘇曾反一 崩 北滕反一 增

作滕 憎 惡 曾 又昨稜反 矰 弋射矢 罾 魚網 磳 山皃 熷 蜀人取生肉竹中炙 曾 日不明，或作瞢，登反一 層 重屋，昨稜反三，又作𡾊反一 朋 步崩反四

𡍼 射 鵬 大鳥 棚 閣，又薄庚反 弘 胡肱反二 𢎝 藤篆 胡麻 肱 古弘反一 薨 呼弘反一 能 奴登反，又奴代反，又奴來二反一 騰 國名，從登反七

騰 躍 滕 行滕 縢 囊，可 螣 地或食苗禾虫 藤 草名 謄 謄，移書 恒 胡登反五 峘 山，北岳山名 楦 急灌南曰或大絚 絚 𢑥 縆 小絚，古恒反二

絚 索 廿五咸 胡讒反五 鹹 不淡字或作醎 函 函谷關名 𨷙 鹹，雜 誠 至誠，感神 緘 緘封，古咸反四 瑊 美石次玉 縿

慳 悭，不止 𢛞 𢛞行 攕 女手皃，所咸反三 櫼 木名 縿 旌旗旒 搯 犬吠，乙咸反一 嵒 嶄嵒，山高，又地名，五咸反四 䶫 長面皃 巖 山名 ㄔ擔反

黬 釜底黑 㰹 笑兒，許咸反三 蝛 似蛤，出海中 妗 喜皃 詁 諵詁，聲，竹咸反，又尺反 諵 諵詁，女咸反一 讒 士咸反，又士銜反六 嶄 嶄巖

原本此行不空

鏨 鑿 饞 不廉 毚 狡兔，又毚 鶲 高鼻皃 鷂 鷂鳥，物，或作，䳡 黃著，咸反一 廿六銜 戶監反一 𡾰 嶮 巖陘 鑱 衡 嶄 嶄巖

𦛮 舟 䤄 合木船 鑱 犁鐵，吳人云又士懺反 攙 攙，槍星名，又七咸反 巖 五銜反一 攙 攙搶，妖星，楚銜反，又初咸反一 衫 衣衫，所銜反 縿 帛青色，又昨來反 毛 長

䉷 旗流 芟 刈草 監 古銜反，又古懺反三 鑑 明以取月水 礛 礛，青礪 廿七嚴 語驗反二 䶫 醜 嚴 胡維 虛

嚴反二 杴 鍬，鍤，古作䤨 醃 鹽漬魚，於嚴反一 𣢭 欲不薺，丘嚴反，又丘凡反一 廿八凡 常扶芝反二 帆 船上幔，又扶泛反 芝 草浮水上兒，亡凡反一

切韻卷第三 上聲五十一韻 一董 多動 二腫 之隴 三講 古項 四紙 諸氏

五旨 職雉 六止 諸市 七尾 無匪 八語 魚舉 九麌 虞矩 十姥 莫補 十一薺 徂礼

十二蟹 鞋買 十三駭 諧楷 十四賄 呼猥 十五海 呼改 十六軫 之忍 十七吻 武粉 十八隱 於謹 十九

阮 虞遠 廿混 胡本 廿一很 痕墾 廿二旱 河滿 廿三潸 廿四產 所簡 廿五銑 蘇典 廿六

獮 息淺 廿七篠 蘇鳥 廿八小 私兆 廿九巧 苦絞 卅晧 胡老 卅一哿 古我 卅二馬 莫下 卅三感

古禫 卅四敢 古覽 卅五養 餘兩 卅六蕩 堂朗 卅七梗 古杏 卅八耿 古幸 卅九靜 疾郢 卌迥 戶頂

卅一有云久 卅二厚胡口 卅三黝於糺 卅四寑七稔 卅五琰以冉 卅六忝他玷 卅七拯無反取蒸之上聲

卅八等多肯 卅九𩫖下斬 五十檻胡黤 五十一范無反取凡之上聲

一董多動反二 嗊嗊唝之虹 蠓蠛蠓虫 䲧水鳥 孔康董反一 𣫜持擊孛光反一 侗直一曰長大他孔反三 桐木 㯟

攏攏欲曬 揔作孔反六 蓯蘢蓯山白 嵸 𩮀髮亂 蓯 緫束 澒水銀滓孔反一 𦑣𦐉鳥鼎反四 澒貝 𩕄大水 𩓐氣

䶬鼉 鼉鼉多又 琫佩刀飾方孔反三 菶草盛 䋽 䫨不見 朧力董反五 朧 攏 巃從 籠 巃孔

蓗又盧紅反 動徒揔反四 酮酒壞 挏項直 眮目 䞒奴動又女容反一 二腫之隴反四 種又之用反 踵足後 𨅝相跡 龍

隴力踵又坂 壟丘壟 擁手擁打隴反二 壅壅塞又於容反 穴又作冗而隴反 𨅞不肖一曰偏嗆 𣫽芳勇作搶首 氄鳥毛

寵丑隴反又直用二反三 寵又力董反 鰫魚名又直䢩反 冢大知隴反二 塚墓 奉扶隴反一 捧敷隴反一 勇餘隴反八 甬草花欲發 涌泉

踊跳 溶水貌又餘封反 踴 蛹老 㣑 俑人 桶 恐墟隴反一 尰足病腫時冗反一 拱手抱居悚反九 拲 栱又者 拲兩手共械 碧水邊石

以皮束物又蝶 蛬蛩 珙璧又巨凶反 拲兩手 舉世 悚怖息拱反六 竦敬 聳高 聳 竦 䩦

溶水溶又許拱反又許容反 三講古項反四 港水流 耩耩地 㒖佬 挵打或作搑步項反四 蚌 棓大杖 蜯 𢝫很戾項反一 項

詡講講反二 鏑受錢器 傋傋不媚貌武項反 䳋䳋鳩 四紙諸氏反八 紙 只 㡳 軹縣名在河內 枳王子

枳 咫尺 抵掌 汦水名出拘字山 是承紙反三 氏 媞江淮間母 靡文彼反一 彼 骳 靡

譭遺有罪又平 毀許委反二 燬火 委於詭反三 骫骨曲 𩩲 跪去委反二 硊 詭居委反八 垝 庋

鏡 觭 㚢 𧤗 𧊒 䲡 毀 䫥 麡 䚀 羃 摞

挬 技渠綺反 妓女 綺 倚於綺反三 猗 掎 剞 庋

婍好貌 碕 䧅 趌 蟻 錡三足鼎一曰蘭錡兵藏 齮 螘 艤

爲 鄢 𪀗 鷬 闔 遠 觜即委反 紫 此 玼 跐

泚水清 𧍘 㢊 褫 提 徙 璽 酏 迤 邐 迆 袘

肔 引腸 𧂇 邐 剫 蹝 纚 躧 屣 𩖖 蓰

俾使也并弭反六 鞞刀鞞 箄竹器 粺米 髀股 崥山 爾兒氏反二 邇近也或作迩 瀰水皃 彌弓末 濔水流皃 芈羊鳴

一曰撫 敉 侈奢又尺氏反四 鉹甑 姼美好 又姑字叱陟反 誃离也 婢便俾反二 庳下也作埤 弛式氏反二 豕 紫將此反五 訿毁也

訾 此雌氏反 泚水名在長 㧗反二 箠策 髓 揣度初委反一 毀 䇽 匜

似狐現則 輢車輢 䩣 跛 諀 疕 庀 復 䔱 惢

㓗 跬 頍 掜 搋 硊 顝 趡

五百反五 栺 恉意 砥 厎 視 美無鄙反二 鄙方美反一 兕古作兕

姊反四 秭 乖 芛 几居履反四 机 麂 戺 姉 秭 匕卑履反六

妣又甫至反 秕 比 祉 沘水名出江 軌居洧反六 簋 晷 厬

究 匭 洧 鮪 痏 蒍 矣 笑 萂 死 雉直几反一 湽

北 胈 水式軌反一 壘力軌反八 礧 䃬 雅 鷪 藟 櫐 誄

呆 揆 楑 趡 雎 柅 癸居誄反一 否方久反五 痞

腹 圮 仳 殍 靠 䛕 蕊 唯

𩢸 䲀 遺 㶢 欸 澤 嘼 䩛

歸 崖 䵷 蕬 跽 六止諸市反八 時 洔

昌倚反 跂 址 阯 扆 市時止反二 恃 峙 喜 苡 已

詳理反六 祀 姒 已 耜 汜 紀 己 史

使 敳 耳而止反三 洱 駬 里良士反九 裏 理 鯉 李 娌 俚 鄍

媰 枲 葸 葈 蒠 諰 峙 痔 跱 庤

諸置 僿 起墟里反五 杞 屺 紀 芑 士鉏里反三 仕 柹 俟 涘 子即里反四 秄

耔 梓 矣于紀反一 擬 儗 薿 齒昌里反一 恥 祉 剌 滓

苐草盛作䒥 第妝又滿側八反 胇膈胳 七尾俗作尾無匪反三 亹美皃又作亹 浘水流皃 斖 扆户牖間

偯痛聲 哀聲 扆 㦧 㑲 蟣 豙 豨 斐文皃 匪反四 朏

悱口悱 匪非尾反五 棐輔 篚竹器 蜚 榧木名子可食 䨽 韡 煒 暐 瑋 偉

韋盛 韙 鬼居偉反一 虺 虺蜴 娓 顗 豨 斐 鬌

魂 腆 八語 魚舉反八 籞 圄 敔 圉 衙

與 呂 舉 擧 膂 旅 穞 梠 儢 侶 伃 紵

杼 與 歟 予 𦍋 陼 渚 汝 肧 茹 汝 腰

暑 鼠 黍 蠩 癙 杵 歔 貯 佇 褚 衿 齬 楮

䴡 滑 女 敎 褚 褚 許 巨 拒 秬 距 炬 簴

鉏 䅷 鷫 所 疏舉反 楚 礎

齟 阻 俎 齬 怚 咀 沮 欿 舉 莒 櫸 筥

敘 序 漵 緒 抒 嶼 鱮 去 魅 野 紓

與 杼 咀 苴 九麌 俁 羽 禹 雨 字

謂 栩 翔 鄅 瑀 鵜 萬 窮 聚 甫

䳈 斧 俯 府 黼 簠 蜅 甫 武 舞 嫵

侮 舞 憮 廡 賦 甒 潕 鵡 父 輔 頫 脯

𠀾 腐 釜 鴉 撫 俌 痕 庾 窳 瑜 瘐

㝢 姁 豎 裋 豎 射 殆 緒 慄 柱 詡

麌 愈 主 麈 枓 宔 傴 蝺 縣 拄

乳 䰻 簍 數 矩 踽 椇 枸 蒟 取 䢧

〻縷力主反六 𨻳𨻳縣名在交阯又落戈反 僂〻傴 褸〻繿 蔞〻蒿 嶁岣嶁衡山別名 十姥老母莫補反二 莽宿草又莫朗反 䥈鈷䥈燒器

又莫胡反 土他古反四 吐 稌稻又他胡反 荎似莧生海邊 杜棠樹徒古反三 𦧼塞 肚腹肚又當古反 魯郎古反十 櫓城上守禦 滷〻鹹 擄掠 樐動 艣

楅彭排 鏀釜屬 菡草名 鹵〻薄 賭見俗作覩當古反 睹詰旦欲明 肚腹又徒古反 賭戲賭又作𧶱 堵垣〻 古姑戶反十 鼓動 皷鍾皷

股髀 罟罔又古胡反 蠱蟲 估市稅 盬河東鹽 鈷鈷鉧 羖羊〻 詁訓〻 牯牛牡 賈商〻又古訝反 蘆草兒象古反一 五吾古

反四 午日中 旿明 伍同 簿〻籍裴古反一 粗徂古反二 麆大 祖則古反三 珇鞋上 組綬〻 虎呼古反案文山獸之君足似人足故足下從人此足即古人字 八四

琥發兵符為虎文 𠩄漂滸中水 滸水岸又作汻 䳷村鴻鳥苦反三 鄔縣名在太原 瑦石似玉 苦康杜反二 𥯤竹 怒奴古反二 努弓 弩

又乃胡反 戶胡古反十三 楛木〻 扈跋〻 怙恃 鄠縣名在扶風 帍巾 祜福 昈文彩 𡾽山卑而大 岵山多草木 鳸鳥名 苄地黃

溥大也 浦又滂古反 補博戶反三 譜圖又博故反 十一薺菜徂禮反二 鮆魚名飲而不食 禮古作礼盧啓反七 蠡〻吾縣名在涿

鄉名有舡 澧水名在武陵 醴酒〻 鱧魚名 體他礼反三 醍〻酒又徒禮反 涕目汁 䪼䪼頭米反一 濟水名或作泲子礼反又子計反三 擠

手擠酒 𪗋生而不長 邸〻店都礼反七 底下一曰止 詆詞〻 腜 坻隴坂又直尼反 牴觸 抵擲 禰祖禰又作祢乃礼反四 嬭女人呼母 闟

崖〻薺 弟徒礼反五 悌愷〻 娣姒〻 遞更代俗作𨔵又亭細反 題下覺 洗〻俗灑洗先礼反又蘇典反二 洗水流清千礼反又徒兮反二 啓康礼反六 棨

綮戟衣一曰兵欄 肯綮 卟問卜 稽〻首 溪有所望 礼反 斐重取者 米莫礼反四 眯物入目 䋛繡文如聚米 沬

陛水名在蒼陵 陛階陛傍礼反三 梐〻枑行馬 䏶〻服又匹米反 啍呵不弟反一 𥉮 十二蟹水蟲買反五 解佳買反又佳賣反 澥渤〻 嶰山間

獬〻豸獸名 豸買反一 㚷乳奴解反一 扠擊側解反一 買莫解反四 嘪聲 蕒吳人呼 潰水名在豫章 反二 𡜻

罷薄解反又皮彼反又有反四 矲〻矮不長 擺〻撥北買反一 㩧 鑼 擺 買反一 矮短兒烏解反一 十三駭諧楷

反一 楷苦駭反三 揩 鍇鐵 駭驚侯楷反一 挨打 唉飽聲 獬 十四賄呼猥反四 脂

腜字都罪反 䫋己罪反 嗳哀猥 猥犬聲烏賄反四 腲〻腇肥弱病 鍡〻鑸 不平 嵔〻壘 硊石磊落 瘣

皮外小起 磊〻落魯猥反 礧〻碨 鄍〻地在桂陽 頪頭不正 鑘〻鍡 漯水名在北平 鄍字胡罪反 䫥

手取下徒 浼水流兒武罪反二 每 猥罪反一 䐇〻腹 㱕重 䑋〻䫋 腇〻腲 僓長好 瘣木病無枝 胡罪反四 溾

〻浼 溾濁 磈〻磊 頠大頭 腲〻罪反二 餧 妥 鮾魚敗 涹〻泥 頠 又五罪反四

頹〻 磈〻 嵬〻 礧 雪補白狀七罪反四 漼 水深 璀 玉名 䅶 物粗 琲 珠五百枚蒲罪反二 痱〻 癗 俷 痛不叫羽非反一 十五海 呼改

反 醢 肉醬 愷 樂苦亥反五 闓 開 塏 高燥地 顗 美也 凱 〻樂 宰 家宰作亥反二 縡 事 駘 駑駘徒亥反六 殆 危 待 逌 怠

給 言不 乃 古作𠄎奴亥反一 改 古亥反三 頦 〻頰 絠 解縛 亥 胡改反一 啡 唾聲匹愷反一 採 倉宰反五 采 文 綵 〻繒 寀 採

彩 光〻 茝 香草昌待反一 等 齊多改反又多肯反一 䆀 禾傷雨莫亥反又莫代反一 在 昨宰反一 倍 不肯乃反一 欸 相然辭於改反三 毐 嫪毐 挨

倍 〻多薄亥反二 蓓 黃蓓草 十六軫 之忍反九 縝 結 胗 不起 畛 田間道 眕 之忍 鬒 髮 稹 密 紾

草 眕 安也春秋減而能眕 臏 肥大尹反三 蠢 虫動 踳 〻駁亦作舛 准 古作准尹反三 埻 的 紖 牛鼻繩 尹 余準反四 允 信 狁 〻

毞 馬毛逆 筍 思尹反三 隼 鳥 簨 〻簴 愍 悲眉殞反四 閔 傷 憫 默 敏 抿 武乃反又眉殞反二 臏 腓骨 殞 沒于閔反二

隕 墜 窘 急渠殞反四 菌 竹名 箘 玉名 菌 地名 紖 牛鞙直引反二 䏖 肥 𩑥 大麥麴忍反一 引 余軫反三 蚓 〻蚯 釿 錫

忍 而軫反三 荵 隱荵草名 涊 水名在上黨 矧 況式忍反二 哂 笑 緊 居忍反二 胗 唇瘍又之忍反 盡 慈引反一 泯 小兒式盡反又彌鄰反五 眼 作晚

〻佷 作𢘷 𧗠 〻 耛 在平泉又三 腎 時忍反三 蜃 蛤 脤 祭餘 釿 齒引反一 店 牙齒 矤 十七吻 武粉反三

刎 頸 抆 拭 粉 方吻反二 黺 憤 房吻反三 墳 病 鼢 鼠 忿 怒敷粉反又敷問反一 惲 厚重於粉反三 蘊 藏 韞 韞 魚吻

一反 十八隱 於謹反五 磤 雷聲 隱 車聲 癮 〻胗皮上 䜣 穩衣相著 謹 居隱反六 斳 艸 墐 泥 菫 菜 卺 酒

巹 婚禮 槿 〻木 近 近行良乏 近 其謹反一 听 笑牛謹反一 齓 毀齒初隱反一 十九阮 魚遠反一 遠 雲晚反一 偃 〻仰於憾反八 扻

狿 獸 鰋 物相 鶠 鳳 郾 縣名 𩓾 鼠 鰋 魚名 褗 衣領 湕 水名在南郡 揵 難 蹇 居偃反二 言 女字

諺 偃言反一 言 言言 㫃 〻旛 大膚貌 愐 慮偃反三 𢠽 手約物 蝘 寒蝘蜒 晩 無遠反三 娩 〻婉 挽 引 反 府

遠 還反四 返 還 坂 高 橎 木名 菤 黃豆未 圈 獸闌又具卷反 婉 於阮反八 菀 紫菀 苑 園 畹 田卅 蜿 〻蟺 畹 蚯蚓 𥊔 畝

琬 玉名 宛 然〻 捲 相近良去阮反三 綣 繾〻 䑏 蘆 暅 日氣況晩反又古登反三 暖 大日 喧 兒啼不止朝鮮云 飯 扶遠反二 𡰪

学 薄紅反 廿混 〻沌一曰沌混陰陽未分胡本反八 渾 〻元又戶昆反 鯶 魚名 輥 大束 焜 大光 倱 〻伅 睴 大視 忖 倉本反二 刌 切 緄

布 忖反 俗作本三 畚 草器 苯 〻蓴 損 蘇本反四 痵 〻瘝惡寒 膹 膹腴切內 剸 〻截 噂 〻沓 𦳚

傳 穩 沿穀 囷 小廩 綣 徒損反四 笨 芚 〻混 伅 〻佷 鱒 魚名 组本反一 鯀 古本反四 穈 衮 衣 緄 帶 暉 無

䵎他本反二 黗黑狀 閫門限苦本反四 壼宮中道 捆成就 悃至誠 稛守文盆本反三 笨竹裹 倴倴名 廿一很 很戾狠墾反一 墾

䫀康很反三 懇懇惻誠至 齦齧 頣鈍後古很反一 廿二旱 旱何滿反二 峼山名在南鄭 緩胡管反二 澣濯又作浣 短都管反又作㪕一 算

𩓬蘇管反一 欵苦管反三 䥥鐵字 窾空 𩞉女嫁食乃管反二 暖或作煖 㬉 㯻集作管反四 纘承 儹聚 𦐖或作𦐛鳥觜苦管反一 䉷

匘北良反又布緩反 管古纂反六 脘胃府 輨車轂鐵 盥洗 琯玉 痯病 斷徒管反又都亂反一 䁨晼䁨 䵋或作䵋 伴蒲旱反一 𨁵

落旱反一 滿莫旱反一 但徒旱反六 蜑南方夷人 袒袒裼又大莧反 誕大 䳘鳥帶 潬水中沙出 坦平他但反一 亶多旱反二 𤹞病 嬾 懶落旱反一 笴

笴箭笴 各旱反四 皯面黑 稈禾莖 衦摩展衣 散蘇旱反 俗作散三 饊餅 糤糤蛛 今作𪏭 𥻷 攢作旱反一 罕呼旱反三 䍐 罕 焊 𢬵 㵅

俗作偘空旱反 又空旱反一 𢝔 正作侃又空旱反一 廿三潸 數板反一 綰繫 烏板反一 板布綰反二 版 𧁵 ㇀赧 面慚奴板反一 赧 赧 𥌊 䁀

僩武限反一 四寬大下赧反又姑限反一 睆大目戶板反二 皖名 𥉮 羨 扶板反又方睆反一 䏊視貌武板反一 戩 湛 切 莧不安貌胡板反二 憪 斷 不平之意 𢳛 板

甘四產 所簡反四 嵼 山 浐 水名在京兆 限胡簡反四 硍石聲 𥇍 塊 擊 平 不從牽 𢳛 𥇍 胡暫無貌 武限反一 簡 亂古限反一

分別一曰斷名在新市 睐 揀擇 剗 限反三 鏟 鏟平木 𣭹 𩩄 羊 棧 士限反又士免士諫二反 四 巘山貌 𧫎 車名 所 㾀 所㾀 碊 又雛 連反

眼五限反一 醆側限反又側革反與盞同一 甘五銑 金銑蘇典反 跣足 毨鳥獸秋毛 姺 㓭 洗 腆 他典反六 淟 㙉

𡪇 䗶 䳘 字他管反 銑 銑 寘 典 多殄反二 䩉 蹇 䦈 𩑢 宴 泉 珍 𤦷

𡨀 𧊒 䡘 𧊒 䳘

俗作𤣿 蠒 古典反五 𡟯 繭 蜆 小蟲 鋧 見 𩑢 峴 山 胡 典 反 …

獖 逶一典 淟 縆 偏 方顯 次第 𩑢 匾 竹 篇 反 五 遍 ㇀䡘 𨎭 𥕢 反 𦕍 㯫

鉉 鼎耳 胡 犬 反 二 泫 𤄃 泫 鮌 犬 苦 泫 反 …

及 四 尠 少 …

以 㧜 …

大 昌 善 反 二 闡 …

蹇 吃 …

𤚴 …

愐思 勔勔 湎酖湎 黽黽池縣名在弘農又亡忍反又作黽 緬彌兖反十 吮徐兖反又祖兖反三 雋鳥肉肥亦作雋 臇 膞 臑方沃姊兖反

辡罪人相訟方免反一 兖以轉反二 沇濟水別名 臠力兖反二 孌美好 轉陟兖反一 卷居轉反一 圈 獸渠篆反又求晚反一 輭而兖反 腝

蠕蟲 蝡動 㬉紅藍 蘘名 䴘稬米名 𣑽 瑞石似玉 愞 懦弱又奴亂反 舛昌兖反三 䑞剝裂 蹖作 喘息 荈草名 膊切肉視兖反三 腨 䏿腓 鄟地名 篆

𦆼書治 瑑璧上 文 沇水名在江夏 反徒沿反 剸細割 首兖反二 孨孤露可憐 又莊眷反 選擇思兖反又思絹反一 撰士免反三 僎具 䉵 竹器 蹁 𨈥 出狂

一 𧍘 香兖反 楩 木名 善反一 免 黜亡辨反七 俛 俯 冕 冠 鮸 魚名 挽 生子 娩 免身 勉 勗 晚 晚 㬋 善反一 鱓 長丑善反三

𤸻 痊 輾 藏 備一日 貨 攓 攓 擢 廿七篠 細竹蘇 鳥反三 䲤 魚 謏 誘 䪒 善 皎 光古了反七 璬 玉珮 徼 行縢 皦 月光日詩云 月出皎兮 鐃

皛 白又匹 白反 皦 白貝 鳥 都了 反五 杓 䌀 布 蔦 寄生 了 盧鳥 反四 蓼 菜 瞭 明 朗 䝺 長貝 䯾 䲾 䏚

月見西方 吐鳥反二 窱 窈窱深遠 貝 曉 呼鳥 反一 杳 烏皎 反六 窅 窈 窈窕 窕又窈 窔 好貝 偠 嫽 偠 娝 騕 騕 神馬 䴠 而動 嬲 相戲

撓乃 鳥反四 嫋 長貝 褭 騕褭 蔦 ...了反二 皛 顯明 蔦 草 苗 窕 窈窕 挑 弄俗 嬈 山田苦 ...反二 作挑一 湫 隘子 己又反

子攸在反 隘小字鳥解反二 湫 變色 廿八小 私兆 反一 小 肇 始治小 反六 兆 ...趙 燕 旐 旗 𨎠 大有 羌 羊子 沼 之少 反一 少 書沼 反一 殀

屈於兆 反二 殀 殀 擾 而沼 反三 繞 纏 遶 圍 𦆼 落 符小 反二 䱥 魚 膘 䁯 尺紹 反三 犥 擽 或作 𠣦 弓 標 木名 縹 沼反六 青黃色 𩺰

清 挑 午昔 酒 醥 白色 皫 鳥變色 䕯 竹名 杪 亡沼 反四 淼 大水 秒 禾芒 紗 名 緲 反三 紹 蚩 侶 介 紹 市沼 祒 上 䘯 搞 或作 居沼反

嬌 女字一本 作嬌 䀨 目重 表 方小反又 方嬌反二 褾 袖 端 藨 草名可為席 作苞 平表反二 䭱 飢 䥃 沼反三 鴜 大水 渿 治潾 鷂 ...作㷣 情

蹇心七 小反二 勦 絕子小 反二 勦 勞又鉏 交反 鐈 長貝在 小反一 蟜 ... 趬 力小反 或作 𨄡 反一 廿九巧 苦絞 反一 又巧偽 䝤 苦教反一 䰫 動聲下 巧 飽 博

一反 摎 撓亂奴反又作撓 日事露下巧反一 卯 莫飽反三 古作卯 昴 星 茆 鳧葵又 力有反 絞 古巧反四 狡 狡 佼 女字 攪 亂手 動 爪 側絞 反三 𤔗

佫作撡 二 䝤 瑵 玉 拗 手撥 於絞反一 䬂 薄巧 反一 殽 五巧 反一 煼 熬 楚巧反 卅晧 光胡老反八 昊 天 暤 皓 大 鎬 京

滈 水在京兆 鰝 大蝦 顥 大 抱 薄浩 反一 老 盧浩 反六 獠 獠 西南夷 俗作 獠 轑 車軸 橑 屋 椽 潦 雨水 ... 禱 風 計 他沼 反三

套 長 㮖 山楸 木又 他刀反 道 作衜 徒 浩反三 稻 䆃 穀 駣 馬四 歲 腦 奴晧反 古作 㛴 俗作 惱 懊惱 古 䑊 又 㛴 䑊 長 碯 碼碯 寶石 倒 都 浩

五 反 檮 春 禱 請 島 海中 山 𤗈 䯞 馬 鴇 嫂 俗作 嫂 蘇浩反三 燥 乾 掃 草 七嫂 反三 懆 心 𩞂 𩞂 早 子浩 反八 澡 洗

藻 文 漢 水菜 璪 蚤 蚤 狗 繅 名 璪 玉 飾 棗 菓 早 非早 反三 草 草斗 皂 𨔫 造 作 暠 古老 反五 杲 日出 槀 草 縞

ㄟ素又古到反 稾ㄟ稈也稾字本作 好呼浩反又呼到反一 務序草武道反又地名亡毒反 寶古作珤博抱反六 保 堢 緥ㄟ緥 鴇鳥名 葆羽葆

皷吹節 禡ㄟ禡馬祷反六 駣ㄟ駣早長 懊ㄟ惱 媼 芺 蓂 藏由之 考苦浩反四 栲木名 槁枯槁 禱

廿一哿嘉可反三 舸舟 笴箭笴 火呼果反一 果古火反六 裸ㄟ猓 輠車脂角 裹束 蜾ㄟ蠃蟲 菓ㄟ實 埵丁果反六

髺小兒前髮 採 朵丁果反 揣 鎖鎖俗作鏁蘇果反五 瑣ㄟ屑 瑣 璅 嫷 ㄟ人懸

墮落徒果反又徒隳他果反六 垛聚土 跥 ㄟ長沙人 韆小竹 穀 妥安他果反一 叵普可反二 頗ㄟ 跛

三 鬌ㄟ搖又布 簸 ㄟ獸 膆 蓏ㄟ 蠃 蜾蠃 螺蠃 左作 何反

椏胡果反二 夥楚裕果 坐徂果反又坐 侈北方人呼父 爸 挫 陊下陊 我五可反二 騀ㄟ駛 左作可反一 磋

又度細小 歌大夾可作砢 跛 娿ㄟ娿 閜 欱 何反 拸 撱 攞 摞 裹

裂 婀好 娜 㛂 鱓 顆小頭 顆 丁可反一 果反一 廿二馬 馬莫下反 碼 駡

之野 赭 者 野 也 冶 鑪 雅 斝 疋 序 房 庌 盞 作摣 ㄟ 瓦 夏 鎈 撥 大

賈 假 斝 啞 地 嘏 榤 下 夏 寫 瀉 閜 且 閜

大 跒 跁 哆 啞 乍 秝 捨 姐 把 踝 祀 髁 寡 裸

剮 冎 若 惹 鮓 觰 撦 痄 鍺 蹃 覩

骨 碼 鑿 髁 廿三感 禫 黵 醓 鰽 黮 顡 南康

市 先 牰 褶 鶤 黖 嫳 罥 舓 甍

作賁 禫 鶤 耀 黮 萏 暗 噉 濶 鰽 黯

晧 脘 噉 歛 潸 慘 憯 黲 昝 寁 撍

鰔 楷 羺 珠 坎 嵌 頷 媥 撼 淊 萏 壈

三 壈 黃 深 熙 眈 坎 壏 卌四敢 撖 澉 覽

擎手取 攬 劋 菼 荻 紞 黕 膽 紞 噉 濫 灨 嫁 籃 始

敢反一 䉷食無味子敢反一 槧削板牘才敢反又七廉反一 埯坈坎敢反一 黲日暗色倉敢反又七感反一 卅五養餘兩反三 痒痒 瀁瀁滉 像俗作像

兩反四 蔫 蟜桑上蟲 蟜木實 槳楫槳即兩反三 蔣剖竹未去節又祁文反 獎屬 兩良獎反按文廿四銖為兩 魎魍魎 胁膜 栭

柭胎 䰳勞 倆倆伎 㑥其兩反一 鞅於兩反四 柍木名 秧秧穰 鞅飽良 仰魚兩反一 磢瓦石洗物則兩反三 剏傷皮 搶頭搶地出史記

想思兩反一 掌職兩反一 奘疎兩反三 繈繦中緥繩 鷞鷞鳩 敞昌兩反三 惝惝怳 氅鶖鳥毛 響聲許兩反五 饗食 蠁

享又音 鄉 亨庚反 不久 繈 鏹錢 襁襁 丈直兩反二 杖 昶通也丑兩反一 壤如兩反四 穰 蘘蘘荷 釀

獚蛩 舊 謊 諸兩反三 鴋 日西 鐌 周人名 倘 髣髴芳兩反二 紡紡績 罔無文兩反六 網網罟 輞車輞 蝄 魍魍魎 惘

慌 昉方兩反二 倣學 枉紆往反二 汪汪陶縣名在鴈門又烏光反 往王兩反一 怳許昉反一 上時掌反又時亮反一 卅六蕩大堂朗反七 惕放

愓不憂 盪滌盪 璗玉名 碭精 簜大竹 廣古晃反一 顙蘇朗反三 磉柱下石 嗓 榜木片 蒡朗反三 髈

甏 駔會馬市人子朗反一 曩奴朗反一 灢灢泥朗反一 曭日不明 儻他朗反七 傥偶儻 惝 愓失意 矘目無睛 莽

暗 暮 日無精 蕣莽草 蔤 薄古作莽 模朗反又莫古反 蟒 蟒蛇 漭 鏻 鎕鋩 蠎大蛇 漭 莽日無光 目 䰶色狀 鋩

滉滉 黨德朗反三 欓木名 讜直言 朗盧黨反一 坱塵埃 烏朗反四 映映不明 泱 泱漭水貌 鞅 濁 慷 慷慨苦朗反一 㳹大水 鳥

一晃胡廣反六 晃 愰 愰 櫎 櫎 兵欄 榥 讀書 滉滉瀁 櫎 打 黃浪反 髒 骯髒 吴人云 苑 艴 慌 慌 晃反二 嬪

闠 骯 骯髒 胡 朗反一 奘 祖朗反秦晉間謂 奘大一 卅七梗 古杏反八 梗 大略 哽 咽 郠 邑名在莒 鯁 魚骨 綆 汲索

𨒂 人云 𩟍 丙 兵永反五 邴 怲 憂 郱 邑在泰山 秉 持 警 居影反五 景 境 界 璥 玉名 撽 撽 影 於丙反一 省

所景反又思井反三 眚 目病 瘠 瘦 永 榮昞反一 皿 武永反二 盌 盌 憬 遠 舉永反三 冏 光 卝 礦 杏 何梗反三 荇 荇菜 莕

莫杏反五 䵷 䵷 蝱 虻 蟚 蟛蟚 鼆 鼆 冥 䑅 苫作艋 字陌格反 礦 礦 金璞 古猛反四 嫹 麥 獷 犬 又居往反 橫 平縣名在漁陽 穬 穀 芒

一日 未 町 町畦 他鼎反一 瑒 玉名 徒杏反一 瞀 清潔 打 德冷反又都定反一 冷 魯打反又魯定反二 卅八耿 古幸反二 瞀 視

䑅 武幸反二 黽 蛙 黽 烏猛反二 倖 徼倖 胡耿反二 併 亘 或作併 蒲幸反二 逆 跡 九靜 疾郢反五 睛 睛 瞈 靜 飾 說文

靖 思 說文 靜 妥 整 之郢反一 逞 丑郢反二 騁 騁 郢 楚地 以整反二 梬 梬棗 瘂 風病 巨郢反一 潁 水名在汝

南 餘頃反三 穎 禾 頴 頴 領 李郢反 嶺 柃 木名 可染 衿 衣衿今作領 頸 居郢反又巨成反 餅 必郢反二 屏 又薄經反 頃

一反 井子郢反二 郱丨郱地名 癭病於郢反二 廮丨安一曰廮陶地名在鉅鹿 請七靜反又疾盈反疾姓反一 浧初井反廣倉云寒泉一

卌迥遠户鼎反三 冋空 炯光 泂古鼎反三 熲光 炅火光又古惠反 茗丨草莫迥反四 嫇丨婞 酩丨酊 溟丨涬大水 頂丨顛丁茗反七

奵丨嫇 酊酩丨 耵耵丨身垢 鼎 艼草名補頂 挺丨出挺鼎反五 艇小舟 鋌金 梃木片 娗長好皃 珽玉名他鼎反四

坪平 脡脯朐 侹長直 頲頭挾長 涏組醒反一 濙丨𤀹小水烏迥反一 謦欬去挺反一 頻頭頻力挺反二 聹耵丨 婞很下挺反四 涬

㵳滓又逢孔反 鮏魚名 鋞似鐘而長 醒醉醒蘇挺反一 鞞方𡦂補鼎反一 桂草名 剄斷首古挺反一 頩斂容匹迥反聚辟曰玉色

頩以脫頰步一 笭箵笭籠力鼎反二 冷寒 竝比泙反 有云久反四 右又於救反 鷯鳥名似雉 友朋 柳力久反六 瀏

水清 綹丨絣為 轉丨載輕車 茆水草詩云茆又莫飽 杻丨械 紐結女久反四 狃相狎 鈕丨印 杻木名

肘陟柳反二 廚腸 朽爛許久反三 疚病 玖 灸灼 韭菜 首古作𩠐書久反四 手 守

䪷人初 醜處久反一 湫泄水漬在久了反湫溢 負丨玉 蝜蝜丨 阜丨陵 鴀鳥名鵖鴀 缶

瓦器俗作缶方久反九 缹烝俗作焦 否又符鄙反 糗乾餅屑去久反一 舅巨久反六 麔牝麋 咎罪 臼

鴭鳥名 齨丨齒 紂直柳反三 葤竹易而死 誘誘 卣中形樽 槱積木燎 莠草 羑

水名在蕩陰接文從久 湭 滫淡麪息有反一 受久 㼶丨瀏於柳反二 黝黑名 酒子酉反一 溲丨麪有反一

帚之久反一 卌二厚胡口反四 後丨前 后妃 郈

嶁丨嶁 塿丨培高又力斗反 甊丨甊罌 瓿小 𧄼 部 蔀障光物 蒲厚反

蚪蝌丨 䞭丨他后反三 妵人名傳有 黈 苟且古厚反八 玽石似玉 狗犬 垢

䎈又五口反 偶五口反三 耦合 耦丨耕 掊蒲口反二 棓擊 穀乃后反一 叟老

詠辭又蘇了反 訹字辛韋反 擻手擻舉物 藪澤丨 吼牛鳴呼后反一 剖普厚反三 婄皃

𤚹 牿特牛手反五 塿培塿 嘍嘍嘍皃 字路質反 䞈丨 簍籠 㕡

扣擊 釦金飾 叩頭丨 訽丨 䳑圓草先口反三 金酒器 揄引 鯫魚名一曰人姓漢有鯫生 又土溝反一 卌三黝黑於糾反又益夷反

惆憂皃 愀變色 在由子了二反一 糾居黝反二 赳武皃 卌四寑室七稔反三 寢卧 梫木名 朕古作朕直稔反一 坅坎丘甚反一 廩倉力

四檢反澟寒狀又渠金反懍敬菻蒿槑積聚取魚斷甚反 自朕反一踸踸踔行無常貌丑甚反一荏菜如甚反六飪熟食稔熟歲集

本恁信又如林反衽衣衿或作袵枕之稔反二頗頭骨沈古斟式稔反五㯢木名瞫視諗謀古又甚常枕反一䅞倉稔反一

汁又丑甚反一墋土初朕反二䫖醉甚反一拰搦尺甚反一噤寒渠飲反口噤二顉切齒怒錦反一僸仰頭貌牛錦反一蕈菌生木上慈錦反一

寒貌踈反一稟供穀筆錦反一品方錦反一廞丘錦反又丘金反陳車服一飲於錦反一 卌五琰以冉反四剡削又縣名在會稽㷕火光棪木名

刀猜反二奄白奄藥又刀驗反撿撿挍虛檢反四獫獫狁嬐嬐性不端良又棄葉反少氣譣詖方冉反一顩顩頭不平丘檢反二嵰高山㦓

顩預厂广胡罕反為室隒山形似重甗巖巉巖嬐齊儉巨險反二芡雞頭撿撿挍居儼反二檢書檢瞼目瞼䘐衣西有奢十三

䆄襁檿山桑冉而琰反四姌長好貌又奴兼反染染色苒草盛陝縣名在弘農失冉反又式冉反二䀹暫見奄應儉反五罨雲

鄣國掩取弇同闇宦漸自染反二嶄巉 卌六忝他玷反二稴鄉名在濟北地丘淰水流貌乃簟反三嬸弱簟在

黖黖畫多忝反四玷玉缺耆老人面有黑子剫斫簟席徒玷反三㕍開戶或作串驔黃脊嗛嗛猿藏食處苦簟反三歉食不飽

很地㺌禾稀力忝反一䶨鼠名 卌七拯蒸之上聲一拯救無韻取 卌八等多肯反又多改反一倗不肯普等反一肯可也苦等反

卌九

𧮞丑減反四減耗又古斬反䤵泉又盧暫反汎濫艦大船箱聲湛水貌徒減反又丈陷反二 湛 然聲 㢌 瞻一曰小戶苦減反二 䶢 苦

二斬反 㺗 損又下斬反 滬 水濁士減反一 斬 阻減反一 黵 敗黵甚黑衽減反一 臉 力減反一 闞 虎聲又火斬反又火暫反三 欿 笑 掺 執袪所斬反又所檻反一

檻 胡黤反五 艦 船 䡵 車 轞 車聲 獫 長面 黤 又乙減反一 斬 斬取山 嵌 大聲 黯 青黑 檻 反二

十五

甗 董甗出孝子傳 醶 酢 㒹 物 撖 小大 椷 嶊 反一 五十一范 姓 無反 又 上聲四 範 模 犯 千 范 蜂

切韻卷五 入聲卅二韻 一屋烏谷 二沃烏酷 三燭之欲 四覺古岳 五質之日 六物無弗

櫛阻瑟 八迄許訖 九月魚厥 十沒莫勃 十一末莫割 十二黠胡八 十三鎋胡瞎 十四屑先結 十五薛私列

十六錫先擊 十七昔私積 十八麦莫獲 十九陌莫白 廿合胡閤 廿一盍胡臘 廿二洽侯夾 廿三狎胡甲 廿四葉與涉 廿五怗

廿六緝七入 廿七藥以灼 廿八鐸徒落 廿九職之翼 卅德多則 卅一業魚怯 卅二乏房法

獨徒谷反十六 黷 讀 誦 髑 髏 犢 牘 韣 弓衣 瓄 瀆 溝 䪅 匵 匱 殰

斛 穀 古鹿反六 轂 車 穀 𤅦 水名 谷 山 𣪊 玉 𧯠 穀 𡺉 斛 胡谷反五 槲 木名 螜 螻蛄 𣫄 哭 空谷反二

禿 他谷反四 䃷 𪕊 𥝩 鵚 鳥名 速 送谷反六 蔌 菜 餗 鼎實 涑 螋 樕 木名 𩶓 藗 鏃 殼 物丁木反二

𢶍 鏃 錄 𧃘 蔟 𢿡 睩 親 䋝 𥈭 錄 東方音 逯 轆 轆 轤 𩮘 騼 蘆谷反

盡 去水 𢂪 𩥧 作漉 騼 驢 觳 吐谷反二 嗀 鷇 𣪊 族 昨木反二 鏃 鏃 鍭 天木作鋜 木反一

碌 石兒 簇 䉀 簇 倉候反 𨀹 蹢 卜 博木反 支 凄 朴 撲 打 檏 樸 樸 木素 醭 白醭 轐 ‖ 濮 水名 䑑

蠛 蠓 𧌁 𧗡 木 莫卜反 沐 𩣡 𣾋 鶩 鳥 霂 𩅰 目 莫六反 苜 福 方六反 腹 輹 複 𧝯 鍑 蝠 蝙蝠

車 復 房六反 蝮 𧕖 伏 房六反 𠈁 服 衣 茯 苓 鵩 鳥名 栿

𥢃 𣝐 輻 𣪗 𧱫 𥠿 蝠 𥣬 𩰫 馥 香氣 麴 匊 六 𨍭 𦵙 肉

力竹反十二 陸 𦉢 𪃾 稑 鵱 蓼 睦 鯥 魚名 坴 䡜 戮 殺 六 逐 直六反七 軸 蝕

妯 娌 舳 艫 𨄗 蹴 菊 居竹反八 鞠 掬 𪇰 匊 鞫 𤷒 𥷺 鵴 鳥

鳥 嗛 𪇫 鷚 鳥 𧌒 蟲名 𧎷 𧳪 燭 之欲反 屬 粥 𢡹 鬻 𩱦

𣃯 𠋫 𥊪 𨮲 𢂭 𠉋 竹 豕 𨒆 𥂝 𨐌 𧂊 賣 𦳎

水 縮 𦀬 蓄 𧀛 𩫷 𥿄 䌰 𤷔 𤷫 𣬹 𦳏 𩧥 𧷹 鶒 鵨

𩌏 𨂡 𣡟 𤊕 𢫎 𢶱 𡡍 𥌗 𩣯 𧾁 𦽹 𩹤 𡦄

叔 式竹反 𢄏 黑 疾 菽 豆 𦿳 𣝓 𪊀 畜 嗇 𠍍 嫗 鄐

荲 䓕 竹 張六反四 築 筑 竺 蹜 磨 𧺤 歜 𡄙 𥰼 𤸋 㑹

惡 𥊉 𢛆 絨 𧎧 當 蝮 郁 𡙇 𧑆 𡍮 𣔻 𡡮 𤸻 𩖇

膜胃〻 薁蘡〻草名 澳隈 蕈可混未 肅息逐反八 宿又息救反 蓿苜〻 夙早 玉朽玉又人姓 鷫〻鸘西方神鳥 蟰〻蛸虫

驌〻驦馬名 目莫六反六 睦親 穆和 苜〻蓿 牧養 坶〻野地名 囿苑囿于目反又于救反一 稸〻積丑六反一 二沃烏酷反三 鋈白金

鰲魚名 毒徒沃反三 𦷚草 蝳蝳蝐虫 篤冬毒反三 督 裻衣背縫 酷苦沃反四 焅熱氣 秸禾熟 嚳

〻鵠胡沃反三 鶮鳥名 雀高 僕蒲沃反三 鏷〻鐸 獛 颮風聲 裻新衣聲 梏手械 牿牛馬〻

䳟鶴鳥名 穛地名 告又古号反 瑁莫沃反又莫佩反二 帽 熇熱又呼各反二 臛羹又呼各反 褥 儥

三燭之欲反七 屬付又市玉反俗作属 矚視 爥 燭 鐲鈕 噣 鸀〻鳿鳥 躅小兒行貌 玉語欲反三 獄四 瑦〻 旭許玉反三

頊〻頊 勗勉 䢸居玉反五 桊 鋦物 梮持 臼手 局作局 跼〻蹐 蜀市玉反又 斸

蠋虫 倲〻動貌 襡長襦 觸尺玉反二 歜氣怒 辱而蜀反六 蓐草 褥 鄏郟鄏地名在河南 縟文 溽濕

束書蜀反二 倲〻 欲余蜀反五 浴 鵒鴝〻 鋊 輅 躅踯躅 録力玉反十二 淥水名 親眼 綠

色 醁美酒 騄〻馬名 菉 逯 醁 曲丘玉反 麴 苗 豕

斸 贖神蜀反一 足即玉反一 幞 促七玉反一 續似玉反三 俗 藚澤瀉 粟相玉反三 涑水名

又速侯反 樸落牛頭 對曲反一 棟 四覺古岳反又古孝反八 斠 角 桷 榷 㲉 鷽 觷

骨又胡 嶽五角反三 樂又盧各反又五教反 𪇘〻鳥 浞水濕士角反五 𨐡 䱜 濁 捉 穱

朔所角反四 稍 槊 蒴〻藋 䂕 涿郎 擉 娖 卓高

琢治玉 啄鳥啄丁木反 剝 駁 爆 邈 藐 雹 撲 趵

秦人言 騂 駮獸似馬 鮑 瓝 璞 樸 撲 檏

支 殼苦角反七 愨 確 穀 濁 擢

鷟 嶽 握 偓 箹 喔 鷟 溺

角 躍 踔 犖 學 确 礐 嚳 豹

豕 䇭 鷟 娖 斲 擿

刑用 蛭水蟲 騭馬後漢有御騭 日人質切二 馹驛 實神質切一 秩直質切三 紩縫 帙書帙 悉息七切 膝又作厀 一
數名 壹 七親悉切五 漆水名在岐 鶈鳥名 郝地名在齊 桼木名今作漆 溢滿 鎰二十兩 詰去吉切二 蛣蛣蜣 吉居質切二 趌趌趨走皃 暱近 尼質切一
昵 衵近身衣 逸夷質切六 佚樂佚 佾舞佾 軼車過又音迭 溢 鎰 詰 蛣 欯喜也許吉切一
桼 栗力質切六 慄戰慄 溧水名在丹陽 颲颲飀風聲 鷅鷅鷅鳥別名 剽細 室式質切四 䆛 𡨕 窒塞 桎桎梏
縣在扶風 銍刈又縣名在譙郡 嫉嫉妒 疾秦悉切四 蒺蒺藜 蝍 剌 失式質切二 室
之用燒土爲之 嘁 唧啾唧 泌水 蜜蜂蜜 謐靜 䤉盡飲 榓木名 必卑吉切十 畢 韠 華
蕐 駜 蹕 潷 篳 鷝 觱 𨏟 律 鸊 鵺 矞 遹 述 遹
鷸鳥名 驈黑馬白髀 繘汲綆 卒子聿切又則骨切二 䘒 卹辛聿切四 恤 戌 訹誘訹 崒山高皃 䘒 踤
姞 佶正 術食聿切四 述 秫穀名 沭水名在琅邪 橘居聿切二 繘 繘汲綆又餘律切 鄭地名在鄭 𠫸
狘 欻 怴 鉥 獝 出 趉 𧖅 賊
戌 㤜 汩 率 帥 蟀 筆 䢪
𡗗 繂 聿 獝 㕯 乙 鳦 𣑬 六物 勿 芴 弗 紱
𦥍 𤬘 𡕒 𦣞 飋 𩨖 𨡼 𡉓
崛 𥨪 屈 佛 怫 𩍐 咈 崛 𩛰 欻 颮 颵 拂
𡍤 岉 𥓜 𩠐 𦫿 祓 七櫛阻瑟切三 瀄 㘉 瑟 颰 蟋蟀
蝨 蟣 𩨊 八迄許訖切四 仡 釳 肸 訖居乞切二 吃 疙 趫
乙 气 乞 九月 刖 軏 伐 筏 罰 閥 垡 撥
越 粵 鉞 戉 樾 𤟠 厥 蹶 劂 蕨 蟨
踰 噦 嗷 餮 蹷 厥 鷢 撅

戳ゝ 屨倒 孝 屫尾 閼去月反二 瀩水名在義陽 髮方伐反二 發ゝ遣 䠶履䠶望發亦從章一 颰小風許月反三 𤞞戳走 泧泧水兒 謁

於歇反四 閼歲在卯名又於葛於連二反 暍傷熱 歇敗色壞 歇氣泄許謁反三 蠍蟲 猲犬獢 訐面斥以言居謁反三 趨走兒 羯羊ゝ 揭擔物

其謁反一 悙恨怒正伐反一 十沒莫勃反三 歿死 玫玉名 骨古忽反四 縎縎ゝ 鶻ゝ鳥又胡八反 榾榾柮木 勃蒲沒反六 渤ゝ澥海名 浡又水兒

騲馬牛尾一角 餑ゝ餑 埻塵起 馞大香 咄呵當沒反一 宊ゝ出他骨反三 梲大杖 踛蹀 突觸陀骨反六 揬搪 腯肥 䑕鼠名

鶟鳥名 埃ゝ電 頞內頭水中烏沒反四 腽ゝ肭肥 殟心悶 嗢咽 忽呼骨反五 惚恍ゝ 寣睡一覺 笏 乾急性欄三字呼紇反 兀高兒

五忽反四 扤動搖 屼山兒 杌樹無枝 䈇撥物聲普沒反一 窟穴苦角反五 泏溫池 堀日 矹用力或作砋 䫀大頭兒 訥諾骨反二 肭腽ゝ 柮

內物水中 窣勃窣蘇骨反二 䭲麥麿 猝倉猝鹿沒反一 捽手捽昨沒反三 椊ゝ杌以柄內孔 齰齚 麧ゝ下沒反五 齕齧人 紇[illegible]胡結反 絃

淈ゝ泥又古忽反 搰掘地 卒則沒反又子出反二 倅百人為長 散一骨反咽中息名利新加一 十一末木上莫割反十二 秣馬ゝ 昧星名日中見昧 積[illegible]

抹ゝ摋手摩 休ゝ達肥兒 妹ゝ嬉桀妻 怽忘 抹壤土 沫水沫一曰水名在蜀武泰反 濊塗拭 鶒鴹鳥名 眛[illegible]沽反一 襪[illegible]九反

足衣 祓[illegible] 茇根ゝ 鉢 鴰鳥名 鷅 [illegible] 連 鬝 髮 捂 括古活反六

濉水流 髻結髮 檜木名 聒聲擾 苦ゝ萋 闊苦括反二 䒷蕭ゝ 活戶括反二 栝桐 筈[illegible]反三 䦎 䒷內去ゝ又五活反

鵒ゝ達俗作 豁呼活反四 濊水聲或作濊 奯大開目 泧ゝ 斡轉烏活反四 捾 婠 𩐃目開 斡ゝ東物或作捾 縔ゝ結[illegible]

攥手把 鏺兩刃刈草木普括反五 撥芟ゝ 䟛蹋草聲 鬝 䤤酒色 侻可一曰輕他括反二 捝解落或作脫 捋手捋盧活反二 剈ゝ

掇拾多活反三 鷄 腏挑取骨間肉 撮手取七活反 跋ゝ足行兒蒲活反十 跡行兒 魃旱ゝ 痠 䳊酒氣 䟦 䩗蔡名 䬍香氣

㶚大氣 颰風兒 婺辛 跋 剬反三 䒷 㩦 怛悲當割反六 妲ゝ己紂妃 呾相呵 炟火起 黖在玉原

闥他達反七 健ゝ休 撻打撻 躂足跌 澾泥滑 獺小獺 鯻魚名 遏遮烏葛反四 頞鼻ゝ 堨ゝ擁 閼止又於連 刺盧達反六 [illegible]

破所 辢辛ゝ 莿 瘌瘡瘌不調兒 攋手撥 渴苦割反作漱一 達他割反一 巀ゝ嶭山名在扶風才割反又才結反一 嶭五割反

轕車戟 屵高山狀 桁伐木餘 葛古達反五 葛 獦 割ゝ分 駒馬走疾 褐衣褐胡葛反六 鶡鳥名

毛布 曷何 蝎虫 餲餅 鶡許葛反四 猲 暍白色 喝訶 捺手按奴曷反一 攃 十二黠胡八反二 [illegible]

札側八反三 扎 鳷 拔蒲八反又蒲撥反三 茇作 八 九 鷼 刮 磆石狀 滑戶八反五 猾ゝ猾 鰨

鶻鶻鴂又古沒反魚名 蛸蠿蛸似蟹而小 八博拔反二 馴馬八歲 竅口滑反二 嫋好貌 嫋獸名似狸文滑說文作黜 嗗飲聲八反二 婠婠娺 鱍

察初八切四 察 鑿 擦木名 割去惡內古骨反二 鱊魚名 戛指笛點反七 扴指扴物 玠玠珪 稓祭天席 鶡鶡鴂鳥名 揳擊又先結反

漱草 軋車輾烏黠反五 扎山曲 楃心 拔草 嫼怒 揳揳獸 殺命所八反二 鎩鳥羽病 傄傄㑩健貌莫八反二 眾視惡 佾呼八反二 疣

瘡痛女黠反一 䶑屈女滑反一 劀刮作口滑反一 十三鎋車軸頭鐵古作牽胡瞎反四 鶷鶷鶷聲 鶷鳥名 砎磯砎聲鐃字某鎋反 鸛乙鎋反三

闔門聲 圓 騷髀聲 獻 齾缺五鎋反二 鬝 剃 竅初鎋反一 瞎一眼許鎋反一 稿末虎 磍 磍 獺獸名他鎋反又他達反一

瘵痛女鎋反 刮刮古頒反三 鴰鶬鴰鳥名 秳禾名 頒頒領白毋刮反一 頢短面下刮反五 鬠細 鬠 敌畫 舌口 姡淨面 鴰

烏名似雉丁刮反 竅出穴中刮反又人兗反二 刖去足五刮反二 殂殘食 妠嫦妠小肥女刮反 簒鳥八反 篡 纂黑劫刮反一 礙小碎茶鎋反二 帗帶 掇

一反 鸛鸛鵲鳥名古鎋反二 鬝到 十四屑先結反六 楔木名 楔機楔不正方 躃旋行 斷破 僁聲 動聲 切千結反四 䌞 䌞語小

巀巀嶭 竊盜千結反八 絜麻一 潔清 鍥鐮刀名 拮 拮梗 楔汲水 趨走貌 韜韜鳥名 節子結反七 㘙 信

瘃瘃 巀小 蠽小蟬 嶻子截反 䕶 蠞又蠽 餘 䕶屋上木 血呼決反五 韍 恤胆惡兒 窬穿 泬泬寂室 疾瘡疾 関 𤿆

一乎反 穴山反又名 一 𤿆 胅 突出於決反三 疾穿 目 䁥 謪 訣別 觖 觼環有舌 䴤馬 駃騠 鴂鳥名 鴂鵜鳥名 決 趹馬疾行 穴胡決反一

抉出於決反三 突穿貌 瞲深目 姪吳日姪 昳吳日 眣吳目出 眣目 亞高 耋老 蛭 跌 迭 瓞 經 絰 驖

馬 帶黑 㗊高 軼車相過又 閱 閱門 駃馬行 銕 鐵古作銕 結 餮 貪食 纈 錦纈 闈

纈 擷 袺 頡 頁 䌛 纈 紇以衣衽盛物 涅水中黑土奴結反三 捏 茟 蓂 蔑 衊

偰人出 苤子切反 鷩 碊五結反 霓虹 蜺寒蜩 蜺 蟛 䖸 幭 蠛 麥 欄 䡾 瞡

八 不正 蠛蠓 蔑 懱 糲 鷩 蹩方結反二 䮩 閉 噎烏結反四 噎 饐

蠛 捌 劉 捌不仁 挈 緜 瞥 撇 鐅 捏 篾 𥷁 蟈 䊛

虎結反二 覕 撇 蹩 鼈 𣄼 𩑺 𩔽 䰰 蹩 室

噬 膣 䁥 䂴 䁑 纓 縿 廾五薛 私列反 紲 媟 渫 瘛 褻 褻

田器 泄 漏 渫 歺 列 迾 䴕 蛚 蜊 烈 冽 洌 裂 茢 䳚

風雨暴至 鴷 啄木鳥 鴷 次弟 㢸 新加 蛰 陟列反從心又作嚞二 蜇 虫螫或作蛆 傑 渠列反六 桀 碣 說文作渴 碣 碣石山 楬 有所表識 搩

鷄栖杙工 爇 如列反一 晢 光晢 熱反又旨例反四 浙 江名在東陽一曰浙江 折 又常列反 䩞 柔皮 舌 食列反二 揲 數又尸列反按文思頰反閱持 孽 庶孽 魚列反 ……業又孽八

蘖 餘蘖 麴 櫱 孽 妖孽 虫禽 闑 門中橛 嶭 山高危又 朅 去竭反 偈 又去謁反一 揭 高舉 滅 亡列反 搣

手拔 鷩 雉屬 有鷩 鼈 魚鼈 蘝 嚴 絕 情雪反一 蕝 束茅表位子悅反又子芮反 雪 相絕反 䨮 ……反 悅 弋雪反 閱

蛃 蟬去皮 ……草名 ……美好 ……他結反又他會反 ……反一 ……雪反二 ……反三

歠 大歠昌雪反一 輟 止陟劣反四 啜 四閒遒 惙 疲 剟 按文刊新加 劣 力輟反四 埒 馬埒 脟 腸 蹄 跟 覽 蛢只 撅 ……反三

別 憑列反二 別 分別 彆 方列反一 轍 車轍 迹直列反四 徹 通 撤 發 澈 水澄 剛 ……反二 咧 ……毛 子 ……反三 鍝 ……

設 識列反二 蔎 香草 具 舉 威 滅 翅 飛 吶 小鳥 呐 聲不出女劣反又女滑反一 姎 ……悅 蹶 ……有所見 ……又巨月居衛二反 ……怒兒

𧎺 水蛭 蟗 ……人側滑反二 蠽 短尾 ……而易破 蠽 茅蠽似蟬千列反二 鸐 小雞 止 小 𢮦 菓 ……山 煬 列反一

中 草初生兒丑列反一 𡣕 喜兒許列反一 啜 嘗 噬 雪反一 蒯 割斷聲 廁滑反一 十六錫 先擊反七 析 分俗作析 裼 祖 晳 白色 緆 細布

蜥 蜴 蟲名 淅 米 激 古歷反又古覈反四 擊 打 墼 土 鷊 鳥名 鷁 霹 靂 䨿 激反二 辟 破 歷 ……靂 霹 霳 趯 行兒

趚 字又丑知反 鄒 鄉名在南陽 歷 又知反 櫪 櫟 車踐人 躒 盧各反 瓅 珠 鍋 鍉 瀝 滴 礫 砂 秝 稀疏 攊 𢫬 馬 櫪 穀 櫟 木名

鷊 鳥名 蔐 萬山 的 指的 都歷反三 艦 舟 覓 石地新加 菥 徒歷反十二 狄 敵 程 籊 竹竿兒 迪 進 覿 見

樂 漂 沈 羅 鼻 郎 鄉名在高陵 逖 他歷反六 倜 儻 誑 譏 趯 躍兒 剔 解骨 惕 怵 績 則歷反二 勣 功 燉 乳 ……反二

擊 傍擊 毄 攻擊書曰攻戮 怒 飢憂奴歷反二 休 俗作溺 寂 或作宗 非歷反一 覓 莫歷反八 䴠 車覆軨 幭 覆 驥 馬多 糸

丞 鼎盡 冪 覆巾 汨 水名在豫章郡 鷖 覘 視 扶歷反 本二字從易二 鷿 鳥名 壁 北激反二 甓 䴙 鵜 闃 苦鵙反一 鄍 邑名 …… 苦閒反五

䴈 伯勞 臭 張目 湨 水名在河內 龘 木工 鼠名在 戚 倉歷反四 慼 鏊 守夜鼓 鍼 干戚 赦 笑聲 許狄反二 闃 十七昔 ……作

管 私積反六 惜 㤹 腊 脯 潟 鹹土 磶 石 碣 柱下石 舄 履 積 資昔反又資賜反八 脊 背 蹐 地 蹐 跡 足跡又作 迹 積 借 假又資夜反 踖

䟧 蹐 蹙兒又秦昔反 踐 鶺 鴒 鳥 鯽 魚 益 伊昔反三 謚 笑兒 嗌 喉上 繹 理蠶反廿 醳 重祭 易 又盈義反 瘍 蜴

蜥 蜴 蠷 悅 斁 厭 食 又佐政反 驛 馬 醳 酒 腋 肘 嶧 山名 掖 持臂 液 津 液 繹 縷 易 又盈義反 瘍 病 柵 染 蜴

〻蜥 場〻埸 釋漬施反十一 釋〻解 檡楊 適渠名又郝歷反 奭盛又名 郝人姓又呼各反 睗急視 睗日無光 嫡嬾 釋斛貝

螫〻虫 尺昌石反四 赤色 斥逐 蚇〻蠖 石常尺反六 碩大 祏廟 鉐鍮 鼫鼠 袥開衣斯斤 隻之石反六 適又作這

大墌基 摭拾 拓 蹠足又作蹠 樜投頁又反古作適三 躑〻躅又作躑 跖 皵皮細起七跡反 磧〻沙 刺穿又七四反又刺

趚〻趚行貌 涑水名在北地 席詳亦反五 夕〻朝 穸〻窀 汐〻潮 鄐鄉名在臨邛 籍〻籍秦昔反七 踖〻踧 耤〻根耤又慈夜反 堉

潟〻土 膌縣名在清河又七削反 瘠病 擗〻撫心房益反四 椑棺又蘮擊反 躃倒 闢啓 役營隻反六又作伇 疫〻病 嫈

魚〻名 煜〻裘家 鈹排 辟居又音反五 鐴〻土 犂耳 躄〻跛 壁〻玉 襞〻衣 僻〻誤 疒〻壽 癖〻病 甓瓶 鶪〻鷢視許役反一

䴥〻麝香食亦反 又食夜反 䴥又食夜反二 碧新加 彳丑亦反 十八麥莫獲反 麦又從來作麦二 脈〻血 霢〻霂 貘

湖〻麦反六 畫又胡卦反 嫿分晰好貌 劃錐刀 划〻 鱯魚名 蘳〻蘆 蟈〻螻 蟈蛙別名 馘截耳 幗婦人喪冠 膕曲腳中 臂〻

黃〻蘗 擘〻分 擗〻擘 繟織絲為帶 蹟〻踖 〻又滿革反一 責側革反四 嫧〻病 簀〻牀 幘〻頭 策〻馬簡 笧〻冊 筴

簡〻戢作冊 嫧〻健急貌 嘖〻淨 齰〻相齧 䶦〻齰 聲 唶〻語 〻 纑 樝〻宿 遠〻 纈〻鐃 翐〻飛 慬〻聲 觳〻裂帛聲 䂅〻口 畫〻賓〻

纖〻衣〻微又音酌 礐石 地〻 翮〻羽 核〻實 覈〻實 革古核反五 膈胸 鬲〻縣名在平原又落激反 槅〻車 草〻皮 擿手取物 摘 又陟革反四 讁〻又尼尼

竭〻大怒張目 栶〻 戹〻厄 軛〻牽 隘 軶〻又作 軛〻車 呝〻聲 呃〻鳥聲 〻 棟木名 檪〻 淉〻雨 霰〻寒 療〻

棫〻〻頭落貌 愬〻懼貌 作愬 搤〻把 擊〻中聲 十九陌莫白反九 貊北方人 帕頭巾 袹〻衣 蓦〻上 貘〻獸 蛨〻蟲 蛗〻

貊 蟗〻 鷰〻 磔〻 張格反三 虴〻蜢 舴〻艋 伯博白反四 迫〻近 百 栢〻木 白傍陌反三 帛〻縑帛 舶〻海中大船 劇奇逆

展〻 廰〻 觳〻 亂〻 戟〻 几戟反又作戟三 撠〻持 戟〻 索〻求 棟〻 谿〻 澩 〻 榔〻 〻 措

國〻 諱〻 〻 嚄〻 大喚 胡伯反 迮〻 笮〻 齚〻 咋〻 咋 多聲 泎〻 落地 柞〻 磔〻 壁 乳 〻

郤人姓 綌〻絺 額五陌反三 鯯〻 䠥〻 逆〻 客 苦陌反二 喀〻吐 啞〻 鎶〻 鯵〻 圻〻 〻

格〻 趙〻 〻 䬄〻 佩刀飾 佰〻 〻 伯〻 魄〻 珀〻 琥珀 晶〻 赫〻 嚇〻 嚇 〻 垎 〻 格

搹〻 格〻 俗〻 鶡〻 鷨〻 貉〻 骼〻 鴒 諦〻 溧〻 宅〻 擇〻 澤〻

國〻名 陌〻 獲〻 手取 踣〻 攌〻 廿合〻 迨〻 郤〻 閤〻 鴿〻 合〻 鈴〻 鯰〻

蛤蟒〻 荅都合反二 踏〻跛行皃 趿蘇合反四 颯風聲 靸小兒履 馺馬疾行 沓重徒合反十一 誻〻譶 遝〻迨 揩指〻揩柱杗 涾沸溢

駘〻駭馬行 龖龍飛狀 蹹〻譶言語 錔疾 器物錔頭他合反十一 遝歃 菭菜生水中 嫭安地 踏着地 㯓帳上 幍覆 鞜車履 翻翻翻飛皃

濕水名在平原 佮合也 譅文鼓聲新加 雜徂合反四 師斷聲 磼〻礏山高又礏磼壞皃 雥鳥群 帀匝子荅反又作迊二 咂入口 拉折虛合反 搨 㧺

〻㵾 翻〻沓飛皃 納奴荅反四 鈉 皃腴 納子〻橫擲 軜驂馬內轡使馭前者 溘奄口苔反三 㿻閉戶聲 㝓山左右有岑 姶美好皃合反四 𤸷短氣 罨网

罯覆蓋 欱小歠呼合反二 疲病劣皃 𪇏眾聲五合反三 礏〻磼 哈魚多皃一 廿一盍胡臘反四 闔閉 閤日閉 嗑笑嗑易卦 盍〻苦 臈

〻蜡俗作臈盧盍反六 𪗶齧聲 鑞〻錫 攋折 䶩〻皷 䟎又都盍反五 耷大耳 搨手打 砝地鄭 剔相着聲一日剔物 榻井吐盍反十三 𦞖大肚 毾毾䫫

〻𩹴鰈比目魚別名 新𩹴魚名似鰈四足 蹋〻布 傝〻亦偈 㒓劣 括〻大食 謵〻諸多言 𦑣飛皃 䵅鐘聲又他合反 鞈鍃〻 塔〻橖〻字 𤗸鼻胡 搨和雜 𢮈𢮈

歃大啜呼盍反一 䵅魚名奴盍反一 蹋踐徒盍反一 闒門上屋 偡不着五盍反一 㩉惡才盍 搕和雜 𩭿〻盍反三

謚言〻多 蓋姓漢有蓋寬饒字書作鄭 榼酒器苦盍反二 磕聲 廿二洽和侯夾反五 狹陿 硤古作 霅復新加 峽山名 峽

三硤山 硤〻石縣名 恰用心苦洽反五 帢巾 掐爪 𢱢 臘目陷 劄 〻郟地名在潁川 筴箸又古協反 鞈鼓聲 𤗸

𥉦 裌衣 襭未架 眨眼細 詥諧 鉿〻餅 𪄳〻蹄足病 篷 𦚉目動 𥅥洽反三 庘舍 倗〻偒人皃 㨾

𠛱楚 臿舂去 鍤鍫 极取 𩨻〻駒 𩨻單塢 噏小 欱氣 啑呼洽反三 囲手取物也 洽反一 𩄋小雨 歃〻血又山洽反二 𠝹竹着

洽反三 𨄏跛行皃 洽反二 凹下 作窊 一 廿三狎胡甲反五 匣〻箱 翈翮上 𦐇短羽 霅聲又狀甲反霅陽郡在樂浪 浹〻渫水相着 渫大甲 反二

喋嚏喋 鳥食 𠻃字所甲反 甲古狎反五 胛背 柙乱 押木理 𣝗〻蘇 硨山 鴨水鳥 𩖞鴨側 甲反四 厭鎮 庘屋 壞 窜人神 脉 剥穴 𧉫初甲反一

翣扇 棺所 甲反三 𧸘母 𩁹 啑〻喋 鳥食 呷呷叫 聲 呼甲反二 譀誇譀 大下 瞰 反 荣記 誑 譀 譀 猶令人熱 廿四葉與涉反縣名在南陽 式涉反四 楪 槅 縣名

左雲中 擛度 鍱〻鐵 接 反五 椄木 續 䀹目 㨗舟 婕好 擑 書涉反四 灄水名在西陽 葉縣名 歙

縣名 涉時攝反一 獵取禽良涉反四 䴸鬣 躐踐 曅晴日 㛸反一 獲疾業 牒細切肉 反二 㙝下入又直立反 敓〻歃於 鄉反二 褰

反反 又於 敠居輒 聶姓 躡蹈 鑷〻子 𢵔擬 諿小言七涉反四 䌛樹葉 動皃 𧨼輕薄言 詀〻諵細語 𧮼詀譫又泚讇 縣名在清河而涉反二

顳〻顬 𧭛多言之涉反五 噏口動皃 又而涉反 懾布 皃 㯿〻疊 慴 又作讋 妾七接 反三 鍱鐵 𨭚 綴衣針 丑輒反一 极驢上 負板

長鬣 及二 笈負書 鯫車涉 葉 耴〻耳國名出山海經 𧞃衣褶又之涉反 㬹光𤍠 輒又為正 䩢 𩊧 銸銅 田 痿 涉反一 少氣 去 𦬣〻 萧

瑞草山楖反三 蔍 歃丶血又所洽反 㓞縫反一 居郟 㞞恐懼 渠反一 廿五怗他協反八 帖丶券 鞊 鼓無聲 鉆丶物 鞊丶者 貼

以物 䩞 跕丶倒又丁協反 䑜 小語 協 和胡頰反 或作叶四 䚡 思 挾 持 俠 任 頰丶面 古協反六 鋏 長鋏 䕬 蓂莢 著又古洽反 莢 蛺丶蝶

㖦 言多 愜 心服 作㥦 苦協反二 箧丶箱 牒 徒協反十三 喋 便語 疊 小足聲 蹀丶 諜 間諜 堞 城上垣 䡐 車聲 氎 細毛布 褺

衣裏 疊 重 蹀 蹀丶 䗴 蹀 㩸 擸 攝 奴協反二 𢲧 摺 於協反七 魘 㶣 子葉 病苦 兒乃協反七 䛳 嗒 聲 䭡 𩝐 䬃 蠜 鵖 笈 篋 蹇

反五 㢵 𢃇 躞丶 蹀 騃 蠜 羹 䐑 鶡丶 𦀭 𡌀 盧協反一 䥶 丁篋反二 啢 多言 椒 菙 革肩屬 在 浹 洽子協反一

䠟 乃牒反 睞 目閉一 廿六緝 七入反二 咠 丶聲 十 是執反三 拾 什 十人為什 執 之入反三 汁 漬 氶 𩛩 汝北海 習

入反三 雧 重 㒧 原 褶 袴 褶 神集 反 一 集 聚也 秦入反三 輯 和 檝 丶𢯛 揖 讓 伊入反二 挹 酌 溼 水溼 失入反二 𦊓 陟 反 唯

㕐 嗓 嚜 嗗 入反 湒 雨 雨 母 反三 樂 丶 合反二 及 其立反 蚑 冬 蝒 䋮 鳥涉立反三 霵 小雨 爯 鳥 絆 蟄 丶虫 直立反二 聵

立 力急反 六 䇐 竹 粒 米 笠 雨 鴗 水鳥 苙 白芷 又其立反 急 居立反 給 丶供 汲 引水 伋 人名 𥅷 鳥頭 鳥 反

泣 去急反二 㴬 𣽿 疾 小兒 㱆 敧 疾 吸 許及反二 歙 縮鼻 又姓 在新安 翕 大 諭 丶諱 諭 水流 罪 作㥦三 斂

㦮 雨聲 戢 止阻立反五 䮖 淡 䑯 多角 品 口聲 㦸 色 又丘反六 悒 裛 丶香 浥 溼 邑 丶 𩚍 食洽

丶濡沸 入反一 熤 火兒 為 曄 曄丶光 筠反二 廿七藥 以 反八 躍 跳 礿 祭名 龠 燕 竇 鑰 丶開 淪 𩆇 煙 略 溺 反三

䋲 鉃 脚 居灼反二 屩 鞋 灼 燒 之若反十 斫 刀 杓 丶 橫木 汋 激水 犳 山海經 日蓬山有獸豹而 杓 痛 勺 周六 斗名 酌 禍 繳 絹

焯 大炙 䆱 丶 五穀 皮又 公熱反 𤎆 灼燒 藥 書 反四 鑠 丶 鵲 鳥 犬 鶍 丶 鵲 蠛 䗴 丶 若 杜若 若 杜若

掿 丶柄 蒻 荷莖入渠又草名出蜀 綽 處約反 礿 大骨 𦞊

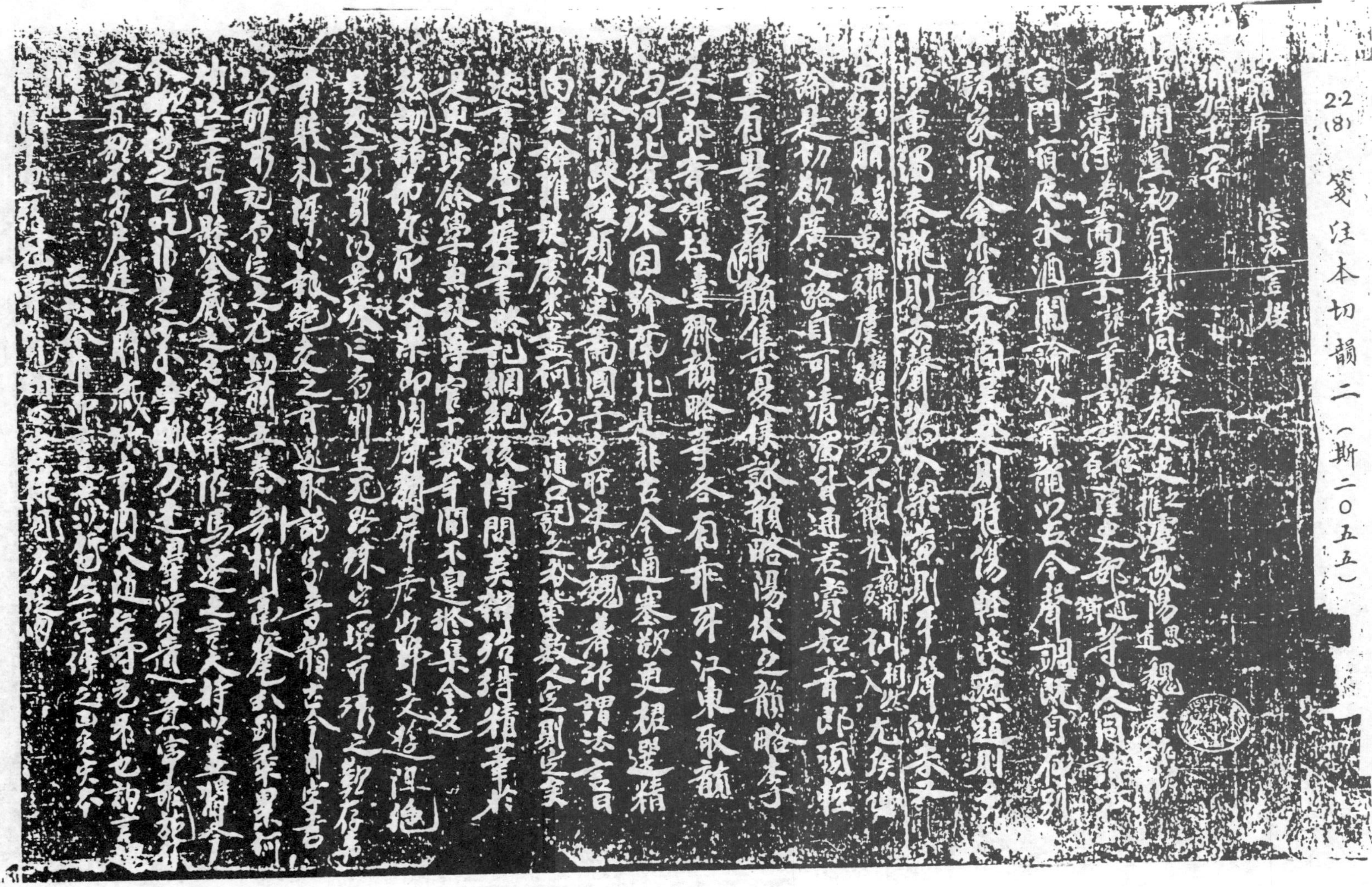

22(8) 箋注本切韻二（斯二〇五五）

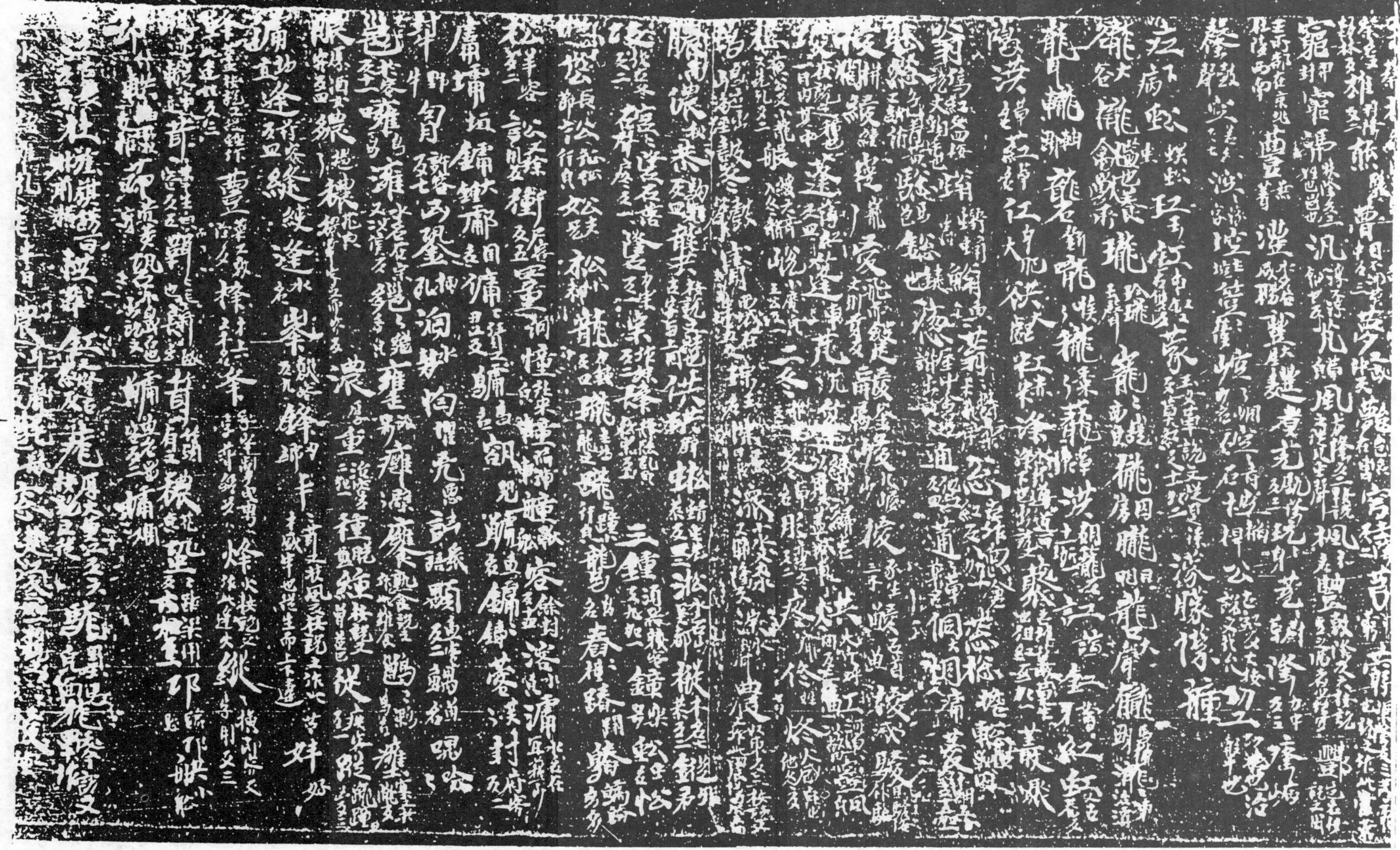

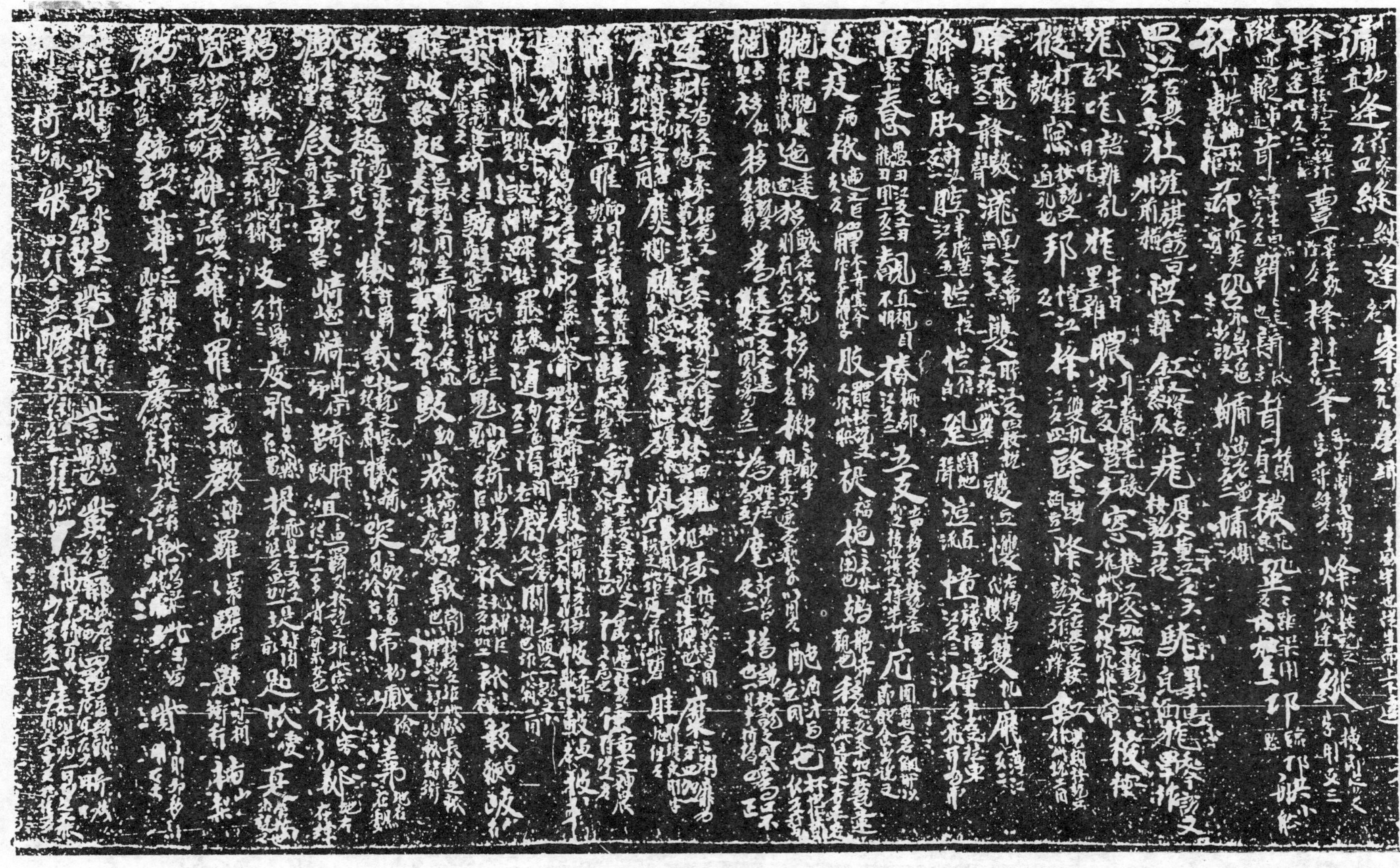

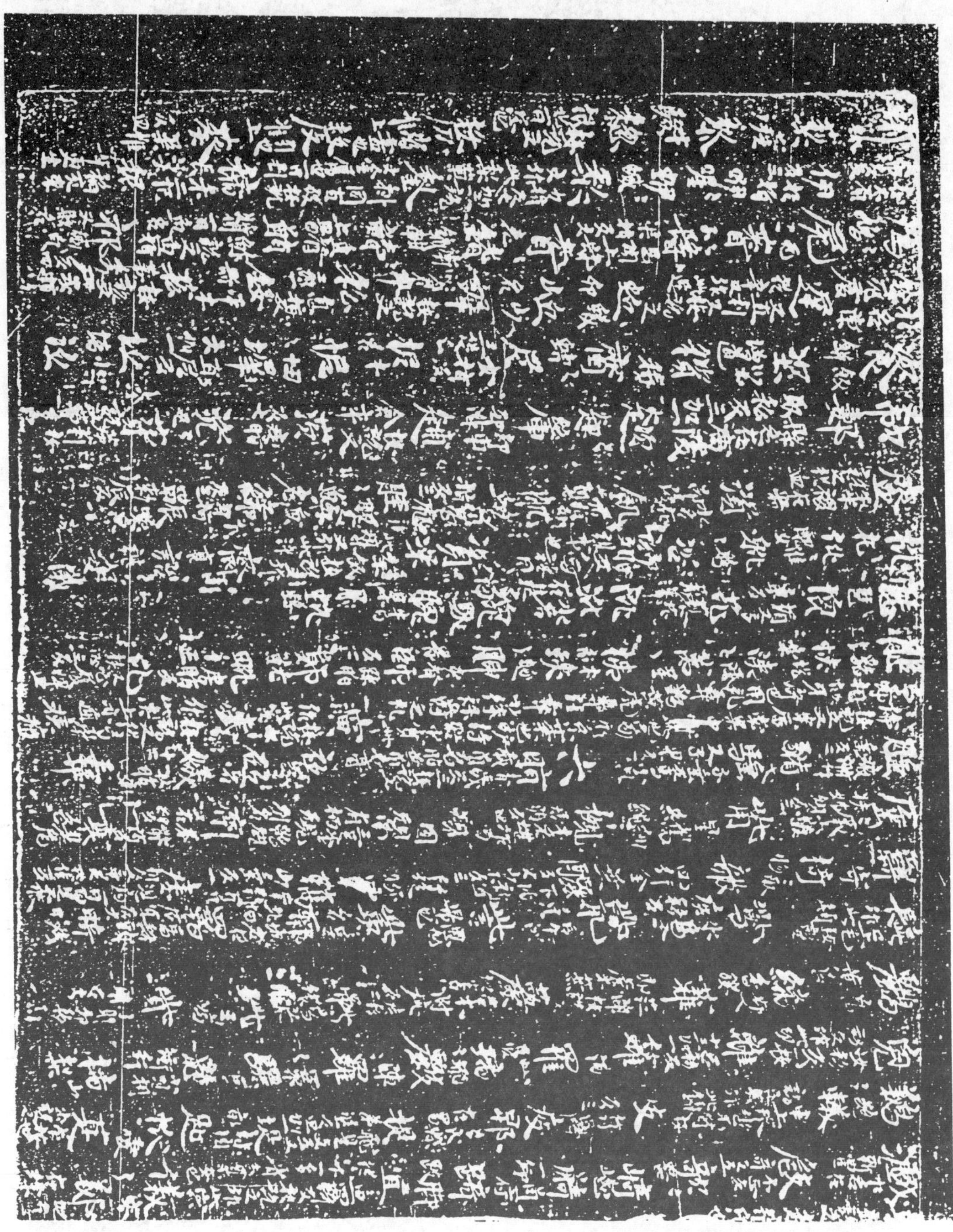

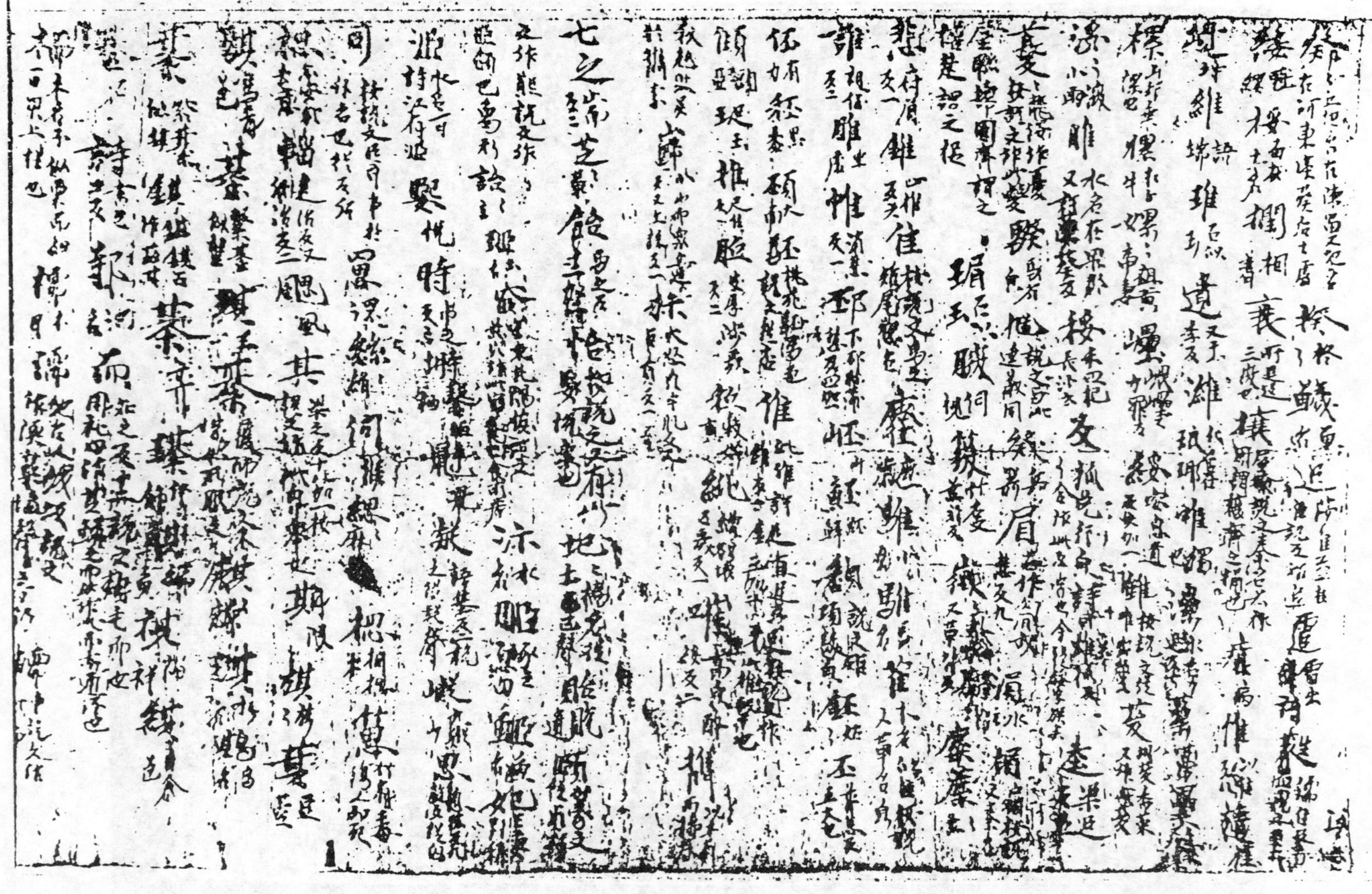

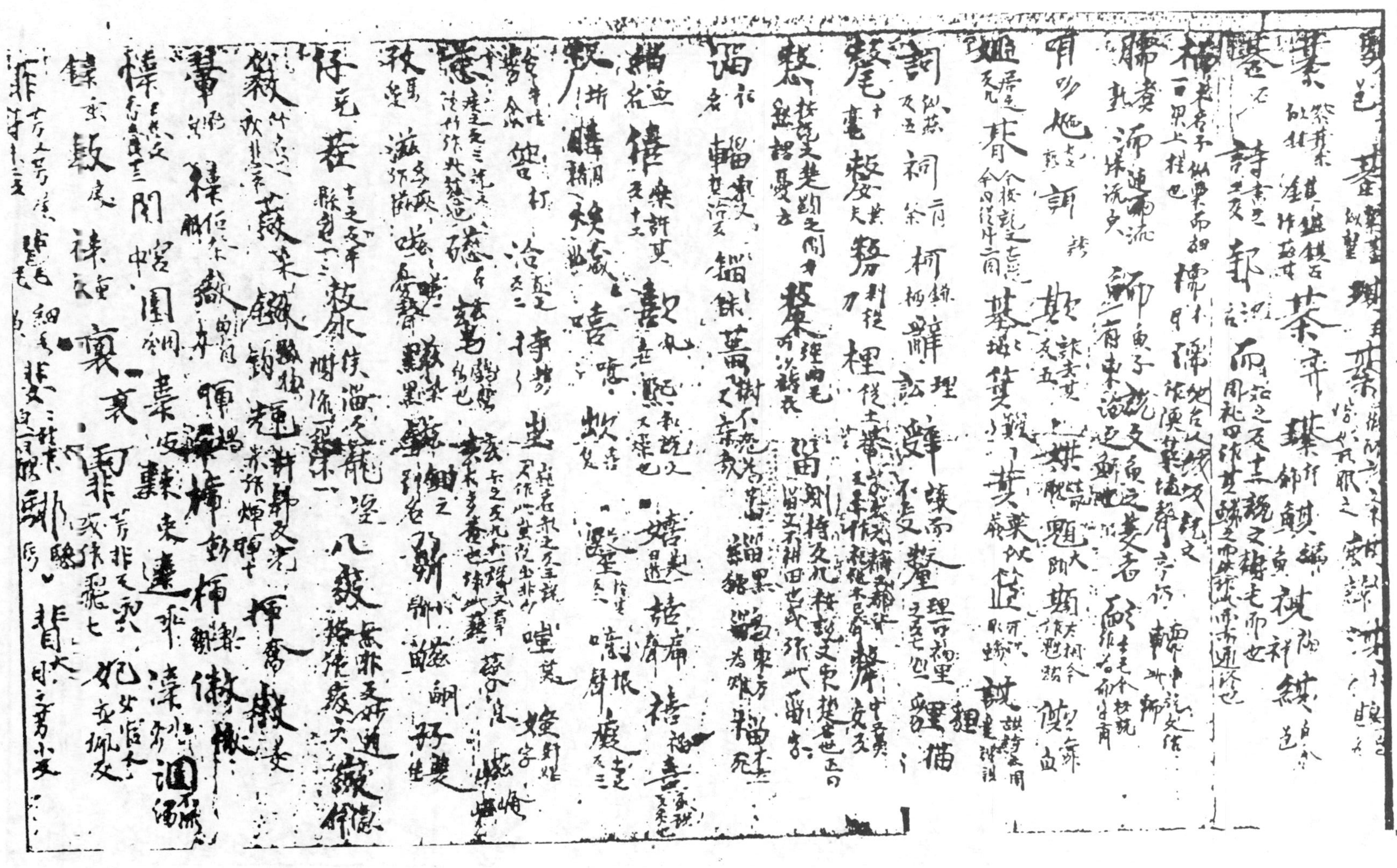

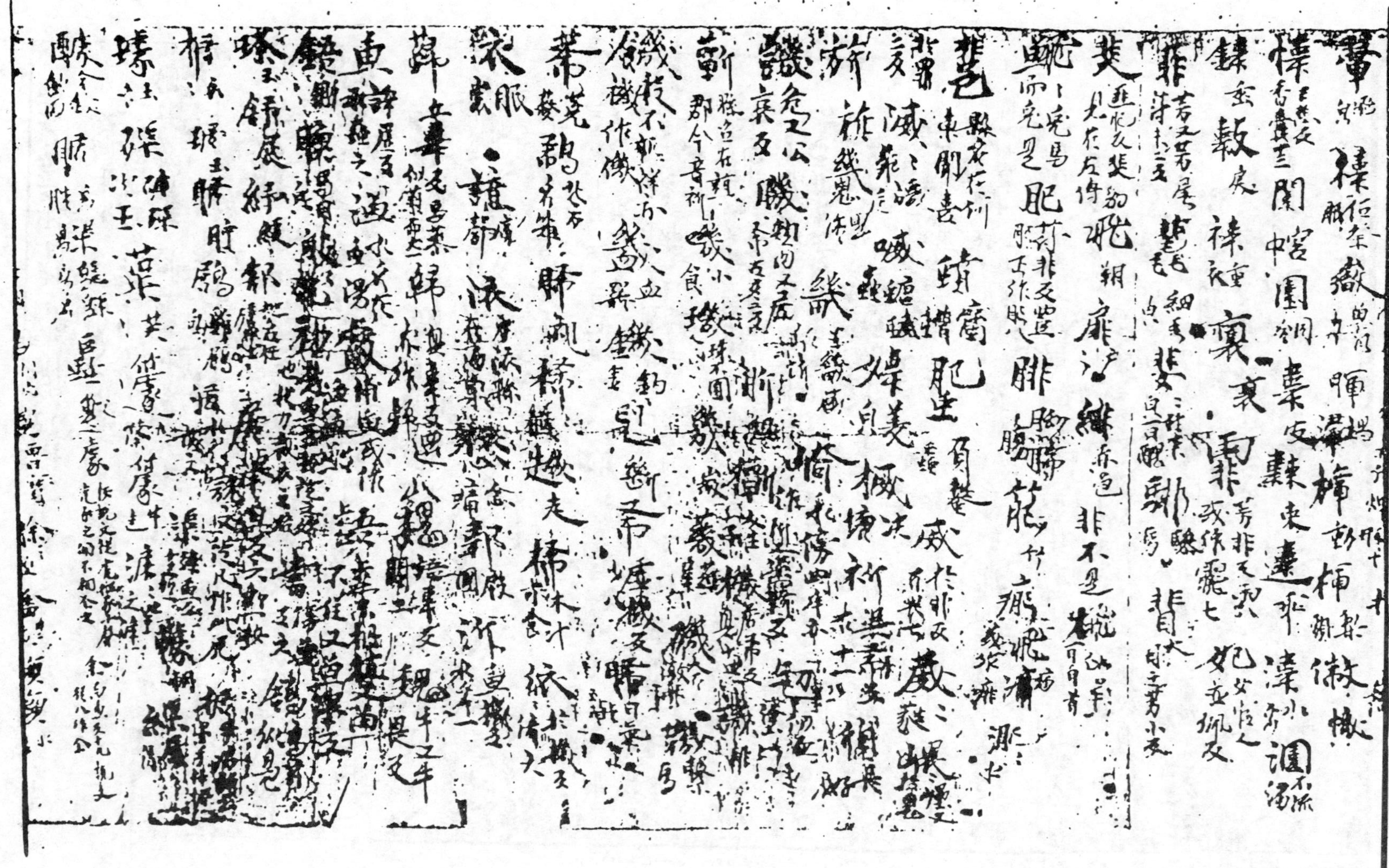

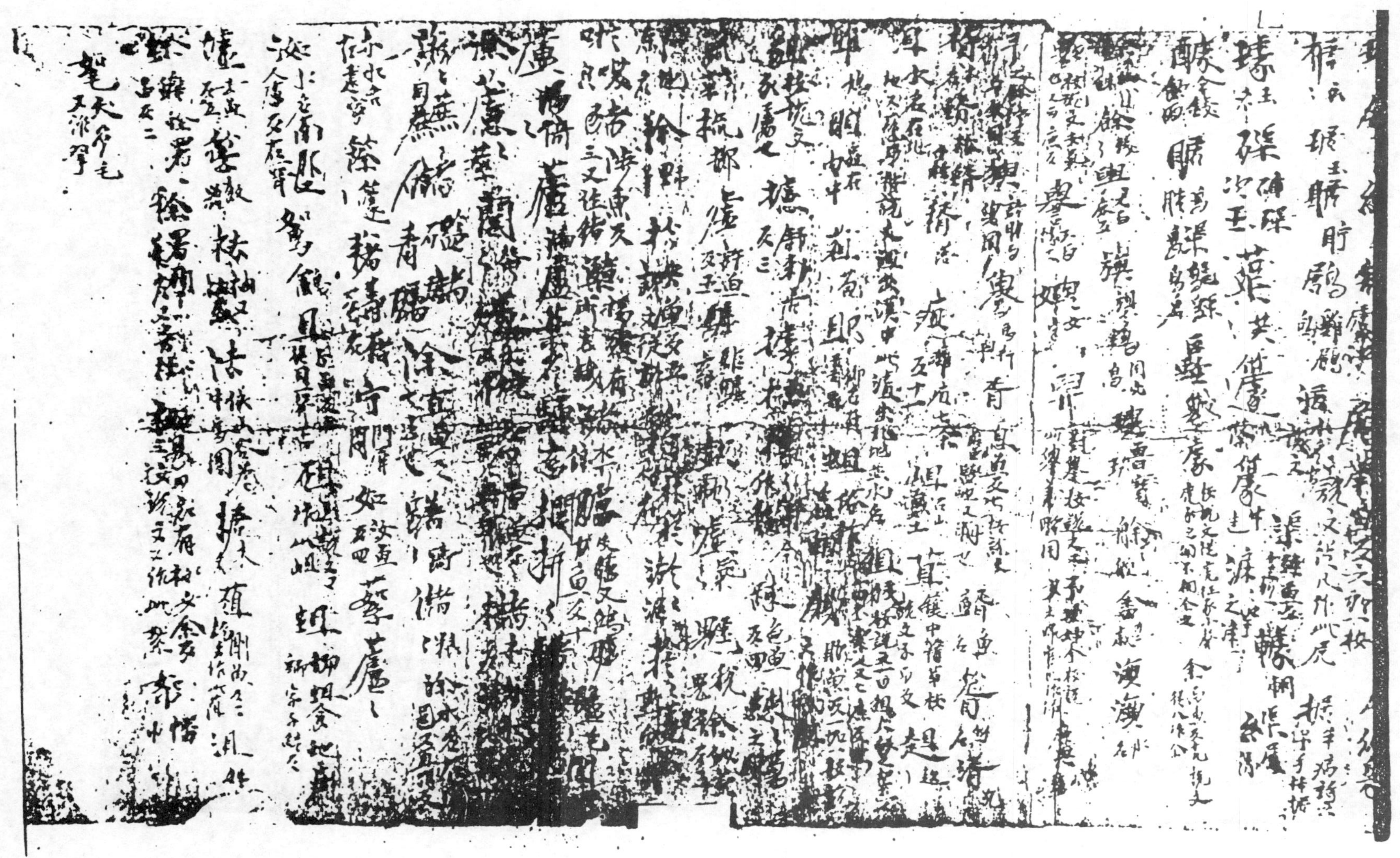

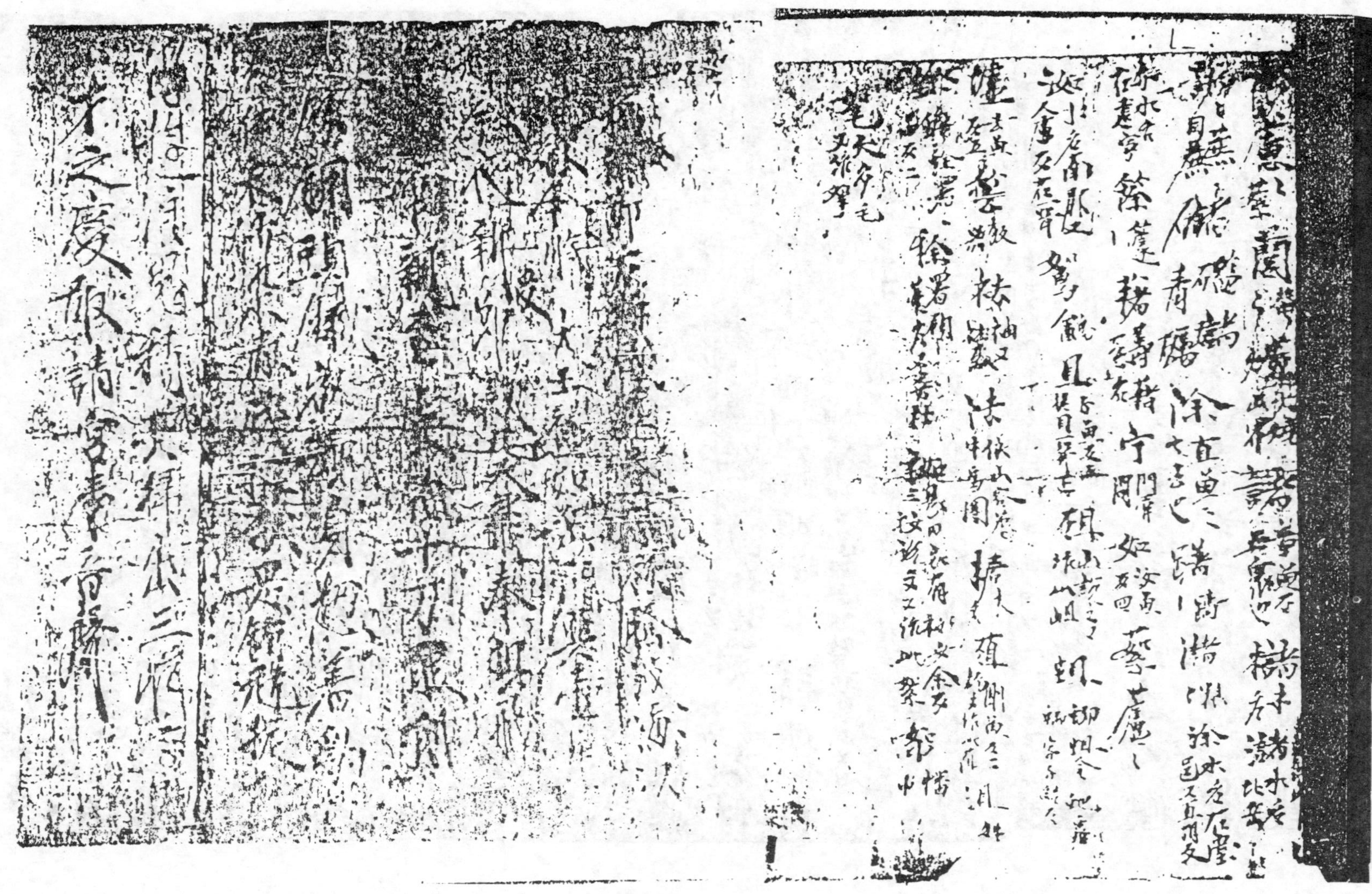

唐寫本切韻殘卷

行款照原本有數行未遵原本者以上記之

箋注本二（斯二〇五五）

切韻序 陸法言撰

伯加千一字

昔開皇初有劉儀同臻顏外史之推盧武陽思道魏著作彥淵
李常侍若蕭國子該辛諮議德源薛吏部道衡等八人同詣法言
門宿夜永酒闌論及音韻以古今聲調既自有別
諸家取舍亦復不同吳楚則時傷輕淺燕趙則多
涉重濁秦隴則去聲為入梁益則平聲似去又
支章移反脂旨夷反魚語居反虞語俱反共為一韻先蘇前反仙相然反尤雨求反侯胡溝反
俱論是切欲廣文路自可清濁皆通若賞知音即須輕
重有異呂靜韻集夏侯詠韻略陽休之韻略李
季節音譜杜臺卿韻略等各有乖互江東取韻
與河北復殊因論南北是非古今通塞欲更捃選精
切除削疏緩蕭顏多所決定魏著作謂法言曰
向來論難疑處悉盡何為不隨口記之我輩數人定則定矣
法言即燭下握筆略記綱紀博問英辯殆得精華於
是更涉餘學兼從薄宦十數年間不遑修集今返初
服私訓諸弟子凡有文藻即須聲韻屏居山野交遊阻絕
疑惑之所質問無從亡者則生死路殊空懷可作之歎
存者則貴賤禮隔以報絕交之旨遂取諸家音韻
古今字書以前所記者定之為切韻五卷剖析
毫釐分別黍累何

泣玉未可懸金藏之名山昔怖馬遷之言大持以蓋醬今
歎揚　之口吃非是小子專輒乃述羣賢遺意寧敢施行
人世直欲不出戶庭于時歲次辛酉大隨仁壽元年也　訥言謂
陸生　古訟今推而論之無以加也然昔傳之已久失本
詐唯十里弱冠嘗覽顏公字樣見炙從肉
輒意形聲固當從夕及其晚矣復乃乖斯　他皆倣
此須以佩經之隙沐雨之餘揩其紕繆疇茲得　鉤䏠閱晉豕
成犨盪㯿行披魯魚盈貫遂乃廣徵金蘭篆遐所石渠略題會意
之詞詞仍紀所由之典亦有一文兩體不復備陳數字同歸惟其擇善
勿謂有增有減更應不同一點一撇咸資則像又加六百字用補闕遺
其雜　並為訓解但稱案者俱非舊說傳之弗謬遮　爰云于時
歲次丑大唐儀鳳二年也　切韻弟一 平聲上廿六韻　一東德紅　二冬都宗
三鍾職容　四江古雙　五支章移　六脂旨夷　七之止而　八微無非　九魚語居　十虞語俱
十一模莫胡　十二齊徂嵇　十三佳古膎　十四皆古諧　十五灰呼恢　十六咍呼來　十七真職鄰
十八臻側詵　十九文武分　廿殷於斤　廿一元愚袁　廿二魂戶昆　廿三痕戶恩　廿四寒胡安
廿五删所姦　廿六山所閒
一東 德紅反二按說文春方也動也從日又云日在木中　涷 水名　同 徒紅反十八　童 古作僮今為童子從辛ㆍ立支本從千古者千字與羊字函亂辛非辛也男有罪
日奴ㆍ曰童女曰妾從辛童妾字亦從辛　僮 古作童子今為僕也　銅 按說文赤青鐵也　桐 木名崔上　峒 崆峒　䞒 獸名似豕出秦山　硐 磨　𦩍 船
烔 烔ㆍ熱皃　曈 曈ㆍ欲明　筒 竹名　瞳 目子　𤬪 瓦　罿 車上網又戶容反　犝 牛無角　𥫱 竹名　潼 水名關名又他紅昌容二反
中 按說文和也陟隆反又陟仲反三　衷 按說文衷褻衣也　忠　蟲 按說文有足曰蟲直隆反四　沖 和　种 稚亦人姓　盅 按說文更有此一字老子曰道盅而用之盅器虛

終 按說文絿絲也今為終始字職隆反十 衆 又之仲反 泈 水名在襄陽 潨 小水入大水又在冬反 柊 殳 螽 案說文衆蟲也 䨵 小雨 鼨 豹文鼠

蔠 〻葵蘩露也 忡 憂也勑中反一 崇 按爾雅重也高也充也鋤隆反二 㓖 鋤 嵩 息隆反四案說文小名又高 娀 有娀契母 崧 〻 戎 而隆反四

茙 蜀葵 絨 細布 駥 馬八尺 弓 居隆反四按說文以木為弧弓也 躳 按說文作躳躬也 宮 室也 涫 縣名在酒泉 融 餘隆反二和也長也說文炊气上出也 肜

祭名又勑林反 雄 羽隆反二 熊 獸 瞢 目不明莫中反三 夢 又武仲反 甍 色名在宮 穹 去隆反二 芎 〻藭 藭 渠隆反三 窮 也說文作此宮

竆 羿 窮 馮 扶隆反三姓也邑也 汎 浮又浮劒也反 芃 草兒 風 方隆反二按說文從凡虫聲 楓 木名 豐 敷隆反六按說文豆之滿者從豆 酆 邑名按說文周

王所都在京兆杜陵西南 蘴 蕪菁 灃 水名在咸陽 豐 大屋 𩐋 煑 充 處隆反三 珫 〻耳 茺 〻蔚草 隆 力中反三 癃 病也

鼕 鼓聲 空 苦紅反七 涳 〻濛字 埪 土埪 㟅 〻峒 崆 山名 硿 石聲 椌 柷桿 公 古紅反七說文從厶八 功 工 功治也 治 擊也

疘 下病 魟 魚 玒 玉 釭 車釭又古雙反 蒙 莫紅反十一加二 玉女草說文從冃一豕 濛 朦 艨 艟

巃 大谷 櫳 檻也養禽獸所 瓏 玲瓏玉聲 蘢 〻從高兒 朧 房 曨 日明 聾 大聲 龐 馬〻頭 瀧 〻涑治漬

聾 龍 頭 鑿 鑿 朧 〻 蘢 草名 洪 胡籠反十一加一 訌 潰 釭 矛 紅 魟 又古巷反

鴻 洪 山名 紅 草名 仜 大身肥 䃔 大 虹 赤 洚 水不遵道一曰洚下也出說文 葼 古作茇 草生也祖紅反一加一 叢 聚

翁 烏紅反四按說文頸毛也 螉 蟲 鶲 魚 蓊 〻欝木盛兒 忩 古作悤倉紅反八加一 蔥 揔 檧 艐 穀田

驄 馬色青黃 又細縞 䗓 鏓 鎚也 總 屋中會也 說文 通 他紅反四 蓪 〻草藥名 侗 大 恫 痛 葼 木細丈子紅反十二加一

椶 栟櫚 緵 縷 𥮖 〻籠 艐 飛而斂足 鬷 釜屬 嵕 九嵕山 豵 豕生三子 鯼 魚名 猣 減 騣 馬鬃俗作騌

堫 按說文種也一曰內其中 蓬 薄紅反四 篷 〻車 芃 〻芃 韸 織竹以編者以覆蓋船車 烘 大兒呼同反三 魟 河魚 鬆 心鬆 寷 兒 風

𧄍 蘇公反小龍又先孔反二 嵸 入冬韻 𡸼 小廣兒五公反一 二冬 都宗反二 苳 草名 彤 赤從冬 疼 痛 佟 姓 炵 火盛兒他冬反

鴒 鳥名出山海經 鼕 鼓聲 賨 西域在宗反 琮 玉名 悰 慮日樂 潨 小水入大水又藏隆反 淙 水聲 農 奴冬反三按說文作此 [illegible]

膿 血 儂 我 恭 駒冬反四 龔 按說文給也古字与上同 供 珙 璧 蛩 蛬 蟲恭反二 淞 水名在吳郡 樅 木名七恭反二 鏦 短矛

攻 伐古冬反二 碚 〻磂石落聲戶冬反一 隆 力宗反一 宗 作冬反二 髼 髮亂兒私宗反一 三鍾 職容反九加一 鍾 樂器 蚣 虫名 忪 心

蚣 〻心動 長節 松 征伀行兒 蜙 大 蜙 小 龍 力鍾反四 瓏 主為龍文 躘 〻蹱小行兒 鸗 鳥名 舂 〻 蹱 鵵 鳥名

松羊容反二　訟又徐用反　衝尺容反五　罿網　憧往來皃　幢陷陣車　艟艨戰船　谾反四　溶水皃　灉水名在宜蘇山

庸　墉垣　鏞大鍾　鄘國名　傭傭賃又丑凶反　鏞鳥名　䳝皃　鱅魚名　鏞鎛　蓉芙蓉　封府容反二

犎野牛　胷許容反七　匈　洶水勢　恟懼　兇惡　訩衆語　顒魚容反二　鰅魚名　喁噞喁

邕於容反十一　雝鳥　澭水名在宋又以容反　𩅦多皃　雍澤　癰癰疽　饔熟食說文作此　鶅鳥名　壅塞又於隴反

醲厚酒女容反四　襛　襛花皃　穠華字又而容反　濃厚　重治容反二加一　種　鍾按說文　從疾容反一　蹤即容反二

慵均　直容反四　逢符容反四　縫紩　逢水名　夆敷容反九　鋒鋒刃　丰丰茸又扶風反按說文作此丰　妦好

蜂按說文從䖵作　豐　蘴　桻木上一　夆　烽火按說文作此　縱橫即容反　字用反三

蹤迹　䡵車迹　茸草生皃而容反五　䩸毛　氄　茸竹頭有文　穠花皃　蛩反六加一　邛地名　舼小船

筇竹　䡶軸所以　䂫　蛩水蟲　鱅魚名　蜀　慵嬾

四江古雙反五　杠旌旗飾　釭　矼　龐厚大薄江反六　駹黑馬白面　厖按說文從　尨今說文

瀧水名　吒　牻牛白黑雜　胮脹　雙多　窓

樅　鏦打鐘　窓按說文通孔也　邦博江反一　腔　舽　降　䴇　虹

䏺脈也　雙所江反四　雙　鸃南人名　瀧　艭　嬗　𩁍　龐薄江反二

䏘肛脹也　肛許江反一　腔羊腔　控　悾信皃　跫　跫聲地　淙流皃　幢　撞江反三　橦木名

橦　摐　䴇江反又丑龍反二　䆫　鏦　醸　椿　江反　尨　帄　五支章移反十　支　卮　觶

枝疲病　疷　祇適又巨支反　禔　稗　肢　衹按說文　禔福　梔木　鳷　移

蜺東蜺　垂　遷　移　杝　簃　齹

櫙　移　夥　為　遠支反又遙　撝　麾　鄢

遳　蓷　萎枯死又草木萎一偽反　桵　魏　倭　穈　嗺

縻武悲反　攠　醿　麋　糜　黀

觿 角錐童子佩之 眭 仰目出說文 䫢 髮落直垂反二 錘 八兩又馳偽反 垂 是為反三按說文遠邊也 陲 危也 倕 重又神農時巧人名

𡾊 力為反一 吹 昌為反又尺偽反二加一 炊 爨 龠 按說文龠音理管之樂也 鈹 普羈反五說文大針刃如刀 帔 又普 髮女 鮍 魚名 披 𢱧

[illegible] 耕 彼為四反 詖 辯 碑 銘 羆 熊羆 隨 旬為反二 隋 國名 虧 去為反一 闚 去隨反一說文小視也作此窺二同

奇 渠羈反又居宜反六 琦 玉名 騎 馬又奇寄也 鵸 似烏三首六尾 魌 小兒 碕 曲岸 巨機反 祇 地神巨支反九加二 秖 穀 岐 山名

又渠羈反 岐 岐路 郂 邑按說文周文王所都在右扶風美陽中外鄉也或從山也 跂 動 疧 病詩云俾我疧兮 軝 𨊠按說文作此軝長轂之軝也以朱約之詩曰約軝錯衡

汥 水都也出說文 趍 說文緣木行也 犧 許羈反八 羲 按說文氣也從兮聲 曦 欷 歁 貪者見食皃 巇 險 羛 地名在衛

㵳 水名在新豈 敧 不正去奇反五 欹 崎 嶇 觭 角一俯一仰 踦 腳跛 宜 魚羈反按說文從宀下一多省聲 儀 容 鄯 地名在陳

鸃 轙 車上環轡所貫按說文或作此钀 皮 符羈反三 疲 郫 縣名在蜀 提 飛皃是支反又杜奚反四加一 堤 封 忯 愛 是 卓按出說文

兒 汝移反一按說文作此兒 䍦 呂移反三加一 籬 罹 憂 璃 琉 驪 馬 鸝 儷 小兒相行 樆 山梨

鸝 黃鳥 縭 婦人香纓 蘺 江蘺按說文蘼蕪 疵 疾移反二 骴 殘骨 玼 玉病 貲 則移反七

髭 口上毛按說文作此頿 鴜 水鳥又疾移反 鼒 鼠 訾 思也量也 郿 鄑 城名在北海 羈 馬絡頭居宜反六 畸 殘田

羇 寄 掎 取物 攲 四行全無 釃 下酒所宜反又山示反五 徙 下物 韉 羊鞘一曰兒山垂反一 痿 溼病一曰兩足不能相及人垂反於隹反

厜 厜㠢山巔姊規反三 觜 星 纗 細繩 槻 木名堪作弓 規 居隨反四 鬹 三足釜有柄 騩 鷤 別名 劑 券前隨反又在細反一 蓑

䕨 竹垂反二 觿 子垂反又子累反一 六脂 旨夷反三按說文戴角者脂無角者膏 祗 敬 砥 石 姨 以脂反十二 彝

倫按說文宗廟常器也象形系綦也廾持器中寶此與爵相似可聲也周禮六彝雞彝鳥彝黃彝虎彝蜼彝以待祼將之禮 寅 按說文作此寅 夷 按說文從弓聲作此夷工亦通 痍 瘢

胰 豬 恞 悅 洟 鼻液 荑 茎 桋 木名 鮧 蛦 蝘 胂 夾脊骨 師 疎脂反二 鰤 老魚 紕 房脂反十三 比 又必履扶必三反

琵 琶 枇 桐又方奚反 芘 藜芘彩蕭 沘 水名在楚 貔 獸 膍 牛百葉 蚍 蜉

枇 杷 仳 離女 魮 鵧 咨 即脂反八與諮同說文謀事也 資 粢 祭飯按說文作此 齍 衰 諮 謀 姿 儀

蠤 桑 䗜 在器說文從四 瀆 水名在郟陵 飢 居脂反二飢也 肌 膚 鴟 處脂反三 胵 鴟 魚名 絺 丑脂反三 𪘀 喫皃敕辰反

欸 𨛁 縣名在鹿陵取私反三加一 趑 趄 鄨 却車 郪 𨄛 按說文倉卒 次 疾脂反七 瓷 瓦 餈 茨 蒺莉按說文草多皃

餈餅餈 垐以土增道 積積 齍䲽 尼女脂反三從人 柅木名 怩忸怩 墀直尼反六加一 坻小渚 泜水名陳餘死處

遲又直利反又按說文從辛又作迡 蚳蟻卵 岻山名 鴟鳥名按說文 私息脂反二加一 鋖平木器 蕬按說文草秀尸反 式脂

鳾鳾 屍死 蓍蓍 鬐馬項上鬐渠脂反六 耆老 鰭魚脊上骨 鮨鮓說文魚脂醬一曰魚名 祁盛皃又縣名

伊在太原又帝堯姓於脂反三 咿喔 蛜蛜蝛 梨力脂反七加三說文作𥝢果 剺剝 黎直破按說文金屬也一曰剝 黎黍 秜稻死來年更生

蜊蛤 蒺蒺藜 黧黧 懟恨也一曰惡也 黎 犂 䔉 蔾 䊍 黧 䖞 畫也 屖 屖 引也 葵 渠隹反四 蘽 騤 燒 渠隹

犁地名在陳留又地名在河東蒲坂縣 粱又 湟 棱 𦍓 䟃

𥻐 𡶲 䢊 賴 逵 說文作 馗 九達道 𣘤 㘬 犪 蓁 睢 戣 說文 鄈 加一說文作 𨽀 戟 㽯 渠 毚

縷? 𣛛? 𤣲? 櫑 𠗬? 樏? 𢉜? 厜 厜 儀? ...

司 從說文臣司事於外者也從反后 思 ﹅罘 緦 ﹅ 伺 候 緦 ﹅ 庸 楒 木相楒 葸 艹有臺 傷八郎丸

禗 不安欲去意 䗟 蛞蜛治反又側治反二 颸 風 其 渠之反十八加一按說文作此异舉也 期 限 旗 旌旗 萁 荳萁

騏 馬青色 綦 綦蟣似蟹 琪 玉 棊 棋 麒 麒麟 淇 水名 鵙 鳥名

綦 業綦似鎖 錤 鎡錤 作兹其 碁 璂 弁飾 䱷 魚名 祺 福祥 綨 白倉色

碁 石 詩 書之反二 邿 池名 而 如之反十二說文頰毛而也 周礼曰作其鱗之而然作此而亦通俗也

栭 木名子似栗而細一曰梁上短柱也 檽 木耳 陑 地名又峻坂說文作溕菓墉聲音仍 輀 喪車說文作

臑 煮熟 洏 漣洏涕流皃 鮞 魚子說文魚之美者有東海之鮞也 耏 多毛今按說文作彡而字正同

䎟 吻 胹 九之熟 誀 誘 欺 詐去其反五 娸 姓一曰醜 䫏 大頭 頰 方相今作魌頭 僛 舞皃

姬 居之反九 朞 今按說文言從今日從月二同 基 址 箕 ﹅ 萁 菜似蕨 䫏 可以取蠶 諆 謀 諆 詩云周爰咨謀

詞 似茲反五 祠 二月祭 柌 鎌柄 辭 理詞 辤 讓不受 𨛜 理一曰福里之反七加二 貍 貓

氂 十毫 嫠 無夫 剺 剥 犛 從土犛字出六韜又郝里反李作犛從未已 犛 牛又莫交反

慈 按說文楚潁之間謂憂云 犛 強曲毛可以箸衣 留 側持反九按說文東楚名也正曰甾又不耕田也或作此菑字

淄 水名 輜 車又楚治反 錙 錙銖 菑 樹不死為菑人音哉 緇 黑繒 鶅 東方為雉 椔 木立死

緇 黑名 僖 樂許其反十二 歖 喜 熙 和說文燥也 嬉 美一曰遊 譆 痛聲 禧 福 熹 盛說文炙也

𣢇 斫 暿 暗 熺 目精 娭 大盛皃 嘻 ﹅噫 歖 喜笑 䵑 於其反二 噫 恨聲 癡 丑之反三

䶕 牛吃食 笞 打 治 直之反二 持 扶持 蚩 蟲名也赤之反說文作此蚩從之非 嗤 笑 媸 妍媸字

慈 疾之反三說文從竹作此慈也 礠 石 鷀 鸕鷀鳥也 玆 子之反九加一說文草木多益也作此茲 孳 息 嵫 ﹅嵫

孜 孜孜 滋 多 或作澬 嗞 ﹅嗟憂聲 鰦 魚名 鎡 鎡錤 鼒 小鼎 䱥 別名 鶅 䲵 孖 雙生

仔 克 茬 士之反一 𤝔 平縣名 疧 瘀 順流 一 𣳾 慢流一 八 微 無非反妙通 佹 作微 又 𢕦 隱行

薇 艹名又武悲反 蘠 菜 鐖 鉤 ﹅ 物 穖 許歸反 光 亦作 煇 燀 十 揮 奮 徽 美

翬飛皃 禕后祭服 𡾰魚有力 䡾渴 潪 㦽動 橿 梨頭 黴 黴

幃王悲反香囊十三 闈宮中 圍同合 韋皮 𩋊束 違乖 湋水名 潿不流濁

鍏臿 𣪠戾 褘重衣 褢裹 霏芳非反雪或作䨾七 妃女宮又芳佩反

菲芳又芳尾符未二反 𩮬細毛皃 婓〻往來白一日醜 騑驂馬 𣈶䀚之芳小矣

斐匪肥反斐豹見在左傳 飛翔 扉戶〻 緋赤色 非不是 䨽似羊一目白首

䬠〻兔馬而兔是 肥符非反豐肥正作肥八 腓腳腓腨 笷竹 痱飛病或作疿 淝〻水

蜚蟲名在東閒喜 蟦蠐 螢負蠜 威於非反可畏七 葳〻蕤 隈〻壘又於鬼

於畏二反 𧍬〻蟣 蝛〻蛜蝛蟲 媁美皃 楲決瀆 祈渠希反求十一 頎長好

旂旗 鵗鬼俗 㽯玉或作圻 埼水傍曲岸亦作圻又渠羇反 𩰫似鬲䰛〻

蟣危又公衰反 畿頻內又居希古衰二反 [illegible]狙 [illegible]犬生一子 機居希反具十四 譏誹

蘄縣名在譙郡今音祈 嘰小食 璣珠不圓 [illegible] [illegible] 蘄草 磯大石激水 [illegible]馬

饑穀不熟禨祥亦作饑 䤈盤 鐖鉤 [illegible]斷 希少八 欷虛欷 晞日氣乾

莃兔葵 豨北方人名豨 睎視 稀穊 𧾊走 桸木汁可食 依於機反倚六

衣衣服 • 𧬈痛聲 㕵方名在酒泉 悘痛念 郼國 沂魚機反水名一

𡴘立韋反似豕而大一 歸俱韋反還亦作歸 巍語韋反闕二 𩀱牛又牛畏反

魚語居反水蟲六 漁水名在魚陽 䰻捕魚或作漁魰 齬齒不相值又魚舉反

鋙鉏〻 䲜馬目白 魰〻𩸞 袽楚魚反一按說文弊衣也從刀裁衣之始 書傷魚反六 鵨鳥名似鳧

璖玉 舒展 紓緩 鄃地名在廬江 居舉魚反六加一按說文從尸作此凥 据手病詩云予手拮据

裾衣〻 琚玉 腒貯 鶋雝鶋鳥 涺水名出說文 渠强魚反十三加一 蟝 輣 縹[illegible]

璩玉名 磲碑磲次玉 蕖芙〻 籧〻篨竹 簴 [illegible]牛 [illegible] 琹〻涼

䖘 合戲鉏鋙 腒 鳥腊 鶋 鶢鶋鳥名 䲣 𧈧 虘 按說文從虍從豕不聽 虎豕之鬬不相舍之 余 与魚反十九說文從八作余

蜍 蜘蛛 餘 殘餘 輿 又与庶反 旟 旗旟 鵌 同穴鳥 璵 魯寶玉 𧜀 襌 畬 田二歲 澦 水名

歟 按說文安氣也又与庶反 譽 又与據 嬩 女字 舁 對舉按說文又與舉義略同 好 婕妤今按說文婦官也非仔 礜 山礜

予 人餘仵反与余同 與 語助与與同 䰻 馬行 胥 息余反七按說文蟹醢也又相也 蝑 魚名 䈜 竹名 湑 沈

楈 木名 蝑 蜙蝑 稰 落 疽 癰疽七余反十一 岨 石山戴土 苴 履中藉草按說文子与反 趄 趑趄

沮 水名在北地又慈与反按說文沮出漢北地直水名 狙 猨按說文一曰狙犬暫齧人一曰不絜人又七慮反也

雎 雎鳩 䏣 蟲在肉中 葅 菹 郥 鄉名在鄖縣 蛆 俗作蛆蛆 鋤 助魚反一加一按說文作此鉏

豠 按說文豕屬也 攄 舒也勑居反三 樗 惡木 樗 作楃 蒱 今 踈 色魚反四 練 蔬之綀

蔬 菜蔬 梳 櫛 虗 許魚反五 驉 駏驉畜 歔 歔欷 嘘 嘘氣 䰳 䰳魁 徐 似魚反三

邪 地名 徐 野羊 於 央魚反五說文從於 菸 菸蘇竹名 淤 淤泥 菸 菸邑 瘀 血

咀 茹 豬 陟魚反三又作猪 櫫 楬櫫有所表識 潴 水所停 臚 力魚反十皮臚又鴻臚 驢 鬣毛 閭 里閭

廬 廬倚 蘆 漏蘆藥名 驢 畜 櫚 栟櫚 躇 躊躇 儲 糧

涂 蘧蒢 藘 茹藘 閭 庵閭 爈 大燒山界 諸 章魚反五衆也 櫧 木名 潴 水名北岳

藷 藷蔗目蔗 礑 儲青礪 除 直魚反七去也 躇 躊躇 篨 籧篨 除 糧 涂 水名在堂邑又直胡反

𣳟 水名在建寧 篨 籧篨 藇 蓄藇菜名 宁 門屏間 如 汝魚反四 蘆 蘆

洳 水名南郡又人慮反在晉 鴽 鶉 且 子魚反三語辭說文作且 砠 石山說文又作岨 蛆 蝍蛆食蛇子余反

墟 去魚反五 筥 飯器 袪 袖又袪袪 阹 依山谷為牛馬圈 椐 木名 蒩 側魚反二說文作此蒩 沮

蜍 蟾蜍 署 魚反二 藷 署預藥名又音杜 袽 易曰衣袽有 女余反三按說文又作此絮 帤 幡

挐 大多毛又作挐

2·3
(9)

箋注本切韻三（伯三六九三、三六九四、三六九六、斯六一七六）

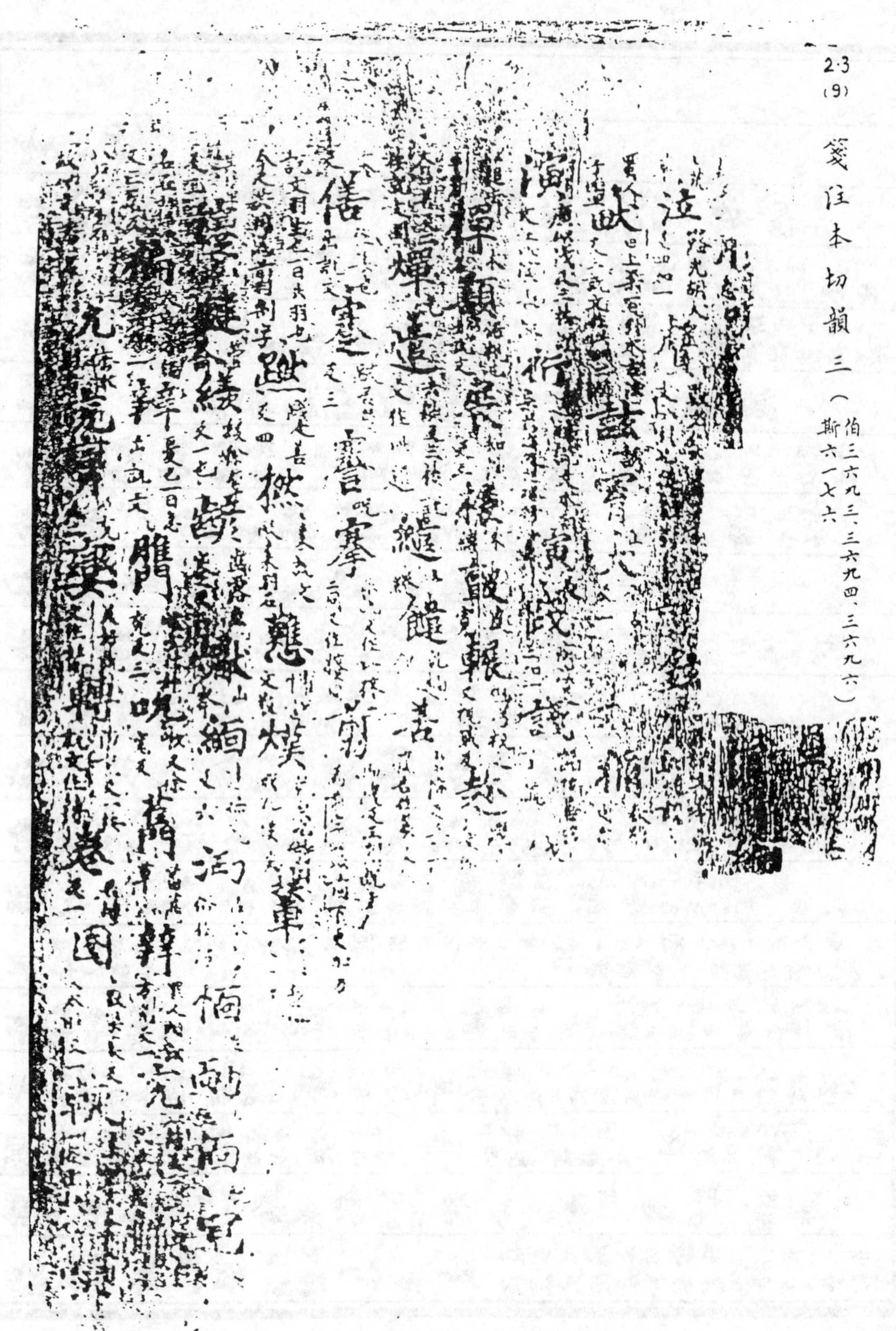

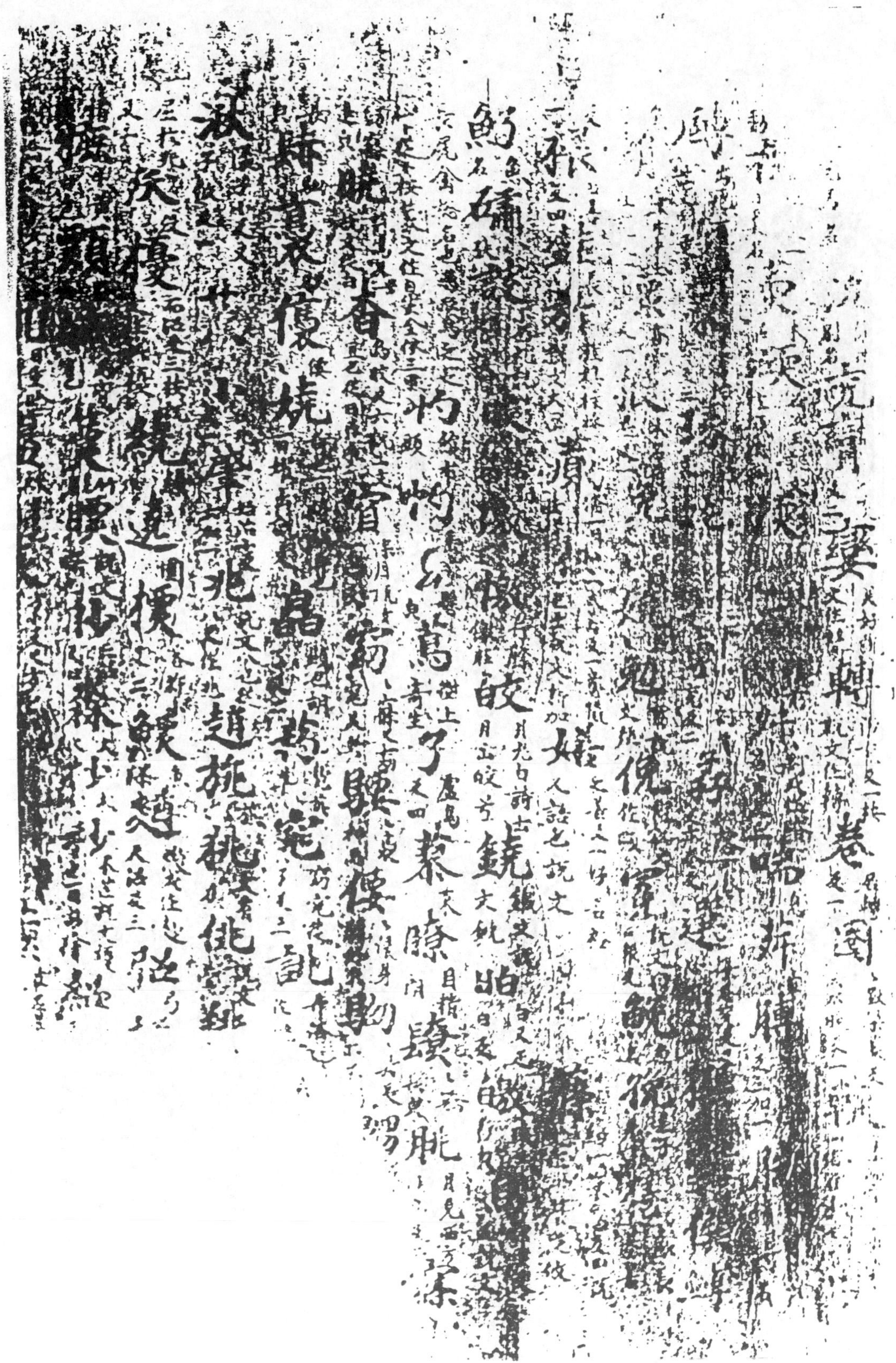

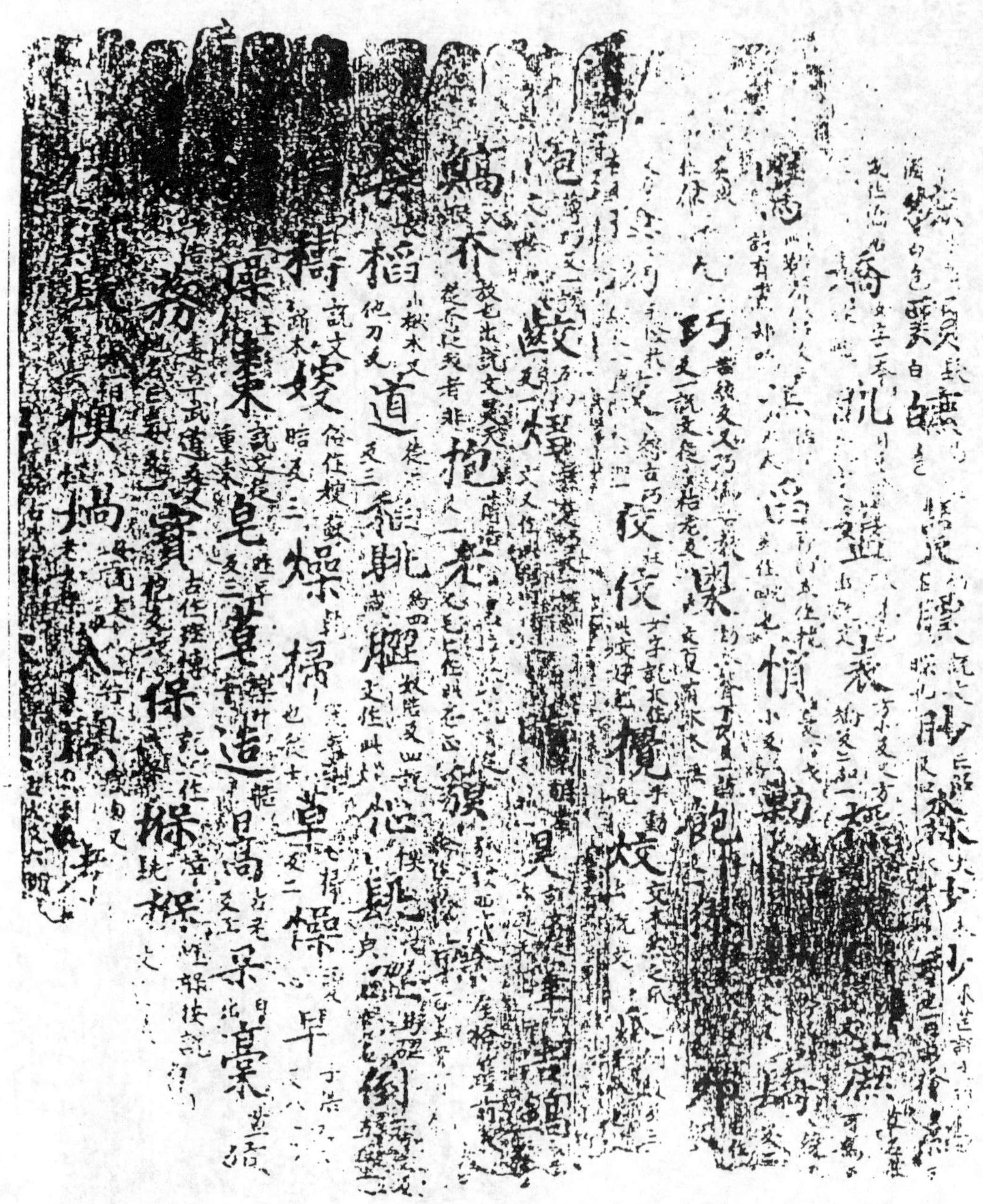

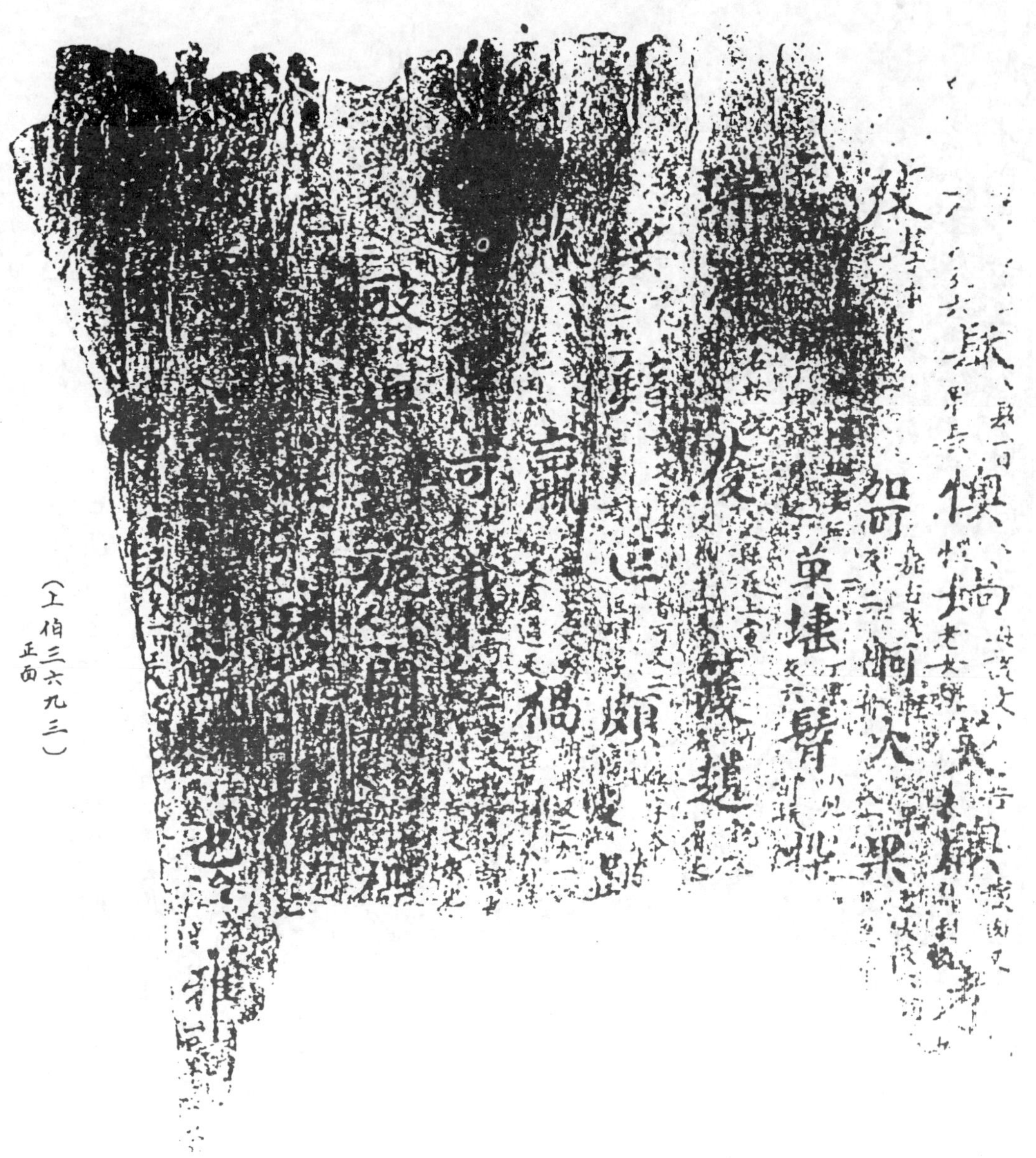

（上伯三六九三）
正面

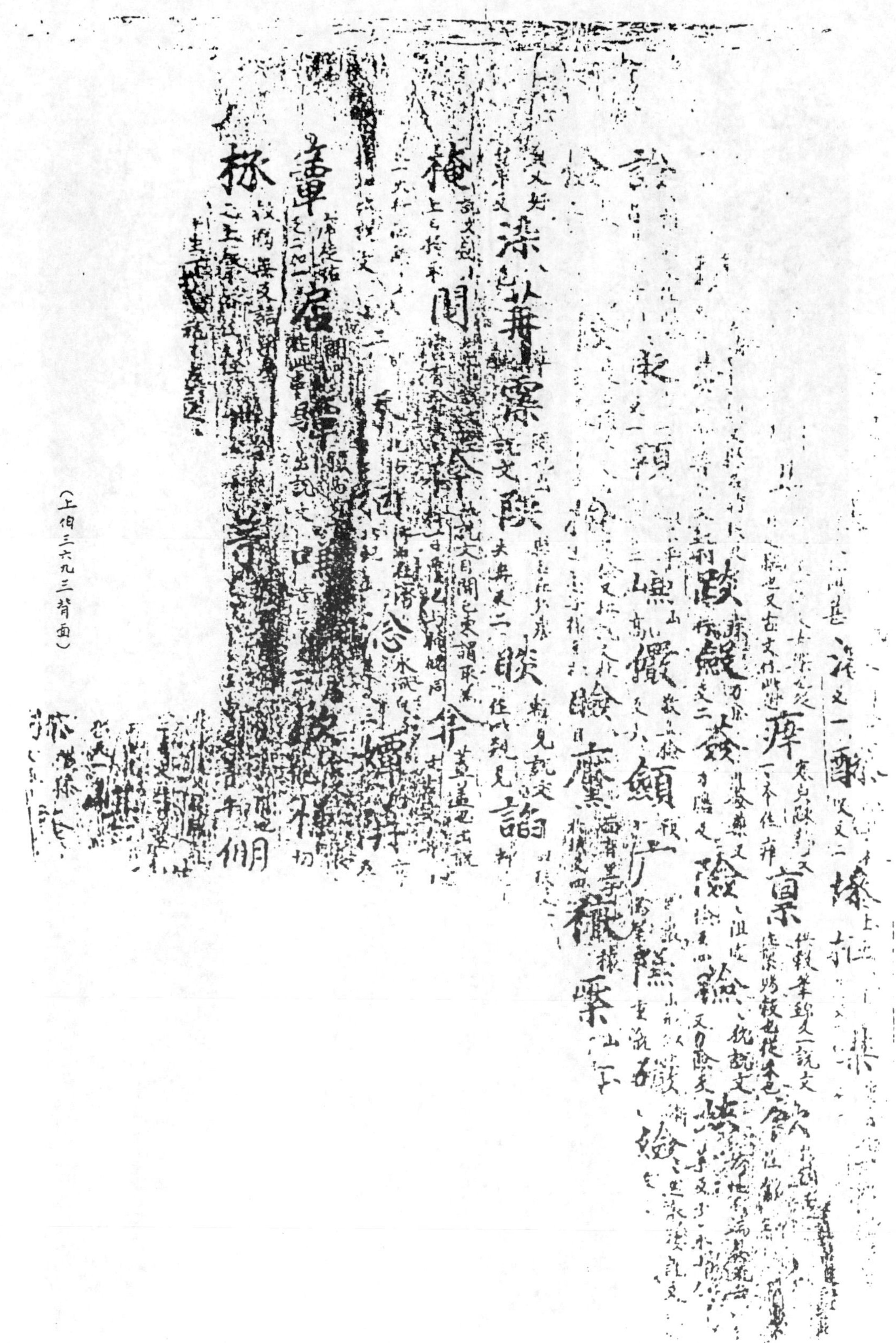

（上伯三六九三背面）

（伯三六九五見12）

（伯三六九六見12）

（伯三六九六正面）

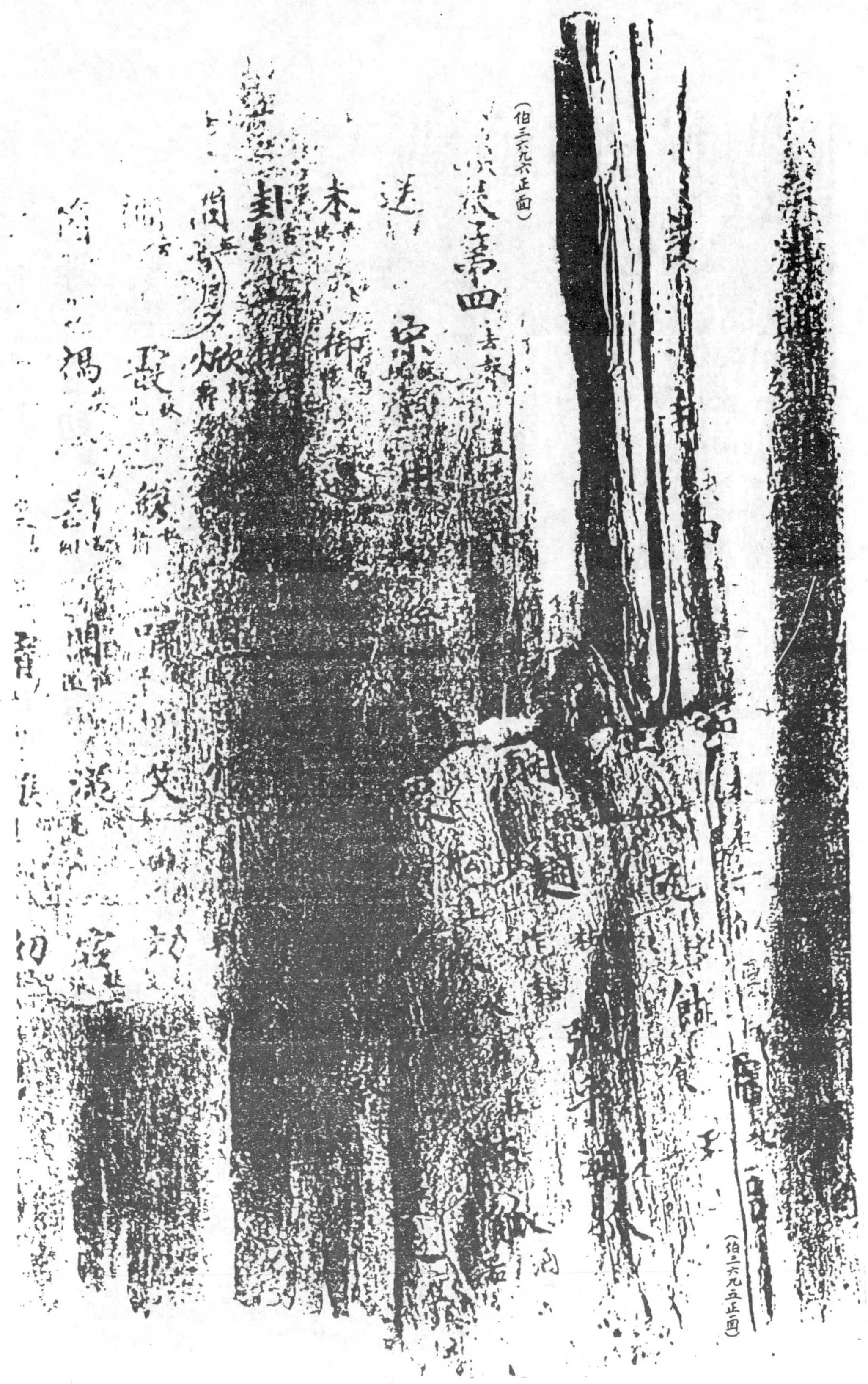

(伯三六九六正面)

(伯三六九五正面)

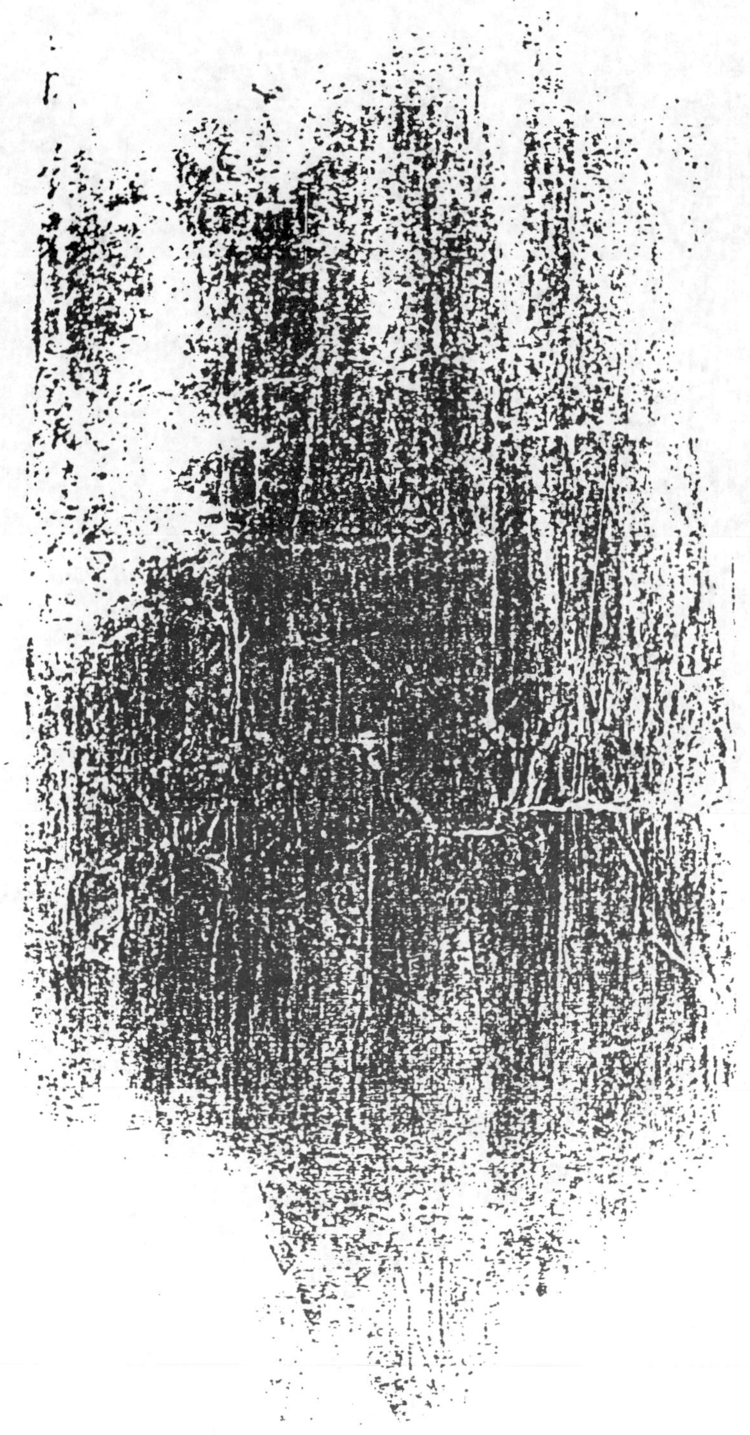

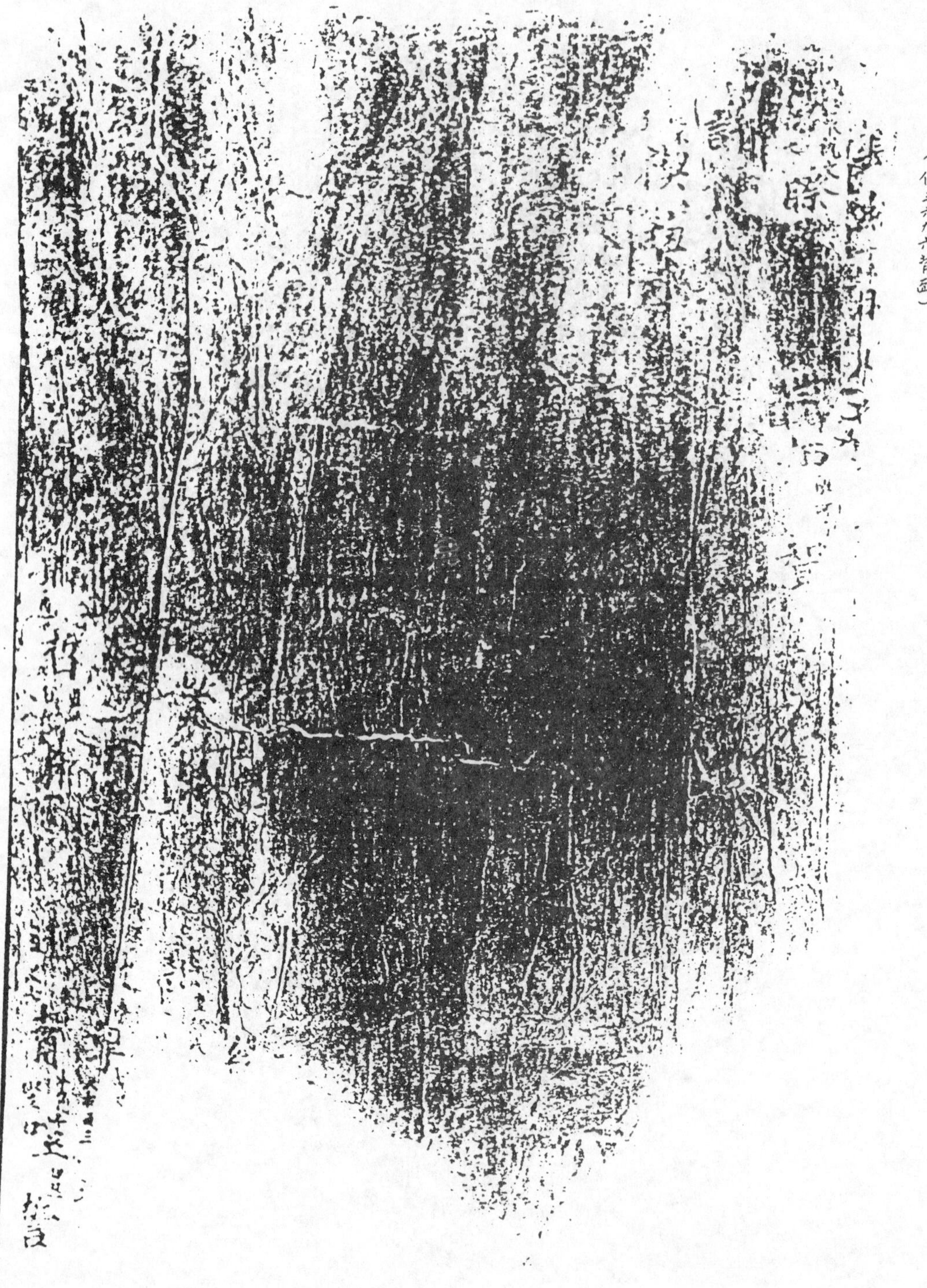

（伯三六九六背面）

[illegible]

歔 𥡋 厲 濿 [illegible] 鵖 [illegible] 憍 [illegible]

勢 貰 [illegible] 對 [illegible] 許 [illegible] 倡 [illegible] 啜 [illegible]

傺 [illegible] 剿 [illegible] 卦 [illegible] 桂 [illegible] 解 [illegible]

[illegible] 懈 [illegible] 賣 [illegible] 畫 [illegible] 註 [illegible] 絓 [illegible]

衩 睚 [illegible] 誤 [illegible] 夵 [illegible] 稗 [illegible] 粺 [illegible]

紙 [illegible] 債 [illegible] 曬 [illegible]

呃 瘵 [illegible] 誡 [illegible] 戒 [illegible] 界 [illegible] 介 [illegible] 屆 [illegible] 疥 [illegible] 玠 [illegible]

[illegible] 械 [illegible] 械 [illegible] 斷 [illegible]

對 [illegible] 喟 [illegible] 拜 [illegible] 扒 [illegible] 湃 [illegible] 壞 [illegible] 聵 [illegible]

頑 [illegible] 眛 [illegible] 徙 [illegible]

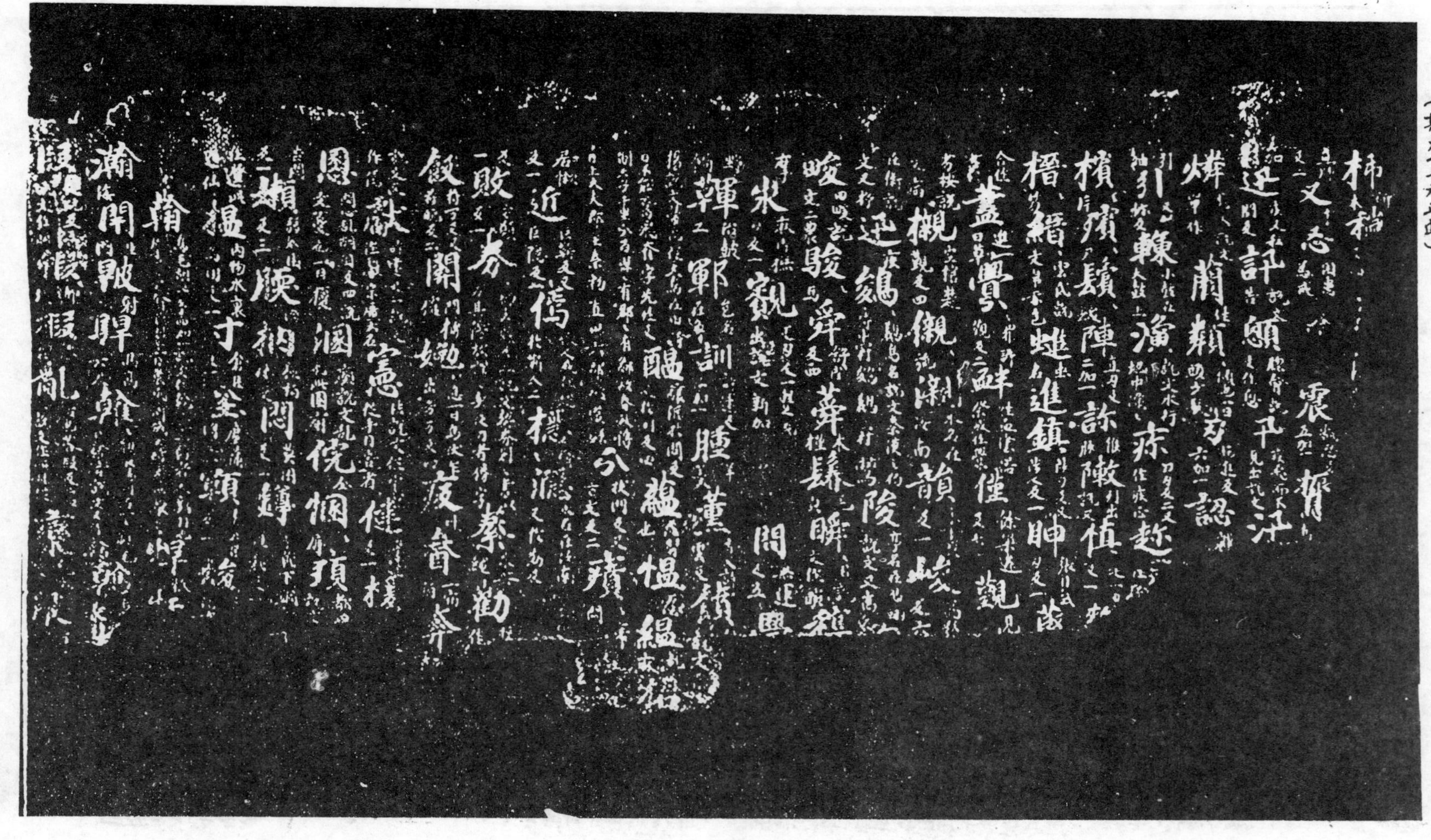

（斯六一七六正面）

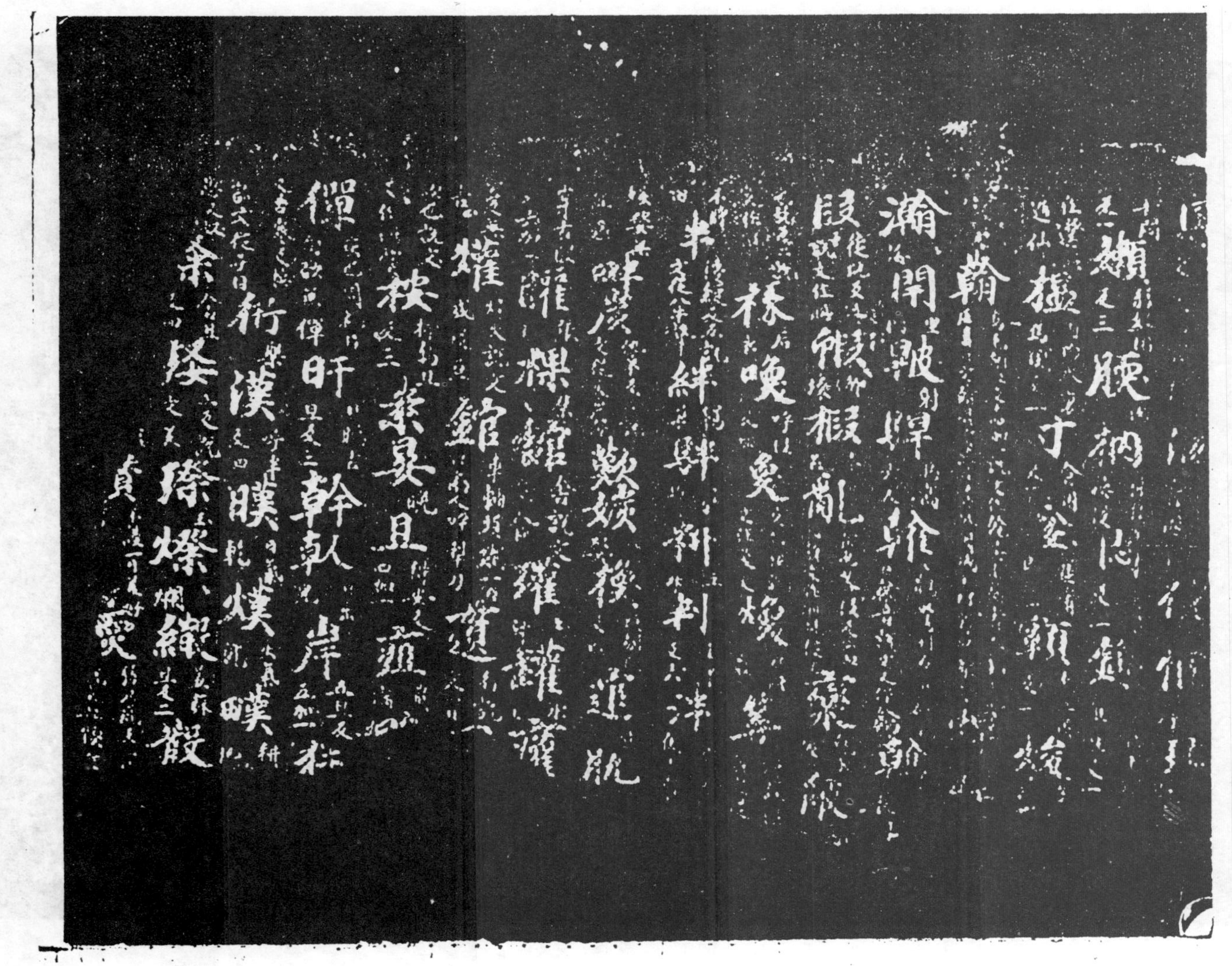

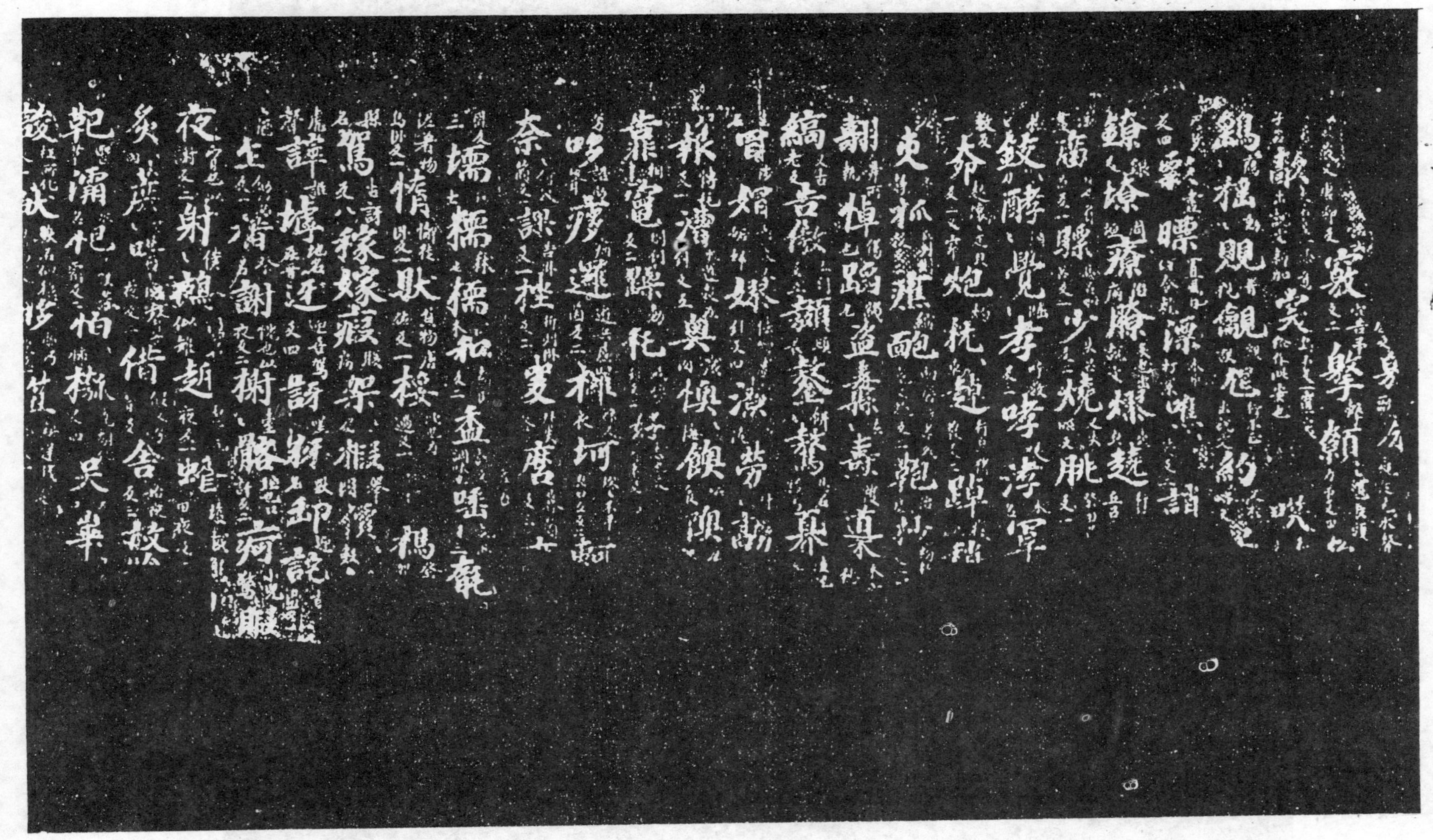

（斯六一七六背面）

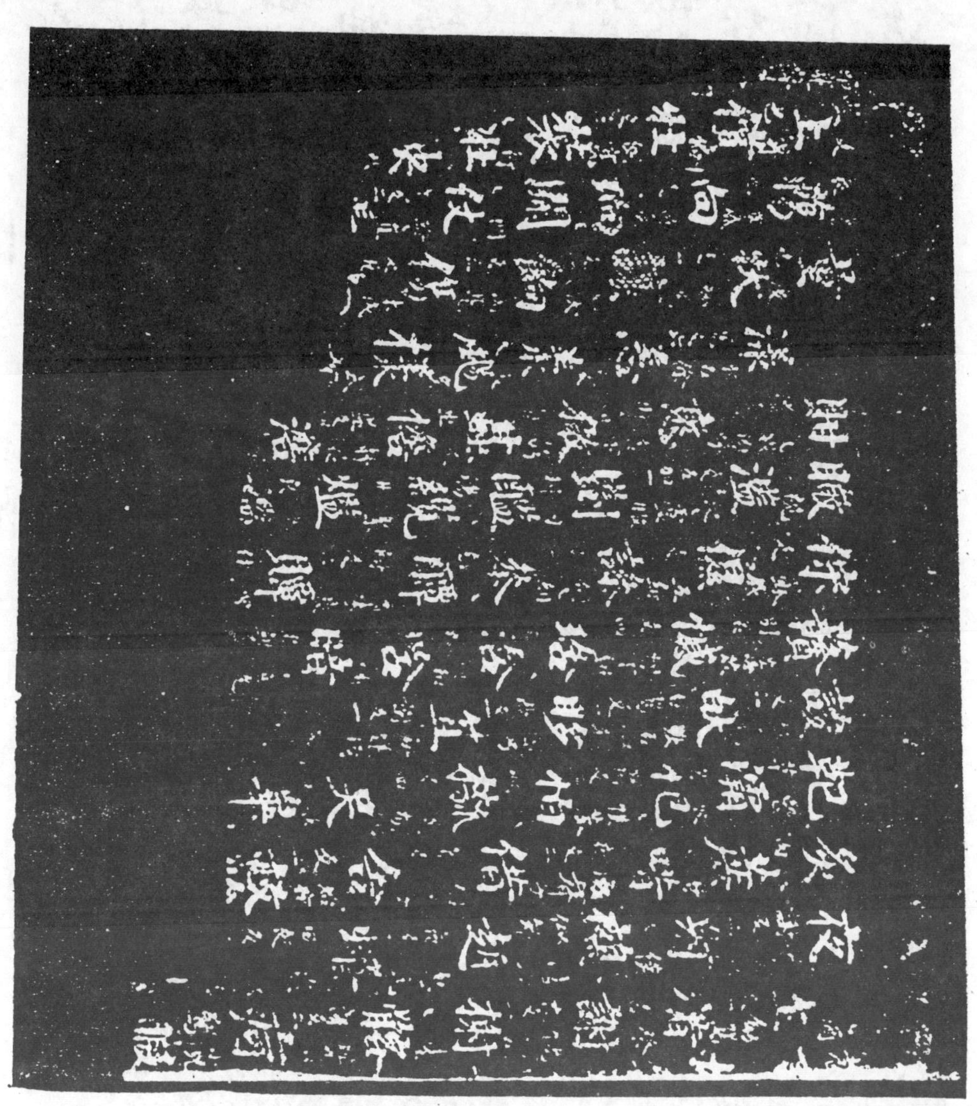

（伯三六九四正面）

（伯三六九四背面）

罹 搖 [illegible] 佛 [illegible] 髴 [illegible] 咈 [illegible] 紼 [illegible]

颫 [illegible] 怫 [illegible] 胐 [illegible] 茀 [illegible]

[illegible]

月 刖 [illegible] 杌 [illegible] 罰 閥 筏 [illegible]

[illegible] 戉 [illegible] 越 [illegible]

[illegible] 髮 [illegible] 發 [illegible]

[illegible]

[illegible] 歇 [illegible] 蠍 [illegible]

[illegible]

[illegible] 餲 [illegible] 頊 [illegible]

[illegible] 楯 [illegible] 趺 [illegible]

[illegible] 言 [illegible] 窟 [illegible] 矻 [illegible] 扤 [illegible]

忽 [illegible] 榾 [illegible] 笏 [illegible] 窟 [illegible] 兀 [illegible] 扤 [illegible]
[illegible] 硉 [illegible] 𣪠 [illegible] 窋 [illegible] 頒 [illegible] 矻 [illegible] 訥 [illegible]
肭 [illegible] 卒 [illegible] 䮝 [illegible] 捽 [illegible] 崪 [illegible] 乾 [illegible]
[illegible] 猝 [illegible] 崒 [illegible] 椊 [illegible] 䫘 [illegible]
[illegible] 捐 [illegible] 猾 [illegible] 稠 [illegible] 丰 [illegible] 捽 [illegible] 䠆 [illegible]
[illegible] 秫 [illegible] 昒 [illegible] 頔 [illegible] 㧾 [illegible] 味 [illegible]
[illegible] 渤 [illegible] 䈥 [illegible] 相 [illegible] 撥 [illegible] 殁 [illegible] 杌 [illegible]
[illegible] 南 [illegible] 驋 [illegible] 撥 [illegible] 䟦 [illegible] 袚 [illegible] 潑 [illegible] 醱 [illegible]
苦 闊 [illegible] 苦 适 [illegible] 活 [illegible] 栝 [illegible] 奪 [illegible] 敓 [illegible]
濊 [illegible] 泧 斡 [illegible] 窾 [illegible] 斜 [illegible] 䆐 [illegible]
撥 蹳 [illegible] 㭊 [illegible] 抗 [illegible] 捋 [illegible] 剆 [illegible]
[illegible] 撥 [illegible] 枺 [illegible] 䰲 [illegible] 㳮 [illegible] 韈 [illegible]
[illegible] 末 [illegible] 莈 [illegible] 襪 [illegible]

箋注本切韻（伯三六九三、三六九四、三六九六，斯六一七六）

涊田廌跡金

一

（伯三六九三正面）

蠒古典反五文作此[illegible]

奴塗亡一㮸弥反一編

緬反三臏急晛歐乳顯

〻筑草泫露光胡犬反四加一贙獸名似犬多力一曰對爭良說文分別也從䖏對爭貝鉉鼎耳說文舉鼎也易謂之鉉礼謂之鼏

蜀人呼矑畎田上渠一曰引水古泫反三說文作此甽二同誸誘罥挂犬狗苦泫反一𦬠獼秋獵息文從

演廣以淺反三按說文作此演長流衍達按說文水朝宗於海故從水行縯長踐疾演反三加一諓諂按善諓一曰讙餞

以槌去牛勢㯻木名顯倨視也出說文展知演反五搌東縛皽皮寬輾極巧視之又視戰反𨑃跧足文奴弥

大昌善反二按說文同燀燒遣去演反三按說文作此譴繾〻綣饘乹麵餅善常演反五加一說吉作𦎧文作

寒〻反僐作姿也出說文蹇跛居輦反三謇吃攓取說文作此㩃〻二同又作攓同剪即踐反三加一說文亻為前字此以前下更加刀

說文羽生也一曰失羽也今人共用為翦割字蹨〻踐人善反四橪〻棗說文酸棗別名戁懼說文敬熯乹皃也詩云我孔熯矣輦力演反四璉瑚〻鄻在周亻

其輦反三 鏤〻鏈 鏈管籥 縒縒徐輦反一也 齴齒露魚蹇反二 巘山峯 緬遠無兖反六 沔漢水別名俗作沔 愐思 勔自強 湎〻酖 黽〻池縣

名在弘農又乚忍反 褊衣急方緬反一加一 辡憂也一曰急 辡出說文 臇腫少汁姉兖反三 吮嗽又徐兖反 雋蓄雋草 辡罪人相訟方免反一 兖以轉反二說文典反山間陷泥地

八口兖州九州渥地故以兖為名 沇濟水別名 兖 臠力兖反二 孌美好說文作嫋 轉陟兖反一按說文作轉 卷居轉反一 圈〻獸渠篆反又求晚反一 輭柔而兖反六加一俗作軟也 蝡

虫〻動 梗紅藍一曰菓名 茰木名 瑌石次玉說文石作碝㥽同 愞弱又奴亂反 耎稍前大 舛〻剝或作踳昌兖反三 喘息口 荈草 膞切肉視兖反三加一 腨腓腸 鄟地名

𨍭小巵有盖出說文 篆〻書治兖反三 瑑璧上文 沌水名在江夏又徒混反 剸細割旨兖反二 孨孤露可怜又莊卷反 選擇思兖反又思絹反一 撰錄也具士免反三 僎具 鱄

鮹魚名 蜎〻蠉井中虫狂兖反一 蝝青兖反一 楩木名符善反一 免黜亡辨反七 娩〻婉 勉勗說文強 俛俯說文作頫 冕說文冃亡報反 鮸魚名 娩生子免身 楗〻根長基善

反一 搌丑善反四 鐽長 㫃旌旗杠說文大 蕆偹曰去貨 𤏺〻式善反一意𪓰也出說文新加 嫸之善反一好善格人語也說文 廿七 篠細竹蘇鳥反四說文作筱從攸

鮡魚名 礵〻砆 譑又以讙問 窔小也禮記 皎光古了反七 璬佩玉 憿行滕憿脛 皎月光白詩云月出皎兮 鐃鐵文說文鐃 皛白又天白反 皦珠玉白皃 鳥都了反五說文

長尾禽總名也烏形鳥之足似匕從匕按篆文作臬全三點 𢗗絹布頭 𢗗垂〻皃 蔦樹上寄生 了盧鳥反四 蓼菜 瞭目精朗 鬗〻鬝長皃 朓月見西方吐鳥反二 窱

窈窱遠皃 曉呼鳥反一說文從白 杳烏皎反六說文冥也從日在木 窅深目說文一包反 窈〻窱又窈窕美皃 騕〻褭神馬 偠〻㑄身弱好皃 駠〻騄長馬而不動 嬲戲相

長皃 騄駣 褭騕〻 㒡偠〻 嬈苛也一曰擾戲弄也〻嬈曰燿說文 皛顯也胡白了反二 葯鳥草 窕窈窕徒了反三 誂弄俗作挑

湫隘子小反又子攸反一 廿八 小私兆反一 肇始治小反六加一 兆說文分也從八又作兆 趙 旐〻旗 狣犬有力 佻說文𠈵 𨒲

三

屣於兆反二 殀殀 擾而沼反三按說文作𡝫擾 繞繚〻 遶圍 檦落符小反二 鰾魚〻膠 麨糗〻或作𪌷〻尺沼反三 弨弓 楢

清酒 犥牛黃白色 顠䫜白 皫色 驃馬䮽 篻竹名 瞟瞭也 眇說文𥄕〻沼反四 淼大水 杪木末 秒禾芒說文稷也一曰訬稷 紹繼反

或作橋居沼反三加一 嬌女字一本作嬌 𥄝目重瞼又紀小反 𡠳婞身也出說文 表方小反又方嬌反二加一 褾袖端 䙬目有察省見出說文 藨草名可為

鷕雌雉聲以沼反三詩有鷕雉鳴 溔浩溔水大 舀抒臼或作抭〻或作𦥂也 悄憂心〻小反一 勦〻絕子小反二說文又作劋 𠞰勞又鋤交反 鐈〻繞 髜反二

炙或作燎 卅九巧苦絞反又巧僞苦教反一說文從丂枯老反 𣲟動水聲下巧反一說文夏有水冬無 飽博巧反一 㹾擾亂奴巧反一曰事露下巧反一 卯古作𩇨說文

又力有反 瑵玉 拗手撥於絞反一 絞〻縛古巧反四加一 狡狂 佼女字說文作𡛽姣好也 攪手動亂 烄交木然之出說文 爪側絞反三手爪也

鮑薄巧反一說文瘞魚 齩五巧反一 煼熬熬巧反一說文又作𩱳 卅一晧光胡老反八加一 昊說文從夰夏天 暤〻旰 浩鎬〻京

鰝大蝦 夰敖也說文昊天從夰從夭者非 抱薄浩反一 老盧浩反六說文從人毛匕作㔀〻 獠豲獠西戎俗作獠 轑屋橑簷前木一曰蓋骨一曰 潦

㚋長 稻山楸木又他刀反 道徒浩反三 稻 駣馬四歲 腦奴浩反四說文作𡿺 惱懊〻 𩬊長 瑙碼碯寶石 倒都浩反五加一

禂馬祭 禱說文斷木 嫂俗作嫂蘇晧反三 燥乾 埽說文弃也從土 草七埽反二 懆憂心 早子浩反八 澡洗

狗鱢魚名 璪玉飾 棗說文從重朿 皂昨早反三 草櫟斗實 造艁 暠古老反五 杲日出 稾草 縞

夜干 好呼浩反一 䒠毒草武道反又地名亦毒反一 寶古作珤博抱反六 保說文作𠈃 堡埤 葆 褓襁褓按說文從糸 鴇鳥

襖〻袍烏浩反六 馱〻鼓一日畀長 懊〻憹 媼女說文老女稱 芺苦菜 膢藏肉又烏到反 考苦[illegible]

殁擊木說文 卌一 哿嘉古我反二 舸輕舟 火呼果反一 果古火反六說文木為菓

〻細要土蠡天地之性細要無子詩云螟蛉有子蜾蠃負之 菓 埵丁果反六 鬌小兒前髮 挅

璅青〻 溑水名按說文作此消 葰〻人縣在上黨又蘇寡反 䈩竹名 趖說文屑之

履跟緣 妥安他果反一加一 鰖說文魚子已生者 叵普可反二叵耐字 頗〻能字本 廋滂河反 跛

瘥筋結〻 蓏菓蓏按說文木曰菓在地曰蓏 蠃蜾蠃虫名又蜂屬又盧過反 禍胡果反二加一說文害也[illegible]不福

呼父後可反三 柂正舟木 陊下坂皃 可枯我反一 我五可反二說文施身自謂也頃也從戈手〻古文杀也

大笑或嗰呼我反二 [illegible]擊 婐〻姬身弱好烏果反一 姬奴果反一 閜門欲傾烏可反三 椏

反二 卮卮木節也賈侍中以為卮蓋出說文 縒鮮潔皃蘇可反一 瑳玉色鮮千可反一加一 鬌髮好也出說文

之形 碼〻碯 罵詈又莫霸反 者之野反二說文從白 赭赤土 野以者反三說古文作此埜 也 冶說文消 雅楚烏一曰畀居秦謂

厏厏厊不合 盋酒器俗作雅 檟古雅反 叚大一曰文又加

悉野反二

四

反一 坱塵埃吴人烏朗反四 映

櫎榣打又黄朗反一 髈髀吴人云足朗反二 䒀ヽ䒀 慌晃反二火明 酋晄各

五晃反一新加 卅七梗桔梗藥古杏反七說文山枌榆有刺莢可以為蕪荑 梗大略ニ 梗 哽咽 郠邑名在莒 更判

丙兵永反五 眪充 炳憂 邴邑名在太山 秉 警几影反四說文戒 景 境

𤻙瘦 眚說文𡝩減 永滎眪反一 皿器武永反一 寍ヽ户王穴 憬遠擧永反

艋舴艋小舟艇字陌格反 礦金璞古猛反四說文從黄 𪌗ヽ麦 獷犬居往反獷縣名在漁

反一 打德冷反又都挺反一 冷魯打反又魯挺反一 卅八 耿古幸反二說文耳耿光也從火聖省

蛙 幸寵胡耿反二說文吉古晃反 倖儌ヽ 㑞且或作蒲幸反二 鮩隋為𪊛 䱋說文

出說文 竫亭 靖安也立靖ヽ或日細皃並出說文 㥪之郢反一說文作此㥪從正㥪俗 逞

潁水名在汝南餘傾反三 穎禾秀 領李郢反三加一說文頸也 嶺山 柃木名灰可染

五

説文從匕井子郢反説文中有點八家一井象構井韓之形韓字胡干反邢ㄟ郢地名廮病於郢反二廮ㄟ安一曰廮縣名在巨鹿 六
少從此省渻減也一曰水一曰水出前為渻出説文丗迥遠戶鼎反三冋空炯光又音洞ㄟ誠洞
濎ㄟ濘大水頂ㄟ顛頭上丁挺反六奵ㄟ嫇耵ㄟ聹耳垢鼎説文作此鼎三足兩耳和味之寶器易曰卦巽木於下者為析木以鼎也從貞省古以為鼎酉
從鼎反五艇小舟鋌金ㄟ梃木片説文一枚娗長好皃珽玉名他鼎反四加一圢平脡脯朐侹長直頲狹頭頲ㄟ也出説文也汫
ㄟ效去挺反二熒就𩕄項𩕄乃挺反二聹耵ㄟ婞很也直也下挺反五涬瀴涬又迸孔反鮏魚名脛脚ㄟ鋞似鍾而長醒蘇挺反一
口迥反三蘔草名菜屬烓行竈剄斷首古挺反一頩斂容疋迥反一竝比萍迥反二鮩白魚丗一有云久反四右𪁺鳥雉
力久反六瀏水清綹廿絲為綹𨋬載柩車茆鳧葵水草詩云言採其茆又莫飽反罶魚梁丑勑久反二杻ㄟ械紐結女久反四狃相狎鈕
朽爛許久反三疛病殠臭久舉有反説文作此久加五九玖玉名灸灼韭ㄟ菜説文草首書久反四説文古文作𦣻人頁
氿久反一湫泚水漬在久反又子小反一婦房久反七説文服也從女掃帚執用埽負ㄟ螺負説文從作此負萯王蝜蝶ㄟ阜陵阜文作
缶丞缶否説文不蹂踐人久反二楺屈木或作煣糗乾飯屑去久反一舅巨久反六咎臼齨齒齨説文老如臼馬八歲曰
直柳反三葤竹易根而死鮦ㄟ陽縣名在汝南又直隴反酉与久反七加二古文酉牖誘説文相呼誘也從厶羑聲作𧦝二同卣中形樽梄
湯陰説文進善也從羊久省聲文王所居羑里在湯陰作羑人㰯言意也出説文庮屋木也周礼牛夜鳴則庮臭如朽木湭溲麴息有反一受植酉反四説文作壽

飂、瀏於柳反二 魩魚名 酒子酉反一 溲、麵踈有反一說文從此叜 帚之久反一 卌二厚胡口反五說文作此垕 後 后

七

妃 母莫厚反六說文從女爲懷子形 牡牝 某、梅大指 畝說文作此晦或作此畮從十久聲 莽草、 部蒲口反七說文作此部其一邊同者皆然 㟝山中

睨 錇小缶 䞳、䞳餅 蔀幘 斗當口反四 垢惡 枓柱上方木 阧、陖或作陡 蚪蝌蚪虫 䞶䞶他后反三今作此鍮鍮 妵

且古厚反八說文從艸句聲 狗犬 垢惡 笱、扁縣名在交阯 耇黃耇 詬恥又古候反 笱取魚物 玽玉 藕五口反三說文作此蕅 偶合

棓擊 㲉乳乃后反一加一鬪㲉鳥塗字 㳶水名出說文 叟老蘇后反七按正名作叜 嗾使狗聲 瞍瞽 謏、訹誘䛳又蘇了反 擻斗擻舉物 藪澤

牛鳴呼后反一加一 呴厚怒聲出說文 剖普厚反三 婄婦人皃 蔀小 歐吐嘔口反三 毆擊 犃特牛 塿㟝嶁盧斗反五 嘍嗹嘍煩皃 䝏䝏說文並從婁

上㠯中適下俗作作住意也 蔞蘢 䞨䞨糇餅 走子厚反一說文作此赱從夭止聲 口苦厚反六 扣擊 𤘘、牿 釦金飾 叩、頭杜建葉從邑 𧥤先相可 蕍圓草

禱徒口反三 鋀酒器說文鍮引又單作此豋 揄、引 鯫魚名一曰人姓漢有鯫生士垢反又士溝反一 卌三黝黑於幼反又於糾反益虯反二 怮憂皃 愀變色慈糾反又在由子了三反一 糾居黝反二

加一說文作糾繩三合 赳武皃說文作此赳字亦然今逐者作丩二同丩字已周反 䦕門取出說文 卌四寑室七稔反三加一 寢卧說文作寑 梫木名 寑病卧 朕古作𦩎直稔反一

坅坎丘甚反一 廩倉力稔反四說文作此㐭穀所振入宗廟粢盛倉黃㐭而取之故爲之㐭從入爲屋形中有戶牖又作亩從木無點顏監從禾有點也 懍敬 菻蒿 凜寒 䆉積柴取魚斯甚反一

𨡊小甜子朕反一 踸、踔行無常皃褚甚反一 荏菜如甚反五 餁熟食說文作飪火熟 稔歲熟 恁念 栠木弱皃 枕之稔反五 頁頭煩骨 沈古作邥式稔反五 審說文

作審作采 橎木名 瞫竊視 諗告又謀說文深諫 椹食稔反一說文作此葚 瀋汁又甚反一 醦酢甚初朕反二 墋土 栣、榻屋甚反一 噤寒凛飲反二 顉切齒怒 錦

居飲反一傑仰頭皃牛錦反一蕈菌生木上慈錦反一甚植枕反一說文安樂也從甘疋耦也又古文作𠿟是痒寒皃踈錦反一亦作瘁稟供穀筆錦反一說文作㐭賜穀也從禾也飲於錦反一說文作㱃品錦

反一卌五琰以冉反三剡削又縣名時琰反又在會稽說文銳利䟲疾行斂力冉反二蘞白蘞藥又力瞻反險〻阻虛檢反四獫〻狁說文又力險反婡〻婷性不端良又去兼反少氣少力

譣〻詖說文作𠿟憸者此愉者問貶方冉反一頩〻頷不平丘檢反二嵰山高儼敬魚檢反六頷頩〻广因巖為屋隒山形似〻重甑石礹磛〻嬐文〻悲齊按說文

儉巨險反二芡鷄頭撿〻校居儼反三又按〻名為撿乎字檢書檢又按說文杜迋業字樣為檢瞼〻目黶面有黑子於琰反四[illegible]禳厭山犬

良又奴簟反染〻色苒草盛[illegible]濡出說文陝縣名在弘農失冉反二睒暫見說文作此覘見諂丑琰反也

掩說文斂小上日掩取閹宮官說文豎宮有夸妻〻㭒按說文自關已東謂取為㭒一日覆也与掩略同弇蓋也出說文古文𡗨

反一火行微〻也新加出說文卌六忝他玷反二[illegible]鄉名在濟北蚳丘淰水流皃乃簟反三[illegible]弱[illegible]亭在

簟席徒玷反二加一扂開户或作此串驔驪馬黃首嗛口〻苦簟反二歉食不飽慊恨忉

抍救溺無反語取蒸之上聲俗作拯卌八等齊多肯反一說文齊簡也從竹寺〻官曹之等平倗

半生下咸秏又古監

徒減反又徒感直

反二古文作滚

所斬反檻反一嵁

獑㺗獑犬聲黬

(伯三六九六正面)

前軌 笵說文法也從竹、簡書也氾古法有竹

切韻卷第四·去聲 ·五十六韻

一送蘇弄 二宋蘇統 三用余共 四絳古巷 五寘支義 六至脂利 七志之吏

八未無沸 九御魚據 十遇虞樹 十一暮莫故 十二泰他蓋 十三霽子計 十四祭子例

十五卦古賣 十六怪古壞 十七夬古邁 十八隊徒對 十九代徒戴 廿廢方肺 廿一震職刃

廿二問無運 廿三焮許靳 廿四願魚怨 廿五慁胡困 廿六恨胡艮 廿七翰胡旦 廿八諫古晏

廿九襉古莧 卅霰蘇見 卅一線私箭 卅二嘯蘇弔 卅三笑私妙 卅四効胡教 卅五号胡到

卅六箇古賀 卅七禡莫駕 卅八勘苦紺 卅九闞苦濫 卌漾餘亮 卌一宕杜浪 卌二敬居命

卌三諍側迸 卌四勁居盛 卌五徑古定 卌六宥尤救 卌七候胡遘 卌八幼伊謬 卌九沁七鴆

五十豔以贍 五十一㮇他念 五十二嶝都鄧 五十三陷戶韽 五十四鑑恪懺 五十五梵扶泛

一送說文作逬辵省蘇弄反一 鳳馮貢反一說文從凡鳥聲 貢獻古送反四 贛賜 湏水名在豫章沛郡 𡋯縣名在沛郡 弄盧貢反四從玉者非 [忄弄]、贛愚 礱

九

磨礱小磨又盧東反 梇〻棟縣名在益州 涷瀑雨又水名出發鳩山多貢反三 凍冰 棟屋梁 椌引苦貢反四 倥〻偬困皃 悾誠心 糉蘆裹米作弄反四 偬倥〻 㲎鍛足 鯼魚名 十

甕烏貢反二說文 䶜〻息 謥〻詷言急千弄反一 洞穴又洞名徒弄反七說文疾流 峒磵深 詷謥詷說文共也周書日在夏后之詷一曰澈 胴大腸 駧馬急走 慟 筒簫達

痛他弄反一 中直衆反一 諷方鳳反一 焪火乾物去諷反一 夢莫鳳反四加一說文 瞢雲瞢澤名在南郡 鄸邑名在曹 [illegible]

星辰五六寱之吉凶一曰正寱二曰罣六曰喜夢俗單作 𧼮香仲反一 幪莫弄反二 霿天氣下地不應 䁅〻聘撫諷反一 [illegible]

齈多涕鼻痛奴凍反一 衆多之仲反一音 字 念反 二 宋蘇統反一 綜機縷子宋

訟争〻 俸秩〻房 縫 共渠用反一 葑蕪根方用反二 封又方

鞘 種 重 反又

[illegible] 憧后妃車幰 [illegible]直視

子

義

智知義反一說文從作

企望去智反三

屩履曬暴餧

觖窺瑞反一偽危反一

（伯三六九六背面）

䯵 綼音啼目 卩 女、不 金加足單

衆說文從七睩視細 呰楚音栖蝌所宿先奚反智

計古詣反八係連繼紹 繫 剃

心不了褉、飲契 翳

隱語莫計反一閉 壁 箄 散、慧

十一

十二

銳以芮反三　叡作此　𦲷說文草生狀　綴

同　斃死　幣帛　敝說文一日敗　毳重犛或作楚歲反

鎩矛戟類又所怪　蔱栤　掣曳尺尺折反三

𦗟入一日聞也　晳星光又旨熱反　狾犬　逝時制反七　觢牛角豎　噬齧　誓

笓　軬車簹　曳餘制反十　玴石之次玉　勩勞　泄水名在九江　枻楫類　痸病　𦐧鳥飛　裔邊　㤜明一日尋　詍

多言　緆於罽反二　瘞埋　餲食敗又云遏　藝魚祭反四　寱睡語或作囈　蓺種　槸木相摩　滯直例反三　彘豕　蹛〻林　例力制反十一加二　蠣牡蠣虫　厲惡

礪石說文無石　勵勉　禲無後鬼　厲疫　濿渡水說文又作砅　鱺魚一本名作此　驪馬馳　櫔木名　巁巍　憩息去例反三　愒恐　蔼〻車草名　世

舒制反三　勢　貰賒又時夜反　猘狂犬居厲反四　罽氈類按說文作𦋺西胡毳　瀱泉出皃　訐持人短　𥶶赤白竹例反一　偈其憩反一　啜嘗市芮反一　跇說文作趩与跇意同跇丑世反二加一

傺侘〻　㥽〻習　劓去鼻義例反一　蕝朝會束茅表位子芮反子悅反一　十五　卦古賣反二　桂　懈懶古隘反三加一　解〻除　廨公宇　薢茩也　从角出說文　隘

狹烏懈反二 瘕病聲 邂ㄟ逅胡懈反二 解曲解又古賣 角胡買反二 賣莫解反一說文從出買聲 畫胡卦反又五 註礙又古賣反 絓絲結 濊水名在蔡 黊鮮黄色說文作黊黄美色 差病除楚懈

反又楚宜楚佳二反二 衩衣 睚目奈五解反又五佳反一 謑怒言許懈反又乎媧反一 疥𤸷別方卦反一 粺精米傍卦反二 稗稻ㄟ 㾮病士懈反二 𡿧ㄟ目睚 派分流匹卦反

同加一 紩未緝麻 澥水出單陽 債徵財側賣反一 韰難苦賣反一 曬暴所賣反又所寄丑離二反一 十六 怪異古壞反三加一 𢿼毀 碎石似玉 蔽草噫

反不二 呃聲 瘵病側界反二 鄐邑名在周 誡言警古拜反十二加二 戒慎 界境 介大說文作夰 届至 疥瘡 玠圭 㤥獨居 忦憒 砎硬 价

善也詩云价人惟蕃 髻髻結 悈飾司馬法有虞氏悈於中國 褹紩布襦女界反一 譮怒聲許界反一或作欸 械說文桎梏界反三加一 薤菜說文作䪥 齘䶣齘切齒怒䶣字于芥反 閉門扇 [illegible]

不聽五界反一 𠜾苦類苦壞反三 嘳女字 喟歎又丘愧反 拜博怪反二說文二手下 扒詩云勿剪勿扒 湃滂湃普拜反一加一 𣻌水出樂浪 壞敗胡怪反一挍籀文作𣻌 聵聾五拜反一

加一 顡頭𦕒顡出說文 憊病蒲界反二說文作俻 韛韋囊吹火 眗、眼久視莫拜反一加一 韎東夷樂 鎩剪翮所拜反又所例反三 襏衣衭縫 殺、害又所八反亦從夂亦作𣪩 烗熾客界反一

十七 夬決易有夬卦古邁反二 獪狡ㄟ 快苦夬反二 噲漢有樊噲 邁莫敗反二 勱勉 話下快反一會合善籀文又作譮 敗薄邁反二說文作䢸壞 唄梵聲 [illegible]淺黑烏快反一

嘬食盡臠楚夬反一 芥菜名又莫芥古邁反三 駃馬行疾 犗犍牛 蠆、毒虫丑芥反一 喝嘶聲於芥反 咼飲臭又 哵喝哵聲敗所芥反一 咶息聲火夬反一 譪譤譪火芥

反譤字火懺反一 十八 隊聚徒對反四加一 䨴黮䨴雲狀 薱草盛 隊說文䪑 懟怨不

薄背加一 珮玉 孛又步

文點筆又 毎

（斯六一七六正面）

柿斫木穢反四〻广〻氵

魚肺反三乂才忍困患為戒廿一震職刃反五加一樢鳥

加迅疾又私閏反卂說文訊告顖腮會說文作囟卂疾飛而不見出說文汛

燐鬼火說文單作䫙姓顐〻傾也一日顐頭少髮刃而進反六加一認識

引軸引又以軫反𨍏小鼓在大鼓上演說文水行地中演〻疢丑刃反二又作疹正趂作

櫍〻斤殯〻尸鬢〻髮陣直刃反二加一訴〻倀列出脉陳〻說文敶慎是刃反一𣏓

榗〻笏縉〻雲氏說文帛赤色䗯進出名進鎮陟刃反又陟人反一眒張目式刃反一敐

合作衋進一曰草釁〻罪許覲反二衅牲血塗器祭或作釁僅餘渠送反七覲見

㛴桉說文病櫬空棺楚覵反四儭〻施瀙水名在汝南韻永𥁕音反一峻高私反六

在衛說文又杼迅疾鵕〻鸃鳥名說文秦漢之初侍中冠鵕鸃冠鷩陖亭名在馮翊說文又高夋

畯田畯說文二農駿〻馬舜舒閏反四蕣木槿鬊髮毛良瞚〻目說文作瞚稕

十四

摩 朮 麻片撫 刃反一 覰 疋刃反一整之見 出說文新加 廿二問 無運 反五 璺

野 餉 鞾 治皷 工 鄆 邑名 在魯 訓 許運反 三加一 臐 羊 羹 薰 香又許 雲反 鐼 鐵 說文

揚說文鞏也從大鳥在田詩 日不能奮飛奞字先 反 醞 釀酒於問反 又於刎反四 縕 亞 習 慍 怨 縕 乱 麻 桾

制天子千里分百縣〻有郡〻有鄙故春秋傳 日上大夫郡至秦初置卅六郡以監縣 分 扶問反又 方文反二 蕡〻 痱 悶 廿三

居焮 反一 近 巨靳反又 巨隱反一 傿 依人或作𢘅 於靳反二 檼〻 㶏 水名在汝南 又於勤反

反 一 販 方願 反一 券〻 約ム願反三說文契券別之書以 刀其傍故謂之契從力者倦字 桊 束要 繩 勸 奬 作

飯 符万反又 符晚反二 閞 門樽 檻 娩〻 息一曰鳥伏乍 出芳万反四 㿽 吐 嗇 酒 一宿 奔 大

說文又 作傿 獻 許建反二說文 作獻宗廟大名 憲 法說文作𢡤 從手目害省 健 渠建 反一 楗

慁 悶心乱胡困反四說 文憂也一曰擾 溷 廁說文乱 也此溷廁 倇 全 惛〻 辱 頊 都困 說文

苦悶 反一 嫩 弱奴困 反三 腝 肉 枘 榅枘 按没 悶 莫困 反一 鐏 矛戟下銅 徂鈍反一

作鐟此 適仙 榅 内物水裏 烏困反一 寸 倉困 反一 坌 塵𡋯 悶反一 顐 秃五困 反一 焌 子 礼吹

廿六翰 鳥毛胡旦反十四加一說文作𩙵其上翰者天鷄羽也 周書曰文翰若翬一曰晨風周成王時蜀以獻之 捍 抵 扞

十五

瀚〻海閈里門鞁射騂馬高六尺翰〻鵲鶯別名一曰鷄毛曰翰音說文又作鶾韓馬長卓
段徒玩反一說文作此毈卵壞椵木名亂治也落段反二加一說文作此乱從乚灓絕水渡𢿢煩
他乱反二說文作褖后衣喚呼段反四奐文彩梜說文作奐火渙水流散筭計蘇段說文從
不蒔田半博縵反五說文從八牛聲絆羈孕䮾〻駻馬白𣁽斗五升判普半反六泮宮說文侯鄉射
㜕數無宜適畔炭他半反三說文從火屵聲歎嫨〻嫈換改胡段反四逭逃肒
穿古段反六加一矔張目祼祭〻館舍說文從食瓘玉斗鑵水〻灌
憂無告爟烽火說文或從亘輨車軸頭鐵一曰江南人呼犁刀遦行說文習冖
炊也說文作此爨按柳烏旦反三案晏晚旦得安反四加一疸黃病鴠
僤疾也周礼曰句欲無僤旰日晚古旦反三幹倝日出光岸五旦反五加一犴
又苦寒反說文從手目衎樂漢呼半反四暵日氣乾熯火氣乾𤳉耕地
患又奴粲倉旦反四㛑三女說文美璨玉〻燦爛繖蓋蘇旦反二散
戔贊不謹一曰美好㬉火乃乱反二說文作愌

十六

(斯六一七六背面)

十七

歷反 㝵歌 屌屍從尾水聲
以杖筱又唐聊反 論語云 窡穴苦弔反二 㩐擊 顤顤頗長頭力弔反四 尥
泿子名 歒火弔反一悲意出說文新加 窔烏弔反一窅窔俗作此窔也 卌三 嘆松反
鷦鷯ゝ 㨎動ゝ 覞普視視ゝ 覦誤 趒行不正出說文 約又於略反 要
足笑反四 彯ゝ畫 瞟置風日中令乾 漂水中打絮 噍ゝ嚼才笑反三 誚
鐐銀美 ⿰土尞周垣 療治病 膫炙也出說文 爒火皃 趬行輕丘呂反
注盡 廇皃也眉呂反一 驃馬名眦呂反一 少失呂反二 燒又失兆昭反 祭丑呂月反一
撿ゝ 鉸ゝ刀 酵酒ゝ 覺睡ゝ 孝呼教反三 哮喚 涍水名 窧
教反一 奅起壞ゝ疋皃反三又窌 炮灼 抌ゝ車 趠行皃褚教反二 踔後跳 稍
泥 叀不靜 抓爪刺側教反二 㾊縮 皰面瘡阝孝或疱又炮反二 靤治皮 抄初教反一
翿羽舞所執 悼傷也 蹈踐也 盜 纛左ゝ 燾覆 導禾禾六穗

縞又古老反 告 傲五到反五 䫜頭長 鏊餅ヽ 驁馬名駿馬 奡陸地舟

圭名 冒 沙 媢說文夫妬婦 嫪怯物盧到反四 潦ヽ淹 勞尉ヽ 髝

卯 報愽耗反一 漕水運穀在到反五 奧藏ヽ內 懊ヽ悔 [食奧]姑食 隩屋隅

靠相違 竈則到反二 躁動 秏減呼到反二 好志也又呼老反 卌六

勞 哆語助口聲 [疒多]病 邏遊兵箇反 [衤羅]盧婦人衣 坷坎ヽ不平臾口左反二 軻

奈ヽ何奴箇反一 課苦臥反一 挫折則臥反二 夎拜失容 磨暮箇反三 森

臥反三 壖沙土 糯秫也 檽ヽ木 和胡臥反二 盉說文調味也 唾託臥反三 毻鳥

泥着物鳥臥反一 惰懶徒臥反一 馱負物唐佐反一 桵比也力過反 卌七 禡祭駕

縣名 駕古訝反八 稼 嫁 瘕腹病 架ヽ屋 椵舉閣 價ヽ數

虎聲 謼誑 埻地名在晉 迓迎吾駕反四 訝嗟 犽獸名 卸迎 詫言丑亞反一

ヽ酒 乍鋤駕反一 䄍祭名 謝愧也以夜反二 榭臺ヽ 髂月也口訝反二 疴小兒驚 睱

夜宵也以謝反三 射ヽ僕ヽ 鵺鳥名似雉 [走斥]起光夜反一 蝑鹽藏蟹思夜反

十八

炙〻肉 蔗〻甘 唶歎聲子夜反二 借假又子昔反 舍始夜反三 赦 騇

靶轡草 灞水名 帊〻惵芳霸反二 怕〻怖 槬寬胡化反四 吴大口 崋

䛟柱丙化反一 [白犬]獸名似狼白駕反一 眵膩乃亞反一 笡斜逆淺謝反一 卅八

贛蔥苡別名 憾恨下紺反四 琀〻玉 淦水和物 唅哺 暗日無光烏紺反三

倸蘇感反一 儑五紺反一 謲伺七紺反二 叅〻鼓 醰酒味長紺反二 贉買付

瞰視 濫泛〻盛瞰反五加一 㔋刃利 醓〻觴 纜繫舟 爁火皃 嬧

賶乞戲物呼濫反一 憨害下瞰反四 譀誇誕 䗣瓜虫 憺静徒濫反四 澹水

卅 漾水名餘亮反六 恙憂 羕長大 颺炙 樣式 上

量度也 狀鋤亮反一 讓如狀反一 餉式亮反三 傷未成人死

弓衣 韔草盛也 向許亮反三 珦玉 曏〻門 仗器〻直亮反二 巨

反三 上昇也 償備 壯側亮反三 裝〻行 壯〻 央於

即亮 守〻尸

十九

二十

乃定反三佞 謟 濘 泥 腥 豕脃肉息月星定反二 醒 酒丨 脛 脚丨尸定反一 定 特徑反二 廷 朝丨 矴 丨石丁定反三 釘 丁丨也
磬 盡 聽 他定反二 靘 丨靘青黑千定 䩄 莫定反二 瞑 夕丨 鎣 丨飾烏定反三 瀅 小水 濙 心恨也 卌六 宥 寬宥尤救反二 佑 復也
佐 右 左 盍 杅水器 祐 神助 酭 報 㕛 丨顫 囿 國又于目 侑 勸食 救 助也久右反五 究 窮也 灸 艾火 疚 貧病也 瘕 養馬舍 冑
僦也亘右反七加一 宙 往古于今 酎 丨酒 繇 卦兆辞 籀 史丨 䌷 系 訕 曾 說文兜鍪從月 晝 日中陟救反一 狩 歸救反三 獸 首 仗 臭 丨氣尺救
反一 岫 似祐反三 袖 牰 牛黑眥 齅 以鼻取氣許救反二 嘼 丨產 咒 詛丨職救反一 舊 巨救反二 柩 丨庀 瘦 丨損所祐反三 漱 含水 皺 面丨側救反三 㿢 縮小 甃
井 副 敷救反三 丨 鬗 假髻 䨞 䈜 䢂 尤一曰廢初救反一 冨 府副反三 輻 冨丨轔覺聚 鍑 釜而小口 畜 丑救反二 六畜也 俞 人姓 溜 水丨力救反六 廇 人姓 霤
中丨又廟中庭也 嬼 美好 鶹 鶹子晚生 餾 丨飯 秀 息救反四 繡 蛂 虫名 琇 玉名 騶 鄒祐反一 僦 丨賃即就反一 就 疾僦反二 鷲 鳥名 糅 離女救反
三 餾 雜飯 膆 嘉膳 復 扶冨反二 瘦 再病 狖 獸名似猨余救反四 從豸 鼬 虫名 槱 積薪燒丨 柚 橘丨 授 承秀反三 嗖 口丨 售 賣 輮 軍輞人又
反一 卌七 候 迎也胡遘反六 鮜 魚名 郈 地名 逅 不遇皃 邂逅 詬 罵 䏔 半盲 寇 賊也苦候反五 滱 水名 怐 丨愗愚皃 㲠 丨瞀無暇 鷇 鳥子
茂 盛也莫候反八 貿 易丨 戊 己丨 鄮 縣名在會稽 愗 怐丨 瞀 丨㲠 袤 廣丨 楙 木名 仆 倒丨疋豆反一 豆 徒候反九 竇 水丨 逗 丨留 酘
丨酒 荳 丨䕢 䜴 丨邊項 郖 地名 餖 飣丨 鬪 丁豆反三 䛠 能言 譳 䛠丨不 嚁 鳥口 耨 除草奴豆反三 譳 丨詎 擩 構丨不解事 瘷 欬蘇豆反二 嗽
盪口 奏 則候反一 透 跳也他候反三 䞬 丨 趠 自投 漚 漬於候反二 棇 地名 遘 遇古候反十一 構 架 媾 婚 覯 見 姤 卦 購 贖 䞈

廩給 彀 張弓 𣫭 取牛羊乳 勼、檢 雊 雉聲 輳 輻、倉候反六 湊 水會 嗾 使犬 腠 膚、 鯫 南夷名鹽 蔟 大、律名 陋 盧候反五 漏 更、 鏤 刻

屚 屋水 瘻 瘡 蔻 荳、呼候反四加一 豞 豕聲 𩑶 勤 詬 怒 㺒 吼聲 卌八 幼 伊謬反一 謬 靡幼反一 䠗 、踉行皃丘幼反一

卌九 幼 伊謀反一 沁 水名七鴆反二 吣 犬吐 浸 妷氣作鴆反一 妊 、身汝鴆反四 鵀 戴、鳥 任 倭也又汝計反 鴆 鳥名直任反二 沉 又直任反 枕 職鴆反二

[illegible] 舌下病巨禁反三 䑫 蜀舟 紟 、帶 禁 避居蔭反一 賃 乃禁反一 蔭 於禁反三 窨 地屋 喑 聲 滲 漉所禁反一 闖 從門出丑禁反一 譖 、讒

側讖反一 讖 、書楚譖反 椹 鍖擊陟鴆反二 [illegible] 土、 五十 豔 羨以贍反三 爓 光 焱 大、、 贍 賙市豔反一 染 而贍反一 厭 飫也於豔反二或猒壓 [illegible]

快 閃 闚式贍反三 炶 火行皃 饜 飽又於簾 窆 下官方驗反二 砭 石針又方簾 [illegible] 不廣子豔反一 壍 遶城水七贍反二 槧 槤 殮 殯力驗反三 斂 聚 澰 水泛

一曰水波 驗 證語窆反二 噞 、、喁魚口 占 將豔反一占固也 五十一 㮇 火杖他念反二 舚 舌出 念 奴店反二 艌 挽船 店 、舍都念反五 坫 墇 沾 水名 痁 病 墊

下 䃸 、碑電光先念反一 磹 徒念反一 趝 疾行皃紇念反一 酓 於念反一苦味 [illegible] 閉目思漸念反一 兼 古念反二 鰜 魚名 僭 擬子念反一 傔

五十二 證 驗諸應反二 烝 熱又諸陵反又作烝 孕 懷子以證反三 [illegible] 面里子 賸 增貝 媵 送女實證反三 乘 車、 鱦 魚子 認

草不剪 應 以言對於證反二 譍 物相、 甑 子孕反一 興 、樂許應反二 [illegible] 腫起 勝 、負詩證反三 蕂 苣、胡麻 榺 織機、 眙

馬食縈氣流下里甑反一 稱 蚩證反一又處陵反 五十三 嶝 小坂都鄧反五 鐙 、 橙 几、 隥 梯、 磴 巖、 贈 昨亘反一 亘 通度嶝反四

魚名 蹭 、蹬七贈反一 鄧 國名徒亘反二 蹬 蹭、 懵 悶武亘反二 鱛 魚名 僜 、蹬音鄧反一 堋 束棺下之方鄧反一 倗 父鄧反一輔也出說文新加

廿一

五十四陷戶韽反二　鮨魚名　韽下入聲於陷反三　猎犬吠　滔沒水　蘸以内水中淬陷反一　䫡鹹多都陷反一　歁啄口陷反一又歁　賺重賣佇陷反一　廿二

五十五鑑鏡格懺反二　監領　懺自陳楚監反三　儳雜言　𢶍投　覱、儌高危負子鑑反一　儌許鑑反一　釤大鑣所鑑反一　湴深湴蒲鑑反一　䖘大㒵胡懺反一

鑱、土具士懺反一　𩅰内物水中子鑑反又都廉反一　鬖衣沉下鑑反一　五十六梵、聲扶泛反二　帆船上、　泛浮敷梵反一　劒刃擧欠反一從刀　欠張口去劒反一　俺大於劒反一

切韻卷第五、入聲

一屋烏

四覺古獄　五質之日　六

沒莫勃　十一末莫割

錫先擊　十七昔私積

洽侯夾　廿三葉与涉

之翼　廿九德多則

櫝棺又　牘簡　韣

殳木　瀫水

(伯三六九四背面)

卹 啾卹沘

畢 織荊門韠 胡服蔽膝珌 刀

蹫 述一大光日遵驈 白髀黑馬

䘏 賑血也姞 姓一日字巨乙反二佶 正術

潏 小風皃許𦣻 有所穿颭 聿反四䀢 視

怴 憂心皃反二窋 在穴皃丁滑反朮 藥名直律反或作茮二

繂 說文先違也筆 鄙蜜反三䈇 去滓柲 方言又俗

乙 辰也於筆反二䲀 鷙䲀魚鳥乚 呵也匿狀魚乙反一𠯈 一日反一咥 笑勑一反一

六

𩗺 暢走筆反二汨 水流又古沒反㳶

岉 山形如堂荼 荷本下白𢐒 輔也重也房筆反二弼古𢐒正 茀 艸木重生

勿 無也 物 万物也無弗反三 芴 瓜 弗 不也治也分物反七 紱 綬 㳒 大 紼 索 茀 草盛皃 𣇣 大蔽 韍 大也出膝弗 說文 欝 氣也茂也古作欝迂物反五 灪 大水 滃

爩 烟氣 蔚 草盛皃又音尉 鬱 說文芳草也釀酒以降神 𡰥 無左臂九勿反又九月反二 䘵 衣 屈 居物反二 詘 塞 倔 物反七 䝟 力 掘 地 崛 山 屈 區物反又 出 䟗 𡲬 強 㑼

屈 山短而高 𡲬 短尾 䘵 短衣 堀 突也 佛 符弗反六 怫 怫欝 坲 起塵 岪 山曲 咈 說文違也 拂 說文擊禾連枷 颮 疾風許物反二 𣢭 暴起 𡴁 說文疾也

廿三

⿰風骨風聲王物反二 搰擲 拂拭也除也敷物反七 怫鬱 岪崩聲 茀道草多 艴淺色 祓除又孚物反 彿方吉打穀連枷 七 二十四
櫛梳阻瑟反三 瀄〻汨水流 楖楖栉 瑟所櫛反五 飋〻颸風皃 蟋〻蟀 蝨蟣 璱玉鮮潔皃 八 迄至許訖反 乞〻壯乞
乘輿馬上插翟尾者 肸〻蠁又許乙反 訖竟也止也居乞反二 吃語難 疙癡皃魚乞反一 趌行皃其迄反一 屹高皃于乞反又魚迄反一 乞去訖反又去餼反二
九 月魚厥反四 刖絕說文作跀斷足也 軏軏車〻 杌動也又兀音 伐征房越反八 筏乘大桴渡水 罰罪 閥〻閱自序 垡耕土
說文戉盾 越逾也於也曰也揚也王伐反六 粵辭 鉞斧〻 ⿰立戉竹布戉紱 樾樹陰 厥其也居月反八 蹶失脚 ⿸厥力強力 ⿺走厥跳〻 瘚氣逆
歎名走則顛常為罿〻取食罿〻負之而走 噦逆氣乙劣反一此字亦薛部 ⿸厥女嬉⿸厥女婦人皃於月反二 ⿱夗食飴安豆 觼以角發物其月反六 鷢白鳥 橛株〻 蟨杙 蹷倒 ⿸厥月尾夲
闕少也去月反二 瀱水名在義陽 髮方伐反三 發生 沷風寒也出詩 韤履襪望發反一從韋 颰小風許月反四 狘獸走皃 泧水 ⿰羽戉〻飛也 謁請也告也於謁反四
閼歲在卯又於葛於連二反 暍傷熱 黦色壞 歇氣泄許謁反三 蠍蠆 猲獢犬 訐面斥以言居謁反又居例反四 ⿺走曷走皃 羯羊〻 ⿰禾桀草出於 楬
檜物其謁反一 怖恨怒伐反一 钀鑣也魚揭反一 十 没沈也溺也莫勃反三 歿死 ⿰王殳玉名 骨〻骼古忽反五 縎結 鶻〻鳩又胡八胡骨二反 榾枸榾木
汩汨也書作汨或涯 勃速也作也蒲没反七 渤〻澥海名又水皃 ⿰馬孛馬牛尾一角 餑茗〻 ⿰土孛〻起 ⿰香孛大香 悖〻逆盛也勃起凶悖 咄也出呵當没反一 宊〻出他骨反三
杌木枝 ⿰足隶蹂 突觸陷骨反七 揬〻搪 腯肥〻 鼵鼠名 鶟鳥名 堗〻竈 凸出也又徒結反 頞内頭水中烏没反四 膃〻肭肥 殟心悶 嗢咽
忽盡悶也呼骨反六 惚怳〻 寣睡一覺 笏 ⿰草乙忽〻櫇〻字呼結反 ⿱勿目說文尚冥也 兀高皃五忽反四 杌動搖又月音 屼山皃 杌樹無枝 ⿰音孛

揬物聲普没反二 矹硉矹不平皃 𣪍箭射勃没反一 窟穴苦骨反五 顝大頭皃 泏漚池 䫄秃皃 矻用力或作勂 訥言澀也諾骨反三 枘
内物水中 䏎膃〻 窣勃窣蘇骨反二 麨磨麥 猝倉猝昨没反三 捽〻抗以柄内孔 𪘂齜 麧〻糏頭下没反七 齕齧結反 紇又胡結反 淈
〻泥又古忽反濁也一曰水出皃 搰掘地 䯣腰病也出說文 㧾推也出說文 卒則没反又子出反二 倅百人為倅 朏明出融普没反一 愲楚詞又滑又淈同佳忽公忽二反一 𣢇
一骨反一咽中息不利出說文新加 十一末 末木上莫割反十三 秣〻馬 昧星易曰昧中見 䫄〻頢健 抹〻摋手摩 佅〻健肥大 妹〻嬉桀妻 怽忘 𡋯壞土 沫
水沫一曰水名在蜀泰反 濊塗泧 䳱鳥名 苜說文目不正 枂去樹皮五活反一 撥治博末反十 癶足剌癶 犮盩犮蔽 袚膝衣 茇〻根 鉢〻盂 鳥鳥 犬名 鱍
魚掉尾 迊急走 髮〻鬌多髮 橃海船名 𩯰姊末反二 梤逼〻 括檢古活反八 𣷭水流說文無耳 髺結髮 檜木名 聒聲擾 佸會也 𨪡
尚書曰無知〻皃自用意 萿〻蔞 闊廣也遠也苦括反三 筈箭〻 适說文疾也 活生也戶括反二 𥙆祠 奪徒活反三 敓强取 脫肉去胡骨反又吐活 䆛
〻達呼括反四 濊水聲或作濊 奯大開目 泧〻濊 斡天氣轉烏活反四 焥火烟出 䀩目開 䤤皃 𦧇〻取物或作捾 繓〻結括反三 撮〻纂手把 鏺兩刃刈草木普括反五
撥茇 蹳蹋草聲 抪推 䣞酒色 侻〻可一曰輕他活反二 挩解落或作脫 捋手捋活反三 寽削〻 𣏓說文木名 掇拾多括反三 鵽〻雀 腏
挑取骨間肉 撮手取七活反一 跋〻踉行皃蒲撥反十三 䟛行皃 犮迴犮又矢括反 魃旱〻 废舍 䣮酒氣 馛香氣 軷將行祭名 炦火氣 颰風皃 癹除草
又乏反 坺犬走皃出說文 躠蹳躠足桒割反三 薩菩〻 櫒椺〻 怛悲也當割反七 𢡆驚 妲〻己紂妃 呾相呵 炟火起 𪐗莫點縣在五原 笪
闥門也他達反八 㒓休〻 撻打 躂足跌 澾泥滑 獺水狗 鰨魚名 羍文 遏遮反 鳥蔦 齃〻鼻 堨〻擁 閼止又於

第三類

增訓加字本切韻

第三類　增訓加字本切韻

這一類包括八種不同的切韻寫本殘葉，作者都不可考。從體例和內容來看，分韻都與陸法言書相同，而訓釋和文字頗有增加。其中大多數的寫本，習用的字仍不加訓解，惟有伯三七九九訓解加多，幾乎所有的字都有訓釋。在收字方面，這一類大都比前一類多。前一類雖然也是就陸書有所增加，但性質是箋注，重點在於以說文訂補切韻，這一類則着重於增修。或增訓，或增字，取材較廣，而不以說文為限。其中在注文上雖然也有接近於前一類的地方，如伯二○一七和斯六○一三等寫本，但畢竟有所不同。因此，把這些寫本另立為一類，統稱為增訓加字本。可是每種著作的年代，從內容來看，同前一類還是很接近的。這裏的第七種和第八種寫本韻目下有子注，與王仁昫刊謬補缺切韻相同，但不是王仁昫的書，所以也歸在本類。

3.1
(10)
增訓本切韻殘葉一（斯五九八〇）

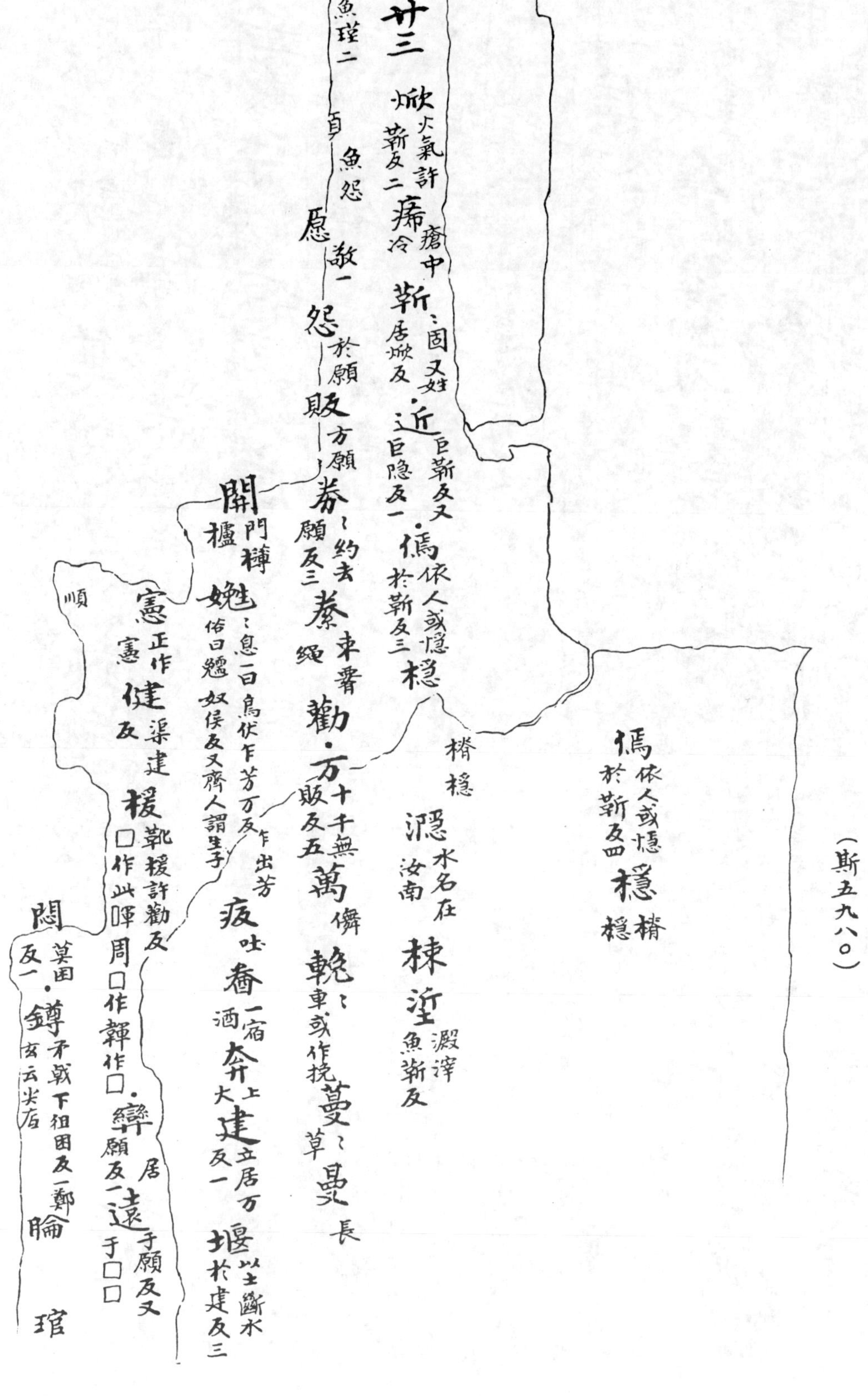

㥯依人或㥯於靳反四 穩 穩楮
廿三 焮火氣許靳反二 痛瘡中冷 靳固又姓居焮反 近巨靳反又巨隱反一 ·㥯依人或㥯於靳反三 穩
楷穩 㶎水名在汝南 楗 湕魚靳反 溵淬
又魚瑾二 首 愿魚怨敬一 怨於願 販方願 券約去願反三 桊束畜繩 勸· 万十千無販反五 萬 僆 輓車或作挽 蔓草 曼長
閞門樺櫨 㜷息二曰鳥伏乍芳万反 作出芳 佑曰䴵奴侯反又齊人謂生子 瘔吐 畚一宿酒 奔上大 建立居万反一 堰以土壅水於建反三
順 憲正作憲 健渠建反 楥靴楥許勸反 □作𡵂嘽周□作韗作□ ·𤔡居願反一 遠于願反又于□□
悶莫困反一 ·鏄不戴下徂田反一鄭玄云尖石 睔 琯

（斯五九八〇）

3·2 (11) 增訓本切韻殘葉二（伯三七九九）

仰 急 岌 別名 岌 山高皃 魚及反二 泣 落淚去急反二 熙 歠 噏 忍寒 吸 入氣

下及反 許及反 歙 縣名在新安 舒涉反 後漢有來歙 又縣 翕 合 許及反一 䜩 詩 潝 水流 翕 戢

岦 阻立反 䁒 濈 出 觡 角 器 集 葺 業 邑 悒 裛 香 浥 溼 悒 花 餲

蔂 也 戢 白 觟 多 器 名 於汲反

食 洽 濈 沸 入 反一 熠 火白 立反二 瞸 藥

龠 葉 器 籥 燕麥 草名 鑰 開 瀹 煑 爚

二 居灼 反二 屩 草 灼 燒之 藥反 斫 刀 彴 横木 渡水 杓

爍 灼 爍書 藥 反四 鑠 銷鑠 又 鷄 敫 皃 若

蒻 荷莖入泥 又 葉名 出蜀 弱

卻 是 約反二 腳 地名在 河東 鄀 地名在

是藥草又香草可和食為字張約反

為陂在淮南七削反

卜 則也息 斬 側略

[illegible]反[illegible]良約反

[illegible]注而七削反又趞[illegible]若反[illegible]胡

削刮也息約反一 斮斬削略反一 爵封爵略反二 雀鳥 皭白皭[illegible]

[illegible]音狡 菁 駮 [illegible] [illegible]

[illegible]似虎而大 婼[illegible] 趞[illegible]略[illegible] 行貌[illegible]

丑略反[illegible]

[illegible] 鵲鳥七[illegible] 趞行貌 [illegible]

大[illegible]

又作[illegible]

（佰三七九九）

煜、曄

頬面吉協反六 鋏長鋏劍 筴箸又古洽反 莢蓂ミ 蛺蜨ミ 唊多言 愜

唊便語 躞小走 蹀躞ミ 諜閒反 堞城上垣 轞車聲 氎毛 細毛布 褺 蜨徒協反三 蛺ミ蝶

鰈鰈ミ 渫決渫曰水聲 攝按於協反二 靨子ミ 苶病劣皃乃協反六 埝聲 暬暗聲 呫多言反三 指 鍱小釘 椱打

蘇和蘇協反二 屧屧ミ 躞蹀ミ 韘韘射具 璞似石 甄盧協反一 瓳聲 聑

雜草簾在協反一 浹洽子協反一 弽弓弽張呼協反二 眲閉目 笘竹竿林笘也說文 廿六緝續七入反一

十成數是執反三 拾取 什ミ篇 執持也之入反三 汁瀋 鄴縣名在北海 習學似入反三 襲重 隰原ミ 褶袴褶

及神執一反 集聚秦入反三 輯和 楫舟楫或檝 入介執反一 揖讓伊入反二 挹酌 溼水霑俗作濕失入反二 矗牛耳皃 喋

噂噂哶子姊入反 潗泉出 縶ミ合 及与也其立反二 㴔冬荿 縶馬繫立反三 𩪅馬陟 馽小縶 縶ミ蟲隱也静也 縶直立反二

腎宍生熟半 立力急反六 齸齧聲 粒米粒 笠雨ミ 鵖水鴔 苙白芷又其立反 急假也又其立反 給供給与 汲引

伋子思名 級階 芨烏頭別名 岌小山高皃魚及反 泣落淚去急反二 㬤燥欱 㱸小兒履先立反二 噏忍寒聲 吸入氣又魚

及又許及反五 歙後漢有來歙又縣名在新安舒涉反 翕合火炙一曰起也 譝語ミ評聲 潝水流皃 澀色立反三 鈒戟 雭雨聲 戢

止也阻立反 聚也或戢五 𥄫泆出皃 觡角多 咠口衆 蕺菜名 邑累也英及反六 悒憂 裛香ミ 浥濕 苣花ミ 䭅

食ミ 湁入ミ潗沸丑立反 熻火皃為 曄曄曄又筠輒反 廿七藥以灼反九 躍跳躍迅壯 礿祭名

籥樂器 籥燕麥草名 鑰ミ鬬 瀹煮 爚熠爚ミ光 櫟宮ミ陽 略謀也龍灼反三 䂮䂮鉄 䂮雅云利 脚

居灼反二 屩ミ草 灼燒之藥反九 斫刀ミ 彴横木渡水 灼痛 勺周公樂名 酌ミ或若酒 繳ミ繒 焯火氣 穛五穀皮又公酷反又齊地

爍灼爍藥反 鑠書 鑠銷鑠又美 鴹大鷟 爍美好皃 若順也善也辞也詩禁御不若而灼反七 箬杜若草或若 箬竹箬 楉ミ榴似

蒻荷莖入渥 菜名出蜀 弱又ミ軟 鄀地名在襄陽 綽舒也緩也處灼反三 碏大唇皃 岁字言 繙若反 婥好皃ミ約美 約省也於略反又於嘆反一

却退也去約反二 鄽地名在河東 虐酷魚約反二 瘧病 謔戲謔約反一 妁媒妁市若反四 杓杯杓 仢流星 約 芍蕭芍云芍藥該

223

是藥草又香草可和食芍字張約反藥字良約反又
芍陂在淮南七削反又蓮芍縣名在馮翊之若反又鳧茈草胡
削刮也息灼反一斮斬側略反一爵封即略反二雀鳥皭白肯反
宋國昔敬昔駿豦嗢噱咲不驕蹇

似莧而大婼卄孫逴略逴辵乍行
丑略反四婼行貟乍止
嗟爝火炬鵲鳥也七雀反五趞行貟趗
蒦作姿憂專繫荇玃

3·3
(12)
增字本切韻殘卷（伯二〇一七）

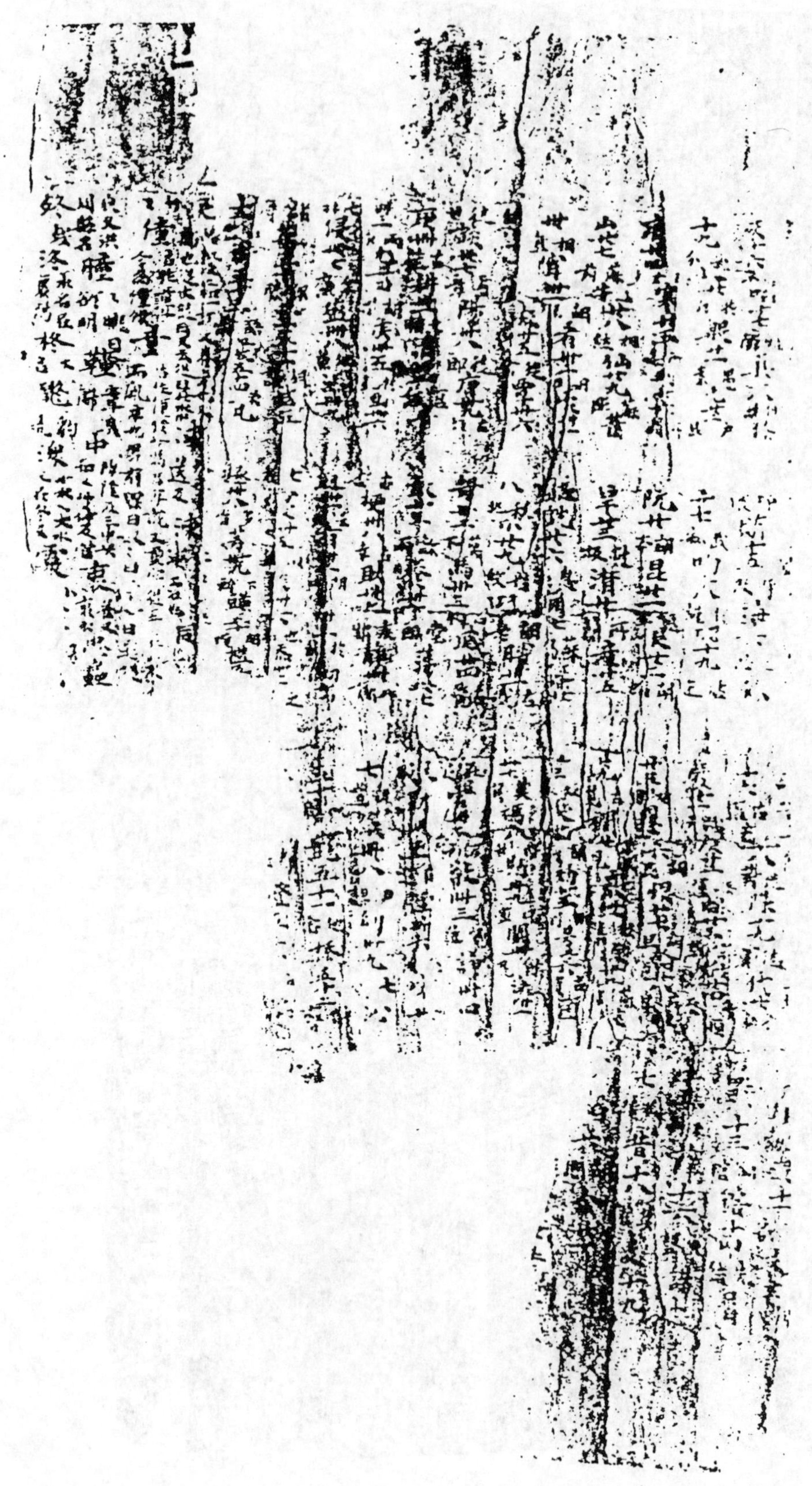

支章移反脂旨夷反魚語居虞語具反共為一韻

通若賞知音即須輕重有異呂靜韻集夏侯韻略陽休之韻李季節音譜杜臺卿韻略等各有乖互江東取韻与河北復殊因論南北是非古今通塞欲更捃選精切除削踈緩顏外史蕭國子多所決定魏著作謂法言曰向來論難疑處悉盡何為不隨口記之我輩數人定則定矣法言即燭下握筆略記綱紀文藻即須聞辯殆得精華於是更涉餘學兼從薄宦十數年間不遑修集今返初服私訓諸弟凡有文藻即須聲韻屏居山野交遊阻絕疑惑之所質問無從亡者則生死路殊空懷可作之歎存者則貴賤礼隔以報絕交之旨遂取諸家音韻古今字書以前所記者定之為切韻五卷剖析毫氂分別黍累何煩泣玉未可懸金藏之名山昔怯馬遷之言大持以蓋醬今歎揚雄之口吃非是小子專輒乃述羣賢遺意寧敢施行人世直欲不出戶庭于時歲次辛酉大隋仁壽元年也

平韻五十四

一東德紅 二冬都宗 三鍾職容 四江古雙 五支章移 六脂旨夷 七之止而 八微無非 九魚語居 十虞語俱 十一模莫胡 十二齊徂稽 十三佳古膎 十四皆古諧 十五灰呼恢 十六咍呼來 十七真職鄰 十八臻側詵

上韻五十一

一董多動 二腫之隴 三講胡項 四紙諸氏 五旨職雉 六止諸市 七尾無匪 八語魚舉 九麌虞矩 十姥莫補 十一薺祖礼 十二蟹胡買 十三駭諧楷 十四賄呼猥 十五海呼改 十六軫之忍

去韻五十六

一送蘇弄 二宋蘇宋 三用余共 四絳古絳 五寘之義 六至脂利 七志之吏 八未無沸 九御 十遇虞樹 十一暮莫故 十二泰他蓋 十三霽子計 十四祭子例 十五卦古賣 十六怪古壞 十七夬古邁 十八隊徒對 十九代徒戴 廿方肺

入韻卅二

一屋烏谷 二沃烏酷 三燭之欲 四覺古嶽 五質之日 六物無弗 七櫛阻瑟 八迄許訖 九月魚厥 十沒莫勃 十一末莫割 十二黠胡八 十三鎋胡瞎 十四屑先結

（伯二〇一七）

十九武分文廿於斤殷廿一愚袁元廿二戶昆　十七武粉吻十八於謹隱十九虞遠　廢廿職刃震廿二無運問廿三許靳焮廿四魚怨願　十五私列薛十六先擊錫十
痕廿四胡安寒廿五所姦刪廿六所閒山　阮廿胡本混廿一胡墾很廿二胡滿　廿五胡困慁廿六胡艮恨廿七胡旦翰廿八古晏諫　七私積昔十八莫獲麦十九
山廿七蘇前先廿八相然仙廿九蘇彫蕭　旱廿三數板潸廿四所簡産廿五　廿九古莧襉卅蘇見霰卅一私箭線卅二蘇弔嘯　莫白廿胡閤合廿一胡臘
卅相焦宵卅一胡茅肴卅二胡刀豪卅三　蘇典銑廿六息淺獮廿七蘇鳥篠廿　卅三私妙笑卅四胡教效卅五胡到号卅六古賀箇
古俄歌卅四莫霞麻卅五徒含覃卅六　私兆小廿九苦絞巧卅胡老晧卅一古我　卅七莫駕禡卅八苦紺勘卅九苦濫闞卌餘亮漾卌一
徒甘談卅七與章陽卅八徒郎唐卅九古行　哿卅二莫下馬卅三古禫感卅四古覽　杜浪宕卌二尻命敬卌三側迸諍卌四
庚卌古莖耕卌一千精清卌二倉經青　敢卅五餘兩養卅六堂朗蕩卅七　尻盛勁卌五古定徑卌六尤救宥卌
卌三雨求尤卌四胡溝侯卌五於虯幽卌六　古杏梗卅八古幸耿卅九疾郢静卌戶鼎　七胡遘候卌八伊謬幼卌九七鴆沁
七林侵卌七余廉鹽卌八他兼添卌九　迥卌一云久有卌二胡口厚卌三於糺黝卌四　五十以贍艷五十一他念㮇五十二諸譍
諸膺蒸五十都滕登五十一胡讒咸五　七稔寑卌五以冉琰卌六他玷忝卌七之乃　隥嶝五十四戶陷
十二戶監銜五十三語驗嚴五十四符芝凡　拯卌八多肯等卌九下斬豏五十胡黤檻五

一東德紅反二加一說文春方也又東動也從木從日又云從日在木中凍冰又東涷水名又瀧涷送反涷涷雷也同徒六
竹〃僮古作童子今為僮僕童古作僮僕今為童子說文童字從辛〃丘山反而亂辛也男有罪曰奴〃曰童女曰妾從
皃又洪同縣名曈〃曨日欲明韃鞶具飾中陟隆反三中央和又陟仲反當衷善又衷衣忠蟲
炵炵〃水名在襄陽柊〃木名鼨豹鼠潀小水入大水又在冬〃反眾小

3·4 (13) 增字本切韻殘葉一（斯六〇一三）

3.4
(13)

增字本切韻殘葉一（斯六〇一三）

絡草 禾

相 襋 衣交領 本從棶 棶

雍州 翌 明日云 飛皃 廙 敬也云 行□不卸

雉 繳射 冀 蘱 翹 妣 婦官 瀷 水名 河

說文趍進 趣如也 ·即 子力反八 稷 黍 㮛 木名 蝍 蛆

ㄑ戚 迫急 ·逼 彼側反二 皕 二百 ·域 逼反四 罭 魚網 棫

木 蜮 短狐 蟚 洫 溝也 洫 反二加一 閾 門限 緎 衣縫 淢 疾流也 出文 䮙 䮙

塭 土旁逼 反七 愊 ㄑ 餲 飽 腷 折也 揊 擊 揊ㄑ 稄木 ·稄 阻力反七

昃 日ㄑ 捑ㄑ 丁 仄ㄑ 陋 萴 子ㄑ 側ㄑ 傍 夨 傾頭 ·愎 佷 符逼反三 腷ㄑ 臆 意不

淢 以火乾 肉新加 、抑 於棘反一 ·嶷 出魚抑反 薿 茂皃 黍稷 薿ㄑ也 嶷 小兒 有ㄑ

知 煏 蒲逼反 一 抽也 卅 ·德 得 行有所得 㝵

說文 取也 ·則 子德反一 文□ □□ 古文□也 、勒 肋 骨 扐 著指間 仂

玏 美石 次玉 艻 蘿艻 草名 忒 差也 得反三 㝵 打 慝 惡也字 或作匿 ·刻

ㄑ鏤 苦德反四 刻 ㄑ□ □□ 克 能勝也 勊 自強 ·特 特徒德 反四 螣 食禾 虫

貣 假ㄑ 樴 杙ㄑ 黑 呼德 反六 墨 水名在 雍州 嘿 嘿 ·墨 筆 墨

莫北 反五 默 靜 冒 䩗反 蟔 于又 蟔 螳蝗 名也 纆 索 賊 作則 賊反二

鰂 魚名 塞 滿也 蘇則反 二 蘇 載反 寋 說文 實也 ·北 博墨 反 菔 蘆菔

仿北反 四 䵹 縣名在 捷為 又 通作 棘 匐 ㄑ匍 ㄑ 殕 殪ㄑ 或 不定 胡國

三 反 惑 迷ㄑ 蜮 短射 虫以毒 ·國 古或 反一 餩 噎聲 ㄑ

業 魚怯反三 巨業 反 鄴 縣名 在魏 驜 馬皃

怯 去劫反 一怕也 劫 強取 居怯反二 衱 衣領

㥦 近 衆也 又於 輒反 腌

二 乏 匱 房 法反一 法 則 方乏 反

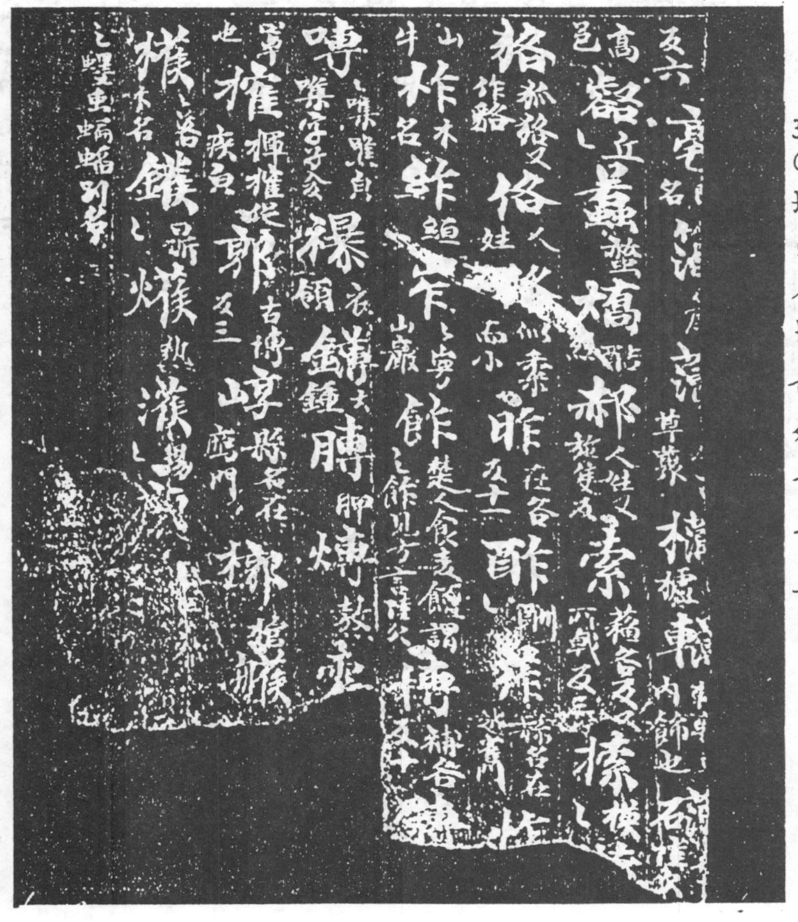

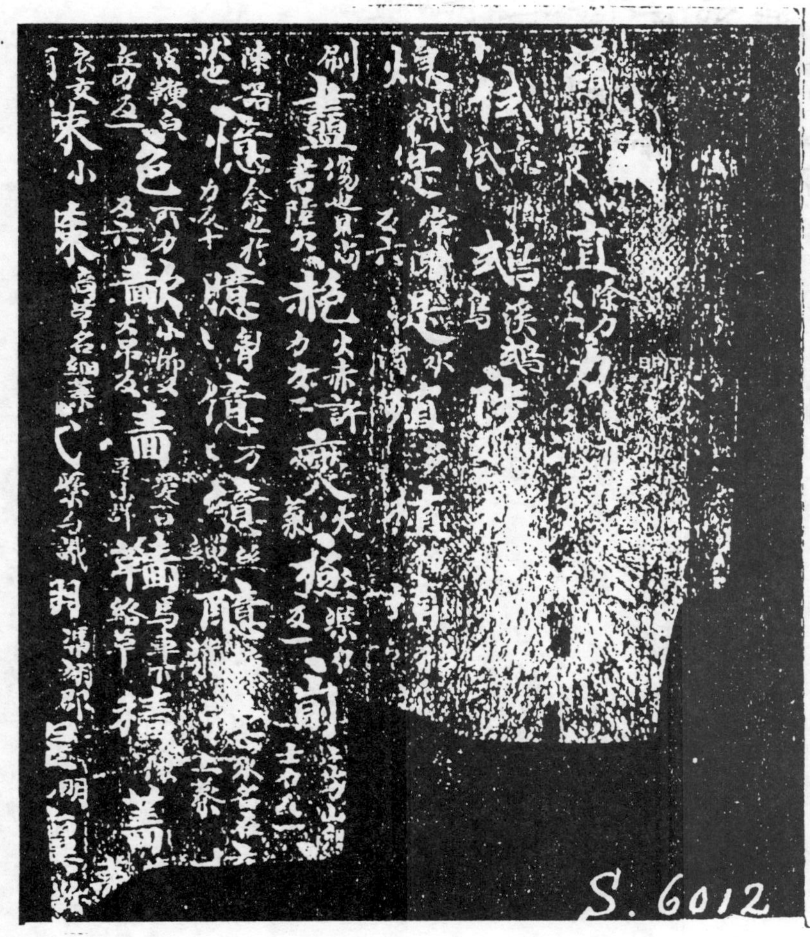

3·5 (14) 增字本切韻殘葉二（斯六〇一二）

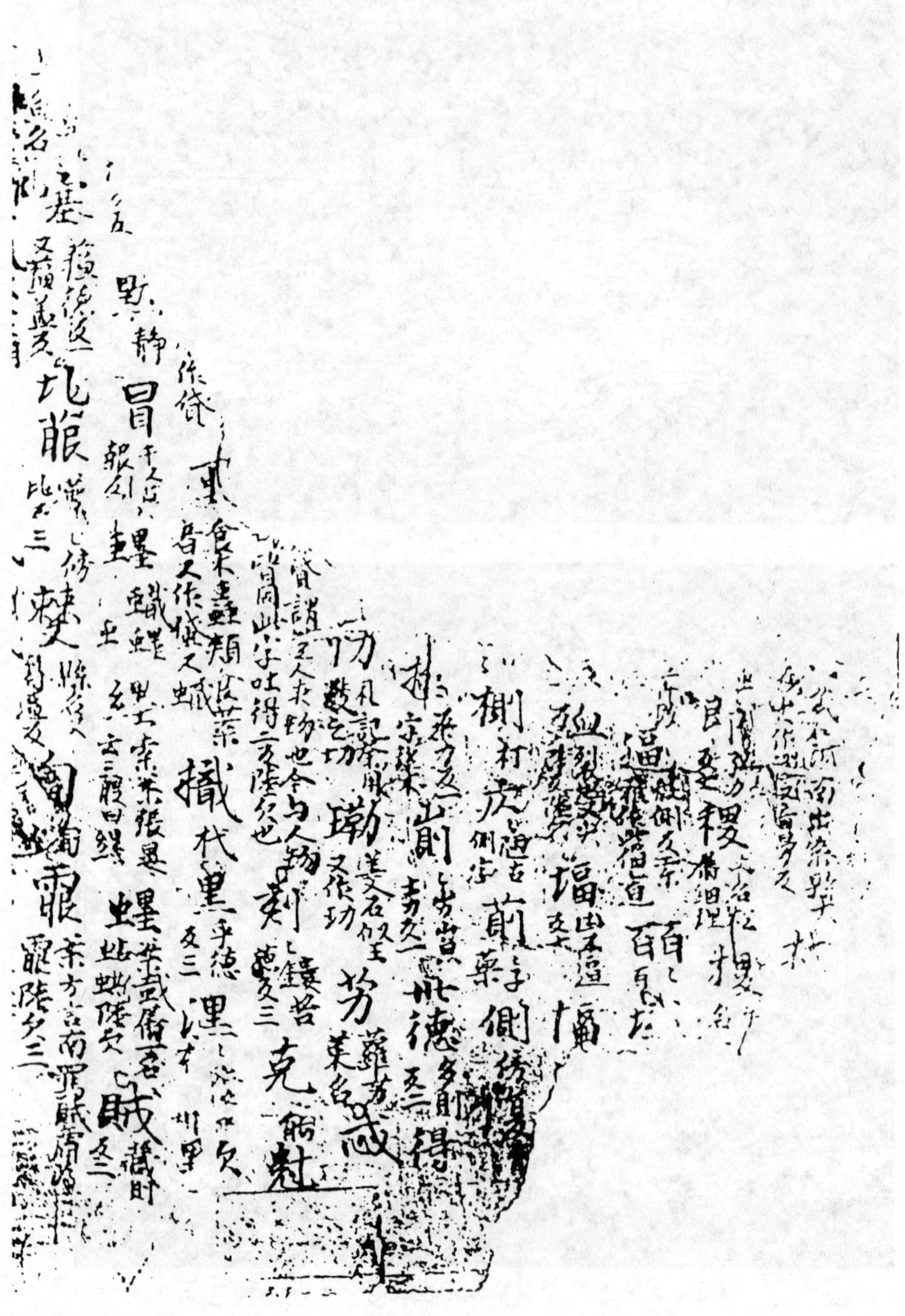

3·6 (15) 增字本切韻殘葉三（伯四七四六）

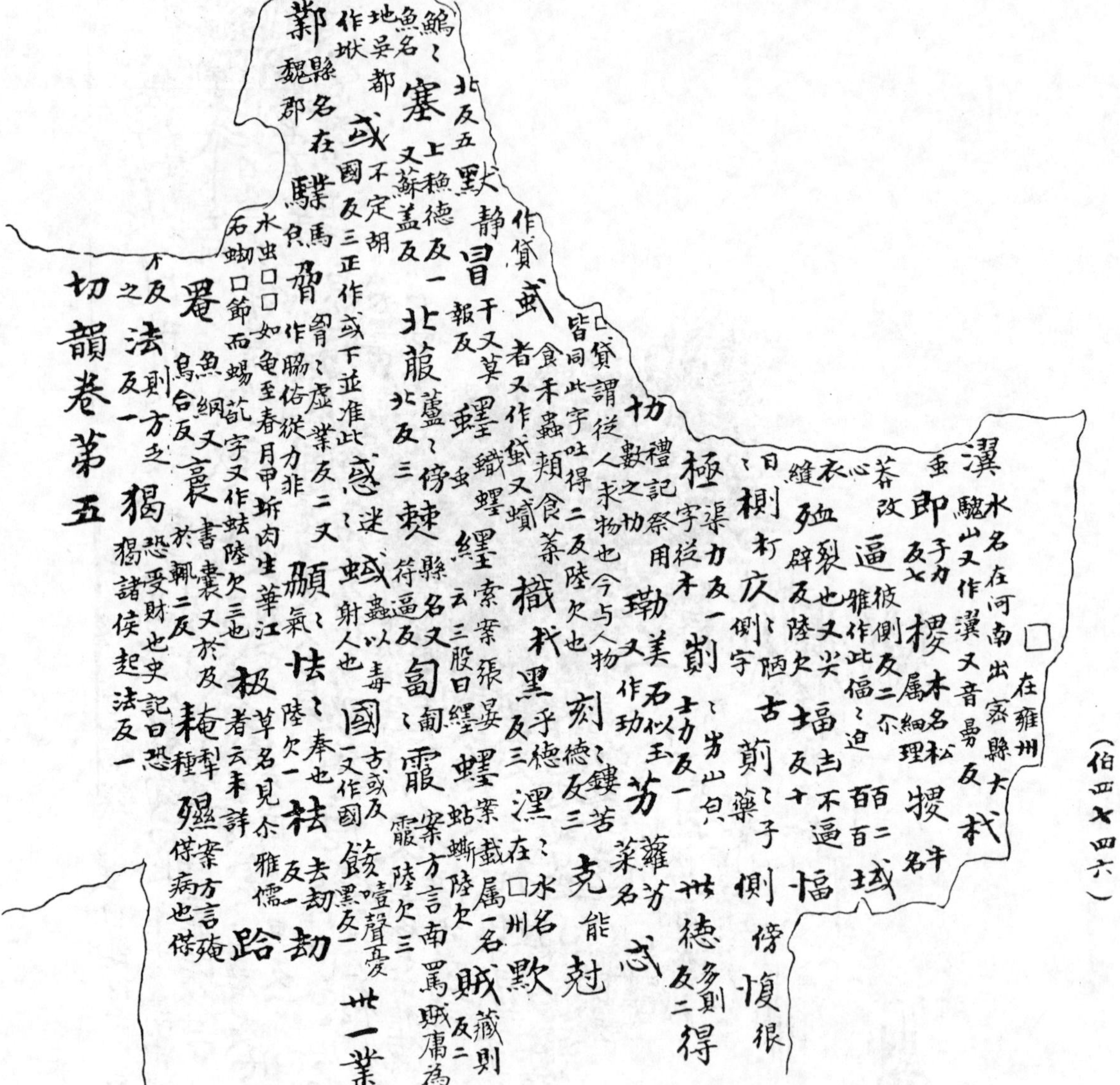

（伯四七四六）

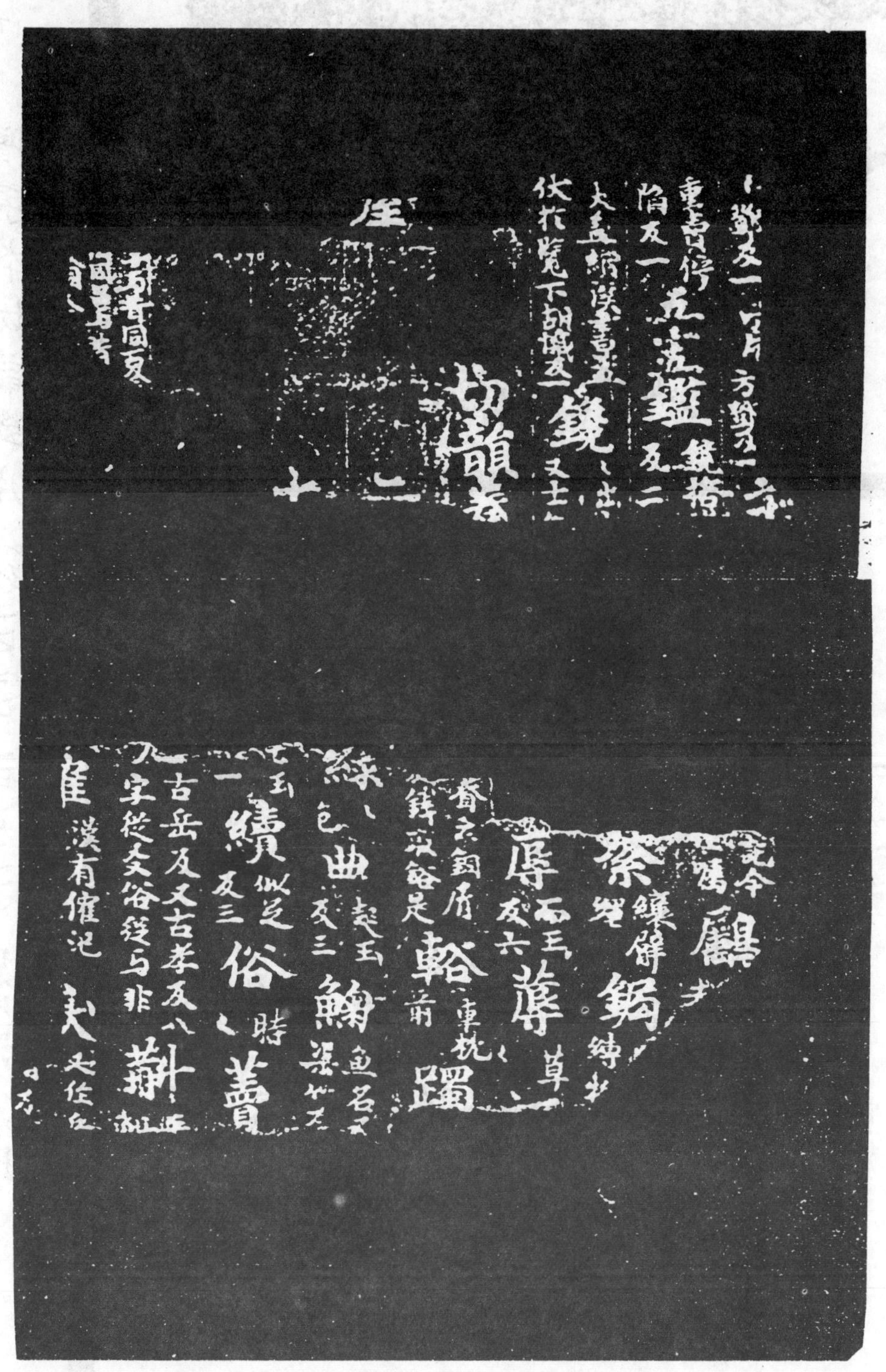

3·7 (16)

增訓本切韻斷片（斯六一五六）

3·8
(17)

增字本切韻斷片（列TIV K75. TIID 70+71）共八片，詳見考釋。

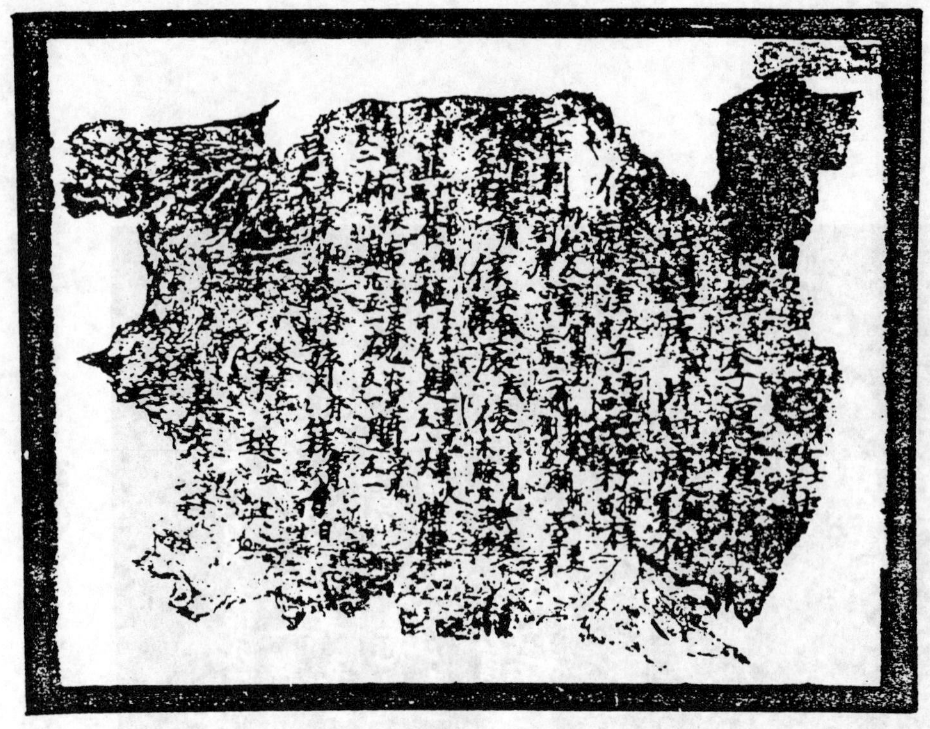

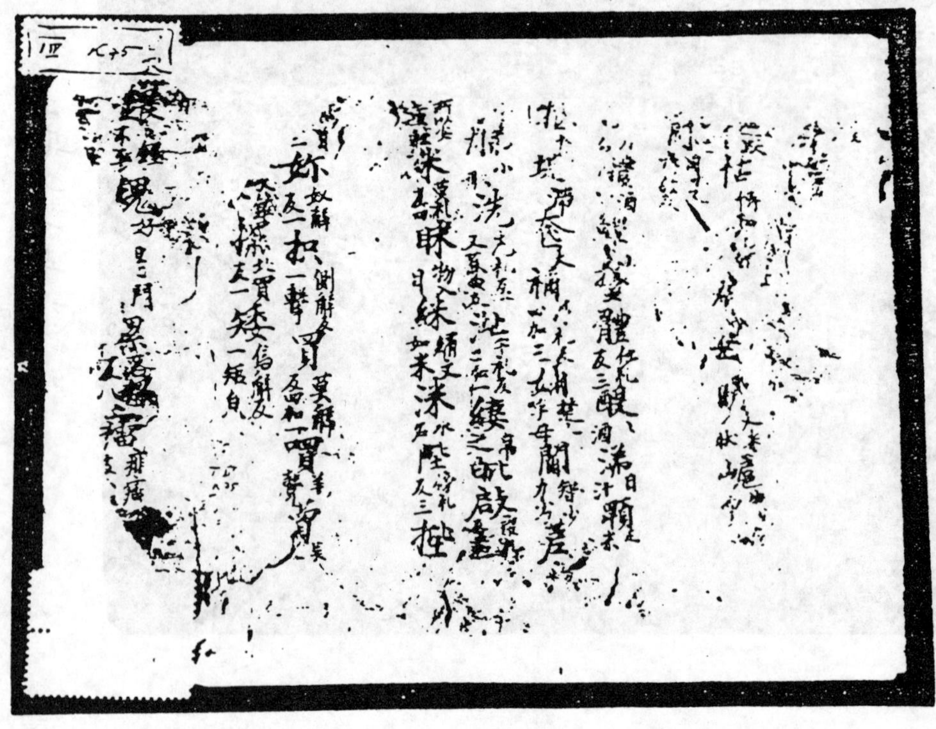

增字本切韻斷片（列TⅡD×75）

一片

飯器 袪

十虞 語俱反 十三加二 娛 樂 田

嗚〻喩 芻 側隅反 無

盂 又億俱反 邘 地名 雩 祭名又況于反 罟

鼩 及十六 鼩 旬東虵 𪗄〻 旬

二片

庐

於〻 戲〻 鶘〻鳥 鶘 逋 博孤反 四加八 餔 脯 □

誧 刘禾也 誧 諫 枯 苦胡反 五加二 刳 刳破 刳 刳名 㕆

郚 丁姑反 卧 都 又三名 都 竹名 闍 又時遮反 穌 普胡反 五加一 鋪

十二齊 徂兮反 五加一 臍〻 臍 麡〻 狼獸似麋 蠐〻 蚼

鷖 黑而黃 綿〻 綿 盔 似鉢為飲器 遾 徐 鼙 名 妻

伍 丁芳反 十加三 互〻 羌 衽 短衣 磾〻 金日 □

提 竹名 攜〻 詆 訶 又丁礼反 堤 玉 隄 防 梯 木名 □

□□ 唐 駃騠 又 䩗 衣服 好 鵜〻 胡 鳥 䔢

此 狴 牢〻 箄 □

三片

十九文 武分反 十一 聞 蚊

紜 女字 紜〻 紛 湞 水名 濆

四片

江水大波 篔 竹〻 □

氳 氤〻 鼖 大鼓 轒 □□ 瀵 濆 水 □□ □ 羒 羊 □

鳻 春鷹 □□ 幩 詩云朱幩〻 鑣〻 □ □

焄 許云反 曛 日入 纁 三

秭萬億 匕畀履反六 妣又甫至反 秕

五片

美四 鮪魚名 痏創 䵋黃白

□軌反一 壘力軌反八加二 櫑石硍ㄷ 雅犹

□腹加一 癸居誄反一 否符鄙反五□也又方久反

□ 豸生口水反一 唯以水反五 蓶從馬韭 鮪蟹子

履反虫 跽暨几反一長跪 巋丘軌反

倚 徵貞里反一 喜虛里反 以羊止

里反 广

麀鹿一歲爲䴠二歲爲麀 改周 紀居己反二加一 己自 改女字 史踈士反三

六五三 里良士反六八加一 裏 鯉魚 李 瘽病 理治玉 俚南人

名利 峙直里反五 痔病 跱行皃 𤸱又餚實反 偫

六片

菓 俟牀史反二待也 涘水岸 子即里反四 秄壅苗 梓

刱里反二 耻 剃初紀反一剃髮 滓側李反三加二 茾牀枚又側几反 胏脯 䔒菜

扆依豈反五 偯痛聲 唉餘 㞔ㄷ 僾ㄷ希見不瞭皃 蟣居豨

苿輔 篚竹器 蜚食也 榧木名子可食 韙違鬼反八 煒火 暐 偉

豨希豈反一 俙僾ㄷ 鼻希ㄷ鼻虛几反一 磈於鬼反一 䫥浮鬼

杍 呂力舉反九 旅師ㄷ 褹衣山 膂脊ㄷ 䈝筲器 穭自生

賜 予我 與行安 儤 嶼

鼠 黍ㄷ 鱮 鮹ㄷ

肩〻〻中水冊 鄔在 名

七片

巴〻〻跛 怙恃 鄠 帍巾 祜 昈文采状 峞山貌而大 岵

圄圄也又博故反

醴水名〻〻酒 鱧魚 𧒽 體他礼反六 醍〻酒 涕目汁 䪼疋米

𤝗擲 堤滯 㛋大 禰乃礼反四加三 嬭楚人呼母 闢智少力劣 茝

䑧小船 洗先礼反一又蘇典反 泚千礼反二加一 緀帛文 䏡 啟康礼反五加一

米莫礼反四所以安重船 眯物入目 敉撫文如米 洣水名 陛傍礼反三 梐

買 妳奴解反一 扠側解反一擊 買莫解反四加一 嘪羊聲 蕒芙人

大鐵 擺北買反一 矮烏解反一短皃

聲

鍡〻鑸不平 媿好 𨵦門 𦊓落猥反八 瘣痱瘣支〻

卅六湬

八片

五十以贍 豔呂與梵同夏與桥同今並

五十四䜴戶 陷李與鑑同夏侯別今依夏侯 五

□貢 貢古送反四加一 贛賜 䉾小杯 湏水名〻

〻倥心誠 鞚〻馬 糉作弄反四

列 TIV‹70+71›

第四類

王仁昫刊謬補缺切韻

第四類　王仁昫刊謬補缺切韻

這一類所收為王仁昫書，包括序文寫本一種，原書的寫本兩種。這兩種原書的寫本，一種出自敦煌，五卷都有殘闕，在法國巴黎國家圖書館；一種為我國故宮博物院所藏，全部完整，毫無闕損。兩種內容大體相同，略有差異。前一種錯字少，後一種脫誤較多，兩者可以互相參校。王仁昫書分為一百九十五韻，比陸法言書增多「嚴」韻的上去二聲兩韻。反切和紐次雖然大都與陸書一致，但收字數量大增，而且字下都有訓解，這代表唐代韻書發展的一個新的改變。

王韻出自敦煌的，一般稱為敦煌本王韻，原書紙色較黯，照片不甚清晰，今另附所校劉復敦煌掇瑣抄刻本，以便參照。故宮博物院所藏王韻，末有明初宋濂跋語，一般稱為宋跋本王韻，其中有漫漶不清處，唐蘭先生曾據原件校補，今即以故宮博物院舊印本影印。

刊謬補缺切韻序　朝議郎衢州信安縣尉王仁昫字德溫新撰定
大唐龍興宸居問寓縣府江東道巡察黜陟大使侍御史平侯嗣先若燕
國鼎族京兆冠蓋博識多才智周鑒遠覿風察俗政光含肅清即將
介理諭而鶚遠集轚古雅銓異今古何殊爰屆衢州精加采訪昫然一務守
職絕私奉公每因以退食餘閑莫不以籤書自悅所撰字樣音注律等謬
承清白之譽叨眷註撰之能蒙索書看因缶幽音蒙遂顧謂昫曰陸法
言切韻時俗共重以為典規然苦字少復闕字義可為刊謬補缺切韻削
舊濫俗添新正典并各加訓啟導愚蒙救俗切須斯便要省既
字該樣式乃備應危疑韻以部居分別清切舊本墨寫新加朱
書兼本闕訓亦用朱寫其字有疑涉亦略注所從以決疑謬使各區
析不相雜廁則家家競寫人人習傳濟俗救凡莫過斯甚

41（18）刊謬補缺切韻序文（伯二一二九）

[illegible]音者(?)另注清切舊本墨寫新加朱

書兼本闕訓亦用朱寫其字有疑涉亦略注所從以決疑謬使俗區

析不相雜廁則家家競寫人人習傳濟俗救凡莫過斯甚沐承高

旨謬蒙下愚謹依切韻增加亦各隨韻註訓仍於韻目具數云示

陸詞字法言撰切韻序曰昔開皇初有劉儀同顏外史盧武

陽李常侍蕭國子辛諮議薛吏部魏著作等八人同詣法言門

宿夜永酒闌論及音韻以古今聲調既自有別諸家取捨亦

復不同吳楚則時傷輕淺燕趙則多涉重濁秦隴則去聲

為入梁益則諸家取捨亦復不同平聲似去又支脂魚虞共

為不韻先仙尤侯俱諭是切欲廣文路自可清濁皆通若賞

知音即須輕重有異呂靜韻集夏侯詠韻略陽休之韻

略李季節音譜杜臺卿韻略

路自可清濁皆通若賞
知音即須輕重有異呂静韻集夏侯詠韻略陽休之韻
略李季節音譜杜臺卿韻略等各有乖互江東取韻
與河北復殊因論南北是非古今通塞欲更捃選精切除削踈
緩顔外史蕭國子多所決定魏著作謂法言曰向來論難疑
處悉盡何為不隨口記之我輩數人定則定矣法言即燭下握
筆略記後經紀後博問辯士殆得精華於是更涉餘學
兼從薄宦十數年間不遑修集今返初服私訓諸子
弟凡有文藻即須聲韻屏居山野交遊阻絕疑惑之
所質問無從亡者則生死路殊空懷可作之歎存者則貴
賤禮隔已報絕交之旨遂取諸家音韻古今字書以前
所記者定之為切韻五卷剖析毫氂分別黍累

亡者則生死路殊空懷可作之歎存者則貴
賤禮隔以報絕交之旨遂取諸家音韻古今字書以前
所記者定之為切韻五卷剖析毫釐分別黍累何煩
泣於可懸金藏之名山昔怪馬遷之言大持以蓋醬
今歎揚雄之口吃非是小子專輒乃述群賢遺意寧
敢施行世直欲不出戶庭于時歲次辛酉大隋仁壽元
年也　書者僧善惠記

金光明最勝王經序品第一　三藏法師義淨奉　制譯

如是我聞一時薄伽梵在王舍城鷲峯山頂於
最清淨甚深法界諸佛之境如來所居與大苾

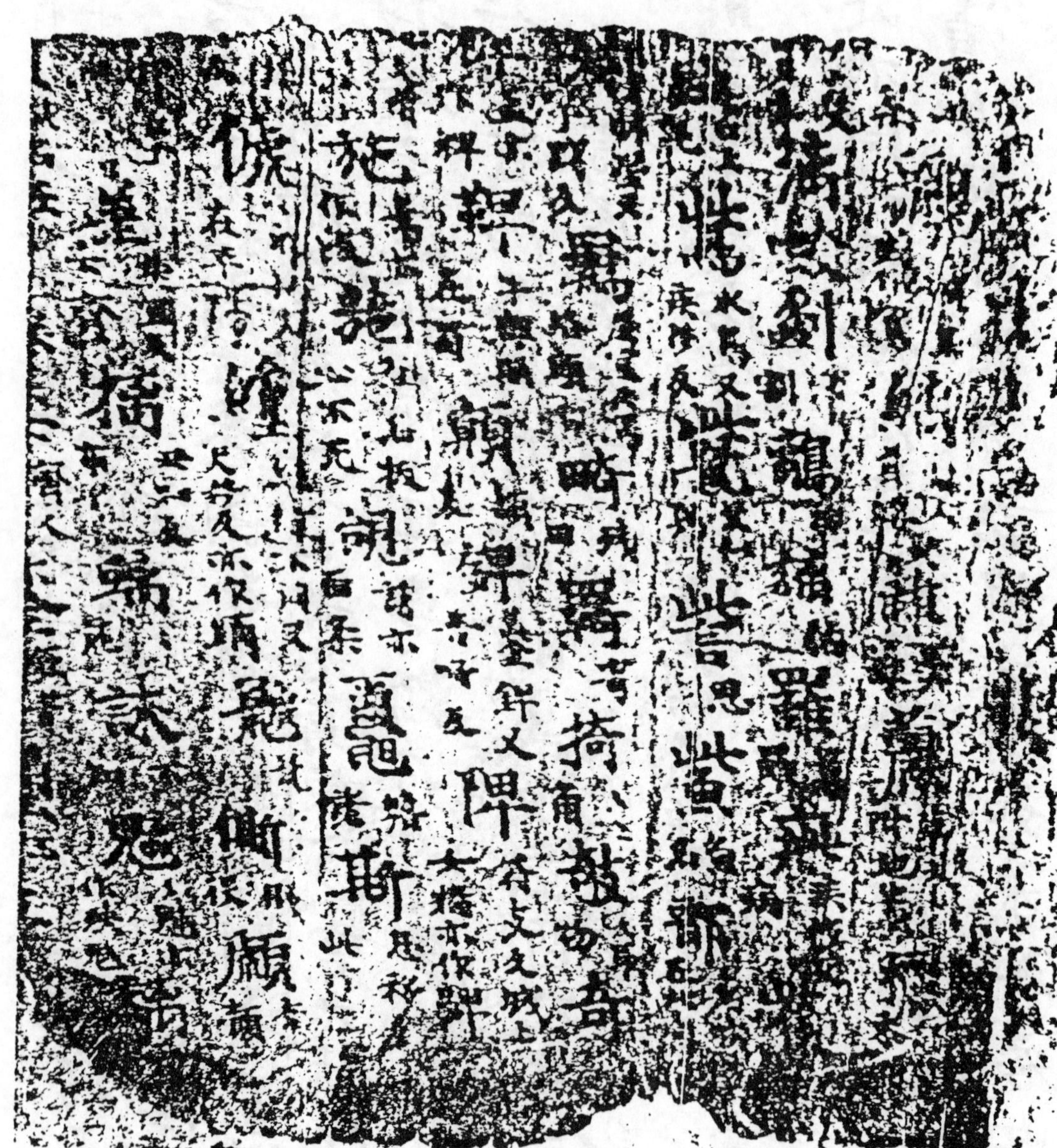

4·2 (19) 王仁昫刊謬補缺切韻一（伯二〇一一）

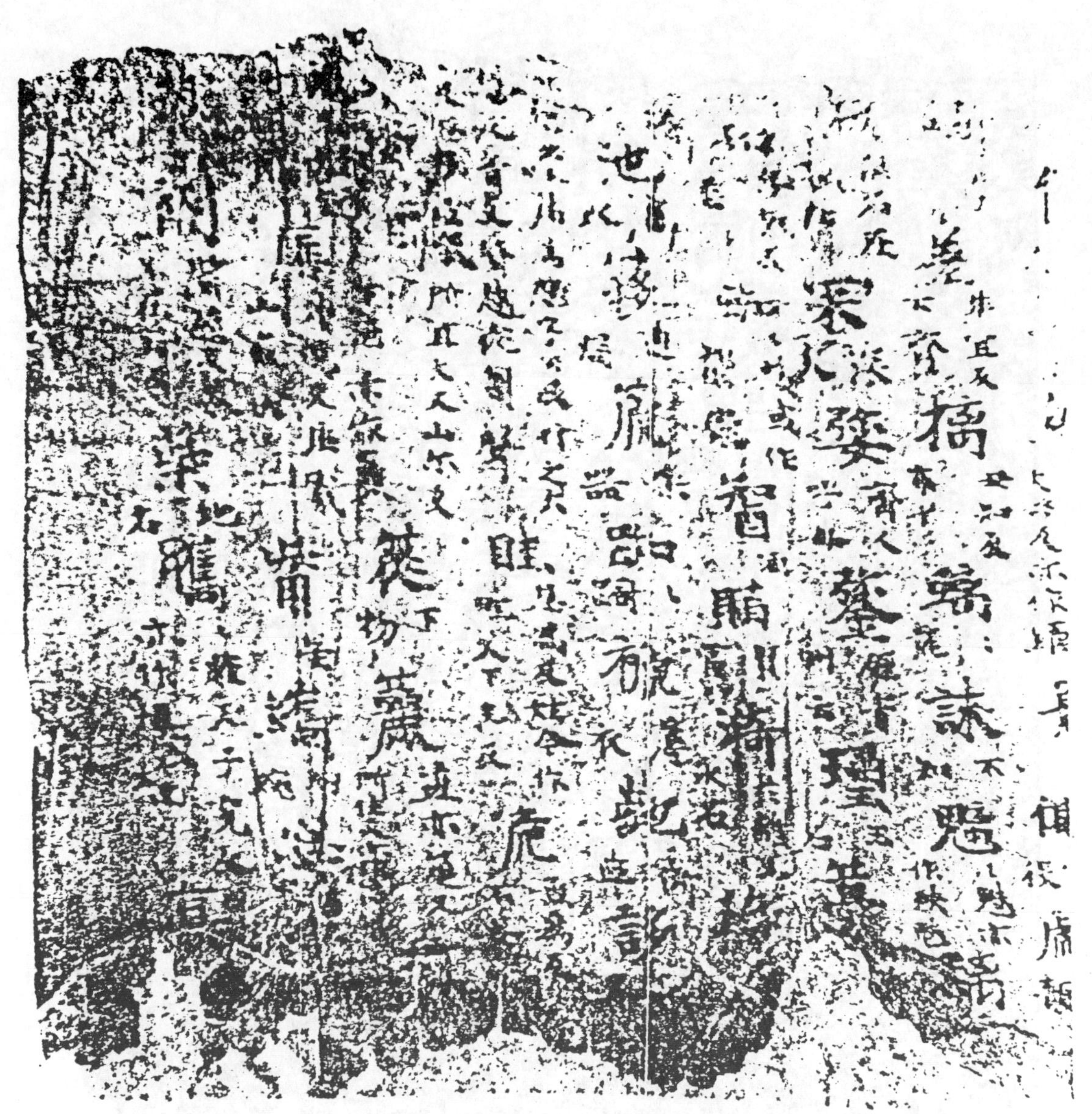

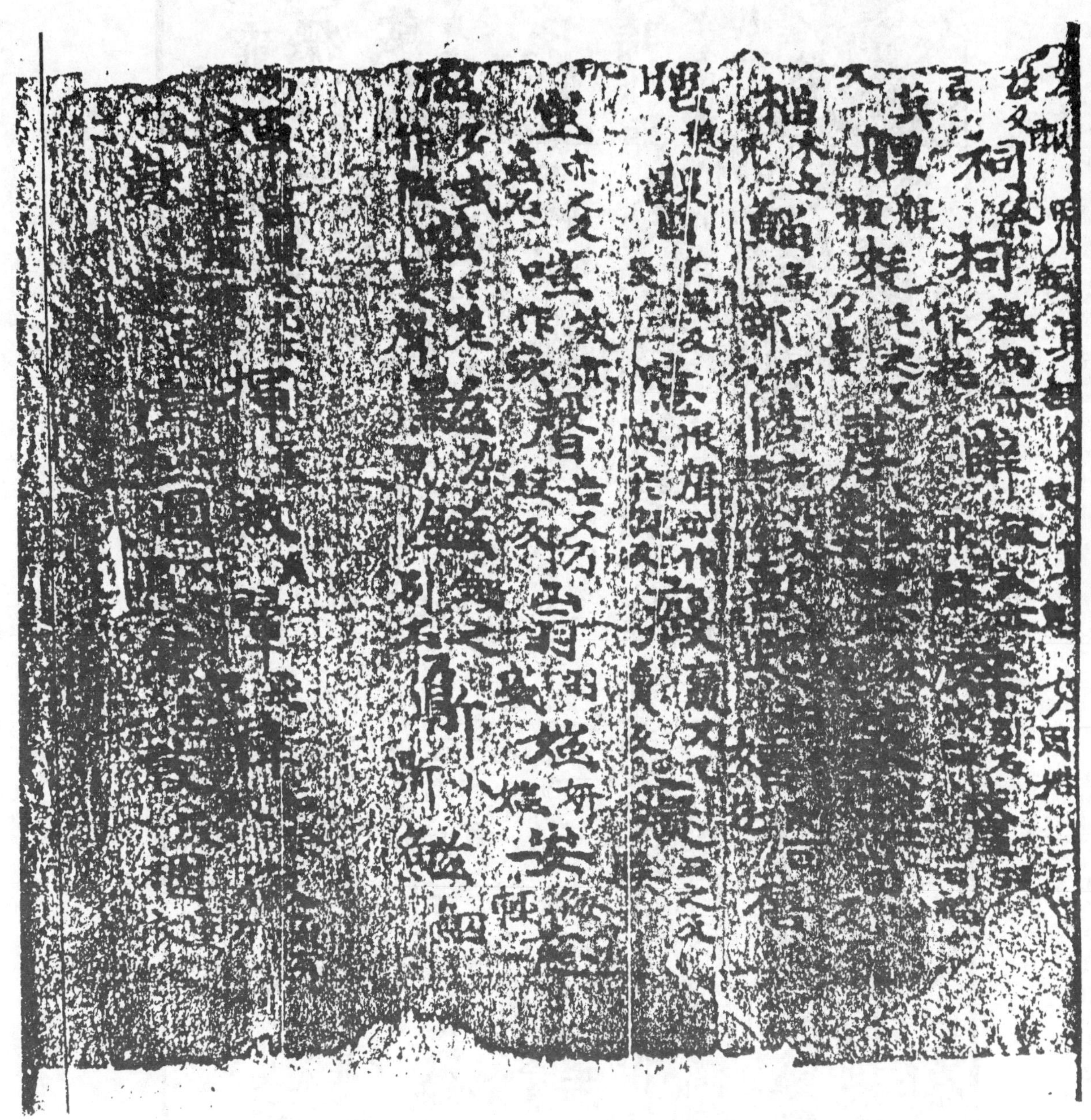

霏 妃 菲 [illegible] 騑 [illegible] 蜚 [illegible]

緋 非 騑 鯡 肥 腓 [illegible] 痱 淝 蜚 [illegible]

威 葳 隇 蝛 [illegible] 頎 旂 [illegible]

[illegible] 沂 [illegible] 畿 [illegible] 機 譏 蘄 嘰

璣 幾 [illegible] 饑 譏 鐖 希 晞

[illegible] 晞 稀 [illegible] 欷 衣 譩 依 郼 [illegible]

[illegible] 歸 [illegible] 巍 [illegible] 魏 [illegible]

[illegible] 書 [illegible] 鶋 舒 [illegible]

[illegible] 居 裾 琚 腒 涺 [illegible] 崌 [illegible] 椐 [illegible]

[illegible]居[illegible]作凥 据手病詩云予手拮据 裾衣下 琚玉 鶋鶢鶋鳥 涺水名 莒草 腒[illegible]

[illegible]璩玉 磲砷磲 蕖芙蕖 蘧蘧篨 [illegible] 醵合錢飲酒 腒鳥腊又[illegible]乙魚反 [illegible]

蘧麦 籧篨 [illegible] 蟝[illegible] 豦豕又[illegible] 余与魚反我亦作予 [illegible]

[illegible]蜍 畬田[illegible] 旟[illegible] [illegible]

[illegible]

只同文[illegible]

迂[illegible]反 杅 孤反 砥[illegible] 甌 瓿者歌 不瓿者亡 紆 曲 迂 曲 輸 式朱反 送 腧 名在 樞[illegible]

[illegible] 芙 朱 廚 直朱反 蹰 躕 拘 挐[illegible] [illegible] 朋 左右 [illegible] 拕 椇 茶之[illegible] 跔 手足 䤯 名

[illegible]破 𩊹 日邪反 觚 山虞反 許久反 觚觚二 揄 [illegible] 樞 內[illegible] [illegible]

[illegible] 攄 [illegible] 嫫 妻 [illegible] 稀 車[illegible] 篘 [illegible] 吺 [illegible] 嫛 規度 退 [illegible] 蔞 [illegible] 藪 [illegible]

[illegible] 上衣 [illegible] 作[illegible] 比文音[illegible] [illegible]

苔 [illegible] 䔫 蒲 大 胡 [illegible] 狐 [illegible] 餬 寄食 瑚 璉 頁 米[illegible] 䭌

翢 字戶翢反 醐 [illegible] 糊 粘 作粘 弧 弓 孤 [illegible] 葫 [illegible] 楜 大 [illegible] 湖 [illegible] 鶘 孤

[illegible] 字上戍反 鶘 [illegible] 名 [illegible]

[illegible] 狐 [illegible] 姑 [illegible] 辜 罪 呱 [illegible] 罛 [illegible] 泒 水名 酤 [illegible] 觚 [illegible] 蛄 [illegible] 菰 [illegible] 鴣 鷓鴣 楛 木 沽

[illegible] 婷 [illegible] 胍 [illegible] 膊 [illegible] 觚 [illegible] 䉉 [illegible] 䀎 [illegible] 柧 [illegible] 屠 [illegible] 瘏 病 塗 [illegible] 途 道 [illegible] 駼 [illegible]

[illegible] 鵌 鳥名 [illegible] 涂 水名在益州 梌 [illegible] 荼 苦菜 [illegible] 酴 [illegible] 圖 畫 [illegible]

[illegible]

𪇆鳥 鄌亭名在[illegible] 梌別名 [illegible]反 [illegible] 吳國名通俗作吳 [illegible]

稻[illegible] 瑦石似玉 螐螐[illegible] 部鄉名在東莞 梧桐 鯃魚 [illegible] 租俗田稅 [illegible] 盧洛胡反器通俗作盧廿二 鑪[illegible]

蘆蘆葦 顱頭顱亦作䫲 鱸魚名 櫨[illegible] 壚[illegible] 黸[illegible] 纑[illegible] 鸕鸕[illegible] 纑布[illegible] 瓐[illegible]

[illegible] 蘆草 [illegible] 虘[illegible] 麤[illegible] 徂昨胡反往 殂死 [illegible]

嗚嗚呼 杇泥槾字 洿水不流 鰞鰞鰂魚名 鎢[illegible] [illegible]

於[illegible] 逋逃 餔[illegible] 晡申時 庯屋上平 [illegible] 布[illegible] [illegible]

軲[illegible] 𢹥古胡反 [illegible] 不精 [illegible]

闍[illegible] 酺[illegible] [illegible] 病 [illegible]

[illegible]

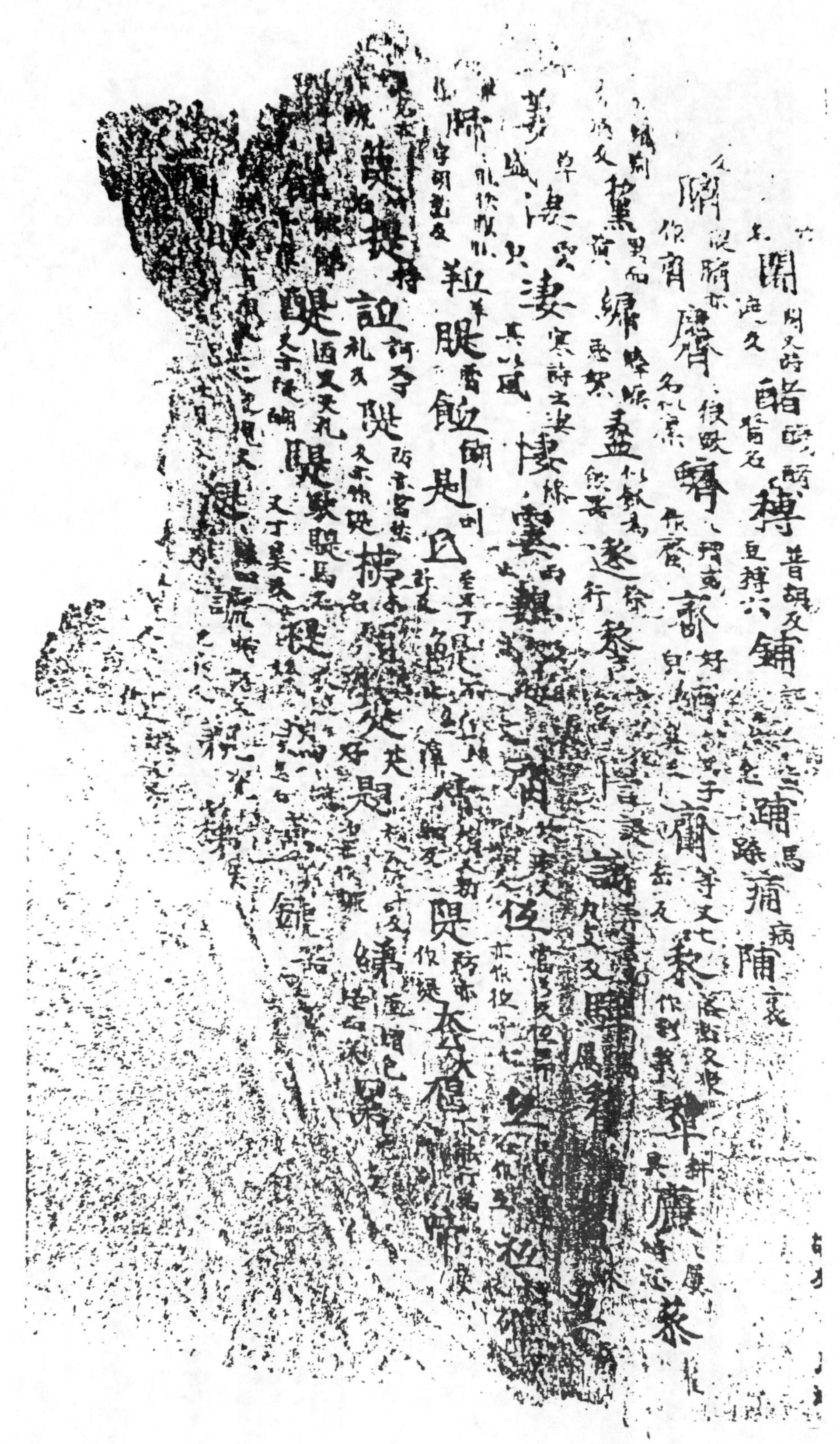

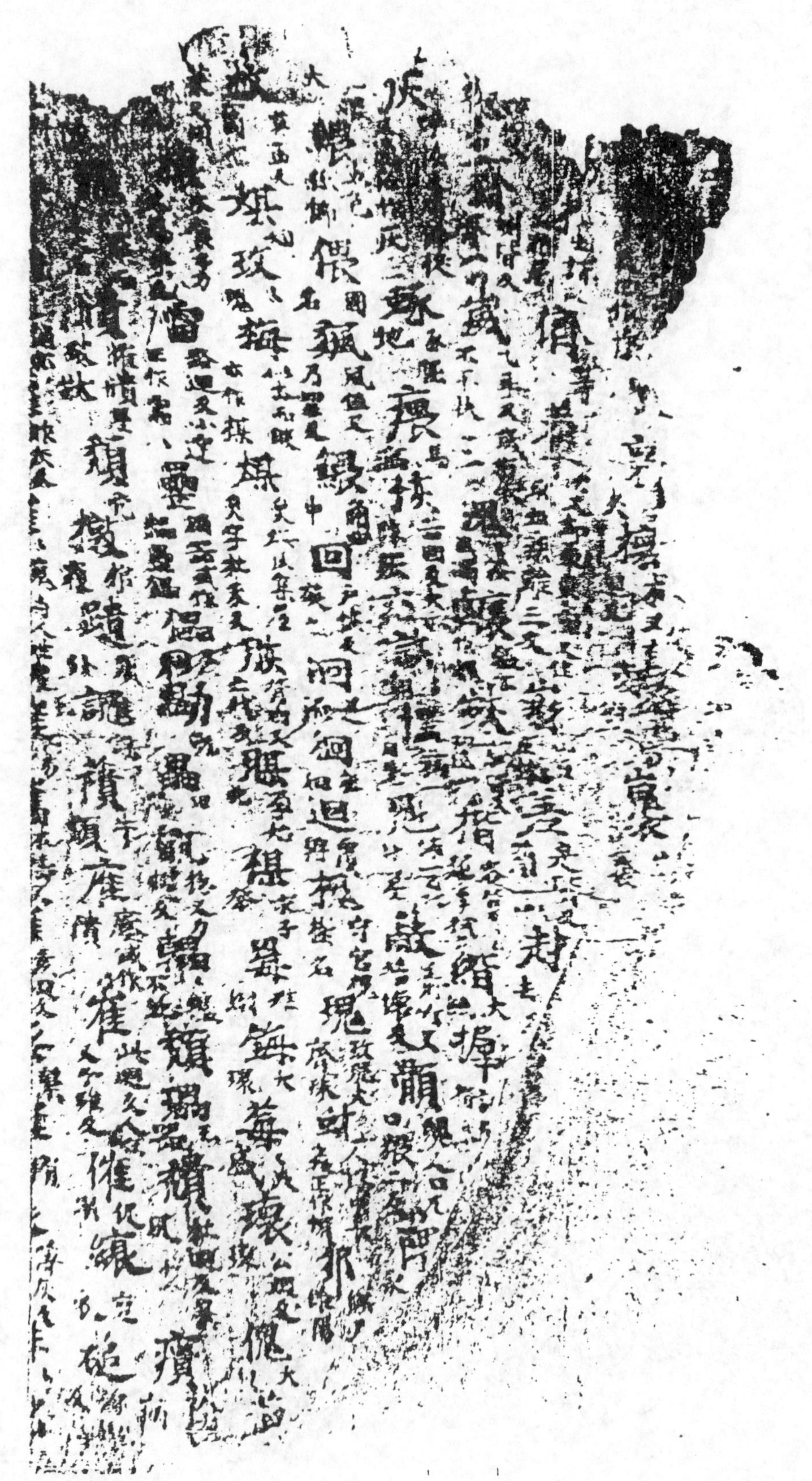

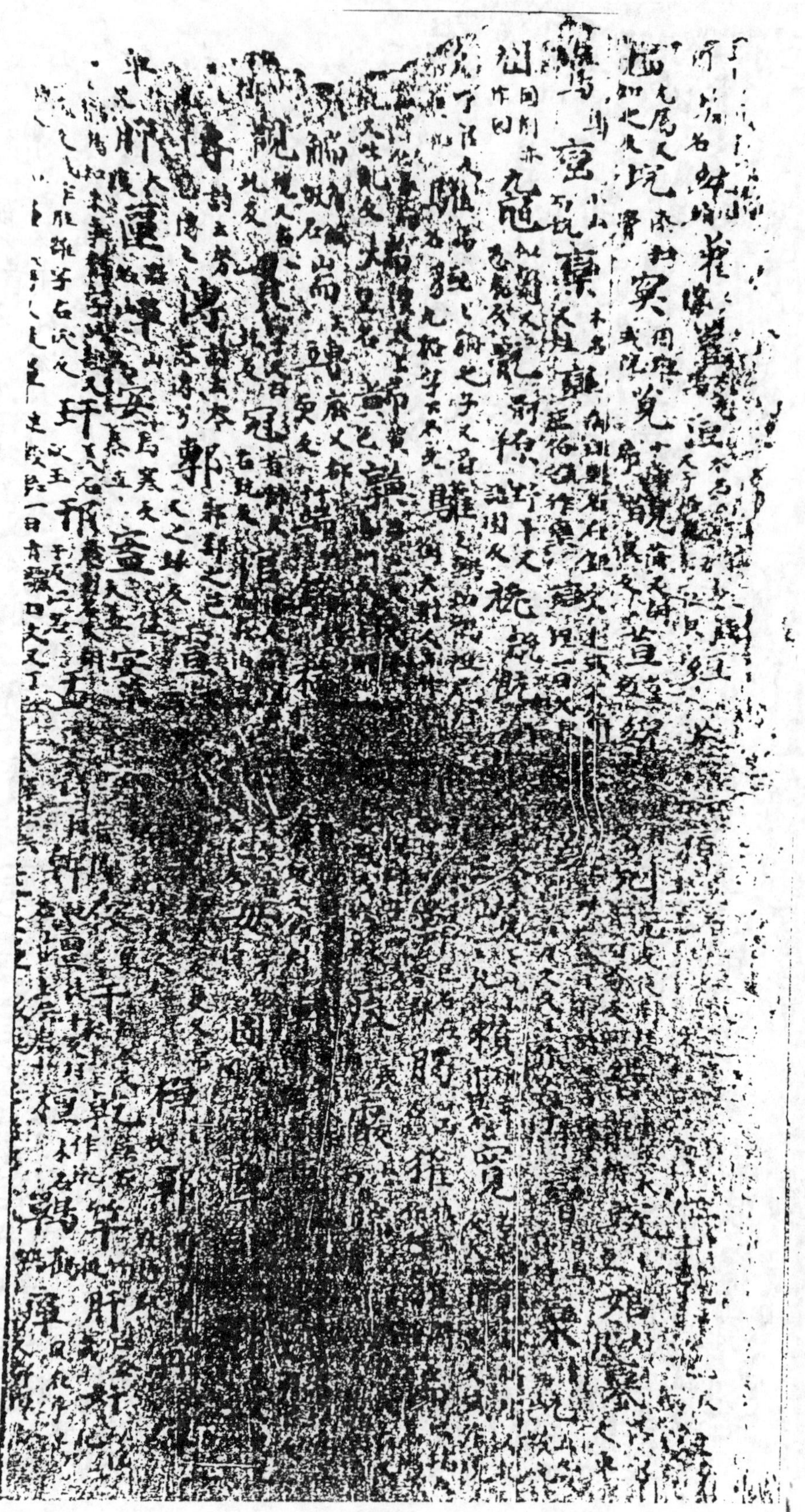

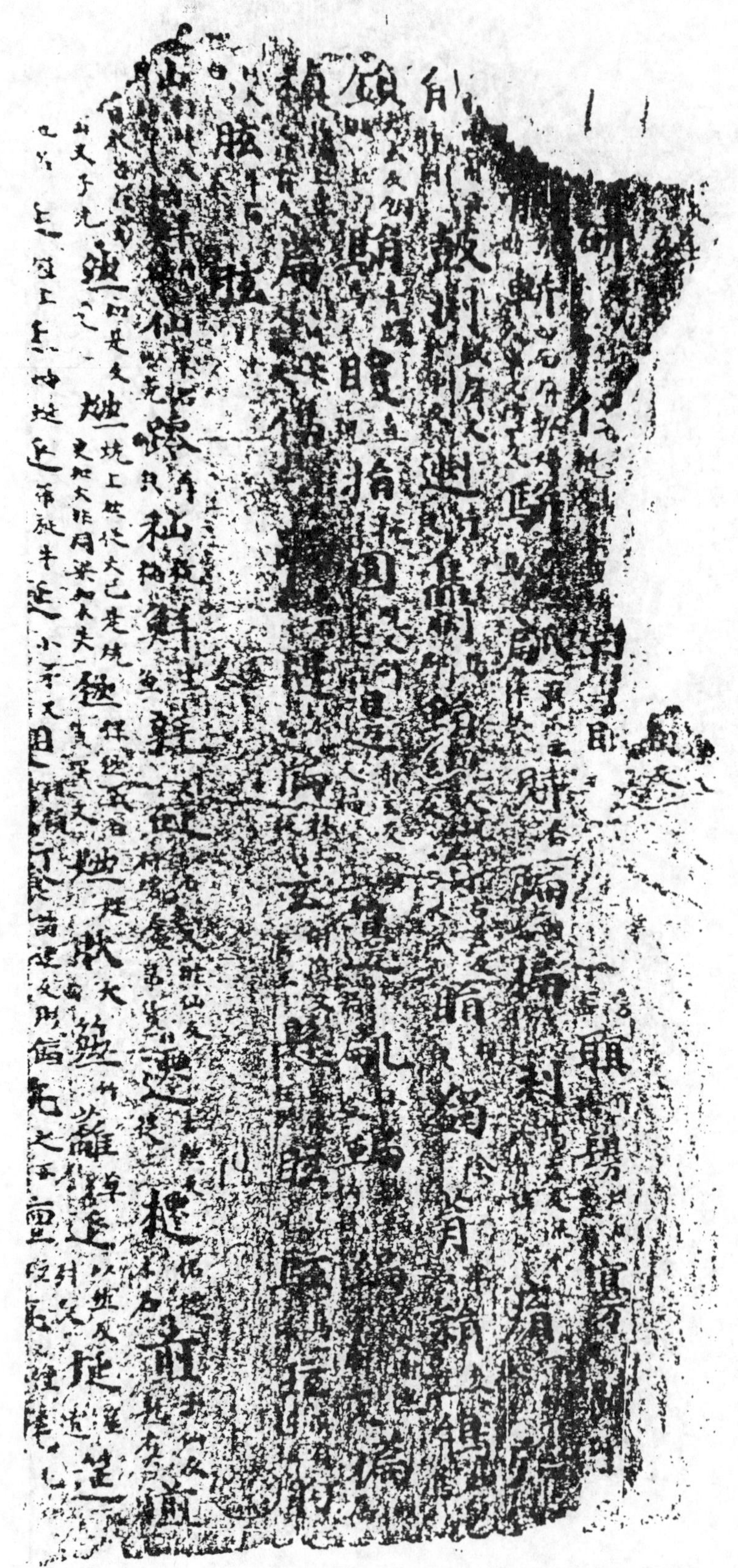

川川川伊水縣三泉 沿 与專反從流而下 鉛 錫 作鈆 粉 杓 作粽 櫞 弋 蝝 蝗子一名蝝 鳶 豚

旋 璿 玉名 漩 洄流 琁 美石 叵 嫙 好 鏇 璇 圓 蜎 日好 嬛 悁

船 俗作舩 通 鞭 卑連反 鞭 編 箯 揙 㳙 詮 銓

痊 佺 偓佺仙人 悛 改 駩 白馬黑脣 荃 香草 筌 竹 絟 細布 譔 善言 謜 言語 詮 遵 剶 峑

專 職緣反 甎 顓 篿 鄟 嫥 耑 圌 輲 椯

員 王權反 圓 湲 潺湲 栓 木丁 䡅 錢 門 剶 乾 虔

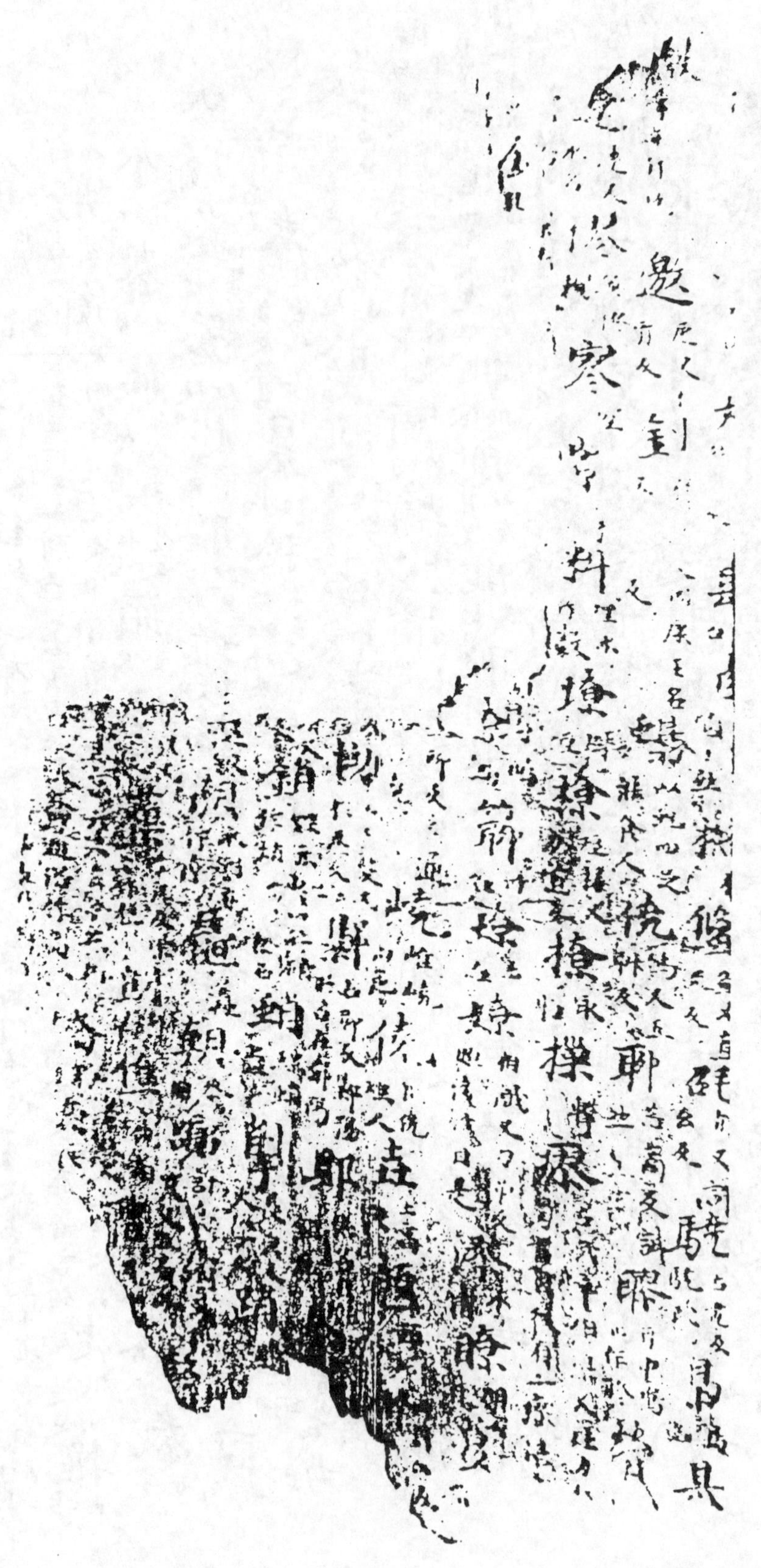

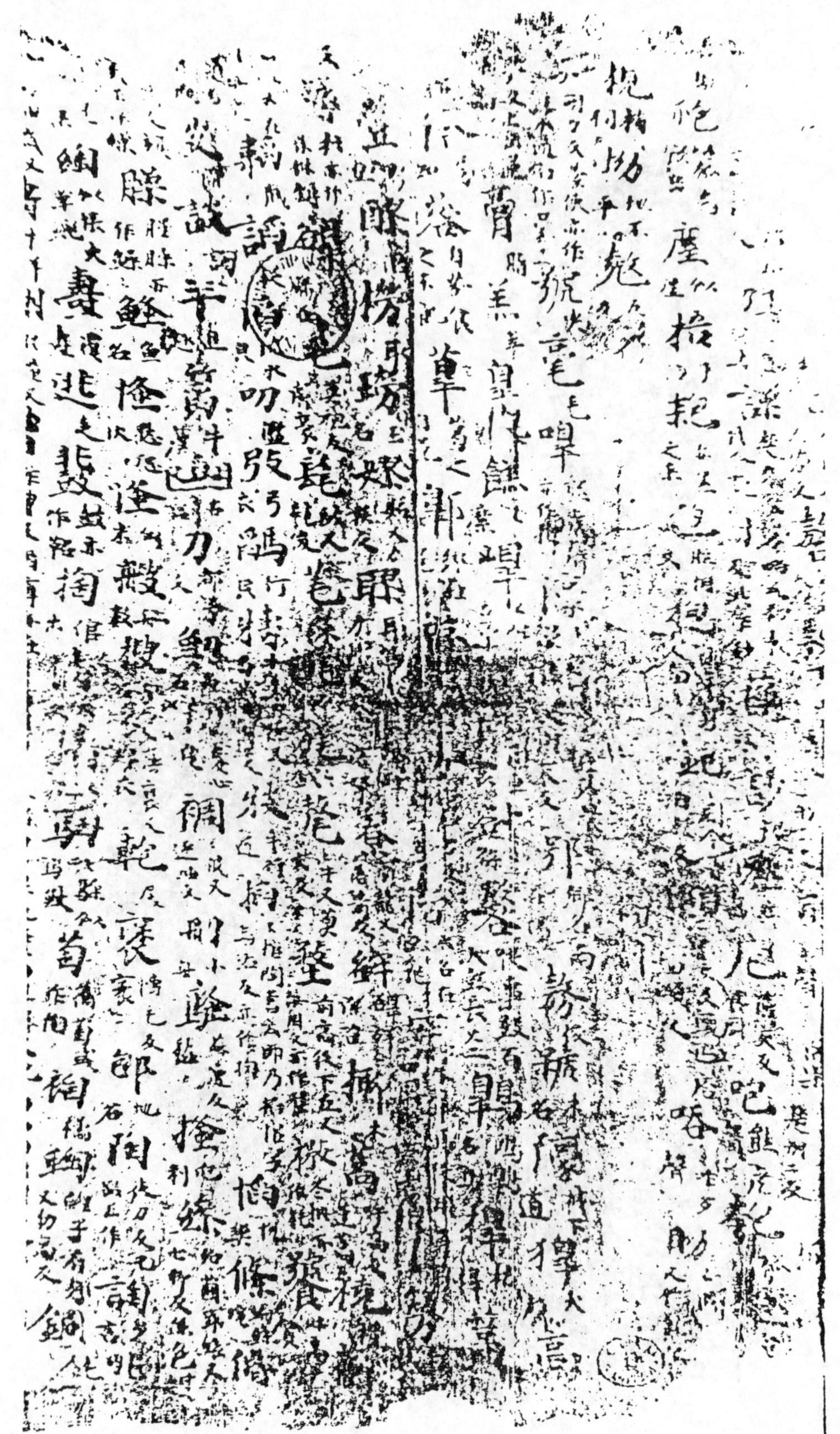

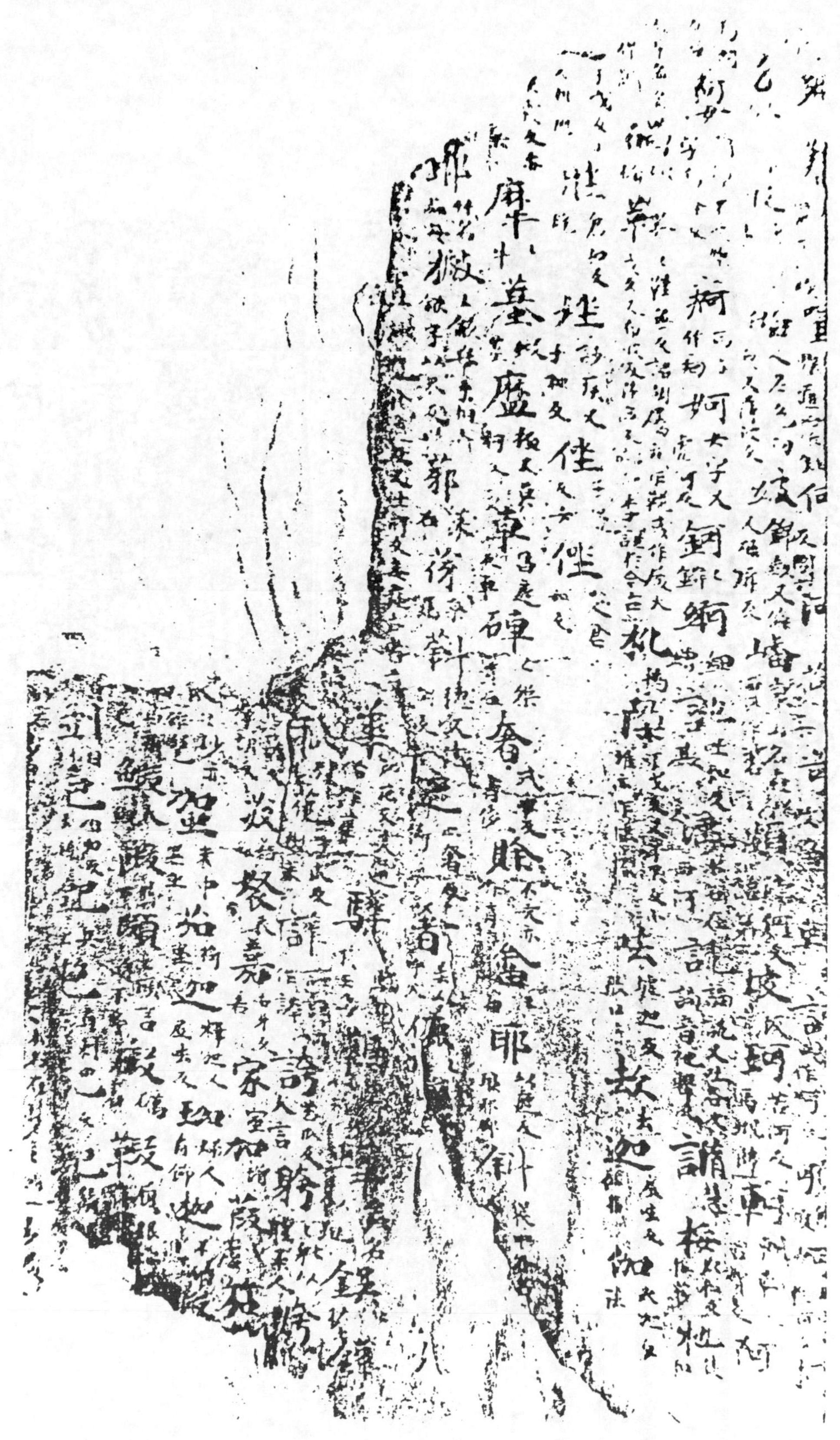

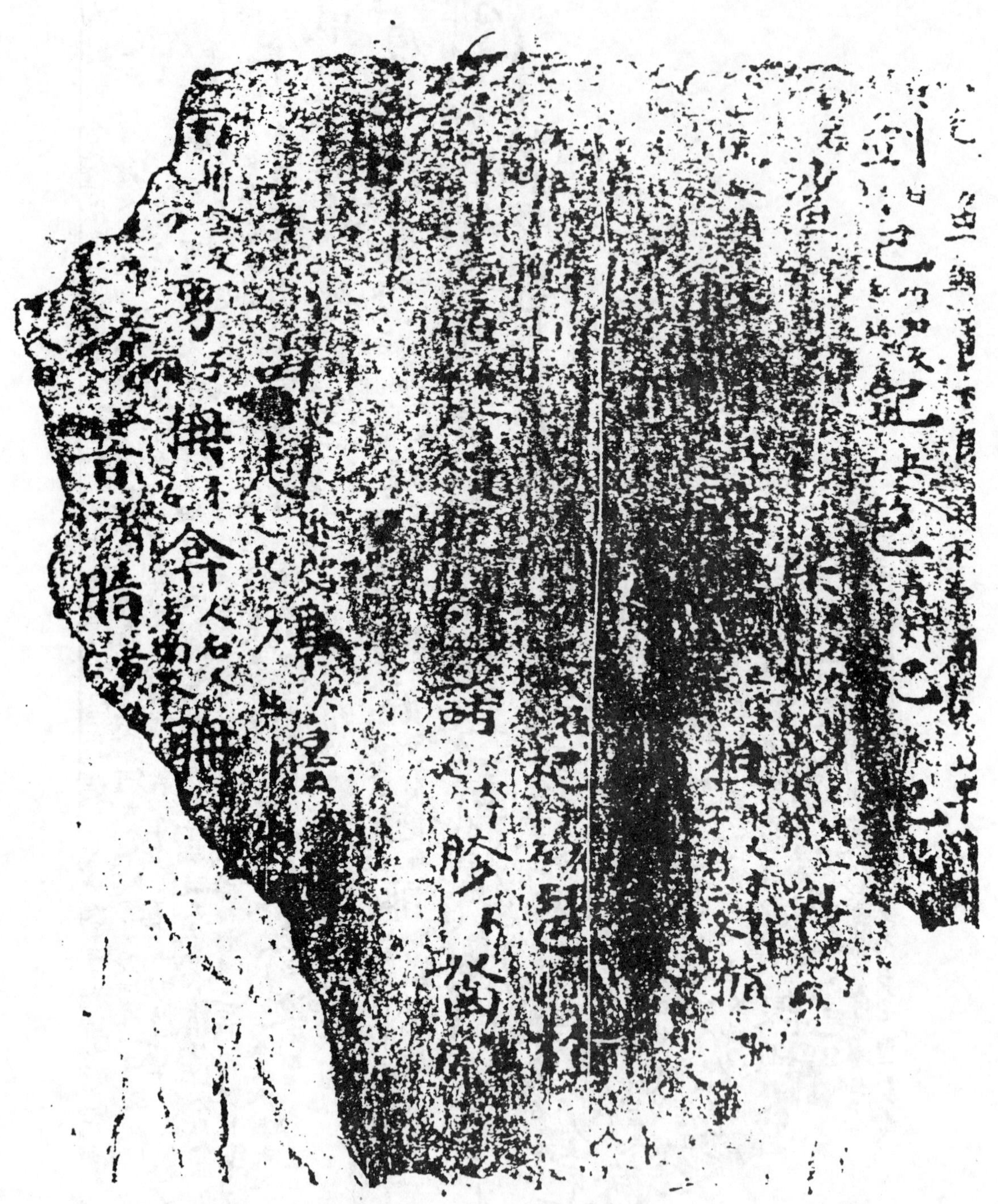

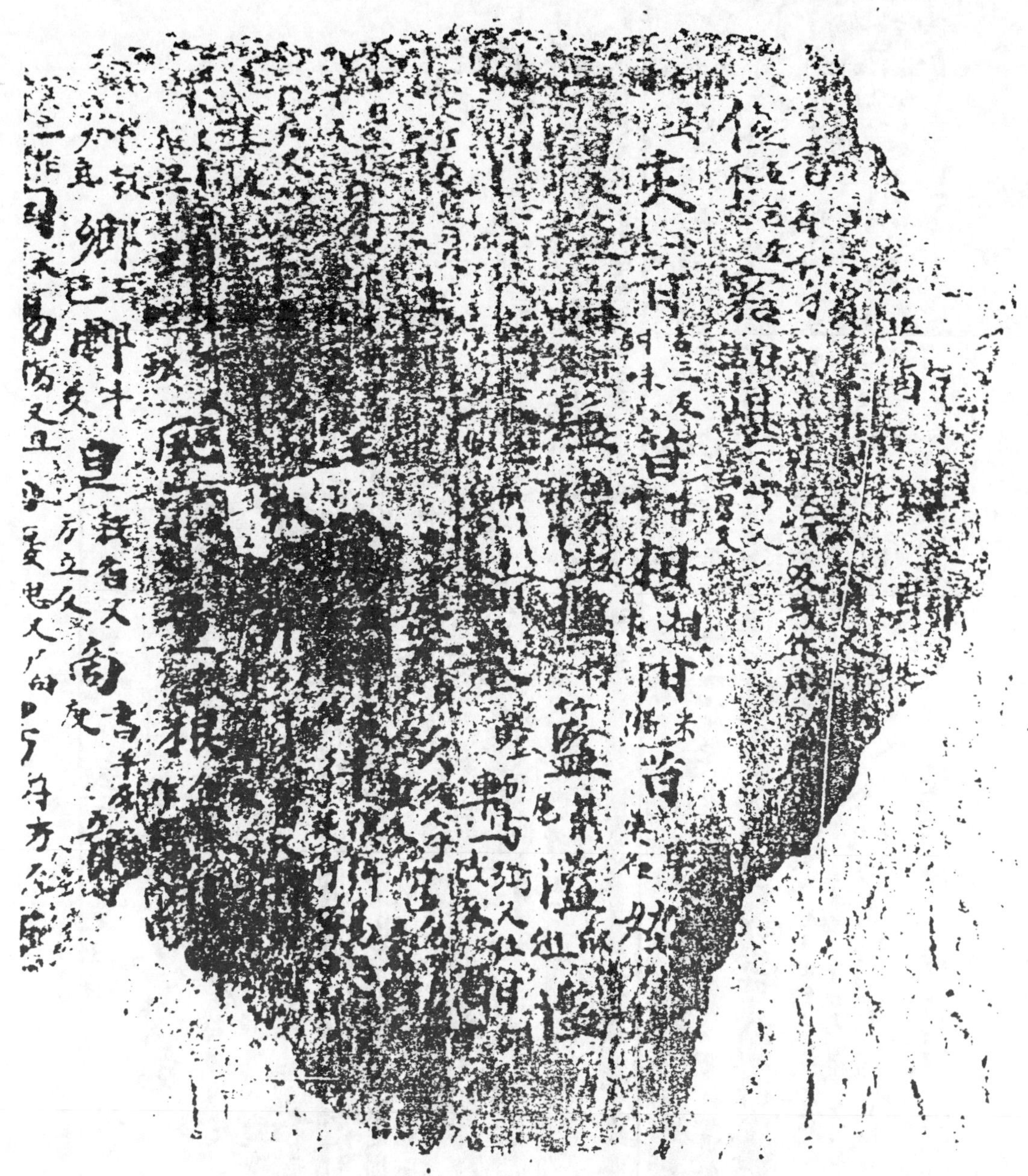

蹌 駹 䮝 將 牂 郎

瑲 蹡 蹌 𧿳 搶 牄 閶 鶬 搶 疌

槯 勷 勷 䊐 輕 王 廷 鞅 鴦 鉠 秧 泱

僵 殭 鱷 昜 張 長 芳 妨 滂 狂

[illegible] 糖 餹 鶶 塘

嫜 [illegible] 榶 隍 [illegible] 鎕

鴳 闛 [illegible] 稂 艆 郎 浪

根 根 廊 榔 鋃 硠 䍚

狼 琅 筤 蓈 稂 峎 艆 駺

蜋 簹 蓎 榶 廠 [illegible] 鎕 [illegible] 倉 蒼 鶬 滄

冏 椢 笐 鋼 綱 剛 魧 犺 [illegible]

鬟 [illegible] 康 [illegible] 康 穅 漮

崇 [illegible] 育 [illegible] 流 [illegible] 荒 㡃 䀮 [illegible]

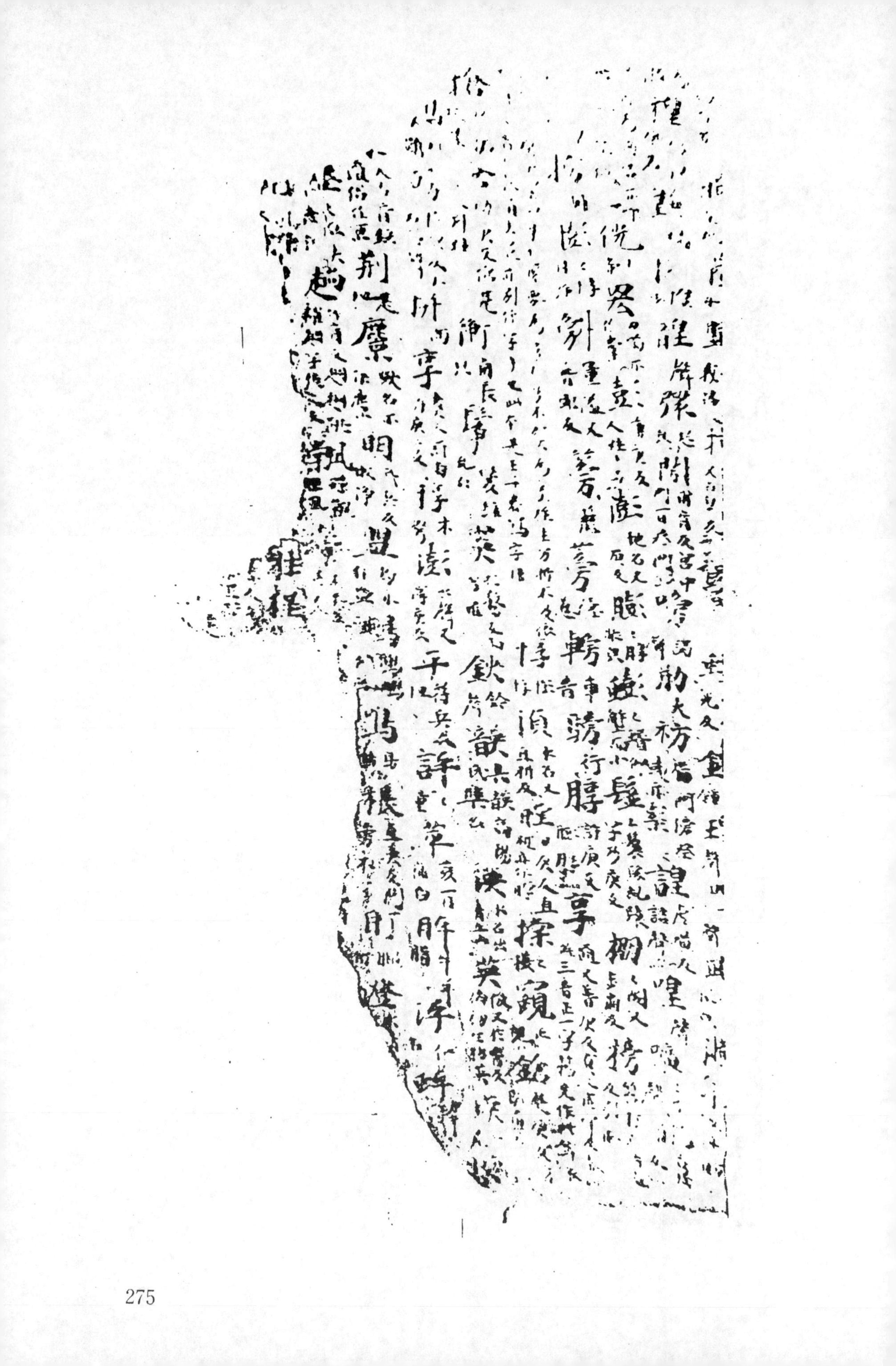

[illegible]

縈 水 背

抌 睡 疣 沆

擾 鄒 鳩 嘍 婁 妖 蔞

留 劉 探 鶹 駵 騮 瑠 流

飂 廇 橊 䍡 㳅 綹 流 璢

鏐 秋 鞧 鶖 鰍 萩 篍 趥 緧

攸 悠 滺 由 猶 攸 蕕 浟 遊 逌 庮 冘

輶 繇 柚 䌊 櫾 庮 囮 蚰

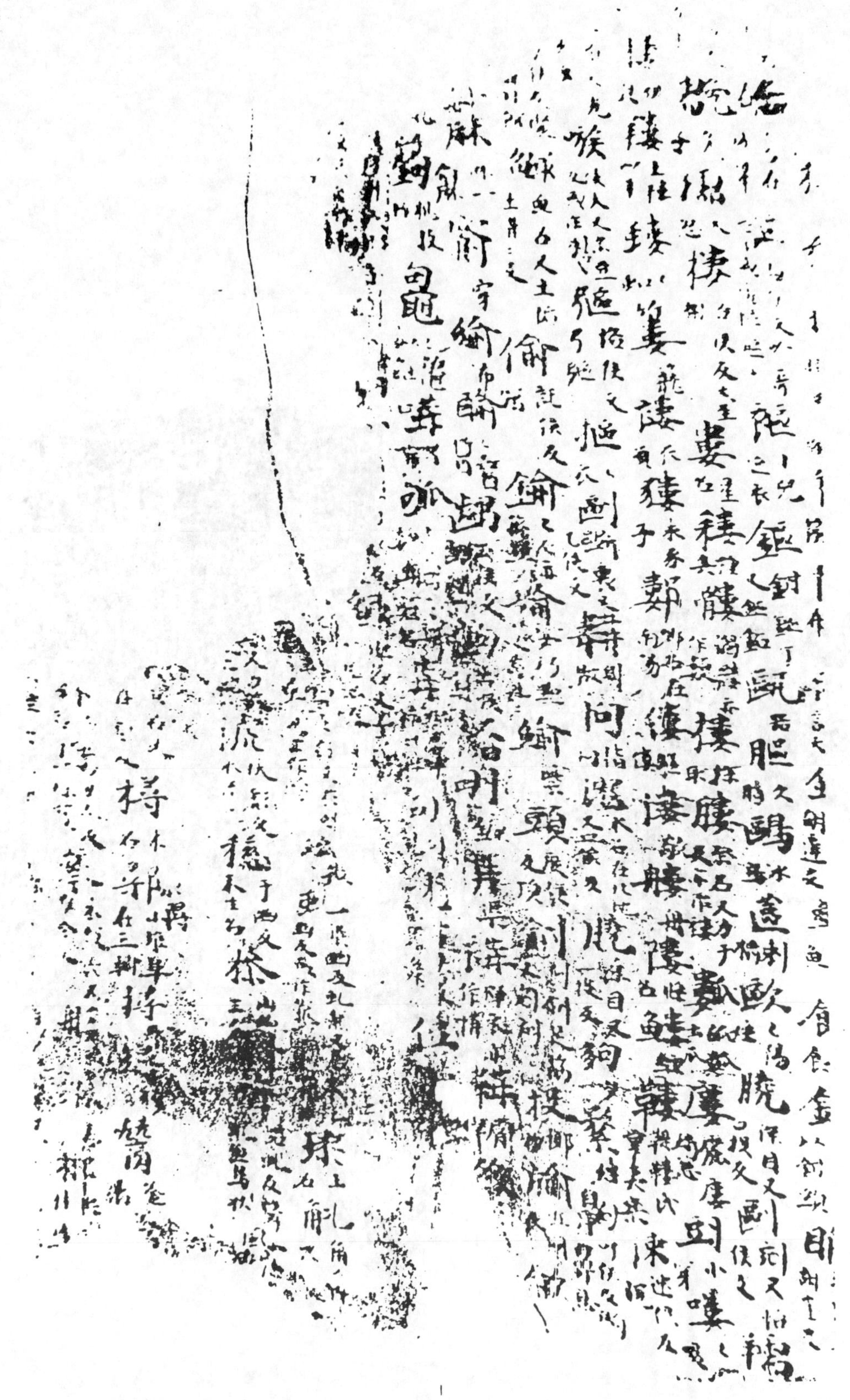

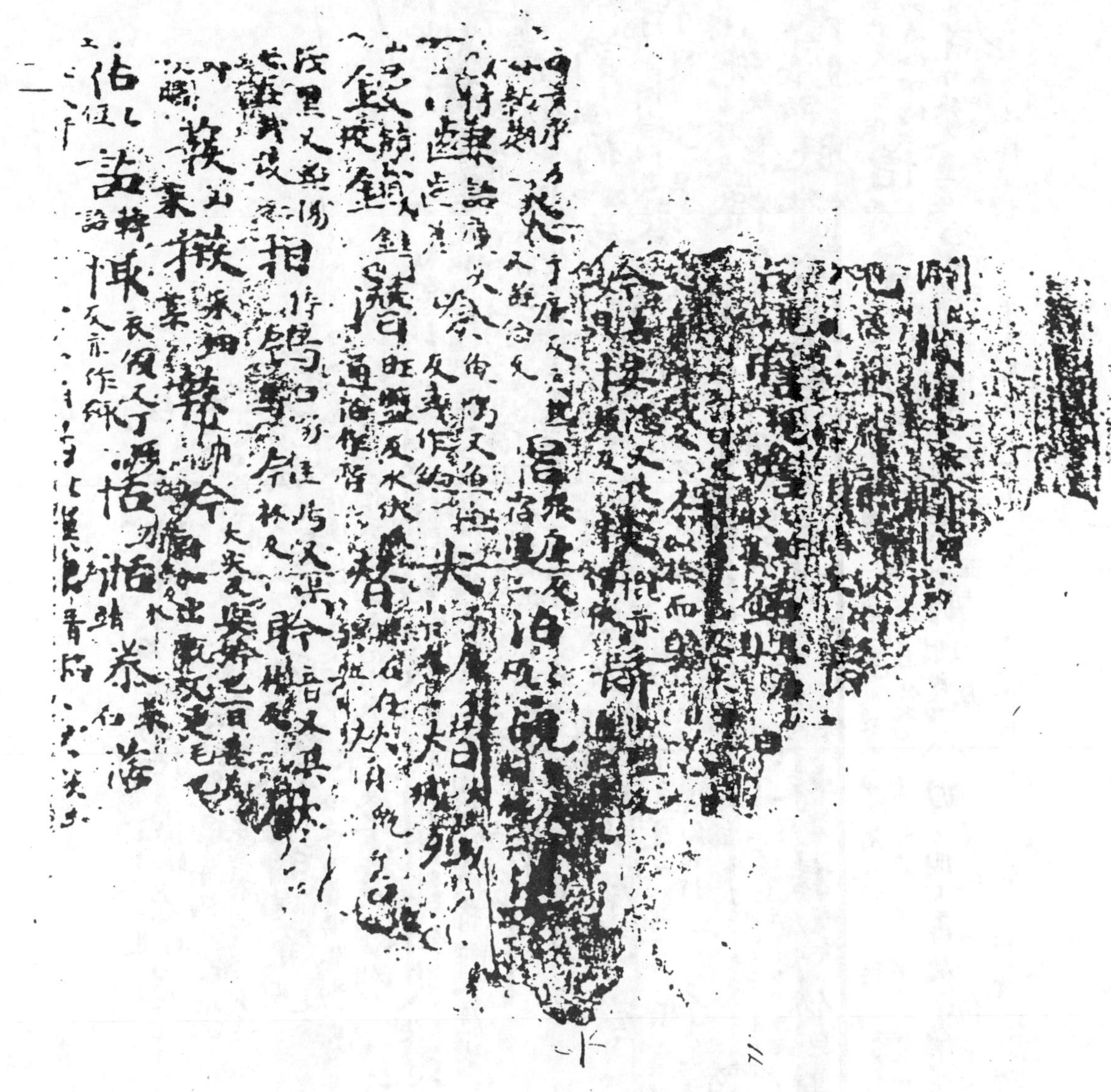

[illegible]

仍 如承反 因 [illegible] 艿 草陳 [illegible] 訒 [illegible] 扔 [illegible]

鄫 國名在瑯瑘 [illegible] 驓 馬名 [illegible] 橧 [illegible] 竲 [illegible] 凝 [illegible] 冰 [illegible] 興 [illegible] 鄭 [illegible] 稱 [illegible] 儚 [illegible]

殑 其矜反殑殊 [illegible] 搼 [illegible] 殑 [illegible] 㽷 [illegible] 硱 [illegible] 輘 [illegible] 棱 [illegible] 倰 [illegible]

登 [illegible] 璒 石似玉 燈 [illegible] 簦 長柄笠 [illegible] 䔲 [illegible] 蘑 [illegible] 䔲 [illegible] 棱 [illegible]

僧 蘇曾反 [illegible] 崩 北滕反 [illegible] 增 [illegible] 憎 [illegible] 曾 [illegible] 矰 [illegible] 罾 [illegible] 磳 [illegible] 增 [illegible] 竲 [illegible]

[illegible] 曾 [illegible] 朋 [illegible] 弸 [illegible] 鵬 大鳥 [illegible] 堋 [illegible] 倗 [illegible]

[illegible]有紡[illegible]近[illegible]十[illegible]反畫矢矢[illegible]智[illegible]太[illegible]立

[illegible]稿[illegible]蹭[illegible]反[illegible]繒[illegible]作[illegible]反重屋曾[illegible]反[illegible]朋[illegible]反[illegible]明[illegible]鵬[illegible]蚓[illegible]反[illegible]倗[illegible]

[illegible]鬅[illegible]弘[illegible]稜[illegible]反[illegible]鬅[illegible]莖[illegible]反[illegible]詩[illegible]倰[illegible]

[illegible]膝[illegible]騰[illegible]地[illegible]藤[illegible]縢[illegible]反[illegible]䲢[illegible]

[illegible]縆[illegible]僜[illegible]

[illegible]登[illegible]反[illegible]

[illegible]䃷[illegible]惢[illegible]稱[illegible]㮚[illegible]

[illegible]䳝[illegible]

[illegible]

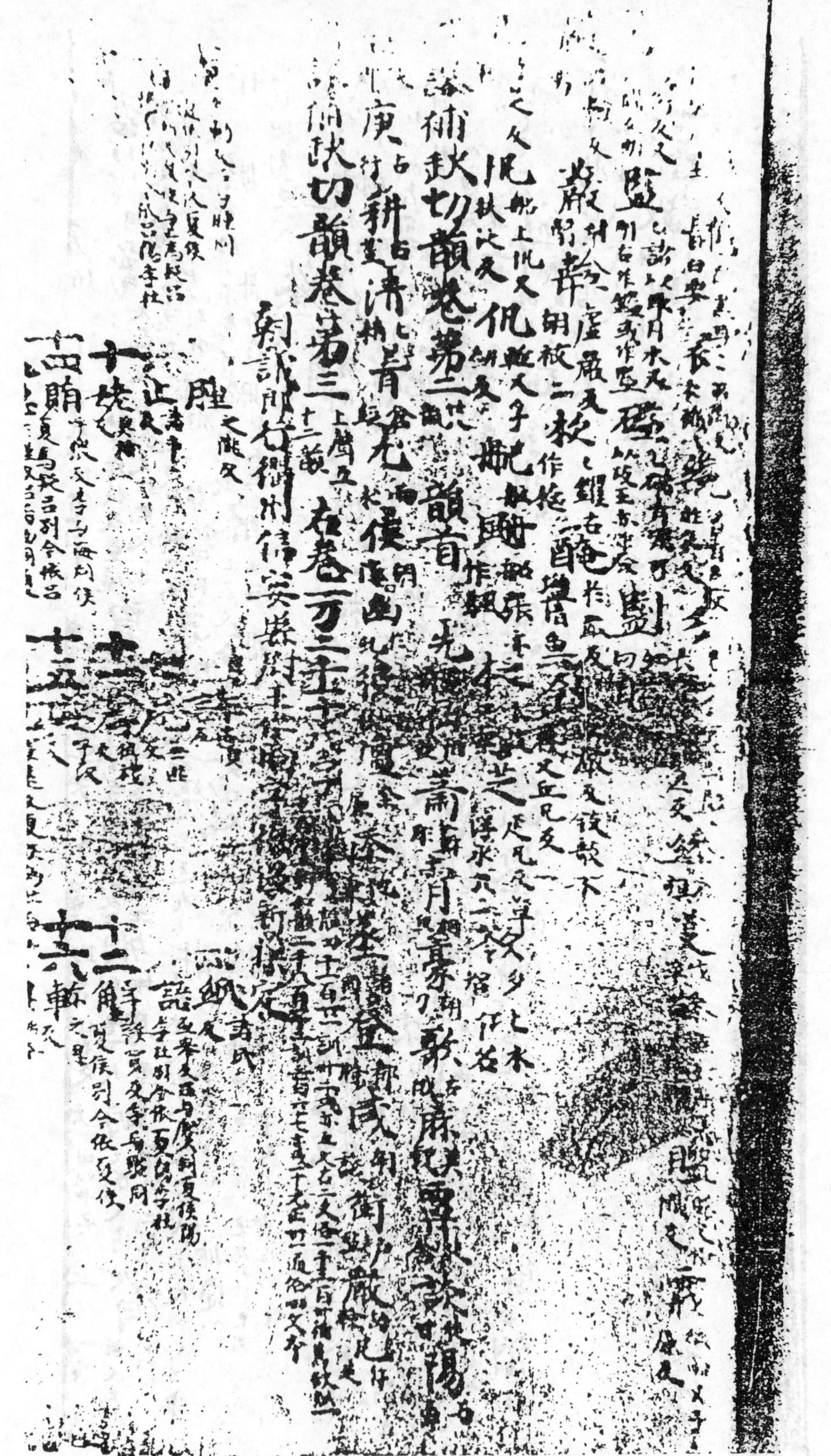

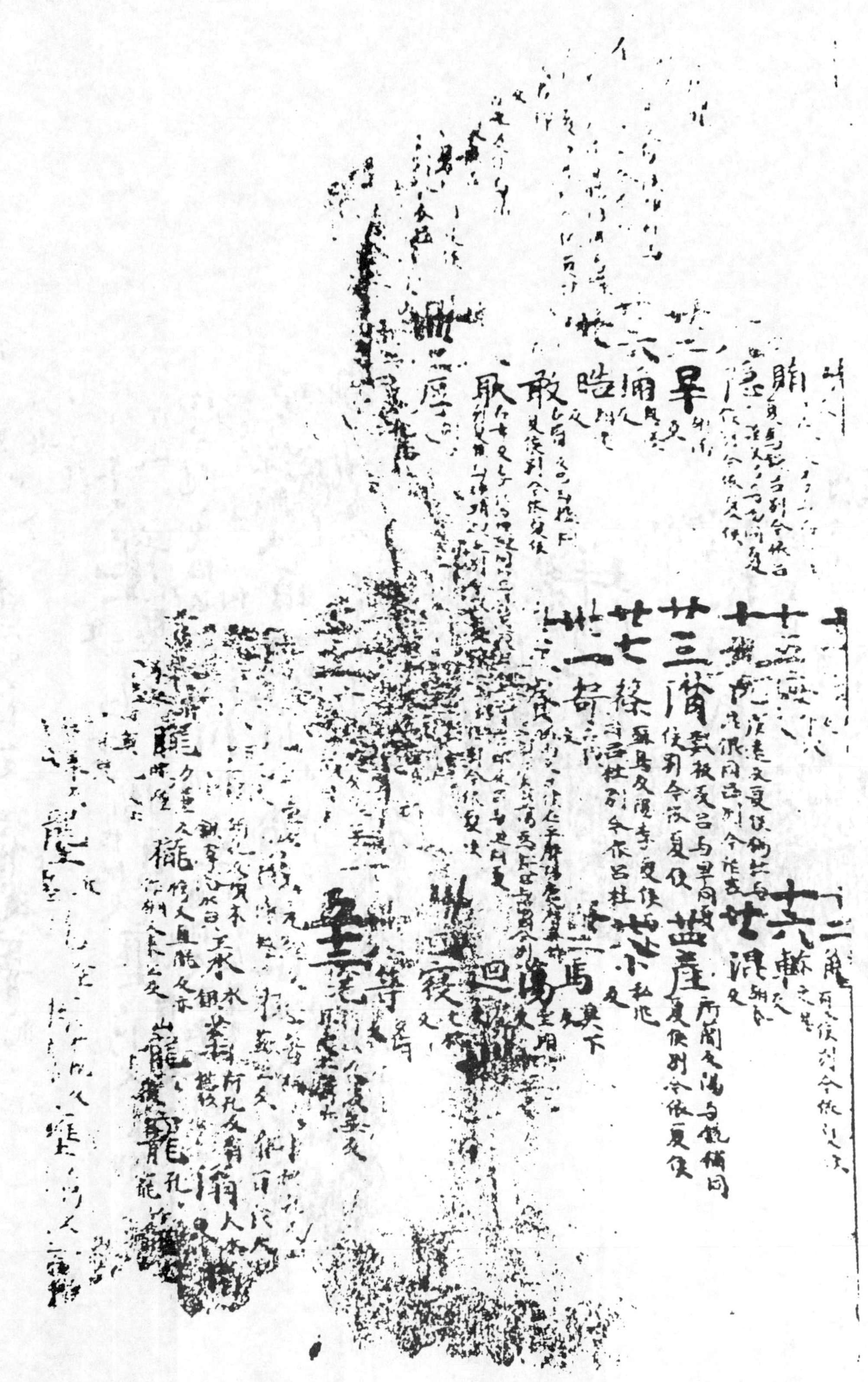

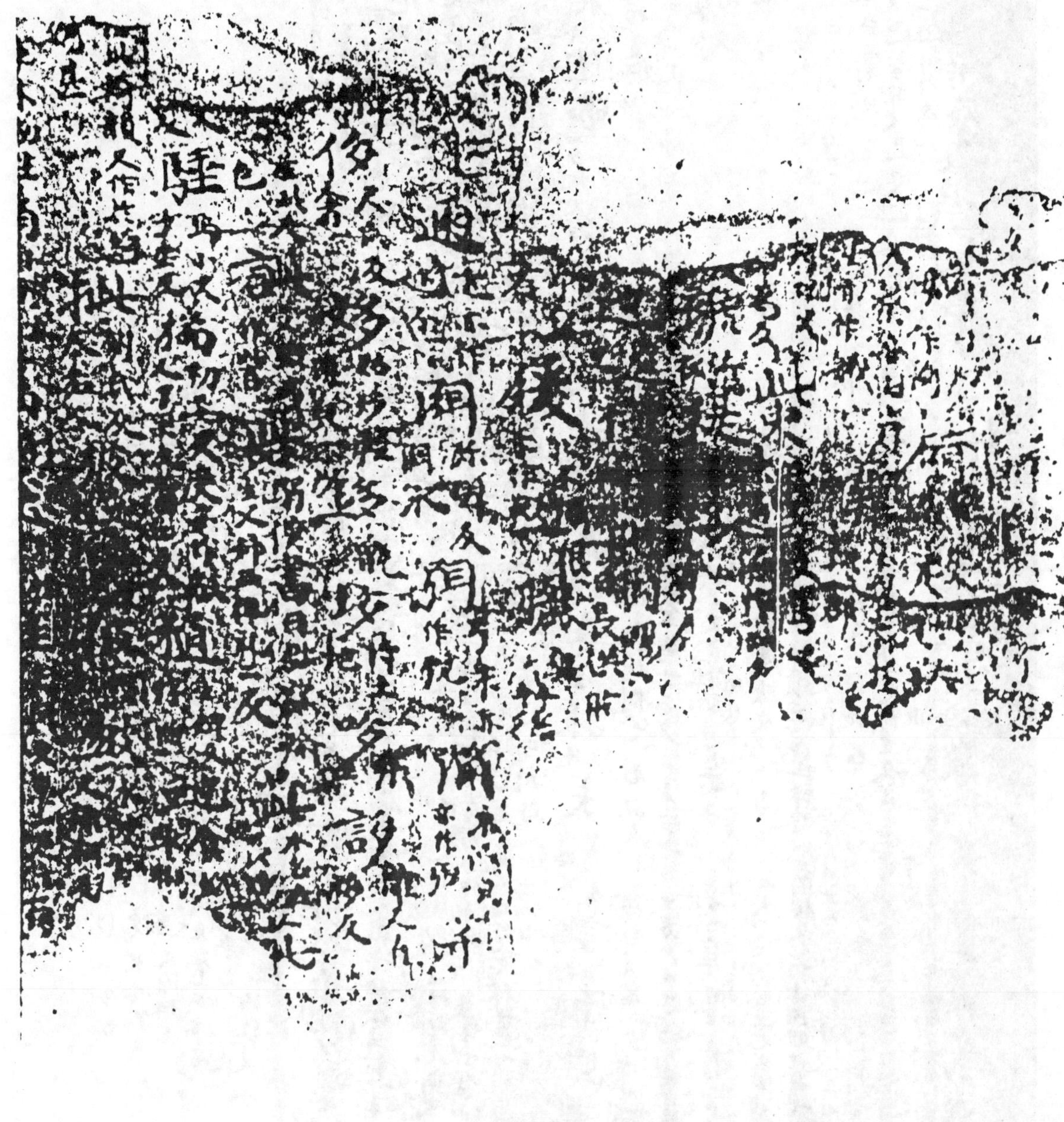

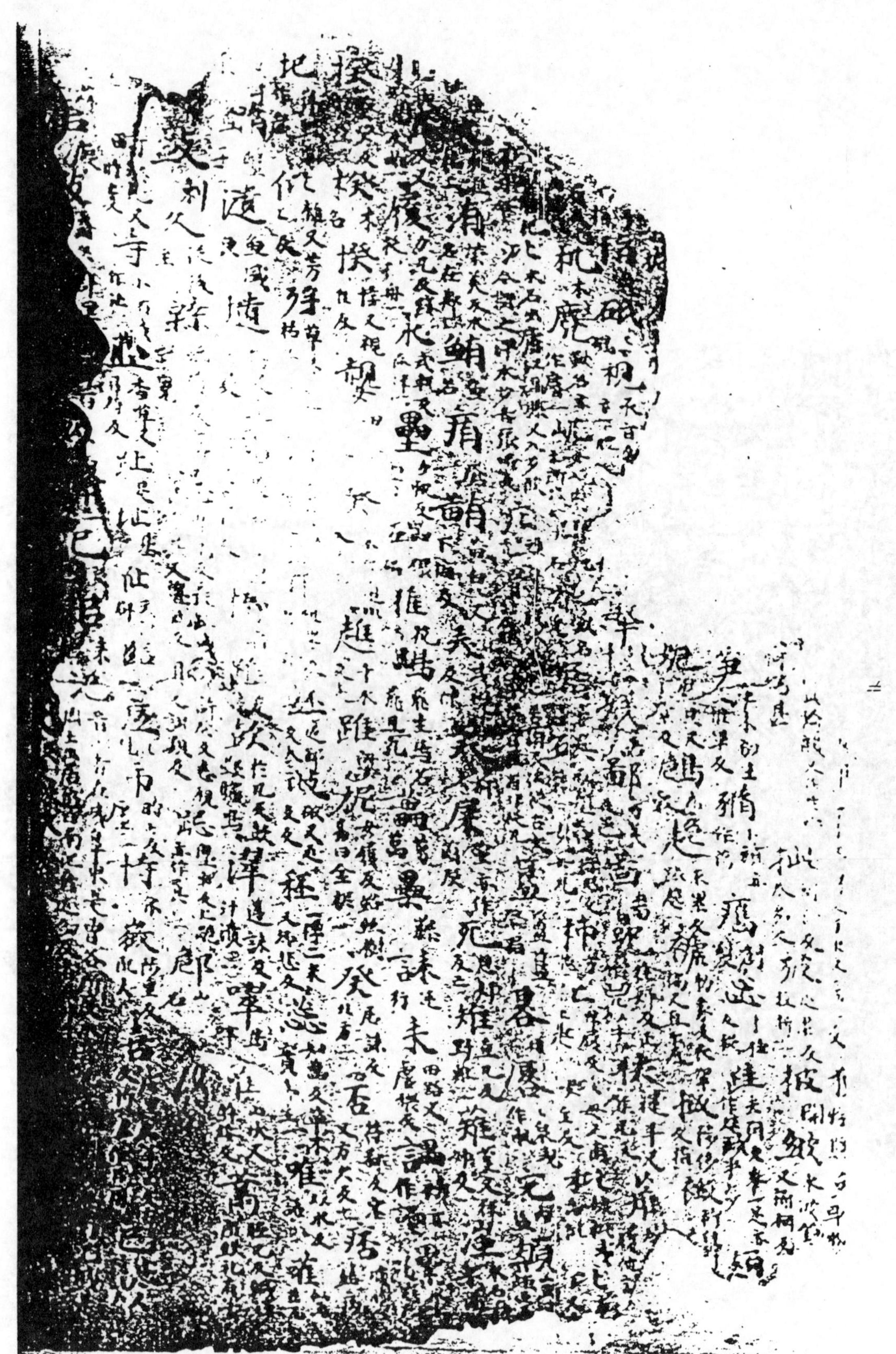

苣 … 已 … 洍 … 耳 … 駬 … 已

佁 … 攺 … 杞 … 已 … 紀 … 沚 … 俟 … 洱 …

錡 … 紀 … 已 … 㠯 … 竢 … 鴯 …

䫻 … 里 … 裏 … 鯉 … 李 … 娌 … 俚 … 理 … 始 … 枲 … 葸 … 耳 …

只 … 諰 … 庳 … 峙 … 痔 … 跱 … 庤 … 待 … 起 … 杞 … 屺 … 芑 … 玘 …

芑 … 邔 … 士 … 仕 … 柿 … 俟 … 涘 … 卮 … 屣 … 子 … 秄 … 梓 …

竢 … 矣 … 擬 … 儗 … 薿 … 聻 … 擬 … 齒 … 恥 … 祉 … 剌 …

第 … 胏 … 遠 …

止 … 阯 … 沚 … 豈 … 扆 … 偯 … 依 … 扆 … 偯 …

娓 … 斐 … 悱 … 菲 … 排 … 匪 … 棐 … 篚 … 蜚 …

[illegible]

菹 [illegible] 葅 [illegible]

[illegible] 寠 [illegible] 顆 [illegible]

[illegible]

蘩 [illegible] 國 [illegible] 敔 [illegible] 囷 [illegible] 崎 [illegible] 樣 [illegible] 榛 [illegible] 椿 [illegible]

稽 [illegible] 楈 [illegible] 倌 [illegible] 启 [illegible] 梭 [illegible] 媪 [illegible] 佇 [illegible] 貯 [illegible] 杼 [illegible]

亍 [illegible] 寧 [illegible] 與 [illegible] 歟 [illegible] 與 [illegible] 麌 [illegible] 渚 [illegible]

[illegible] 暑 [illegible] 鼠 [illegible] 杵 [illegible] 處 [illegible] 貯 [illegible] 忬 [illegible]

[illegible] 杼 [illegible] 紵 [illegible] 諸 [illegible] 稰 [illegible] 湑 [illegible] 糈 [illegible] 女 [illegible] 籹 [illegible] 粔 [illegible]

[illegible] 拒 [illegible] 距 [illegible] 虡 [illegible] 鉅 [illegible] 苣 [illegible] 駏 [illegible] 蘆 [illegible] 巨 [illegible]

巨 [illegible] 柜 [illegible] 秬 [illegible]

所 [illegible] 楚 [illegible] 齭 [illegible] 盬 [illegible] 礎 [illegible] 齼 [illegible] 楚 [illegible] 髓 [illegible] 阻 [illegible]

咀 [illegible] 沮 [illegible] 阻 [illegible] 爼 [illegible] 齟 [illegible] 梠 [illegible] 筥 [illegible] 莒 [illegible] 舉 [illegible]

[illegible] 敔 [illegible] 齬 [illegible] 圉 [illegible] 禦 [illegible] 語 [illegible]

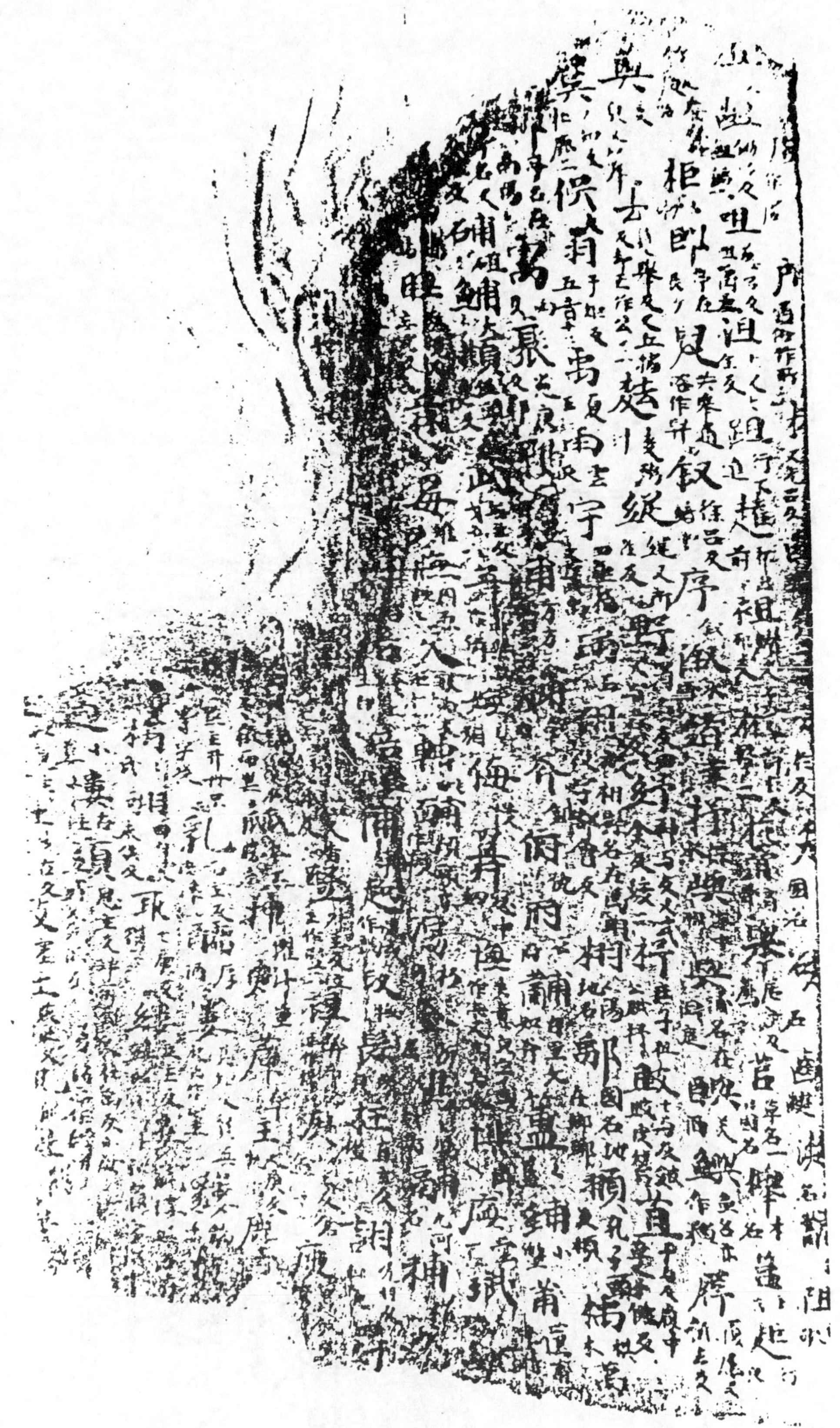

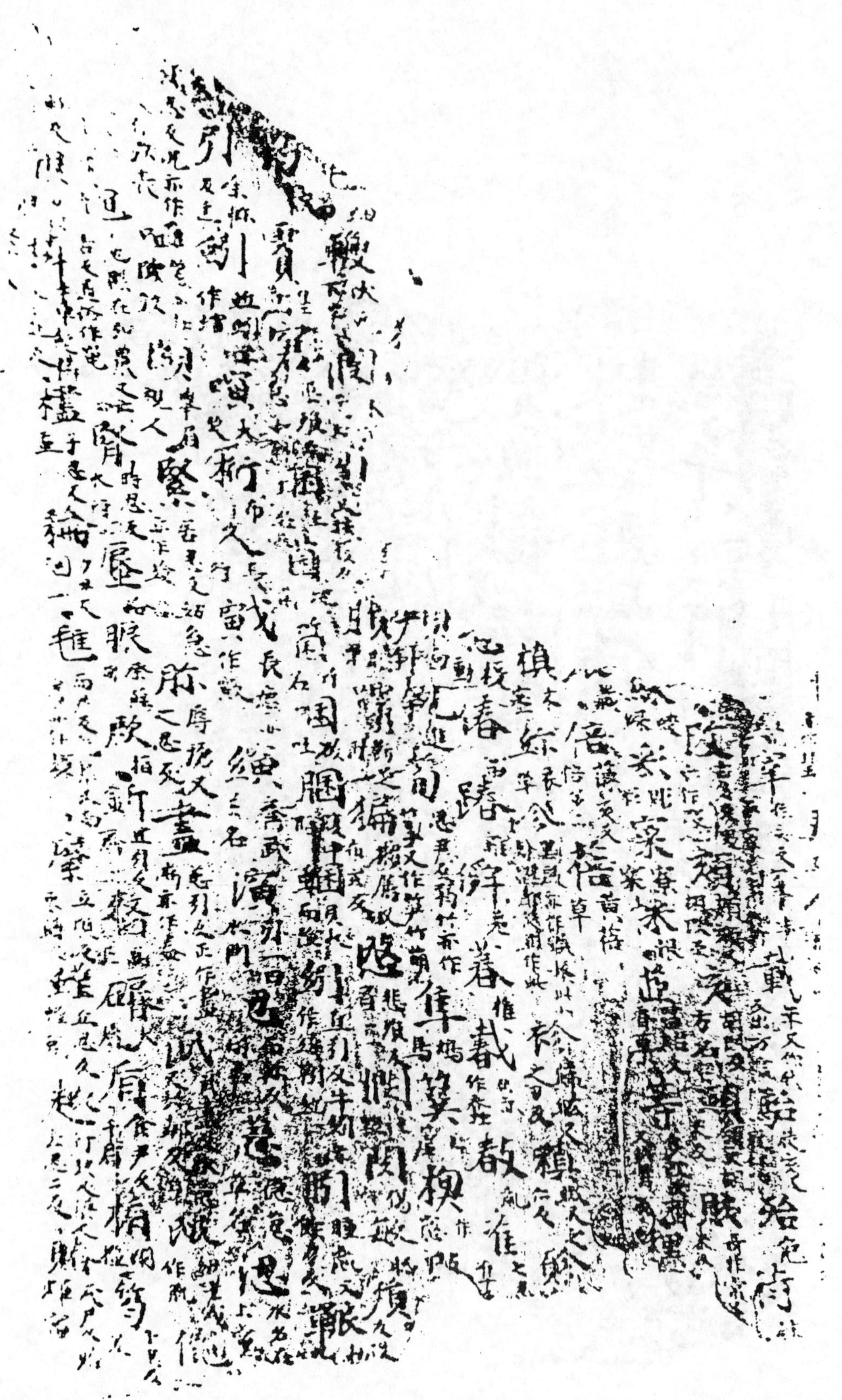

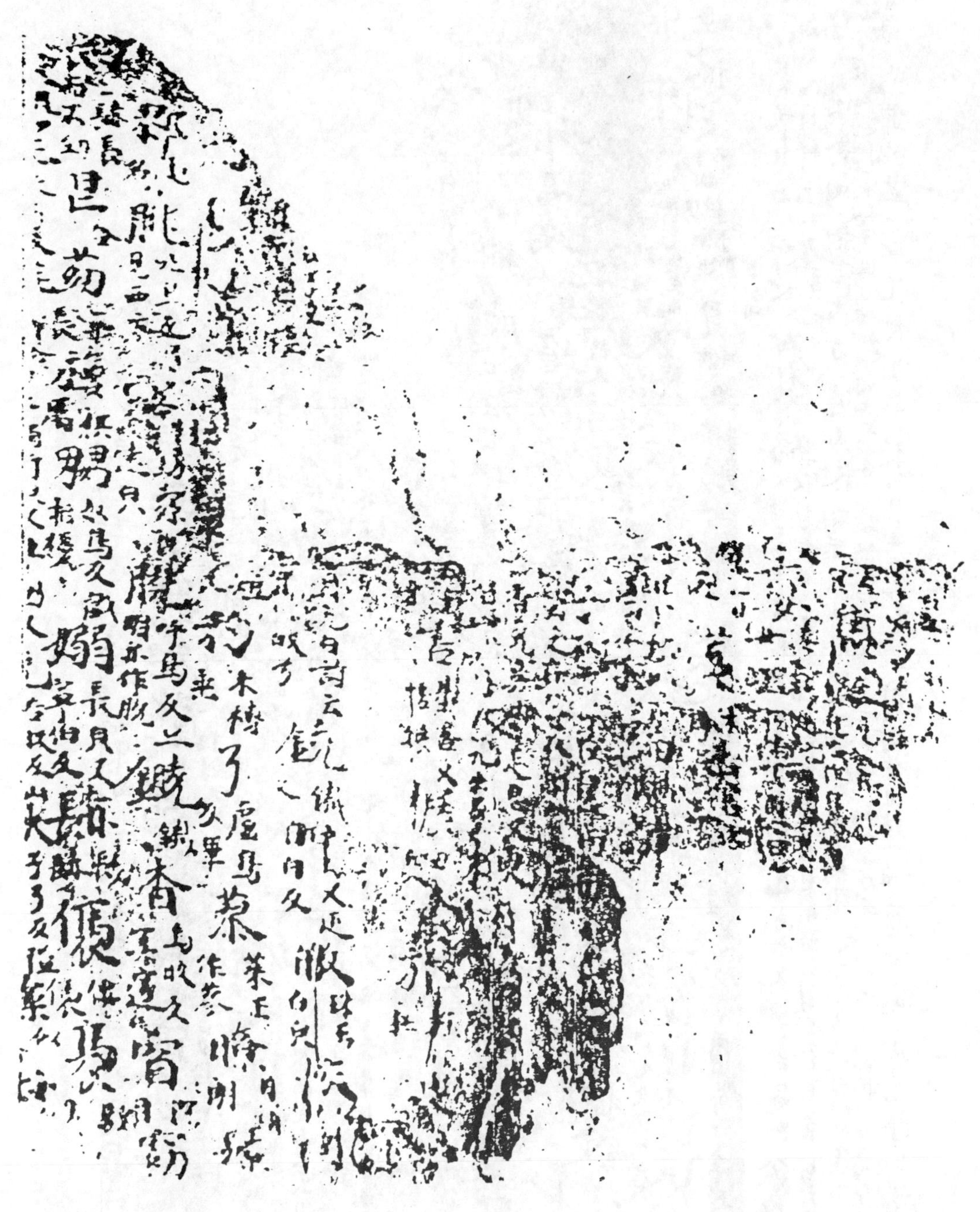

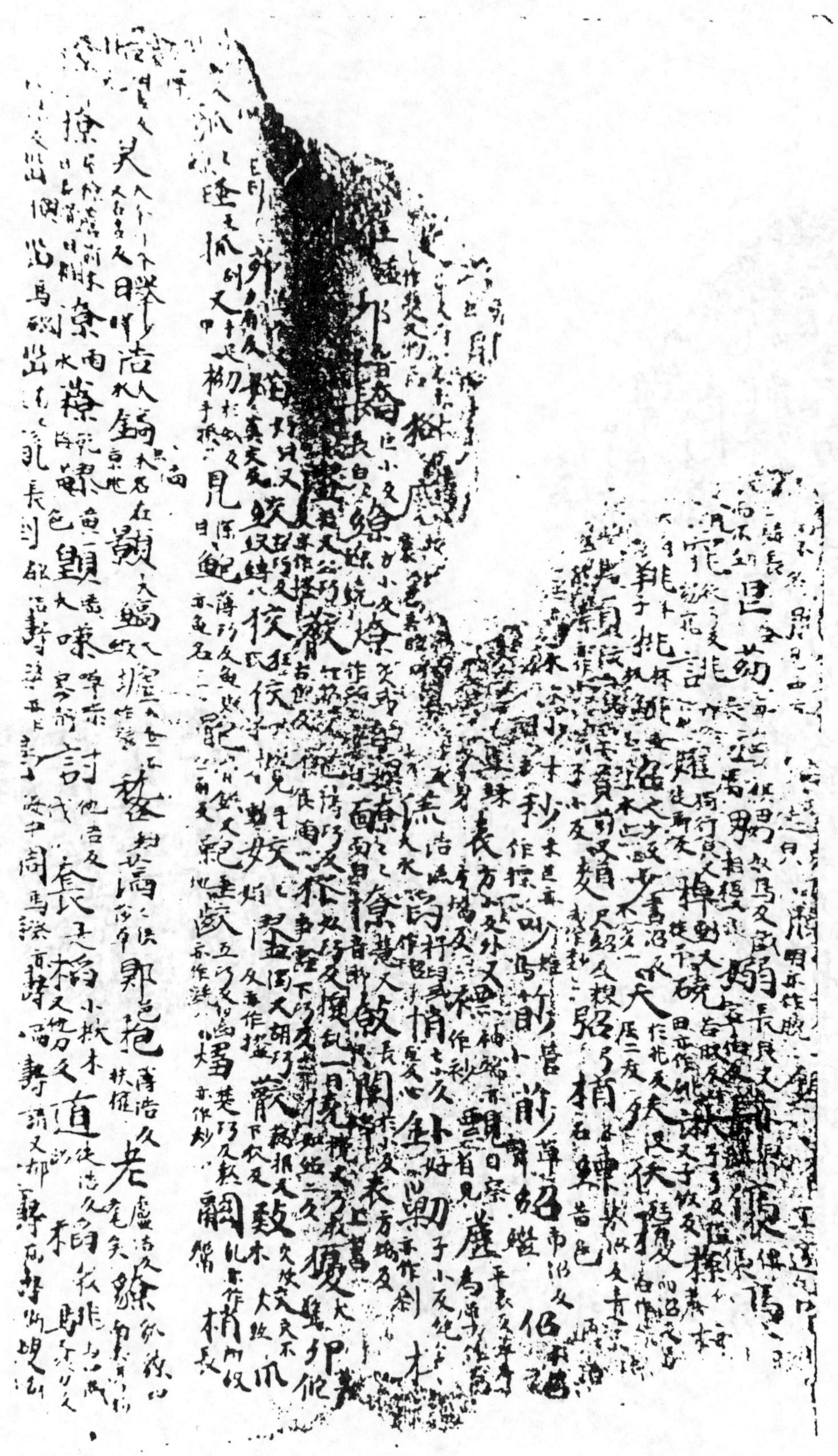

條 [illegible] 鰷 [illegible] 篠 [illegible] 顛 [illegible] 嗥 [illegible] 討他浩反 [illegible] 套 [illegible] 稻 [illegible] 道徒浩反 [illegible] 稻 [illegible] 䚋 [illegible]

惱 [illegible] 碯 [illegible] 䐉 [illegible] 倒都浩反 [illegible] 檮 [illegible] 島海中 [illegible] 禂 [illegible] 擣 [illegible] 擣 [illegible] 禱 [illegible] 檮 [illegible]

[illegible] 掃 [illegible] 埽 [illegible] 草 [illegible] 騲 [illegible] 早子浩反 [illegible] 澡 [illegible] 藻 [illegible] 薻 [illegible] 蚤 [illegible]

繰 [illegible] 璪 [illegible] 棗 [illegible] 璅 [illegible] 皁 [illegible] 皂 [illegible] 造 [illegible] 昦 [illegible] 杲 [illegible] 槀 [illegible] 稿 [illegible] 介 [illegible] 朴 [illegible]

稾 [illegible] 好 [illegible] 寶 [illegible] 保 [illegible] 堢 [illegible] 褓 [illegible] 鴇 [illegible] 葆 [illegible] 犳 [illegible]

宲 [illegible] 鴇 [illegible] 駂 [illegible] 媬 [illegible] 芺 [illegible] 䐁 [illegible] 爢 [illegible] 麋 [illegible] 考 [illegible]

[illegible] 楷 [illegible] 丂 [illegible] 攷 [illegible] 攷 [illegible] 顥 [illegible] 裹 [illegible] 蜾 [illegible] 划 [illegible] 惈 [illegible] 㰑 [illegible] 撱 [illegible]

[illegible] 舸 [illegible] 大 [illegible] 果 [illegible] 裸 [illegible] 餜 [illegible] 鏁 [illegible] 蜾 [illegible] 漅 [illegible] 筊 [illegible] 侯 [illegible] 動 [illegible]

朶 [illegible] 綠 [illegible] 敤 [illegible] 橢 [illegible] 鎖 [illegible] 璅 [illegible] 瀎 [illegible] 筱 [illegible] 槇 [illegible]

[illegible] 趖 [illegible] 鄭 [illegible] 墮 [illegible] 埵 [illegible] 秖 [illegible] 朶 [illegible] 鬌 [illegible] 隋 [illegible] 鮹 [illegible]

[illegible] 隋 [illegible] 鎖 [illegible] 妥 [illegible] 墮 [illegible] 墮 [illegible] 匜 [illegible] 頗 [illegible] 跛 [illegible] 皽 [illegible]

[illegible] 𧤏 [illegible] 亸 [illegible] 贏 [illegible] 彩 [illegible] 顆 [illegible] 叞 [illegible] 坐 [illegible] 叵 [illegible]

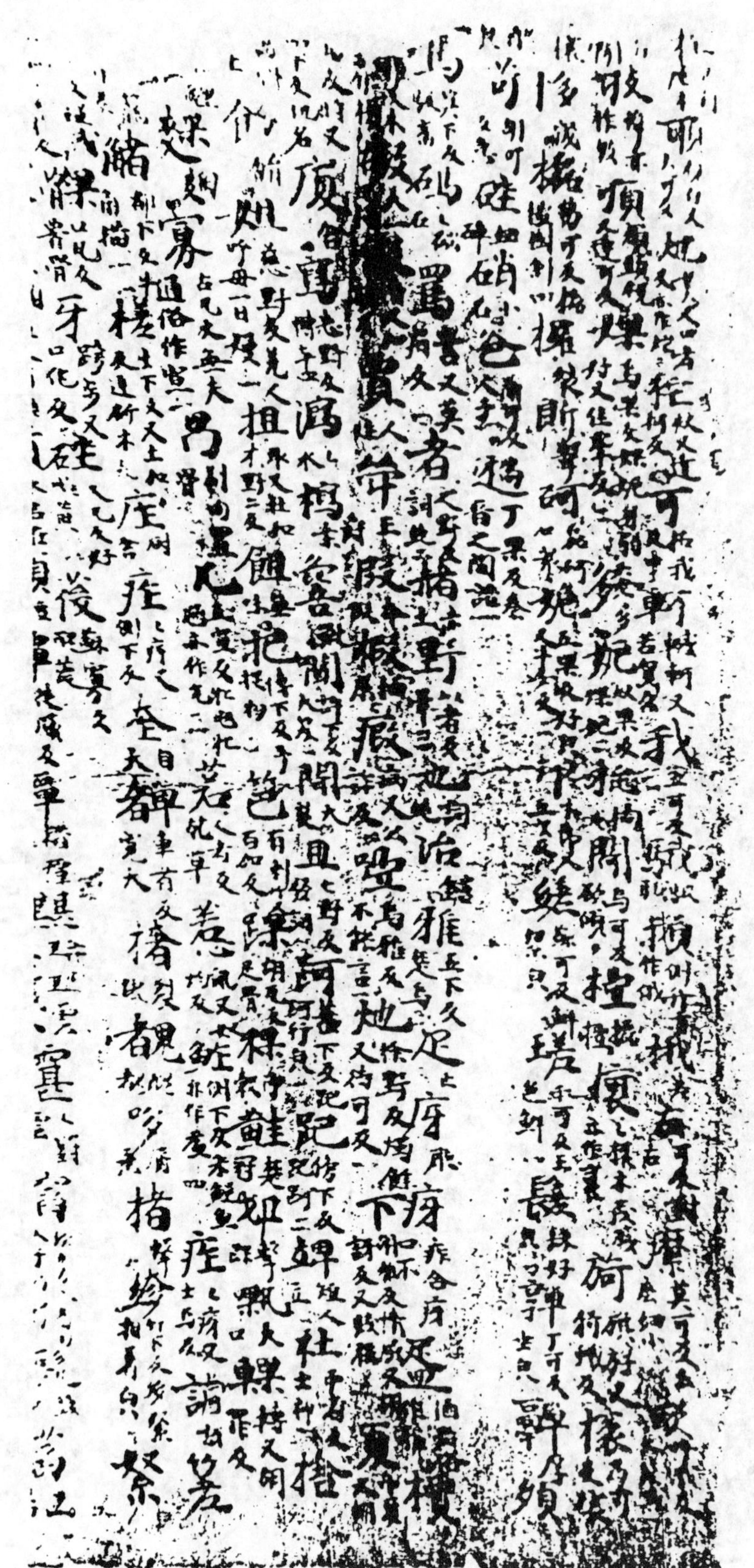

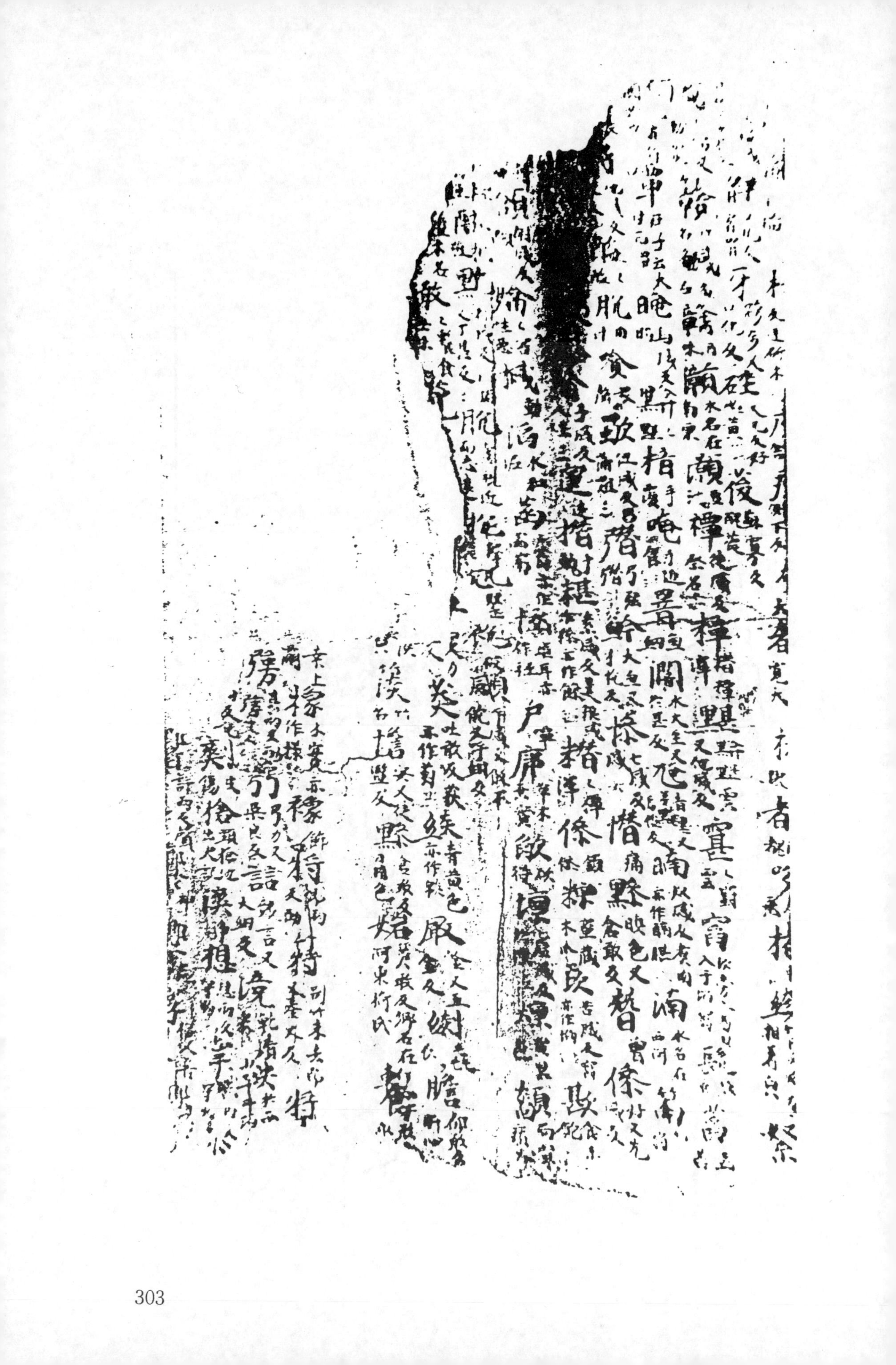

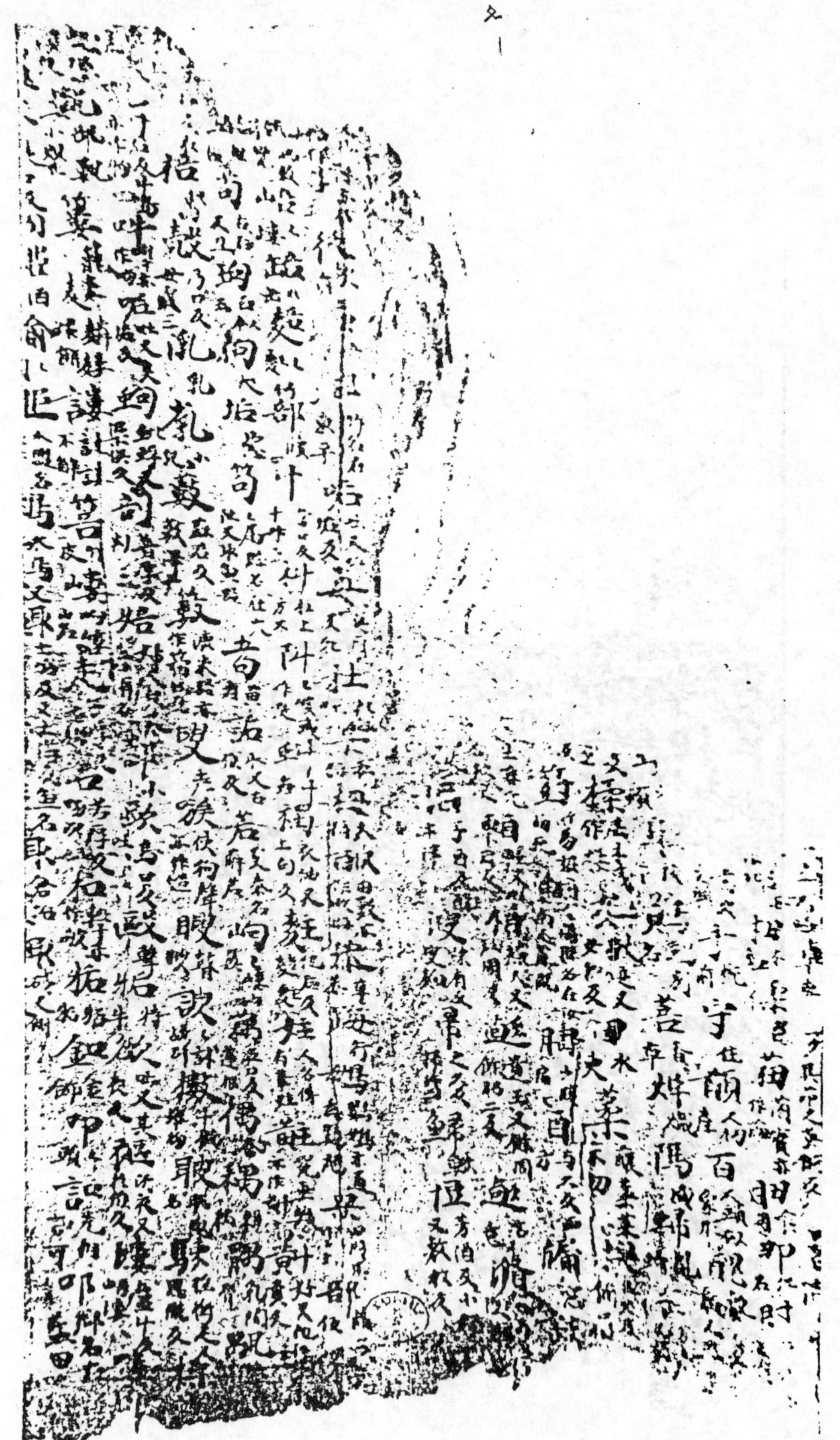

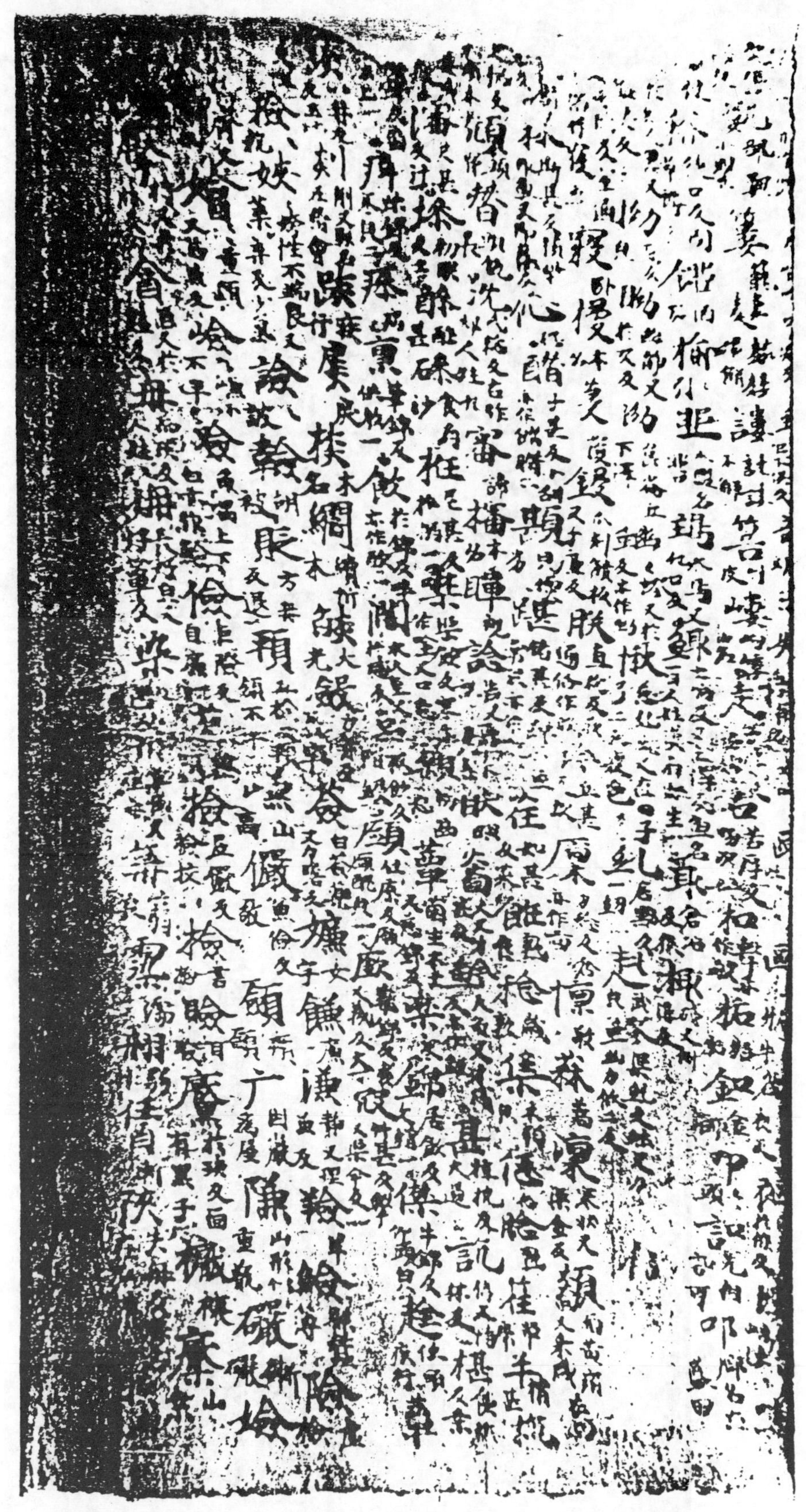

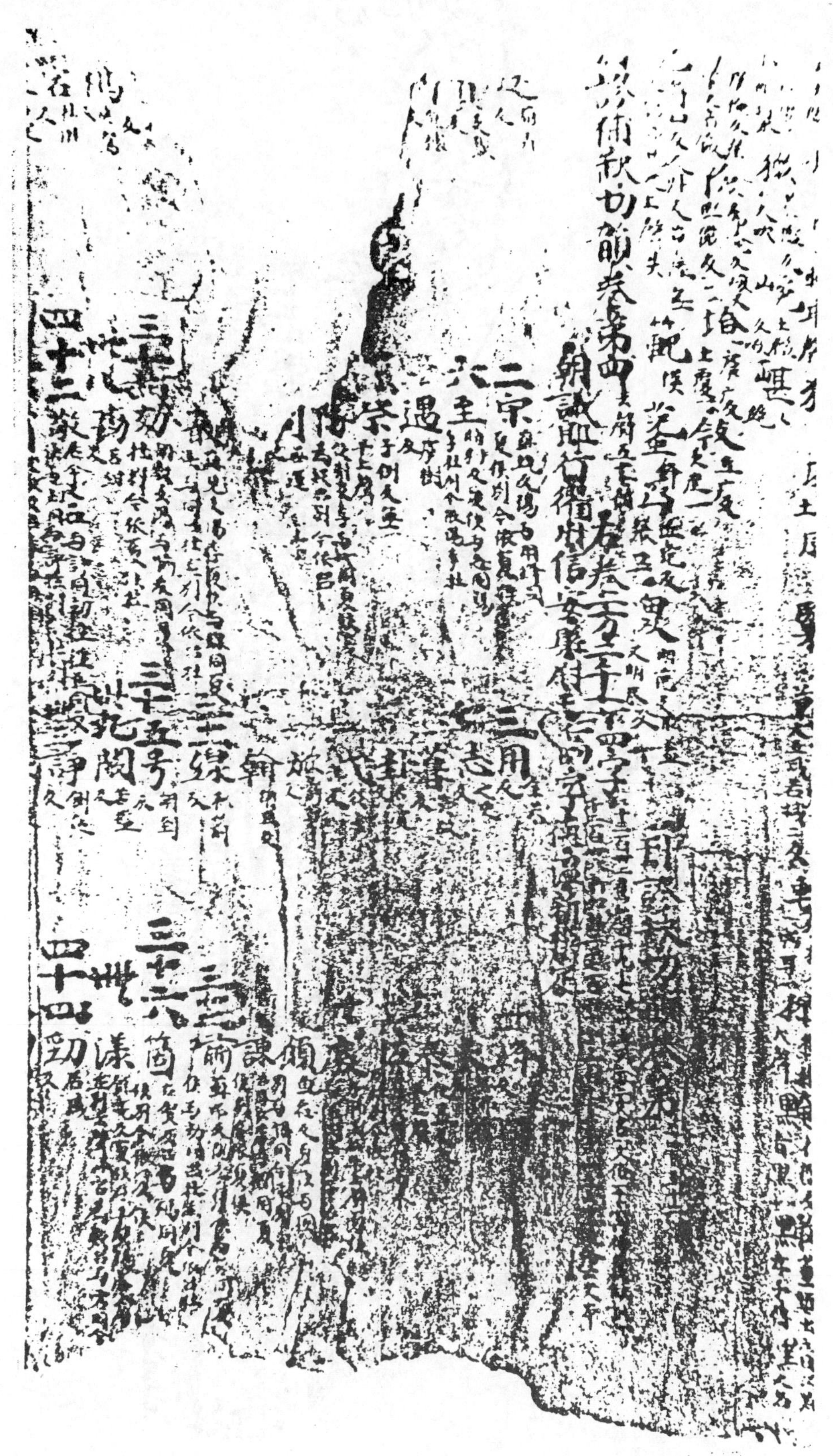

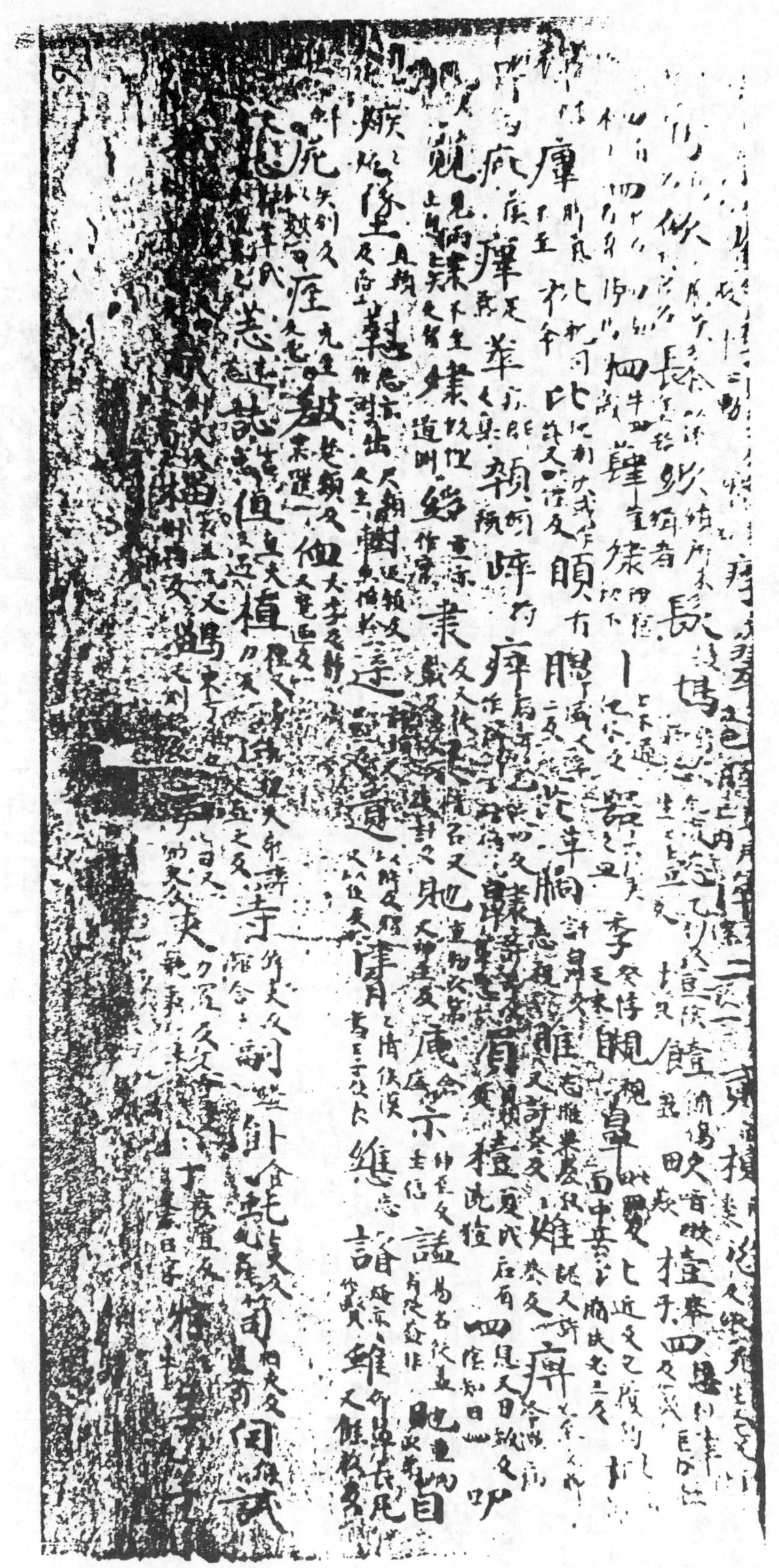

庛[illegible]佌[illegible]䳄[illegible]餌[illegible]珥[illegible]衈[illegible]刵[illegible]毦[illegible]洱[illegible]姷[illegible]䏐[illegible]閊

佴[illegible]駬[illegible]侇[illegible]洟[illegible]饐[illegible]鐭[illegible]戠[illegible]廁[illegible]㠭[illegible]异[illegible]置[illegible]㹷[illegible]事

餧[illegible]侍[illegible]酵[illegible]特[illegible]㦂[illegible]邛[illegible]甚[illegible]總[illegible]鱁[illegible]蓍[illegible]鴇[illegible]惧[illegible]畀[illegible]熾

餚[illegible]戴[illegible]織[illegible]意[illegible]鷁[illegible]黓[illegible]乾[illegible]記[illegible]亟[illegible]㖏[illegible]憙[illegible]唴

[illegible]

遰 迢遞 ［illegible］ 締結 睇 娣 禘 鈌 ［illegible］ 杕

詣 ［illegible］ 謑 ［illegible］ 䶑 ［illegible］ 切 ［illegible］ 睽 ［illegible］

［illegible］ 計 ［illegible］ 羿 ［illegible］ 睨 ［illegible］ 栺 ［illegible］ 盻 ［illegible］

薊 ［illegible］ 鄭 ［illegible］ 檵 ［illegible］ 繫 ［illegible］ 毄 ［illegible］ 鑿 ［illegible］

［illegible］ 契 ［illegible］ 挈 ［illegible］ 㲳 ［illegible］

［illegible］ 閉 ［illegible］ 瘞 ［illegible］ 医 ［illegible］ 翳 ［illegible］

［illegible］ 嘒 ［illegible］ 慧 ［illegible］ 惠 ［illegible］

［illegible］ 儶 ［illegible］ 桂 ［illegible］ 筀 ［illegible］ 炔 ［illegible］

［illegible］ 鼜 ［illegible］ 醳 ［illegible］ 麗 ［illegible］

［illegible］ 䗶 ［illegible］ 𧊒 ［illegible］ 侇 ［illegible］ 捩 ［illegible］ 剱 ［illegible］

［illegible］ 盭 ［illegible］ 䮀 ［illegible］ 淚 ［illegible］ 纇 ［illegible］ 棙 ［illegible］ 攊 ［illegible］ 婁 ［illegible］

［illegible］ 舍 ［illegible］ 㣊 ［illegible］

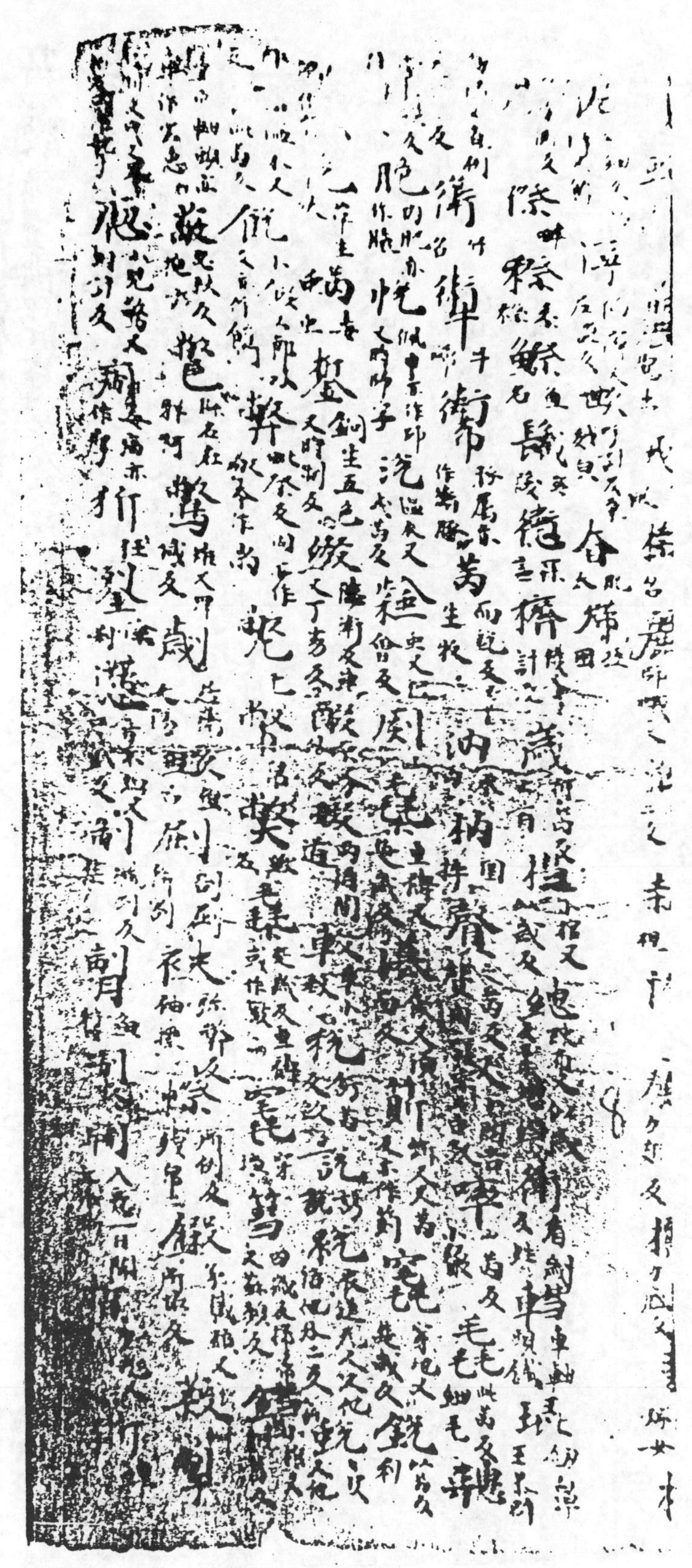

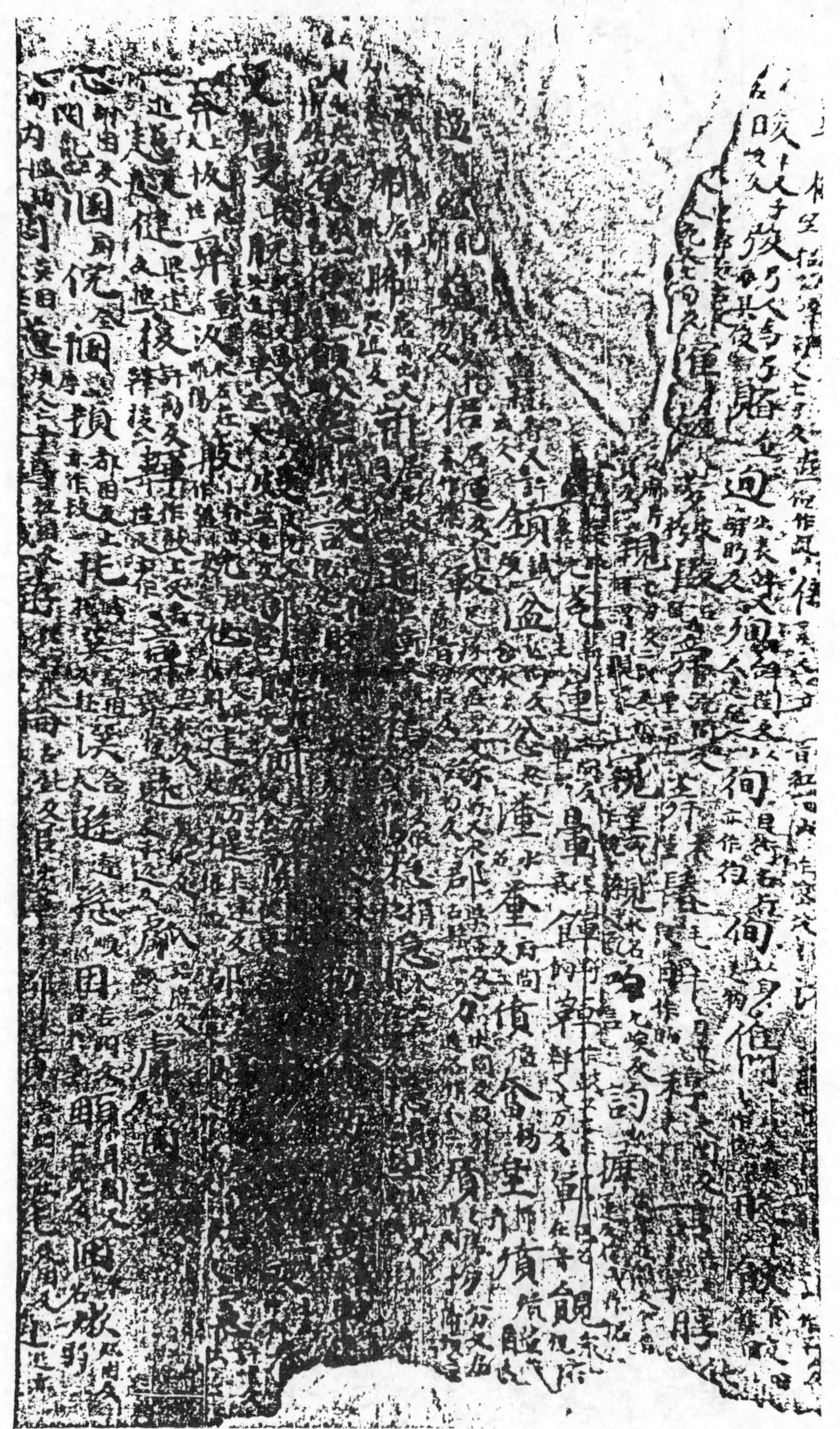

[illegible]圇[illegible]一[illegible]圇[illegible]頍[illegible]亦作跂[illegible]托[illegible]溪[illegible]遜[illegible]遯[illegible]困[illegible]顚[illegible]

[illegible]閟[illegible]泹[illegible]錞[illegible]跬[illegible]輪[illegible]踞[illegible]鞞[illegible]賁[illegible]鈍[illegible]遁[illegible]

[illegible]溫[illegible]鴿[illegible]玢[illegible]魵[illegible]論[illegible]

[illegible]

伴傷□又 騂 馬赤 判 普半反分 泮 冰泮 沜 水 胖 牲半 牉 合 叛 [illegible] 姅 [illegible] 校 [illegible] 鍪 [illegible] 畔 [illegible] 數 [illegible] 妝 [illegible]

㪟 散 換 胡段反 逭 逃 亦作逭 肒 [illegible] 垸 [illegible] 漶 [illegible] 不可知 額 [illegible] 鍰 [illegible] 垸 [illegible] 睆 [illegible] 斑 [illegible] 貫 [illegible]

曤 目 祼 祭 館 [illegible] 璀 玉 䂖 [illegible] 灌 [illegible] 鸛 [illegible] 攢 [illegible] 鑽 [illegible] 爨 [illegible] 爟 [illegible] 𪑃 [illegible] 字

𨈈 一日江 盥 [illegible] 冠 [illegible] 古段反 觀 [illegible] 悹 [illegible] 婠 [illegible] 竄 七亂反 鋼 作[illegible] 𩊐 [illegible] 模 [illegible]

晏 [illegible] 鴳 [illegible] 案 [illegible] 旦 得[illegible] 疸 黃病 唱 [illegible] 狚 [illegible] 悬 [illegible] 觛 [illegible] 笪 [illegible] 憚 [illegible]

倬 [illegible] 旰 日晚 幹 [illegible] 鼾 [illegible] 旰 日 骭 [illegible] 岸 [illegible] 犴 [illegible] 豻 [illegible] 頇 [illegible] 駻 [illegible]

𩓣 [illegible] 侃 [illegible] 看 [illegible] 衎 [illegible] 軒 [illegible] 漢 [illegible] 暵 [illegible] 熯 [illegible] 㵄 [illegible] 爛 [illegible]

瀾 [illegible] 㶂 [illegible] 攤 [illegible] 灘 [illegible] 難 [illegible] 𩀚 [illegible] 幱 [illegible] 粲 [illegible] 璨 [illegible] 燦 [illegible] 䉜 [illegible]

㦨 [illegible] 讚 [illegible] 贊 [illegible] 酇 縣名在南陽 饡 [illegible] 趲 [illegible] 澯 [illegible] 穳 [illegible] 𩑶 [illegible]

㬈 [illegible] 便 [illegible] 𤸫 [illegible] 偄 [illegible] 渜 [illegible] 攢 [illegible] 鑽 [illegible] 鑹 [illegible]

𪑅 [illegible] 澗 [illegible] 鐗 [illegible] 鴈 五晏反 贗 [illegible] 晏 [illegible] 騴 [illegible] 鴳 [illegible] 曣 [illegible] 䳛 [illegible] 訕 [illegible]

[illegible]

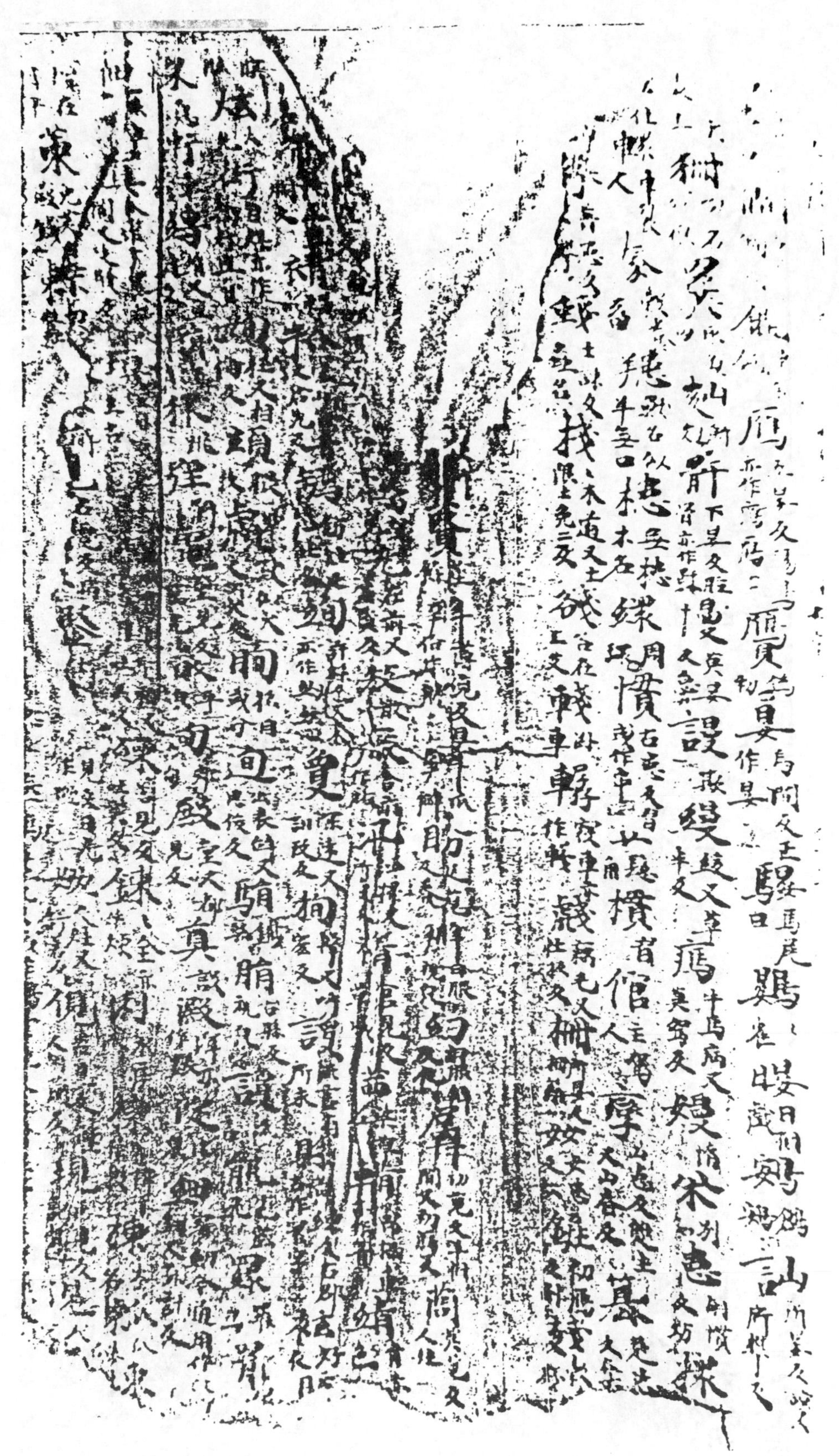

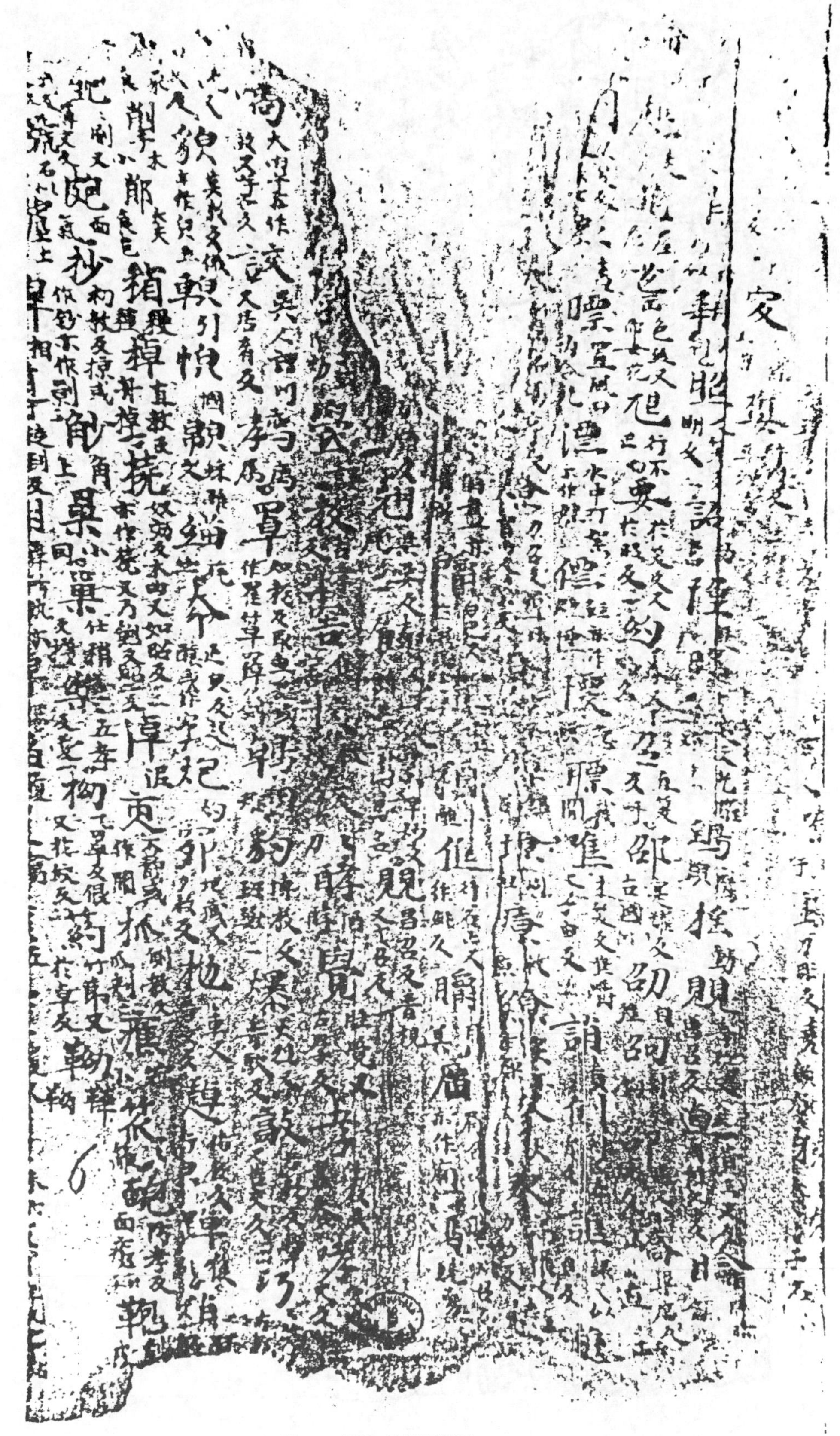

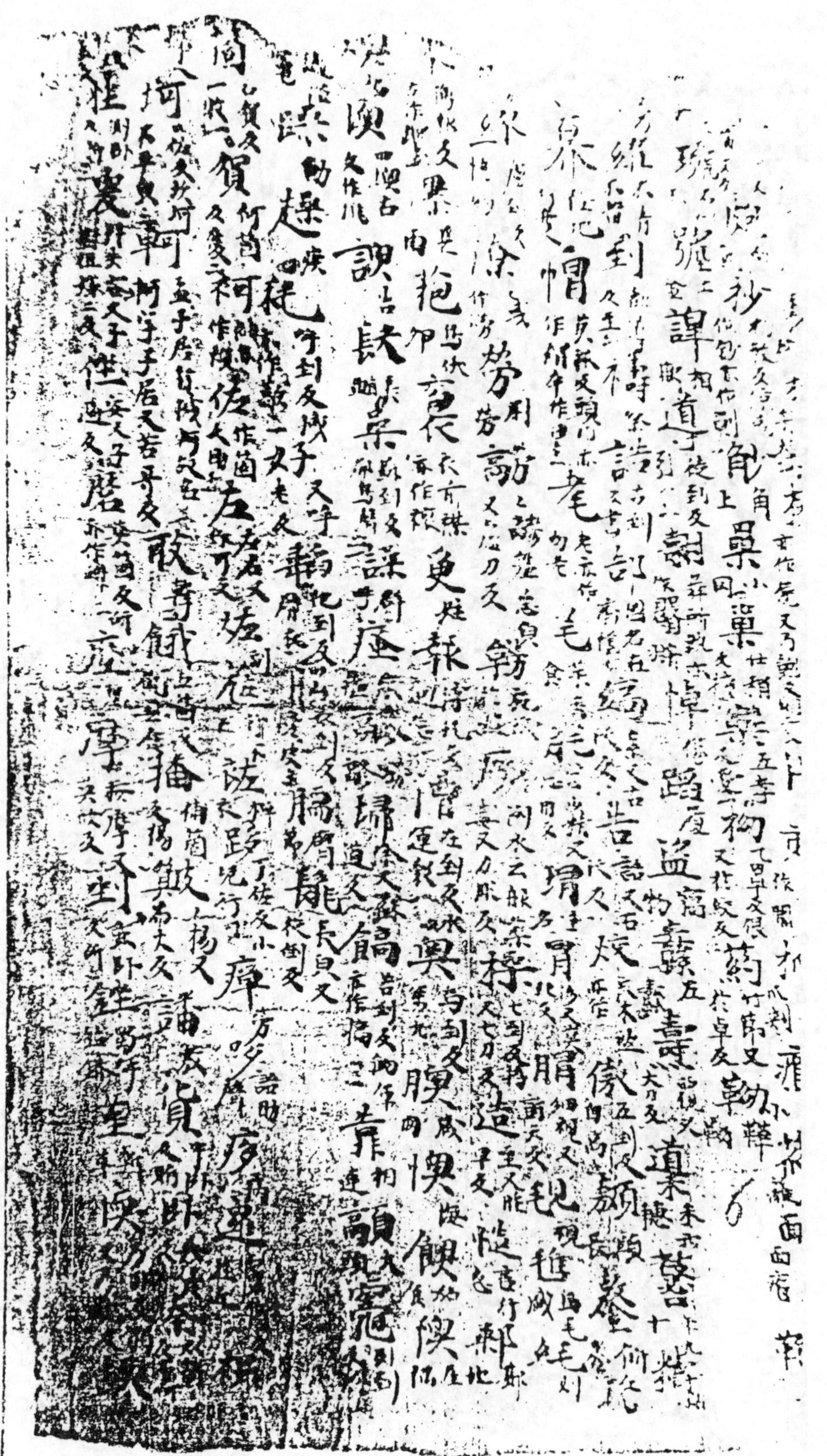

[illegible]

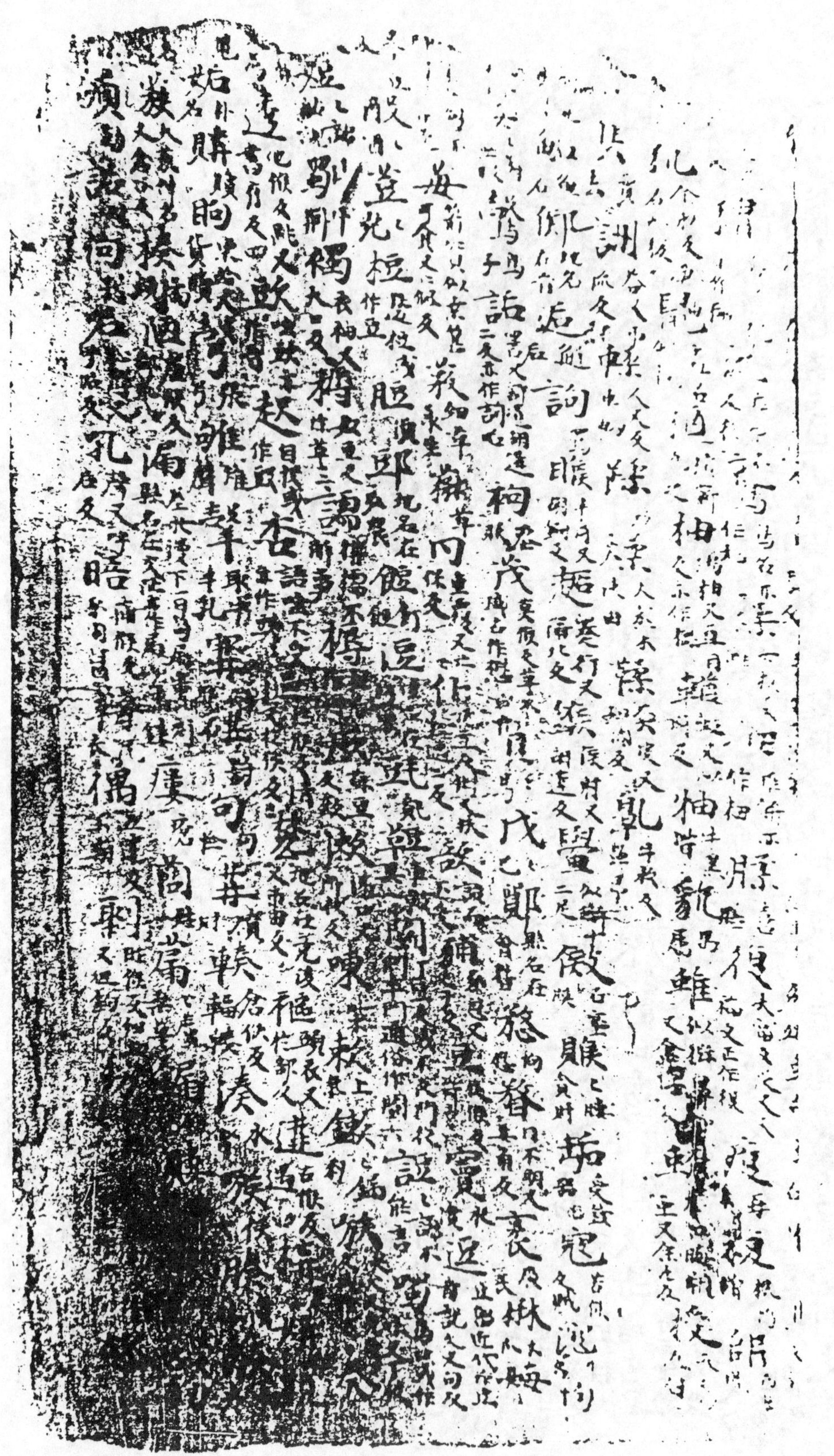

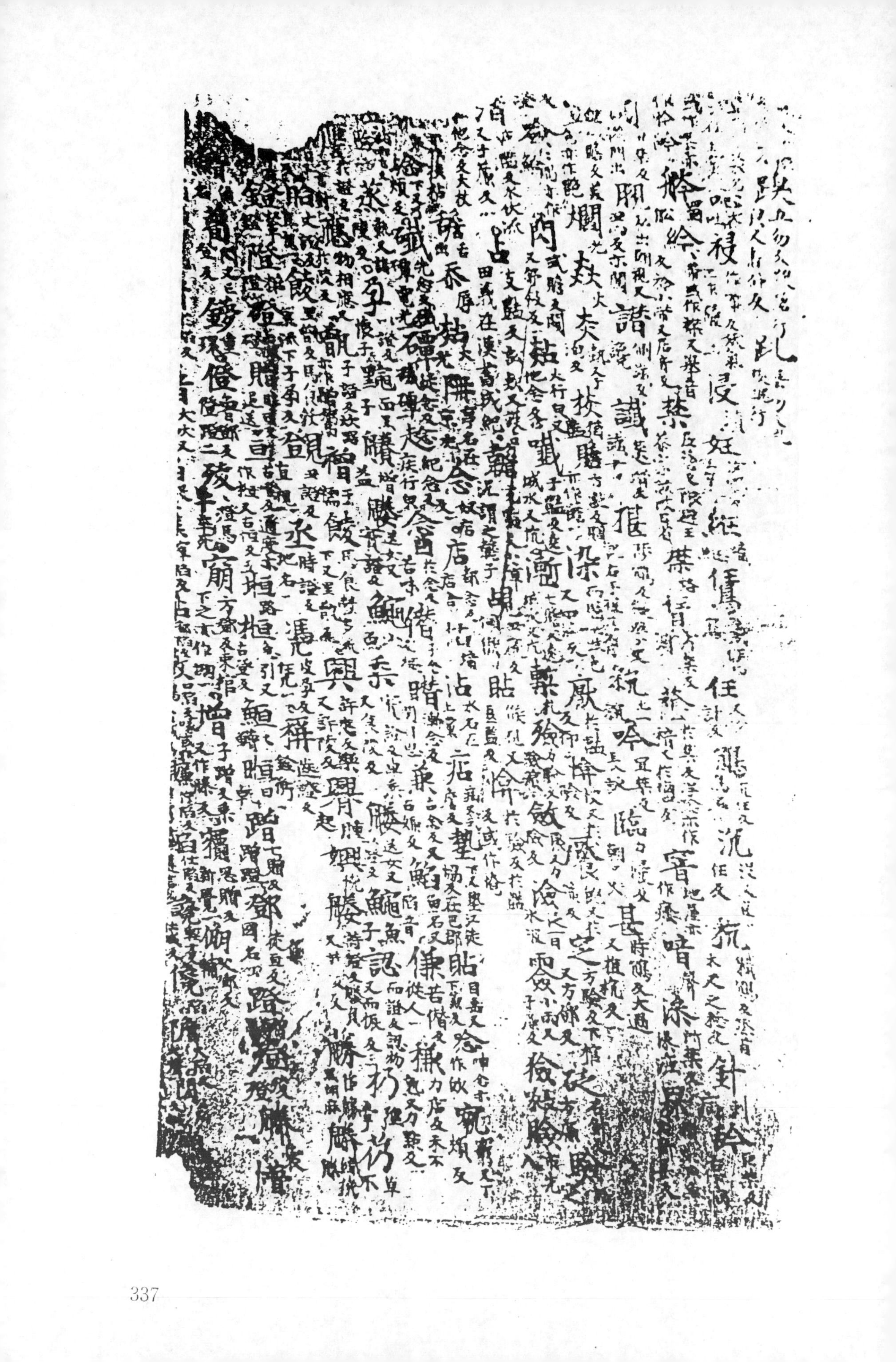

蜀市玉反 西南夷 [illegible] 屬 [illegible] 燭 [illegible] 襡 [illegible]

歜尺玉反 [illegible] 獨 [illegible] 辱而蜀反 [illegible] 蓐草 褥 [illegible] 鄏郟鄏地名在河南 溽暑 縟 [illegible]

浴 [illegible] 欲 [illegible] 浴沐浴 鵒鸜鵒 亦作 [illegible] 鋊 [illegible] 輍 [illegible] 裕 [illegible] 躅 [illegible] 錄 [illegible] 淥水名在湘東 睩 [illegible] 綠色 醁

騄 [illegible] 綠 [illegible] 菉草 [illegible] 逯 [illegible] 簶 [illegible] 錄 [illegible] 趢 [illegible] 曲起玉反 [illegible] 苗 [illegible] 豖 [illegible]

贖 [illegible] 足即玉反 [illegible] 促七玉反 [illegible] 趗 [illegible] 誎 [illegible] 續似足反 [illegible] 俗 [illegible] 藚 [illegible] 粟相玉反 [illegible] 涑

[illegible] 豖 [illegible] 彖 [illegible] 趗 [illegible]

覺 [illegible] 角 [illegible] 轂 [illegible] 礐 [illegible] 鷟 [illegible] 嶽 [illegible]

[illegible]

[illegible]
[illegible]
[illegible]雹[illegible]爆[illegible]
撲[illegible]璞 璞玉 樸 木素[illegible]懪 心暴 鞄 攻皮之工[illegible]
搉 擊又古 確 鞕或作碻 皵[illegible]殼[illegible]罐 直角反 濯[illegible]
擢[illegible]鐲 鉦 濯[illegible]蠗[illegible]浞[illegible]握[illegible]鷟[illegible]喔[illegible]鸑 馬疾下
𦦾[illegible]腥 脂[illegible]剭 刑[illegible]娖 好[illegible]擉[illegible]婥[illegible]逴[illegible]踔[illegible]戳
學 戶角反[illegible]确[illegible]嶨[illegible]澩[illegible]吒 許角反[illegible]狗 聲[illegible]犖[illegible]鷽[illegible]殼[illegible]
娖 謹[illegible]𥓓[illegible]芍[illegible]
姪[illegible]郅[illegible]桎 梏[illegible]櫍[illegible]蛭 水蛭[illegible]質[illegible]日 人質反[illegible]馹[illegible]
實 神質反[illegible]失[illegible]膝 脚膝[illegible]一[illegible]數名
漆 水名在岐[illegible]馬名[illegible]地名在齊[illegible]桼[illegible]吉 居質反[illegible]趌 走貌[illegible]
[illegible]逸 夷質反 佚[illegible]軼[illegible]溢[illegible]鎰[illegible]駃[illegible]泆[illegible]昳[illegible]詰[illegible]

逸 佚 佾 䟢 溢 銍 知 駃 泆 吹 詰

欯 趌 挃 咥 眣 目不正 栗 漯 水名 慄 颲 鴷 鷅

漯 寒 瑮 䔉 窒 桎 庢 銍 蛭

疾 秦悉反 嫉 蒺 㲺 䟡

卩 七 濆 蝍 蝍 鶔

鷅 趕 行 觥

達 悉 䅛 述 秫 沐

甚 猝 鯶 泌 恤 試

華 淢 鏡 鰢

飪 趥 橘 醶

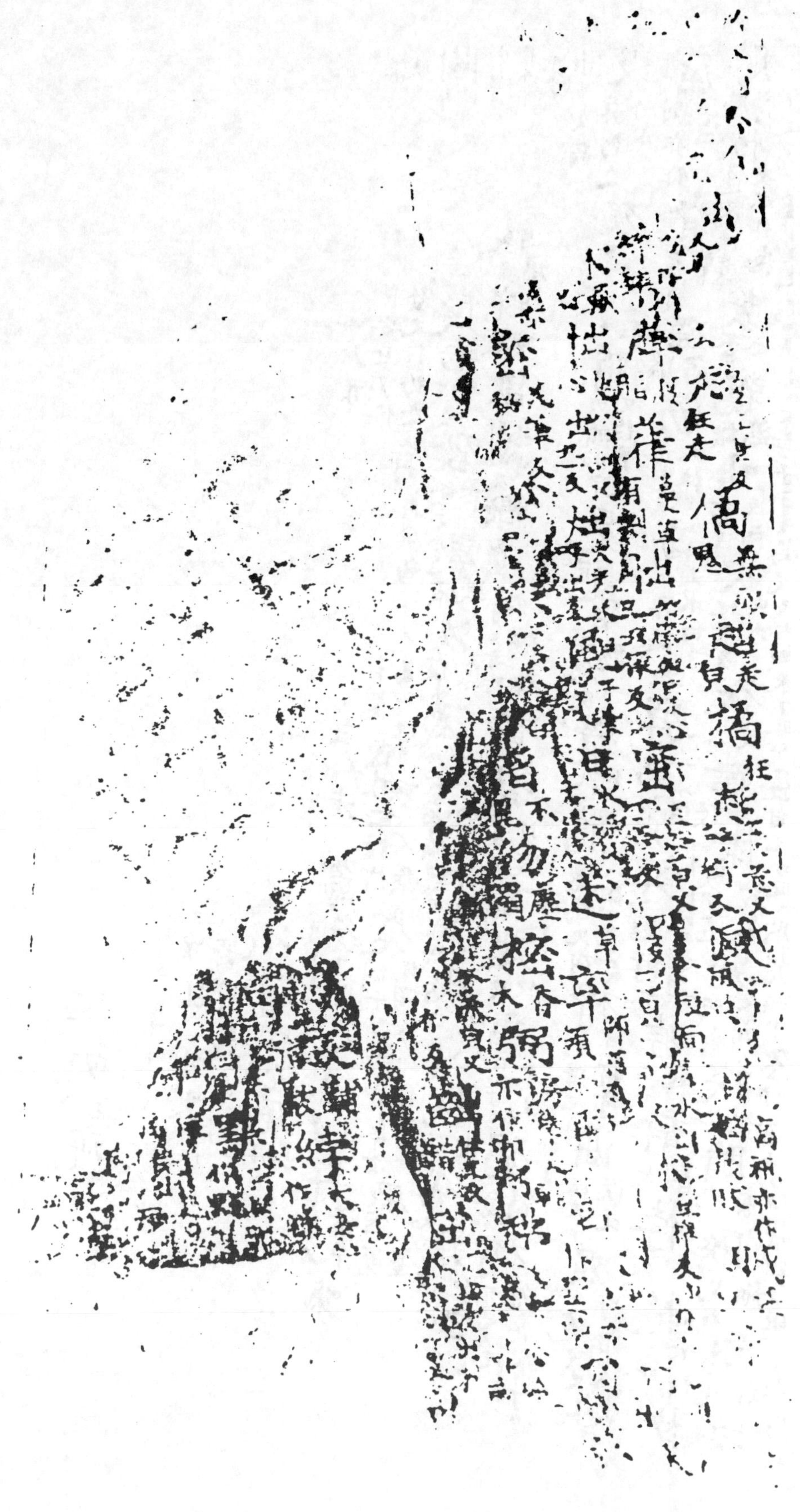

[illegible]

沒 莫勃反 [illegible] 殁 [illegible] 頭 [illegible] 骨 古忽反 [illegible] 縎 結 [illegible] 鶻 [illegible] 榾 [illegible] 淈 泥 [illegible]

屈 [illegible] 窟 [illegible] 勃 [illegible] 渤 [illegible] 䮥 [illegible] 錚 [illegible] 㪍 [illegible]

[illegible] 鵓 [illegible] 咄 [illegible] 突 [illegible] 杌 [illegible] 㮃 [illegible] 揬 [illegible] 脽 [illegible] 䬍 [illegible]

[illegible] 兀 [illegible] 昷 [illegible]

[illegible] 發 [illegible] 屈 [illegible] 流 [illegible] 䟬 [illegible]

[illegible] 歇 [illegible] 𣢾 [illegible] 猲 [illegible] 訐 [illegible] 趌 [illegible] 羯 [illegible] 碣 [illegible]

[illegible] 檿 [illegible] 麋 [illegible] 麑 [illegible] 磨 [illegible] 鏖 [illegible]

生 [illegible] 魚名 [illegible] 反 [illegible] 卒 [illegible]

[illegible] 閼 [illegible] 蹶 [illegible]

[illegible]

[illegible]

鶻 [illegible] 咄 [illegible] 突 [illegible] 杌 [illegible]

鈯 鈍 捸 [illegible] 頭 [illegible] 𩑶 [illegible] 歇 [illegible] 忽 [illegible] 惚 [illegible] 唿 [illegible]

𣏌 [illegible] 兀 [illegible] 杌 [illegible] 扤 [illegible]

䯛 [illegible] 朏 [illegible] 䘹 [illegible]

㕛 古奴胡反 肭 腽肭亦作[illegible] 豽 [illegible]水中 窣 [illegible] 趙 [illegible] 鶟 [illegible] 捽 [illegible] 𢯱 [illegible] 紇 [illegible] 扢 [illegible]

𪗪 [illegible] 解 [illegible] 䞜 下沒反 [illegible] 齾 胡結反 湢 古忽反 榾 [illegible] 㧾 [illegible] 𠃧 病 椊 [illegible] 卒 則沒反 [illegible] 倅 百人 [illegible] 䳜 [illegible]

𢱧 拙地又下沒反 瞟 瞥目 相 穿

末 莫割反 秣 秣馬亦作䬴 眛 星易日中見眛 帓 帓額 抹 抹摖手 休 肥大 妹 [illegible] 㭆 土 沬 水沬一曰水名在蜀又武泰反 濊 [illegible] 䮧 馬名 䳜 [illegible] 𧬈 六大 眛

[illegible] 上 [illegible] 𩑶 目不正 鮇 魚名又莫[illegible]反 餘 馬食穀 𩢱 [illegible] 糜又 䤋 [illegible] 䊶 [illegible] 㭫 [illegible] 桷 丘活反 撥 [illegible] 犮 [illegible] 刺 祓 除衣 茇 茇根 鉢

[illegible] 鮁 魚 尾兒 迒 走兒 騷 多騷 怵 意不悅 又[illegible] 䒶 草 撥 撥大 撥亦作 駿 [illegible] 惁 [illegible] 鬢 [illegible] 捋 [illegible] 䦢 [illegible] 䅻 水流 䯏 [illegible] 撥

吉 [illegible] 佸 會 頢 [illegible] 䦢 [illegible] 適 适 栝 [illegible] 劀 [illegible] 闊 苦括反 [illegible] 筈 [illegible] 栝 [illegible] 活 戶括反 水流 祐 [illegible]

[illegible] 奪 徒括反 奪[illegible] 稅 [illegible] 脫 肉去骨 又他活反 梲 [illegible] 莌 草生江南 又他活反 𩣡 馬 [illegible] 䫟 [illegible] [illegible]

[illegible] 乾 [illegible] 馬活 捝 大[illegible] 䀉 目開 斗 取物 或作[illegible] 暗 目深黑 又[illegible] 䀨 [illegible]

[illegible] 𧿹 [illegible] 不[illegible] 魚[illegible]

沿 沿 耶 舌

行 撥 餟 撥 跋 抓 白色 皃 飯又音餘 祓 䟦姓 佩 䑺 晞 䳜

癹 捋 剟 蚵 撥 鵽 䳜 蹳 撥 犮 䟦

䟦 友 皷 敂 敂 拔 颰 癹 犮 妭 拔 友 䟦 䟦 犮

䟦 跋 藆 撥 冊 嗣 聲 怛 剬 妲 呾 狚 䵣 靼 闥

健 捷 踺 達 獺 鰨 噧 笡 逢 遏 鶡 竭 闒 䨠

𢈔 剌 𢱢 辢 莿 剌 樹 剟 瓈 瞯 賴 樹 𦎡 韓

𧿒 潑 馞 裼 逹 㦸 嶭 嶭 巘 䖶 鐵

㗊 𠱾 䓣 蔛 菖 櫱 劂

閘[illegible] 鄖[illegible] 轄[illegible] 鶡[illegible] 瞎[illegible] 曷[illegible] 蝎虫 鐵[illegible] 鬝[illegible] 髺 楬木 䫘[illegible]

[illegible]口 軋[illegible] 揠[illegible] 捺[illegible] 㨶[illegible] 螖[illegible]

黠慧 胡八反 䶪 齧聲 鬝 秃 扎 側八反 𤸽 疾 蚻 小蟬 菝 蒲八反又蒲拔反 拔 [illegible] 劼 用力 鬜 [illegible] 刮 [illegible] 莿 [illegible]

鳥名又拈鐵 黷 [illegible] 滑 戶八反 [illegible] 猾 狡猾 鰭 魚名 [illegible] 䝢 [illegible] 䮗 馬八 [illegible] 䶬 口滑 娺 好兒 聑 [illegible]

亦作 䯨[illegible] 䫏 [illegible] 𩑶 [illegible] 鵽 [illegible] 蔡 [illegible] 察 [illegible] 䕓 [illegible] 瞭 [illegible] 詧 [illegible]

𪕁 女滑反獸名似狸 亦作䶂 無前足 嗗 飲聲 婠 [illegible] 歇 氣 不利 齹 [illegible] 齧列 [illegible] 𡪢 [illegible] 祭 [illegible] 察 [illegible] 榤 木名 䁟 [illegible] 詧 [illegible]

魚 䁅 名 [illegible] 右點反 林 指林 揩 [illegible] 祭天 [illegible] 楔 [illegible] 蘇 草亦作 [illegible] 契 [illegible] 欆 [illegible] 鵊 鳥名亦作鵊 秸 [illegible]

䟸 名 [illegible] 擊 [illegible] 㭞 物 㭞 惡 [illegible] 楬 [illegible] 先結反 [illegible] 㮷 [illegible] 楔 [illegible] 棹 [illegible]

𠃉 馬 點反 山 屹 曲 揠 拔草 心 嫖 [illegible] 怒 楔 [illegible] 殺 所八反 言 合 鍛 馬羽 䥶 蓺 山列反 恀 思悧反 偖 [illegible] 俻 [illegible] 眡 視 䙡 [illegible] 䍗 [illegible] 䫳 [illegible]

𨋩 車 輾 [illegible] 黤 [illegible] 女點反 黜 五滑反 䀮 [illegible] 劼 [illegible] 滑反 [illegible] 音八反 宂 乙八 反 空 䰲 鰟

反 䀸 視 䍬 息 瘔 瘡 痄 居 䐲 [illegible] 𠇲 力正 水聲 [illegible]

晢 䕩 胡䀸反 車軸 頭鐵 䓣 齧聲 䮷 馬名 𢦏 [illegible] 碌 𥗪 [illegible] 宀石 [illegible] 又口沒反 [illegible] 害 [illegible] 蠽 [illegible] 鶡 乙鎋反 閲 門 [illegible] 圓 [illegible]

一亦 作 䓣 正作 [illegible] 䣛 [illegible] 鶡 [illegible] 䲰 馬名 字 暮 [illegible] 鵽 古鎋反 木 虎 槕 [illegible] 碢 [illegible] 猵 他鎋反 又 [illegible] 瘵 [illegible] 女鎋反 [illegible] 刮 [illegible]

𢿓 五鎋反 [illegible] 鬜 秃 鶡 剎 初鎋反 瞎 許鎋反 [illegible] 䀏 眼 亦作 [illegible] 鶡 [illegible] 鳥 器名 又 [illegible] 碮 [illegible] 名又 他達反 [illegible]

鳥 䲰 䛸 [illegible] 刮 [illegible] 頢 [illegible] 下刮反 頢 短白 [illegible] 䛡 [illegible] 敆 [illegible] 舌 [illegible] 䕸 [illegible] 咶 [illegible] 鴰 丁刮反 鳥名 [illegible] 䥯 [illegible]

可 反 [illegible] 足 [illegible] 䫝 [illegible] 刮 [illegible] 頢 [illegible] 刮 短白 [illegible] 鬝 [illegible] 𩓣 女刮反 婠妠 小肥 [illegible] 䫘 [illegible]

[illegible] 䀂 [illegible] 朙 [illegible] 妠 婠字 烏八反 [illegible] 作 [illegible] 䵷 [illegible] 䵩 [illegible] 亦作 [illegible] 初 [illegible]

玥 明 婣 覽 蘄 磜 棣

鵑 鶌鳥名 檇 禓 由香草 楬

舟 楔 揳 躃 逆行 獨 腨 式 切 嚓 屑 竊 結

二 揳 楔 桔 挾 趨 鷃 契 劍

蝪 蛣 節 子結反 弓 癤 瀸 灦 岊

竊 穿 窕 窊 問 益 閉 缶

眣 說 設 觖 馺 芙 鵝 決 趹

股 癸 疾 宄 杭 突

陸士 垤 耊 老 迭 遞

閉 咥 齸

餮 閨 擷 頡

瓞 但 宜 截 岊

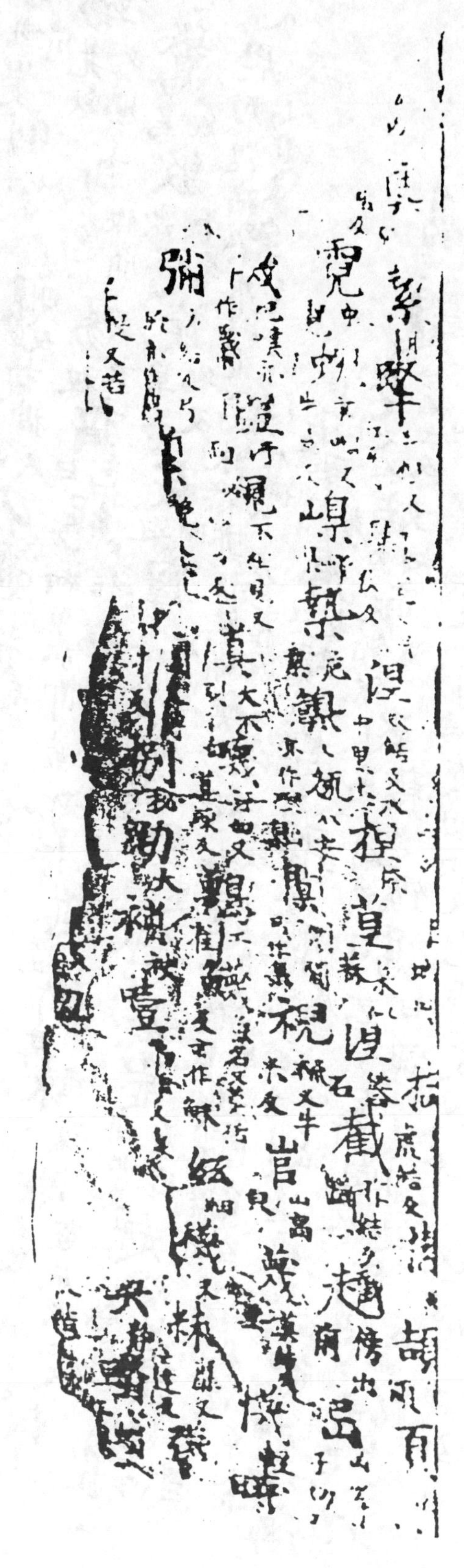

淚 戚 翅 歷
設 詥 覓 冪
踪 鼓 羃 閴
杖 刺 苵 許列反 鯑 㜘
錫 先擊 裼 析 櫪 蚚 擽 礫 激 古歷反 覈
鷖 敫 苦歷反 蘩 草 歷 激 懸 鏑 靂 趯 趯
櫪 藶 趯 礫 燦 鏑 欐 名 蕭 山
屬 鬲 廳 羃 廱 魚
適 嫡 鬲 豹 駒 白 適
迒 鼠 菂 蓮中子 杓 蒴

覓 莫狄反

擿 作擿 鷊 作鷊

翟 竹 藋

迪 倜 趯 剔

覿 敵

狄 滌 水 溺

覡 冪 汨 覓

鬲 鷊 霹 甓

歷 櫪 躄 辟

湨 戚 磬 慼

錫 積 脊 迹

惜 碣 舄 鵲

借 踖 鶺 磧 積 益

嗌

[illegible]夜山[illegible] 釋解 斁[illegible] 醳[illegible] 睪[illegible] [illegible] 赤昌石反 [illegible] 斥逐 [illegible]

[illegible]作[illegible] [illegible] 蹠之石反 [illegible] 尺[illegible] [illegible]

[illegible]曰[illegible] 鶺[illegible] [illegible]之石反 [illegible]

公老反 [illegible] 石常尺反 [illegible] 祏[illegible] [illegible] 隻之石反 [illegible] 適[illegible]

[illegible]拾[illegible] 跖尺[illegible]作蹠 趞[illegible]行 阜 辟[illegible] 瘢 [illegible] 衢[illegible] [illegible]作 [illegible] 擿 [illegible] 擲 [illegible] 摘 [illegible] 蔽 [illegible]

[illegible]又[illegible] 趙 [illegible] 棟 [illegible] 席 [illegible] 夕 [illegible] 穸 [illegible] 汐 [illegible] [illegible] 耤 [illegible] 籍 [illegible] 踖

[illegible]作[illegible] 籍 [illegible] 腊 [illegible] 昔 [illegible] 辟 [illegible] 僻 [illegible] 闢 [illegible] 躄 [illegible] 擗 [illegible] 役 [illegible]

疫病 鰕魚名 [illegible] 霹[illegible] 鴉 [illegible] 鷿 [illegible] 壁 [illegible] 鐴 [illegible] 辟 [illegible] 壁 [illegible] 襞衣 擗 [illegible]

[illegible]作壁 辟 [illegible] 眼 許役反 [illegible] 䀸 [illegible] 書 [illegible] 鬩 [illegible] 犓 [illegible] 甋 [illegible] 馘 [illegible]

[illegible]又 脈 [illegible] 霢 [illegible] 脈 [illegible] 畫 [illegible] 嫿 [illegible] 劃 [illegible] 鱯 [illegible] 𧈢 [illegible] 馘 [illegible] 幗 [illegible]

[illegible] 檗 [illegible] 擘 分 [illegible] 繴 [illegible] 捭 [illegible] 檗 [illegible] 昔 [illegible] 積 [illegible] 措 [illegible] 責 [illegible]

[illegible]責[illegible]

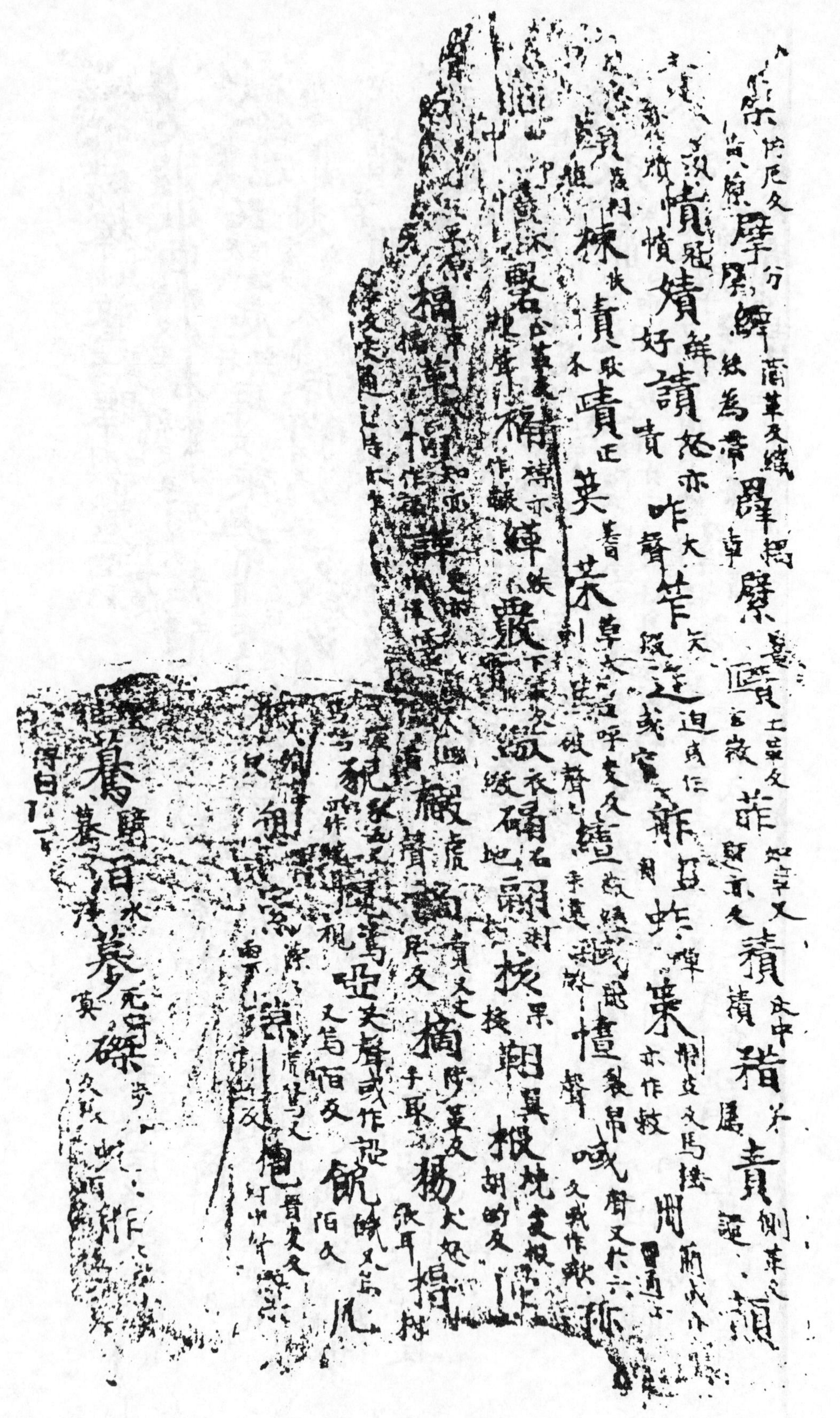

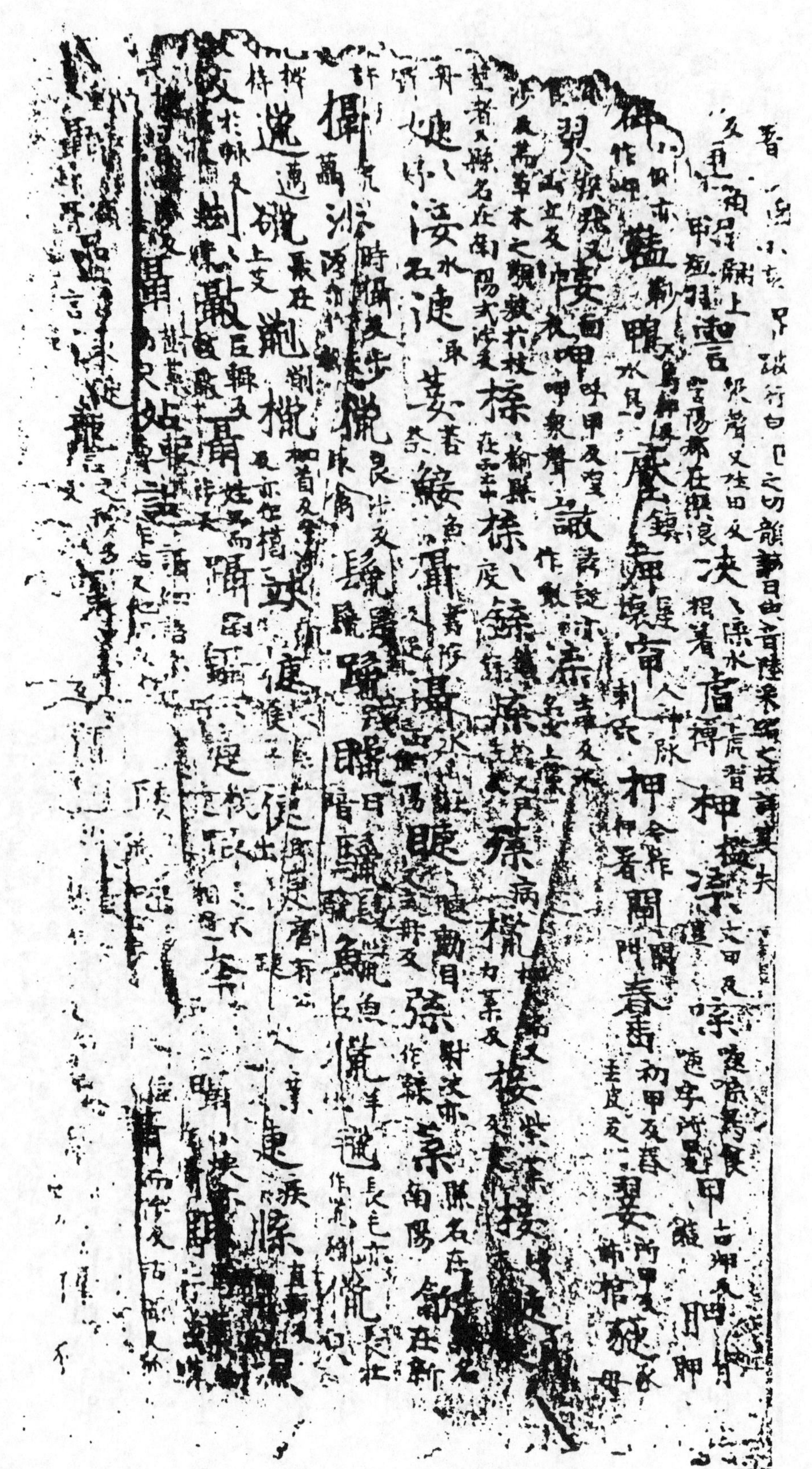

第一頁 支

漢案所闕當是殘字

當作𩫖

首九字原闕

原闕

又く

當是觶觿二字見劉氏鈔本

○山梨鸝く黃鳥或作鵹褵婦人香纓蘺江く蘺草木附地生皃䍦く黍。

弄言又呂泥反漓水人地剺分割鸝鳩黐黏䍦䍦疵疾移反病䕸。

鴜毛口上鴜水鳥又疾移反𪕬鼠似雞訾思鮆魚名鄑く城名在北海

媊明星又子踐反驪屋宜反馬絡頭七畸殘田羇寄掎く角攲く取物䩻。

椑盆亦作椑鞞牛鞞縣在蜀䪁顏(?)美錍鉀く普啼反又陴符支反城上女牆亦作𩫖

○反縒為亦五施作岐葹草名拔心不死䭲誘亦面柔𪓿蟾蠩斯息移反此廿二

瘕瘯瘕疼痛又斯齊反傂く祁地名在平陽緦經緯不同又移反亦作䌷鼶鼠尺虒廝賤役䫅顏く

磃磨又楚宜反差不齊一摛布七知反𧐖く不蟊龍𧩦知魅く魅亦作殃魅𦗍。

麗縣名在交阯䍐深入齊人呼母𥂝鑒青州云玉名𥫳竹器亦作籭

知涉離反四蜘く蛛或作鼅鼄智酒𧶼質當於離反猗水名八猗美

池畜水移連閣箷器榪く蕤跠𧿶𧝓衣𪘀齒𪘀斷誃離訣

公玉篇為趣字失後行之字從音支聲趣从芻聲𦝫息為反姓今作眭眭又下圭反一危魚為反不安三

又息移反所宜反又山尒反又作給𨡓下酒亦作釃𨂝物佳反亦作𩀨𨂝盝亦縰又所作口𧓍。

朗又始銳反山巔狀五𡾟姊規反𡾟巖𦨆星細善又桑果反𦄌纚𦗉

亦作山規裁

誤、案攋原在剃上故宮本居隨反此誤置

第二頁 之

本書字之位置與原本不合者擇要乙正

案䫌等當從瓦

案屬當作屬丑篇之切踞也圯以下諸字故宮本與之反是屬圯青同廣韻屬入脂韻

鬗下々岳々當作々䦶岳々岳々即嶽々見漢書朱雲傳

㞐當作居

秋當作愁

衎閡之文當是持字

微

攋裁 ●剃嚮隨反券又在細反三 槼地名 臑々臑又子兖反亦作爛爐 ●衰楚危反。○○○

圯々橋名 貽貺亦頤 貽遺作匝 䛊言々 瑿玉名 宧室東北隅 浰水名 䐈豕息肉

䫌畢々也 䫌小䫌 䫌貺 屬。踞。 相斗 ●鉞無刃戟 异已又餘吏反 洍水名

鬗々岳々又五力反 ●思息茲反念十一 司府署 罳罘罳 緦總纙 伺候 緦麻々 楒木々

颸風 ●其渠之反語第正作丌廿一 期信指 旗旂 萁豆莖亦作萁 騏如馬不角 棊。

○綦綦基似蔗 錤鎡錤 璂弁飾 鯕魚名鯕 祺福祥 綨白倉色 䶞齧

檽木耳 隭。地名又峻坂 轜。柩車亦作輀 胹。煮熟亦作胹 鴯鴯鴯 洏漣而流貞 淚 鮞魚子

娸姓一曰醜 䫏大頭方相 鵋鵋鵋鳥人 ●姬居之反周姓七 萁作稘 古

●詞似茲反言五 祠祭 柌鐮柄亦作枱 辭獄訟亦作辤 辤別古作辝 ●釐理之反福曰十一

𣯛莫斄毛起又 艃舟艃 來力臺 ○孷孷孳雙生 斄憂秋 嫠龍吐沫 ●菑側持反不耕田

椔木立死 鯔魚名 鄑鄉名 ●僖許其反樂十五 歖喜 熙和 嬉美一日遊 禧福

譆熱 醫於其反巫三 噫恨聲亦作譩又於擬反 瘢贏賣反又乙 ●癡丑之反騃四

執 ●蚩赤之反蟲名六 嗤笑亦作欰 詒告又乃經反 蚩羽盛 媸妍媸 蚩輕侮 ○ ○

滋多或作茲 嗞嗟憂聲 茲黑染黑 鎡鎡錤 鼒之小鼎 鰦魚名 鯛

物 ●煇許歸反光亦作煇暉十 揮奮 徽美 翬飛貞 褘后祭服 𩻟魚有力

韋皮 韎京 違乖 湋水名 潿濁不流 鍏 韍戾 禕衣重

𩃬家 𩃬 霏芳非反雨小或作霏七 妃女官又普佩反 菲芳又芳尾符未二反 𣯶毛細 騑〈往來皃 騑驂一曰醜 馬 騛大目又方巾反 匪肥反 斐豹見至傳八 飛翔 扉

戸 緋赤色 非不飛似羊一曰白首而兎足 飛〈 兎馬 肥符非反豐肌正作肥八 腓腳腨腸 䠊 痱風病或作疿 淝水〈 蟦聚名在河東聞喜 蟦蠐 蜰

扉 負蠜 威於非反 葳可畏七 葳〈蕤 嵔〈嵔又於鬼於罪二反 隇〈隗難危 蝛〈蛜虫 煒美 城決 沂塘 祈求十一 頎長好 旂旗 鱗鬼王 蟣俗 蟣

虫 或作 崎水旁曲岸亦作圻渠羈反 刉以血塗門 㙬 哀反 機危又公 幾頻肉又居希古亥二反 斤狙 獑大生一子 機居希反具十四 譏誹 蘄縣名在譙郡今音祈 幾

圻 小 璣珠不圓 幾微 蕿草 蕿蒩 磯大石激水 鞿馬 鞿繫 饑穀不熟亦作饑 鐖器 鐖金 刏斷 希少 虛機反 晞日乾氣

食 莃葵 鵗北方雉名 睎視 稀〈 稀穊 趣走 桸木汁可食 依於機反倚六 衣裳 譩痛聲 㕈天㕈縣在酒泉 悠痛念 郼國殷 沂

魚衣 反 蘬似蓼而大一 蘬丘韋反馬蓼 歸俱韋反還 歸亦作歸一 巍語韋反 巍闕二 魏畏反 巍牛又牛

魚語居反水蟲六 漁水名在漁陽 䲄捕魚或作漁魚 䱷 齬齟齬不相值又魚舉反 鋙鉏 䲆馬二目白 初楚魚反始一 書傷魚反書七 鵨鳥名似鳧 璖玉名 舒散

鄃地名在廬江 口魚 䳥 居舉魚反止亦作凥八 据手病詩云予手拮据 裾衣下 琚玉 鶋鶢鶋鳥 涺水名 菹菹草 腒乾雉又鉅於反 渠〈強

蜛 蝚 璩玉 碁磲 碑碟 蘧芙蕖 篨籧篨 篨〈 籧牛 醵合錢飲酒 腒九魚反 鶋鳥腊又鳥 鶢鴟鳥 驉 鼲獸

口藩籬 蘧蘧麥 蘧〈 蘆小菜似蕖〈 蘧跳蘇 蟝蟝蛛 豦豕又 豦御反 余與魚反我亦作余予同余廿三 蜍蜘蛛 餘殘 輿車又與庶反 旟

鳥 鵌鳥同穴 璵璠寶 餘〈 艅艎 舁對舉亦作舉 舁田ㄇ 澦水名 歟詞末 歟亦同與 譽美稱又似豫反 好字 婕好婦官 妤亦作伃 僫

山 驢馬行 與予仔反 懙〈謹敬 懙〈安行 懊〈 旟 觶蜀 淤 鯆相通 鮹魚名 鰖名 竹 蕍路 稰落 稰口口 蝑

蛗 蝑 蝑 靑有才之稱又相俱反亦作惰 疽七余反癰十三 岨石山載土亦作宜 趄趑趄 苴履中藉 沮水名在北地又慈與反亦作沮 狙猨 雎雎鳩 且

案故爲敬之譌

坦蟥塲又七慮反覷相似覰又七慮反䖥此鋤助魚反大斲三鉏齬又仕舉反豠豕屬𧬈劬居反舒樗惡木瑹義胡反。

疏條亦作延又所去反䟽疏延青通𨢿下酒又所宜反亦爲䴡疋詩古文爲雅字又山舉反虗許魚反空又作虚虚通俗作虗驢馬驢歔欷嘘吹鱸。。

郤地名羜野羊𥬠篨竹名𠰷笑皃猪陟魚反豕三正作豬瀦水所停曰瀦藸所表識揭藸有臚力魚反。

閭里蔄菴蔄爐火燒山界諸章魚反眾𣘻木名藷水名在北岳諸藷蔗

牏短皈

虞

鰸魚名出遼東軀身驅馳亦作駈摳褰裳又苦侯反朱止俱反赤珠珍侏侏儒咮。。

鴸鳥似鴟人首絑。祩。趍俗作趍一趨。。通慺力朱反悅亦作慺十三蔞蔞蒿又力侯反氀毛氀毛布瞜瞜鏤魚名嶁山頂

摟曳貗猪求膢膢所祭又落侯螻蔞以過水螻子䝏反亦作褸婁空扶附夫反持十六芙蓉颫風鳧野鴨

扶扶疏盛皃苻草名蚨青蚨青色小蟲子母不相離夫語端若夫荂草木柎白石英又子房扶付反𧉩小蚕↑蒿子㵗。

雛鶵鳩敷撫夫反布卄六麩麥皮亦作麵孚信郛郭亦鄜縣名在馮翊作垺鄜俗語作敷州鋪設又普胡反筟。𥾐織緯者俘囚痡病

殍餓死曰殍怤思𦐂翡下羽又音鋪蘣花孚卵化紨綿𤷳。痡見石間𣰸毛莩莩蕍稃秠亦作粰穁葙積又扶甫反豧豕息又芳豆反鄜亭名在汝南上蔡又方豆反

蒚花盛孯尤反毆又扶子于反諏謀又子侯反六㖀嘁㖀㖀不廉嶇嶇嵎娵星嵎良掫高擊跗甫于反足趺亦作趺十三膚體肌亦作肤邞縣名在琅琊鈇

袪袍襦之類前袪襟亦作袂玞珷玞美石次玉鴩鵃鴩鳥名三首六足六目三翼蒰地蒰藥名簠簠祭器又方羽反夫周制以八寸爲尺十尺爲丈故曰丈夫鳺鳺鴀鮇鯥柎欄足紨。。

口𢁉于般于隃陽隃澤隃蘆草又烏侯反紆持又口孤反㧓股軀胡䣜能者飲不于𧊑蚯迂曲輸式朱反送納二鄃縣名在清河樞昌朱

鞾革郚在冀州侯反孤反䣜能者止蜒

。。

姝好亦作口茱茱萸廚直朱反竈室二一蹰踟蹰拘執十一㽵句舉隅反駒馬子岣岣嶁衡山別名䀏左右視䣜𨚗挹捄盛土詩云捄之陾陾跔手足寒鮈魚名鮈

碑礁䃆〻日邪反又毹毛山虞反𩋨裂𣝰車轂
磄礪石〻 𥒢許力反 毹氍毹三 𩋨繒 𣝰內孔

[模]

模莫胡反法九 摸莫以手摸又毛搏反摸㨖 嫫〻母黃帝妻 𧝒車衡上衣 䤈〻醶子醬醶字大胡反 謨〻亦作謩 墲無規度墓地亦作無 蟇䗫 無竹 䑬薄胡反䑬䑬手足行七 莁〻擴收亂草
〇飲酒 𢱤〻酇縣在武威劉字戶關反 菩菩薩 𦝫脯大魚 蒲蘭 ●胡戶吳反何十九 壺酒器正作壺 狐狼屬 𤜀𤜀瓠 餬寄食亦作餬 瑚璉 胡〻牛頸下垂或作咽 鶘
鵜鶘 猢獑猢獸名似猿 獑字上咸反 醐醍醐 麴黏麴亦作黏 弧弓 乎詞已聲又从兮兮从兮厂聲厂音曳 𥵍竹 瓶瓀〇 槵銳上 棗大胡 湖陂 鼬鼬 狐
鳥名 孤古胡反單卅一 菰彫胡 姑且 辜罪 呱啼聲 㧓內上 泒水名在鴈門 酤買酒又胡古護二反 觚酒器 蛄螻蛄 𥰭竹 鴣鷓鴣鳥名 橭木名 古漢書越巫 卵祠在雲陽
水名在高密 嫴保任 胍胍大 脝肫 𧻬程 𥸤〇爪〇 㼋〇 𦨿 徒度都反空又或作达步行 廜廜 瘏病 塗泥亦作涂又火如反泥飾 途道途通 𨂵山 駼騊駼
余黃余鳥名與鼠同穴 涂水名在益州又直魚反 梌木名 荼苦菜又丈加反 酴酴醾 𨡤思度說文音鄙訓難 圖畫說文書計難從口音章從鄙〻難意用鄙作圖非

不勸

此行寫脫第五嫉以下接次行寫下不相符合

二十反胡吾 吾我 [illegible]反 [illegible] 〇口〇口〇口 [illegible]
鵌牛鵌鼠同穴 梌胡反 𣏬蛇反 荼虎乃胡反 奴徒乎四 砮礪 駑馬 吳國名通俗作吳 𪃐似鼠亦作鶘 浯水名 𦷏
麿草菴 廜麻鳥 鄌馮翊 郚亭名在 梌〇胼又他 稌穗又七 𦰑虎 𨛨〇 𣵀 郚東莞 梧桐 鯃吳鮈 鯃大魚 租側胡反田稅二 蒩茅藉 〇口〇口 盧落胡反器通俗作𪔅廿三 鑪火 墟
作口 珸屬琨 珸石次玉 蜈蚣 吾〇亦後 琨珸美 蜈〻蚣 郚鄉名在 梧〻 𩵋 鯃大 𩵋魚 租田稅二 蒩封諸侯 蒩
黑土 竹 𥱧名 蘆葦〻 顱頭顱亦作髗 鱸魚名 攎取 斂 櫨柱 轤轆轤 𪇆 韓𤠷 犬名 鸕鸕鳥 艫舟後 纑布縷 瓐碧玉
田 𩓐 𩛳 𦉈 器 𦼫 甞 虜 𦠚 𣧫 首 〇 蘆 𧑅 䍛 木名又 蘇 息吾反 𥠈類 三 穌 生 𨼼 麻 屠 徂 昨 姑反 往 殂 死 亦作 𣦸 三 虘 虎不柔又 他才 反 烏
〇口〇口反 嗚〻 㛀 呼 𣏬 莫寒反 鏝 〇 字 洿 水不 流 鰞〻 魚名 鎢 鏝 欨 口 相 𪁾 鳥就 鎢 温 器 弙 滿弓 又所向 又口孤反 瑦 石似玉又於故反 𪇰 烏〻 椑 青 柿 𪃡 鶘 蝁 蠍 蝂
〇口〇口 於〻 戲又 方 央魚反 逋 博孤反 逋 懸 八 餔 〻 申 時 晡 〻 平 庯 屋上 鋪 設又 普 故反 抪 展舒又 補路反 𨔺 〻 𨔺 鵏 𪇆 枯 苦胡反 死木 亦作 𣏕 七 刳 剖 破 刳 名 郀 地 于 揚
虍 張弓又於孤 反 亦作 㚽 軲 古車 橭 木 四布又 古胡反 麤 倉胡反 不精 三 麤 行路 遠 蔍 麤 草 履 𣘺 他胡反 玉 美 玉 五 稌 稻 又 他 古 反 珠 琈 鋘 銳 又 達 胡 反 𨕖 伏 地

363

齊

·都丁姑反大邑四 鄀竹名 闍闉又時遮反 醏醹醋醬名 䈻普胡反豆䈻六 鋪設 鯆魚名 䟽䟽 痡病 陠衺

齊徂嵇反中七 臍膍臍亦作齊 蠐ㄑ狼獸名似麋 蠐ㄑ螬或作𧐭 齌好布利又子等又七稽反 鉶負鉶奚反 黎落嵇反衆亦作黎黎十五 犁耕具 䍦ㄑ綺窗 藜藋

菥ㄑ茈織荆又力底反 黧黑而黃 鵹 盠以瓠為飲器 邌徐行 鄨亭名在上黨 㥝 謑 離弄言又 驪馬 謧力支反 䴢馬屬 鸝ㄑ黃鳥 鯬鯠 妻七嵇反齊亦作齌十

萋草盛 凄凄寒詩云凄其以風 悽悽慘 霎雨止 鶈鳥名 緀緀文 齍坎疾又郎嵇反 ·低當兮反亦作𠄠十七 氐 䍕羝羌通 袛衣短 磾漢有金日磾

鞮革履 𪍿胡稽反 羝羊 䏲 䟡 氐至又丁計反 䑫不正 紙絲滓 梯指又敕細反 隄防亦作堤 𣔴 䧑大不能行為火所引 啼口口 口口

䗖足名亦 鞮竹 提持 詆訶又丁禮反 隄防亦當嵇反又作堤 桋木名 題頭 媞好 䨑 視又口計反 次亦作䮐 綈厚繒色緑而深 罤兔網

口口 作䟡

子草或作苐 銻鐪鐪 醍酒又天禮反亦醍醐 騠駃騠馬名 又丁奚反 禔衣服 鵜鵜鶘鳥名 荑 鎕䥶器

蟆蟟蝫小蟬 䏡直視又與支反 睼遠視又吐見反 趧趧ㄑ樓四 諦轉語又他奚反 䶏 䨑。。 紕繆又芳脂反

·䠆方奚反 𧿃豆 。鼠 豯。。

第六頁

皆

反 ·懷戶乖反豕ㄑ 皆 正作懷八 ·褱ㄑ夾 櫰木又古迴反 䃶 䑬鹽 鬹戎狄 䙰ㄑ嵗

·豺士諧反狼屬四 儕等 ·䶩次又車東廂又却 杊 蠢佳取私疾離三反 豥五 𪀉山在五 林 差楚皆反簡三 赴起去

慧 ·齋側皆反齊一 ·崴乙乖反崴嵬不平狀三 溾ㄑ溰濊濁 ·䫌鹽亦作䶧 䵵卓皆反 𪘒齒一 揩客皆反指超摩拭二 緒大絲 ·揩諧皆反指二

灰

灰呼恢反燼餘從又通俗作灰三 豗豕掘地 痎馬病 恢苦回反大亦作㳁六 詼ㄑ嘲 悝悝ㄑ病一曰悲 魁師一曰北斗星 䤗箭竹又苦懷反 䫌醜又口兀口猥二反 隈水曲 口

口 ·煨塘煨火 緭五色絲飾 國 偎名 颸風低又乃罪反 䫍 䫌角曲中 ·回戶恢反旋九 洄逆流 徊徘徊 廻覆轉 槐守宫槐樹名 瑰玫瑰火齊珠 蚘人腸中長蟲亦作蛕 䢈鄉名在睢陽

類篇有誤入

囗枚莫盃反一箇十一 媒妁 玫玫瑰 梅似杏而酸亦作楳 煤炱煤灰集屋炱字杜來反 脄背肉又亡代反 腜孕始兆 禖求子祭 䍙雉䍙 鋂大環 莓莓美莓盛 瓌公迴反瑋四 傀大皃 魔

菜又胡罪反 櫰木食多力又爲乖反 雷路迴反小雷正作靁八 罍酒器或作櫑罍鑘 儡同 勖勉 畾田閒 甀擂又力救反 䡂䡂轆不絕 頹 瓃玉器 穨杜迴反暴風十一 㿉病陰

口下隧 䳚似熊而小又人名 膭膗膭破狀 頹禿 𥣫棺覆 蹪蹪仆 䲛䲛牛 隤頹作隤 㢈壓或 催此迴反人姓又子雖反三 催促期 縗衰衣 磓都迴反落五

餽餅 堆聚土 頧冠名 搥擿亦作譙 摧昨灰反折四 崔崔嵬與人姓崔者字同音別 慛傷 檇木擣又子淚反 䃷素迴反膗膗三 挼䩻 䩹鞲 裴薄灰反人姓七 徘徘徊 培

陪益廁 䧔鄉名在河東聞喜 頋曲頤又方骸反 䩺箱 杯布迴反似椀而淺或作盃一 肧芳杯反胚胎一月匹尤反正作肧五 坏凡未燒 碚弱 醅酒未不凝 衃凝血又匹尤反 鮠

魚似鮎五回反三 桅舟上幢 嵬崔嵬亦作嵔阢 䡓他迴反車盛皃亦作軘四 蓷草名益智一名鵻葵 㞙履進 推 𢤦乃回反古之善塗者又奴㚆反二 挼摩 脮子回反赤子陰

又作瘦二 㞙粗者

咍

咍呼來反笑亦作欸二 䀦笑聲 開苦哀反張或作闓三 𢿵𢿵䀦 㚊多亦作㚊 哀烏開反悲五 埃塵 唉慯又於其反 欸歎 焥熱 臺徒哀反高九 擡舉 菭

魚衣濕者 炱煤炱 𡰻鈍 薹蕓薹 跆踢 簹竹水 苔萌衣 該古哀反市十六 豥豕四蹄白 垓八極又垓下堤名在沛郡 陔 荄草根又古諧反 郂

鄉名在陳留 䜌羊 剴大鐮一曰摩 殪胎又五哀反 陔殿階之次序 荄數十萬 𡨝曰姟 䬵餡 祴樂章 𩏱夏 豈牙作豈 絯 胲肉毛 賅改反亦作侅 胲足大指又胡亥反奇非常 晐備 裁

非來反 纔僅或作裁 財貨 才能 材物 𪎌好 䴺 𦫻 來落哀反回通俗作来八 萊藜又東萊郡在青州 郲地名在蜀 騋馬高七尺曰騋 崍山 㥒鄉名在扶風又力之反

製七 㦬 𧳟 䅘 犛 萊 釐 棶 狸別名 𩷺 鵣䳮 猍 𪋻 㯃 麳小麥亦作𪋻 徠還又力代反 淶 黧大黑 庲舍 𢯉 淶水名在北地廣昌

力之毛起又力答反 𩊐 𣯫 氂 亦作𢗖 鶆䳮 鯠 𧳟江淮間云 麳作麳

第七頁

寒

丸一小 圓 𤥻 𢧢名 𦄵 𩀀 丸生 雚 雚木兔 鳥 洹水名在鄴又于原反 汍汍瀾 泣貟 絙緩 芄 䝹 獂

梡丸屬又 完 坃 如之反 浣澣和 骨 寏周垣 或院 莞小蒲 席 䓤 䓤蒲又胡混反 萑薑類 綄候風羽 胡管反 刓一完反陸削陸 音當苟反四 汍井無水 㿂日月精 豌豆 婠好貟 鑾落官反車鈴十七

桓 一曰叩 𨌥

鸞鳥 䜌小山而銳 欒木名 又姓 鸞南 鸞縣名在鉅鹿 俗誤作欒 灓欠迷惑不解理 一曰欠皃 鸞㝈 鸞䕞鳧葵一曰茆 其茆音力欠反亦作䜌 詩云言采 䜌日旦昏時 巒 臠 岏五丸反 嶺岏七

謨案所脱正文是貒字

刓圓削亦作园 黿似鼈又愚袁反 䯛骪 羱野羊又語園反 䝹 䭴餌 欑在丸反木叢三 巑巑岏小山皃 穳補亦作篹 ●寬苦官反大二 髖髖兩髂間又孔昆反或作臗

●歡呼官反樂九 驩馬名 貆貆く貉之子又音丸貉字下各反 鴅鸛鵲如鵲短尾射之射人亦作鵍 鴅鳥名人面鳥喙 酄邑名在鄱郡 䑏名 貛猿亦作豻 獾野豚 湍他端反急瀨五

□似豕而肥又吐亂反 煓漢太上皇名 黃耑黃色又湯門反 ●酸素官反醋四 狻狻猊獅子西域猛獸或作𤡉 痠痠疼痛 霰小雨 ●端多官反首九 褍衣長又衣正幅

鍴角鍴獸名 耑正 剬齊又都奐反 篅竹 鍴鑽 褍禾垂又丁果反 ●鑽借官反又借玩反鑽刺二 欑曲轅亦作𨏄 ●官古丸反工九 莞草名以爲席又胡官反

□く椈 觀視又古玩反 貫穿又古玩反 冠首飾又古玩反 涫沸又樂涫縣名在酒泉 悹憂無告又公玩反 毌穿物持 ●團度官反圓九 篿圓竹器正作□ 剸截又之兗反

□く風 慱詩云勞心慱く 漙詩云零露漙兮 鄟邾鄟之邑又之緣反 霻霻露 鷻鳶 單都寒反隻又常演反人姓九 禪く衣 鄲邯鄲縣名在趙郡 丹赤 殫盡

簞小筐 單大 匰器名 嶂山名 ●安烏寒反秦五 盎く盌大盎 鞍馬く 郊地名在當陽 侒宴 ●干古寒反求十一 乾燥古作乹 竿竹挺 肝心藏 玗以金 奸以淫犯

□く鵲鳥知未來事鵲字或作雗 □又口沃反或作雅雗字古沃反 玕美石次玉 邗越別名又胡千反江名 盂盤 戰盾 鄿地名 ●壇徒千反封土祭處十 檀木名 鷤鶴鷤 癉風在手足又都彈反

□觸大玄經云揮其名 彈擊又徒旦反弓 驒連錢驄一曰青驪白文又丁年反驒騱匈奴畜似馬而小也 聅軍法矢貫耳 嘽歎 貚貙屬 ●盤薄官反亦作柈十六 瘢瘡痕 磐大石

幡大幡く市 磻磻磎 䰉く頭屈髮爲之又防滿反卧髮曰䰉 般樂又博干反數 奢 蹣く跚 搫く撥婉轉 鞶革帶 𥊜轉目視 𥮉箯 槃く曲 鵃下色 鷭胥 蟠飛

鼠負 ●看苦寒反審視亦作𥈭五 𢧵口旦反 刊削 栞槎木 臤堅又口閒口耕二反 ●瞞武安反目不明 顢顢頊 謾く欺謾言 蹣蹣跚 䊡餳餅 瞞く頭 慲忘 鏝泥壁

□無穿孔狀 鞔覆又莫阮反 鰻魚名 鬗長髮 悗惑 縵く欲 谷在上艾 亭 醂 市相當又亡殄反 ●湌倉干反進食正作餐一 ●蘭洛千反香草從柬 音簡く頭餅十

鏝所以泥壁 瀾大波 欄木名 闌階く際木句闌一曰闌晚 讕逸言又力誕反誣讕 闌妄入宮門 籣盛弩矢人所負亦作韊 嘲く哰 僋拏 躝踰 ●殘昨干反餘六 戔飲食餘 歺亦殂

戔易曰束帛戔く 盞盞 殘 叡穿亦作叡 帴帴 ●嘽他單反馬喘八 嘆長息 灘蒲灘 攤之攤 灘水灘一曰歲在申曰涒灘 譠く謾欺謾言又几山反 𤸷力極又馬病又言何反 嬗緩

●潘普官反人姓五 𥴰く胡く大瓢 番く禺縣在交阯 拌棄又蒲嬾反 𤲬居 ●難乃千反巨解一 珊蘇干反肪脂五 跚蹣跚伏行皃 珊く瑚又先昌反 姍醜 刪竹器 𩓣

許安反顢頇大面皃一 •𩔆北潘反 番部黨 般別又薄肝反樂 䩼器具又口密反

。山謗五 訕 𢦏珊單于名 狦狠 潸ㄑ、涕又口口反 關古還反閉 𢆉。•彎烏關反二 灣水曲 •還胡關反返 。。。在武姑反 糫膏糫粔籹

第八頁

刪

先

縴字。。 厚又閑反

鳺鵑 。研磨或作硏本硯 揅 俓急又口耕反 𥑆。 幵口 •眠莫。亦。 旁冥作密聽 瞑 𡡉畫眉 𥊍燒煙不見 蹁部田反 蹁蹮

骿賀。 趼跛 軿四面屏車又防丁反 𡢃婦人 駢駕二馬 瓝黃瓜亦作𤬻 胼益 胝也 楄國編。•淵烏玄反深水 武帝諱八 痟骨節疼 弲弓勢

削曲前亦作剛 𪔀鼓聲又於市反 䟢行皃 鷰鳥羣 蜎撓又弦反 •涓古玄反水流六 睊視皃 蠲除 菺草名 䅌麥莖 鵑杜鵑鳥

•鋗火玄反銅銚五 駽青驪馬 矎直視 梋椀 圓規又辭沿反 •邊布玄反四 籩竹器 甂小盆 蝙ㄑ蝠似鼠 編次又甫連反二 猵獺屬

𥸩籬上豆又北蔺反 䔳ㄑ竹菜又北蔺反 𠍱身不正 蹁足不正 𤅶水名 牑牀上板 •玄胡涓反虛玄七 懸無依古縣 眩ㄑ亂 駭馬一歲 玹漢有趙玹 昀

𥅽目大 𦙄牛百葉 眩。皃

仙

•仙相然反神壽八 鮮竹名 茴草名似莞 䙴舞皃 秈秔稻 鮮生魚 𦒧毛罽 碝似石 袩縉 •錢昨仙反帛貨一 •遷七然反徙二 櫏木名 煎子仙反熟煮二 湔

洗一曰水名在蜀玉壘山又子先反 •然如延反是七 燃燒上然从火已是燒更加火非同梁加木失 𤡮狸然獸白質黑文 嘫姓 肰犬肉 䕼竹 蘺草 •延以然反長九 埏墓道 筵席

郔地名在鄭 綖冠上覆 蜒蚰蜒 𧍭 䘰衿旋牛項上衣 鋋小矛又市延反 𧻓相顧視 饘諸延反粥 餰亦作𩟄六 旃之亦作旜 旜ㄑ旌 栴ㄑ檀香木 氈毛席

鸇晨風亦作鷻 甄居延反察一曰免又職𢍰反人姓一 邅張連反又直連持 驙馬載重行難又徒安反白馬黑脊 鱣黃魚亦作鱣 潺士連反潺湲水流皃七 虥虎淺毛皃

孱小弱又仕限嵼二反 𨷿門 𨌲軒 羶式連反羊臭六 挻打凡又柔挻又丑連反從手 煽火盛皃又式扇反 脠生肉醬 𩶤。 梴 脠丑延反魚醢又

式連反四 梴長木 連鉛朴又力延反 •𨒪緩步又丑連反 •鋋市連反小矛又以然反六 單單于 蟬蟲 嬋嬋媛牽引 僤能 禪靜 纏直連反繞通俗作纏八 躔日月行 纏或作躔

第九頁

譔集源當作源見玉篇

趣所謝見栓字

卷玉篇作𢍏

瀝水名在河南　堧一畝畢一曰城市內空地　廛屋與堧通　鄽市通俗作廛口郊鄽作廛從省作鄽　邅移又除善反　蟺口守宮　嗎許延反笑亦作嘆四　嫣長皃好皃

又於建於遠二反　翾飛　仚輕舉皃　連力延反及十　聯ㄑ緜不絕　漣ㄑ漪口漣風水動　翴ㄑ翻飛相及皃　鰱魚似鱅　鏈鉛松又丑連反亦磚　潾水名出王屋山　醫露

漣泣血　櫣簃　篇芳連反簡札六　偏不正　翩飛　媥身輕便皃　㾐身正　萹筑萹又補殄反　便房連反不惡六　緶縫　箯竹輿　楄木不噎　蝙沙蟲亦作𧔲

諞巧言論語友諞佞　綿武連反精絮十　棉屋聯棉　謾欺出漢書　矊瞜子黑　蝒馬蜩　顛頁雙生　㥲忘　杣木名　蚺蟬屋　宀深屋　全聚緣反具或作全五　泉

水全牲全　源牛色　蕇芊蕇　泉白質黃　蟓文具　宣須緣反吐四　揎手發衣或作擐　愃快吳人云又況晚反　𩓾圓面或作圓　鐫子泉反鑽斲亦作鋑通俗作鐫二　剸又且　象銓反

翾許緣反冢小飛七　儇智角　弲弓　蜎蟲　嬛妍又有　䜌童子又　蝝行　翾矩反　䮪下犬反　壖而緣反又廣垣又而兖奴玩二反三　壖河江邊地　𥿢縫　陧衣　撋摧亦作撋又而爲乃口反　穿昌緣反貫又通三

川谷亦作川　𤽶三泉　沿興專反從流而下俗作沿十一　鉛作鈆錫通俗　櫞枸櫞亦作椽　捐弃　鳶鴟　蝝蝗子一曰蟻子　緣歷　鳶ㄑ尾射干　阢高　鰫魚　豚

短　旋似泉反還十　橼圓安　璿玉名　漩回流　琁美石次玉　𣧑　炊旋好亦作漩　鏇圓鑪又囚絹反　蠉蜁亦作螝　圓規又於　娟於緣反好皃三　婘身輕　嫙便　悁

ㄑ悒　船繩川反舟通俗作舡一　鞭卑連反馬杖六　𩸃魚名　編次又布千反　緶方繭二反　箯竹輿　揙善反　鞭擊又苻　𦜤敘連反口液正作次亦作口　詮此緣反平十六　銓ㄑ衡亦作砼　痊病

憂　痊病瘵　佺偓佺仙人　悛改　駩白馬黑脊　荃香草　筌取魚竹　絟細布　譔善言又仕卷反　源言語和悅　恮謹　䡵簿　剶剔又先全反　崟山巔

𨉖　專職緣反精一六　䊲燒　䥗整　顓頊　篿竹器楚辭索藑茅以篿　䣛鄹郡妻邑又　甎　嫥好皃　遄市緣反速　圌倉或作篅　又時規反　輲無輪車亦作輇　椯木名

口相讓又　口究絹反　貞王權反官數三　圓團　湲潺湲　栓山員反木丁二　鏇車軸又所卷反　𢞦曲卷一　䝨莊緣反又專反所以　鐉門樞者二　剶去枝　乹渠焉反天古作乹不省與乹同六　虔

恭　犍ㄑ為郡在益州　𩸃魚名　鄽東聞喜　騝駵馬黃脊　愆去乹反罪五　褰ㄑ衣　騫虧少一曰馬腹縶又許言反　𧝓齊魯言袴又已偃反　攓蹇足　權巨負

反　反常合道　亦作口十九　拳手屈　𢍏曲角　𪱥ㄑ氏縣名在代郡　氏字　顴頰骨　婘美好　蠸曲脊行　踡不行　𢍏ㄑ跼　瘽病　捲手屈　牶牛黑耳又居万反　蠸瓜葉虫　𪗋齒曲

鸛鶢鴝　蠸蟲形　䀆盌　鬈髮好　䞼曲脊　臛ㄑ腄　嬽好皃　椽直緣反屈椽二　傳於權反又持戀反通俗作傳　攣呂緣反拘亦作攣四　孿孿一乳　臠臠ㄑ瘦病　𤺌病　癵ㄑ南

368

縣在鉅鹿又口九反 蠸据 •勬强健居員反一 弮去員反縣名在繁陽五 棬小器似升屈木爲之 彏弓曲 髮好 焉於乾反何又矣乾反語已聲三 漹水名出西河又於彥反 嫣ㄑ孌 蠕音孌 嬽於權反娥 •跧居負反 勬强 睠目 辿丑連反 •㼱人全反 𤼦丁全反一 尥九眉皃一四 跧曲伏三 勬健 睷眇 辿緩步一 褑衣縫一 尥也出說文新加一

蕭

•蕭蘇彫反草名又縣名在沛郡十二 簫管亦作䉨 彇弓弭 蠨蠨蛸蟲名 橚ㄑ樹長皃 潚水名 飉涼風 綃生絲綃又相焦反 捎擇又先䔧反 䈰舞箭又山卓反 鮹魚

翛羽翼蔽皃亦作䑿 •祧吐彫反遠祖庣亦作庣八 挑挑撥 朓月見西方 恌輕薄 聎耳病 趒雀行又他弔反 𣂏斗旁 庣耳 蓧苗 •貂都聊反似鼠亦作鼦廿九 鵰鷲小兒 髟髮 彫刻俗作雕 雕誂 •刁姓 琱琢 凋落 紹犬短尾 鯛魚名 鵰鵰鳥別名亦作雕 蛁ㄑ蟟茅中小蟲 瞗鳥熱視 苕葦花亦作蔦又音迢 弴天子弓又丁昆反 刟取穗亦作刎 舠吳船

䳂大亦作鵰 鵰ㄑ鶔又作鵃作聊反 䙕衣棺中 •迢徒聊反迢遞十七 條枝 髫小兒髮 跳躍 鋚ㄑ頭銅飾或作鎥 鰷似魚翼見則大旱 蜩大蟬亦作蚒 佻獨行詩云佻ㄑ公子 苕菜葦花音彫 調正 嬥獨行皃又徒了反 髫髮名 卤草木實卤ㄑ然 樤柚 鰷魚又直流反 毦毹又許幺反 •驍古堯反驍武九 梟鳥名 梟

口 口口 口口 儌ㄑ幸或作傲倖亦作僥 邀遮又於宵反 釗弩機又周康王名又指遙反 蟂似蛇四足能食人 僥僞又五聊反 •聊落蕭反誠然卅一 聊耳中鳴正作膠 膋口 呂

遼遠又水名 憀無憀賴 寥空 窌穿 料理亦作𢿕 墽垣 橑短椽又力道反 撩取物 摷擊 廖左氏辛伯廖又姓力救反蜀書云後有二廖湛廖立

穀或即是穀字

寮僚寮有孔 鐐 爐 肉 鷯鷯 䈂竹 璙玉 嫽相戲又力吊反 潦水清 瞭明目 䕩器

高

•堯五聊反高遠俗作尭五 嶢嶕嶢山危 僥僬僥短人 垚土高皃 顤頭長 膮許幺反豕羹

怮ㄑㄑ憂又於流反 鄡苦聊反鄡陽縣名在鄱陽 鄡縣名在鉅鹿 𨙶擊

宵

銷鑠亦作焇 硝砧硝藥名 蛸螵蛸蟲 㲖長皃又火學反 踃跳 潮水潮亦作淖 鼂 朝 朝覲 囂許嬌反喧或作嚻又五高反 樵昨焦反柴亦作樵 劁刈草 僬僬僥南方短人 䁍耳中聲

肴

驕馬高六尺古今共用作憍矜口口口口喬通俗作喬
筊口口 姣人婬 猇虎聲又縣名在齊南又五加反 口乾草 鳷鳥鵲鳥名 鮫魚名皮有文可飾刀 膠人漆 郊邑外
・巢鉏肴反鳥巢又屋巢縣在盧江 轈兵車若巢以望敵 勦輕捷又子小反
麃怍 獿犬多毛又乃勞反 梢梢木所交反
鮹魚名 莦惡草又胥遙反 䘯袨 娋小小侵 嫂呼姊 䈾竹器
虓許交反虎聲亦作猇 髇高人箭 歊禾傷肥 嗃高氣 嗃。。
包布交反包裹正作包二 胞胎衣又匹交反 胞匹交反胞胎又布交反 郇邑名又布毛反
茅藥 敲口交反高擊頭 跤脛骨近足細處或作骹 膠眑膠面不平眑於交反 恷人伢伏態貌 磽石地亦作口 頦口口口口口
泡水上沸溫又扶交反水名在陽平
口口口口口口口口又魚口口口 贅不肖又 磝山多磝 磝擊 磝五勞反 磝大石 磝 敲擊又口彫反 口的二反 巢耳中聲 轈側交反抄細又楚宵楚湖二反 抓搯 嘲。。
趙人趙跳躍趙字竹畝反 鳭人鶬黃鳥 巢楚交反代人說五 抄略又初教反或作鈔 樔人取 訬慢 䰉疾 庖薄交反食廚十一 咆熊虎聲 匏瓠 口
炰以瓠為飲器 麃似麞 麅 掊手 𤿲赤黑之朱 胞脛相交 狍獸羊身人面 鉋人刷今音白教反 頗於交反頭凹 又面頗反五 嗋。人咋多聲 眑人膠又於
交口叔祐反 梲桮平 坳地不平 墽五交反

豪

・豪胡刀反豪俠亦作豪通俗作豪十一 號哭 毫毛 嗥熊虎聲亦作獋 濠城濠 嶛山名在弘農又羽交反 郣鄉名在南陽 勢俊 猇名 壕城下道 獆犬聲 高
古勞反上出 膏脂 羔羊 皐。 櫜弢一曰車上大囊 咎計人繇 鼛役事鼓一曰大鼓長丈二 鶴鳴鵠鳥名 槹桔槹 篙竿
通俗作高 髇人知 蒿白蒿食之不飢 藁白花 鄗鄉名在范陽 ・勞盧刀反 涝水名在京兆 牢養牛馬從四固從穴者牢 簩竹名一枝百葉

第十一頁 歌

壹野豆 醪酒 撈取 㧯玉名 嫪妬又力報反 膠耳鳴又力彫反 哰嘈哰 摎挐 簝肉籠又落蕭反 犻犻狢深谷 嘐木 蒿呼高反蓬蒿五 撓攪

薧死人里 嬈耘亦作薅茠拺鎒 谷犻犻深谷 毛莫袍反膚豪八 髦髮又髦俊 芼菜 漉水名 旄旄鉞 髦牛又莫交反 嫯前高後下丘又汝周反亦作嶅 柭冬桃亦作梍 饕吐高反貪十八

㺜水名在口安定 韜藏 謟疑 滔流水貌 叨濫 弢弓衣 騊騊駼馬行 犒牛羊無子又牛來充牢二反 犒牛行遲 搯搯指周禮書云師乃搯字烏括反亦作掏 慆悅樂 絛編絲繩 饈

目通白 叏滑 諛謟 𦍌進趣 篙牛篋 匋古器 刀都勞反五 魛魚名 忉憂心貌 裯被又逐抽反 舠小舟 騷蘇遭反愁 搔刮 繰絡繭取絲又七聊反深色紺又

亦作口 所銜反旗垂 臊腥臊亦作鱢 鱢魚 慅愁恐 溞淅米 艘船數 艘船名 袍薄褒反綿衣二 軳屍 褒博毛反衺二 郎地名 陶徒刀反瓦器正作陶十九 詢言 多咷

號咷 桃果 絢似帳又草繩 𩍃覆 逃走 鞉鼗亦作鞀 掏出 濤大波 檮檮杌 駒騊駼馬獸 萄蒲萄或作陶 祹福 蜪蝗子有翅又勅高反 錭鈍

駣馬四歲又徒浩反 犉牛羊無子 翢羽幢又吐高反 糟作曹反酒滓亦作醩醩醨通俗作糟八 遭 槽須 漕火餘 槽果花實 䵘終又杞 䡽東日出方 東日明 遭 傮牛反 嘈藉 槽

木五勞反遊俗 櫭 熬作遨十五 翱翱翔 聱不聽又五交反 嗸不省語五交反 驁駿馬 獒犬 熬煎 嶅山多小石 漖水名 鷔鳥白身赤口

集所國以 鼇大鼈 螯蟹屬 蔜蘩縷生細草 顤高貌 嗸嗸嗸 囂喧又許驕反 𢦏戈鋒 𢧢大 鰲魚名 嶅嶅口愁 鏊釜 爊於刀

反埋物灰中令熟二 鏖銅盆 曹昨勞反府曹正十一 槽櫪 螬蠐螬 嘈喧 鏪鐵剗 漕漕船 褿祭 嘈耳鳴又在𦵔反 𦽐草 醩勞反 䙆又且高 巢 獿奴刀反玃五

獶深色犬又乃交反 巎山名亦作嶩 獿獸名 夒貪獸 虎苦勞反一 操七刀反持又七到反亦作㩧二 幧所以裹髻又七搖反 囊普勞反 囊張大貌一

歌古俄反音曲亦作哥 謌通俗作歌七 柯枝 㰤法 架女 𠏁師 𡵈山陽 澤名在所以繫舟 牱牂牱郡名或作牁 哥汁 和胡過反諧四 禾頭 穌相 龢伯和字 過古和反經七 渦水名在淮陽

戈戟句矛 鍋溫器 鍋車盛膏器 輠亦作楇 𪄳鳥 蝸蠕螺又古卧反 𩾐落過反 鸁鳥翼十二 倮理 騍騍馬 驘或作驘 螺水虫螺蚌 蠃或作蠃 樏木名 𦸾? 為箭笴 蠃穀積或作樏 鏍小釜 鑹鑹

或作覞 覶覶縷 腡手裏 蝸委曲 騧文 蝌亦蝌 科公科反 蓏盛土草器 蓏又力焦反 贏飛 莎蘇和反 䰐魚名 莎草名八 趖? 挼挼 趖在涿郡 䠱疾 蓑草名可為雨衣與莎別 梭織梭亦作梭

唆嗢唆 痤痤癤五 痤昨和反 矬短 銼小釜又倉卧反 睉李 㛗又子 訛五和反謬化亦作吪六 鈋角 囮網鳥者媒 吪又餘周反 卯節 蔿草又于彼反 譌動亦作訛 科古和反科段十一

窠〻窩 薖草名 稞青稞麥 蒘〻藤生海邊葉朻可為筭耳 蝌〻蚪蟲 牠牛無角亦作牰 箹竹名 疕禿 課苦卧反又 薖〻軸 倭烏和反東海中女王國四 過水 渦迴坳

又和反 涹濁 蹉七何反蹉跌六 瑳玉色 搓〻挼碎 磋象飾 傞〻舞不止 䣱齒跌 多得何反過數二 儺漢書 㑿盜宗 娑素何反婆娑三 杪杪摩 傞舞不止又七何反 婆

薄波反老母稱四 鄱〻陽 皤白頭白 繁人姓漢有繁延 鄱郡名 蟠或作嶓 繁壽又扶蕃反 摩莫波反研七 麼尼 磨石 魔鬼 髍偏病 䃺漏杯又莫加反 痲病 駞徒何反駱駝十六 鼉

黿類又徒寒反 駝負 紽絲數 鮀魚名 陀坡陀 羜似羊四耳九尾 跎蹉跎 鞁尾鞁 鼉神 袉裾又達何反 沱滂沱 鼧鼠 䑽疾 驒連錢

騅 醝昨何反白酒十三 嵯田 蔖蔵 瘥病 鄌沛郡 睉 縒小疫 磋鹹 嵯峨 差別 蒫薺實又摭亦作瑳 蹉相邪反 鄌縣名在沛郡 蒫子管二反 虘不虎

柔 齹齒 齹作 蹉蹋亦作蹉 莪五歌反草名似斜蒿十 哦吟 娥美好 峨〻嵯 鵝〻鵞作 蛾蠶蛾亦作䖸 俄頃 䳘〻齊 誐善 涐水出蜀汶江

·他託何反非己四 拕曳 㾖馬病又力極又他單反 它蛇害人書儀云無它謂此 ·羅盧何反綺五 蘿〻葛 籮〻飾 儸僆儸 欏椽木 那諾何反又朝那縣在安定六 難獸名 犘

似牛白尾 犐多 䳗鹿䴢 䕡亦作䐹 鼉除疾人亦作䲞 魌通俗作儺 ·何韓柯反問六 河水 荷蓮葉 苛煩政 魺魱 蚵蚹 ·訶虎何反責或作呵五 䪚頭傾 婀女字又烏何反 抲

擔 乙反子氣已舒 㳀濤傅何反四 皤人老色白貟 又薄波反 䍨錦類又條又補靡反 嶓〻冢山名在隴西或作嶓 頗滂何反語第二 坡坂 珂苦何反馬瑙飾 軻轗軻又苦賀反 ·阿

烏何反曲六 娿𡝩不快婀字烏含反 痾病亦作疴 妸女字又虎何反 錒鉌 𦄂〻細繒 ·詑欺四 佗吐和反 涶水名在西河 訑謫誘又吐各反謫他擊反訶 ·挼奴和反挼莎一 ·牠徒和

反牛無角亦作犐 碢〻 ·鞾〻鞋無反語胡屬亦作靴或作𩌏火戈反又布波反陸無反語何口誣於今古二 扎化撝 ·𠼝丁戈反又丁果反小堆亦作埵垛一 ·呿去墟迦反張口二 㰦去 迦居呿反仙名一 ·伽去迦反怯

·𨖼手戈反小人相應一 ·脞倉和反脆二 痤𣢸疾又子和反 ·侳子過反二 侳小人倉和反

麻

麻莫霞反亦口口口枲四 𪊺〻牛 蟇蝦蟇 䃺榼又莫柯反 ·車昌遮反車二 硨〻磲寶石 ·奢式車反奢侈三 賒不交亦作口 畬〻田 ·耶以遮反琅耶郡 斜又似嗟反 斗宴中谷名

箊竹名臨海 揄〻歈舉手相弄歈字以朱反 荼茶枲名 𥝧穗又達屬胡反 遮止奢反斷三 奢吳人呼父 㒯〻儸 ·嗟子邪反咨亦謎着

差口虘口口 ·虵食遮反又吐何反毒蟲古者口口口口口口口口口一 ·華戶花反美華〻通俗作華 驊〻騮周穆王馬 鷨鳥名 華似雉 蟒〻蟲名 虵似虵 鋘〻鐅 鏵

口口口口 口口女口

案所闕正文當是娿字

所闕當是爬字[1]

所闕是喑字

此處脫六行所闕

箋本是霅字

二頁

覃

女侍又反 抓引 花呼瓜反樹采二 譁讙譁亦作謣 誇市瓜反大言 骻々骫以體柔人 姱○○

笯鳥籠又拏胡反 菽猪菽 袈衣口 ·嘉古牙反善十九 家室 加增 葭々蘆 笳○○

袈々裟亦作髦 䴥米中黑蟲 茄荷莖 迦釋迦又屈呿反 珈婦人首飾 迦不得進 蝦○○

騢馬雜色 鰕大鯢 䟢脚下 𩑶々頗言語不節 碬礪石 鞢履跟亦作䩭

剅自刎 ·巴伯加反夷類口 鈀兵車 笆有刺竹 豝豕 蚆蠃屬又普加反

砂石 鯊魚名 裟袈裟亦作髦 桬木名在崑崙 紗々絹一曰纑 䩖履 牙

戲以指按 皻皰鼻或作齇 齇牙齒不正字 合齒在左 抯取又才野子野二反 摣取

塗飾又唐口反 瀘江 梌木刺 秅々稀 ·袞○○○

□ □巴反搔□作把三[1] 杷枇杷木名 琶琵々樂器 楂木或作槎 䶥加反水中

䐯角上廣又都賈反 䫢開張屋又縣名 譇々拏詐 膨不譇 聲

·査才邪反大口

蟫水中白魚 譚大 趯趯趯走貌 燂火熱 壜甖屬 鐔劍鼻

·南那含反火方 男子稱 柟木名 弇人名又古南反 聃耳漫他

日席無聲又 音聲於今反 腤煮魚□

妉々樂 酖々酒 媅樂 煁視

談

稆香 合小
穠不脱冠帶 䆾亦作𥨍 欲貪又呼恬反或作歁 ·毿毛蘇含反 毿毛長

·儑五含反不惠三 䆾䆾 嵁嵁𡾰又 語山苦男反·

天馬小熱 ·甘古三反甜味六 筶筶竹 柑柑橘 泔米潘 苷苷草藥名 𦵔。媒 擔○○

·藍盧甘反染草 襤襤褸亦襤褸 鬑鬑髮疏皃 擥持 籃籠屬 𧄿瓜菹 㔋貪

□□ 突
□□ 蔣□□名 紋鮮色 莿別

·慙昨甘反 慙忝三 鏨鑿 鷲鵰又仕咸反 酣胡甘反 酣飲四 暫少時 㜝貪安 欿欲又呼濫反 ·笘倉甘反竹垂又都頰反一

陽

□□□□ 易飛又曲易縣在交阯 羊羊豕 瘍頭瘡 蛘蟲名 徉徜徉 𩢍馬額 鶍赤𩢍 鱑

□□□ 痒病又似姜反 芋藥草 暘𦊰 敭明 詳似羊反審又詳以章反□ 翔飛

粱亦作粱 蜋蜣蜋又螳蜋 颺北風又力向反 量數 粻食亦作糧 踉跳

薌穀氣 鄉上邑 膷羹 皀穀香又方反 ·商書羊反度□ 賓賈

作
㳛水名 煬傷又羊反 𥬀且 蔏憂思又尸向反亦作傷 房待方反傍室四 防守

彰章 𦖏又止讓反 麞似鹿 鄣邑名在紀 𦱊草 暲明

羌西戎牧羊人從羊人 從儿奇字加犬非 ·薑屈良反菜名亦作薑 十 畺境正作畺 或作疆

萇萇楚似𧉮桃蔓生 踼跪 腸腹腸 場祭神處又打穀處場从易音羊

攘以手禦又而亮反 𨅬疾行 蘘荷

獽戎屬 禳除殃祭 勷劻勷 𩬍被髮又女衘反 瓤瓜實又女良反 孃亂又女良反 𩏮。。。。。

上腕 鄭縣名在南陽

原無蔣字

酣以下另有一行皆字原無鑿上猶能辨別者僅瞰字五文悉闕不可識

梁當帘梁

邡什邡縣在廣漢 鴋鶊鴋鳥 枋木名又蜀以木偃魚爲枋 鈁鈁屬 牥牛 匚受物器 襄息良反上又邑六 廂廂廊 相視 湘水名在零陵

纕馬腹帶國語懷挾纕纕 驤馬騰躍 斨戕 漿即良反欲通俗作將六 粻米糧 鱂魚名 蔣菰蔣 螿寒蟬 𢷾持扶亦作擲 瘡楚良反痍古作創

望看又武放反亡失謂有失而出望從亡壁省 芒草 芒草端亦名芒作芒秚 硭硭硝 鋩刃端 宗梁 邙屋邙縣名在沛郡一日洛北邙 忘遺又武放反又不記 萌郎反 孃女良反娘稱四

瓤瓜內實又如羊反 娘女號 鑲兵名 牀士莊反簀通俗作床二 疒病又女戹反 莊側羊反飾通俗作荘四 裝行具又側亮反 妝飾 粧粧粉 常時羊反恒六 裳下衣 嘗曾 鋿車輪鐃鐵 鱨

魚 鸘鷫鸘鳥名 霜所良反凝霜四 孀寡婦 驦驌驦鳥 鷞鷫鷞鳥 牆疾良反垣牆亦作墻通俗作牆七 嬙嬪婦官 檣船柱亦作艢 薔薔薇 戕他國臣來殺君 牂在頭反 強大又伴

弱 鏘七將反鏘鏘十 瑲玉聲 蹌和鳴蹌蹌又疾羊反 蹡行兒 斨斧斨 搶拒 䟫趨兒 闛門聲和 錫羊反 傷又尸羊反 鶬鳥獸來食 匡去王反正九 筐籠 蛆大蝦 郞

邑 匩棺禮記曰 恇怯 劻劻勷 洭水名在 匡車 名 框王不廣框 劻遑兒 汪始興 軭 王雨方反往天下之所歸往二 蚟蜻蛚 央於良反已七 鴦鴛鴦 殃禍 鞅 鉠鉠聲 秧稻又於丈反 泱水流兒

·強巨良反壯或作強四 僵橫身又己羊反 彊弓有力亦作 弜又渠丈反 鱷鯨魚別名 薑褚羊反草名三 倀失道兒出禮記 鼖鼓聲 芳敷方反香三 妨害 㳒水名 狂渠王反病正作狂

王紡車 軖 鶬鴰

陽

唐

唐徒郎反國名卅九 煻煨火煻 糖字馬回反 餹飴 堂基 鶶鷵鼠一日三易腸 搪搪突 棠木似梨 蓎蓎蒙女蘿 瑭玉 餳餹餳黍膏餅 篖字杜嵇反 篖竹行 篖竹 糖牛 塘

陂亦唐 螗蟷蜩 蟷蟷蜋 毻毛脫 踼跌又杜浪反或作逿 闛盛皃吐門又高 闛力盎反 樘樘車又 樘棣達庚反 隚殿隚隄 鄌地名 飄 𨨗鎕瓷 篖罩

螳螳螂蠰 郎魯當反魯似 桹桄桹句根 車軘輈邑二十三 稂莠 桹普木名 廊步廊 榔檳榔 鋃鋃鐺瑣頭 硠磕聲一日鐘聲 琅鳥名 浪滄浪又 䍚盧宕反 䯁骯髒股內 字苦光反

蜋蟷蜋 狼魚 琅玉名 筤簾筤空皃 又盧黨反 蓈藥名 㾿歁貪兒 踉踉蹡 莨梁 崀峻崀山冬 硠所入 䡙鋃短 艆艆船 駺海中馬白尾 筤籃

·當都郎反八 鐺鋃鐺 簹竹名 襠褌襠 璫珠 簹車 瓜瓜中 鐺鐺 蟷蟷蜋亦作蟷 倉七岡反囷五 蒼青 鶬鳥名 滄水名 鶬鶬鵰 剛

古郎反山脊 岡山 剛強十一 棡舉 笐樂器以竹爲之有紘 鋼鐵 綱綱紀 亢星名一日亢父縣名俗加點作亢 犅特牛 㽘甕 魧胡郎反魚名又 䍃 桑息郎反養

第十三頁

𣝗木又搏桑東海神木日所出處四 𧴴亡 驤馬色 纕黃湯。康苦岡反泰亦作𡩋八 穅米皮亦作糠 歁穀不升謂之歁 㝩宮人 躿身長 𩗴瓠亦作𩗴 漮水虛

一 蟥〃蝍蛸蛉 ·荒呼光反田不熟十 𦳝果蓏不熟 肓心上 巟血 𣳼韓意子名 𦩘蒙又莫郎反 帍幪 統絲迒 詤夢言 𩧦馬奔 ·黃胡光反地色廿八

皇天謂大道色泊如 璜璧 遑急 惶悚 潢積水又胡浪反 堭堂壯 煌火 餭餦餭餳 騜馬色 艎艅艎吳舟 簧笙簧 隍城池 癀病 鄺古國名 湟水名在安定 徨

彷徨 鱑魚名 篁竹叢 葟草木盛 鄓縣在會稽 堭殿 媓母 雞 翌羽舞 䅣稈 蟥蚚 蝗災虫又胡盲胡孟二反 ·光古皇反明色九 洸水名又烏光反 垙陌

桄〃根 胱膀胱 輄車下橫木 横長安西北門名又橋名又胡盲反 茪英〃武亦茪作趪 湯吐郎反沸水五 鏜鼓聲亦作鼞閶鼞 鴹水名在鄭 蝪蛈蝪 蕩蓫蔏馬尾亦作蕩 滂

普郎反滂沲五 鎊削 霶〃 斛量溢又霶薄庚反 雱雪盛 ·汪烏光反汪雅量四 𪁚雉鳴 尪弱 洸水名又古皇反 鴦烏郎反鴛鴦四 㑆體不申 咉㖐 姎女人自稱又烏黨反

航胡郎反船亦作航十一 笐竹 笐笐簹 桁械 行位 迒獸迹亦作䟘 頏頡頏 魧魚名又古郎反 䀪䀪 邟餘邟縣名在吳興 苀東苀食萬 蚢蠢虫 苀今州名 杭苦浪反 ·茫莫郎反滄茫十一

口。不𥆧目不知明 汒谷名 怔怖 茵遽又武方反 䓼兔 帪帛又呼光反 䆤寐言 宗梁 鄌大鄉名在藍田 ·臧則郎反善二 牂羊。牂章反 䃀槌又餘 贓〃賂 ·囊奴當反袋二

蠰蟷蠰 ·傍步光反蒲浪反八 彷彷徨 徬〃胱亦作髈 蹡踉蹡急行 䠙脚脛曲 䏚側又亭名在安南銅陽 䅭〃稴 騯〃騯馬盛 ·卬五岡反高六 駠千里駒 枊係馬柱劉備縛督郵

者又五浪反 昂舉 茚昌蒲 䩕履 藏昨郎反匿通作藏一 ·骯苦光反骯髒一

【庚】

庚古行反西方六 鶊鶬鶊 更代又古孟反 𨒠逕 秔稻或作粳 羹和味亦作鬻鬻 ·坑客庚反坎或作硎四 劥勅 砊硠 阬壑又口盆反 盲武庚反無目六 蝱蟲 甿

縣名在江夏 䀮〃盯 莔貝母 鄳縣名在 橫胡盲反從横又古皇反十三 黌學 蝗虫又戶光反 鐄大鐘 喤聲泣 颹〃颸風聲風皃 潢方舟一曰荊州人呼渡津舫為潢

通俗作鄳 瞠直視 萌 盟誓義昌

𥛚禓禳祭名 𧹣織 㤦悂 韹聲 彋起 閍甫盲反宮中門一曰巷門四 祊謁 祊大廟門傍祭 鬃或作鬃 諻語聲三 喤聲 嚝〃嗊 ·觥古横反以角為酒器亦作

兕角為酒器亦作觵通俗作觥三 侊小 䵝 ·彭薄庚反八 澎地名又口庚反 膨〃脝 蟛〃蜞似蟹而小 髟鬃髮亂又 棚〃閣又步崩反 搒笞打又北孟反引船

禜𥜭禜祭 榜輔 憉〃悙自強 斛量溢又普郎反 蒡龍 蒡葱 輣隱車 騯行 脝許庚反膨脝三 亨通又普庚反煮又虛掌反獻神雖三音此一字籀文作此亯依

絲作亨顧野王以亨不繫要爲亨於亨加火爲烹强生分析不及依本同長音止長音去豈亦別作字平也此本是王子春寫字用 惇亨彭小惇 湞水名又直耕反 瞠丑庚反直視亦作瞸三 撐〻撐正 鎗楚庚反鎗鼎通俗作鐺二

搶攙搶祇星 傖助庚反傖楚人別種三 衜角長貞 鬇〻鬤髮亂貞 霙於驚反雨雪雜八 鉠鈴聲 韺六韺高陽氏樂名 渶水名出靑丘山 英俊又於香反稻初生曰英 瑛玉光 楧。

鶧繼鶧 磅撫庚反小石落聲五 怦滿 亨煮又許兩許庚二反 梈木弩 澎水聲又薄庚反 平符兵反坦六 評〻量 苹蕺一曰蒲白 胓牛羊脂 泙谷名 蚲蛘 □

京大古音經通俗作京 荊楚地 麖。獸名亦作麠 明武英反皎淨四 盟約亦作盟 鵬鴡鵬似鳳 鳴鳥聲 棖直庚反門旁木 盯丁瞷盯 澄水凊

憕〻悩失志皃 趟竹盲反趟趟跳躍趟字張交反二 颿風颺颺狂風 榮永兵反華美

兄許榮反 牲。猩〻狩

淸 尤

尤羽求反甚七 𣏓木名 腄縣名在東萊 疣結病亦作肬 沋水名在高密 訧過 郵境上郵舍 憂於求反亦作㥑 優〻俳

↑ 優〻遊 櫌打塊槌 鄾邑名在鄧 𢆶微小 㤊含怒不言 嚘歐嚘歎 [illegible]鼻目間恨 纋弁中 [illegible]棻歎氣嚘逆 劉力求反殺亦作鎦 □

留住俗作畱 𦺊〻蘽藥名 勠并力左傳勠力同心又力逐反 摎縛殺秦有摎毒字哀亥反亦有摎 鶹〻離鳥少美長醜 駵馬白馬腹。 騮驊騮周穆王馬 𤲞田不耕而火種 粎粰粎饊 流水行亦作㳅

旒〻旗亦作旈 飀高風 瘤肉起病 榴石榴 鎏美金 瑠〻璃 鼦食竹根鼠又力久反 憀頼又力彫反 蝣蜉蝣又餘周反 蟉蜘蟉又力幽渠糾二反 [illegible]視 懰烈 瑠豆

鎏竹聲又力久反 硫〻黄藥 鶹鷅鶹飛 秋七遊反時十 鞧車鞧亦作鞦鞧緧 鶖鶖鳥亦作鶅 鰍魚名 楸木名 萩蕭似蒿 篍吹筩又且燒反 [illegible]鶖雛 鰌鰌。 [illegible]

蚰。蚊亦作蠿 猷以周反三十五 悠遠 油脂 由從亦作䌢 猶犬又佝 攸所 蕕水中細草 浟水流皃 遊遨 逌氣行 歈揄歈以手相弄揄字弋支反 冘不定冘豫

輶輕車又易受易授二反 蘨草盛 秞禾盛 蚰〻蜒 蝣蜉蝣 櫾木名出崑崙山 庮久屋木又弋久反亦作㢈 囮因鳥媒又五戈反亦作圝 鴭鳥 臾曰又翼朱反

[illegible]空 櫾木更生亦作由戶 蝣蜉蝣又力周反 䄷禱又以帚反 遛遺玉又餘九餘昭二反 郵亭名在高陵 覦深視 [illegible]凡器 斿旌斿十二。 𤸫病 [illegible]草 蕕薰蕕 牛語求反大

第十五頁

口。一・遒卽由反又字秋反盡六 鰌烏化爲魚項上有細骨如鳥毛 䶕耳鳴 蝤く蛑似蠏而大生海邊 啾小聲 湫水又字秋反亦作蘸 遒字秋反周亦作遒十二 雧。束泉又卽由反 酋長亦作酋

愐傲 聝耳鳴聲 揫束又卽由反亦作𩞄 湭瘦 殰終又子牢反 熧爍 觩角亦作觩 緧紂 蝤馬蝎 ・脩息流反脯七 羞進亦作饈 饈く饋く字甫文反 修理

鱃鯅輕 樇木名 ・抽勑鳩反拔亦作挳五 惆く悵 瘳病瘥 婤好貟又止由反 䐹失意視又他狄反 犨色牛一 ・周亦周反白 鵃鳩反市亦作舟周八 州鄭居 洲水中く。

罽呼鷄聲 舟船 婤女字又音抽 雕尸又時惟反 輖垂四六 讎市流反 酬く酢或作醻 詶以言答又之又反 雔雙鳥 魗棄亦作𩣫 䌷魚又直流反 䌷耳由反鄒十

鍒く鐵 田 柔艮 䰆馬青驪 柔く皮又人又反 𩍙踐 榖 犙前高後下又莫侯反 丘頄面和 脜肥 鄹鄉名 ・𡒽武州反取通俗作一 丘去求反大阜五 蓲烏蓲草名又央留反

蚯く蚓 𧋍鳩反 龜く迫又巨 邱地名 ・颩匹尤反風吹皃七 秠一稃二米又芳鄙反 衃凝血又匹才反 胚普才反 不孕一月又 𣪍坏 紑盛皃又孚不反 醅酢 ・鳩居求反鳩五 鳩 勼惣名亦作勼四

勼聚 鬮鬥取 𢎘纚 ・糾居虯反大力四 芁秦芁藥或作 朻亦樛木下垂 疚急 莆鳩反弗又甫 不救甫九反二 ・捜所鳩反索俗作搜十四 餿飯壞 颼く颼風皃 溲

小便 鎪く馬耳 廋仁焉廋哉 蒐春獵 鱐乾魚 鄋北方國 螋蛷螋蟲 犙牛三歲 趍不進 獀獵 醙白酒 ・搊楚尤反手搊三 篘く酒或作醔 掫拘

・鄒側鳩反地名彐亦作鄹十 騶廐御一曰騶虞 齱く齺齒偏或作齺又仕角反 陬又鄉名一曰隅 緅青赤色 𦸛麻莖亦作䵺 彐獸 𧾵足 菆草又薪又名 棷垢反 艘舟船 ・愁士求反甚憂二 湫腹中水 休

許尤反止俗作休加點俗休謬九 貅貅 鵂鵂鶹 休鳥 庥廕 賕背腹又渠尤。反或作胳 髹赤黑 鵂名 馬休驚 豸獸月面 嘐汗 ・惆去愁反戾一 ・囚似由反人囚在獄五 泅浮亦作汓又餘州反 慒慮又似冬反

茵芝 鮋白 鯈 ・儔直由反類古作翿字廿二 躊く躇 幬帳 禂禪被 疇田疇 紬く綾 綢く繆 稠稠概 籌草 檮木名 鯈魚子 籌筭 翯洛 怞

朗 嚋否 颼風颼 苗茶草 㤽由動又遲六反 𣪍縣物亦作殼 鮋魚又常州反 郮鄭江在蜀 鵃南方雉名 ・輈張流反車轅四 盩く厔縣在扶風 啁く噍鳥聲 譸く張誑亦作侜 ・巨鳩

反皮衣卄 求干。 銶鑿屬 仇讐 厹地名在臨淮亦作叴又人久反 九頄頯 蛷く螋亦作蠟 逑匹 球玉聲 賕く財 艽地名詩云至於艽野 鼽九月令曰人多鼽嚏亦作𪖐 訄安 莍自芷

殏終 釚く釚弩 䒝荊 莍椒實 觓九䢴亭觓 朹似李 絿求 紈引 俅戴亦作頼 扏緩 脙脊又呼尤反亦作膠 肍肉醬 𢚩怨仇 䜪迫又去牛反 郲地名 𧍪

索 ・浮薄謀反𠚨廿一 哹吹氣又拂謀反 桴齊人云屋棟 枹鼓槌 𦬽竹有文 䍖車上網或作罦罶器 琈玉名 涪水名在巴西 桴く糠 鴓く鴓鳥 罘く罝 鯚魚名 芣

〻苂 蜉 蚍蜉亦作蠹 烰 火氣 裒 減又蒲溝反 鈇 〻鉳 雺 雨雪雺〻 泭 編木渡水 艀 舟 䍾 多 •謀 莫浮反圖十七 霿 天氣降地不應又莫貢反 眸 目子瞳

牟 牛聲 侔 等 矛 戟 鍪 兜鍪 麰 〻麥 鰵 魚名 堥 堆堥小隴 蟊 倉穀蟲亦作蠭蛑蝥 鴾 鴾 劺 勵 芼 草 醟 醔醟 件 本為侔字今為牛又渠口

反 鬏 髮至眉或省作髮

侯

侯 胡溝反侯亦作帿十五 猴 猿 糇 粮 翭 羽鳥 喉 咽喉 篌 箜篌 帿 射張布 𪃹 〻鸌 鍭 大箭又胡遘反 鯸 〻鮐魚 餱 乾食 鍭 鏂鍭所以鉗頸 睺 半盲又胡遘反

骺 骺〻谷在郈成皐 •謳 烏侯反吟哥或作慪嘔十 嘔 小兒 褔 近衣 鏂 鉤鏂丁又鏂鍭 甌 器 膒 脂膒 鷗 水鳥 藲 刺榆 歐 〻陽姓 瞘 深目又口投反 剾 剜又恪侯反 羺

奴溝反 䨲 兔胡羊三 䨲 子 獳 犬怒 •樓 落侯反臺樹二十三 婁 星名 耬 種具 髏 髑髏亦作顱 摟 探取 膢 祭名又力于反亦作䄛 㼶 瓡㼶士瓜 廔 廱廔綺窗 剅 小穿 嘍 〻嘍

鳥 瞜 視 螻 土螻 簍 〻籠 褸 衣 𧳅 求豕 鄋 鄉名在 軀 敬 艛 舟 䁖 縣名 鱇 鞻 鞮鞻氏

聲 䝏 貝 𥳋 似羊 螻 蛄 𦃃 領 𧳅 子 鄋 南陽 僂 僂 艛 舟 䁖 縣名 鞻 掌夷樂 •涑 速侯反浣三

樵 推又先么反 嗾 使犬又乘亘反或作嗾 彄 恪侯反弓彄九 摳 〻衣 剾 乙侯反 斲裏又肯射 韝 鞁 齁 〻齁 㓌 又指 漚 水名在北地又口侯反 瞜 深目又一投反 䵈 多 䎺 纏 齁 呼侯反 鼻息一

•鯫 取子侯反 鯫 麻曰鯫二 鯫 士溝二反 偷 託侯反竊四 鍮 〻石亦作鋀 媮 女巧黠又苟且 緰 紫 頭 度侯反項 剅 又剜刻 投 擲物 褕 近身衣 歈 歌

緅 麻一 䆟 穿 緰 布 醶 〻醬 齵 五侯反 鉤 古侯反曲針十五 句 鎌 溝 渠 篝 籠衣亦作𥫱 韝 臂 緱 〻氏縣名

篘 桃枝竹 鼃 〻鼊似龜 嘔 唱嘍 句 鄙 軥 〻名 篝 〻〻〻 句 留 兜 兜鍪口 侸 佑侸垂下貝

𠟼 劍 豞 句小裂 鯫 魚名又子溝士垢二反

幽

蟉 〻蟉又於糾反亦作蚴 幽 微 •虯 渠幽反虯龍又居幽反或作虬 觩 匕角皃 璆 玉名 觓 角飾皃

•淲 扶彪反水流一 •𥡮 子幽反禾生名 •犙 山幽反牛三歲一 •鰲 語虬反鰲取魚鳥狀一 •𪕰 〻〻〻〻〻〻

侵

鱏 魚名又餘針反 樳 木名 鄩 古姓 㟊 小堆阜在三輔 撏 取 縟 續 鬵 釜屬 口 口口

霖〻雨 ·琛丑林反琛寶 棽木枝長又所金反 彤行舟 綝善 郴縣名在桂陽

斟〻鄩。古國 葳。口。草 瀸。酸。挦 沉除

忱信 煁行竈 瘎復故病或作疣 ·任如林反堪六 鵀鳥名 恁信 壬〻子

蟫白魚蟲 鷣鷂之別名 [illegible]。熱 冘行貌從人出門音口亦作佔又以周反 鱏魚名

窨地室又猗禁反 祲姊心反日旁氣又柹禁反 梫木名 兓〻銳意

埐地又子心反 [illegible]掘地亦作鈂 醰甚熱 飪。

炈禁又竹甚反 鈙持止 雂鳥又渠今炎反

菳似蒿草名 ·吟魚音反永歌亦作訡訡

紟。小帶又口口反 襟袍襦前袂又作衿

蔘人蔘藥名或作薓 參〻辰星俗參爲曑

·簪側琴反笄 瑨石似玉

𤃬汙 櫚屋〻亦作檐 癎病 ·廉。

覝。察視 蠊飛蠊 賺賣又佇陷反 鬑。

占視兆 瞻視 蟾〻蜍蝦蟇 ·銛息廉反利 暹

攕女手貌又所咸反 ·棎視詹反菓名似棕而酸一 ·苫室廉反草覆

姈今善女皃 。𢘑又徒煩反 惔悅亦作惔 髯汝鹽反頷毛通俗作額

。黏女廉反黏𪏮一 。炎于廉反炎熱又餘念反一 。霑張廉反霑濕二 沾預 。覘丑廉反闚視二 𡟯於廉又失廉反

。嬚語廉反齒𪘏差二 噞魚喁又魚儉反或作𪘏 。尖子廉反上小下大 𡙵火滅 殲盡

鑯山鑯板 鑯鐫 。潛昨鹽反水伏流通俗作潛六 𪚤縣名在吳興 𪆀甑 𪁤漂絮 饋

黚淺黑又黚陽縣在武陵 拑持 𪃀白啄 鵮鳥 。雂今林反 聆令音又其林反 。㢘於鹽反安

𪏮山谷 𣋃細 𢅿巾 。姈火尖反㜎姈也一曰善美新加出說文更毛也 䶠四 棶梓 棻

添

佔佔𠊦 詀語轉 㥦衣領又丁頰反亦作袩 。甜徒廉反甘 恬靖 湉水 菾菜名 菾藥草

意又呼二反 。兼古甜反并六 縑絹 鶼鳥比翼 蒹青稻 稴白米 蒹荻未秀

𪑑黃欠 貪欲又呼男反 𪑑黃色 欿今欿反亦作欿 。㰹持意又云廉 嗛香 甘𤸷公函二反 𤸷瘬

蒸

脀凝署陵反次一曰奉從手 。承作承受字通俗作承二 丞佐從□音渠恭反從㔾山音隅此佐翊字 。澄直陵反水清

竹𢿱戒 澂清 陵力膺反欺 亦作□ 淩歷又水名 凌冰 蔆芰 倰恰 鯪魚名 綾錦 掕止 餧馬食穀又力飢反 夌越 𨑗去又居力反

。膺於陵反胷亦作膺四 鷹鳥名 應當 蠅蟬 。憑扶冰反依憑託四 凭几 淜無舟渡河 石奇蒴二反 磳碉 繒又子騰反 。冰筆陵反水凍三 掤盛箭器又薄登反又棧閣 弸

繩食陵反索俗作繩九 譝稱 䱓魚名 乘駕 澠水名在齊 溗相淩 䑉波前後 塍畦又埒 塖亦作塍 譝譽 騬犗馬 。升識承反十合五 陞登 勝任又書證反亦作務

昇日上 抍上舉 。仍如承反因四 艿草 訒陳 扔就 。殑其矜反 礽今作礽從今俗從令失 。徵陟陵反 癥腹病 㣲旗 方柱 𣥰召 繒

疾陵反𠇆國名在 。𤳪馬名 橧豕所 。增高 凝魚陵反水結二 冰堅 。興虛陵反起又許應反二 𨛱地名 。稱處陵反知輕重通俗作稱三 偁宣揚美事 再

𢐍五 鄫鄫 𤳪名 𪘚 𧧃 𡚷

本殑其矜反殑殊。莄根可緣殑山矜反𤼴丑升反醉行皃硱綺兢反硱礵石
稱殑欲死狀二 莄竹器 殑殑殑一 僜又魯鄧反一 硱石皃又口本反一

登
五十登都滕反 𤼲石似 燈〻 簦長柄 毛毲 金𨦾 禮器 橙盧登反四方木或 輚車聲 稜威稜 倰長皃 棱柧
上七 璒玉 燈火 簦笠 毲毲 𦱊草名 䔲亦作 楞作棱通俗作楞五 輚 稜
・僧蘇曾反 ・崩北滕反 ・曾在滕反加亦作 憎惡 人姓又昨 矰弋射 罾魚 竲山皃又 蹭 巢 𦾣羽
緇徒一 頹一 增 譄通俗作增十 憎 曾稜反 矰矢 罾釣 磳仕氷反 熷肉竹中炙 增。瞢 翻
飛 瞢武登反目 𧄼〻無光 作棱反重屋 鬅又作 朋步崩反黨又古 朔射 鵬大鵬 閣又薄庚 輔又普
皃不明二 甍又亡贈反 𡓺又作滕反二 罾騰反 朋文鳳今為朋五 堋 堋 鵬鳥 棚 筆陵二反 倗等反
・弘胡肱反〻大 竑 滕竑 肱古弘反 弘軾中。亦 薨呼弘反諸 瞢惛迷或 能奴登反獸又多技又奴代 滕徒登反國名通
通俗作弘三 𢎛胡厷 肱臂二 鞃作鞃鞃 甍侯亡二 僜作𩕳 能奴來二反通俗作能一 舟俗作滕十一
騰。躍 𦩻竹 縢囊可 𧍺〻蛇或 藤〻蓏又 𦩎移。 𦩍美目又 鼟鼓 䲍魚 黱黑 ・恒胡登反 亘〻山北 𢘸古恒反急
縢舟 縢舟帶者 滕食禾虫 藤草名 舟書 以登反 鼟聲 舟 𪁪虎 常二 山岳名 𣜬淮南子曰
大弦 𣜬則亘大 鼟他登反
小弦 𦅾絚三 緪索 鼟鼓聲一

咸
・咸胡纔反 鹹不淡或 函〻谷關名又 減〻驢 㯺杯又古 槏稻不黏又胡 蠊海虫 諴至誠 感
皆八 鹵作鹹 函書亦作函 𩢍縣名 械咸反 槏兼反亦作糠 蝛可食 諴又五咸反 緘古咸反 瑊美石 𦊀堅
𨻪〻阬中間者 椷椷又胡緘 𪐝黑又止咸 鎎釜底 𨊊車 揻所咸反又手皃 櫼木 縿旌旗。 黬。微 𩈣木名亦 𧑙五咸反 緘封 𨶓次玉 𣪗緘
九謂非好非惡 槭反或作掝 黬林反 黬黑 𨎾聲 攕又息廉反五 櫼名 縿旒 𩃡雨 𣓿作杉 𤢐又乙陷反一 嵒咸
反嶃嵒山高 皃長面皃又 𪈜山羊亦咸 釜底 戱羊絕 誠和又 𠷉僭差又 䶠許咸反 䶠似蛤出今 喜今 䶠咸 䛼竹咸反
又地名七 瀸丘檻反 𧤢作羬麙 黬黑 黬有力 諴戲 𡣡牛金反 䶠笑皃四 蚶海中 𥈫皃面 酳 詀詀諵
語聲又尺涉反 䳲鳥啄物又 𠯗〻酳 喃女咸反 𩈣士咸反士銜反 嶄〻小 𩈣不 㲋狡兔又士 嚵高 儳貪 䜌剗
詀讘耳語三 鵮苦咸反二 𩈣小頭 諵語諵一 讒通俗作讒九 獑猢 鑱鑱 饞廉 𩈣銜反五 𪖙鼻
邖宋 鵮苦咸反鳥 鵮物又竹
𨛭地 鵮咸反又或作𨛭一

銜
銜戶監反馬 㘅調凡乾凡 巉鋤銜反 嶃〻嵒亦 劖刺 𣘨合木 𨬇犁 鑱吳人云 嶃〻獑獸名 岑潛又鋤 ・巖五銜反 䊵广 巖呷
𩣡口三 諴兼屋 山險七 嶄作嶃 鑱 艬舩 鑱又士懺反 獑又士咸反 涔簪反 下亦作㠑二 嚴
攙楚咸初咸二反 𪕮鼠黑耳 衫所銜反 纔帛青色又 彡毛 彡長髮彡〻 縿旌 㠽代 縿旗 𧜞所着 監瞻又格 䫲微雨又
攙搶袄星二 鼰白要。 衫衣襳九 𩈣昨來反 𢒉長彡又比遙反 縿旗 芟草 䅟亦作 𩈣 𥉒懺反 𩅰子廉反
・䁯古銜反又古〻 諸以取月水又 監〻 𥗐青礪可以劖切 𥊝 懺反明五 監明古作鑑或作監 攻玉亦作𥗐 細 𥊝視

第十七頁

嚴 凡

嚴語輸反 巖䖬射 ·𪙽胡𪙽嚴反 杴𨩲古作檢 ·醃於嚴反鹽一 ·㪁丘嚴反㪁敵不齊又丘凡反

凡符芝反常六 帆船上帆又扶泛反 仉輕又孚劒反 舤舩舩船張亦作颿 ·杋木皮中索 ·芝匹凡反草浮水負三 ·欦多乜水智沚名

刊謬補缺切韵卷第二 卄八韵

韻首 ·先蘇前 ·仙相然 ·蕭蘇彫 ·宵相焦 ·豪胡刀 ·歌古俄 ·麻莫霞 ·覃徒含 ·談徒甘 ·陽与章

·唐徒郎 ·庚古行 ·耕古莖 ·清七精 ·青倉經 ·尤雨求 ·侯胡溝 ·幽於虯 ·侵七林 ·鹽余廉 ·添他兼 ·蒸諸膺 ·登都騰 ·咸胡讒 ·銜戶監 ·嚴語𪙽 ·凡符芝

刊謬補缺切韵卷第三上聲五十二韵

右卷一萬二千一十六字 二千七百七十七舊韵 四千一百廿訓 卅三或亦 二文古 一文俗 二千三百卅補舊缺訓 二千一百一十五新加韵 二千八百一十三訓 三百卅七亦或 十九正 卅一通俗 四文本

朝議郎行衢州信安縣尉王仁昫字德温新撰定

一董多動反吕與腫同夏侯别今依夏侯 二腫之隴反 三講古項反 四紙諸氏反

五旨職雉反夏侯與止為疑吕陽李杜别今依吕陽李杜 六止諸市反 七尾無匪反 八語魚舉反吕與麌同夏侯陽李杜别今依夏陽李杜

九麌魚矩反 十姥莫補反 十一薺徂禮反 十二蟹鞋買反李與駭同夏侯别今依夏侯

十三駭諧揩反 十四賄呼猥反李與海同夏侯為疑吕别今依吕 十五海呼改反 十六軫之忍反

十七吻武粉反 十八隱於謹反吕與吻同夏侯别今依夏侯 十九阮虞遠反夏侯陽杜與混佷同吕别今依吕 廿混胡本反

廿一佷痕懇反 廿二旱胡滿反 廿三潸數板反吕與旱同夏侯别今依夏侯 廿四產所簡反陽與銑獮同夏侯别今依夏侯

廿五銑蘇典反夏侯陽杜與獮同吕别今依吕 廿六獮息淺反 廿七篠蘇鳥反陽李夏侯與小同吕杜别今依吕杜 廿八小私兆反

廿九巧苦絞反吕與皓同陽與篠小同夏侯並别今依夏侯 卅皓胡老反 卅一哿古我反 卅二馬莫下反

卅三感古禫反 卅四敢古覽反吕與檻同夏侯别今依夏侯 卅五養餘兩反夏侯在平聲陽唐入聲藥鐸並别上聲養蕩為疑吕與蕩同今别 卅六蕩堂朗反

廿□。□□反夏侯與靖同呂別今依呂　廿八耿 古幸反李杜與梗迥同呂與靖迥同夏侯與梗靖迥並別今依夏侯　廿九靜 疾郢反呂與迥同夏侯別今依夏侯　卅迥 戶鼎反

卅□。□□□李與厚同夏侯為□同呂別今依呂　卅二厚 胡口反　卅三。　卅四寑 七稔反

卅五。范豏同夏侯同今並別　卅六。　卅七。　卅八等 多肯反

卌九。　五十。　五十一广 虞俺反陸無此韻目失　五十二范 符𠃧反陸無反取凡之上聲失

董

一

・孔 康董反甚又穴一　・𢿌 先揔反搏擊二　・檧 箸桶又蘇公反　・侗 他孔反直一曰長大

輘 輪　・澒 胡孔反澒。水。銀。滓。溶。水。皃二　汞 水銀　蓊 阿孔反蓊鬱　滃 大水皃　暡 氣盛皃

倴 屏倴　・矓 力董反矓曨五　襱 袴又直隴反亦作裥又來公反　蘢 く嵸　寵 孔寵　竉 竹器又盧紅反

懵 莫孔反心亂皃

腫

壟 力奉反丘壟三　浝 塗　・擁 於隴反手擁　壅 く堨又於龍反　𢹂 持

㧤 鼠拐亦作㧤　牨 水牛　搑 推擣　重 直隴反不輕又直龍直用二反　鮦 魚名又直柳反

・勇 餘隴反健九　甬 花甬く欲發　涌 泉　踊 跳亦作踴　溶 水皃　蛹 老蠶　塎 埇塎不安

硔 水邊石　鞏 以皮束物又縣名在河南　蛬 蟋蟀亦作蛩

聳 高　□ 斜前定　㩳 執亦推

講

𪈨 □。□。□。□。□。□。　𦟌 □。□。

玤 周邑地名　棓 大杖　蚌 蛤或作蛖蜯

䓣曲枝果 汦著止 芷〻陽縣

○○興金耳 𤄷熟寐又莫禮反 㒌〻〻猶遲遲亦㒌

恑憂 蛫蟹 祪毀廟之祖 桅短矛

倚立 錡釜

婍好皃亦作猗 碕〻礒 䞼行皃

檥整舟向岸亦作艤 鄬〻陽鄉在魏郡

地又爲反 •觜卽委反鳥喙或咮通俗作觜

褫奪衣 𥻘黏 陊山崩

迆邐迆 袘中衣袖 胣引腸莊子曰長洪胣。

○韜髮者 屣人不躡根亦作𨅊 躧視 縰。

反汝亦二 邇近亦作迩 •渳彌婢反渳水 弭弓末亦作弭 濔水流皃亦作沵 芊。

埤 •侈尺氏反奢 姼姑姼輕薄皃 鉹甑 垑恃土地 哆張口 誃離又直移反

•紫茲此反色六 訿〻毀或作呰 呰弱漢書曰呰窳偷生又姊西徂禮二反 泚水名在長沙 茈。

又反 䮔馬小又子垂反 •揣初委反度亦作敪又丁果尺𢤀二反 •豴隨婢反㹠豚一 •虵食紙反舌取物亦舓

此輢何傷甚一 齮又作於綺 •𢪸側氏反拳加人一 •破匹靡反披折三 披開 紴水波錦又補柯反

茾草木初生又惟畢反隋小頹亦作㒩 𤷎瘡裂 惢才捶反疑一 跬去弭反舉一足亦作趌頭半步三 頍弁皃

媠好皃又才累反 鴭布危 鵗鷇 趡求累反趡張趡一 褫勑豸反衣絮偏 攱陟侈反 擿指二 襹衣𧝎。

旨

指手指 恉意 砥砥礪 視承旨反亦作眡三 犛牛獸似 媄善 鄙方美反邑二 啚嗇 兕徐姊反兕似牛四正作𠒋 䦢餘几反 雉燒草又直履 薙他計二反

几居履反几杖曲憑八 机木 麂獸名亦作麐 屼女屼山弱 阞地 肌獸 阢山水所出 𧍪几名 䃾石墮 姊將几反女兄二 秭億 匕卑履反匕匙八 妣至反 秕糠秕或爲粃 比方又

𣬈以豚祀 沘水名出廬江灊縣又大步畋 祉司命 泚今謂之淠水步音張略反 疕頭瘍 軌居美反口從古文九 國風省非從九八 簋簠簋祭器 晷日影 厬泉或作漸 宄內盜 頯小頭又追反

匭水涯 氿枯土 洧榮美反水名在鄭四 鮪魚名 痏瘡有黃皃又黃下悔反 美陳三 笑箭 屎糞亦作菡屎 死息姊反四一 雉直几反野雞三 薙芟又徐姊反 𣳑水名在魯陽

牝扶履反又毗忍反雌一 履力几反踐從彳舟一 水式軌反流津一 壘力軌反壘塹十 礧碨礧 𤠌犯 鸓飛生鳥名飛且乳 藟葛藟 虆藤 誄述行 耒田器又盧猥反 讄禱亦作讄 灅水名出雁門

揆葵癸反度五 楑木名 㨙悸又視惟反 𩑬細又聚 湀泉出通川又水名 趡千水反走二 踓䠁 柅女履反絡絲檷易曰金柅一 癸居誄反北方一 否符鄙反塞又方久反 痞腹內結病

圮岸毀亦作䧘 仳匕離又芳匕反 𣧑草木枯落 𢁒比蟀裂 醫覆或作䣻 嶏徂壘反嶏嵬一 嚭匹鄙反大三 庀破又匹支反比支反 秠一稃二米又鋪悲反 𢖺實如藟反草木節生一 唯以水反諾八 𡳐 䨊似馬而

黃可 鰖蟹 遺魚盛 遺。埒又遠 嶲愚戇多態 竒弃 踓走 歖於几反歖歍驢鳴一 濢遵誄反汁漬三 嶵山狀又 晬醉綏反 䕭眂几反紩縷所紩禮有䕭兗

食 鰖子 遺貞 埒位反 嬀又尤卦反 揣 𢻶刺 久從後至 㵀就寬一 跽暨几反長跽或作異又暨軌反一 𥈡許癸反恚視又詡類反一 𩩓暨軌反上跪亦作𨂙二 郈山名 危

止

止諸市反巳九 時時止反 峙祭地又小渚或作沚 茝昌待反香草又 趾足 址基 阯交阯郡 䛊許 底柱 市時止反廛 恃依 㟢陟里反 配火 喜虛里反 𠯵欣一 以羊止反古作目用五 巳止 苡苜苡

薏苡 芣苡 台癡 㠯大 似詳里反類七 祀祭名 巳年一曰 以 姒夏姓一曰娣姒 辰 巳 耜耒 耜 汜音似者在成皋東是曹咎所渡水音几者在襄城縣南汜城是周王出居城曰南汜音匹劒反者在中牟縣汜是晉伐鄭師子汜曰東汜三

口各別陸訓不當 鉓鋌 紀居似反經紀四 己 改己字 女說 㠯 史踈士反記言三 使事反役又踈 駛疾美者 耳而止反聽聞五 洱水名出罷谷山又而志反 駬騄駬周穆王馬

故不錄亦作汨

絲縵盛 𪕌鼠 里良士反五鄰九 裏內 鯉魚名 李人姓 痩病 娌妯娌 俚南人蠻屬 理直 郹亭名在西鄂一曰邑名 始詩止反初一 枲胥里反麻六 葸曰葸竹篋 菓胡葦亦作菓

當作幯

第廿九頁

葸質愨皃。諰言且思之。屭石屭利山。峙直里反。聳。六。痔病。跱踌跱行難進皃。庤儲置舍。偫看所望而往。具亦作跱。畤儲。起虛里反。興。六。杞木名又苟杞。屺山無草木亦作峐。玘珮玉。

芑白粱粟。邔縣在南陽。巳又渠記反。士鉏里反。一命三。仕從官。柿木名。俟史反亦作竢。竢迉戾四。涘水涯。戺巳靁戸水。絫縄履。子即里反。姓。生七。虸虸蚄蟲。耔擁苗亦作秄。梓木名。

伃婕伃皃。朿草木盛。杍杍杍。矣于紀反。詞矣二。薿蒿。擬魚紀反。度五。儗僭。薿草盛皃又盛。㠜黍稷盛。䓔魚力反。穮盛。齒昌里反。牙一。恥勑里反。辱俗作耻二。祉福。剚初紀反。割聲二。

欸齧。滓側李反。粃亦作萍三。笫牀板又側几反。胏脯易曰食乾胏亦作𦙶。譩於擬反恨又唐又於其反一。

尾

尾無匪反。鬣後毛。通俗作尾四。亹美皃又音門又羲覞反俗作亹失。浘水流皃。䬤微。豈氣稀反。無有二。蒠菜。扆依豈反。戸牖間五。偯痛。依哭依聲。㕈藏。僾僾俙見不了皃。蟣居俙反。蝨四。幾幾何又既希反通俗作幾。機禾機。䗁俗。斐妃尾反。文五。朏月出。菲芳菲又芳非反。悱口悱。䨽平利反。匪非尾反。不七。棐輔。篚竹器。餥餱一曰相請食。

棐木名子可食。蜚虫或作斐又扶佛反。䨊猝。韙韋鬼反。是亦作愇九。煒光煒。暐暐曄。偉大。瑋玉。葦蘆。韡木名可屈為盂。韡華盛。韡逆。鬼居偉反。歸一。䃬評愇反。蛐䃬五。

𡰪齊人云火。娓美又妄秘反。䨓震靁。虫鱗介總名又除中反。豈。顗魚豈反。豈靖一。狶希豈反。楚人呼猪三。俙僾俙。鼻又虛几反。魂於鬼反。魂硊石山皃二。嵬崔嵬高下曲。臏胮鬼反。肥多汁。

語

𥟊稻紫莖不黏又扶畏反。

語魚舉反。對言十。禦苑。圉養馬人。敔柷敔樂器。圄囹圄。衙行皃楚辭導(道)飛廉之衙衙。齬齟齬又魚家反。禦禁御。鉏鉏鋙亦作鑾。呂力舉反。陰管十二。祣祭名。掎。

筥。筥器亦作篋。𥳂自桶端。儢心不力。侶伴。侶晉大夫名。梠笥名。絽絣。佇除呂反。待亦作竚十。眝張目皃。苧草。紵布。杼機杼。羜五月生羔。

器數亦作䉛。坾鏖。竚織門塾間又余筥反。竚直居反。宁付五。歟歟與。与與。予我。䒜䒜蕃蕪又徐與反。或作藇。煮諸與反。湯熟。或作鬻三。𥠖丘。渚沚。汝如与反。尔五。

胺魚不熟菜又鮮。茹而恕反。𡪢諸乙庶二反。楚人呼寐又仁。𥿝黏。暑舒莒反。熱五。鼠穴蟲。黍禾。𧐐蟲。癙病。杵昌与反。二。処几居所或作処。處通俗作處。貯丁呂反。居七。帋衣棺。

佇知。許知。䍡亦作斷。楈盛米。杼栩又時渚反。衧衣。諝私呂反。智亦作諝五。稰熟穫。醑酒。湑露。糈祭神米。女尼與反。女子二。籹粔籹。楮丑呂反。木名二。

褚姓。許虛呂反。然一。巨具呂反。工十五。拒抗。秬黑黍亦作𥝖。距鷄距爪。炬火炬。虡栒虡。粔粔籹。鉅名。苣苣藤胡麻。字書。詎反。駏駏驢畜。蒙苔。齟齟齬。腫。

盧。神獸亦作虗 所踈舉反處通俗作所五 糈祭神米又所先呂反 齭傷齭器 盨戴記又山於反 楚初舉反國名五 礎柱下石 齼齭齒名 濋水 鱮。鱮鮮 阻側呂反礙二
俎且豆 齟鉏呂反齟齬二 咀慈呂反咀嚼五 沮止又七余反 跙行不進 趄前 耝邪出 租邪反 䃊嫧又子 淤詐於反擊二 膂肩骨 舉居許反鵚九 莒草名一曰國名 櫸木名 筥匡行 筥趄貝
籧器 養蠶 柜柜柳 郘亭在長沙 炅共舉通俗作昇 敘徐呂反又緒十一 序敘 漵水浦 緖葉。 抒渫水 嶼海中洲 漵浦名在洞庭 醑美酒 鱮魚名亦作鰯 屐履屬又餘去反
萸美貝又切舉反 去羌舉反又丘據反却正作弆 䴛麥粥汁 紵繼又所除反 野與者反一 紓神與反又式余反緩二 杼莊子狙公賦杼 跛七與反皮裂一 苢子與反履中草又子餘反一

麌

麌牝鹿二 俁大知反 羽于矩反五音十三 禹夏王 雨雲 字作此禹 四垂籀文 瑀玉。 祤祋祤縣名在馮翊 郰郰陽地國名 翊祋字都會反 栩地名 鄅在琅琊 頨孔子頭 翑反頨 楀木 萬棋
。邦亭名在南陽 翩寓貝 聚鄹二 慈庾反 鄹亭新豐 甫方方反近十三 脯肉乾 斧鉞 俯俛 府公府 黼白黑文如斧 簠簠 蛗蛗蠜 蝴蠜 莆小蓮莆堯時瑞草
。亭名又方珠反 硅大 鯆。 頫低頭又靡卷反 武無主反戈十六 舞禹樂亦作儛 嫵媚 侮慢 撫网 憮中無失意良字或作 憐 堂 憮又荒烏反 嫵下 䍿鳥 珷玞 舞 麌
鵡鸚鵡 無 騄 無徵 親又 罠 蕃滋 膴雉 膴 無周原膴膴 父扶雨反矩十二 甫眦 輔頰 輔亦作頰 腐朽 釜鼎屬 鳧鳬 鳧越鳥名 甫九河 箱積
。阝陽縣 撫安九 孚武反 弣弓把中亦作卩。 拊拍 殕食上生白 綌結綿 輔鞴 趙健或作鞫 故撫 鬃髮 良檻一 柱直主反 詡況羽反和九 昇。
呴鄉名在安邑 响温又香句反 豎殊主反立正作豎二 裋弊布襦亦作䙕 庾以主反倉逾十一 瘐寒 因以飢
梗鼠梓似山楸而黑 瓜不 瓜勝末 悅 憮 料量 蕒草 主之庾反執四 麈鹿屬
●點主口口京等字從 乳而主反肉津二 醹厚酒 簍其矩反貧無禮正作窶二 貗貗 豭子 數。
楀氏 鉤羽曲羽又求俱反 取七庾反得一 縷立主反絲縷十 膢 隩 廬陾縣名在交阯 贏字洛于反
遾 漊 小 僂古 頞 思主反 緈 前 雨 雞 仕禹反 小母 姓 脚又先酒反一 貗 豬 亦作 貙 一

姥

芏似莧生海邊 杜徒古反棠樹五 㡳 敃塞 肚腹肚又 月 當古反 土瓦 瓶 輤 土 韡 魯郎古反國名

虜庵鱸魚 鹵薄(覩當古反見亦作睹九 睹詰旦欲明 肚腹肚又徒古反

股髀亦作髀 呇內又古胡反 蠱蠱毒 估市稅 盬河東盬 鈷(鉧 羖(羊

伍五人 逜相干又吾故反 簿裴古反簿籍俗作从草是薄音口非二 部(伍 粗徂古反不精

琥兵符虎文 戽渄舟中水又呼故反 滸水岸亦作汻 塢烏古反村塢 鄔縣名在太原

弩弓 砮石可作矢又乃古反 努(力 戶胡古反一扇 楛(矢 扈跋扈 怙恃

媄貪 戽抒 滬靈龜負書一曰水名 居美石 鳸。

第二十頁 所闕是賄字

薺

茈弱又茲此反又子西反 禮盧啟反亦作礼 豐竹名

灅水名在北平 郲魄郲不平皃魄字胡罪反 儡傀儡又力追反

賄

□爛皃又呼猥反 𤧚尾(萁 碎 罪徂賄反辠秦始皇改辠三 辠辠 蕞

浘(浽穢濁 磈(殘 䃬竹狹節 魔懷羊又孤迴反 輠轉又胡凡反 頠口猥反大頭又五罪反

□風動又迴反 鮾魚敗或作脮 浽浽浘 䍴傷 頠五罪反頭一日閑 顡聉 隗姓

琲蒲罪反珠五百枚亦作蜚二 痱(痛 脩素罪反 而叫一 摧子罪反摧 嗺崇積二 腇面頰又之春反

所闕是海字

海

宰作亥反冢宰三 䏁牛聾 載年又作代反出方言 駘徒亥反疲駑 殆危 待侍

改古亥反亦作攺二 頦頰頦又胡改反 亥胡改反方名四 頦頷又胡來反 賅奇非常又古來反

綵綾綵 彩彫彩 寀寮寀 倸恨 茝昌紿反香草一 等多改反齊又多肯反一 穤。。

說文作[illegible]

軫

辰藏 倍薄亥反倍多二 蓓黃蓓草

槇木尒衣縩紾單 㐱黑髮亦作鬒鬒此小㸚體冂從彡作此 袗絺紘又之刃反 稹緻又之仁反 畛。

惷極動 偆富 踳雜 僢差 蠢推 截出亦作𧑄 敎亂 准之忍反古準三

頣面斜 䏁進 筍思尹反弱竹亦作笋又作笋竹萌五 隼鳩鳥 簨簴 䉘作慈。 㯢 敀

犭

㲉細 䡅伏兔下革 潣水流浼浼 牝毗忍反牸又扶履反四 臏膝骨 髕斷足刖 猵獺屬又布玄反 愍悲。眉殞反四 憫默 閔傷 敏聰 殞于閔反歿

蒟薣 賓星落。 窘渠殞反困急七 珚玉名 菌地菌 箘竹名 囷欲吐 胭腹中脂 蜠貝大而險 紖直引反牛紖亦作絼。紖絼二 肕腫處又餘忍反 辴勑忍反欲

笑皃又勑私反一 引余軫反引延八 蚓蚯蚓亦作螾 嚽大笑 衍布 廴長行 戭長槍亦作戭 縯齊武王名 濥水引一日水門 忍而軫反耐事三 荵隱荵草名 涊水名在上黨

矧式忍反况亦作矤又作弞長三 哂笑亦作欣哂 頣舉眉視人 緊居忍反糺急亦作給二 肦之忍反 盡慈引反正作盡。盡澌亦作㶳 泯武盡反水急又弥鄰反五 敃作脕 𤿎細理或 僶

僶俛通俗作僶 笢竹笢 黽黽池縣在弘農又亡善反通俗作黾 腎時忍反水府四 蜃蛤 脤祭餘肉 㰯指 齗宜引反齊三 齔齒。正 䏖大唇 盾食尹反干盾二 楯闌檻 笋七忍反笑一

獜力軫反恥三 䫐少髮 轔牛車絕轔又力進反 濜子忍反盂一 輪力尹反耒䎃一

𣯶而尹反毛聚又而勇反亦作𣰥 𡘜丘隕反束縛一 螼丘忍反螼蚓二 趣去忍反行皃又渠人 賰式尹反賰富一

輑午隕反輑軸一 巾飢緊反飾一

吻

吻武粉反口吻亦作脗五 刎刎頸 抆拭 伆離又武弗反 勿覆 粉方吻反化粉。 黺ㄑ綵 米為麵二 黺文 憤房吻反怨亦作僨九 㥧問 羵病 鼢鼠 坋分又扶問反蒲頓二反 扮握 膹肉

切熟。 墳土精又 鼢田鼠 轒扶云反 懣滿裂 獖狗。 忿敷粉反怒又敷問反二 魵鰕別名 惲於粉反厚重七 蘊藏 縕 韞 輓兵車 醞釀又於問反 榅杜

暉賰暉 齳魚吻反無齒亦作齫三 趣走意 㥬大 抎于粉反有所失三 頵頵ㄑ黃面急 癀病又尤問反

隱

隱於謹反藏正作㥯通俗作隠十 磤雷聲 輼車聲 癮人胗皮小起 𦆐縫衣相着 濦水名出汝南 𢤨病 乙遲 㥯謹 㐆歸依又於幾反 讔 謹居隱反慎九 斳黏 堇

當作大
摩當作麼

治

第廿一頁

牛馴 菫菜名 槿木槿 巹敬 𢾝瓢酒器婚禮所用陸訓巹敬字爲巹瓢字俗行大失 𣝗𣝗滑 墐黃土黏 慬愍又渠殷反 近丘謹反行皃一 听牛謹反笑一 齔初謹反毀齒一 近

其謹反 逼一 𦟘興近反腫起或作瘖二 忻熱

阮

阮虞遠反阪三 䵩小元貟 邧秦邑 遠雲晚反遙二 頠面不正 偃於幰反偃仰八 㫃旌旗㫃旐 匽物相匽當 鶠鳳鶠 郾縣名 鼴鼠鼴 䳣衣領 蝘蝘蜓亦作此 𨓊居偃

反水名在南郡四 𢓷難 犲吃 𢓷了 㝴具偃反女字二 𢓷關𢓷 㫇語偃反云言脣急陸生載此㫇言二字列于切韻事不稱占便涉字祇㑥不削除庶覽者之鑒詳其謬四 𡵮人𡵮大脣皃𡵮字處灼反 𡾜山如甗

𪘍干露齒又丘板反 幰虛偃反車幰亦作𢄼三 攇手約物 蝘寒蟬蚯蚓蟲 晚無遠反晏六 娩婉娩 挽引 脕色肥澤又無怨反 皮脫又無願反 鞔履空革安反 返府遠反覆五

反府還亦作彼 坂八坡 𣗳木名 軬車耳 蔨求晚反黃豆二 圈其卷反獸闌又 婉於阮反美亦作腕十一 菀紫菀 苑園苑 豌體豌 蜿屈亦作䖤 畹田卅畝

琬圭 倇歡 婉慰又於萬反 宛人 𡡜然 捲遠反 去阮反近皃五 綣繾綣亦作䋙 菤蘆菤亦作䕭 卷幰又於遠反 䊷粉亦作䅦 晅晛晚反日氣又古鄧反五 睕目 暅大 晛啼

不止胡鮮云 愃寬閑心 烜火 軬扶遠反車軬二 飯進餅

混

混胡本反混流一曰混沌陰陽未分十三 渾人元又戶昆反 鯶魚名亦作鯇 緷大束 焜大光 倱人他四凶 掍人同 睴視兒 睔大目又古遜反 㮯流梱未折亦泉梱作䘷 鯀大阜 醰酒䤃

相沃 忖倉本反度二 刌細切 本布忖反根三 畚草器亦作畚 苯竹裏又盆本反 損蘇本反毀四 𤵸人痕惡疾字所𤴵反 䐣膾屬 䐭切熟肉更煮 剸茲損反減五 噂人喈

蓴草叢生 僔衆 撙從 穩烏本反蹂穀聚一 圂徒損反小廁六 盾視又食准反 沌混沌亦作肫坉 楯貯 𥫱篼 窀屋下藏 鱒徂本反魚名二 㖮大口 𩩃古本

反禹爻九 袞大衮東衣 緄帶 惃乱 錕鋙錕 輥轂齊等皃 硍聲 丨上下通 畽他本反畽惌行無廉隅二 黗黑黗狀 惀盧本反睴惌二 惀怨又力均力尹二反 閫

苦本反門限八 壼宮中道 梱成就亦作閫 悃至誠 頵禿頭又日沒反 梱織 踞椽足 硱石磳又口水反 豶盆本反守大六 笨竹裏 体麁兒 麇牝麻 𢐌車弓 積穨

𣸈莫本反愁悶又亡頓亡但二反一

很

很痕墾反很戾一 墾康很反耕三 懇人御誠至 齦齧 頣古很反頎後一

旱

旱何滿反旱山名在九陽川山南鄭睅大目皖白緩胡管反慢或作緩七澣灌亦作浣覞大視篡人名曼姓晥候風羽又胡官反賗小有短都管反不長二斷當人𢷾

算蘇管反數轉篹籠亦作匴二款苦管反中款通俗作款四窾空棵斷木亦作梡又胡管反稭穮餪乃管反女嫁食三暖暄或作煗渜湯又奴館反纂作管反集六纂

纘承〻組亦作纘儹聚酇音家又子旦在何二反縣名攢鋋椀烏管反或作盌亦作㼝二𧵈賜粄博管反屑米餅三𤮐牡瓦又布綰反暵熱氣又呼旱反管古纂反篇七脘

輨轂胃官車盥洗又古段琯玉痯病輨車具斷徒管反截通俗作斷二鍛履後帖疃他管反鹿跡亦作畽二躐行良伴薄旱反侶三扶耦拌弃又普般反

府轄鐵

管反滿莫旱反平三懣憤又亡本亡頓二反箣竹器但徒旱反語第八蜑南方夷袒〻裼又大莧反誕大潬水中涉出䩥馬帶膻免衣僤掉又大旦反坦他但反平二

亶多旱反信六担笞笪䉒條又都達反瘟病觛小觶又都爛反狚獦狚嬾洛旱反惰或作懶懶通俗作嬾二糷亦作糷饊相雜笴各旱反箭笴五衦干面黑稈禾莖亦作秆

䔵草散蘇旱反亢亦作散又桑旦反六饊餅䉈桃竹繖〻絲綾今作繖扇字傘〻蓋鏾弩緣瓚昨旱反有柄圭二趲散走又則幹反罕呼捍反希四䓍

侃空旱反正又空旦反正作侃一攤奴但反按又他單反一

潸

反叉布綰反

□鉼金蝂〻蝜醆側板反醆酼赧奴板反面赤四𩠹面𩠹醆𩠹昦溫𢢀善反僩古板反武貌一曰寬大

皈扶板反坂又𢖅武板反鞔視貌二萮可食嶘士板反齴齗齴齒不正二㹽初板反齾齴齗一莧

産

限胡簡反礙四硍石硻砛牛佷不䩑武限反䩑腎無畏視貌一簡古限反札口柬分別一曰名在新寧睍明

棧士限反棧閣又士免士晏二反五嶘山良輚車名士所乘孱人陵縣在武陵郡又鋤連反虥士連反毛又虦五限反目眼亦口貌一䡅

□

嵼

𥅻〻瞳鹿跡

銑

所缺並是籀字

𠻙箸笧又笧簡所交反鮮鮮腆他典反厚淟〻涊熱風錪釜典玉琠靦面慙亦作靦䩄靦打坦行踐處𧇍

蝘蝘蜓宴安又於見反嬿女字又晏視口殄徒典反滅二蜓蝘蜓繭古典反亦作蠒蠶衣皺皮起皺

獮

著 •峴胡顯反峻嶺

晛小兒歐乳亦作听 俔譬喻又苦見反 𢥞意難 詪語又恨反古 黰黑白

𨇴蹂 撰亡典反塗二 节相當又亡寒反 •編方薾反編緶曰次第又卑連反

鉉鼎耳 琄玉貞 輴鞴 䟰童子又下鐲反 喑。院 䀏目搖 •辮。

𡔛口典反不重 豤齧地 㯻䅇又見反 𠙵 蜸〱蚕蚯蚓

𨂿疾演反蹈亦作後 諓諂 餞酒食送又疾箭反 衛踐 㦗小痒

[illegible]偡視下 聸譴視止。 劃擊口

赤 弱 蹍蹈 跈履 淺七演反不深

胄小塊 𡋳牛與又胡結反 善

剪即踐反截 揃人摵

辮〱別

•雋徂兖反鳥肥通俗作隽

孌美好 •轉陟兖反動通俗作口

[illegible]木名 碝石次玉

鄟地名 踹脚跟 歂。。

孨孤露可怜又在卷反 膞切肉 [illegible]小危又之蘂反

□香兖反蜎蠉 趫走皃又九出反 •㮃符善又木名 辡辛憂

•撨基善反撨搌一 •搌丑善反長二 㫃旌旗方柱

皎月光白詩云月出皎兮 鐃鐵白又匹文的白反 皦珠玉白皃 恔憭

篠

乚懸兒 鳥短衣 杓禾穗垂 •了盧鳥反畢七 蓼菜正作蓼 瞭目精明 䝤。

鄝屯吐鳥反名 •朓月見西方二 篠窕篠深邃皃 •曉呼鳥反旦明亦作𥇣二 鐃鐃鐵。 •杳鳥皎反冥邃九 窅深目 窈。

㔢人跡長而不勁 㔾合 苭草長 旟旗屬 •嬲奴鳥反戲相擾六 嫋長皃又寧伯反 䠇跡㔢跡 僂便僂 褭騕褭

直 窕徒了反窈窕四 誂弄俗作挑 嬥獨行皃又徒聊反 掉動又徒弔反 •磽苦皎反山田亦作硗 •湫子了反隘又子攸反三 藻似小木忽蕭杕高

小

𦍩羊子 桃林兆板 鮡魚名 •沼之少反水止一 •少書沼反不多一 •夭於兆反屈二 殀殁 •伕尪 •擾而招反馴俗作擾

鰾魚膠 顠頁髮白皃亦作鬃 膘脅前又子小反 •麨尺紹反糗或作麵三 弨弓 櫂木名 •縹敷沼反青黃色七 醥清酒

淼大水 杪木末 秒禾芒亦作穮 吵雉鳴 筿管小 䈰草聲 •紹市沼反繼三 佋介 ↓ 詔

𡟃嫖身輕 •表方小反外又方矯反三 褾袖端亦作衫 䙚卧襜衛兒 •藨平表反草名可為席或作苞口

㸒又符小反亦作受 殍人物落 猶獖 麐牡麐 鷕以沼反雉聲三 溔浩溔大水 舀抒臼或作昭。 •悄七小反憂心二 愀 •小好子小反絕 劋亦作剿

巧

濯鐅 卲鳥 •𤅷巨小反地長皃二 •繚力小反繚繞六 燎炙或作燎 憭好皃 僚慧又 面白 瞭音聊 魈長皃 •闞於小反隔一 •表方矯反上書一

𡷨下巧反庸人之敏動聲四 佼又巧反 䊀器又公巧反亦作搯 筊竹筍又古文反 •飽博巧反食滿一 •獿奴巧反擾乱一曰事露又下巧反三 撓攪又乃教反如紹二反 獶犬驚 •卯莫飽反辰名

昴星 茆鳥又力有反 嫹好皃又莫交反 絞古巧反絞縛 狡狂 佼女字 攪手動 姣媚 㸆濁又胡巧反亦作攪 䈇藕根又下狡反 殺交炊 炎木 烄交然 不 •爪

側交反爪人五 豩獠 瑵玉 抓刮又爪甲手足 ·拗於絞反拗手撥二 𣄬深目 ·鮑薄巧反魚敗亦魚名三 骲骨鏃又白角反鼎地 ·齩五巧反亦作齩一 ·煼楚巧反熬亦作炒四 𤍽乾亦作鬻 ·梢所絞反長二

敥攪

晧

晧胡老反光十二 昊天本作昦又古老反 皞少人 浩大水 鎬京 滈水名在京兆 顥大 鰝大鰕 壚大釜亦作壂 𥿭細 蒿人侯邑 薃莎草 杲 ·抱薄浩反扶擁一 老盧浩反耄矣九 獠狐獠西南夷亦作獠

轑車轑屋橑簷前木一曰蓋骨一曰欄 潦雨水 䕻乾梅黃 𪏭黃色 顥廣大 嘷嘐寥靜 ·討他浩反伐三 套 韜是 槄小楸木又他刀反 ·道徒浩反路三 稻穀 駣馬四歲又徒刀反

腦奴浩反頭髓五 惱懊惱 碯瑪碯寶石 嫍有人恨 𩩲長貌 ·倒都浩反仆八 檮築亦作擣春 島海中山 禂馬祭亦作騊 壔高土 禱請又都導反 𤺺病 檮斷木 ·嫂蘇浩

反老稱正嫂 燥乾正 埽刷除又蘇到反 𢻍鼓 ·草七掃反一曰 懆心憂 愺愺無人 騲牝馬 ·早子浩反速九 澡洗 藻文 藻水菜 蚤狗蚤

又俗作㛮五 熯作燥 掃埽到反 𦿢草卉惣名四 懆心憂 𡃩瑨貌

亦作鰈魚 璪玉 棗俗作棗 璪石以玉九 ·皂昨早反黑色三 草櫟實 造 ·𥠖古老反明八 杲日出 槀草 縞人素又古到反 夰放又胡老反 楷木名 臭

口𧏲名 璪飾 亦作 桼 鐃石以 璪 皂 黑色 草 櫟實 造 縞 杲 槀 夰 楷

白澤又口石反 臯人好呼浩反 幹精一 ·𣿈武道反毒草又地名又亡毒反二 冃重覆又亡校反 ·寶博抱反古作珤国十一 保任 堢 𤙵障 緥緥褓亦 鴇鳥名亦作鴇 葆草盛又羽葆鼓吹飾 与

貨有 宲藏 ·𢇛包采 鴇鳥 襖鳥浩反 𪅆短袍九 髟人 跳一 𩬊髮長 懊懊惱 媼母 芺苦芺 菓菜 襖藏肉又 膃藏 鴞鳥 奧 ·考苦老反氏通 俗作考七

栲木名亦作栶 槁枯亦作熇 禱 𡇥 气欲舒 攷 攷對 校擊 ·𩕄五老反大面配一

哿

哿古我反嘉二 舸輕舟 火平果反燬二 炣地名 ·果古火反木實 裸人 猓獸 輠車脂 ·䈻 裹苞 蜾蠃 蜾東蟲 划刈又云 戈臥反 惈敢 埵丁果反垛九 鬌小兒 剪髮 稞稱量

縲垂 朶木上 搖又初垂 𥷘 揣委反量 鎍 欺 試又初委 𡿨 尺巒二反 𥝩 丁丸反 禾垂貌 又 ·鎖蘇果反鐵鎖 俗作鏁九 璅 璅青水名 葰人縣在上黨 又蘇寡反醜 䔳竹動 損

惢心疑又才?隨反 𪖙 麥 郞亭在河東 墮徒果反落又 隓 徒果反 髻又他果反十二 𡐦聚 𦕇土 飄呼颴 稇長沙 積 桼名 𪊓竹 履跟 鬌髪 遺 𡸗山 鰖高 魚子已生 又鳩 翼水反

𡜲美又辭 背反 𥲄竹 𨱥車 鍇又大 䩅反 妥他果反安五 嶞𡸗 隓徒果反 𡸗髻又 𦤇祭則 𡸗藏 橢器 𡾤山 亘 ·叵普可反不可二 頗 㔁人能又 滂河反 ·跛布火反跛足亦作尯三 簸 揚又布箇反 𩣑 人 駊騀

馬行 裸郎果反赤體亦作倮 瘰 𢙿筋結 𦟝果 嬴 蠃螺蠃蟲名又口 𡰡亦作𤙢四 𥲤 鸁 蠃又盧過反 ·禍胡果反不祐 𡘛多 𦙸 果多 ·顆苦果反小頭二 堁 塊又口過反 ·𡍲 徂果反 坐正亦作坐一 ·爹徒可反北方人呼父

惡 𧖴 作㶉 倮 㶉 𢂇 四 𧄾 𧌧 又

柁正自。頤視白又尾木大可反灺妻又四者柁袂又避反亦作炨𡕹柯反可枯我反中二軻轗軻又苦賀反我五可反己四騀駊騀側介亦騀我作俄搓差左可反對。左右一麽莫可反么麽細小一㰤呼我反大笑或

作嗬又擊亦三呵作敤頙傾頭視又達可反婐烏果反婐妮身弱好又佳華反二綏多妮奴果反婐妮二扼摘閜。烏可反欲傾四椏檴椏檴檴木茂盛亦作㰁旖旗旖又猗犧反㛂乃可反檴

檥𢇛戚二樣檥勒可反擺樹斜四擺裂斫擊砢磊砢石眾。婐五果反好皃又牛委反二硊木節又五戈反縒蘇可反鮮絜皃一瑳千可反玉色鮮二鬖髮好皃一髿垂皃三彈丁可反𪍿厚多頁

醜胡可反坐細碎硰石小爸蒲可反父子一𨑽丁果反之間語一泰晉

馬

馬莫下反騎畜三碼石碼罵詈又莫者之野反詞絕二赭赤土野以者反澤三也詞絕冶鑪雅五下反鴉楚烏五疋正庌廳。㾏口不合瘂盌酒器俗作雅檟

古雅反木大一亦作檟八椵假借又加嘏大一曰福叚玉本柚斝姓爵叚假椵屬瘕病又公詐反啞烏雅反不能言一灺徐野反燭餘又待可反一丅胡雅反訝反又情屈又胡賤稱三夏中夏又胡

馬反時又胡下反地名廈舍寫悉野反轉本四瀉水𪀋案獸嘄許下反大笑二閜大裂且七野反發詞一跒苦下反跒行皃二跁傍下反跁跒二㞎矩人立社市者反土神一捨

書野反釋二奓餰姐慈野反羌人呼母一曰嫂三扡取又在加反才野二反飷味無把博下反捉物二笆有刺竹又白加反踝胡瓦反足骨八稞淨穀䂓鞋楚冠戈踝䠣大髁口轉又胡䡍罷反

鰈鯉䰰麪寡古瓦反無夫通俗作寘二冎剔肉置骨𠛰五寡反牝跀亦作瓦一若人者反乾草二惹亂又奴灼反鮓側下反魚亦作鮺四𢸉士馬反㾏又𧨥訝笙

炭籠亦作䲭䰳都下反角橫一槎士下反又士加反逆斫木四厏廚舍㢢側下反又大鄴寬大五撦裂壞者䰡醜魏哆垂唇撦者擊䋊竹下反相著皃一䋊綮䋊

奴下反縕或作髁口𠙖反跨步又砟又瓦反好䆓蘇寡反

一伽又女於反一骻腰骨二牙口化反砟雌黃一䆓醜䆓一

感

感古禫反動靈六䈲竹名鰔魚名鱤酒味灨水名在南康灝豆汁禫徒感反祭名䫲䊤糣糟滓黮黕黮雲又他感反䨴䨴霒雲窞坎穿入易曰入于坎窞髧髮垂菡萏萏

荷花亦作蘭萏嘾莊子云大甘而嘾晻烏感反暗八黭黭黮揞手覆晻手進食罯魚網澗水大至又於甚反黤青黑又𪑹黤烏鑑反一腩奴感反煑肉亦作䑙腩四湳水名在西河䈒竹弱

口口長口口襑他感反衣大四醓醓醓醢肉汁䕬聚歜徂感反昌蒲菹三醰弓弦䶢大魚又魚才枕反慘七感反慼六憯痛黲顙色又倉敢反䜢會傪好又先感反

顉五感反顉頷搖頭二㜝含怒昝子感反人姓三遻遠。揩手動糂桑感反羹糝或作糂亦作餘四糣滓糝糝顉粽蜜藏木瓜坎苦感反窞亦作埳四歁食未飽

所謂正文當是蘭字

原本有此行

廣字

。舞曲 頷胡感反頤九 頷〻害性惡 撼動 涺水和泥 菡〻萏亦作菡萏 㽹耳亦幅作㽹 戸嘾 庯草木垂實 欿欲得 壈盧感反坎壈五 黕黃黑色 顲面黃顑瘖又

。坎轗困極 醂桃醓葅 黕都感反滓垢又丁甚反五 眈虎視近而志遠 抌擊 䫲嚚 䫲被頂呼感反飯不飽 䫲又呼紺反一

又力反 㶛吐敢反菼亦作𦼮四 綊青黃色亦作𦅆 㕞岭又五金反 緂毳衣 膽都敢反肝心

敢

木名 澉〻饗食 澉無味 覽。

淡皃 簽竹名 憺安又徒濫反 黪倉敢反曰黲暗色一 啗莫敢反鄉名在河東裿氏 𩰫子敢反瀐饗

養

。䒟上繭 橡木實亦作樣 襐飾 。槳即兩反勸四 蔣剖竹未去節又秦丈反 槳。

•𢐀其兩反𢐀又口四 弜弓力又渠良反 諎競言又大紺反 滰乾漬米 鞅於兩反牛項靼

反瓦 剠皮傷 搶倉頭搶地出史記 浹淨 想息兩反守物一 掌職兩反守物一 □

•響許兩反聲亦作響 饗神食 蠁蟲 享福又普耕反 嚮向亦作鄉

䑋肥蜀人云 穰豐 攘擾攘又汝陽反 躟疾行又如羊反 孃亂又

罔文兩反無亦作囗罔口网冈 網罟 輞車輞亦作棢 莔〻草 魍〻魎亦作蛧 ■

•往王兩反之一 怳許昉反狂亦作恍二 詤夢言 上時掌反登進一 長中兩反生出

蕩

[十]古晃反閑一 •顙蘇朗反額 𣑩。菽匡壼木 磉柱下石 榜。。

儻他朗反倜儻又他浪反七 曭日不明 傷長 儻〻恍負儻失意

黨德郎反聚口 欓木名又他黨反筩 讜直言

朗反 𢈾大又口 䡉口 [ ]

靜 迥

廮〈安一曰縣名在鉅鹿亦作口 鄍地名又烏盈反

嫇嫇奵自持皃 酩〈酊酉醉 濎〈涬大水 眳〈睛

梃木片 娗長好皃 訂平議 誔詭 珽他鼎反玉名

•謦去挺反謦欬七 廎小堂亦作口 洴水名 醆出酒

•醒蘇挺反醉歇二 箵笭 •鞞補鼎反刀室一 •褩口迴反褩絅又布名

•竝蒲迥反比通俗作並三 鮩白魚 併並立 •䁋五涬反直視一

綹十絲為綹 輀載柩車 茆鳧葵水草詩云言采其茆又莫飽反 留魚梁亦作卯窶

亦杻木名 猱習 莥菌實亦作莥 肚肉 邯地名 •肘陟柳反臂

有

•首書久反頭五 手腕前 守住 䫔人初首產 百人頭似百象形 醜處久反酉類又惡

蛸阜陵阜 鴝鴽別名 䓍香草 燂燃 隯盛 •蝟鼠蝟 •缶方久反瓦器口

又楺曲木或作楺 㹊獸跡又女柳反 狃水吏 菉藂菜茱不切 •糗去久反餅屑一

綧竹易根而死 鮦人陽縣名在汝南又直隴反 膈小腹痛 •酉與久反西方口 牖窗 誘誘人

朝生暮死 輶輕又以周反又原救反 輶 •槱積天又以周反 •遺遺玉又餘周餘昭二反 •遾言意 •滫息有反溲麵

•酒子酉反醸牛津一 •溲踈有反溲麵一 •帚之久反掃箒二 •鯞鯫 •愐芳酉反小怒又敷救反

厚

厚胡口反不薄亦作垕俗作厚五 後次前 后女皇 郈鄉名在東平 吼吐又呼垢反 毋莫厚反牝九 牡牝牡 某私稱 拇大指 畝田數亦作畒晦 蒜草 踇行 鴝鸚鵡亦通為鸚鴞 杲丙周亦作杲 部蒲口反伍七 犃。

䛹凡人數䛹䛹部䛹山嶁䭭缶䜲𥳑人䚂䭭牘斗當口反枓柱上㪷十升五枓方木阧人峻或作陡蚪蟲斗。襡衣補又𧗚他后反姓人名傳有姓冕垂纓鞋亦作鞋𦡊好又他𪇰

水鳥又䲅魚苟古后反苟惡人縣名在交蔀黃耻又古菩芰秦名嶁人嶁五口反耦合耕藕乳間凡蓋

大口反䲅魚名苟且九玽石似玉五㺃犬垢䈎取魚器者詬者侯反茩薢茩峋山巔藕蓮根五偶耦耦髑骨䞱

捊方后反衣上擊二掊擊𣫔乃口反乳乳小穀蘇后反澳米器叟老便獀犬聲瞽𤝞人訛敷抖擻瞍聰惚駷搖銜走又𣗖

上擊二𡫗母虎三𣹢貝藪澤十籔亦作篓嗾亦作嗾謏誘謏拚擻舉物瞍名駷思隴反

車轂㲉呼后反牛鳴吽嘷亦吼亦作㰯姤後娃又美蚼蚍蜉又剖普厚反婄婦人貌又部小鳥口反擊𣫔特𣫔吐又其嘔婆嘍廬斗反嘍

空吼亦作㰯四吽作㰯姤垢反䵹渠俱反剖判三婄普溝反瓿歐吐五𤛮牛豰表反嫗於侯反嶁八

嗹嘍䏿訊䏿䥥籠䵸麵𪌉䙊謰謱篝竹嶁峋嶁走子厚反口苦厚反扣擊亦𥫃𥫃口金人卟先相郈鄉名在

煩兒䵹小器䴸糧餅不解笱皮嶁山名趣急趣一吻次八扣作敂𥫃鉤飾叩頭訽詬可㕵藍田

鍮健𦵯徒口反𦵯圓㽡酒歈人䳳水鳥名𪃳他口反𩾵一曰人姓漢有𩾵生一取倉垢反𣘇𥬿又側

草䅵五鋀器揄引䳳䳳口䳳水鳥又取士垢反又士溝反魚名獲二棷溝反

黝

黝於糾反黑又怮憂㓜幽靜又𡵉昆崙丘幽人𡵉又於口愀慈糾反又在由子糾居黝反赳武㰯渠糺反𧌒鳥又力

於夷反五怮兒㘬於交反泑下澤蟉反亦作蚴恘了二反變色一糾一糺二赳兒蟉幽力攸二反一

寑

寑七稔反室寢通臥梫木𣞛名蔓𧓍鋟爪刻饋板㶌直稔反我通坅丘甚反廩力稔反倉懍敬瘮寒狀又𩓑面黃瘠

俗作寑五寢梫名蔓鋟又子廉反舟俗作朕一坅坎一廩亦作亩六懔菻凜渠金反鐱又來感。䅃

火舒又㼰斯甚反積柴取心恐䗕子甚反小甜頂貝傸褚甚反踸行無䅵如甚反飪熟稔歲集木弱恁念熟𩚴單稍桃

力甚反綝魚又即蔭反二伈䁶亦作䎷䎷二甚䫳踸常貞亦作跈一䄅菜八飪食稔熟集貞恁念腍熟䅵席甚桃

之稔反口頂頭䫳。頭銳沈式稔反古作審諗䫳木䁶視諗告又䁵下䁶瞋𪏭火又力䲔大魚又才感甚植枕反訦信又恃椹食稔反

頭木三䫳骨䫳長沈姓人姓九審諗讅名䁶諗謀婶志䁶𪏭甚反䲔反亦作魫甚大過二訦林反椹桑實

毒或瀋尺甚反汁一墋初朕反土三醦醦酢醦甚沙䑙食有拰尼甚反拰搦一㯲渠飲反寒亦作顉切齒噤口急四禁怒蕈菌生木上又慈錦反㯲寒錦文繒一僸居飲反僸牛錦反仰頭低趛疾行䔮

葚慈錦反菌踸錦反瘮病㝯羊錦反飲於錦反卒水大至又品披飲反顉仕瘮反頤醜面竹甚反擊又箴錦反𥵫又羲友反𤗼渠今反一

生木上㾕寒貞二瘮稟共教一飲亦作㱃二湆於感反品階級一顉顉醜貞一㯲羲友反𤗼渠今反一

琰

琰以冉反玉七剡削又縣名在會稽𧿬疾行㞋㞋𣜬木名𥱫木𣜬欄櫝拆燄火光斂力冉反聚率七蘞白蘞藥又力贍反嬚女字𩟗廉嫌靜又理𧺽羊𨆲縣鹽𣩎虛𣩎檢

反阻獫犬奄人媣性不端良譣人險詖䎙胡𧏙方冉反貶退一頗丘檢反頗頷不平二嵰山嶮高儼魚儉反敬九頗頗广因巖為屋㺌重甑山形似礹礹嶮𧼮

險五獫犹媣又奔菜反少氣譣詖𧏙貶一頗不平二嵰儼敬九顩頷广為屋礹山形似

人然齊又嬐重甑又嶮人嗛小魚隃上下嶮巨險反雞頭撿居儼反檢書目黶於琰反面黶䕯山

来廉反嬐烏兼反嶮不平噞白亦作鹼㑢自廉二芡頭撿按三檢檢瞼瞼黶有黑子六䕯𥷒乘

第廿五頁

擪 持又於牒反 𩈰 酒又於豔反 冉 而琰反人姓八 姌 長好貝又好巽反 染 人色 苒 草盛亦在苒 笇 竹弱見 𩅧 濡 翈 弱羽 𩍗 漸 陜 失冉反縣名在弘農五 䀹 暫見

亦作規 閃 視又武贍反 㥶 不媚 𧨟 數眴又式涉反 諂 丑琰反曲媚二 讇 諛 奄 應儉反忽十三 𩃬 雲狀 郁 國名 掩 取亦作揜 閹 官名 渰 陰雲亦作霒 罨 掩又於業反 檶 木名 崦 山又

猗廉反 俺 屋俺雀 罨 网又於蒼反 𢒉 褪又殃皺反 弇 蓋 漸 自染反稍四 𣃮 斬人 嶃 嵯 𦵧 麥芒亦作麳 憸 七漸反詖又思廉反二 醶 酢 鏨 子冉反薄味一 脥 苦斂反腹下一

忝 他點反辱語詞三 𥝖 丙鄉名在濟北蚍丘 䛸 取 淰 乃簟反水流貝三 嬯 弱 𨟟 亭名在鄭 點 多忝反點畫四 玷 玉瑕 黏 老人面有黑子 𦳦 研亦作鉆 簟 徒玷反席五 扂 閉戶或作距 蕈 菌

㷸 屋相又 驔 馬黃脊 嗛 苦簟反猴藏食處三 歉 食不飽 慊 恨 切 穈 禾稀一 鼸 鼠名三 嗛 頰裏貯食 獫 犬吠又胡斬反 𡢃 居點反竦身一 㑁 明忝反腦盖又明范反正作㑁

[忝] [拯] [等] [䝿] [檻] [广] [范]

拯 無反語取蒸之上聲救溺亦作撜抍本作丞一

等 多肯反齊一 倗 普等反不肯一 肯 苦等反可一 能 奴等反多一

䝿 下斬反豆半生五 減 耗又古斬反 濫 人泉又盧暫反汎濫 𤡷 犬齧物聲 𣿬 塗 湛 徒減反水貝又徒感直沁二反二 僴 人然齊整物 㦗 苦減反牖一曰小戶亦作槏三 𢽳 危 𩕗 長面貝又丘咸丘檻二反 鹹 古斬反鹹四

減 損 𥳑 竹名 鹼 鹵又七廉反 𪘨 士減反 𪘨 𪘨齒一 斬 阻減反斫一 𣄽 初減反臉 臉 力減反臉𣄽一 闞 火斬反虎聲又火檻苦暫二反二 𣢗 笑 摻 所斬反執袂又沙檻反一 㜺 子減反聲一 㐻 女減反魚內一

僩 丑減反癡一

檻 胡黤反闌八 艦 船 𨍭 車聲 轞 車聲 𤢅 堅 𪐗 勇 𪐎 黑 𩕗 丘檻反長面貝又五咸苦減二反一 𤣱 山檻反斬耳二 獑 猛獑犬聲 黤 於檻反青黑三 𪑓 黑 𪑬 董黬出孝子傳 黯 𪐮 黯人名

𩞂 初檻反酢漿一 𪐁 荒檻反犬吠一 巉 士檻反峻二 𡾋 人絕

广 虞掩反崖室又音儼一 險 希掩反峻又熙儼反一 埯 土覆一 𣢖 丘广反欠崖一

范 符山反人姓又草陸無反語取凡之上聲失三 範 模 䒦 蜂 凵 丘范反張口一 㑁 明范反腦蓋又明忝反

刊謬補缺切韻卷第四 去聲五十七韻

右卷一万二千一十四字 二千三百廿三舊韻四千九十七訓 二千二百卅六新加韻二千七百廿訓 三百九十二亦或 二千二百廿一 二千二百廿一 正 通俗文 本

刊謬補缺切韵卷第上聲五十二韻

朝議郎行衢州信安縣尉王仁昫字德温新撰定

一送蘇弄反　二宋蘇統反陽與用綘同夏侯別今依夏侯　三用余共反　四絳古巷反

五寘支義反　六至脂利反夏侯與志同陽李杜別今依陽李杜　七志之吏反　八未無沸反

九御魚據反　十遇虞樹反　十一暮莫故反　十二泰他蓋反無平上聲

十三。杜与祭　十四祭子例反無平上聲　十五卦古賣反　十六怪古壞反夏侯與泰同杜別今依杜

十七。　十八隊徒對反李與代同夏侯為疑呂別今依呂　十九代徒戴反　廿廢方肺反無平上聲夏侯與隊同呂別今依呂

廿一。　廿二問無運反　廿三焮許靳反　廿四願魚怨反夏侯與慁別與恨同今並別

廿五。　廿六。　廿七翰胡旦反　廿八諫古晏反李與襉同夏侯別今依夏侯

廿九。　三十霰蘇見反陽李夏侯與線同夏侯與同呂杜並別今依呂杜　三十一線私箭反　三十二嘯蘇弔反陽李夏侯與笑同夏侯與效同呂杜並別今依呂杜

卅三。反　卅四效胡教反陽與嘯笑同夏杜別今依夏侯杜　卅五号胡到反　卅六箇古賀反呂與禡同夏侯別今依夏侯

卅七禡莫駕反　卅八勘苦紺反　卅九闞苦濫反　卌漾餘亮反夏侯在平聲陽唐入聲藥鐸並別上聲養蕩為疑呂與宕同今並別

卌一宕杜浪反　卌二敬居命反呂與諍勁徑並同夏侯與勁同與諍徑別今並別　卌三諍側迸反　卌四勁居盛反

卌五徑古定反　卌六宥尤救反呂李與侯同夏侯為疑今別　卌七候胡遘反　卌八幼伊謬反杜與宥候同呂夏侯別今依呂夏侯

卌九沁七鴆反　五十豔以贍反呂與梵同夏侯與㮇同今別　五十一㮇他念反　五十二證諸膺反

五十三嶝都鄧反　五十四陷戶韽反李與鑑同夏侯別今依夏侯　五十五鑑格懺反　五十六嚴魚俺反陸無此韻目失

至七芃扶泛反

送

送蘇弄反遺一 鳳馮貢反靈鳥一 貢古送反獻八

虹縣名在沛或音絳 匵小極 笭極答 䕭慧攻 檜格 弄盧貢反翫五 㛮人愚 鬻。磨人又口

（似羊） 控苦貢反引四 倥人傯困良 悾誠心 鞚馬鞚革 䉂作弄反蘆裹米

胴大傷 慟悲深 筒簫 駧馬急走

䑃莫鳳反草澤 口口莫中反 夢雲夢澤名又莫中反

第卄六 寘

欪歐 賜斯義反與 澌盡 杫。

彼哀論語子西彼哉 詖險詖 龍草又補為切

騎乘又渠宜反 𦐄積 汥水 輢車輢 䰜鬼服又音奇

宜人相依 諫數諫 易以豉反難易又以益反一 傷神豉反相輕三 伿惰。 𡸀崙

庡偏庡屋 朿木芒 刺 釒卜 庛人 末

誼宜人所宜漢有賈誼 義訓又又宜 譬匹義反喩二 㴢蜀漢云水洲 漬在知反潤四 殰骨亦作骴亦作體殊 眥目眥又在計反 積羖 羛 智知義反心惠一 倚於義反依又於蟻反

䭔蠶槌又槌直追反 腄重腿病亦作瘇 錘稱錘又錘直爲反 腄縣名在東萊 甀小口甖又直追反 硾鎮 吹尺僞反噓氣又尺爲反二 籥習管又充垂反 戲義反虛譃一 企去知反望四上 跂傾 支舉足視

攱行喘 吱息 縊於賜反自經一 翅施智反鳥羽亦作翄六 施惠又式枝反 啻不啻鍦作鉇 短矛或作緹 鳥鷊亦 寘米中甲虫 屣所寄反根又所綺反四 履不躡 躧屣履 灑掃 韉屬 躧 餧於偽反飯牛

觖窺瑞反望一 偽危睡反假一 恚於避反怒一 睡是偽反眯四 𤨲符垂時規反 鴹雅 䳨鳥又 種積馬强一 𥣬小 支舉企反 枘而睡反內一 瘻靡寄反羈一 䄩充豉反多慶一 孁思累反 澀滑二 捼把䄩四 。。

𤨲以睡反玉名二 繡紘中絕又胡卦反 諉女恚反課二 𣝼皺諉

至

贄國名亦持贄。 礩柱下石 鴟鷙 鷙鳥 摯亦作䡅 懥怒 𨮝田器又先列反 位立洧冀反列一 郿美秘反縣名在扶風今音眉七 媚嫵媚

遂徐醉反因事十五 彗帚一曰妖星 墜墓道亦作隧 襚贈襚亦作䘹 旞羽旄旌上亦作旝 璲玉 穗秀正作采 檖楊檖木名子可食

穟苗好亦作穟 蓫○藗○蕤 鐩陽鑒 醉將遂反酒昏二 櫙以木有所擣又子回反 邃雖遂反深七 祟禍 誶言口口口

燧亦深 類力遂反狀六 淚悲涕 禷祭名 瓃玉器又力追反 隸臨 𦚏肉祭 祕鄙媚反密十 𧼯慎一曰違 閟閉

郿邑名在魯 眡直視 𥹯惡米 遺逵位反贈之八 饋餉亦作餽 蕢草器 繢織餘 櫃人篋 壝壇埒又以水反 蕢強 韇韋繡亦作韇 濞匹備反水聲六

嚊喘聲 𦢊盛 痹氣滿 濞敗貝 備平秘反具十 奰亦作勡 䐔鼻音齆 糒糗 犕牛具 贔人贔肥壯 鞁車軾亦作鞴鞴鞁等又並扶福反 犕名

𪃑鳥如梟又字匪反 愧軌位反慙亦作媿魄愧 騩馬色 𥉉淫視又渠追反 帥所類反又所律反將帥二 率統又所律反 喟丘愧反太息又苦拜反五 樻可為杖 𧷤木腫節 䞈漆加髹 䐊地

豷許位反豕息二 燹火又息淺反 嗜常利反欲亦作醋䐗鰭三 視比又神至反 眎視 利力至反不鈍五 颲烈風 莅臨 覼求視又魯帝反 泣聲 位人人 膩女利反肥三 𥊍目深貌又一活反 醋酒

劓魚器反割鼻亦作劓一 屁匹鼻反氣下泄𩇕作糏一 致陟利反遂正作致十 懫止 躓礙 疐口口 輊車前重亦作輊 騺馬脚屈 墊趾又於進反 駤馬 摯 贄交 質正作秦三 懥詰利反損

肩背身坐牀又口系反 結多 寐寐寢二反睡一 緻直利反密緻俗作緻九 稚幼 遲待又直尸反 稺晚禾亦作稺 傚物 樲當會 䛗語諸 緻履 鍛底 治理又直之反 大帝諱 𦸬舊 栥丑利反 䋟不知

墜人多詐 屎人 跮傈反 𨁈丑四陰 訵知 㜷分 鸑 懿恣 冀几利反中州 覬人覦 冀通俗作冀六 覬希望 穊稀穊亦作穊 驥騏驥亦作驥 洎肉汁又具器反 洎渠器反 懻強直 臮與詞六 𧹞及

垍堅土 濞水名 鱀魚大腹 悸其季反心動三 瘮熟寐 瘁病 𣣶色三 翠七醉反 膟鳥尾上肉 濢不潔 二而至反 次一二三 貳副 樲酸棗 恣資四反縱二 死死而復生又七四反

七四反 鸄鳥欠人飛漢 𩭤以漆續所未 髮 鵗鳥 欽死復 懿乙利反 名 俟武官名 𩑋塗器 欼緝赭 𩑑名死生 𣪕美五 壹陰 饐餅傷 欭噫歐 𢽳舉 四息利反 駟 肆 呬 亞八 𡙁熟 𣢎歎 擅手 泗毋數九 肆 肂 犕極

𠔿柶角 泗水名 四駟 牭牛四歲 牭 肆 䔅 𧊣 埭 棣上下通又 𩩲去冀反 𣭥 䐊坎下 他外反 器皿一 季癸悸反 末二 䁥視 𪗆 中岳十 比近又必履反 𦙶 脂扶必三反 枇細 節

䙊禪 脚氣 祀 祀司 比地相次或作 𩑋首 𥈐? 鼻盛又字 芘草 膞二反 䀆許鼻反 悲視三 雎恣睢 暴戾 貌 又許葵反 𥇯 醜又許葵反 痹 必至反 脚 冷濕 病四 痺 不至 祉命 𠀩 芘又毗慄反

畀與 庇陰 痹足 氣 萃集四 悴疾醉反 顇顦顇 崒 待 瘁病 亦作悴 地 徒四反 碰礴一 齂 許器反 鼻息六 屓屭 鑔 夏后氏 有澆 殪 呬 息又丑致反 陰 知曰呬 吚

呻又火尸反 霼見雨止息 肄羊至反習七 隸假埋道側 䔟重亦作縻 隶及又徒載反 𧰽猪名又徒計反 貤重物次第又神至反 庚倉廡 示神至反垂信三 謚易名從盖省从益非 貤重物次第 自

疾二反 嫉疾疾 從二 嫉妬 隊落二 𧡈直類反 懟怨亦作譵 出尺類反生一 轛追類反車横軨一 遂前頊又口黠反 遺以醉反贈又以隹反六 𧭵𧭵情侯漢書王子侯表 䆊 諡忌作賢 雖仰鼻長尾又餘救反

䥑蛘 屍矢利反似皺一 痓充至反惡一 皷楚類反粟體一 侐火季反靜又麾逼反一

第廿七頁

[志]

志之吏反意四 娡有莘氏女𣌭娡之 誌記亦蕊 誌言意 値直吏反遇三 植種又市力反 治理大帝諱又直之反 寺辝吏反館舍三 嗣繼 飤飼食 蚝七吏反蚝蟲一 笥相吏反篋笥二 伺候 試

式吏反考能三 弑殺 幟逆旗又昌志反 䵹側吏反大鬻四 椔木立死又側持反 鶅東方雉名又側持反 事刃又鉏吏反 吏力置反執事二 慈憂 字疾置反文字字四 孳孳 牸牛 䔒尾 芓

苴麻亦作芓 眙丑吏反佳視 佁佁癡不前 魅厲鬼 餌仍吏反食亦作䊦十二 珥耳 䎶開刑書殺 衈雞血祭名 咡口吻 刵割耳 眊毷 洱水名出罷谷又而止反 㜅女字 聏耳目不相信 䎟以牲耳告神欲聽 䋢

𤘅次 䭿 倳所吏反 駛疾六 使又所里反 使 涘水名在河南 餕鮓突 㥶獸似貍亦作豿 𪕤 䑛初吏反雜一 異餘吏反奇二 异又退 畀异哉歎 䑛陟吏反寘一 𢵝青州謂彈弓 事

鉏吏反務二 餕牧 侍時吏反承三 蒔種 䅊種枝 忌渠記反亦作諅九 邔縣名在襄陽 惎教一日謀 𧁳連針 鱀魚名 諅忌 䳢䳢 𪏆繫又渠基反 㝵舉又渠基反 熾

昌志反盛四 饎熟食亦作饁糦 戠土 幟旗亦作幟 意於記反志四 鷾鳥名 䳗鳥深黑 䖇又犄 記居吏反憶一 㰻去吏反數二 唭唭𠯫無聞見 憙虛記反情好二 咥笑又諸異徒結知吉三反

𩖱魚記反懝四 譺啁 懝大 佁癡 䫈瞿 凝不前 冀焉記反連茗一

[未]

•未無佛反將欲五 味滋 昧五味子藥 楨面前 屎作屎 饋亦作餽 貴居謂反屎二 𩞁極 謂云貴反言十六 胃肚亦作膶 惘佛惘不安 娟楚人呼妹 䠣運舩 緯經緯 彙類 渭

水 蝟蟲一曰名䖑 蝟 熭火光 寅草木亦作彙 䨴 颶大風 魚如颶蛇 緭繒 𦄎牛名又魚歸反 魏魚貴反人姓一 沸府謂反水沸亦作濆䨽六 疿熱細 瘡 誹謗 茀小貝又方蓋反

𦫵覆蔽膝亦耕作襏 費芳味反多損又房味反又音秘四 髴髣髴亦作佛 昲光 櫕木 𩦸丘畏反細米一 慰於謂反撫九 尉理 畏懼 蔚羅 熨火熨 罻文 蔚牛名 螱飛蝗 髮

䅏許貴反 諱名忌二 卉百草苗亦作从三屮 䮒獸名十一 拂扶沸反 怫怫又扶物反 佛佛 𨂵足 剕刖 𢐫病 菲芳味二反 非菜名又芳非 扉草履 翡翠 蜚蟲亦作蠶 痱隱 狒梟羊 穳

稻不黏又口既反 旣居未反正作既三 暨諸暨縣在會稽又其冀反 禨禨祥又居希反 毅魚既反敢果通俗作毅四 𧁴茱萸亦作毅 忍怒 豙毛 氣去既反息二 乞與人古作雲乞又去訖反 欷許既反歔欷十 晞 壁

○○○餼氣生餉亦作槩 愾大息 鎎怒 摡拭又古載反 炁靜 餼飽 毉獸似帽赤尻又音氣 ●衣於既反依又於機反一

御

●御魚據反制七 馭 語誥又魚舉反 ○慮○ 助 鑢錯亦作鋁 櫖山藟 驉傳馬 ●據居御反犘八 鋸刀鋸 踞蹲 倨傲 椐靈壽木 遽乾 觼居角似雞亦作觡 豦豕又於朱反 覷

○○三 胆蠅胆亦作蜡 狙螏蟟又七余反 ●欯却據反欠欯六 去離又却呂反 麩麥汁又羌舉反 呿臥聲 胠脅又去魚反 扂閉又公荅反 ●署常據反記二 曙曉 ●恕式據反恕心三 庶幾 𣟍木名

●著張慮反表記又持略張略二反一 ●翥之據反飛亦作翥四 𪁇雚 犬 𧈪春 疏所據反書義 ●飫於據反飽亦作飲九 㵖血 鄃縣名在太原又烏古反 醧私燕 於無足 䤖鐏 淤水濁又約渠反

𢄿假𢄿又仁諸如與二反 菸臭 ●遽渠據反急三 勮勤務 詎末 ●絮息據反綿四 ●助鋤據反佐 耡稅又仕魚反亦作筯 麆麤子 ●怚子據反憍子二 沮沮洳 ●詛側據反呪

●豫余據反逸十二 預安 譽毀譽 礜石 鸒馬行疾 輿車輿又與屢反 鸒鸒斯鳥亦作𪃏 悆悅 䴽大鹿 𩡄舉食者 墺高平 屐履屬又徐舉反 ●嘘○○

瘀痴瘀不達又痴音丑之反 ●楚初據反心利 ●悇勅慮反憚憂二 瘀痴瘀不達又直庶反 ●處杵去反居所一

遇

●樹殊遇反木物名四 尌老人行皃 澍時雨又之戍反 侸立或作佢 ●住持遇反止亦作駐二 腧築垣短板又之句反 ●附符遇反依 坿白坿又附夫反 祔○○

賻贈 駙副馬 鮒魚名 蚹蚹蝜 ●注之戍反水注又丁住反注記九 疰病 坚小咅 狂犬名 鑄鎔鑄 馵馬足白 澍時雨又殊遇反 㺍鄉在河南 祩詛

○○○正作屨七 句詞句又絕其俱反 絇絲絇 瞿視皃 郇邑名 眗目左右視 ●昫香句反溫四 酗醉怒亦作酌 姁嫗又況羽反 傴又朱俱反區幺 蝺蠶 ●戍傷遇反守六 腧五藏腧 輸送又戍朱反

𨇽馬跳 喻陵召又戍于反 鞴羊傳反饒鞾或作袞五 覦覬覦又揄拘反 諭譬或作喻 籲和 嗕幼小 孺而遇反幼亦作孺三 乳育小又而主反 濡濡莖 ●赴撫遇反奔亦作䞯七 䟫疾

卜告 訃喪 仆偃仆又甫于反 簠簠簋祭器 䑅頗 趕疾 ●務武遇反事十二 婺 霧天氣 騖馳 鶩六月生羔 雞 髮巾 丘 強長

纁纁淹餘 蝵 ●繳子句反青赤色二 足添又資欲反 ●懼其遇反畏三 具備 臞癯羽遇反一 芋名蹲鴟三 霚雨音 需雨兒 ●屢李遇反數正作屢一 ●聚才句反積

揀色句反裝揀二 數分計又色矩色角二反正作數 訓 搏擊又補洛反 賦丘名 ●娶七句反取婦二 趣向又七俱反亦作取 ●註中句反解 鉒置又送死人物

駐立馬 ●駐車駐 壴陳樂 ●亍小步又耻錄反 足案縁字陸以子句反之此足字又以即具反之音既無別故併足 ●𪗸思句反少又息翦反一

暮

暮莫故反晚 墓墳 鍍金鍍物 度法又徒各反 蠧蠹 路洛故反途 露滑 潞縣名

肚〻胍大腹 疕乳病 詫莫酒訐 蠹。。

固堅 錮〻鑄又禁錮 梱斗 射鼠

互差互亦作乄 濩布濩又□□

泰 第廿八頁

禬福祭

•譏虎外反衆聲 噦鳥羽鳥飛 濊聲

•儈□□□□ 薈草盛 瞺眉目間 黵淺黑色

愒貪害 矛伐 穧屬 𢼛 鄐地名 •蔡七蓋反國名亦作䓆 鶔〻鳩 藾鳥

藾蒿又力□反 㕎火海蓋反毒 歁食臭一 •娧他外反好貌 駾馬行疾

旆薄蓋反旗 䟴蹎䟴行不正

籟簫三孔 癩疾或作癘 瀨湍瀨 糲麁米

眛忘艾反目不明三 昧冥亦作眛 栜木名

霽

霽子計反晴五 隮升 濟渡又子禮反 擠排 躋登又昌黎反 •帝都計反天十七 諦審 嚏氣歕亦作𪖐 柢根或作柢氏又丁奚反 蔕草木實綴 螮〻蝀亦作䗖 逝進□不□

丁°補履革下 䐡腹 奃大 偙儔 揥取又徒計反 摕急持人亦揥 踶蹋 骶背 蝭蟬寒 趧趞 •嚌在詣反嘗至齒七 劑〻分又姊隨反 穧刈把數 鹹亦作□

眥°目際又才賜反正作眥 懠怒° 齌炊疾又子奚反 •替他計反°廢本作十 剃除或作鬀 𦔬不耕而種 洟鼻洟亦作䶏 屜履薦 逮足滑 薙除草又直氏反 涕淚 笑

軑車大軑 殢節殗 第特計反次廿一 遞迭遞又底 遰去避 髢髲亦作鬄 綈結 睇視又他稽反 悌順 娣女弟 禘祭名 鈦以鎖加足 鵜〻鴂鳥又徒鷄反 棣李 杕車下 杖盛皃 踶°

□□題封又徒鷄反 遰極又恥厲反 揥取又丁計反亦作揥兩指急持人 墆高皃又徒結反 謕諦 鯷鮎 鳥是〻肩又達鷄反亦作鵜 砌七計反階 切衆 䁆視 □聽

壻女夫或作婿婿通俗作壻洄水名出汝南詣五計反就羿古能射人或作芎睨睥睨栺栘栺殿名盻恨視又下戾反覞旁視

作絓繫纏蘮𦺓草名今用爲鄒髻綰髮鄒燕都檵苟杞蘻狗毒害毄係繫當肥朩墼絓蠿〻冂蜜蜂

娎心不了禊〻飲盻恨視又吾戾反閉門扇又胡介反瘛小兒病又尺制反契苦計反約又苦結反十栔刻挈已肩枯禮反𦢊肥腸又鏧盡嗌

鬕難又口買反頚恐䫌省視艓舟鑿斵翳於計反羽葆一曰隱十三曀陰風瘱靜栘〻栺堅塵殪死医藏弓弩器瞖目瞖豷家息壇天陰塵

譩諦窫安嫛擊中聲謎莫計反隱語二檵裁閉博計反掩四嬖愛箄飢箄䇷跛又補米反慧胡桂反解十一憓愛潓水名惠仁通俗作恵

蟪〻蛄小蟬蕙草名橞木名譓才智亦作譓鏸銳翽羽翩亦作翽僡俰桂古惠反香木五炅人姓或作炅亦作炔筀竹名䳱嶮䳱殀殀極嘒虎惠反聲二

畦小星媲匹詣反亦作䚹四睥〻睨渒水名在汝南亦作潎濞水聲又敷備反薜薄計反薜荔三䔾所以理苗殺草忠烈反醒醫麗魯帝反美廿五丽鹿皮本作麗

戾乖亦作盭隸僕亦作隸儷等盭綟色或作緳音力結反𨧀割唳鶴唳蜧大蝦蟇莀紫草悷很沵妖氣荔薜荔捩琵琶撥悧

蜦亦作劉蝓神蚘亦作蜧䴡草木生惡土颲急風㯤木名覼求視又麗師蟻反浰泣又力二反𧡪竊視悷懍瘽瘦黑又力翅反欐小舩又力底反妻七計反嫁女二㨂〇〇

泥奴細反過澤又飾二濘陷濘又尼證反𪗒呼計反氣越皃三脊肥大䐑極困

祭

祭子例反祀七際畔穄黍穄鰶魚名䥡露髮衞言穧穫又才計反歲相芮反正首三槥小棺又似歲反繐疏布又似歲反亦作縳衛姓六轊車軸頭鐵璏劍鼻玉恭辟劍

㙐又直例爲厥二反衞竹牛名𧗾豚屬亦作蹛衞篲作躛芮而銳反草生狀三汭水曲汭柄捽贅之芮反肉三𣫑卜問吉凶吉𣫑啐山芮反小歠毳此芮反毛十一轊

囊類又徐醉反脃肉肥亦作臎帨佩巾亦作帥又時帥字涗溫水又式芮反䛡虫又會反刖小重禱又楚歲反𩰫飲又須面反斷又又芮反亦作剸竁穿地又楚歲反銳以芮反利五

叡聖或作睿𦳐草生狀蜹蟲蝥蠽銅生五色又時制反綴陟衛反連又丁劣反四醊祭又力外反畷兩陌間道輟車小駿稅舒芮反斂六說誘說悅活他外二反帨衣送死人又他蛻〻皮

外涚溫水又此芮反餟小餟又郎外反亦作饑獘毗祭反困亦作敝本作獘四斃死幣帛獘名獸𩍟蓺楚歲反重禱或作𦺓二毳穿壙鑿又蘇類反四鏏鼎大槥小棺又相芮反

韗車軸頭亦作𨊻 蔽必袂反掩二 𥪂縣名在牂牁 鷩雉又卑滅反 劌居衛反傷三 鱖魚名 剧剖剧斷割 袂彌獘反袖標一 𢶍所例反殘帛三 鎩所㕡反矛戟類又 蔱椒 𩋾

尺制反曳又尺折反或作掣六 瘛小兒驚又胡計反 瘌毒病亦作痸 狾狂 瘈除剎 㵝音不和又尺紙反 制職例反禁十二 𩵊魚作𩶁 𤸬 制入意一曰聯闓亦作斷 晢星光又旨熱反 蜇蝗子

筂亦作筂 𩑩 䇬 𧝎斷刀 𪂯鴺王莽時 世 逝時制反去入 𥢶犂牛角豎亦作𪏄 噬嚙 誓約 筮蓍 澨水名 𨍳車當 𨒖踰 曳餘制反挽十八

𠆉邊石之勞亦名𧔥𧔥病 明一曰𦕬 𢦔多𢦔以馬𩍩 𢶍裂 𩃷各板 䘸長 𡚒𡚒樂或作詍多言亦

珁玉 勣作勸 𣽗九江 𤧬類 𤧬𤧬又口世反 詍言 𩋾䩵古人 𢶍 𩃷際 䘸 𡚒作𪇆鳥飛並或作𢦔

𧀼草 藙蒸 𠂆至 𦃇於厲反急一 瘞埋 𩚵食 澫 蓺魚祭反技能五 𥧂睡語或作囈 蓺種 槸木相摩亦作槸 𧝎袂 滯直例反 滯淹五 𧓍豕 𤮐

䬞鼻又 地曰不成四 口厥反 𦸜作苦 𦂯捕鞅亦 蹛林 例力制反比十六 厲惡亦作癘 礪石 勵勉 禲無後鬼亦作𩓋 癘疫 濿渡水 𩶡魚名 蠣牡蠣蟲 欐木名 䮥馬馳 𢘪

帛餘亦作𣎃 栵栭 𣰚 𡶲 𪀗牛白脊又 𧘗力帶反 憩去例反息四 愒 𧂇草名 𥥈車止息 世舒制反三十年太宗諱 勢威 貰賒又時夜反 猘居厲反狂犬六 罽氈類亦作𦋺

𤅑泉出 𢧖持人短又 𦽜芥 𣯋毛 𥴘竹例反 𣲘 𤻖 𣹟其憩反 偈句一 𠿒市芮反 𠿒嘗一 跩丑勢反跳 跩亦作跇九 傺侘 悷又 䬽又丑 懘 達計反 觢列反 揥飾佩

計反又都 㑜習 𧿒渡 趨超亦作起 劓牛例反去鼻一 𦅻子芮反位又子悅反 東茅表 𦔣裂

卦

卦古賣反八爻體三 挂懸 詿誤又胡卦反 懈古隘反嬾四 解除又加買反 廨公廨 𦶟藥名又加買反 隘烏懈反亦作䧢二 狹 𤸷病聲又於之反 邂胡懈反邂逅二 解曲解又胡買二反 賣古賣

莫懈反出物正作𧶠二 畫胡卦反圖七 絓凝又古 詿賣 罣結 絓絲 澅水名在齊 黊鮮黃色又胡寡反 繣絃中絕又尤恚反 嫿又尤尓反 𢡟愚戇多態 差楚懈反病除又楚宜楚佳二反二 衩衣衩 睚五懈

反目際又 譮許懈反怒言 𤵖傍卦反 𢴱擺 稗黍屬又 𪏶士懈反三 眦睚 柴 𢼛匹卦反 𠂢 泒分皮又 𣲘分流二 𥿭匹刃反二 𤁬水出丹陽 債側賣反徵財一 𡠑

五加反一 𧩨又于媚反一 粺精米三 稗 𥝧卑尓反 瘵反三

口口口 𨜒鄉 曬所賣反曝又所寄 丑灑 離二反亦作𥹷二 汛洒掃又思見反 譮呼卦反疾言一 𦚾竹賣反臠肉一 𠩺方賣反𠪖一 庍方卦反到別一

怪

恠古懷反異正作怪六 𢻹毀亦作壞 𡐛石似玉 𢬵訬 𡰣大 𣹟草 噫烏界反天地氣又嘆又於疑反二 呃不平聲 瘵側界反病三 𨛶邑名在周 祭周大夫邑名 誡古拜反言警廿 戒慎

界境亦作畍 介大或作人 疥 届至 𠀔瘡 玠圭 𡖜居 𢃳幘 𤽔 𩉒 魪魚名 𩡧馬尾結 𧙃祜又胡届反 褹衣上亦作䘾 悈急 丰草蔡 𠆢人仁字人 价善

髽簪結 䋈女果反結布襦一 譮許界反怒聲或作欸三 譪譪譈譪譈字大譈反 噶高氣多言又他曷反 械胡界反器械七 薤菜亦作䪥 齘類齘切齒怒類字于禁反 㗭陜 㦟果敢 閉門扇又口

衸補膝衸又古拜反 聧五果反不聽二 忦怨恨又古黠反 劊苦壞反茅類大 嘳字 喟歎又丘媿反 䈟箭竹又苦廻反 𣢾大息亦作𩑶 簣龍 拜博怪反跪二 扒詩云勿翦勿扒 湃普拜反澎湃

聵五拜反聾亦作聵二 顡顡顡癡頭 憊蒲界反疲亦作痛備四 韛韋囊吹火 𨔝壞亦作敗 椑船後頭 眖莫拜反眖眼久視二 韎東夷樂 鎩。。

顡知怪反頭聲一 瘥楚夬反病瘉一

夬

噲漢有樊噲 邁莫話反行亦作𨖷二 勱勉 話下快反語話一 敗薄邁反壞二 唄梵聲 黯烏夬反黲黑口 鱠喘息聲

夬古邁反柴名又草ㄑ三 𩣡馬行疾 犗犍牛 蠆丑菜反毒蟲亦作蠆一 喝於菜反喝喇聲敗一 咶火夬反息聲一 譪火芥反譈譪字火㦒反亦作𧬣一 啐食快反啗又倉憒反

隊

又蒲𥚃。 昧莫佩反 𦘬 沬 莫佩反又 𤳮 ...

又蒲𣕯。犬過 妹莫佩反女弟九 昧日暗 每數 痗病 眛目暗 瑁瑇瑁又亡督反 黴點筆又武悲反 苺ㄑ子木名似椹又七枚反 脢背肉又莫杯反 酛普佩反耦四 䏾向曙色 𪓐

聚八 䨴𩃲雲。 對盛 譵䨴草 鐓𨱖 薱 鐓鐏亦作鐜 磓墜 懟怨 佩蒲背反帶八 珮玉珮 孛星又蒲没反 邶國名 偝ㄑ向 誖言亂又蒲没反 悖亂

崩𡰣ㄑ偶又 聲 㚬匹非反 誨荒佩反教訓七 悔改 敏易卦 䫏洗面或作額上體 顪作類 誨。。

洄大毛 𣮈稻 憒都佩反 淸𥝧 比属 𡐓本作對三 碓 桙 𡐓檔 稡𣏩 䃣 𧮂作樹 倅副五 悴七碎反 。。

深 焠作刀鑒水 晬先對反 啐嘗入口又 𡢐口 晬子對反週年五 祽月祭名 綷會五綵繒亦作𦄍𦄍 挼推 㮰失容節又租臥反 徂嫁二 瘣烏繢反𤺌 𤺌苦熱二 𤸷

退他繢反却下亦作復 通俗作退三 𢓴 𢓴𤸷 隗口口口 口苦對反 幗口口口 口口 𠜾ㄑ刀使利 蕢黄色又于鄙反 𩓹 籄亦作𥫍 𥵩 𥲚 潰胡對反逃散 迴。。

憒 𦪶 艸 繢畫 嬇女字 殨肉爛 闠闤闠市門 多

誯胡市 塊苦對反土或作凷二 片 堁臥反 塺又於 䃗蘇對反細磨亦作𥕞 啐送酒聲又倉碎反

礧ㄑ硍大皃又落猥反 勵勉 𦯬耕多草 𨱛平板 𨛭縣

㦲甘 𢧵酢 酨𢦔 戴。。

塞口口又蘇則反

代

信息晉反言著 迅疾又私閏反

閵鳥名似鴝鵒 䕲竹名 燐鬼火亦作粦 藺◦

認識 肕牢七 仞尺 韌柔刃 軔礙車輪

簡◦ 胂脊肉又直引反 鈏錫 濱水脈行地中 疢丑刃反二 趁逐 印符◦◦

◦木名 杒益 杌 恖巾 訒與晉反 纖八 酳◦

◦魚名身上如印 跌又竹四反 儐俗作儐六 覲 又 𡫉匹人反 陣直刃反軍列四 訴 敶 陳珍反 慎是刃反謹 ◦

式刃反張目一 菣去刃反香蒿可炙食亦作蓳二 趣行貌 藎疾刃反草名四 燼燭餘亦作夷 藎進一曰草 璶石似玉 憖魚覲反且一曰傷二 猌犬怒 晉即刃反地名亦作進正作晉五

縉赤繒又絳 蜼蟲名 進前 鎮陟刃反防一 釁許覲反罪牲血塗器或正作舋二 衅作舋口口酢 僅渠遴反餘九 覲見 墐塗 殣埋 瑾玉 饉饑 廑小屋 口◦

病少小 櫬初遴反空棺五 襯見裏 䞋施 瀙水名在汝南又七刃反 齔去齒通俗作齓 儭七刃反 韻音和一 峻私閏反高亦作陖十 濬深 浚水名在衛 陖峭 迅疾亦作孔 鵕

鵔鸃早又子 駿 弓人為弓 睿益 迿出表辭又胡昕反 殉辭閏反以人送死三 徇自衒名行亦作徇 侚以身送物 儁子峻反或作俊十 晙早 餕食餘 畯田 鳥名 睃峻反 弓口其俊

毚東郭毚古之狡兔又七旬反 寉才 焌火 皴皮 鼫石鼠 舜施閏反聖帝四 蕣木槿 鬊毛貌 瞬目亦作瞚 稕束秆 諄之閏反告之 訰鈍目

𢇁撫刃反麻片又口賣反一 親七刃反二氏為婚相謂曰親家三 櫬至或作儭 瀙水名入潁 吻九峻反嗜三 訒欺 攈古音居韵反今音口運反拾或作捃

絻喪服亦作娩 苑新生 運云問反輦七 暈日月氣 餫野餉 韗作鼓工亦作韗又況萬反 鄆邑名在魯 睍視 瞋◦◦

薰香又許云反 鐼鐵類 溢亡問反合水三 忿怒 湓水 糞府問反五 僨僵 奮揚 坌掃弃 殯 醞於問反釀

慍怒 緼亂麻 蘊習又於吻反 捃居運反拾亦作攈三 皸足坼又居雲反 瘃音刃 豚 蟟又求物反 郡渠運反古縣一 分扶問反段別通俗作分三 膹腫悶 坋分又房吻反蒲頓二反

焮許靳反火氣三 痛瘡中 脪瘡肉出又興近反 靳居焮反固又姓一 近巨靳反親近又巨隱反一 傿於靳反依人或作僞四 檼檼栝 濦水名在汝南又於謹反 憖裹 垽語靳反濁澱一

願

願魚怨反情欲四 愿敬一曰善 傆黠 顛大頭 怨於願反恨二 詋從又於阮反 販方願反鬻貨一 券去願反券約四 絭束腰繩 勸獎 鮝曲 万無販反十千十 萬舞 輓〻車亦作挽

蔓〻草 曼長 脕肌澤又無遠反 輓戰車以遮矢 幔皮幔又無遠反 鄚鄭邑 賶贈貨 飰符万反飯食三 閞門欂櫨又陂變反 粭粉。 嬎芳万反嬎息一曰鳥伏乍出十 疲吐亦作嗲 畚。

奔上大 怴急性 䜌量 汳水名在睢陽 [illegible]小舂亦作鞬 婏嬔 [illegible]說文其義闕 建居万反一 堰於建反堰四 鄢地名在楚 [illegible]引物爲價又於顑反 嫣笑長貌 憲許建反法三

一進 䞿走意 楗渠建反楗一 楥許勸反鞾楥二 鞬作鞁工又禹愃反亦作。 [illegible]居願反〻物一 遠于願反又于返反一 𤬽語堰反瓢二 甗屬高。曰万反 圈邑名一

慁

圂胡困反悶亂四 㥮廁 俒全 慁〻辱 頓都困反亦作敦二 扽撼 扽〻扽 巽蘇困反又卦四 潠含水 遜遁 愻順 困苦悶反於事三 𦖞耳聞又苦昆反 涃水名 嫩奴困反弱三

腝肉腝 抐搵抐按沒 悶莫困反愁二 懣煩又亡本亡但二反 鐏徂困反戟下二 [illegible]魏時張[illegible]人名 睔古鈍反大目四 琯光 睴視貌 鄆水名 噴普悶反吐氣亦作歕一 鈍徒困反不利三 遁逃亦作遯

[illegible]口鳥遯豕鳥 搵烏困反內物水裏二 䭡相謁食又於恨反 寸倉困反十分三 鐏凡器又千見反 坌蒲悶反塵二 坋分又扶問房吻二反 顐五困反禿二 饐食又五恨反 論盧困反講言一 昏呼困反姓瞔一

奔通悶反急走一

恨

恨胡艮反怨一 艮古恨反卦二 詪語又胡曲反 饐五恨反饐䭡一

翰

翰胡旦反鳥毛亦作鶾十九 捍抵 扞以手扞捍扞亦作仟 鼾臥睡 旱小 垾堤 釬〻金亦作銲 汗熱汗 悍猛 瀚瀚海 閈里門 皯射鼓 駻馬高六尺亦作輪 鶾鶾鷐別名一曰雞鶾又何干反亦作鵫 韓

天鷄 忓善 豻縣名 犴碓 駻馬毛長 乾毛長 玩吾段反習或作翫亦作貦三 忨貪 妧好 段徒玩反分三 毈卵壞 椴木名 亂落段反理亦作乱𠮨三 灓絕水渡或作亂 𢿢不理 鍛

都亂反鍛鐵打鐵六 腶脯 碫礪石亦作碬 斷決獄亦作斷 瑖石似玉 踹足 彖他亂反彖象二 褖衣 喚呼段反呼七 煥火光 奐文采 渙水散 [illegible]國名在沛流沙 愋急又虛元反 嚾呼召 筭

蒜蘇段反計三 祘明分 [illegible]數 縵莫半反又莫晏反七 幔帷 漫水大 槾不蒔田 獌狼屬亦作貘 墁以塗飾牆壁亦作㥷 [illegible]扜所 [illegible] 半博漫反中分五 絆羈絆

伴傷孕又普半反 駻〻駻馬白 料五升 判普半反分割七 泮泮宮 沜水崖 胖牲半體 牉〻合夫婦 泮冰散 姅傷胎 叛薄半反背三 㛯娛婆無宜適 畔隴隔 炭他半反四 歎長息 嫩〻婆

𢿱〻𢿱無文采色 換胡段反段五 逭逃亦作逭 肒炮 垸骨漆曰垸 澫澫又澫不可知 䞈子筭反下丞二 鑽錐鑽 惋烏段反驚歎三 腕手腕亦作掔 琬〻珪又於阮反 貫

古投反筭十九 䍺目張 祼祼祭 館舍通俗作舘 瓘玉 鑵汲水器 癨病 鸛人雀亦作雚 樌藂木或作灌 鏆臂環 爟楚人云火 懽憂無告 爟烽火 輨車軸

頭鐵一曰江南人呼犂刃 逭行 冠首飾又古桓反 觀樓觀 寇疑又公緩反 悺人愉人憂無極 婠好貌又於丸反 竄七亂反逃三 鑹小矟或作槊 爨炊 按烏旦反抑六 案

驗又几 晏晚 晏草 鄿里在當陽 案得案反 旦初曉七 疸黃病 鴠鴠鳥 狚獦狚獸名似狼 悬爽忒 䚟小觶又丁但反 笪笞 憚徒旦反 憚懼三

。○彈放丸弓又徒丹反 僤旱 𣆶明又 旰古旦反日晚六 幹強 𣄽日出 鼾張 骭赤 岸五旦反 崖七 犴獄 豻野犬 頇頭無髮吾葛反 駻騂駻 㟁

。○雁火色 偘苦旦反正作侃四 看審視又苦寒反 衎樂 衎乾 漢呼半反 暵日氣 暵耕地 熯火乾 顯呼 鷃水濡 藁冬 厂山石之崖 爛

盧旦反火熟亦作𤓶三 瀾波又盧丹反 彣文章 攤奴旦反按攤五 灘水奔又丹反 難患又奴 𡢃温 粲倉旦反白粲四 粲三女或作𢾕 璨玉光 帹又且見反 繖蘇旦反蓋又蘇但反四

。○分又散 𢿙未束 帴二幅又所黠反 讚稱則十 贊助 酇縣名在南陽又作管在河二反 讃美和 饡飾 趲散走 灒水濺 嬻女從 穳好衣 攢訟 鬢光澤 嫸

。○反不謹 偄乃亂反好貌一 愞弱又乃過反弱四 稬稻亦作穤 渜浴餘汁又奴管反 攢在翫反聚一 欵口煥反燒鐵久二 鯿魚撞鼻聲

•諫古晏反忠言三 澗谷亦作磵 㵎 鐗車鐗鐵 鴈五晏反陽鳥亦作鴈鳫二 贗偽物 晏烏澗反正作晏五 騴馬尾白 鷃鳥人雀 晏目相戲 鴳鴳鴳 •訕所晏反謗又所攀反五

。魚乘水上 狦獸名似狼 罠取魚冈 麪餅麪 骭下晏反脛骨亦作骭一 慢莫晏反怠六 謾欺 縵緩又莫半反 𤺋牛馬病又莫鴐反 嫚惰 槾。別 患胡慣反妨八 擐。

。仕 輚車裂人 豢穀養畜 𢄑獸名似羊無口 槵無槵木名 繯胡環 慣古患反習或作串四 卝角 摜習。 倌主駕人 •孿山患反雙生又山眷反 •篹楚患反奪

。草 襻普患反衣襻一 𧒽士諫反蟲名六 棧人木道又士限士免二反 𨌥谷在上艾 轏車輚作轏 𧇭寢車亦䗃竊毛又仕板反 •柵所晏反柵籬一 •奻女患反訟一 •鏟初鴈反剷三 𩞁穀麥𩟃

。偰辨反茶 莧餘 䓆 •辦薄莧反具辦俗作辦二 瓣瓜瓣 盼匹莧反大目二 𥇆辛白眼視貌 幻胡眼辨反化一 羼初莧反羊相間又初鴈反一 •𨳿莫莧反人姓一

案所閒當是襉字
祖錄皆襉韵字

□又徙亶反 䲂□□䱇 覸 霰。蘇見反雨雪䨘下亦作霓五 先在前又蘇賢反 𢾕散散亦作𢿙 汛洒掃又所賣反 •蒨倉見反草盛九 茜染草名 輤載柩車亦作𨌯 綪青赤色

名 𣻆掩又且爛反 禱祖 峪山谷青 𢡊又倉先反 鏇紡鍾又忩鈍反 絢許縣反文采亦作約四 𥎉深遠又詷政反 揯擊又呼宏反 諓流言有所求 •縣黃練反古郡作寰字十一 袨好衣 眩

瞑眩。炫火光。衒自媒亦作衍行且賣。姁狂又相倫反。頿後觊獸似犬又胡犬反。眴搖目出表辞又或□眴。迿思俊反。駒鐵驄。眴古縣反視良十一。讀流言。䀾發底孔。羂羅鳥罥。縎

悁急。衏車轄。縛絹又直轉反。酳下酒。獧跳。彋辯。電霤光十堂見反。畋平。甸郊。殿堂又都甸見反。奠設滓亦作澱寶細今通用作。淀淺泉。細此鈿又蘇計反

佃一轅車。中佃。寘令作寘亦作闐又徒賢反。瑱玉名。滇又徒顛反。水良。瞡迎視又吐奚反。練落見反。綀奚反十。鍊金亦作煉。湅流。揀擇亦作揀。楝木瓜名。棟

壚在。𦮽埤平。薟白蘞。鐵。棘鬻。奧○木解理。見古電反睹又戶練反二。蜸人鐵。○奴見反日光。燃人姓又苦見反亦作燃二。舒善反。俔胡甸反一。磬又。睍戶見反諡遵。晛水名在。涀定陵

邍無。硯五見反筆研。邍硯或作研。狃又○○。讌人燕馬。乙鳥或作鷰。說文燕會燕。鶤名。燕子字並單作後加言加鳥通。嬿女字又於典反

咽嗌。湗大水良。䕠田○。㜸畜養。遍周三。徧帀。猵情見反。羽研。麪莫見反麥秣亦作麪

○烏縣反饜飽。䪼呼見反在背曰。亦作肙□遝。韅韅又呼典反

線

嗔大笑。便避面反利

嘯

嘯蘇弔反聚屬。出聲。亦作歗十。窱深邃良。鋽鉎鋽。絩絲數。弔多嘯反問凶

○人星。釣人魚亦狂病。釣作魡。窵人窅深良。又鳥反。激水急又古歷反。尿奴弔反小便正作溺或作屎一。藋徒弔反茉亦作蘿。銚燒器。掉○

○草器亦作篠。蓧苦弔反穴三。墼擊。○度又落蕭反。嘹病呼。鐐美金又刀彫反。顤五弔反。鶇顤五。獟狂犬。澆韓浞子名

嗅叫。窅於弔反隱闇又於鳥反二。窔人篠幽深。婜呼叫反。婜姣喜

笑

笑私妙反怡亦作笑咲三。肖骨肉相似。韒刀鞘。照之笑反明反三。詔勑書。陛隉。燿弋笑反光耀或作耀十一。鷂鷹鷂類。搖動。覞普視又昌召反。遙貴玉又餘周餘久二反。瞻眩瞻或作覦□

論誒。趭走。𥿮屋危。薵色綵又帝紊花。旭行不正。要於笑反又於昭反二。約券又於略反。召直笑反呼。邵寔耀反古國四。劭自強。邵到鉤。昭高又時燒反。嶠渠廟反山道二。轎○

剽匹笑反強取七。彯畫。驃馬。漂水中打絮亦作嫖。僄輕亦作嫖僄。懮急疾。驃裁聞。噍才笑反嚼又子由反五。誚責。劁刈又在宵反。譙讓又似焦反。趭走

。七肖反口。竹角洛陽亭長所吹燎力召反照一日宵田又力小反寮柴祭鐐銀美璙周垣療救療爒。炙亦作爒燎火負翏高飛又力幼反趬丘。

釂酒盡亦作歔釂白色又於慨反潐盡醮。小醮僬行容止又徐姚反瞧目冥.廟眉召反貌亦作廟一.驃毗召反驍勇一少。

。方廟反翹渠要反尾一.饒人要反請益一驃卑妙反馬名一.覞昌召反普視又弋召反一

[效]

斆學或作效.斅誤.教古孝反訓六.窖食。窖.校檢校.鉸交く刀.酵酒酵.覺睡覺又古學反.孝呼教反盡養六.哮嘐又呼交反

口。水在高大嗥亦作詨吳人謂叫河南嶠又呼各反詨又居肴反䲨鳥如教反取魚器或罩作篧羅箌二.鵫白雉.豹博教反豻獸二.爆火烈又普駮反.敲苦教反擊又苦[?]反三.巧く僞又苦絞反

。く磽又口交反.貌莫教反儀亦作皃五皃引覒幗䚖文緢綵雜犱匹皃反起釀或作犱四炮灼窌地藏又力救反.枹く車又普交反.趠指教反行皃二踔猴跳稍。。

口。豕木那大夫。口食掌小御食邑䅪耒種棹直教反舟棹一.橈奴効反木曲又如昭反亦作橈又乃飽口絞二反三淖泥吏不靜或作閙.抓側教反爪剌三爒縮小く罬離.皰防孝反面瘡四鞄刮皮

飽く剮又薄交反皰面炮氣.抄初教反掠或作鈔亦作剿三觘小角上。罺仕稍反冈棧一.樂五孝反愛一.拗乙罩反佷又於絞反三箹竹節又於卓反靿韡勒

[号]

号胡到反号令四.號石似玉墾土釜譟相欺.導徒到反引十二翿舞所執亦纛作翳翢.悼傷蹈履盜物纛左纛幬覆又大刀反導禾六穗耄。年九十檮粘

。長又乃到反纙不青不黃.到都導反至二禱祭.誥古到反書五郜國名在濟陰縞高素又古沃反告語又古沃反窔交木然亦作。.傲五到反自高五顤頭長鼇餅鼇鷔

馬名又口反奡陸地行舟人.帽莫報反頭巾亦作禤本作冃十一耄老亦作眊老芼菜食眊目少精又忘角反瑁圭名冒涉又莫北反瞐細視又許六反覒視毷鳥毛盛毴刺

媢夫妬婦.嫪盧到反悋物六.潦く。或作澇勞慰勞勢.髝く髞急負又盧刀反鱳施絞於編癆冽水云服藥毒又力彫反.操七到反持又七刀反四.造至又昨早反.慥言行急鄵鄭地

.暴薄報反古作虣五瀑甚雨菢鳥伏卵褒衣前襟亦作褑.臭姓.報博耗反辛廻信一.漕在到反水運穀.奧烏到反深九腴藏肉懊悔䬻妬食隩屋隅

燠熱四墺古文作垗䚫告。䶎長鮹喿蘇到反鳥聲五譟羣呼瘙疥。瘙髞髝く高埽除又蘇道反犒苦到反餉軍亦作犒三靠相違顤大頭竈則到反炊

通俗作竈三躁動趮疾.秏呼到反減亦作歊二.好又呼老反.韜他到反臂衣一腦奴到反優皮三臑臂。節髮長皃又從倒反

第卅三頁

箇

箇古賀反一枚一 賀何箇反慶二 袔袖亦作䄂 佐作箇反助五 左左右又作可反 𨸏副 㑩行不正 袉襌衣 跢丁佐反小兒行四 癉勞 哆聲 語助 𤸱病 邏盧箇反遊迊 䙨
婦人衣 坷口佐反坎坷不平良三 軻孟子居貧轗軻故名軻字子居又苦哥反 䛥擊 餓五箇反飢無食一 播補箇反揚三 簸々揚又布火反 譒敷 貨呼卧反賄一 卧吳貨反一 奈奴箇反奈何又
奴蓋反一 挫則卧反折三 髮拜失容又子對徂嫁二反 侳安又子過反 磨莫箇反研亦作礳二 塺塵 摩按摩又莫波反 剉麁卧反研三 𨰯蜀呼鈷鏻 莝斬草 愞乃卧反弱又乃亂反四 堧
沙䃍城外隍 土䃍內地 稬稌木作穤亦作糯 和胡卧反應哥又胡戈反諧三 咊和 盉調味 唾託卧反口律四 毻鳥獸易毛 蛻蟬蛻去皮 䙨無袂衣又徒卧反亦作䘓 過古卧反失又古和反經三 划鎌又公禍反亦
作蝸蟷蠰又古和反 鍋 破普卧反物毀二 頗語節又普和反 涴烏卧反泥着物四 汙穢又烏故反 堁塵又口對反 踒足跌 惰徒卧反懈作隓惰二 䙨無袂衣他卧反亦作䘓 馱唐佐反馬負物一 課苦卧反責功三
髁髀骨或作尻 敤研理又口果反 𩪐郎過反瘦僂四 臝羸瘦病又力卧反 𤸫病 膝中 椯丁果反木本二 挆量 膹先卧反骨高一 倭烏佐反痛辟一 拖吐邏反牽車又徒我反 些
蘇箇反語詞 坐在卧反罪二 座牀 磋七箇反磨一 呵呼箇反大笑又呼可反一

禡

禡莫駕反祭名七 榪牀頭橫木 鬢婦人結帶 瘍牛馬病又莫晏反 鄢縣名在犍爲 罵惡言 嗎增 駕古訝反牽乘十 稼布種 嫁家歸 瘕腹病 架々屋 椵閣 價數 假
休又古雅反 賀背膝不容 㝯家布 䢝賓 亞烏訝反次六 俹倚 䦉驢 歅鳴 婭婚家相謂 晉姓 覀覆要之賈覈覆等字從此 𧺆赤呼訝反又呼格反笑聲六 罅孔 鏬 虖虎聲 謼誑
°地名 椵赫又訝在晉 煆火加反 迓吾駕反迎三 訝 犽名 詫言誑一 吒丑亞反 咤叱訝反 吒歎四 姹美女又都故反 𤆟火聲 姹黃芩 詐側訝反誑一 乍忽五 䄍鋤駕反 蜡祭名或作䄍 詐語 °
°失容 飾又子對祖卧二反 樝水名出義陽又作雎反 射似夜反 謝拜恩三 榭臺榭 潟名 骼口訝反髖骨或作骬骻三 痆小兒驚 呵張口 暇胡訝反閑容三 夏又胡雅反 下向下又胡雅反 𢉖慈夜
反小兒 藉以蘭茅藉地 鋊鑲以謝反 射僕 鵺鳥 迊充夜反怒一日 蜡司夜反鹽藏蟹 卸々馬 鴐去牽 䳸笞之夜反 鵺 °°
䗅三 藉又慈亦反 鈘鈘夜夕三 射射名 鵺名 迊牽又丑格反一 蜡又息余反三 卸 焉 柘木名六
麐蟲名 炙々肉又之石反 蔗甘蔗 嗻多語 唶子夜反歎聲二 借假又子昔反 舍始夜反室四 駘馬名亦作駼 赦放 捨水名出酈山 射神夜反武藝又神石以謝二反亦作䠶二 °
°獸 霸博駕反把四 弝弓把 靶革名 灞水 帊芳霸反帊襆二 怕 白怖 㧙胡化反亦作觚四 寬吳大 摴山西嶽 尽口俗作華 擭木名又胡郭反亦作檴 化霍霸反變四 傀鬼 匕變 °
謁疾言 跨苦化反越亦作 々 所化反 又口寡反一 諺又枉 䶣白駕反獸名似狼亦作狛三 䱐白海魚 杷作田具又蒲巴反 𡖋乃亞反月腯二 挈結亂 笡慈謝反斜逆一 沙色亞反汰物二 厦々屋 坬古罵反土堆三 䜈

415

勘

○𡨟○烏坬反 塗徒嫁反飾又丈宅 水宱開張 凡五化反
䆛一 加唐都二反三 蛇母稚屋 苦屋一

○苦紺反䑙凝甚鹹ゝ軻又㚇擊 甘古暗反青 淦新淦縣 贛薏苡 㦨下紺反 含含 水和 唅哺 䑙食內不厭 暗烏紺反
校五 衁血 鹵 埳苦感反章 紺赤色三 在豫章贛別名 㦨恨五 琀玉物 月亦作鎌 無光

僋他紺反僋㴔深 西無光又吐念 傷ゝ㒀不自安 膻嬸○ 憛ゝ言競言又 倸蘇紺反僋 儑五紺反 諺
口○口○皃七 擅取 西反舌出皃 傷又吐盍反 膻 憛悇 詘乾仰反 倸倸凝皃一 儑傷儑一 諺○○

賈買物逆 䑙羊血凝 賈括又徒 駝丁紺反冠 撍祖紺反 僋即紺反僋倸非 䫲呼紺反
財付錢 衁亦作䀋 賈含反 駝幘近前二 撍鉗○揷○ 僋清潔亦作撢一 䫲不飽面黃

闞

反 瞰視 鹽味 喊呼又工覽 濫盧瞰反 劃刀口 口纜繫舟亦 爁火 爁僭 嚂食或 䑮𤓰 睒○吐濫反夷人 䌈
邑 鹵苦 反亦作嚂 泛濫入 劃利 口 口 纜作纜 爁皃 爁差 嚂作爁 䑮道 以財贖罪四

無占候視又 㐽薄䑙公䫲反 鹹味適 甘呼濫反乞戲物或 虎虎下瞰反害又 𤞤犬吠 譀誇誕東觀漢記雖譀猶 大
味目勅豔反 㵑味 鹵䑙 䨢二 鹵口 貝作斂又呼甘反二 𧇭怒 𧇭呼甘反五 獫聲 譀令又勢甲反亦作誌 𧑒盆

瓜 𧅵徒濫反 擔水 𦛨或作啖 淡無味或 暫 䁪鏨𢤃濫反少須 鑒小 擔都 𧄎反 凡ゝ石
蟲 𧅵靜四 擔皃 𦛨相飢 淡作倓 暫亦作蹔二 鏨鑿 擔負二 𧄎大 罛

漾

四十漾餘亮反水名 恙憂古者草居爲恙所害故 羕長 颺物從 煬炙 樣式 䍩美目又 揚謹 餼餉 亮力讓反 諒信 倞竹一日强取
在隴西九 䍩口○口○恙古作𧌾蟲害人 大風 風去 羕 眻餘章反 諹 餼 朗九 掠又力強反

悵恨 緉屨屐 又 倞○○ 口口 𩗹北風又 哴唴哴小兒 狀鋤亮反 讓𧬂如仗反推善於 攘以手却又 懹懼 嚮道 向式亮反 饋亦
悵恨緉曰緉 口口颸呂張反 哴啼無聲 狀類一 讓人正作讓四 攘汝陽反 懹橠木 餉作饟又口亮

漳←反 殤未成人死 向姓 (亦作嚮 涉亮反 帷
口○口○口○

○水 悵丑 暢通暢亦作暢 鬯ヒ鬯 張弓衣又直亮 䩵
大 悵亮 暢又直亮反 鬯又香 韔反亦作韔

仗直亮反 長多又直 䬒餅又餘 暘不生或作暢 韔弓
器仗口 亮反 香反 又丑亮反 衣

嶂峯 障塞亦作障 瘴病 尙常亮反猶 又署羊反 上○○

○唱尺亮反發歌 亦作誯一 創初亮反始 正作刱 愴慘

忘不記又武方反 望相責 汒谷名在京兆 謹 謹

放府妄反 自縱口 舫舩並又 補浿反 趽曲脛 趽馬

宕

○渠放反 軭爲一 閬高門又地名在蜀又力唐反 藏徂狼反隱□□□□ 奘○○

敬

○許孟反 瞋語一 鞕五孟反 牢一 慶○○
蝗戶孟反蟲又胡盲戶光二反□ 横非理來 潢○○
反虛？ 行胡孟反景迹又胡朗胡庚二反 絎紩刺縫 覸○○
迎魚敬反迓一 鋥宅鞕反磨鋥□

諍

轟○○ 輷く車䡏

勁

勁居正反勁健 聖聲正反通一 鄭直政反國名□
◡又力盈反二 詥衒賣 鶉四朝○○ 敻□□反遠 摒卑政反摒除二 併兼 偋防政反隱僻一 倩七政反假 凊温凊
穽陷穽亦作𣿬 䝼賜○ 裝飾古奉○ 請亦作此字今古正作請字 婧竦立 䪴首 盛承政反多□□□日娍二 墭堀器 詺武聘反詺目或作名又武并反 精子姓反强一

徑

徑古定反徑く蹊四 經緯又經古靈反隔 𣔸經隔 䥵 甯乃定反邑名三 佞諂一曰才 濘泥 腥息定反息肉二 醒醒酒 脛戶定反脚脛一 定特徑反不移二 廷朝廷 矴丁定反矴石六 □○
下釘又丁定反 飣貯食或作餖 䙝題 錠鋤○ 月 磬苦定反磬石三 罄盡 鏧金聲 聽他定反審聞三 汀く濴不遂志 侹侹徑 靘千定反靘○靘青黑色 精 桙
艴莫定反靘艴二 暝夕 鎣く烏定反鎣飾或作鎣玉光非鎣飾字二 濴小水 熒胡定反暫見一 零力徑反隻一

宥

又更佑佐右左右又于久反 𥁕柹亦作口又余久反 口神助酭有報 疚顫亦作煩 囿園又于目反 侑勸食 姷耦窮 狖走意 菌。

遚謹行 究窮 𠀤口 廄養馬 胄直祐反胤十二 宙宇宙 伷同 酎酎酒 繇系卦兆 籀史籀造篆書 伷系 冐

兜 懤愁毒 晝陟救反晝日二 噣鳥噣又丁豆反亦作咮 狩舍救反冬獵四 獸嘼之惣名 收穫多 首自陳 臭尺救反亦作殠一 齅臭氣 岫。

由口口口 袖亦作褏 牰牛黑牛背 齅許救反以鼻取氣二 嘼嘼產正嘼俗作畜又褚救反 呪職救反呪詛三 祝祭祠又之育反 椆木名 舊巨救反久二 柩屍柩 瘦所救反損正作瘦三 岫

漱口又 鏉鐵鏉 皺側救反面皺四 縐縮小 甃井甃亦作㼶 縐作縐 副敷救反貳四 髩假髮又四力反 覆蓋又敷福反 恒小怒又充缶反 簉初救反充一曰齊二 䒃草根 口

口鍑 𩞁 鍑釜而大口 𨨏聚一曰小釜 畜許救反養又許郁反又丑六反聚通作嘼產俗 蓄二 俞人姓 溜力救反水溜十二 廖人姓漢有廖湛 霤中霤 劉美鳥雛子一曰鳥 鷚姑翏名亦作雡

〻〻併力又 戮餅 翏力竹反 塽 僇 瘲 飂行 𩙧迴反 窌窖又力孝反 翏高飛又力要反正作翏 秀息救反挺出五 繡文繡 琇蟲名玉名 宿星宿 驟鉏祐反數

○即就反僦賃又聚二 稍春屋亦作稍 稅 就疾僦反從二 鷲鳥名亦作鳩 糅女救反雜三 餌雜餅亦作粈 膝膳 復扶富反福反正復五 逡又夫 復再 㮘機持 瘦病 縮縮 餾兩阜間

亦作貁 狖余救反獸名似狷九 鼬似鼠 蟲名 標積薪燒之 柚橘柚又直反亦作櫾 輶輕又似周反 由 牛黑 䌷牛背 貁屬 蜼似獮鼻仰又余季反 螑不知晦朔蟲又余九反 受承秀反 授付四

口 嘍 售賣州荅又市流反五 輮車輞四 輮人又反 蹂踐 煣火蒸木使曲 鞣輮皮又如周反 𪖐牛救反鼻𪖐一

候

候胡遘反伺十二 鯸后魚名 郈地名在晉 逅邂逅 詬詈 𥈭候半盲又胡鉤反 趠蹇行又蒲北反 鍭候射又胡遘反 鱟似蠏十二足 𢿘石蜜 候膜 瞴〻膢 賺貪財 鋘后受錢器 寇苦候反賊七 滱水名 怐

○○ 㝅〻昝 貞 鷇鳥無暇 鷇子 詬詈又許遘胡遘二反亦作訽呴 袧喪服 茂莫候反草木盛古作懋十四 貿〻易 戊〻己 鄮〻縣名在會稽 愗 怐 瞀目不明又妄角反 袤廣 袤 楙木瓜 娒

女𢘤 敄勉亦 懋師作悉 莓箭實似桑葚可食又亡佩反 𦼮細草叢生 蕪草 冃重覆又亡保反 仆匹豆反倒又扶北撫遇二反三 㰯欲語而不受 豕息又四于反 豆徒候反菽十二 竇水竇 逗逗留 逗說文又作豆 讀句反

又土 𡨘 𩲨〻 豈〻豆 䬦豆或 𨟴豆項 地名在 餖 豆津名在 氉毛 𩋰 車鞁 鬭丁豆反戰不從門从 豆〻譳 不噣鳥口或作咮

豆反 酘酒 𧆓〻 梪作豆 月 豆弘農 餖餖 逗河東 豆革具 鬭門本鬥通俗作鬭六 詎能言 噣又丁救反

〻譳 斗斗 𧜀衣袖又 耨奴豆反 擩不 槈杇亦 嗽蘇豆反 欶湯口又 嗾上 欶〻鍽 嗾使犬又先侯 奏

𡢃詀䛤 蜀 𣁾 衣 大口反 耨除草三 譳解事 槈作口 瘷欬六 漱所救反 嗽 欶氣 鏉利 反或作𠻞

則候反蔫一 透他候反跳又書育反四 欧唾欧亦作音 起自投或作設 吿語唾不受亦作欧 漚於候反漬又於侯反三 婺地名在竟陵又市由反 䙉頭衣又於部反 遘古候反遇十四 構累 媾婚 覯見

見 姤卦名 購贖 眗稟給又貨贖 彀張弓 雊雉聲 鷇取牛羊乳 寇僻邪 詬罵 句句 檢 茸積 輳輻輳七 湊水會 嗾使犬 腠膚腠 䴢南夷

名 蔟大蔟律名又倉谷反 楱橘類 陋盧候反鄙耻八 漏屋水漫下一日苟扇縣名在交阯亦作扁 鏤刻鏤 瘻瘡 蔄姓 蔞く蘆藥草 鍋鍋 膢膢 蔲呼候反荳蔲七 豞豞

家頓勤 詬怒い恥辱又 佝 吼聲又呼后反 呴呼垢反 蔀蒲候反家 腤肉醬二 尃尻五遘反 韝衣 偶不期一 剅昨候反細切 剹又徂鉤反一

卅八幼伊謬反小 謬正作謬 繆靡幼反錯 繆紕繆

幼

亂又武彪武陸二反 踇丘幼反踇蹐行良又香仲反一 跳渠幼反跳踇䠥行一

沁

卌九沁七鴆反水名 沁在上黨二 吣犬吐 祲作鴆反妖氣正作祲二 浸漬 妊汝鴆反妊身四 紝織紝 鵀戴鵀鳥 任又汝鴆反 鴆直任反鳥名二 沉沒又直任反 枕職鴆反枕首木十 刺又之稔反二 舲今巨禁反金病 舌下病

或作㵣亦作今蜀今く帶或作襟又舉音居蔭反 作矜齡三舟船系反衿小帶ゑ居音反 限避王莽家諱改曰省二 格乃禁反 㯁傾一 蔭於禁反 蔭稍又於盬反二 窨地屋亦作瘖 喑聲 滲所禁反滲漉二 㴿積柴取魚又斯甚反

鬮丑禁反從門出二 覘丑心反亦闖 譖讒一 識楚譖反識書一 揕陟鴆反擬擊史記右手揕其胸二 紞紞 吟宜禁反長詠一 臨力禁反朝夕哭一 甚時鴆反太過又植枕反

豔

豔以贍反美色亦作豔五 爓光 燄火 焰熱又于淹反 掞猶 贍時豔反 贍亦作饍一 染而贍反染色又如檢反一 厭於豔反抑三 懨快又於驗反 饜飽又於廉反 窆方驗反下棺又方鄧反二 砭石針廉反 驗語窆

反證く噞く喁亦作鹼二 閃式贍反闚舒斂反二 占火行皃又炎他念反 殲子豔反 塹七贍反遶城水又坑二 槧札 殮力驗反殮殯六 斂聚又力驗反 撿瞼反 瀲泛一曰水波 䃸小雨又子廉反 獫長喙 贍市先 膽入值

潛疾豔反水伏流又子廉反一 占支豔反訟欵又護占田義在漢書成紀一 譫充豔反小障泥謂之譫子一 覘丑厭反伺候二 䀡占侯視又齒瞻反 惗於驗反又於豔反或作俺

㮇

㮇他念反火杖亦作棪桰五 䑙舌出 忝辱 炶火 炎光 㖭京兆 唸亭名在 奴店反一 店都念反店舍十 坫墇 沾水名在上黨 痁病又式廉反 㙋下又墊江縣在巴郡 䀡目垂又下兼反 唸呻唸亦作欭 窽窮又丁頰反

口寒念下又乃頰反 磹先念反磹電光一 磹徒念反礸磹一 趝紀念反疾行皃一 酓於念反苦味一 僭子念反擬一 㬉漸念反閉目思一 兼古念反又古嫌反 鮎魚名又陷音 傔苦僭反從人一 稴力店反禾不熟又力點反一

證

證諸應反驗二 烝熱又諸陵反 孕以證反懷子五 䁼面黑子 艠增益 賸送女又實證反 䲢小魚 乘實證反車乘又實陵反三 媵以證反送女又 䲢魚子 認而證反認物又而振反二 扔強牽 艿草不

譍於證反以言對二 應物相應又於陵反 甑子證反炊器亦作甑鬵三 䙃下 䬝馬食穀多氣流下又里甑反 興許應反樂又許陵反三 嬹起 嬹悅 𦩻詩證反 負 蓋 又詩陵反三 胡麻 舽織機 舽

此行祖誤據廣韵校

嶝

瞪丈證反直視一 䞕里甑反馬食穀多 覴丑證反直視一 丞時證反地名一 凴皮孕反凭一 稱齒證反銓衡一

嶝都鄧反小坂四 鐙鞍鐙 隥梯隥 磴巖磴 贈昨亘反追送一 亙古嶝反通度亦作亘路桓又古恒反五 恒急引又亘亘日 堩古登反 鱛魚鱛 鱠七贈反 䠬乾蹭蹬一 鄧徒亘反國名四 蹬蹭蹬 殑殑殑 艠艠艕 囊懵

武亘反悶四 鱛魚名 瞢悶又亡登反 鐙重鐶 僜僜蹬二 䔲魯鄧反 殑殑蹬馬 殑牛卒死 䳿方鄧反東棺 堋下之亦作堋 增子蹭反 剩又作賸 䝼思贈反新覺一 倗月父鄧反輔一

陷

陷戶韽反沒三 䱗魚名 韽於陷反下入聲三 猎犬吠又乙咸反 蘸滓陷反以物內水一 䶠都陷反鹹名 歁口陷反喙或作𡄙 鶼又口咸反 賺佇陷反重賣一 鹹仕陷反遷言三 讒言又仕咸反 儳輕言又可陷 䲓火陷反大聲一 闞公陷反 譀諵口 諵佇賺反

鑑

鑑格懺反鏡三 監領又古咸反 䁠瞻又古銜反 懺楚鑑反自陳四 儳雜言又倉陷反 摲斬投 颿無巨颿 覱子鑑反暫高危皃一 㺗許鑑反暫儉一 釤所鑑反大鐮一 㴸蒲鑑反深或作㴸 㜝胡懺反大瓮績漢書溢伏於既下

嚴

嚴魚淹反 嚴酷二 䶄兼齒 膁旰淹反妨一 淹於嚴反濕一 㪁丘嚴反欠崖二 㪁有耳 似瓶

梵

㮨梵扶 凡輕又扶凡反 㤿極亦作 汎普汎亦作渢 劒舉欠反兩 劒刃一 欠去劒反張口一 俺於劒反大五 𡟮評 㛪作𡟮 䛳匿亦 㛪於劍反 㤿愛又於 𥇣裷又於檢反 㩎妄泛反口 㜝木蕪口

聲五十七韻

二韻

右卷一万二千七十七字 二千一百五十六舊韻四千四百六十五訓卅一或亦九文古一文俗八百卅八補舊缺訓千三百卅三新加韻二千七百七十四訓四百一十六亦或一十九正一十九通俗二文古四文口

朝議郎行衢州信安縣尉王仁昫字德溫新撰定

一。屋烏谷反 二沃烏酷反陽與燭同呂夏侯別今依呂夏侯 三燭之欲反 四覺古嶽反

五質之日反 六物無弗反 七櫛阻瑟反呂夏侯與質同今別 八迄許訖反夏侯與質同呂別今依呂

九月魚厥反夏侯與沒同呂別今依呂 十沒莫勃反 十一末莫割反 十二黠胡八反

十三鎋胡瞎反 十四屑先結反李夏侯與薛同呂別今依呂 十五薛私列反 十六錫先擊反李與昔同夏侯與陌同呂與昔同與麥同今並別

十七昔私積反 十八麥莫獲反 十九陌莫白反 廿合胡閤反

廿一盍□□ 夏侯

廿二洽侯夾反李與狎同夏侯別今依夏侯

廿三狎胡甲反

廿四葉與涉反呂與怗洽同今別

廿五

廿六

廿七藥以灼反呂杜與鐸同夏侯別今依夏侯

廿八鐸徒落反

屋

韣弓衣又之蜀反 嬻□ 遺匱

穀米 穀木名 瀔水名 谷山谷 瑴玉名又古學反

[illegible]麓 哭空谷反 㱿凡米七燒

穀木名 瀫穀 遬鹿跡

覶視貌笑聲

䁘秘聽 逯行又□□□□

塊 卜博木反 堊 墣彭 濮國名

艒小艇 䒒毒草

業瀆 鵬戴勝 伏房六反 匐

。故道通作㚃 鰒海魚 鵦見鬼貌 箙盛箭器

謖起 𦒍鳥飛 撲擊聲 摵到又子六反 謖小

磟碡 大坴塊 淕凝雨 共地蕈 輹。。

。物在手 鞫窮罪或作究 獨獸名 陸曲岸 鶔。。

鞠大鞠蘧麥 垢水外爲垢 趜○○ 麴駈竹反酒母亦作𥹚 匊曲脊又渠六反 亭孰殊六反誰

淑○○ 俶昌六反始四名 柷柷梧 琡大璋玉 埱品○○○ 鸑稚鸑亦作鷟 綪青經白緯綪陽所織 淯水名 賣亦作 ○ 槓○○

○鋦鋦鎗溫器 ○日矚望光 矚 道步 蓷山韭 脊草 口巾口反馬跳躍九 趜く趨 鯩魚名 鵴く鳩 鞠く鞠 蝌く蝌蝫別名 鵴谷在上文 匊○○

毱皮毛丸 竈取育反蝴二 蹴蹋 粥之竹反糜粥三 喌呼雞聲亦作味 祝巫祝 肉如竹反骨膚三 衄鼻出血 鮞魚子一 魚目魚名 叔式竹反弟亦作埱八 鯈青黑繒 倏犬走疾亦作倐儵 跾

透驚又他豆反 虪黑虎 鯈鮪 畜許竹反冬菜字或作稸七 畜養又丑救反 許 嫡媚 郁晉邢侯邑 藁羊蹄菜又𢷐力反 暝細視又莫報反 竹陟六反非草非木五 築擣古文築

筑筝 竺天竺國又筑當穀反厚三 茿萹茿 珿玉名亦作琡三 矗直貞 𪘐廉謹狀 蹙子六反迫十三 蹴く踖行而謹敬皃 𨁑 嗾 慼𢚃 踧 縬縮 就蹙又子合反 摵到又所六反 蹙 𨆪 蹙 鼀 籔木可作車 䠞

好 縬縮 㛂尺 𠻞嘆 朒女六反月朔見東方五 恧慙 忸く 怩 衂 䘓く 蝢 蚰 蜒 縬女一 蝮芳伏反蝮蛇四 葍草名 覆反 復地室反亦作㚆 郁於六反文又郁郅縣在北地十五 彧文彧

䀛熱 燠く 栯李 噢悲 伊噢く 墺壖 腴胃 薁蘡薁 喂 澳可漉水 䧕 或聲又呼麥反或作歎 鏕溫器又力屋反 𦟛盛 𦿍稻 䆋秋 羬羊裘縫亦作口 緎口口緎反爲逼

○息逐反敬十二 宿口口口 蓿苜蓿 夙早 玉琢玉工又人姓 鷛く鷞西方神鳥 驌く驦馬名 蟰く蛸蟲 鱐鮐魚 𢹞擊 縮𦈢 肅 𩋰 鷫思鳥反 𦨣石又 首莫六反七 睦親 穆和

○く野戮 昱細 于目反 圞又 有吐 稸丑六反積 藩 茜 衣 羊 蹢又徒歷反 𦨣 痛

地名 昱文 囿于救反二 稸亦作蓄四 蓫蹢 苗歷反

沃

窖四 𧀼萹茿草 毒蝳 蝳蝐 作瑇瑁 作瑁 毒蝳蝐 大龜 瑇或 篤冬毒反厚 竺 或作篤四 督率又察 亦作督 褶衣背縫亦作襋 䙚 𧛊 䶜舌 酷苦沃反虐五

稿禾 焅熱 氣 熇氣作 嚳帝嚳亦作告 鵠胡沃反 ○山鵠鳥四 𪇶鳥白 雀高 熇灼 僕蒲沃反賤隸三 鏷く鑄矢名 蠛蠓 鸉 颹 先篤反雨聲二 䙚新衣聲 梏古沃反手械五

牿牛馬牢 𪅆鴸鵠似鵲鳥名亦作鵲 糕地名又之藥反 告誥又古号反 瑁莫沃反瑇瑁 又莫代反三 楣門樞橫梁 娼丈夫妒 熇火酷反熱三 臛羹臛又呵各反 嗃食 褥內沃反小新兒愛一 傶

口口口反邑名又姓二 嫩穿

燭

燭之欲反口口口十 屬付古作屬 又市玉反 矚視 𦃇綴帶通俗作𦃇 噣託通作噣 𪈨鳥く鴝鳥 䠱小兒行貌 蠾蝎 𧕟 𧓎 𡮞 𤀆弓衣又徒谷反 歜欠吹氣 𤤶語欲反 獄圜 𡍬 鳿鸀鳿

第卅七頁

項 顙項亦鵠骸 勗 勉 輂 居玉反禹所乘十 綦 纏臂繩 鋦 以鐵縛物 挶 持 臼 斂手又居六反 桊 拮桊而桎又屈奉反亦作桊 輂 轒 暴 舉食者 纍 纏連

纍 索屬 局 渠玉反棊枰亦務曹三 跼 跼蹐 𦔳 耕地 蜀 市玉反西南夷七 韣 弓衣又徒谷反 蠋 蟲正作蠋 燭 燭燭動又短貌 欘 大葉似柳 屬 著又之欲反或作屬通俗作属 襡 長襦

又作觸 尺玉反突亦作觸三 歜 怒氣 臅 狼臅膏 辱 而蜀反恥又柱九 蓐 草蓐 褥 氈褥 鄏 郟鄏地名在河南 溽 溽暑 嗕 嗕嗕 鸀 鸀鳿鼎 戚 大斧 黷 黑 束

書蜀反二 倲 倲僫 欲 余蜀反貪六 浴 沐浴 鵒 鴝鵒亦作雒 鋊 炭鉤 輍 車枕前 狢 獨狢又古斛反 躅 直錄反躑躅亦作蹢一 錄 力玉反疏十三 涑 水名在湘東 親 眼曲 綠 色 醁

美酒名 騄 騄駬馬名 娽 隨從 菉 草 逯 謹又姓又力谷反 錄 圖錄 鵦 鵦名 淥 魚 諑 謹 趢 趢躍 曲 起玉反紆三 鮈 魚名又渠竹反 笛 蠶薄亦作苗 瘃 陟玉反寒瘡亦作瘃四 斸 斫

嫗 謹 豖 豕行又丑足反 䞋 神觸反輸貨取本一 足 即玉反脛下一 幞 房玉反帊 促 七玉反短四 䟞 迫 趗 速 𧬸 倸 續 似足反接三 俗 下里 藚 澤舃草藥 粟 相玉反禾實三 㯈 㯈斯 涑

水名在河東 襆 封曲反絡牛頭 梀 丑錄反梀 瘃 牛馬所陷 亍 步止又竹句反 趗 小步行 豖 豕行又知足反

又速侯反 䪁 今音補沃反一 楝 槤木五

覺

覺 古嶽反又古孝反知十一 斠 平斗斛 角 骨 桷 椽 較 直 榖 雙玉或作珏 玉 鷽 馬腹下聲又於角反 鷟 鸑鷟又胡歷反 搉 角反 搉 舉又苦角反 觳 樂器 䚖 聲 騅 馬白額 嶽 五角

反或作岳 樂 五教二反又盧各 鸑 鸑鷟鳥 頣 面前 捔 秤 犨 牛白 浞 士角反水濕八 莦 草叢生亦作莦 鋜 足鎖 齱 齵齱齒相近又側遊反通俗作齺 捔 捔攪

五山名六 又阻古反 齪 速 捉 側角反搦五 穛 早熟穀 穱 稻處種麥亦作穛 藮 葵 燋 灼龜木又子躍反 朔 所角反北方八 欶 口噏又作嗽 槊 刀槊亦作矟 蒴 蒴藋草 揱 擇人又所聊反 纖又思

亦作般 舞象箾 又 欂 木 𣘺 棳 斵 子角反理亦作斲斵斫十二 涿 郡名 諑 訴 擉 擊 嫗 謹 琢 玉 卓 高 啄 鳥啄又丁木反 倬 大亦作菿 晫 明 䝛 擊 豝 聲 豕

箾 象舞 藐 莫角反 獏 北角反交 駁 六駮馬色 駮 指 爆 皮 㕙 足 骹 骨 𦛨 豕腹 筋 足筋 皮 破 邈 遠七 藐 紫草 眊 目少精又亡到反 稽 目不

龍尾亦 剝 北角反 落十 駮 獸 駁 不純 鰒 音聲 爆 破 趵 擊 䏟 骨 肑 肉 𪇇 鳴 雹 蒲角反雨冰十四 撲 相撲 跑 秦人言蹴 䮂 似馬 狍 獸名 鮑 魚名 箔 竹名 瓝 瓜瓝亦作瓝 璞 嗝 犦 封牛又甫教反 窖

作豚 明口 口 兒 好貌 雹

明口 口 皃 邈 貌 䨔 撲 相撲 跑 秦人 𩋾 …

皮 皺皮起 㲩 擊又普角反 樸 木素或作朴 璞 玉 璞 匹角反 撲 牛特 攴 楚又起 又上反 擈 擊聲又 㯷 塊或作朴 懪 悶 暴 自 𪔀 冤 技 小 皰 攻皮之工 鞄 擊又蒲教反 殼 苦角反皮 甲七

慤 謹 推 擊又古學反 確 鞕或作碻 亦作周 皵 皮乾 皵 皮 鷇 鳥卵 觳 盛脂器 塙 高 墝 火乾 确 固 嵩 帳象又口江反 濁 直角反渾九 擢 拔 濯 澣 鸐 鸐鳥 卓

□。直好皃 䕻 蒴蘿 鐲 鉦 玃 獸名 蠗 小蟨 ·渥 於角反霑濡十五 握 持 偓 ㄑ佺仙人 鸑 山鵲 箹 小籥 幄 大帳亦作楃 喔 鷄聲 葯 白芷 䮲 馬腹下聲
□。誇皃 䪷 燭敞 腛 厚脂 𪏭。英蒴 㓿 刑或作 㳃 好皃 ·搦 女角反亦作䝙四 䎎 屋角又弓亦作艄 搙 搵掉握 逴 勑角反遠一曰驚夜四 晫 明 踔 跛亦作䟾 戳 杖
·犖 呂角反牛雜色毛一 ·學 戶角反斆五 确 磽确亦作埆 嶨 山多大石 澩 ㄑ渟泉又下巧反 鞍皴 ·吒 許角反怒聲七 豞 家聲 嗀 急 鷽 鳥 殼 肥 嗀 吐亦作款 苑。聲
醵 酢 ·娖 測角反謹五 剢 ㄑ磐 齪 齒相近 娕 恭謹皃或作嫩 箹 傘帶
質 之日反直十 眰 大 郅 郰縣在北地 桎 桎梏 櫍 行刑用斧櫍 蛭 水蛭又都結反 騭 騭馬後漢書有鄧騭 嚔 ㄑ野人言 懫 塞 礩 柱下石 ·日 人質反明精三 馹 驛亦作□
𡒗 到又職而反晉字從此 ·實 神質反滿一 ·秩 直質反祿或作𥝠五 紩 縫 帙 書衣或作袠亦作袟 𨒪 失騳 ·悉 息七反皆從釆音辨 蟋 蟀通俗作悉二 膝 脚膝亦作厀 ·一 伊室反數名二 壹 專
八反 漆 水名在岐 鶔 鳥名 郲 地名在齊 桼 桼 膝 似 茉 蘇 榛 木可爲杖亦作㯃 桼 木汁亦作桼 匹 譬吉反配一曰丗尺一 ·吉 居質反善三 趌 ㄑ趨走皃 趉 走意 昵 尼質
○。○。
日 膠粘亦黏作䵒 蟁 小 ·逸 夷質反失十一 佚 樂淫佚 佾 舞佾 軼 車過又同結反 溢 滿 鎰 廿兩 劮 豫失 駃 馬疾又達結反 鴃 鳥鴃 泆 淫泆 昳 辟 ·詰 去吉反問二
蟲 ·欯 許吉反笑三 欪 訶又丑出反 趌 走皃 抶 丑栗反打三 咥 笑 昳 目不正又達結反 ·栗 力質反果十 溧 水名在丹陽 慄 戰慄 颲 溧颲風皃 𠜱 細削 鷅 鶹鷅流離鳥別名
瑮 玉之英華本作璪 凓 寒 䌳 綵 麜 牝廣 ·窒 陟栗反塞又丁結反十 挃 撞又之逸反或作秩又作秷穫聲 厔 盩厔縣在扶風 銍 刈又縣名在譙郡 咥 咄 𪘲 囓堅聲又大結反 螲 螲蛄
遾 口觸又徒口反 ·焌 翠恤反火燒一 ·疾 秦悉反疾又急七 嫉 嫉妬又秦四反亦作㑵 蒺 ㄑ蔾 揤 拭又子翼反 愱 毒苦亦作𧩼 槉 栟槉 蝬 ㄑ蟍 ·刹 初栗反割聲或作剢一 ·失 識質反遺忘七 室。
喞 啾喞 泚 七潰水 扎 擿又子列反亦作𢶍 蚍 蜻 ·蜜 名必反蜂食亦作蠠七 謐 靜 醓 飲盡 樒 木樒樹名 𦖞 ㄑㄑ不可測量 𥁑 拭器 宓 安 ·必 ○○
珌 刀上飾 蹕 警蹕亦作趩或爲譁 滭 ㄑ沸水皃 畢 兔冈 鵯 ㄑ鶋 鷝 鳥名 觱 ㄑ栗胡樂又有勿反 趩 止行 鮅 鱒 嬶 ㄑ母 縪 ○○
彃 風射 韠 □。□。 𣚒 木名 熚 火皃 芈 糞器又方安反 觱 發寒風皃 聿 餘律反始 鴥 飛駛皃 燏 火光 遹 述一曰遵 鷸 鳥名亦作遹 驈 黑馬白髀亦作□
矞 穿又況出反 欥 詞 茁 草木初出又羊籦反 卒 子聿反終又則骨反賤役亦作倅二 䱤 𩿈 卹 辛聿反分賑五 恤 憂 戌 亥 訹 誘訹 謏 字蘇后反 鴪 鳥 ·姞 巨乙反姓一曰女字 ○

正趉直吉會稽獻鮚行鮚醬二升 狤狂 ·術食聿反又以奇藝七 驈律反 述作遹亦 秫穀名古作朮 沭水名在瑯琊 蟠蟥 鉥長鍼 橘果名四居聿反甘 蕎草繙繘 ○

醋醬酉 ·崒才卹反山高二 崪崒 ·邲毗必反地名在鄭十二 比脂必履婢四三反 匕匕次或作牝又鼻 柲 馝香 䩛車束俗用 佖有威儀又 鮅魚名 駜馬肥 䮹擊 柲慢 縪 韠爲韠字 佖房律反

給又補侈反 䬒香食 ·出○○

尒○○ [ ]口口口亦作 膟腹脂 葎蔓草有棘 ·怵竹律反憂心又丑律反四 䆰物在空皃又丁滑反 㤕短面皃 ·趨其聿反狂走五 獝鬼 趉走皃 獝狂 䞙走意又呼術反 颵許聿反小風皃 䟣高䀹亦作䠇晴晟䀹 翍飛皃 𧻂狂走 㤜怒

狘獸名 ·怵憂心 欪訶又九出一反 炪火光又呼出反 ·颮于筆反風三 汨水流又古沒反 遀草 ·率師領三 帥 ○○ 蟀蟋蟀亦作螿 ·沊水出皃 ·朮直律反或作口 口口口三 炢火出 㳻烟

亦 ·密美筆反秘六 峹○○ 下白 昝不見 物塵濁 榓香木 ·弻房律反輔亦作弼 弗人 㯫禾 柫 秙禾重生 佖○○

兌力析反 水流皃又 ·䶢仕乙反 齰一 ·茁尤律反出禾又口率反

䊷黼亦 紼大索亦作綍 黦黃黑亦作黕 屈短尾

亦作 鮀魚遊 ·疙○○

罰罪罰 閥人閥自序 垡耕土 娍輕皃 𧂄曝乾 厥其居月反 鱖魚名小短又九口反 鈎逆 橜其又禾本 ·㵐○○

物 迄 月 第卅八頁

走

麧。。·餮食安豆亦作𧤼其月反以口。白鷹橛株栔杙蹷倒亦臋尾本亦鑿磨口
登又於物反角發物口鳥橛栔作蹶作臀鑿

·闕去月反門觀 ·髮方伐反頭毛四 發動又舉 颰疾風 䬍風寒 韈望發反屬韈正作幭亦作韤味䊋䅽袜一 ·颭許月反小風四 狘獸走。 㳚水飛羽貌 謁口。言

肸名 ○傷熟亦作餲色 歇許謁反氣泄三 蠍蠆 猲獢。亦作獦 ·訐居謁反又居列反面斥以言 趨走貌 羯羊亦作羠 鍻金鍻 揭其謁反擔物又丿
於 作煬 黬壞 猲獢獢

𩑧口口反 ·𧍪高一

【沒】

十沒莫勃反溺水五 歿死 歾 玟玉名 頭內頭水中又於骨反 𠬛沉 骨古忽反骸十 縎結 鶻鶻鳩又胡八反 胡二反 榾枸榾大 中箭笴 淈泥又下沒反 崛山貌又呼骨反 愲心亂

䈆刷亦作䈆 蒛不實草 膃膝病 ·勃蒲沒反猝十三 渤人海名又水貌 誖馬牛尾 一角 餑麪餑亦作䭩 垺塵起 𣯸大香 悖強 艴人然不悅

脖齊 肚。 悖逆又蒲潰反亦作悖 蔢繁 鵓雄毋鵓雞 咄當沒反訶一 ·宊他骨反突出四 梲大杖 棣對反 突他骨反觸十一 揬搪揬 腯肥腯 鼵鼠名 鶟鳥鶟 鼵名 堗窀堗

窔耕禾間 窔蘆 䈆出鈍 鈯 䅤瑣 窔不孝子 亦作去 頭烏沒反內頭水中又莫教反五 殟心悶 嗢咽又烏八反 膃人肭肥 欻咽中息 呼骨反 忽欻十四 惚恍惚 寤睡一覺 寢覺

又乞紇反 乾革 呼結反 擵擵字

憂貌。○古 笏狂走亦作忽 器 颮疾風亦作颮 榾。高 緫微 䐗豕出氣 鶻屬 猝 兀五忽反高貌九 扤動 抓搖動 屼山 杌兀樹無枝 疕病

·䅤勒沒反 䈆箭射三 硉矹 砉不利 殸人鼓 窟苦骨反穴 䫞大頭 頎貌 泏漚麻 泏池 𩒷禿 矻用力 或作圧 ·紇四突出又胡八反 䟔 搰擊出人 朏臂

訥口。口。反言遲 內膃肭亦作口吶 肭內物 窣蘇骨反勃窣 亦作踤三 麧磨麥亦作麵 鶻鶻 猝倉猝三 埣 捽手捽 昨沒反 卒 窣 麡沒反
山禿 訸古奴刮反三 朋或冏又知劣反 抇水中

乳齒 䶨鹺 角始 𪗾下沒反 麧乞䰯又胡 人泥又 搰掘 乞摩又公 栝膝 䐑手 䘹則沒反 捽徒又 卒百人 稡稀 ·鶻胡骨反古
䶨生 䵂糲頭八 齕結反 淈古忽反 搰地手 礙反 杌 䯣病 搰推 ·卒子出反終三 倅為倅 䅤

搰掘地又下沒反 䏡黑耳聲 抇目穿

【末】

末莫割反木上廿二 秣人馬亦作𪏭 昧星易曰日中見昧 𩔥人顛健 抹手摩 㭆人嬉 肥大 妹䆠褱 怵忘 𡋯壤 沬水一曰水名 沫土在蜀又武泰反 㳚塗 䳮鳥 䬴 麪 糲米和 䊋細屑 眛。
○遠視又口反 首目不正 鮇魚名又莫快反 䬴馬食 穀 䴽。 䴧又亡結反 醆醬 䊋䴧又亡結反 ·枂五活反去樹皮一 ·撥博末反撥十四 癶足刺 䟦 蠻夷 䝔 䳮根 䌟膝衣 茷菱 鉢。

鱍魚掉尾皃 适急走 𩯭人鬢多鬢 㤬意不悅又孚吠反 茷草葉 橃大舩亦作橃 䮂馬怒 帗一幅巾 𩯭𩯭鬢三 䟣末反 捋逼 括古活反檢十二 𣶇水流 髺結髮 檜。

○聒耳擾 苦人 佸會 頢小頭又五括反 䫄人無知之皃亦作懖 适疾 䓤菝䓤 剮斷 闊苦括反廣三 筈箭名 蛞蝦蟆子 活戶栝反水流六 栝祠 姡人姡又音刮

頢小頭又古活反 髻以組束髮亦作髺 秳舂穀不潰 奪徒括反失正作奪八 𢓴疆 脫肉去骨又吐活反 捝解又吐括反 莌草生江南又他活反 痥馬脫皮傷 𩑔剝 鮵小鮦 豁呼括反豁達大度七

空

濊水聲或作濊 𥇣大開目 泧濊泧 眓視高 斡抒又烏括反 斡烏括反轉六 焥火烟出 䀹目開見 捾人取物或作揞 腤日深黑又女利反 婠小嫵媚 緒子括反結二

侻字音他活反又山脫反語

㩧手把 撮七活反 鏺普括反兩刃刈草木十一 撥 䟦䟦蹋草聲 抪推 酢酒色明 𥉁目不明 鱍魚掉尾又音撥 袚袚市 㧊姓 𢜚古解落或作脫 脫肉去骨又徒活反

•莌活莌又徒活反 捋盧活反手捋亦作寽三 㓖削 蛶蚵 掇多活反拾五 鵽鳥人雀 敠挑取骨間肉 毲又丁外反 剟削又陟劣反 撮七活反手取三 襊衣游縫 䟣蒲撥反䟦行皃十八 跡

行跡 魃旱鬾 㞐舍 酦酒 酦香氣 䟦將行祭名 炦火氣 颰風氣 𤼵除草 坺一臿土或作墢又扶發反 妭天女 拔射繫 拔又蒲八反 犮犬走 胈 菝人菝瑞草 鮁。

口 鵽雉具又方吠反 蘧桑割反跋蘧六 薩菩 㩙抹 撥 珊人瑚又蘇干反 𠻨𠻨音變 𩰤𩰤糜 怛當割反悲七 𢝈驚 妲人己紂妃 呾相呵 炟火起 䵣莫黷縣在五原 靼柔革 •闥

他達反門十 𨁀休 撻打 躂足跌 𢏍泥滑 獺水又他鰭獺反 𩸃魚名 𠻨多言又許介反 笪篴篨又丁誕反 羍小羊 •遏烏葛反遮七 頞鼻頞亦作頞 堨堨 閼止又於連反 安語 㕎止

大呼 𡯑屋迫 •剌盧達反十三 揧研破亦作𤾳 辢辛辣 𦈘人瘌病 瘌痛不 揦手披 𪊴撥揦 𤄛𤄛聲 堅 玉 𢼡目不正 𧁲蓋反 蒿又力 楋木名 𠛕庵拂著

㵣苦割反古作 渴渴 𦘴三 骹 𩧺髆 屈𤕨反 長又 達禾 隤割反通 正作𨔠一 𡾰𡾰山名在扶風三 䣅木割反又才結反 截 咂 嘈咂聲又五曷反 𠸁五割反 𡾰五割反又五結反截巘十 巘

○𢧐高山 㓵伐木 𢼡高山 𢽈伐木 𤡸犬聲 歺殘又几丞反 𦦦頭戴亦作𤾳 㕎人嚙 噍嘈喳聲又才曷反 𡃢聲 𢼡鼓 葛古達反 蔓草八 𦽁人𥯤桃枝竹名 𢽈人狟獸名似狼 割人截

𩣶馬疾 𨚗鄉名在南陽 騁馬走 轕轇轕 匃乞又古賴反 褐胡葛反衣褐九 毼毛布 鶡鳥名 曷何 蝎虫 餲餅名 𩩲人骱肩骨 𩩲骨 𡋅木堅 鞨轉 頨許葛反頨顯四 猲恐

餲白 𠹭訶 𪊨犬臭 捺奴曷反手按三 瘵痛 蛆蟲 𢴣七曷反足動草聲二 䌩絹 䌏

黠

黠胡八反慧三 齒齒聲 䓤麻莖 札側八反片牘三 𣩍癘疾 𧏸小蟬 拔蒲八反又蒲撥反抽二 𢪒人𧩞根 𧩞苦八反可作欲 㓞用力 𩮝髻 𠢎極巧 𠛕剥 䂗石狀亦作硈 鶷木鶡 𧵿虎

樂器名又枯鎋反亦作楉　黠黑　滑戶八反泥利六　猾狡猾　鮹魚鮹　鶻人鳩又古沒反　蝟蟛蝟似蟹小　鳩骨差　八博拔反數二　馬八馬歲　䆠丁滑反口滿三　婠婠好皃　聉人聉無所聞知

又牛口反　豽女滑反獸名似狸亦作貀無前足一　唶烏八反飲聲四　婠人嗢沒反笑　嗢咽又烏　歆氣息不利　齸初八反齒利五　蔡草蔡亦作蔚　察監亦作詧　榝木名　䟷視　劀古滑反去惡肉二

鱊魚名　戞古黠反擊十二　扴指扴物　圿垢惡　秸祭天席　鵊人鶛鳥名　楔櫻桃又先結反　鞂禾草亦作秸稭　忦恨又公鄘反　契刮　楬戟　鶪鳥名亦作鶏　秸秸又公鐵反

乚烏黠反　乢山　軋車輾五　乢曲心　揠拔草　嫼嫉怒　猰人貐獸名　殺所八反訁念四　鎩鳥羽病　榝茱萸亦作藙山列反　幓二幅又思爛反　僁莫八反僁僁健皃四　䀹惡視　髖人骨小骨　黠黑　僁

呼八反　傄僁四　眡視　肆息　痆女黠反瘡痒　貀五滑反屈二　聉聉聉　骩口滑反力正一　汃普八反水聲一　𥥉乙八反穴二　魝鯨

[鎋]

鎋胡瞎反車軸頭鐵亦作轄正作舝八　齾齧聲　害鳥名　砎字暮鎋反　玎玉　礣砎鞕礣　磍石似玉　䆠口沒反因突出又　䗅蘇蛄螻　鶡鳥乙鎋反四　闥門扇聲　圔駱駝鳴　九

亂九　齾五鎋反器缺三　䯦禿鳥鶚　鶚䯦鶚　剎初鎋反柱一　瞎許鎋反瞎眼亦作睗二　鬠鬊　鶷枯鎋反木虎樂器名又苦八反二　䃺礣　害剝　獺他鎋反獸名又他達反一　瘵女鎋反痛一　刮古頒反削四

鴰鶬鴰禳祠鴰名　劀利　頢丑刮反頢頢強可皃二　䫚下刮反頢頢強可皃　頢下刮反短皃六　䯏細　括刮　舌塞　姡面　㖸息　鴰丁刮反鳥名似雉又多活反三　窡穴中出　錣有鐵

。刮反去足又魚越反三　㕞獸食　䀏訶　𡛷女刮反婠𡛷小肥　婠字烏八反二　𣶒作㼦亦　篡初刮反黑二　斵斷又又亦作𣂏　𥗼碳礣鎋反　帓人百帶　捌捌杷一　鷀

口口反鶏鶷鳥名　撽刮　䖦聲　䒗車香草　䅩禾舉出又屈　口口字古屑反四　䅩祛剎又䒗　鴰遏反亦作櫟

[屑]

屑先結反碎八　楔木楔亦作榍栖又古黠反　揳正方　揳攕揳不䠎　䠎蹩䠎旋行　糏米麥破　偰動草聲或作僁　腡亦作　脂臆中脂　㓹減　滅滅割四　切千結反　㗛小語　屑齒人屑齒　篾私聞　結古屑反紮十四

。一崩又結反　潔清絜說文無此字後俗相承共用於義無傷亦可通俗或以夕音冰　鍥鎌別名又口結反　桔梗　楔人　榤人　汲水　趌走　鴶人鶻鳥名鶻字公鐵反又古鎋反　㓤清割理　魝魚

持衣上衽　蛣蟩　及　拮据　節子結反限又木竹之次通俗作節十一　卪瑞信　癤瘡癤亦作癤癥　𧮯山𨗷　蝍人蛆蟲又子力反　櫛燭餘　𪗻屋梁上木　岊高山之節

。睉䁟貝　竊穿人寥　㝐空貝　㾐瘡裏空　坹穴空貝　诀奴呵　闋闋閉無戶門　茥草　闋苦穴反止四　缺器破或作缺　闕闕閉無戶門

水　眣目　䛗人諫亦作譎　訣別　觼環有舌亦作鐍䚟　駃人駃騠良馬名　芵人明藥名　鴂鶗鴂鳥名春分鳴　決穴　趹

口疾行 口跌 襭衣袖 衸亦作袂。○。抉縱弦 觖弜 鈌 肤孔亦作関 臭獸似貍 疾瘍又詡穴反 沉水痕貞 穴胡玦反 小空二 袕鬼衣或作衸 •抉於夬反 抉出四 窔穿貞 暗

○。熉火光 •姪徒結反 姪娣廿五 昳日昳跌出 胅骨胅 凸入切韻何孝研之不當 陸云高起字書無此字陸 垤此蟻封卽高詩云鸛鳴於垤言是高處 耋老 迭遞 跌踢 絰縗經 口

← 黑色 ○馬赤 嵽嵲高貞 軼車相過又以質反 関閧鄭城門 駃馬行 駃疾 瓞瓜瓞亦作嵽 嵽停又 埑徒計反 臷利 跌七反 咥齧又虛記至齧堅聲又諸異二反 齒竹一反 挃擿 桎

詄忘 拸芺作莪口。○。黑金四 僣倪 饕亦飻 蛈蝪 纈胡結反 纈十二 閉閇閼鄭城門 擷捋取又虎結反 擷縛 頡頡頁人頭

下沒 襭以衣衽盛物 反 頭 䫌邪 絜 挈 膜牛很又丘刕反 鼴鼠又胡狄反 •涅奴結反水中黑土四 捏捺 苴菜似蒜 埕石 墼。•截昨結反斷四 巀前 蠽傍出 岊山峯又子切反

結反 九 霓虹 霓 蜺寒蜩又牛奚反 嵲嵽嵲 槷危 槷 隉亦作隉𩑺 臲卼不安 闑門閫或作臬 䄒米反 祼䄒又牛 山高 岊貞 •蔑莫結反無 懱輕 䁾。

幭帊幞亦作幭 瞡汗 覕不相見又面必 裨刃反 莧明 烾火不 衊汗血又莫練反 鸌鳥工雀 鱴魚名又莫結反亦作鮇 栝 紇。細 穖禾 秣糜又亡達反 瀎

•猕方結反弓戾亦作暫 䇷靴 ○ 闔又慱計反 栵柲 鼈大 袱袂 •噎烏結反食塞 窫。靜 蠮蠮蠮蝓亦作蟔

提又拾 結

第卅頁

薛

•别憑列反分 別口體一 䒧。○。•轍直列反車轍 徹通 撤發 撤 澈水澄 𪄿鳥理毛

姞 趣貞 •設識列反施二 蔎香草 旻許力反舉目使人又七咸反 烕滅 䎲飛 䬢小鳥 颵小風 㱤盡 呐口口反又女劣反 □ 喟呐聲不出

犯突 豩家發 䠥觸 䱎罕又陟劣反 •茁側劣反草生 𪓿短黑貞 •䰎七絕反 䟽全細布又 •𥷸。○。似蟬

二反四 𨺃土 䍾劣反 茁又側滑反二 䳜初刮反 䚏而易破二 絟 丝全反

鬣束髮又作許反 㧪摘又子一 𣦆天 𣦆反亦作㦸 殺山列反 荼萸又山八反一 •焆於列反烟氣一 •屮丑列反草初生貞一 •娎許列反喜貞一 •䕸殺又丑列反 •㜎

䳍鳥亦作鴶 啜樹雪反嘗二 㔍小廁別反割斷聲 䠣部側八反 𠜉寺絕反 拈戾一 丿普折反 左戾二 𤬪枯寺絕反

錫

錫先擊反賜十 析分亦作䜣 裼袒衣 皙白色 緆細布亦作鬄 蜥蜴 淅釋米 惄敬 㵟 蜥辟 蝀蝀蜆 •激古歷反窫屋略二反 鬲又古 擊攻

鷔鳥名 敫歌又公弔反 薂草又公地反 窢迎陈 霹普激反霹靂四 劈破 㱮急速 㽁裁木為器 靂閻激反霹靂 趚趚趚行皃字七昔反 酈縣名在南陽

癧瘰癧病亦作瀝 轣車踐又盧各反 瓅珠瓅亦作礫 鬲鎘亦作磿 礫砂礫 秝稀踈 櫪馬槽 𦍧馬歷羖羊 櫟木名 鱺魚名 蒚山蒜 鬲縣名在太原又口口口

過 磿石聲 曆く曆象 鬲酒下 擽捎 [illegible]腨 厤鼎屬 [illegible]履下 [illegible] 鷊鳥名 鷊角鋒 櫟。。

亦作ㄅ十六 適從又之石始石二反 嫡正嫡 颳飄颳 商風 靮馬韁 鏑箭鏃 馰馬白額 顱 蹢水蹢 肑腹下肉 [illegible]磓

[illegible]至又都叫反 斛量 㰅鼠 芍蓮中子又下了 杓柄 檄胡逖反符檄五 覡巫覡 藪蓮實又丁了反 樑鍾樑又胡老反 [illegible]

鷁五歷反水鳥或作鶂鶃亦作鶪鷊四 艗艗舟亦作艗 鷉鷉亦作鷊 覓石地惡 荻徒歷反蓟亦作蓫十五 狄北狄 翟翟雉 籊竹竿皃又他歷反 迪進亦作廸 覿見

口

口笛 滌洗 糴入米 郿鄉名在高陵 嘲好格 椒 蓨六反蓨又他 犏牛 鹵鹹又幽 逖他歷反遠十二 倜倜儻 誂く誂 趯跳皃亦作躍 剔解骨亦作鬄 惕怵惕

意偶 覿見覿視亦作覿又貿 䖙怒歎 蓧蓧 焆望見 篧竹 績則歷反績三 勣功 積樍 燩去激反乾燥七 擊傍擊 毄攻漢書日攻苦毄淡

鬩鬩又五交口肜二反亦作敫 鉸吹 ○矛 惄奴歷反飢憂三 溺没水 愵憂亦作㥁 寂昨歷反靜亦作家口宋三 㗱嗼 𧡛目赤 覓莫歷反求十五 幦車覆

幎覆 驀馬多 糸細絲 鼏鼎蓋 冪覆食巾本作冖 汨水名在豫章亦作溟瀆 蜆蜆𧌊 酩醟酩涬 塓塗 覭小見又莫經反亦作䁧覭 蓂。。

𦀊繩 貊白豕黑頭 䫾扶歷反䫾飄三 鷿鳥名 椑大棺又辟弥反 壁北激反壘四 鼊龜類 甓屏室 綼紸又蒲祑反 闃苦鶪反寂二 䦝踞 鄓

古闃反邑名在蔡 鶪伯勞或作鵙鷃六 狊張目 湨水名在河內 䴗鼠名在木上 犑牛 戚倉歷反親七 慼憂 鼜守夜鼓 𪔛夜戒鼓 鍼鍼 蠐螬 槻

赥許狄反笑聲五 鬩鬩訟 謑私 篛籬屬 𣿭 鬩惶恐 鸆胡狄反口狄胡姪反

昔

昔私積反古正作昝十 惜愛 腊脯 潟鹹 磶柱下石 舄履 舃 碏 䦧皮甲 錯 焟乾 髊髢 積資昔反又資賜反聚十三 脊背 蹐蹐地 迹足迹

口亦作跡蹟蹏 借假又資夜反 踖踧踖敬皃又自昝反 鵲鵲鵲鳥亦作鵲 鯖鯖魚名亦作鯽 磧磧 積襞 蹟小貝者 濈小水 膌背膌 益伊昔反添七 謚笑皃 嗌喉

第卅一頁

上嗌糜嚥膉脰肉 益 草く 郩 母名 地 ⋅繹 羊益反理二十六 襗 重祭名或作繹 亦 重 弈 博弈 奕 大 帟 幕帟 譯 言 傳 懌 悅 斁 厭

嶧 山名 醳 苦酒 腋 脾腋 掖 持臂 液 津液 袚 縫袚衣口 易 變又盈義反 瘍 病相染 蜴 蜥蜴 埸 疆埸 圛 上氣 墿 道 釋。

焲 火光 襗 袴又除格反 睪 引繪 ⋅釋 施隻反遺從米十五 釋 解又音辨 檡 椑棗 適 樂又之石都歷反 奭 邵公名 郝 人姓又呼各反 睗 急視 晹 日無光

嫡 嫁此從女傷俗單作典要 螫 耕虫 釋貌 螫 蓥 睪 視 古 ⋅尺 昌石反十十七 赤 丹深 斥 逐 蚇 く蠖 郝 鄉名

臭 白澤又公老反 滷 鹵又思席反 石 常尺反凝土七 碩 大 祏 廟主 鼫 鳥百廿 鼫 く鼠有五不能 隻 之石反單九 適 往又施隻反 炙 口燔。

摭 拾或作拓 跖 足或作蹠 趚 行貌 僻 尺 袘 袖 ⋅擲 直炙反投古作擿四 蹢 躑躅或作蹢 蹢 直適反 ⋅甙 土得水又 皵 七迹反皮細起 洓 水名在北地 磧 砂磧

刺 穿又七四反通俗作刺 趚 倉 欶 郡 裧 ⋅席 祥石反藉五 夕 夜 穸 窀穸 汐 潮汐 鄁 鄉名在臨卭 ⋅籍 秦昔反簿籍正作藉十 耤 狼耤又慈夜反 耤 耤田 踖 踐亦作蹐 塉。

瘠 病 箬 擊 膌 臞 葃 茹草又財客反 猎 黑狞似熊 ⋅擗 房益反撫心七 椑 棺 躃 く倒 闢 啟闢 辟 弓弭 殲 死 革 雨衣 ⋅役 營隻反使正作役十 疫。

疫 病 鮁 魚名 㳹 亦作役 寑 家寵 寑 く 大雨 鴳 鳩 豰 猪 鈠。 ⋅辟 必益反君六 鐴 く犁耳 甓 土墼亦作壁 璧 玉 襞 く衣 䢃 理 僻。

癖 腹病亦作壁 廦 幽 ⋅睗 許役反驚視四 眘 眠 殈 裂 𥑮 く然 𪍰 食亦反又食夜反 香 ⋅𥢶 竹益反黏又竹格反亦作㰅一 彳 丑亦反少步二 瓶

麥

麥 莫獲反口穀四 脉 血く 脈 霂 霢 小雨 眽 く人視 ⋅獲 胡麥反六 畫 胡卦反 嫿 好貌 劃 分又胡 劃 錐刀 刻劃 䲔 魚名 獲 度 ⋅蟈 古獲反蝗蟈 蛙別名五 馘 截耳 幗 婦人喪冠 膕 曲腳

。𢾭 傳厄反分 黃檗二 擘 ⋅䌟 蒲革反織絲為帶三 辟 車鞮 䩪 壘 ⋅賾 士革反深四 葃 茹草又財亦反 積 灰中 稙 𥣙 ⋅責 側革反譴十一 幘。

簀 床簀亦作積 幘 冠 嫧 鮮好 讀 怒亦 嘖 大聲 笮 矢 迮 迫或作窄 舴 舴艋 蚱 蟬 ⋅策 側革反馬棰亦作敕九 册 簡或作冊 𠕋 通俗作口

。健 急貌 齰 齒相值 拺 扶 𧿿 耿 𥿘 正 笮 著 荝 草木刺 ⋅𧫒 呼麥反破聲九 纆 徽纆乖違 䮁 飛聲 𧑸 裂帛聲 嚄 聲又於六反或作歌 掝 裂

膕 曲腳中 㦦 不慧 ⋅𩋊 止革反鞭聲三 𥕢 褲亦作𧚗 䊮 紩 ⋅𧵃 下革反實口 繳 衣繳 䃒 石地 翮 羽本 核 果核 䎀 翅翼 㮝 燒麥 椵 胡的反 隔。

縣名在平原 槅車槅 革改 愅知亦作諽 諽更亦作愅 ○ 䨣雨 鞕革首 虩虎聲 讁責又尼厄反 ●摘步革反手取五 狊犬怒張耳 㨶 ○ ○

亦作 通 又 ○〈喔 豟豕五尺 鳥鳴 豟亦作豛 覛視 覛 啞驚笑聲或作諰又烏陌反 餩饑又烏陌反 戹 ○ ○

摵殞落良 愬懼良 ○ 㴽〈〈 雨下 虩虎驚又許逆反 ●擗普麥反 中聲二 檗 ○ ○

陌

○博白反長 驀騎驀 洦水淺 嗼死寂 ●磔步格反張 蚅〈 蚅 舴〈作艋小舟 字莫杏反

第卅三頁

盍

○吐盍反 合 狧十四 𦩷雨槽 大船 毾〈毾㲪 鰈口口口 別名 鰨口口口 魚四足

𦔤字而勇反 醇或作揄葺 欱呼盍反 大啜一 ●納奴盍反 魶魚名一 蹋徒盍反 踐 闒門樓上屋 ○ ○

傝 𥂫才盍反 惡二 搕撾和雜 ●䪺古盍反 頭車七 譃多言 嗑姓漢有盍寬饒 字書古作郃

●鰪安盍反 鰪鮘魚名二 盦覆蓋 ●囃倉臘反 助舞聲 鼛鼓聲

洽

恰苦洽反 用心七 帢巾帢亦作帢 掐爪刺 䀫目陷 剳入亦作斜 峆四角 士服 䶝嗞聲 山山

夾 ○○○俗作夾十三 郟郟鄏地名在潁川 筴箸又古協反 韐韎韐韋蔽膝又古荅反亦作袷 跲躓又未絜 祫衣 眨眼眨 䶢〈齡 𨃢〈足病 鵊口鵊名

○履 鞈合橐又公根市反 箑士洽反 行書三 牐 煠湯煠又與涉反 騞馬 眨阻洽反 目動三 㞙薄楔人良 偛〈偛小 ●插楚洽反 刺通俗作插五 臿 作臿 㮑 鍤 鍫 取 扱

○斛亦䶅 笈負書箱又奇韲反 ●欱呼洽反 小氣欱 鼻齅鼻息四 欱 䶍逆氣 歃 図女洽反 手取物又女減女勬二反 一 ●霎山洽反 小雨三 歃〈血又山輒反亦作𣪩 箑扇亦萐 蒲瑞草

○竹洽 蚵斑身 又著二 小寅 ●跲烏洽反 䟤蹶行良 凹下或作㕡 正作㕡 寀凹無所從 傷俗尤甚 名之切韻 誠曰典音 陸采編之故 詳其失

狎

又 匣箱 翈翮上 短羽 霅霅聲又杜甲反 霅陽郡在樂浪 㴸〈 㴸水 相着 虖虎習 搏 柙檻 ●渫丈甲反 㵍二 唼唼喋鳥食 字所甲反 ●甲古狎反 鎧五 胛背胛

碑°山側亦作岬 鞈靿 ·鴨烏狎反水鳥六 壓鎮 庘屋壞 窅人神刺穴 押今作押署 閘閉門 臿初甲反舂去麥皮一 ·翣所甲反飾棺五 貑豕母

○く㖦鳥食 翜疾飛又山立反 帹面衣 呷呼甲反呷衆聲二 譀誇誕亦作㗖 渫士甲反水名出上黨

【葉】

葉與涉反菩草木之類敷於枝莖者又縣名在南陽式涉反七 楪く榆縣在雲中 揲度 鍱く鐵鍱 煠爚又尹涉反 殜°病 擸柳大端又力葉反 ·接紫葉反交九 椄續木 睫目睫

○舟く楫 婕く妤 淁水名 䞉㲺 菨䔢菨 鯜魚 ·攝書涉反追七 灄水名在西陽 䁋く睫動目又式冉反 韘射決亦作韘 葉縣名在南陽 歙縣名在新

口又許及反 欇虎藟 ·涉時攝反步渡亦作𣻬一 ·獵良涉反取禽廿 鬣鬣鬣 躐踐躐 䁾目暗 馬鬣°髮 鱲魚名 獵羊牡 𦒉毛長亦作鬣獵 儠長壯皃

擸擸持 邋邋 䦧聚在上艾 鄴削 擸柳首又余涉反亦作欇 䂒瀛 𨄅䟽 徢出 踕子踕 㠹く山皃 疌疾 ·䐑直輒反細肉二 堞

○○ 𩑶於輒反𩑶敧二 緤く緤 ·敧𡰪輒反敧敧 聶姓又而涉反 躡蹈く 鑷°く 䫼機 䠟足不く以以相過 㚔盜不止 𩟄小煗亦作𤍣 騀馬行 緤紲緤

耴捷 ·謵叱涉反小語八 聶°樹葉動皃 佔輕佔く 姑薄 囁細語亦作 呫呫又他黏反 偍媕遽 㜸女子態 喢多言又山涉反 懾°慴 ·讘而涉反詀讘又孤 讘縣在清河五

○口動 顳く顬 鬢骨 呫多く言 㗅く 聑 ·讋之涉反多言 囁口動又而涉反 懾怖皃 襵衣襵又涉葉反 慴拾° 聶輒反 𩑛°又尼 襵襞

43 (30)　王仁昫刊謬補缺切韻二　（北京故宮博物院藏）

[illegible]補缺切韻序
朝議郎行衢州信安縣尉王仁昫[illegible]
[illegible]嵩縣有江東道巡察黜陟大使侍御史平侯[illegible]者嘉閣[illegible]
[illegible]辯識多不暫周鑒逃風察俗[illegible]今清即持斧理輪[illegible]
[illegible]古難詮異今也何殊爰[illegible]精加采訪略務守職絕私念公
[illegible]食餘暇冥和以作書自悅所撰字樣音注律等謬承清白之譽叨[illegible]
之能篆索書有由[illegible]首逆[illegible]謂昫曰陸法言切韻時俗共重以爲典規然若字
[illegible]字[illegible]缺字韻削[illegible]
[illegible]
各區析不相雜[illegible]
謀率下愚謹依切韻增加亦各隨韻註訓仍於韻目具數云爾
陸詞字法言撰切韻序
昔開皇初有劉儀同臻顏外史之推盧武陽思道李常侍若蕭國子該辛諮議德源
薛吏部道衡魏著作彥淵等八人同詣法言門宿夜永酒闌論及音韻古今聲調既
自有別諸家取捨亦復不同吳楚則時傷輕淺燕趙則多涉重濁秦隴則去
聲為入梁益則平聲似去又支脂魚虞共為一韻先仙尤侯
俱論是切欲廣文路自可清濁皆通若賞知音即須輕重有異呂靜韻

[illegible]之韻略李季節音譜杜臺卿韻略等[illegible]

[illegible]論南北是非古今通塞欲更捃選精切除削疏緩[illegible]

[illegible]顏多所決定魏著作謂法言曰向來論難疑處悉盡何為不隨口記

之我輩數人定則定矣法言即燭下握筆略記綱紀後博問辯殆得精華

於是更涉餘學兼從薄宦十數年間不遑修集今返初服私訓諸弟有文

藻即須明聲韻屏居山野交遊阻絕疑惑之所質問無從亡者則生死路殊

空懷可作之歎存者則貴賤禮隔以報絕交之旨遂取諸家音韻古今字

書以前所記者定為切韻五卷剖析毫釐分別黍累何煩泣玉未可懸

金藏之名山昔怪馬遷之言大持以蓋醬今歎揚雄之口吃非是小子專

輒乃述羣賢遺意寧敢施行人世直欲不出戶庭于時歲次辛酉大隋仁

壽元年

刊謬補缺切韻卷第一

右卷一万二千六十三字

平聲五十四韻

一東 二冬 [illegible] 四江 [illegible] 六脂 [illegible] 八微 [illegible] 十虞 十一模 十二齊

十七眞 職鄰反 … 十八臻 側詵反 … 十九文 武分反 … 廿殷 於斤反 …

廿一元 愚袁反 … 廿二魂 戶昆反 … 廿三痕 戶恩反 廿四寒 胡安反

廿五删 所姦反 … 廿六山 所閒反 … 廿七先 蘇前反 … 廿八仙 相然反

廿九蕭 蘇彫反 卅宵 相焦反 卅一肴 胡茅反 … 卅二豪 胡刀反

卅三歌 古俄反 卅四麻 莫霞反 卅五覃 徒含反 卅六談 徒甘反 …

卅七陽 與章反 … 卅八唐 徒郎反 卅九庚 古行反 卌耕 古莖反

卌一清 七精反 卌二青 倉經反 卌三尤 雨求反 … 卌四侯 胡溝反

卌五幽 於虯反 卌六侵 七林反 卌七鹽 余廉反 卌八添 他兼反

卌九蒸 諸膺反 五十登 都滕反 五十一咸 胡讒反 … 五十二銜 戶監反

五十三嚴 語驗反 五十四凡 符芝反

一

東 德紅反 木方二 凍 凍水 名 同 徒紅反 二十二 童 古作僮 今為童子 僮 古作童子 今為僮 銅 赤金 桐 木名 峒 崆峒 山 硐 磨 筒 竹名 䴀

㼿 瞳 目 甌 瓦 罿 巾上 網又尺容反 徒同 潼 水名 關名又他紅 昌容二反 篛 竹 橦 木 橦 木名 花可為布 又宅江反 瞳 瞳矓日欲明 又他孔反 衕 通街 烔 烔烔 熱氣兒 鐘 鐘鼓 飾

中 陟隆反 衆 [illegible] 又陟仲反 四 衷 衷 忠 誠 苗 草 蟲 直隆反 螟蛸 沖 和 种 稚 盅 器 又直中反 爞 旱 熱氣 又徒冬反 終 職隆反 畢 十一 衆 多 又之仲反 終 冬 水名 在襄陽

潨 小水入大水 又在冬反 蔠 蔠葵 螽 秋蟲 亦作蟓 鼨 小雨 䶱 豹文 [illegible] 蔠 蔠葵 柊 木名 又冬反 [illegible] 忡 敕中反 忡忡 憂 盅 器 虛 崇 鋤隆反 敬 亦作崈 㟗

鴑 嵩 息隆反 中嶽 亦作崧 通俗作嵩 三 娀 有娀 帝嚳 妃 菘 菜 戎 如隆反 西戎 四 茙 茙葵 狨 [illegible] 駥 駿馬 弓 居隆反 射器 躬 身 亦作船 宮 室 涫 [illegible] 鍋 融

餘隆反 明 通 俗作 融 二 彤 祭名 又敕林反 從舟 音 羽隆反 職由反 雄 羽隆反 壯 二 熊 獸 似豕 瞢 莫中反 目不明 二 夢 [illegible] 鳧 邑名 穹 去隆反 四 芎 芎藭 本作䓖 㜼 䰈

藭 渠隆反 三 竆 芎 窮 邑名 所封 馮 扶隆反 又姓 從二 又扶冰反 汎 浮兒 又孚劍反 芃 草盛兒 中 酆 邑名 豐 敷隆反 多 正作 豐 六 鄷

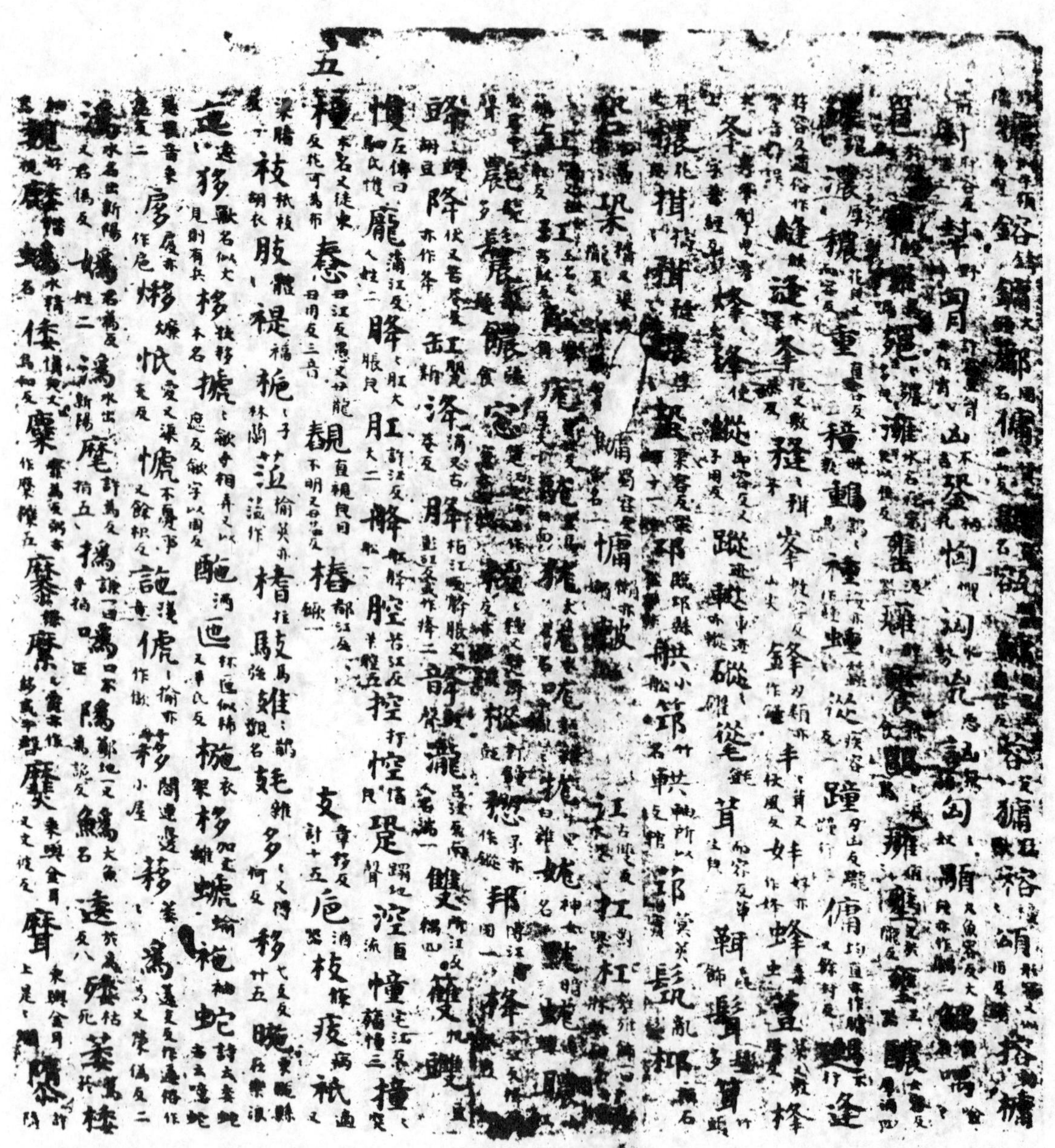

反叔六 眭〻睢健貝兒 鑴角錐童子佩之又胡圭反 隓相毀 蘳果實貝兒 睢仰目又許癸反 鬌直垂反髮落三 錘八銖又馳偽反 甀甖又馳累反 垂是為反下七

陲邊 倕重 𡍮小口 鵻鵻又時觹反 菙箠亦圍又市縈反 箠竹木策懸 羸力為反瘦弱一 吹昌為反又尺偽反三 炊爨 龡習管又尺偽反 鈹敷羈反八 帔

帔又芳 鈹〻 披散衣 破柈外雷場 旇旌旗 陂破又 被水 陂被為反塘 詖辯 碑行 羆 䍦 鑏

鈹又 皮〻 被田〻 陂亦作陂字 旇 被 䧔反 被相 陂俠作陂七 詖辭 碑記 羆〻 䍦 鑏 鵝 錍

蘼草名 隨旬為反 隋國名 虧去為反損通俗作虧一 闚去隨反亦作窺一 奇渠羈反異又居宜反通俗作奇九 琦玉名 騎乘馬 鵸似烏三首六尾 魌

䔢反 騎 碕曲岸又 岐山名又巨支反 錡釜又魚倚反三足 攲不別 祇巨支反從示十尺 祇祇山渠羈反 郊邑 岐路合從山從止非 敲動 疧病

我底兮 𧈧詩云伊 蚑 蚑蟲蜚亦作 忯愛又 跂行貌又塿跂 跂足又亦作趍 芪〻 軝長轂 䟐 淩水 鄯 犧許羈反 犧牲十二 羲 嘆〻 欺食

犧 巇險 爔 羲 〻 𡾊 𡾊鐵水名在 殲 戲毀 𧶜 𧶜擊 歟 吹吹 曦赫 巇 〻 檥 巇危 巇去奇反或敧 崎〻 嶇 觭角一俯一仰 畸又居倚反

驛 畸 畸又居奇切 猗石 猗九紙二反 欹又 危〻 宜魚羈反 儀容 鄯地名在徐 鸃鸃 轙車上 皮 盾五

䡇 羅 帶 掎 猗 哆 吹 崎 觭 ...

邦在蜀 犧 楆上木 欐 櫷牛又蒲佳反 提是支又徒又弟泥八 匙匕 堤〻封又丁奚反 眡〻役目 篡 箟 簏 篌 名 槌 柢名 抵 𥇖

𤀄呂移反 䍦 呂移反 醨薄酒 羅心 璃瑠 〻 𪊍陣 驪馬 鸝 小鶪 衙 行 橋山 鸝黃鳥 鸝或作鵹 縭婦人香纓 蘺江〻 蘺

羅 𥿢行兒 纚上泰 㰁 㰁 纙又 縭二 穲把 犛牛 又 縭 攡張 𢽙 摛舒 狸 𢹷 𥿢 𧹞 𤚩 引〻 㸩 多 謧 言泥反 漓水入地 劙分割 鸝 鸝鸝

羅 幕 疵病七 疵疾移反 骴 骴殘 跐 跐病 鴜 鴜鳥 嘗 鴜水鳥又即知反 餈 餈糇或作粢 齜 齜 腸 柴 柴 㭰 㭰 㭰 背 胔 腐骨十四 髭 口上髭 鴜 鴜 疾移反 鼒

𧶪 𨋽 賨 郿〻城縣 姕 婦人兒又且紫反 鈭 鈭名 赀 嘴 歁 鈭 鈭文反 訾 訾 細布 邶 西縣 崪 谷名在 觜 明星又子移反 羈 宜居反 路 䩷 羈 七

晊 䅠 ... 犧 猗 椅 〻 敧 〻 取物 奇 〻 不偶 畸 畸文江知反 九紙二反 卑 府移反 下八 鵯 〻居 鵯 椑 木名 似柹 箄 取魚 裨 益 鞞 在蜀 鞞 卑 卑縣名

鈭 鈭鎚 鐸 錍 錍 又 普 雞 反 陴 陴 符支反城 上女牆六 脾 〻 心 𨑩 𨑩 𨑩 〻 埤 附支 亦作 埤 𧺸 〻 蜱 〻 蠡蛄 螕 蜱或作 綼 式支反 似布 施 作 施 作 蜤 名

跛心 蛇 說 〻 詩 云 〻 南 來 蠶 蜚 蠐 斯 息移反 此 十二 磃 館名亦作 虒 似虎有角 能入水行 㶕 小 㴲 〻 㴲 澌 流 澌 〻 盡 凘 〻 流 䗐 疻 病

㴷 〻 鄜地名 在平陽 纚 縱縫不同又尺 移反亦作 纚 鼶 鼠 𧍯 𥕌 鴻 鵝 子鴂反 謕 謕 𧍯 斯 䶵 覺 破 蜤 守 宮 𧍯 〻 析 淅 析 〻 析 水中 燍

差 楚宜反不齊一 摛 丑知反布七 螭 龍 誺 不知 魑 魑魅 黐 所以黏 离 ⺀ 弥 武移反 彌 ⺀十 鸍 鳥 欐 山名 獼 猴 麊

縣名在交趾 罙 深入 鍪 𨫼 壃 王 蟸 ⺀ 此 北五 觜 觜觿小 鈭 錍 貲 子兒反 𧡸 知 陟移反

蜘 蛛 知 智 䐒 䐒 漪 於離反水波八 猗 美 椅 木名 禕 美 陭 在河東 猗 歌 旖 旎 馳 直知反 十三 池 水 移

𪓔 踟 蹰 褫 ⺀ 鼶 鼶 謻 別 ⺀ 齹 𧿁 䞶 越 趍 䞶 篪

眭 恚 危 魚為反 不安 𡿨 羛 牛知反 沲 水名在 訑 ⺀ 眵 目汁 䌯 䌯 細 釃 所宜反 ⺀ 山 簁 ⺀ 下物

籭 蠡 作 蠡 蠡 𧖋 ⺀ 鼊 山 ⺀ 一 痿 人垂反 ⺀ 一 𩟗 小 ⺀ 𡌄 山 ⺀ 觜 星 鑴 細

惢 嬰 婁 ⺀ 槻 居隨反 六 規 圓 䧰 ⺀ 雉 ⺀ 槻 木 頍 ⺀ 劑 在細反三 紫 茈 ⺀

六

衰 楚危反 ⺀ 膸 ⺀ 二 篕 ⺀ 隨 ⺀ 六 祕 碰 石 肞 ⺀ 棘 ⺀ 積 ⺀ 栺 木 姨 以脂反 姊 之

彝 ⺀ 寅 正作寅 夷 痍 ⺀ 恞 陾 ⺀ 荑 ⺀ 桋 木 蛦 ⺀ 胰 ⺀ 眱 ⺀ 徥 ⺀ 䅖 木

洟 師 疏脂反 二 獅 ⺀ 比 ⺀ 琵 ⺀ 枇 ⺀ 芘 ⺀ 阰 水 貔 ⺀ 膍 ⺀ 蚍

枇 杷 ⺀ 𪚦 齎 紕 ⺀ 毗 ⺀ 咨 即夷反 ⺀ 資 ⺀ 粢 ⺀ 齋 ⺀ 諮 ⺀ 姿 儀

鸁 ⺀ 濱 水名在 ⺀ 齎 ⺀ 差 ⺀ 䃾 ⺀ 飢 ⺀ 饑 ⺀ 肌 膚 鵙 ⺀ 腄 ⺀ 䱥 魚名 諸 ⺀ 鶔

絺 ⺀ 䝊 ⺀ 郗 ⺀ 都 ⺀ 趑 ⺀ 耆 ⺀ 覞 ⺀ 屓 ⺀ 趀 ⺀ 茨 疾脂反 茅 ⺀

資 ⺀ 餈 ⺀ 垐 ⺀ 齋 ⺀ 精 ⺀ 絧 ⺀ 蕫 ⺀ 資 ⺀ 蠐

尼 女夷反 四 柅 木名 怩 ⺀ 蚭 ⺀ 墀 ⺀ 坻 ⺀ 泜 水名 遲 ⺀ 蚳 ⺀ 低 ⺀ 岻 ⺀ 貾

茬 ⺀ 諄 ⺀ 私 息脂反 ⺀ 鐖 ⺀ 厶 ⺀ 秠 ⺀ 尸 ⺀ 四 鳲 ⺀ 屍 ⺀ 蓍 ⺀ 鬐 渠脂反 ⺀ 耆 老 鰭

鮨 ⺀ 祁 ⺀ 覩 ⺀ 鬐 ⺀ 伊 於脂反 ⺀ 咿 ⺀ 蛜 ⺀ 黟 ⺀ 梨 力脂反 ⺀ 剓 ⺀ 𥟇 ⺀

犁 ⺀ 蜊 ⺀ 棃 ⺀ 黎 ⺀ 黧 ⺀ 鑗 ⺀ 𪏭 ⺀ 𣫹 ⺀ 蜊 ⺀ 𪏭 ⺀ 癸 ⺀ 葵 渠隹反 正作芥 七

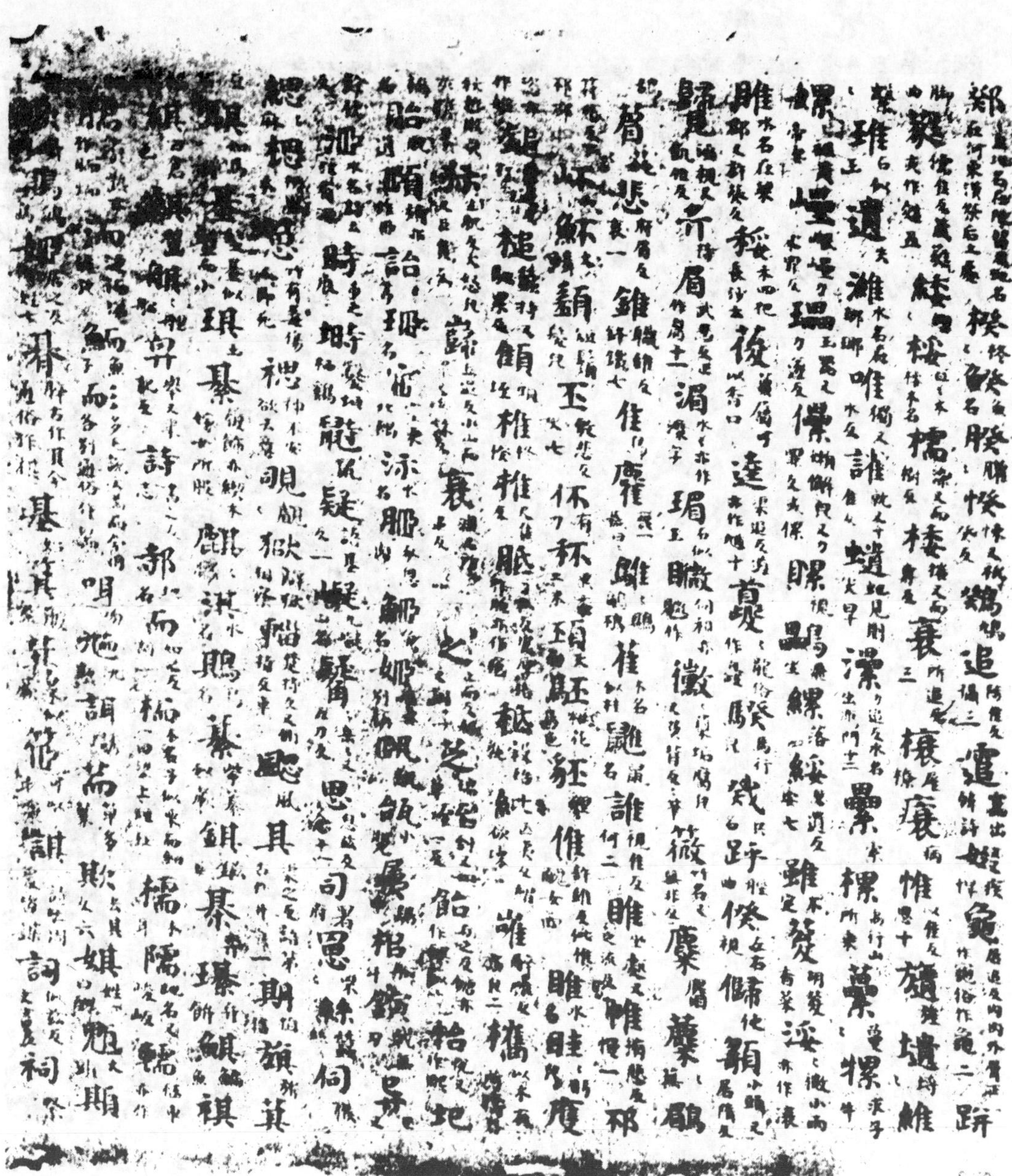

祠[illegible]作[illegible] 辭 [illegible]亦作[illegible] 辤 [illegible] 釐 理之反[illegible]一曰福十二 貍 [illegible] 氂 [illegible] 斄 [illegible] 嫠 [illegible] 剺 [illegible] 狸 從上犛字出入[illegible]郎皆反 犛 [illegible]

[illegible] [illegible]之[illegible] 漦 [illegible]生 [illegible] 龍吐沫 甾 側持反不耕田[illegible]或作菑 十一 緇 [illegible] 淄 水名 輜 [illegible] 錙 [illegible]作[illegible] 鶅 東方雉名

[illegible] 鄑 地名 僖 許其反 樂 歖 [illegible] 熙 和 嬉 美一曰戲 禧 [illegible] 譆 [illegible]作[illegible] 熹 [illegible] 歖 [illegible] 瞦 目精 娭 [illegible]戲 嘻 [illegible]

嫛 [illegible]善 娭 [illegible]戲 嘻 [illegible] 醫 於其反 [illegible] 醫三 噫 恨聲 癡 [illegible] 疑 [illegible] 駭四 齝 牛吐食[illegible]作[illegible] 嗤 [illegible] 痴 [illegible]不達[illegible]

治 直之反 理[illegible]二 持 執 蚩 尺之反 虫名[illegible] 嗤 [illegible] 媸 [illegible] 嵫 [illegible] 媸 [illegible] 妛 [illegible] 慈 疾之反[illegible]三 磁 石 鶿 鸕鶿 [illegible]

孳 [illegible] 嵫 崦嵫 孜 孜孜 滋 [illegible] 嗞 [illegible] 鎡 [illegible] 鼒 小鼎 鎡 [illegible] 孖 雙生 仔 克 茬 士之反[illegible] 𣘈 [illegible]

八微 [illegible] 微 無非反[illegible] 薇 [illegible] 䉠 [illegible] 揮 [illegible] 徽 [illegible] 暉 [illegible]

[illegible] 溦 [illegible] 褘 [illegible] 幃 [illegible] 幃 [illegible] 闈 宮中門 圍 [illegible] 韋 [illegible] 違 [illegible] 湋 水名 韋 [illegible] 禕 [illegible]

[illegible] 霏 芳非反[illegible] 妃 [illegible] 菲 [illegible] 騑 [illegible] 悱 [illegible] 非 [illegible] 斐 [illegible]

[illegible] 緋 [illegible] 非 [illegible] 飛 [illegible] 騛 [illegible] 騑 [illegible] 肥 符非反[illegible]八 腓 脚腨 萉 [illegible] 痱 風病 淝 水名 蜚 [illegible]

蟦 [illegible] 肥 [illegible] 威 於非反[illegible] 葳 葳蕤 椳 [illegible] 隇 [illegible] 蝛 [illegible] 媁 美 楲 [illegible] 祈 [illegible]十二 頎 [illegible] 旂 [illegible]

[illegible] 崎 水傍曲岸亦作[illegible] 沂 [illegible] 蘄 [illegible] 畿 [illegible] 幾 [illegible] 祈 [illegible] 機 [illegible]十四 譏 [illegible] 蘄 [illegible]

[illegible] 嘰 小食 璣 珠不圓 幾 [illegible] 蟣 [illegible] 磯 [illegible] 譏 [illegible] 饑 [illegible] 禨 [illegible] 鐖 [illegible] 刉 [illegible] 飢 [illegible] 希 [illegible]

睎 [illegible] 莃 [illegible] 鵗 [illegible] 睎 [illegible] 稀 [illegible] 趘 走 [illegible] 桸 [illegible] 依 於[illegible] 衣 服 譩 [illegible] 㥋 [illegible] 郼 [illegible] 沂 [illegible]

[illegible] 歸 [illegible] 歸 [illegible] 巍 語韋反[illegible]二 犩 [illegible]

九魚 [illegible] 語 [illegible] 初 [illegible] 書 [illegible]七 鵨 [illegible] 琭 [illegible] 舒 [illegible] 紓 [illegible] 鄃 [illegible] 蒘 [illegible] 居 [illegible] 据 [illegible] 魚 [illegible] 漁 [illegible] 𣀆 [illegible] 齬 [illegible]

[illegible] 裾 衣[illegible] 琚 玉 腒 [illegible] 鶋 [illegible] 涺 水名 椐 [illegible] 腒 [illegible] 渠 [illegible] 蟝 [illegible] 橥 [illegible] 璩 [illegible] 磲 [illegible]

十

蘧 巨 ～蒢 篆 牛 渠 ～篨 醵 合錢飲酒 腒 鳥腊之 鶋 鶢鶋鳥 𧊍 歐 欋 ～杷 蒙 菜 蓮 ～ 趣 ～ 麔

蕖 芙～ 蟝 ～蜍 虡 鍾～ 强魚反 璩 環 醵 姓 余 與魚反我亦作予同廿一 蜍 蜘蛛 餘 殘 與 予 旟 旗 鵌 鵌鳥同穴 璵 璵璠玉 艅 艅艎 畬

蘇 ～ 𪊸 ～ 鷽 馬行 舁 對舉亦作舉 妤 婕妤女官 䶛 山獸 鱮 魚 譽 以樣反 歟 字 懙 謹敬 趣 安行亦作 篧 竹器 雜

灂 水名 歟 詞未 亦同 與 譽 長橋之 以樣反 嶼 胥 相魚反相通 俗作胥九 諝 有才 揟 取水 諝 張反亦作 㥠 疽 七余反 癰疽十三 岨 石山戴土 趄 趑趄 苴 中

雞 蜀 胥 俗作胥九 鰖 魚名 胥 名 湑 露 稰 名 蝑 虫 揟 取 諝 有才知之 稰 狙 猨 睢 ～ 鴡 ～ 蛆 蛆又子魚反 蛆 虫在肉中俗作 葅 菹 䢸 鄉名在 坥 蝃 塲又 䶥 七慮反 覷 伺視 麆 此 鋤 助魚反 大鋤三 鉏

涺 沮 水名在北地又將 與反亦作滑 罝 兔網 ～ 雎 ～ 鳩 且 虫在肉中俗作 疋 ～ 䟽 遠九 練 之 蔬 菜 梳 ～ 疏 條亦作䟽 疏 之所去 躍 ～ 疏 蹃 ～ 疋 通 醵 下酒之所

舉 魚 鉏 ～ 櫖 物居反 糠 舒三 樗 惡木 茶 ～ 疎 色魚反 練 ～ 蔬 ～ 梳 ～ 䟽 ～ 醵 宜反亦

作 諸 古文為 ～ 嶷 虛 許魚反空亦作虛 驉 驉 駏驉 歔 歔欷 嘘 吹 䰢 ～ 徐 似魚反緩少四 鄃 地名 稌 野 徐 ～ 姓 於 央魚反俗作 於又衰蟹

五 蕵 茱～ 浟 泥 蒢 ～ 蒢 蘧 蒢 潴 水所停 豬 陟魚反豕五 作猪 䐗 ～ 正偫 臚 力魚反皮臚 通作臚 鱸 ～ 間 ～ 盧

答 藘 茹藘 藥名 驢 馬 欄 ～ 櫨 ～ 蘭 ～ 爐 火爐 山家 諸 章魚反 渚 水名在 櫧 木名 諸 諸蔗 礵 礵諸 ～ 攻 藷

書 傷魚反 除 直魚反去十 躇 躊躇 亦作蹰 儲 ～副 篨 ～ 涂 水名在 ～ 涂 ～ 同又水名在 祎 ～ 稌 ～ 薯 ～ 藷 宁 門屏間之 直旅反 藷 薯 芋之 章魚反

著 登著又張慮 張略除略三反 瘵 ～ 如 汝魚反 然六 茹 ～ 洳 水名在 又人處反在 鴽 鴽鳥 作鴽 䢸 名 鴽 如 ～ 疵 丁与二反 且 子魚反 ～ 詞 砠

岨 山戴土 蛆 ～ 蝍蛆 食蛇虫 墟 去魚反 丘墟 落八 笑 ～ 祛 袖 法 依山谷為 牛馬圈 𢲜 木名 𣚚 ～ 胠 胠脅 㖆 掾又 袪 ～ 抾 ～ 菹 側魚 反又三 稌 ～ 藥名 䣄 如 女余 反又易

雎 鶋 如 奴 下 又 女 ～ 帑 布 帤 大巾 挐 毛 拏 紛拏 麌 ～ 虞 語俱反防 俗作虞廿七 愚 癡 娛 樂 湡 名在襄國 堣 堣夷日所出處

鷊 鳥名見 爾雅 嵎 山名 在吳 禺 番禺縣 在南海 髃 骨 隅 屋角 鸆 鵜 鸆鳥似 鶵 鰅 魚名 出樂浪 齵 齵齒 側遊反 澞 澞 水 回 鍝 鋸 鏂 鴝 蚼 蚼蟓

翎 欄 漏 反俗 作 ～ 無 武夫反 有 無十五 毋 止之 膴 無骨腊之 荒鳥反 瞴 ～ 膜 蕪 荒蕪 誣 誣妄 巫 事神者男子巫 巫覡 覡 女師 ～ 蕪 ～ 蕪玉 璑 三采玉 廡 地名在

𦑩 ～ 鴞 ～ 无 ～ 憮 ～ 于 羽俱反於 作于十二 盂 盌 迂 曲又遠 邪 地名在河南 雩 祭名 竽 笙 玗 玉名 骬 骨 衚 ～

諱 ～ 䣾 ～ 齵 ～ 釪 ～ 袁 況于反 訏 大 吁 嘆 肝 ～ 胎 雩 ～ 歔 吹歔之 䍿 病 盱 張目 衧 衣 歑

舉 ～ 虖 ～ 忏 憂 杅 ～ 欨 ～ 衢 ～ 朐 ～ 䍸 ～ 朐 ～ 鉤 ～ 瞿 ～ 𦞂 ～

鴝鵒 灈水名在汝南 躣行貌 鸜鳥名 鼩鼩鼠 氍氍毹 蘧蘧蒢 衢 蚼 軥 斪 [illegible] 忂 翑

欋四齒杷 朐 [illegible] 趯走貌 痀曲脊 斪 [illegible] 絇 [illegible] 臞 [illegible] 儒 [illegible] 嚅 濡 襦 [illegible] 醹 [illegible] 嚅

鱬魚名 [illegible] 顬 [illegible] 䰯 [illegible] 鬚 [illegible] 須 [illegible] 嬬 [illegible] 繻 [illegible] 䇓 [illegible] 需

蕦 [illegible] 蕦 [illegible] 隃 [illegible] 株 [illegible] 誅 [illegible] 邾 [illegible] 蛛 [illegible] 跦 [illegible] 鴸鳥名 鮢 [illegible] 軀 [illegible] 殊 [illegible]

鉌 [illegible] 洙水名 茱茱萸 毅 [illegible] 殳 [illegible] 杸 [illegible] 硃 [illegible] 俞 [illegible] 胸 [illegible] 臾 [illegible] 棟 [illegible] 腴 [illegible] 隃

[illegible] 郁 [illegible] 覦 [illegible] 闟 [illegible] 俞 [illegible] 諛 [illegible] 愉 [illegible] 歈 [illegible] 揄 [illegible] 褕 [illegible] 瑜 [illegible] 崳 [illegible]

快 [illegible] 褕 [illegible] 萸 [illegible] 堬 [illegible] 榆 [illegible] 牏 [illegible] 踰 [illegible] 窬 [illegible] 𦧜 [illegible] 渝 [illegible] 鍮 [illegible] 踰 [illegible]

[illegible] 嫗 [illegible] 軀 [illegible] 驅 [illegible] 摳 [illegible] 區 [illegible] 朱 [illegible] 珠 [illegible] 侏 [illegible] 咮 [illegible] 鴸 [illegible] 絑 [illegible]

[illegible] 趨 [illegible] 樞 [illegible] 蓲 [illegible] 貙 [illegible] 鏂 [illegible] 鸈 [illegible] 鶵 [illegible] 雛 [illegible] 臚 [illegible]

[illegible] 膢 [illegible] 婁 [illegible] 扶 [illegible] 芙 [illegible] 颫 [illegible] 符 [illegible] 鳧 [illegible] 枎 [illegible] 蚨 [illegible] 夫 [illegible]

[illegible] 蒭 [illegible] 芻 [illegible] 滤 [illegible] 泭 [illegible] 榑 [illegible] 雛 [illegible] 敷 [illegible] 麩 [illegible] 孚 [illegible]

郛 [illegible] 鄜 [illegible] 鋪 [illegible] 箬 [illegible] 俘 [illegible] 痡 [illegible] 殍 [illegible] 怤 [illegible] 稃 [illegible] 䳕 [illegible] 紨 [illegible]

[illegible] 肩 [illegible] 毦 [illegible] 莆 [illegible] 稃 [illegible] 補 [illegible] 鯆 [illegible] 鄜 [illegible] 鋪 [illegible] 苦 [illegible] 罦 [illegible] 諏 [illegible]

[illegible] 嶇 [illegible] 娵 [illegible] 雛 [illegible] 掫 [illegible] 跗 [illegible] 膚 [illegible] 邾 [illegible] 鈇 [illegible] 袄 [illegible] 趺 [illegible]

[illegible] 鴸 [illegible] 蒿 [illegible] 䈅 [illegible] 夫 [illegible] 鳺 [illegible] 鈇 [illegible] 柎 [illegible] 紆 [illegible] 于 [illegible]

隃 [illegible] 杅 [illegible] 盂 [illegible] 杆 [illegible] 軀 [illegible] 貙 [illegible] 竽 [illegible] 迂 [illegible] 輸 [illegible] 鄃 [illegible] 樞 [illegible] 珠 [illegible]

[illegible] 薬 [illegible] 廚 [illegible] 跔 [illegible] 拘 [illegible] 駒 [illegible] 岣 [illegible] 瞿 [illegible] 鄋 [illegible] 捄 [illegible] 跔 [illegible] 鴝 [illegible]

十二

[illegible] 糢 [illegible] 奧 [illegible] 毹 [illegible] 愉 [illegible] 摸 [illegible] 模 [illegible] 謨 [illegible] 膜 [illegible] 𪁪 [illegible]

瞀〻鞴鞴子賢 謨謨亦作謨 撫規度蕪又音無 暮 蕪竹 蘭 又七 荮〻藉牧乱草 酺大飲酒 樸〻剡縣在武威又剡字户閑反 菩〻薩 蒲
捕大蘭又作滿 胡户吳反卅九 壺酒器正作壼 瓠 瓠〻 餬寄食亦作餬 瑚〻璉 頶牛頸下垂亦作頶 鶘鵜鶘鳥名食魚 猢猢猻獸名似猿 猢穿土成反
醐醍〻 麯麯麯亦作麯 弧弓 乎詞 葫竹 䉿〻 槦瘦 衣 湖 觚 觚 孤古胡反 廿二 菰彫 胡 姑父姊夫妹 辜〻罪
呱啼口聲 罛魚上網 泒水名在鴈門 鮎胃又明古諸二反 觚酒器 蛄螻〻 箛竹〻 鴣鷓鴣鳥名 橭木名 軲漢越 沽水名在漁陽 枯在雲陽 嫴保任
膞大 胍〻肥 尳〻 鮎息 狐狸 瓜 柧〻稜 徒度都反空又走作辻步行廿二 屠〻割 瘏病 塗泥又丈如反泥飾 途道塗通 峹山 酴酒 駼
騊駼獸名 稌黃 騟馬名 涂水名在益州又直魚反 梌木名 茶苦菜又丈加反 嵞山名 圖畫 瘏〻病 鷋鳥〻 虎名 鄌亭名在
樣胡反 斜蚪反 潒 奴乃胡反 駑駘 帑藏 孥子 笯 呼 膴無骨腊又武 嘑
謯 悇 𨸍 謼大呼 虍 吾五胡反 吳國名又姓 鼯似鼠 浯水名 菩 珸 琨琨美
娛 部鄉名在東莞 梧桐 鋘 魚 租則胡反 䄪 盧落胡反 鑪火函 壚黑 蘆
蘆葦 顱 鱸魚名 攎 櫨 㔧 轤 黸黑 獹 鸕鳥名 艫舟 纑
盧 驢 廬 敷 蠦 楛 穌 蘇 殂 祖
㕵 烏哀都反 朽 洿 鰞 釫 歍 鴮 弙 瑦石似玉 槁
鴮 螐 惡 於 嗚 逋 餔 晡 庯 誧 鵏
刳 郁 訏 軲 樗 麤倉胡反 麁 𪋻 蒢
捈 䟻 都 鄌 闍 醑 𥟖 鋪 鯆 踊
膌 蠐 齋 齎 黎
刬 麗 藜 莉 黧 鯠 盞 邌 愭

鵗希音又力委反 騂鵗鳥 雚雚黄鳥 鱀鱀魚似鰦而黄 妻七嵇反齊九 萋萋草盛貌 淒淒雲貌詩云淒淒 悽悽愴 霋雨止 鶈鶈鳥 鶈鳥

齎嗞疾之子即嵇反 伭當嵇反下正作伭十七 氐氐是通俗作氐正作氐 衹衣衹 磾日磾漢書金 緹帛 緹騠貌 偤字胡嵇反 粒米 腢腢 飽醐 鶗鴂 別

眡計 鞮不正 絁絁縑 綈綈細 隄防亦作堤 大匠大 㾒不能行為人所引 嗁啼同嗁咒四十 蹏作蹄 鍗名 提提持 謕礼反 禔

榽木名 題額頭 媞好笑 禔視之杜計次亦作眂 綈厚繒色綠而深 罤兔細 遆研米 嵇提 繻絹之似帛 稊子 弟 蒂 鵜鶘 鵜鶘鳥 鶗鳥 醍酒又天礼反亦醍醐

騠駃騠馬名又丁奚反 禔衣服好 鶗鶗鴂鳥名 荑荑 鷈鷈 磃磃 厗石 鯷大鮎 鶗鳥 鴺鳥 蝭蝭蟧 睼目 鷈与支反

睼迎視又吐兒反 謕謕語又他奚反 趧趧四夷樂名 瓶瓶 稊稊 銻銻 鮷魚 虒 傂 禔 綈 騠 瓳瓦 器 箎 踶 韙 …

螔螔蝓 榹小樹 齇 鮧 又芳鵝 反或作跠 箆 埤 椑 錍 陛 烓 觥 脾 鞞 綼 …

兮詞從八丂音兮俗作兮非 鷖鳥 鷖 溪 傒有所望又 嫛女 蹊 螇 螇蚸 䵷 驟 胜 腢 郎 名

鵜水鳥古嵇反 鶬鳥正作鷖 稽又從禾音稽 稽 計 笄 笄 鍪 鏹 鍵 𩟑 翳 翳 翺

瞖 瞖 翳 堅 黑色 堅 蜺 繄 鷖 黳 黳 黑 鷖 黑 鼴 鷖 鷖 蜺 蚓 蜺 …

蜺 鶃 鶃 猊 麑 鯢 郳 東海 鼮 麑 麑 兒 …

腻 棲 西 十二 棲 作栖 㒜 犀 嘶 撕 嘶 澌 嘶 䝯 剿

梯 梯 𨀜 鯷 蹏 麗 麗 謕 鼙 鼙 鼙 椑

膍 膍 䐕 羝 羝 鵧 鵧 䳤 犀 犀 䧱 䧱 …

䳢 䳢 紫 姕 鉟 齊 齊 莖 齎 飲 齎 …

泥 奴低反 伲 䳲 鉻 蠀 堅 瞍 圭 邽 閨

桂 婦人上衣 鮭 䴣 鮭 䲏 圭 睽 奎 溪 刲 劙

堇 隹 蕃 螌 蠬 擕 蠵 蠵 鑴 巂 畦 畦 畦 巂

以馬㐲角亦作驣 𨚗心 嵐姓亦作𡵴 𪏯 睚〻然能視又口懈反 眭深目亦暂姽反 𪓐 劃 栘 成西反唐棣木〻名又余氏以支二反 睳目睛一 烓行竈一

十三佳 古膎反美二 街道 膎戶佳反脯五 鞵鞋亦作鞋 㥩腝㥩心 㥩不平 攜攜 襬袖 牌薄佳反牌五 鯶魚名 簰大筏 郫縣名在蜀又符羈反 㹀

𥒬牛史滿 媧姑柴反七 緺綬 緺青緺 謌調 騧馬色 蝸小螺 腡手理 𡁈〻 蛙烏緺反蝦蟇鼃二 絓 咼口戾 柴士佳反薪 柴 崽 䓱

䓱木 𢻱〻胡藥名 又蘇你反 𦼮〻 𪐗〻 揩 㸨士諧反 又迦巾又 𢽸捷佳反婦人蝕笄六 𢿢𢽸䦭又 又兩 膎蹬 劃劃 執〻 𩑛不正三口 𪖙大口

口〻 䔍〻叶 錄〻 𩊚妳佳反𩊚〻胡羊二 𧨝言不正 崖五佳反山崖六 啀大 䬓 涯水際 𪗔〻 𩂯雨聲 𠩓十林反 厓山邊 娃於佳反美女貌四 洼水 哇淫聲 𪀗鳥

反 𠲎嗂 𡸨山佳反呼叚之 又山楷反二 𥳑 𥷿疏擠反 𪗈火佳反二 吹氣逆 扠丑佳反以拳加人亦作 搋〻 𢲪〻高丑皆反一 䐜𦢎佳反 𦢎捌 𧩫所祭反 謑語一

十四皆 古諧反皆正作𣅜六 偕俱 𧂐麻 喈鳥聲 階 𥿆 腊 〻 𪅀 蘬〻若藥名 沈明十是 䓿苦皆反相又 𤸷 古良反 㾼瘺 揩 𡁈 𪖦北 𪖦風 𪖦風疾 鍇九江 謂鐵

本古 𪇰 鶡鶡 諧戶皆反 和七 㗻〻 喈 風雨 骸 骨 瑎黑石 䮎馬 性 龤樂 名 䳤 排 排 步皆反排五 𩍱 車 𩏒 俳 優 從〻 𠌯 是非 俯字 𥒬〻 碩 頭

又 謔 乖 古懷反 亦作乖 懷 戶乖反 又胡 來乂 八 褱〻 櫰 木又 右 壞 戎狄 𧞣〻 〻 櫰 似 辛 四角 淮 水名 孃〻 如 遻 若 淮 反 𤄯 名 又 胡 隈 反 三 擓

麼 𪓐 〻 豺 士諧反 狼四 儕 等 𪃟 次又卯 事扇 又士 佳 取 私 痴 離 三反 㾼 山名 五 林 差 楚 皆 反 二 𤝔 𩢍 牛 懷 反 𩢍 𩣡 馬 病 埋 莫 皆 反 亦 作 𤍧 三 霾 風 㦤

雨 𪓐 忩 〻 齋 側 皆 反 一 𪆤 乙 乖 反 不 平 狀 三 𩲡 〻 淒 識 溺 𩑗 亦 作 𩪧 𢪡 卓 皆 反 器 一 揩 客 皆 反 揩 𢪡 揩 揩 〻 二 𪀉 大 諧 皆 反 稀 𪁮 呼 皆 反 二

十五灰 呼恢反俗作灰四 虺 豕掘地 𤆍 黄白色 𤸷 病 恢 苦回反大亦作 㤮 六 詼 〻 嘲 悝 悲聲 魁 苦回反 帥一曰 北斗 星 𡨕 苦 盒 反 頧 口 猥 二 反 隈 烏 恢 反 水 曲

曲 媒 婦 媲 又 色 緄 絲 餙 縲 绳 大 縲 魚 虫 𢅧 風 位 又 腿 〻 乃 罪 反 𪁮 回 戶 恢 反 還 洄 逆 流 〻 迴 轉 瑰 玫 瑰 珠 〻 回 罔 傀 守 宮 槐 木 名 𩠡 大 𩠡 眼 十 四

邪 郁 名 在 睢 陽 焞 色 光 枚 莫 杯 反 箇 十 二 媒 媒 妁 玫 〻 瑰 梅 亦 作 楳 楳 似 杏 而 酸 䤈 亦 作 塺 腜 胎 始 一 月 脢 背 肉 又 亡 代 反 脄 孕 始 禖 求 子 祭 鋂 大 環 𨰻

嬶 大 鍲 〻 䔊 箭 名 環 𣜲 〻 公 迴 反 傀 𩴁 大 又 嵬 𡾟 〻 懷 又 〻 木 食 多 力 雷 路 回 反 亦 靁 正 作 靁 八 罍 酒 器 儡 〻 動 畾 田 間 𤳳 〻 畾 〻

槌 又 救 反 䣌 鍋 鍲 瑰 玉 名 纃 杜 回 反 緊 風 十 一 隤 下 墜 𢈈 以 熊 而 小 隤 病 隤 𨻧 隤 病 〻 人 名 𧝎 破 敗 〻 牘 穨 〻 蹪 〻 䫔 〻 讉 〻 魋 獸 名 䫔 〻

𪆟 𦓒 〻 崔 𩣡 〻 子 罪 反 三 催 𪁮 促 縗 喪 衣 磓 都 回 反 落 石 餽 餽 堆 土 𩠡 頭 名 槌 亦 作 槌 擡 榷 所 罪 反 〻 搥 亦 作 推 𩠡 崔 〻 是 回 又 呼 回 反 一

嶊檇隨桵擊難鞴裴徘培陪蓓碩離

胚坏瘖醅衃毹絕寬雖椎傫

十六咍䧺臏腹鞖咍閈毅鈇

食埃唉欸嬡臺擡嬯

苔菭誒孩垓荄郲殪剴陔

㺯餲䏿腜䀹截纔財材

芓才來萊郲騋崍鯠毸鰓

鰊䋱䝟倈猍淶逨栽

䛌職織猜偲䞗胎紿台部孩咳

䞓頦鎧皚鰓栖皚敳

殪剴膇能瘖䐍梧黤

十七真甄振稹昣唇甄䡩蓖桭磌

㧃稹春脣䐣滑筍淪倫論

輪倫崙綸掄淪崘踚屯窀忳純

䋴蒓醇鶉钧錞淳漘奄犉瞤鷷

堙茵禋闉駰煙氤垔諲婣絪茵鞇

絪洇珍填鎮新辛薪辰晨宸

鷐鷐風 宸 辰 晨 辰重 茵 殿 鄰 郎 地名又之刃反 仁如鄰反 人 秂 申書鄰反 伸 娠

紳大 呻吟 身 胂 㑗 嫛 神食鄰反精氣 晨 平旦又時真反 鎭 鄰

蠙 嶙 嶙深 瀶水在 粼石間 麟麒麟獸 驎 鱗 翷 鱗 𪊨

鏻 鏻力丁反 轔 堇巨巾反又 堇 羚力丁反 陳直珍反 輮 趁

璡 瀗 瞋 䐜 縝 秦 螓 親

菌 寅 䁘 夤 銀語巾反 狺 齦

圊 闉 垠 珢 䛙 紉 民 泯

賓 濱 檳 顮 矉 觀 荀 郇 詢 峋

[illegible]甡 毨 進 詵 衆人言亦作𧫷 侁 ～行 瘁 寒病 𤇾 𨸏 八陵名又 榛 仕臻反木叢 文 武分反五加十二 聞 有加

蚊 亦作𧌢 彣 青与赤雜 紋 綾 駮 馬赤鬣縞身目如黃金文王以獻紂 鴍 鳥能吐蚊 閿 ～鄉縣名在弘農 汶 水名 鼤 斑鼠 閺 ～趣 又武巾反 敲 上 雲 王分反 氣 十

芠 草可以死 虋 ～冬 鄖 國名 妘 女字 紜 紛～ 溳 水名在美陽 澐 江水大波 篔 ～簹竹名 芸 香草 耘 除草 耺 月中 愪 憂 沄 轉流

䊳 亂 郧 邑名 熅 煙氣 於云反 氳 氤～ 緼 亂麻 又於粉反 馧 香 輼 輼輬 兵甲 又於粉反 蒀 ～ 精 蒕 又於神反 薀 ～ 汾 符分反 水名在太原

墳 ～籍 氛 ～氳 鼖 大鼓 幩 ～ 轒 ～輼 濆 水 焚 燒 亦作 羒 羊 豶 豕 魵 魚大鯛又 鐼 上中 鳻 似鳩白身 枌 木名

蕡 麻實亦作 黂 麻子 𧴋 多 棼 棟 𩕄 大頭 盼 大 鼢 鼠 亦作 𪕱 錀 ～ 分 府文反 四 [illegible]

饙 一蒸飯 亦作餴 [illegible] 葷 臭菜 䴅 [illegible] 薰 許云反 香十一 曛 日入 纁 三染 勳 功 熏 火氣

醺 醉 葷 臭菜 獯 ～鬻 北方胡名 君 舉云反 五 軍 戎 皸 足坼 桾 ～櫏 木名 宭 群居 芬

廿

雰 霧 紛 ～ 衯 衣 翁 ～ 氛 祥 妖氣 岎 山 芬 ～ 殷 ～ 慇 ～勤 濦

水名在穎川 勤 巨斤反 懃 芹 菜生水中 廑 居 慬 斤 舉欣反 十 筋 肉之力 欣 許斤反 昕 日出 忻

鄞 縣名在 虓 聲 [illegible] 炘 亦作 齗 齒根 圻 又語斤反 亦作垠 䜣 亭名在 [illegible] 圁 [illegible] 鄞 縣名在會稽

廿二

斦 二斤 元 愚袁反 始十七 原 本 源 泉始亦作厵 杬 木名 嫄 姜嫄 沅 水名在牂柯 騵 赤馬白腹 羱 野羊 黿 似鼈又五丸反 蚖 蠑蚖蜥蜴

別名又友丸反 芫 ～花 藥名 蠠 晚 邧 地名 謜 謜測 蒝 ～荽 榞 木實田楨 味亦如之 獂 獸如牛 袁 羽元反 人姓 十 爰 於 垣 ～牆亦作 園 圃

援 引 榬 絡絲籰 亦作篆 轅 車～ 猿 ～猴 鶢 ～鶋 鳥 趄 易田亦作 翻 孚袁反 亦作飜 旛 旗 蕃 ～蔽 又扶袁反 幡 帜 潘 大波又匹絆反 藩

沈米汁 暄 温 況袁反 喧 ～ 萱 草 暖 大目 諼 詐 塤 ～ 亦作壎 𪄻 鳥名 吅 喧 喛 ～ 𢞊 亦作愃 諠 譁 又況晚反

魱 牛角一俯一仰 蝖 蜻 翾 飛 䝉 [illegible] 煩 附袁反 繁 多 蘋 [illegible] 樊 ～籠 膰 祭餘 燔 ～ 膰 肉 繁

水 羊黃腹 蹯 熊掌 鷭 似鳧 蟠 蟠屈 礬 石 蘩 白蒿 礬 ～石 鼫 ～鼠 鐇 廣斧

璠 璵璠魯之寶玉 䉒 生 橎 木 緐 馬飾亦作䋣 藩 ～籬 墦 冢 蹞 足 潘 大波 旛 ～ 蕃 [illegible]

上平 褌 繙幡ㇾ 襎 帊 鴛 於袁反鳥十三 寃 屈又寃句縣名在濟陰 𡖿 縋ㇾ 鵷 鵷鶵 涴 水名 惌 枉 鋺 細 宛 屈草向羅又宛縣在南陽 婉 婉 䬼 ㇾ貪

蒬 蒬志 惌 敗 䩩 量物亦作䩩 言 語軒反又四 琂 石似玉 甗 魚堰反又語蹇反又無底甑亦作甗 𨋢 丘言反 攑 丘言反 蹇 丘言反 軒 虛言反車中六

掀 高舉 騫 飛擧 䡮 車前 軒 ㇾ 蹇 丘言反 揵 虛言反 揭 高舉名八 軒 ㇾ 鞬 馬上盛矢器 劇 以刀去牛勢亦作犍 腱 筋肉一曰

鞬 䭇 餰 䬻 鬻亦作飦 鬻 古 蔫 謁言反菸萆一 蕃 甫煩反屏三 藩 藩籬屏字 轓 車箱 籓 ㇾ 攑 擧尾 去

廿三 魂 戶昆反神氣十二 棞 大木未剖 驒 ㇾ騱野馬 獐 似人面 餛 ㇾ飩 䡣 鼲 鼠名出丁零 楎 三爪犂一曰犂上曲木 渾 濁又胡本反 倱 女字又牛昆反

轋 ㇾ 輝 里名在睢陽 昆 古渾反兄正作晜一兄十 崑 崑崙 褌 亦作幝 崐 山名 琨 玉名 鵾 鵾雞三尺 鯤 北溟大魚 蜫 蟲亦作蚰 騉 騉蹄 奔 有

歟 不可知 溫 烏渾反又四 轀 ㇾ車 蒕 ㇾ藻生細 驕 騡馬 門 莫奔反大戶十 捫 捫持 樠 木名 璊 玉赤色 悗 不悔

䪻 朋多 鶤 鶤鶏又之 趧 行 遲 糒 粥亦作 孫 思渾反子之子五 蓀 香草 飧 餉 猻 獼猴 尊 即昆反所敬三 樽 酒器亦作 罇

山 存 徂尊反生二 蹲 ㇾ坐 敦 郷名都昆反又徐敦四 惇 厚 𤯝 犜 弴 子孫 暾 他昆反日出 焞 火色 涒 ㇾ灘 黗 黃黑

𩐤 礼曰撝子鐏之 嘄 啍 口氣又徒孫反 蜳 ㇾ蝳 屯 徒渾反聚十三 肫 豕子亦作豚 窀 穴中 臀 軘 兵車 飩 ㇾ 忳 ㇾ悶 屍 䡢

乇 芚 菜 啍 口氣又勑孫反 村 此尊反一 倱 牛昆反女字又戶昆反一 盆 蒲昆反大盎四 湓 水名在潯陽 奔

反疾走正作犇三 賁 勇亦人姓又扶非反 鶤 如鷄六尺 論 盧昆反評又力旬又盧鈍三反三 崙 崐崙 惀 坤 苦昆反地或作巛四 髡 去髮 䯘 頣 臗 髖 骨

廿三 惛 呼昆反七 惽 不明 婚 ㇾ姻 棔 木名 閽 守門人 歡 不可知 㖧 病亦作㖧 痻 痕 根 㮓

廿四 根 古痕反本亦二 跟 足後亦作跟 恩 烏痕反 衮 亦作䘾 吞 吐根反 垠 五根反又語巾反一 寒 胡安反水七 韓 國名 一 蕣 草

翰 鳥又胡旦反 邯 ㇾ鄲縣名 雗 白雉又何旦反 豻 胡地野犬又五旦反 桓 胡官反廿六 完 全 𪇃 鳥名 丸 一小 巘 名 紈 生絹 雚 葦

鳥 洹 水名 汍 ㇾ瀾泣貌 絙 綬ㇾ 芄 ㇾ蘭草名 獂 縣名在天水又縣 䝑 豕屬又作猭 梡 木名出蒼梧 峘 山 羦 羊 䝼 病 貆 貉屬 垸 漆和骨

寬 陀 莞 小蒲 晥 混反 萑 ㇾ葦 綄 剜 眢 目精 鋺 婠 鑾 十

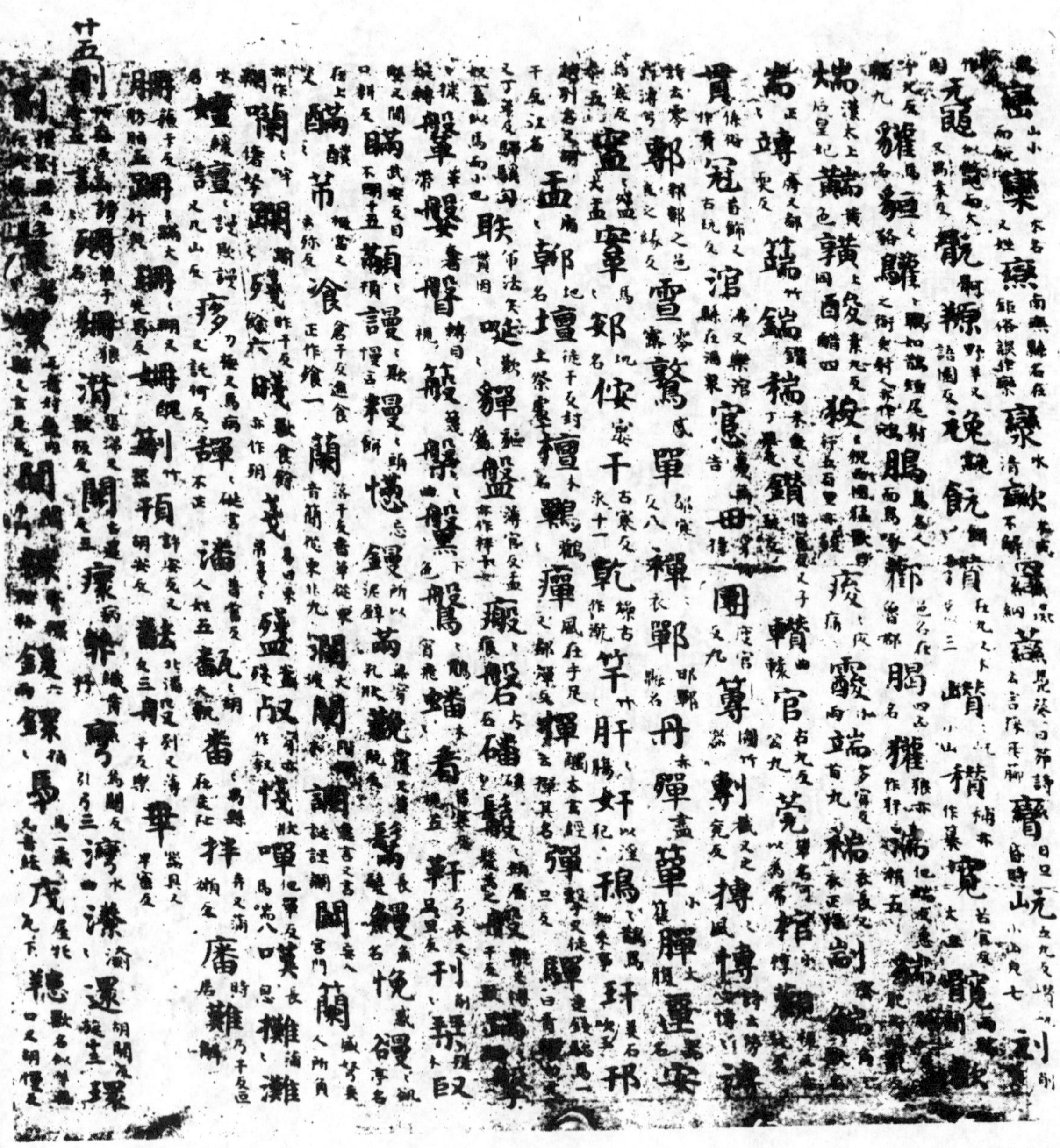

斑 布還反 [illegible] 斒 [illegible] 肦 [illegible] 班 [illegible] 頒 布 [illegible] 蠻 莫還反 [illegible] 鸏 [illegible] 獌 [illegible]

姦 古顏反 [illegible] 菅 草名 [illegible] 顏 五姦反 [illegible] 攀 普班反 [illegible] 姍 [illegible] 刪 [illegible] 撰 [illegible]

山 所間反 [illegible] 鰥 古頑反 [illegible] 間 古閑反 [illegible] 艱 [illegible] 閑 胡山反 [illegible] 癇 [illegible] 鷳 白鷳 [illegible]

[illegible] 慳 苦閑反 [illegible] 覵 [illegible] 頑 [illegible] 擊 [illegible] 戲 [illegible]

[illegible] 潺 [illegible] 孱 [illegible] 轏 [illegible] 讕 [illegible] 虥 [illegible]

[illegible] 顛 [illegible] 黰 [illegible] 煙 [illegible] 殷 [illegible] 編 方閑反 [illegible] 嘫 [illegible] 雞 [illegible]

先 蘇前反 [illegible] 躚 [illegible] 跣 [illegible] 前 昨先反 [illegible]

[illegible] 千 倉先反 [illegible] 阡 [illegible] 仟 [illegible] 芊 [illegible] 千 [illegible]

[illegible] 箋 [illegible] 韉 [illegible] 天 [illegible] 祆 [illegible] 訢 [illegible] 堅 [illegible]

[illegible] 开 [illegible] 肩 [illegible] 鵑 [illegible] 研 [illegible] 麛 [illegible] 鵳 [illegible]

[illegible] 賢 [illegible] 絃 [illegible] 舷 [illegible] 弦 [illegible] 蚿 [illegible] 蜆 [illegible]

[illegible] 煙 [illegible] 燕 [illegible] 咽 [illegible] 臙 [illegible] 蓮 [illegible] 憐 [illegible] 漣 [illegible]

[illegible] 田 徒賢反 [illegible] 佃 [illegible] 畋 [illegible] 闐 [illegible] 蟬 [illegible] 鈿 [illegible] 滇 [illegible]

[illegible] 年 奴賢反 [illegible] 顛 都賢反 [illegible] 巔 [illegible] 瘨 [illegible] 槇 [illegible] 趙 [illegible]

[illegible] 騈 [illegible] 蹁 [illegible] 駢 [illegible] 胼 [illegible] 雁 [illegible]

[illegible] 研 [illegible] 鳽 [illegible] 汧 [illegible] 眠 [illegible]

[illegible] 𤿺 骨節 弲 弓勢 鼓 [illegible] 前 剪 遄 [illegible] 蜎 [illegible] 涓 [illegible] 蠲 [illegible] 荀 [illegible] 鞘 [illegible]

[illegible] 鵑 [illegible] 鋗 大玄反 駽 青驪 瞪 [illegible] 楄 [illegible] 圓 [illegible] 邊 布玄反 [illegible] 籩 竹 [illegible] 蝙 [illegible] 編 [illegible]

[illegible] 稹 [illegible] 萹 竹 [illegible] 傷 [illegible] 蹁 [illegible] 漫 [illegible] 編 [illegible] 扁 [illegible] 懸 [illegible] 眩 [illegible] 駭 [illegible] 弦 [illegible]

十八 [illegible] 仙 相然反 仙 [illegible] 蘚 [illegible] 秈 [illegible] 鮮 [illegible] 錢 [illegible] 遷 七然反 [illegible] 韆 [illegible]

[illegible] 然 如延反 燃 [illegible] 燃 [illegible] 肰 [illegible] 蘸 [illegible] 延 [illegible] 蜒 [illegible]

[illegible] 綖 [illegible] 䘰 [illegible] 鋌 [illegible] 旃 [illegible] 檀 [illegible] 氈 [illegible]

鸇 [illegible] 甄 居延 [illegible] 邅 張連反 [illegible] 驙 [illegible] 鱣 [illegible] 潺 [illegible] 戲 [illegible] 鐫 [illegible]

[illegible] 羴 [illegible] 擅 [illegible] 挻 [illegible] 煽 [illegible] 脠 [illegible] 鯅 [illegible] 梃 [illegible] 鋋 [illegible] 廷 [illegible]

鋋 [illegible] 單 [illegible] 蟬 [illegible] 嬋 [illegible] 儃 [illegible] 禪 [illegible] 纏 [illegible] 躔 [illegible] 瀍 [illegible] 鄽 [illegible]

[illegible] 嫣 [illegible] 翩 [illegible] 連 [illegible] 聯 [illegible] 漣 [illegible]

[illegible] 鏈 [illegible] 蓮 [illegible] 楗 [illegible] 篇 [illegible] 偏 [illegible] 翩 [illegible] 媥 [illegible] 便 [illegible]

[illegible] 箯 [illegible] 編 [illegible] 論 [illegible] 綿 [illegible] 棉 [illegible] 聯 [illegible]

[illegible] 全 [illegible] 泉 [illegible] 宣 [illegible] 揎 [illegible] 愃 [illegible]

[illegible] 剶 [illegible] 翻 [illegible] 趯 [illegible]

[illegible] 穿 [illegible] 川 [illegible] 沿 [illegible] 鉛 [illegible] 捐 [illegible] 鳶 [illegible]

緣 [illegible] 吮 [illegible] 緣 [illegible] 旋 [illegible] 旋 [illegible] 檈 [illegible] 璿 [illegible] 璇 [illegible] 旋 [illegible]

蠉 [illegible] 圈 [illegible] 娟 [illegible] 嬛 [illegible] 悁 [illegible] 船 [illegible] 鞭 [illegible] 鯾 [illegible] 編 [illegible] 楩 [illegible]

[illegible] 詮 [illegible] 荃 [illegible] 筌 [illegible] 痊 [illegible] 詮 [illegible] 銓 [illegible]

善譔言語恮謹遵荅剸割又先全反峑山嶺絟丁全反專職緣反精俗作專字六甎塼顓顓頊篿竹器鄟郭東邑

丈卷反二嫥好遄市緣反速六圖倉芮作篙輲無輻車揣木名諯相讓又充絹反歂口氣又視宛反貟王權反官數三圓圓湲潺湲栓山員

反兒釘二篿所眷反鐉以鉤門二剸截乾渠焉反乾坤天地六虔敬犍犍為縣在益州置鰎魚名郿縣名在河東聞喜縣騝騮馬黃脊

愆去乾反罪俗愆五褰衣騫虧少一日馬腹攑紮又許言反攐又乙偃反䙭齊魯言楬趧蹇足權巨員反又常道拳屈手齤曲齒犈

氏縣名在代郡顴頰骨婘美兒蹮行踡曲脊踡跼不行瘝手屈病犈牛黑耳又居万反䠑菜虫蠸曲鸛鴝蜷虫形詓詰

氏字邑盍反同鬈髮好趯曲脊臛臛膢椽直緣反屋椽二傳又直戀反俗傳攣呂緣反亦作攣四孌病臠臠肉蠻縣名在羅蜷卷衣

名在縈陽三暴似升屋蠸弓髮髮焉於乾反矣亂嫣嫣然笑貌嬛於權反又娥兒二跧居員反卷伏三勬強健銓

蕭蘇彫反草名又縣名在沛郡三十簫管蟰蟰蛸蟲名橚長兒潚水清深瀟風颾鮹魚名 推

劉貴州又山草丈鯈魚名䱔魚名又䱔鰷鯈又徒聊反迢遞褫吐彫反又勑聊反佻輕佻挑挑撥脁月見西方恌輕恌朓病越行兒趒

反聊小兒髫小兒髮貂鼠名俗作刀雕鵰別名鯛魚名鷳鳥名鴡鳩別名蛁蛁蟧蟲鴟䳕茗

十丈又耳又䳍又丁聊反䈕弓名作弓又丁聊反又作刊琱琢凋零 絧 䂪大鳥 鵰 又刻

音遇又丁聊反凋作彫又聊反條枝髫小兒鬌跳躍

鎦銅飾又大早一見蜩作蜩䟫走跳又徒了反調戲又徒弔反蠐蟲名䪔䪔名鹵鹵鹹

鑣鯈魚名又流反侶魚又音鬿能又許么反驍古堯反驍武又梟鳥名梟鳥名不孝鳥䳂音澆又澆水名漻清深隝鳥名又澆薄 懢 僥倖 邀遮又古堯反徼又古弔反又作儌 劉又周

蟉蛇又龍蛇屈 䰘聊反 䕫 髯兒 鷯鷦鷯 蟟蛁蟟 賿 僚同官為僚 䜍 䤵

僚墮又似蟉四足水聊反 僥 作 作鐐 嶚 寮 空 窌 穴 料 量

撩取物撩摩 擦 嶛 寮 小兒 䉍 宗廟盛肉

盛鳥名 鷯名鷯 嫽 嫽嫽好兒 漻清水明 䍡 遼遠 廫 寥

䕻遼遠 㿻 痛 憀 賴 䜍 竂 箸 鷯 嶚 螃 馬蛸

䕈 堯五聊反 驍 嶢 㚁 顤 長頭 曉 許么反 顙 𩕂 膮 鵰 䠙

㠦 土高 人鴞 鴃 小 大 肥 㶾 臈 腊

卅 㘝 ㄑ憂又於流反 鄡 苦幺反鄡陽縣三 鄡 縣名在鉅鹿亦作鄡 魈 口的二反 宵 相焦反廿五 消 滅 霄 天 近

赤 捎 拂捎 逍 逍遙 痟 ㄑ渴 綃 生絲之 蘇彫反 銷 鑠亦作焇 硝 石 蛸 蠨蛸 揱 長貌又史學反 踃 跳 䈰 所交反 旓 旌旗

猋 犬走 超 勅宵反越三 怊 悵 昭 鳴 朝 知遙反又直遙二反旦朝五 鼂 姓直遙反 潮 水潮亦作淖 晁 ㄑ朝 嘲 許嬌反喧亦作 枵

歊 熱氣 驕 馬高 獢 猲獢犬 白色 鷮 雉別名 蟜 ㄑ 囂 喧 歊 ㄑ 蕘 草木盛肥 櫵 亦作樵十一 劁 刈 僬 ㄑ僥 南方

䁳 耳中聲 憔 ㄑ悴亦作顦 譙 國名 嶕 ㄑ嶢 巢 山高貌 醮 面焦枯貌 推 落 草 驕 馬高六尺 嬌 ㄑ 憍 矜ㄑ

穚 禾秀 蕎 大管 鷮 似雉而小 蕎 草上 撟 擧手 焦 即遙反火傷亦作燋十三 鐎 毛 兜鍪 蕉 芭ㄑ 膲 三膲 鷦 ㄑ鷯鳥名似鳳 樵 薪又子藥反亦作

噍 嘲噍鳥聲 鐎 溫器三足有柄 顦 不兆 雧 生 鷦 ㄑ鷯 饒 如招反多十三 橈 衣 橈 楫又女教反 蟯 人腹中蟲

人腹中短蟲 蕘 ㄑ 燒 式招反火然二 㸈 遙 余招反遠 䔄 艸 姚 美好 媱 ㄑ 繇 由 䌛 役 颻 飄颻 歘 氣出 窯 瓦 䍃 薄 䔄 草名 蘨 茂

長 䍃 ㄑ 鰩 魚名能飛 銚 燒器又徒弔反 姚 ㄑ美好 搖 動 瑤 美石 謠 ㄑ歌 軺 小車 愮 憂 恌 偷 䠛 跳 遙 ㄑ 相隨

行又賤 蘨 茂亦作 䌛 㵖 ㄑ 繇 利 嗂 喜 䌛 名 𪕮 ㄑ 褕 ㄑ 瘙 瘡 韶 市招反舜樂 一曰美 佋 廟佋穆亦作 昭 之市沼反 柖 ㄑ 卧

朔反 紹 ㄑ 邵 ㄑ 高之時 軺 使車 昭 明七 鴟 似鵲鳩 鐎 ㄑ 招 ㄑ 孟 弨 ㄑ 釗 周康王名 飈 風十二 摽 擊

作馶又 猋 走 杓 北斗柄星 瘭 ㄑ疽 熛 火 麃 ㄑ 驃 鑣 ㄑ 䟝 ㄑ 膘 ㄑ 猋 犬 目 居 鑣 馬銜四 儦

行 瀌 雪 穮 耘 飆 颮 四 飄 風亦作飃 薸 萍 蕡 ㄑ 蜱 無遙反小 蟱 蟱 ㄑ 䔢 草名 鵬 苗 武儦

猫 獸名食鼠 腰 於宵反 要 約又於笑反 葽 草名 蟫 蟲名 㮁 ㄑ 紗 小意 鷂 鳥如 蟯 䌊 ㄑ

鄡 鄉名在 喬 ㄑ 俗作 嶠 ㄑ 橋 梁 趫 寄 鐈 似鼎 嶠 山 鷸 ㄑ 窯 ㄑ 馨 ㄑ 轎 ㄑ 䂪

鍫 七遙反 鍬 亦作 幓 斂髮 鷦 麻 萩 妖 於喬反 祆 ㄑ 扶 ㄑ 妖 巧 蹻 其略反 繑

䮟 ㄑ 趬 起 㸈 肥 趫 善走 帩 巾 㧟 ㄑ 漂 撫遙反 漂 浮 十七 杓 ㄑ 飄 ㄑ 嫖 身輕便 旚 旌旗 藨 ㄑ

鏢 刀劍鞘 僄 輕 翲 飛 鷅 ㄑ 瞟 ㄑ 嘌 疾 嫖 ㄑ 蔈 ㄑ 䗩 ㄑ 膘 ㄑ 票 ㄑ 䮽 去遙反 荍 草名

嘺不知 翹 䎘凡 燎力昭反庭火又力嬌反二 髎骹正作骹 趫去遥反又巨嬌反三 蹻蹻行又去遥反亦 嶠

廿一肴 胡茅反骹肉亦作餚十五 崤山名在弘農又下高反 殽茅 殽雜 淆水名又濁 笅竹索 姣婬 猇虎聲 桃桃 爻易卦 倄痛

紋黄色 酕 淆 交古肴反交過亦作这道十四 蛟龍 茭乾 䴔鶄鳥名 鮫魚名 膠黏 郊邑 咬鳥聲 嘐

詨鳥鳴又詡教反 筊竹索 轇轕長遠 孝 教 巢鉏交反鳥巢又居 樔在盧江六 轈車 勦輕捷又 摷 鄛

窼鳥穴居 鐃女交反鐃鼓七 呶喧 譊諍 怓心亂 䴌鳴䴌 䴗鳥名 獿 猱 梢 巎

髾髮尾 䌶 旓旌旓 弰弓 捎 筲 蛸 鞘 鮹魚名 莦 䈰 娋 稍

茅 蝥 蟊盤蝥 貓 鶶 䍜 窅 嘮 髳

高 嗃 颮風 髇 滮水名在河南 炮 庖 虓虎聲 包 胞胎衣 枹 郈

䫌 墝 瞀 脬 泡水上浮漚 䫿 芑 骹 䍡 鬆 鮑

䫖 䫗 䩷 謷 嗸 鷔 驁 罺 抓

謿 䂍 䫜 鳭 勦 抄 鈔 漅 魈 庖 咆 匏

炮 䶌 䴉 梢 麃 䪨 跑 狍 鉋 嘐 嘄 䂾

廿二豪 胡刀反 號 毫 嗥 濠 毛 鄂

噭 䝆 䫯 嘵 朝 䪌 翺 [illegible]

敎 䝧 䚦 鶣 轈 鷩 儆 峱 [illegible]

敖 號 [illegible] 高 膏 羔 皐 槔 鼛

[illegible] 篙 [illegible] 膋 嘈 勞 撈 嫪 蒿 撓 嬈 毨 毛 髦 旄 耄 挽 [illegible]

䓪 檄 饕 兆 謟 滔 叨 弢 騊 犄
牧 韜 慆 絛 䑬 攴 詨 平 蠱 莤 刀
𠚋 切 裯 舠 騷 搔 縿 膘 鰷 慅 溞 艘 袍
鞄 褒 郖 陶 丸 詾 咷 桃 綯 𦫼 逃 鼗 掏
擣 騊 裪 蜪 駣 檮 翢 萄 糟 遭
熿 槽 嘈 東 禮 慒 敖 翱 贅 謷
驁 獒 嫯 激 鷔 鼇 螯 嗸 贅 頫 嗂
敹 礉 鰲 嗷 鏊 爊 鑣 曹 糟 蠆 嘈 鏁
禮 艚 䐬 蔿 禮 鶮 猱 獶 嶩
璈 尻 操 懆 哥 柯 㤅 渮
牫 牂 河 苛 和 脉 禾 鉌 過 渦 戈 鍋
轕 媧 蝸 蠃 標 騾 螺 蠃 蠃 蠃
鑹 覶 腡 斟 蔒 蠃 莏 魦 莏 㞾
趖 蓑 梭 唆 痤 矬 銼 脞 梩 訛
鈋 囮 卬 蔿 譌 科 窠 薖 稞 蝌 蚪
柁 蔛 㾑 課 薖 倭 過 渦 涹 蹉 瑳
搓 磋 傞 鎈 多 儸 婆 鄱 皤 縿
摩 磨 䰈 麘 㒹 盉 奄

駞騾又達何反 沲滂〻 鼉鼠〻 鼉 䭾 驒丁年反 驒騱野馬 馱負〻 𩨷數 鮀魚名 陀坡〻 駝似羊四耳九尾 䭾馬〻 驝
馬尾 𩤅 䣜神〻 醝酒十三 䣜田歲 瘥病 鄌縣名在沛郡 嵯小疾 鹺鹹〻 嵯峨 蒫薺 𨇾 鄼縣名又子管二反
尾 盧 在郡又 齹齒 蹉踏亦作蹉 莪五歌反草名 哦吟〻 峨嵯〻 鵝〻 蛾蠶 俄頃 額〻 誐
水出蜀 娥美好 佗託何反非己四 拕曳 𤵜病又 它蛇害人 羅盧何反五 蘿蔦〻 籮〻 儸〻 欏木 𦅜〻
獸 㹊似牛白尾 名〻 多 鸔 單除疫人俗作儺 何韓何反開六 河水 荷蓮 苛政 蚵蚵蝦作 訶虎何反責
頗傾頭 婀女字又於何反 舸 波博何反水波四 皤人老色白又薄波反 紴 嶓〻冢山名在隴西 頗 坡阪 珂苦何反馬
二 䡗 科 阿烏何反三 娿 痾病亦作疴 鈳鉾 詞四 滒水名在西河 謌 調 諕
二 莎蘇和反 挪徒和反 碆 鞾〻 無反 批 隇 咶
接 一 䃧 亦作䯏 二 韉 一波反 陛無反 語古今二 隆 小堆 喏 張口二 欸
迦 居伽反 衆 伽 一 坨 食遮二反一 過 手戈 脞 二 坐 子過 挫 和反
麻 莫霞反 四 靡 〻 蟇 〻 蟇 〻 車 居二 硨 磲 奢 式車反 餘 不 畬 田 耶 以遮反 耶 斜 谷名
𩽗 鯽 人 椰 名 爺 臨海 擨 〻 歋 邪 萊 偌 翁 斜 明反 遮 斷三 奢 呼 嗻
差 作 誁 六 𦎅 四 嬉 祖 縣名又 差 小 譇 詠 蛇 食遮反 華 戶花反 驊 〻 騮 鶴 鳥 蠎
鋘 鍷 鋙 瓜 鍋 五 騧 鍋 蝸 抓 花 譁 誇
婺 𩨷 以 驊 誇 洿 㚷 骨 拏 女加反 詉 譇 挐 牽 拏 奴 袈 衣
嘉 古牙反 家 加 增 葭 〻 笳 〻 蘆 麚 牡鹿 猳 豭 痂 瘡 駕 〻 鴐 鳥名 枷 〻 袈 人衣
蟇 赤中 茄 迦 釋〻 又 枷 婦人 迦 猳 牛 牨 瘕 病 遐 遠十一 蝦 鰕 魚 霞 赤雲
瑕 玉 騢 馬 鰕 魚 蝦 𩑐 頭 𥕢 葭 苞 笆 巴 伯加反 䶕 齒 䮝 鴉 於加反 四 鵶 鵶 啞

〻安錞鑼兒劍巴伯加反 鈀兵車 笆有刺竹 豝牝豕 蚆貝 葩 芭〻蕉 叉初牙反六 釵婦〻 靫箭室 艖 剗削

嵖岈二加反 數 鯊魚名 沙 裟袈〻 渣 紗 魦 齹

〻濁流 樝側加反 楂 柤 齇〻不正 柤手野二反 櫨 𣻗 寨

踏趼竹 茶宅加反 鄒 部陽 樣 楈 䅉 耗

一〻衙 洼 鬤 撾 菜 鈀 杷 琶 楂

鹺 𧈢 䣝 侘 奓 諸 鯺 秺 諸 膠

𧉛 蝦許加反 呀 颬 訶 婼 奢

卅五覃徒南反十四 鄲 潭 曇 譚 橝 蟫 譂 醰 燂

壜 鐔 嘾 黮 參 驂 傪 趁 南男

𣗳 弇 𦣛 拥 龕 諳 鵪 頷 媣 腤

嘾 韽 盦 含 涵 極 腍 鹼 醃 湖

𠑝 鉿 䶀 啗 䑙 答 䎔 菼 燷 葻

嵐 貪 探 簪 篸 膽 蠶 鐕 鵟 撏 踏

䖘 晥 婪 醰 鋡 閤 䫲 嵐 鬳

龕 䫲 頷 堪 曆

𡹆 戡 嵁 酣 醅 龕 欿 毵 恭 弇

驂 淦 䵴 蝻 偡 䛐 嵁

卅六談徒甘反 郯 惔 錟 淡 痰 剡 甘 笘 柑 苷 泔

𧄠 擔 儋 甔 頔 颿 三 衫 藍 籃 鑑

床尺檻擄藍蘢婪貪貪反濫〻爼窞〻漢海大坩苦甘反坩坩一𦧺之古六耼日漢文合反南坩水擄岸壞蕑慈〻

窞窞綊色鄃㦎㦎作田反三鏨鑿𪇞鴉又在浤反酣酒不斜明甘反樂七䣱甘古上虫糸著皮二反邯人言阮湘坫火上

行亦作鈷鉗蛤〻姏女武酣反老插一蹔昨三反長乳一蚶大試反蚺出奇僧四憨痴〻㪇安含欿淡又苫食甘竹笪

廿七陽与章反日良卅三暘日出暘谷煬炙鍚馬額錫鈴在揚舉禓道上祭一曰道神又歙羊又昜飛又縣在上羊瘍頭瘡蛘虫名徉徜徉

鞨白馬額鰑赤鱔眻郎反提又予羴多楊鴹白鸉詳羊反審〻狂又似眻美目又餘向反樣杯癢瘍又似姜反𦍩草藥輰騸楊

木名一曰姓詳似羊反又詳狂以作七翔〻飛洋水流祥〻吉庠宮痒癢〻痛佯〻女良呂張反鬼善亮梁〻橋涼小冷粱〻米作梁蜋亦

虹颸北風又力尚反量〻數亦量糧食亦作粮踉跳踉輬轀車輬蝂諒力尚反綡纕醇粮椋〻棕木名䝗〻賊香許良反五薌

穀氣鄉土〻亦膷羹〻牛皀穀香方立反商〻賈式羊反十四賁〻肯傷〻陵蔏〻陸殤〻少觴酒禓道上祭鷸鷞鳥〻塲耕〻幛〻巾

饟食晴又式亮鱂魚亦作蒿洵水名又乃尚又力京四音矯鴹傷又直羊反病怯思又尸向反房符方反室四防〻庶魴〻魚鰟鶬澤虞鳥又數兩反章

諸良反什十一漳水名樟〻豫〻樟慞〻懼章〻彰采墇障又上諭反麞似鹿而小鄣邑名又紀戎𦲄草〻瞕明瞕璋圭大璋昌處良反又盛

裮被衣不帶倡〻優猖〻狂閶〻闔門鯧魚鯸羌去良反又發語端三蜣蜋虫羌〻西戎牧羊人薑居良反菜十殭牛長脊一曰白脊牛韁

馬繮白死不朽礓〻石疆界亦作疆橿木一名檍万年一曰鋤柄姜姓蠦〻虫死白僵〻仆又居良反長直良反久八萇楚似桃〻蔓生草踉〻跳腸

䍄場祭神〻道埸〻長鼣向反又除蜣蟑張陟良反開三餦〻餭粻食米穰汝陽反又十三攘以手禦又而亮反鄺縣名在南陽郡

躟疾行蘘〻荷菜似薑〻讓讓露獿犬獼穰祭除殃勷迫勷〻動鬤〻髮亂又女行又武作亂瓜內實孃女良二反又女良反孃亂又如掌

簑方府良反又作方字十坊聚昉〻時蚄好〻邡什邡縣在廣漢鴋鴎鴋〻鳥枋木名又堪為杼鈁鈽〻屬牥〻牛匚受物器襄息良

反鄉字名九廂〻序湘水名在零陵箱〻器緗淺黃相視儴〻佯纕馬腹帶又〻懷佩帶驤馬騰驤勷蘘苞將即良反六漿水浆鱂魚

熊勉蔣〻菰〻亦作蔣嶈〻寒牂羊作瘡楚良反又作剏十五刅傷亡武方反望又武朢日朝君從月從臣莣草名芒

卅八

碓﹅確 碓藥名 宋 梁 郎縣名一曰洛北郎 忘遺又武放反不記曰﹅ 䡣 郎反 孃女良反 姥﹅稱四 鄺如羊反 娘 鑲兵器名 牀士莊反俗作床 膏二 疒

莊側羊反俗作莊四 裝行具又 妝女人 粧﹅飾 糚粉 常時羊反 恒六 裳下衣 嘗曾 鱨魚名 鶬鳥 霜所良反

孀寡婦 驦驦騻 鸘鷞西方神馬 牆疾良反六 檣帆柱亦作艢 薔﹅薇 嬙婦人 戕他國臣來殺君 牂在朗反 鏘 伴 瑲

蹌和鳴 蹌﹅和鳴 蹡行 斨斧 槍矛 將 閶閭門 鴹 牄 匡正九 筐 蛙 郎 框

恇怯 劻﹅勷 洭水名 軭車 王雨方反往天下之所歸往二 蚟﹅孫 央於良反七 鴦鴛﹅ 鞅 秧 泱水流 映

強巨良反 僵 殭 薑 易 倀 蔃 芳敷方反 坊 方 妨害 汸水名 狂

正作 𨍉王 鷂鳴 唐徒郎反四 塘 糖 堂 鼞 禱 棠 螳 醣

譽 篖竹 螳﹅蜋 糖 蟷 蟷 踼 跌又 闛 闣 闣 榶 膛

膅 鄺 名 磄 瓷 饄 蔏 饄 𨏥 𨏥 塘 郎 稂 蜋 郎 榔

鑲﹅鐺 礹 鶶 浪 滄浪又 稂 蜋 狼 鋃 踉 䠗 䵘

岵 峎 稂 䓳 躴 簹 當 鐺 當 擋 璫 璫 鐺

倉七岡反 蒼青 鶬鳥名 滄水名 雞 剛古郎反 岡 犅 𦍐 綱 亢 𠃍 岡

航 郎 桑 喪 騯 鱑 康 糠 慷 穅 躴

荒 漮 蝗 荒 巟 肓 𥁕 漭 茫 巟 鯇 謊 鵳 黃

鎄 簧 搥 惶 潢 湟 煌 饞 騜 蟥 篁 蹚 瑝 鄺

潢 鍠 篁 篁 䨦 皇 蝗 豰 望 程 蟥 蝗 光

洸 垙 桄 𨊧 胱 橫 㨪 灙 湯 鏜

蕩 徬 䠙 㗜 傍 料 旁 蹇 髈

妋 烑呼郎反 欻欻 航胡郎反 作沆十二 秔 衎 行 迒 頏 魧 胻

䴕 蚢 抗苦浪反 茫莫郎反 十一 吂 眈 汒 恾 硭 蘉 忙 𥉶

宗 郎 臧則郎反 四 牂 牂 臧 囊奴當反 二 蠰 傍步光反 八 彷 膀 蹗 跡

旁 磅 騯 卬五剛反 駠 枊 昂 卭 鞅 藏昨郎反 一 骯

卌九庚古行反 六 鶊 更 秔 稉 粳 遈 坑客庚反 四 硎 阬 盲武庚反 鄳

䲰 甿 鄳 橫 黌 蝗 鐄 瑝 鍠 飀 潢 䳨

堭 蟥 㣮 韹 喤 閍 祊 嗙 䄘 諻 喤 觵

磅 榜 鬅 髟 彭 澎 膨 蟛 棚 搒 瞠 享 醒

氓 跉 磅 鰟 榜 膨 亨 撐 𢫬 嶸 鎗

䲰 鐺 鎗 槍 傖 衡 彭 甍 鋩

萌 盟 䴌 京 荊 麠 明 盟 鳴

澂 楧 英 瑛 韺 鶂 碭 怦 享 捀 平 評

蛢 騂 鶊 驚 京 荊 鷩 明 盟 鳴

棖 盯 澄 棖 瞪 棖 𧌍 趟 䬅 榮

嶸 嶸 榮 兵 兄 卿 坙 牲 狌 鉎

氅 擊 勍 鯨 黥 檠 擎 勁 顛 迎

𧗽 衡 行 珩 衡 䶂 衍 䗬 鬤 䄈

卌

耕[illegible]甖[illegible]鸚[illegible]誙言牼[illegible]樫[illegible]棚[illegible]輣[illegible]崝[illegible]硻[illegible]䃘

䡵四口引硜小石䇯莫耕反屋棟七䇯竹萌[illegible]㕯[illegible]䫉[illegible]夢[illegible]鴗[illegible]宏戶萌反大亦作寏宏二紘冠閎巷門

巷嶸崢嶸谷谷中響一曰谷名聄耳語翃蟲飛宖屋響竑量耾耳語浤水響莖戶耕反草木幹三甖罌牼牛膝下打中莖反伐丁木聲三玎

谹谷宏閎大䆵鳥聲嚶鳥聲鶯鳥羽文罌[illegible]嫈靜又嫈嫇鸚鵡鳥嘤鳥鳴鸎鳥山崢仕耕反山峻亦作崝三

箏箏亂鬇鬡髮亂玉聲三錚金聲掙刺儜女耕反儜弱五䆸[illegible]譁小聲䰉亂䆸[illegible]怦急兒八姘[illegible]

[illegible]姘金開門扉平平色駁牲[illegible]抨彈磷磷砰石聲亦作砰秤急平使䡝車聲呼宏反五䎕翻飛聲挧聲水扪聲叛[illegible]

繃[illegible]北萌反束也[illegible]之二絣振繩墨亦作絣橙[illegible]橙九撐撐亦作摚涥水出瀞安[illegible]撜穿突窗[illegible]營[illegible]窽[illegible]䨉

伏萌反兵車三棚棧之浮趟平娙五莖反身長好兒漢武夫人名曰娙娥二徑急又燕反爭側莖反競六箏樂器䋫縈獰獸名埩理鯖魚名

卌一

清七精反又在性反[illegible]圊[illegible]情疾盈反晴[illegible]請受又在性反七井二反殸雨夜晴見殸星四精子盈反十一氏[illegible]菁蕪菁苓[illegible]作旌旗亦鶄

鵁鶄鼠[illegible]晶[illegible]晴[illegible]睛[illegible]聽[illegible]瀞水名在南郡盈以成反十一嬴姓嬴[illegible]簽竹器[illegible]籯[illegible]漢

蜻蛉蟲[illegible]贏[illegible]贏財盈[illegible]溫[illegible]攍[illegible]瀛[illegible]營余傾反部三塋墓域㽩[illegible]嬰於盈反嬰兒六瓔瓔珞

是[illegible]觚也[illegible]攖[illegible]瓔大名[illegible]營[illegible]瑩[illegible]鸎[illegible]

纓冠纓鸚鵡䙬地名又一井反䫉飾貞陟盈反正五禎祥楨冬木楨[illegible]郎地名又[illegible]楨[illegible]偵[illegible]䞓赤色[illegible]酲病酒

釘[illegible]打木江虰蟲亦作蜓成市征反九城墉亦作䧹誠信宬屋容郕地名在東平筬[illegible]䫆[illegible]䳐[illegible]晟日

呈[illegible]程[illegible]醒病酒䄇[illegible]珵[illegible]䋑[illegible]聲書盈反四鮏[illegible]征諸盈反作延字六鉦鐃征行鯖煮魚[illegible]

[illegible]正[illegible]怔[illegible]輕去盈反[illegible]鑋金聲[illegible]名武并反[illegible]洺水名在[illegible]令使又呂鄭反并[illegible]栟[illegible]

[illegible]餳[illegible]縈[illegible]嫈[illegible]罃[illegible]惸[illegible]

卌二

[illegible]瓊[illegible]憌[illegible]攍[illegible]䓑[illegible]㒨特趙[illegible]蘗[illegible]嬛好[illegible]騂息營反馬赤色四垶赤土觲

[illegible]青倉經反物色五䓴[illegible]鵛[illegible]刑[illegible]邢地

在鄭桯牀前几鉶器型鐵陘中絶侀成刑滎水郢在楚庭前十九停〻𩥇豹文亭莛

莛〻蓂葶〻藶筳竹聤耳出汁霆雷〻挺䑺名在榳木蜓蟲娗〻珁㲌打〻艇鯅魚名綎絲綬艇〻鋌甼思丁

當經反廿五釘〻鐵丁五𦗵馨香形反〻三𦗵聲蜓〻虰〻星桑經反星見亦作曐亦姓九腥豕息肉又先定反胜大膏臭亦作鮏鯹魚名𥠅稀醒〻酒又所定反鉎

鐵鉎又所貞反䍶屛別猩大吠聲䗛蛵𦗵〻又不正或作傳五甹〻掣又普丁反竮色又娉令反姘男女私合〻使霝郎丁反作靈𩆜卌九櫺欄木〻檻際

作舲舟有窗亦作艫齡年十囹〻圄麢〻羊鴒鶺鴒馬名䉖竹名蛉螟蛉小青虫亦作蠕鈴似鐘而小零〻雨櫺〻窗伶〻人樂泠清〻水瓴瓦

〻瓦一𤬪玲〻玉聲酃縣名在衡陽又力鼎反鑑似瓶有耳䴇瘦聆以耳取聲䍅〻行不達見𩗴𩙫蘦藥名似苓〻小苓蓍軨車欄亦作櫺舲小龍〻車駉馬相如說

似螢有耳靇龍〻山神名靈〻岭〻深鯪出連行又醽〻酒名苓茯苓藥名毦〻翎羽霝〻雨字女鈴〻飾紷百〻絆綍〻霝空亦作靀

寧奴丁反〻靖五聹耳〻之反寍安鵼鳥〻寕蠦〻汀他丁反水際平地亦作町十訂平〻桯〻碓綎絲綬〻滯綎聽聆〻廳屋〻町田處又他頂反綎縢亦作

頲狹頭又他頂反艼〻蔚又令反鯖於形反魚青色頭有枕骨一冥莫經反暗八音扃從日從六通俗作冥十二榠〻櫨銘劍石記功鄍晉邑覭〻閒目螟〻蛉猽小〻蓂瑞草

知月嫇〻大小嫇好覭小見〻亡狄反䒔清瓶薄經反又蒲並十三蚲象虫軿似車幷以翼𧒂子屛〻風又必郢反荓〻師〻𦊛竹蛢〻輧〻車萍水上洴〻淬䶄〻泙

馬〻苹名似蒿邢〻縣在趙井亦作郉帲竹器亦作䍀䡹音圮熒胡丁反光六熒衣開〻袕螢〻小火礬〻瑩胸背〻扃古螢反戶外閉八駉牧馬駫〻馬𩣡

卌三

馬肥駉邪水林外北乜亦作冋熲光又古迥反鼏〻絅急引冋遠界尤羽求反異七杬木名在疣〻病沋水名在訧〻過郵〻境鄾

於求反憂愁異亦作𢝊十四優〻俳瀀〻渥麀〻鹿於虯反亦作𪊨耰遊〻擾打穮鄾〻色鄾名𢇍微慠不言口懮〻愁𢝊𢝊嬻〻愁〻擾中蔓

菜𩏂〻氣逆劉力求反名今人姓廿七留上正書字畄蒟〻藥名勠并力石作勠力同心𣗳𦊛射〻𩢩〻駵〻紫赤馬白腹騮〻驊騮〻周穆王馬𤰈田不耕而火種䉧

𢉖〻橑流水〻遊旒〻旗亦作旈飅〻高風瘤〻肉起病榴〻石〻鎏〻美金瑠〻璃䶉〻食上又力久反𢥧〻悕又力周反蟉蟉〻蟉又渠糾反䝉力之幽反之硫〻礼

懰〻怨嚠〻亮〻劉〻竹聲又力久反硫〻黃〻藥鶹〻鶹〻飛鶖〻秋七遊反〻輶車輶〻亦作𩌦鶖〻鳥〻亦作鶬鰍魚名楸木名萩〻蕭〻蒿萩〻𦰡又且堯反鞦

鰌〻鯔〻魚亦作𩻸鰌〻𧒂〻獻〻以周反〻謀悠〻遠油〻脂由〻從亦作䌛猶〻獸〻攸〻所〻𨌠〻木中〻游〻浮〻旒〻水流遊〻遨〻亦作遊逌〻行〻氣𢾀〻相美〻歇〻

尤〻豫〻䱷〻行輶〻輕車又易投二反蕕〻草〻臭𧒂〻木〻蚰〻蜒〻蝣〻蜉〻木〻〻〻皆〻〻〻〻䳝〻魡馬娣又五䍃〻〻攸久〻又𦓐〻

蝤 蝣蜉蝣又 槱 積火以祭 遊 郵 覷 蕕 猶 猷 牛 逌
鮂 鰍 蝤 啾 湫 鰌 噍 鬏 揫 酋
㥢 䲡 遒 鰌 𩷣 𦞦 着 修 脩
鏅 楢 柚 惆 瘳 媨 犨 周 州
洲 賙 舟 婤 雕 輈 酬 詶 雔 譸 鮋
柔 鍒 騥 莠 鞣 蹂 腬 鄵 收
丘 蓲 蚯 邱 颩 秌 不 脉 紑 殸
鳩 鬮 勼 艽 物 荓 杋 疕 不 擾
餿 颼 溲 鎪 廋 蒐 膢 郰 螋 摻 趣 瘦 醙 搊
蒭 鄒 騶 鄹 陬 緅 蹴
搜 翢 愁 湫 休 貅 鵂 庥 脙 髹 貅
𦠊 惆 四 泅 慒 酋 鮋 儔 躊 幬 稠 疇 紬
裯 綢 籌 檮 鯈 籌 怞 嚋 菗 妯 𣪠 鮋 鄡
鵃 輈 盩 啁 譸 裘 求 銶 仇 厹 頄
蛷 逑 球 賕 艽 訅 銶 梂 觓
梂 絿 觓 俅 朹 脙 肍 急 邦 裘 毬
桴 枹 浮 罦 琈 涪 桴 罘 鯄 莩 蜉
垺 裒 付 雺 付 桴 浮 罦 牟 眸 侔 蛑

鍪〻鞪〻鱎名 螯作蝥蚌蟲 鶩 鍪〻 茅〻 件 為件又渠□反 鬏 髮

卅四 侯 胡溝反 俟作猴 十五 猴 猿 鍭〻 鳥羽 喉 咽 篌 箜篌 帿 射張布 餱〻頡 大言 鍭 大箭又胡遘反 鯸〻鮐 魚 餱 乾食 鉤 鉤所以

䫜 中前又胡遘反 髃〻骨 谷〻 谷在 成皐 謳 烏侯反吟歌 或作嘔 十 樞 小兒涎衣 鏂 鉤鏂 鏂〻 甌 瓦器 膒 久脂 鷗 水鳥 區 〻 歐〻 姓 亦〻 打 毆 澡目 又口

𠛅 剌 又恪侯反 䙔 枯溝反 胡十三 𪍿 兔子 獳 大怒 樓 洛侯反 臺榭 正作樓 廿三 婁 星名 褸 衣襤褸 髏 髑髏 亦作髑 摟 摟取 膢 祭名又方子反 亦作膢 瓡 瓠

土 廔 廯廔 瓜 軁 寠 寠〻 豆 剅 小穿 嘍 〻喉 嘍 嘍唱 聲 瞜 視 䁖 目 䝏 羊 蝼 似羊 螻 蛄 簍 〻 籠 褸 衣 領 𪍿 求子 鄤 縣名 在汝陽 僂 軀 身 慺 敬 𪏛 〻 膢

餘 鱋 魚名 鞻 鞮鞻 氏 掌四夷樂 涑 東侯反 浣 三 摳 〻 先 擢 〻 嗾 使犬又京侯反 亦作䃆 彄 恪侯反 弓彄 摳 衣 䙔 剅 剅 又乙侯反 韝 射韝 褠 〻 溝 水名 在北地 又口侯反

䁖 深目又一豉反 𩨌 多 鯫 緊 縛 䮷 呼侯反 駙 鼻息 一 鯫 子侯反 鱢 叢 緅 青色 麻田 鯫 二 偷 託侯反 竊 四 鍮 鍮 石 亦作鋀 媮 女巧 又苟且 緰 紫 頭 度侯反 項 十 剅

剅 剅 是 䆀 投 擲 〻 𢰬 是身 衣 歈 歌 䳉 〻 䳉 䴮 麻 䴮 窬 穿〻 或作窬 䝟 〻 䞿 布 䯜 區 反 一 鉤 古侯反 鉤 十四 句 〻 鍭 溝 渠 俗作溝

又剅〻 䙔 犢衣 鞲 〻 鞲 〻 氏 縣在河南 又 篝 籠 𥬔 枕枝 竹 䵶 鼁 似䵶 〻 句 〻 駒 瓡 〻 軥 軛名 篝 數名 十 句 〻 作句 兜

當侯反 兜鍪 侸 侸立 下 侸 〻 吺 輕出言 亦作各 䮪 〻 䁆 〻 眵 目汁凝 或作 䁆 剅 剈 〻 剅 細斷 二 鯫 魚名又子〻 溝

卅五 幽 於虯反 䁠 六 㓜 慶 作 幽 𢆯 於虯反 〻 感 〻 憂 又 麀 牝鹿 亦 𧊅 〻 虯 之 幽 織 虬 渠幽反 龍 又居 〻 亦作 虯 四 鯫 七 璆 玉名 觓 角 虓 呼休反

彪 〻 鬖 垂 見 又 所 衝反 驫 走 〻 馬 鏐 居虯反 樛 木下垂 〻 繆 〻 二反 〻 蟉 螺 又力 〻 二 滮 扶彪反 水流 一 稵 子幽反 〻 生石 一 犙 山幽反 〻 三歲 一 聱 語虯反 〻 魚馬狀 一 飍 香幽反 又風 〻 二

卅六 侵 〻 林 許彪反 〻 加大 〻 一 繆 武彪反 綢繆 又靡幼反 一 謬 子〻 反 又 又 子侯反 一 侵 七林反 漸進 正作侵 三 駸 馬行 駸 〻 尋 徐林反 八 尺曰 十二 鐔 劍鼻 又 〻 徒南二反

潯 傍 深 䱵 魚名又 徐針反 樳 木名 鄩 姑 姓 𩂢 小雨 撏 取 燖 〻 藫 〻 蘊 水名 出巴郡 𢪃 又 林 力尋反 〻 琳 玉名 〻 八

淋 以水 沃物 瀶 水出 霖 雨 三日 臨 〻 〻 痳 病 箖 竹名 琛 丑林反 寶 〻 棽 本枝長 〻 又 所今反 䑣 竹 〻 〻 䑣 郴 縣名在 桂陽 覝 私出頭視 又丑鴆反 䚁

〻 斟 職深反 〻 酌 九 針 縫衣具 或作鍼 䳡 〻 鳥名 箴 竹 名 鱵 魚名 堪 〻 郡 古國 葴 酸將 藏 草名 䁩 居葴反 䩋 〻 𣎴 除深反 又 〻 作 姓 〻

祝 木 〻 〻 〻 㶇 〻 㵘 〻 〻 䫮 〻 衣 一 諶 氏林反 誠 〻 作 〻 四 〻 忱 信 煁 竹 〻 〻 𪑦 〻 鷽 鳥名 𢥞 〻 〻 王 方

王 〻 〻 〻 又 〻 〻 〻 鍼 針反 〻 〻 望 竹 〻 覃 白魚 〻 〻 䳡 〻 〻 鐔 魚名又

[illegible]

鐔劍鼻又徐林反 鄩地名 心息林反二 杺木中心 愔於淫反二 窨地室又徐禁反 祲姉心反又精禁二反九 梫木名 綅〻綻 埐地又子心反 鼻 嶜
馬𩣡 鋟 鐕 鱏魚名 鮗大魚 岑 梣青皮木 埐子心反 鬵亦作鈊 醰 誑女心反 誑 嗽喉聲一 琴渠金反 樂器十九
㯲 黔 𪐴 芩 檎林檎 凜寒狀又力稔反 㝲 鈙持上 鵭鳥又渠炎反 紟單被又渠禁反 擒捉 𡻙
石 䤫 黚 甘又渠 岑 邻亭名 欽去音反四 衾被 嶔嶔崟 芩似蒿草名 吟魚音反亦作訡五 崟嶔〻
𦮩 霖雨 廞 口 歆許金反神 廞陳車服又 歆兒 大盛 金居音反 銑六 今古 黅黃色 衿小帶又琴禁反
襟 黔黑 音於吟反七 陰陽 霠雲日兒 瘖瘂 喑於吟反又於今反 醅 諳 森所今反長兒六
篸 參〻 槮樹兒長 梣木枝長 突 岑鋤金反高山五 涔〻陽地名又士監反 霽雨聲 梣青皮木亦作橬 炎
卅七
深 箴側岑反 簪 兂 㝘 楚今反木長兒二 槮木長 䋠乃心反 覘內視一 鹽余廉反鹹味亦作塩壛盬
三 檐 閻 門 阽危 簷 鵮 鶅 𡼖 餤 作𥂝 閻門 灩 間 欄屋招亦作檐 癎病 廉力鹽反儉十五 鐮
作 霊 慊 簾 薕蘆 𩑹 匳盛器 礦作𥕓 獫大長喙又虛 獫〻 薟 鏡 覝察視 蠊 飛
膁 貪又仢 鬑 髮鬑又勒 砭府廉反以石刺病亦作砭一 籤七廉反 纖 臉 臁 鹼 水和鹽又 槧 公斬反 削板又 憸〻 詖 僉〻 咸 詹
𦢊 腰間反 占 視 瞻 視 蟾 蝦蟆 銛 息廉反 銛 利十二 暹 進 枮 木名 綅 白經黑緯 韱 似韭而細 襳 小襦 纖 細 〻 孅
繁美疾之 孅 細 憸 利 口 彡 毛飾之 所銜反 攕 女手兒又 所反 㦥 視詹反 果名 似棎而酸一 苫 失廉反 蒲 靈 三 痁 病又都念反 婆 魚又 毋 鬑 反 詹 九
姑 〻妙 蛆 薄兒 幨 帷 襜〻 褕 蔽膝亦 燅 衣動 帨 兒 痜 皮剝 姎 善兒 恬 靜又徒 兼反 惔 作恢 惔 亦 髯 汝鹽反 須通俗 作 髥 十 蚺 蛇 出南方 膽可為藥
㘆 帷 柟 梅 訕 多言 蚦 蝂 〻 稱 美 〻 㭴 日反 持又乃 袡 緣 〻 冉 毛 〻 黏 女廉反 翻一 炎 于廉反 炎熱 又 餘 念 反一 霑 張廉反 霑 濕 字 二 沾 〻 覘
覘 日廉反 視 二 娑 妗之 夫廉反 淹 英廉反 沒四 菴 〻 蘭 崦 〻 嵫 亦作崦 峰 又 音 奄 醃 漬 又 於 紺 反 腌 〻 魚 以 鹽 清 魚 一 憾 丘廉反 憾 悔 意 不安 一 䶢 語 廉 反 齒 差 二
唸 魚 嘴 又魚 儉 反 或作 㖗 尖 子廉反 上 小 下 大 土 熸 火 滅 瀸 瀐 〻 嗤 〻 嘁 不廉 嘁 字 子 伹 反 瀸 泉出 水 出 瀸 白 足 霎 小雨又 力 艷 反 䨲 漬 又 山 廉 反 鑯 〻 鶼
懺 杖 潛 昨 鹽反 水 伏 流 六 朁 縣名 在 吳興 鬵 甑 箔 漂 絮 灊 縣名 在 廬江 蛅 蟖 箝 巨淹反 鑷 頰 或 作 鉗 亦 作 拑 〻 〻 黔 絹 頰 鉗 持 鐵 點 日

淺黑又䵘陽 柑 鴒 錐 聆 廞 歆 㱌 嬐 䅾
鯦在嶮陵 燖徐廉反湯淪肉 亦作燅四 蕁菜 㜝 添他兼反益二 黏 蟾 髫丁廉反 髮七 貼 䀡目垂 㸃丁念反
拈 甛 恬 湉 䅶 謙 黏 嫌 㜐
謙苦兼反 鬑 鶼 鵮 嫌 濂 㜸 䭂
𩞄 黚 歉 絸 鶼 鑑 溓
拈 鮎 䭢 黬 𩈮 䕢 𤓰 䭛
䧅 蓋 脅 烝 承 丞 澄 懲 陵
淩 凌 陵 鯪 綾 餧 稜 棱 䄬 鷹
䗀 憑 凴 冰 掤 期 竭 冰
颾 鼆 鱦 乘 溗 縢 繩 縄 升 陞 勝 昇
艿 仍 芿 訒 扔 兢 矜 徵 癥 菻 䔲 增
驓 䁬 凝 冰 興 䳢 稱 偁 㲯 堯
㷭 𢐦 䉢 倰 丅 僜 登 燈 璒 簦 豋
鬅 𣲡 嬗 𢻝 僜 𡿾 僧 鬠 增 憎
曾 矰 罾 磳 繒 䙢 䉕 鄫 層
朋 堋 鵬 棚 弸 弘 彋 肱 䡏 薨
僜 能 騰 滕 騰 螣 藤 騰 䒭 䕨
蟗 滕 臊 崩 岫 䪯 恒 䉕 𣓖 咸 鹹
䈆 㲹 㴒 戠 㭬 嘁 緘 瑊

䫲 胡本胡讒反 黬 黑 黬 黬 黮 所咸反 …… 攕 女手兒 櫼 … 鹹 … 猪 …… 顑 …

䫲 胡覽反 …… 讖 山羊 … 䶢 …… 誠 和 … 碞 …… 嵌 … 一 蝛 … 蚧 … 䫲 … 詀 … 鵮 …

㽉 … 作䶢 … 䫲 … 有力 … 讒 … 謙 … 鑱 … 鑱 … 饞 …… 儳 … 劖 … 鄿 … 鵮 …

䑎 … 䩞 女減 … 䫲 士咸反 … 作讒九 … 斬 … 鏨 小 … 鑱 … 鑱 … 彡 …

棪 若 … 䫲 … 竹 … 鵮 … 銜 戶監反 … 鑱 三 … 嚵 … 鑱 …

卅

芟 … 㘙 … 巖 五銜反 … 口三 … 巉 … 攙 楚銜反 初銜反 … 二 … 巉 … 衫 … 黲 …

衫 … 巖 …… 嚴 … 攙 … 巉 …… 劖 … 鑱 …

黲 … 監 … 格 … 䨲 … 監 古銜反 … 鑑 … 諸 … 礛 … 礛 …

嚴 語驗反 … 嚴 二 … 嚴 … 檢 …… 杴 … 醃 …… 簽 …… 鈙 ……

凡 符芝反 常六 … 帆 … 机 … 劍 … 颿 … 芝 … 欲 … 氾 …

切韻卷第二 四

右卷一万二千一十六字 ……

切韻卷第三 上聲五十二韻

一董 多動反呂與腫同夏侯別今依夏侯　二腫 之隴反　三講 古項反　四紙 諸氏反

五旨 職雉反夏侯與止為疑呂陽李杜別今依呂陽李杜　六止 諸市反　七尾 無匪反　八語 魚巨反呂與麌同夏侯陽李杜別今依夏侯陽李杜

九麌 虞矩反　十姥 莫補反　十一薺 徂禮反　十二蟹 胡買反李與駭同夏侯為疑呂別今依呂

十三駭 諧楷反　十四賄 呼猥反李與海同夏侯為疑呂別今依呂　十五海 呼改反　十六軫 之忍反

十七吻 武粉反　十八隱 於謹反呂與吻同夏侯別今依夏侯　十九阮 虞遠反夏侯陽杜與混佷同呂別今依呂　廿混 胡本反

廿一佷 痕墾反　廿二旱 胡滿反　廿三產 所簡反陽與銑獮同夏侯別今依夏侯　廿四潸 數板反呂與旱同夏侯別今依夏侯

廿五銑 蘇典反夏侯陽杜與獮同呂別今依呂　廿六獮 息淺反　廿七篠 蘇鳥反李夏侯與小同呂杜別今依呂杜　廿八小 私兆反

廿九巧 苦絞反呂與皓同陽與篠小同夏侯並別今依夏侯　卅皓 胡老反　卅一哿 古我反　卅二馬 莫下反

卅三感古禫 卅四敢古覽反呂與檻同夏侯別今依夏侯 卅五養餘兩反夏侯在平聲陽唐入聲藥鐸並別上聲養蕩為疑呂與蕩同今別 卅六蕩堂朗反

卅七梗古杏反夏侯與靖同呂別今依呂 卅八耿古幸反李杜與梗迥同呂與靖迥同與梗別今依呂 卅九靜疾郢反呂與迥同夏侯別今依夏侯 卌迥戶鼎反

卌一有云久反李與厚同夏侯為疑呂別今依呂 卌二厚胡口反 卌三黝於糺反 卌四寢七稔反

卌五琰以冉反呂與忝范豏同夏侯與范豏別與忝同今並別 卌六忝他玷反 卌七拯無韻取蒸之上聲 卌八等多肯反

卌九豏下斬反李與檻同夏侯別今依夏侯 五十檻胡黤反 五十一广虞埯反陸無韻目失 五十二范符山反陸無反取凡之上聲失

一董多動反正三 蝀螮蝀虹 蓊蓊鬱又烏孔反 蠓蠓蟲三 鸏鳥小 朦大兒 孔康董反後一 敢先總反神數二 樬蘇公反 侗他孔反直一 桶木 曈曨

揔作孔反率俗作惣九 嵸山兒 蓯蓯菜 鬆鬆亦作鬆 燪烏公反 傯倥傯 輚輪 總聚束 澒胡孔反水銀 汞 蓊

滃大水兒六 翁日 翁? 鬞鬞鬆 䐋? 䰆? 鬞奴動反 琫方孔反佩刀 四 菶草盛又蒲蠓反 紺小兒衣 俸 曨

五 襱作襩又來公反 巃巃嵸 籠盧紅反 寵丑? 動徒揔反 五 挏 峒 胴大腸 挏引 菶草盛二 唪

二 腫之隴反 大 慬? 莫孔反 腫病 四 種之用反 踵亦作 ? 種相 寵 垅 隴力奉反 壟 沈 擁

三 拲持 𡏖於龍反 冗而隴反 八 穁 ? 𥬞 ? 毦 龎? 犹 搑推 重

鮦魚名又直隴反 四 湩 ? 襩 冢大二 塚 奉扶隴反 捧 勇餘隴反 武 健十

甬 涌 踊 溶 蛹 埇 俑 悀 傛 恐 瘇時冗反 拱居悚反 抱十二

拲兩手械亦作 㧬 輂 蛬 珙 手 巩 拲 恐 拱 悚 鞏

𩷏 悚息拱反 竦 從 聳 傱 㩳 𢥠 從 騻 洶

湩都隴反濁多是此冬字之上聲陸云冬無上聲何失甚 𠮮 𪆫 朧 渠 䧿 㧐

縱子冢反 講古項反 港 耩 傋 棒 玤 棓 蚌 慃

四 [illegible] 䝵 𩿪

紙諸氏反 只 坻 枳 [illegible]

紙……抵字泜狗狹山趍……移……乱芷……坻著馶馬如馬枳開是……氏是媞

跐……諟ヽ徥行ヽ禔衣服ヽ弛ヽ狼靡文彼又無四靡……纚……縰……亦作……彼……山二

捭相分解被皮彼反又衣又皮義反二罷遣有罪又平陂薄解二反毀許委反壞七燬火亦作焜燬毇……擊傷……毀舂……𩩲鳥吐毛如九委

於詭反骪曲𩩲鷙鳥食吐毛蜲鼠婦跪去委反拜二𧻓刖一足詭居委反詐十垝毀垣亦作陒……庪……觤角不齊……

九偽恑變蛫蟹祪毀廟之祖掎手……庋上懸髓息委反骨中……行亦作膸四嶲越嶲郡……弱兒……累力委反三……

似小盤中有陽……法者藁可以網人心技渠綺反藝俗作伎五妓女樂掎立……錡釜又魚綺反……倚於綺反侍三椅梠旖旗又河我反掎居綺反牽一腳

剞曲刀亦作剧庋閣食踦弃又丘知九寄二反……一足亦作踦……去……綺繒綾……婍好亦作……碕……趌行……崎……病又於……蟻

魚倚反蚍蜉……錡三足鼎一曰兵藏爲蘭錡式作錡……磯石巖兒𪘏……檥亦作艤……向岸……陽郷……在魏郡……敲……蔿爲委反姓……又于爲反……鄢名

亦作……蘤花……口閣門亦作閣……人姓又……一……安……寫屋……隝鄭地又……如爲反……即委反……鳥喙……亦作……一……蘂花心……此雌氏反正作此

斯……佌……跐蹈玼鮮色泚水清佌小兒趾淺度……大……豸池尔反……十……褫奪衣……黏……陊山崩……傂……杝析薪

可……角端不正……解ヽ又才見反亦作……徙斯氏反移正作辿二璽印別名酏……酒八迆……匜……袖……胣引腸……莊子……日長洪

施……刎ヽ沙……絫又離又……不憂事又……餘支反……邐力氏反迤連山二峛ヽ……躧所綺反……纚……不黏根

莛……裨彼丸……卑婢反鞞刀……箄……髀股……埤……俾使……草……庳……麗……迹

瀰水流兒……羋羊鳴一曰楚姓亦作哶侎安亦作……力偏反……婢便俾反女奴二庳下亦作……侈尺氏反奢十二

……多侍土……哆張……誃離又直……口……移反……濨……袳衣張亦……移……式是反……豕

……呰……訾……啙……紫……捶之累反……箠……林

……觜……揣……

……跛……被……疕……

[illegible]

五

䧅草木花初生 芛又羊捶反 䉡小竹 𪙧 鬼 跬 頍 柅女氏反 柅 旎

硊 頠五罪反 姽好兒 䳄 趡 蘂 擻 欌 䪎 啚

如人也一 旨職雉反 指 恉意 砥 視承矢反 美無鄙反 媺 鄙 啚

兕徐姊反 䨀 雉 芙 几居履反 机木 麂 屼水所出 䣚地名

𦽭 履 䃗 姊將几反 秭 匕 比 紕 秕 汦水名

出䧧江漢縣入荊陵令 宄 軌居洧反 簋 晷 𣅎 頯 究

洧 鮪 痏 蒴 美 笶 羑 死息姊反 雉

㶁 藟 𦽭 履 水式軌反 壘 䃬 雅 鸓 藟

畾藤 誄述行 耒 讄 漯 揆 楑 湀水名

趡千水反 踓 柅 否 痞 圮 仳 殍 忙 醉 崔

𦧟 跂 秠 惢 唯 誰 鮪 遺 壝

六

嫶 䡜 踓 歔 澤 嶉 藟 𢿾 久

䗨 跽 鵗 郿 止 時 詩

茝 趾 址 阯 詩 庤 市 徵 喜 以 巳

佁 𣪠 似 祀 姒 巳 耜 祀

鉛 紀 己 改 苢 史 使 駛 耳

洱 䮙 絧 鯉 里 裏 李 痙 理 娌 俚 郢

始 枲 葸 莫 時 痔 跱 庤

七　八

峙時儲起墟里反興六杞木苟杞屺山無草木亦作岅玘佩玉芑白粱邔縣名士鉏里反仕宦柹木名俟待

作祀史記䇲事涘水涯汜水名當㮂牸牝生七蟳虫杍木名梓杼椔材矣詞二㮂

擬魚紀反度五儗僭薿草盛皃又音蘖盛㩳蘖盛齹齒不齊一耻敕里反俗作耻一徵禍剌剖聲二歟聲滓側李反料

牀板又葿三笫側几反胏脯易曰食乾胏亦作𦙶譩於擬反恨又於其反二醷梅漿尾無匪反後俗作尾四亹美也勉音門又亹俗作亹娓

水流鯘鯘良氣豨反豈無有二豈菜扆依豈反户牖間五偯痛聲懷愛依𠞰恺不可皃蟣居狶反蟣蝨四幾何又既希反何俗作幾

穖禾鬼蠽俗婓妃尾反又十三朏月未明菲芳尾反芳非反悲平剌反鳥如梟又排非尾排謗匪斐文章篚竹器餥餱一曰相謂食榧木名子可食

蜚虫或作蜚又扶沸反韡盛煒光韙是暐暐晱偉大瑋玉韡盛韡花盛皃榯木名可為盂韙是煒盛鬼居偉反黠鬼

正作虺許偉反鬼二虺六娓美又忘匪反尾鬼亹宀蝱虫名螝亦作蝱頵鮪魚又胡罪反𧉚一豨布豈反楚人呼豬三𧍪𧍪小腸蠝蟲名磈盧几反又山

石皃嵬嵬崔山高下曲二䑋浮鬼反䑋瘣多汁二穳稻紫莖不黏又扶畏反語魚舉反對言十籞苑囿禦禁敔柷敔樂器圄囹圉衙楚辭云

衙𪍀齬齟齬又魚家反衛禦禁鋤鋤齬齬篽圄𠀐一吕力舉反陰背十二旅師梠名膂脊簇筥竹器亦作筥稆野自生出梠楣木櫨

心不勤侶伴倡倡大夫名秼穭名挈絽締紵除吕反持亦作貯十竚貯張目皃苧草紵布杼機杼粐五月生羔宝器亦作盜坾塵芧橡

宁門屏間又直居反與余呂反付五歟歟與予我又餘蓺與反或作蕷煮諸与反湯熟三陼丘渚沚汝如与反尔五肦魚名鮞茹

熟菜又㽈楚人呼乳又仁而恕反諸乙庶二反𦊰黏暑舒呂反熱五鼠穴蝨黍黏黍蠩黍虫癙病杵昌与反擣臼九處昌處反貯亦作

情褚衣楮𡜍知謀詐智謀𦙶亦作恕紵紵諸反時楮衣諝私呂反智亦作𥡴四稰熟糈粮醑渡酒露皃糈祭神米又音所女尼呂

女粔籹粔巨母呂反木名二褚姓許虛呂反然一巨其呂反十六拒扞秬黑黍距雞距炬火𥱼鐘磬木𥿂𥿂鉅大苣苣藕胡麻

驢騾駏驉蒙菜苣菜驉蒿鉅鉅鉏齬齟齬遽蘧麥虡神獸所疏舉反俗作所五糈祭神米又先呂反齭齭齒傷醋盨盨器

足記又山於反楚初舉反國名礎柱下石齼齼䠞水名蘆䠞齬阻側呂反䠞二俎俎豆齟齟齬齟一咀咀嚼慈呂反五沮沮止又七余反跙行

進趙趙趄趄趄徐呂反組綬又子鄧反欸許二紀𢂁𡪄舉居許反九莒草名一曰國名櫸木名筥匡趄行皃蒻蘮葠柜柳郎

亭在昆次舉通長沙俗作訏敘徐呂反緒十一序叙漵水浦緒業杼泄水嶼海中洲璵漵浦名在洞庭醑美酒鱮魚名亦作鰗屛飫去反蜀人

蕻美貌又以舉反去羌舉反又丘據反却正去三魼計紵縫之所除反又丘據墅署與反田又野與者反二紓莊子云紓公眠杼貯七呂反貯一苴子與反麻中

栩杼屬又縣名在馮翊栩杼字鄉會反況羽反三麌虞矩反北鹿俁大羽反又十二禹王矩反雨雲宇亦作寓瑀玉名翎郿縣名在頨

頭如橋棋蘛餘粮木藥名鄅亭名在南陽齲齒病聚慈雨反斂又似俞反鄹二鄹亭甫方主反十三脯乾斧鉞俯俛府公簠

簋蜅小蛹莆蓬蓬堯時瑞草郙亭名又芳洙反硧石鬴大釜鯆魚名頫低頭又亦作俯武無主反止戈為武十六舞亦作儛嫵嫵媚侮侮慢

憮失意又字或作煤愖廡堂下珷珷玞潕水名在南陽鵡鸚鵡膴罛罟雉鄦蕪父扶雨反

軌難輔扶雨反輔助腐朽釜鬴鴞鴞鳥騙名和𧎚蚹瘖病湰梓湮

十二輔頫亦作輔腐朽釜鬴鵑名和吠蚹瘠病湰撫芳武反弣弓把

殕食上生毛拊拍鳣鐥楠鱮趣健武作韵跂蔭髻髽柱直主反楹一詡況羽反栩柤羽反又求俱反二

栩木名又歔吹又況于反哅哅喣喣爾名在鄉溫又香句反豎殊主反立又上作豎二豎裋裋褐庾以主反倉十一瘐瘐病死獄中窳

㾾病亦作瘉愈勝貐猰貐食人迅走窬如䐝兒喻鳧天下大水楰鼠梓似山楸本下蝓蛞蝓小蟲睡? 蕢草名斞量名四黈

料斗水器或作斗斗窒窳亦作窪傴於武反不申二迃迴遠亦作迂醹酒厚

貗貒所矩反又所兩二反速一矩俱羽反或作䂓榘倜八踽獨行枸榪棋枸蒟蒟醬出蜀又求俱反聽張耳有所聞椒果橘蒟

求俱反一取七庾反又七作一縷力主反縷縷線十陋陋上縷字浴十反僂傴傴嶁岣嶁山名又陳縷漊小雨漊漊瞜漊之下草㶉藍

㒍小萑藥姓古偱胸又先湧反一姥莫補反老母五莽草鋳鋳嫵嫗煤土他古反四吐徐佘

坐泥杜徒古反果樹五敹塞肚腹坰縣名魯郎古反十三櫓城上守樂滷鹹梋薅蒲北歲昌名補䱚

𨎛所以鑄鐵者苴草名𨎛艣蘆鹿觀蒲古反五晤明睹丁古反見肚腹又徒古反睹堵垣堵都古反作褚

蝕情䌕嵒帍美古又候古反十六鼓工戶反鈷鍇鼓鼙器侯古反鹽佑盬鹽池在河東鈷鈷

䩐車古上聲器朝器刷覅盟器多貝鮎鈄蛇翳鹽鹵屬東郡五數五午疑古反昨日伍伍人又姓亦作迕逆吾故反

廿一 薺 □文□二部反 才禮一 □ 徂□ 梅 □ 祖□三 理 組 □ 庢□四 理

㡧 曳水聲之 呼啟反 詐 叉許 㠯叉 㒿 鳥名似 鄔 縣名在太原 瑪 石似玉 證 □ □□ 輕輕 若 □□ 𦨭 叉□ 怒 □四 𢍰 弩 □古反

䂸 石可作矢叉乃啟反 䒦 叉刀 尸 明□反 楷 夫 庬 □□ 怙 □ 鄠 縣名 □ 㡀 巾福 昈 文采 肷 不□二 龐 山多草木 鴨 鳥 芐 地黃

䫜 一□酒之古胡□反 安 □ 㡧 杼 滬 灌貌 □水 居 □ □ □ 鶊 亦作鵗 普 滂古反 □ 溥 大 浦 水□ 誧 大□ 補 布□

鍺 古反 □ 譜 □ □職 圃 園之□ 薺 徂禮反 菜三 鮆 魚名 □叉 𡓏 子西反 禮 作礼十二 醴 甘□ 鱧 □ □ 㿝 □□

盤 小 □□ 澧 水名在武陵 醽 酒 鱧 魚名 豊 行禮之器 欐 □□ 𣂉 □ 小船叉 𧏙 海中大蟲 蠡 蟲 西反 體 他禮反 四 醍 酒 涕 □

弟 梯 □□ 緹 □□ 䮩 □ 𩓞 □ □ 濟 子禮反 □□ 四 𪗋 酒 𪗋 下長 卵 □□ 邸 都禮反 店 □□

底 下 詆 □ 訶 𥇒 □目 坻 隴坂之氏 抵 側手撃 牴 觸 弤 弓 □ 軧 大車後 堤 □

嫡 □□ 闉 又莫氏反 茝 □ 泥 滾 埿 地 䯧 鬈 䪷 □ 鞮 革履 弟 徒礼反 悌 五 娣 □ 㣅

遞 □ □ □ 趧 作□ 洗 蘇典反又先礼反 □ 洒 □ 𢂇 □ 啓 □□ 棨 □ 綮 □ 䔶 □

胣 □□ 叶 □□ 䏔 □ 依 □ 啟 公□反 軫 □ 傒 所望五 謨 作諜 𦯛 □ 諐 作諐 乚

米 莫礼反 □□ 眯 物入目 絲 綿文如聚米 洣 水名在荼陵 寱 寐不覺之 蘇 草 陛 傍礼反 陛階 □□ 梐 梐枑 䠙 □ 蜌 蚌

十二 䛘 □□ 睨 吾禮反 女牆六 棿 □ 睍 明亦作□ 䚷 □ □ 貌 □ 鯢 魚 □ 視 □ 䡞 □ 鑋 □ 蟹 □買 水虫五 解 □□

濼 □ □ 𡸗 山澗 𢲼 □ 豸 宅買 奻 奴解反 乳一 挈 一 罪 □ 嘪 □ 蕒 苦蕒 𤁓 □ 豫章 罼 □ 鷶 鳥 穿 □ 解

十三 㨾 □□ 賭 □□ 諧 罷 薄解反 休四 罷 □ 𤜻 □ 罹 大鐵 擺 北買反 亦作捭 一 矮 □解反 短貌二 𢰈 □ 䫨 □□

解 佳買反 說文 䲒 古隘 □ 𢲼 □ □ 䲒 □ □ 䂁 □ 駭 駭 諧□ 騃 □ 楷 苦駭反 □ 揩 □ 鍇 鐵 騃 五駭反 □ 娃 □

十四 騃 □□ 挨 於駭反 打二 唉 □ 鍇 古駭反 □ 膭 □ 䏠 □□ 腒 □□ □ 糲 □ 裸 □ 䏢 □ 腿

肥弱鍡、鑸不平 媉、婑好貌 𤳳、矮不知人 𥗯、𨾊 磈、磊亦作磈 碨落猥反又作磈 𥓄 𥓆磊磊石 蕾 罍 𥗯 磊 花 蕾 外小起 礧 礧 大石貌 磊 又勅清反 郲 偎

瑒 隈鑸陽縣 𨭚、鑸古北平 灅水名在 郲碨郲不平貌 碨字胡罪反 儡 魁貌又力追反 頪 頪不正 絫 罪 鐓 徒猥反矛 隹 高亦作崔 鮪 徒罪反 反 𦈡 錞戟下三

𠎀 浼武罪反流貌四 每 頪 俗作每 燘 爛貌又呼猥反 䐋 碎 蜼 罪 徂賄反 細 又始皇改辠 𦈡 𠗨 吐猥反 骽 股七 娞 肗 痥 又娞 頪 字五罪反 腇 餧 好

𡶨 𡼖 𡼖 山良 瘣 胡罪反木病無枝六 溾 浼 溾穢濁 隗 㟪 𧢱 竹扶節 𥶌 懷羊 𩓪 孤迴反 輠 轉 又胡 罪反 頠 口猥反大頭 頪 口猥反 頪 大首 又五罪反三 頪 五猥反 頭 一日閑習 頪 頪 口 懷 二反 貞

傀 偎 腲 都罪反 膃 肭 二 錞 木實 餧 飢 餒 奴罪反 六 娞 𩗱 風動又 鮾 魚敗 鮾 作餒 𧝐 烏迴反 𦁽 𦁼 𦁽 皆又五毀反五 䫥 、

隗 姓 隗 𩓞 崔 不正 暟 白 雪狀五 漼 作淮 水深亦 璀 玉色 𥼶 物粗 潗 新 𢈢 作 䌷 亦 䠷 𨖟 錄 罪 反 珠五 百 𥔳 、 𤹠 瘤 𠊜 痛 一 摧

十五 宰 子罪反 𦙶 胘 而 賴 又 之 春 反 二 海 呼改 醢 肉 醬 愷 樂 六 䫒 風 塏 高 地 顗 、 䫒 皚 亦 作 、 凱 、 樂 𨾊 官 二 䗍 作 解 載 又

紿 徒亥反 詒 𢯱 殆 危 待 作 逮 及 怠 懈 紿 言不 信 口 嘽 、 唲 言 不 正 𢙿 苔 苦 、 乃 奴 亥 反 古 作 廼 詞 三 疠 病 穰 挽 、 改 古 亥

出自言 作代反 騃 出自言 反 俟 亦 作 䯿 二 頦 䫐 頦 又 胡 改 反 亥 胡 改 反 亦 名 四 頦 頷 又 胡 來 反 賅 奇 非 常 又 古 來 反 亦 作 侅 㔢 恃 啡 足 懼 反 出 噯 聲 一 採 倉 宰 反 亦 作 采 六 采 綵 綾 、 彩 、 𨤌

十六 𤄢 采 恨 𤄢 、 茝 昌 殆 反 草 一 等 多 改 反 齊 又 多 肯 反 二 䵘 黑 莫 亥 反 本 傷 雨 又 莫 代 反 二 梅 貪 在 作 宰 反 存 一 佸 普 乃 反 不 肯 一 欸 於 改 反 相 然 四 毐 嫪 毐 秦 皇 之 母 字 淫 嫪 人 誒 挨

軫 辰 藏 、 倍 薄 亥 反 、 多 二 禧 黃 、 草 軫 之 忍 反 又 車 後 俗 作 軫 十 五 縝 結 胗 唇 瘍 又 起 、 畛 田 間 道 、 眹 眼 瞳 人 又 之 刃 反 亦 作 眕 鬒 黑 髮 槙

本 稹 緻 又 之 人 反 縝 衣 絥 、 紾 黑 駁 亦 作 縝 袗 之 絺 綌 又 夕 仍 殄 顏 色 酢 䐹 珍 又 ︀ 情 事 貌 昣 目 有 所 恨 聄 記 、 診 、 視 亦 作 紾 、 蠢 尺 尹 反 蟲 動 九 膞 肥

蹐 蠢 惷 侮 慢 、 春 富 、 踳 、 僢 舛 𦘧 作 靡 蠢 、 蕃 、 截 出 亦 作 蠢 蠢 、 亂 准 之 尹 反 作 準 平 十 三 埻 的 純 之 尹 反 射 埻 余 準 反 官 、 允 信 狁 玁 、 駍

馬 走 述 玧 璊 赤 玉 一 作 䏰 目 尹 允 而 允 進 筍 思 尹 反 竹 萌 亦 作 䈽 集 鳥 隼 、 簨 簴 、 榫 、 愍 悲 十 、 憫 、 默 亦 作 閔 傷 、 敏 、 聰 、

菌 竹 中 空 本 作 愍 黽 死 不 黽 鼜 、 黽 細 電 䡕 伏 兔 以 下 革 潤 水 流 澠 、 牝 此 、 忍 反 四 臏 膝 骨 、 㔢 断 足 、 編 編 綸 又 布 玄 反 閔

反 浸 隕 墜 亦 作 殞 筍 䈱 雪 星 落 窘 急 迫 三 、 梱 梱 玉 名 菌 、 地 竹 名 箘 名 䐪 、 咽 欲 吐 䐪 腹 中 胭 胭 月 大 蜩 而 燕 錄 胭 作 胭 紖 二 刷 、 䏰 皮 革

五 駗 本 餘 乃 又 駗 駗 馬 又 勑 又 大 笑 一 引 余 軫 反 延 八 蚓 蚯 、 蚓 亦 作 螾 、 螾 、 斯 、 衍 、 又 、 行 、 戭 作 、 縯 長 、 演 、 水 名 武 、 演 引 一 曰 、 忍 而 軫 反 耐 、 三 荵 、 名 、 草 、 䏰

汖 水 名 在 上 黨 刎 又 武 忍 反 亦 作 脗 刎 三 哂 笑 亦 作 吲 頤 、 緊 、 居 忍 反 亦 作 縊 二 䏰 、 肥 骨 、 盡 慈 忍 反 亦 作 盡 二 紙 、 伎 、 愍 、 、 、 鋠

俗 作 愍 縜 俗 作 愍 箟 竹 名 𧰼 巨 尾 反 黽 、 黽 罶 、 亂 俗 作 黽 瞖 時 忍 反 、 一 、 蠶 、 蛣 、 䏰 、 𤏙 、 月 內 二 啟 、 俗 、 餅 、 罝 引 、 鼇 、 鑒 、 磒 、 胥 、 盾 、 脫 、

楯欄筍笑一 僎 聯四 犉 山 杶 掄 踚 麐

十七 蜦 蟺虫二 趣 賰 輑 吻武粉反口吻 抆 刎 伆 勿 粉

鼢 獖 黂 坋 粉 膹 憤 獖

忿敷粉反忿 魵 幩 蘊 輐 醞 榲 韞 齳 趄

十八 隱 抎 齳 殞 隱 磤 癮 檃 濦 急

乙道 𢙋 卺 謹 新 槿 堇 槿 卺 菫 槿

十九 阮虞遠反 䖏 謹 趣 一听 齔 近 謹 炘

阮 䖏 邧 遠 䫫 偃 放 腱 鶠 鄢 鼴 褗

蝘蜓 湕 揵 犿 犍 寋 言 鍵 言 巘

齴 憲 攑 蠓 晚 娩 挽 晚 鞔 反

返 坂 播 畈 眷 園 婉 苑 蜿

畹 琬 婉 謴 宛 㹁 絭 鰺 踠 𩿎 翣

廿 暖 咺 愃 烜 奮 飯 混 渾 鯶 焜

棍 棍 睴 錀 滾 㮯 腨 蓴 付 扴 卷

革 萃 損 痒 膹 舸 噂 尊 僔

撙 穩 囷 盾 沌 伅 楯 笔 庉 鱒 嚪 縣

稛 窘 緄 惃 錕 輥 碮 畽 㷞 怨 倫

閫 壼 梱 悃 頵 梱 踊 猶 筌 体 麐 橋

廿 積 㥣 很 墾 懇 齦 頣

十二 旱 悍 暖 緩 瀚 覸 篹 晏 鯇 睆 短

斷 纂 款 窾 棵 館 餪 暖

渜 篹 纘 鄼 穳 椀 盌 粄 阪 暵

管 脘 輨 盥 琯 痯 輐 斷 斷 疃

伴 扶 拌 卵 滿 懣 蔄 但 袒

誕 潬 膻 僤 坦 亶 担 笪 癉 觛

狚 笴 稈 衦 散

繖 傘 趲 罕

廿二 偘 侃 攤 潸 綰 板 版 眅 鈑 蝂

赧 戁 僩 皖 鯇

阪 莔 獲 睅 眅

產 嵼 汕 滻 限 硍 堅 簡

柬 暕 揀 襇 剗 鏟 帴 棧

孱 戲 眼 醆 艮

廿五 銑 跣 毨 洗 箲 洒

典 蜆 蹍 淟 典 蕇 顛 蝘 宴 嬿

蜓 錪 埍 筧 撚

五十六 獮

臙切𪗋小庖反之 關閑閑門利 鱄美魚又去免反 選思究反又思綃反或作僎一 撰士免反述本作撰三 僎具 鱄魚名 蜎狂兗反井中虫二 螺香兗反蜎

三趣走意又趍出 楩符善反木名五 𩎽夏𩎽 褊擊又兩𢍖反 編編領 鯿𦠃 免亡辯反𩟂七 娩娩 勉勖 俛俯亦作𢔩 冕冠 鮸魚名

挽生子免身 𢈪基善反𪗋𪗋一 鍌毋善反長六 㫃旌旗杠 𧴺去皆 鞭䩞具又卅井反 蚩行 辿丑延反安步又 放於蹇反旗偃二 𧺛走 𢒢式善反物二

廿七

嬈女自姿又奴見反 篠蓨鳥反細竹俗作筱四 鮡魚名 謏誘又所六反正作謖 礀墨砥又思六反 皎古了反月光白十二 璬玉珮 皦行縢 皛白 皎月出皎兮

鐃鐵白白又匹白反 皦珠玉白皃 關𥈈 譑紏 曒明亦作瞭 𧘞小衣 鳥都了反 䳂當了反七 恂恂 鳧懸兒 蔦樹上寄生亦作樢 褭短衣

杓禾穗垂 了盧鳥反畢十一 蓼菜亦作蔘 瞭目精朗 髎髎長兒 撩理又力彫反 繚衣 䄏小䄏 䝠鳥 撫拭 𧙣襗 鄝地名 憭心明又力彫反

朓吐鳥反月見西方 窱窈窱深 曉呼鳥反旦明亦作曉二 鐃鐵 杳烏皎反𡨮 窅深目 窈窈窱又窈窕美兒 㝔窈 優䨔好兒 騕騕褭神馬亦作驕

騕騕長 𨋈而不動 昆合 𥲀草長 擾擾 𪅂奴鳥反戲相擾六 嬲寧的反 驍驍 褭褭馬 嬝褭 褭褭 皛胡了反白三 莜蓧草器亦作𦬼又胡

激苟蓮中子又思歷二反 窕徒了反窈窕四 誂弄挑亦作挑 嬥獨行兒又徒彫反 掉動又徒吊反 窱若皎反山田 石亦作硄一 湫子了反隘又子攸反 藻似蓀朴高

廿八

小私兆反一 肁直小反始亦作肁八 兆億 趙國名 旐旗 挑大有力 狣大有力 駣𩥭 鮡魚名 沼之少反水上 少書沼反不多一 夭於兆反屈三 妖𩣕 伕

擾而沼反動五 繞繚 遶周 嬈戲 獿牛柔 摽符小反又平表反三 鰾魚膠 顠賣 前又子小反 麃犬 鉊反 鰾或作𪁖 弨弓 檌木名 縹縹 紹

反青白色八 醥清酒 𤡭牛黃白色 皫鳥變色 篻竹名 蔈苕花 瞟瞭又撫招反 眇亡沼反小七 水淼大水 秒禾芒亦作㯱 杪木末 吵雉鳴 篎小管

十九 莭草 紹市沼反繢三 佋介 袑袴上 𨄌居沼反或作矯七 蟜蟲 䀣目重 𢽴指 𩯦長 嬌女字又舉喬反 嫶 表方小反又方矯反三

褾袖端亦作杪 䚦目白見兒 藨平表反草名可為席或作蔈 殍餓死 䈿䉸於䈃反 苂草又符小反亦作殍又 䳢 磨北 𢮯 䳂似狐善睡 鷕以沼反雉

鳥反三 𥼝浩浩 𠽾杼曰或作䟭 悄七小反心憂二 釥好 𥎿子小反亦作剿六 勦勞又鉏交反亦作剿 㯼 𩕬 𩕬 翮子小反 濯 䢧 䣂地 𩋽巨小反長兒一

廿九

鐐力小反繞六 燎炙 或 嬈好 𪗋 𩟪 𪗋 而 𩟵 慧又 敹 𩟗 [illegible] 表 方矯反 巧苦絞反巧二 巧苦教反 巢 下巧反動聲四

佼又古巧反 𢯸 濫 [illegible] 䬶 [illegible] 抱 [illegible] 攪 [illegible] 獿 [illegible] 昴 反五

卯 [illegible] 𩔕 [illegible] 絞 [illegible] 交 [illegible] 㩰 [illegible] 𣪈 [illegible]

卅一

炗 爪 𧴩 豩 璒 抓 剿又甲 拗 手拗 見 鮑 薄巧反魚敗亦魚名三 靤 胃銕又白靤反 齙 地齙反
卅 亦作 㷔 翩 稍 所絞反長二 數 攪亦殷 皓 明老反光十二 昊 天 暤 少暤 浩 大 鎬 水京 顥 大 鰝 大蝦 㙃
鄗 晧 白 抱 薄浩反扶抱一 老 盧浩反耄九 獠 ~西南夷 轑 車轑 橑 屋橑 潦 雨水 穛
討 他浩反伐三 套 長 稻 山楸木又他刀反 道 徒浩反路三 稻 稻穀 駣 馬四歲徒刀反 𡼽 山奴浩反 腦 髓四 碯 碼碯 瑙 寶石
鬏 長 倒 什八 擣 擣藥亦作 島 山 禂 馬祭亦作騳 擣 禱 請又都道反 𤸫 病 檮 斷木 嫂 蘇皓反老 鎪 正
燥 乾 作熜俗作嫂五 掃 帚 埽 除又福 𦯬 七掃反 草 采老反四 懆 憂心 愺 懆~無人皃 騲 牝馬 早 子浩反速九 澡 洗 藻 文
藻 蚤 蟲 鰺 魚名 璪 玉飾 棗 亦作棗字通俗 璪 石似玉 皁 昨早反黑色三 草 櫟實 造 修~又七到反 暠 古老反明八 杲 日出 稾
鴇 夰 放又胡老反 槔 木名 昦 白澤又昌石反 豪 好 呼浩反精一 蓩 武道反毒草又地名又亡毒反二 冃 重覆又亡報反 寶 博抱反右
保 作堡亦十一 堡 褓 亦作緥 鴇 馬名亦䳰 葆 羽葆草盛又羽葆鼓吹飾 𠂤 相 賲 有 宲 藏 飽 采 䮍 驄馬 襖 烏皓反短襖 駂 髞
一 懊 懊惱 媼 母 芺 苦芺菜 腝 藏肉又烏到反 䯉 藏骨 鴰 鳥 䳶 子 考 苦浩反成 栲 木名亦作 俗作考 槁 枯 稾 禾稾 丂 氣欲舒
早長 哿 古我反嘉二 舸 ~艦 火 呼果反燬二 炨 地名 果 古火反木實 猓 ~然獸 輠 車脂角 裹
殘 殘 䯏 五老反 䯏 䯏 小兒前髮 㮝 𦃃 朶 上木垂 揣 摇又初委反 錁 鈋 敤 試又初委
蜾 𧕋 剁 划 嫷 惈 敢 埵 丁果反 䯏 亦䯏䯏小兒前髮 操 縹 䗯 觷 𨌈
穤 丁丸反 鎖 蘇果反俗作鏁 璅 玉 瀪 水名 䅼 心縣在上黨 䅼 名 捎 動 𢟪 心疑 趮 郎
隋 徒果反 嫷 撱 垂 飄 種 小 箺 竹名 轂 縒 鬌 小兒遺髮 嶞 山 鰖 魚子已生 嫷 美又辭
鰖 車鏁 妥 他果反安五 墮 徒果反 隋 祭肉 橢 器 陊 山 叵 普可反不可二 頗 偏 跛 布火反跛足 𨇤 亦作𨇤三 𨇤
馱 騍 馬行 裸 郎果反亦作臝 瘰 瘰癧 蓏 果 臝 蜾蠃 裸 胡果反 夥 楚人云多 顆 果
數 坐 徂果反 爹 徒可反 柁 正舟 陊 下阪 頗 傾皃 灺 燭餘 袉 衣 可 枯我反 軻
我 五可反 駊 騀 鑡 娿 左 則可反 磨 細小 歌 呼我反 可 作𥕢 頻 頗 娿

烏果反又 錗多 妸奴果反 嫷 梔䈧 閜烏可反 欹閜四 椏 𢤦 褭木茂 旖旎猗又 懷乃可反二 惨 檹

挪 裒 斫 擘 砢磊砢 娿又反 㚻五果反好貌 邛五戈反委二 䑢木節又 蓑蘇可反鮮 瑳千可反玉色鮮二 髮貌好 䵡丁可反

廿二 頦 醜貌 哿明可反急一 硰倉頦反碎石三 脞細碎 硝小石 爸蒲可反大一 𥜗丁果反一 馬莫下反駿畜三 碼碼硇石 罵詈又霸反 者

詞 赤野反又 赭赤土 野以者反 也 冶鎔 雅五下反 楚反 疋正又山 居反 房 廳 痦 不合 疒 作痦 盄 蜀俗作雅 檟古雅反木名亦作榎八 嘏

大一 假借又古 訝反 賈人姓 斝以玉為酒盃 叚 瘕病又公詐反 椵柚 啞烏雅反又 能言一 灺徐雅反又 詳可反一 下胡雅反 不上三 夏胡駕反 中夏又 廈舍

日 寫悉野反又 本日四 瀉水 𪅹案 喅歡 閜許下反大笑聲二 閜裂大 且七也反 一 跒苦下反 跁 行貌二 踝 知 社市也 反 捨止二 餕 飴

大 姐茲野反羌人呼 母一 日嫚三 担取又挫加 才野二反 䶥無 味 把博下反手 捉物二 笆有刺竹又 百加反 踝胡瓦反 足骨九 稞淨 穀 䩠鮮明黃又 胡卦反 鮭楚蟹 䵅 䚁 瓦

四 輠車 輠又 明 鍋 䰂 𪊲 䴹 俗作窫二 咼剮肉 置骨 若 乾 人者反 又 惹亂又奴 灼反 鮓 側下反 魚亦 羞 𩵦 四 痄 痄 士馬反 又 䛽

詞 㭬 炭籠亦 作 蓌 觰 都下反 牛 角 䧬 一 槎 士下反 又 士加反 邪 斫木四 厏 厏 廁 舍 奓 大 目 䣁 齊市下反 大五 㸐 裂 壊 者 䰄 醜 又 哆 㖗 有 楮 㓑 姼

竹下反 桐 名貝 一 䋈 奴下反 姆 又 女 於 反 一 䯞 口瓦反 髀骨 另 跨步又 好 口 作 反 硰 人瓦反 好 嵯 黃 二 䔷 蘇寡反 䔷 一 感 古禫反動 神 靈 六 䈴 竹名

三 鰄 魚名 味 䴻 䵢 酒 水名在 南康 灨 灄 汁 禫 徒感反 祭名八 䉙 䉙 淳 黮 黮 又 他感反 㩧 竇 霮 𩅬 窞 坎 旁入 易 曰 入于坎窞 髧 髮垂 萏 菡萏

菡 萏 荷花 亦 作 䓿 譚 蕕 子 去 大 甘 而 噂 腌 鳥感反 暗 八 黭 黯 㜝 手 覆 唵 手 進 食 罯 魚 網 亦 作 湆 湆 於 罨 反 淹 闇 淹 黤 青 黑 又 偽 檻 反 腌 藏

藏 慶 因 亦 作 涵 曰 䐶 水名在 西 河 菡 竹 弱 萳 長 弱 𩎾 他 感 反 又 大 四 醓 醓 亦 作 醢 肬 肉 汁 唅 聲 歜 祖 感 反 昌 蒲 菹 三 䶄 大 魚 又 才 沈 反 簪 為 酒 慘 戚 六

參 黲 色 又 黑 倉 敢 反 替 曾 ⺀ 憯 好 又 七 感 反 憯 街 又 子 臘 反 鏒 五 感 反 犙 鏒 擅 頭 二 嫸 含 㪟 㗝 子 感 反 入 姓 三 寁 疾 又 欑 子 動 糂 素 感 反 亦 作 糝 四 糣 澤

參 鬖 頷 粽 齍 藏 坎 苦 感 反 亦 作 壏 四 歁 食 不 飽 惂 根 贛 曲 頷 胡 感 反 頤 九 媣 淫 性 顉 撼 動 戶 澹 水 和 泥 菡 萏

苗 苗 幍 亦 作 䏘 靜 味 欿 欲 得 食 壈 盧 感 反 實 貌 瞰 坎 壈 五 㙮 名 顲 面 黃 顩 離 罠 反 䒾 菒 坎 壈 醂 桃 菹 䵘 都 感 反 車 因 極 瀆 丁 甚 反 五 䀔

廿四 敢 魔 䁰 遠 視 搬 擊 䫲 䫲 被 顑 呼 感 反 飯 不 飽 𩕔 又 呼 紺 反 敢 古 覽 反 果 決 三 橄 橄 欖 木 名 出 交 阯 㵕 㵕 無 味 攬 撮 食 覽 盧 敢 反 視

𣛭 覽 䛹 手 取 亦 攬 檻 持 又 力 甘 反 菼 吐 敢 反 荻 亦 作 𦵔 四 䆦 䆦 亦 炎 敢 覷 今 又 鯯 魚 名 膽 都 敢 反 㜠 卌 五 䏙 䏙 覽

[illegible]瞻[illegible] 澹 淡 石[illegible] 憺 黮 黯[illegible] 一 姡 在河東[illegible] 䳺[illegible]

掩 安敢反 一 𥦗 工暗反 又 澉 亦作 𣷭 一 養 餘兩反 亦作 𩝕 四 痒 癢 瀁 漾 象 似兩反 像 蟓 [illegible]

橡 木實 亦作 樣 䂊 𧝝 蔣 即兩反 四 槳 獎 劍 竹木去𦛗 又奉又 𤕦 鑴 蔣 兩 魎 輛 蜽 [illegible]

緉 領兩 𩨭 頭 倆 伎倆 𢐀 彊 其兩反 強 弓力又 𢐀 四 誩 渠良反 競言又 大紺反 竸 鞅 於兩反 項羈 柍 秧 鉠 怏 眏 [illegible]

𧧹 早知 仰 偃 磢 測兩反 石洗物 四 剩 傷 搶 出史記 漺 淨 想 息兩反 掌 職兩反 爪 奘 [illegible]

鶬 𩳐 敞 昌兩反 惝 悦 氅 鷲毛 𧺝 響 許兩反 饗 蠁 享 嚮 繈 [illegible]

鏹 錢 襁 膙 丈 直兩反 十尺 四 杖 仗 疚 病 䄈 通 壤 如兩反 釀 曩 攘 穰 [illegible]

纕 攘 讓 孃 賞 識兩反 鉚 饟 日西食 亦作 餉 髣 芳兩反 髴 古作 仿佛 三 紡 績 旊 罔 [illegible]

網 𦊅 輞 車 作 㒺 蝄 魍 魎 𨑌 罔 昉 方兩反 日 倣 作 做 舫 枉 紆罔反 汪 [illegible]

𢻃 䖪 往 古 一 怳 許昉反 狂 亦作 恍 二 謊 言 上 時掌反 長 中兩反 𩕄 又丈反 𩑶 二 㥷 奘 㑌 往 [illegible]

卅六 蕩 堂朗反 大 十 愓 惕 盪 璗 名 暘 蕩 婸 戲 簜 竹 潒 廣 闊 一 𧟼 [illegible]

顙 蘇朗反 三 磉 石 榜 博朗反 木片 五 髈 軩 髒 螃 駔 子朗反 曩 奴朗反 漭 [illegible]

𤀹 𣉾 航 盞 𡫀 不明 七 曭 他朗反 日 儻 倜 傷 𤺥 惝 曭 無精 簜 帑 金帛 䒜 [illegible]

䁻 𦚍 䩓 䗞 大 𢌸 流 黨 德朗反 欓 木名 讜 直言 鄍 名 朗 盧黨 [illegible]

𡪞 㳽 坱 烏朗反 塵埃 胦 不明 泱 水 醠 濁酒 姎 女人自稱 英 無色 慷 苦朗反 㝩 [illegible]

𩍰 汪 烏晃反 大水 一 晃 胡廣反 光 六 幌 帷 櫎 榥 讀書 滉 海 攩 髈 [illegible]

卅七 梗 𢕟 𢕟 㡃 廣 四 㡃 朗 宗 晄 廣 𪊓 大澤 一 莽 在朗反 大 一 梗 古杏反 正作 梗 八 挭 哽 [illegible]

鄄 邑名 鯁 亦作 䱎 綆 索 埂 堤封 莖 丙 兵永反 南方 昞 光 亦作 怲 憂 邴 邑名 在泰山 秉 執 柄 持 病 [illegible]

484

警几影反戒七 景日光 境界 璥玉 憼敬 蟼蛙 影形 璄玉光 撽 鏡 省所景反減又息井反五

眚災 瘠瘦 覵 渻水門 永榮丙反長一 皿武永反器三 盌戶 盟 憬遠四 冏光 㷡大 㷡驚走

杏何梗反果二 荇菜亦作莕 猛莫杏反剛健 䁅䁅盯視皃 蜢蚱蜢虫名 鱦 艋舴艋小舟 䲆 鄳縣名在江夏 礦古猛反

又金璞亦作鑛四 獷居往反廣平 穬穀芒一曰稻未春 鄺 盯張梗反 䁅盯一 瑒徒杏反玉名一 㼗 打德冷反

廿八 冷魯打反又魯丁反一 䴵蒲杏反白 䴵鯖 䴵 耿古杏反明二 䁅 瞢 黽 幸胡耿反寵 倖

廿九 靜疾郢反 … 䋁 姘 靚 靖 靜

請七靜反 … 睛 省息井反 … 惺 悜 郢以整反楚 穽 程除貞反 逞丑郢反 騁 悜 鞓 睈

卅 頸居郢反又 頃去潁反又火迥反 檾 井子郢反 潁餘頃反水名在汝南二 穎禾末 領 嶺 㯳 裎 癭 邴地名 廮於郢反 廮安一曰廮陶縣名 鄍 請 餅必郢反 屏 頃 燝

卅 䋁 鮩 迥戶鼎反遠三 泂 炯 頮 炅 熲 洞

並 酊 靪 鼎 ... 頂 丁挺反 ... 婞 酩酊 町 䁅 奵 …

卅 蜻 茗 莫迥反 嫇 酩 瞑 … 挺徒鼎反 艇 鋌 梃 娗 訂 誔 珽 圢

蕗 打 㾕 䔲 挺 艇 鋌 梃 娗 訂 誔 珽 圢

䑲 侹 町 頲 侱 䔲 罜 㷡 洴 謍 詧

㾆 洴 㹞 頸 䏟 䔲 婞 㷡 脛 腔

醒 箸 鞞 褧 䕠 蛵 剄 熞 頴 莕

卅一 冷 零 竝 䴵 䴵 䴵 [illegible]

有 右 鴟 友

盍 溘 精 [illegible] 䴵 䴵 [illegible]

卌二

嬼妖 劉力周反 熮火爛 鸜似鴝而大 飀風 紑 杻 鈕印鼻 扭手名 楺習

秞亦作 肘陟柳反辯二 疛腸痛 朽許久反爛亦作歹三 疚病 殠臭 久舉有反時六 九數八 玖玉名 灸灼 韭菜 𡜊女久字 首書久反頭五

手腕 守化 䭭人初 䪿象形 醜處久反惡二 䤽 湫清又子小反三 愀色變 婦房久反在 萯莠十一 負背負物亦作偩

䯞蜼 阜陵 䳕鴂名 䓘草 㷭 陼 蝜 缶方久反 缹蒸 否不從 婦好色又普來反 痞病

㱯有氣 鴀鳩 不 鳥飛上下 䋨 㽞 蹂人久反踐五 楺作揉 杻 狃女柳反 沑水 莱 菜 糗去久反餅 舅強

反母之兄弟七 咎 臼 舊 鶖 鴟名 杲 紂直柳反殷紂四 葤 酎 㺃 鯛 疇 腹痛

酉与久反西方十三 牖 誘 卣中形 楢木 莠草 羑 庮 蜏 輶

秀 槱 遷 遺 逌 滫息有反 亦溲字二 緧 受殖酉反容四 壽 䣊水名在 綬

佩 颩風三 䨉名 懮 酒子酉反醉人一 溲踈有反 帚之久反掃二 箒 恆 紑 揫

厚胡口反不薄亦作垕五 後 后 郈鄉名在東平 㖃吐又呼 母莫厚反 牡 某 拇 畝

䒗 䗬 粱 部蒲口反伍七 棓 瓿 嶁 掊 趙 蔀 斗

又子偶反一 䂤 䳕 科 蚪 䄉 䞴 妵 黈 鷄

鋀魚名 苟古厚反 玽玉 狗犬 垢塵 笱 者 詬 芶 岣 耇

根 偶五口反 耦 髃 甌 棓 𣪘 湩 㲃 陬 藪 籔

潚 叟 嗾 瞍 謏 擻 䁉 駷 樕 吼 𠴬

㖃 蚼 剖 婄 蔀 鴝 歐 毆 犃 欨 摳

塿 𡟯 䡂 簍 𧃘 嶁 箸 岣 走 口 扣

䊵 釦 叩 訂 㖃 竘 𥢒 䢸 鶌 䱾

卅三取倉垢反獲二棷緐又側溝反　黝於糾反黑又益夷反五怮憂貌呦幽靜又於虯反泑下澤蚴蚴蟉又於由反愀在九反又在由反子了二反色變一

卅四糾居黝反糾〻結二赳武貌作赳蟉渠糾反又力幽力糾二反一　寑七稔反室亦作寢五寢臥梫木名蔓〻鋟亦刻又子廉反鐕板朕直稔反正

作黔上甚反黔坎一廩力稔反倉六懍敬菻蒿凜寒狀又渠今反醂藏果䫐面黃肩之來感反嵤大又叜一罧所禁反積柴取

魚又䫴反二怂恐醋子賃反㯲乙顉向頣方踸褚甚反亦作趻一荏如甚反菜八飪熟食恁念稔熟集貌腍熟荏

羋楠甚枕之稔反水蚺木三頏項背顉頚長沈式稔反亦作姊人姓九審諦瀋汁名瞫視諗告又謀嬸志眹頓〻

𩻞大又分甚反魿大魚又才感反亦作鯨甚食枕反大過二諗信又作林反揕食稔反亦作揕字一瀋尺甚反汁埝土三醦酸碜食有

沙凝居甚反一噤渠飲反寒噤口急亦作唫三顉頷搖禁寒蕈慈錦反菌生木上又渠飲反一錦居飲反文錦一僸牛錦反仰頭二趛疾行庠

踸錦反寑反二瘮病稟筆錦反供給一飲於錦反湯二灂水大至又於感反品假飲反一顩仕廉反醜貌一歑義錦反又姊今反一䫴渠金反一頠飲

卅五琰以冉反一琰玉七剡削又縣名石曾跤行庱棪木名燗火燄火斂力冉反𦤘乙檢力驗反嬐〻

鎌廉濂靜又理反䃘〻鐱〻險虛檢反五獫〻狁婇犳作木蜣良又奔兼反少氣譣〻詖輪胡頓反眨目〻䀹又〻

𡾰不齊二巘山高儼魚檢反敬八广因巖為室隒山形似重甗礹〻嬐〻姊廉反嬐重兩又丑〻嶮山〻噞魚口出上下亦作噞

儉巨險反自廉一撿居儼反〻拾二瞼目〻黶於琰反面有黑子〻六襝〻𡢃〻𡡉〻嬐〻冉〻嬕乃又於〻

媿長好貌又染〻苒草盛苒竹弱霡〻髯〻任〻陝失冉反縣名閃闚又式陜

睡敷〻諂〻閹〻奄〻竮〻鄢〻渰〻旃〻檢〻

崦崦山又〻罨〻奄〻漸〻嶄〻毚〻

卅六忝〻檢〻嬐〻

嫜〻鰜〻黏〻點〻玷〻者〻剈〻簟〻居〻簟〻橝〻驔〻

[illegible]

卌七豏 [illegible] 承一 卌八等 多肯反一 倗 不肯一 肯 苦等反

卌八𧿁 下斬反豆 減 古斬反 濫 泉之濫 [illegible] 大 槭 [illegible] 湛 徒減反 偡 [illegible] 㡨 [illegible]

[illegible] 斬反 減 [illegible] 物聲 [illegible] 湛 [illegible] 心反二 偡 [illegible] 戶亦作 [illegible]

撖 色 顑 長面皃 又五 鰜 古斬 減 損 䶢 竹 㦰 名 䤃 士減反 瀺 [illegible] 一 臉 初減反臉 [illegible] 一 闞 [illegible] 反 火

[illegible] 減五 檻 二反 䶢 [illegible] 反四 減 [illegible] 䶢 [illegible] 一 臉 [illegible] 一 闞 [illegible]

五十 檻 若 [illegible] 欿 [illegible] 摻 所斬反 一 喊 子減反 聲 一 囡 女減反 [illegible] 四亦作 [illegible] 𪇆 [illegible] 檻 胡黤反 檻 [illegible] 八 艦 船 轞 車 四 中 轞 車聲 獭

[illegible] 𡐞 [illegible] 土 [illegible] 臟 [illegible] 𨢦 [illegible] 斬取二 摻 大聲 黤 [illegible] 三 黵 [illegible] 出 黯 [illegible] 人名 醶 [illegible] 一 黝 [illegible] 小大吹一

[illegible] 巉 山嶄 二 嵁 [illegible] 五十一 广 又音儼 一 險 [illegible] 反一 埯 大 [illegible] 𢻻 [illegible] 广反 [illegible] 一

五十二 范 [illegible] 姓又草 [illegible] 語 [illegible] 凡之上聲 [illegible] 四 範 模 犯 [illegible] 𧒻 蜂 [illegible] 山 [illegible] [illegible] 一

切韻第三卷盡

切韻第四卷 去聲五十七韻

右卷一万二千一十四字 二十三百卌二舊韻 [illegible] 十九十七 [illegible] 二之古一文 [illegible] 一千七十六 補舊 [illegible] 訓一千 二百卌六新加韻 [illegible] 十七百六十七 [illegible] 三百 [illegible] 三 [illegible] 卌 [illegible] 正 [illegible] 六文 [illegible] 字

一送 [illegible] 弄反 二宋 [illegible] 綜反 [illegible] 與 [illegible] 夏侯別今依夏侯 三用 [illegible] 四降 古巷反

五寘 之義反 六至 [illegible] 利反 夏侯 [illegible] 同 [illegible] 李杜別今依陽李杜 七志 之吏反 八未 無沸反

九御 魚據反 十遇 虞樹反 十一暮 [illegible] 故反 十二泰 [illegible] 蓋反 無平上

十二霽 子計反 李與杜與祭同呂別今依呂 十四祭 子例反 無平上 十五卦 古賣反 十六怪 古壞反

十七夬 [illegible] 反 無平上 李與 [illegible] 同呂 別與會同夏侯別今依夏 十八隊 徒對反 李與代同夏侯為疑呂別今依呂 十九代 [illegible] 廿廢 方肺反 無平上 夏侯與隊同呂別今依呂

廿一震 職刃反 廿二問 無運反 廿三焮 許靳反 廿四願 [illegible] 怨反 夏侯與恩別與恨同今並別

廿五恩 胡困反 呂李與恨同今並別 廿六恨 胡艮反 廿七翰 [illegible] 反 廿八諫 古晏反 李與襉同夏侯別今依夏侯

廿九襉 古莧反 卅霰 [illegible] 甸反 [illegible] 與線同呂別今依呂 卅一線 私箭反 卅二嘯 [illegible] 弔反

卅三笑 私妙反 卅四効 胡教反 卅五号 [illegible] 到反 卅六箇 古賀反 呂與禡同夏侯別今依夏侯

卅七禡 莫駕反　卅八勘 苦紺反　卅九闞 苦濫反　卌漾 餘亮反 [illegible]

卌一宕 杜浪反　卌二敬 居命反 呂與諍勁徑同 [illegible]　卌三諍 側迸反　卌四勁 居盛反

卌五徑 古定反　卌六宥 尤救反 呂 [illegible] 夏侯為疑 [illegible]　卌七候 胡遘反　卌八幼 伊謬反 杜與宥同 呂夏 [illegible]

卌九沁 七鴆反　五十豔 以贍反 呂與 [illegible] 夏侯 [illegible]　五十一㮇 [illegible]　五十二證 諸膺反

五十三嶝 都鄧反　五十四陷 戶韽反 [illegible] 夏侯別 今依夏侯　五十五鑑 格懺反　五十六嚴 魚淹反 陸無

五十七梵 扶泛反

一送 蘇弄反 [illegible] 一　鳳 [illegible] 一　貢 古送反 [illegible]　贛 賜　澒 [illegible]　虹 [illegible]

𩆓 小林　筌 林 答　贛 [illegible]　檣 [illegible]　弄 盧貢反 [illegible] 五　梇 [illegible]　龍 [illegible]　梇 [illegible]　唝 [illegible]　凍 多貢反 瀑雨之水 [illegible] 五

凍 冰　棟 屋　湩 乳汁 又都 [illegible]　𩉡 [illegible]　控 苦貢反 [illegible] 四　倥 [illegible]　鞚 [illegible]　椌 [illegible] 五　偬 [illegible]

鯼 魚名 [illegible] 䁓 [illegible] 三　䡯 [illegible]　譔 [illegible]　洞 徒弄反 穴 [illegible] 十三　峒 [illegible]　胴 [illegible]　詷 [illegible]　𪔑 [illegible]

駧 馬走　衕 通街　迵 [illegible]　𢈉 [illegible]　瞷 [illegible]　絧 [illegible]　㖯 [illegible]　痛 [illegible] 二　䆚 [illegible]　仲 [illegible] 一　諷 [illegible] 一　㸵 [illegible] 一

夢 莫諷反 [illegible] 五　瞢 [illegible]　鄸 [illegible]　𧁾 [illegible]　䑃 [illegible]　䳭 [illegible]　踜 [illegible]　幪 [illegible] 三　霧 [illegible]

艨 艟 [illegible]　䑃 [illegible]　𨆢 [illegible]　趮 [illegible]　中 陟仲反 [illegible]　𧝓 [illegible]　哄 [illegible]　鬨 [illegible]　𪇰 [illegible]

瘲 病　眾 之仲反 多 [illegible]　銃 充仲反 [illegible] 一　剬 士仲反 [illegible] 一　宋 蘇統反 [illegible]　誳 [illegible]　綜 子宋反 [illegible] 二　綜 [illegible] 二

䔰 黃色　雺 [illegible] 上天不應 二　硡 [illegible] 二　㗵 [illegible]　用 [illegible] 二　䞩 [illegible]　頌 [illegible] 三　誦 [illegible]　訟 [illegible]

俸 [illegible] 三　縫 扶用反 [illegible]　捀 [illegible]　共 渠用反 同志 一　葑 [illegible]　封 [illegible]　供 [illegible] 一　雍 於用反 [illegible] 一　縱 子用反 [illegible] 二　瘲 [illegible]

湩 [illegible] 又都 [illegible] 一　儱 [illegible]　鞠 [illegible]　䡁 [illegible]　重 [illegible] 一　朣 [illegible] 一　恐 [illegible] 二　𢚩 [illegible]

四

從 疾用反 隨 一　舂 [illegible]　絳 古巷反 [illegible] 四　虹 [illegible]　降 [illegible]　䧢 [illegible]　閧 [illegible]　巷 [illegible]

𨊠 [illegible]　疃 [illegible]　艟 [illegible]　䚒 [illegible]　鞋 [illegible]

五

寘 止七 忮 [illegible] 觶 [illegible] 諓 [illegible] 避 [illegible] 比 [illegible] 㥯 [illegible]

詈 力智反 罵〻六 [illegible] 離 [illegible] 驪 力豉反 [illegible] 鞮 [illegible] 鍉 [illegible] 積

子備反二 欪 賜 [illegible] 澌 [illegible] 枳 [illegible] 骴 [illegible] 攱 居[illegible] 鼓 [illegible] 宦 [illegible] 帔

被義反 辰〻一 賁 被義反 卦名四 帔 [illegible] 詖 險〻 䮾 [illegible] 爲反 髲 [illegible] 被 服 鞁 裝 鞁〻 [illegible] 備 [illegible] 䊴 [illegible]

累 羸僞反 緣〻二 寄 居義反 倚 [illegible] 䮾 甲義反一 芰 奇寄反 菱〻六 騎 來 跂 積 伎 [illegible] 䩭 〻 鬾 音奇 剞 [illegible]

此豉反 〻俗作刾〻別本 康 門邊 朿 [illegible] 莿 針〻 [illegible] 長尺一寸 戴 [illegible] 試 課 [illegible] 人相依〻 諫 數 易 以豉反又以益反一 [illegible] 神豉反 [illegible] 三

伿 〻惰 罷 [illegible] 議 宜寄反 言三 誼 〻所置漢有賈誼年盡十八能文洛陽人 義 訓文又宜[illegible] 辭 [illegible] 二〻 [illegible] 水洲 [illegible] 瀆 [illegible] 殰 [illegible]

〻作 [illegible] 眥 目〻又在計反 積 精〻 智 智義反 心意〻一 倚 於義反又於綺反一 縋 池累反 縋七 䞘 直追反 膇 [illegible] 亦作瘇 〻病 錘 [illegible] 又直垂反 [illegible]

[illegible] 名 甄 小口甖又直追反 硾 縋 吹 尺僞反 噓氣 又尺爲反二 籥 [illegible] 戲 義義反 號 或作戲一 企 去智反 望四 跂 舉足望親 [illegible] 又渠智反 蚑 行

恚 於賜反 自[illegible]一 翅 施智反 鳥羽 [illegible] 六 施 施智反 又式支反 啻 不啻 [illegible] 翨 鳥翮 [illegible] 中蟲 [illegible] 所寄反 [illegible] 四

灑〻 [illegible] 躧 [illegible] 曬 曝 餧 於僞反 食一 [illegible] 羊相 [illegible] 僞 [illegible] 恚 於避反 怒一 睡 是僞反 [illegible] 瑞 祥 [illegible]

[illegible]爲又時頫反 種 積 駊 強一 [illegible] 而睡反 內一 縻 靡寄反 一 細 [illegible] 二 [illegible] 四 諈 諈諉 瓗 以睡反 玉名二

繣 絃中絕又胡卦反 諉 女恚反 [illegible] 累二 [illegible]

六

至 脂利反 到十 摯 [illegible] 鷙 擊鳥 礩 石 鑕 鐵下 [illegible] 輊 [illegible]

〻作 懥 怒 鷙 田器又先列反 贄 國名亦作贄 位 洧冀反 列〻一 [illegible] 魅 〻鬼 篃 竹〻 媚 [illegible]

[illegible]地 中 媢 遂 徐醉反 十六 彗 帚一曰歲星 燧 [illegible] 旞 亦作旞 璲 穗 [illegible] 檖 [illegible] 鐩 [illegible]

亭 澻 田間小溝 亦作隧 [illegible] 醉 將遂反 酒〻二 檇 [illegible] 邃 [illegible]

〻大 萃 [illegible] 誶 言詩云可以誶上 粹 純亦作睟 彗 [illegible] 類 力遂反 [illegible] 六 淚 〻悲 䉱 [illegible] 瓓 [illegible] 力退反 立 [illegible]

脾 名 … 𠯑 … [illegible] … 宗名 … 𦣻 … 目 … 之八

饋 餉亦作餽 蕢 草器 繢 織餘 櫃 匱 壝 壇埒又以水反 鞼 〻 韇 強 … 作鞼 潰 水旁三 嘳 嘆息 膭 腫 瀵 氣 潰

備 平祕反亦俗作俻具十 㷡 四 贔 壯大又 音屭 糒 糗 犕 牛具 𦟻 鼻 肥貌 欳 作歎 鞴 名 韛 鞴 橫 𧀬 馬如桑 又

愧 慙 俱位反 亦作媿 愧 謉 三 騩 馬色 䯨 覺 渠追反 師 所類反又 帥 所律反二 率 又所 喟 丘愧反大息 又若拜反五 蕢 〻 木 可為杖 𩐲 …

𦢈 〻 隧 許偽反 𧡢 豷 息 𧧈 〻 豕 … 三 嗜 常利反 嗜慾 亦作 𩝐 三 視 又神至 反 亦作 眎 〻 利 力至反 不 飯 五 𩗗 風 㒔 〻 𢨗 曾帝反 莅

臨 膩 女利反 肥 三 暱 日 漬 貝又 一 活反 䣻 酒 劓 魚器反 割鼻刑 亦作 劓 字一 屁 匹鼻反 氣泄 或作 𦫒 一 致 陟利反 俗 作 致 亦作 𦙶 止 躓 礙 不 行 疐 頓

鷙 鷙 車前重 亦作 輊 𤛓 馬 〻 伍 𩣥 馬 腳 跬 又 陟 進反 駤 驜 擿 到 𢷍 〻 〻 弃 詰利反 亦作 棄 三 屠 背 身 坐 床 又 口 系 反 結 〻 寐 寢 睡 一 𪗸 直 利

𧨏 通俗 作 𧐰 稚 幼 〻 遲 待 又 直 尸 反 稺 晚 禾 亦 作 稚 𢼊 物 𢼊 擡 當 〻 謘 語 諄 鍬 頒 底 治 理 又 直 之 反 一 大 帝 諱 屎 丑 利 反 蔓 柄 七 謘 知 嚜 上 屎

多 𡔈 頻 又 毋 詐 𧫜 便 反 訵 陰 知 𩈨 〻 𡐦 怨 恢 𧢘 几利反 中 州 亦作 冀 作 俗 冀 六 𧢥 〻 覬 覦 〻 亦 作 𩔲 驥 作 騹 洎 肉 汁 又 渠 器 反 懻 強 直 䖒

其 器 反 槩 六 訅 〻 𩝤 及 泊 至 垍 堅 土 㳽 水 名 鱀 魚 名 大 腸 悸 其 季 反 心 動 三 𥢸 寐 𤸪 病 𥥍 七 醉 反 翠 色 三 臎 鳥 尾 上 肉 顇 下

二 次 二 三 𧖴 副 𧖴 酸 𧎆 姿 資 四 反 又 才 怡 又 三 恣 縱 〻 欮 又 七 四 反 次 七 四 反 死 復 生 又 𧤷 馬 𩯶 飲 漢 武 官 名 髲 〻 木 綺 者 髮 以 綺 所 以 髮

𩀙 鳥 名 㱦 死 復 生 懿 乙 利 反 美 五 壹 塗 𩞍 飯 傷 𩜇 食 臭 歕 欸 噎 𣖀 四 息 利 反 數 七 肆 陳 又 恣 𧗫 亦 肆 泗 水 名 𦝩 牛 四 歲 駟 上 四 𩤲 在 𩡼 …

𦁇 董 律 埋 官 次 下 器 去 冀 反 四 一 季 癸 悸 反 末 二 覞 視 鼻 毗 四 反 自 中 出 十 比 近 有 四 方 𣓌 細 禪 褥 〻 痺 腳 氣 不 至 秕 祀 司 令 坒 地 相 次 作 𣅋 之

𡖉 頒 首 𩕄 頒 盛 又 𢎞 二 反 𩓣 筆 許 鼻 反 鵑 志 視 三 睢 又 許 〻 反 雉 〻 又 許 痹 足 冷 濕 病 四 𤴓 作 膞 底 陟 瘴 氣

華 錢 辟 反 類 〻 峙 卒 將 瘁 病 亦 作 悴 地 徒 四 反 𩫞 作 墬 肄 羊 至 反 習 又 六 屓 〻 𥸷 痛 四 息 又 毋 致 反 𥳐 〻 貴

吅 尸 反 𡰵 大 中 殺 肆 羊 至 反 習 七 隸 𨽸 𧽓 … 作 𦬀 埭 𤲺 〻 隶 𥜝 又 𡌳 又 … 𣌭 𡗝 … 神 至 反 示 𥛕 二 𧫔 噫 嗌 名 謚 …

𡉏 侯 二 反 嫉 〻 隧 𩐝 〻 𣁽 二 懟 怨 亦 作 讟 出 又 大 類 𦛗 轛 𡊬 〻 𢡔 以 醉 反 又 遺 以 追 反 六 𧬈 〻 𧾰 書 王 子 侯 表

𥜒 鳥 名 讃 𦐍 亦 作 𢡃 辭 𥝢 字 蛛 𡇽 𧍢 鼠 𧔥 毛 羊 鼠 𩕻 牸 雌 𩞂 仰 鼻 長 尾 似 猴 獮 雨 縫 非 屍 矢 利 反 以 𧇌 一 痓 惡 〻 一 𧾰 𦆝 利 反 𥿮 𧜧 仳 又 李 反 𦉔 又 𩟻 遍 反 一

志 之 吏 反 志 在 于 心 𡚁 〻 志 又 四 𡚔 𡘜 〻 之 𦔽 𧍕 忐 誌 記 識 值 直 吏 反 遇 三 植 𨹸 種 又 市 力 反 𢚝 治 大 帝 諱 寺 祥 吏 反 官 舍 三 嗣 繼 飤 人 食 耗 七 吏 𢾖

八

笥[illegible]伺[illegible]試[illegible]能三弑殺幟[illegible]志反截[illegible]吏[illegible]

反二愸[illegible]字疾置反[illegible]字四牸牛䔲芓麻[illegible]作字眙[illegible]吏反佁[illegible]三魅癡[illegible]餌仍吏反[illegible]十二珥飾衈[illegible]

書[illegible]咡[illegible]刵割耳毦氅洱水名出[illegible]姐女字䎶耳目不相信聃[illegible]神欲聽朋[illegible]腱佴次駛疾六

餘名[illegible]柂[illegible]汥水名在河南䶡[illegible]䏌[illegible]亦作䶡剫[illegible]廁初吏反雜一異餘吏反奇二异[illegible]寘[illegible]真一事[illegible]反遈

[illegible]三餘[illegible]侍時吏反[illegible]三蒔[illegible]持蒔[illegible]持[illegible]忌渠記反諱[illegible]七邔縣名在襄陽惎[illegible]誋[illegible]

鴲[illegible]惎[illegible]畀[illegible]職[illegible]嬉[illegible]食[illegible]戴[illegible]懺[illegible]作[illegible]意[illegible]四鷾鳥[illegible]

記居吏反一亟[illegible]二䀿[illegible]疑反意[illegible]記反情好二㖷[illegible]魕[illegible]四譺[illegible]懝[illegible]冀[illegible]

九

未無沸反[illegible]五味[illegible]菋[illegible]䔲[illegible]稞[illegible]作[illegible]貴居謂反[illegible]二䞇[illegible]謂[illegible]十五胃[illegible]煟[illegible]蝟

[illegible]䞇[illegible]緯[illegible]渭水名蝟虫名熭[illegible]彙[illegible]又虫毛[illegible]亦作彙[illegible]䬘[illegible]

[illegible]魏[illegible]犩牛名又魚歸反沸府謂反[illegible]六䨐[illegible]誹謗芾[illegible]蜚[illegible]祓[illegible]作[illegible]費[illegible]

[illegible]髴[illegible]胇[illegible]𣚚[illegible]槩[illegible]米一尉[illegible]九尉[illegible]畏[illegible]罻[illegible]䬑[illegible]

牛[illegible]𧅫[illegible]韍[illegible]諱許貴反[illegible]名忌二卉[illegible]三十怫[illegible]物反亦怫[illegible]䍸[illegible]獸名似人[illegible]走食人[illegible]如小兒[illegible]

[illegible]朏[illegible]菲菜名又芳非反又芳未[illegible]屝[illegible]蜚[illegible]作[illegible]扉[illegible]狒[illegible]䅛[illegible]稻不黏[illegible]既居[illegible]反[illegible]三暨[illegible]

[illegible]毅[illegible]俗作毅四忍[illegible]毅果[illegible]豙[illegible]氣[illegible]既反[illegible]二气[illegible]訖反[illegible]欷許既反[illegible]晞

[illegible]塈[illegible]塗[illegible]餼[illegible]愾[illegible]忾[illegible]槩[illegible]炁[illegible]靜餼[illegible]鑒[illegible]衣於既反[illegible]一

[illegible]居御反[illegible]作據[illegible]八鋸[illegible]倨[illegible]踞[illegible]据[illegible]木[illegible]𩍨[illegible]䱟[illegible]亦作[illegible]𢌿[illegible]於[illegible]御[illegible]駇[illegible]

語[illegible]慮力據反[illegible]五勴助鑢[illegible]亦作[illegible]櫖[illegible]䝁[illegible]覷七慮反[illegible]三䏣[illegible]作蛆[illegible]七余反[illegible]去[illegible]

[illegible]𤞞[illegible]呿[illegible]胠[illegible]居[illegible]署常據反[illegible]二曙[illegible]恕[illegible]心三庶[illegible]摭[illegible]名著[illegible]略

492

十

翥之據反亦作翥四 䳻 鐪大 鑢 疏所據反書表一 飫於據反飽亦作飫九 㾙血 郿縣名在太原 䣄私 [illegible]

[illegible] 洳水漸又 洳 [illegible] 䉛假詐又仁諸 如〻 如与二反 茹〻臭 遽渠據反 急三 勮務勮 詎未 㵵 [illegible] 助床據反佐三

[illegible] 覷七慮反亦作覰 𧷖 子 怚子據反心〻二 沮〻 詛側據反 咒〻一 洳而據反沮〻 亦作挐二 茹飯牛 豫余據反 [illegible] 預 鸒馬行貌

[illegible] 譽 與〻車〻又 与居反 鷽〻斯 鶱 憾〻 𩕄 大 蕷〻 舉 擧食者 㠘 高 屐 蹲 [illegible] 女 [illegible] 筯 [illegible]

[illegible] 𤺺 痴〻 不達又 勑慮反 楚初據反又 初舉反 心 利一 悇憂一 處昌據反 居所 遇 虞遇反 [illegible] 寓 [illegible] 作 痛 疧

[illegible] 噳 嫗紆遇反 老〻一 樹殊遇反 木〻四 尌 奄 行貌 澍時雨 侸立 住持遇反 止 亦作尌二 揄 築垣短板 附 [illegible] 坿 [illegible] 祔

[illegible] 䞓 賻 贈死 駙 副馬 鮒 魚名 胕 肺 鱄 有蓋 小魚 蚹 〻 蚹 注 之戍反 記 九 疰 病 罜 小罟 炷 大名 鑄 [illegible] 馵 [illegible] 澍 雨 猼 [illegible]

[illegible] 鄉名在 河南 袾 詛 屨 俱遇反 反七 句 詞 蒟 〻醬 又其俱反 絇 絲 〻 䁷 視貌 郇 色名 朐 左右 視 䀰 [illegible] 煦 溫 四 酗 [illegible] 㫬 [illegible]

[illegible] 蝺 戍 傷遇反 守 六 腧 五藏 輸 送又式朱反 踰 馬跳 隃 陵名又式于反 鞻 刀鞢 裕 羊孺反 和 五 覦 〻 覬 諭 [illegible] 籲 和 [illegible]

[illegible] 獳 而遇反 鈉 亦作 繻 三 乳 乳小又 而主反 𣐊 〻 䜰 赴 撫遇反 亦作 卧 赴七 兔 免 㝃 〻 疾 訃 告 喪 仆 〻 偃 簋 祭器又 甫 字反 䟔 [illegible] 赴 疾 務 武遇

[illegible] 婺 〻女 亦 州名 霧 天 氣 騖 馳 鶩 六月 生 鶩 鶉 雛 務 髮 巾 鍪 丘 敄 強 婺 長 踶 [illegible] 𧃬 [illegible] 婏 [illegible] 緅

十一

[illegible] 反 二 足 添足 欲反 懼 其遇反 懼〻三 具 備 臞 [illegible] 芋 羽遇反 一名 蹲鴟 三 雩 雨 行 霸 雨 良 [illegible] 屢 [illegible] 聚 才句反 聚 二

聚 積又 淨 樹反 棟 色句反 〻 装 二 數 分計又色 矩 色角二反 付 方遇反 授 六 賦 斂 訓 流 傅 保 賦 口 名 駙 [illegible] 鬴 [illegible] 娶 娶婦

[illegible] 駐 中句反 又 [illegible] 注 〻 疰 死人物 驗 駐 立 馬 軴 車 〻 㒂 樂 [illegible] 驅 區遇反 一 蒹 [illegible] 䝞 [illegible] 勖 [illegible]

暮 [illegible] 暮 莫故反 日夕 五 墓 墳 〻 慕 思 募 招 〻 模 [illegible] 渡 徒故反 渡 水 五 䫬 [illegible] 鍍 [illegible]

[illegible] 路 洛故反 露 〻 潞 縣名 輅 [illegible] 璐 美玉 賂 遺 鷺 白 馬 簬 竹名 [illegible]

[illegible] 毻 [illegible] 妒 [illegible] 秏 [illegible] 𩰫 嫁 〻 [illegible] 疺 [illegible] 蠹 [illegible] 䄪 [illegible] 𩨬 [illegible]

[illegible] 故 [illegible] 酤 古 [illegible] 痼 [illegible] 錮 [illegible] 𡘫 [illegible]

誤五故反錯八　寤寐　忤逆　迕遇亦作𨔶　晤明　悟〻　梧[illegible]　[illegible]　嫭美好　婟嫭

差　濩布〻又湯藥反　𢴴門外行鴻　竽所以紡絲　沍寒凝　擭布〻分解　䕶[illegible]　䕶魚名　芌草　韄佩刀飾　[illegible]　豆

兔　訴桑故反訟告四　泝逆流上　愬行亦作遡〻　嗉鳥〻　素白　傃生向亦作素　愫誠又向　祚作故反福祚　胙祭餘　作東階　鐏魚擣

飵相謁食　䞣往　秨禾稼貌又才各反　笯乃故反鳥籠二　奴瞋又奴古反　布博故反五　圃園〻又博古反　怖惶又破胡反　剬裁衣　蜅蜅〻

汙烏故反染三　惡恥又烏各反亦作悪　誣相毀亦又烏故反　悑普故反懼亦作悑四　鋪設又普胡反正作鋪　誧謀又滂古反　痡瘏　厝倉故反置五　措〻舉

一

醋醬〻亦作酢　錯金塗又七各反　涾水　袴苦故反股衣亦作絝五　庫府　胯股　䩉[illegible]　跨踞　捕薄故反捉九　哺口　餔食在　步徐行亦作歨

十二　䩀鞁〻　餔〻餔　鯆魚名　荹亂草　鵏[illegible]　駙行馬　鮬魚　泰他蓋反安三　忲〻奢　太大〻　蓋古太反覆正作葢二

丐乞或作匃亦作匄又古曷反　艾五蓋反草三　豛〻豝　鴱鴱〻巧婦　藹於蓋反美色九　壒塵　餲[illegible]　靄雲狀又於曷反　瞸目色　堨〻　濭〻

鼶小鼠相銜而行　㮏奴帶反木名亦作柰三　柰如又奴箇反　耗〻耗〻多毛　大徒蓋反浩〻五　汏濤　軑車轄亦作㪚　鈦鉗〻　馱大鳥名　害胡蓋反傷三　妎

夆相遮要　帶都蓋反紳三　蹛〻　螮〻　貝博蓋反海介虫也古者貝為貨字海中名貝十一　沛郡名亦作邶　狽狼〻　犻牛二　䀟目不明又普

蓋反　旄〻旄〻　䟺行　芾小貌又方味反　茷〻萍葉多又符廢反　鋇柔鋌　鯠魚　霈普蓋反多澤二　伂恨怒　會黃帶反集二　襘限[illegible]　[illegible]

兑杜會反卦四　𩉻補　鋭矛　綐細紬　儈古兑反合市者十一　膾魚　鱠[illegible]　檜結帶　襘祭　檜栢葉松身又古活反　旝木置石投敵　澮水

名在平陽　鄶國名在滎陽　廥藏　薈　[illegible]　檜牧　體五采束髮　冣作會反極好三　最會　[illegible]山　譮虎外反　噦鳥聲　翽飛

鐬鈴聲　穭若會反麤糠　酹郎外反酒沃地五　䖕馬色　餟門祭亦作䄇　頪白　[illegible]　外[illegible]

烏外反四　薈草盛　瞶目開　黵黑　[illegible]　[illegible]

嚏 噴鼻氣亦作㖒 𢱉 ……丁計反 蔕 草木 螮 蝀亦作蛈 迢 不進 䑠 艦水 䡴 補幘下 𦟛 腹 大 大 㣥 㣥 [illegible]

取又徒結反 楴 急持人 蹄 踶 踶蹋 趧 翹 嚌 在計反嘗至齊七 劑 分劑又子隨反 穧 刈把數 𩟔 鹹亦作𩟔 眥 目際又才賜反亦

怙 怒 齊 替 他計反廢十 剃 除髮亦作鬀 稊 不耕而種亦作䅠 洟 鼻洟亦 屜 履屜 逓 大 薙 除草又直几反 涕 淚 笑

食 𦙶 第 特計反次十一 遞 遞更 鬄 髮亦作鬄 綈 綈 睇 視 悌 順 娣 女弟 禘 祭名 鈦 以鉗加足 鵜 鵜鳥又徒鵰反

棣 杕 踶 題 鵜反 慸 極又恥邁反 逮 及又徒戴反 墆 高貝又徒結反 揥 取又丁計反亦作 諦 諦 鯷 鮎 鶗 鶗

又達鶡反 切 七計反 砌 階砌 切 眾 際 視 𥉌 細 稱計反小又作䌷五 呰 楚呰語已訶又稱篇反 棲 鷄所宿 壻 女夫亦作婿 洒 水名在出汝南 詣 五計反

羿 能射人 睨 睨 栺 眄 恨視又下戾反 䚷 旁視 甈 破 計 古詣反算十三 係 連 繼 繫 繫俗 薊 草名

鄭 髻 髮 鄭 檵 荀 繫 拘 毒 轚 絓 繫 蒂 嵤 木 蠑 蜜蜂 割 係 英 明計反 𦜱 八 膍 脈 系 緒

好 心不 𣚍 睛 閉 門扉 瘈 小兒病又尺制反 契 苦計反約 契 楔 啟 苦禮反 𡑍 [illegible] 𩍐

敝 有 舰 盤 髻 於計反羽旁 噎 陰 曀 風 瘱 靜 柂 栺 堅 瘞 殪 死 医 藏弓 翳 曀 鷖 鳥 壇

天陰塵起 譩 讝 瞖 薆 𩓞 聲 謎 隱語 檅 閉 於四 嬖 愛 箅 甑 㨨 米 慧 明惠 解十一 憓 愛

惠 仁作恪惠 蟪 蟪 蕙 草 槥 木名 譓 才智亦作譿 鏸 銳 翽 羽聲亦作䎻 儶 桂 古惠反香木五 昋 人姓 筀 竹名 畦

殹 殪 嚖 嚖 嚖 小星亦彗 嫕 匹計反配四 睤 睨 渒 水名在汝南亦作渒 潷 水聲 薜 薜荔三 篦 竹以理髮又邊兮反 睥 睥睨

麗 鳥魚名 戾 很 鵗 儷 等 盭 綠色 剌 剌戾 蜧 大蝦 戾 荔 草 倭 很 沴 氣 茘

蘺 䔡 鯠 魚 蕵 作 䖒 作蝂 蟸 草木生息 颲 急風 梾 木名 䉼 䉼 𩜍 二 𢖾 穦 捩 𢖾 𢖾 小𧄘

䊼 鱭 取 二 掟 嫀 泥 [illegible]又飾二 濘 泥 歑 呼計反氣 故貌五 奃 大 殢 困 祭 子例反 祀七 際 畔 穄 黍

鯢 縗 霧 䰀 髮 懘 音 穧 計反 歲 相芮反正作歲三 槥 小棺又似歲反 繐 疏布又似歲反亦作𢡾 衛 為劂反 轊 車軸頭

石豆 荇 竹 衜 竹 簯 勝 䔡 納 水 衲 衲 贅 之芮反 叡 川 [illegible]

毳毛十一 韢 [illegible] 脃 此芮反肥 帨 亦作帥 涚 式芮反 [illegible] 漢 [illegible]

竁 [illegible] 毳 楚歲反 鋭 以芮反利五 叡 聖 亦作睿 蜹 蚋 蚊虫 錖 銅生五色 綴 [illegible] 醊 祭又 [illegible] 酹 [illegible]

稅 舒芮反斂六 說 誘 裞 衣送死人又他活他外二反 蛻 蛇蛻皮又他外反 涗 溫水 餟 小餟又 [illegible] 弊 [illegible] 斃 死 幣 帛 獘

㲎 楚歲反 竁 穿壙 篲 四歲反 [illegible] 鏏 [illegible] 槥 小棺又 轊 車軸頭 蔽 必袂反 [illegible] 鷩 雉名 [illegible]

劌 居衛反傷三 鱖 魚名 劌 割 斷劌 袂 彌弊反袖 [illegible] 一 幓 所例反 [illegible] 第三 鎩 所例反 [illegible] 殺 [illegible] 掣 尺制反又尺折反 [illegible] 懘

瘌 [illegible] 病 狾 狂犬 㓟 [illegible] 瀱 [illegible] 制 職例反 [illegible] 十二 [illegible] 猘 [illegible] 淛 [illegible] 晢 [illegible]

漸 [illegible] 菥 [illegible] 靳 [illegible] 𧫰 [illegible] 遰 [illegible] 逝 時制反去九 [illegible] 噬 [illegible] 誓 [illegible] 筮

簭 [illegible] 遾 [illegible] 趆 [illegible] 曳 餘制反 [illegible] 十七 裔 [illegible] 跇 [illegible] 勩 [illegible] 洩 水名在九江 [illegible] 瘛 病 [illegible] 抴 [illegible]

詍 多言 靾 [illegible] 幍 [illegible] 笧 [illegible] 袣 [illegible] 呭 [illegible] 蘙 [illegible]

䭲 [illegible] 藝 魚祭反 [illegible] 埶 [illegible] 寱 睡語 槷 木相摩 [illegible] 槸 [illegible] 囈 [illegible]

厲 [illegible] 礪 石 勵 勉 禲 [illegible] 癘 疫 濿 渡水 鱱 魚名 蠣 虫 [illegible] 欐 [illegible]

[illegible] 愒 [illegible] 揭 [illegible] 世 舒制反 [illegible] 勢 [illegible] 貰 [illegible] 罽 [illegible]

[illegible] 許 [illegible] 偈 [illegible] 傺 [illegible] 晢 [illegible]

[illegible] 抴 [illegible] 劓 [illegible]

十五卦

卦 [illegible] 掛 [illegible] 詿 [illegible] 懈 [illegible] 解 [illegible] 廨 [illegible] 隘 [illegible]

賣 [illegible] 畫 [illegible] 詿 [illegible] 絓 [illegible] 澅 [illegible] 差 [illegible] 衩

睚 [illegible] 謑 [illegible] 粺 [illegible] 稗 [illegible] 瘵 [illegible] 眦 [illegible] 柴 [illegible] 派 [illegible]

[illegible] 債 [illegible] 髮 [illegible] 鄁 [illegible] 曬 [illegible] 汻 [illegible] 謫 [illegible]

十五卦古賣反一 𦲷方賣反低一 庍方卦反別一 𢜗古壞反誤作怪六 𢿡毀亦作壞 𥓲石似 𢧵 𩢍 𧧸 噫烏界反飽氣

疑反一 呝不平聲 瘵病三 鄒 祭周大夫 誡古拜反警 戒 界境 介大俗作介 届至 疥瘡 玠大圭 价 㾏

𤠥七情 砎 𩵣名 𩢍結 林 齘 㻠上 悈 芥 价 𢖻 髺 㱛 布襦一 譮

許介反責 噫三 譪 大聲 口 𥀹 懈 𣏌 𩓼 鍜

作𢿡三 譪 口 𡁝 械胡界反 七 薤 韰 𩤢 閉 誡 緆 𢊵

𦝽 聵 賣 喟 蒯 𣏌 簣 拜 扒

𤠥 膇 𣁾 𨂝 𤡩 怪 嚌 𩓼 䪷 噫 退

𤿲 𥠀 𦬲 䪷 賴 𤸩

排 𣩐 𦦋 𪎭 殺 𩓼 𢢂

十七夬古邁反 𢷾 快苦夬反 噲 邁 勱 話 敗 唄 𪑝 黵

喝口 𥀹 𧿍 蠆 喝 餲 𠻗

𠹣 𦒪 蒯 𨏮 悈 𠵸

十八隊 嘖 諤 𩢍 𠻗 𩐊 𤍒 𩙙

破一 咶 諤 𩐊 𩢍 𠻗 對 𡫵 鐓

䃠 懟 佩 珮 孛 鄁 偕 誖 悖 𣏟 妹 昧 每

𤿲 𤠥 𥈝 㿒 𡍬 𦝤 𦗞 𧇯 𡞸

誨 悔 晦 𡍬 𥈝 𩡄 詯 𢗹 𣹟 𣋠 對 碓 轛

倅 淬 焠 啐 𥖋 脺 碎 誶 倅 悴 𡑿 㤀

𩕪 𩙙 𢍁 𨗨 𤿲 𡐲 㥞 燧 㳑 潰 十一

𧷸 𡠦 㽃 闠 闠 迴 𦡘 潰 讀 詯 媿 塊 墣

碎 誶 𢢐 㱛 內 𩒨 耒 𩔟 𩔨 𥓜

十九代 𦣛 𩓼 郋 背 𨌎 磑 代 徒戴反 十一 𦦋

一 墤 逮 俻 璶 鏈 貳 䏻 詒 戴 再 覩

䊛 䳜 冒 胅 賽 箋 塞 寨 貸 [illegible]

二 儗 鑿 溉 槩 慨 抗 瀣 愾 欬 鎧

慨 閡 礙 閡 僾 鬆 來 擬 愛 曖 靉

[illegible] 僾 [illegible] 瀣 咳 劾 逝 耐 鼐 能

[illegible] 戴 賚 萊 睞 覩 諫 瘌 逮 萊 埰

廿 [illegible] 載 載 瀡 廢 廢 撥 發

[illegible] 廢 餘 肺 柿 穢 濊 饖 吠

茷 喙 㩳 餘 衛 刈 忥 虩

廿一 [illegible] 鋑 震 振 賑 娠 袗 郎 [illegible]

[illegible] 信 迅 訊 [illegible] 阡 羊 璡 [illegible]

[illegible] 磷 閵 蕣 藺 躙 蹸 藺 撛 藺 閵 [illegible]

[illegible] 顛 忍 認 肕 仞 軔 軔 牣 韌 [illegible]

[illegible] 引 靷 轃 朋 鈏 [illegible] 疢 趁 印

[illegible] 儐 擯 殯 鬢 寴 親 陣 [illegible]

[illegible] 蝕 [illegible] 趣 責 [illegible] 瑾 [illegible]

[illegible] 鑷 [illegible] 進 鎭 [illegible] 僅 覲 墐

殣 [illegible] 饉 廑 瘽 勤 覲 [illegible] 韻

私閏反。亦作浚。十一。濬 深。浚 水名，在衛。陖 亭名，在馮翊。迅 疾。亦作䢧。鵔 鵔鸃。晙 早。又子峻反。弓 弓人。方其俊。瞚 迿 出表詞。又胡門反。殉 詞。

送死。三。狥 以人徇於衆。亦作狥。侚 以身從物。儁 子峻反。美。或作俊。十。晙 早。餕 食餘。畯 田。駿 良馬。鵔 又七旬反。崔 焌 火。夋。

愼石。䑞 稺。舜 施閏反。四。蕣 木槿。鬊 髮亂。瞚 目動。亦作瞬。稕 束稈。四。諄 之閏反。亦作訰。䏝。閏 如舜反。二。潤。

濈。順 食閏反。一。亦 又糸。汛 息晉反。麻片。親 七刃反。二。䞋 亦作儭。瀙 水名。二。咰 旬 九峻反。二。詢 擯 必刃反。又居運反。拾。或作攟。三。捃 拾。

廿二 問 無運反。璺 破。汶 水名。紊 亂。絻 喪服。亦作免。脕 新生。運 王問反。七。暈 日氣。餫 野饋。韗 作靴。又亦作鞾。鄆 邑名。

在 䫱 叛。痱 疾之。訓 許運反。教。五。臐 羹。薰 香。又許云反。鍹 鐵。湓 分問反。溢水。三。忿 怒。瀵 水。糞 府問反。又作𡊅。債 五。

僧 奮 方問反。弁 殯 韞 於問反。四。慍 怒。緼 亂麻。縕 字。蘊 積。又於吻反。捃 居運反。拾。亦作攈。三。皸 足。又居云反。

廿三 焮 許靳反。郡 渠運反。古縣。一。分 扶問反。四。𦳝 坋 又房吻反。粉 清。又房。焮 許靳反。痛。三。㶳 脪 瘡中。

斳 居焮反。斤 又斷。近 巨靳反。一。傿 又依人。四。隱 於靳反。櫽 水名，在。檼 憖 魚覲反。听 一。

廿四 願 魚怨反。情欲。四。愿 謹。善。傆 黠。顅 大。怨 於願反。恨。二。䛄 又於阮反。販 方怨反。券 約。四。桊 水青。勸 獎。

万 無販反。十十。萬 數。輓 作挽。蔓 又中戎。曼 長。晚 無遠反。鄤 肥澤。又鄤 無遠。贎 餅 食二。

開 門欄。䋸 又 粉 娩 芳万反。疲 吐。亦作嬎。畚 大。奔 上。扳 量。又居。販 水名。䪍 小。娩。

𨏦 說文。建 居万反。一。堰 於建反。四。郾 地名。躽 引。嫣 長。憲 許建反。三。獻 進。𧾊 急。健 渠建反。一。

廿五 楦 許勸反。二。韗 作鞁。棄 居願反。一。遠 于万反。一。䜭 二。圈 求万反。一。慁 胡困反。四。溷 廁。

俒 全。悃 愫。頓 都困反。亦作頓。二。𧇧 巽 蘇困反。四。選 遜 遜。愻 順。困 苦悶反。三。睏 又。涃 水名。

嫩 奴困反。弱。二。腝 肉。㘦 悶 莫困反。二。懣 煩。又。𢠨 二。鐏 在困反。二。蹲 論 古鈍反。睔 大目。四。琯 睴 視。鄆。

噴 普悶反。吐氣。一。鈍 徒困反。不利。三。遁 逃。鶤 鳥。溫 烏困反。二。𩞄 寸 倉困反。二。籿 堵 坋 分。

廿六 恨 胡艮反。䫀 五困反。五。論 盧寸反。一。恨 艮 古恨反。二。詪 又。鎭 一。

翰亦作翰 扞 捍 睅 垾 涆 汗 悍 瀚 閈 骭 皁
鶾 幹 忓 豻 犴 鳱 鵪 玩 忨 妧 段徒玩反分三 毈
椴木名 亂 竄 鍛都亂反打鐵六 鍜 碫礪石 斷 瑖玉 踹足 彖象
喚 煥 奐 渙 瞍 嗳 嗺 筭 蒜 纂 幔 漫
鏝 獌 墁 數 半博漫反 絆 姅 駻馬名 料 判分剖 泮
胖 畔 泮 姅 叛 婪 畔田 炭 歎 㸷 娕
換胡段反改五 逭 肒 垸 漶 攢 鑽 惋 腕 琬
貫古段反穿 矔 樏 館 擢 罐 灌 鸛 攉 鑚 爟
爟 館 遺 冠 觀 悹 悺 婠 竄 鑹
按 案 晏 䅁 鄂 案 旦得案反 疸 鴠 狚 悬 䱇
憚徒旦反 彈 僤 旰古旦反 幹 倝 盰 骭 榦 岸
豻 頇 駻 唁 㕣 偘 看 衎 靬 刊 漢
暵 暵 熯 鸛 穠 厂 爛 瀾 彰 攤
灘 難 難 幔 粲 殘 璨 繖
散 糤 巑 讚 贊 酇 鑽 趲 濽 嫸
襸 攢 鬢 嬪 便 稬 懦 渜 攢 鏾
鱌魚 諫 澗 瞯 鐗 鴈 贗 晏 騴 鷃
晏 鷃 訕 汕 猏 羼 麪 骭 慢 謾

縵綾ゝ 瘍牛馬病又莫駕反 嫚惰ゝ 米別 患胡慣反妨七 擐ゝ甲 轘車裂人 豢食穀養畜 𧴩獸似羊無口 槵無ゝ木名 繯𦊒繯 慣

古患反四 摜習 倌主駕人馬 宦仕胡慣反同患字二 孿山患反孿生子又山眷反一 篡楚患反奪一 薍五患反草名亦作䒮一 襻普患反衣ゝ一 𧑅士諫反虫

或作串三 棧ゝ閣士諫反又士限反士免二反 䡅谷在上又 輚臥車 轏寢車亦作輚 戲仕板反 柵所晏反ゝ籬一 姍女患反訕一 鏟初鴈反剗三 𩯑 孱

廿九 羊相澗又初莧反 娨下鴈反𡝗一 襇古莧反裙郡三 豣春虎大 閒厠又古閑反 莧侯辦反菜二 𦸜 辦蒲莧反亦辦二 瓣 盼匹莧

𪏭日眼 䩚視皃 幻胡辦反化一 孱初莧反又初又鹿反一 簡人姓一 袒大莧反衣縫解或作綻 組又徒旱反一 鰥寡二 卝蛾角日ゝ

卅 霰蘇見反雨雪雜下亦霰五 先ゝ後又稱見反 𢻃散 𢿌𢿌含亦 洊所賣反 蒨倉見反草盛十 茜草 綪亦作𦆡 倩 精 茜赤青 精木名 𡤨

又目 祈 青 倩美好 裕? 又倉先反 𥋆山谷青 鑴紡錘又忽鈇反 絢許縣反文采亦作約絃四 拘 眴 讂流言有所求 縣

糊反 首 禱 衒行且賣也 㜌 妶 玄日 殄 炫 衒 眴 好 又相 頭 讃 獸名似犬多力西國人家養 眴目 或旬 迴 衣

作紫 十二 袪 衣 日 炫 火光 衒 行且賣也 婗 狂又 倫反 頡 後 賯 之又胡大反 亦作䝯

狗又思 騎 鐵 䯀 古縣反 視兒十一 讂 流言 飢 孔 罥 ゝ 縮 羅 羅 懁 急 繯 綰又自 辮反 衛 擔 醋 酒 下 猠 跳 彈 牛

陵反 電 堂見反 又 雷光十 畋 平 田 皃 甸 郊ゝ 殿 堂ゝ 又 𩣡 見反 奠 設 澱 ゝ 滓 亦作 𩞾 淀 ゝ 泉 鈿 寶ゝ 今通作細 佃 一轅車 中ゝ 寘 今作于寘 亦作闐 又徒賢反

瑱 他見反 ゝ 玉名二 滇 ゝ 𣵻 大水皃 又徒賢反 練 絹 落見反 帛十一 鍊 金 湅 流 揀 水疾 ゝ 揀 擇 楝 木名 𩏩 瓜 棟 壎 堜 在 博平 萰 白蘞 𧎰 莖 ゝ 鐵

糸 褻 陳 木 解 埋 見 古電反 睹 又 戶見反 二 堅 鋒 焠 睍 奴見 反 日光 亦作 𥈤 二 嬿 人姓又 好 馬反 俔 苦 見 反 罄 又 胡 甸 反 二 啓 日 晝 雨 止 現 戶見 反 通 謂 三

涀 水名 在 安陸 ゝ 逹 無 ゝ 硯 五見反 筆 ゝ 或作 研 三 豣 逐虎大犬 古莧反 趼 獸名 宴 安 烏見反 八 讌 ゝ 名 燕 ゝ 鳥 亦作 鷰 嬿 女字 又 於典反 曣 視 晏 旰 反

咽 喉 洇 大水 兒 䁦 日出 薦 作見反 此 解 薦字 三 薦 此ゝ 舉ゝ 字 今作 席 ゝ 字 也 蘮 高 蓄 遍 博見反 周ゝ 三 徧 ゝ 䎊 ゝ 研 麪 莫見反 麥 麩 俗作 麺 六

瞑 ゝ 眠 ゝ 䏹 斜 視 ゝ 溟 ゝ 湏 ゝ 𧗟 汗 血 又 莫 結 反 䀏 冥 合 片 普見反 析木 二 胼 中 體 ゝ 荐 在見反 重 或作 洊 二 袸 衣 小 帶 餚 烏縣反 饜 飽 亦作 首 還 一 蠲 見

反 在 甘 ヘ ゝ 殿 都見反 後 二 唸 叩 呻 之 聲 緊 口見反 又 口 典反 一 縿 線 私 箭 反 或作 綫 亦作 絳 一 戰 之 膳 反 懼 二 顫 寒 動 四 反 繕 補 ゝ 八 鄯

ゝ 陜 西 城 名 擅 ゝ 專 禪 ゝ 封 膳 ゝ 食 僐 ゝ 作 䚩 器 緣 犬 作 鄯 單 ゝ 于 ゝ 二 彥 ゝ 士 美 喭 ゝ 𡡤 嗻 ゝ 彥 ゝ 魚 變 反 諺 𤭢 ゝ 言 亦作 喭 嗁 ゝ 𢑊 ゝ

譴 去戰反 問 一 俔 間 又 作 𥈤 二 𥑮 兩 石 𧷤 繾 綣 去 揚 反 三 猗 郅 援 于 眷 反 五 媛 美 女 援 㧅 援 護 瑗 玉 眷

面彌箭反二偭背鍘……一掾以絹反官四緣幅捖……颴風騡……二襢……亦作裝嘌……又……反一
䶊……子賤反……前草名似……濺水激箭……子檣木名煎……仙反碇……繒石一扇式戰反扉四煽火盛
偏……蝙蝠䮁……反……怒瞋一眷居倦反……十睠……遠捲……卷……桊牛拘豢……帣……勬……
眷……居員……二反豢……餋……綣……撰……亦作……柞……餘篹……饌……譔……
嬗好……變……化一籑所眷反中帔二孿一乳兩子……山患反縓……腱……下……拚……
弁冠汴水名在陳留開門橂匾……播……昪喜……旋……四……鏇……縼……之亦作旋
嫙好……選……潠……譔……縼……選……亦作……饌……襈……傳……賤
饘……二錢……羨……一摟……騙……辴……傳……靶
三桊……䟕……衍餘見反……濱……縯……遠……嗔……便……剸……
卅二嘯……嘯……作歗一耀……眺……趒……覜……咷……竀……窱……銚……
弔多嘯反……佛……瘹病釣……作䤾寫……訆……五謷……徼……憿……激……尿
藋……銚……掉……盜……竅……二擊……頔……長……六抱……嫽……
料……嘹……鐐……頫……梚……澆……鼽……嘌……宦……窈……婜……
卅三笑私妙反……俗作咲三肖……鞘……照之笑反……詔……喔……曜……鷂……搖……覞……
邀……睔……論……趭……篍……要……約……召……
邵……劭……召……嶠……轎……剽……瞟……漂……
僄……慓……膘……誚……譙……趭……妙……峭……
簌……燎……尞……鐐……燎……療……爒……嫪……趬……

〔…〕七 醮祭 亦作醮 嚼 色 潐 盡 燋 行容 瞧 目 廟 眉召反 亦作庿 一 驃 毗召反 驍勇 一

少 □ 燒 □ □ 裱 方廟反 領巾 一 □ 二 鏡 □ 請召 三 驃 馬名 覞 □

效 胡教反 □ 效 校 □ 斆 教 覺 教 古孝反 訓 六 窖 倉 挍 □ 鉸 刀 酵 酒 覺 睡 覺 古學反 孝 呼教反 □ 六

哮 □ 呼 □ 涍 水名 在河南 嗃 大嘷 亦作詨 詨 吴人謂叫 □ 之 字 各 □ 居有反 鷸 鷹 罩 丁教反 取魚器 或作 䈇 □ 鷞 □ 豹 博教反 獸 二

爆 火烈 □ 皰 普教反 擊 □ 礮 □ 撽 □ 貌 莫教反 儀 □ 亦作 貌 五 靿 □ 悃 □ 貌 □ 貓 □ 奔 匹貌反 起

爆 □ 炮 □ 窌 地藏 □ 力敎反 抱 □ 普 □ 趠 □ 行 □ 二 踔 □ 跳 稍 所教反 漸 五 潲 □ 食 揱 手 □ 鄁 大夫 食邑 䈰 □

棹 直教反 舟 二 撓 奴教反 □ 亦作橈 又乃飽 如弼二反 三 淖 泥 叀 不靜 亦作鬧 抓 側教反 爪 抓 三 癄 縮 笊 籬 皰 防孝反 面瘡 四 鞄 刮皮 又 蒲角反

鉋 □ 蒲交反 麭 面 □ 抄 初教反 掠 或作 鈔 亦作 剿 二 觘 角 上 巢 小 巢 仕 稍 反 一 樔 □ 教反 一 拗 □ 於絞反 三 箹 竹 靿 靴

廿五号 胡到反 □ 四 號 □ 號 □ 譟 歌 導 徒到反 引 十二 翿 翳 所執 亦作 翢 悼 傷 蹈 履 盜 竊物 纛 左 燾 覆 又 大刀反

導 □ 櫜 本六 □ 德 □ 十 精 □ 精 粘 □ 糙 □ 到反 纙 下青 不黄 到 至 二 禱 祭 誥 古到反 告 五 郜 國名 在濟陰 縞 □ 秦 又古老反 告

謂 又古 沃反 烄 又不 □ 亦作 熬 傲 五到反 傲 高 貞 五 頢 □ 鏊 餅 驁 駿馬名 又五刀反 奡 陸地行舟 帽 莫報反 頭巾 亦作 帽 本作 冒 字 十一 耄 老 亦

作 □ 食 □ 菜 □ 覒 目少精 □ 忘角反 瑁 玉名 冒 □ 又莫北反 䁅 □ 許六反 覒 □ 毦 □ 毛 紅 媢 夫妬婦 嫪 虚到反 □ 物 六 潦 □

作 □ 游 謗 □ 急 □ 鎢 □ 䃔 淍水 不服藥 毒 又力彫反 操 七到反 持 又七刀反 四 造 至 又昨早反 慥 言行急 郻 地 暴

世 □ 瀑 □ 雨 袍 馬 □ 裦 衣前襟 衣作 袌 □ 姓 報 博耗反 一 譟 □ 漕 在到反 運穀 一 奧 烏到反 深 十 隩 藏 肉 懊 悔 鐭 □ 食

隩 屋 □ 隅 □ 燠 熱 又於六反 □ 古 □ 文作 □ 譟 告 □ 鱮 小 鮪 喿 □ 馬 □ 五 譟 呼 瘙 疥 騷 □ 埽 除 又 □ 反 亦作 □ 鐍

苦到反 □ 亦作 縞 三 靠 □ 遺 顥 太 頭 竈 則到反 □ 俗 □ 三 躁 動 趮 疾 耗 呼到反 減 三 好 愛 又呼 老反 䶎 他到反 䵂 衣 一 腮 奴到反 三 臑

廿六箇 古賀反 一枚 一 賀 □ 二 軻 □ 作 轁 佐 作箇反 助 五 左 □ 右 又 作何反 嵯 □ 蒫 □ 行不 正 袏 衣 □ 跢 小 兒 □

廿□ □ □ 多 □ 助 □ 多 病 □ 度 □ □ 婧 又 □ 可 □ 子 屠 □ 鍼 □ 欲 □ 蚝 □

[illegible]
磨莫箇反磨三 靡 摩 剉麤卧反斫三 銼蜀人云銼鑹 莝斬芻 愞乃卧反四 㨎 穤 㬉 和胡卧反
反魏[illegible]又明 戈反謟三 伽 盉調五味 唾湯卧反口汁四 涶 蜕去皮 𧊅 過古卧反 划 蝸
又古 破普卧反 物毀二 頗普卧反 涴烏卧反泥四 汙 堁 踒 惰徒卧反 憜 駄唐佐反 課若卧
又青 果 敤研理 𩐚郎高反 [illegible]四 纝 [illegible] 磥 嫷 𦢊 侉
卅七 挫則臥反 剉 些 坐徂卧反 座 磋七箇反 呵呼箇反又大笑 禡莫駕反祭名七 榪
鬕 嫲 駡 罵 傌 駕古訝反 稼 嫁 瘕 架 搬 價
假 暇 亞 俹 𢁧 婭 晉 吒 嚇 罅
唬 諱 𡑭 姹 迓吾駕反 訝 犽 詫 咤 奼 姹 吒
嫔 詐 笮 乍 措 詐 𧊅 溠 謝
謝 髂 旁 歌 暇 夏胡駕反 下 襾 藉
鉈 夜 射 鵺 趒 蜡 卸 蔦 柘 鷓
𥄎 炙 蔗 嗻 唶 借 舍 騇 赦 捨 射
覇 霸 灞 靶 弝 靶 怕 𢝕 㕦 樺 華 樺
化 魄 𠤎 譌 跨苦化反 誇 鮊 㶕 𦚦 月
𢀞 沙 貭 坬 謑 窊 塗 蛇
𠲯 凡 勘 醓 䶄 紺 途 贛 憾 琀
卅八 㴁 唅 𦠆 暗 闇 醃 儑 㯀 西 㒆 𦢊

廿九 [illegible]諳 鼓言 倧 [illegible] 偡 [illegible] 䜣 [illegible] 黲 [illegible] 賧 [illegible] 醰 [illegible] 賵 [illegible] 餡 [illegible] 驔 [illegible]
[illegible]㨻 [illegible] 僋 [illegible] 顑 [illegible] 姏 [illegible] 闞 [illegible] 瞰 [illegible] 𩐋 [illegible] 蘸 [illegible]
[illegible] 監 [illegible] 爁 [illegible] 濫 [illegible] 䁪 [illegible] 艦 [illegible] 𧮥 [illegible] 鬫 [illegible] 鑑二
[illegible] 甝 [illegible] 虩 [illegible] 憨 [illegible] 㺱 [illegible] 譀 [illegible] 覽 [illegible] 擥 [illegible] 澹 [illegible] 惔 [illegible]
卅 淡 無味又作[illegible] 暫 慙濫反亦作[illegible]二 鏨 小鑿 擔 都濫反負二 䫮 石大聲 漾 餘亮反水名 什佇仙為十 恙 憂人相問無恙 羕 長 颺 從風
[illegible] 煬 炙 樣 式 眻 目 諹 讙 饟 餉 養 以餘上反 亮 朗九 諒 信 掠 笞一曰 悢 悵 緉 [illegible]曰緉 兩 [illegible]
[illegible] 䬗 北風又 哴 哴小兒啼 狀 鋤亮反貌一 讓 如狀反推以手與物 攘 [illegible] 懹 [illegible] 餉 式亮反餉食亦作饟四 傷 未成人死又式
良 向 姓又許亮反 惕 痛亦作瘍 帳 陟亮反帷三 脹 滿 漲 水大亦作漲 悵 怏七 暢 通 鬯 [illegible] 韔 弓衣又直亮反亦作韔 蕩 草盛
脹 [illegible] 䭾 [illegible] 向 許亮反背五 珦 玉 響 [illegible] 曏 [illegible] 闢 [illegible] 仗 直亮反器仗五 長 多又直良反 䫮 [illegible] 暢 [illegible] 韔 丑亮反
亦作[illegible] 釀 女亮反醞酒亦作釀二 讓 [illegible] 匠 疾亮反巧工三 䳂 [illegible] 趥 [illegible] 障 之亮反亦作𡐓郭四 嶂 [illegible] 墇 [illegible] 瘴 病 尚 常亮反三 上 [illegible] 又時
[illegible] 償 [illegible] 壯 側亮反多力三 裝 [illegible] 側良反 湘 [illegible] 怏 於亮反不平心四 鞅 [illegible] 詇 知 㹧 [illegible] 倞 其亮反 唱 昌亮反發歌亦作誯一 創 初
[illegible] 三 愴 悽 滄 寒 將 [illegible]亮反 以[illegible]二 將 [illegible] 帥 [illegible] 仰 魚兩又 訪 敷亮反問二 妨 礙 妄 武放反虛[illegible]五 望 [illegible] 遠[illegible]
[illegible] 忘 不記又武方反 謹 相[illegible] 汇 [illegible] 況 許訪反 貺 [illegible] 䡅 [illegible] 誑 居況反欺亦作[illegible] 迋 [illegible]亦作逞四 旺 [illegible] 䀣 [illegible]方反
悲 [illegible] 放 府妄反自縱四 舫 舩 趽 馬[illegible] 䲰 [illegible] 相 息亮反 [illegible] 防 [illegible] 疆 居亮反[illegible]一 㘰 丘亮反三 晾 [illegible]
卌一 [illegible] 鏘 七亮反 [illegible] 狂 [illegible] 宕 杜浪反洞屋一曰過五 踼 跌[illegible]不正 碭 石又山 [illegible] 逿 [illegible]郎反 蕩 [illegible] 浪
[illegible]宕反 閬 高門又地名 埌 [illegible] 閬 [illegible] 浪 [illegible] 吭 下浪反 [illegible] 行 [illegible] 盎 [illegible] 柳 [illegible] 葬 [illegible]
一 榜 [illegible] 謗 [illegible] 藏 [illegible] 奘 [illegible] 讜 丁浪反 [illegible] 擋 [illegible] 當 [illegible] 曠 [illegible] 宂 [illegible] 抗
[illegible] 閌 [illegible] 炕 [illegible] 犺 [illegible] 伉 [illegible] 航 [illegible] 沆 [illegible] 頏 [illegible] 亢 [illegible] 譡 [illegible] 螃

卅二 [illegible]儻他浪反 揚 曠苦浪反曰遠五 壙 纊 曠 爣 儻 攩 打 罂徒浪反
卅三 [illegible]蕩 漭浪大野二 宕 汪水一 敬居孟反三 鏡 映於敬反又作暎 映隱二 明
競渠敬反四 儆慎言 誩 倞強 諍 鞕 慶 更 命眉映反 病皮
四 評平言 坪地平 枰 孟 蝗 橫 瀴 柄 寎
驚病 怲 鈵 邴兵永反 詠為柄反 泳水行不流 禜祭名 瞢 行 絎
主譟二反 靚楚敬反 冷一 倀佇孟反又丑良反三 偵 趟 榜 迸 膨 生 胜 鼪
卅三 迎魚更反 逆一 鋥宅鞕反 磨磨一 諍側迸反諫言 迸北諍反散走一 倂 甇 䁝 䡢
卅四 幸聲二 鞫 勁居盛反 勁二 政之盛反 正 証諫 聤 聖式正反 鄭直政反名二
甑覺 逈 性息正反 姓 令力正反 詅 聘匹政反 娉 夐虛政反 詗
卅五 掙 倂 屛 倩 清 淨疾政反 穽 睛 靚裝飾 婧 盛
卅五 域 飊 詺 精 徑古定反 經 巠 鼆 涇 脛 寧乃定反 佞
仁 濘 腥 醒 脛 定 矴丁定反 釘 飣 顁 錠 奠
磬 罄 聽他定反 汀 侹 艼 䵂 瞑 鎣
卅六 瀅 熒 零 宥 又 佑 右 𥁕 祐 酭 庋
囿 侑 姷 忧 趙 䳑 救 灸 疚 遘 究
廄 冑 胄 宙 酎 繇 籒 伷 䌷 狩 䮷
畢 晝 噣 狩 獸 收 首 臭 岫 袖
抽 齅 䍜 呪 祝 舊 柩 瘦 漱 鏉

皺側救反 䋴ゝ一 廄縮ゝ 貁井 縐作縐 副數救反又敷 一 䨄㒘䨄又匹丑反 䨞蕧又數福反 恒小怒 遳初救反光一日齒二 簉草根 富
府副反貨 䵩ゝ 䩜䟽 皺聚四 鏂金石大一 當草 畜許救反又許郁反二 俞人姓 溜水ゝ名力救反 瘳人姓漢有瘳湨 霤中 嬼美好 鷚鷚子一曰鳥名
鎦ゝ 䥅鎦 䥊偛力又力竹反 塿ゝ 僇癡 飂飛又力迴反 岫 宙又音 𠡠 㐱高飛又力丑反 秀息救反 繡ゝ 五 琇玉名 宿星
驟鋤祐反走ゝ馬一 㵞即救反 僦賃 又聚二 䆯春稅 亦作䊭 就疾僦反從二 鷲鳥 𥽈女究反雜三 餾 鎦作 䭀 飿雜飯亦 䐝蒸 腬 膏 復扶富反五 瘦病 賴
㰯撿 佇 餾 鎦西角 閺 䛟 綯 㵞余救反 歃名 似猿 𪕗鼠名 䝓 似鼠 種 積薪 燎之 柚橘 輶輕又以周反 䌷牛黑 䠷蚴 皆 貁鼠 䧢似獼猴鼻仰尾 長前向下
縐 不知 蹁 翔 㖨 又口 句 又 呵 集 音 謝 叉 詶 漱 反 壽 終 㵞 時富 年 䍘 又人反 䵒 中 跦 大蒸 㮕 使曲 蹂 如周反 䶄 牛救反 鼻 仰 一
䠶 蟉 虫又余九 口 ゝ
卅七 候 胡遘反 餱 十二 鮜 魚名 郈 地名在晉 逅 邂 ゝ 詬 罵 睺 半盲 又 䳧 胡 鉤 反 亦 䳧 譔 行 又 䵂 箭 鏃 又 䠶 胡 遘 反 鬷 似 蟹 有 足 兩 ゝ 相 乘 石 竹 子 可 為 時 鬼 夜 當 鍭 石
不黑 瞂 睺 ゝ 睺 腜 貪財 鋘 器 𨰻 受錢 寇 苦候反 賊 ゝ 五 滱 水名 怐 ゝ 愗 愚貌 㲄 ゝ 㝅 無 䳧 鷇 鳥 子 茂 莫候反 亦作 楙 俗作 茂 十 貿 易 戊 ゝ 己 鄮 縣名 在 會稽
㝢 目不明 又 安 角 反 瞀 ゝ 惆 ゝ 㦟 袤 廣 楙 木 ゝ 瓜 娒 女 師 懋 ゝ 勉 䓮 草 實 似 桑 椹 可 食 又 亡 䍧 反 菽 細 草 叢 生 䓮 草 同 ゝ 重 㵞 又 仆 匹豆 反 倒 又 亡 候 反 扶 北 反 僵 遇
反 諸 而 不 受 㪂 豆 徒 候 反 䜴 十 一 竇 水 瀆 逗 留 ゝ 酘 酒 ゝ 荳 蔻 ゝ 脰 頸 ゝ 郖 地 名 在 弘 農 餖 ゝ 飣 洹 津 名 在 河 東 毭 毹 鞓 鞬 中 鞍 具 鬭
䇺 戰 䛠 諞 ゝ 不 能 言 㪂 噣 鳥 口 或 作 咮 𡞶 娃 ゝ 諏 䳧 䙕 衣 袖 又 大 口 反 䅊 如 豆 反 除 草 一 譳 詎 ゝ 𢠽 擐 不 解 事 擩 ゝ 禾 秋 㝲 ゝ 五 漱 口 盪
又 盾 涑 ゝ 氣 鏉 ゝ 鐵 利 嗾 使 犬 又 先 侯 反 奏 則 候 反 一 透 他 候 反 跳 一 敨 ゝ 涶 ゝ 亦 作 唾 䞭 日 没 或 作 敨 吞 吐 ゝ 不 止 欲 作 歇 温 於 候 反 又 於 後 反 三 嫯
又 布 市 由 反 竈 地 名 在 竟 陵 䙔 頭 衣 又 於 部 反 漚 烏 候 反 漚 十 四 樞 ゝ 𦁈 結 累 媾 ゝ 婚 覯 見 購 贖 畎 胸 絲 飲 又 作 䘼 㲄 弓 張 ゝ 姤 名 卦 雊 雉 ゝ 鳴 搆 牽 牛 乳
覯 嶁 𡸒 郍 一 句 𥕢 礭 ゝ 誻 赤 句 䅊 積 財 亦 作 䅊 輳 倉 候 反 輻 ゝ 七 湊 水 會 䐍 族 使 犬 又 鳥 膁 膺 ゝ 腠 ゝ 肉 毳 蔟 太 ゝ 律 名 樓 橘 頭 陋 偎
反 鄙 ゝ 漏 屋 下 水 鏤 ゝ 剠 瘻 瘡 ゝ 蘭 姓 䕆 ゝ 蕂 草 藥 名 䥯 ゝ 鐵 鏤 ゝ 蔻 豆 ゝ 七 㺃 聲 ゝ 䪷 勤 詬 怒 恂 ゝ 愗 唂 恥 又
卌八 巷 八 呴 呼 垢 反 吼 聲 又 呼 后 反 暗 淯 候 反 多 暗 ゝ 二 踳 長 偶 五 遘 不 又 斷 一 剽 晒 候 反 細 切 又 祖 鉤 反 一 幼 伊 謬 反 小 ゝ 一 謬 靡 幼 反 錯 繆 亦 作 謬 二 繆 亂 䶑 丘 幼 反 一 齅 許 究 又
卌九 沁 七 鴆 反 水 名 二 吣 吐 又 寢 作 鴆 反 鋟 氣 二 浸 ゝ 漬 妊 汝 鴆 反 姙 ゝ 身 四 紝 織 ゝ 賃 ゝ 任 使 又 汝 針 反 鴆 鳥 貞 鴆 反 鳥 名 二 沉
搓 鳩 反 永 首 一 䴴 ゝ 跂 一 針 十 針 又 今 曰 禁 反 古 今 蜀 今 ゝ 又 禁 口 閉 禁 居 蔭 反 限 䳧 祭 譯 敬 四 首 二 襟 格 ゝ 青 乃 禁 反 備

[illegible] 諳 [illegible] 諵 反又

五十 一 揕 [illegible] 紞 士也 吟 宜禁反 長詠一 臨 力浸反 朝夕哭一 豔 以贍反 美色 亦作豔 五 爓 火焰 焱 火華 赤反 炎 熱又 [illegible]

[illegible] 贍 市豔反 贍 之一 染 而贍反 染色一 厭 於豔反 飫足 又於 [illegible] 甘同 [illegible] 㨊 驗反 饜 飽 窆 方驗反 下又 方鄧反二 砭 石針 又方廉反 驗 語 [illegible]

五十一 [illegible] 反 證 唸 閃 式贍反 闚 二 黏 大行貌 他念反 㦰 子豔反 不廉一 塹 七贍反 水又 坑 二 槧 札又 昨減反 殮 力驗反 殯 六 斂 聚又 力險反 瀲 [illegible]

[illegible] 永 𩃵 小雨 獫 長喙 瞼 [illegible] 占 之豔反 又 之廉反 襜 障泥 一 覘 丑豔反 小 偷候 二 䀡 俛視 於豔反 又 於驗反

五十二 㮇 他念反 [illegible] 大杖 五 舔 出 忝 [illegible] 鮎 [illegible] 陷 [illegible] 念 奴店反 愛一 店 都念反 舍 十 坫 [illegible] 沾 水名 在上黨 墊 下 貼 [illegible] 唸 [illegible]

[illegible] 窾 [illegible] 反 玷 [illegible] 歛 [illegible] 㝹 [illegible] 餂 [illegible] 磹 徒念反 [illegible] 趁 紀念反 [illegible] 會 [illegible] 僭 子念反 差一 瞥 [illegible]

五十三 兼 古念反 [illegible] 二 緢 [illegible] 傔 苦僭反 [illegible] 稴 [illegible] 證 諸應反 驗 二 蒸 [illegible] 孕 以證反 懷子 五 䨻 [illegible] 媵 [illegible]

· 五十三 媵 [illegible] 送 [illegible] 繩 食證反 乘 實證反 車乘 三 䋲 [illegible] 媵 以證反 送女 認 而證反 認物 又而振反 三 扔 強牽 艿 草木 前 [illegible] 譍 於證反 言對 二 應 物 䚉 [illegible]

䭜 [illegible] 磳 [illegible] 餕 馬食穀多流下 又里亂 亂反 興 許應反 樂 [illegible] 許陵反 三 嬹 悅 勝 詩證反 亦作 勝 字 四 藤 [illegible] 胡麻名 縢 [illegible] 機 [illegible] 䐲 美肉 大登反 [illegible] 䑂 [illegible] 證

五十四 嶝 [illegible] 磴 [illegible] 反一 覴 [illegible] 丞 時證反 [illegible] 反一 凴 [illegible] 任几 一 稱 尺證反 [illegible] 二 嶝 都鄧反 小坂 四 鐙 馬鐙 [illegible] 無足 曰鐙 有足 錠 亦 作 字 也 隥 [illegible] 磴

五十四 贈 昨亘反 [illegible] 䠦 追送一 亘 古嶝反 通 亦作 𢓋 路 五 堩 路 搄 引 急 絙 䋴 䁞 直視 蹭 蹬 二 鄧 徒亘反 姓 四 蹬 蹭蹬 [illegible] 䐇 [illegible] 懵 武亘

[illegible] 鯁 魚名 一 䔲 [illegible] 登反 鬭 又古 [illegible] 鐙 [illegible] 儚 [illegible] 反 倰 [illegible] 二 殑 [illegible] 蒯 方鄧反 亦作 堋 一 增 子贈反 又 作 [illegible] 一 䆩 思贈反 眠 新覺 一 倗 父鄧反 輔 二

五十五 陷 戶𩜾反 沒 三 䱤 [illegible] 名 臽 [illegible] 䱗 於陷反 下入聲 三 㵝 大吹聲 又 下乙咸反 䧟 沒水 又 他刀反 蘸 責陷反 以物內水 一 䛃 都陷反 又 [illegible] 一 歉 口陷反 又 口咸反 一 賺 佇陷 反 [illegible]

五十六 鑑 [illegible] 讒 士陷反 讒言 三 儳 輕言 [illegible] 陷 䦧 火陷反 大聲 一 䶨 公陷反 [illegible] 一 譀 [illegible] 誇 [illegible] 罵 一 鑒 格懺反 鏡 二 監 領 懺 楚鑑反 自陳 四 儳 [illegible] 言

䑍 [illegible] 䝔 覓 覓䝔 [illegible] 覽 子鑑反 [illegible] 高 兒 危 一 㺗 許鑑反 [illegible] 覽 一 釤 所鑑反 大鎌 一 埿 蒲鑑反 亦作 埿 一 覽 胡懺反 下 一 鑱 士懺反 穿土 具 又 士咸反

五十七 梵 扶泛反 [illegible] 上三 帆 [illegible] 泛 敷梵反 浮 四 汎 輕又扶 泛 [illegible] 作 [illegible] 汎 [illegible] 作汎 又 扶泛反 劍 舉欠反 兩刃 一 欠 去劍反 張口 一 俺 [illegible] 大 五 𢅥 [illegible] 俗作 [illegible]

[illegible] 悋 [illegible] 裣 [illegible] 又 [illegible] [illegible] 泛反 [illegible]

切韻卷第四 [illegible]

切韻卷第五　入聲凡卅二韻

右卷二万三千七十七字　二千一百五十六舊韻四千四百六十五訓卅一或亦九文古一文俗八百卅八補舊缺訓一千三百卅三新加韻二千一十七訓四百一十六亦或一十九正一十九通俗二文古四文本

一屋烏谷反　二沃烏酷反陽與燭同呂夏侯別今依呂夏侯　三燭之欲反　四覺古岳反

五質之日反　六物無弗反　七櫛阻瑟反呂夏侯與質同今別　八迄許訖反夏侯與質同呂別今依呂

九月魚厥反夏侯與沒同呂別今依呂　十沒莫勃反　十一末莫割反　十二黠胡八反

十三鎋胡瞎反　十四屑先結反李夏侯與薛同呂別今依呂　十五薛私列反　十六錫先擊反李與昔同夏侯與陌同呂與昔別與麥同今並別

十七昔私積反　十八麥莫獲反　十九陌莫白反　廿合胡閤反

廿一盍胡臘反　廿二洽侯夾反李與狎同呂夏侯別今依呂夏侯　廿三狎胡甲反　廿四葉與涉反呂與怗洽同今別

廿五怗他協反　廿六緝七入反　廿七藥以灼反　廿八鐸徒各反

廿九職之翼反　卅德多則反　卅一業魚怯反　卅二乏房法反呂與業同夏侯與合同今並別

[illegible]

𣪊 穀 䅬 鋈 鏃 蔟 簇 族 暴 瀑 蠮

蝶 𨁽 𥣫 扑 醭 𣀔 𪓾 㩧 卜 僕 䑑 璞

㺍 撲 蹼 襆 鷑 木 沐 朷 鶩 霂 𣯏 鶩

艒 𣫞 革 蚼 蝠 福 輹 輻 復 葍 蝠 複

篙 蔔 鵩 伏 复 虙 服 伏 䪙 鞎 鵩 鞴 箙

𥳑 輹 蝮 㾈 覆 鰒 蝮 娽 鍑 葍 䗬 縮

陸 戮 勠 稑 鵱 蓼 陸 䡜 踛 蓫 睦

𧄧 蝫 逐 軸 碡 妯 舳 鱁 蓫 菊 掬 鞠 䂂 匊

獨 阬 鵴 𪊶 棞 鶨 䤋 鞫 諊 鞠 麴

𢶠 琡 趜 匊 鞠 熟 淑 塾 璹 俶 柷

琡 㨶 育 鬻 淯 毓 儥 堉 昱 煜

𦘧 昱 矐 逐 蓷 𦾟 䈬 趜 鯛 鵰 鸐 蹴

粥 匊 鞠 琡 蹴 粥 視 肉 衄 䶊

叔 倏 菽 透 𪑘 淑 鯈 蓄 畜 嫦

郁 茧 愊 㵄 竹 築 竺 筑 趗 踧

蹴 䟊 覺 蹙 踧 噈 摵 㧓 鼀 槭 祴 縬

蝛 哾 朒 恧 𢰭 㧗 蚰 蝮 當 蓄 坑 郁

510

一　二　三　四

玉 戫 燠 熱 栯 李 噢 咿 悲 墺 壤 膴 肖 薁 蘡薁 藤名 澳 隈 薁 水 彧 文 鐭 稶 黍稷

欶 默 肅 息逐反 嚴 十三 宿 息逐反 又息救反 正作 㝛 蓿 苜蓿 夙 早 鷫 鷫鷞 神鳥 驌 驌驦 馬名 蟰 蟰蛸 蟲 鱐

翻 飛聲 翿 翛 羽 橚 䎘 觫 䎘 目 莫六反 眼 七 睦 親 穆 和 苜 苜蓿 牧 放 坶 地名 鴫 囿 于目反 園 又于救反 二

𠱡 吐 稸 積 四 逐 蹄 苗 歷反 羊蹄 菜 㳇 痛 沃 烏酷反 肥 四 鋈 白金 鬻 名 鬻 毒 徒沃反 毒 纛 纛 羽葆

蝳 蝳蝐 蟲 碡 碌碡 碡 篤 冬毒反 厚 四 督 率 䈞 裻 衣背縫 鋈 酷 苦沃反 虐 五 焅 焅 嚳 帝嚳

告 古沃反 鵠 胡沃反 鳥 白 鵠 鳥 傕 熩 灼 僕 蒲沃反 僕 隸 三 鏷 鏷 樸 木 蠌 㴲 雨聲 二 檮

牿 牛馬牢 譗 告 誥 古到反 瑁 莫沃反 三 帽 娟 嫉妒 熇 火熱 三 㸤 熱 嚛 食辛 褥

俶 昌六反 一 數 燭 之欲反 明 十一 屬 付 又市玉反 矚 視 俗作 囑 鐲 鉦 蠋 蜀 蠾 趨 行 蠾 蝳蠾

蝑 蠲 欶 吮 玉 寶 五 獄 圄 鳿 鳿 鸀鳿 旭 許玉反 日 三 頊 顓頊 勖 勉 蓄 所六 鋦 以鐵

挶 持 拳 居玉反 暴 舉 暴 者 暴 樂 局 渠玉反 三 跼 跼蹐 挶 持 蜀 市玉反 韣

蠋 蠋 燭 獨 獨 屬 之欲反 觸 尺玉反 亦作 𢾞 三 斶 腸 辱 而蜀反 十 蓐 草 褥

鄏 地名 縟 繁 溽 濕 㦺 㦺 鬻 鬻 大鼎 醁 醁 束 書蜀反 二 悚 欲 余蜀反 六 浴 洗 鵒 鴝鵒

鋊 銅屑 裕 箱 𨂗 躅 直錄反 一 錄 力玉反 記 十三 淥 水名 覼 綠 色 醁 美酒 騄 騄 名 錄

逯 行 籙 圖籙 觮 魚名 趢 趢 行 謖 諸 曲 起玉反 𩷲 魚名 笛 瑑 䜯 斸

欘 𧤲 瀆 神玉反 足 即玉反 促 七玉反 蹴 越 趣 謔 續 似足反 三 俗 藚 粟

楝 𧭶 涑 水名 在河南 轐 封曲反 路車 棟 棟 琢 趆 豖 僕

覺 斛 斗 角 桷 椽 較 皎 確 嶨 鸴 觷 榷

鸑 五角反 嶽 樂 五角反 鸑 顡 握 擢 浞

雉 [illegible] 翰 [illegible] 鼓 翦 [illegible] 精 [illegible] 削 [illegible] 斵 [illegible]

詠 掿擊 嫣 琢玫 卓高 豚馬 丁木反 倬大 晫明 皺 紀 剝落 駁馬

殼 腸 趵足 雛 朐 箹 皺 邈 藐 眊目少精 晳

毳 憩美 雹海角反陰氣時積 撲 跑 駁 鮑 富 昀 碧 擢

瞀 駁 鞁 璞 樸 撲 撲 撲持 樸 暴

牧 鞄 殼 慤 推 確 殼 瞉 墧 确

鬻 溺 搦 灌 鶴 嬥 權 蠋 躍 蟾 遲 握 偓

鸑 鷟 幄 喔 箹 鸑 鷟 腥 鮑 劇 嫗 擲 觸

[illegible] 鱆 逴 晫明 踔 戳 犖 學 确 礐

吒 豹 犖 䳕 殼 䓬 [illegible] 婥 [illegible] 娕

五

箌 質之日反 日 郅 桎 櫍 蛭 騭 [illegible] 磧 日 馹

銍 實神質反 秩 紩 帙 載 銇 悉 膝 一 壹 七

漆 鵯 郝 桼 茉 䣛 吉 趌 趯 逸

昵 袓 昵 蠹 逸 佚 佾 軼 鎰 溢 劮

䱥 泆 昳 詰 蛣 欯 [illegible] 趌 抶 眰 眹 栗

慄 溧 䴡 剌 鶇 瑮 凓 繂 [illegible] 窒 挃 庢

銍 喹 𧑓 蛭 臺 跌 熂 疾 嫉 蒺 蝍 [illegible]

櫍 ……剝 失 識質反二 室 聖 嘰 呦 汃 水 扯 蛭 蜜
謐 醯 榓 瞌 ……溢 宓 必 畢 華 韠 珌 蹕 滭
畢 鷝 𡥈 趕 䟆 婢 縪 滭 彈 戰 揮 煇 華 觱
韋 鴪 燏 遹 鷸 驈 矞 欥 茟 卒 辟 翆
恤 戌 訹 鶐 姞 佶 趌 結 術 六 述 秫 沭
蟠 鉥 橘 蕎 繘 驈 崒 卒 崪 鄈 㶆 ……
戰 俶 鰤 駆 柲 柲 䋣 飶 出 䢺 儒 趉 橘
趫 颰 䳅 瞲 疾 帙 律 辤 鋅 律 怵 …
四 窒 㥇 泏 术 蒁 荿 秫 秫 林 越 惢 欻 焌
颭 汨 述 率 帥 蟀 啁 衛 遳 笔 滭 窋
崒 䆷 窋 礻 炑 㯇 粥 䬣 黹 ……
貪 肌 軌 簡 㖿 吉 乙 日
六
物 勿 芴 物 …… 䬩 紼 欲 鸄
㳚 䄏 ……

颫 乗 田 棉 㥀 …… 畢 …… 爩 鬱 蔚
尉 㥀 引 ……屈 屈 一 鷂 虫 ……
豖 佛 紼 佛 彿 ……
奉 頣 帽 鬠 彿 佛 ……
七
屈 揊 …… 䒋 ……

513

八迄 許訖反至七 仡壯 䬣乘輿馬上 盻 汔 忔憘 譨 聲 汽 訖 十三 吃 難 齕 疙 癡兒三 圪 高

九 籺 麁屑 趌 直走反行兒二 紇 齕 圪 反一 乞 去訖反二 芞 香草 月 魚厥反 刖 絕足 亦作朗 軏 車端 扤 動又午 抈 骨反

伐 房越反 閥閱 十 筏 東大桴 渡水 罰 罰 閥 閥 伐 耕土 撥 木 昁 舂 坺 土 歒 詐 啙 尊 越 王伐反 粵 辭四

鉞 斧 鉞 布 樾 樹陰 曰 籢 蟨 鼠 蛂 蛆兒 蚔 𧈭 蹶 居月反 厥 其 十四 劂 剞 刻 蹶 失腳 蟨 強 蕨 菜 蹶 跳 厥 逆氣 䘿

歇 許謁反 名走 揭 杖 蟨 發 瞥 生 趉 跳 鱖 魚名 列 鐘 鼻 嵑 乙考反 亦逆 一字 此亦入薛部 一 鷢 於月反 妒 人兒 二 饕 鉛 安 豆 亦作 蹷 又 月 反

鷢 鳥 樾 樣 蟨 代 臂 尾 本 亦作 磨 磨 趧 行 橛 株 蹴 山 別 閼 反二 瀎 水名 髮 方伐反 頭毛 四 發 疾 風 決 寒 風 韈 襪

反 鷸 亦作 懱 亦作 蹶 許月反 小風 五 狘 獸 泧 水 跋 走兒 䟃 飛 謁 於歇反 言 請 四 閼 歲在卯 名 曰 暍 傷熱 黦 色 壞 歇 許謁 反三 𧕦

猲 猲 犬 亦作 獓 訐 居謁 反四 趨 走兒 羯 羊 亦作 狗 鍻 金 擖 其謁反 撥物 一 怫 近 一 鞭 詣 竭 亦 高 兒 又反 勞反 一

十 沒 莫勃反 溺水 五 歿 死 玫 玉名 頊 內 頭水中 文 於 骨反 旻 沉 骨 古忽反 緎 十 縎 結 䳀 鶻 又 胡 八反 榾 拘 木 頭 高 寺 淈 泥 崛 憂 愲 心亂

𪉃 剮 脣 下 實 華 臏 膝 病 勃 蒲沒 反 詩 十三 渤 水兒 浡 瀚 海 餑 麵 埻 塵 起 䳂 香 悖 強 艴 然 不悅 桲 狀 脖 胅 脣 悖 又 逆

潚 滇 敦 鶩 雄 雞 咄 當沒反 訶 一 突 他骨反 突 出 四 梲 大 杖 䭾 䭾 㰮 忽 突 觸 十二 揬 搪 腯 肥 作 腯 䑕 鼠 鶟 鶫 鳥

堗 竈 突 耕 未 閒 葖 蘆 菔 鈯 鈍 揬 揬 穎 杰 不孝子 亦作 㐬 頭 鳥 沒 反五 殟 心 悶 嗢 咽 又 八反 膃 肭 肥 歇 中 忽 歎 十四 惚 呼骨反 快

䯣 鵝 一 懸 疑 覺 笏 所執 上 揩 𩍐 乞 急 斷 字 呼 結 反 㗘 而 反 匫 古器 瘶 走 狂 颮 風 疾 榾 高 緫 織 曓 豕 騂 豿 鴍 亦 氣 九

五 忽 反 嵩 兒 杌 動 杌 樹 無 枝 屼 山 兒 㽾 病 刖 船 拙 斷 䠏 不安 魝 蚼 蛤 解 蜂 蜂 反 一 猷 鍮 射 三 砝 峆 峆 殔 利 窟 苦 骨 反 突

十 一 䪍 大 頭 兒 泏 澒 池 䫷 白 秃 硉 用 力 䊶 咽 突 出 又 胡 八 反 揔 擊 䐲 肥 䐞 勖 力 作 訖 殿 崛 峆 訥 諸 忽 反 鈍 遲 三 肭 月 䰙 𦖾 朒 中 物 水

窣 穎 骨 反 亦 作 䬺 三 䬻 䳂 鳥 䳩 鵒 碎 鹿 沒 勿 反 扐 摩 紇 切 系 捽 非 沒 反 四 桲 枕 以 柄 內 孔 䭢 䭢 䭢 𪍴 角 生 性 又 䳆 下 沒 反 九 䶗 胡 骨 反 齕 又 結 反

䪩 餘 下 䭱 泥 搰 掘 地 扢 摩 又 公 礙 反 杚 枯 䨟 膝 病 搰 手 推 卒 則 沒 反 兵 三 倅 百 人 䥯 䥯 桲 鶻 鴒 明 骨 反 四 搰 掘 地 又 下 沒 反 䫘 叱 名 亦 目

十一 曆 (木) 十二 末 莫割反 木 上 廿二 秣 馬 昧 易 日 日 中 見 䄻 健 䩧 額 抹 䇞 手 摩 佅 健 肥 殊 妹 材 良 帓 懱 怽 沬 水 濊 拭 塗

䮒馬名 趚趚超 䊳米末 眛目明 昒遠視又亡內反 首目不正 鮇魚名又莫決反 鮇馬食 䴹摩又亡 醱 䊳米屑又亡結反 捐

反沽反去 撥博末反手足 癶足刺 袚大蠻夷蔽膝衣 茇根 鉢 鵽鳥 鱍魚掉尾 跋急走 髮多髮 悑意不 茷

樹皮又二 撥十四 癶刺 袚 茇 鉢鴿 鱍 迒 𩮀 㥶悑 筏

算 䟦大船 䭲馬 帗一幅巾 鬢姊末反 髮髮二 撈遠 括撿 栝古活反 潑水 濊 檜 䀢 䒷 佸會 頢

小頭又 鬠 聒 適會 栝 劊斷 闊遠三 苦括反 蛞蝓 活戶括反 䀢 姡 頢小頭又苦活反

母括反 髻知皃 䭲 璾草 括 遠 适 苦 蛞 蝸 活 水流 姡 面醜

鬠以組束髮 䯏 秳春穀 䬆木滑 奪徒活反強取 敓 脫內去骨又吐活反 挩 解 侻 䫄 䎶 䬷 魚 䀢 鶡

空 濊水聲 𡘋大開目 沃 眈 䀹 斡烏活反 䋘 婠 䀢 䆛 鏺 䬷

六 濊 𡘋 斡 鵽

出髮 撮手取又七活反三 䙝 撮 把 䂎 䥥 普活反鈌 撥 蹳 蹳蹋草之 柿 鬗 䉾 䍈

䬛 解落亦 脫 肉去骨 䬂 捋 盧活反取三 𥮧 蚵 蝌 掇 五 䶆 騃 䁃 䟕 䋹

七括反 ㄧ十二 䙝衣縫 跋 蒲撥反 十七 跡 行刺 魃旱 废 舍 䣾 䬵 㲯 䬨 䡊 䲦 丁

財 友 肬 䩹 茷 䭲 鱍 䓿 泉割反 跋 六 糅 䬕 䝽 䶆 䍈 恒

䇏 鷩 妲 己 呾相 怛 大 鸇 呾 悬 鞁 柔 笪 竹 闥 門 十 撻 打 達 泥 獺 水狗

歜 䲦 魚名 噧 多言又許介反 笪 丁達反 捺 遏 烏割反 鞨 七 蝎 闊 喝 嶭 䓕 㱍 刺

盧達 剌 ㄧ十三 䵒 萬 蝲 䋚 不 撥 列 䗛 蝲 䓕 䔁 蔎 䥲 刺

濁 苦割反 獺 三 骱 䶆 楬 長 違 陸割反 藏 才割反 才結反三 嶭 嶭 五割反 嶭 䕆 車

柿 餘 𪊩 蠍 㝸 孑 水 𩮀 作 䀢 奇 䔁 嘈 噧 鶡 萬 蝎 獦 䫽 劊 騔

馬 鄗 鄉名 䡈 㼽 匃 乞又古賴反 褐 明 苐 鶡 毼 䳾 鶡 鶡 蝎 餲 鶡 骱

先 許葛反 獦 悬 曷 何 鵢 揭 又 擦 瘵 蝎 黐 䵒 䵒

十二 黠 胡八反 䵒 䵒 聲 䵒 札 側八反 䵒 䉾 拔 蒲八反 䵒 䶆 䵒 劊 䵒

擖又名括 黠 滑 泥利反 猾 猾 鰗名骨 鳩 蚻 而小於蟬 八反二 馬 瀐 窡 口滑三 婠

姑 聉 聉無 民所聞知 貀 女滑反 獸名似猨似 經亦作 豽 先前足一 嗗 烏八反 飲聲四 婠 娺 嗢 咽又烏 沒反 笑 歠 氣息 不利 𪘨 齒 初八反 蔡 草出 亦作 𦶇 察 作管

檫 木名 䁟 視 𠛐 古滑反 草二 鰨 魚名 戛 古黠反 戟也 禮也 札 十二 捖 物 捖 消 扴 揩 秸 席 鴶 鴶 鵴 楔 先結反 櫻桃又 鞂 草亦作 稭

恝 根又公 𢘾 敕反 契 胡 楔 五黠反 五 鵽 鳥 鵽 結 鐵反 又公 軋 烏黠反 軋 輾 五 扎 拔 揠 拔草心 三 嫼 怒 楔 擊 殺 所八反 終命 鎩 鳥羽又 所界反

擖 桼又 帓 二 幅又思旦 反 郎也 帓 𠌫 莫八反 傛 眹 視 髑 小骨 䵷 黑 倄 反三 䀠 䶊 鼻息 疕 反一 鼿 五滑反 二

十三

䏊 聉聉無 知之貌 勡 口滑反 力作一 汃 普八反 水聲 穵 乙八反 空二 魛 魚名 缺缺 鎋 胡八反 車軸頭鐵八 轄 聲 鶷 鶷 鳥名 砎 磤

玉 𦓖 因突又 五白沒反 䶩 野 榼 窫 嫉 鶡 乙鎋反 鳥名四 閆 門扉 聲 圓 聲 刮 麣 齒 齧 齒缺三 髻 禿 鶡 剎

桹 鍇 反 蠚 許鎋反 眼 轄 柱一 瞎 盲 亦瞎 二 鬝 髮 𥖁 鶷 鍇 鎋反 木 虎 獸名 三 礚 剎 鰨 他鎋反 魚獸一 瘵 女鎋反 痛 一 刮 古頒反 削 四 鴰 鶬 秳 禾名 劀

膬 血 去惡 瘡 刲 目刮反 強 䯦 下刮反 內也 刮也 刊也 頢 可貝 一 頢 面短 六 䯏 細 䯦 鐺 敌 刮 盡 舌 口中 肉 姡 面 𠹗 息 䫄 淨口 鴰 丁刮反 鳥二 竂 篁端 有鐵 刖 五刮反 草 殘三

十四

眲 𦔫 耳又 如志反 訝 訶 妠 女刮反 㛰 嫩 小肥 二 髩 亂 亦 作 颯 篡 初刮反 黃 黑 短 貌 二 𣂚 斷 又 芮 亦作 剟 𥐥 鵽 鍇 反 砎 二 帓 帶 捌 百鎋反 把 一

鶻 古鎋反 鶻 鶻 鵑 鶻 搗 刮 聲 二 𥞊 秣 刹 反 香 草 二 䅪 木 舉 出 居 遏 反 鵽 吉 札 反 二 屑 先結反 碎 八 楔 楔 不 正 躃 旋 行

糏 米 麥 破 儭 動 草 聲 亦 作 倄 䏘 臆 中 脂 䁶 䁶 切 千結反 割 四 𥝢 小 語 巖 鹵 竊 淺 又 私 聞 結 古 屑 反 繫 十四 絜 麻 一 潔 清 鍥

𨭇 剞 名 桔 桔 梗 楔 楔 桿 汲水 趨 走 兒 䳚 䳚 鳥 名 契 清 剌 治 魚 割 也 蟜 蟜 頭 䂒 戾 又公八反 蛣 蛣 蜣 拮 拮 据 節 子 結

又 作 銡 反 士 弓 瑞 信 𤵸 瘡 瘡 𧅸 山 薇 蝍 蝍 蛆 虫 又 音 即 𤏣 𤏣 餘 䕸 梁 塵 之 本 𡵘 高 山 之 擳 擳 拭 㣙 㣙 理 髺 𩮗 束 髮 少 小 血 呼 決 反 肉 血

䀩 䀩 瞎 惠 視 窬 窬 穴 兒 決 空 䛿 空 貌 瘚 瘡 裏 空 𨵥 空 兒 䛿 奴 呵 閡 戶 閉 無 蔑 莫 結 反 閱 止 四 缺 苦 穴 反 器 破 或 作 缺 闋 戶 門

潏 通 流 又 苦 橘 反 玦 古 穴 反 佩 十 八 潏 泉 出 兒 又 水 名 出 京 兆 眏 目 患 譎 譎 諫 訣 別 鱊 鱊 魚 駃 駃 騠 良 馬 芵 芵 藥 鴂 鵙 鴂 鳥 決 𢧤

馬 疾 行 一 褕 衣 袖 絝 纏 一 條 抉 縱 強 强 䟆 䟆 趹 肤 孔 𥢶 獸 似 狸 疦 病 流 水 穴 胡 決 反 小 空 二 袕 鬼 衣 亦 作 袕 抉 於 決 反 出 四 窫 穿 兒

䀏 目 深 兒 焆 火 光 焆 焆 姪 徒 結 反 廿 四 眣 日 昊 眣 目 出 胅 骨 跌 𡰪 起 垤 內 高 丘 蟻 冢 耋 老 迭 遞 跌 踢 絰 麻 纏 首 也 𩣺 馬 驖

516

驖馬赤黑 軼車相過 闑門閾 駃馬疾行 瓞瓜瓞 㦸利 跌踵 咥笑 蛭 挃撞 㤜惡性 詄忘
苵草 鐵他結反或作銕黑金 僣從又他計反 餮貪食亦作飻 蛈蝪 䋥錦文 闑門闑 擷持取 撆 頡
齕齕 紇丘乞反絲之名 襭以衣袵 䯳 絜束又公節反 臲 䁤 涅奴結反 捏 茣 埕
䞦塞 喹訶 捻 胅腫 筀 湼 磼石 截昨結反 巀 岊子結反 嶭 霓
蜺寒蜩 䗛 嵲嶭 槷 䳬 闑門 䫄 莧 巕 蠛
幭 苗亂飛 小虫 䁾 莂 睳 䁯不相見又 鷞 䆓 䲶 紇 䙣 𥻦
⿰ 瀎 鑖 䳼 䠶 𢆯 閉閨 捌 𣵷 𥟍 䔲 𦊓
䖸 翓 䳼 鍥 䫇 挈 䋢 𥾀 ⿰ 齧 絜 䬺 䫄 䫁
⿰ 擷持取 擮 撇 𢹬 𤬫 毉 䫁 香 胇 肥
十五 飻食 蛂蛂 窒丁結反 㗨 窒 䠶 蛭 䗶 䊵
䕯 䙝 䠶 洩 滐 鳥 結 懱 ⿰ 䪜 孽 黙 列
呂結反 迾遮 蜊 䱶 烈 洌 冽 裂 䬹 䴕 䁊 烈
䙝 䬧 㿹 哲 蜇 傑 楘 鴳 碣 朅 䕾 鶡
杙 偈 爇 茶 晳 浙 折 䩥 䝱 晰 舌 榛
孼 蘖 讞 糵 䜴 闑 㞕 䝱 朅 㩉 減 列
⿰ 䥊 䳑 鼈 蟞 憋 鷩 絶 蕝 雪
䙭 悅 閱 蜕 䕧 娧 缺 䦧 啜 歠
蟵 説 拙 棁 蝃 䑛 蕨 醊 鱖 欼 醱

軗〻十 㗖田郡 惙〻 蹳 腏 叕 遠 歎 其 四 絲 蠁 劀 方 脟
埒〻跐 埒〻 哷 鵽 埒 毟 牛劣反 䁯 芳滅反 撆 漂 瘑 鶓 鐅 別
盧別反六 一 䝈 作謝二 扒 八 轍 直列反 徹 撤 發 澈 水清 徹 㕞 哵 錣 子
鋝 鋝 趄 設 識列反 詍 旻 滅 翅 颰 殘 吶 嫳
二 妜 蹶 居衛反 䥇 䥇 𩐨 茁 篡 膳 絟
㬩 鷕 小鶴 从 鬛 扯 撥 焆 中
二 䲦 許列反 䥇 處雪反 㗖 劁 廁別反 割斷 抲

十六
錫 先擊反 析 分 裼 晳 緆 細布 蜴 蜥 淅 惁 蝀 激
擊 墼 土 鷁 鳥名 觳 竅 霹 辟 甓 壁 霳
趯 趯行皃 鄿 縣名 癧 病 轢 車踐 瓅 鎘 皪 秝 櫪 櫟 木名
䴘 鳥名 鬲 縣名在平原又古核反亦作䚏 騔 馬色 衮 醯 磿 曆 翮 櫟 膟
㔏 靂 劆 鷉 名 鰏 鱳 角 櫟 藋 的 都歷反 適 嫡 甋
靮 鏑 駒 馬 滴 水 肑 腹下 礑 玓 瓅 杓 逅 躍 弔 杓
撽 覡 敫 擊 㦸 鷊 鷁 魩 鶂
荻 狄 敵 對 翟 雉 籊 竹竿 迪 覿 笛 糴 滌 郎 曲 苗
逷 犒 潞 逖 倜 倜儻 誠 趯 剔 惕 䣝 覣
緆 楯 焆 籊 緆 勣 積 燩 擊 毄 喫 皵
鉸 籴 愁 溺 惄 寂 嘁 覛 覓 癖 幀

騝驚馬多 糸細 鼏鼎蓋 冪幕覆食巾本作冖 汨水在豫章 蛪々 覓求 䴌々 塓塗 覭小見又莫經反 蓂帶 縝 覭

冖巾白分黑則々 甓瓦扶歷反覡七 鷿鳥名 椑大榅 壁々 辟又北激反 鸊鷉々鷉類 辟宮 繴紾又補秩反 闃古鳴反寂々二 䴞々 鄍古闃

鶪伯勞反邑名在蔡大 狊張目 湨水名在河內 鼳似鼠 椇 戚倉歷反七 慼憂 鼜守夜鼓 鼜夜戒鼓 鏚干 鏚 蝛蟰 覤

十七

欯許狄反笑聲五 鬩々鬩 諕私訟 䕹作篡字 蘺 鼳明狄反又胡狄反似鼠而倉色一 昔私積反正作㫺十 惜々 腊脯

鶂鶂 碣石 鳥々 蔦茱 棤作散 鬄髮 積聚 脊背 蹐々 迹足 借假又資夜反 踖踧

鶺鶺鴒鳥 鰿魚名 磧 積 襀襞衣 蹟 蝷虫者 瀻水 膌背 益伊昔反說文水注皿從横水從皿添亦作益七 謚笑兒 嗌咽上 螠

膉脂雕肉 蓋菜々 鄐地名 繹抽又廿六 釋又作䤈 亦々 弈博 奕大 帟幕 譯傳言 懌悅 斁

驛々馬 醳苦酒 嶧山名 腋胛々 掖扶 液津々 袘縫々 易變 瘍病相染 蜴蜥々 場壇 圛卜卦 墿道

繹耕々 㰷光大 襗袴 睪引 𢛶施隻反從米十五 釋解々 櫜 適樂之之石反 奭名 郝人姓又呼各反 䁆急視

昜日無光 蝪蝪々從女 繹耕々 螫虫 睪視 冟飾堅柔相着亦適 鬄髮弟鬢又他狄反 奭盛赫懷 尺昌石反十寸七 赤

斥々逐 蚇蠖 郝鄉名又呼各反 皇公尺反 鹵席反 石常隻反凡々七 碩大 祏宗廟主 鉐鍮々 䂙鳥 柘 鼫鼠

隻之石反單々九 適往々 炙燒々 墌基 摭拾亦作拓 跖足亦作蹠 趞行兒 辟 袖 擲直炙反投亦作擲四 麴麥々 躑躅

皵七迹反皮々 細起皮 趞々行兒 洓水名在北地 刺々七罟反 趚側行 磧沙々 席祥昔反十六 夕夜 穸

汐潮々 䣢鄉名在臨邛 藉秦昔反薄帳 籍狼々 耤々田 踖踐々 瘠土 膌瘦 瘠病 籍 膌臞 蓆

茹草 猎黑虫如熊 擗房益反撫心 椑棺 躃々 闢開 躄跛 鸊々 䴙々 蕇雨衣 役營隻反使々九 祋役人 疫病 鈠

炈焚變 䨺々大雨 𪃃鳥 毅 鈠刃 辟必益反君六 鐴犁耳 躄跛 壁玉 璧作鐴 襞衣々 僻

芳辟反誤三 癖腹病 僻 瞁許役反驚視五 督 䀳視 砉 虩然 麝食夜反獸也二 射又食夜反

十八

彳丑亦反又竹格 毋非又 覛 麥又作麦 脈 霢霂小雨 眽 獲胡麥反 畫胡麥反又胡卦反 嫿

九

四辟 胡檗 𨈍反 礔 䟄 黃 四 諎 咋亦反 積 稓 責 側革反 十二 幘 簀
幘 嫧 好貌 咋 大聲 請 笮 迮 作窄 舴 艋 蚱 蜢 筞 亦作𣗊 九 冊 亦作笧 嫧 鮮好
摖 相 情 㥽 不 蹟 正 簀 茦 刺 騞 馬行 九 纗 䁞 幘 髮巾 嘖 六反 捇 裂 拭
膕 曲脚 㦍 中 礊 三 槅 作䩹 繀 䨣 下革反 覈 實七 繳 之約反 碥 翮 羽 核 果 翮 搹 擭
隔 古核反 十 膈 胸 鬲 鼎名 槅 車 革 改 愅 知 諽 作悖 䨣 雨 䪂 有 覈 虎 擿 反手
謫 責 又丈厄反 六 猲 張㠯 檡 作𣙮 厇 張 砙 破 厄 烏革反 俗作厄 十三 搤 持 軛 車 阨 隘 呃 聲 貌 豕五尺
覛 視 啞 笑聲 鵊 䳭 鷁 鳥 搤 鼠 梔 梔子 亦作楄 蝡 蝡 棟 木名 所責反 九 藻 小雨 霡 霢 作霂 瘷 寒
溹 雨下 䖂 許逆反 𪓰 䵷 中聲 二 檗 芳赤反 碧 陂隔反 綠 一 鞹 皮 鞶 小 懶
陌 莫白反 路 十 帞 額 貊 貘 蟆 白 貘 能食銅 蛨 蟲 貊 亦作貊 驀 騎 佰 水 貘 嗼 寂 絡 北方人
磔 陟格反 張 九 虴 蚱 蜢 小 貊 䲽 䵒 貊 魡 坼 裂 䦉 𥦒 亦作柝 橐 擇 搙 乇 苹葉 亦 百 博白反 伯 長 亞 百
粨 米 舶 白 𩣡 三 帛 繒 舶 海中大船 鮊 魚名 劇 奇逆反 俗作劇 五 屐 綠 屩 車 䬝 風 卻 勞 戟 反刃
鉽 五 戠 戟 郤 姓 去 卻 行 索 所戟反 求 四 𧼯 僵仆 濚 水名 在滎陽 礐 石聲 柵 木 三 踖
䃺 口 魯 嚄 胡伯反 大喚 一 嘖 側陌反 三 迮 笮 䦈 虍 鮓 亦作𩸞 四 咋 嗐 多聲 諎 亦作 䅯 水 岝 山 㟉
部 作 五 䯋 鬋 鮨 嵜 卻 西 方 小 白 額 五 客 鮹 鯺 諮 敹 轥 補 覆 亦作補 逆 宜戟反 縌 緩 嚴
客 苦陌反 三 喀 吐 聲 礊 啞 烏陌反 笑聲 䩈 虢 虢 許郄反 國 又 一 埒 土 裂 四 趚 步 頊 防陌反 䩐 䩐
父 佩 㥄 一 栢 普白反 打 六 皗 白 怕 靜 晶 亦打 又胡了反 出 蜀 郡 獻 又 觰 泊 淺 赫 呼格反 赤 四 𤆁 赫 色 慲 路
明 格 反 四 䠇 格 古陌反 十二 佫 雒 䧄 落 山 骼 骨 觡 鹿 鴼 鳥名 垎 絡 䍜

十 蛒蠐敆⺀謋虎伯反狀達貝三漷水名在東海㶁⺀翔宅張白反居十擇選澤陂蘀⺀蔦鶂鷁䆁釋襗袴又余石

蠌蝌乇草葉又䢜水睪土得虢古伯反國名四擭⺀手取獲⺀獲反濩⺀澤縣名在平陽篗絡反亦作籰踖七白反踖一嚄⺀謼⺀擨

尼白反 捉⺀一 合胡閤反又古沓反同十 迨⺀還行 郃⺀湯縣在馮翊 頜 頰 嗑 欱 六反 詥 諧 䶎 ⺀ 鞈 耕 榙 ⺀ 様

十四 閤 古沓反 小門 鴿 ⺀ 合 胡閤反 三勺又 鉿 ⺀尺 鞈 鲐 魚名 蛤 蚌 ⺀ 佮 合 㞆 博反 閤人 欱 ⺀ 匌 周 帀 拾 ⺀ 被 翋 ⺀ 袷 以 席 韐

秫⺀大帶 又古合反 鞈 防汁又 公合反 荅 都合反 應 答 俗作荅 七 踏 ⺀ 跛行 趿 急 ⺀ 颯 風聲 ⺀ 鞁 馺 馬行 疾 貌 歰 ⺀ 澀 且 盍 反 沓 合

十五 諧 ⺀ 誦 逻 迨 ⺀ 揩 ⺀ 揩 ⺀ 捏上 浛 沸溢 騇 馬行 龖 龍飛 狀 譶 言 不 止 蛤 ⺀ 蜫 ⺀ 目 相 蓮 蓮 蘢 ⺀ 𦷚 梁 名 𥞊 碣

踏 ⺀ 鞜 ⺀ 㽅 反 䶀 物 ⺀ 赤 十三 蹅 ⺀ 諮 ⺀ 錔 ⺀ 嗒 菜 生 ⺀ 娢 水 中 意 伏 踏 著 地 帕 帳 上 韐 ⺀ 嘲 ⺀ 鞝 ⺀ 濕 水 名 在 平原 哈 莊 子 云 狀 似 喪

佮 合 ⺀ 聲 鞳 鼓 聲 又 口 合 反 鞜 羊 蹋 馬 ⺀ 雜 徂 合 反 物 不 純 白 六 䂿 斷 聲 ⺀ 碟 ⺀ 礫 雧 群 鳥 ⺀ 𩤳 ⺀ 鄩 在 帀 子 荅 反 師 ⺀

入 囋 ⺀ 嘈 ⺀ 口 ⺀ 鰲 ⺀ 歃 鳴 又 十 六 反 魳 魚 名 糟 羊 飽 拉 盧 荅 反 折 亦 作 昱 六 摺 ⺀ 翻 ⺀ 飛 貌 菈 ⺀ 蓮 鷗 ⺀ 納 奴 荅 反 受 五 軜 驂 馬 內 轡 衲

子 似 ⺀ 䩉 騋 ⺀ 馬 內 轡 ⺀ 鈉 ⺀ 似 鐵 ⺀ 亦 在 甲 ⺀ 溘 口 荅 反 奄 至 五 㕎 閉 戶 庴 山 聲 ⺀ 屆 有 岸 欱 ⺀ 口 咸 反 容 合 始 烏 合 反 美 好 貌 六 瘖 ⺀ 罨 ⺀ 偃 反

署 歡 ⺀ 鞳 作 鞴 ⺀ 韐 車 具 又 苦 勿 反 欱 呼 合 反 ⺀ 歡 二 㾑 病 ⺀ 㗳 五 合 反 ⺀ 眾 聲 二 磼 ⺀ 碟 ⺀ 多 趍 ⺀ 七 合 反 ⺀ 走 貌 二 𥾅 ⺀ 娻

廿 盍 胡 臘 反 何 不 六 闔 閤 嗑 噬 ⺀ 易 卦 蓋 苫 ⺀ 讙 ⺀ 亦 作 諍 ⺀ 篕 ⺀ 除 臘 ⺀ 月 ⺀ 鑞 ⺀ 鑞 蠟 蜜 ⺀ 鑞 ⺀ 錫 ⺀ 擸 ⺀ 臘 聲

㩢 揩 ⺀ 作 拎 鞁 都 盍 反 ⺀ 鬭 ⺀ 七 奮 大 耳 搨 手 打 地 ⺀ 砳 ⺀ 鄉 ⺀ 劘 ⺀ 聲 ⺀ 節 ⺀ 相 著 ⺀ 搭 ⺀ 著 ⺀ 䓣 ⺀ 水 中 搨 ⺀ 脉 十 三 鰨 ⺀ 毛 𦐄 ⺀ 飛

⺀ 鰈 比 目 魚 ⺀ 鰨 魚 名 似 鮎 ⺀ 魻 ⺀ 䑽 ⺀ 㒌 ⺀ 𦐇 ⺀ 㒌 ⺀ 䦆 ⺀ 䢔 ⺀ 㧺 ⺀ 大 食 亦 ⺀ 謵 ⺀ 譶 ⺀ 翌 ⺀ 飛 鞳 ⺀ 鼓 ⺀ 搭 ⺀ 模 塔 ⺀ 圖 歃 ⺀

反 又 ⺀ 蹋 徒 盍 反 踐 六 闒 ⺀ 上 ⺀ 門 ⺀ 樓 ⺀ 調 ⺀ 安 言 ⺀ 嗑 ⺀ 譫 ⺀ 多 言 ⺀ 鼛 ⺀ 鵝 ⺀ 䳴 ⺀ 傝 ⺀ 謹 貌 二 嗑 ⺀ 㒌 ⺀ 偪 ⺀ 㛂 ⺀ 不 著 ⺀

石 ⺀ 㖉 ⺀ 吐 盍 反 ⺀ 二 ⺀ 攝 和 ⺀ 雜 ⺀ 㿯 ⺀ 吐 盍 反 ⺀ 車 七 ⺀ 譫 言 ⺀ 盍 多 ⺀ 盍 ⺀ 姓 ⺀ 漢 有 ⺀ 蓋 ⺀ 寬 饒 ⺀ 嗑 多 言 又 ⺀ 呼 臘 反 ⺀ 鬧 ⺀ 闡 ⺀ 鉀 ⺀ 鑪 ⺀ 蛩 ⺀ 蠟 ⺀ 蓋 ⺀ 榼 ⺀ 若 盍 反 酒 器 ⺀ 亦 作 榼 二 ⺀ 石 ⺀ 磕 ⺀

廿三 督 ⺀ 聲 ⺀ 磬 ⺀ 鼓 ⺀ 聲 ⺀ 鯣 ⺀ 安 盍 反 魚 ⺀ 膾 ⺀ 石 二 ⺀ 盦 ⺀ 覆 ⺀ 盍 ⺀ 嗋 ⺀ 雜 食 ⺀ 臘 ⺀ 反 ⺀ 言 聲 二 ⺀ 鞈 ⺀ 鼓 聲 ⺀ 洽 ⺀ 侯 夾 反 ⺀ 和 ⺀ 狹 ⺀ 作 陝 ⺀ 隘 ⺀ 袷 ⺀ 祭 名 ⺀ 峽 ⺀ 三 ⺀ 山 ⺀ 㿯 ⺀

厂 㕒 ⺀ 鵊 ⺀ 鳥 名 ⺀ 㗊 ⺀ 相 ⺀ 恰 ⺀ 苦 洽 反 ⺀ 帢 ⺀ 中 ⺀ 亦 ⺀ 插 ⺀ 刮 ⺀ 㡩 ⺀ 鵅 ⺀ 夾 ⺀ 十 ⺀ 郟

韐 跲 䩡 鞅 韄
䬾 駐 䯊 屋 倢 插 鍤 扱
䨩 欱 敆 霎 歃 筻 虗
劄 踏 山 狎 匣 翈 霅 㭘
柙 渫 唼 霅 甲 胛 狹 押 磍 鴨
壓 庘 窜 押 閘 翣 霎 契 㥦
廿四 呷 譅 渫 葉 捷 鍱
箑 㩎 接 睫 婕 唼
鯜 攝 睫 攝 涉 日
躐 鬣 獵 獵 儠 鼠 躐 擸
夾 婕 疌 捷 㨗 敂
䀹 倢 踕 堞 䰖 囁
躡 躡 聑 聶 隶 詣
咕 儑 啀 讘 跕 盤
唱 囁 攝 鑷 妾 韘 鐵
溱 鍱 霅 极 笈 拾
輒 耴 鮿 瞱 饁 痷
歙 刼 鵖
廿五 帖 怗 鮎 跕 蛅

呫 㩗 協 勰 挾 俠 劦 浹 綊 叶 頰 鋏

筴 莢 蛺 唊 梜 愜 篋 悏 匧

躡 踕 㙝 轞 氎 褺 疊 蝶 䗲 牒 褋

褶 墊 慴 怗 䕈 疊 䵇 鮎 念

䛳 韷 捻 䉬 䥄 斂 屧 躞 敁

倢 婕 颭 䌌 䡖 咠 掫 窢 箑 唊

廿六 颯 㠇 睫 䁝 一 娕

緝 咠 譶 暬 葺

十 什 拾 執 汁 𤓰 蟄 習 襲 隰 葺

颯 騽 槢 鰼 鰼 褶 集 輯 檝 慹 雧 鏶

鍱 䜱 入 廿 揖 挹 湒 㬎 雧 濈 滑

執 䕢 䕛 及 䕢 笈 䲯 瘦 縶

霵 馽 蟄 㿍 㞕 立 䇐 粒 笠 䳑 笠 砬

急 給 芨 汲 伋 級 彶 葸 疲 皂 鵖 岌

一 湆 㬎 㲺 雷 卅 㗩 吸 歙 翕

諳 湆 熻 嬆 翖 鄶 澀 鈒 霅 㵫 戢

膱 䁾 䎽 戢 濈 㦸 邑 悒 裛 浥 菴 䭲

湆 雪 煜 曄 熠 囧 鵖 偪 屋 裛

廿七 藥 礿 禴 鑰 瀹 爚 龠 㴤 鸙 爍 鑠 嬥

523

鸙 踚登ゝ 蹻土 龠ゝゝ 趯趯 瀹水名 略 掠 䂮 略 䗀

脚居灼反亦作腳四 屩草屩 郄鄉名 灼之藥反十三 斫ゝ 彴 勺 酌酒 繳繒 焯大 穛

汋 菥 臭 犳獸名 鼩鼠屬 爍書藥反 灼ゝ五 鑠銷ゝ 鸑大鸑 嫊美好 㿰病 若而灼反如十 箬竹ゝ 弱便 鄀

襄陽 箬竹葉 楉榴 蒻蒲荃入泥又 蒻采名出蜀 䐞腝 惹諾ゝ如 叒ゝ木扶桑 綽處灼反寬ゝ三 䃗大脣皃 婥婥約

美好 約於略反約ゝ二 葯 却去約反退二 郤姓在河東 虐魚約反酷二 謔虛約反戲一 妁市若反媒六 杓 彴 芍藥

貌又香草可和食芍字張約反藥字良灼反又芍亦在淮南七削反又蓮芍縣在馮翊 勺取 汋 爨亦作字五 婼叔孫 逴行皃 辵ゝ走 蓍

削息略反 斮側略反 爵 雀小鳥亦 爝 燋子角反 皭白淨皃三 釂 爝炬 䳢

趞 猎 踖 芍 碏斯大夫 噱其虐反 蹻舉足 谷 䁬

𨛦 嫿 矆憂縛反亦作 𩕴 縛符钁反繫一 矐許縛反大視二 彏弓張急又居縛反 籰亦作䉂一 玃

趯 钁 攫 矍 躩 䡈 鸜 著張略反 芍藥香草 櫡 斮

廿八 著直略反一 戄 鄹名 貜大猿 鐸徒各反大鈴十二 剫木 度 踱 澤水

之洛從 度 襗衣 懌 恅 釋 䪏 莫慕各反無十一 幕帷 鄚縣名 膜肉ゝ 鏌ゝ鋣 模

庹 嫫病 嗼 慔勉之 寞寂ゝ 落盧各反廿三 烙燒ゝ 絡絲ゝ 洛水名 珞瓔ゝ 酪乳ゝ 樂 轢車ゝ

莫胡反 所 笿 硌 駱馬 雒 輅 剳 駝 鮥魚名 鼦 略

零 鵅 䉂 袼 託他各反 袥開衣 橐無底 魠魚名 籜竹 柝擊ゝ 侂 沰

蘀 馲 飥 作子洛反 柞木 鑿 錯倉各反 厝 䱜 遪

各古落反四 閣 格樹枝 胳腋 恪苦各反 愕五各反 鄂 諤 鍔 崿 鶚 鰐 萼

噩 堊 𧋍 顎 惡烏各反 堊 壑 諾 粕 頞

九

髆 胉 膊 搏 礴 箔 亳 泊 胉 欂 皛 箔
薄 鑮 鑮 鑮 鏄 鑮 日 䪬 踄 膊 鄱 䃗 薜 郝
嗃 索 捇 鞾 涸 洛 鶴 狢 貉 佫 䮝 貈 箔
昨 酢 莋 斮 鑿 筰 作 怍 秨 鄚 莋 怍
䌟 醋 博 䪙 爆 搏 餺 鑮 鑮 嚗
欂 髆 蟳 鑮 礴 霍 鄗 矐 藿
郭 崞 槨 欂 艧 鑊 蠖 獲 擭 嚄 彟
鑊 爥 霍 癨 瓁 鄿 劘 鄗

職 織 膱 樴 蘵 職 植 力 扐
峛 仂 泐 抱 勑 飭 湞 趩 拭 侙 鴆 遬
栻 堇 陟 殖 食 蝕 息 鄎 熄 瘜 膓
葸 熄 寔 湜 殖 植 埴 識 式 拭 軾 飾 艴
[illegible] 囊 畫 鷘 極 喇 蕺 匿 匜 愊 溭 惻
[illegible] 䍐 蝍 敕 憶 臆 億 繶 澺 醷 檍 薏 螠
啬 嬙 榁 穡 色 歡 嗇 [illegible] 薔 濇 繬
[illegible] 䅥 棘 棗 棘 䩯 弋 [illegible] 廙 默 翼
[illegible] 䊹 異 弋 [illegible] 譔 [illegible] 䙁 苂 釴
[illegible] 褐 [illegible] 斗 [illegible] 瀷 適

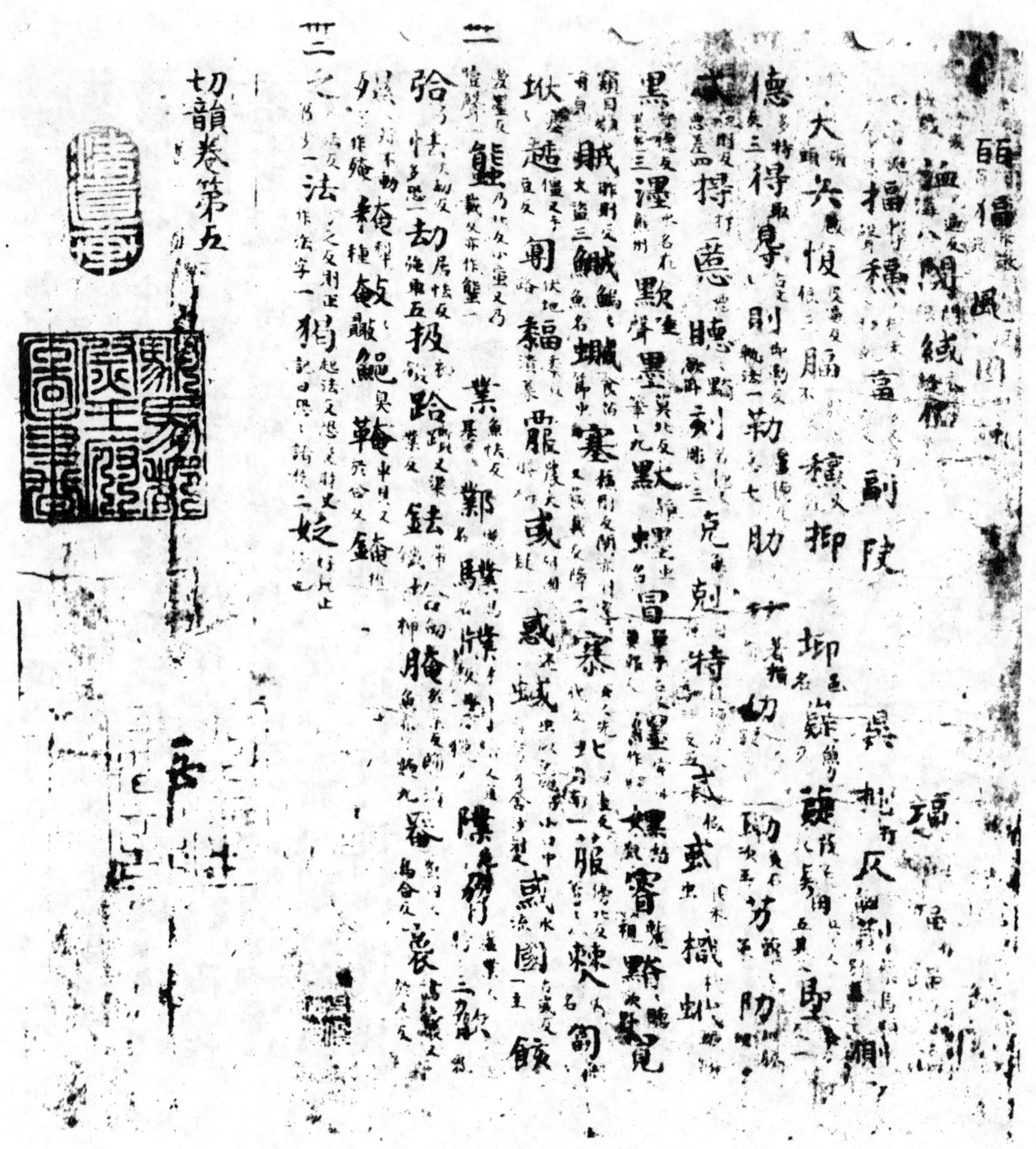

切韻卷第五

右吳彩鸞所書刊謬補缺切韻宋徽廟用泥金題籤而前後
七印俱完裝潢之精亦出於宣和內匠其爲真跡無疑余舊於
東觀見二本紙墨與之正同第所多者柳公權之題識尔誠希
世之珍哉翰林學士承旨金華宋濂記

刊謬補缺切韻序 刊謬者謂正訛謬 補缺者謂加字及訓 六万三百七十六字 舊三万三千九百二十二言 新二万六千四百五十三言

朝議郎行衢州信安縣尉王仁昫字德温新撰定

以上標題

少復闕字義可 補缺切韻削舊濫俗添新正典并各加訓啓導愚

蒙救俗切清須斯便要省既字該樣式乃備應危疑韻以部居分別清切舊

本墨寫新加朱書兼本闕訓亦用朱書其字有疑涉亦略注所從以決疑謬使

以上敘

悤 屋中會又子孔反 蟌 青蛉 通 他紅反徹四

𤞤 犬生三子 豵 豕生三子 鯼 石首魚 椶 瀎ヽ 㚇 飛而斂足又則貢反吳人音

總 色青黃又細絹 栟櫚 椶 縷ヽ 騣 馬鬣

傯 作孔反 艐 船著沙不行 翪 飛上下 蝬 蜙ヽ 稯 十莒 蓬 薄紅反根草反五 篷 船ヽ 蓋ヽ 鬔 髮亂 䡫 舩連帳亦作芃 莑 草ヽ在上 烘 呼紅反二

二

魟 工河魚似鼈 䓗 蘇公反小籠又先孔反 冬 都宗反時二 苳 草名 彤 徒冬反赤從丹音十五 疼 痛 佟 姓 炵 火盛貌又他冬反 鴤 鳥名出山海經 鼕 鼓聲

𢤱 憂 忪 惶 痋 動病 𧊊 矛 𣫽 江聲 宮 鉵 大鉏 爞 旱熱又除中反 赨 赤亦作𧹞 鼨 鼮又之戎反 賨 在宗反西戎七

農 奴冬反業田正作䢉亦作辳四 儂 我乃公漢高祖猶有此稱

𦀄 竦手又渠龍反 蜙 先恭反蜙蝑蟲亦作蚣四 淞 水名出吳郡 凇 凍落又詳容反 倯 語 轉 樅 七容反木名松葉柏身白ヽ樅四 鏦 短矛亦作𨫀

硿 戶冬反石聲二 𠿮 宋反 勭 哥又胡 𥖁 力宗反隆石二 鼕 鼓聲 宗 作琮反尊一

鬆 鬅鬆亂髮

三

鍾 職容反酒器十 鐘 樂器 蚣 蟲動 忪 心動 笈 竹長節 妐 夫兄 衳 小衳褌 松 征ヽ行貌 橦 今作木橦又 伀 志及衆 龍 力鍾反寵通俗作龍四 瓏 玉為龍文 蠬

ヽ蹱 小行貌 鷷 鳥名 舂 書容反杵擣六 摏 撞 踳 躊 鷂 鳥名 鷂ヽ 蟰ヽ蝑 惷 愚丑江反亦 松 詳容反梓道亦作榕三 訟 爭獄又徐用反 凇 凍落又先容反 衝

尺容反 罿 網 幢 ヽ柱 衆貌 轒 車 艟 艟艂船 潼 關名又徒紅反 穜 矠矛亦 橦 褣ヽ 容 餘封反形十九 溶 水貌 滽 水名出冥蘇山 庸 用 墉 垣亦

以上一東二冬三鍾

枳〻刺 咫〻尺 抵〻掌 沢水名出拘扶山 恀怙 椊曲果 泜著正 芷〻陽縣 坻著
以上四紙
在西鄙〻曰邑名 始詩止反初一 枲胥里反麻六 葸竹蔑曰葸 萆胡〻亦作蕫 葸質慤貞 諰言且思之 廙石利 峙直里反從六
以上六紙止
簿裴五反ヤ文〻二 部〻五 粗徂古反不精四 麆大 徂淺亦作粗 捔長角又助角反亦作斛 祖則古反宗三 珇圭上起 組〻綬 虎呼古反四 琥發兵符為虎文〻珀
以上十姥
闄於小反隔一 表方矯反上書一
飽博巧反食滿一 㹳奴巧反擾亂一曰事 露下巧反三
聊曰〻出 茆鳧葵又力有反 媌好皃又莫交反 卯猶冒 絞古巧反縛九 狡〻狂 佼古字 攪手動 姣妖媚 盪濁又胡巧反亦作攪 䕧藕根又下狡反 鉸
以上廿八小廿九巧
磣林石〻反 鷂鳥應鳥 噉徒敢反食或作啖四 澹〻淡水皃 箈竹名 憺安又徒濫反 黲倉敢反日暗皃一 埳謨敢反鄉名在河東猗氏一 暫子敢反澉饕一 槧才敢反削
以上廿四敢
卅七拯無反語取蒸之上聲救溺亦作撜拼今作承一
以上卅七拯卅八等
卅八等多肯反齊一 倗普等反不肯一 肯苦等反可一
種之用反下㯯又之隴反一 重持用反再一
降下亦作𡕘 洚下又胡冬反 巷胡降反邑衢三 衖道或作鄉
胮普降反脹〻一 戇丁降反愚〻又呼貢反二 𥡖又降不耕而種又又江反亦㛤又子紅反一
詃不知 𢽳多 伿惰又神豉反
以上三用四絳

截側吏反大鬌四 椔木立死又側持反 鶅東方雉名又側持反 事鉏吏反 吏力置

以上七志

稒稒陽縣在五原 故舊 酤酒又古胡反 痼久疾 固堅 錮錮鑄又禁錮 捆射鼠斗

梧梧枝 遌于又吾古反

以上十一暮

王莽碎劍璏又直例反烏歇二反及小歠 毳此芮反細毛十一 䘙竹名 衛牛蹄 衛希縣劉亦作衛縣 芮而銳反草生狀三 汭水內 枘圓枘 贅之芮反假肉外內別生二 㲉上尚吉山音乀 啐山芮

帨佩巾亦作帥 滐飲又須面反 縏 輟車缺

以上十四祭

頪盧對反𩐨絲十 耒耒耜又力軌反

背補配反北面二 革ヒ俗作 磑五對反磨一

𩃤霴霴雲狀 甙甘 酟醋

以上十八隊

廿七 翰胡旦反鳥羽亦作鵫十九 捍捍拒 扞以手扞亦作仟 鼾鼾臥息 垾小堤 釬釬金亦作銲 汗熱汁 悍猛 瀚瀚海 閈里閈 䩐䩐射 駻馬六尺 鶾鶾雞

以上廿七翰

狷狂狷褊急 鄄鄄城縣在東郡也 瑗王眷反玉名又于願反五

以上廿三線

坷口佐反坎坷不平皃三 軻孟子居貧轗軻故名又吉哥反 破擊 餓五箇反飢 播補箇反又古文𢿍字布三 簸簸揚又布火反 譒譒敷 貨呼臥反賄一 臥吳貨反眠一 奈奴箇反又奴蓋反一 挫則臥反折三 莝拜失容又子對徂婐二反 侳安又子過反

以上卅六箇

佹〻儾黈黄色䏊闇又口广反䫻咽又胡堂反
矌目不明爌光明儣奴朗反綾一

以上卌一宕

蔭於禁反庇〻三窨作窨暗渗上漏向下二㴆積柴取魚又色禁反闖門出二覘私出頭視又丑心反譖側禁反讒〻一讖楚譖反又

以上卌九沁

鈚釜又芳反磣〻文詉呼木反詨聲㲉獸名似豹又丁木反

以上一屋

鋜足鐶濁〻濁鸑鷟鳥齺齒相近捔擭〻又〻俎古反嵒速斮斫捉側角反五穛早熟穀䵵稽虎穜麦亦作糕蘸藥毒

以上四覺

硈石狀竹〻揭木虎簴名又名柷黠黑滑戶八反泥利五猾〻狡鮹魚名鶻〻鳩蛗似蟹而小於盤八反二八博拔反馬八馬歲䓳丁滑反口滿三婠〻

以上十二黠

叕連叕又䴝〻毲具𦋺䉬蟹又居力反蠿蛛𧒂

以上十五薛

劃錐刀刻〻鱯魚名䨥度嚄叫亦作啯蟈古獲反蛙別名五馘割耳幗婦人喪冠膕曲脚中裂檴黄〻二擘〻緸絲

以上十七昔十八麥

㾃〻辟硤〻石縣名睞相著恰苦洽反用心七帢巾〻亦作帢帒掐爪刺劄入亦作劄帢士服狀四角䶪齒又公洽反夾古洽反十三郟〻鄏地在裌衣䀫眼〻眨䶪唯聲又口狎反鵊鳥子鞅〻履根屧薄楔𠋲〻倡人皃插楚洽反亦作插臿舂去皮亦作𦧇字六

以上廿二洽

蕀〻菀去官反又 [illegible]力繩反 弋与職反射十八 翊飛〻鄧 翌明日 廙敬

[illegible]穀麦穛 隿繳射 鷾〻鶳 㚤婦人官夫人名 潩水名在河南 杙木名 [illegible]鈋 [illegible]進 匜鼎附耳 䄩耕 芅羊桃 釴鼎耳

即子力反就十二 稷禾 㮨木名 [illegible]牛名 蝍〻蛆 [illegible]虫

彼側反近 皕〻百 偪兒 湢水鷩 [illegible]〻風 [illegible]姓 域葉

[illegible]縫或作緎戫 洫況逼反溝八 閾門限 緎衣縫 侐清淨 [illegible]

析也判也 [illegible]飽兒 揊擊聲 稫〻稄禾上穠乾 畐多又房六反 副判 陟

腷〻臆意不泄 稫乾大 抑於棘反二 [illegible]邑名

肋脅 扐著指間 仂禮記祭用數之〻

[illegible] 捑〻打 仄〻陋

[illegible]苦逼反出十 愊悃 踾踾地聲 [illegible]

又秦[illegible]反 鄎 稽 稷犬生三子 逼

域〻人名漢有 [illegible]緎〻

以上廿九職廿德

王韻影印既竣以紙墨昏闇裝褫有未諦處故宮當局嘉惠來學期使盡善屬余為校一過因補寫其可辨者如上此書原本以兩紙合為一葉故兩面均光滑也書脊黏連又兩面書均與西方書同余曏為北京大學購得一經疏亦如此故疑此類葉子亦傍於僧徒也故宮舊藏項跋本王韻原記為廿七葉然合殘缺之餘猶得廿八葉向以為疑今乃知原以葉子兩面書今據開裝為冊頁併所缺當得五十四開也此種葉子裝當為書籍由卷至冊之始其後乃為蝴蝶裝更後則為今通行之裝法矣

此書字跡之模糊者一由於書脊之黏損如䉶下云車缺嘴下云口閉不開車及不開二字今俱不可見再者由於葉口之被磨損蓋翻閱過多之故唐時已重描若干字其字跡惡劣者皆是也凡此兩端今俱補寫其不能辨者仍闕之不敢以臆增也舊有以雌黃點定者今多脫落如䎺下原為於倫反美好改為鄒口反又賀所改大半脫落今亦不能詳也廿九庚有廣字古行反讀六至有自字疾二反均在格外亦校者所增也此書以朱絲為闌書法近顏平原麻姑僊壇記唐蘭校畢便記時廿六年歲終

第五類

裴務齊正字本刊謬補缺切韻

第五類　裴務齊正字本刊謬補缺切韻

這一種韻書是根據長孫訥言箋注本切韻和王仁昫刊謬補缺切韻等書配合纂錄而成的。分韻雖然也是一百九十五韻，同於王仁昫書，但韻次、反切以及收字的多寡、字的訓釋等等與王韻差别很大，所以另立為一類。原書卷首題王仁昫撰、長孫訥言注、裴務齊正字，是否為裴務齊所作不可知，今姑且稱為裴務齊正字本刊謬補缺切韻，以與以上兩本王韻相區别。

5·1
(21) 裴務齊正字本刊謬補缺切韻（北京故宮博物院舊藏）

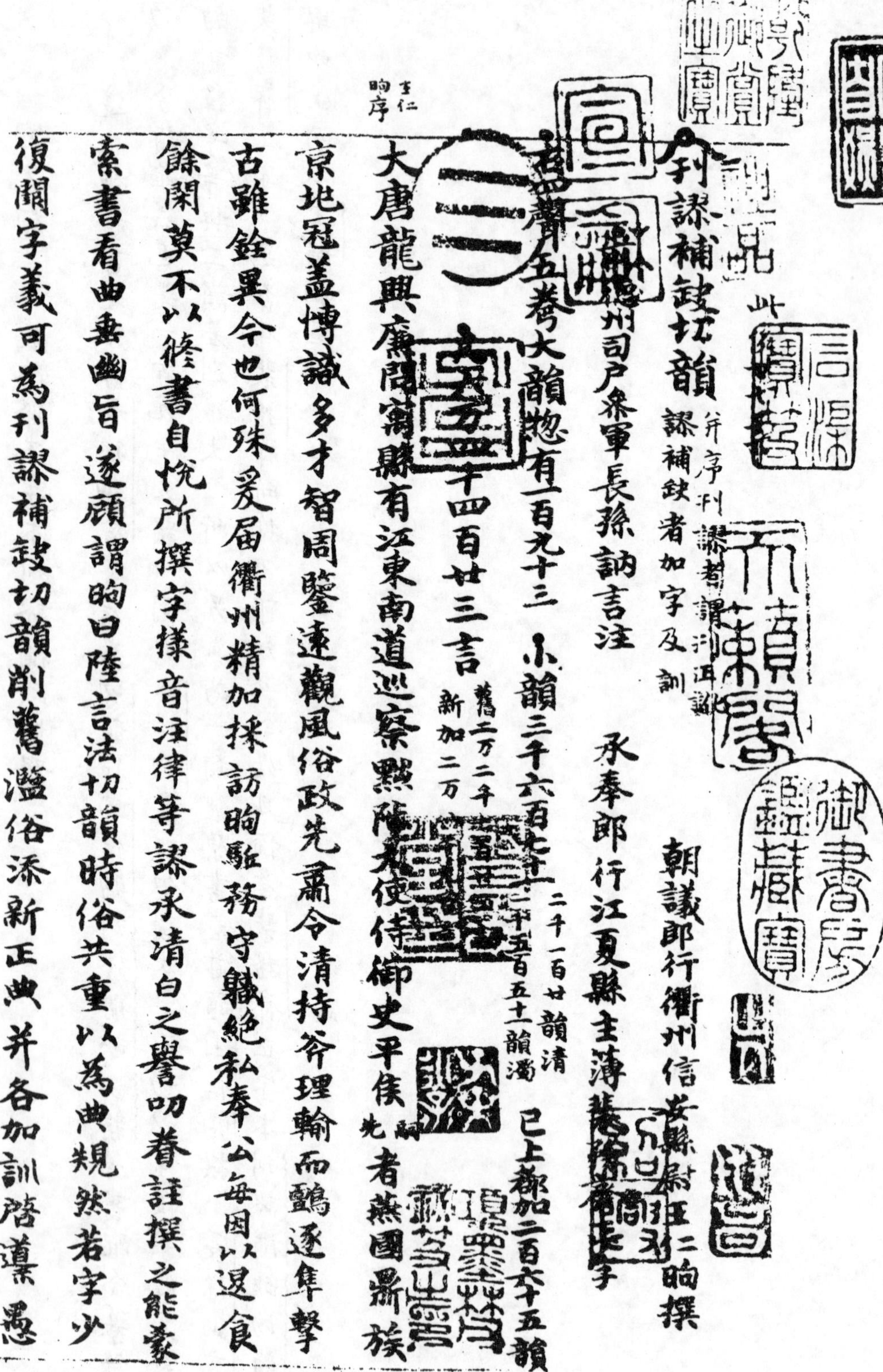

刊謬補缺切韻 并序 刊謬者謂刊正訛謬 謬補缺者加字及訓

朝議郎行衢州信安縣尉王仁昫撰

承奉郎行江夏縣主簿裴務齊正字

前德州司戶參軍長孫訥言注

王仁昫序

凡五卷大韻惣有一百九十三 小韻三千六百七十一 二千一百廿韻清 一千五百五十一韻濁

[illegible]四百廿三言 舊二万二千 新加二万 已上都加二百六十五韻

大唐龍興蔵閣寓縣有江東南道巡察黜陟大使侍御史平侯 嗣先 者燕國鼎族

京地冠蓋博識多才智周鑒遠觀風俗政先肅令清持斧理輸而鷙逐隼擊

古雖銓異今也何殊爰屆衢州精加採訪昫黽務守職絕私奉公每因以退食

餘閑莫不以脩書自悅所撰字樣音注律等謬承清白之譽叨眷註撰之能家

索書看曲垂幽旨遂顧謂昫曰陸言法切韻時俗共重以為典規然若字少

復闕字義可為刊謬補缺切韻削舊濫俗添新正典并各加訓啓導愚

篆𣪅俗切韻斯便要省既字該㨾式乃備應危疑韻以韻居分別清切舊本墨寫新加朱書兼本闕訓亦用朱寫其字有疑亦略注所從以決疑謬使各區折不相雜廁則家家競寫人人習傳濟俗救凡莫過斯甚昫沐承高旨課率下愚謹依切韻增加亦各隨韻注訓仍於韻目具數云尔訥言謂陸生曰此製酌古沿今權而言之無以加也然若傳之已久多失本源差之一點詎唯千里弱冠常覽顏公字㨾見𡿺從肉莫究厥由輙意形聲固當從夕及其悟矣彼乃乖斯若靡緑焉他皆倣此須以佩經之隙沐雨之餘指其紕謬疇兹得失銀鉤捬閱晉豕成羣盪櫛行披魯魚盈貫遂乃廣徵金篆遐泝石渠略題會意之詞仍記所由之典亦有一文兩體不復備陳數字同歸惟其擇善勿謂有增有減便慮不同一點撇咸資別據又加六百字用補闕遺其有類雜並為訓解但稱按者俱非舊說傳之弗謬庶埒箋云于時歲次丁丑大唐儀鳳二年也

丶竹柱　夕乔　乛筆凌　卜公本　乚式軌　夊所咸　夂相俞　𠄌古外　巜古犬　巛苦昆　川昌緣　州祖才　州職鳩　𠄌以支　厂呼旱又古旦反　广牛坎反田巖又為屋又魚儉反

乎 女厄又士疾 乏 丑略 乏 上同 乏 以忍 乏 此正上同 尸 夕 職廉 仐 之忍 仒 此正上同 夂 以棊 丁 分眾皮迄卦又迄刃反 詹 詹 上正下通 同 空武永又古鼎反

丿 普結 乀 餘制又分物 冂 莫歷 宀 武連 冂 古螢 冃 莫報 曰 牛語求 廾 在羊 廾 居羊 十 居虬 巢 巢 㠑 丘蓮反上正中通下俗 斗 當口 并 并 宜戰

半 他勞 攵 文 普卜上古下今 亻 如隣 彳 丑益 亍 丑足 与 才昌 予 竹 冏 言𥏫如雪反 皿 通上器也 乙 烏黠又居偉反 乚 於筆 屮 丑列 艸 廾 七掃反上古下今

𡿨 子木 𡿧 巛 古官下通 十 是執反一是東西丨為南北也 廿 尒執 卅 卌 先丘 屮 屮 上正下通 巾 居隣 口 王非 吅 况袁又呼官 吕 力舉 吕 吅 郎丁 品 丕飲 㗊 阻立

厶 息脂 网 良蔣易 巳天网 地 厸 力珎 厽 力靡 毋 武夫 毌 古段 毋 毌 莫厚 毋 楚江 爪 六 爪 舉公手 瓜 古華 爪 側絞 才 昨來 才 書久 日 人質 曰 白 王伐

𡵂 士角 𡵂 苦角反又口江 冊 片 拜 三字騎冬反又居勇反渠龍上古中篆下今竦手也 回 网 冈 上正中篆下石經巳往反 囗 女咸又女臧女繋反 国 女合 國 彼側 凸 徒結

古稀天子

八徵耄念之寶

太上皇帝之寶

卩 起玉 凵 烏浴 弓 尸 卪 瑞信也子結反上古中今下俗 㔾 乎多囂反 酉 魯帝 丙 丙正 殳 殳正 殳 殳 上正徒乱反 幺 於堯 丝 於求 糸 七秋反又胡計反 子 即里

孑 孓 居月 了 都了 丂 苦老 亼 子入又秦入反 匕 匕 卑履 匕 霍罰 勹 布交 冂 餘制 𦥑 居玉反又居六手捧也 疋 疋 上所魚反下五下反 匹 匹 上正普必 刀 都勞

刀 都聊 乏 之 亦小上正下通 召 白 伯 他勞上正中通下俗 凵 去魚又丘范反口 言 去偃 言 語偃 言 七涉 言 而涉 西 西 呼嫁反又於嫁又火下反下俗 肖 火 貞 蕪

眞 胡結下正 東 古限 𦉪 𡗗 𡗗 五聊 𡋯 𡋯 力竹上古下今 㣎 㣎 㣎 上正中今下通漢六反 殳 殳 下通市朱 兴 興 餘利上古下今 𠃊 隐骨 几 居履

几市朱几居析朙奇于朖於命商之赤商書羊叕而灼䍱丁劣反陟衛反祟丘逵㞋牛今肉肉如竹又作宍月非下通票票必遥上今下正宂而勇

䟿子心䟿下通𡳾姊列𡳿魚乙又力析下通乏以老𣲙㠯丂魚陵㚒他勞求逐岀多官𦫵莫元㚘薄旱畐普域革士兵反又子木𡋬他鼎

王于方𤣪如林朩衣於㡈𢘅於謹下通𢘅㚝補𣏟閭激𠙻吳宦反上正中通下俗叜胡苐𠄐通上箕箕林芳買𠄐叶

上陟駕反下古凡反𡌭古拜下通𡍨餘針𡋯餘招下俗戍辛律㦰王伐戊莫候𢖩狐兔行思唯反詩曰雄狐反之𧰨池尔豕竹旦𧰨宅卢𢆯

菓鳥上正下俗卪房久反又英反反凡在字左為𨸏字右為邑丰敷容夆胡江𤼽普末𢍰以其𠭊胡加反又古雅又徒玩反巳居似巳詳里巳羊止正古太反

鬳相俞巂户圭反子巂鳥名一名望帝蜀王杜宇蕫媟其妻化為子巂之鳥避帝回呼為望帝鳥隹即鳥出山以像其冠冏音豹下冏以聲省之也

切韻平聲一

一德紅東　二都宗冬無上聲陽与鍾江同吕夏侯別今依吕夏侯　三職容鍾　四古雙江　五与章陽

六徒當唐　七章移支　八夷脂吕夏与微韻大亂雜陽李杜別今依陽李　九止而之　十無非微　十一語居魚　十二語俱虞

十三莫胡模　十四祖嵇齊　十五古諧皆　十六呼恢灰　十七徒來臺　十八職鄰真吕与文同夏侯陽杜別今依夏陽杜

十九側詵臻無上聲吕陽杜与真同韻夏別今依夏　廿武分文　廿一舉圻斤　廿二都滕登　廿三戶安寒　廿四戶昆䰟　廿五戶恩痕

一

一東按説文春主東方也万物生動也從木從日又云日在水中德紅反二加二　涷水也又多貢反　䍶獸似羊角在耳後又徒弄直隣二反　涷瀧涷水名　同和也徒紅反十六加六易曰天火同人也　童古作僮今為童子未冠之稱也按説文童子從辛二丘山反辛從干古者干字頭曲上曲而乱辛非辛字也男子有罪曰奴二

曰童女子曰妾從辛重省聲也　僮古作童子今為僕也　銅赤金也説文青鐵也　桐木名又人姓　峒崆峒山名在止郡又徒弄反　狪獸名似豕出泰山　硐磨　舸舩　烔三三熱良又云星氣　曈二曨日欲明又他孔反

筒竹名䈶又䈶䈫又徒弄反　瞳目子　𣳾凡　罿車上網又尺容反　犝牛䍧今無角牛　潼水名開名又他紅昌容二反䍧潼關在華陰東　橦橐木名其柔毳可績為布出永昌　䍶無角羊　衕通街又徒弄反　𪔛鼓具　筩竹筩

業竹名長丈餘無節可以為射箭曰名之出交阯 中 陟隆反和也當也又陟仲反三加一 忠 貞也誠也 衷 善也按說文衷褻衣又陟仲反 芇 草名見尔疋 蟲 直隆反三加四有足曰蟲作虫非 沖 和也虛也 种 稚又人姓 盅 老子曰道盅而用之盅虛器也

鼜 鼓聲 ⿰忄蟲 忡忡憂心 爞 旱氣又徒冬反 終 職隆反十加二綵絲挛也今為終始字 衆 多也又之仲反 泈 水名在襄陽又勑中反 潨 小水入大水又在冬反 柊 殳 螽 蝗螽蟲名又作蝶 霳 小雨 鼨 豹文鼠今謂鼨

鼠也 蔠 蔠葵蘩露郭注尔疋云露草也大莖小葉花紫黃色也 柊 木名 𧆐 虎文 ⿰冬龜 龜又徒冬反 臮 古文笑也 忡 勑中反一加一憂也 盅 虛器又直隆反 崇 鋤隆反四重也高也充也宗又作崈 ⿰崇刂 鍾屬也

嵩 息隆反四高也又山名又作崧 娀 又直隆反有娀契母 菘 菜名 崧 山名 戎 如隆反四丘也西戎牧羊人 ⿰木戎 木名 駥 馬八尺 茙 蜀葵 弓 居隆反四易曰弦木為弧即弓也 躳 謹敬也又作躬 宮 室

⿰氵宮 縣名在酒泉 融 餘隆反二案和也長也按說文炊氣上出也 肜 祭名又勑林反案殷祭 雄 羽隆反二雌雄 熊 案獸名大豕足黑色山居冬蟄 瞢 莫中反三加二目不明 夢 又武仲反 𨞺 邑名在魯 寱 寐言 ⿰土夢 澤水

穹 去隆反二加二天也又穹窿 芎 芎藭藥名司馬彪云似藁本茼曰芎藭蕪根曰芎藭 悺 憂 ⿱⺮宮 籠又渠龍反 竆 渠隆反三又作窮字 藭 芎藭 竆 契所封邑 馮 扶隆反三如一姓也邑也從水作非 汎 浮又孚劍反又作渢 芃

草木盛皃詩曰芃芃其麥也 風 方隆反二加二案說文伏羲姓 楓 木名似白楊葉圓而歧有脂而香今楓即是也 瘋 病 豐 敷隆反六豆之滿者俗作豊 灃 水名在咸陽案灃水在鄠縣南山豐谷北入渭 寷 大屋 麷 煮麥 充 處隆反三加二 珫 耳 茺 茺蔚草名

䵱 黃色 ⿰忄充 心動 隆 力中反三加一高也豐大也 癃 病 𪔵 鼓聲 漋 水名 空 苦紅反七加二 箜 箜篌 崆 崆峒 硿 青色 䅝 稻稈 涳 涳濛 埪 土 ⿰鼓空

鼓聲 悾 悾悾女 公 古紅反八加一爵也君也正也 攻 陷也擊也又古冬反 功 勳也案王功曰勳從力 工 巧善工其事又 疘 病 蚣 蜈蚣 玒 玉 釭 東釭又古雙反 愩 憒 蒙 莫紅反十一加五女蘿草又玉女草又菟絲草 濛 水名又濛記曰入濛又小雨

雲之皃 矇 矇瞽有眸而不見曰矇 艨 艨艟戰也又武反 饛 盛色滿皃 䰒 馬鬣 ⿰馬蒙 驢子 朦 大 檬 似槐黃葉 ⿰酉蒙 麴生衣細屑也 冡 覆 霿 寒雨 幪 又作盖衣 懞 暗

鸏 水鳥 醽 洵酒 籠 盧紅反十五加七又 豅 谷 櫳 案說文房室之 曨 日欲出 䶬 大聲 龓 馬龓頭 瀧 瀧凍清露 聾 無聞 櫳 櫳乘 ⿰車龍 軸頭 瓏 玲瓏玉聲

壟 斷又盧貢反 巃 巃嵷山高皃 龒 木 櫳 檻也養禽獸所 嚨 喉 襱 袴又作衸又力董反 鸗 鳥名 [illegible] 凡嘷 蘢 草名又音 蠪 蟲名水蛭 蠬

洪 胡籠反十二加二大也 訌 諠潰 鉷 弩牙 紅 茜色 虹 又古巷反 鴻 [illegible]陽鳥 洚 水不遵其道降下出說文又戶冬反 葓 草 [illegible] 草名 仜 身肥大 谼 大壑 粠 赤米 翁 飛聲 [illegible]

菐從丵坑出銅在〻雲南也 叢 徂紅反二加一衆也古作菆 藂 草叢生 潨 水會 翁 烏紅反三加二業說文鳥頸毛也又尊老之稱 螉 蠮〻 [魚翁] 魚名 蓊 蓊草木盛又烏孔反 [翁頁] 頭下毛 悤 倉紅反八加四古作怱正作悤 葱

屬 樬 〻檧 [車悤] 轞車載囚 聰 〻明 繱 青黃色又細絹 璁 石似玉 驄 馬色 [广悤] 屋階中會也出說文 蟌 蜻蛉 鏓 大鑿 熜 熅又子公反 通 他紅反四達也 蓪 〻草藥名 侗

大也壯也謹也 恫 痛 葼 子紅反十四加六木細枝葉兒莫語 椶 〻誠 嵸 巃〻 鯼 業一曰江東呼為魚網曰鯼 騣 馬又騌 椶 栟櫚 鬉 鬉亂又鬉 㚇 飛而斂足又則青反 鬷 釜屬 嵕 九嵕山在馮翊

稯 犬生三子 豵 豕生三子業毛甚云豕一歲也鄭玄豕生三日也又作豵字 鯼 石首魚業頭有石也 磫 石 [扌嵏] 業尔足鳥飛竦翅上下 蝬 業蛤屬甲上有三角刺 艐 船着沙不行 堫 種也一曰肉其中 稯 十菩 傻 數 ·蓬

薄功反四加四 蓬 織竹編若篛以覆蓋船車 [竹夆] 車 芃 草名又扶風反 [禾夆] 草名見尔雅 韸 鼓聲 ·蠭 蟲名 鬔 鬆亂 ·烘 呼同反二火皃 魟 河魚以鱟 ·䈏 蘇公反一小籠又先孔反新加

二

冬 都宗反二終四時也反二 苳 草名 ·彤 徒冬反五加十一 疼 痛 佟 姓 炵 火盛又他冬反 [虫鳥] 鳥名出山海經 鼕 鼓聲 [虎騰] 又徒登反黑虎也 爞 業〻足爞〻重也又除中反 㪌 擊 赨 赤色

鉖 大鉤 痋 動病 [忄蟲] 憂皃見尔疋 [冬龜] 龜見字書又之戎反 [忄冬] 怪也又[忄冬]惶遽也 ·賨 在宗反五加三曲戎稅也又賨 琮 玉 悰 慮一曰樂 慒 謀又似冬反 潨 小水入大水又職隆反 淙 水聲

鬃 大高 [竹農] 莞 ·農 奴冬反三加一同業田也俗作農 膿 血 儂 我 [雨農] 露多 ·恭 駒冬反四加三業字從心作恭 供 具也奉也給也又居用反 龔 業人姓又給也與恭同 珙 璧又勇反 共

〻王官名見尚書又渠用反 哄 喘 [舟共] 竦手又渠容居勇二反古作舼 松 先恭反二加三 蚣 三蚣蝑蟲名又蜙 淞 水名出吳郡 凇 凍落又詳容反 傱 〻法也見方言 鬆 〻髮鬆亂兒 ·樅 七恭反二加二木名栢葉松身 鏦 短矛業又楚江反 從 〻容也又徐容反 蹤

穜也又楚江反 攻 古冬反一加二伐也又古紅反 釭 古雙反 玒 剄 ·酆 敷隆反二邑名在長安西北又在杜陵西南周文王所封 蘴 蕪菁又作葑又敷容反 ·硿 戶冬反一加三硿礲石落聲 嗵 洚 夅 ·䃔

力宗反一加二硿礲石落聲 鼛 鼓聲 宗 作琮反一尊也大也 鋆 曲恭反二矛 㲴 穴處受之所也

三

鍾 職容反九加三酒器 蚣 蟲業即蜙蝑也又古紅反 伀 心動 笭 竹長節 松 征松行皃 裕 小褌 籦 業籦籠竹名出節間長 橦 木〻 妐 夫兄 蝩 蟲蠑〻 忪 說文志及衆也 ·龍 及四加四

鱗蟲又八尺馬也 龍 丕見博疋 瓏 圭為龍文業說文以禱旱 蠪 〻蟲小兒行 鸗 鳥名 蘢 草名見尔疋又盧紅反 籠 業籠竹名又盧紅反 竜 古文 舂 書容反五加二 惷 愚也

又丑江反又丑用反 椿〻 踳蹋 騞〻騸 蝽虫名 鼨鼠名蘩鼨鼩 •松詳容反二加二木名 凇凍落又先恭反 訟諍訟又徐用反 宩古文 •衝尺容反五加四通道也又衝 罿

納又徒紅反 憧往来皃 轒陷車 艟艨艟戰舡 劃剌也兵器 穜短矛 橦榕 潼關名又徒紅反 •容餘封反十四加八寬也皃也受也 溶水名出宜蘇山又水潘見山海經 庸中也用也 墉

垣 犝似牛領有肉蘩猛獸名今犎牛也出郊州又犝 鎔鑄蘩器之範皆曰鎔 鏞大鍾 鄘國名見毛詩蘩殷紂封畿內之地名自城而北曰鄘南曰鄘東曰衛也 傭賃又丑凶反 鷛鳥名蘩鷛鳥似鶩而黑尖口雞足顏師古今之水鳥也 谹覺属 鱅魚名

又鎔又蜀容反 蓉芙〻 蠩蘩山海經云鮭蠩狀如黃蛇魚翼入水有光見則大旱 搈動 傛不安 鎔鈎 榕橦〻 犝牛胅 槦榕木容 書古文 頌又刑似用反 溶水皃 封府容

容反又二加一大也玉也封閉也又方用反 犎野牛出西域見山海經 峑古文 •凶許容反八加一禍也各也 匈心上 銎柄孔 洶水勢 恟懼 兇惡徒 訩衆語 匈奴 •顒魚容反三大也頭皃顒〻君德也見尔疋

鰅魚名蘩張揖云鰅魚狀如犂牛其音如彘鳴又蘩荆南異物志以為牛魚方負三丈兩髀迮席尾長五尺皮膚或黃白斑駮有文章郭璞云鰅魚有文采者也 嗈喚〻 •邕於容反十一加一和也又鳥聲 雍姓也睦也又於用反 噰鳥鳴 䆲〻纖多皃 灉水名在宋又以隹反

壅玉器 甕汲器 饔熟食又蘩說文按又饔 廱辟廱又天子之學名又廱 癰疽又癰 雝〻鷄鳥名蘩雀禽也謂史領者青色飛則鳴行則搖 壅塞又於隴反 •醲女容反四厚酒也 繷〻纔 穠花多皃又

穠華字又而容反 襛衣又而容反蘩林厚 •重直容反三又直龍反又直用反 種晚熟蘩前種後熟又之隴之用二反 緟增益 •從疾容反一加二又疾用 鏦蘩方言挂林謂鷄也 刅古文 •蹱躘蹱丑凶反二 [illegible]均直又作傭又余封反

又而容反 •逢符容反三加三遇也 縫紩 [illegible]猜予 韸被上聲 逢蘩水逢池在滎陽開封縣或曰宋之逢澤 夆掩又敷恭反 •峯敷容反九加一嶽也 鋒兵刃端 丰〻茸又伏風反草木盛皃 妦好蘩無代之間語也

蜂蟲又䗬 蘴菜又作葑又敷隆反 桻〻木名一云木上 夆粤夆掣曳又符容反粤善經反 㷭火又作烽 葑菜名 •從〻撞即容反又即用反三加二又縱 蹤〻迹 蹤車迹 [illegible]氈罽 樅

木名見尔疋 •茸而容反五加二丰茸華木盛 𣯽毛飾又馬鬣飾 髶鬛多亂皃 䇯竹頭有文又云竹名 穠花皃又女容反 搑推而擣 㺎矛也 •蛩渠容反六加五張揖云蛩〻青獸狀如馬前足廡後足兔前高不得食而善走距虛

似羸而小孫炎云蛩〻即距虛也負蟨鼠而走也 邛臨邛縣名 舼小船蘩艇小而深曰舼又作䑟 笻竹名 輁軸棺所以支 䂬水邊石出說文 䓖蕒菜實 [illegible]支曰扇也 [illegible]蘢 柳柜 拱蘩大伐又居[illegible]反

•鱅蜀容反二加一魚名 慵嬾 [illegible]不廉 •銎丑凶反一鑿也又曲恭反

四

江 古雙反五加二瀆之一水又作洚　杠 旍旗飾竿一曰牀頭橫木叢聚石水中橫渡彴謂之石杠也　扛 橫關舉鼎又舡　茳 〻蘺安張揖云茳蘺草蘼對之蘼蕪郭璞云似水薺張敖呂錄云茳蘺出臨海水中正青似亂髮足也　釭 燈又車轂口鐵又古紅反　玒 玉名又古紅反　•厖 莫江反六加五厚大　駹 黑馬白面　狵 犬名　䵨 深黑　浝 水名　哤 語雜　牻 牛白黑雜　蛖 業尓足蛖蟲名似蠖蛣也　鶶 業鶶鳥似鷹而白又武項反　娏 女神　峗 業五峗山在蜀又云糸美也　•⿰耳農 女江反二加二耳中聲　⿱髟尨 髮多

古稀天子

八徵耄念之寶

太上皇帝之寶

鬞 鬆亂　饢 強食　•窻 楚江反三加二業窻牖也又窗窻窓牕同　⿰禾悤 多　䆗 種又楚降反　摐 打鐘聲又七恭反　鏦 業撞也又七恭反　•邦 博江反二大曰邦小曰國　峀 古文　•梈 下江反四加一梈雙帆也　⿰豆夅 〻⿰豆雙胡豆　降 〻伏又古巷反　缸 甖類又瓨　洚 水又古巷反　•胮 匹江反二加一胮脹又薄江反　韸 鼓聲又薄紅反　舽 艭吳舟　•瀧 呂江反一南人名湍　•雙 所江反四加一手持二隹從又者手也亦雙非　䉶 帆　⿰豆雙 〻⿰豆夅　⿰忄雙 左傳曰駟氏⿰忄雙　艭 舽艭吳舟　•龐 高屋也姓也薄江反二　胮 〻肛大脹又匹江反　肛 許江反一加一胮肛脹皃　啌 嗽　•腔 苦江反五羊腔也　控 打也又苦貢反　悾 信皃　涳 直流　崆 業崆高皃又苦紅反　•幢 旛幢宅江反三　橦 木名花可為布又徒東反　撞 〻突　•惷 愚丑江反二又書容丑用二反　䚋 直視目下明　•椿 都江反一橛也

五

陽 與章反日氣廿七　暘 日出處亦暘　煬 釋金　鍚 兵名　楊 木名又姓　禓 道士祭　蝪 蛈蝪蟲又太堂反　洋 〻滿耳善也　昜 曲昜縣名　羊 〻豕　瘍 頭瘡　颺 飀又餘亮反　痒 病又似姜反　鰑 赤鱺　崵 首崵山名　蛘 虫名　徉 儴徉　⿰革昜 馬額口鞁　⿰扌羊 扣也匀子卬反　鸉 似鷹　⿰多羊 多　敭 〻明　詳 〻狂又似羊反亦佯　眻 美目又餘尚反　⿱楊皿 杯　⿱艹羊 藥草名　輰 [illegible]　•詳 似羊反審也又以章反七　翔 翱〻　洋 水流皃　祥 [illegible]　痒 病　⿰歹羊 女鬼　庠 養老宮　•良 呂張反十六　梁 棟

涼〻冷 粱〻米 蜋蜣蜋又音郎 䬒北風又力向反 量稱量又力向反 粮〻食又作糧 踉〻跳 輬輼輬車又作輬 椋木名 ⿰歹京薄又力向反 綡〻纓 䣼漿 悢

牛又力向反 ⿰月京賦 香許良反四 薌穀氣 鄉〻里 膷牛羹 ·商書羊反度也十四 殤死 蔏蔏〻陸 觴酒器 禓道上祭 ⿰商鳥鸘〻鳥 塲〻耕

傷哀 饟〻饋又式尚反 ⿸疒向憂思 湯水勢 ⿱將鬲煑 洵水名 ⿰矢昜傷又且羊反 ·房符方反室也四 防守 魴魚名 鴋澤虞鳥又數因府二反

章諸良反篇也十二 漳水名 樟木名 慞〻懼 璋大珪 彰〻采 墇壅又止讓反 麞〻麃亦獐 暲明 蔁草名 鄣邑名

障隔又之上反 昌處良反日盛七 裮衣被不帶也 倡優 猖〻狂 閶〻闔閶闔 菖〻蒲 鯧鯸魚 ·羌去良反似苗三 蜣〻蜋 獇西戎 ·薑

居良反菜十二 疆〻界 ⿰牛畺牛長脊 彊弓有力又渠兩反 僵〻仆也又躔又渠良反 畕田 韁馬紲繩亦繮 殭死不朽 礓〻石 橿一名檍万年木名 姜姓 ⿰虫畺蠶白生

·長直良反又直亮反陟兩反七 萇〻楚似桃萇生 ⿰足長〻跪 腸荼處 塲道 瓺餅又除尚反 蟐〻蠰 ·張陟良反開也三 餦〻餭食 粻食米 ·攘汝羊反十五自來而取曰攘又以手御又而亮反

⿰襄阝縣名 瓤瓜內實又女良反 鑲鉤鑲兵名 孃又女良反 ⿰襄攴因盜 躟疾行 蘘〻荷 瀼露濃皃亦⿱雨襄 穰禾莖 獽戎屬 禳除灾祭 ⿱艹襄萸

勷劻勷迫皃 鬤髮亂皃又女行反 ·方府良反道也法也十一 坊〻巷 肪〻脂 蚄虸蚄食苗虫也 邡什邡縣名 牥牛 匚受物器 鴋鶭鴋鳥名 ⿰禾方禾名 枋

蘇枋木又偃臭木名 鈁鏷屬 ·襄息良反上邑十二 廂夾室 相木名又息亮反 湘水名在零陵 箱竹器 緗淺黃緗 儴〻佯 蠰蟷蠰別名 瓖玉 欀大樹也皮中有白如米屑

纕馬腹帶 驤馬躍 ·將即良反大也行也又即亮反六 漿〻水 鱂蟻〻魚 螿寒〻 𢪏扶也亦𢪏 ·瘡楚良反疾也二 刅刀傷 ·亾武方反俗亡十二 望看又武訪反 朢〻弦

莣草名 芒草端亦杧 鋩鋒端 忘相忘又武訪反 硭〻硝 ⿰言望相責又武光反 杗屋梁 ⿱山朋懇又莫郎呼光反 邙縣名 ·孃女良反又如羊反老稱也四 瓤瓜內實 娘

女子之稱 鑲兵名 ·牀仕莊反俗作床二 疒病又女厄也 ·莊側良反四 裝理也又側亮反 糚〻粉 妝飾 ·常時羊反又恒也七 裳衣〻 嘗曾也口味 鋿車輪僥鐵

六

鱨魚名 鸘鷫鸘鳥名 尚〻書官名又食亮反 ·霜所良反霜露四 孀寡婦 鸘鷫鸘鳥名 驦驌驦馬名 ·牆疾良反垣也亦牆七 嬙婦官 檣船桂 奘妄強大也又在朗反

薔〻薇 戕他國臣來殺君 佯翔 ·鏘七良反鏗也十二 嶈〻〻高皃 閶門聲和 鍚傷又尸羊反 瑲玉聲 鶬鳥獸〻〻 槍拒〻 蹌和鳴〻〻 蹡行皃 斨斧〻

趬趨皃 爿又牀古人名 ·匡去王反正也十 筐籠 [虫匡]海中大蝦 邼邑名 框棺礼云三不寶框 眶目〻 軭車戾 [髟匡]髮 洭水名 恇怯 劻〻勷迫皃

王雨方反又于放反二 蚟〻蛛一名促織也 ·央於良反中也七 鴦鴛鴦又烏郎反 殃災 鉠鈴聲 秧稻〻又於[illegible]反 泱水流皃 胦膀〻 ·強巨良反又彊四 僵殭身又己羊反 彊弓有力

[魚畺]鯨魚別名 ·蔣精羊反草名三 倀失道皃 [鼓長]鼓聲 ·芳敷方反芬芳三 妨〻礙 汸水名 ·狂渠王反三 軖紡車一曰車輪 鵟鵟鴟鳥一曰佐鳥五色有冠

唐徒郎反國名古陽卅 煻〻煨灰火 糖飴 堂〻䴚 䶂〻鼠一曰三易腸 棠〻杜木名 榶〻㮴又榶俀 蓎〻蒙女蘿 瑭玉 餹〻餳膏 篖符篖竹也 [牛唐]〻牛 螗蜩

螳〻蜋 塘陂亦隄 闛盛皃又吐郎反 閬門高又力蓋反 樘 隚殿 [堂阝]地老 [竹堂][illegible]草 榶棣 [唐瓦]〻瓷 鶶〻鷵鳥名 蝪蛈蝪似蜘蛛在穴中 [唐毛]

胱 踼跌又杜良反又邊 鎕〻銻 溏池 [車堂]〻輬軡輪 ·郎魯當反廿四 稂莠 桹桄桹[illegible]華十 廊步〻 榔檳〻 駺馬尾白 筤籃 鋃〻鐺鎖頭 硠石

〻礚 [良鳥]〻鶚鳥又盧宕反 浪滄浪又盧宕反 [骨良]骯〻 蜋螳〻 [魚良]魚名 琅〻玕玉名又琅瑘 㝗㝩㝗空皃又盧當反 [矛良]短矛 艆海中船 狼〻虎 欴〻欶貪皃 莨〻蕩藥草 踉

〻蹡 蓈童粱又作稂 崀峻崀山冬月所出 ·當都郎反九 鐺鋃〻 簹竹名 襠裲〻 蟷〻蟷 [當瓜]〻瓟瓜中 [illegible]蜋〻 璫珠 檔車〻 ·倉七良反穀藏也五

蒼白色 鶬鳥名 滄〻海 [倉隹]鶬鴰 ·剛古郎反強也亦剛十一 岡山脊曰岡 掆舉 笐樂器 鋼〻鐵 魧魚名又胡郎反 [亢風]覺 綱紀〻 亢

星名又縣名 犅特牛 堈甕亦堽 ·桑息郎反三 喪亡也又息浪反亦喪 [桑馬]馬色又驦 ·康苦郎反安也古作康十 穅米皮亦糠 [康欠]穀不升謂之[康欠] 㝩〻㝗 [虫康]〻蜉蜻蛉也 漮泉空 [康風]

[illegible]亦[illegible] 槺〻梁 躴長皃 邟〻城 ·荒呼光反十三 慌又莫郎反 [氵荒]韓憲子名 [巟巾]幟 巟水廣大 [禾荒]草蔬不熟 謊夢言 [亡朗]遠又武方莫郎二反 [巟鳥]

馬奔 絖 絲延 䀮 狼䀮南夷國夜市金 肓 心上隔 盍 皿 ·黃 胡光反亦蕃卅 皇 王 瑝 璧 遑 急遽也亦偟 惶 懼 潢 積水池也又胡光反 堭 堂 煌

灼灼又水狀 餭 餦餭餳 騜 黃白馬色 艎 艅艎吳船 鄓 地名 媓 母 䊗 榮 翌 羽舞 程 穄程穄也 蝗 蚛虫又胡盲胡孟二反 簧 笙 隍 城 癀

瘍 鄺 古國名 湟 水名在安定 徨 彷徨 鰉 魚名 葟 草木盛 篁 竹叢 蟥 虫 僙 武皃 穬 野穀似味依 ·光 古黃反明也又充丸 垙 陌 茪

荽茪羊躑躅 䮝 鳥旋毛在背 桄 桄榔木名 胱 膀胱 轒 車下橫又光轒 橫 長安門名 恍 武皃又趪 ·鴦 烏郎反鴛鴦又於良反六 佒 不體申 泱 泱泱 鴦 [illegible] 霙

女人自稱又烏黨反 姎 炕 呼郎反頡二 欱 歆 飲 ·航 胡郎反船也十五 荇 荇菖竹又戶庚反 桁 械 行 伍 迒 獸 頏 頡頏 𩔵 飛而下 魧 貝名又古郎反 胻 脛 邟 邟鄰

縣名亦杭 杭 州名又口浪反 苀 草名 䘕 蠶類食萬葉 吭 鳥咽 笐 竹名 茫 莫郎反滄茫十二 慌 帛也又呼光反 岇 山 旹 不知 䀮 不明 㳿 谷名 惶 怖

遑又武方武光反二 㟐 䆩 眠言 䖟 勉 朱 大渠 郮 縣名 臧 則郎反五 牂 牂牁郡名 贓 贓賄 牂 羊名 樣 楊又餘章反 ·囊 奴當反二

瓖 瑲 ·傍 步光反又邊側八 彷 彷徨 旁 側又亭名 膀 踉蹡行急膀胱 䮝 馬盛 蒡 其蒡 榜 稱穄程 䟺 脚曲脛 ·卬 五剛反又高也六 䭚 千里駒又五浪五郎二反 枊

係馬柱又五浪反 昂 舉 茚 菖蒲 鞕 履 ·藏 昨郎反又徂浪反二 䑶 苦光反䑶䑿 湯 吐郎反又沸水七 鏜 鼓聲 蕩 水名 蕩 遂蕩馬尾蕩 盪 突又直浪反

趨 走 蝪 蝪蛛 ·滂 普郎反又滂沲六 雱 雪狀 鎊 削 霶 霶霈 榜 枝又薄庚博郎二反 𣂆 量盜又薄庚反 ·汪 烏光反深廣也五 𪇆 雄鳴 尪

弱 洸 水名又音光 尢 曲脛

七

支 章移反十一加八 持也 勝也 舉也 又計也 說文云去竹之枝又持半竹無點 卮 圓酒器以玉為之受二升 狀如雞頭一名觛 所以節飲也 出說文 只 語云又諸氏反 枝 柯 疧 痛 秖 適也從禾 衼 衼衼 䑛 李音寵今作拳解字 敊 又體敊

梔 梔子木蘭業亲 樹半有椹半無椹亦謂之梔 禔 福又氏支反 䮕 馬強 䲀 鴇鳥名漢有鴇鵲觀 疻 痛也漢書音義云以杖毆擊人剠其皮膚起青黑無瘡瘢者律謂之疻痛 蓗 榆莢 樻 柱 㲼 方言南楚謂妻之父母為㲼㚷 ·移 弋支反十

加十六說文遷也禾名也又作迻 暆東暆縣名在樂浪 迻﹕遷 移獸名以大見則有兵 栘扶栘木名 袲地名 擨﹕歈手相弄又以遮反 酏酒汁 匜杯匜似栘又羊氏反 䔟業說文蓩䔟草 椸業說文衣架又葹 袘

衣袖 訑言白又淺意也 移加又離 杝業木名似白楊 螔業螔蝓蝸牛也 鉹業梁州呼甑又音侈 怟愛又渠支反 傂﹕偷 簃閣邊小屋 誃外室明名又音池 [忄虒]不青事又餘枳反

虵業蝰蛇似蛇大如車轂又作蛇 熪又作炇業字書熪炵火不絕熪音廉 箷似杖 爲施也蓬支反二加二又蓬僞反俗作為 潙水名在新陽 [魚爲]大魚 [阝爲]鄭地坂 嬀姓也居爲反一加一 鄬地名 麾揮也許爲反三

噅口不正 撝業說文撝裂也一曰手指 逶於爲反五加五逶迤又作蝸 倭慎良詩曰周道倭遲 [歹委]枯死 萎說文牛馬食又草木萎又一[illegible]反 桵田器 覣好視 蜲業蜲蛇虫 [illegible][illegible] 蟡水精名 痿病

糜靡爲反四加五糜粥又作穈 縻﹕爵業說文牛轡又作䌕 穈穄 蘼薔蘼業本草云天門冬也一名滿冬秦名羊韭齊名爰韭楚名馬韭越名羊蓍見山海經也 醾酴醾酒名 爢﹕爛 [麻貝]棄興金耳又文彼反

劘分也易曰我爵吾與汝劘之 䊳碎 隳毀也許規反三加三又隓 睢仰目出說文又許葵反 眭﹕盱健良盱旭俱反 觿角錐童子所佩業以象骨爲之用以解結也 蘳果實之良 [illegible]相毀 鬌髮落直

垂反二加一又鬌 錘八兩又馳僞反又稱錘字 甀甖又馳累反 垂是爲反三加四邊也傍無點 陲邊也又危 [illegible]小口甖 倕重也又神農時巧人名 [illegible]雅又時惴反 菙箠又市緣反 甤草木花懸 [illegible]

力爲反一庋也 吹昌爲反二加一又尺僞反 龡說文﹕理管之樂 炊爨也古作龡 鈹敷羈反五加三大鍼也一曰劍而刀裏也 帔又芳髲反長不帶又巾也 鮍魚﹕ 披開也又檢 [illegible]耕 旇旗 [illegible]器破又皮義反

秛水阻 陂彼爲反四加五地不平 詖辟治 碑銘立石爲碑古人之跡 羆業似熊而長黃色頭高脚猛憨多力能拔樹木關西謂之貑羆 犤牛名 [illegible]拾 襬關西記裙也 [illegible]鋸 [illegible]草又

碑賜反 隨逐也旬爲反一加三俗作随 隋業左傳漢東之國隋爲也 隋業碎肉 瓍璡 虧去爲反一加一氣損也 㩘業聲類又毀也又許宜反 闚去隨反一業闚[illegible]也又作窺 奇異也渠羈反六加五又居宜反 枝

木別生 蚑虫行 琦玉名 騎跨又渠寄反 鵸似烏三首六尾可以御不凶 魌小兒鬼又渠寄反 碕曲岸又巨機反 岐山名又巨支反 錡釜又魚倚反 弜強 祇巨支反十加九地神也

大也從示 衹﹕裓 岐山名又渠羈反 [illegible]弓鞕 歧﹕路 郊邑名在扶風周太王所居 馶勁 疧病詩曰俾我疧 [illegible]弨 軝業朝楚車輪詩曰約軝錯衡長轂之軝 翄業左太沖魏都賦翄﹕精衛又是支反

跂業行謂足跟不著地 汥水都也 [illegible]說文緣木一曰行良 芪﹕母 [illegible]古文同与岐 蚔毒蟲 忯愛又弋支反 犧許羈反八加六牲也 [illegible]角上 羲氣也又帝号 [illegible]﹕歃貪者見食良 桸

杓 巇〻險 𧄼地名在魏郡 㵌水名在新豊 𧯞器 曦赫 𡒄毀 㩜擊 欰欶 蠘蝨 ·𢽵去奇反四加七不正又敧字 觭角一俛一仰又居倚反 踦脚跛

崎〻山嶇 𢻫〻器 婍棄世又九奇九紙反 倚椷又去倚反 猗武牙 郼地名 碕石橋 蟢蠢長蟢蜘蛛長脚者 ·宜魚羈反五加一當也善也便也祭社也又作冝 儀容也義也匹也 䣡地名在徐

鸃鵔鸃鷩許愼云鷩雉也顏師古云似鷄而小五色鮮也 轙車上繫轡所貫又作钀 𦏁古文 ·皮符羈反三加二革也膚也 疲倦 郫〻氏縣名在蜀 椑木下交 [illegible]古文 ·禔是支反又弟泥反六加六飛也又作題字

匙匕 提〻封頊又丁奚反 䓍草安也 抵批 芪藥草 眂〻目 衹碓衡 禔安 [illegible]簧屬 忯愛也又渠支反 ·兒汝移反一俗兒 ·離呂移反十四加十四分別也

籬藩〻院 醨酒薄 罹心〻憂 璃瑠〻 [illegible]陳 驪馬 劙分割 [illegible]小鼠相銜行 樆山梨 [illegible]草木附地生貌 鸝黃鳥又鶬 縭婦人香纓以采介屑

蘺江〻 褵婦人內衣 䍦罩幕 [illegible]勾驪東夷 謧欺謾之言 鸍鴔 [illegible]引又力脂反 蠡蚰蜒又山奇反 穲禾〻把 灕淋灕秋雨 [illegible]黍生 孋

〻姬晉獻公妃 漓水入地 [illegible]多端 攡張 ·疵疾移反三加七病也 髊殘骨 玼玉病 飺嗛食 茈 𡛓〻妓不媚 胔人腸 枇掄 呰古文 鴜

鳥名又卽移反 ·貲卽移反七加九貲財也布也 髭口上毛 鴜水鳥又疾移反 訾思又訾城在河南偃師 [illegible]鳬名 鄑〻城在北海 [illegible]巾 [illegible]〻檔木名 䖪鼠鳥狀如鷄而鼠尾又鸃出山海經 [illegible]

[illegible] 𡛓婦人貌 [illegible]菜 [illegible]谷名在西縣 [illegible]星明又子踐反 觜西方宿名 鈭釜屬又千支反 ·羇居宜反五加二馬絡 畸殘田 羈寄 掎〻角 敧〻取物 奇

不偶又渠羈反 婍姕 ·畀必移反六加五下小也 鵯〻鶋鳥名 椑木名 箄取魚具 裨衣褊益 鞞牛鞞縣在蜀 錍鍪錍釜也 顊須髮半白 蜱〻蛸螵蛸卵也 庳安牝

鵯口庳 萆按草萆薢草名 ·裨頻移反五加二副將也助也 陴城上女墻 脾心脾水藏 郫姓也又縣名 [illegible]麵餠 埤附又音埤 [illegible]〻䴵麵 ·絁式支反三加三繒似布 施布也張也 葹

草名拔心不死 [illegible]說文〻蟾蠩也許曰得此〻〻言其行〻〻 鸍紫鳧也似鴨而小見尔雅 覤誘又面柔 㐌古文 ·斯息移反十三加十三按說文此析也 虒似虎有角能入水行 [illegible]小雨 榹榹桃似桃而小不解核 㴲

〻涯又小出趙 廝〻養 澌凌〻 磃館名 燍焦臭 [illegible]疲𤸷疼痛又斯齊反 傂〻祁地名在平陽 [illegible]器破 [illegible]賤役 [illegible]〻顲 謕〻諒 [illegible]菜名出水中花可食

說從大

八

蟴郭璞云青州呼載為蟴孫炎云八角蟴蟲 鍷平木器 鼶叢鼠穴居 螔叢方言海岱為螔蝓 磃磨 蟖蟖蚣 縭經緯不同又尺移反 蒒叢草木張揖云似燕麥徐廣云草生水花可食 禠福

差楚宜反一又楚佳楚懈皆楚解三反 觽羽知反五加二文也觽舒也 螭無角龍 謕不知 魑魑魅 黐黏鳥所以 [illegible]大 离山神也禽許慎云 彌武移反八加四亦也又弥 鸍鳥 [illegible]山名 獼ㄟ猴

麊縣名在交阯 罙深入 [illegible]鏿青州ㄟ云 [illegible]齊人呼母 麛鹿兒 [illegible]合肥 [illegible]名 篱竹器又籬 雌七移反二加二雌雄 貲小腸 [illegible]羊皮 [illegible]又子離反

知陟移反二加二 蜘ㄟ蛛 [illegible]ㄟ質 智酒 漪於離反五加五水波文也 猗美 椅木名 禕美又王非反 陭ㄟ氏縣名在河東也 [illegible]禾茂 [illegible]身病 [illegible]旗叉

欹欹難 [illegible]也 馳直知反六加六遲也 池小沼 簃連閣 篪說文作鷈管七孔 褫縭ㄟ衣 [illegible]輕薄 傂此 [illegible]走 齜斷齒 踟踟蹰 [illegible]吉樂名

誃離訖 眭息為反一人姓 危魚為反三加一從人厄 厜厜㕒又牛規反 洈水名在南郡 郈邑名 [illegible]古文 詑自多兒香支反一加一 [illegible]ㄟ敏ㄟ貴 眵目汁凝也叱支反一 釃所宜反二加三下酒又山尒反

[illegible]下物 撕叢析也詩曰斧以撕之 澌流 [illegible]蘆 [illegible]山垂反一 痿於垂反一加一痹病一曰兩足不能相及又於偽反 [illegible]叢風 [illegible]二厜㕒山峯頭狀 觜姊規反三加星 纗紬 [illegible]孟姿

惢善又才累反 槻居隨反四加一木名堪作弓 規規矩從夫 巂三足 [illegible]登有 [illegible]鶼鵲別名 [illegible]小頭 闚叢方言梁益間裂帛為衣曰闚 劑子隨反一加二又在細反 [illegible]ㄟ地星 [illegible]ㄟ權又充反

衰楚危反一加一減也降也殺也姓也 腄竹垂反一加一瘢胝 箠節 [illegible]逐罪反一惢性也新加 蠵與規反二加一叢蠵大如龜甲有文似瑇瑁 [illegible]草名 [illegible]ㄟ本名 [illegible]弋垂反一說文新加 [illegible]子垂反一馬小兒又子累反

脂旨夷反四加五叢說文戴角曰脂無角曰膏 祗敬又作祗 砥石 泜水 鴲小青雀 [illegible]ㄟ苴 栺木 [illegible]水名 [illegible]古文 姨以脂反十四加九妻之姊妹也 彝ㄟ倫ㄟ常器象形糸綦也卯傳器中也周礼有六彝象彝鳥彝雞彝虎彝黃彝雖彝以待裸將之礼也

寅平旦又以秦反 夷平也傷也說也滅也又東方人名字從弓從大 痍瘡 恞悅懌 陝ㄟ陟 荑荑ㄟ 肔豬ㄟ 桋木 蛦蟺ㄟ

胰夾脊肉 跠跠踞 𡰥古文晉有潘尸 洟鼻液ㄟ 咦嘯ㄟ 侇等尸 [illegible]行平易也 眱竊視 [illegible]橋 [illegible]棠棣没水器也 羠羊名 [illegible]木石

鍦兵器 師疏脂反二加四 篩籮 鰤老魚 獅野馬 鶳鳥名 獅犬生三子 毗房脂反十四加七和也滿也厚也輔也 比又必履毗至二反四較切五反近也 琵琵琶 枇枇杷又邦奚反 膍

牛百棊 蚍⺀蜉 枇⺀杷 仳⺀倠醜女 芘蘘芘荊藩 阰山名 貔獸名 芘取蝦具 沘水名在楚 麮麦 蓖草名似蒿見尒疋 毘蕃 魮棊魚名鳥頭魚尾鳴如磬

肶腹臍 魾棊魚名似鯿 鵧棊小鳥色鳥以鵂鶹呼 䠵⺀犻 咨即脂反八加二謀也 資取也用也 粢棊穀杜預云黍稷曰粢郭璞云江東呼粟為粢也 諮謀 齋緝也纏也 姿儀也態也

齍黍稷在器与粢同 澬水名在邵陵 齎持又子奚反 䨞雨雲 ·飢居脂反二加二餓也又作饑 肌⺀膚 虮虫名 机木似榆又音巳 ·鳮渠脂反二加二鳥名又作鵋 胵⺀膍 鮆魚名

諮怒 ·絺丑脂反三加二細葛也 辴笑皃又勑辰勑忍二反 郗人姓又地名 䬹飆 誺不知 ·郪次私反三加三縣名在廣陵 趑趑趄 趀說文倉卒 䡰卻車邳階 屁比 覩

視 茨疾脂反六加五棊茅覆屋 薋蒺薋詩曰牆有薋又草名 穧積 蠀⺀螬 瓷瓦器 餈餅餈 蟦蝤虫 絧補 垐以土增道 䡴次又士諸二反又去佳 澬

水名在常山 尼女脂反三加四女也 柅木名 怩忸⺀ 蚭棊方言北燕謂蚰蜒為蚭蛆 𡰪告 呢吚呢言訥 㞾古字 ·墀直尼反六加七庭塗 坻小渚說文秦謂陵阪曰坻 泜水名在常山陳餘死處 謘

棊說文語諄譆 蚳蟻卵棊周礼有蚳醢 遟徐也又直利反 岻山 阺坂 貾水介虫一名貝出尒疋 茌著味 彽迴旋 眡黃質白點 𡰥古文 ·私息脂反二加三昵也 𥝢棊說文菁秀

錗平木器 玜石似玉 厶姦又与之反 ·尸式脂反四主陳也 鳲⺀鳩穫穀 屍死礼曰在牀曰屍在棺曰柩 蓍蒿屬可以筮 ·鬐渠脂反六加五馬頭上鬐 耆老 鍺鐵鈾衛 鰭魚背上鬐

鮨鮓⺀棊說文魚脂醬一曰魚名見山海經 祁盛皃又縣在太原又市支反 麎牝麋 𧡧視 䛩怒訶 愭思敬皃見說文 𥟖麦下種 ·伊於脂反三加一誰也發語辭 咿喔咿承顏 黟

黑木又縣在丹陽 蛜⺀蝛 ·棃力脂反七加九菓也 鋫破 䅻禾二把長沙云 秜稻死來年更生 蜊蛤⺀ 蔾蒺⺀ 犁牛駁 鵹棊鸝鳥黃楚雀又作鸝又呂移反 𢡾棊說文恨也一曰急

犛徽畫 𥠻引 䊍⺀比 黧黑 鑗金屬 鯬魚名 𪍙麩麵也 ·葵渠隹反三加四菜也 鄈⺀丘地在陳留又在河東祭后土處 揆⺀揆 𩹉魚名

鶟棊秦漢謂小鳩為鶟鳩 𢞪悸又祇癸反 睽睢 ·追陟隹反一加二喚也 䨨雷出韓詩 娺疾悍 ·龜居追反二加二棊說文舊也又尒疋龜有十名一曰神二曰靈三曰攝四曰寶五曰文六曰筮七曰山八曰澤九曰水十曰火 跰脚曲 螝棊尒疋螝蛹 騩

馬淺黑色 ·蕤儒隹反三加四律管名棊說文草木華垂 緌纓⺀ 𣕅染也沽也 桵白桵木名 椎推又雨專反 浽水皃又作灘 葰薑⺀ ·衰所追反三減也耗 榱屋椽棊說文秦為椽周為榱齊為桷 𤺊病

九

惟 以隹反八加一想也　旟 旌　壝 埒　維 繫也又綱維　琟 石似玉　遺 忘也失也　唯 獨　濰 水名在瑯琊　⿰虫遺 肥〻蛇名一首二身六足四翼見則大旱出山海經　灅 力追反七加十水名　纍 〻索

藟 〻葛藟　欙 山行乘〻　⿰牛累 求子牛　嫘 〻祖黃帝妻　⿰山壘 隈〻又力罪反　絫 十黍為一絫　耒 手耕　瓃 玉器　傫 乘也又力罪反　⿰目累 視　蘽 盛土草器　⿰虫壘

鼺鼠 鸓 飛聲　⿰言崔 就又十隹反　縲 落　綏 息遺反六加五安也　錐 語辭又假　荾 胡〻香菜又荽　浽 〻溦小雨　濉 水名在梁又許葵反　⿰禾妥 禾四把長沙云　稄 薑屬可香口　⿰阝褱 水皃

夊 狐兔行只詩曰雄狐夊〻　奞 鳥張羽毛　蜼 虫　逵 渠追反五加十一道也　夔 〻龍案山海經大荒東海中有流波入海七千里其中有獸如牛蒼身一足出入水中見必風雨其光如日月其音如雷電其名曰夔是也　騤 馬行皃　馗 首　戣 兵亦鍨　頯

案尔疋中央高兩頭銳曰綇盖水虫　⿰亻癸 左右兩視　睽 矔　⿱癸廾 持　⿰足癸 曲胘　⿱歸見 大也又飢位反　⿰亻歸 使　⿱隹丌 顧　犪 案野牛見山海經　頄 額　艽 遠　眉 武悲反九加六瞼上文壽老也

湄 水湄案水草交曰湄　楣 戶楣又案說文秦名屋連綿周謂之檐楚謂之梠　瑂 石似玉　⿰目微 伺視　薇 竹名又無非反　黴 〻藜垢腐又無非背二反　麋 鹿　蘪 〻蕪　溦 水名　⿰木麋

菱之別名　郿 地名在扶風　葿 莚葿草名見李　⿸广貝 金馬飾　鶥 鳥名一名鶥鶥　悲 傷也府眉反一　錐 職追反六加二鑽也　隹 專也案說文鳥之短尾惣名　⿸鹿隹 鹿一歲　騅 馬色

萑 木名似桂　䶆 案野謂鼠也　誰 視隹反二訶也　雕 坐處　帷 侑悲反一帷惕也　郅 符悲反三加四下郅縣名　岯 山名　鴀 山海經飲鴀化為大　魾 大鱯魚　䫠 頭䫠短皃　⿰鳥丕 鳥名

鉟 齊旗名　丕 大也敷悲反五加六　鴀 大又符悲反大鴟也　伾 有力　秠 黑黍　䫠 大面　駓 桃花馬色　狉 案尔疋狸別名　芭 別　怌 憂　⿰山不 山　髬 〻髵毛亂　倠 許維

反二加一化隹　劘 裟又婎　睢 仰視又息徐反　鎚 直追反三加一　槌 打又鎚持又馳累反　椎 柊楑　頧 頭亞　推 尺隹反二加一排也又他雷反　蓷 茺蔚草也　⿰言崔 就譴　胝 丁私反二皮厚　秠 再種禾

紕 匹夷反一加二繒壞　毀 屋破　⿰此支 器破　嗺 醉綏反二高也　檇 以木有所擣者春秋敗越於檇李　巋 丘追反二又丘誄反山小而衆也　蘬 草名似葵　覣 聚惟反一細而有容　狋 牛肌反二犬怒又縣名在代郡又巨負反　衰 誠又所追反　屎 虛伊反呻吟也一

之 止而反三加一語助說文至也　芝　臸 到又如一反　㞢 古文　飴 与之反十二加九餳之別名　怡 悅樂　頤 面下又養　圯 〻橋名無水有橋曰圯　貽 遺也貺也　詒 美言　珆 玉名五色　宧

室東南隅　沶 水名　⿰月𦣞 豕息肉　⿰魚𦣞 魚名　⿰木𦣞 舡斗　姬 王女別稱又居之反　洍 水名在鴈陰一曰江有洍　眙 盱眙縣名　枱 鉊柄　鏔 戟無刃　台 我也又吐來反　⿰台風 長沙去小瓷　异 已也又餘吏反

鮐鯸々 時市之反三加二是也 塒鑿垣栖鷄 鼲鼠 榯落榯持樴也尒疋云制雉着户木持者 峕古文 疑語基反二加二精 嶷九山々 雅鳥名 觺獸角又五力反 恖息兹反九又作思

罳々罘 絲蠶吐 伺々候 楒相々木名 緦々麻 葸竹有毒傷人即死 司 禗神不安欲去意 齝牛食又齝 輜楚治反二輧車衣又側治反 颸風 其渠之反十四加七

旗旌 期契 萁擀 騏巂之無角曰騏又鳥名 琪玉 綦屨飾業未嫁服 基々鬐 麒麒麟雄曰麒雌曰麟 淇衛水名 鵙鳥又去其反 藄紫藄似蕨

錤鎡錤鋤之別名 棊弈 璂弁飾 鯕偏臭 祺福祥 綥白蒼色 朞古文 詩書之反二加二言志也 邿地名在濟北平陰 詘古 呞牛哨 而如之反十三加二語助也

栭木名子似栗而細一曰梁上柱 檽木耳 隭地名又嶮陂在安邑 輀說文柩車 胹煮熟又作𤋮恧同 鮞魚子又魚之美者 咡吻 㞊九屬 誀誘 髵鬚髵毛鬣 鴯凡之屬

擊又口彫口的二反 䑈側交反耳中聲四 嘇字林小兒又莊由反 罺抄网又楚貿楚䌷反 抓搯 謿張交反亦嘲又啁嘐四 趙々趫跳躍趙字竹肯反 鵃鶻々鳥 鳭々鵃黃鳥 譟楚交反代人說五 抄初教反又略亦鈔 訬輕薄之稱

䰫疾 樔取々 庖薄交反食廚也十三 咆熊虎聲 匏瓠 炰合毛炙肉一曰裹物燒 䋂赤黑色 胞脬相交 嘐々々不實事 狍々鴞異獸羊身人面 瓟似瓠為飲器 麃似麃 鉋

々刷又白教反 捁手々 捊引取也亦抱 䫜於交反頭曲也六 咲々咋多聲 窅深目皃 眑々䀹面不平又於糺反 梘梢桐 坳地不平亦窊 墽五交反一

卅四

豪胡刀反々俠十 號哭亦唬 毫毛 嗥熊虎聲俗作嘷 濠城々亦壕 𠢕々強又俊 嶅山名又胡交反 鄂鄉名在南陽 椃木名 獋犬聲 高古勞反俗髙十九 膏脂々

羔羊兒 臯九々俗睪 餻々糜 嵲々峰山古亭 䓘草名似蘭 㑃毀 覩見 怜局知 櫜弢一曰車上大囊亦櫜 𧮫々繇 蓉食之不飢 鼛僕事鼓一曰大鼓長丈二

鷎鴟々 槔桔々 麔北麢 鄗鄉名在范陽 篙棹竿 勞盧刀反劬々三十八 澇水名在京兆又力道力到反 牢養牛馬又固也 嫪㛠又々郞 聊耳鳴又力彫反 哰嘲々僑嘐 簝

肉籠又洛蕭反 椰木名 簩竹名 荳野豆 醪酒 撈取 𤩒玉名 嶗山名 髝々髞急良又盧到反 蟧蛄々蛤屬 嘮嘈々聲 崂山名 蒿呼高反蓬也五 撓攪又奴絞反

薧死人里今蒿 嫭秏亦粍𥟍傄 𧮰々碎谷 毛莫袍反九 軞車々公行之官 髦々俊又駿 芼菜又莫報反 旄々鉞 𣿑水名 楙冬桃亦栳 犛々牛又莫交反 堥丘名 饕

五高反貪也廿二 洮水名 鞱藏也從舀 滔流皃 謟疑 叨濫 叨ニ 挑ニ達相見皃又土彫反 弢弓衣 駣馬行皃 檮牛羊無子又昌來充牢二反 牧牛行遲 槄ニ棺 慆悅樂 絛編絲為之亦縚

槄今之山楸 䒒趙謂苕為䒒 脩目通亦曉 攸滑 詨謟 匋古器 夲進夲取也從大十也 刀都勞反又五 魛魚名 忉憂心皃 裯禪被又逐由反 舠小船 騷擾遭反愁十

搔爬刮 繅繰繭取絲又七聊反深色 臊ニ腥亦鱢 鰠魚名 慅愁怨皃 颾高風 𢓜ニ衛緩行皃 溞淅米 艘舫又音蕭俗艘 袍薄褒反二 軳戾 褒博毛反亦褎二 𨚔地名

陶徒刀反姓又餘昭反器也廿二 𧩙多言 咷ニ號 桃菓木 𦃹又直留反 𣘻禍 鋾鈍 檮牛羊無刀又土四反 綯似帳又草繩 燾ニ覆 逃ニ亡 蜪蝗子未有翅者又勑高反 衜

搔ニ 𩢓馬四歲又徒浩反 鼗鼗 掏大波棺出 濤大波 檮ニ杌 騊ニ駼似馬 匋凡器 翢羽幢又吐高反 檮析木 糟作曹反酒滓又醩九 𣨼殄又祀 𨍘日出 槽棧又才

嘈反 慒藉 遭遇 𤏫火餘木 槽葉花實相半 僧迎 敖五勞反姓也遊也俗遨廿一 翱ニ翔 聱不聽又五交反 謷不省語也一曰哭不止也又五交反 驁駿馬 獒大高四尺

嚻喧又許驕反 𢧀戈鋒 䥝衞大夫 鏊釜 熬煎 嶅山多小石 𩮯髮長 漖小水 聱ニ 嗷叫又警 鷔鳥名 鼇海中大鼈 蟞

蟹屬 䕦ニ蘩細葉蕘也 䫜ニ顤高皃 爊於刀反埋灰中二 鏕銅溫器 曹昨勞反又替九 槽木ニ櫪 螬ニ蠐 嘈聲 䐬耳鳴又在宵反 䒃草名 禮祭名豕先 艚船ニ

䐬脕 猱奴刀反獼也亦猺四 獶多毛犬之大又乃交反 峱山名又仙狃 瓇玉名 尻苦勞反臀也一 櫜善肉及素大皃 操七刀反持也又七到反亦𢿍二 幧所以裹髻又七遥反

廿五庚

庚古行反四方八 鶊鶬ニ 更ニ代又古孟反亦㪅 迒菟徑 秔稻又作粳 埂秦謂坑為埂 浭水名出北平 羹從羔亦䍧鬻 坑客庚反坎也亦硎五 硜硍 阬又口盎反 亢道亦踵

盲武更反無目八 蝱虻 鄳縣名在江夏 鋂ニ銷 䈠竹名 䁅ニ盯直視 莔貝母 鄳縣名 橫胡盲反縱也十五 黌學名 蝗重又户光反 鐄大鐘 瑝玉聲

喤泣聲 鍠鐘聲 鑛識滕 䊵紀 忪ニ憕 䫺ニ颶風皃 韹聲 彉起皃 潢方舟荊州人呼渡津舫曰潢 祊ニ祭名 閍浦盲反宮中小門一曰巷四 祊大廟門 䄘

嗙謌聲 諻虎橫反語聲四 鞃ニニ飛皃 嚝嗜ニ聲 喤聲 觵古橫反觥角為酒器或觵三 𡧧內滿 侊小皃 彭薄庚反姓十六 膨ニ脝脹皃 澎ニ地名 憉ニ悙自強 斛量益又

普郎反 騯行〻 蟚〻〻似蟹而小 鬡〻鬤鬡乱 棚〻閣又步崩反 榜笞打又補孟反 榜〻榿祭 蒡草名隱忍 篣籠 䮾馬馬威 ⿰車旁車音 榜輔又普郎反又博郎反 膀許庚反

膖〻四〻 悙〻悙 湏水名又直耕反 亨通 瞠丑庚反直視亦瞠三 覴正視 橕〻撥也 鎗楚庚反俗鐺非二 槍欃槍妖星 傖助庚反〻楚四 觵角長亦良桷 崢〻嶸 鬇

〻鬤鬡乱兒又作騂 霙於驚反雨雪雜七 鍈鈴聲 韺六〻高陽氏樂名 楧梅 鶧鳥雀 渶水名出青丘山 英〻俊智又於香反稲初生 瑛玉光 磅撫庚反小石聲五 怦滿 椁木弩

亨許庚反又許兩二反 澎〻〻水聲又薄庚反 平符兵反亦平七 評〻量 苹蒻一日蒲白 胓〻脚牛羊胎 枰〻仲木名 泙谷名 蚲蛢 驚舉卿反又六 鶁虫名 京

大也俗京 荊華 麖獸名亦麠 鶄南方有鳥名曰〻黃頭五色也 明武兵反亦朙明四 盟約 鵬鵬〻似鳳 鳴鳥聲 棖直庚反門傍木七 瞪直視 程舉 悜〻悵失志白

盯瞪〻 澄水清又直陵反 棖〻觸 趟竹盲反趟〻跳良二 䬕䬑〻狂風 榮永兵反又華美六 禜祈晴禜城門又詠音 蠑〻蚖蜥蜴別名 瑩玉色又烏定反 楹桜 嶸崢〻又戶萌反 兵補榮反二

兄許榮反一 卿去京反官名一 生所京反進也出也象草木出土上七 麈如兔而小 笙〻竽 牲牛羊等 猩〻獸 鉎〻鏥又音生 甥外〻 擎渠京反舉八 勍強力 黥墨刑亦剠 鯨大魚名

檠所以正弓 檠鑿柄 勁山葩又渠徑反 頸頚 迎語京反二 行戶庚反又下孟反又下綱反九 衡桁 䓷〻篡竹笪 珩珮 蘅杜〻 洐溝行水 膡肑肉 桁林 鶊離黃

鬤乃庚反鬡〻二四 氋大多毛 儜弱惡 䰀可作縈綞

卄六

耕 古莖反犁亦畊一 鏗 口莖反〻鉼亦銵十三 轟 車聲一曰車聲 鶊 鸎鶊鳥亦鵰又祜堅反 誙 莊子曰〻〻如 牼 牛骨宋有司空〻 硻 餘堅也又口肝口間二反 羥 羊〻名 殸 磬 硜 小兒貌 樫 橦 摼 琴聲亦鏗

輷 堅 山坙 谷 甍 莫耕反屋棟九 夢 管 藺 在 甍 竹 懜 〻〻在 䁅 視〻皃 萌 〻茅 甿 民亦甿 嫇 〻〻嫈 宏 戶萌反大十二 宖 大屋深響 鋐 金聲

紘 冠纓 嶸 崢〻又作嵤又永兵反 谹 谷中響一曰谷名 耾 耳語 翃 虫飛亦䎕 閎 巷門 彋 揚雄甘泉賦云帷彋彋其拂 竑 輪輻廣 紭 紭網 莖 戶耕反草木榦也四 䪫 樂名 鈃 似鍾長頸

牼 牛脥下 朾 中莖反伐木聲三 玎 〻玲玉 寍 〻宏開大 甖 烏莖反凡器也亦罃九 嚶 〻吟聲 褮 鬼衣 鶯 鳥羽又鳥 櫻 〻桃 嫈 〻嫇新婦皃又於營乙爭二反 鸎 〻鳥 譻 小聲

鸚 〻鵡 崢 士耕反〻嶸山峻皃亦崝嶸三 箏 〻箏草亂皃 鬇 〻鬡毛亂 琤 楚莖反玉聲四 棦 〻剌 𩐛 呻吟 錚 金聲 儜 女耕反困也六 鬡 亂 䭢 充寧也

諍 譻〻小聲 鬇 〻鬡 薴 〻薴 怦 普耕反心急皃九 姘 齊人与女交罰金四兩曰姘 閛 門扇聲 拼 使也又必耕反 弸 〻彋 娦 急 䍈 使 𤙝 牛色駁如星 砰 〻磕如雷聲亦硑

轟 呼宏反車聲亦軥輷九 揈 擊聲又盱縣反 䎕 鳥聲弄翅 䓝 石落聲 𩙪 〻飛聲 揈 擊聲 訇 水石聲 鍧 鏗鍧鐘聲亦鈜 㥴 〻惆好瞋怒 繃 逋萌反束兒衣也三 拼 又使普耕反 絣 振繩墨

橙 直耕反柚類八 橕 樘亦敹 瞪 〻盯直視 湞 水名又普耕反 虰 〻蟥又音丁 䁎 安審 䆸 響 穻 窔 泓 烏宏反水深三 謍 〻諍 宖 室響 輣 扶萌反兵車五 弸 弓強皃

㥊 〻惆好瞋怒 棚 〻棧又薄萌反 庢 平 婙 五莖反身長好皃漢武夫人名婙娥二 俓 急又牛燕反 爭 側莖反覽也六 箏 〻竽 埩 埋 綪 〻縈 猙 獸名似豹 䲝 魚名長頸

卄七

清 七精反大氣又水清三 圊 廁 鯖 魚名又諸盈於刑二反 情 疾盈反五 晴 受賜 晴 日色 請 又在性七性七井三反 殅 雨夜除見星 精 子情反十二 氏 弥〻縣名 菁 蕪〻 旍 〻旗亦旌

鶄 鵁〻 蜻 〻蛚虫 睛 目〻 聙 聽聦 瀞 水名 晶 光 鼱 〻鼩小鼠 婧 竦立又慈性反 盈 以成反滿加九 嬴 姓 嬴 好女 瀛 大海 籯 籠

楹 柱〻 攍 陳宋謂檐負 溋 魯大夫名 贏 財長也亦𦣙 𤠣 似狐黃尾 營 余傾反四 鎣 采鐵又烏定反 塋 墓域 䁝 武耳目 嬰 於盈反〻兒或孆六 纓 冠〻 瓔 〻珞

賏 頭飾 攖 攢 鄍 地名又一井反 貞 陟盈反正也七 禎 祥 楨 〻榦又女〻陵冬樹 湞 水名 鄭 地名又直貞反 偵 候又勑貞反 隕 丘名 檉 勑貞反木名七 偵 候又陟盈反 赬 赤

赤也 跻 跉〻行不正 窺 正視 醒 病酒又直貞反 虰 蠪亦蛵 成 市征反又七 城 〻郭 盛 物在器又食正反 誠 信 宬 屋深 郕 地名在東平 筬 〻筐織具 呈 直貞反平也亦六 程 〻期又姓

箵 遊 程 佩帶又耻領反 醒 病酒又勅貞反 珵 玉名 聲 書盈反音二 䁝 無形而響 征 諸盈反行也亦征六 鉦 〻鐃 正 〻朔又之盛反 怔 〻〻懼皃 征 〻忪行遽皃 鯖 煮魚煎食曰五侯又於形反

輕 去盈反三 鑋 金聲 蹬 一足跳 名 武并反二 洺 水名 跉 呂貞反〻跰二 令 使人又呂鄭反 幷 府盈反三 栟 〻櫚木名 䔊 〻蕈車轄 傾 去盈反呉也一 餳 徐盈反飴一

縈 於營反繞五 嫈 小心態又烏莖反 謍 聲 帣 覆 褮 鬼衣又胡均反 瓊 渠營反玉名十二 煢 獨孤又學 睘 驚視 惸 無兄弟 橩 榑〻子工名桵 嬛 好亦惸

藑 〻茅草名 轒 車轑規也一曰車輪 嬛 貪女色 儝 侍 趟 獨行無所依 藑 草旋白 騂 息營反馬赤色四 垶 赤土 觲 角弓 牸 赤 頸 巨成反又居郢反三 鮏

鼳 鼠尾草又居成反

卅八青

冥 莫經反又暗十四 榠 〻櫨 銘 名記 鄍 晉邑 溟 〻濛小雨又云冷反 顛 眉目間 熐 乾酪 瞑 〻目合眼 嫇 〻奵 覭 小見又云狄反 䒌 糟米 螟 〻蛉食菜虫 豯 小豨

蓂 〻莢瑞草 青 蒼經反東方色也三 鯖 魚名 綪 深碧 經 古靈反常也三 涇 水名 鵛 鶄〻 刑 戶經反成也十二 荊 刑戮 邢 地名 桯 牀前長机又音汀 鈃 〻器 [illegible]

酒器亦鈃餅 [illegible] 小派 鄄 郡名在密 型 鑄鐵 陘 連山中絕 侀 成 娙 長好又五丁反 庭 特丁反直十九 停 住 鼮 似鼠 莛 草莖 [illegible] 軐 鯙 魚名 甹

宁息 葶 〻藶 莛 〻〻竹 亭 〻館 聤 耳出汁 霆 雷〻 梃 縣名 渟 澄 廷 朝〻又音定 狭 猛獸名 䗴 蠶眠又蠶二眠 婷 好皃 楟 木名 丁 當經反五

釘 鐵〻 叮 〻嚀 虰 〻蛵 [illegible] 丘名 馨 呼形反香三 [illegible] 小言聲 蛵 虰〻 曐 桑經反晶光亦曐也十 腥 豕肉又先定反 胜 犬膏臭亦鮏 鯹 魚名 [illegible] 稀 鮏 魚名 醒

〻酒又息定反 鉎 鐵生又所庚反 狌 犬吠聲 篂 䈂〻別篔車 竮 著丁反〻竮行不正亦伶傳六 甹 〻逢掣曳又匹丁反 艵 美色又普迥反 頩 色又普丁反 娦 男女合會 𢓨 使 靈 郎丁反神也善也卌六 櫺 〻檻階

際欄又櫺 蘦 草名 怜 〻了 泠 〻陽江濟察也 舲 舟有窗亦䑫 齡 年〻 囹 〻圄 鴒 鶺〻 麢 〻羊 笭 竹名 蛉 蜻〻小青虫 鈴 似鍾而小 零 〻落沉 醽

淥酒亦醽 伶樂人〻傳 翎鳥翮 疼病 吟語聲 𦪽舩 霝雨容 苓茯〻 駖〻礚車騎聲 岭深 魿重車行又渠巾反 ⿰毛令毛氈 ⿰飠令餇 紷緷絲百廿

⿱霝舛空 櫺窗櫺子亦⿱霝舛 泠清〻水 䬆〻飄一曰似螢有耳 玲玉聲 酃地名在湘東又力鼎反 ⿰金霝似鉼有耳 ⿰霝頁瘦 聆以耳取聲 ⿰霝鳥鳥 龗龍 ⿱霝龍山神亦龗 ⿱霝女女字

竛〻竮行不正 ⿰鼠令鼬〻鼠 蘦菜名似葵可茹 笭〻箸小籠 軨車闌亦轜 寧奴丁反靖六 寍安 嚀叮〻 鸋〻鴂 ⿱霝虫蠖姑 聹告又力〻反 汀他丁反水際平亦汀十 評平又訂

桯碓〻又音刑 綎綵綬帶亦鞓 ⿰糸呈綬亦縕 頲又他頂反人名 聽耳取又他定反 廳〻屋 艼葪又禿洽反 町田處丁徒頂反 鯖魚青色有枕頭有骨於刑反一本作鯖又音征清二音 ⿱竹凡薄經反水器十二 蛢似翼又丁令鼠 屏

〻風又音必郢反 荓〻翳雨師名 輧輜〻車 萍〻是水上浮草亦蓱 竮竛〻 蓱馬帚草名似蓍 郱〻城在東莞 ⿰田并竹器亦⿰齒并 ⿰魚凡魚 ⿰鼠平鼲子 熒乎丁反光也又星名六 褮衣開孔 螢

光重亦熒蟥 䁝戌唯井反 ⿰目冋貨 ⿱熒水小水 扃古螢反戶外闗門十 駉駿馬 坰郊外林 冋象遠界 絅引急 熲光又古鼎反 ⿰木扃景福殿賦云爰有禁〻 ⿰鼠冋䶉〻 駫馬肥 瀅水名易陽或云改易水洛水可以浮翻也

艽

歌古俄反古作哥並樂八 柯枝也柄也亦掲 ⿱加心法近 妿女師 渮澤名在山陽 哥古作歌今俗謂兄父為哥也 牱所以繫舟又牂牱郡名亦柯也 滒多汁 盉胡戈反調五味六 和又胡過反 鉌〻鈴 ⿰片禾棺頭版

禾五穀 龢諧令亦和 過古禾反經也又古臥反十 戈勾子戟 渦水名在濉陽亦過 ⿱冎土〻士 蝸螳蜋之別名又古臥反 鍋温器 輠車盛膏器亦楇 緺綬 瘑疽 ⿰戈鳥鳥名 ⿰扁鳥洛過反鳥身鳥

翼十三 樏理 ⿰扁風馬〻是騾 ⿰扁風桑飛 ⿰扁風木名堪作蔴簩 ⿱艹⿰扁風草名出水中 ⿰扁風穀積亦樏 ⿰扁風水蟲亦螺 ⿰金⿰扁風鉎〻又公科反 覶〻縷委曲 腡手中文 蘽草盛土器又力誰反

莏穮禾及草名十 髿鬇髿草垂也又素南反 魦魚名 桫〻桵 ⿱坐山〻顛縣在涿郡 趖〻疾 蓑續草為雨衣 梭織〻亦䔋 ⿰言坐佞 唆小人相嚷 痤昨禾反〻癤五 矬〻短 銼小釜

睉小目 䅐麥秀 訛五禾反謬也又吪六 譌動 鈋〻角 ⿰土卩木節 蔿草又于彼反 囮網鳥者媒又餘周反 科苦禾反〻段十一 窠〻窟 薖草名 稞青〻麥亦䅲 ⿱艹科

〻藤生海邊 蝌〻蚪蟲 課〻又苦臥反 ⿱竹科竹名 薖〻軸 ⿸疒⿰禾爪禿 牠牛無角亦牸 倭烏禾反東海中女王國四 濄水迴 渦水坳又人姓又古禾反 涹濁 蹉七何反〻跌五 ⿰木齹亦齹 瑳

玉色 槎〻碎 磋理象牙 多得何反又古[illegible]三 㚊南楚謂婦妣曰母㚊婦考曰父㚊 ⿰彳多漢書云群盜⿰彳多宗 娑素何反婆〻三 挲摩〻 傞僛不正又七何反 婆薄波反四 鄱〻陽縣名 ⿰番頁白頭良亦皤 緐人姓又扶番反

摩莫何反ミ杪七 麼尼 䃺林又莫加反 魔鬼 劘ミ銷 𪎊偏病也亦𪎊 磨ミ研 駞徒何反駱ミ亦駝十八 䭾馬尾 𧌆神ミ 鼧鼠 䡐疾 驒連錢驄又丁年反

鼉亦鼉類又徒寒反古作䲷 蛇ミ罗 佗賈ミ晋大夫名 跎蹉ミ 紽絲縷亦作𦃃 鮀魚名又鮀 陁陂ミ不平亦陀 羪似羊四耳九尾也 𩛥 袉裾又達何反 酡醉 沱滂ミ 醝白酒又昨何反十四

瑳殘歲田 瘥病 暛春又䞣 艖小舩 虘虎不信又才都反 䣜縣名在沛郡 鄼縣名又子旦子營二反 䶩𪗒 蹉蹋亦嗟 㷢小瘦病 鹺醎別名亦鹾 嵯ミ峨 蒫

莪莪蒿又子𧑆反 義五哥反草名似蘿蒿十 蛾蠶ミ 涐水出蜀 誐善言 睋視 俄ミ傾 䄉齊 哦吟 峨ミ嵯 娥美好 鵝ミ鴨 他託何反非已三 拕

羅盧何反從网曳七 蘿ミ蔦 籮ミ篩 儸儸木 欏欏木 邏遮又羅箇反 灑水名在屈原所投處 那諾何反何也縣在安定七 難歎 䋷多名 𪆫𪆫𪆫亦𪆫

儺逐疫驅ミ鬼 犌似牛白尾 梛桸ミ 何胡哥反姓六 河水名 荷芙蓉 苛ミ煩虎政 䛅𩍃 蚵蝌 訶虎何反責也亦呵五 䫙ミ傾 妸女字又於何反 柯檐

丂丁氣已舒 波博何反滄也五 皤人老色白貌又薄何反 紴錦類又補靡反 䪞ミミ勇也 嶓ミ冢山在隴西亦嶓 頗滂何反不正又滂可反三 坡坂 陂ミ陁不正 珂苦何反珮飾三 軻轗ミ又苦賀反 䯔骨䯔

阿烏何反山曲七 娿女衣又於女反 𡠌婐ミ不決 妿女字又虎何反 錒ミ鉾 䋍䋍佃 痾病亦疴 訑吐禾反欺四 涹水名在西河 䛔ミ謕又吐谷反 譇慧 䅳奴禾反ミ菸一 拕徒禾反

䍦牛無角亦䍦二 靖𩊁 𩋐希波反俗作靴二 枇偽 䑣丁戈反又丁果反小壚亦壚塚一 茄巨羅反ミ子二 枷ミ杖 佉墟伽反張口二 㰦去 迦居呿反仙名又音加一 虵夷柯反又吐何食遮二反蝮ミ 伽法反

䠗丁戈反十入應一 脞倉禾反脆一 𡟹沙痃又子禾反一 侳子過反安一

卌

佳古膎反美也二 街道 鞵戶佳反脯也五 㩪挾 𧝓袖 鞋又鞋鞖匾 㥾心不平 牌薄佳反牓又步皆反五 䱸魚名 簰大桴也木曰桴竹曰ミ 䍘縣名在蜀又扶羈反 犤牛又犤犤驅反

媧古蛙反女氏姑祡反亦媧六 緺青ミ綬 蝸 𧬤讕墮 騧馬色 㰳娃 蛙烏蝸反蝦蟇屬正作鼃三 咼苦蛙反口戾亦喎 絓惡絲 祡士佳反薪也姓也七 柴 𪗨ミ𪗨正齒不正 茈

精 𨍏連車 㾀痲 茈ミ蘱草又茲尔反 釵楚佳反婦人政笄七 艖南楚人謂小舩 𥉆瑕 㓼劖 𩍉ミ𩍉 𦥷ミ緇 差ミ舛又楚皆楚𢇍楚宜三反 𧮷口偏張 𤶮疵

556

觬 妳佳反〻䚷胡半二　諰 言不正　崖 五佳反岸也六　啀 犬鬪　厓 山邊　涯 水涂　䨪 雨聲　齸 〻齺　娃 於佳反美女皃四　哇 淫聲又烏瓜反　洼 水名又烏瓜反　哫 嗢　崽 山佳反呼彼之稱又山

皆二反　籭 盪又山漪反　毆 火佳反笑也二　欸 〻氣逆　扠 以拳加人亦擔一　䚩 莫佳反視皃二　𧷸 蝶　諰 所柴反語也一

卅　麻 莫霞反桑屬五　犘 〻牛　𥂕 楹又莫柯反　蟇 〻蝦　䗫 水虫似黿大如車蓋出沙上生三百子肉多膏可食　車 昌遮反又音居二　硨 〻磲珄玉　奢 式車反〻侈三　賒 不交　畬 田　邪 以遮反瑯〻郡名又似嗟反九

斜 褒中谷名又似嗟反　釾 鏌〻　邪 菜名　蒣 枲屬　虘 穗又達胡反　椰 木名在交州　䈊 竹名在臨海　擨 〻揄舉手相弄擨字又以朱反　遮 士奢反断也三　奓 吳人呼父　儸 儸　嗟 子邪反亦諮嗟

八　罝 網亦罝　苴 壤菜　蒫 薺實　謯 詠　𡡉 驕亦怚　𧛧 縣名又似与反　殝 小殰　虵 食遮反毒虫亦蛇又吐何夷何二反二　荼 苦實　華 戶花反亦華六　驊 〻騮　鷨 鳥名似雉　蕐

鋘 似蚍亦鏵　釫 兩刃臿又鏊茶　瓜 古華反蓏屬六　騧 黃馬　婐 女侍　𢱧 引　緺 青〻綬　蝸 〻牛小螺　花 呼瓜反西華二　譁 〻讙　誇 若瓜反大言七　夸 𡘋奢　骻 〻𩨨以體柔

跨 吳坐　荂 敷榮　姱 好也奢　䯞 髂骨　拏 女加反牽七　詉 謂〻語不正張加反 謯字　柯 手擖　挐 絲絮相牽又侍也　笯 鳥籠又拏胡反　袈 衣　豭 〻豬　嘉 古牙反善十九

家 舍宅　加 增　葭 蘆葦之未秀　笳 〻簫卷蘆葉吹之　麚 〻牛又北豕　痂 瘡〻　駕 〻鵞　迦 不得進　枷 〻鎖又打穀具　袈 〻裟　瘕 病　猳 玃　犌 牛絕有力

𧄍 芙蕖又音遐　䗫 米中黑虫　茄 荷莖　迦 釋迦又居呿反　珈 婦人首飾　遐 胡加反遠十三　蝦 〻蟇又水中虫　鍜 鉏〻　霞 赤雲　瑕 玉瘢　碬 厲石　鞎 轅根亦鍜　䗫 曰朝赤〻　騢

赤馬白雜色　鰕 大䲵　蕸 脚下　𩑓 頢〻言語不節　葩 普巴反草花白亦𣬶二　蚆 水虫貝屬又白加反　鵶 烏加反烏之別名四　鉏 〻鍜　𡨚 〻𡨚作姿態皃𡨚宅加反　䦆 白㓷　巴 百加反巴夷類六　鈀 兵車　笆 有刺竹名　豝 豕

芭ˎ蕉 蚆蠃屬又普加反 叉初牙反交二 杈ˎ杷 砂所加反ˎ石七 沙ˎ汏 桬木名在崑崙 靿履 紗ˎ絹一曰繡又作紗 裟袈ˎ 蕖奥 牙五加反齒正亦古三 芽萌ˎ

衙縣名在馮翊一日衙府 枒杈枒不正 齖ˎ齵齒不正 樝取 溠水名出義陽 䈜荇 柤柂也取也 戲以柏葉 皻ˎ皰亦作䶥 齇牙齒不正 淶ˎ汁 䆛宅加反空二十二 秅

稀ˎ 瘥瘥瘉 踷ˎ跨行難貌 嵞ˎ 鵌鴾鵌 陼丘 梌木 荼苦菜又度胡反 涂塗 郿亭名 𣘻一本作梌草名亦荼 衺似嗟反不正亦斜三 邪ˎ側 斜ˎ蒿

闍視奢反闍城上重門又德胡反三 佘姓 鍦短矛 窊凹烏瓜反二 洼深又於佳反 髽婦人喪 撾陟瓜反打也二 簻箠 爬蒲巴反搔也亦杷三 杷枇 琶琵ˎ樂器 樝鉏加反水中木亦查槎

同四 䶥ˎ又音樝 䏧欲破 𨚰地名 侘勑加反ˎ傺失意皃二 奓陟加反張七 膨蜜 𪘨唯聲 謯ˎ諕語不正也 觰角上廣又都賈反 諸ˎ詐

稆開張屋 煆許加反大氣也猛也又呼嫁反四 颬出氣 呀口 岈 峆ˎ峆字呼合反 䶗客加反罄四 榕扼唯 咤內曲達 吒利張加反 梌舒張皃 婼ˎ羌國名一 奢市邪反大口一

卌二 侵七林反漸進三 鋟 駸馬行 𩨘幽 尋徐林反逐也亦尋十二 鐔劍鼻又徐針反 潯傍深又水名 鱏魚名又餘針反 撏取 䔯續 蟳大釜屬 灊水名 樳木名

鄩古姓 隄小阜 襑衣大又他感反 林力尋反叢木八 琳玉 淋以水沃 臨大 箖竹名 瀶水出良 霖三日雨 痳病 琛丑林反珍八 棽木枝長又所今反 彤祭名又終反

行舟 綝善 賝貢 覘私出頭視又丑鴆反 郴縣名 斟職深反酌九 針鐵 鷀ˎ鳶鳥名 葴竹名 鱵魚名 斟ˎ鄩古國 黮黑又居咸反 瀸

草將蔵 箴規誠 沈除深反沒也亦式稔反姓也六 杌小水牛 芃草名 霃天陰 鈂鍤屬 祝水名 碪知林反擣石俗砧三 椹椹實 枮又析木 諶氏林反誠也亦煁諶四 忱信也亦忱

瘖病 痼又復故 堪行 霪竈 任如林反堪也六 鵀鳥名 恁信 壬子 妊孕 絍織絍 紝機又上縷女林反 深式針反水二 蒸蕆 淫余針反ˎ佚十二 婬ˎ 筭竹名

蟫白魚 鐔劍鼻又徐林徒南二反 鸇鵀之別名 鄿地名 䧂貪 鱏魚名又徐林反 芡熱 霪久雨 冘行皃亦以佑又周反 心息林反二 杺車杺 愔於淫反靖二

窨地屋又猗禁反 祲姉心反日傍氣又子禁反 棂木名 兓銳ˎ意 𣪊銼 𢦏撅或礹 雔雞 鰽魚名 埐地名又才心反 䵖高鼻 鯚昨淫反大魚曰鯚小魚曰鯚七 𪉖ˎ

梣木名 灊水名 埐地名又子心反 𩰫極 醰熟麴 訨女心反訨〻唯聲二 紝組紝〻 琴渠今反樂廿一 㩒急持亦捦 黔黑而黃一曰〻首衆 庈〻 䈞父竹 邻亭名

禽鳥之摠名 芩黃芩 檎林檎 凜寒狀又力朕反 庈石地 澿 鳹鶴又雒又渠炎反 伶古之樂人 鈙持〻 紟單被又渠禁反 㕋禁又竹甚反 䅲禾欲秀 聆

音又具廉反 黚黃黑又渠炎反 欽去音反敬四 衾被亦衾 嶔〻岑 菳似蒿 歆許今反神食氣三 廞陳車服亦虛錦反 歁大盛皃 金居音反銑也七 今古今亦今 黅黃色 衿小帶又琴禁反

襟袍襟前袂 禁〻得又居陰反 㦗心〻 音於今反六 陰陰陽 霠雲覆日亦陰 䣻聲又於南反 瘖瘂 喑極啼無聲又於含反 森所今反木長皃六 蔘人〻 參〻辰亦槮

槮樹長 棽木枝長又丑林反 㝯宲 岑鋤簪反山小而高五 涔〻陽地名又士監反 霵雨聲 火入山深 梣青皮木亦欓梫 簪側今反笄七 瑨石似玉 潛水 鱛魚 笒

𣟂東 兂首笄 嵾嵾〻嵳不齊皃亦參 吟魚今反咏歌也亦訡訡五 芩菜 䨙霖雨又牛皆反 崟嶔〻 㞃衆立 䀍尤針反又內視一

卅三蒸

蒸諸膺反衆也六 烝冬祭又熱氣 篜竹炬 脀熟 𦼮菹 脀癡 承署陵反次也一曰奉二 丞佐 澄直陵反清又直庚反五 憕平又竹崩反 懲戒 瞪

直視皃直庚丑升二反 淩又歷水名 陵力膺反大阜 崚〻嶒高皃 餕馬食穀又力凱反 掕止 䔖掕〻去又居力反 蔆草 稜福 淩冰 菱芰亦蔆 㥄怜 綾

〻錦 鯪魚名 夌越 膺於陵反胷四 應當 鷹鳥名 𧕎寒蜩 凴扶冰反託五 凭依几 淜無舟渡水 𣾰淜〻陵 磳磳〻又子騰竒競二反 冰筆陵反

凍五 柵所以覆手 弸弸〻覆天又作棚 淜河 棚盛箭器 蠅餘陵反虫一 繩食陵反絜索九 譝稱 䱍魚名 憴譽 騬㹇馬 乘駕 澠水名在齊 溗波前後相凌

艠睡也埤也亦艠 升識承反十合正升五 陞登 勝任又書證反亦勝 拼上擧 昇日上 仍如承反古蕅五 扔引 艿陳草 認就 杒木名 兢居陵反懼二

矜憐古齡 嶒陟陵反呂也五 癥腹病 鄫古國 旍旌旗桂皃 嶝呂 繒疾陵反帛七 曾㠖〻山高皃 騬健馬 鄫國名 驓馬名 橧豕所寢 竲高皃

凝魚陵反水結一 興虛陵反起也又去聲三 鄳地名 蕄藁〻菜 稱處陵反知輕重也二 偁宣揚美事亦稱 硱綺陵反〻磳石又口本反一 兢其矜反〻〻戒〻欲死狀三 䔷根可緣竹器 磳〻硱又子騰反又冰反 兢山矜反

～～一 僜 丑升反醉行皃又魯鄧反四 睖 ～瞪直視又直陵直庚二反 庱 亭名 紿 絲也緩也亦詒非

卌

尤 羽求反甚也從乙聲八 枕 木名 脞 縣名亦睡 疣 ～結病亦肬䵡 沋 水名 肬 贅 訧 過 郵 境上舍 ・憂 於求反十七 優 ～倡又饒 瀀 ～渥 鄾 邑名 [憂欠] 氣逆

獶 ～獶犬 [鹿憂] 牝鹿亦䴦又於虯反 穮 覆種 呦 鳥鳴 [女憂] 鼻目間恨 纋 笄中 𢔶 ～遊 蘉 葉 擾 打塊椎 𢆶 小嶶 怮 含怒不言 嚘 ～歐歎 ・劉 力求反又鎦也卅二

鶹 ～離鳥少美長醜 留 說文從卯 蒥 ～夷藥名 蚽 水虫亦蚽 䶉 竹名又力九反 飀 颼～風聲 勠 弁力左傳曰勠力同心又力遂反 摎 縛殺亦摎 駠 赤馬黑腹 騮 驊～ 𤳗 田不耕而種 鶹 鳥名 麍

～～麻 觩 角皃 遛 ～～ 硫 ～黃石藥名 瀏 水清 憀 賴又力彫反 粈 粰～米饊 流 水行 蟉 蟉～又力幽反渠糾二反 𥙤 視～視 懰 懟 䝉 豆 旒 旒～ 飂 高風 瘤

肉～起瘍 榴 木名 鎏 美金玉飾 璢 ～璃 鼦 食竹根鼠又作力九反 秋 七遊反禾熟也十二 輶 車～亦輶 鰌 鰌～ 龝 蛤蚊 鶖 鶖鳥 鼀 ～似蝦蟇 鰍 魚名 萩 吹蕭又具燒反

萩 蕭似蒿 楸 木名 鼄 蝤～蜘蛛別名 鶖 難雛 猷 以周反獸屬也亦猶卌 悠 遠也憂 油 水名又麻汁 由 用亦音 猶 如也尚也 攸 所 蕕 水中細草 滺 水流皃 猷 薰亦香

邮 亭名 鮋 魚名又丈流反 斿 旌旂土斿 遊 ～戲 逌 氣行古攸 㕀 擲～相弄手 冘 ～豫不定 邎 行 輶 輕車又易受易授二反 蓨 草盛 蚰 ～蜒 莤 從 道 草

䶉 見深 邎 遺玉又餘九餘昭二反 游 浮 釜 ～覽 鰌 魚～ 洩 ～鬯名亦酒洩 㾝 氣臭 偤 待 蝣 蜉～ 櫾 木名 庮 久屋木又七久反又作庮 囮 鳥媒又五戈反亦圝 𪀉

鳥 䶉 空 㰯 木更生又臾 蟉 蜉～又力周反 楢 禉又以帚反 柚 禾盛 牛 語求反大武一 遒 即由反盡也又字由反亦逌迫也聚也十一 鰌 鳥化為魚項上有細毛 啾 小聲 湫 水名又子小反 雛 聚 𨾴 雀聲又

才笑反 鬙 接髮 揪 耳鳴 蝤 ～蠐又似蟹 楢 木名 揫 礼云秋之言揫也又字秋反 ・酋 字秋反長也亦醬醳酒也十一 慒 搜 緧 馬緧 蝤 蝎 煪 燒 鰌 弋射收繫也 湭 液

殕 ～終又子牢反 揫 束也又即由反 崷 ～崒山高皃 鰌 海魚 ・脩 息流反脯也七 羞 進也亦膳 修 理 饈 ～饈音甫文反 鏅 ～鋋 𨏌 輕 橚 木名 ・柚 勒鳩反亦榴橘七 惆 ～悵

婤 人名又止由反 瘳 病瘥 𨔔 疾 妯 ～動也～娌 腸 失意皃又他狄反 ・犨 赤周反白色牛一 ・周 職鳩反忠信又姓十 洲 渚 淍 水名 雕 居又時惟反 賙 ～贍 婤 女字音柚 㗐 呼雞聲

輈車 舟船 州〻縣 𨾚市州反上六 酬〻酢 醻亦 訓以言荅又之由反 雔雙鳥 䰽弃 鮋魚名 柔耳由反輭也安也十六 鍒鐵〻 楺〻楺 蝚蛖〻蛄

鶔鶔〻鵝鳥鶔字音福 騥馬黃驑 [田柔]良田 騥馬青驪 葇香草 瑈玉名 堥前高後下丘又莫侯反 䐓面和 腬肥 [柔阝]鄉名 鞣〻皮又人久反 蹂踐𣫪 牧

武周反取也俗作牧 丘去求反五 蓲烏〻草名又央留反 蚯〻蚓 [辶丘]迫也又渠鳩反 邱地名 [虍風]迅尤反風吹八 秠一稃二米又芳鄙反 䆺〻聲 盃不〻又丘才反 胚孕一月又普才反 𣪍坏 紑盛又良

孚正反 醅醉飽 啾子由反〻唧二 [秋隹]雀雛 鳩九求反五 艽秦〻藥亦樛又居由反 勼聚 鬮鬮取 [九力]大力 不甫鳩反又甫救甫九二反二 鴀鴀〻楚鳩鳩音夫 摟所鳩反取也俗樓十五 餿飯壞

颼風〻良 溲小便 醙白酒 鎪〻馬耳 廋藼 犙牛三歲 [走叟]不進 [艹嫂]雜膡草 獀獸名似猴 蒐春狩名 䐹乾魚 鄋北方國 螋蛷〻

搊楚求反手〻亦掐三 篘〻酒亦醬箸 [米芻]〻粉 鄒側鳩反地名亦鄒郡十 騶廄御一曰〻虞獸 齺〻齵齒偏亦作齺又仕角反 菆草名 棷薪又埳 陬鄉名一曰隅 緅赤青色 䠟犬走 [鹿芻]

麻莖 [舟芻]艆 愁士求反憂也二 𣹰腹中水 休許尤反無點十 貅貔〻 [亻馬]馬名 貅〻猤 庥下病 [目叟]汗面 鵂〻鶹鳥 髤〻漆 庥〻廕 脙脊腹又渠尤反亦胳

惆去愁反哀也一 囚似由反囹在獄五 泅浮水上行 苬〻瑞草 慒慮又以冬反 鮂白鯈 儔直由反又〻躊躇 幬帳 躊〻躇 禂單被 疇田〻 紬〻絹 綢〻繆 稠

稝 薵〻藉屈 檮木名 儵魚子 籌算 [壽鳥]南方雉名 鮋魚名又常州反 [壽阝]江在蜀 𠷎咨 怞朗 嚋否 [風壽]颺 䓘荼草 𣪍縣名又擊

妯動也又直六反 懤愁毒良又音曹 [白壽]〻詞 輈張留反車轅五 盩〻厔縣在扶風 啁〻噍聲 譸張〻誑 侜擁蔽 裘巨鳩反亦裘廿三 求索 仇怨 叴地名在臨淮亦作仇又人久反 頄頰

銶鑿屬 [?]強亦精 蛷〻螋 逑迟 球玉名 賕財 艽地名 鼽病寒鼻 梂鑿首 肍熟肉醬 紌引 絿急 訅謀也妄也 脙〻嗃又呼尤反亦胳

[宀求]窶 捄〻縷執 [谷九]〻谷 莍〻蘢 朹木名子如奈 犰白苣 [女求]終 釚弩〻 [林九]荆 [艹求]樹寶 [仇心]惡仇 [?]迫也又去求反 [求阝]地名 浮

父謀反泛也廿六 哹吹氣又補謀反 桴屋棟 捊把 䛒小言 䏽肉鮓 雺〻雨雪皃 艀舟 罦覆車 棓棒 枹鼓椎 箁竹有文 罦車上網 琈玉名 涪

水名 桴〻抔 鴀〻鳩 罘罝 䱐魚名 芣〻苢 蜉〻蝣 烰火氣〻 涪[illegible] 裒聚也薄講反 𦐁多 鉘〻鏂釘 謀莫浮反又廿也 眸目童子

雺天氣降也地不應又莫貢反 牟牛聲 侔等 蝥蟊 蛑〻蝤 繆絲十累 矛戟 鍪兜〻 麰〻麥又旋麥 劺勉 鴾鴾〻 鉾 [illegible]魚名

䓮草 瞀〻䁤 蝥食穀虫亦蛑蝥 堥堆〻小隴 鬏〻亦鬏至眉

五

侯胡溝反十九 猴〻猻 糇〻糧 翭鳥羽 喉〻咽 篌箜〻 睺〻目出方言半盲也又胡遘反 [illegible]虫 [illegible]〻谷亦䂉 鄇地名 [illegible]梂梨栗 骺骨 帿布也

[illegible] 鍭〻大箭又胡[illegible]反 鯸〻鮐魚 餱乾食 [illegible]〻褕衫 銗銗〻所以鉗頭 謳烏侯反歌亦嘔十四 褔小兒衣 鏂釘〻又丁銗 甌瓦器亦塸 膒久脂 瞘 [illegible]深目又口侯反

𩓧 醧甘〻 櫙木名 藲剌榆木名 歐〻陽姓又作甌越 漚〻浯 剾〻頭足又恪侯反 羺女溝反胡羊三 䨲兔兒 獳怒犬 樓落侯反臺榭卌 婁姓也又星名 耬

種具 髏髑〻 摟探取 膢祭名又力子反 [illegible]鼢〻鼠名 貗求子豬 [illegible]南陽有〻亭 鞻周官有〻氏掌四夷之樂 褸祭名 䙐衣領 艛舟 廔廲〻綺窓 剅

小穿 𨻳縣名 鷜鵱鷜 嘍〻唳百舌鳥鳴 瞜視良 [illegible]似羊 螻〻蛄 蔞蘆〻 慺〻心之敬 僂傴〻 涑速侯反浣也亦漱三 [illegible]又先幺反 嗾使犬又素豆反亦嗾

彄恪侯反弓〻十 摳衣〻 剾劉裒又乙侯反 夠多〻 袧襞〻 [illegible]深目又一侯反 [illegible]傳 韝射韝 怐〻 滱水名又口侯反 齁呼侯反〻鼾鼻急一 [illegible]子侯反麻〻亦䴅

鯫三 棷夜戒守有所擊 鯫魚名又士后土溝反 偷託侯反竊也四 鍮〻石 婾女巧又〻苟且 緰紫布 頭度侯反首十一 [illegible]〻足筋 投〻擲 逗〻射 䳲鵃〻 [illegible]麻〻

窬穿 緰布 𨢥〻醬 歈歌 褕近身衣 齵五侯反〻一 鈎古侯反曲鈎十五 [illegible]鎌 句〻留又句龍又音遘又俱芋反 溝深四尺 褠單衣亦㡚 韝輕

辟捍 緱〻氏縣名 篝籠 [illegible]枇枝竹 [illegible]〻䵹似龜 [illegible]唱〻 [illegible]〻[illegible] [illegible]左思賦云[illegible]夥夠 [illegible]〻艫船名 冓數名 兜當侯反〻鍪六 吺出言

篼食馬籠 [illegible]〻眵目汁凝 剅剅 [illegible]小裂 侸佔〻垂下良 [illegible]組鉤反細斷亦剬二 鯫魚名又子溝士垢二反

廿一幽 於虯反幽隱也暗也六 泑 澤在崑崙山下 呦 鹿鳴 怮 憂皃又於糾反 丝 微也亦作幽 蟉 螑蟉 虯 渠幽反無角龍又於糾反六 觩 角皃 蟉 蟉 𥫃 角皃 璆 玉名 觓 角皃亦作斛 觩 上

彪 甫休反虎文三 髟 髮垂皃又所銜反 驫 馬走 樛 居虯反木垂下五 朻 高木 丩 腹中急 𠃍 相糾繞 䒤 草之相糾 鏐 力幽反紫磨金又力幼反又怒二 蟉 蟉蟉又力救反又渠糾反 滮 扶彪反水流皃一 稵 子幽反

又稱未生名一 犙 山幽反牛三歲一 [illegible] 語虯反魚鳥狀耽字魚乙反一 飍 香幽反風又風皃一 繆 武彪反綢繆又靡幼反二 鷚 天鸙鳥又力救反 休 許彪反美也一 䜬 千侯反就也又千隹反一

廿七鹽 余廉反鹹味十二 櫩 木名 壛 壛 閻 里中門 𤺺 病 阽 壁危 灩 汗 簷 屋前亦作檐 閻 門屋 佔 行皃 餂 進食亦作甞 鸆 雞 廉 力兼反伶節

鐱 又刀鐱 𩅰 久雨 慊 恨 磏 赤石 槏 木名 簾 箔 薕 薑 鐮 鐮鍥 髯 髯也一長皃又草兼反 燫 火不絕 蘞 白蘞野生 奩 鏡奩

鹹 香器亦鹽 礛 礛礹 獫 犬長喙又虛檢反獫狁 籢 鏡籢 覝 察視 䨘 又佇陷反 蠊 飛蠊 砭 府廉反以石刺病又音窆一 籤 七廉反又膝也六 瞼 膔 鹼 水和鹽又公斬反 韱 削板又才敢反 憸

詖 僉 咸 詹 職廉反亦作詹四 占 視兆 蟾 蟾蠩蝦蟇屬 譫 視 銛 息廉反利也十二 嬐 敏美疾又虛奄反 彡 毛飾又所銜反 暹 進 枯 木名 纖 白經黑緯 櫼 女牢皃又音衫 韱

似韭而細出五原 襳 小襦 纖 細 憸 疾利口 孅 銳細 譣 屢譣及屏也八 姑 妗姑輕薄皃 幨 帷 襜 小褕蔽膝亦襜褕 慊 又徒頰反慊慊樂不和也出礼 䑒 衣動皃 袡 亦 [illegible]

汝鹽反頷毛亦𩒻十 呥 唯良 蚺 蚺蛇名 髯 毛 柟 持又乃甘反 枏 梅 蛅 蛅蟖蟲 詽 多言 袡 婦人上服 冉 毛冉冉亦冄 黏 女廉反黏翩令粘三 [illegible] 䩞 楚謂麦爲䩞 [illegible] 于廉反熱又[illegible]一

霑 張廉反霑濕二 沾 沾預字 覘 丑廉反又丑窺視二 𡝭 妗也又失廉反 淹 英廉反漬也又於檢反五 醃 菹又於紺反 崦 崦嵫山又音奄 閹 無男勢 懕 丘廉反懕懕不安一 𪘦 語廉反齒差二 唅 喝喝又魚檢反

亦鱵 尖 子廉反十 鑯 鐫 燂 火熸 䨢 小雨又力艷反 䨥 清又上廉反 孅 畫 懺 栻 瀸 泉水出又漬 鋟 鑽版 嚱 不廉 潛 昨鹽反水伏流也六 鬵 縣名 [illegible]

䶝 螹 離 箈 漂絮箐 灊 縣名在廬江 箝 巨淹反鎖頭亦鉗九 衿 小衣帶 柃 絹 鈐 持鐵 黔 音又其林反 黚 淺黑 䳜 鳥亦雉又其林反 鍼 虎鍼又姓 柑 持 𢡺

於鹽反又安也五 猒 飽 懕 和静 嬐 含怒又烏檢反 棔 苗苗美又於鳩反 燖 徐廉反湯瀹肉亦𤏪燅四 蕁 山菜 橪 細菜葉 幨 巾 棎 視占反一藥名似柰而酸 苫 室廉反草覆三 娗 妗又尹兼反

卅八

痁病又都念反 婮火尖反渠ミ二曰美善一

添他兼反益也俗添三 黇黃色 舚ミ䑛舌出 鬑丁兼反ミ鬑七 佔ミ佔 詀轉語 帪衣領又丁頰反亦袮 貼目垂又丁念反 敁稱量 聑耳小垂又丁念反 甜徒兼反甘也亦甛五 恬靖 湉水靖

䒶蘩草 菾菜名 鬑勒兼反鬑鬖髮三 溓綵䋓絶 嬚大不絶 謙苦兼反歉也虛也受益也一 兼古甜反并也六 縑絹 鶼比翼鳥 稴青稻白米 蒹荻未秀 鰜

嫌戶兼反心不平二 稴稻不黏胡鹹反 鮎奴兼反魚名三 餂餅 拈手取 馦許兼反香氣六 黬黃色 欦貪欲又呼男反又欿 歛蒋意又公廉公函二反 曦香 瘷病瘠

卅九

覃徒含反也從早十五 鄿ミ城在濟南 潭深水 曇雲布 藫水衣亦薄蕁 橝木名 蟫衣中白魚 糪ミ穇 醰長味又徒紺反亦譚字 甗ミ室邃 譚大 䠾

鐔ミ劍鼻又尋淫二音 燂火熟良 壜甋屬 參倉含反又色今反亦參四 驂ミ馬 䠾ミ䠾 傪好良 南那含反又火方七 男ミ兒 枏木名亦楠 弇人名又古南反

聃耳漫又他甘反 柟併持又生兼反 䏰龜距亦脾 諳烏含反記憶亦諳十一 鶕ミ鶉 䅧香 鵪ミ鶴 䨄貪愛 喑又啼無聲於今反 韽小聲 盦覆蓋 媕ミ嫈不決

庵小草舍 腤煮魚肉 含胡男反從今六 唅胡ミ頷良 蜬小蠃也又古含反 鋡受感 䫲似瓶有耳又渠劔反 硆船沒 涵ミ泳 菡竹名 梒ミ櫻桃亦極 肣牛肥類肉 䶃鼠名又

莟公南反竹實中 圅衔亦函 䐄排囊柄又䐄 䤴鎧別名 頷面黃又上聲 霔久雨又作涌 顄頷也出說文 婪盧含反貪也亦惏四 壈焦色 嵐草得風 嵐地名 貪他含反

探ミ婪二取 簪作含反ミ釵屬又側岑反亦簪蚶八 䩶所以ミ衣又作㦌反 糣羊鮑 鐕貝丘地名 蹔ミ上 蠶蔟 䏲腊ミ 鐟無蓋丁 蠶昨含反三 撏取 蹔上

躭丁含又淫翫八 耽ミ耳 媅淫色 眈視近而志遠 覘力視 䫲多 妉ミ樂亦媅 酖ミ酒 龕口含反塔一曰龍皃八 㦸敎 領醜白 堪任 歁

貪惏也又口含反 戡ミ剪 磖和又江談反 嵁ミ崿又五男反 峆大含反大谷六 酓面紅 稖小香 䤈酒苦 䆄不脫冠帶窠亦寢 欲貪又呼恬反亦欿 毿蘸含反毛長三 髟白鬖白

蕠ミ緌又所今反 弇古南反又那含反五 䶃ミ鼠 蜬蠃屬 淦水入船又古暗公廉反 㰹特意又呼兼公廉反 儑五男反三不惠也又五紺反 窽窡語 嵁ミ崿又口含反

五十談 徒甘反說八 郯國名 惔憂 㓩刮馬 錟長鉾 淡水名又徒濫以冉反 𧘂小熱衣物 痰胸上水病 ·甘古三反味世正曰六 笘竹〻 柑橘〻 苷

〻草 泔米瀋 𡜡嫚 ·檐都甘反負也五 䑣凡 頕類緩 儋國名 聸耳〻 ·三穌甘反三 帎〻衣破 參本音倉含反 ·藍盧甘反染草十 襤襤縷亦繿

𩮀鬖踈皃亦瓓 礷〻礛青礪 嚂含 㜮貪 籃〻箖薄大 檻持 𥳫筐 蘫葅 ·坩〻甒一苦甘反 ·舑他酣反吐舌六 窞〻窞

緂鮮色 聃耳漫無輪又老子名又那含反 坍水衝岸壞 䔳〻慈 憨昨甘反惡也四 鏨鑿又去聲 鶔鶵又士咸反 暫少時又作蹔亦去聲 ·酣胡甘反樂酒四 邯戌 甝

白虎亦含 蚶柰蕃上垂 ·姏武酣反老女稱一 ·笘倉甘反竹垂也又徒頬反一 ·䫲長面一作三反 ·蚶大談反蜯屬出會稽三 婪貪姿 憨癡 ·欿歔𢤦反乞人物又欲也又呼濫反

五十一咸

咸 胡讒反九 椷木匣又古咸 稴不作稻又胡兼反 䗩海虫可食 鹹不淡亦醎 諴至〻感神又五咸反 函〻谷關名又〻書 騐〻驌縣名 鰔魚名亦鰜 ·緘古咸反〻封八 瑊美石似玉 椷杯又胡緘反

黬黑又士林反 轗車聲 㦑慳惂 欃〻槍行不正又非好非惡 玪石似玉 ·攕所咸反女手皃七 櫼木名 毿長毛皃 㺝〻犬 䨲微雨 枮木名亦杉〻 縿旌旗旒 [犭+音]

乙咸反犬吠又於陷反三 黯深黑又上聲 㴸渡水 ·嵒五咸反嶃〻山高皃八 顑長面皃又丘檻反 羬山羊大而小角亦麙 䶢齒差 麙羊絕有力 諴和又音咸 碞僭差又午金反 黬釜底黑

㰹許咸反笑皃四 蝛似蛤而小出海中 䤷〻酟 妗喜皃 ·詀竹咸反〻諵語聲又尺涉反三 酟〻䤷小頭 鵮鳥啄又苦咸反 ·讒士咸反譖也又士衡反十二 鼸黑身白鼠 獑〻猢又鉏衡反 鏨小鑿 鄒

宋地 饞不廉 欃〻槍之別名 儳貪 劖剗 毚狡兔又士衡反 巉高皃 鵮若咸反鳥〻物亦數又作咸反

五十二銜

銜 戶監反馬羈三 譀調 颿帆屋 ·巉鋤衡反險〻 嶄〻嵒 劖判西京賦作㔋擾 艬合木船 鑱犂刃又士懺反 讒又士咸反 涔潛也又之鉏替反

獑〻猢獸名又士咸反 儳〻仕不齊出說文 ·巖五衡反三 礹有石山上 巉呻 欃槍妖星一 ·衫所衡反〻衣亦襳十 纔帛青色又昨來反

鬖旌好所著又作䡅字 膁謄又格懺反 霺微雨皃又子廉反 彡毛長皃 髟屋翼又長髮皃又必遥反甫休二反 杉木名 摻覽持也又山斬反 芟代草 ·監

舌銜反又口懺反從人臨字之類五　鑒ˍ諸以取月生又大盆也　礛ˍ礷青礪也　䁼視　[illegible]細切　湴蒲銜反泥行二　嵌ˍ巖山谷深邃皃又口銜反

五十三嚴語驗反發也嚴也又射臀　·驗虛嚴反胡被三　杴ˍ鑱古檢　薟辛　·醃於嚴反鹽漬魚一　·欽丘嚴反欽歆下齊又丘广反一

五十四凡符芝反常也亦凡凡八　帆舡上ˍ又扶汎反　颿馬疾走出說文　[illegible]相輕謂之[illegible]方言扶劍反　氾姓又水名在襄城縣又芝劍詳里二反　舥舡　䑺舡張亦颿　杋木皮可為索　·芝[illegible]　氾水名

上聲卷第三

一董多動 二腫之隴 三講古項 四養餘兩 五蕩堂朗 六紙諸氏 七旨職雉

八止諸市 九尾無匪 十語魚舉 十一麌虞矩 十二姥莫補 十三薺徂礼 十四駭諧楷

十五賄呼猥 十六待途改 十七軫之忍 十八吻武粉 十九隱於謹 廿等多肯 廿一旱胡滿

廿二混胡本 廿三佷痕墾 廿四銑蘇典 廿五獮息淺 廿六潸數板 廿七產所簡 廿八阮虞遠

廿九篠蘇鳥 卅小私兆 卅一絞古巧 卅二晧胡老 卅三梗古杏 卅四耿古幸 卅五請七靜

卅六茗莫迥 卅七哿古我 卅八解鞋買 卅九馬莫下 卌寢七稔 卌一極無[illegible] 卌二有云久

卌三厚胡口 卌四黝於糾 卌五琰以冉 卌六忝他玷 卌七禫徒感 卌八淡徒敢 卌九減古斬

五十檻胡黤 五十一广虞掩 五十二范無字反取凡上聲

一

董多動反五 蝀螮蝀 蕫蕭蕫又東孔反 蠓莫孔反蠛蠓虫四 鸏水鳥 朦文貞 曚曚之日未明 孔康董反甚也通也穴也一 𢿱先揔反擊二 檧小籠也又蘇公反 侗他孔反直一曰

長大也三 桶木 曈曈曨欲署又音同 揔作孔反章九 嵸巃嵸山皃 傱衆皃 鬆鬆角 熜熅煴又青公反 𢖅會又且公反 輟輪 蓯蓯蓉草皃 總聚束也

澒胡孔反ゝ溶水皃又水銀滓一 蓊阿孔反蓊五 滃水大皃 勜屈強皃 篛竹盛 瞈氣盛 [illegible]奴動反一 琫方孔反佩刀飾亦䩫四 俸ゝ屏 菶草盛又蒲蠓反 [illegible]

小兒孾又繩屓 朧刀動反曈ゝ五 襱袴又直隴反亦裥來公反 巄巃ゝ山皃 寵孔ゝ 籠竹器又盧紅反 動徒孔反搖五 酮酒壞 姛直項皃 眮瞋目又大貢反 挏推引 唪步孔反大聲一

菶草盛又方孔反 懵莫孔反心亂皃一

二

腫之隴反病四 種類也又之用反 踵足後 偅相迹 •寵丑隴反愛也二 埫塎ゝ不安 •隴力奉反大坂三 壟丘ゝ [illegible]塗 •擁於隴反手ゝ三 㙲持 壅ゝ堨又於隴反 •宂

而隴反散也從人通俗亦冗八 [illegible]不肯ゝ一曰傝ゝ亦茸 [illegible]鼠 [illegible]推亦輤 [illegible]水牛 [illegible]推樁 穁禾稍 氄鳥毛亦㲝又而尹反 •重直隴反不輕也又直用反直龍反三 鮦魚名又直柳反 憧遲 •冢知隴反大也二

塚墓 •奉扶隴反進止一 •捧敷隴反掬也一 •勇餘隴反健九 甬花草欲發 涌ゝ泉 溶水皃 塎埫ゝ不安 俑木人送葬 蛹老蠶 傛不安 踊跳 •恐墟隴反懼也一

尰時冗反足瘇一 拱居悚反手抱土 拳兩手共械亦拲 𥐯水邊石 鞏以皮束物又縣名在河南 蛬蜂蟋重亦暑 珙璧 𢪿把持 㤨懷 𩶓魚鮏子 拲兩手 𨋼內 悚

息拱反怖九 竦敬也ゝ善柳惡 慫敬 愯懼 傱走ゝ皃 駷馬搖銜走又思口反 聳高 [illegible]絆前足 攏執亦推 •洶許勇反ゝ溶水又許恭反二 •湩冬恭反濁多汁冬之上聲一 •[illegible]充隴反小鳥飛一

𢘍且勇反襌亦惗一 •[illegible]子冢反襌衣一 •覂方奉反覆也亦乏一 •[illegible]莫奉反二䳀鳥 䑃豐大

三

講古項反教四 港水流也 耩ゝ地 傋佬ゝ •棒步項反亦棓四 玤周邑地名 棓大杖 蚌蛤亦蜯 •慃烏朗反佷戾一 •項胡講反頸後二 缿受錢器

•佬莫項反ゝ傋不媚皃

四

養餘兩反畜又作敎四 痒皮ゝ 瀁滉ゝ 勨桯動 •象詳兩反獸六 像大獸三歲亦形乳像一 鐌裝上璽 橡木實 襐飾 勨勉 •獎即兩反勸四 蔣

人姓 槳檝屬亦槳 䉃剖竹未去節又秦丈反 ●兩良奬反稱也古兩八 脼膜 𣐍＝枝 緉履兩頭又力尚反 𠡠強＝ 魎魍＝ 蜽山之精物 裲＝襠 ●強其兩反又人姓五 弜弓力又渠浪反

誩競言又火紺反 滰乾漬米 強勉亦彊 ●鞅於兩反牛項羈十二 秧＝穰 柍木名 怏小光 紻纓 詇早知 眏無嘗 𦫼氣流皃 䬬飽 岟山足 坱埃

仰魚兩反偃二 ●磢測兩反凡石洗物四 𠟆皮傷 搶頭＝地 漺淨 ●想息兩反思一 ●掌職兩反守物二 爪＝ ●爽踈兩反明也亦俔五 縔縞中紋繩 鷞鷫＝ 𩙴

半破 騻驌騻良馬 ●敞昌上反虛閑四 惝＝怳 氅鳥毛 𨂊踼 ●響許兩反聲也俗嚮五 蠁舌 饗神食 嚮向又音向亦珦 享又普庚反 ●繈居兩反絲有節四

鏹錢 襁＝褓 膙筋＝ ●丈直兩反十尺四 杖笞＝ 仗憑 痮病 ●昶勑兩反通一 ●壤如兩反土八 攘擾＝又汝陽反 躟疾行又如羊反 孃亂也又如羊反 礢

惡雄黃 釀蘘菁菹 𦢊肥 穰豐 ●賞識兩反＝酬也二 饟日西食亦餉 ●髣芳兩反＝髴古作仿佛三 紡＝績 鶭＝澤虞又符方反 ●罔文兩反無六 網罻 輞車輞亦棢 㞷誑

菵＝草 魍＝魎亦蝄 ●昉方兩反日色三 倣學 旊瓬 ●枉紆兩反屈也從木四 汪＝陶縣名在鴈門又烏光反 𣢔侮又音居𢸞反 𤘓曲侵 ●往王兩反之一 ●怳許昉反狂二 謊夢言 ●上時掌反登進

長丁丈反生出一 ●䫴丁[illegible]反醜也二 𠒎惡 ●臩渠往反乖也二 𤞥往

五蕩

蕩堂朗反大也十 𢠵＝仿 愓不憂 盪滌 璗玉名 𣉻舂米精 婸戲 簜竹蒲 潒洗又水闊處 簜大竹 ●廣古晃反闊一 ●顙

蘇朗反額也三 𪔜＝鼓 磉柱下石 ●榜博朗反木片五 牓題 𣯷＝毛 髈鬔盧 螃似蝦蟇 ●駔子朗反會馬夷人在古反俗驡一 ●曩奴朗反久一 ●沆胡朗反＝瀣氣二 骯直項 ●曭

他朗反日不明六 儻倜＝又丁朗反 矘䁳目無精 偒長皃 䈙竹器 帑金帛舍 ●莽莫朗反又莫古反草名古牂七 𣋡日無光 䁳無目二 䒎＝無色狀 䥈鉆＝又莫補反 蟒大蛇

漭洸＝ ●黨德朗反聚也五 欓木名又他黨反 讜直言 𨞺鄉 𨛝地名 ●朗盧黨反明也亦朖二 㝗康＝虛空 ●坱烏朗反塵埃又人古六 映𣋡＝不明 泱滃＝水皃 醠濁酒又

烏朗反 姎女人自稱＝娥又烏朗反 英無色皃 ●慷苦朗反＝慨三 懬大又口廣反 軭軖 ●瀇烏朗反大水一 ●晃胡廣反光五 愰＝惟 櫎兵闌 榥讀書牀 滉＝瀁 ●欓

眞郎反又都郎反䞶行也一 髈 普朗反髈吳人云亦髈一 ·慌 虎晃反慌〻四 爌 闊朗 宺 廣 晄 早熱 ·航 各朗反或晄鹽澤二 昿 〻陌 ·奘 在朗反大也一

六

紙 諸氏反廿〻倫〻造十五 只 詞又諸移反 坻 隴坂又當礼反 軹 縣名在河南又車輪小穿 衹 辣 咫 尺 抵 〻掌 恀 怙 㬪 曲枝果 汦 著上 芷 陽〻縣名 坻 坂 鴃 鳥如烏 枳 闕

汦 水名出狗枝山 㠯 一丞紙反寧九 跰 積聚 謑 審 徥 行皃 禔 衣服端下 杝 〻狼 氏 〻族說文無點 媞 江淮閒呼母 舐 以舌食 ·靡 文彼反無四 㸏 東興金耳又美為反 䉬 熟寐又

莫礼反 㣆 〻〻禰 彼 甫彼反二 骳 相分解 被 皮彼反又皮義反寢衣也二 罷 遣有罪人又平被反薄解反 毀 許委反壞也七 燬 火亦燬 嫛 惡 擘 擊 㩇 樹名 毇 春 鵓 鳥吐毛如丸

委 於詭反〻依也四 骫 骨曲 𧨁 食吐毛 鷢 鳥 鼫 鼠 諉 婦 跪 去委反拜也三 郞 山名 跪 足 ·詭 居委反詐也十 垝 〻垣亦陒又居委反 庪 九偽反 觤 庋 舘 鵌 不亦觤

恑 變〻 蛫 蟹 祪 毀廟之祖 桅 短矛 庪 上縣 髓 息委反骨汁又髓四 𡾟 〻越郡名 靃 〻靡草弱皃 鰖 餽 餉 ·累 力委反三 絫 似小蟹中有隔 蘂 〻〻桂以內心

技 渠綺反〻伎〻倆五 妓 女樂 徛 立 錡 釜屬 蛣 蟬 ·倚 於綺反依四 輢 車〻陸本別出 旖 旗又阿我反 椅 〻柅 ·掎 居綺反牽一脚六 剞 㓷刀亦刻 庋 食閣 䃷

弃又丘知反又丘奇反 碕 足 㩻 亦踦 ·綺 墟彼反綫七 婍 好皃亦綺 𢓦 戲又去奇反 碕 〻礒 觭 牛角又丘奇反 庴 又於蟹反 跂 行皃 ·蟻 魚倚反亦螘蚍蜉七 錡 三足鼎一曰蘭〻兵藏又宜綺反

檥 整舟向岸亦艤 羛 〻陽鄉在魏郡 礒 〻碕 齮 齧 䶑 缶亦鼓 蔿 為委反姓又于戈反九 鄬 地名 蘤 花 䲨 鳥口 闟 闢 薳 姓又人〻復 僞

不安 寪 屋白 闟 地名在鄭又虛為反 蕊 而髓反花心一 ·此 雌氏反又斯此八 佌 舞皃亦㛅 跐 蹈 玼 水清 佌 小皃 䞣 淺渡 柴 直大 㠼 馬名 ·豸 池尔反又丞豸九

阤 落 觽 角端下 傂 〻又直知反 杝 析薪又直可反 褫 奪衣 䵹 黏 廌 解廌獸又子見反又作豸字 陊 山崩 ·觜 即委反鳥喙或咮通又觜一 徙 斯氏反移二 璽 王者印

·酏 移尔反酒八 迆 〻邐 迤 〻杯 杝 中衣 䞾 引腹狂洪子曰長〻 迤 加又離又弋支反 㒆 不憂事又餘支反 崺 峛〻沙 ·邐 力氏反〻迤二 峛 〻崺 䠣 所綺反〻亦躧步又所解反

灑 〻掃 纚 〻緇髮者 屣 履不攝又作縰同根 矖 視 蓰 〻蘿 ·俾 卑婢反使十 鞞 〻刀 箄 竹器 粺 黍屬又平懈反 髀 股〻 崥 山足 俾 彼

七

葞鼠草 埤容 𥘯以肶祠司命 爾兒氏反汝也亦尒二 邇近也亦迩 濔民婢反水七 弭弓末亦弛 瀰水流皃亦沵 芈羊鳴一曰姓亦哶 侎安亦敉 闢力𥿋又乃弟反 蕦

春草 婢避尒反女奴二 庳下亦埤又音被 侈尺氏反奢十一 垑恃土地 哆張口 誃離又直移反 𤅢音不知又昌屬反 𢇍廣 㶴晟 袳衣張亦袲 𧱼豕 姼

姑姑輕薄皃 鉹甗 弛式氏反廢也又號弛三 豕豬 衪衣中褏 紫茲此反色七 訿訿毀亦訾 呰翁漢書云呰窳嫡生又姊西徂礼反 泚水名在長沙 茈生薑 呰口毀 批捽又子采側氏二反 棲

之累反擊五 䮔馬小又子垂反 𣲡二水又資遺反 蘂菜又時蘂反 𡵻小危又之兖反 揣初委反亦㪜又丁累尺兖二反一 髓隨婢反梓形一 舓食紙反舌取物亦䑛舐二 㹜獸名似狐見則有兵 批拳加人側氏反一 𣦸匹靡反枝折三

披開 紴水波錦文又補柯反 諀匹婢反訾四 庀具又匹几反 疕瘡上甲 䚹具 𦺓羊捶反雞頭五 芛草木初又惟畢反 貏小豬亦豨 𤻞瘡裂 蓨草木花初生

惢才捶反疑一 跬舉一足去頃反二又作趌蹞半步 頍弁皃 㹌女氏反犄犄從風皃三 柅檥檥 旎旖旎 硊魚毀反硊石皃三 姽好皃又才果反 鵤市觳 頠又五罪反閑習一 趡求累反踶趡一

褫勑豸反衣絮褫又直尒反一 㩽陟侈反栺二 禣衿 䩞興倚反去諦一

旨職雉反美也正旨四 指手指 恉意 砥砥礪 視承旨反望亦眂一 美無鄙反精好三 𪊩獸似牛 媄善 鄙八美反邑也二 啚啚 兕徐姊反似牛正兕四 䍶

䍾羊又餘几反 薙燒草又直理又他計反 芺蒿 几居履反杖曲几八 机木 麂獸名亦麐 𡶩女𡶩山弱水所出 邔地名 犰獸似兔 𡲬赤寫 礈石墮聲 姊將几反女兄二 秭万億

匕匕匙畢履反八 妣母又兩至反 秕糠秕又作粃 比又婢志反又房脂扶必反 祀似豚祀司命 疕頭禿 髀股外又旁礼反 沘水名出廬江灊縣人芳殹令謂之沜水芳音張略反 軌居義反苑也八 簋簠簋竹器 晷日 氿

水崖水 頯小頭又峗巨反 匭匣 厬泉亦灅 宄內盜 洧榮美反四水名在鄭也 鮪魚名 痏瘡 蔿黃白色又下悔反 美式視反陳也三 笑箭 屎糞亦作㞎字 死息姊反止一

雉直几反野雞三 滍水名在魯 薙芟又徐姊反 兕胅履反又略恐反一 履力己又践也從彳舟一 水式軌反流濘一 壘力軌反墼十 礧礧碨 猚狔 鸓鳥名飛生且乳 藟葛藟 櫐藤

誄誄行 讄禱亦讄 濼水名出鴈門 耒田器又盧猥反 揆葵癸反度五 楑木名 悸悸又待隹反 嫢細又娶堆反 湀泉出通又水名 趡千水反走二 踓就 柅

女履反給絲樹易曰令柅一 癸居履反一 否符鄙反又方久反塞八 痞腹內結病 圮岸毀亦圮 仳離又芳匕反 殍草木枯落 𦓉恢裂 酵霿亦鄙 嶏但壘反又嶏 䛟迍鄙反大也四

邸邑名 跛破又延支反 秠一稃二米又鄉悲反 唯以水反諾二 嶉山弃良又醉綏反 蘬胝几反鉞纕所失礼有之冤亦欃八 蓶似馬韭而黃可食 鮪鱣子 壝埒又位反 嬀愚態又九扑反

捔弃 踓走 遺魚威反 欳於几反欳驪鳴一 漼遵誄反又計清五 嗺嗺鳴 嶉山莊貌又醉綏反 數刺 夂從後至 跽暨几反長跽或眞軌反一 瞷許葵反恚視又詡類反二

郿山名 跪墜軏反上又眞軏反

八止

止諸市反巳也九 時蒔名又地止反 洔小渚亦沚 茝香草又昌待反 趾足 阯交阯郡名 詯許 庢山柱 址基 市時止反二 俗市 恃依 徵陟里反又熙一 喜虛里反又忻一

以羊止反用五 佁癡 改大堅 已止 苡薏苡芣苡 似詳里反類七 祀年祭祀 姒夏姓一曰娣姒 巳辰 鈶鉏 耜耒 汜江有汜又水名在河南城臯縣東曹各所度水處又符嚴反在襄城南汜城造周王出居

城曰南汜是又敷劍反在滎陽中牟縣汜流入河汜澤是晉伐鄭師于汜曰東汜是詩曰江有汜美媵也 紀居似反經紀四 改女字 㠯說 己身 史踈士反記言又姓三 使役又踈事反 䭸香之美者 耳而止反聽五 洱

水名在罷谷山又而志反 騆騆騄周穆王馬 緝盛 鼲鼠 里良士反鄰九 裏內 鯉魚名 李姓又木名 瘇病 理直 娌妯娌 俚南人屬蠻 郢亭名在西鄂一曰邑名

始詩止反初一 枲胥里反麻也六 葸竹蓑一曰息 草胡草亦葸 蒠質 諰言且思之 屎石利 峙直里反儲六 痔病 跱蹲跱行難通 庤儲置舍

待看所望而往返具也亦時畤儲起墟里反興也六杞木名又苟〻屺山無草木亦峐郘縣名在南郡又渠記反玘珮玉芑白粱粟士鉏里反命三仕從宦柹木名俟鉏使
反待四涘水崖戺雷外縰繩屣子即里反姪七釨〻鈁垂耔擁苗亦秄杍木名仔克朿草木盛杍〻村矣于紀反詞也二苡蒿擬
魚紀反度五儗僭孴盛檥黍稷盛薿草盛皃又魚力反齒昌里反牝牙一恥勅里反恧二祉福剌初紀反割聲二[illegible]鬍滓側里反籽三笫
牀板又側几反胏脯易曰食乾胏譩於擬反恨又應又於其反一豈氣里反無有二[illegible]菜扆於豈反戶牖間五㥣痛偯哭餘聲亦偯庡藏僾〻俙見不了皃蟣居狶反蝨四
幾〻何又既狶反機木〻[illegible]鬼俗

九

尾無匪反屬後四亹正作亹俗亹美良又青門又𣟖覼反浘水流良[illegible]嶶斐妃尾反文五菲芳又芳非反[illegible]鳥如梟又平剌反悱口〻〻朏月匪非尾反不七棐輔篚
竹器餥餱一曰相諸食蜚蟲亦蜚又扶沸反[illegible]猝榧木名實可食韙韋鬼反是也亦愇九煒光暐〻曄偉大瑋玉蘳〻蘁椲木名可屈為盂
[illegible]送迟韡盛良鬼居葦反歸一虺許葦反〻蛇五燬齊人呼火娓美又巨秘反䨓震雷虫鱗甲惣名顗魚豈反靖一豨虛豈反楚人呼猪五俙僾〻也
齂〻鼻又虛几反磈〻硊石山良又於鬼反嵔山高下曲膭浮鬼反臛多汁二[illegible]稍紫莖不黏又扶畏反

十

語魚舉反對庅十篽苑圉養馬人敔柷〻樂器圄囹〻獄衙行皃楚辭曰導飛廉之衙〻齬齟〻又魚加反禦禁鋙鉏〻[illegible]亦御呂力舉反陰管也十二
旅師衆祣祭名膂脊[illegible]筥器亦筥穭自生稻梠楣端木[illegible]心不欲為侶伴〻[illegible]晉大夫名[illegible]萹苛絽絆佇除呂反待也亦竚同九
眝張目良[illegible]器數亦[illegible]坾塵[illegible]織〻宁門塾間又直居反紵布杼機〻羜羊子與余舉反付也五歟歎藇〻蕷又徐与反亦楰同与與
予我也又音余煑諸与反湯熟亦鬻三陼渚沚汝如与反尒五[illegible]魚不鮮茹熟菜又而恕反[illegible]黏[illegible]楚人呼寐又仁諸反二暑舒莒反熱五鼠穴虫

黍黏禾 𪐴蝡〻虫 癙病 杵昌与反舂米二 処居所反俗處通 貯丁呂反八居也 [illegible]楯戴盛米亦䍆 忬知 詝智 抒相又 衧衣 帾亦衣着 褚裝衣

諝私呂反亦謂四 稰熟穛 糈祭神米 醑露 女居守反女子二 籹粔〻 楮丑呂反二木名 褚姓 許虛舉反然也一 巨其呂反大十六 柜柷 秬黑黍作䆐同 虡神獸又作虞

距雞 炬火 岠〻 粔〻籹 鉅澤名 苣〻藕胡麻 駏〻驉馬 [illegible]〻若 罝罟 齟〻齒 岠嶂 簴贊 虞

所踈舉反處也正所五 糈祭神米又思呂反 齭傷醋 盨戴器 疋記又山於反 楚初舉反國名五 濋水名 藇鮮 礎柱石 齼〻齒 阻側呂反八 俎〻豆

齬齟〻鋙鉏呂反 咀〻嚼慈呂反 跙行不進 趄邪出前 袓壻又子邪反 沮止又七余反 於許於反又擊二 膂脊骨 舉居許反應十二 䢹行貌 [illegible]養鹽器

柜〻柳 郘亭在長沙 㪯共舉 櫸木名 𣠞浦名在洞庭 䣢羙酒 𡲢屬又余去反 藇良美又以舉反 筥筐〻 敘徐舉反次也又順也述也七 序〻頭 漵水浦

緒絲〻端 汿漵水 嶼海中洲 齟嚼又側呂反 去羌呂反除也又丘據反四 鱮魚名亦鸒 綀繼又所除反 麮麥粥汁 墅時与反田又与者反一 紓神与反又式余反二 杼莊子徂公賦〻 [illegible]七与反皮皺〻裂一

苴子与反又子余反履中草一

十一麌

麌虞矩反又牝鹿四 俁大 噳笑欲 喁噞〻衆口良 羽于矩反五音十三 禹夏王 雨雲液 宇四垂籀文寓 瑀玉 栩杼〻縣名在馮翊栩字都會反 郇地名 鄅地名在瑯琊

頨孔子頭〻 楀柤〻 萭〻餘粮藥名 鄅亭名在南陽 [illegible]雨良 聚慈庾反集也二 郰新豐〻亭 甫方主反近也無點篆又作𤰈十三 脯乾肉 斧鉞 俯〻仰 黼白与黑文形如斧

簠〻簋 盙小盤 莆蓂莆堯瑞草 郙亭名又方朱反 䃈礑 鯆魚名 [illegible]伍頭又靡卷 府文書藏 武無主反十六 儛萬樂亦舞 嫵〻媚 侮慢

[illegible]窓中納 憮失意良又或憮荒烏反 [illegible]憐 膴嶶視又妄九反 [illegible]蕃滋 [illegible]雞冈 膴周事〻 珷〻玞石似玉 甒甖 潕水名在南陽 鵡鸚〻 廡堂下 父扶宇反十二

輔〻比 䩉頰〻亦酺 鬴九河名 [illegible]積 鈇鶉鈇 痡病 滏〻陽縣 㕮〻咀良嚼 腐朽肉 釜鼎屬 鳺〻鳩越鳥屬 撫敷武反安也九 趜偃或絇 俌輔 柎

攺撫鬚髮白弣弓把中訽詬碚上負生白絠帛⺀柱直主反楹⺀一詡況羽反和悅冔殷冠姁漢高后字嫗姁又求俱反又香句反珝有吴蒼⺀翊木名⺀鈙吹又況于反呴吴氣

䣘鄉名在安邑昫温又香句反豎殊主反亦竪二裋弊巾襦亦裋同庾以主反倉十一瘐囚以飢寒死漢書曰囚瘐死獄中窳器病亦寙瘉病愈差貐猰⺀獸名似貙龍首能食人又⺀如嬰音如嬰兒見則天下大水楰

鼠梓似山楸而黑㼌本不勝末㥚懼斞量萸草主之庾反執五麈鹿屬枓㪷水㪷又斗宔廣室亦作宝炷燈傴於武反不申二迂曲齲驅主反齒病又矩一黈

知主反黈點⺀二拄從旁指乳而主反肉汁二醹厚酒窶其矩反貧無札二貗貒子數所矩反計一矩俱羽反則也亦榘九踽獨行椇枳⺀枸木名出蜀聥張耳所聞[illegible]曲支

翑曲羽蒟⺀醬出蜀又求俱反俱付反楀⺀氏取七庾反一縷力主反絲⺀二十𨻳⺀嬴⺀縣名在交阯洛于反僂傴⺀簍小筐嶁岣⺀衡山別名褸襤⺀蔞草可亨魚又力俱反

漊雨⺀⺀又汝南謂飲酒習會之下醉爲漊謱小蔞慺古姓䋑思主反偉前兩腳又先酒反一[illegible]仕兩反小母猪又猬一

十三

姥莫補反老母六莽宿草[illegible]鈷⺀燒器又模朗反媽母愖愛岵山名土他古反地四吐歐出稌稻芏似莞生海邊杜徒古反棠⺀五[illegible]肚腹也又當古反

[illegible]瓨靯靯鞲魯郎古反國名十二櫓城上守御滷鹹汁虜北⺀又牢名樐樐櫓彭排艣進船樸木名又力胡反㢆廡⺀鱸魚名鹵

⺀薄蓾草名䓣草可以束覩當古反亦睹見九睹詰旦欲明肚腹⺀又徒古反賭戲⺀堵垣⺀楮木名亦柠[illegible]皮素帾幡[illegible]美石又胡古反古姑戶反昔十七

皷動鐘⺀鼓動瞽無目股胜又骰罟又古胡反四蠱⺀毒估市稅盬河東鹽鈷⺀訓盬器[illegible]移貨利沽⺀[illegible]象人左右蔽泄從此

詁故⺀牯牛⺀[illegible]恩䕲采古反草死一五吾古反次四五午日正中旿明伍⺀人逜相干吾又吾故反簿裴古反⺀籍一粗似古反不精四麆大⺀伹淺亦粗

捔長角又助角反亦觕祖側古反父之父三珇珪上起組綬⺀虎呼古反五琥發兵符爲虎文[illegible]滅船中水又呼故反滸水崖又作汻鄜地隖烏古反村⺀六鄔縣名在太原瑦

石似玉鴮水名詓相毀亦謯䞤走頭輕中苦枯戶反不甘二䇢竹⺀怒奴古反又嗔四弩弓⺀努力⺀砮石可作矢又乃胡反戶胡古反扇也十八楛⺀矢扈跋⺀

怙 恃　鄠 縣名在扶風　帍 巾　祜 福　[illegible] 文采狀　[illegible] 山卑大石　岵 山多草木　酤 一宿酒又古胡反又古暮反　[illegible] 貪　戽 杼　滬 靈龜負書水　居 美石又音餬

鳸 竊脂鳥又作鶚　鳸 鳥名　芐 地黃　普 滂古反又徧三　溥 大　浦 水濱　補 博戶反又蔽破三　譜 譜藉亦誧　圃 博故反又園也大也

十三薺 徐礼反薺菜三　鱭 魚名又鮆　呰 訾又茲此子西反二　禮 盧啓反亦礼十二　[illegible] 竹名　蠡 蠡吾縣名在涿郡亦越有范蠡　[illegible] 小船　澧 水名在武陵　豊 行礼之器　[illegible] 希　欐

欚 小船又力計反江中大船　蠡 簞又力西反　醴 醴酒　鱧 魚名亦鱺　體 他礼反亦軆七　醍 醍酒　緹 緹色又音提　[illegible] 橫首狀　梯 目去淚　涕 目汁　徥 難進　濟 子礼反又子計反水名亦泲三

[illegible] 手捎酒　㢋 生而不長　邸 都礼反邸店同十一　底 下也曰止　詆 詆詞亦詆呰呧　䏄 耳體　坻 隴坂又丈氏反亦言詆　牴 角觸亦觝　弤 彈弓　阺 隱　軧 大車後　堤 滯又竹皆反

䓅 差　禰 乃礼反亦祢祖十　泥 濃露　埿 地名　𩮾 髮白　薾 茂　檷 絡絲趺亦鑈同　鞞 鞶垂貌　嬭 楚人呼母亦妳　闟 知少又莫礼反亦闢　苨 薺苨草　弟 徒礼反又悌也

娣 愷悌又徒帝反　遞 更代俗遆通又亭細反　匙 小瓮亦鍉　洗 先礼反又蘇典反浴又作洒一　泚 千礼反水清淺三　玼 色鮮亦䏁　緀 帛文　啓 康礼反俗啓開也九　棨 兵欄　綮 戟衣又戟　啓

褱 雨衣開領亦闓畫佳　膌 肥腸又公悌　䟡 至　䭒 首至地亦稽　卟 卜問　傒 胡礼反有所待五　謑 待也亦謑　匸 有所挾藏　謑 恥辱　蕘 所以安重舡　米 莫礼反穀實六　眯 物入目

絑 繻文如聚米　䆮 寐不覺又明孔反　蕛 草　洣 水名在蔡陵　陛 傍礼反階二　梐 梐枑行馬　鉾 鉾　髀 股又卑婢反　𡁡 一弟反又可介二　諦 應　睍 吾礼反又女六　掜 不從　睨 明又晚

十四 鼸 戰戰又五雞　艆 角曲　覞 牛又婗　箄 補米反戲又補計反一　駭 乎楷又驚二　駴 擊鼓　楷 苦駭反楷模三　鍇

纚：： 鍇鑯 騃五駭反癡也二 娾喜樂之皃 挨於駭反打二 唉飽聲 鍇古駭反又古諧反一

十五賄呼猥反古作賄：財也四 脜脜：大腫皃脜字都罪反 爛爛皃又巨罪反 煨火 猥烏賄反犬聲七 腲腲：腇肥苭病 鍡鍡：鑘不平 娞娞：妥好皃 磈磈：磊亦碨 碨碨：痿不知人也 瘣瘣：𤸰病罪 磥

落猥反眾石或磊十三 癗：皮外小起 嵔：峞山壯 礧：硌大石皃又勒潰反 郲：陽鄉在桂陽 鑘：鍡 灅水名在北平 虆：蘽 礨：磈 儽垂皃又力追反 頼頭不正 鄛殭：不平皃殭

字胡罪反 儡傀：子 鐓徒猥反矛戟下三 陮高亦𡸣 鐨車轄又徒果反 涗武罪反水流皃四 爛爛皃又呼猥反 踓碎其 每頻 罪徂賄反犁也古作辠秦始皇改辠頭似皇字改從四非言行非人則入羅网也又二 嶵：崔

骽吐猥反：股二七 㾐重 聉：頹聧頭皃頹字五罪反 腇腲 僓長好皃 䫋：隈 峞山長皃 瘣胡罪反木病無枝六 浘：浽穢濁 蔂竹扶節 䕎懷羊又孫迴反 輠轉又胡

凡反 磈：碨 䫌口猥反又七罪五罪反大頭三 頠大首又口兀口壞二反 傀：儡子 腲：都罪反腇二 淳木實垂皃 餒奴罪反餓六 娞：嫘 䬐風動又烏迴反 鮾魚敗亦腇 𤓰傷爪 浽

浘：： 頠五罪反又五毀反頭一曰閑習五 顡：聉 隗姓 嵔：嵬 䫉頭不正 䧟七罪反霜白狀五 漼水深皃亦淬 璀玉名 㯔物粗 㵏新 琲蒲罪反亦蜚珠五百枚也二

䨻：瘣 俙羽罪反痛而叫一 崔子罪反二：崔崇積 脁面𩕢又之春反

十六待徒亥反又住九 駘瘦 殆危 嚜：𠲉言不正 箈筍 軩：軨 怠懈 迨及亦隸 紿言不實 乃奴亥反又古迺三 㽵瞞 轃挠 薀草名

改古亥反二 頊：頰 亥胡改反四 頦頷又胡來反亦侅 賅奇非常又古來反 㠯恃 啡迯愷反出唾聲一 採七宰反取也古作采從爪近世加手加系加乡以別字亦並可通用也六 采亦：文取 綵：綾

案 寀：： 彩： 悇恨 茝昌待反香草一 等多改反齊也又多肯反一 䆀莫亥反又莫代反禾傷雨 悔貪 在昨改反又存一 倍普乃反又不肯一 欸於改反相然辭 毒嫘毒嬯字浪郗反

挨擊 辰蔵 倍薄亥反：多二 蓓黃草：

十七軫之忍反車枕又憂慮十五 縝緒 胗：癮：皮外小起又作胗又之忍反 畛田間道 㐱黑髮亦鬒顛 袗絺綌之刃反 稹緻又之人反 𩈁顏色眕事也 眕目有所恨 聄禮記：於鬼神 診候：脈 賑：救也又作眕

鬒 又之刃反 稹 〻髮 木密 紾 單衣 蠢 尺尹反蠢動從春九 賰 肥 惷 擾動 偆 富 踳 雜 僢 差 萶 推 截 出亦䣨 𢻫 乱 准 之尹反古准三

埻 射的 純 緣 尹 余准反官名又姓九 允 信 狁 獫狁 馻 馬〻汙 玧 璗充耳 𩑶 面斜 𢽾 進 鈗 侍臣所執兵 沇 水 筍 思尹反不作箰也五

笋 竹牙又筍 隼 鳩 䕜 𥳍〻 栒 懸鐘磬 愍 眉殞反悲十 簢 竹中空亦簢 睧 不畏死 𤚥 獸似牛 𦊯 細网 𩌦 伏兔下革 憫 〻默亦潣 潣

閔 水流浼〻 敏 聰 牝 毗忍反又扶履反雌四 臏 斷足刑 猵 獺屬又布玄反 髕 膝骨 殞 于閔反殁四 𥰺 叢 霣 星名 隕 隆亦殞 窘 渠殞反急七 珚 玉名

𡂥 欲吐 䐃 腹中脂 𧷏 貝大而險 菌 地〻 箘 竹名 紖 直忍反牛繩亦紨二 胗 腫處又餘忍反 𪖐 勑忍反又勑私反欲笑皃一 引 餘軫反延〻九 𡀔 大笑 衍 布 縯 武齊王名 演

允 長行引一曰水門 戭 長矟亦𢧧 蚓 蚰蚓亦蚯蚓 鈏 錫 忍 而引反亦耐事三 荵 〻隱草名 涊 水名在上黨 矧 式忍反况也亦矤三 頣 舉眉視人 哂 笑亦吹咦 緊 居忍反紨急亦絃二

胗 脣瘡又之忍反 盡 慈忍反𣸈也亦盡一 泯 武盡反又弥隣反水皃五 𥇍 細理亦脕 僶 〻俛俗僶 笢 竹膚 黽 〻池縣在弘農又巨善反俗黾 腎 時忍反水府四 蜃 蛤 脤 祭餘肉 𣢾 栺

齗 宜忍反又齊三 𪘲 齒正 𦢈 大脣 盾 食尹反干盾二 楯 欄檻 笉 千忍反笑一 僯 力軫反取四 𩕴 少髮皃 橉 牛車絕橉又力進反 嶙 〻嶙 𣜲 子忍反一 𨎌 孟

𨺐 力尹反一稛 𪊾 而尹反毛聚又而勇一 㯻 丘殞反束縛一 𢯥 丘忍反𨁴〻二 𧾁 行皃又渠人去刃二反 賰 武尹反〻睶富一 䡅 牛頭〻軸一 巾 飢腎反飾一

十八吻

吻 武粉反口〻亦脗五 刎 〻頸 抆 拭 伆 離又武弗反 匆 覆 粉 方吻反二 黺 〻絲文 憤 房吻反亦忿憤同九 坋 方問又扶問二反揙頭 扮 握 膹 切熟肉 𩕄 精又扶云反 𢥞

𥡃 田穀叢滿裂 𤷔 病猶悶 鼢 鼠 忿 敷粉反又敷問反怒二 魵 鰕別名 惲 於粉反厚重七 𩏪 韗〻兵甲又於云反 醖 釀又於問反 榅 柱 䁓 暗〻 縕 藏

韞 〻韇 齳 戶吻反亦齫無齒皃三 𧼛 意走 𡘪 大〻 抎 有反所失三 頵 面〻急 𤻁 病又亡問反

有

卅三

肘陟久反臂節亦肘二 疛腸痛 朽許九反亦歹爛三 疚病 殠臭 久舉有反遠六 九次八 玖玉名 灸灼 韭菜按說文無草又作韭 [illegible]女字 首書久反頭五 手〻腕足 守〻掌

百人頭象形 頡人初產 醜處久反〻類也惡也二 [illegible]萩稀 湫在久反一又子小反洩水濆 蹂人久反踐五 厹獸似狐又女久反 沑水女吏 菜蘸〻菜不切 楺屈前亦煣 糗去久反乾餅屑一 舅巨久反七 臼〻雖

咎災 齨臼〻齒如臼馬八歲曰臼 麔牝麋 鴟鳥名 [illegible]糗米 紂直久反牛鞦四 [illegible]竹易根而死 [illegible]腹痛 鮦〻陽縣名在汝南又直隴反 酉与久反十三 牖〻窓 誘〻詠 卣

中形樽又餘求反 槱積木燎 莠草 羑水名在蕩陰按說文進善也從羊久省聲文王所拘羑里在蕩陰獄作羑字 蜏朝生暮死又餘救反 輶輕又以周反 禉積天又以周反 𨘋言意出說文 [illegible]遺玉又餘救反又余照反 庮久屋木也周禮曰牛夜鳴則庮臭如朽又餘周反

滫息有反〻麵亦溲同二 [illegible]伴前足又先主反 受植酉反承也四 壽命〻 [illegible]地名在蜀 綬組〻 [illegible]於柳反〻瀏三 [illegible]魚名 [illegible]姿 酒子酉反又醲〻計一 溲踈有反亦溲通一 帚之久反掃亦帚二 箒亦帚

鯫 恒芳酒反小怒又敷救反二 紑鮮又孚丘反 棷側久反又持俱反 厚胡口反重亦享五 後前〻 后按說繼體君 郈鄉名在東平 呴吐及呼垢反 母莫後反從女象懷子形〻九

牡牝〻 某〻甲 拇大指 畝二百卌步亦畮 莽草名又莫朗反 踇行 鵡鸚鵡亦通 罘內周不作東 部蒲口反伍七 [illegible]〻嶁 犃〻牸高又牛短頭 瓿〻甂小 [illegible]

〻麩餅 篰牘 斗當口反十升五 枓上方木柱 阧〻陵亦陡 蚪〻蟲 [illegible]衣袖又上句反 [illegible]他后反麩〻餅通令作餡六 妵人姓有傅華〻 黈冕垂纊亦黈 蘣好又他貢反 [illegible]水鳥又大口反 鮏魚名

苟古厚反且十 玽玉名 狗犬 垢惡 笱〻縣名在交阯又取魚器 耇黃老 詬恥又古候反 茩〻 菱秦名薢 峋〻嶁山巔 枸杞木〻 藕五口反蓮根四 偶合 髃乳間骨

耦〻耕 掊方后反衣上擊二 [illegible]擊 [illegible]乃后反又楚鬪反〻鳥塗也四 [illegible]乳 [illegible]小〻良 䧱衆 叟蘇后反亦変十 嗾使猶〻聲 瞍瞽〻 謏〻訹誘又辭又反 擻〻斗又擧物名 瞍〻

[illegible]桂衡走又思隴反 [illegible]車轂空 藪澤〻 籔淅米器亦〻蒼簍 吼呼猶反亦吽物響三 蚼蚍蜉又渠俱反 [illegible]厚怒聲又出說文吐又巽垢反 剖普厚反判也分也四 婄婦人良亦普溝反 部小 [illegible]雀 歐烏厚反吐也四

敺擊〻 欲吐又其表反 嘔次衣又於侯反 塿〻又培〻八 嘍〻煩貌 甊〻小甖 謱謰〻不解 簍竹皮 嶁岣〻山名 簍籠〻 [illegible]麩〻餅 走子厚反此字從犬止俗走急趍一 㕦苦厚反

扣擊亦敂所以言八 [illegible]〻 釦金飾 叩頭〻 叩鄉名在藍田 訽先相〻可 竘健 [illegible]踆口反圓草褥六 鋀酒器 [illegible]水盟名〻口 [illegible]水鳥又他口反 揄〻引又作䟑此 鯫魚名一曰人姓漢有〻

生仕后反又士𣳘反也婦防不反服也從也從女帚持執帚十蝨ミ蠡負背持物從人古偩萯ミ王蝜蝂ミ亦蝂阜陵ミ亦𠂤鵖鷑之別名菩香草焊盛熾隖盛

缶方負反瓦器缻ミ丞娝好色又普来反瘔病殕敗鴀鳩不鳥飛上不下否不𧘌ミ倉后反又猴棷棸又側溝反

黝於糺反黑又益夷反五怮憂心眑幽靜又於六反泑崐崘丘下澤名蚴ミ螂又於由反亦蚴愀慈糺反又在由反又子了反變也一糾居黝反糺繩合三赳武皃ミ叫字亦作此今遂者作斗二同鬮取鬮

卅五

鏐渠糺反鏐ミ又力幽力攸反一琰以冉反玉七剡削又縣名在會稽又時琰反說文利也𨂫疾行扊扊棪木名緂績折木餤大光斂力冉反聚七蘞白蘞藥名又力膽反

嬚女字鐮廉溓靜又里兼反羷羊𦦦懸薄黶於琰反面上黑子七檿穰𪋻山桑𪏻ミ足嬐婦名奄持又於檢反酓酒又於艷反冉而琰反人姓七姌

𥳊長好皃又以冉反𥳐翦僭漸染ミ色苒草盛茬ミ䨢濡陝失冉反縣名在弘農也五閃視陜不媚皃睫目睫又式涉反睒暫視讇丑琰反諛也又調一漸自琰反進也五

𥗪ミ礹𩯞進嚵嚀𧀣麥芒亦𧅪餤由冉反大嶮行ミ也一憸七漸反詖又思廉反二醶酢䐑苦斂反下一

卅六

忝他點反辱詞三䄼鄉名在濟北虵丘錉取淰乃簟反水流皃三𡣍翦隭亭名在鄭點多忝反ミ畫四玷玉瑕䎡老人面黑子刮斫亦䂴簟徒玷反竹席五居閉戶ミ蕈菌

橝屋梠又大甚反驔驪馬首嗛苦簟反又猴藏食處三歉食不飽慊恨切䅬蘆黍又禾稀一鼸下點反鼠名二嗛犬吠又胡漸反嬓居點反竦身一臭明忝反又明范反二

卅七

禫徒感反祭名八䊤䅟黮黯ミ雲又他感反䨴雲窞坎傍入易曰入于坎窞髧髮垂嘾孫子云太甘而ミ菡菡ミ荷花亦蘭感古禫反動也六竷竹名鱤魚名贛

酒名灦豆汁潭水名在南濡晻烏感反暗八揞手覆唵手進食潭水大至又於甚反黤ミ黯黤青黑色又於檻反罯魚網腩奴感反煑肉亦䐑三湳水名在西河萳竹

襑他感反衣大四醓ミ醢肒肉汁嗿衆聲歜祖感反菖蒲葅三魿大魚又才枕反䂘弓弦慘七感反六感也憯痛朁曾傪好又先感反噆銜又子臘反黲暗色又食敢反

頷五感反ミ條柱頭二嬸含怒昝子感反人姓三寁速撍手動糂蘇感反羹四糝糂ミ傪ミ鏒粽𪏻坎苦感反ミ窞又坎四欿食未飽𩎢曲惂恨

頷 胡感八 又頜 婨 宮性惡 撼 動 滔 水和泥 惐 雞目亦福 庯 草木垂實 欿 欲得 菡 菡萏亦蕳 壈 盧感 坎壈五 顑 面黃 瘠又顑甚反 轗 轗坎 醂 柿醂 𤃄 黃焦色

黕 都感 又丁甚反滓六 眈 虎視 送心志 抌 梠同 𠠽 里 枕 被 簀 箱 顲 呼感 又呼紺反 飯不飽

卌八 淡 徒覽 反薄五 啗 啖食 噉同 𠯢 淡 水皃 憺 妄又 徒濫反 菼 竹名 黮 倉感 反日暗一 媕 讒敢反 鄉名在河東猗氏一 敢 古覽 反果 決也三 橄 橄欖 木名出交阯 澉 食無味 覽 盧敢反 視四 攬 𢹶 擥

擥 手取物亦攬 檻 持 又力紺反 菼 吐敢反 荻亦 薊四 綊 青黃色亦 縠 廄 嵼 又丑令反 䋣 毛衣 膽 都敢 反肝五 黵 黑 䃫 石 鸕 鷹 鳥福 紞 冕 垂飾 𩞄 子敢反 無味一 嚵 䉷 澉 食 無味一

卌九 槧 才敢反 又七廉反 又七敢反 削版牘一 埯 安敢 反坑 二一 喊 工覽反 可 又工淡反 亦作濫一 減 古斬反 損又下斬反 斬又㐌 鹻 鹹 𥳂 竹名 鹼 鹵 又七廉反 䶠 下斬反 豆 半生五 減 又古斬反 耗也 𪏖 塗

濫 泉又 盧暫反 汎濫也 玁 大玁 物聲 湛 徒減反 水名 又徒感 直沁二反二 偡 偡然 整 齊 㵪 士減反 濁一 斬 阻減 反斫一 㲷 若減反 亦槺牖 日小戶三 㯿 危 顲 長面皃 又五減 丘檻反 𧹝 初減反 臉 𧹝 也一 臉 力減反 臉 臟一

闞 火斬反 虎聲 又大檻 苦暫反二 欿 笑 㨫 所斬反 執狀 又沙檻反二 㖤 子減反 子聲一 㘝 女減反 魚網一 㒯 田減反 癡一

五十 檻 胡黤反 闌八 艦 船 𨍏 車 轞 車聲 壏 㶿 鹹 㱿 勇 檺 㯺 獑 犬吠 不止 又惡 顲 丘檻反 長面皃 又五減反 苦減反一 𢷾 山檻反 取二 𤢺 猛 犬聲 黤 於檻 反青色三

黯 沒 人名 𪐝 黯點 孝子傳 亦黷 䶨 初檻 反酢 漿一 獭 荒檻 反小 犬吠一 巉 士檻 反巉 也二 嵁 嵁 絕

五十一 广 魚儉反 崖 室又音儼 室屋九 儼 敬 䫡 顩 䯬 𨻬 山形 似重甑 礹 礹嶃 石 嬐 嬐然 齊敬 亲廉反 嶮 巉嶮 山不平 噞 魚噞喝 上下白 亦鰜 險 虛广反 危也阻也 又虛儼反五 獫 獫狁 又力劍反 姎 不端 又棄黡反

少 氣 譣 譣誠 文作𧬈 詥者問 黤 胡 檢 居儼 反 㨎 校三 瞼 目 瞼 檢 書 儉 巨險 反自 廉二 芡 雞頭 奄 應險 又於廣 十四 電 雲雨 狀 郁 國名 掩 掩取 亦 揜 閹 宮官 說文 豎也 宮中 閽閹 閉門者

五十二 淹 雲雨皃 詩云有淹淹 淹淹 陂 揜 掩 又於業反 棯 木 崦 崦嵫 山又猗廉反 腌 腌屋 雀 罨 罨又 於奇反 又於劍又 掩 掩 奄 蓋 眨 眨 被檢 反退 返一 預 不平 頗 丘檢 反三 嵰 山 高 𢾕 丘广反 又丘嚴 反欠崖 一

范 無反 語取免之上聲 亦得符山反 說文作 從水又姓也 六 範 模也 說文 範 範祭 車 神曰 範 範而行 故曰 軓 犯 干 䖇 蜂 軓 車前軾也 周禮曰立 當前 軓 笵 法也 從竹 簡書也 氾 有 法 有竹 形 山 丘 范 又張 口一 㚾 明 范 反 明乘 反一 腦 蓋也又

金聲卷第四 并卅五部

一凍多貢 二宋蘇統 三種之用 四絳古巷 五樣餘亮 六宕杖浪

七寘支義 八至脂利 九志之吏 十未無沸 十一御魚據 十二遇虞樹

十三暮莫故 十四霽子計 十五祭子例 十六泰他蓋 十七界古拜 十八夬古邁

十九廢方肺 廿誨荒佩 廿一代徒戴 廿二震職刃 廿三問無運 廿四靳居焮

廿五磴都鄧 廿六翰胡旦 廿七恩胡困 廿八恨胡艮 廿九霰蘇見 卅線私箭

卅一訕所晏 卅二襉古莧 卅三願魚怨 卅四嘯蘇弔 卅五笑私妙 卅六教古効

卅七号胡到 卅八更古孟 卅九諍側迸 卌清七政 卌一暝莫定 卌二箇古賀

卌三懈古隘 卌四禡莫駕 卌五沁七鴆 卌六證諸譍 卌七宥尤救 卌八候胡遘

卌九幼伊謬 五十豔以贍 五十一㮇他念 五十二醰徒紺 五十三闞苦濫 五十四陷戶韽

五十五覽胡懺 五十六嚴魚欠 五十七梵扶泛

一

凍多貢反氷也又音東五 涷瀑雨又水名出蔱鳩山又音東 棟屋梁 鶇獸名似羊一曰出泰戲山 湩乳汁又都隆竹用二反 送蘇弄反遣也說文送一 鳳馮貢反瑞鳥從凡鳥經云々皇形似鶴五彩成文亦丞云雄曰鳳雌曰皇漢書易傳云高五尺一 貢古送反獻九 贛賜也 蘏蒠苞 檟格 䡨揚雄甘泉賦云登椽欒而々天門 䫔小杯也亦檟 澒水名出豫章 陡從々山名在雲南來唯縣顏師古音胡工反 𡐼縣名在沛郡亦缸 弄盧貢反從玉玩弄五 哢口々 㑝々語愚々貌趙魏間語 梇

﹅棟縣名在益郡亦木名 礱磨﹅小磨又盧東反 控苦貢反引也告也四 倥﹅傯困貌 悾誠心又音空 鞚馬﹅ 糉作弄反亦粽菉裹米五 傯倥﹅ 㚇斂足而又子紅反 鮗石頭魚出南海 䁓窺視貌 甕烏貢反

器又瓮瓫通二 齆鼻塞病又此齆通用 謥千弄反﹅詷急言一 洞徒弄反穴又洞庭說文疾流九 峒崆峒山 詷謥﹅又共也一曰譀也 衕大腸 眮瞋目視吳楚間云又文孔反 絧相通 㖯歌 筒﹅簫通底王褒所賦哀也悲也

慟哀﹅ 痛他弄反傷也痛也二 𧑶好又他口反 仲直衆反一 諷方鳳反詠也讀也一 焪去諷反火乾物二 𠌷寒貌見張衡思玄賦 夢莫諷反又莫明五 瞢雲﹅澤名在南郡 鄸邑名在曹 甍

﹅趨疾行貌 寢說文夢而有覺也周礼以日月星辰占六夢之吉凶一曰正夢二曰罜夢三曰思夢四曰悟夢五曰懼夢六曰喜夢﹅﹅作此寢出夢亦通用耳 趙香仲反任頭行二 踉行貌又丘幼反 懞莫弄反﹅穀蓋中三 霿天氣下地不應又云細雨也似霧 艨大又莫紅反 䁅撫諷反車馬貌時二

䞘數麥 䞍千仲反行貌也一 中陟仲反當又陟隆反二 衷折﹅又陟隆反 哄胡貢反唱聲二 鬨兵鬭又胡降反 齈奴凍反鼻涕二 癑痛 衆之仲反多又之融反說文徒三人衆立一 贛呼貢反又丁降反情三 銃

二

充仲反鋭一 [illegible]仕仲反一

宗藏統反居也廟也後徒國一 綜子宋反機縷二 稯豕三歲 統他宗反紀也二 䵒黃色

三

種之用反又之隴反正種一 用余共反一 頌似用反盛德三 誦讀﹅ 訟爭﹅ 俸房用反秩﹅二 縫又房容反衣﹅ 共渠用反一 葑方用反蕪﹅又方容反二 封又方容反 供居用反設也又居容反 雍於用反障也又於容反

縱子用反縱也又子容反二 瘲病 湩竹用反乳自出汁又都貢反又礦巷反一 惷礦巷反又書容反一 儱他用反行不正一 鞲而用反毳飾氄一 重治用反復又治容反二 緟繒縷也今重 朧良用反貪一

四

絳古巷反赤色也三 虹螮蝀又胡籠反 降下也又下江反 巷胡降反有熟古衕二 鬨鬭也孟子鄒与魯鬨呂氏春秋相与私﹅ 戇丁降反愚又呼貢反一 漴士降反水所衝漴水聲 幢直降反衝城戰車三 幢后妃車幰 憧戇﹅意不定說文音

五

[illegible]匹降反又直視一 胖匹降反又脹良一

樣餘亮反式也六 漾水名在隴西 羕長大良又水長也 颺風﹅ 煬炙也又与章反 恙憂也古者草居為恙﹅所害故相問曰無恙古作虫害也 亮力讓反朗也九 諒信

掠笞一曰強 喨平原謂啼極無聲曰喨﹅俗音丘向反 悢悢﹅ 緉履緉雙曰﹅俗量誤 量斟又音梁以北方稻黍中容一千二百鑰二鑰合十合為升十升為斗三斗為一大斗十斗為一斛 犆牛雜色 兩車一曰兩又良獎反 狀鋤亮反又從牡弋一 讓如仗反譏也責也三 懹方言憚

攘推又如羊反 餉式亮反五 蟓桑盛人而死又式良反 向姓又許亮反 愓憂 蠰尔疋云齧桑蟲也似天牛長角有白點又音襄螳蜋別名 悵陟亮反惆悵三 脹滿 漲大水良 帳帳 暢通﹅五 鬯七之又作也﹅

百草釀酒曰﹅ 韔弓衣 [illegible]草盛茂 向許亮反五 珦玉 𨶰兩階間 嚮嚮也國語云而言誠 嚮向 仗直亮反器仗﹅二 長多又直良又張兩反 釀女亮反醞釀一 匠疾亮反木工二 趟行貌

障之亮反遮四 嶂峯 瘴癘 墇塞 尚常亮反三庶幾也曾也又署羊反 上居之高處顛之搆也又時兩反古上 償備 壯側亮反三 裝行又側良反亦裝 泚米 怏於亮反不服勤二

餉餉 弶其亮反取獸機又𢏾一 唱昌亮反又誯一 創初亮反初也古作刱三 愴傷 滄寒又滄又七崗反 醬即亮反二 將帥又即羊反 輰語向反轎二 仰魚兩反又二 訪芳向反二 妨礙又敷房反

妄武放反四 望又武方反 忘又武方反 謎責讓 況許放反從水三 貺賜 貺山名字林水名 誑九妄反欺也亦誑說文狂往也字林作迋三 旺美光又作旺 王又于方反 放府妄反二 舫舩又補浪反 相息亮反

誑又息良反又其放反二 嗴丘向反又嗴一

六

宕杜浪反洞房過也七 踼跌 王 碭石又山名亦縣名在梁郡 逿過 囥碎 瘄山良 薚薚 浪郎宕反六

閬高門又地名在蜀 㝗莽莽寬廣貌見吳都賦 埌塚 䕞䕞 晾暴 吭下浪反鳥咽又胡江反二 行又下孟反又下庚反手對反 盎阿浪反又烏黨反瓮一 枊五浪反繫馬柱一 葬則浪反從艸艸一 傍蒲浪反附又步光反行又炒傍黨二

傍側邊又補郎反 藏徂浪反又徂郎反二 奘大駔從大 讜丁浪反言中又讜三 儅不中又儅 當大貪一曰井儅 抗苦浪反以手抗物又從木六 閌閌閬 亢蔽見傳 炕大旱 犺獸不時也又苦結反 伉伉儷又敵也

謗補浪反誹也二 蒡牛蒡似蘇 儻他浪反又他朗反二 摥排 曠苦謗反三 壙墓穴 纊絮又綿 儴奴浪反緩也一 㭎剛浪反又鼓也 嵣莫㭎反又嵣 廣姑曠反戰車又姑朗反三 光飾 絖

職布縷也音義八千縷三升布又奴浪反 䘰蘇浪反又巳又菰郎反又俗喪一 漭呼浪反莽莽書也二 欓木名

七

䒦多 敂扶玉注真三可為 避婢義反達也一 惴之睡反又惴一 詈力智反又詈從网三 荔草又盧帝反 離力知反又違 跂是義反又企二三 鯷鮎魚又音是 踶躍青州云 積紫智反又子昔反五 眥

寘支義反亦置七 忮悍又忮害也 伎傷害也詩云鞠人伎忒 觶爵受四升說文鄉飲酒角賓曰觶 伿惰

積艸蓋 漸竭盡又斯義反 積羊相積精非 賜斯義反又與也四 䕋艸 澌竭盡又作賜 杫肉机後漢書尚書郎無被杫机 爲榮僞反助也又榮危反一 賜詭僞反賭也賮也三 㱦麻極 杖尒疋云梁山又麻

帔披義反衣三 披水 被組 䄘衣 賁彼義反卦飾也又博昆反五 彼衺也詭論云子西彼哉 詖險也佞也論也字書辯慧也 坡阪 貱肥亦貱 髲皮義反益髮也四 被服也亦蒲彼反覆被又 鞁馬駕具 彃縣弓又張也所以張弓

累羸僞反重也相屬託也古象品字二 寄居義反寄寓也容也三 騎肉 徛石聚為橋 臂卑義反肱一 芰奇寄反菱也相望也四 騎又渠羈反 跂具四向 用 䰢鬼魁也韓詩傳云鄭交甫逢二女魁服一曰小兒鬼也又平聲 刺此豉反針刺古作刺又七亦反六

𤸒偏屋 莿尒疋云草針 朿木芒 庛人相依 諫數 易以豉反難又以益反二 傷相輕侮神易又亦易 議宜寄反論三 誼信也漢又有賈誼 義宜也亦恩也亦誼同 譬匹義反喻也一

漬 在智反潤二三 瘠 病亦瘦一曰骨亦骴㱴朿同 眥 目二又在計反 智 知義反明察從白古作𥏻同一 倚 於義反依又於蟻反三 輢 又於蟻反車又音寄反 陭 二氏又平聲 縋 馳僞反縲懸下六 槌 二蠶 䭔 重二病 錘 稱二又直僞反

䫻 小口兒 腄 縣名在東萊又竹垂反 戲 羲義反說文三軍之偏也一曰兵也今共爲二弄俗戯亦同一也 企 去智反望也踵也亦跂同也四 攱 傾 迻 避 跂 垂足坐 縊 於賜反自經也一 翅 施智反翼也亦翄𦐊五 施 惠也又式支反正柁字 鉈 短矛 柂

持物患人 [illegible] 面衣 啻 不二 翨 勁翮反翅亦𦑡䑛周官有翨氏三 鳷 鳥也亦支 䮕 強 屣 所寄反履也屣也鞮屬又所綺反四 灑 二掃亦灑又所綺反 躧 舞履 曬 二暴 餧 於僞反飯牛又奴猥反一 觖 窺瑞反望也一音玦字一

僞 危賜反詐也假忘虛一 恚 於避反怒也一 睡 是僞反寐也四 瑞 二應也以玉爲信 倕 堯時巧工見山海經 鵗 鵗 枘 而睡反內也枘也又心薄也而語肥謂之相三 [illegible] 爭義反衣不伸二 [illegible] 二皺皮不伸皺字爭遣反 吹 尺僞反鼓吹又尺爲反二 [illegible]

八

二糶也詩曰䟡二日秕 檹 卿義反踦二 諈 二諉 諉 女睡反一 孈 呼恚反愚戇白一 至 旨利反六 摯 國名又二持也 贄 礼所執 鷙 鷙鳥 礩 柱下石 贄

臭名居也山水流出焉 位 洧冀反位次一 郿 美秘反又音眉縣名在扶風又眉通六 媚 無姿 魅 魑二物恠 蝞 水虫似蝦蟇如蟹在螺中一名寄生虫 篃 竹名 [illegible] 箭竹出漢中筍冬生 遂 徐醉反從八豕十二 彗 帚一曰妖星 隧 墓道

旞 羽繫旌上 璲 瑞玉亦璲 穗 秀苗 檖 楊二木名子似梨可食 燧 烽火亦火母 邃 幽闇小謂深二尺 襚 贈二 繸 瑞玉 鐆 陽二取火於日 醉 將遂反三 檇 以木有所擣 雋 二里吳地

邃 雖遂反深五 祟 神禍 誶 言諫也歌以二止又讓也 粹 純二不雜 睟 視皃 類 力遂反似也從米犬五 淚 涕二 禷 祭名 瓃 玉器又力追反 纍 繫也又力水反 秘 鄙媚反密十 毖 慎遠 秘

神 閟 閉 柴 地名 [illegible] 馬二 鉍 矛戟柄又秘 泌 泉皃狹流也又父一反 粊 惡米 鄪 邑名在魯 遺 以位反贈也又從貴通餘皆此六 饋 餉 蕢 草器一曰赤莧又蕢 繢 織餘 壝

土器
櫃〻篋 潰迮俗又水聲四 嚊喘息聲 淠水出汝南 瀵脹滿 備平秘反辯也具也從人〻古葡亦俗九 㷶〻眉〻勢也一云迴亦𪖐同 䝸壯大 犕具〻 糒糗 贔〻肥眉壯 㦤大車軾

椭木名出蜀中 鞴韋囊 媿軌位反慙也亦作媿聭謉俗愧通二 騩馬淺黑色 帥所類反又所律反二 䢦又所律反 喟丘愧反大息又苦律反二 樻木名 棺〻木腫節可為杖又軌跪反 韇馬韁 鬢髻 髕膝加地 豷許位反

豕息又許冀反二 𡙇大 嗜常利反欲亦鰭醋一 利力至反益也六 颲烈風 涖臨也亦泣莅 䵻求 痢病 𥫔臨 膩女利反肥一 劓魚器反割鼻也亦劓一 屁匹鼻反氣下洩又檳一 致陟利反運也從夂又知里反六

憤止 蹟礩 疐跲也俗疐 輊車前重亦輊 騺馬脚屈又馬重皃 棄詰利反除也古弃三 蟿〻螽蟆 結多 寐密二反睡一 緻直利反密也堅也八 稚幼亦小禾 遲待又直梨反 穉

晚禾亦稺 繸〻縫 樴持物使相當 儬會也俗云𢶍〻 𩌦屨底 屎𡲳柄二 誺不知 冀几利反幸也從北異六 覬〻覦希望俗作冀非 懻巨書云直強〻 穊稠也又從卄冀 驥騏〻千里馬 洎内汁又關西呼浣灌為

〻周禮〻灌又音塈 臮其器反衆與詞五 塈日頠見亦及 垍堅土 洎小水 鱀似鱏魚鼻在額上 悸其季反心動四 猤左思吳都賦云〻𧿶獲猤 㣿左右兩視 寱熟寐 䢕七醉反青莅出鬱林二 𨶹鳥毛上羽

而至反古式四 二 貳疑也或副貝 樲酸棗 佴次也又仍吏反 恣資四反一 次七四反九 鶿鳥名又即次反 佽〻助也詩云胡不佽焉亦飛漢武官名 桼以漆物亦次 鬈以漆塗器 絘績所未緝 螆蚕名

尓疋云螸蠤蜘蛛別名蠤字音秋也 𧊍桉說文戰見血曰傷亂或為惛死復生為𧊍又𧊍 懿乙利反一本作懿美八 𡔷方言貪而施曰〻 鷧鶿〻鷧一音翳字 壇陰皃 饐飽傷又熟傷濕 欭〻歎入聲不平 撎舉手下手 倚住几又於蟻反 𢘵息利反八 駟〻馬

柶七也又角上 牭牛四歲 泗水名在魯 肆陳也故也遂亦伸從長俗肆 𨽿〻猶細碎也史記小𨽿 蕼草 器去冀反從大山器非一 季癸悸反少稺一 鼻毗志反五 比近也又必里反必志反又必四反扶必反 枇細櫛又音毗 痹脚氣不至

𩑶蒼頡篇云皆子曰〻 瞲許鼻反又許悲反視一 痹必至反脚冷濕病六 庇蔭 畀與也又畀 比併也又必里符脂扶之扶必毗四四反 𥙊似豚祭司命 萆草名蒐屬可為蓆生蜀中 萃疾醉反聚也又草節生三 顇顦〻憂也或悴 瘁病

地徒四反籀文作墜字一 𩫦許器反鼻息六 屓贔〻 呬息也又丑致反 𤞞夏后氏浇〻 䨢見雨而止息 屭贔屓也怒亦屓從自大 隸羊志反習也或肄俗肆亦斬而更生也五 𥷝瘞也亦假〻道側 貄尓疋云狸子又音四又貄貄同 廥水漕倉亦倉廩

勩勞也又以世反 示神至反玉篇猶語四 謚行之跡亦死号從言益 貤重物次第又与企反 眎呈 自疾二反從二 嫉〻妬一音疾 隧直類反落也隤二 懟怨也恨也亦譵 出尺類反又〻黜一 轛追類反車横軨一 遺以醉反

贈也又瞶又以隹反五 瞶目病 𨔵〻青侯出漢書王子侯表 繐忌 蜼獸似獮猴鼻向上尾三歧礼有蜼 侐火季反詩曰閟宮有〻〻云靜一 詄失二反說文志俗有不〻之言俗啻字音迴達也一 𤸊釋淚病也二 寀邃邃魏闁語

九志 之吏反四 娡 有莘氏女髡耳 恚 〃遠 誌 〃墓 值 直吏反四 植 種又市力反生也 治 理 植 江南呼槌 寺 辝吏反又廷也三 嗣 繼 飤 餧〃從人俗飼 毦 七吏反〃毛又𢧵一 笥 相吏反〃盛箧〃四 伺

俟又音絲 覗 覷 思 〃〃覆也又音司 試 式吏反三 弒 逆煞也俗弑 幟 旗也又昌志反 截 側吏反又大〃𦑝三 椔 木立死俗從菑 傳 又鋤吏反又置也 吏 力置反使一 字 疾置反五 孳 〃乳麻 牸 〃牛

雙生子 孳〃 胎 丑吏反又住視三 魁 按說文鬼𤯝鬼 墨 忿戾也周書有夏氏之叨〃 餌 仍吏反鬻粉餅也八 珥 耳飾 衈 殺雞血祭名 咡 口吻 刵 割耳 眲 驚〃 鉺 鉤 佴 次也又而志反

駛 所吏反又急疾三 駊 〃〃 使 又所里反 廁 初吏反又雜一 異 餘吏反二 异 舉〃 置 陟吏反從四一 事 鉏吏反一 侍 時吏反二 蒔 種〃 惎 其既反七 郎 縣名在襄陽 惎

教一曰謀 緦 連針 鬢 魚名又其器反 梞 〃枝 誋 誡也成信也 熾 尺志反二 饎 熟食又酒食 意 於既反二 鶬 鳥名 記 居吏反一 亟 去吏反又數一 憙 許記反又好二 噫 笑

十 鬽 魚記反怒二 豙 按說文豕怒毛豎也 未 無沸反三 味 口〃 菋 五〃子藥名 胃 居謂反俗胃通一 胃 云貴反俗胃十 謂 言〃 艒 船運 渭 水名也

鍏 重一曰鬢〃 熭 火狀 㥜 怫〃不安 媦 楚人呼妹 緯 經〃又渭 彙 類 魏 魚貴反二 犩 牛名又魚歸反 沸 符謂反五 疿 熱細瘡 𣔻 方言南楚謂蔽朕 誹 〃謗 髴 髣〃

鬇 丘畏反又細米一 慰 於胃反安也一曰恚怒九 尉 說文從上案下從尺二寸 罻 羅 犚 牛名 尉 火 蔚 文也薈草 褽 衽 螱 飛蟻有翅蚍蜉 畏 怕也從鬼頭 諱 許貴反避二 卉 草之惣名

鼻 扶沸反又戳名十三 怫 〃憒又扶勿反 踋 刖足 腓 病 菲 菜食又芳非芳味二反 屝 草屩 蟦 尒疋蠐螬 翡 〃翠 蜚 虫 痱 隱 疿 小瘡 䶎 臭屬 費 姓又方味反

既 居未反俗既四 暨 諸〃縣名在會稽又其冀反 穖 福祥 旡 欲食氣逆不得息 毅 魚既反俗𣪡二 藙 茱萸〃別名 氣 去既反二 乞 與人古作雲氣字正乞又去訖反 欷 許既反亦歔〃泣餘聲八 唏 啼 墍 仰塗古

作炁 炁 尒疋靜〃 概 取又古載反 熂 乾飯 䭕 生餉 鎎 怒 衣 於既反又於機反二 黖 深重黑色

十一 御 魚據反又有駕三 馭 駕 語 又魚舉反 慮 力據反思〃三 勴 助 鑢 錯 據 居御反俗據五 鋸 刀〃 倨 傲 踞 蹲 椐 靈壽木又椐櫃去居反 覷 七慮反伺二 覰 又七余反

㰦 却據反又欠〃六 麮 麦汁 去 又却呂反 呿 臥聲 胠 腋下 𪓰 尒疋云〃䵷陸地蝦蟇 署 常慮反二 曙 曉又睹 恕 式據反〃心文仁二 庶 衆也布也 著 張慮反又治略張略三反又著通一 翥 之據反飛也亦

書三 鱇筐 饛大麋 䟽所據反書又平聲一 飫於據反飽六 㾑⺀血 鄔縣名在太原又烏古反 醧私讌 棜無足樽 淤水濁又約渠反 筯治據反匙⺀或箸一 遽渠據反急也四 勮勤務

懅淒⺀戰慄 詎辭端 絮息據反一 助鋤據反從且三 耡又士魚反亦鋤 麆麤子亦麤 怚子據反憍又嫿二 沮⺀洳漸濕 詛側據反呪一 洳而據反沮⺀又濘字二 茹菜⺀又音如 豫余據反逸也一曰獸名十象屬亦豫

預安 譽揚⺀又与魚反 礜⺀石藥 鷽馬行疾 輿車⺀又与居反亦舉 鸒鸒⺀烏 悆⺀悅 䖏大鹿 礜舉食 嘘虛據反吹也又許渠反亦歔一 女乃據反又尼与反妻也一 處昌據反又昌呂反俗處一

十二遇 遇虞樹反逢也四 㝢始也女子遇於男子 寓寄又寓 禺母猴屬 嫗紆遇反老二 樹殊遇反四 尌老人行皃 澍時雨又之戍反 尌立也從寸持之又樹同 住持遇反二 腧築垣短板 附符遇反近七 怤

白⺀ 祔祭名 賻錢助喪 坿益 駙副馬又近也疾也 鮒魚名 注之戍反水注又陟句反八 疰病 罜小罟 澍時雨又殊遇反 鉒垂⺀ 狂犬名 鑄鎔⺀ 馵馬名又馬後左足白

屨俱遇反履五 句章⺀ 蒟⺀醬又其俱反 絇絲五兩 瞿視皃又鸜鵒之視 煦香句反又氶也三 昫日出溫也一曰赤色皃又火于反 酗醉怒又作酌 戍傷遇反守邊也從人持弋五 腧五藏 隃鴈門又音輸 輸委⺀又式朱反

趨馬趍⺀ 裕羊孺反寬也古衰四 覦覬⺀又羊朱反 諭亦喻 籲禾也商書籲眾戚也 孺而遇反稚或𤔡三 乳又而主反 檽⺀荃 赴撫遇反奔也又作卧五 䟾疾 訃告喪 仆又孚北反 𧽤

僊⺀也 務武遇反趣也十 敄強也又音武 霧⺀露亦霚 鶩馳 鍪六月生羊 雺雞雛 婺⺀女亦州名 嵍汝亦女 鞪巾 瞀丘 䋣子句反又子侯反青赤色一 懼其遇反三

具俱 䂂瘦 芌羽遇反一名蹲鴟二 雨 屢李遇反數一 聚才句反二 聚又慈雨反 數色句反又色矩反色角反二 裋⺀襄 付府遇反四 賦斂也 傅相⺀

鬚露 䰅髻 娶七句反二 趣七句反又俱反 注陟句反又之戍反六 註解 鉒置也又送死人物也 駐立馬 軴車⺀ 壴陳樂也立而上見 驅主遇反又說文作毆一 菆側注反鳥窠一 足即具反又子欲反一

十三暮 步止徒故反步一 䌓竹句反孌淹餘也一 暮莫故反晚也五 墓冢 慕貪愛也 募勇求也 篡禮記竹篡 渡徒故反越水四 斁歎也一曰終也

詩云服之無斁又音以金 鍍物 度徒各反尺丈也稻黍中者一黍十黍為寸十寸為尺一尺二寸為大尺十尺為丈 路洛故反三 露容 潞軌九 露⺀霧 潞縣名在上黨 輅車又胡格反 璐玉 賂財 鷺白鳥 簬竹名 䕻

姤當故反嫉也按說文婦妬夫從女戶俗從石通 秅禾束又縣名在濟陰又作秺 妒美女 肚⺀胍大腹胍音孤 疜乳病 罜尊酒爵 蠹食桂虫又⺀害 斁敗也商書彝倫攸斁又大故反又作斁 兔湯故反獸名四 菟⺀絲草名 鵵烏名

十四

吐（又湯古反）顧（古慕反俗顧十一）雇（賃也又音戶又鳥名）稒（々陽縣名在五原）凅（西京賦々陰沍寒）㲉（郭璞云方言關西謂之雞雀雛曰㲉）故（事又音古）酤（賣又古乎反）痼（久病）錮（々鑄又禁々）盬（固々鹽）誤

（五故反錯也謬也亦悞八）寤（寤寐々）忤（逆也犯也）迕（遇）吾（見亦足）晤（朗）悟（覺々）梧（覺見）⿰忄悟（披相揺不安也見亦足）護（胡故反十）瓠（匏）嫭（美好）婟（嫪惜）互（差互俗牙）枑（行馬門外）

濩（布々又湯々時樂又々澤縣名）穫（焦々藪也又胡郭反）篗（所以收絲）沍（寒凝又水下各反）訴（蘇故反告也無點又謝愬俗𧦝六）泝（逆流而上曰々）傃（向又遡）愬（行）嗉（鳥々）素（舊也白也）祚（昨故反福也祠也位也四）

胙（祭餘）阼（東階）䕅（魚醬）笯（乃故反盛鳥籠二）怒（又奴古反）布（博故反二）圃（園又博古反）汙（烏故反又涤也三）惡（憎又烏各反）⿰言惡（相毀）怖（普故反亦悑二）鋪（普故反又普胡反）厝（倉故反

置一曰厲石詩云他山之石可以為厝也三）措（舉也投也置也）醋（醬又作酢）袴（苦故反又絝四）庫（倉々）胯（股）酤（醋蒩）捕（薄故反又捉也八）哺（食在口）步（從二止又步一左一右行）餔（餔々）鮬（魚名）鞴

（々又敷）鷵（鳥名）⿰舟寺（船短而深曰々）霽（子計反雨止四）隮（墜）濟（成也渡也又子礼反）擠（墜也排擠也）帝（都計反君也諦也天也八）諦（審）嚔（氣噴古緯詩云顛言則々也）柢

（根也）蔕（草木實綴）螮（々蝀虹別名）摕（撮取）⿸疒帶（下痢病）嚌（在細反又嘗至齒七）劑（々分也又子隨反又齊也）穧（刈把數）懠（怒）⿰鹵齊（々）鱭（々俗酉）眥（目際又才賜反）替（他計反

廢也又俗相々代又八）⿰禾啇（不耕而種亦穑）涕（鼻々）屜（屧裏薦）剃（除也々髮也亦鬀大人曰髠小人曰々）达（足滑）薙（除草）鬄（髮又持計反底鬏）第（特計反從竹十八）苐（宅）遞（迢々遠）髢（鬄々）締（結亦嗁）

睇（視）悌（孝々）娣（々似）梯（名）鈦（以鐵加足又音大）鶗（々鴂鳥又徒雞反）棣（車下李）遰（更々俗遞）杕（盛皃一曰樹皃詩有杕之杜）睼（迎視又夫兮反）踶（蹋）題（封又徒雞反）⿱竹踶（竹）

砌（七計反階三）切（衆從七又千結反）⿰目祭（視）細（穌計反從囟五）⿱山三（楚音林）栖（雞宿所又先奚反）婿（夫也從士胥又壻通）洒（水名出汝南）詣（五計反四）羿（能射人從羽幵古昇）睨（脾々亦𥆧）指（枍々殿名）計（古詣反九）

係（連）繼（紹）繫（縛）薊（草名說文作此薊）髻（頭々）⿰契阝（燕都令相承作薊非）蘻（草名）檵（枸杞）𡘋（胡計反繫々六）⿰月絜（喉脈）系（緒說文作此系又乙狄反）妎（心不了）禊

（々飲）徯（恨）契（苦計反約也又苦結反從刀主三）栔（刻己）⿱轚心（亦足盡）翳（於計反一曰隱羽葆十）曀（陰風）瘞（靜）⿰木殹（々指）⿱殹土（塵埃）殪（死）医（藏弓矢器）瞖（目々）殹

（擊中聲）寱（靜）謎（莫計反隱語一）閉（博計反又布穴反俗作閇）嬖（愛）箅（甑々）慧（胡桂反又解）憓（愛）潓（水名）惠（仁）蟪（々蛄）譓（順）蕙（草名似麻花紫色）

檍木名 桂古惠反四 昚姓亦昋 筀竹名 罣掛也又音畫 嘒虎惠反聲也無心亦同二 暳小星 嫕迡詣反配也四 潬水聲又斆倫反 睤〻睨視針 渒水名在汝南 薜補計反〻荔二 [illegible]

所以理苗敫草 廲魯帝反旅行也好也十七 戾呂結反又𦬸 𦄉僕〻亦𦄉 珕蜃氣 颲〻急風皃 儮等也迡也 盭綟色或作綟 劙割〻 唳鶴〻 蜧大蝦蟇能興雨 栛木名 䓞紫草也

㑦很〻 沴祅氣 [illegible]方言南楚謂竊視也 荔薜〻 棙琵琶撥 淚泥戾反陷〻又乃定反二 迡近 [illegible]田戾反又杖胡反竹名方言以䈚為䈀亦䈀也一

十五

祭子例反五 際畔 穄黍屬 鰶魚名一本作鯀 [illegible]露鬐 歲相芮反又從山非古歲三 槥小棺又似歲字林槥 繐疏布又似歲反又作繐 衛羽歲反六 轊車軸頭鐵 璏劍鼻玉〻也 彗日中必〻

[illegible]竹名 [illegible]驂屬亦衞騰 芮而銳反草生狀四 汭水名又水北曰汭 蜹秦人呼蚊為〻〻又人芮反亦蚋 枘柄 贅之芮反〻以物質錢出一 嚽山芮反小歠一 毳此芮反細毛又悅芮反七 韢囊類又徐醉反 脃肉肥〻

帨佩巾又式芮反 涗溫水又式芮反 竁說文穿地一曰小鼠聲周禮大喪用〻也 [illegible]謹 銳以芮反利主 叡與睿同聖也又叡濬 莌草生狀 綴陟衛反連也又丁劣反三 醊祭亦餟 畷二陌間道 稅舒芮反斂也五 說誘又蘇杜反俞杜二反

祱祭 裞以衣送死人又他活他外二反 蛻〻皮又他卧反 獘毗祭反破也困也從大或與死同四 斃死 幣帛 敝狀也敗也 [illegible]莛歲反重橋或毀同一 篲囚歲反掃帚二 鏏大鼎 蔽必袂反掩二 蹩

縣名在祥何 齺居衛反利傷四 鱖魚名 躗踶〻牛展足 劌剸〻斷剖 袂弥𠎝反袖一 憏所例反殘帛三 鎩予戟又所㤥反 蔱〻叔 掣尺制反又尺折反𢭃四 瘛小兒驚 懘怗〻樂音

痸〻病 制職例反禁也蔡雍獨斷曰說王者之言必為法制也詔告二世無文秦漢有漢為八 鯯魚醬 淛水名 製作又𧝎 [illegible]入意一曰聞 晢星光又旨熱反 狾狂犬 [illegible]孕病 逝時制反往八 [illegible]

牛角堅 噬齧 誓約 筮卜 澨水名又三說文埤水邊土人所止 遾遠也還也 [illegible]車蕃 曳餘制反動十 裔衣裾也亦苗亦邊裔也 玴石似玉 疶病 勩勞 泄水名在九江

枻檝屬 𦐈鳥飛 怈明也習也 詍多言 緆於罽反急也不成也三 瘞埋 餲食敗曰〻又於既反 藝魚祭反〻業也四 寱睡語亦囈 蓺種 槸木相摩 滯直例反四 [illegible]

除利 蹛〻林 彘豕 例力滯反次十五 厲惡謚又〻己也 礪〻石又無石 勵勉 禲無後鬼 癘疫 刕魏都賦去泰餘從刕〻 濿渡水又作砅 蠣蚌〻又杜〻虫 䮠馬疾

𥝩黍秀 犡牛名又里大反 櫔木名 㠣山皃 [illegible]魚名又作[illegible] 憩去例反息五 揭高舉也又去竭反 愒恐人 [illegible]尓反瓠壺也 [illegible]〻車草名 世舒制反又丗令國也三 勢〻力也

十六

貰賒也又時夜反猘居例反江南呼狂犬也六罽西胡毛布俗作罽同瀱泉出皃罽魚納又姜鵠反蘮〻蘮似芥實如大麥蘮音茹訐持人短又居謁反㿃竹例反赤白痢一偈其憩反句一啜市芮反嘗也又市雪反二跇

丑世反跳亦趨二傺侘〻失意皃劓義例反去鼻一蕝子芮反朝會束茅表位又子悅反二泰他蓋反從水滑也大也三忕奢太大蓋古太反辭也亦葢二丐气艾五蓋反蓮藾三豛

〻獙豕鴺打婦鳥藹於蓋反臣盡力之美也堨清殪死鼂小鼠相銜行壒塵馤香靄雲雨狀又於曷反曖日色藹蓋曖隱㮏奴帶反果木名又柰三奈

如也又奴簡反毻〻多毛大徒蓋反又太也五汰濤〻軑車轄釱鉗〻又音弟駄鳥名害胡蓋反從手俗吉通一帶都蓋反伸五跢倒又侈蔕〻方郡㨢方言擠人捋也艜方言南楚人薄艇艇

貝博蓋反海虫也居陸名猋在水名蜬六沛郡名又普蓋反芾小詩云蔽〻甘棠狽狼〻浿水名又普賴反犻牛二歲霈普蓋反大雨三沛又音貝怫恨怒會黃帶反一兌杜會反二鞔

補〻儈古外反十膾屠〻俗鱠禬福祭檜栢葉松身又古活反巜水流澮〻也方百里為巜也襘木置石𥏳敵澮〻歐〻廣二尋深二刃亦廷去俗注瀆澮也釋名云澮會也以濟之所會又云水名也在平陽郡是也鄶國名在滎陽廥芻槀藏也

䯤說文骨擿之可會髮者也詩云〻弁如星也㝡作會反說文從曰一譮虎外反衆聲四噦鳥聲翽鳥飛鐬鈴聲𥟓苦會反麤糠秦音苦活反一酹郎外反以酒祭地四𣯡馬色䬇門祭頪難曉說文從夕遠也

外吾會反遠一祋丁外反〻祤縣名在馮翊一懀烏外反惡也二薈草名㝡在外反〻劊二襊衣遊縫旆蒲外反旌旗畫皃三䟺蹞〻行不正皃軷祭道神又蒲割反磕苦蓋反破〻石聲四鶡〻鴟鳥字林作鴮

轄車聲愒貪蔡七大反國名一賴理大反贏也從貝束也九籟簫三孔大者謂之笙中者曰籟小者曰箹癩疾也亦癘瀨湍〻糲麤米一曰𥽒同襰隆壞犡牛名又力勢反鰊魚名莿

十七

〻萬餀海蓋反臭也一娧他外反好皃二駾馬行疾皃詩曰昆夷駾矣界古拜反境也十五誡言警戒檀也助也從戒省刃通介大也獨也著也俗亦隔也說文介屆至疥瘡玠珪

夰獨居忦〻情砎硬魪魚名价副使詩云价人惟藩亦善也𩬑替髻悈飾司馬法有虞氏〻於中國鴧雀褹女界反紩布繡一譮許界反怒聲亦欬同一械戶屆反說文桎梏也有盛為械無盛為器五[illegible]

菜或蘵通俗蕵說文蘵齘類〻切齒怒類字于禁反𩭐玉篇〻慓猾累獸也閉門扇聵五界反不聽或歡聵二譺詞𦺊苦拜反茥苺類五喟女字喟又丘媿反歎也𥴸尔疋云萠竹劊斷也謂截物也拜博怪反從二手下也二

扒詩云勿翦勿〻拜也湃普拜反澎〻二湏水名在樂浪壞胡怪反敗也亦𣪠二蘾草名聵五拜反聾二䫿頭〻蒯〻憊蒲界反病極又備同二韛韋囊吹火又囊也䀍莫拜反〻眼久視二韎東夷樂名鎩

五面

十八

所界反 剪鬋也 又所例反三 殺殺害又所八反從殳通亦殺 襏衣衽縫 烗客界反熾也一 㗵許戒反喝也二 𢡠𢡠慸剌鰱也又天芥反出玉篇 㤉古壞反異也四 毃毀 䂘石似玉 蔽草 噫烏界反又於飢反二 𠯿不平聲 𤸷

側界反病也三 鄐邑名在周 祭周大夫邑名又子計反 叏古邁反決也三 獪狡獪又作狭 [illegible]竹 快苦夬反二 噲有漢樊噲 邁苦話反裹也又遠行也過也三 勱勉

佅東都賦佅禁佅兜離 話下快反又胡跨反語也二 又會合也又善二 [illegible]過也出傳亦諭 敗薄邁反亦頹壞也毀也俗攵二 唄梵聲 𪑾烏夬反淺黑也一 嘬楚夬反一舉盡臠也一 芥古邁反菜又草三 [illegible]馬疾行 犗犍牛 蠆

丑界反 蜂毒蟲二 蠆 喝於界反聲嘶四 餲餅臭又於罽反 欸韻集歎 噫玉篇飽食息也亦欸 𠹗所界反喝聲 𠾖火夬反烏聲一 𧭢火界反譪怒聲字林火懶反一

十九

廢方肺反舍也七 癈病 發賦斂 橃木 袚福 蕟蘆 鱍說文雉射收繁具 肺芳廢反內藏名二 柿斫木札 穢於肺反惡也四 薉荒蕪 濊貊夷多穢反 鱥

餅臭 吠符廢反犬聲三 鼣鼠名 茷草名又房大反 喙許穢反口也又昌芮反三 豙用也詩豙豙其 餯餅臭 [illegible]巨穢反牛觸人一 刈魚廢反又稱也四 乂才 [illegible]回惠為戒亦懷 [illegible]尓疋鷦鷯之雌者鷦鷯即巧婦

廿

誨荒佩反亦五 悔悟恨也 晦日晝 [illegible]易卦上體 靧洗面亦類 對都佩反應也從業又對三 碓杵臼又作碓 [illegible]中 倅七碎反副五 淬染也字林深也子內反 焠作刀子內反堅刀火器也 [illegible]礧之別名見方言

啐嘗入口又先對反 晬子對反周年也四 椊月名 綷會五色 祽單衣 魋烏繢反若熱從尢二 扆隱痛 退他內反俗退二 [illegible] 憒古對反心亂三 幗女人喪首飾 [illegible]刀又使割反

潰胡對反又逃散也七 迴曲又胡梅反 繢畫也亦繪同 嬇 闠闤闠市門 嬇女字 譮中上 塊苦對反亦凷土片二 㙗塵也又若卧反 碎蘇對反四 誶告 啐馳酒聲又七碎反 繀繸

內奴對反一 類盧對反又絲也七 耒耜又力軌反耕田曲木又作耒字 儽極 櫑趨鼓 蘱草名似蒲 [illegible]推 [illegible]耕多草 背補配反二 輩等俗輩 [illegible]五內反磑一 [illegible]戶內反又吊決後悔言也一

隊徒對反眾也五 [illegible]雲黭勢 薱草盛 [illegible] 懟怨也亦憝周書憝民不宜 佩薄背反帶也九 珮玉 孛星名又步沒反 邶國名 偝偝向 誖言亂又蒲沒反又籀同 悖心亂又蒲沒反

[illegible]弗取 [illegible]廟邑 妹莫佩反九 眛日晦 每又莫罪反 痗老病 昧目暗 瑁瑇瑁又亡對反 黴點筆又武悲反 沬水名出蜀又火對反 苺苺子木名似椹 配普佩反匹也亦酒色二 朏向晚色又音普沒反 妃偶又芳非反

廿一

代徒戴反更也八 岱東岳 黛眉黛亦黱 埭以土斷水 逮及也又徒帝反 帒囊也亦帒俗袋 瑇瑇瑁又徒督反 靆靉靆雲氣 載作代反又作代反二 再重 [illegible]莫代反禾傷雨又莫亥反一 賽先代反報四

廿二

儹 僧 簺 格 塞 又蘇則反 貸 他代反亦貣三 儓 癡儓 態 意又能 瀩 古 槩 平斗斛 槪 溉也詩云溉之釜鬵 瞖 要病 愾 太息又許既反 慨 若愛反慷四

欬 瘶亦咳 鎧 甲 閡 門外閡 礙 五愛反止也四 閡 說文下代反 儗 儓 儗 騃也 愛 烏代反五 曖 日 靉 靆 薆 草盛 僾 彷彿也隱也詩云愛而不見 瀣 胡愛反三

沆瀣海氣 恔 患苦 劾 推鞫 刀 耐 乃代反能忍四 鼐 大鼎 說文小鼎 䵍 能 姓 戴 都代反亦戴一 賚 洛代反賜也四 萊 來音 睞 旁視亦內視 勑 共為勑勅 萊

倉代反三 採 大夫食菜地 棌 木名 載 在代反又作代反三 裁 製又在哉反 截 醋

頦 顏色又頦順事也 拒 給也約也拭也 信 息晉反七 迅 疾又私閏反 訊 俗作訊告也 顖 腦會亦內 卂 疾飛而羽不見 汛 灑 阠 尔疋陵南方之 遴 力進反行難十二 吝 俗 悋 躪 蹸 踐也

震 職刃反七 鷶 鷶鳥 振 舉救也一日奮 賑 贍 娠 妊身又尸人反

紀藤 書俗 悋 鄙 磷 薄石 閵 鳥亦人姓似鴝鵒 䕲 竹名 燐 鬼火亦粦 藺 草 顉 頭 轥 少䡩一日轢 轔 轢 瞵 視 刃 而進反八 認 識 朋 牢

仞 七尺 軔 礙車輪 韌 柔 牣 物滿 訒 鈍難也 亂 與晉反從八繼也六 酳 酒漱口 靷 引輪 引 又以輪反 㽼 小鼓在大鼓上 濥 水流行地中 疹 丑刃反俗亦二 趁 逐俗赽 印

於刃反 符之從爪 弓古弓二 鄭 臭名身上如印 儐 必刃反相五 嬪 蔽也不見也 擯 擯 庠 擯 棄 鬢 鬢 陣 直刃反四 診 候脈 肕 登 軷 列 愼 是刃反謹也古春一 慭

臭 靳 居焮反 世傷也悶也謹敬也二 㹞 犬張齒 晉 即刃反亦晉六 搢 笏 摯 亭名在汝南平興 縉 雲氏又帛赤也 螓 蟲 進 向前 鎮 陟刃反又陟人反一 眒 式刃反目一 菣 去刃反香蒿可食二 趣 行良

盡 疾刃反又深四 濜 水名 燼 燭餘 贐 亦費 蓋 許覲反進也一日草也 釁 罪也古釁二 衅 牲血塗器祭亦上同 僅 渠遴反纔能也七 覲 見 殣 說文道中死人所埋也詩云行有死人尚或墐之 墐 塗 瑾 玉

饉 飢 瘽 病 櫬 楚覲反空棺五 嚫 施 儭 藉 齔 毀齒從七 濜 水名在汝南 韻 永 爋 一 峻 私閏反高也六 濬 深亦睿 浚 水名在衞又特 陖 亭名在馮翊又斗 迅 疾也又

音信 鵔 鵔鸃鳥 殉 辭閏反以生送死四 徇 尔疋徧也 侚 衞行之 侚 自以身從物 儁 子峻反五才過千人又作僑 畯 早 餕 食餘 畯 田畯農夫也 駿 馬 舜 舒閏反四 蕣 木槿字

林作算 鬊 毛亂 瞤 目亦瞚 稕 之閏反束稈正從稾下同二 諄 告之丁寧也 閏 如舜反餘月二 潤 濕 順 脣閏反二 楯 摩 㞕 撫刃反麻一片從斗俗朩一 覹 迟刃反又見一

廿三問 無運反六 璺 破未相離說文璺同 汶 水名 紊 亂 絻 喪服 鼢 鼠名 運 去問反五 暈 日傍氣 餫 野餉 韗 治鼓工 鄆 邑名在魯 訓 許運反教也四 臐 羊羹 薰 ∴香又許云反俗作熏亦熏同 鐼 鐵類 溢 紛問反含水二 忿 怒也又敷粉反 糞 府問反亦糞四 僨 僵 奮 揚也說文翬也從奞田詩云不能奮飛鳥張毛羽也 瀵 御冠子云禹治水土失塗至北海之北國名終北國有山名東領狀若甔甀有口狀若圓環名曰滋穴有泉涌出名曰神瀵臭過樹過醪醴一原分為注於山下國人飢倦之者飲之則志力平和過醉之者則經旬不醒沐浴則神色膚悅病者飲之則毒除並盡也 醞 於問反又於刎反釀酒四 縕 習 慍 怒也又怨也 緼 亂麻 捃 居運反拾也亦攈二 皸 足拆又居云反 郡 渠運反群也人所聚一

廿四 分 扶問反從八刀又方聞反二 [illegible] ∴痱悶 靳 居焮反∴固又姓一 焮 許靳反火氣三 脪 瘡肉出 痱 瘡中冷 近 巨靳反又巨隱反二 垽 江東謂曰∴又魚靳反又魚墐反 傿 於靳反依人亦急也五

廿五 慁 懚 震 檼 ∴椿 濦 水名在汝南又於勤反 棟 東 嶝 都鄧反山坂四加一 隥 梯∴ 鐙 鞍∴ 橙 几∴ 磴 巖∴ 贈 昨磴反送也一 亘 古鄧反通也五 揯 急引又古登反 堩 路 䱴 魚名 栢 竟 蹭 七贈反∴蹬一 鄧 徒亘反國名二 蹬 蹭∴ 懵 武亘反悶也二 鰽 魚名 僜 魯鄧反∴蹬一 [illegible] 方鄧反束棺去下也一 倗 父鄧反輔也一

廿六 翰 胡旦反大雞也羽也又文二十七 扞 以手∴与捍同 翰 鳥毛 鶾 馬長毛 [illegible] 秀雞虫 捍 ∴柢 骭 ∴膝 垾 小隄 釬 ∴金說文臂鎧 汗 ∴熱 悍 猛 瀚 ∴海 閈 里∴ 豻 野狗又五旦反 䩐 射∴ 駻 馬高六尺又作駿 雗 ∴鶾鳥別名一曰天雞又作鶾 玩 五段反弄也或翫貦獸也春秋傳曰翫歲而渴日上略同一 段 徒玩反字林作叚從山從殳又姓俗通三 𣪚 卵壞 椴 木名 亂 洛段反俗乱治也理從乙又𤔔三 灓 絕水渡亦亂 𤔔 ∴煩

鍛 都乱反又打鐵四 腶 脯∴ 碫 礪∴ 斷 決獄又都管反又徒管反一 彖 他乱反∴象百鼠走二 褖 后衣 喚 呼乱反四 奐 文采明也 煥 火光 渙 水流散 筭 蘇段反計也從玉俗筭二 蒜 葫說文作蒜亦作祘正作禾

縵 莫半反五 幔 帷∴ 漫 水∴ 𦔳 不蒔田 曼 汙 半 愽漫反從八牛四一 絆 羈 姅 傷孕 䮇 ∴駢馬白 料 五升 判 普半反分六 泮 ∴宮諸侯鄉之宮也 沜 水崖 [illegible]

牉 ∴合夫婦又音片 泮 水散 叛 薄半反亂也二 [illegible] ∴嫚無宜適也 畔 ∴際 炭 他旦反三 歎 息 嫨 ∴婆 換 胡段反又改四 逭 逃 [illegible] 皮包 垸 ∴漆 [illegible] 子等反

鋋 米二 鑽 錐∴ 惋 烏段反驚歎三 腕 手又捥䏲同 琬 ∴珪又於阮反 貫 古段反穿也十九 矔 張目 祼 祭名 館 舍從食亦舘 瓘 玉 鑵 水∴ 瘝 病 灌 澆 鸛 ∴雀亦作雚

樌 叢生木 鏆 臂環 [illegible] 楚人去火 懽 憂無告 爟 烽火又從亘 錧 車軸頭鐵一曰江南人呼犂刃 遦 行人習 冠 又古桓反 觀 ∴樓諦視又音官 悹 憂∴ 竄 七段反逃也三 鑹

小豴 𩞁 炊又𪏆作 按 烏旦反柳三 案 几 晏 晚又音烏惕反 旦 丹按反明六 疸 黃疸 鴠 鳱鴠鳥 狚 獸似狼 悬 信也詩云信誓旦旦 笪 箬 憚 徒旦反難四

地理志云河南果縣有犴狐聚 僤 疾也周礼勾欲無僤 彈 又楚單反 盰 古旦反日晚四 幹 亹幹 𠦝 日出光 榦 藻榦又枝也又榦 岸 五旦反七 犴 獄 豻 野犬又胡旦反 頇 頭無髮 駻 馯

𡶶 不恭 雁 火色 看 苦旦反又苦寒反從手從目三 侃 正從㐰品又字旱反 衎 樂 漢 呼旦反四 暵 日乾 熯 火乾 爤 盧旦反火孰說文上有草或從間七 瀾 波又盧丹反 讕 言書名

𤅪 明 彰 祭名又爛令共用此爛 灘 水奔 難 惠又奴丹反 粲 七旦反精米三 燦 粲女又美皃亦妏 璨 玉名 繖 蘇旦反蓋也三 散 分也又蘇旱反正散餘音傲古樧 𢿎 讚 則旦反稱 六

賛 助也具 酇 縣名在南陽 饡 羹和飯 𧽒 散走 濽 濺 灒 徂贊反不謹一曰美好皃一 㥏 乃乱反又懦同二 稬 稻亦穤

廿七 慁 胡困反悶乱又憂亦擾也五 圂 廁也俗溷 倱 全 溷 乱 慁 辱 頓 都困反又俗頓二 扽 撼扽 巽 蘇困反又風體四 潠 含水 遜 遁 愻 順 𦘔 苦悶反一 嫩

腝 奴困反弱三 腝 肉腝 枘 榲枘 悶 莫困反懣悶 鐏 存困反矛戟下一 睔 古鈍反大目二 琯 出光 噴 普悶反吐氣也一 鈍 徒困反不利二 遁 亦隱遯 搵 烏困反內水中一 寸 七困反一 坌 盆悶反塵

廿八 䪴 五困反禿一 焌 子寸反火也礼云吹其焌一 恨 戶艮反一 艮 古恨反很也正艮同一 饐 恩恨反方言秦晉云祭食羹謂之饐郭璞云關西人呼食欲飽為饐一 饙 五恨反一

廿九 霰 蘇見反雨雪雜也二 先 又蘇賢反 蒨 千見反草盛五 茜 染草 輤 載柩車 綪 青赤色 倩 美好 絢 許縣反文采也亦緰二 駽 青驪馬垂垂 縣 玄絢反古作縣從倒首八 玹 玉名又音玄 袨

好衣 眴 目搖 眩 瞑眩 炫 火光 衒 自媒也又行且賣古衒 贙 獸又胡犬反 睊 古縣反視皃又作貼四 譞 流言又呼旬反 [illegible] 貧孔座 羂 羅鳥 電 堂見反十 畋 平皃又音田 甸 郊甸

殿 又都見反 窴 塞又于國名又音田 奠 設祭徒甸反六 鈿 寶鈿又音田 澱 滓 淀 淺泉 㞟 侍晨 瑱 天見反玉名又玉充耳二 滇 滇沔大水皃又徒賢反 練 洛見反帛七 鍊 金鍊又從火 鰊 郎

魚名似鮎 浰 水名疾流 莧 草名芊芊 楝 木名 瓞 瓜瓜 見 堅電反又戶練反二 鋻 鐵鋻又戶練反 晛 奴見反日光也一 俔 苦見反磬二 [illegible] 雨晝乾上 現 戶見反二 涀 水名在定陵 硯

見五反筆之或作研二 豣 逐虎犬又苦見反 宴 烏見反安也亦飲之九 讌 讌會 醼 飲 咽 吞也亦嚥又嗌又一切反 驠 馬名 鷰 鳥 嬿 嬿婉 [illegible] 日出無雲 曣 日相音晏 廌 作見反又舉也說文宅買解

ㄑ獸似牛一角為黃帝觸邪臣王

卅

荐在見反重也亦洊二 袸衣小帶又音在 [illegible]烏縣反饕餇二 懸ㄑ㞐呻吟也見尔疋從㞐音虛伊反 線私箭反縷也又綫一 戰之膳反二 顫四支寒動 繕市戰反補六 擅專

薦上進也俗一百物曰ㄑ又臻也解廌所食草名又ㄑ席也 蒙畜食地 遍博見反迊也二又作徧 [illegible]ㄑ研也說文作[illegible] 麪莫見反俗麵四 瞑斜視ㄑ眩 眄斜視 湎ㄑ湎 片普見反析木從半木一

禪封ㄑ祭又市甎反 單ㄑ父 鄯ㄑ善西域國名 膳具食 彥魚變反美之稱從文四 喭弔說文作唁詩云歸ㄑ衛侯 諺傳言 [illegible]亦扁 譴遣戰反問也一 絹古掾反素三 鄄ㄑ城縣在東郡

狷編急 瑗王眷反玉名又于願反五 援接ㄑ又韋元反 媛ㄑ淑 褑佩帶 院垣ㄑ 面孫便反頭ㄑ二 偭鄉也少儀之壺ㄑ其鼻作此面非 釧尺絹反環二 僢同卧 掾以絹反三 [illegible]風氣毒飆穀

緣邊又与全反 [illegible]陟彥反馬土浴二 襢皇后衣 [illegible]人絹反城下田又而兗反一 箭子賤反五 煎熬也又子仙反 鬋女鬢垂良 葥草名似覆盆子又似山梅 濺水迸ㄑ [illegible]尺戰反展繒石一 扇式戰反四 煽

火盛良又失延反 傓熾盛也詩云ㄑ方ㄑ 蝙尓疋云蝙蝠ㄑ搖翼 躽於扇反怒嗔一 眷居倦反亦睠八 睠還顧 棬西ㄑ縣名在日南 券書ㄑ又居轉反 桊牛拘 帣囊三斛 [illegible]尔疋云革絕曰絕辯中辦曰[illegible]也 弃

搏飾也凡卷之屬皆從弃 倦渠卷反二疲也說文作券同 綣緣韓縫亦韏 戀力卷反慉一 猭丑戀反走草二 鶨鳥名鶨類俗謂之癡鳥 變彼眷反更也從攴一 [illegible]所眷反車軸二 孿一乳兩子又山患反 縓七選反又七全反說文赤黃色 卞

皮變反縣名在魯九 抃擊也手也亦抃 弁冠 汴水名 [illegible]大鬪聲 閞門欂櫨 覍冕也從皃 [illegible]冠良 昪喜樂良 旋辝選反迴四 鏇裁器車又作旋 縼長繩繫牛馬放 嫙好 選

息便反又息兗反一 饌士戀反具食三 襈緣 譔專教 傳直戀反又直負反又丁戀反從專一 賤在線反不貴三 餞酒食送人又食演反 羨似面反貪欲又從羊次又音因延反 [illegible]竪釧反懸繩墜二 叀專亦小謹 騗匹扇反躍上馬一

輾女箭反又音展俗碾一 囀知戀反韻也四 傳鄅馬又直戀反直負二反 [illegible]方言音饌取物而迸 狿獌ㄑ大獸弋戰又音延亦通

卌一

訕所晏反謗又所攀反五 汕魚乘水上 刪補破蘸 [illegible]獸名似狼又所攀反 [illegible]取魚網 諫古晏反三 澗川 鐧車鐧ㄑ 鴈五晏反上無點又作鳫二 贗偽物 晏烏澗反又音案四 騴馬毛白

鷃ㄑ雀 [illegible]目相戲詩云ㄑㄑ宛之求 骭下晏反脛骨一 慢莫晏反怠也俗曼五 謾欺 縵緩也又作幔 [illegible]牛馬病又莫駕反 嫚侮易也出說文 患胡慣反九 擐ㄑ甲又作貫 宦仕ㄑ 倌ㄑ臣

轘車裂又胡關反 豢穀養畜 [illegible]獸名似羊無口 槵無患木名 繯所以懸捐陳楚云 慣古患反習亦串三 矔方言轉目 丱髮角 篡楚患反奪也一 薍五患反草名又荻八月化為藿一 襻普患反衣ㄑ一

蝬士諫反虫名二 棧木道又士限反又士免反也 姓女患反訟一 鏟初鴈反削鏟又初限反三 𪉉麥𪉉 㬶溫溼一曰赤色皃又烏晏反一 皛田晏反赤白一

廿二 襉古莧反襞襉三 豣逐虎犬又五見反 間古莧反又古閑反 莧侯辦反菜二 莧莖餘 辦薄莧反具也二 辨從刀判也 瓣瓜 盼普莧反美目也二 辦白眼視又人皃 幻胡辦反化也一 𧀼初莧反又初間反相𧀼一

廿三 蔄莫莧反人姓一 袒大莧反衣縫解又徒旱反二 綻補縫又作䋎綻 顩魚怨反欲也顩也亦作顩三 愿敬也謹也善也 傆黠 怨於願反恨也一 販方願反賣也二 畈田 券去願反約也契

劵也從刀從力是倦字三 劵束羃繩 勸獎 方無販反六 萬草名 蔓舞 縵繈大緞郭璞云長百尋音弋戟 輓車亦挽 蔓草屬 曼長也引也 飯符万反又從卞俗二 䉛泉水 嬔芳万反息也鳥伏作嬔 疲

吐 一 畚宿酒 奔上大 建居万反五一 堰於建反又水四 鄢地名在楚 郾城縣名又於面反在楚 躽引与鳥偃又於面反又作傴又於㥾反 獻許建反貢也一曰宗廟大名二 憲法手 健渠建反一 楥許勸反

韗韗亦楦一 㒊居䛕反物一 遠于䛕反又居宛反一 䴢又万反米未精三 溓令德良一曰黟 穀小舂又初万反

廿四 嘯蘇弔反鳴二 歗廣疋云振許也 糶他弔反賣米六 眺視 趒越 覜頫 咷叫又泣不止 㝚叫又吐鳥反 弔多嘯反問跂五 伄儅不當良 㾖星狂病 釣魚 窵窵深官

叫古弔反呼也從乙亦嗷同六 徼小道 儌行縢又古鳥反 䜈許 激水急又古歷反 㰷所歌 尿奴弔反亦屁一 藋徒弔反菜五 銚燒器又以俗反 掉振捏也又徒了反 調嘲又音條 莜草田器也大唐聊反

竅苦弔反孔二 擊擊 顤力弔反顤長頸四 尥牛脛交 嫽悅又落蕭反 料度又落蕭反 類五弔反又顤三 獟狂犬 澆韓浞子名又鼻遙反 歊火弔反悲音一 窔鳥弔反窱俗窔一

廿五 笑私妙反從犬三 肖骨肉不似於先故曰不肖也 䩳刀 照之笑反二 詔誥也蔡邕獨斷云制誥王者之言必為法制三代無其文秦漢有 曜弋笑反日光七 鷂鷹 摇動又餘招反 覞普也 覸視誤 䨭不正 燿照亦耀

要於笑反又於招反二 約又於略反 㕭持笑反呼也一 邵常照反姓也晉邑四 卲高有 劭自強又勉也 嶠渠廟反山道一 剽匹笑反又匹刀反四 㟽畫 瞟置風日中令乾 漂水中打絮 噍才笑反又子由反二 誚

䏚青也 妙弥召反一 峭七肖反山峻亦陗二 簫竹簫洛陽亭長所吹又七遙反 燎力召反又力小反照也八 尞祡天 鐐銀美 璙周垣 療治病 燎火良周書味辛而不 獠爾疋云宵田為獠又子管反 膫

趬丘召反行輕皃二 䫜而不安也 𪊽牛召反又高一 醮子誚反或冠娶礼祭五 釂酒盡 皭白色 潐盡亦㵐 燋博疋云縮也焦招也 廟眉召反亦庿一 驃毗召反又馬名一 少失照反又失沼反二 燒又失昭反

卅六 脁丑召反祭一 褾必廟反衣延云被巾謂之褾 [illegible] 教古校反令也蔡邕獨斷云諸侯言曰教六 窖倉〻 鉸刀〻亦〻具 挍檢〻杜延字樣二並從木 酵酒〻 覺睡〻又古學反 効胡教反〻力亦效三

校尉〻 斆學也亦効 孝呼教反三 涍水名在河南 哮𡄯又呼交反豕驚散 罩都孝反取魚具一 豹博教反二 爆火裂又普教反 敲苦教反又苦交反又作㪣擊也三 巧偽又苦絞反 貌莫教反容儀也正作皃象人面象人有容儀一

奅匹豹反起釀也大也四 礮潘岳閑居賦云〻石雷駭 抛〻車又普包反 炮灼又薄包反 趠褚教反行皃二 踔𨁷跳又勅角反 稍所教反漸有三 潲豕食 揱木小 棹直教反舟〻一 橈奴効反木名又曲也又如昭反三 淖泥

鬧不靜或作閙同 抓側教反又爪剌三 蕉縮小 笊〻籬 靤防教反面瘡說文亦皰二 鞄理又作皰理皮刀 抄初教反亦鈔又楚交反二 靿一豹反〻鞾又約同一 樂五教反樂又五角反一

卅七 号胡到反〻令亦號三 𤦕石似玉 號名〻 導徒到反教也引九 翿舞所執 悼傷 蹈踐 盜竊〻 纛左〻 燾覆又大刀反 𥞤禾無莖穗六 𢿧年九十 到都導反三

禱祭 受姓從文 誥古到反四 郜國名在濟陰又姓 縞繒也又古老反 告示又古沃反 傲五到反倨六 𩕹頭長皃 鏊餅〻 鷔鳥名 驁駿馬名 奡陸地行舟人亦慠 帽

莫報反頭衣七 耄惽忘也說文作蕒同 芼菜食又草覆蔓 眊目少精 瑁珪名 冒涉又莫北反 媢夫妬婦見礼 嫪盧到反恡物四 潦淹又盧浩反亦作澇 僗慰〻又盧刀反 髝〻髞高急皃又盧刀反 操七到反持又七刀反四 造

〻至又昨早反 糙糲米 慥言行急 暴薄報反虎也從水四 瀑甚雨 曝曬也在日部 菢鳥伏卵 報博耗反亦報一 漕在到反運水穀一 奧烏到反深六 䐿藏肉 澳浦〻又於六反 懊〻悔又烏浩反 䭴 [illegible]

妬名食隔 隩宮中 喿蘇到反群鳥鳴四 譟群呼 瘙疥〻 髞髝〻 鎬苦到反鎬軍王 靠相違 犒〻勞 竈側到反又竈俗竈同二 躁動亦趮 秏呼報反減稻屬二 好又呼 [illegible]

卅八 更古孟反又古衡反改也從丙支俗更一 命眉映反使也從口令一 病被敬反五 評平言又音平 𡈼地 枰獨坐板牀一曰棋局又木名 寎尔疋云三月為〻又匠詠反 敬居命反從苟支三 竟畢 鏡鑑 映於敬反二 [?]頭飾又於孟反

競渠敬反五 儆敬慎又音警 諍爭言 倞強 [?]乾 [?]許孟反瞋語一 鞕五孟反牢也俗硬一 [?]鋂映反善也亦怠一 孟莫〻反長二 [?]〻張失道皃又莫崗反又濃 蝗戶孟反虫名又胡光反

横非〻理來又胡盲反 潢小津一曰小渡水 柄鄙病反二 詠為柄反四 泳水行 禜祭名又永兵反 醟酗又虛政反 行胡孟反又下浪反又胡郎反二 絎刺縫 瀙楚敬反又冷一 倀猪孟反〻又丑良反二 牚他 [illegible]

卅九 鋥劍〻宅硬反又磨〻三 瞠住視又直更反 打出擊又吐丁反 諍側迸反諫一 迸北諍反散走三 𨃩〻蹶 榜引船又薄更反又笞打也 [?]於諍反證也文采也一

卌 凊七政反寒二 倩假也見也 摒畢政反除二 併兼也又並 偋防政反又蒲徑反隱僻也一 勁居盛反⺀健也俗力一 政之盛反正俗文三 正又止反成 証諫 聖聲正反一 鄭直正反一 遉丑鄭反邏候古作偵三

偵俀又門 䞍買並士圍 性息正反四 𡚾氏 姓氏 鼪江東呼鼬 令力政反又力盈反一 聘匹正反又從耳俗聘二 娉娶 夐虛政反遠也四 矎視皃 詗自言長一曰知處告言之說文作詷 醟酗酒

淨疾政反古瀞五 穽⺀陷 睛賜 靚裝飾古作奉朝請字又召也 頸好 盛承政反受也又恃征反盛⺀從成皿又黍稷在器五 墭⺀塭 晟茂⺀ 詺武聘反⺀自一 欱許令反含笑一 𨅕起政反行也一

卌一 暝莫定反亦作𪾢二 瞑夕又作瞑又墨丁反 徑古定反步道容牛馬行四 經⺀緯又古靈反 逕道近 侄⺀直又佊也一曰急腸 寗乃定反邑名又彭用也三 佞巧諂一曰高才從二女 濘泥 䁼息定反豕瘪肉又音星二 醒酒解又音星 脛戶定反

定腳⺀特徑反從正二 廷朝⺀又特丁反 矴丁定反⺀石五 釘又得⺀庭反 飣⺀貯又作饤 錠豆有足曰⺀無足曰鐙 顁詩云顁題也 磬苦定反樂 罄盡 聽他定反從壬又他丁反三 汀⺀瀅不遂志 侹⺀長皃

卌二 靘千定反靘⺀青黑色一 鎣烏定反⺀飾亦瀅三 瀅小水 忊⺀丁心恨 箇古賀反枚二 个東西序 賀何箇反一 佐則箇反二 左⺀右又作贊反 跢丁佐反小兒行也四

卌三 㾕勞 哆語助聲 𤸰病又託何反 邏盧箇反遊兵又平聲二 䍡婦人衣 坷口佐反坎⺀不平二 軻孟子居貧轗軻又苦何反 餓五箇反一 簸布箇反⺀揚又布火反三 播種也布也宣也 譒布言之 貨

呼臥反一 柰奴箇反柰何又奴蓋反一 課苦臥反勸一 挫側臥反又抑挫三 𡣍⺀拜失容 侳安 磨莫箇反礦說文作䃺又莫波反三 塺塵 摩⺀挲又莫波反 剉麤臥反斫三 銼蜀人呼鉆鉼 莝斬草 懦

乃臥反又乃亂反 輠三 㨢沙土緩反 穤秫⺀又乃亂反 和胡臥反相應又胡過反 盉說文調味 唾託臥反五 毻鳥獸毛 蛻蟬去皮 嫷好 襭無袂衣 過古臥反又古禾反一 破普臥反二 頗又普和反又普波反

涴烏臥反泥著物一 惰徒臥反懈也又惰婧二 猜猪 馱唐佐反負物一 卧五貨反寢一 纙魯臥反下均 挼比也又力過反

卅三

懈古隘反嬾五 解除又古買胡買胡懈三反 嶰又佳買反 廨公∼ 薢∼苦 隘烏懈反狹二 瘕病聲 邂胡懈反∼逅二 解曲∼又古賣胡買二反 卦古賣反兆三 挂懸 䞨插臯

賣莫懈反說文從出買一 畫胡卦反從四六 註礙又古賣反 絓絲結 澅水名在齊 絓罣也吴楚式卦 黊鮮黃花色又作蘳 差楚懈反除病又楚宜楚佳二反二 衩衣∼ 睚五懈反目際又仕佳反一 譮許懈反怒言又乎媧反一

庍方卦反𠛪别又作庍一 粺傍卦反精米二 稗∼稲 𤹯士懈反病也二 眦∼睚 派匹卦反泒流亦泒三 𥾛 潭水名在丹陽 債側賣反嵗財一 𡠿苦賣反難也一 曬所賣反暴也又所寄反又丑離二反一

卅四

禡莫駕反軍行祭名六 榪牀頭橫木 髼婦人結帶 𤸘牛馬病又莫晏反 罵∼詈 鄚縣名在犍為 駕古訝反籀文作格九 稼種曰∼斂曰穡鄭注云嫁者有女嫁相生也 嫁娶 瘕腹病 架∼屋

椵舉閣 幏南郡蠻夷賨布也 價數∼ 假借又古雅反 亞烏駕反∼次也四 𣢈驢鳴 俹倚 婭壻婭相謂 嚇呼訝反笑聲又呼格反五 鎼∼孔亦鏬 唬虎聲 諕誑 罅地名在晉

迓吾駕反迎三 訝嗟亦迎也周礼諸侯有御訝 犽獸似貙長尾 詫丑亞反誑∼一 咤陟訝反∼歎三 奼美女又都故反 𤈦火聲 詐側訝反二 䤁著酒出王逸證俗文或作笮耗庨未詳 乍鋤駕反二 䄍祭名亦同蜡

謝似夜反二 榭臺∼ 䜳口訝反二 疴小兒嗷 暇胡訝反閑∼四 夏春∼又胡雅反 芐礼記芐荊不納詭文夏金作夏 下玉篇降也又胡雅反古下 褯慈夜反小兒衣四 躤踐 藉以茅∼地又慈亦反 鋖鏡

夜以射反夕三 射僕∼又神尺反又神夜反亦䠶 鵺鳥名 𧻓充夜反怒曰∼又丑格反一 蝑思夜反鹽漬蟹又司余反二 卸去馬鞌徙弓 柘之夜反木名五 鷓∼鴣鳥名 䗪虫名 炙∼肉又之石反 蔗甘∼

唶子夜反歎聲二 借假又子昔反 舍始夜反宅∼亦舍三 赦捨作此赦通 騇馬名 射神夜反又神亦以謝反亦夜三 貰賒也亦作賷 麝獸名 霸博駕反或作覇非四 弝弓∼ 靶轡革

灞水名在魯 帊芳霸反∼幞二 怕∼怖 槬胡化反寬四 吳大口 樺木名 崋西嶽又作華 化霍霸反教∼四 匕變也從倒人 𩲡鬼變又幻也 諣疾言 跨苦化反越也一 謻

[illegible]化反枉也一 杷琶駕反又薄巴反田具三 皅色淺 狛獸名似狼 䏧乃亞反䐇∼一 苴淺謝反斜逆一 杈楚佳反木理乱又側沙反一 諆依詐反相誤一

卅五

沁七鴆反水名在上黨二 吣犬吐 祲作鴆反祆氣二 浸潤 妊女鴆反∼身四 紝織∼又女林反 鵀戴∼鳥 任又汝針反 鴆直任反毒鳥也又䲴二 沉又直任反 枕職鴆反又之稔反二 針又之任反 𦧇巨禁反舌病亦作噤三

舲 蜀舩 紟 帶也或襟又舉音反 禁 居蔭反忌也二 僸 〻侏 賃 乃禁反儒〻一 蔭 於禁反四 窨 地屋 喑 聲〻 瘖 疪〻 滲 所禁反〻漉二 槮 尔疋云積木於水中取魚曰〻又所錦反

闖 丑禁反馬從門出皃二 覘 出頭視又勅斜反 譖 側讖反讒想也一 讖 側譖反〻書一 椹 陟鴆反㩕擊史記云左手椹其胷二 紞 一士〻 菻 力鴆反蒿也隱蔽也翳也一

卌六證 諸應反驗也二 烝 熱又諸陵反 孕 以證反懷子四 䵒 面黑子 賸 增益俗從月 媵 送女又實證反 乘 實證反車〻又五食陵反 鱦 魚子 䑉 送女又以證反 繩 麻又食丞反 剩 長 認 而證反又而振反

反〻物亦認四 扔 強 芿 草不翦 扔 上車又如陵反 譍 於證反以言對二 應 物相〻當又於陵反 䚠 孕子反二 磳 江淮間謂汙出方言 興 許應反樂也又許陵反俗興三 [illegible] 腫起 嬹 悅 勝 詩證反〻負也俗從月又詩陵反三

藤 苣〻黑胡麻又作稱 縢 織〻機 眙 丈證反直視又作䁁一 䬋 里證反馬餘食穀氣下流一 稱 蚩證反權也以黍中者百黍之重為銖廿四銖為兩三兩為大一兩十六大兩為一斤又處陵反亦秤稱二字同也一

卌七宥 尤救反寬又十二 又 復 佑 佐〻 右 左右又于久反 盍 浮水器 祐 神助 酭 報 疚 〻顫 囿 園又于目反籀文作𡈹 侑 勸食 姷 說文耦 [illegible] 久祐反六 灸 久又居有反 廐 馬舍〻者鳩聚也馬之

所聚也 㝌 貧病詩云煢〻在㝌 究 窮盡從穴又己六反 㱿 [illegible]強 疚 病 胄 直又反胤也八 宙 宇〻 酎 〻酒 繇 卦兆辭 籀 史〻造篆書又籒從示 䛆 訓 伷 系 胄 兗鍪從月 晝

陟又反日中也二 咮 鳥喙 狩 舒救反三 獸 禽〻從嘼 首 自告又音手 臭 尺救反〻氣從犬一 岫 似救反山穴亦峀三 袖 衣袂也亦褎 牰 牛黑眥 齅 許救反以鼻取氣二 嘼 〻權俗畜非 呪 職救反〻詛二

䯾 鬏多 舊 巨救反久也二 柩 屍在棺 瘦 所祐反俗瘦通三 漱 含水 鏉 鐵鉎 皺 側救反面〻俗皺同四 𤸫 縮小 縐 衣〻䋯 甃 井〻 副 敷救反三 䯱 假髻又廷力反

覆 又敷福反從襾 簉 初救反充也齊也預也二 䒃 草 富 府副反三 輻 〻輳聚又芳六反 鍑 釜而大口一曰小釜 畜 丑救反六〻又許救反又許六反二 俞 姓又音俞 溜 六救反水〻十 廇 人姓也漢有廇湛又落蕭反

霤 中〻庿中庭也 蟉 葽好 鶹 鶹子一曰鳥名 廇 〻屋大梁音二 䣉 鬧而又謂𩱓 窌 地名在北齊盧縣見左傳 餾 〻飯 翏 高飛從羽 秀 先救反吐苗五 繡 五色備 螑 虫名 琇 玉名 宿

星名又息逐反 驟 鋤祐反一 僦 即就反賃也一 就 疾僦反成也從京二 鷲 鳥名黑多子 糅 女救反雜三 𩛛 雜食 腬 嘉膳 復 扶富反又扶福說文作復同 癁 再病 狖 余救反獸似猨說文貁穴五 鼬 虫名似

卌八 鼠赤黃而鼠又作鼬正音由 槱 積薪燒之 柚 橘〻又直目反 褎 盛服 授 承秀反予也三 㖐 口〻 售 賣去 輮 人又反車輞一 候 胡遘反伺〻六 鮜 魚名 郈 地名在晉

逅避逅 詬罵 睺半盲 寇苦候反暴也從攴完又姓也賊五 瀫水名 怐怐愗愚皃 瞀瞀無暇 鷲鷲鴨子 茂莫候反古作楙十 楙 懋勉 貿易俗貿 姆鄭玄云婦人年五十無子出不復嫁以婦道教人若今時乳母曰姆

戊巳 鄮縣名在會稽 愗怐愗 瞀 褎廣 楙木盛又 仆迩豆反倒也又扶北反 豆徒候反 竇水穴又姓 逗逗留說文止也又吐豆反 酘酒 荳蔻 梪

䇺䇺亦豆 脰頸 郖地名在弘農 餖飣 鬬丁豆反諍又從門音丁口反四 鋀鋀不能言 噣鳥口或咮又丁救反字林 斢易物 耨奴豆反除草從木三 譳譳 擩擩不解事 欶蔌豆反 嗽

奏則候反一 透他候反跳也又書育反三 𧾷自投亦𧿹 詬相与語唾而不受亦歌 漚於候反漬也又於侯反二 婺地名在竟陵又市由反 遘古候反遇也十三 冓交積材也又古旱 構 媾重婚 覯見

姤卦名 購贖 昫乘給 彀張弓 勾勾撿又居遇反 㝅乳 雊雉 軥車索 輳倉候反輻輳七 湊水會 嗾使犬 腠膚 鯫南夷名

榛小橘也上林賦云黃柑橙榛 蔟太蔟律名又倉谷反 陋盧候反又側豆反說文作陋六 漏 漏刻 鏤雕 扇屋水一曰蓏縣名在交阯 瘻瘡 蔻蔻 狗吾 嗥 啂 詬

怮聲又古享反恥也 吼 幼伊謬反小一 謬靡幼反狂者妄言一曰誤也一 䠗丘幼反䠗行皃一

豔以贍反美色說文從豐四 焰光 爓 㶩火華与上同 棪光耀皃 贍市豔反賙也一 染而贍反又如檢反一 猒於豔反飽也從日犬三 掩於驗反 餍飽也又於廉反 窆方驗反下棺又方鄧反二 砭石針也

瞼又方廉反 險語窆反又證也三 驗馬 嬐色 嚏 嶮口出水 閃式贍反闚也又舒剡反三 㸌火行 讖子艷反不廉一 壍七贍反遶城水亦塹二 槧插 𣟭力驗反殯也四 斂 澰水波一曰泛又作澰

殮長啄又虛檢反 覘勑艷反又丑廉反一 占將艷反占固又職廉反二 㤶於驗反又於艷反一 㮇他念反杖三 舔舌出 忝又五點反二 念奴店反 唸楞 店都念反店肆 坫屏墇

沾水名在上黨又張廉反 痁病也又式廉反 墊下又江徒協反在巴郡 耆老人面 霰寒也一曰早霜也傳曰泥 殲先念反光一 磹徒念反 趝絕念反 㝿於念反 僭子念反 噆 簟 謙古念反

鐱又古嫌反說文從二林二 鐱魚名 傔若念反俗副字一 䬻 醰徒紺反酒味不長二 贉買物先付錢又徒感反 憾下紺反又恨也四 琀口實 唅 暗烏紺反又日無光二 闇

傝他紺反倸傝良五 橝深 探取用 西無光又吐念反 倸不自安又吐盍反 謬七紺反伺也二 參鼓又倉含反又倉感反 䭘丁紺反冠幘近前一 篸作紺反一 倸 儑五紺反一 勘苦紺反三

五十三 𩐨疑凵反 凵 𪙊鹹 紺古暗反亦色三 淦新淦縣在豫章 贛慧故別名 喃奴紺反食滿口一 [illegible] 闞苦濫反魯邑三 瞰視 嵌跨岸 濫盧瞰反泛七 劊利刃 醶醋 𪙊

繫舟 爁火 爦不好 㺝過也 良美也 憸貪也淮南子美人不能以監字 䁲吐濫反人以財贖罪也二 𪙊𪙊 䱯公 暫 𣘍呼濫反戲物也亦𣄭一 憨下瞰反害也又呼甘反四 㺐犬吠聲 譀誇誕車漢記云雖謙猶今人寺亦謙又呼甲反

蝨食瓜虫 憺徒濫反靜也五 澹水名又徒敢反水搖也 䐇戓咲相飲 倓安 淡無味也又徒甘以冉二反 暫慙濫反不久也 蹔同一 擔都濫反負也又都甘反三 䫙石大䫙

五十四 陷戶韽反三 䧟魚名 臽小阱 韽於陷反又入聲三 猎犬吠又下減反 淊沒水 蘸滓陷反以內物水一 𪙊都陷反多䶥一 𪙊口陷反喙也又口咸反亦歁一 賺佇陷反重賣一

五十五 覽胡懺反大貪也漢書盜伏於下一 鑑格懺反鏡三 鑒諸月中以取水器也 監領又口銜反 懺楚鑑反自陳三 儳雜言又士陷反 㰹杸 䡲子鑑反高危兒又士銜反一 㺗許鑑反一 釤所鑑反大鐮一 湴

五十六 䌨禠鑑反深泥亦湴一 鑱士懺反犁土具又士銜反二 䨲內物水中子鑑反一 鬖下鑑反沉也二 檻櫝 嚴魚欠反又魚切又魚奄反一 俺於欠反二 㛪愛 欠去劒反張口氣一 劒舉欠反從刀一

五十七 梵扶泛反聲二 帆船上亦音凡 泛敷梵反浮四 氾濫一曰淹 汎普論語云汎愛衆 㕨相輕

入聲卷第五 并卅五䪨

一屋烏谷 二沃烏酷 三燭之欲 四覺古岳 五藥以灼 六鐸徒落

七質之日 八櫛阻瑟 九物無弗 十訖居乞 十一德多則 十二褐胡葛

十三黠胡八 十四紇下沒 十五屑先結 十六薛私列 十七鎋胡瞎 十八月魚厥

十九隔古核 廿覓莫歷 廿一緝七入 廿二職之識 廿三葉与涉 廿四怗他協

廿五沓徒合 廿六蹋徒盍 廿七洽侯夾 廿八狎胡甲 廿九格古伯 卅昔私積

卌怯魚 葉　卌法房 之

一屋鳥谷反二 鄏漢書地理志南陽雉縣灃水地名也 獨徒谷反說文羊為群犬為獨又北嚻山有獨㺯獸 黷黑垢 讟謗 髑ˎ髏 殰傷胎 殰亦同上 讀誦ˎ 櫝棺ˎ 𡩜閑ˎ 韣弓衣又之蜀反

瓄珪 瀆ˎ溝 韇箭箙 嬻蝶 匵遺 犢牛 纛ˎ翿又徒到反 獨ˎ 鸀ˎ鳿鳥名 罜納 穀古鹿反稻也從殸六 轂車 穀ˎ

木名 瀔水名又古學反 谷山ˎ 瑴玉名又古學反 縠胡谷反羅ˎ六 斛斗ˎ 槲木名 螜螻蛄 蔛水草名 礐石聲 哭空谷反三 㲉卵ˎ 㱿凡未燒 秃他谷反又他毒

反四 𧧻詆ˎ 𣗁杖指 鵚ˎ鶩鳥 速送谷反籀文作遬古警九 蔌菜 遬牡第金門 餗鼎實 蝀蝶ˎ虫 樕木名 觳觳ˎ動物 涑水名在何東又斯欲反 遬亦蹤跡

豰丁木反ˎ觳動物二 啄又丁角反 禄盧谷反福廿二 鹿從比 漉滲ˎ去水又盞同 鱳ˎ得縣名在張掖又盧各反 濼水名出齊郡 睩視皃 䚄笑聲 趢趗ˎ 錄東方音亦作角 摝周礼ˎ鐸謂振

鏕鉅ˎ地名 轆ˎ轤轉木 𩙼ˎ颿 䌣船名 琭玉名 簏箱ˎ 螰蟆ˎ虫 𦌒納 麓山足 轆趙魏間謂繀車 碌石多皃 騼野馬 殻呼木反又許角反歐聲二

豰獸名似豹嗷弥猴又丁木反又作𧰽似犬一云似牂馬尾犬首從豕者小豚又蒲谷反 族昨木反從矢二 銼ˎ鑹小釜 鏃作木反矢末又作族反一 瘯千木反ˎ瘰病也四 䃚碌ˎ石白 楝短椽 蔟蠶ˎ又倉候反 暴蒲木反日乾說文作暴無日作暴同六 瀑ˎ布水名又薄

郭反 雨止皃 𧑅ˎ蝀 𣯍毛不理 業讀也 僕說文給使 扑普木反打也又撲同五 醭ˎ白 穙ˎ草生稀 墣塊 濮齊魯間水春秋傳曰公會齊侯于濼 卜博木反六 濮水名 䑑ˎ國名 轐

車伏兔 嫸昌意妻 樸械ˎ字林云東 木莫卜反九 沐洗 朷ˎ桑 楘詩云ˎ梁輈 鶩鳧 霂霢ˎ 鞪車軸 毣思皃一曰毛濕 蚞蟆蟟 福方六反十 腹

肚 葍織貝又蒲角反 複褶衣 幅絹 復ˎ傻 葍蒿ˎ菜 蝠蝙ˎ虫 篴竹中實 輻車ˎ 伏房六反十六 復反也又扶富反 璭東琴間皮筐 𡕰行故道 虙ˎ羲

服用也事也 𠬉脩理 茯ˎ苓藥 馥香又扶逼反 鞴箭又作箙 栿梁ˎ 鵩ˎ鳥 鞴韋囊步叕 蕧蔙ˎ藥名 澓深淵上水旋轉也華嚴經弋琴 輹車伏兔 洑迴波 鰒海魚 縮

所六反短也八 莤ˎ酒亦滷 飅風聲 𧾷麴ˎ體不仲皃麴字渠竹反 樎馬櫪 謖起 𦑡飛鳥 摍擊聲 六力竹反十二 陸高平地 戮刑亦勠 勠併力又力柚反 稑種ˎ 鵱ˎ鷜野鵝 坴

〻義 騼〻良馬健 鯥魚名 陸蔏〻藥名 磟〻碡 逐直六反八 軸車〻 妯〻娌 蓫馬尾草 舳〻艫 鱁〻鮧 碡〻磟 蚰〻蜒 菊舉六反大〻蘧麥八 鞠

草名一曰精俗作菊通 蘜治蘜 掬滿手 鞫窮罪人俗作究 鞠獸名 阢曲崖 鵴鳲鳩鳥又渠竹反 麴丘竹反俗麯一 孰殊六反誰也俗孰五 熟〻煑 淑美也按說文清湛也 塾門側堂

璹玉 俶昌六反始三 柷〻梧 琡大璋玉 育与逐反養十一 毓稚 鬻賣 緍青經白緯陽〻所織 淯水名出弘農 賣衒賣 棛車欄 錥鋗〻溫器 昱

火光 昱日光 鬻稀飡也俗鬻 騊渠竹反馬躍亦騊八 鮈魚名出樂浪有兩乳 鵴〻鳩 鞠踘又音匊 蝌大蟾蜍別名 毱毛 谿谷在上艾 趜〻趗 鼀取育反二 蹴〻蹋 粥

之六反〻〻三 喌呼雞聲 祝至〻 肉如育反俗宍三 衄〻鼻 鮞魚子又如之反 叔式六反俗𠦑通八 儵青黑繒 倏犬走疾從犬 菽大豆亦菽 透驚又他豆反 虪黑虎 倐疾也長也

儵飛〻 蓄許六反冬菜又作稸又丑六反六 畜養又丑六反又丑救反又許救三反 㜅媚 鄐晉邢侯邑 蓫羊蹄菜 慉起也詩曰不我能〻是 竹陟六反五 築擣古作篫 竺天〻國名 筑箏 茿萹〻草

珿初六反齊三 矗直〻皃 䠞廉謹狀 蹙子六反迫三 踧〻踖行而謹敬 ⿰口叔嘆 朒女六反月朔見東方四 恧慙 忸〻怩 衂〻刺 縬側六反一 蝮芳伏反〻虵四 葍草名 蔔

蕧子可食 覆返〻 郁於六反又有〻郁縣在北地十二 彧文章〻或棫与郁同 燠熱 栯〻李 噢〻咿悲 墺〻壤 ⿰月奥胃又烏到反 薁蘡〻草名 澳隈也又倚告反 籅可漉米 ⿰糸欠愁皃 黬

羞裘之縫 肅息逐反敬十 宿又息救反 蓿苜〻 ⿰風彡早風 夙早也興也敬也 玊朽玉亦人姓又後漢有玊說又許救反 鷫說文方神鳥也東方曰出發明南方鷦鵬西方鷫鷞北方幽昌中央鳳凰 驌〻驦馬名 蟰〻蛸虫 䑿舸舡船名

目莫六反古作囙七 睦親 苜〻蓿 穆敬也一曰和又穆 㣎細文從彡 牧養牛馬 坶禁〻地名 囿于目反又于救反園一 稸丑六反積字林作蓄三 畜〻牲 砡又魚六反

二沃

沃烏酷反灌也三 鋈白金 鸒鳥名 毒徒沃反五 ⿱艹毒萹茿草又䓯毒 蝳蜘蛛 瑇〻瑁又徒戴反 ⿰忄毒憧 篤冬毒反〻厚三 督率也察也視也從目一曰目病 ⿰衤督衣背縫 酷

焅苦沃反虐四 熱氣 秙禾熟 嚳帝〻亦酷 鵠胡沃反鳥五 皠鳥名白色 隺高從冖非 ⿰火隺灼 䶜牙〻 僕蒲沃反急事者三 鏷〻鋒矢石 鏷〻贏 洬先篤反雨聲二

裻新衣聲 梏古沃反桎〻六 牿牛馬牢 䧼鳱鵠鳥似鶻 祰告祭 穛地名又之藥反 告又古号反 瑁莫沃反又莫代反瑇〻三 ⿰木冒門樞橫梁木 熇火酷反熱三 𦟝羹〻又火各反 嚛食〻 褥

三

傶 內沃反小兒愛 𤜆 将篤反邑名又姓一 㹿 五沃反白色牛一 燭 之欲反八 屬 付又市玉反 矚 視 𦇧 綴帶 囑 託今囑 鸀 鸀鳥 𧽗 小兒行亦趨皃

歜 吹氣 玉 語欲反五 獄 禁囚 鳿 鸑ミ 旭 許玉反旦也三 頊 顓ミ 勖 勉 輂 居玉反直轅車舁兩乘六 蒘 縳縄 鋦 以鐵縛物 挶 持 𦥑 斂手從二爪 𨏥 大車駕馬

局 渠玉反促二 跼 踡ミ不伸 蜀 市玉反六 韣 弓衣又徒谷反 蠋 蟲名 㑁 ミ倲動皃又短 屬 又之欲反着也俗屬 襡 長襦又作襩 觸 尺玉反突二 歜 怒氣 辱 而蜀反七 蓐

草名 褥 ミ氈 鄏 郟ミ地名在河南 縟 繁ミ文采色 溽 ミ暑 戳 戟丁 束 書蜀反二 倲 ミ倯 欲 余蜀反俗慾八 浴 沐 鵒 鸜ミ 鋊 炭鉤 𧮯 枕前 𤞑 獨獸

峪 ミ谷 躅 躑ミ又直錄反 錄 力玉反十一 淥 水名在湘東 䚄 眼曲 綠 青色 醁 美酒名 騄 ミ駬馬 娽 隨從 籙 圖ミ 菉 ミ蓐草名 逯 行謹又姓 𩶃 魚名

曲 起玉反三 麴 麹名又渠竹反 筁 蠶箔 瘃 陟玉反寒瘡二 斸 斫ミ 贖 神囑反一 足 即玉反從止口一 促 七玉反急一 幞 房玉反帊一 續 似足反連三 俗 訛 藚 澤蕮名 粟

相玉反三 憟 ミ斯 涑 水名在河東又速侯反 𩌏 封曲反牛絡頭一 棟 丑錄反ミ楠木又短移二 豕 豕伴行 亍 勅錄反彳亍不齊皃一

四

覺 古岳反知又古孝反九 斠 平斗斛又 角 ミ 桷 椽

較 說文作較車騎也 搉 商又苦角反 㱿 ミ玉 𩦑 馬腹下聲又乙坐反 𩪈 飾杖頭骨又胡㕁反 嶽 五角反亦岳同四 樂 姓又盧各反又五教反 鸑 ミ鷟鳥 𩔳 面前ミ 浞 士角反水濕六 丵 叢生草

篧 捕魚籠 鋜 鐲足 灂 滱ミ 鷟 鸑ミ 捉 側角反四 穛 早熟又穀糙 穱 稍處種麥也 爝 禮云熱燭ミ抱 朔 所角反俗朔通四 欶 口噏亦嗽 槊 矛ミ俗稍 蒴 ミ藋草 斮

丁角反今斲十一 涿 郡名 諑 訴 椓 擊 𡤞 謹ミ 卓 高ミ正也 琢 治玉 斀 宮刑 倬 明也大 啄 鳥ミ又丁木反 晫 明 剢 北角反落也六 駮 如馬倨牙食虎豹六ミ獸名 駁 馬色不純

𩐨 柘聲亦箹 爆 皮破 肑 聲高 邈 摸角反遠三 藐 紫草 𢡃 美ミ 雹 蒲角反雨水十一 撲 相ミ 跑 秦人謂蹴ミ 𩤃 獸名似馬牛尾一角 䶌 ミ鬣 鮑 海魚 葍

竹名又福音 𦨈 小底又作舩 𧭳 鳴ミ 犦 犎牛又甫教反 豰 小豚也又丁木反 璞 匹角反玉名六 㩧 擊聲又匹角反草反 犤 牛未治 樸 木素又作朴 攴 楚曰小擊 靤 柔皮 殼 苦角反皮甲九 愨 謹

搉 敲擊又古學反 確 鞕亦碻 皵 ミ皮乾 硞 觳聲 壳 帳帷象 㲉 鳥卵又空谷反 觳 盛觵器一曰盛鰖鯽 濁 直角反不清也六 擢 拔也引也 濯 澣ミ 鸐 鸐ミ鳥 嬥 直好皃 𥢢 ミ稍

握於角反持也九 渥雨沾濡 偓ㄑ佺仙人 葯小蒻 幄大帳 喔ㄑ雞聲 [illegible]誇 鷽小鵲 葯白芷 搦女角反持也四 觷屋角字林作觷調弓 捔正也又徒弔反

[illegible]水出求如山 逴勑角反遠也又作踔字一曰驚夜三 晫明 踔跛 犖呂角反牛雜色一 學戶角反五 确磽ㄑ 嶨山多大石又嶨 礐ㄑ皺 嚳埋角 唬許角反怒聲五 豞

五

豕聲 㱿急亦聲 翯鳥肥 [illegible]酌也酢也 娖側角反辦也四 [illegible]ㄑ磔 齪齒相近 娕恭謹良 藥以灼反十二 躍跳 礿祭名 蘥燕麥草名

籥樂器亦䶳 鑰關ㄑ 瀹煮 爚煜ㄑ光 鬻內肉湯中薄出之 屵岸上見 [illegible]白鴻 略離灼反亦作畧三 [illegible]絆 䂮亦云利 腳居灼反二 屩草履 灼

之略反炳也九 斫刀ㄑ 彴橫木渡水 㣿痛 勺周公樂名 酌ㄑ酒 繳繒ㄑ又作繁 焯火氣 穛五穀皮又公酷反 爍書灼反灼ㄑ光六 鑠銷ㄑ 獡犬驚 [illegible]美好良 [illegible]趯

纅絲 若而灼反順也八 若杜ㄑ草又菜 箬竹葉 蒻蒲又弱 鄀地名在襄陽 楉榴 蒻荷莖又泥又菜名出蜀中 叒說文曰出榑桑叒 綽處灼反寬三 磭出广ㄑ大厝出广字語偃反 婥

ㄑ約美好良 約於略反又於笑反一 却去約反退二 郤地名在河東 虐魚約反酷二 瘧病 謔虛約反戲一 妁市若反媒四 杓杯ㄑ 彴ㄑ約流星 芍ㄑ藥 㲋丑略反獸似兔而大頭似兔足似鹿俗作㲋四

婼州孫ㄑ 逴略ㄑ行良又勑角反 辵乍行乍止 削息灼反刀ㄑ一 斮側略反斬也俗斮一 爵即略反封也礼器象爵形二 雀鳥從小隹古爵 皭在雀反靖三 嚼噬 爝炬火 [illegible]七雀反鳥四俗鵲字

趞ㄑ行良 芍ㄑ陂在淮南又市若反 [illegible]宋國良犬 碏春秋石ㄑ又敬 猎駮 噱其虐反唱ㄑ笑不止四 蹻舉足高只 [illegible]須臾也亦倦 醵合錢飲酒又強魚反 嬳ㄑ縛又作姿二 [illegible]大 [illegible]苻䌸反繫也一

矆許縛反大視三 彏弓弦急又居縛反 戄驚 籰王縛反或篗所以収絲一 玃居縛反大猨六 𧾱大步 钁大鉏 [illegible]ㄑ鳥白身三首 攫ㄑ搏持爪 矍說文隹欲逸走又視遽良 著張略反又治略反又張

六

慮反俗著三 [illegible]斫也研也 櫡量也 躩丘縛反足ㄑ如也一 鐸徒落反大鈴八 剫治木 [illegible]ㄑ忖 踱ㄑ跣足蹋地 澤楚辭云冬水出水之澤 度量ㄑ丈尺又徒故反

襗褻衣 [illegible]顴 莫慕各反無也日冥也十一 幕帷ㄑ 鄚縣名在河閒 膜肉皮 眊目不明 鏌ㄑ鋣劍 模ㄑ㯷又莫胡反 漠沙ㄑ 瞙目暗 瘼病 寞寂ㄑ

落盧各反廿 烙燒 絡絲ㄑ 洛水名古雒字 鉻剃ㄑ 躒動ㄑ 珞瓔ㄑ 酪乳ㄑ 樂喜又五教五各二反 轢淩又零激反 笿籠ㄑ 駱白馬黑鬣 皠大白 [illegible]生草

剒去木節 馲：駞又他各反 鮥魚名又五格反 零雨： 骼骼 硌磊：硌 託他各反囑十 袥開衣領大 橐無底橐 侂寄 趚趚： 魠魚名 籜筍皮 柝

擊：亦橐 蘀草木落墮地 馲又盧各反 作則各反又則邏反二 柞木名一音昨 虆精細米 錯倉各反四 厝厲石 鯌魚名 逪迹遺 各古落反四 閣樓： 格樹枝

胳：腋 恪苦各反一 愕五各反驚俗咢十二 咢譁訟也一曰徒擊鼓 鄂國名在武昌 諤直言 鍔劍端 崿崖一作岸 鶚鵰： 咢：界 齶齗： 鰐魚名也

萼花： 噩歲在酉曰：： 惡烏各反又烏故反俗悪三 蝁似蜥蜴 堊白土 諾奴各反又人者反一 頟五各反面大貝六 濼波：亦作泺 霩雨良 膊割肉 粕糟： 轉車覆軛 泊

傍各反止也五 亳國名 箔簾： 襮單衣 薄：厚一曰草叢 臛呵各反又火酷反羹也俗臛七 鄗縣名光武改為高邑 [illegible]： 嚛：：丘辛 熇熱又火酷反 郝姓又施隻反 蠚螫 索

蘇各反又所革反二 榡模： 涸下各反竭也四 洛水名 鶴似鵠長喙 貉狐：說文貒似狸善睡 昨在各反十 酢酬： 筰縣名在越嶲 怍慙 鑿穿 鑿鏨 [illegible]恒

笮竹索 柞木名又音作 柞山牛 博補各反從十十 髆肩： 爆迫於火 搏手擊 麱：麩 鎛鍾磬上横木 [illegible]嗼：隹良 襮衣領 鑮大鍾 簙局戲也亦簙竹

欔虎郭反又揮：六 藿葵：又香草 霩雨止雲消良 霍國名 靃飛聲 [illegible]驚視良 郭古博反四 崞縣名在鴈門 槨棺： 𩫏度 臒烏郭反字林作臒善月三 [illegible]

味薄 蠖蚇： 穫胡郭反刈六 [illegible]心動 檴：落木名 鑊大鼎 濩水流良 爟熱 廓苦郭反虛也四 鞹去皮毛 漷水名在魯 彍張弓弩出[illegible]亦疋

七 質

質之日反成也九 晊大也明也 郅郁：縣北地 桎：梏 櫍砧行刑用斧： 銍水垂 侄牢也一曰故也 騭騭馬又後漢有鄧： [illegible]野人之言 日人質反太陽之精四 馹驛傳 [illegible]刀枕巾 臸

到 實神質反滿也又草木子二 秩直質反祿也常也智也七 袟閥也又大結反 妷令趙魏間呼兄弟子也 紩帆索 紩縫 帙書：亦袟裹 豒爵之次弟 悉息七反盡也三 膝邑名說文作郲 蟋蟀： 一

憶質反二 壹專 七親悉反六 漆水名在岐 鶔鳥名 [illegible]地名在齊 桼膠：今作漆 [illegible]蜀：藥名 [illegible]譬吉反四丈也從八俗疋一 吉居質反二 趌：趌走貌趌字居謁反 暱尼質反近也又昵同三

[illegible]暱 衵近身衣 逸夷質反失也逸八 佚：樂 佾舞： 軼車過也又徒結反 溢滿 鎰廿兩古文溢 泆淫： 欥詮辭詩云：厥宣 詰去吉反問也三 [illegible]馬色 蛣蛣：虫 欯

許吉反笑也一 柣田栗反打也二 咥笑 栗力質反八 慄戰慄 溧水名在丹陽 颲颲風良一本作颶 剽細削 凓寒 鷅鷅鳥 勡剽 窒陟栗反又丁結反塞六 挃撞挃

厔盩厔縣名在扶風 蛭蟣蛭 銍刈又縣名在譙郡穫禾短鐮 齷齒堅 烄手恤反火一 疾秦悉反從失四 嫉妒又作嫉 槉柱上欂櫨 蒺蒺藜 剌初栗反割聲亦剌一 失識質反縱二 室

房室 堲資悉反火用燒土葬四 喞鼠聲 喞啾喞多聲 沘水 蜜民必反蜂蜜六 謐靜語 醯飲盡 榓木名 盔拭器 宓安 必卑吉反十五 畢竟 韠

剡竹從門又從竹 韠胡服蔽膝 珌刀上飾亦蹕 蹕警蹕 滭滭沸水良 畢兔網 鷝鶝鷝 篳篳簹 觱觱篥胡樂器 縪冠縫 熚熚爆聲

聿餘律反自也辝也遂也十 鴥飛鳥駛 燏火光 遹述也一曰遵又回避也 鷸鳥名知天將雨 驈黑馬白髀又良 繘綆 矞穿從 鱊魚名 噊鳥鳴 卒子聿反又則骨反又臧沒反一 䘏

辛律反分賑憂之鮮少也五 戌亥 卹賑卹 訹誘訹也謏字音蘇了反 恤憂也 姞巨乙反一曰女字又姓四 佶正 佶勇良 鮚蚌 術食聿反邑中道五 述循 秫穀名术 沭水名在瑯琊 鉥

針 橘居蜜反小柚四 蕎草名 繘級綆又余律反 䞓走良 崒聚邱 崒山高良二 踤摧踤 邲毗必反地名在鄭又作邲十 比次或作坒又毗志反又皋脂必履二反 鞸必車束 泌水狹流 佖有威儀 䳤必奧

馝馬肥一曰馬色 飶食之香 苾馨香 柲偶 出尺聿反又尺季反三 趫其聿反狂走三 僪無頭鬼 趉走良 颰許聿反小風良四 眓高視 翍飛良 狘狂走良 律呂卹反六

寽捋取 繂繩 葎草 膟膟膋腸間脂 崒崪 怵竹律反憂心良二 窋在穴良又丁滑反 朮直律反藥名亦莱說文無點二 炢出煙 黜丑律反貶下三 怵怵惕 䞓走 颰于筆反

風也二 汨水流又古沒反 率所律反領正率四 帥又所類反 蟀蟋蟀亦作蟀 達先導 筆鄙密反三 柲方言刺 潷去滓 密美筆反三 崟山形如堂 蓥荷本下白 弼

旁律反輔也古弼三 邲輔信 柫柫生柫字阻瑟反 乙於筆反二 鳦鷰從乙 肊鳥聲鳥狀一 肸許乙反響也又許訖反一 叱齒日反叱一

櫛阻瑟反梳也三 瀄瀄汩水流 櫛稀 瑟所櫛反五 颼颼颯 蟋蟋蟀 蝨蟣 璱玉鮮潔良

九 八

物無弗反方物也從牛三 勿無 芴土芴 弗分物反十 紱綬亦紼 韍韍韠 第輿草後 蚾甲虫 綍大索亦紼 茀草盛良 郱姓 韍蔽膝 黻 欝

一千三百

灪仟勿反木叢生古鬱五 灪灪大水 爩烟 蔚蔚翁草盛皃又於謂反 鬱芳草也釀酒以降神 亥九勿反無左臂又九月反三 紑衣罹 屈短尾 屈從尾出 屈區勿反又居勿反二 詘辥塞 倔衢勿反強ミ六 踀足力

崛崛地 崛山短而高 裾衣短 堀窟也詩云浮遊之ミ 佛符弗反六 怫怫ミ 坲塵起 岪山曲 咈噴ミ 棉擊木連枷 颮許勿反疾風亦颮四 欻暴起 桊疾

炥鬱炥烟 颵王勿反風聲二 搰 拂 髴髣髴見不明又仿佛同 怫鬱 巈崩 刜斫 茀道多草木可行 艴淺色 祓孚勿反除災也又孚吠反一 䓛恭屈反刷三 趉走皃 屈剞曲刀

十訖居乞反了四 吃語難 欯ミ口 魟魚名 迄許訖反至也三 仡壯皃 釳乘輿馬上插翟尾者 疙魚乞反癡皃一 趌其迄反行皃一 圪又高也 乞去訖反又許氣反古作乞字作气下非作气乞二 芞香草

十一德多則反二 得 則子得反法一 勒盧德反以威制物也六 肋脅 扐着指間 仂禮云祭用數之 朸美石次玉 艻蘿ミ菜名 忒他則反差也四 得打 慝惡 貣求也又徒德反

刻苦德反ミ鏤四 克能 剋自強勝 勊ミ己約身也 尅勝也從刀也 特徒德反從牛四 貣ミ 貸假 蟘食禾蟲 樴杙 黑呼德反三 潶水名在雍州 嘿ミ嚜聲 墨莫北反筆ミ五 默靜也從犬一曰犬暫逐人

冒莫報反又千 蠌 蝁蟲名 纆索 賊昨則反二 鱡鰞ミ魚亦鰂 塞蘇則反又蘇戴反亦窒二 寋說文實也 北博墨反方名二 邶郡名 菔傍北反蘆ミ菜名六 仆偃仆又音赴仰曰偃伏曰仆 踣殪

踣斃也倒地出尔疋 棘ミ道縣名在犍為又符逼反從人俗棘必 匐匍ミ伏地 或胡國反不定三 惑迷ミ 蜮蟲以毒射人 國古惑反邑一 餩愛黑反噎聲一 䶎胡北反法有罪一

十二褐胡葛反衣褐字林麤衣也六 毼毛布 鶡鳥似雉 曷何也上聞曰 蝎蟲 餲餅名 䫘許葛反頓ミ四 猲恐也又許謁反ミ獢短喙犬 皛白色 喝訶 捺奴葛反手按一 攃七曷反足動草聲一本從手一

末莫曷反木上為末十四 秣ミ馬 昧星名易曰日中見昧也 頪ミ顆健也 抹ミ摋摩手 侏ミ健肥大 妺ミ嬉桀妻 怽忘 坺壤土 沫水名一曰水ミ在蜀又武太反 瀎ミ塗拭 䳜鴨 眜目不明

苜目不正 枂五活反去樹皮二 撥博末反治也九 犮足ミ刺又殁 袚蠻夷蔽膝衣 芨ミ根 鉢器亦盋 鴔鳥似雌雉 鱍魚掉尾皃 迖急走行皃 髮ミ鬢多 鬢子末反三 涒

𢏦水衝石皃 䨣逼ミ亦穆逼 栝古活反檜也九 活水流皃亦無耳 髺結髮 檜木名柏葉松身 聒聲擾 苦蕞 佸會詩云曷其有佸 适疾 懖書曰ミミ無知之皃 闊苦栝反大也二 筈箭ミ

活戶栝反二 秳祠 奪徒活反失也亦橐三 敓彊取 脫肉去骨又吐活反 豁呼栝反ミ達五 濊水聲亦濊 䁡目開 眓視高皃 泧濊ミ 斡烏活反轉也四 焥火出 窡目開皃

𣂒〻取物亦栝 繓子括反〻結亦繓二 攥手把亦㩞 鏺普括反兩刃刈草木八 撥 蹳蹋草聲 癹蹋草又蒲撥反 柿推 䣮酒色 芾草木盛 怖〻慎怒 侻他括反〻可一曰輕二 挩
解落亦作脫 捋盧活反手〻物也三 㮟木名 𠛚削 掇多括反拾〻也三 鵽〻雀 腏挑取骨間肉 撮七活反手取一 跋蒲撥反跋〻行十三 跡行皃 魃旱〻 坺壤 废舍 䣮香酒氣
馛香氣 軷將行祭名 炦火氣 颰風皃 癹除草 犮犬走皃 拔〻迴又蒲八反 𨁎桑割反𨁎跋〻三 薩菩〻 𢱢抹〻 怛當割反痛也六 悬驚 妲〻己紂妃也
呾相叱 炟火氣 𪐴莫〻縣名在五原 闥他達反門屏間九 㒓〻 橽打 躂足趺 澾泥滑 獺水狗 鰨魚名 沙蹹 羍小羊 遏烏葛反遮也六 鶡
鼻〻 頞字林鼻莖 堨擁〻 餲肉敗臭 閼止又於連反 剌盧達反僻也六 揧研破 𩏑辛〻 瘌〻不調 攋撥〻手披 䓞〻蒿 渴苦割反盡也三 㵣欲飲亦渴
礚石動亦碣 達陁割反亦達一 巀才達反〻嶭山名在扶風又才結反三 𣠔擊 𪛆嘈〻聲 嶭五割反又五結反五 䡾車高載 歺朽骨也 屵山高皃 枿伐木亦櫱蘖三同 葛古達反
〻藟五 𥳑〻蔽桃枝竹名 獦〻狚獸名似狼赤首 割截從手亦割 騔馬疾走皃 黠胡八反二 齾齧聲 札側八反從乙三 𢫬癘病 蚻小蟬 柭

十三

蒲八反出又蒲撥反二 菝〻葜根可作飲 䛽恪八反六 劼用力 䯋秃〻 㓠巧〻 㓤剝〻 硈石狀 滑戶八反不澁六 猾狡〻 䱻魚名 鶻〻鳩又古沒胡骨二反 螖〻蟹似蟹而小
磆石可以為餅盞 八博拔反別也象相背之形四 䭲馬八尺 扒無爪把也亦拔或作捌通 朳擘 𥨊丁滑反口食滿皃二 娺婠〻好皃 豽女滑反獸名似狸四 貀獸名似虎無前足而黑 腷膃〻悅皃 㕯言之內亦聲 嗗烏八反
飲聲三 婠〻娺 𥥛〻穿 𪘦初八反齒利五 察鑒 䕓草〻 詧言察又音〻也 櫒木名 𧅬古滑反去惡內二 鰝魚名 戛古黠反揩九 扴揩〻物
楷祭天席 鴶鶻鴶〻鳥名 楔櫻桃又先結反 䄣草〻 尬𡯞〻行不正 秸稈 扴〻垢 軋烏八反車轢八 圠山曲 揠拔草心 嫼婞〻怒 猰〻貐獸又苦結反 穵室大
𪅂臭名 𡯮亂〻屈䠳 殺所八反〻命又所拜反二 鎩鳥羽病又所拜反 𠎝莫八反〻僁健皃二 䀣惡視 傄呼八反一 𤸌女黠反瘡痛一 䯉五滑反屈三 聉無知之意 聐吳楚之外凡無耳者謂之〻若斷耳為盟 劀口八反力作一 汃普八反西極之水尔疋曰西至于汃國謂之西極也新加一

十四

紇下沒反又胡結反姓也七 麧糏〻頭 齕齧〻又胡結反 淈濁泥又古忽反 搰掘地 䯊膝病 𢶻手推 忽呼骨反忘〻 惚恍〻

窟瞎一覺 笏手級 乾急擷二字呼結反 吻尚冥又出為詞說文作曶 迴遠 總嶶細 骨古忽反二內五 縎二結 汨治 鶻鳩又胡八反又胡骨二反 榾构二木中箭笴 没莫勃反湛 㛯

死 珢玉名 旻入水有所取今旻通亦旻非 勃蒲沒反八 悖逆二兇二 渤澥二海名水皃 馞馬面牛尾一角 孛天星一名彗 餑茗二 垺塵起 馞大香 咄當沒反一訶 宊他骨反二出三 梲

大杖 踤二 窔陷骨反二觸二七 㩲槽二 腯牛羊豕肥 㞓出二 鼵鼠名 鶟鳥名 㙯竈二 頞烏沒反內頭水中四 膃肭二肥 媼心悶又憑 嗢咽二 兀五忽反高良六 杌

二勤控 屼山良 矹碎二不平 舠舟不安也王篇 杌樹皮 柭勃沒反射箭一 竨普沒反按物聲一 窟苦骨反二穴五 顝大頭良 泏滬池 頓白禿 矻用力亦砝 訥諾骨反難也三 肭膃二 衲

內物水中 窣蘇沒反勃二二 麯磨麦 猝麁沒反倉二二 卒俗倉二 捽昨沒反手二三 椊二杌以柄內孔 齰 卒則沒反又子聿反二 倅百人為二 㪥一骨反咽中息不利一 昢普沒反明未融一

十五屑

屑先結反動作二二七 楔木二又古黠反 榍櫼二不正方也 躠蹩二旋行 糏半麦破亦䴖此䴖亦通 僁小聲 𦟀臆中骨 切千結反從七四 嚓小語亦詧 齥二齒 竊盜二俗竊 結

古屑反九 絜麻一耑又胡姑反 潔清 鍥鎌二 桔二梗藥 槷二槔以汲水也 趨走良 鶪二鵖皃屬鵖字公詰反 拮口手共有所取 節子結反從竹八 卪瑞信印屬俗此巴通 癤瘡

瀸小灑 蝍二蛆又音即 㶸燭餘 楶屋上短木 𩮜束髮少小 血呼決反六 䀏瞲二惡皃 泬二寥空皃 𤴢倉霰空 闋二門 盅小空 闃苦穴反已閉門一 玦

古穴反珮十三 潏泉水皃又水名在京兆也 眣目患 譎二諫 訣別 䚋舌頭語 觼環有舌 駃二騠良馬 芵明二藥 鴂鶗二為春分鳴 決二絕說文流行也又水名出大別山從二非 趹馬行疾 𤟙獸名似狸

穴胡玦反地孔二 袕褩衣孔 抉於穴反挑出三 穾穿皃 䁑目深皃 姪徒結反二娣十九 昳日昃 眣目失 胅骨二 凸高起 垤蟻封 耋老 迭遞 跌二踢

絰縗二 驖馬赤黑色 泆蕩二水動 摕舉 嵽二嵲高皃 軼車相過又以質反 闄闋二鄭城門 䮚馬行疾 瓞瓞二瓝 戜利也一曰剔也 鐵他結反古䥫三 僣二佹 餮

貪食字林作餮二 纈胡結反二錦十一 闑二閫 擷將取又虎結反 㩸縛 頡頏二 頁頭 齕齧齕又下沒反 紇又下沒反 襭以衣衽盛物 麧糠麩 翓二翓飛上下 涅奴結反水中黑土三 揑捺

荳菜似蒜 截昨結反亦截四 𧽲傍出前 蠞蟹屬 𡸓山峯又子切反嵲點非 齧五結反嚙五 霓虹二 蜺寒蜩 嵲嵽二亦嵲 槷危二 蔑莫結反無也目眵精七 懱

輕ˆ 矙目赤 欃ˆ擲不方正 蠛ˆ蠓 蔑竹皮 懱帊懱 彌穿結反弓戾三 㯕韈又普蔑反 閉闈又博計反 噎烏結反食塞四 糏ˆ 窫静 蠮ˆ螉虫

揳苦結反ˆ猰不仁猊字若浪反又黑點又六 䫔ˆ顙短皃 挈提又苦計反 覕ˆ覝受一斗 㚚ˆ多節目 契ˆ闊又苦計反 奊虎結反肥壯二 擷又胡結反 䩣急繫 撆擊ˆ蒙又小擊三 嫳人名盧蒲ˆ

鐅江南人呼鐅刃 撆怖結反辛三 㥶ˆ悪性 颵ˆ風 瞥迊列反見二 瞥ˆ將落 蹩蒲結反ˆ躠旋行云 𢰅平反擊 䏟多肉 䭱ˆ頪 癟ˆ戾不正 香𦬇

窒丁結反又陟栗反塞四 咥ˆ出 䁈ˆ目眡 蛭水虫又之逸反 㬹練結反ˆ奊多節目四 㓞曲ˆ又魯帝反 緳麻三ˆ為ˆ 喉嘹ˆ鳥聲

十六

薛私列反姓九 紲繫亦紲 媟狎又私 褻裏衣一曰私服也 㙯田器 泄漏亦洩 渫治 ˆ牛 䪥𣪠ˆ 𠕎殿祖或作㑒 㓶呂薛反分解俗列十三 迾遏 蝲蜻ˆ蟪蛑

𩵋名鼻 洌水清 冽寒ˆ皃 烈光 裂ˆ破 茢挑ˆ除不祥 颲風雨暴至 鴷啄木鳥 𩿿次第馳 𤃬水流ˆˆ 哲陟列反智也亦悊二 蜇虫螫 㑒

渠列反六 桀行歼木謚法云賊行多累曰桀 竭盡 碣ˆ石山 楬有所表識曰ˆ 榤雞栖杙上 熱如列反一 晢旨熱反光又職例反亦晰四 浙江名在東陽亦ˆ米 折又常列反 䩞柔皮 舌食列反

從手口三 楪數又尸列反又思類反 析又旨熱反 䕸魚列反庶子九 蘖ˆ餘 蘖麴ˆ 讞議獄 孽妖ˆ 蠥衣服歌謡草木怪曰妖禽獸虫蝗怪曰ˆ 闑棖ˆ 岊山高危又藝哲反

臬射的 䥾去竭反又去謁反ˆ來去三 朅高舉 愒息 㓸巨列反從水二 㧙手拔 鷩并列反雉屬礼有ˆ冕三 鼈似龜 鼈蕨菜 絕情雪反一 蕝子悅反又子芮反束茅表位也一

雪相絕反又作雪從雨一 䬔田劣反皮破一 悅翼雪反五 閱簡ˆ 蛻蟬去皮又他臥反 䦧草名似芹 娧姚ˆ美好良又他會反 缺傾雪反器破俗缺通一 爇如雪反放火二 蠕ˆ蚊 說失熱反又翼雪反失銳反一 拙

嬃職雪反又不巧五 頗頰短 蝃蝃ˆ蝀 𣬉昌雪反大飲一 輟陟劣反止也五 畷田間道 惙疲ˆ 剟刊 綴車又陟衛反 劣力惙反少力六 埒ˆ馬 脟腸肉

蹄蹶ˆ跳皃 桴木名 㬟撮 覺芳臧反暫見三 瞥ˆ漂 㒆怒 別憑列反分解一 莂褒別亦ˆ ˆ 轍直列反車跡四 徹通也去也又丑列反 撤發 澈水澄

䬙所劣反埽三 㕞鳥理毛 刷刮 孑居列反單也三 釨勾子戟 趍ˆ趣跳皃 設式列反二 蔎香菜 臭許列反舉目使人三 威滅也又詩云赫赫宗周褒似威 䎀小鳥飛 呐唱呐聲不出女劣反又女滑反一

嫳扶列反ㄑ姺輕薄皃一 㛙於悅反一 蹶紀劣反又居月反其衛反三 瘚豕發土 叕速 茁側劣反草生又側滑反二 蕞短黑皃 毳七絕反腝而易破一 蟿姊列反茅ㄑ似蟿三 鷍小鷍 𡭝小少也從ㄓ少 掇

山列反茱萸一 焆於列反烟氣一 屮丑列反草初生皃一 㚴許列反喜皃一 啜樹雪反嘗也一 莂廁別反割斷聲一 㨃峙絕反枯一 䨷娟劣反𦤎 䕷士列反治皮也亦𩌦剡一 䪿助列反斷一

十七

鎋胡瞎反車軸頭鐵口鎋六 䫄䪿骨聲 鶷ㄑ鶡鳥名 斫磯斫鞭莫鎋反 蕃長呼野 齘堅滑 鸛乙鎋反鳥三 闢門扇聲 圓駱驗鳴 齾五鎋反器缺皃三 鬠ㄑ秃 䳺

鶷又古鎋反亦剎 剎初鎋反柱亦剎二 蕦草亦䕯 瞎許鎋反眼一 鵅枯鎋反木禿樂器名二 磍剠 獺他鎋反獸名又他達反一 瘵女鎋反痛一 刮古頞反削也正𠜱下三 鴰鶬ㄑ鳥名 頢襪詞名 𩑿丑刮反

ㄑ刮強可皃一 頢下刮反短面皃五 䯏𦃬細 敌畫皃 舌塞口正𠯑 姡面淨 趏古滑反走皃一 鵽丁刮反鳥似雉又多活反四 竅穴中出 窡面短 娺㜃捍 跀五刮反斷足俗刖二 朗獸食草殘

婠ㄑ小肥女刮反婠字烏八反二 纂初刮反黑也一 礣ㄑ砎莫鎋反二 帓ㄑ帶亦幭 捌百鎋反ㄑ把俗八通一 鸛古鎋反鵝ㄑ鳧屬又五鎋反二 擖刮物聲 髻而鎋反細毛皃一

十八

月魚厥反星ㄑ五 刖絕 軏車ㄑ 杌又音兀 抈析也 伐房越反征也九 筏乘大桴渡水 罰ㄑ罪說文力詈俗罰同 閥ㄑ閱自序 垡ㄑ耕 橃ㄑ桃海中大船 昁舂米也

瞂盾 傠截也 越王伐反渡也於也亦䟠六 粵辭也從弓 鉞斧ㄑ 䖃蚐布 樾樹蔭 曰語端 厥居月反其也八 蹶失脚 勮強力 趉跳 瘚ㄑ氣逆 剧

蕨菜 蟨獸名走則顛常為蟨ㄑ取食蟨ㄑ負而走 噦乙劣反氣逆一 嬮於月反嬮ㄑ婦人皃二 餲飴安豆又登 䱀其月反以角發物也六 鷢白ㄑ鳥 橛株ㄑ 蹷倒 橜杙也一日門梱 蹷

刻刀 尾

闕去月反俗闕二 𤃬水名在義陽 髮方月反從犬頭毛也三 發動也舉也 沷風寒 韤望發反說文從韋足衣也一 颰許月反小風四 䮓飛 狘獸名又走 泧水皃 謁於歇反參ㄑ見四 閼

單ㄑ歲在卯又於葛反又於連反 暍傷熱 黦色壞又作黳 歇許謁反氣洩四 蠍蠆 猲ㄑ獢短喙犬 鍻ㄑ金字新加 訐居謁反面斥以言四 趨走皃 羯ㄑ羊 鍻金ㄑ 楬其謁反檐物一 怫恨怒一 迄代反

十九

隔古核反障七 膈ㄑ胷 鬲縣名在平原又洛激反 槅車柅 革獸名皮治去毛說文作革 愅知 䩹虎聲 麦莫獲反從來久四 脉血ㄑ 霢ㄑ霂 覛相視人姦 獲胡麦反得七

畫界也從田又胡卦反 嫿分明好皃 嚄ㄑ咋又作咋唶又一㧟一略反 劃錐刀刻 鱯魚名 彠度說文一㧟一略反 蟈古獲反螻ㄑ蛙別名六 啯聲 馘軍戰斷耳生馘 幗婦人喪冠 膕曲脚中 讗

遾言 檗博厄反黄〻四 擘分〻 糪吹米飾生熟 薜山芹 䌟革藾反織絲為帶一 蹟士革反深也一 責側革反說文作𧷏求五 䪓〻頔頭不正 簀床〻 幘〻冠 謮謫

策惻革反馬棰八 箣簡亦箣策同 筴著也又〻辭 婧健急皃又齊也 䁺淨 冊告也從日冊 憡痛亦悚 ⿰齒責齒相值 矠人白反矛盾一 騞呼麥反破聲六 繣徽〻乖違 ⿰羽或

飛聲 ⿰忄畫裂帛聲 ⿰氵虢水裂聲 ⿰寉羽飛皃 謈鞕聲口革反四 轚器空又苦厄反 ⿰鬲裘裘褢 諽謹也飾也 覈下革反實也五 繳衣〻又之略反 ⿰石鬲石地 翮鳥羽 核菓子〻 摘

陟革反手取五 謫責人也亦罰又丈厄反 ⿰犭易犬怒張耳 ⿰木㝵蠶具 ⿰黍啇黏亦黐 戹烏革反災也八 搤持亦扼 軛車〻 阸限礙 呃〻喔鳥聲 ⿰鼠益鼠屬 搹把 蚅大虫似蠶 栜所責反木名七

廿

漅小雨 霢霰 ⿸疒束瘷〻寒狀 槭殞落皃一本從木 愬懼皃 瘷痛寒 ⿰木覃普麥反射中聲一 ⿰革鬲五革反補靴二 ⿰弓鬲束弓 ⿰骨易徒革反骨間〻汁一

覓莫歷反又覛九 幦車覆軨 幎覆又[illegible]也 繴罿 ⿰馬覓馬多惡 糸細絲 鼏鼎蓋 幂覆食巾 汨水名在豫章 錫先擊反似銀九 析分亦㭊 裼袒衣

緆細布 皙白色 蜥〻蜴守宮虫 淅釋米 惁敬 ⿰歹辟〻⿰歹辟字蒲歷反 激古歷反又古覈反四 擊攻 墼土〻 ⿱毄鳥鳥名 霹普激反〻靂二 劈破〻

靂閭激反大雷廿三 ⿺走歷〻趚行皃趚字七昔反 酈縣名在南陽又力知反 癧瘰〻病 轣車踐又盧各反 瓅明珠色 鎘鐺〻 秝稀〻疏 ⿰目歷〻睩 櫪馬槽 ⿰王毄玉 瀝滴〻 ⿰革歷

羖〻羊 礫砂〻 櫟木名 鱳魚名 歷過也經也 厤治 曆星也記也 磿治石聲 鬲鼎屬似釜大口亦䰛 䓣山葱 藶葶〻藶屬 的都歷反指〻二十四 旳明

適從也又之石反始亦適 嫡正〻 ⿰鬲風〻颵 靮馬韁 鏑箭鏃 馰馬〻顙白額 滴水〻亦適 ⿰忄勺痛 肑腹下肉 玓〻瓅明珠名 ⿰鼠勺鼠 ⿺辶丏至 檄胡狄反符〻亦檕二

覡女曰巫男曰〻 鷁五歷反水鳥亦鶂同三 艗舟〻 ⿸尸見石地惡 荻徒歷反蘆〻十二 狄羌〻在北從犬 敵當 翟雉〻 籊竹竿皃 迪道又進 覿見 笛樂器管武帝時丘仲所作

雷〻雨皃 滌洗〻 糴市米 郋鄉名在高陵 逖他歷反遠也古逷六 倜〻儻 謕〻誂 趯跳〻 剔解骨 惕怵〻又逖 績則歷反緝也四 勣功 鰿鯽之別名

積檉 燩去激反乾燩三 ⿱敫手傍擊 毄功漢書云攻若〻淺 惄奴歷反飢憂三 溺沒水又作休〻水名 愵憂皃 寂昨歷反亦宗二 ⿰赤見日赤 覔蒲歷反〻覷三 椑國君親屍之官〻 ⿰歹辟〻殈

壁北激反泥甓二 鼊鼊ﾐ龜類鼊字古侯反 闃苦鶪反淨一 郹古闃反鄉名在蔡五 鶪伯勞鳥 狊張目視從目犬 湨水名在河南 鼳鼠名在木上 戚倉歷反親ﾐ六 慼憂 鼜守夜鼓 鏚

千ﾐ 磧湍ﾐ又七迹反 慽痛又親也 欸許欸反笑聲五 [illegible]兵也爭也 [illegible]蘼ﾐ 鬩恨訟從二斗 [illegible]ﾐ頭又體叕反 [illegible]皿瀝反鳥卵破二 砉皮骨相離聲

廿一

緝七入反績三 葺修ﾐ蓋 咠聶言ﾐ日和 十是執反三 拾取 什篇ﾐ 執之十反持也把也正執四 汁瀋 [illegible]縣名在北海 慹怖 習似入反學也從羽五 [illegible]ﾐ箸 襲

重衣 隰原ﾐ淹地 騽駠馬黃脊 槢神執反又ﾐ一 集秦入反聚也亦集五 輯和也又与ﾐ集同 揖子入反又ﾐ葉反 卙集之詞 入尒執反三合也從入一又子入反 入反進一 揖伊入反又讓二 挹酌又抒也 溼

失入反水霑也俗濕二 [illegible]牛耳皃 嚃姊入反嘻集嚃白嚃字音博四 潗泉出 縏ﾐ合 湒雨下 及其立反逮二 [illegible]冬瓜 縶陟立反繫馬三 [illegible]小濕 馽馬絆 蟄直立反ﾐ蟲藏

[illegible]肉生熟 [illegible]不入又直輒反 [illegible]謎ﾐ [illegible]小雨 立力急反說文從大一七 [illegible]齧聲 粒米ﾐ 笠竹帽 鴗水鳥 苙白芷又其立反 [illegible]臨 急居立反疾六 給供ﾐ

汲引 級階ﾐ 芨烏頭別名 伋子思名亦姓 岌魚及反高皃一 泣去急反淚也三 㬎欲燥 湆肉汁 [illegible]先立反小兒履二 [illegible]忍寒聲 吸呼及反七 歙人名後漢有朱ﾐ又舒涉反

翕火及一曰起也 [illegible]ﾐ評語聲 潝水流皃 熻熱 [illegible]地名 澀色立反亦澀字林澁三 鈒戟 雭雨聲 戢阻立反斂也藏也止也六 [illegible]淚出皃 㗊衆口 [illegible]角多

蕺菜名 濈和ﾐ 邑英及反六 悒憂不安 浥濕ﾐ 裛ﾐ香又於怯於輒二反 [illegible]ﾐ菸 [illegible]食ﾐ 湁丑入反ﾐ濈沸也一 熠為立反火皃又於煜反三 曅曅ﾐ日在上邊又筠輒反 爗

熾 霫心緝反雨ﾐ東夷名二 [illegible]寒聲 讋怶十反讘ﾐ多言一

廿三

職之翼反正從耳五 織ﾐ絡 膱油敗 蟙ﾐ螺 蘵草名似酸漿 直除力反又直同一

力良直反氣ﾐ四 朸縣名在平原 屴山崱山皃 仂不解 勑恥力反約也正勑八 飭草寄 淔水名 趩行聲 敕打趙魏間語 栻ﾐ局卜 恜意慎恜ﾐ 鶒溪ﾐ水鳥俗鸂鶒 陟竹力反陞也二

稙早禾穀 食乘力反二 蝕日ﾐ說文作蝕敗創 息相即反佳也喘息也五 楒木名 鄎新ﾐ縣名在汝南 熄玄火熄又種火 瘜惡肉 寔常職反止也實也是也五 湜水清見底 殖多 植種

埴黏土曰ﾐ古文作戴 識聲職反知也古識六 式法也從工 拭刷 軾車前木 飾裝ﾐ 紩趙魏間呼機絲為ﾐ也 赩許力反大赤三 衋傷痛 [illegible]悲喜又所力 極渠力反從木下安四點非一 崱士力反崱ﾐ山皃一

匿女力反藏也二 ⿷匚虫虫食病 測初力反度也三 惻愴 畟陳器狀字林音即 憶於力反念也滿也九 臆胷 億十万 繶條繩 醷梅漿 澺水名在上蔡 檍梓屬 ⿰虫意小蜂

薏薏苢藥名一曰蓮心 ⿱艹⿰革亟丘力反皮硬皃一 色所力反愛也八 嗇愛濇也亦嗇 轖馬車下絡 穡稼穡 薔蓼薔菜 鄐邑名 ⿰嗇欠小怖 繬紩 殛紀力反誅八 㥛急性相及

襋衣交領 棘小棗從並束 極 蕀草 ⿰王棘垂珠地名出美玉 茍息急敕 弋与職反橜也十四 翊馮翊郡在雍州一曰飛盛皃 翌明日 廙敬 黓皂 翼羽古飛翼同 ⿱弋麦麦糠

隿繫射 ⿱艹異藕翅 妷婦人官 杙木名一曰雞栖木 瀷水名在河南亦又作潩 𤳹田器 趩趩趩如也 即子力反就也亦即九 稷五穀之長 ⿰木畟木名 ⿰牛畟牛名 鯽鰂 ⿰即即蝍蛆虫又子結反也

⿱即足蹙蹙迫皃 揤揤裴縣名在魏郡裴字房非反 喞勤喞又啓悉反 逼彼力反迫也亦偪五 皕二百 ⿰馬畐騙騶 ⿴囗畐門又姓 楅以木有所迫束 域禁逼反亦閾六 ⿱或黽魚納 棫木 ⿱或虫短狐虫

⿰金或凡器 閾門限 洫況逼反廣深八尺六 緎衣縫 淢疾流 侐安 ⿰或頁頭痛 ⿱戈皿大 堛芳逼反土七 愊愊悃至誠 踾地 揊判 ⿰食畐飽皃 楅聲 稫稫稄禾密滿

稄阻力反七 昃日 ⿰木則打 仄仄漏又反 ⿱夨八傾頭 葥子藥 側傍 愎符逼反很 腷腷臆意不泄 ⿱皀黍火乾肉 ⿺走束羌人別種棘也 抑於棘反古抑二 垼地名

廿三·嶷魚抑反岐嶷二四 薿茂盛皃又魚紀反 礙小兒有智 觺角觺皃

葉与涉反又式涉反四 楪楪榆縣名在雲中 楪度 鍱鐵鍱 接紫葉反交也五 椄續木

睫目睫 楫舟楫俗檝 婕婕妤 攝書涉反三 葉縣名在新安又許及反 灄水名在西陽 涉時攝反一 獵良涉反取禽六 鬣髦鬣 躐毛 躐踐又足傍 ⿰日巤日欲入

儠長儠生儠 捷疾葉反獲也連也一 䐑直輒反細切肉二 ⿱執灬下入又直立反 ⿰奄攵於輒反敵一 ⿰耴攴尼輒反十 聶姓又附耳小語 躡躡蹈 鑷鑷子 ⿺走聶 ⿰馬聶馬步疾也 ⿱竹聶葉 籋箱

睪伺視 㚔所以犯驚人一曰大聲一曰盜不止也 讘吐涉反小言四 ⿱聶木樹葉動皃 婼輕薄又處詹反 詀詀讘細語 讘而涉反詀讘縣名在清河三 顳顳顬鬢骨日朱反 囁口動又之涉反 讋之涉反多言六

囁口動皃又而涉反 慴怖 褶衣褶又隊葉反 摺疊 懾伏亦作讋 妾七接反婦人賤稱五 ⿰艹刂續 ⿱集金鐵系 鯜魚名出樂浪 淁水名在北地 ⿰金習丑輒反縫衣針又楚洽反一 极其輒反驢上負极二

笈負書 輒陟葉反專也三 耴耳耴國名出山海經 襵衣襵又而涉反 曄云輒反光曄曄盛亦煒曄三 燁燁燁盛熾 饁餉田 ⿸广去去涉反少氣一 ⿱艹疌山輒反藡草三 箑扇 ⿰臿欠三歃又所洽反

𦁡居輒反縫也一 𤸷於業反惡夢一 睫次接反黄眥目睫一 䌖義涉反縫紩也一

廿四

怗他協反安也十 帖券帖 𪔂鼓聲又姑立反 鉆鉆着物 䩞鞊 貼以物質錢 跕屣跕又丁協反 呫口嘗味亦呫喋 諜諜諳 𪔃鼓音 協胡頰反同心和六 勰思之和 協衆和古同叶通

劦同力 挾持衆之同 俠任俠 頰古協反面六 鋏長鋏劍 筴箸筴箱 㛍得志 莢蕢莢 蛺蛺蝶 愜苦協反心服二 篋箱篋 㡓徒協反十六 喋便語

惵玉篇云恐懼也又慴字 蹀蹀躞 𨆌小步聲 諜諜譜 堞城上垣 𨏈車聲 𣰹細毛布 疊重疊 𨅖畢 惵安 渫水渫流 褺重衣 蝶蛺蝶

䈎䈎皺 擪於協反手按三 靨靨子 壓好 苶乃協反病劣皃七 捻暗聲又蹈下又都念反 暬暬晦瞑 諗聲絶 捻指捻 鍂小釘 敜寒 燮穫協反和也五

屧屐 躞蹀躞 韘韘射具 𤩽石似玉 𩖜盧協反蹈凡聲又作䫠一 聑丁協反耳垂皃三 呫多言 㩉打 𦾱在協反草藂一 浹子協反潤也一 弽呼協反弓弽張三 𥈕

廿五

僷閉一目僷甲有所畏 笘竹篠反竹箕一

沓徒合反重二十一 誻譐誻 𥓐春巳復擣也一 遝合遝行及 榙柱上木 搭指搭 涾沸涾 𩣐馬駿行

𨅹翻飛 龖飛龍狀 讋疾言 錔他合反器物錔頭十 嚃歠 䓠菜生水中 媘安 踏踏着 帾帾上帳 鞜草履 𦑣翻翻飛皃 漯水名在平原說文作濕 鍪

鼓聲又口荅反 合胡荅反又古荅反四 迨遝迨行相及皃 郃郃陽縣在馮翊 詥詥諧 閤古荅反門傍戶九 鴿鳥名 合會也又胡閤反亦作敆 秴秴秷也音圭 佮佮合 鉿尺鉿鋌 鮯魚名 敆合會

鞈鞈䩡 荅都合反又畣對也俗荅通三 𨂝跢行惡皃 苔正名云豆 䟾蘇合反又踏四 颯風聲 靸小兒履 馺馬行疾 雜徂合反正雜四 韴斷聲 磼磼山高又磹壞皃 雥群鳥 帀

子荅反遍也俗迊二 咂入口 拉盧荅反折也五 摺敗摺 磖磼 菈菈蘧蘆菔 翋翋翻飛皃 納奴荅反受也六 𩎟腰 蒳草子似檳榔 軜驂馬內轡係軾前 妠娶 衲補衲 溘

口荅反至也五 厒閉戶聲古文作㾑 㕇山左右有岑 㝓容合 𪔵鼓聲 姶烏合反美好一曰女子六 𤺊短氣 罨納又於劫反 𦋆覆蓋 㚲女有心㚲 鰪魚名 欱呼荅反小歠又呼洽反二

𤵸病劣皃 㗳五合反衆聲四 礏礏磼 哈魚多皃 㬎說文衆微妙

廿六

蹋 徒盍反踐〻四 榻 俗作窻竹扇榻 闒 樓上戶 譂 〻譶妄語也 盍 胡臘反何不也六 闔 闔〻一曰閭 嗑 嗑〻易卦 蓋 苦〻 篕 籧篨 䣧 地名 臘 盧盍反〻蜡俗臈同七 䶫

鬣 聲 鑞 錫〻 蠟 蜜〻 擸 折〻 𢹸 〻𢶉飛起 皶 〻皶皮皃 皶 都盍反〻五 耷 大耳 搨 手打 毾 𣰆地 𨦫 相着聲一曰〻鈎 搨 吐盍反〻牀 䑽 大舩 䑽 兩槽

毾 〻毲 鰈 比目魚別名亦鰨 鰨 似鮎四足 䎓 〻布 傝 〻㒌亦𨷲 㭼 大食亦𧯶 䛟 〻譶多言 䎓 飛皃 鞳 鏜〻鐘聲又他合反 塔 佛圖俗塔 㗳 〻摸 翜 飛皃 臘〻

歃 呼盍反大啑一 䲓 奴盍反魚名一 傄 私盍反傝〻不謹皃也一 㒌 五盍反㒌〻不着事一 䨮 才盍反惡也從非开猶平也二 𢷾 㩶〻和雜 𩓣 古盍反〻車 譗 多言 盍 姓也漢書有盖寬饒字書作鄯 䗱 苦盍反酒器二 磕

廿七

鰪 石安盍反鰈魚名二 䰼 南都賦潛〻洞出

洽 侯夾反和也六 狹 隘也古陿 祫 祭名 峽 三〻山 硤 〻石縣名 䲗 噍聲 恰 苦洽反〻用心五 㤉

韐 巾〻亦袷 㮫 瓜〻 𧤿 目陷 劄 入 夾 古洽反持也從大二人九 郟 〻鄏地名在潁川又在河南也 筴 箸又古協反 𪗱 鞢韋蔽膝 䠍 蹭蹬 裌 衣亦袷 䀫 眼語 餄 〻餅 䛏 〻蹄牛足病

蓌 士洽反行書亦蓌四 煠 湯中爚 婕 又株甲反一狎反女遮也 騔 馬驟皃 眨 阻洽反俗䀹目動也三 㞙 薄㮟 偛 〻㑿小人皃 插 楚洽反刺也四 臿 舂去皮從千臼 鍤 鍫 扱 取 䶢 呼洽反〻齁鼻息齁字呼侯反三

歃 又呼合反小嘗 𣣲 氣送 囦 女洽反亦囦手取物二 𡝼 凹〻美皃 霎 山洽反小雨二 歃 〻血又山輒反 劄 竹洽反著也一 䮁 烏洽反跛行皃二 凹 下也亦窅

廿八

狎 胡甲反習也六 匣 箱〻 翈 翮上短羽 霅 衆聲一曰雷震皃又杜甲反〻陽縣在樂浪 柙 檻也似虎兕 渫 水相着 㴸 〻渫大甲反二 喋 唼〻鳥食唼字所洽反 㡯 古狎反衡七 胛 背〻 梜 木理亂 押 〻也

砰 山側 㕒 辟 鉀 鎧 鴨 烏狎反水鳥六 壓 鎮 庘 屋壞 押 署 𥧌 人神脉刺穴 閘 閘門開閉 霅 舂去皮麦初甲反一 翣 所甲反羽飾棺天子八諸侯六大夫四士二四 翜 捷飛皃

獲 豕㕱 唼 〻喋鳥食 呷 呼甲反喤〻衆聲喤字胡光反三 諜 喻〻聞知 讞 詩 眣 杜甲反一 霅 杜甲反〻陽縣在樂陵又胡甲反一

卄九格

格古陌反〻式九 佫至 鮥魚名 落山 骼骨 觡〻 格 鵅鳥名 貉 謋虎伯反〻然二 溹水名在東陽 陌莫白反阡三八 帞頭巾 袹

〻複 驀靜 貘食鐵獸 蛨蚝〻蟲 貊〻 驀 騎〻馬又上 磔陟格反張革也擴 蚝〻蛅 舴〻艋小船 毛草菜 托擢 伯博白反長五 迫近 百千 栢

本名 䑐〻䑐 白傍陌反〻色三 帛絹 舶海中大船〻 劇奇逆反增四 屐履 屐〻 輙車 䡑倦 戟几劇反〻刀〻俗戟三 㦸持 蕺藥草 索所戟反求又褸名四

〻 僪 𧗳仆 漆水名在陽 磶碎石 隨聲 栅惻戟反村三 踖磨豆 籍國語云奧籠 嘖胡百反〻嘖大嘆也一 嘖側陌反五 窄迫也狹也俗迮 溠水吳人云 謮大聲亦嗜 笮

屋上板 齚鋤陌反〻齧四 咋〻多聲吠〻字鳥交反 詐讒〻水落地 峉〻客山皃 隙綺戟反〻壁孔四 𡿦際見之皃 郤人姓俗郄 綌綿 額五百反從名眉上四 鰫鯾〻魚名 峉山〻

詻〻辯訟 逆宜戟反迎從羊非四 綌紱 屰維 屰字林云不順也上屰逆迎也今相承作此逆為不順也 嚴呻 客苦陌反〻三 喀吐聲 礊堅也出說文 啞烏陌反〻笑聲二 䶦䶦 虩許陌反懼皃易曰〻虎〻也一

㭊田格反正從屖裂也二 㪽〻步 轢乙白反佩刀飾一 拍普伯反〻打也七 皛疾 魄魂〻 酒淺 珀虎〻 怕靜〻 皛亦打又胡了反出蜀都賦 赫呼格反〻赤也三 嚇怒 㬉赤色

垎胡格反土乾四 䞩〻趚 挌〻 摔 㭙〻角 械 宅場陌反〻家五 擇揀 鷝鷝 恔憾 澤波 虢古伯反國名亦作李〻讓令 檘〻 攉擱也 擭一號反手取二

蒦乙度一白反〻視遑 踖女伯反〻二路 㨨把 碧逋逆反〻名一

〻 晳私積反〻傲〻黃 惜悔 腊乾肉有骨 潟鹹 碣石柱下又磶 舄〻履又鵲亦誰 鬄髮 蒀馬〻 積資昔反聚又資賜反九 脊背 蹐小步 迹亦蹟跡

假又洛夜反 踖又〻敬良自昔反 鸔〻鵲鳥名亦鸙 鰿魚名 蹟同跡加新 益伊昔反饒也從水皿 謚笑聲 嗌喉上 繹羊益反細理也廿三 睪伺人又一曰樂也 襗下裳 懌

黎〻名 亦從大此〻非 奕博〻 睪引給 帟幕 譯傳言 懌悅 斁馬 嶧山名 棭宮 醳苦酒 腋胅 掖持 液津〻

被縫 易又羊義反從日勿 瘍病相染 蜴〻蜥 埸〻壇 圛回行也 糬施隻反〻清也十 豵解 檡棗 墿道 適樂也一曰之也又之石反都歷反 郾邑名

郝人姓又呼格反 瞲視白 睗急視 暘日無光 嫡嫁 釋耕白 螫〻虫 鬄髮疏 夾懷物 尺昌石反四 赤說文從大火作灸日色也 斥逐 蚇蠖 石

碩常尺反凡〻六 祏大石 鉐鍮 鼫鼠也尔疋云尾似黃色媚似兔好在田中食穀也 柘百廾斤也 隻之石反單也一也七 炙又之夜反也 適往也字有三音正遖 墌基 樜柘

蹠足亦跖跖 擗皮也又芳辟反 擲直炙反投也古擿三 𪌭〻麩 躑〻躅亦蹢 皵七迹反皮細起五 磧千歷反 刺穿也又七賜反諫刺 趚〻行皃 洓水名在北地

席詳亦反〻薦也五 夕暮也日半見 穸窀〻冢也 汐潮 鄐鄉名在臨邛 籍秦昔反薄〻八 踖踐 藉狼〻又慈夜反 耤〻田 塉土 𢋓縣名在清河又七削反 瘠

病 膌瘦 擗房益反撫心五 檘棺又蒲歷反 躃倒 辟周禮大〻辟也又必益反 闢啓 役營隻反使〻七 𢓊燕人呼役 鈠〻排 疫病 𩵢魚名

㷗衣家竈 𤜱上谷名豬 躄必益反居也法也五 鐴〻土犁耳 璧玉 甓〻瓴 襞〻衣 僻芳辟反誤也四 癖腹病 廦墉 𡳋又匹石反 瞁

許役反驚視也一 麝食亦反香也又食夜反二 射又食夜反 彳丑尺反小步一 䠞昌亦反踋〻之屈伸任仰一

廿一業

業魚怯反從茻說文木版也所以懸鍾鼓也三 鄴縣名在魏郡 驜馬白 脅虛業反骨〻二 歜〻氣一本作歕歜 怯去劫反亦怯一 劫居怯反強取以力脅止曰劫刀通二 衱衣領 腌於劫反

醃漬 魚闕六 罨魚納又烏合反 裛書囊又於及反也 𦓤耕種 𡠆〻𡡞不動 䱎釋名腐臭

廿二乏

乏房法反匱也一 法方乏反則也說文作灋法一 猲起法反又虛割反恐受財史記云諸侯也一

契余嘗往人世矣蕭拙於生采鸞為以小楷書唐韻一部市五千為糊口計然不出一日間能了十數萬字非人力可為也錢囊羞澀復一日書之且所市不過前日之數由是彩鸞遂各乘一虎仙去唐韻字畫雖小而寬綽有餘全不類世人筆嘗於仙品中別有一種風度予偶得此本遂述其本末行實俾有所徵云

墨林山人項元汴敬題時

萬曆壬午仲冬八日

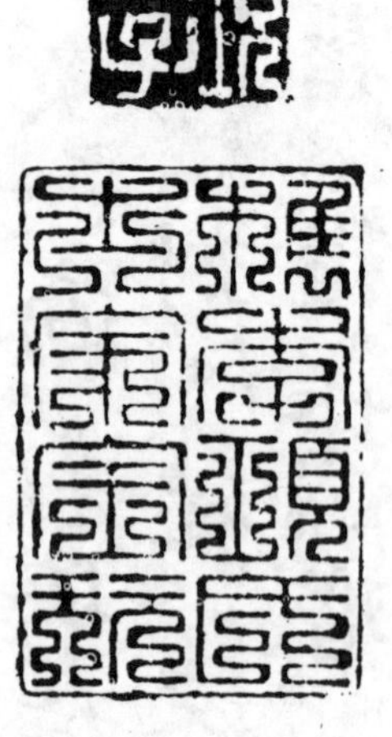

唐女仙吳彩鸞小楷書四聲韻 項元汴真賞

女仙吳彩鸞自言西山吳眞君之女太和中進士文蕭客寓鍾陵中秋夜見於踏歌場中伺歌罷躡蹤其後至西山彩鸞見蕭偕往山椒有宅焉至其處席未暇煖彩鸞據案治事蕭詢之再四乃曰我仙子也所領水府事言未既忽震雷晦冥彩鸞執手版伏地作聽罪狀如聞讁詞云以汝洩機密事罰為民妻一紀彩鸞泣謝謂蕭曰與汝自有冥契今當往人世矣蕭拙於為生彩鸞為以小楷書唐韻一部市五千錢為糊口計然不出一日間能了十數萬字非人力可為也錢囊羞澀復一日書之且所市不過前日之數由是彩鸞遂各乘一虎仙去唐韻字畫雖小而寬綽有餘全不類世人筆當於仙品中別有一種風度予偶得此本遂述其本末行實使有所徵云

墨林山人項元汴敬題時

萬曆壬午仲冬八日

唐五代韻書集存

周祖謨編

下册

臺灣學生書局印行

目錄

下冊

考釋

第六類

唐韻寫本

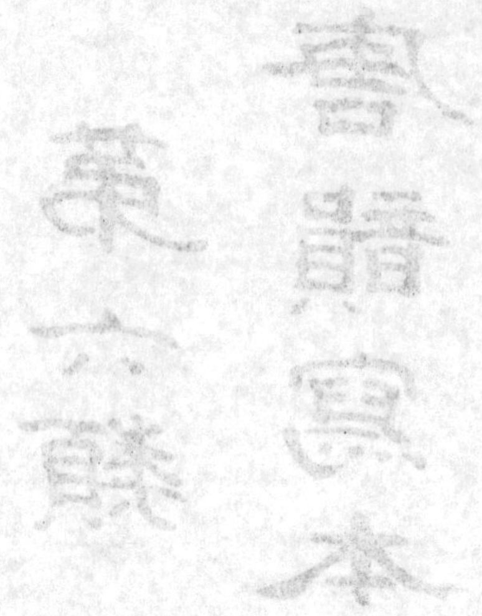
書譜寫本
第六

第六類　唐韻寫本

這一類包括孫愐唐韻序一種和唐韻傳寫本兩種。孫愐唐韻序見清卞永譽式古堂書畫彙考，與今本廣韻卷首所載文字頗有不同。廣韻所載已經不是孫愐原書的序文。據卞永譽所記孫韻全書五卷分為一百九十五韻，與王韻分韻數目相同。這裏所收的兩種唐韻寫本，一種闕書名，一種題名唐韻，兩者體例相同，當為一類書。前一種只存東冬鍾三韻十四行，後一種存去入兩卷，但去聲不全，這就是通常所說的蔣斧印本。蔣斧本唐韻全書至少有二百○四韻，當為孫愐以後人所修。唐韻書中反切大都與蔣本唐韻相合。

6·1
(22)

孫愐唐韻序

（據清卞永譽《式古堂書畫彙考》卷八錄）

唐韻序

朝議郎行陳州司法參軍事臣孫愐上

蓋文字聿興音韻乃作蒼雅爲首詩頌次之則有字統字林韻畧述作頗衆得失平分唯陸法言切韻盛行於代然隨珠尚纇和璧仍瑕遺漏字多訓釋義少若無刊正何以討論我國家偃武修文大崇儒術置集賢院召才學之流自開闢已来未有如今日之盛上行下効比屋可封輒罄謏聞敢補遺闕兼集諸書爲註訓釋州縣名目多據今時又字體偏傍點畫意義從才從木著彳著亻並

悉具言庶無紕謬其[有]異聞奇怪傳說【殊】姓氏源(原)由土地物(物)

產山河草木鳥獸蟲魚略載其聞皆引憑據今加三千五百字通

舊惣一萬五千文其註訓解不在此數勒成一家并具三教名曰

唐韻蓋取周禮之義也皆按三蒼爾雅字統說文玉篇石經聲類

韻譜九經諸子史【經】漢三國誌(志)晉宋後魏周隋陳梁兩齊等史

本草姓苑風俗通古今註賈執姓氏英賢傳王僧孺百家譜文選

諸集孝子傳輿地誌(志)及武德已來創置迄于開元廿年並列注

中等夫輿誦戰汗文集恧媿上陳死罪死罪

據伯二〇一九、二六三八校改數字 加□為衍文加[ ]為脫字 加( )為或體及錯字

6·2
(23)
唐韻殘葉（伯二〇一八）

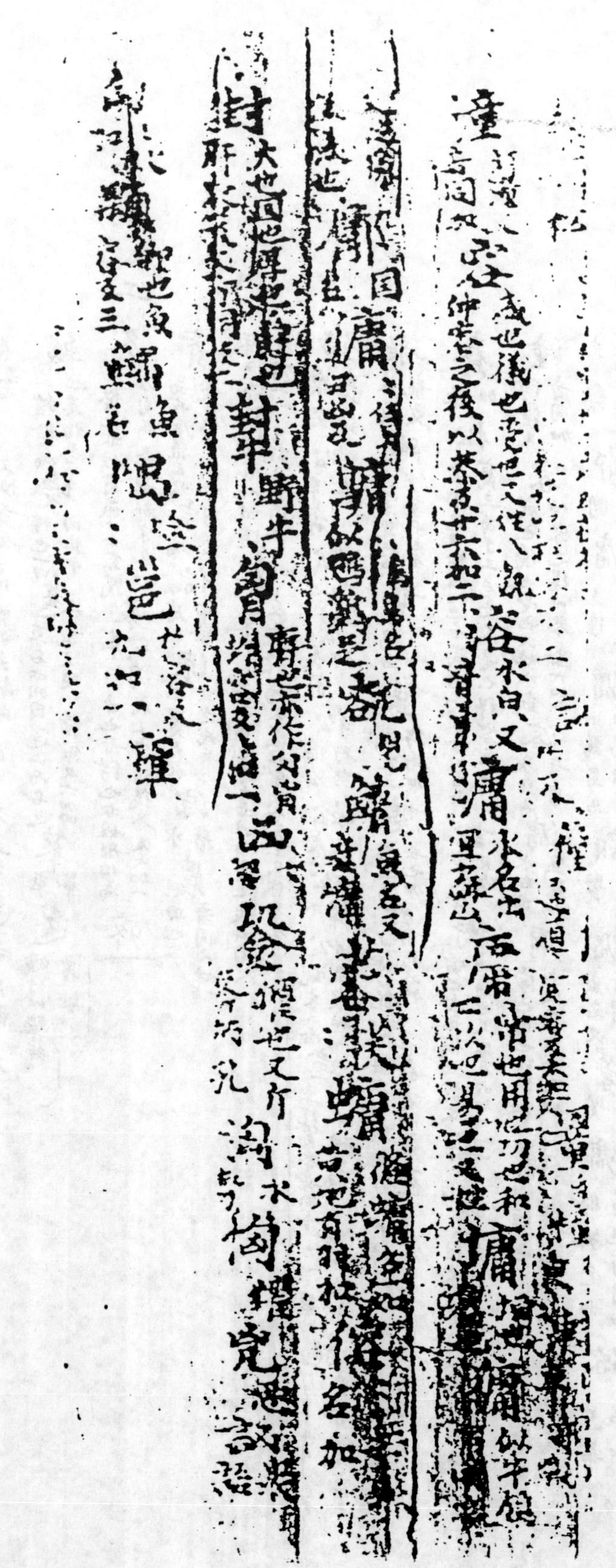

（伯二〇一八）

色青黃又細絹 璁石似玉 驄馬色 蟌蜻蜓淮南子云蝦蟇為蟌水蠆為蟌加 ·通達也亦州名本漢渠又姓他紅反四 蓪

緵緵縷 㚇飛而斂足又側貢反 鬷釜屬又姓傳鄭大夫鬷明 嵕九嵕 猣犬生三子 豵豕生三子 鯼魚名石首 椶椶減

鏓三鏓鈴屬出異物志 壞種也一曰內其中 ·𨔼說文從 蓬草名亦州曰蓬山而名之薄紅反六加四 篷車篷 篷織竹以編箬覆船

二·冬冬終也亦姓前燕慕容皝左司馬冬壽都宗反二 苳草名 ·彤彤赤也丹餙也亦姓彤伯為成王宗伯徒冬反七加一 疼

·賨西戎廣雅云戎稅蔵宗反五 琮瑞玉 悰慮一曰樂 潨小水入大水又之戎反 淙水聲 ·農田也者同又姓

彞戸冬反二加一 洚水不依故道說文道也 ·隆力冬反二 ·宗衆也本也尊也亦姓伯宗之後出南陽又複姓宗伯宗正二氏作冬反

鐘樂器或作鍾 蚣蚣阜螽蟲 忪心動 䈵長節竹 彸征彸行皃 妐夫兄 衳小褌 伀說文云志及衆加 嬞字樣云本音同今為木橦字加 籦籦籠竹名加 龍之後力鐘反七加三

瓏圭為龍文 躘躘蹱小兒行皃蹱字丑凶反 鸗鳥名 驡說文云野馬加 龔廣雅云[illegible]也加 籠竹名加 鐘籠 舂世本曰雍文作舂書容反五加一 椿橦也 踳踳蹋 鶅鶅

惷愚加 ·松玄中記曰松脂入地千歲為茯苓亦州名舜竄三苗于三危南羌是也祥容反二 訟爭又徐用反 ·衝當也向也㑋也說文通道也尺容反六加一 罿網 憧往來皃 䡴車陷陣 艟艨艟戰

潼河潼又音同加 ·容盛也儀也受也又姓八凱仲容之後以恭反十六加二 溶水皃又音勇 滽水名出宜蘇山 庸常也用也功也和也次也易也又姓 墉垣也墻也 㺐似牛領有肉說

丈鏞猛獸也 鄘國名 傭傭賃丑凶反 鷛鷛鶏鳥名似鴨雞足 [illegible]甖 鱅魚名又音慵 蓉芙蓉 [illegible]鰷[illegible]色如黃蛇有羽加 傛傛華名加

·封大也國也厚也爵也府容反又方用反二 犎野牛 ·胷膺也亦作匈肯許容反八加一 凶凶禍 銎擾也又斤斧柄孔 洶水勢 恟懼 兇惡 詾衆語

匈匈奴 ·顒仰也魚容反三 鰅魚名 喁喁噞 ·邕於容反九加一 噰和也与邕略同又雍奴縣名在

6·5
(24)
唐韻殘卷（蔣斧印本）

唐寫本唐韻第一葉

去聲

扶沸反十三加二 䠊 則足 悱 ｜｜憤又分反 腓 病又音肥 菲 菜食又妃裴二音 屝 草所劌鞋造

蜚 蟲名神異經云西方蚑翼下有小蜚蟲明目者乃見之每生九於復成九子而偃去蚑亦人知又獸名山海經云蜚如牛白首一目蛇尾

行水則竭行草則死見則有兵倪郭璞銘之無名體似無害所經枯竭甚於鴆厲万物攸懼思亦避逃 厞 隱也陋也 翡 赤羽

崔出郡現字林 ⿱非土 塵 費 人姓夏禹之後也出江夏後漢有汝南費長房孫盛 ⿱非虫 、蟲神虵加 [illegible]

目不明或作眫出埤蒼加 旣 已也盡也又姓吳王夫旣之後居未反三 曁 諸曁縣在會稽又其曁居乙二反 穊 稠祥

毅 果敢也俗作毅魚既反二 藙 茱萸 氣 氵息去既反三加一 乞 又去訖反 肐 人姓出纂文加 欷 歔欷

許既反六加二 唏 啼 塈 仰塗 餼 生牲又餉也 愾 大息又苦愛反加 餼 怒加 衣 、著於既

又又於希反一加 御 理也待也進也又姓左傳有大夫御叔牛據反三 馭 駕馭亂有

王馭鳴味卜舞文衛 籞 逐水曲過逐禽左 語 又魚舉反 慮 思也又良據反四加一 勴 助 鑢 錯

寶言加 據 亦作據依也又姓出何氏姓苑居御反六 鋸 刀乀 倨 、傲 椐 靈壽木又

蹲又踞踞大坐 鐻 樂器刑似夾鍾削木為之出埤蒼 覷 伺視七慮反二加一 胆 蠅

有蜡六又音作加 欶 尺欶止反四 去 又卻呂反 麮 羌汁 呿 卧欨 署 常恕反三 曙

曉 㰦 輿又加 恕 書反二 庶 衆也冀也亻姓 著 開也所慮反又張略長略二反一 翥 飛也

亦作翥又五加二 章恕 䲡 鱮 心䕸又食 䗪 蟲名逆名云䗪背而生鐏小蛾反於 醜 蟨 母

庶 周礼有庶氏掌除毒蠱又音恕加 跅 記也所據反二加一 捸 裭捸又色句反加 飫 飽也豪 一飫

衣倨又六 㾤 、丘 鄐 縣名在太原又音塢 醧 私燕 淤 水淤又音於 菸 無積 筯 箸之

箸遽又一 倨 遽 急疾又戰慄亦作𨘙其倨反四 勮 勤務 詎 又其呂反 醵 又飲味

絮 息據反又抽據尼恕二反一 助 床據反二 耡 亦作鋤士魚反 怚 又憍也將預反二 㴸

沮 詛 、呪助反二 阻 馬阻歸又莊所反 洳 沮如反三加一 茹 人庶反 飯牛又茱茹 如

豫 逸也備也亦獸名說文云象屬又姓史記晉有豫讓羊洳反十三加一 預 干庚也 譽 光

礜 石名藥名蠶食之肥鼠食死 鸒 馬行疾良 䳜 足云雉也 鸒 鸒鳩鵯鵊

又方輿縣名亦音余 悆 悅 豦 太鯨 㯫 舁食或作舉 旟

噓 吹噓又又音虛 虛據 女 以女妻人据反二加一 絮 人姓漢有絮舜 加 紑

唐寫本唐韻弟二葉

去聲

處昌據反一加 絮和調食抽據反一

遇不期而會又姓何氏苑云今東莞人遇○云漢有遇沖為河内太守牛具反二

樹木惣名又姓何氏姓苑云今江東有之後魏官氏志樹洛干氏後改為樹氏常句反四加一 𧻓行

戍又 尌主出說文又出加 住止也又姓出何氏姓苑持遇反三 㢡築短頭 迬人姓出纂文

寄也又姓晉書有附都君遇反八加一 怤白ㄟ 祔祭名亦曰合葬 賻贈死 駙ㄟ馬官曰碑首

鮒魚名 射ㄟ射著衣出字書 坿說文益也加 注云水注之戍反又丁住反註記也加 疰

小器 狂黃犬黑首 鑄鎔鑄又姓堯後以國為氏 馵馬名又馬後足白 註ㄟ射出切又音九駐

燈ㄟ 澍時雨又殊遇反 屨履屬九遇反六加一 句章句字樣ㄟ無著ム者矩二音 蒟ㄟ醬又瞿 絇

瞿視皃 䀠目驚䀠ㄟ貼出埤蒼加 煦温也說文ㄟ香句反三 酗醉怒 呴味吐沫 戍

戈ㄟ反六 遇也故往人偷 腧五藏腧 輸又式朱反 踰馬踰前 輸ㄟ射 隃鴈門 裕或作

寰ㄟ也羊戍反四 窺見 覦覬覦又又ㄟ 諭譬也諫也或作喻音出豫章人也 𩔗和也呼也少現書傳 鴳也

上

乳又人主反三 擩擩莖手進物也 赴奔也方遇反五加一 兔急疾礼云集兔或作

仆一仆偃偃 趍趍出說文加 務事務又姓列仙傳有務光亡遇反十加三 婺婺女星

馬馬馬馳 瞿雛雞雛 鞪六月生羊 髳髮巾 嵍丘也說文加 敄强也出說文

文加 鶩鳥名又音目加 緅青赤色子句反又子侯反一 懼其遇反一 具備也又姓傳有具丙 臞尨

度又音瞿 芋王遇反三 雨又音禹 羽鳥長毛又五聲宮商角徵羽音書樂志云宮中也商而舒生又音禹 埾

渠也才句反二 聚又秦雨反 棟裝棟也色句反又昨據反三加一 數筭數也周禮有九數方田粟米差分少廣

商工均輸盈不足方程句股是也又色角二反 愉裁殘布帛加 付方遇反四 賦頌 傅姓本自說

出傳巖因以為氏出於地清河二望 鬚露鬐 娶七句反二 趣向又親是反七俱倉苟三反 註解中

句又又音注六加一 鉒止馬 輊車 住傳手又長句反 壴說文云陳樂也加 驅匡遇反又匡愚反一

萉 窶窶數也 汕又一 屢數也良遇反一 足添也即句又子俗反一加

暮日暮又姓出何氏 姓苞莫故反八 慕思慕又虜複姓二氏前燕錄昔高辛氏稱王號燕永和八年應孫雋僭號

時又有將草墓與虎 募 墓墳 渡水徒故反四 斁猒一日終詩云服之無斁又音亦 鍍

唐寫本唐韻第三葉

去聲

金鏟物度法度又姓後漢荊州刺史度尚又徒各反路道又姓本自帝摯出平陽襄城陳留安定東陽河南等六

望洛故反九露霜露亦露出又姓風俗通云漢有上黨都尉露平潞水名又州名輅車輅又挌胡反璐

玉名鷺鳥名賂遺簬竹名蕗、蘡蘽蕗也妒、忌亦作妬當故反八加一秅禾束

又縣名在濟陰或作秺奼美女疧乳病肚、腑腹大詫奠酒爵蠹食桂蟲斁敗也

出說文。又作數加菟、絲草名又虜複姓後魏書有菟賴氏湯故反三兔獸名說文云象兔菟之類著一點者

行書吐又湯古反顧眷也又姓出吳郡下作故顧古暮反八雇本作户九鳥也相承借雇賃字稒、陽

縣名在五原故舊也事又姓出何氏姓苑酤賣又音姑痼久病固堅、錮、鑄又禁錮塞也

誤錯謬又作悞五故反六寤覺忤逆迕遇晤朗悟心了護胡誤反十加一

瓠瓠也又瓠子隄名亦姓淮南子有瓠巴善鼓琴嫭美好婟、嫪悳惜也出聲類乎差韄

乂布、、枑門外行馬𥫶所以收絲沍寒凝又下各反二訴桑故反六加一

一、愬行也譖也或作遡素帛也先也空也又虜複姓二氏後趙錄宜陽公素和貶又有後魏書古素黎

上

萻繁民丨加 傃向也加 作福詳昨誤反四 胙祭餘 阼丶階東階 鑪魚曾 笯盛鳥

竹籠叹丶恚又故反 音怒 布丶周禮云錢行之日布藏之日泉又人姓陶偘傳布興博故反一 袴或作

絝苦故反三 庫財物舍 圃園又音補 汙潦也烏故反四加二 惡又烏各反 噁音噁怒白

加也 [言+亞]說文云相毀加 怖惶懼普故反二 鋪設也又普胡反 厝置安厝倉故反七 措舉也投也

醋醬醋說文作酢 錯姓宋太宰錯之後又人名史記有司馬錯又千各反 胯服也韓信出於胯下 [艹+酷]

酢菹 苦困也今人苦車是加 捕捉薄故反七加一 哺食在口 步行步又姓左傳晉有步揚食菜於步後因氏焉

又虜三字姓三氏後魏書步六孤後改陸氏孝文以為八姓又西方步鹿氏後改為步氏北齊書有步大汗薩 [革+甫]丶靫盛箭也室

餔餹餔作補 又鯆魚名 [馬+步]丶馬習馬也出左傳周禮冬祭馬丶[馬+步]丶神為災加 謼辦謼亦作

呼荒故反又火姑反一 泰太也通也丶太他蓋反 忲奢太二甚也

又漢複姓六氏漢有尚書太尉雄古今人表有太師穎何氏姓苑云征氏下邳人太王氏永喜人育太也

古太反二 丐乞或作匃 艾艹名亦人姓五蓋反二 豥丶豭豕 鴱

漢燓於蓋反七加二 壒塵 馤香 靄雲狀又於曷反 暟芓說

唐寫本唐韻第四葉

去聲

䶕小鼠相銜而行加 㮏木名或作柰奴帶反二 柰如也如箇反 大 倒

㾵、下病出字林 蹛、匈奴傳有蹛林又音多加 𥱼、方、名加、 斗名、

出何氏姓苑 狽狼、 犻牛二歲 伂郡名又姓出蘋八何氏姓苑也字書加 作 石食鈠人

出山海經加 霈霧霧普蓋反三加二也 沛流良又音貝加 眛目不明也 埣蒼加姓

漢有、栩黃外反一 兊突也卦名又姓杜外反二 𩋀補、 儈合市古外反九 膾魚膾亦作鱠 禬

福祭 檜栢葉松身又古活反 旝木置石投敵 澮水名在平陽又畎水 鄶国名在滎陽 廥

蕞、蕮蕮 會、稽山名又黃外反 最祖外反一 譮衆聲呼會反五 噦鳥聲 䎱鳥飛 鐬

鈴聲 濊水名在譙又音喚 穭穬糠苦會反一 酹以酒沃地郎外反四 頪難曉一日鮮白出說文 毲

騧色 𩛾門祭 外五會反一 祋、栩縣名在馮翊又祋殳丁外反一 懀惡也烏外反二 薈草盛良

蕞小良才外反一 襘衣遊縫七會反一 旆旗也繫旐日旆蒱蓋反三 䟴䟴踉行不正良 軷祭道

神又蔦反 盍硍磕苦盍盖反四 鶡、鳴鳥 轄車聲 愒貪也公羊傳云不及時而葬曰愒、急也

三

八、䕂也國名又姓出濟陽祭叔之後倉大反一 𪆧、鳩鳥出迩足 賴說文從剌貝聲也利也又姓風俗通有
仏太守盖反九 籟籥三孔 癩疾又作癘 瀨湍、 糲麤米 禲墮壞 犡牛名
天元 藾、蒿或作䓶 餀食臭呼艾反一 娧好皃或作婧他外反三 蛻字林云地易皮又音
嗐 䮃字林云鳥易毛又音嗐 眛眛目不明莫貝反二 沬水名又沬巳也是楚詞
霽晴也子計反五 隮升又計作躋又子奚反 濟又子礼反 擠排濟又將西反 鬀說文去髮
人東小髻又音𡰶 帝許計反九加三 諦審 嚏鼻氣亦嚏 柢木根柢 蔕草木綴實
螮、蝀 㮳說文去取也加 䑲、䑿水載舩戰出字林加 薹姓漢書王莽傳有中常侍薹恽
加以 齌嘗至齒詣反七 劑在、分又姊隨反 穧刈把數 醋鹹 眥目際又才賜反 齋火齊
霽似雲而開色黄赤似金出日齊 𤻗病 替廢也代也俗以相代作顛字古無他計反九加一 𩯭、除髮
䅷不耕而種 洟鼻、 屜履中薦 达足滑 薙除草 褉補也出說文 悏寧悏心安
出字林加 第次第又漢複姓二氏後漢書第伍倫傳云齊諸田從園陵者多故以次第為氏有第八等特計反十四 遰
逗遰又底去避也 鬄髮 綈繒 睇視 悌孝悌又音弟 娣、姒 禘祭名

唐寫本唐韻第五葉　　去聲

釱以鉗加足又音大　鷤〻鴂鳥又帝音　棣車下李子似櫻桃可又姓王莽司馬棣並　杕木盛皃

踶蹋　題又徒雞反　砌〻八七計反四加一　切眾也說文從七又千結反　睇視　妻以女妻人又七兮反加

細蘇計反五加一　些楚音云又蘇箇反　栖雞所宿亦作棲又先兮反　壻女夫又作聟　洒水名在汝

南加　詣至也五計反四　羿能射人名說文從羽　睨睥〻　栺枍栺殿名　計筭計又姓漢有計子勲古詣反

九加一　係連　繼紹　繫縛　薊草名縣名又姓後漢有薊子訓　髻綰髮　⿰契阝燕都　檵

苟杞名也　繫伉繫梅也出迩足加　蒵蘼蒵胡計反六　⿰月絜侯脉　系緒又姓楚有系益　妎心不了又

音害　禊〻飲　繫易繫辯　挈〻約若計反又苦結反四加二　罊說文云器中盡加　栔

刻　臍字林云[illegible]腸也加　翳羽保一曰隱又鳥名似鳳於計反九　曀陰風　瘱靜也茶也　枍

〻栺　⿱殹土塵埃　殪死　医藏弓弩器　瞖目〻　嫕婉嫕柔順皃　謎隱語莫計反一　閇

〻〻受　篲　慧〻䚷　慧解也胡桂反七　憓受　潓水名出廬江　惠仁也亦惠然

〻〻　蟪蛄　蕙草　橞木名　桂木名叢生山峯間無雜木葉長尺餘冬夏常青有

後漢太尉陳球碑有城陽炅横〻漢末被誅有四子一子
〻十墓姓炅一子避難居徐州姓香一子居幽州桂一子居華陰桂
快四子古恵反 炅快 姓加人 笪竹名 嘒聲急呼桂恵反二 暳小星 嫕配也匹詣
睤睨〻四又 渒水名在汝南 潬水聲又芳備反 薜〻荔蒲計反二 鏊所以理苗殺草 麗
美也著也又姓出何氏姓苑郎計反十六加一 戾乖也曲也字從犬出曲下身曲 隸〻僕 儷伉儷等也 盭
綟色又作綟又古衡 劙剖破也或作儷 唳大 蜧大蝦 莀紫草荎 悷很 沴氣妓 荔
薜荔草香又羌複姓有荔非氏 捩琵琶撥 欐梁棟之名又師礼二音 㵧埤蒼云渧㵧漉也渧音帝
𥷪埤蒼云札也加 泥滯陷不通詩云致遠恐泥奴計反又奴低反二加一 涅又奴低反又加
𥹧子例反五 際會〻 穄黍〻 鰶魚名 鬞露髻音霽 歲相鋭反三 槥小棺又篲
繐衛二音 䌙布又似歲反 衛護也国名姓又于歲反六加二 轊車自 璏劍碑 衞
𧝏竹名 彖豕屬出說文加 槥小棺加 芮草生狀又姓周司徒芮伯之後而鋭反四〻一 快〻枘木 出 昌
蜹蚊蜹又音藝加 贅〻肉聚也得也又贅衣官名之芮反一 嚌小歠芮〻
芮反六加一 䡞車橐屬以戍賊頭又音遂 𦢊肉肥膪古作臎 帨佩巾音税
乇乇

唐寫本唐韻弟六葉

去聲

薛穿㳂出埤蒼加 銳 利又姓何氏姓苑云出平中鮮卑有御史中丞銳管以芮反三 草〃

綴 車綴陟衛反又丁劣反三加一 醊 祭 畷 礼注云井田云畍畷無數 䟡

稅 斂也舍也又姓盛弘之荊州記云建平信陵縣有稅氏五十人遺稟君舒芮反五 說 誘 裞 送死 日

月過乃聞喪而服曰稅又他括他外二反 蛻 〃皮又他臥他外二反 悅 又〃 脫〃 傳 齊 曰也惡〃 左 存

毗祭反四 斃 死也又作 幣 帛 敝 衣敗 毳 重擣或作皺楚歲反一 篲 祿帚祥歲反四加一也 鏏

大鼎 彗 星名又音遂 鏏 小鼎出埤蒼加 蔽 掩也必袂反二 鄨 縣名在牂牁 劌 傷也割也居衛

反三 鱖 魚名郭璞云大口細鱗有班文一曰婢魚 劂 剞劂斷割 袂 袖孫弊反一 憏 殘帛昕例反一 錣

矛戟頻昕戒反二 蔱 楙屬 掣 〃挽尺制反又尺折反三加一 懘 小兒驚 瘈 郭璞云瘲病加 制 禁制征例

反八加二 [illegible] 魚[illegible] 淛 水名 製 作 [illegible] 入意〃曰聞 晢 光星又音析加 狾 狂犬 [illegible]

閉西謂䈃曰箭弋言加 逝 時制反八加一 觢 牛角耳 噬 齧 誓 約 筮 龜曰卜蓍曰筮

澨 〃水際 又 鏊 車當結一日銅生五色又音棧 遾 逮也出逝〃加 曳 牽也餘制反十二加二 裔 邊也

䃶石之次玉 勩勞 泄水名在九江 枻楫 疶痢 駣馬逸 怈明一日習
小風六斛出字統加 靾馬韁人出埤蒼加 緆急一日劉於又三 瘞埋瘞亦通 餲
二山才能又姓出何氏姓苑 思呆又五加一 寱睡語又作囈㦣 埶蘇 槸樹枝相摩
聲出迩足加 褹云林云複襦加 滯廢也直例反二 彘豕又姓左傳有彘恭子 例力制反十二加一 厲
惡也亦嚴整又姓漢有魏郡太守厲温 礪砥 勵勸 禲無後鬼蒼頡篇云亡國之臼 癘疫 濿
以衣渡水由膝以上為濿又㴑渡水 𩲡鬼名 蠣杜蠣虫名蚌蛤屬 櫔木名 䮳馬駃 秵杜預云黍穰加
憩息去例反四 䔳ヽ車草名 愒息人 揭褰衣渡水論語云深則厲淺則揭 世ヽ代又姓風俗通云
戰國時有秦大夫世鈞 舒制反三 勢ヽ形 貰賒又時夜反 猘狂犬宋書云張收嘗為猘犬所傷食蝦蟆膾而愈
例反四 罽氈類色細毛為之出西胡又作綱也 㴸泉出良 訐持時人短又居列反 㡷赤白竹例反
又帝音 蔕一 偈具憩反一 啜嘗也嗇芮反又昌劣反一 跇跳也喻也又作趆丑例反二 傺侘傺侘宇補加
又 劓去鼻牛例反一 蕝束茅表位子芮反又子悅反一
五 卦易疏云卦挂也懸桂古賣反三加一 挂懸挂又別挂弩矢鏃名潘岳射雉賦云屬剛挂以懸㩳 註誤也又胡卦反

唐寫本唐韻第七葉　　去聲

六

加 懈嬾也古隘反五加二 解除 廨公ヽ 繲ヽ浣衣出埤蒼加 薢ヽ茩藥名加 隘
狭也烏懈反二 㾊病聲 邂ヽ逅胡懈反二 解曲解又古賣反古買胡買反 賣莫懈反一 畫胡卦
反五 詿礙也又古賣反 絓絲結 澅ヽ水名在齊 䪏鮮黃色 差病除楚懈反楚宜楚佳反二
衩ヽ衣 睚目際五懈反又五佳反一 謑怒言許懈反又于婿反一 庍到別方卦反一 粺精米傍卦
反二 稗ヽ稍ヽ 瘵病士懈反二 眦睚ヽ 派ヽ水流匹卦反四加二 [糸𠂢]未緝麻 渒水名出丹陽亦
作泒出說文加 [木𠂢]縢屬蜀人以之織布出埤蒼加 債徵財側賣反一 [illegible]苦賣反一 曬曝也所賣反又所寄
丑ヽ帝二反一 [illegible]異也古壞反四加二 㲉毀 砝ヽ石似玉也加 [illegible]草名出說文加
噫ヽ氣烏界反二 呃平不聲 瘵病也側界反三 [祭阝]邑名在周 祭周大夫邑又姓祭仲是也 誡
言敬古拜反一十七加四 戒慎也又齋戒易注云洗水洗心曰齋防患曰戒 界境 介大也助也甲也次介也又姓介推
疥瘡 玠大圭長尺二寸 [宀介]獨居 忦情 砎硬 魪比目魚
一 尲尬行不正出埤蒼尲音緘加 悈飾也司馬有虞式悈於中國加 鴧字林云鴧雀似鶡而青出

廿七

加 袺 箸結也出說文加 褹 紩衣襦女介反一 譮 怒聲又作㦤許介反一 械 器械杻梏胡介反

加一 䕸 齘 𪗕齘切齒怒𪗕字于棊反 閉 門扉出說文加 𩬾 不聽五介反二加一 譺 譺譺出說

文加 𦲖 茅類又姓出襄陽漢有𦲖通苦怪反三加一也 嘳 女字 喟 歎也又丘愧反加 拜 博怪反二

八 拔也詩云勿翦勿扒說文作𢪱 湃 滂湃普拜反二 湏 水名在樂浪出說文 壞 自崩胡怪反二加一

[illegible] 迮足云鳥𩜾也𩜾字音孫加 聵 聾也五怪反二加一 顡 頭蒯顡出說文加 憊 病也蒲拜反二

韛 韋囊吹火 𥊰 𥊰𥊰久視莫拜反二 韎 東夷樂人音末 鎩 剪䥡所拜反又所例反三加一 䅥 秄

縩 殺 殺害又所八反加 烗 熾也盛也又作㶳苦戒反一

夬 快也卦名古邁反二 獪 狡獪 快 㛙心不娃漢有快欽苦夬反二 噲 人姓漢樊噲又姓孝子傳有噲衡

珠之 邁 行也莫話反二 勱 勉也強也 話 語也下快反一 敗 自破薄邁反二 八

黯 淺黑 嘬 一嚙盡臠楚夬反一 芥 辛菜又草芥古喝反三 音

犍牛 蠆 毒蟲丑介反二 𢡱 極也劣也 䢍 於芥反三 餲 飯臭解 百

譈 譪 火介反 唶 息聲火介反一 敗 破他日敗北蒲又又音唄一 䊽 言何 䒑八 敗 又加

六

隊群聚徒對反六加一　䨴䨺雲皃　薱草盛　憝大惡　錞矛　一加

佩玉也又蒲昧反九加一　孛星悖反蒲没反　邶紂之畿内国名又東曰衛南曰鄘

誖言乱又蒲没反　悖心乱又蒲没反　背弃背又姓出姓苑　輩坪蒼　貢珠

又蒲罪又云珠五百枚加　妹莫佩反九加一　昧脢　每數又武罪反　痗　瑁目暗

黙筆又武悲反　苺ㄟ子木名似葚　罺鳥網加　坪蒼土　配滂佩反三加一　眥向著色　妃言字又匹悲　偶

誨教訓又荒内反五加　悔改　晦日終　䫍上體　顪易卦洗面之類　對說文從辛都隊反四　碓

杮車䡊作轛考工記　轛李作此對淡文以爲　轛立曰轛橫只軥　譵多言非戈對啟去日　倅副也七内反四　淬

淬也　焠作刀鑿也　啐嘗入口又先對反　睟周年子　稡又對反三名　綷會五色　䃂

、癈廢風苦熱鳥又績三　㕓隱　隈字林　躗他内反二　㕓　憒心乱古對　䙡又四加一　幗

婦人喪冠　刲刲刀　使利　慖恨出坪　潰逃散又乱也　𨘝胡對反七　迴音回　繢畫

又古獲反　婚加

嬇字　八内　闠闤　蕢菜名呂氏春秋云菜之美者有雲夢之蕢　塊土塊又作凷苦對反一　碎

十九

徊彼蘊三 叶告 啐迮滷聲 縩織、 内奴對反一 顡緢絲盧對反七加二 耒耜

儽極良 㩪攂鼓 纇草名似蒲一云似茅 𤳳說文云推也加 莱說文云耕

、也蒲丈反二 輩 等 磑磨也公輸作 、石之五對反一

代更代年代亦郡名又姓趙有賢者代舉徒耐反八 岱太山名 黛眉黛說文作黱 埭以土堨水又作埭 逮

及又徒帝反 𠈆盛物 瑇、瑁亦玳瑇蝳 靆靉靆雲狀 載年也事也才代反三加一 再重 縡

事也出字林加 穤禾傷雨莫代反又莫克反一 賽報也先代反三 簺格五戲說文云行棊相塞故曰簺 塞

邊塞又 貸借也他代反又襶則反又三加一 儓、儗癡良儓又音臺儗又音擬 態意加 溉灌又水名古代

槩平斗斛又三加一 概滌也詩云概之釜鬵加 慨慷慨苦概反五 愾大息 欬、欬 鎧甲、

閡門出說文 礙止也又作硋又作㝵也五槩反四加一 閡外閉 儗儓、 儗騃也出說文加 愛

代烏反六加二 曖日又晻曖暗良 靉、靉靆 薆草良、薱 僾隱也詩云僾而不見加 㤅隱出述心加

瀣沆瀣氣也胡槩反 㤥苦 劾推、 耐忍也奴代反六加三 鼐大鼎 鼒小鼎 能技能亦態

人姓何氏姓苑云長廣人加 𩕳日無光出埤蒼加 佴姓出谷集育佴湛加 戴荷戴又姓都代反二 賷

唐寫本唐韻第九葉　　去聲

郭璞云衣領加　獻進也奉有大夫獻則許建反二　憲法也又姓出何氏姓苑　健渠建反一　楗韓楗閉

礼鞬ㄟ又音匱俗作𢂁盧餉反一　𩎟𣣘物居願反一　遠于願反又王沅反一

廿六 慁悶乱胡困反五加一　溷濁　俒全　圂廁文從口豕在中加　慁ㄟ辱　頓說文從七亦姓

䰟志華他傳有㒒鄯頓多獻都困反三　扥摵ㄟ　敦豎也又都昆都官二反　巽卦名蘇困反三　潠水ㄟ

遜遁　困苦悶反二　涃水名　嫩弱又作媆又作嫰奴困反三　腝肉ㄟ　抐揾抐按物水裏　揾ㄟ

烏困反一　悶莫困反一　鐏矛戟下銅祖悶反一　睔大目露精古鈍反又姑𢘓反三　[illegible]水名出　琯ㄟ

光又音管　噴吐氣又作歕普悶反二　鈍徒困反二　遁逃又作遯　寸倉困反一　坌塵也蒲悶反一

顐秃五困反一　論盧困反一又魯昆反一加　奔甫悶反又音犇一加　惽迷忘呼困反又呼昆反一

恨怨也胡艮反一　艮卦名古恨反二加一　茛草名出玉篇加

廿七 翰鳥毛又高飛亦詞翰又姓左書大夫翰胡旰反十五加一　捍ㄟ抵　鼾ㄟ睡　扞以手扞　垾

銲ㄟ金錫令相着　汗ㄟ熱　悍猛　瀚ㄟ海北海名　閈里門　䩐射鞁以皮捍臂　䮧

馬高六尺翰、鶡鷽別名又禮記云雞曰翰音螒天雞蟲馯人姓加炭火炭又姓西京雜記有長安炭虯他

桒反五加二歎、息或作嘆嫨、嫛無宜適良加㟲、歎無文章自出字統加按柳也烏肝反三案几屬

晏晚也又於諫反旦得肝反六加一疸黃病鴠鶡鴠鳥一名獨舂狚獦狚獸名似狼怛傷也

笪說文云笞也加憚難也徒桒反五加二彈又徒丹反澶浸僤疾也周禮七句欲無僤加

但辭又徒亶反加旰日晚古桒反六幹莖幹又姓出姓苑倝日出光榦楨榦築牆垣版骭

汗、凝岸五旰反六加二犴獄也又五千反豻野犬頇頭無髮駻駻騂馬又馬白額

至脣加𢊁說文云火色加侃正也苦旰反又苦旱反三看又苦干反衎樂漢水名、注何氏姓苑云

東夷人呼肝又五加一暵日氣乾暵耕田熯火乾罕枹罕郡名枹音狀加爤火熟又明旰反三

瀾波又音蘭剌、鑿剌又良出字攤攤攤奴案反三灘奔水又他丹反難丹云粲

鮮好良又姓何氏姓苑倉案反四加一粲詩傳云三女為粲說文云美好良燦明粲蒼云加纘

蓋也襖旰反又蘇旱反二散分也又蘇旱反讚稱人之美則旰反六贊饡

羨餅趲散走濽水濺嬪不謹一曰美好良祖贊反二戩翕又作

元

唐寫本唐韻弟十葉

去聲

翫玩胡反五加一 逭逃 䯘䯘 垸膝骨䯘亦作髋又作垸也 沅 貫鋸也古子筭漢有 沅反廿一

鑽又二錐、 惋驚歎貫反三 腕手、 琬、圭又於阮反 毋

矔張目 祼祭名 館、舍又作舘 瓘玉 鑵汲水器 瘝作瘝 又姓漢有灌

鸛、雀鳥嬰 亦作鸛 樌木叢生或作灌 鏆臂環 爟楚人火 爟憂每至八月火

錧車軸頭鐵一曰江南呼犁刃 遦行 冠、束又姓列仙傳有仙人冠先又音官 觀、觀又姓左傳

楚有觀起 涫沸 悹憂也出說文 盥澡手又音管 竄逃也誅也七乱反三 鑹小矟 爨

約亦或作𤇶又姓華陽國志云昌寧大姓爨習蜀志建寧大姓爨蜀錄有交州刺史爨琛 玩弄出說文五換反二 翫習出說文課習

段分段又姓徒亂反三 毈卵壞 椴木名似白楊 亂理也不理也郎段反三加一 亂絕水度詩云涉渭為亂

𢿣煩也出說文加 鍛打鐵丁貫反四 腶脯 碫礪石 斷決斷或作斷 彖易有彖彖易

云彖斷也通亂反二 褖后衣 喚呼貫反四 煥火光 奐文彩明皃又姓出何氏姓苑 渙水散又呼會反

筭計也蘇貫反二 蒜葷菜 縵無文莫叛反六 幔、帷 槾不莳田 鄤、 獌

卅

狼鴍 半 博漫反四 絆 羈 䮲 駻馬行皃 料 五升 判 剖判 普半反七 泮 泮宮

胖 牲體 牉 胖合 夫婦 泮 水散 姅 傷孕 又音半 叛 奔他國 薄半反三 媻

畔 田界 偄 弱 亦作愞 奴乱反二 稬 稻

諫 諍 又姓 風俗通云漢有持書侍御史諫忠 古晏反三 澗 水 鐧 車鐧 鐵 鴈 又作鳫 五晏反二 贗

偽物 又作僞 晏 說文作晏 齊有晏氏 代為鄬大夫 烏澗反四 騴 馬尾白 鷃 鷃雀 曣 目相戲 訕 謗 所晏反

又所姦反四 汕 魚乘上水 獌 獸名 似狼 [illegible] 取魚罔 骭 脛骨 下晏反 又音肝一 慢 怠也 亦作慲 謨

晏反五 謾 欺 縵 縵 [illegible] 牛馬病 莫駕反 嫚 侮也 易 出說文 患 病 又病 出何氏姓苑 胡慣反七

擐 甲 宦 仕宦 亦宦者 閹官 又左傳云宦三年矣 宦學 轘 車裂人 又音還 豢 豢養畜 又牛日芻

犬口 豢 [illegible] 獸名 似羊 出山海經 加 槵 無槵木名 加 慣 習 又作串 古患反三 丱 總角 倌 主駕

官名 又音官 孿 雙生子 生患反 又所眷反一 篡 奪也 初患反一 薍 草名 五患反一 襻 衣襻 普患反一 蝬

馬蟲名 士諫反二 棧 木棧道 又士限反 又士免反 冊 柵籬 諫反一 奻 訟也 女患反一 鏟 削木器 初鴈反 又初

限反二 [illegible] 觀 叜 羼 羊相間 視 見反一

唐寫本唐韻弟十一葉

襉 襉、裙古莧反三 犴 逐虎犬 閒 廟也廉也代也迭也 莧 菜名侯襉反二 贄 蓮餘 [illegible] 又作

辦 辦又作辨蒲莧反二 辨 瓜辦足云瓜犀 盼 美目匹莧反二 䡪 小兒白眼視皃 幻 、化胡辦反一也

羼 初莧反又初鴈反一 閬 姓出蔡文云莧反一 袒 衣縫解又作綻云字丈莧反一 扮 打扮出字林 脯幻反一

霰 雨雪雜又作䨘又作霓藏甸反二 先 、後猶娣似又姓出何東又蘇前反 蒨 草盛倉甸反五 茜

淶草名 輤 載柩車蓋大夫以布士以葦席 綪 赤青色 倩 、利又好女笑皃 絢 文彩許縣反四加一

見 現說文休㮇反 眴 目動又音舜 騧 青驪馬也詩曰駜彼乘騧加 縣 郡縣古作寰王畿陳以為縣、

名自此始也之姓孔子門人縣單父莫練反七 袨 好衣 眩 瞋、 炫 火光 衒 自媒又作衒衒 䀏 行賣又說文云

獸名 䀏 視皃古縣反五 讂 流言 瓹 盆底孔 羂 羅鳥 狷 急又音絹 電 說文云陰陽激

音淀 糶唐練反九 畋 平良 殿 宮殿又都甸反 奠 設祭礼注云薦也書傳云定也 澱 滓澱藍澱 淀

郊 佃 營田 鈿 寶鈿以寶飾器物又音田 瑱 玉名他佃反又音田二 滇 滇、淛大水

練 帛練又姓郎甸反八加二 鍊 金、 湅 水疾流皃 揀 揀、擇 楝 木名鵷鶵食其實

去聲

卅三

朿刂鄦 鰊魚名似繩ケ 健雞未成者加 見視也又姓出何氏姓苑。古電反又胡電反二 鋻

〻鐵 晛日光奴甸反二加一 𡟬姓出纂。文加 俔磬也苦甸反二加一 牽挽也又苦堅反 現露也

胡甸反三加一 涀水名在定陵加 見又古電反加 硯筆硯又作硯吾甸反三加一 豣遼虎犬又音㯠

趼〻骨加 宴安也息也於甸反八加三 讌〻會 驠馬名 燕玄鳥又作鷰字。㠓去借燕趙字 醼〻飲古無酉今通用之弁

作宴 嬿〻婉並也又於典反加 嚥呑或作咽出字。書。加 暜星無出說文加 蔫〻蔫也進也加。淳日視日蔫淶日蓁又姓出何

氏姓。苑。作甸反三 薦畜食 濺說。文云激水散又音箭 徧或作遍博燕反一 麪說。文作麪莫甸反四 瞑

〻眩 眄斜視眄亦通 沔滇沔大水皃 片析木普眄反一 荐重至又魏有高士張臻戴鷰鳥巢陰者又徂悶反加

栫圓也存左。傳。栫之以棘加 餰麊饘乌縣反二加一 襺廣。尺。五衣襟袖曲處加 殿軍在前日啓在後日殿最〻義

去上功最懼下功日殿都甸反又堂練反 韅在背日韅亦作韅呼甸反又呼典反一

綫〻縷私箭反二 綫細絲也現曹憲文字指歸 戰懼也亦征戰又先武諫議大 顫

四支寒動 繕補也時戰反六加二 鄯〻善西域國名 檀專 禪封禪 僐

廣足。姿態也加 彥魚變反五 喭弔死 甗甑 諺俗傳言 唁

唐寫本唐韻第十二葉

去聲

去戰反二遣人臣賜車馬曰遣車又去獻反絹繐廣雅云繁總鮮支穀絹也古緣反三肙

縣在東郡瑗玉名王眷反又于願反四援接援亦人姓媛助嬡、湖院文作頭作

面俗作面者非也引箭反二加一偭鄉禮少儀云尊壺者偭其鼻加釧鐶尺絹反一緣

衣丶陸無訓義⿰衤風⿰馬展馬士俗陟扇反二襢皇后衣⿰田耎城又人絹反一又六丶賤

鬋女鬢垂鬋除髮葥草名覆盆似濺丶水又作旬反煎甲煎又將仙反加碾展繒石昌

戰反一扇式戰反三加一煽火盛皃又失延反傓熾盛加躽怒瞋於扇反一眷丶屬居倦反七加一

睠還顧棬西棬縣名在日南弮書弮今亦作卷桊牛拘絭連絭世絭共一臂出漢書音義

綣繾綣說文作䊷戀慕也力眷反三加一⿱䜌衣又音乱䜌何承天云姓漢有䜌秘為汝南郡太守加

⿰犭豢走草田⿰彖鳥鳥名又戀又二音彖變化也通也又姓出何氏姓苑彼眷反一篹小車軸眷反二孌兩

一乳亦作孿又子患反縓絳色七絹反七又線反一卞縣名在曾皮變反六拚擊手弁周冠名

汴水名在閞門欂櫨又音餅出說文加播太闘聲出說文加漩迴泉辭選反四加一鏇

傳軸裁器旋縼長繩繫牛馬放之旋遶加選息絹反一饌具食士戀反二襈
訓也直戀反又直專丁戀二反一賤輕賤又姓風俗通云漢有北平太守賤瓊才線反二餞酒食送人
・會慕又姓列仙傳二・有羨門似面反二𨘢遮也出埤蒼騗躍上馬匹翦反二偏又音篇
摶懸繩望時釧反一輾水輾亦通作碾女箭反一也囀韻又鳥鳴知戀反三傳郵馬又直戀直專二
又轉流轉又張兗反又衍水也溢也豊饒予線反又羊淺反四莚蔓莚不斷羨延也進也狿獌狿大獸
名長八十尺[illegible]蘇弔反一糶賣米他弔反七眺視覜周礼云大夫衆來曰
頿窮來日眺頿薛綜云任頭聽[illegible]越吡叫吡楚聲又音枇窱叫窱深邃皃弔多嘯反五
加一伄〻儅不當皃瘹〻魚窵說文六窵窅深也加叫叫呼古弔反六徼循也小道也憿
行滕又古鳥反譥訐激水急又古曆反噭噭〻深聲尿亦作溺奴弔反一藋藜藋徒弔一
又五銚燒器又音姚掉振也搖也又徒了也調選也韻調也又音苕莜說文云草田器又音苕竅
穴古弔又二撽說文五旁擊顟〻顟長頭皃力弔反五加一尥牛脛交嫽〻恔又音僚料
〻度又音僚[illegible]魚網加顤五弔反三獟狂犬澆韓浞子名又音梟窔隱暗處俗作窔東南

唐寫本唐韻弟十三葉

去聲

丗五

隔謂之窔烏叫反一 歗 說文云悲意也火弔反一

笑 說文云字林竹犬又作咲私妙反二 肖 似 鞘 刀鞘又作鞘 照 之妙反二 詔 上命 曜 日光七笑反七加一

鷂 鷹〻 搖 〻動又音遙 覞 普視 耀 〻光 燿 熠 覞 視誤出說文加 要 於笑反又於昭反二加一

葽 草盛良又於昭反加 召 呼寘少反一加一 邵 姓出魏郡周文王子邵公奭之後寔照反三 劭 自強 嶠 山道又山

銳而高渠廟反又音喬 剽 強取又輕也匹妙反七加四 票 〻畫 瞟 置風日中令冷 漂 水中打絮韓信之寄食於

漂母又撫招反加 慓 〻狡輕迅加 翲 飛白出字林加 ⿰耳票 聽纔聞出字林加 噍 〻爵才笑反又子幺子由二反三 誚

責 劁 刈 妙 弥笑反一 陗 山峻亦作峭七肖反三 篍 竹簫洛陽亭長所吹又七流反 消 峻水消〻

燎 照一曰宵田又放火力召反又力小反七加三 尞 柴祭天 鐐 銀之美者 尞 周垣 爒 火良周書曰味辛而

不爆加 膫 炙也出說文加 療 〻病加 趬 行輕良五召反二 顤 〻顟高不安良 顟 牛召又一 醮 祭又

卜 旳 白色 潐 盡 廟 皃也亦作庿眉召反一 驃 〻騎官名亦作馬黃白色毗召反又卑笑匹召二反一

〻漢複姓五氏說文姓魏師氏照反又失沼反二 燒 放火又失昭反 晀 祭日召反一

效力効驗胡教反四加一 姣㇏媚又音教 斆學文作效 恔快出孟子加 教㇏訓古孝反七加一 窖㇏名

校㇏校又孝校 鉸㇏刀裝鉸 酵酒㇏ 膠㇏黏物又音交 覺睡覺又音角加 孝㇏順風俗通云齊孝

公之後呼教反三 哮呼又音虓 涍水名在河南 罩取魚具教反二加一 鵫㇏雉今白雉出尒疋加 豹獸名又姓風俗

通云八元叔豹之後北教反三加二 爆火烈又普駁反又加 鼩玉篇云鼠屬能飛食虎豹出胡又音酌加 敲擊苦教反

又苦交反二 巧㇏偽又苦絞反 貌儀貌又良莫教反一 奅起釀又作窌說文窖也匹貝反四 炮灼

拋㇏車又普交反 皰面熱生氣 趠行貝褚教反二 踔猨跳 稍所教反三 潲豕食 [illegible]水小

又作槊 棹檝也直教反二 濯浣衣又直角反 橈木曲又奴教反又奴昭反三 淖泥 吏不靜又作閙也

抓爪刺側教反三 癄縮小又作痳 笊㇏籬 皰面瘡防教反二 靤治文 杪略取又鈔初 [illegible]

字書云惡絹又初爪側挍二反 靿韡靿於教反一

[illegible]㇏令胡到反二 [illegible]石似玉 導引徒到反九加一 翿舞所執 悼

從次㇏音似 纛左纛以牦牛尾為之大如牛頭於左騑馬軛上 燾覆也徒刀

[illegible]年九十加 到至也又姓出彭城都導反五加三 禱祭 倒㇏懸當老反一

梅 加 六 孔文 一㇏賊

唐寫本唐韻第十四葉

去聲

號

說文云衣背縫加 誥 古到反五 郜 國名在濟陰又姓晉有高昌長郜玖 告

〻車又音高 傲 五到反六加一 顙 頭長 鏊 餅〻 驁 馬名 奡 陸舟 帽 頭〻 帽

莫報反十加二 耄 老〻 芼 菜㕘食又擇也 眊 目少睛 瑁 圭名〻子所執 䁯

伍目細視皃 旄 徇足旄毛加 毛 〻鴈鵝鶻加 媢 夫妒婦〻出說文 〻物又姓〻到反 七水名作滜

勞 慰勞又郎刀反 髝 〻髞麃急皃又音螢 操 持又志操七到反又七刀反四加二 造 至〻昨早反 慥 言行

急出說文 麬 米穀雜出𡍮蒼亦作糙加 暴 侵暴俗作曝薄報反四 瀑 〻雨 菢 鳥伏卵 袌

衣前襟又云今朝服垂衣 報 〻告又作[illegible]報博耗反一 漕 水運穀在到反一 奧 深也烏到反六加一 䐿 藏肉

堺蒼云鳥胃也 懊 〻悔 𩞄 食 隩 西南隅謂之隩 燠 〻釜以水添釜加 喿 群鳥聲蘇到反四 譟

群呼 瘙 〻疥 髞 〻髝 鎬 餉軍苦到反二 靠 相違 竈 則到反三 躁 動〻 趮 躁

疾 秏 〻減亦稻屬呂氏春秋云餅之美者南海之秏又人姓呼到反二加一 好 愛好亦作𡚁孔也見周禮又出篆文又呼老反加

鬧 〻數又作介 古賀反一 賀 慶也又人姓出會稽河南二望本齊公慶族封之後漢侍中慶純辟安帝諱改為賀氏南燕録

卅八

有輔国大將軍賀賴盧後魏書又有賀貞兒賀遂賀悅〻氏胡箇反一 佐 助也則箇反三加一 左 〻右又作可反 作

跢 小兒行丁佐反四 癉 勞 㾔 病 哆 語助聲 邏 遊兵郎左反二 䙨 婦人

可不平口箇反二 軻 轗軻不遇孟子居貧轗軻故名軻字子居又苦哥反 餓 五箇反一 馱 負馱唐佐

反二 大 又唐蓋反 奈 〻何奴箇反又奴帶反二 那 語助又奴哥反 些 楚語辞蘇箇反又音細一 呵 噓氣呼箇反又呼哥反一

過 古臥反二 裹 包又音果 和 胡臥反又音禾二加一 盉 說文云調未加 挫 摧也則臥反三 夎 詐也失容 拜

侳 安也有也出說文 課 稅也苦臥反三 科 滋生也出字林又音窠 堁 堀堁塵起㒵 唾 湯臥反三 毻

鳥獸易毛 蛻 蟬蛻去皮 播 布也揚也放也又姓播武殷賢人補過反二 簸 〻揚又布火反 剉 斫也麤臥反三 莝

斬草 銼 蜀呼鈷鏻 磨 摸臥反又莫禾反二 摩 按摩又莫禾反 塺 塵 懦 弱乃臥反又乃亂反三

壖 沙土而緣如兗二反 破 〻壞又雲男三姓普過反二 頗 又普禾反 座 床座祖臥反二 坐 被罪又藏果反 臥

五貨反一 貨 呼臥反一 惰 懈也徒臥反一 涴 泥著物亦作污烏臥反又烏官於阮院二反一

禡 師旅所止地祭名莫駕反六 榪 牀頭橫木 鬕 婦人結帶 瘍 牛馬病又音慢 罵 惡言 䣕

縣名在捷為又音馬 駕 古訝反八 稼 〻穡種曰稼斂曰穡 嫁 家也故婦人謂婦曰嫁 瘕 腹病 架

唐寫本唐韻第十五葉

去聲

、架椵舉、鬪價數假借也本假又古雅反亞次也衣嫁反四加二俹倚婭迓。足云兩壻相謂曰婭人

言姻婭是加晋姓現篆文反字。訛加嚇笑聲呼諾反又呼格反五鏬吼唬虎聲諕誑墟

地名在晉迓迎也吾駕反四加一訝嗟犽獸名貟齖齖齘不相得現埤蒼加詫誑丑亞反一吒

、歎陟嫁反五加二奼美女又丁故反灹火聲哆、吳大口多奓張也開也又陟加反加詐偽側駕反三加一

笮、酒器又側格反又在各反溠周禮職方氏云河南曰豫州其浸波溠春秋傳曰楚子除道梁溠加乍鋤駕反三

䄍祭名亦作蜡廣足之夏曰清祀殷曰嘉平周曰大蜡秦曰臘齰、齗謝辭謝又姓出陳郡會稽二望辭夜反二

榭臺、骼骨骭枯駕反二疴小兒驚暇閑胡駕反二夏又胡雅反禡小兒禘慈夜反三加一藉

以蘭茅藉地又慈亦反䣓亭名在貝丘現埤蒼加夜羊謝反三射、僕鵺鳥名似雉赿怒一曰牽走

夜反又丑各反、一蝑鹽藏蟹司夜反又丑余反三卸、馬去鞍瀉吐瀉又音土寫柘木名又姓之夜反五鷓

蟋蛸炁䗪蟲名炙、肉說文。從同又之石反蔗甘、唶歎聲子夜反二借假貸又將

三反夜反四加一赦宥、騇牝馬厙姓出姓苑今台括有之昌舍反加射、䠶周禮有五射白矢參

…𥁕注讓尺亓儀又姓二輔決錄云漢末太鴻臚射咸本姓名服爲北地謝同族天子以爲將軍出征不祥改爲射氏神夜反又亦夜反二音

麝 獸名延尺云文麋又日䓁山之陰多麝 霸 國語云霸把持諸侯之權又姓益部耆舊傳有霸栩必駕反六加二 弝

弓ゝ 靶 轡革 灞 水名 把 刀把又北下反加 垻 蜀人謂平川為平垻加 帊 ゝ幞普駕反二 怕 、懼

摦 寬也胡化反四 吴 大口 崋 ゝ山西嶽又作崋又姓出平原殷湯之後宋戴公考父食菜於崋其後氏焉 樺

化 德化變化又木名姓呼霸反四 匕 變從倒人 傀 傀變化 諣 疾言 跨 越也又兩股間苦化反一 詨

枉所化反一 㹯 獸名似狼白駕反二 杷 田器又白巴反 䞈 贕乃亞反一 笡 斜逆遷謝反一 嗄 老子云終日號

而不嗄於介反三加一 苴 姓出姓苑新鄭有之加 沙 周礼云鳥𪆇色而沙鳴注云沙嘶也 虴 水蟲也一名蜻形如羊冒無

目以蝦為目除駕反一 蒠 扶也若紺反四加一 䀋 凝血又作𧖣 醶 鹹味ゝ亭 戠 ゝ輌 、壉

也加 紺 青赤色古暗反四 淦 新淦縣在豫章 贛 ゝ縣 蕠䓻苡一別名 竷 縣名南贑二 ゝ章 長慶

立縣便以為別 憾 恨也胡紺反四 琀 ゝ玉送終口中玉 洽 水和物 唅 哺 闇

寘一日弱 僋 ゝ倸癡皃他紺反四 撢 深取 西 無光又吐含反去出貞加 傝 僋 倸

蘇紺反一 謲 伺也七紺反二 糝 ゝ鼓又作傪 醰 酒味長徒紺反又音談二 黮 儑

唐寫本唐韻第十六葉

去聲

卌二

又一 馾 冠幘近前丁紺反一 篸 以針篸物作紺反一

闞 魯邑又姓左傳齊大夫闞止苦濫反二 瞰 視 濫 泛濫叨濫盧瞰反六加一 [illegible]兒

維舟 爁 火良 嚂 食也失俗多言 水加 賧 夷人以財贖罪吐濫反二 䆘 無[illegible] 戲

物又作鐱 濫又二加一 㺀 姐出又加 憨 害也果決也下敢反又呼甘反五 犬吠聲 譀 [illegible] 東 記

去雞誇譀猶今人熱又呼甲反 𧍠 瓜虫 爓 炙合熟亦作𩟠爓出說文加 憺 恬靜亦作倓徒濫反又徒敢反五 澹

水搖動良 腅 相飲又作啖 淡 水味 啗 噉也口食也 暫 亦作蹔藏濫反二 鏨 鐫石又音蹔

擔 負擔都濫反二加一 甔 石大甖又蘇甘反 三 又思蘇暫反又蘇甘反一

卌三

漾 水名在隴西餘亮反八加一 恙 憂也又噬蟲善食人心 羕 長水 颺 風飛 煬 炙 樣 式樣

養 供養 眻 美目良出埤蒼加 亮 朗亦姓出何氏姓苑力讓反十加一 諒 信又漢姓後漢有諒輔 掠

皆一 悢 悢悢日強 緉 履屐雙日緉 犆 牛雜色 兩 車數 踉 踉蹡行不迅良 量 合斗斛 就

字。純云事有不善日就薄又姓加也 狀 形狀鋤亮反一 讓 退讓責人人樣反二 攘 文字指撝揖又音穰 餉

一 清式五 傷 未戸人死亦作殤又音商 向 姓出河内又許亮反 蟓 桑蠒即桒蠶出迩疋 鄉 少時又久

又四加一 帳知 脹 滿 漲 大水又音張 張 張施又陟良反四加 悵 失志丑亮反大 暢 通暢

暢日出風俗 巳出蘖 鬯 匕鬯又弓衣又直 香草 韔 亮反亦韔 䩨 草盛 䄫 達也日長也又丑兩反

向 許亮反四加一 珦 玉名又音餉 鄉 大又音餉 闀 門頭也出說文加 仗 器仗直亮反二 長 多

釀 醞酒女亮反一 匠 工匠又姓風俗通云凡是氏於事巫卜陶匠是也疾亮反三加二 趥 行貌出說文加 鴎 工 郭璞

雀令謂之巧婦加 障 之亮反四加一 墇 塞 嶂 峯 瘴 熱出字林加 尚 庶幾亦作高尚

韻略云凡主天子之物皆曰尚醫尚食是又姓後漢高士尚子平又漢複姓有尚方氏時亮反三加一 上 時兩反又 償 還也又音

常加 壯 字從士側亮反三 裝 行裝又側良反 洲 泔來 怏 情不足於亮反二 飫 能 㹧 取其獸

亮反又昃兩反一 唱 尺亮反二 廠 字林云露舍 創 初也懲也古作刅初亮反又三加一 愴 悽愴 滄 寒也出說

文加 醬 即亮反二 將 帥 軜 輞 軜魚向反二 仰 又魚兩反 訪 敷亮反二 妨 妨礙又敷方反

妄 月滿與日相望以朝君亦祭名又姓何氏姓苑云今魏興人又音亡三 忘 又武方反 汒 谷名在京兆 況 匹擬說文云五紅

皆從水又姓何氏姓苑云廬江人許訪反四加一 貺 賜也與也 䀮 山名 况 寒水出說文加 誑 欺也居況反一 迋 往也

卌四

㫬也于放反三旺美光王霸王又于方反放逐也甫妄反二舫並兩舫又音訪相親也助也又姓出秦錄有馮翊

古作德獵賦又漢複姓三氏晉惠帝時空相機致平南將軍孟觀息亮反又息良反一近蹡跟蹡七亮反一防守禦ミ反一

宕洞室一曰過徒浪反五踼跌踼行失正又徒康反碭文石又山名縣名ミ郡又音唐逿過蕩

蘭蕩草名浪波浪讃浪魯當反五閬高門又州名在蜀閬風崑崙埌塜蘭ミ蕩蒗ミ蒗

在吭鳥咽下浪反二加一行次第加盎盆又姓出姓苑烏浪反一加一枊繫馬柱五浪反二駠馬怒五郎

朗二反莽朋浪反一傍蒲浪反又蒲郎反一葬祖浪反又祖郎反二奘大駔出説文讜言中丁浪反四

加一儅不中儅瓽大瓮一曰井甃説文云大盆又姓姚弋仲將瓽耐虎當主當也又底亦音璫加抗以手抗苦

浪反四七閌ミ閬高門炕火ミ犺㹻犺不順㹻音契伉ミ儷敵也又姓漢有伉喜為漢中大夫出風俗通云亢

高也早也又往出姓苑蚢蟲名出迹起螃蟲名似蝦甫曠反二蟇謗誹ミ儻倖也他浪反四愓

蕩蒗蕩渠又土浪反徒郎二反曠室也遠也亦姓苦謗反三壙墓穴纊絮子庄作

緩也奴浪反一㮾ミ也喪亦通息郎反又音桑一檔廣足云槌打也亦擴反二潢ミ書也又檽名漆

五

六

音黃 杭 纖機杭古曠反又音光二加一 光 上色又古黃反加一 錮 古浪反又古郎反一

敬 恭敬又姓陳敬仲之後出平陽風俗通後有揚州刺史敬歆居慶反三也 竟 窮也又姓出姓苑 鏡 晉〻大

將軍甘卓照鏡西失其頭視庭樹而頭在樹上 映 於敬反三 賏 頸飾 詇 說文云早知 競 亦作競爭也強渠敬反四

儆 敬慎又音警 諍 爭言 倞 說文云強 𧩕 瞋語更反一 鞕 堅牢也亦作硬五孟反一 慶 賀也福也

亦姓左傳齊大夫慶封又漢複姓有慶師忌慶父三氏姓苑丘敬反一 更 易也說文又古衡反一 命 使也教也說文從口令眉病反一

病 皮命反四 評 平言又音平 垩 地名 枰 獨坐板牀一曰投博局又音平 孟 長也勉也莫更反三 盲

〻悵失道良又音忙悵字猪孟反 盟 〻音明 〻律又 蝗 蟲名户孟反又音皇二 瀇 小律一曰舩陂渡出說文 柄 病

反三 怲 怲三憂心良也 邴 邑名又姓左傳音大夫邴洩加一 詠 爲命反四 泳 潛行水中 禜 祭名

周禮祭国名門以止雨又永兵反 醟 酗酒 行 景迹胡孟反又胡庚二反又胡〻反二 絎 郎縫〻也楚敬反一

倀 萌倀猪孟反又丑良反一 牚 邪柱地他孟反一 榜 〻人舩也北孟反一 瑆 主 所敬

又又所京反一 詩云 諍諫 側迸反一 迸 散諍 睞 精

郭璞江賦云櫻以蘭紅 鸎 進反又烏耕反一

唐寫本唐韻第十八葉

去聲

以至．健居正反一 政、化亦姓出何氏姓苑之盛反三 正、當亦姓左傳宋、後、。志有永昌太守一

郎中正令宮又正聲反 証 諫 聖 風俗通云聖者聲也聞聲知情故曰聖式正

衔又音程 遉 羅候也又作偵丑鄭反一 性、行息正反 姓 遇、貨殖傳

力正反又力盈反一 騁、問匹正反二加一 娉 娶 敻 遠也休正反三加 自言 長

加 摒、除政反二 併 兼 偋 隱辟又庰字統云前也防正反又蒱徑反一 倩 假政反二

淨 古作瀞政反五加一 穽 陷穽又音靜 腈 睗 靚 裝飾古奉朝請亦作此字加 請 延請亦朝請漢

官名之又秦 盛 張禹首篇觀井二反 成 名也又姓後漢西羌傳有北地太守盛苞先姓熙避元帝諱改姓盛承正反又音成三 城

墟器 晟 明也熾也出玉篇 詺、自單作名弥正反一 輕 去盈反一墟正反又 欽 舍笑也出說文許令反一

經 步道古定反四加一 徑、古靈反 逕 近也加 脛 說文云字林云猴聲 寗 乃定反三 侫 邑名亦姓

諂一日才或作佞 濘 泥 醒 豕息肉中似米蘇佞反又音星 醒 酒醒又蘇逆先頂二反 脛 脚胫胡定反一 定 安也

說文從正徒徑反二 廷 胡廷又音亭 矴、石丁定反五加二 釘 又得庭反 飣 貯食又作真 訂 字林云逗留加 定

題額又徒、加 鼞 鼞也若宕又二 磬 ～石樂器 聽 他定反三加一 汀 ～瀅不遊志又音廳加 侹 ～徑 龍

青黑八反一 䵺 莫定反二 暝 ～夕又作瞑 鎣 ～飾又作瑩烏定反二 瀅 小水 零 ～落郎定反又

宥 寬也觀也丁救反十一加一 又 ～猶更 佑 佐 右 左右

又手久反 䀁 板水器 酭 報 疚 顫疚亦作頓蒼頡篇云病也 囿 園囿又于目反 侑 勸食 姷

說文云還也 祐 神助加 救 護也又姓風俗通漢有諫議大夫救人居祐反七加一 灸 又居有反 廏 馬舍又姓灸廏

並出何氏姓苑也 究 窮又音菊 宄 說文云貧病 猶 迩疋云猶如麂善登木又音由加 曺 漱也曺子国名亦个曺又

姓出何氏姓苑直祐反八、 宙 宇 酎 三重釀酒 繇 卦兆辭 籀 史籀周宣大史名篆書 伷 系 𧦝

訓 疛 心腹病又作[illegible] 晝 日～又姓晝邑大夫之後也因氏焉出風俗通陟救反二也 咮 鳥口亦作噣又鬪卓二音

狩 冬獵舒救反四 獸 禽獸字林云兩足曰禽四足曰獸 守 本～ 首 自首前罪 臭 凡氣之惣名俗作臰尺救

又一 岫 迩疋云山有六為岫似祐反三 袖 衣袂又作褏 牰 牛黑眥 齅 以鼻取氣許救反三加一 嘼 喜

俗作畜 珛 朽玉出說文加 呪 ～詛職救反二加一 [illegible] 髮多出說文加 舊 故也亦人姓出何氏苑巨救反二

柩 屍柩礼注云在床曰屍在棺曰柩柩之言久也 瘦 ～瘠亦作瘦所祐反三 漱 ～口 鏉 鐵鏉 豉

面皺側救反四 㿈縮、甃井、縐衣不申 副貳也又虜姓後魏書。副呂氏後攺爲氏數救反五加一

𩬌假髻又匹力反 覆盖又敷福反 仆前倒 𤸇病重發出字林加 䔏充一云齊說文。從草初救反一

畐豊於財又姓左傳周大夫畐辰方副反三 輻輻、湊競聚又音福 鍑釜大口一小釜 畜丑救

反畜也養也又許郁反有也又丑六反聚也反二加一 俞姓有司徒掾俞連加 溜水溜力究反九加一 廖姓周文王子百

廖之後、漢有廖湛 霤中霤神名 劉美好 鶹鶹子一曰鳥名 餾、餅 瘤赤瘤腫病出說文。集略。

窌地名左傳。古与之石窌之田 留宿留停待音繡又音夙流反 秀息救反五加一 繡五倄色又姓漢

書。游俠傳有馬君宿 𧎘蟲名 宿星宿亦宿留又音肅加 驟疾鋤祐、反一 僦倩即就反二加一 媨

媿老嫗皃出說。文加 就成也迎也即也說文。從京又姓後。魏書。苑頫氏後攺爲就氏疾僦反二 鷲鳥名黑色多子

糅雜也女救反三 𩛷雜飯 腬嘉膳 復扶富反又音服三 𤸇再病又音卜 伏鳥伏抱子又音服 犹

鼬蟲名似鼠 槱積薪燒之 柚似橘而大 蜼郭璞云似獼猴鼻露尾長以尾塞鼻又音

服、飾、臧皃 授付也又姓出何氏姓。苑。承呪反三 𠳿口、 售賣去手 輮車輞人又反一

彳 丨佽又姓郈祀有佽人其後氏馬胡誥反十加一 鮜 魚名 郈 地名在晉 逅 邂逅 詬 罵

睺 目 后 皇后 後 方言云先後猶娣姒 堠 今封堠字 鱟 郭璞山海經云形如惠文冠青黑色十二足長

五尺似蟹雌常負雄漁者取之必得其雙子如麻子南人以爲將魚加 寇 寇暴出馮翊苦候反五 滱 水名 鷇

鳥子亦作觳生而須哺口鷇自食曰雛 怐 怐愗愚皃 𡣍 𡣍瞀無暇 茂 卉木盛古作懋莫候反九 貿 貿易又姓

何氏姓苑云東莞人 戊 辰名 鄮 縣名在會稽亦姓出何氏姓苑 愗 怐愗 瞀 愗瞀 袤 廣袤東西曰廣南

北曰袤 懋 木瓜 仆 倒也匹候反又匐覆二音一 豆 穀豆又姓後魏有將軍豆氏田徒候反九 竇 水竇又姓

扶風觀津二望風俗通云夏后相妃逃自竇而生少康其後氏焉也 逗 逗留說文音住也 酘 酘酒 荳 荳蔻藥名 脰

項 梪 邊梪亦作豆 郖 地名在弘農 餖 飣餖 鬭 鬭競又姓左傳楚有大夫鬭伯比都豆 𦊆

鳥口亦作咮又丁救反 䛠 䛠、能言 不毭 毭、尾也張衡東京云日月會於龍毭 丆、除草豆反三 」 丨丼擣 不解

譳 䛠譳 𢋈 欬也蘇奏反二 漱 漱口又音瘦 奏 進也則候反二 走 又 他候反 反三

䜴 嗟䜴又作豆 𧻓 自投下亦作𣪂 漚 漬鳥候反又於候反二 𣏟 ㇄陵 㕣 候 三

構 架也合也說文從木 媾 重婚出字林 覯 見 姤 卦名又遇 購 購 張

三十二

唐寫本唐韻第二十葉　去聲

犛取牛羊乳　雊雉鳴　句ㄟ當又姓華陽国志云大將軍時爲之器語曰

軥ㄟ車者　搆ㄟ搆㯋　輳輻輳倉奏　湊水會　ㄟ南夷

蔟名太蔟律名又倉谷反　楱果名橘屬加　陋陋惡盧候反五　漏之屋漏又十三　匠隅謂

鏤雕鏤也又姓漏並出何氏姓苑亦方誅反　屚屋水下屚縣名ㄟ方尼　瘻瘻ㄟ　寶如

李贊味辛而香呼候反五加三　狗犬聲　㰯字統云蔔作加　詬恥左傳楚靈王卜不吉投龜而詬加　姤子加

幼少也說文從幺刀伊謬反一　謬誤靡幼反二　繆紕繆又姓漢書儒林傳中ㄟ申公弟子繆生　蹂ㄟ蹌行貌丘繆反一

沁水名在上黨七鴆反二　吣犬吐　浸浸氣又浸清天文志作祲子鴆反一　妊ㄟ身懷孕汝鴆反四　紝織　鵀

任已上四字並是壬音　鴆鳥名廣疋云其鳥如加紫綠色有毒頸長七尺八食蛇蝮雄名運日雌名陰諧以尾壓飲食則殺人直禁反二

沉又直王反　枕ㄟ頭之任反又之稔反二　針又之林反　舲牛舌下病人作齡　矜巨禁反四　舲蜀船　衿ㄟ帶亦作

襟又舉音反　欽說文云持止亦作襟　禁制也何氏姓苑今吳興人居蔭反二　僸孝經云東夷之

樂曰ㄟ南夷之樂曰任西夷之樂曰昧北夷之樂曰禁居禁反　賃傭賃乃禁反一　蔭於禁反五　窨地屋　暗聲

﹅﹅心中病亦作﹅出字林。飲又居錦反二滲瀌水所禁反二罧涔冣云罧謂之涔積柴於水中魚得寒其中因

捕取又法二反闖從門出良丑禁反一譖讒疾蔭讖﹅書楚譖反一椹椹擊史。記

反綝掘地臨哭臨又偏向良綝反又音林一

五十三

豔美色亦作豔以贍反四加一爓光亦作焰焱火鹽以鹽物加醃贍睭也時豔反一染而贍

反又如捻反二髯﹅頷又於艷反三厭快也又於驗反三饜飽又於驗反窆下棺方驗反又方亙

反又石。鈐又人占反三驗證也魚窆反二嬐﹅喁息口閃闚頭舒贍反又舒斂反四䀹火行良棪出字。

二甫廉反砭以草覆屋又式詹反䁱﹅瞰不廉反子艷反一塹坑又遠城水七艷反一槧插也﹅七廉反才敢二反一殮殯殮

林。也苫力驗反四加一斂聚也又力㶣反爁﹅焱火迸行出字。林。瀲泛一曰水波加覘候也初艷反一蹭音。譜。云馬急行昌艷反二

幨披衣亦作襜潛藏出音譜慈艷反一占章艷反又占固也又職鹽反一

五十四

㮇大杖他念反三加一𤄰舌出忝又他玷反念思又姓魏太傳念賢奴店反二緂字。統。云挩舭戔店

﹅舍雀豹古。今。注云店置也所以置他饕之物都念反六坫墇也屏也沾水名在上黨痁病又式詹反墊下又

墊江徒協反在巴郡霸竿寒霜䃴﹅磹電光先念反一磹徒念反一趝疾行良念反一㑪

五十五　　五十六

苦萊於念反一僭擬差也子念反一䁮閉目思漸念反一兼古念二反二鰜古嫌魚名傔、從苦念反一

證驗也諸應反二烝熱又音蒸孕懷子以證反四䵺面黑子賸增益良媵送女從嫁乘車乘

實證反又食陵反四鱦魚子䑉又音孕認、物而證反又而振反三扔強牽又音仍芿草不剪

譍以言對於證反又音應䚭說文作𩏁子孕反一興許應反又許陵反二舋腫起勝、負詩證反又詩陵反三

藤苣藤胡麻黑縢縢織杼瞪直視良陸本作眙直證反一䬡馬食穀氣流下里甑反一稱愜意

昌孕反又昌陵反二秤平斤兩者又昌陵反凴皮餕反又皮陵反一凝牛餕反又牛陵反一丞縣名在東海

行所居常證反又音承一殑內曲有殑伽其餕反又其陵反一

嶝小坂都鄧反四鐙鞍、隥、梯橙、几贈昨亘反二䎖斷黸面黑亘通也竟也方言去古鄧反

四㡕路揯急引又古登反一鮔魚名蹭、蹬七鄧反一鄧國名又姓徒亘反三蹬蹭蹬困病

鱛魚名懜不明又武亘反三懵慙也崩東棺下之方隥反二堋蜀王本記云張若雍江作堋灂

僜蓋也、蹬行皃魚鄧反二𣨷、蹬

阽反四 ノ𩺗 鮎魚名又古念反 𡊁小坑 䑺說文食云內不饜又脂䑺 䪘不入聲於䑺反三 猞犬吠又乙

咸反。 𪙖丶 蘸以物内水莊䑺反一 䶠鹹多都䑺反二 站俗言獨立 歛丶喙口䑺反又口咸反一 賺重賣

佇䑺反二 詀被誑也字統作詀 鑑鏡也格懺反又音銜二 監領也亦姓又古銜反

懺自陳楚鑑反四加一 儳雜言又倉䑺反 摲拔 甊甀也加 覱丶䫇高危白子鑑反二加一 𩆐

以物内水出音。譜加 𢾏覱𢾏許鑑反二 譀丶譪丶字 𨦯大鎌所鑑反一 泥深湛亦作湛蒲鑑反一 䞐

大毚以毚續。漢書云盜犬於覽覽下胡懺反二加一 槩說文云大櫝加 鑱丶士具士懺反又士銜反四 巉水門又作巉出字。

林。 𩿍似雕而班白出音。譜 讒譖也又士衫反

梵丶 𢾏佚泛反二 帆船使風亦作颿又音凡 泛浮亦作汎孚梵反二加一 仉輕也出方。言加 劍廣。疋云龍 可千

將莫耶斷蛇魚腹純鈞燕支蕤偷屬麋千谿里陽闇

並劍也崔豹古。今注云吳大皇帝有寶劍六曰一白虹二曰紫電三曰辟邪四

曰流星五曰青冥六曰百里列云孔周有三劍一曰含光二曰承影三曰宵練吳王

賜子胥屬鏤之劍而死周穆王有琨珸之劍切玉如泥

欠張口去劍反一 俺大也於劍反三 裺衣寬 㤿甘心出字。林 嚴

唐韻卷第五　入聲卅四韻

一屋烏谷　二沃烏酷　三燭之欲　四

六術食聿　七物無弗　八櫛阻瑟　九　訖

十一没莫勃　十二曷胡葛　十三末莫割　十ノ黠胡八　十五鎋

十六屑先結　十七薛私列　十八錫先擊　十九昔私積　十獲麥

廿一陌莫白　廿二合胡閤　廿三盍胡臘　廿四洽侯夾　廿五狎胡甲

廿六葉与涉　廿七怗他協　廿八緝七入　廿九藥以灼　卅鐸徒各

卅一職之翼　卅二德多則　卅三業魚怯　卅四乏方法

一屋 舍也具也後漢魏書官氏志屋引氏後改為房氏烏谷反二　剭 周礼有剭誅大臣於屋下加　獨 ヽ猪獸知虎徒谷反十八加二

黷 垢黑　讟 謗ヽ　髑 ヽ髏或作歜　殰 傷胎　讀 ヽ誦　櫝 函也又曰小棺　牘 簡ヽ

韣 衣又[illegible]反　瓄 圭名　瀆 溝ヽ　韇 箭筩　嬻 媟慢　遺 遺ヽ　犢 牛ヽ　[illegible]

一〻睹𢁒〻䍡魚罟加僵〻倲短䫔良出自書。加穀五穀又生也祿也善也古𥡴反六轂車〻𣫕
谷山谷亦養也窮也又姓漢有谷永又欲鹿二音㲉玉名又音角𣪊羅㲉胡谷加三槲木名
入螻蛄𧅫水草可食礐說文云石聲加㱿周礼云正三十加哭哀聲字林云哭之属
也空谷反三殼〻卵㱿未燒瓦秃說文無髮也他谷反四誎誋誎狡猾㧡杖指鵚〻鵚
馬名速籀文作遬桒谷反九加四蔌郭璞云菜茹之揔名餗鼎實𧐑〻〻𣪌〻物穀字
丁木反加樕槲樕木名倲倯倲又音蜀東加棟赤棟木名出迩疋加麜麜鏖出迩疋𤅷〻〻
丁木反一祿俸祿又姓紂子父之後盧谷反廿三加五鹿獸名又姓風俗通云漢有巴郡太守鹿旟漉〻〻鱳得〻
縣名在張掖又音洛睩視良䚄笑聲龣東方音又作角轒〻轤圓轉木又作轆轤𤭯〻瓨䑎舟名
琭玉名老子注云琭〻喻少簏箱螰蟆螰蟲名䍡罜〻麓山足碌多石良盝去水又作漉
騼驒騼馬䃙〻礦又音六逐加箓狐籙籙篇室出音譜加𦕈〻聽似蜥蜴居樹上輙下齧人上樹垂頭聽聞哭
聲便去出字林加谷漢匈奴傳有谷蠡王蠡音离加娽埤蒼云嫡項妻名說文云隨也史記云毛遂入楚謂平原君詩舍人曰
公等娽〻可謂因人成事耳又方玉反加也𣪏歐聲呼木反二𧰡獸名似豹而小食獮一曰名黃要又丁木反族

唐寫本唐韻弟二十三葉　入聲

昨木反三加一銼、鐮釜高鑷寧刀戈反鑿、鏤花善又音昨加鏃箭鏃作木反二加一鋜姓纂。文云今彭城人

也加瘯、瘰虫齋病千木反三硃碌碌礁石良蔟蠶蔟又千候反㬥、布水流下流吉木反三蟆、蝩

㲝毻毻毛不理朴打也普木反五加三醭酢白衣撲說。文云塊加穙草生穊加濼齋白閒水名左。

傳。云公會齊侯濼加卜、筮龜曰卜蓍曰筮又姓出子弟卜商博木反八加二濮水名又姓出何氏姓苑㒔彭㒔蠻夷國名轐車鬼𡟵五十伏

昌意樸拭樸蔟生木也又樸音僕樸棟小木獛、鉁南極之夷尾長數寸巢居山林出山海經見加蹼足指閒相著足。云鳧鴈醜其足。

蹼加木樹木又姓莫卜反六沐、浴又姓風俗通。云以漢有東平太守沐寵漢複姓有沐蘭氏何姓。苑。云任城人朷、桑鶩鳧屬

霂霡霂、毣思一日毛溼福方六反十加一腹、心複、褩衣幅緝幅又姓出何氏姓。苑。輻、車復、優葍

蕧、蝠蝙蝠、䈏竹實鍑說。文。云如釜而大口或作鍢加伏伏者伏藏之日房六反十七加六復重也虙、羲說。文。云獸貟又

姓虙子賤是服、事亦衣服又姓漢有江夏太守伏徽茯、苓茯藥名馥香氣分馥𩋺、箭鵩不祥鳥名鞴韋囊步鞍

輹車輹兔亦輹加澓、流又姓漢宣帝時有東海澓仲翁加椱織椱卷繒者出字林。統。加洑四流加

器加𤤻夭車笭閒皮篋出說。文。也加㾜音譜云病重發加縮短又窅酒作莤字所六反八加一飀風聲𧽃

趜趩體不申趜字渠竹反椆馬櫪謖起翽鳥飛橚擊聲摍抽也顏淵子納隣之婺婦執燭、盡摍屋以繼之也加
六力竹反十一陸下平曰陸又姓出吳郡河南二望戮刑、勠、力併力又音留稑種稑先種後熟曰穜後種先熟
日穜鵱、鷜野鵝蓼、莪[艹陸]蔏[艹陸]藥名[馬坴]、良健馬鯥魚名磟、碡逯直六反六
軸車、碡磟碡田器又音祿獨妯、娌舳、艫鱁、鱁本作逐夷[虫逐]蚿蟲菊草名居竹
反十一加三鞠稚也養也又渠竹反椈取匊杓在手鞫告也又窮罪也亦作究𤝷石狗獸名食猴鵴
鳲鳩鳥名阮曲崖水外曰阮水內曰隩䐜非畦出埤蒼加鞠此字從山ミ高自出埤蒼加䱡郭璞云魚名有兩乳加
麴、蘖又姓出西平漢有麴演駈菊反二鞠埤蒼云姓出東來風俗通有尚書令平原鞠譚又菊麴二音熟成也殊六
又五孰又誰淑善塾門側堂崔豹古今注云臣來朝君至門外門當塾更詳孰所應譍對之事故也
璹玉名俶始也昌六反四加一柷、敔止樂器也琡璋大八寸曰琡[山叔]至也出字統加育余六反十二加三
毓稚鬻賣也糜也又周姓有鬻熊為文王師[糸育]青經白緯滿陽所織育清
棛車覆欄錥鳥青溫器昱日光萑逐三山茯[illegible]明煜來既
者出論衡加騆馬跳躍渠竹反六加趜、趜鮈[illegible]、名魚[illegible]

唐寫本唐韻弟二十四葉

入聲

謂之毬子菊麹二音 蜩 ㇔奄蜩蜍別名 奄 七宿反二 蹴 蹋 粥 麋也又四 [illegible]

巫祝又姓後漢有司徒中山祝恬 祝 ㇔皷又音咒加 肉 又作宍如六反三 衄 鼻出又六 衂

季父亦姓式竹反㇔加一 儵 青黑繒 倏 ㇔忽大走疾 䟣 豆 透 𪏊豆反 虪 虎黑 儵 說文云疾

也長也加 蓄 冬菜字又作稸許六反六加二也 畜 除草養也又丑六田獵許救三反 嬸 媢 鄐 邑又日中侯漢有鄐

淵為東海太守 薁 羊蹄菜亦作蓫 慉 起也詩云不我能慉加 竹 姓本姜姓為孤竹君其後氏焉張六反五加一 竺 竺天

國名又姓出東苑 筑 似箏十三弦 築 擣名又作𥬫 茿 萹茿草名加也 珿 齊也初六四加二 矗 直直

真良又齒 齱 ㇔齪廉謹 閦 衆也字統云肉曲 有何閦如來加 蹙 迫子六反四加一 蹴 ㇔踏 言蹴 以說文

云歛也加 朒 月朔現東方女六反四加一 恧 慙或作䐶 衄 挫又音縮㇔文則 蝮 ㇔蛇又姓卓年記改記

惟良為蝮氏普福反五加二 葍 草名 蕧 ㇔盆草又音腹加 復 鬸 廣雅云假髻加 郁 文亦郁郅

縣在北也又姓於六反十四加四 彧 文章良又作戫 燠 熱又作㶦 栯 李 噢 ㇔咿悲 墺 墺壤 隩 鳥名 薁 嬰薁

草名 澳 隈或作隩水內曰澳 箘 可以漉米 緎 愁良出說文加 䵢 羊裘之縫出說文加 鄭 姓出何氏姓苑

二

加懊貪也愛也出說文加肅恭也進也亦姓出何氏姓苑息逐反十二加四宿素也亦姓風俗通云漢有鴈門太守宿

蓿苜蓿所得種於離宮夙早也又姓晉大夫季夙之後玊朽玉說文云琢玉工又姓玉況宇文伯究武以為司徒

鷫鷞云五方皆神鳥東方曰發明西方曰鷫鷞南方鷦鵬北方幽昌中央曰鳳凰蟰、蛸蟲驌、驦馬名又音蕭颵

風聲出字指歸加鱐篆文云魚腊加䃤郭璞云黑砥石又音篠加目莫六反七加一睦視也敬也又西胡姓穆

和也美也亦姓穆又姓漢有穆生苜、蓿草牧養也放也說文從牛姓風俗通漢有越巂太守牧根坶、野牧近郊地

名繆礼有繆公又姓加囿園囿于六反又于救反一稸、積丑六反三加二滀水聚也加畜、生加

沃灌又姓太甲子沃丁之後出風俗通烏酷反三鋈白金[illegible]魚名毒痛也徒沃反六加三[illegible]荒蝳

蜘蛛瑇、瑁又音代妹加纛左纛又徒号反加碡磟碡農器出埤蒼加篤厚也冬毒反四加一督

率也勸也又姓風俗通云漢有五原太守督瓚也裻衣背縫督察也一曰目疾出字林加也酷虐也苦沃反四焅

熱氣秸禾熟礐帝礐說文云暴急鵠鳥名又姓何氏姓苑云今東海人胡沃反四加一皠白鳥赤作鶴

隺高[illegible]、、的也出說文加僕僮僕詩傳云附也亦姓蒲沃反三鏷、矢石[illegible]、、飛又蟤、、蟲濮

雨聲先篤反二襮衣領[illegible]梏手械古沃反八加二牿牛馬牢[illegible]鴰鵠鳥名似鶴[illegible]告地名

三

唐寫本唐韻第二十五葉　入聲

又音誥〻上日發下日誥 郜國名又音誥 祰說文云祰廟文祭加 晧說文云大皐加 瑁瑇瑁莫海反又莫代反二

梋門梱横梁 熇熱也火酷反三加一 臛羹臛又音郝加 嚛食新 䅶小兒沃反二加一 傉內屬三字

姓有庫傉官氏加 傶名又姓〻毒反一 襮黼領博沃反一

爥燈燭又姓左傳秦大夫燭之武之欲反八加一 屬付也足也亦連屬又市玉反 矚視矚亦通 𦇻[illegible]帶

囑託亦作囑 鸀〻鳿鳥 [走蜀]小兒行良 [或欠]吹氣出說文加 玉魚欲反四加一 獄皐陶所造說文從二犬所

以守之 鳿鸀鳿 頊人姓頊頊又青勗加 旭早朝許玉反三 頊顓頊又謹敬良 勗勉 輂舁乘直轅車居

玉反七加一 絭纕臂繩 鋦以鐵縛物 挶持手 𦥑戟 梮舉食器 輂曹局說文云大車駕馬也加 局

渠玉反三 跼踡〻 輂曹局 蜀市玉反七加一 韣弓衣又徒谷反 蠋蟲 㑿〻俅動良又短良也 襡長襦

屬附也賴也又音燭 鐲似鈴而大軍法司執之以止鼓又直角反加 觸突也古作楠尺玉反二 歜怒氣亦人姓齊宣王時有高士

〻厶厂恥也又姓出姓苑而蜀反八加二 蓐草〻 褥氊〻 鄏郟鄏地名在河南加 縟文綵 溽暑

山枝出坪薈 媷懈惰出倉頡篇 束縛也又姓書玉反二 倲〻燭 欲余蜀反八加三 浴洗 鵒

鵒ˎˎ
鋊 炭鉤 輍 車枕前 慾 嗜慾燃燋出字林加 猔 獨猔獸出說文加 谷 山谷又音穀 躅 蹢躅直錄反一

錄 采錄ˎ玉反十ˎ加二 渌 水名在湘東 覼 眼曲 綠 色 醁 美酒 騄 ˎ耳駿馬名 娽 隨從入音祿

菉 ˎ蓐草名 逯 謹也又姓風俗通云漢有大夫司空逯並 籙 圖ˎ 𧿹 茶錄出音譜加 鯠 魚名 曲 委曲又姓丘玉

反三 鮈 魚名 笛 蠶箔漢書周勃織箔笛為生亦作曲 瘯 寒瘡陟玉反二 斸 斫也郭璞云钁也亦作钃 𧸘 神燭反一

足 即玉反又將喻反二加一 哫 玉逸楚詞注云哫訾慄斯順顏色也加 㥛 帐也亭玉反一 促 近也迫ˎ玉反二加一 誎 飾也出說文加

續 繼也似足反三 俗 風 藚 ˎ斷藥名 粟 和實相足反四加一 慄 ˎ斯 涑 水名ˎ在河東又蘇侯反加 玉 石養國名

亦姓又音頊新菊二反 䕯 落ˎ广頭對曲反一 棶 ˎ樗木名玉玉反二加一 亍 彳亍加

𪩘 曉也大也大嶽反又乚山孝反土加三 斛 平斗斛 角 芒也競也觸也又姓後漢有角若 桷 椽 較 車箱又也略也又古

孝又 𣪊 雙玉又音穀 鸒 馬腹下聲 觷 飾杖頭骨又胡歷反 榷 以木渡水今略沟加 捔 加 搉 揚ˎ推

大學加 嶽 又作岳五角反四加一 樂 音ˎ 鸑 ˎ鷟鳳屬 鳿 說文古前鳿加 ˎ 鸑士 ˎ 叢生

鋜 鎖足ˎ 濼 濼ˎ 鷟 ˎ鸑鷟 捉 ˎ搦側角反五加一 穛 早熟 穱 濯

單加 朔 亦作朔始也又姓何氏姓苑云南陽人所角反七加二 欶 口喻字又作嗽 槊 刀槊ˎ又 數

唐寫本唐韻第二十六葉

入聲

琢 玉 駮 莫

䈯〻竹 說文以竹擊人也 又舞名所執加 𥿋 擊書云繳也加 斲 削也竹角反九加一 涿 郡名

攻玉 斵〻 謹 卓 高也又姓蜀有卓王孫 啄 鳥啄又丁木反 斀 說文云去陰之刑加 剢

六駮獸似馬鋸牙食虎豹 駁 馬色 𣪊 柏皮 瞨 破聲 嚗 李頤云杖聲又孚邈反加 邈 莫角反

三藐 紫草 貌 美也出說文加 雹 雨冰蒲角反十二加一 撲〻 相撲 跑 秦人言蹴 駁 獸小似人角 骲

〻箭 鰒 魚名 箹 竹名 䶂 瓜䶂又作䶂 謈 嗃謈大呼 㩧 封牛又兩教反 豰 說文云小豚 窋 一

廣疋去窖也加 璞 〻玉匹角反六加一 㯷 擊聲又匹草反 樸 木素 㒒 牛未劇 䲀 楚 墣 土塊出國語加

殼 皮甲苦角反九加二 慤 謹也善也 榷 擊也又音角 確 鞕又作碻 敲 㩁敲皮乾 㲉 鳥卵 㱿

戍 鷟 廣疋云火乾乾物加 嶨 廣疋云山多石又作𡾋加 濁 不清直角反七 擢 拔 濯 澣濯又姓風俗通濯輯之

後 鷟 白鷟鳥名 嬥 直好貌 䂃 〻䂃 鐲 似鈴又音蜀 渥 霑濡於角反七 握 持 偓 〻促又姓

列仙傳偓佺 箹 小籥三孔 幄 大帳 喔 雞聲又喔咿強顏貌 鸑 山鵲又音學 搦 持也女角反二 㲻 屋

一日謅 逴 〻一曰驚夜又作趠勅角反三 晫 明〻 踔 跛 犖 駁犖牛雜毛呂角反二加一 硞 〻確石相扣聲加

五

學 數也又姓出何氏姓苑胡角反六加三 确 磽确又苦角反 嶨 山多石又音殼 礐 嶨礐 鷽 山鵲赤喙長毛知來而不知往

角一 吒 怒聲許角反五加一 犳 豕聲 𣪊 急 翯 鳥肥 㱿 歐吐左傳云褚師子生韤而登

云君將㱿焉加 白有 娖 辨也測角反五加一 碌 礫礫 齪 齒相近 娕 茶謹良 擉 司馬彪莊子注

擉斀剢斀也又音踔也加 [illegible] 朴也主也信也問也注去終力劒之日反十二 晊 大 郅

郁郅縣名又姓漢有郅都 桎 足曰桎 櫍 椹櫍斧櫍 蛭 水蛭 騭 馬也書傳云定也後漢有鄧騭 劕 剢

券也長曰劕短曰劑出周禮加 嚌 野人之言出說文加 懫 止也出埤蒼加 侄 堅出廣足也加 日 人質又二 馹 驛傳 實

神質又一 秩 積也次也直質反七加四 紩 縫 帙 書帙又姓出纂文說文亦作袠 柣 門限也出迹足加 䟓 、、踶良

出莊子加 妷 兄弟之子子加 䏲 說文云次第加 悉 說文從釆息七反三加一 膝 骹骨 蟋 蟋蟀蛬也一名促織加 一 數名

於悉又二 壹 專壹七 數名又六加一 親吉 漆 水名在岐又姓 鶔 鳥名 郪 地名在齊 桼 膝、 [illegible]

亦名汁可為漆出廣疋志也加 匹 偶也說文文字從八、字梓一匹辟吉反 鷝 鷝、雅鳥又音裨 吉 利又姓正馮翊居質反三加一 趌

、趨走良 佶 正出字書加 䁜 、迟或作眤質反二 衵 近身衣 逸 失也過也縱也奔也說文從兔走夷質反七加一 佚 、樂

佾 八佾之舞佾行列也 失 車過又一同結反 溢 滿 鎰 廿兩國語廿四兩為一鎰 泆 淫泆地名 詰 問也去吉反二加一

唐寫本唐韻弟二十七櫛 入聲

蛣丶蟯丶蛽蟲名加 欯笑也許吉反一 扶打也丑栗反二加一 咥笑 栗菓木名又姓漢上妄冨室有栗氏力質反八
慄丶慄加三 溧水名在丹陽 颲風 剽細削 鷅鶹鷅流離鳥別名加 凓丶冽寒良加 篥觱篥
胡桀亦單作栗加 窒丁結反五加一 桎塞悏栗反又 桎桎梏 銍刈又縣名在譙 厔盩厔縣名在京兆 秷刈禾聲加 疾秦悉
又四加一 嫉戶妒楚詞注云害賢曰嫉害色曰妒 蒺蒺藜 㑵廣足云賊也加 㓼割聲又作𠝤初栗反一 失錯也縱也
說文云作毛宇從手乙式質反二 室屋 堲夏后氏堲周燒葬也資悉反四 蠘鼠聲 唧啾唧多聲 汁丶水潛水 窒
說文作𧕿山海經云穀城之上是蜂蜜廬弥畢反六加二 謐靜也安也 醠飲盡 樒木樒樹名 監拭器也出說文也加 宓安也出說文加
必審也說文從弋八畢吉反十七加七 畢竟也又姓出太山本自𢊁姓畢公高之後 蓽門 𩍐織荊 韠胡服蔽膝 珌刀上
飾 蹕警 滭丶沸水皃 罼罔 鷝鵯丶鳥名白面青色 篳丶篥又作篳篥 滭風寒加 㜸
廣足云丹也加 趕竈上祭出說文加 熚火皃出說文加 彃射也出說文加 縪冠縫出埤蒼加 樺木名出埤蒼加 姞
丶古結氏為巨乙反三加一 佶正也閑也 鮚說文云蚌也漢律會稽獻鮚𧑌二斗又渠秩反也加 邲地名在鄭又㚖良地
丨鼻三音次毗批 柲偶 馝香又虜複姓後魏書馝邪氏後改為邪氏 䩛車東 佖有威儀 䮹女

駜馬肥 飶食之香者出說文加 䬛口也于筆反二 汩流水又古沒反 率循也月也領也所律反五加二 帥佩巾又將帥

亦作師避晉景帝諱改為師晉有尚書郎師昌又所類反 蟀蟋ヽ 𨓆先導出說文加 𠝜割也斷也出埤蒼加 筆

秦蒙ヽ一造鄙密反三加一 潷ヽ去滓 鉍矛柄出埤蒼加 密說文云山脊也從山宓又靜也美筆反四加一 峚山形如堂 蔤

荷本下白 宓埤蒼秘密又音諡加 弼輔古作弻房密反二 𥞥ヽ𥝩木重生 乙辰名太歲在乙乙逵於筆反二 鳦燕

乢聱乢魚鳥狀魚乙反一 叱呵也又虜複姓九氏夏錄有將大匠叱干阿魏西有開府叱奴興南公叱羅協後魏官氏志又有叱呂叱門叱利叱李

北列華氏亦虜複姓三字周有侍中叱伏列龍其傳云代郡西部人也呂栗反一也 暨姓吳尚書暨豔者乙反又息既二音一

術街術技術又一同氏姓苑食反四 述著述也又姓風俗通云魯大夫仲述之後 秫穀名古作木 沭水名在瑯琊

橘果名禮云橘踰淮而北為枳居律反四加一 藒草ヽ 繘汲綆又音聿 趫說文云走意加 崪山高慈卹一

踤摧ヽ 誶說文云讓也加 聿循也遂也餘律反十一加一 鴥飛皃 燏光 遹述ヽ日遹 ヽ一名宋瑞

繘汲綆又音橘 鷸小鳥似鶉而黑一名鷸鶨 𩗗疾風皃 潏水流駛 瞲 訹誘字蘇

卒終也子聿反則骨反二加一 𣧑終加 卹分賑辛聿反五加一 恤憂 戌辰戌 𩗗小風許

珬珂屬后又加 趫狂走其聿反四加一 獝ヽ狂無頭鬼 趉走皃 矞以錐說文

唐寫本唐韻第二十八葉

七

入聲

聿反三 䀓 高視皃 䟃 悉 律 〻呂律法字林從彳呂䢵反五加一 寽 持取今寽禾是 繂

丁 腹 膪

䔧 音。譜云草 子甲也加 黜 丑律反四加一 怵 〻惕 䢸 走 炪 火光出 㤕

物 在

穴𠃬反 丁骨反 絀 縫 朮 藥名又作茮 直律反二 怵 烟出 出 尺律反又尺季反一 炏 石土

物 万物也又旗名文弗反五加一 勿 莫也礼記注云勿〻猶免〻又虜三字姓有勿忸于氏出後魏 圽 〻土 岉 岉屼山 𧯛

以帛素飾旆側州里所建出周礼 弗 分勿反十一加一 紱 綬 韍 韍韠 綍 大索葬者引車 茀 草盛皃 䒀

𢾾 滕 𨚓 姓漢有太守𨚓 哭 無者所執 出周礼加 彿 連枷打穀者 出方言加 韍 大也出說文加 髴 蒼

古婦人首飾又芳沸反加 鬱 古作鬱草也又姓出何氏姓苑紆勿反六加一 灪 〻滃大水 欝 氣 欝 烟 尉 姓古有尉繚子著書又虜

複姓有尉遲氏其先代魏之別部因而氏焉後單姓尉又音慰 蔚 草名又曰蕨 罻 說文云草穰 鬱 酒以除神加 𦚹 臂丸 集左

勿反又九月反四加一 㳶 翟衣 厥 夏曰犍鸞殺曰鬼方周曰玁狁漢曰匈奴魏曰突厥出漢書音義 又音蕨 屈 〻產地名出良馬亦楚姓

又音詘加 岀 掘曲又虜複姓有屈突氏 屈 複姓有屈男氏區勿反三加一 詘 辭塞也出說文加 蝠 〻諸蚰蜒〻 螠 蟲 倔 〻強 僪

反七加二 踀 踀地 崛 山短而高 䳐 短尾鳥出韻略 裾 衣短 㞊 短尾犬出埤蒼加 堀 詩云蜉蝣之堀窟音

佛 弟子曰漢明夢神人身白光飛在殿前以問群臣傅毅對曰天竺有佛將其神也佛者覺也自覺覺他名曰佛符弗反五 怫

岪 山曲 咈 戾 颰 疾風說文作䬍許勿反三加一 欻 暴起 崒 說文云疾風 䬍

拂 擊物反七加一 怫 鬱 岪 崩 茀 草 多 艴 淺色 祓 除災求福

刜 擊也斫也出說文加 櫛 梳也阻瑟反三 瀄 汩瀄水聲 楖 楖栗字書樹 瑟

樂器所櫛反五 飋 飋飋風 蟋 蟋蟀又音悉 蝨 蟣蝨淮南子云大夏成而鷰雀相賀湯沐具而蟣蝨相弔亦作虱非 璱 王鮮貌其色碧

迄 迄足去迄臻極屆 至也許乞反五加一 仡 壯勇 釳 乘輿馬上插翟尾者曰方釳釳鐵也廣三寸 肸 肸蠁又許乞反 忔 喜出廣疋

訖 居乞反二 吃 語難 疙 癡貌魚乞反三加一 釳 又音乞 屹 崪屹山貌加 趌 行貌其迄反一 圪

乞 乞又乞複姓晉有乞伏國仁國太元年稱秦王於金城去訖又音氣二加一 芞 芞輿香草名也加

月 魚厥反三 刖 絕也斷足之刑又五刮反 軏 車轅端曲木也 伐 征伐也斬木也又自矜曰伐房越反八 筏 大曰筏小曰桴

罰 罪罰 閥 閥閱自序 伐 耕土 橃 木橃 䟛 舂米 越 墜也逾也王伐反七加二 粵 辭

鉞 斧鉞 紱 紵布 樾 樹青 蚏 彭蚏似蟹而小也加 曰 辭粵加 厥 其也古作亦短也又姓京兆人漢陽衛山

居月反八 蹶 失腳 蹷 強力 趰 跳趰或作蹶 瘚 氣逆 劂 刻刀 蕨 菜名 蟨 獸

唐寫本唐韻第二十九葉　入聲

士

走則躓墜、前足高不得食而善走壓常望、取食望、負之而走 嬮 嫕娫婦人皃於月反三 餥 胎妊 𩛁 以俾豉物其月

又六 𪆰 白𪆰一名鸑似鷹尾上白色 橛 株橛亦橜椽三椽名 橜 杙也又衒橜馬勒 𩩲 倒尾本

𨵙 觀也歇少也又姓出下邳漢有荊州刺史𨵙翊去月反二 㳡 水名在義陽 髮 頭毛說文從犬方伐反三加一 發 起 泼

說文古寒水加 𪉖 䝸𪉖望發反一 颰 小風許月反三 狘 獸走皃 㓚 水名 謁 請也鳥之類從止許歇反四 閕

歲在卯名又於葛於蓮二反 暍 傷熱 黦 色壞 歇 氣泄休息許謁反三 蠍 䖸蠍伯勞蠆蠍 猲 猲獢犬 許

而斤人以言居謁反又居例反三 趨 走皃 羯 羊 揭 擔物又作揭其謁反一 怫 恨怒怫伐反一

沒 出沒又虜複三字姓有沒鹿氏見魏後書教反二 歿 死 骨 徐偃王有筋無骨出尸子及史記亦姓古忽反一 縎 結

鶻 鶻鳩又搰二音 榾 榾柮木名 𣪘 卒也搰又八加二 淈 ㄟ澥海水名又水名 騞 ㄟ馬獸名似馬牛尾一角又青𩣡

餑 茖ㄟ 垺 塵起 馞 大香 悖 逆也又音背加 䅣 ㄟ稡秀不成聚向上凸出字林加 咄 訶也當沒反一

三佗 棁 大杖又青拙 踈 蹂 突 觸也說文從犬他骨反六 揬 ㄟ搪ㄟ 腯 肥ㄟ 鼵 鳥鼠

八鳥曰鵽其鼠曰鼵 鵽 ㄟ胡鳥名似 堗 窒竈堗漢書云曲

骨而短尾出𨒪起也 突 雄青身白首 埃 堗從䆝無思溝 頭

二

扷水中鼠没反五加一 膃膃肭肥 殟心悶 嗢咽也又虜複姓後魏書有嗢盆氏虜三字有嗢呂蘭氏 𣪚咽中息說文加

忽倏忽又姓又一蠶為十忽十忽為一絲呼骨反六 惚恍惚 寣睡一覺 笏一名手板品官所執釋名云笏有事書其上以備忽忘

𠃵急擿也擿字呼結反 曶古忽字亦向寘 兀高皃五忽反五加一 扤搖動 杌樹無枝皃 屼山皃又五屼山在名捷為

矹硉矹不穩皃 𡥂接物聲善没反一 勃箭射勃没反二加一也 硉硉矹 窟窟穴苦骨反六加一 䯏大頭皃

淈遙池 䫘白秃 矻用力矻矻又作圪 堀宋王云堀堁揚塵又音掘加 訥寒訥奴骨反三 肭膃肭 抐內物水中

窣𡨆窣蘇骨反二也 麧麥屑 猝倉猝暴没反一 捽手捽 䘹抗以柄內孔中 𪘁

齰 麧麧頭漢書云食麧麧耳下没反四 齕齧也又胡結反 紇孔子父名又胡結反 淈淈泥古忽反 搰搰也胡骨

反四加二 鶻鳥名鷹屬又骨猾二音 䯊膝病出說文加 捆手推出說文加 卒倉没反又將聿反三加一 崒寸入

禘倅加 扢廣大足云摩皀没反一 何也曷亦 葛久七加 𢗶

毼毛布 鶡鳥名似雞鬪必死出上黨 蝎蟲名 餲類餲饐餅又音歇 頡 許 猲

恨又音歇 餲白色 歇訶 䅉香氣呼蓋反又出六 怛悲惻也 怛桻也反七加一 𢗶

呾相呵 炟火起 黠莫黠縣名在五原 狚獦狚獸名似狼而赤出山海經加 䞟

唐寫本唐韻第三十葉

十三

入聲

撻打 躂泥跌足 達泥滑、倒 獺水狗 羍羊未成亦作全 達、鸋、鸋

巢名 遏遮也絕也鳥名 蔦反五加一 齃鼻齃又作頞 堨、擁 閼止也又於 小也 ......

褒也盧達反十加四 剌手研破 辢、辛 莿、蔦 瘌瘠瘌調良 ......加 飢渴、......內

癩又疥癩音賴加 𤸷蒼足去庵也亦獄室 轢車轢著又歷落二音加 丿反五 抗

病出字 鶡、鳴鳥名加 嵑、嶭山良加 磍石聲加 達通也達也亦姓出何氏姓苑又虜複姓三氏後魏獻帝弟

為達奚氏又達教氏後改為竇氏周文帝達步生齊煬王憲㧖割反一也 巀、嶭山名又截結反二 嗜嘈嗜鼓聲亦作嶭加 嶭

五割反又五結反四 轍車截載高 屵高岸 枿伐木餘 萬、萬古達反七加一 葛、蔵 箭桃枝竹名 獦、狚

割剝也害也 駒馬走疾也 匃乞亦作丐又音蓋 轕轇轕戟形出玉篇 薩跋薩行良桑割反四加一 薩

菩薩內典云菩薩也薩濟也能菩濟衆生也 摋、抹 𣫓放也說文 𨂿足動草聲七曷反二加一 𦅿、𦅿

出淮南予加 捺手按奴曷反一 末木上也無也莫割反十三加一 秣、馬 眛目也

易曰日中見昧 頢、䫗 抹、摋手摩 妹、嬉桀妻 倈、健 佅、儂肥大良又西夷樂名 怽忘 㭲壞土 沫

水沫一曰水名在岑又武泰反濊塗色䳺鳥名首說文云目不正加耜去樹皮柱頭木五活反柮崔活反一

夊足夊夕刺祓蠻夷蔽膝衣芰根丶鉢器鴰鳥名鱍魚掉尾皃速急走

丶丶鬟鬢多鬢妹末反二撥逼括撿也結也至也古活反十加四漷水流髺結髮檜

木名又作栝聒聲擾苦丶鶻鶻鵠落舌草加适說文云疾走加銛書傳云無知之皃加

闊苦括反二筈箭丶活下死又水流皃戶括反四加二秳詞越鄭玄云琵下孔又云蒲萄爲又音粵又作趏加佸

詩傳云佸會加奪奪亦通徒活反三敚强取又姓出說文古奪字脫肉去骨亦姓出何氏姓苑又土活反豁丶達入作呼豁呼括

又五濊水聲式作濊奯大開目泧濊丶𦧴斡水出廣尺斡轉也烏括又五加一烷大唱出碗

目開良棺丶取物又作斟嬒方言云可憎可憎也又作憎又烏外反加繓丶結子括反二撮錯書攥手把鏺

兩刃刈草善活反五撥芨蹳踏草聲推抪推醱酒氣侻丶可一曰輕他活反二挩解落

又作脫捋手捋郎括丶二𠜋削丶掇拾也多括反五加二鵽丶雀又當刮反腏挑取骨間肉祋丶翔柈名又都

又加咄又都骨又加撮六十四黍爲圭四圭撮丶手取會括反二襊詩傳云緇布冠加跋丶躠行皃撥反十四加五跡

行皃亦作𧺆魃旱丶废舍䤻酒氣軷將行祭炦火氣癹除草妭鬼婦出文字指歸云女妭

入聲

黠

禿無髮所居之處天不雨 犮 犬走皃加 拔 迴拔擢八反加 胈 夏禹治水腓無胈脛無毛率胻去胈胈上小毛也加 鵽 鳥名似鳧加

黠 胡八反二 ⿰骨齒 齒聲 札 簡札側八反三 ⿰歹止 瘡病 蚻 小蟬 拔 、擢蒲八反又蒲撥反二 菝 、葜根可作飲 ⿰吉欠 、欨枸脊也

恰八反六 劼 用力 髻 禿髻字林作𩬱 扴 巧、 㓤 剝、 硈 石狀 滑 利也又姓風俗通云漢有詹事滑興戶八反六

猾 狡猾書傳加一云猾亂也 ⿰魚骨 魚名鳥翼聲如鴛鴦 鶻 、鵃又骨搰二音 螖 蟚螖似蟹而小 磆 、藥石加 八

博拔反二 ⿰馬八 馬八歲 窫 口滿食丁滑反二 娺 婠娺好皃 婠 烏八反二 [illegible]飲 貀 獸名似狸蒼黑無前足善

捕鼠又作㹋說文女滑反一 ⿰齒截 齒利又⿰齒殺⿰齒截初八反四 蔡 草、 察 監也姓出何氏說文亦作詧 檫 木名梓屬 割 去惡

內古滑反二 鱊 魚名 戛 指也古黠反八加一 扴 揩扴物 圿 、垢 秸 麥天、席 鶷 、鵴鳴鳩 結 書傳

古結反高(?)葉 𣚍 櫻桃又先結反加 ⿱艹乞 草 軋 車輾又六加一 乢 山曲 擖 拔草心 嫼 嫉怒 猰

、㺅獸名 穵 說文云空大加 殺 、命亦作煞所八反三加一 鎩 鳥羽病亦長刃矛 榝 似茱萸而實赤又山列反加 ⿰亻察

建生 ⿰目必 惡視 偆 呼八反一 ⿸疒戾 瘡痛女黠反一 ⿰身出 屈也五滑反三加二 ⿰耳關 無耳吳楚語加 聉

⿰骨力 力作口滑反一 汃 西極水名普八反一

廿

舝 軸頭鐵說文作舝俗作 轄非也轄字音礚胡瞎反四 ⿰齒吉 齧齒聲 鶷 〻鶷鳥名似 勞也一名鴞 矸 礣矸破礚 字莫鎋反

鶡 乙鎋反 四加一 ⿵門曷 門扇 聲 圔 駱駝 鳴 吅 相呵聲入 當刹反加 齾 器缺五鎋 反三加一也 髺 秃

巀 山中絕良 出埤蒼加 刹 柱也初 鎋反一 瞎 〻眼許 鎋反一 楬 木虎樂器名柷 敔也枯鎋反二 磍 剝 〻 ⿰木頁

獸名他鎋反 人他達反一 瘵 痛痒女 鎋反一 刮 〻削古 頒反三 鴰 鶬鴰名逆尾九 尾出說文又音括 栝 襛詞 名 頢

〻頢強可 良丑刮反一 頢 〻短面良 下刮反五 䯏 縎 細 敌 畫 良 舌 塞口說 文作咶 姡 面 淨 鵽 〻鳩鳥名 似雌雉

脚無後所食出 沙漠丁刮反二 窡 穴中 出良 刖 去足亦㓷刖危良 五刮反二又音月 𣦸 獸食 草殘 妠 婠妠小兒 肥女刮反

婠字烏 八反一 篡 黑也初 刮反一 礣 〻矸莫 鎋反二 怽 帶〻 捌 方言無齒 杷百鎋反 鶓 䳢鷞鳥 名似鳧

古鎋反鶻 字音結反二 擖 刮 聲 ⿰目舌 埤蒼云怒視 良荒刮反一

十六

屑 屑〻不安 先結反六 楔 木 〻 揳 櫼楔不 方正良 躠 蹩躠 旋行 僁 麦 破謂 亦 聲 俏

切 說文從七千 結反五加一 嚓 語 〻 齸 齒 〻 竊 盜也 淺也 柣 〻閾 〻足 古屑反 〻加二

絜 麻一 耑 潔 清說文 從手 鍥 鎌別 名也 桔 桔梗 藥名 㮏 鍥 鶍

鳥名鶷字 古鎋反 袺 手口共有所作說 日予手拮据 節 樴也子結 反九加一 弓 蝍

唐寫本唐韻第三十二葉

入聲

〻蛚吳公蝨入音即 粢屋上木梁 㦰小濃 㵕燭餘 岊高山皃加 巀

反七加二 瞲瞎瞲恶皃 窩穿皃或作窐又作閲 沆〻寥空皃 泬瘠空

〇〇莊子云決起而飛槍楡枋決小飛皃加 闋終也古穴反二加一 閔無門戶又音西或作突加 玉古穴反十

泉出汉又水名在京地又音聿 眏目恚 譎〻詐 訣別 鱊環舌 鴃〻騠〻七日一 入

〻萌藥名 鴂鶗鴂鳥名關東曰巧婦關西曰鸋鴂春分鳴秋分鳴明則衆芳鶡也 决斷 赽馬行疾皃 鈌破又乙穴

反出玉〇篇加 窫獸名似狸出玉〇篇加 觖〻望怨望也又羌季反加 穴窟也地氣使之然胡決反一 抉〻出於決反三 突

穿皃又音閲 窅目深皃 姪〻娣公〇羊傳〇云兄之子徒結反十九加三 眣目 眹目 胅骨出 凸高起

皃也 垤蟻封左〇傳云皇寢門之闕又曰塚前闕也 耋老加至 迭遞加 跌〻踢又差跌加 絰〻縷 驖馬赤

黑 嵽〻嵲高皃 軼車相過又音逸 閱閭閱城門也 駃馬行疾 佚〻佚約也 墆貯也止也 咥

笑又秩 臷利也又國名在三駘二音蕃國東出山海經 鐵又作鐵俗云黑金也他結反三 僣〻 餮饕貪食 纈

帛纈〻結又八 閉閉〻 擷捋取又虎結反 襭 頡〻頏淮南子云蒼頡皇帝使官觀鳥跡文而作書天雨粟鬼夜

血 呼玦 决 古穴 潏 竹穴

言是則誹謗萌生本願不辛耕蓁天知將餓為雨粟

曰利列歎哭又姓風俗通云有韻衛古之賢者耳也 頁 頭 齕

㖑 以衣衽識物 涅 水中黑土說文從土奴結反五加一 捏 捻 茟 苿似蘇生水邊 埕 塞或作呈也加

一大管曰籥、中曰涅小曰節加 截 廣足云盛也昨結反四加一 𧽈 傍出前 岊 山峯又子結反 巀 、嶭

山名又蕞蜀反加 齧 噬亦姓莊子有齧缺五結反八加二 霓 虹霓又音倪 蜺 寒蜩又音倪 嵲 嵽嵲說文從山

槷 、危 臬 礼注云門橛也正足在云楯曰揮在地曰臬 𡾊 巀嶭又五割反 臲 、卼不安又作𧿒劓加 蔑

集也說文從目戍首音亦蔑亦通莫結反十一加四 懱 輕 䁾 目赤說文云瞢 㩢 、擳不方正 蠛 、蠓 篾

竹、 幭 帊幭 鱴 魝鱴鮆魚 紉 細也出蒼頡篇加 衊 污血也出說文 [illegible] 、尐也小出說文尐

宇即列反加 彇 弓戾或作𢐦方結反三加一 𢺾 輒又普篾反 閉 閉又博計反加 噎 食塞又作咽饐烏結反五

加一 𥢑 𥢑屬 窫 靜又音翳 蠮 、螉 㹞 獸名似羊牛白首四角出山海經也加 猰 、㺄不仁古結反

七加一 頪 頪頪短貞 挈 提、 瓡 、瓶受一升 𨗈 𨗈多節目字練結反 𢍉 苦害又 閉又

栔 迹足云栔栻斷絕也加 奊 肥壯虎結反二 䩞 急繫 撇 小擊又略也引也亦作撆普篾反五加三 撆

江南呼鐅刃 覕 暫見又芳㦼反加 𥻗 廣足云小香加 𢺾 韻略云又芳結反加 蹩 足躃旋行

蒲結反五加二 撆 反手〻擊加 頓 〻頻 癟 戾癟不正加 鷩 香又音鼈見加 窒 塞也丁結又陟栗反四 窒

〻咄 腟 〻䏊 蛭 水蟲又音質 臬 〻臬說文從自 亦通䌌結反四加三 戾 罪也曲也又力計反加 捩 拗捩出玉篇又

又力計反加 綟 麻綟加 薛 國名亦人姓私列反十加一 絏 繫 媟 狎也慢也 疶 痢病

作䙝 褻 衷衣 𨫒 田器 泄 漏泄亦作洩歇又姓左傳鄭大夫泄駕 渫 治井亦除去又姓渫子古賢者出韓子

卨 字林云蟲名又殷祖亦作偰 齛 迩。疋。云牛曰齝羊曰齛加 列 行次又姓良薛反十一 迾 遮遏 蛚 蜻蛚蟋蟀 [illegible]

魚名 烈 光又忠烈 洌 清〻 冽 寒良 裂 擘破又姓出左傳 茢 礼注云桃茢可以為帚除不祥 颲

風雨暴至 鴷 啄木鳥 栵 細栗出迩。疋。江東呼為栭栗楚人呼為茅栗加 哲 智或作悊陟列反二 埑 埑或作蜇

傑 英傑渠列反八加一 桀 夏王名 竭 盡也說文作渴 碣 〻石山名 楬 有所表識 榤 鷄栖杙木

揭 高舉又許二音 渴 水盡出埤蒼及說文加 熱 如列反一 晢 光或作晣旨熱反四 浙 江名在東陽

「 㭊折亦複姓南涼王禿髮傉檀立其妻折掘氏為皇后又常列反 䩞 柔皮 舌 又食列反二 揲 山。海。經。云長舌

孼 麋亦作蘖魚列反九加二 糵 麴〻 讞 正獄 𧫩 妖孽說文作𧫩衣服哥謠草

大一謂之蚨螽斅 蟲蝗之佐謂之蝕 閑 門中礙 嶭 山高危皃也又藝哲反 蘖 ㄟ餘又姓何氏姓苑云東莞人本姓

薛辥仇 玫焉 鑯 高皃加 轍 又高皃加 朅 ㄟ來丘竭反又去謁反四加二 揭 高舉 藒 ㄟ車香草加 㵣 ㄟ皃

說又 加 搣 亡列反二 搣 手拔 鷩 雉屬似山雞而小冠 有敝冕并列反四也 鼈 魚鼈或作 鱉

蔽菜 鷩 水名在 絕 情雪反一 蕝 東茅表位子悅反又子芮反一 雪 拭也除也凝雨相絕反一 紱

皮被破勑 悅 喜也弋雪反七加二 閱 簡閱 閲閱 蛻 蟬去皮又他臥反 娧 娧悅美好又他會反 閲

草名似芮 莌 莌草生而新達曰莌出方言加 說 傳說高宗相又失爇反加 歠 小俗作歠傾雪反二加一 蕨 ㄟ蓋

霰覆盆草加 㖣 逆氣乙劣反一 爇 燒又如劣反二 蛥 蚊ㄟ 說 告也又悅税二音 拙 職悅反四加一 梲

梁上楹本作掇 蝃 蝃蝀 准 應云准類 擢 拙也又頬 歠 大飲昌悅反一 輟 止也陟劣反加三

畷 疲也又憂 惙 田間道 罬 捕鳥覆車網一名罦加 剟 刊也出說文加 ㄑ ㄟ醉出說文ㄟ小

埒 馬埒又盆康云等也 鋝 十二銖廿五分之十三出說文 蹃 蹶蹃跳踉皃出字統加 一吋

加 瞥 暫見芳滅反又芳結反四一芳劣 潎 漂 憋 怒 瞥 目翳也出說文加 別

作 剸 謝方列反二加一 莂 種概移蒔之出埤蒼加 轍 車轍直列反四 徹 通也明也 撤

悴也 掃 上 戓分 忖 肉 閥 三 𧍧三 ㄟ加三 上也步劣

唐寫本唐韻第三十四葉

入聲

桔也或作劀兩劣反二加一 䂒 鳥理尾加 孑 單也居列反三 釨 句子戟 趌 趌䟡 詼

香草 狊 舉目使人許劣反四加一 烕 烕也說文從火戌 趐 小鳥飛 吷 [illegible]

出也女䭱反一 嫳 嫳㜸輕薄易怒皃怏列反一 抉 於悅反一 蹶 有所犯突居月居衛二反 叕 茁

草生皃側劣又側滑反二 䵵 短黑皃 膬 腝而易破七絕反一 蠽 似蟬而小 蠽 姊列反 [illegible]

小鵽 叕 小礣及出說文 樧 茱萸山列反又音殺 焆 烟氣於列反一 屮 草初生皃丑列反五加 撤 抽

徹 通又音。譜加 悊 樀也周礼有司馬法小罪曰聅 哲籛氏加 聅 謂以箭貫耳加 𡟷 喜皃許列反一 啜

嘗也殊雪反一 劕 割斷聲 廁 𢶷 拈也専絕反一 掣 挽曳昌列反又昌制反 折 常㦰反又職列反一

入

抴 羊列反又余例反一 錫 賜也与也亦鉛錫先擊反八加一 析 分也字從木片齊大夫析歸父 裼

衵衣 楬 白色 緆 細布 蜥 蜥蜴 淅 釋米 菥 菥蓂大薺音覓出爾雅加 激 疾波古歷反四 擊

析打也擊亦通從殸青放此 墼 土墼 鷁 鳥名 霹 霹靂普擊反三加二 劈 劈破 澼 莊子有洴澼絖漂加

者加 靂 霹靂郎擊反十九加五 䟐 趚行皃趚字七昔反 酈 縣名在南陽又力知反 癧 瘰癧 轢 車踐又音

一落塛、珠鎘、鏕礫、砂朸、稀櫪、馬𢡊、毅櫟 木名柞属又音藥 蘭

天歷 經歷加 曆 、曆黃帝臣容成作曆加 䕻 葶䕻藥名 磿 說文云石聲加

一寗、寮的 指的又明也白額 、人又音駒加 也都歷反十三加一 適 是又之石始石二反 嫡 正 甋 瓴甋甎也 芍

馬䮁 鏑 箭 馰 、顙馬白額亦作的 滴 水 肑 腹下肉 弔 書傳云至也又音釣加 蹢 蹄也詩云有豕

加自 䶂 鼠名又音灼出說文加 玓 、瓅明珠色出說文加 檄 符檄胡狄反三加一 覡 巫覡男曰巫女曰覡 敫 的也

蓮實也出說文加 迹起也加 鷁 水鳥或作鷊五歷反三加一 艗 、艏舟頭為鷁鳥 [illegible] 石地惡加 荻 蘿也徒歷反十二加一 狄

北、、 敵 匹又讎敵 翟 、雉又姓漢有上蔡翟方進又音擇 籊 竹竿良 迪 進良也道也蹈也 覿 現

笛 樂器晉協律中郎知善吹笛 糴 市穀米又姓國語有大夫糴茂也 郋 鄉名在高陵 蓧 盛種器 滌

草本旱死出說文加 逖 遠也古作逷他歷反十一加五 倜 、儻不羈 詆 、誂杖猾 趯 趯、跳良 剔 解骨

惕 怵惕憂 硩 周礼硩蔟氏掌覆妖鳥之巢又丑列反加 擿 發動又張草反加 踢 踈踢獸名左右有首出山海經加 䚎

說文云目赤加 鬄 說文云除髮加 績 緝績又則歷反二 勣 功 燩 、、乾燥苦擊反四 擊 傍擊 毄

攷漢書云攻苦毄淡 喫 、食或作𠹭 惄 飢憂奴歷反三加一 溺 、水古作休說文云沒溺篆文云人姓 愵 憂良加說文云

唐寫本唐韻弟三十五葉　入聲

寘、靜本作宋或作家前歷反二加一覭目赤又音遊加覓說文云規莫歷反十加二幦車覆軨幎

覆巾䮭馬多惡糸、細絲又胡許言反鼏鼎盖冪覆食巾又冪羅婦人所戴汨、羅水名在豫章盆

亰所沉家又作濵湨蓂菥蓂加䖑白虎加甓說文云瓴甓瓻甎扶歷反二鷿、鷉鳥名似鳧小壁北激

反二鼊鼅鼊似黿而大湯胡無指爪其甲又黑朱文如瑇瑁可以飾物闃寂靜苦鶪反一郹邑名在蔡古闃反五鶪

伯勞狊說文云犬視從目犬亦獸名獲類脣厚而碧色湨水名在河內鼳鼠名在木上秦呼為小鼲郭璞云似鼠而啼一歲千

斤為殘賊戚親戚說文從戊音越又姓漢有臨轅侯戚鰓倉歷反五加一鼜守夜鼓慼親憂懼亦作慽又近鏚干鏚

斧鉞覡、覡面柔字從匕從小詩本或作戚施加赥笑聲許激反三加一鬩鬩近尺彡云相怨恨𥎊矛也左思吳都賦云長𥎊短兵加

十九

昔往也又姓漢有鳥陽令昔登出風俗通私積反八加一惜悋腊乾肉潟鹹土磶柱下石舄履舄或作䧿雀貌古今注

云以木置履下乾腊不畏泥溼故曰舄蕮車前草鬄說文云髮加積資昔反又資賜反八脊背脊蹐、地

借雀貌古今注云不借草履屨也以其輕賤易不假借於人漢文帝履不借以視朝又資夜反迹迹足迹或作跡蹟

踖敬皃又秦昔反鵖、鴔鵖鶝也一名鈛大於鸖頭下有錢文鰿魚名或作鯽益伊昔反四加一謚

笑良 嗌 喉上漢宣帝崩昌邑王至京師城不哭云嗌痛 鄐 地名加 繹 理也陳也羊益反廿三加三 襗 重祭名報

日肜周日襗 亦 、猶怳也 弈 、、美兒又博弈 奕 大也又輕纍兒、 帟 幕 譯 傳言周禮有象胥傳四夷之言東方言

寄南方曰象西方曰狄鞮北曰譯 懌 悅 斁 猒 驛 馬 嶧 山名在魯 腋 肘 掖 持臂又縣名又掖庭

又姓 䘸 縫 易 變易又姓齊大夫易牙又盈義反 液 津液又姓急就章有液容調 痬 病相染 蜴 蜥、

場 壇、 圛 說文云迴也商書曰圛、者升雲半有半無加 襗 長襦加 射 僕射九月律名加 釋 捨也解散也清

也廢也又姓施隻反十三加二 釋 解与釋略同 檡 拷槖 適 樂也近。足。云之適徂遊往也又姓出何氏姓苑。 奭 盛也出說文。又

郤公君 郝 姓又呼各反 睗 睒睗急視 晹 日無光 嫡 嫁 釋 耕良也 螫 蟲行毒或作蠚 鬄

髢髲又音逖出說文加 夾 盜竊懷物也字從兩入弘農陝字從此從二人者夾字古洽反亚出說文加 尺 昌石反四 赤 南方色赤姓出何氏

姓。苑。 斥 逐也遠也又斥候說文從屰、音逆俗作斥 蚇 、蠖 石 山石又姓常隻又六加二 碩 大 祏 說文云宗廟

主一曰大夫以石為主 鉐 鍮、 䄷 說文云百廿斤也加 鼫 、鼠螻蛄也出說文加 [illegible] 往又施擲歷

二文 炙 說文從肉 墌 址 摭 拾又作拓 蹠 足履踐或作跖 䗪 蟅蛸、、又音 鄭 也古作直隻反

三 [illegible] 、趚 躑 、躅行不進或作蹢 皵 皮細起七亦反五 磧 砂、 刺 太、 趚

廿

入聲

趯 趯趯行皃 湅 水名在北地也 席 薦席又姓安定祥易亦反六加一 夕 暮也字亦 蜀有高士 夕 窀穸

汐 潮汐也 郋 鄉名在臨邛 蓆 大也出説文加 籍 簿籍秦昔反八 一日 簿籍 秦昔

踖 踐踖又八加一 諎 、田錯借也借人以為之 塉 土薄 瘠 病 膌 又七亦反 猎 獸名似熊

出山海經加 擗 撫心房益反五加一 椑 柞 躃 倒 闢 啓 辟 便辟又法也五 刑有大辟 役 古從彳今

營隻反五 [illegible] 燕人呼吹又羊捶反 疫 病 鰕 魚名有四足 焬 出文字集略 熀 竈 辟 必益反五 鐴 土

犁耳 躄 跛 璧 圓玉 襞 衣襞 僻 誤又邪僻芳 腹 癖 病 廦 牆也出説文加

麝 、香食亦反又食夜反二 射 姓吳有中書郎射慈又郎神柘羊謝益三反加 䁺 驚視加也 碧 色也説文石之美者方彳反一

加 彳 説文云小步象人脛丑亦反一加 麦 麦麥並通莫獲反四加一 脈 、、血 霢 、霂

眽 亦作覛 覛 伺 説文云斜視也加 獲 得也又臧獲亦姓晉有大夫獲之後胡麥反六 畫 計策又畫胡卦反 嫿 好皃 劃

錐刀劃 鑊 鼎也又魚名 䨥 鳥名 蟈 螻蟈蛙別名 古獲反四 馘 截賊耳或作聝 幗 婦人喪冠 膕 曲脚 巾或

作 䌟 檗 黃檗博厄反又三加一 擘 、、分也 薜 、、似薜 山芹當歸也又曰山麻 繴 織絲為帶 蹟 捕草反一

稤崢士又一 責 側革反五加一 䶑 齰頭不正 簀 牀丶 嘖 大呼聲加 䇲 馬撾楚責反五加一也

𠕋古作作冊 婧 健急皃也 䶦 齰值 齰相 筴 丶筴亦作策加 䮢 破呼麦反四加一 繣

羽聲 㦊 㦊丶辟快出音詩加 謦 難聲口草反一 覈 實也下草反四 繳 衣繳文領中

又音 礊 石地 翮 鳥羽 核 果中核崔豹古今註云烏孫國有青田核莫測其樹實之形中國者或其核耳大如六升瓠空之

以盛水俄而成酒味甚淳矣 隔 古核反七加二 膈 丶 鬲 縣名在太原又力河名亦姓又音歷 槅 車丶 革

改也獸皮也又姓漢功臣表有責棗侯草來 鰿 丶鰿魚名陸八格韻加 㥽 謹也飾也出埤蒼加 摘 手取陟草反四 謫

責或作謫又丈厄反 獡 犬怒張耳 𣘺 蠶椰或作槅 厄 災也本作戹於革反七加二 搤 持或作扼 軛 車丶

阸 限礙 呝 呝喔鳥聲 豣 豕高五尺曰豣出逸疋加 鼊 鼠屬出說文加 棟 木名 出 潹 小雨 痳

瘵瘵寒白 霢 霢 槭 殞落木白 䫕 驚懼白又音索 𢷈 射中聲普麥反一

廿一

陌 阡陌東西為陌莫白反九加一 帞 頭巾 袹 丶複 驀 靜或作驀 貘 獸似鐵 蛨 虸蛨蟲

貊 蠻丶 驀 丶山 狛 北狛驢父牛母亦作駈驉加 磔 張也陟格反四加一 虴 丶蜢 舴 丶艋小舟艋字

莫杏又 秅 丶栢加 白 長也亦姓左傳晉有大夫伯宗博陌反四 迫 逼丶 百 數名又姓晉趙王倫母曰柏夫人 栢 木名又姓

唐寫本唐韻弟三十七葉

入聲

晉趙王倫母日柏夫人 白 四方色又姓秦將有白乙景傍陌反四加一 帛 幣帛又姓出吳神仙傳有帛和 舶 海中大舟 鮊 魚名加

劇 增也一日艱〻又姓○說燕有劇辛又四 屐 屧 轚 〻車 [illegible] 〻〻 戟 刀戟從卓從戈几劇反三 橶

揥 蕺 大蕺藥名 索 求也或作索所戟反又蘇各反四加一 趚 傷行皃或作𧼧 漈 水名在滎陽 [illegible] 碎石墮地聲出

說○文○也加 柵 村柵測戟反三 諎 磨豆 籍 剌也國語亦〻籍魚鼈 嚄 大嚄胡伯反一 嘖 側伯反三 迮

襍 笮 屋上板又姓吳有笮融 齰 齧也或借作齰鋤陌反四 咋 咬咋多聲咬字烏交反 溠 潨溠水落地 岝

〻客嵤山良 隙 壁孔也怨也閑也綺戟反四加一 郤 姓出濟陽隂河南二望左○傳○晉大夫郤獻子 綌 〻絺 御

廣○足○去膂也加 額 五伯反四加一 鵅 鵅鶹烏名 峉 岝〻 詻 鄭○玄○〻〻詻〻教令嚴加 逆 宜戟反三加一

縌 漢○書○云古佩縌加 䆁 說○文○云〻中加 客 苦格反三加一 喀 吐聲 㱿 說○文○云堅也加 啞 笑聲烏格反二

餽 飢 虩 懼良許郤反一 坼 裂也丑格反二 [illegible] 半步 韄 佩尸飾乙白反一 拍 打也普伯反六加二

小兒 白 憺怕靜也 皛 亦打也又胡了反出蜀○都賦又莫伯反 敀 大杖加人出音○譜加 皃 疾也出說○文○又

父木名

赤也亦盛皃又虜複姓赫連氏其先匈奴右賢王去卑之後劉元海

赤 勅〻以後魏天賜四年王於朔方國号夏以子從母之姓非礼也乃

廿三

云帝王者係為天子為徽赫實与天連因改姓曰赫連氏呼格反三也 嚇怒 爀火色 垎土乾胡格反四加一 垓、[illegible]

䞕、趚倒地 輅輓車當胷橫木加也 格式度量也亦古伯反七加一 佫至 茖山葱 骼骨 觡、

鹿角 鵅鵋鶀鳥名 格擊出說文。加 諽、然虎伯反三加一 漷水名在東海又音廓 砉又呼狊反出莊子加

宅瑒伯反五加一 擇選 澤潤澤又陂澤亦姓出何氏姓苑 鸅、鸅鳥毛名俗五色加 蘀、蘀藥草

車前引名加 虢國名又人姓左傳晉大夫虢射古伯反二加一 敋手打出廣疋。 擭手取一𢪺虢反二 濩、澤𦟮忿 [illegible]

踐也女白反二 搦捉搦字統 𢹂、攎戶工木衛戟反一

合、同亦器名又姓左傳有宋大夫合左師又漢複姓高帝功。白。表。有合傳胡虞閤又音閤反六加三 迨合遝行相及良 郃、陽縣在

固刑又音閣 榙、榙果名似李出𨹪蒼加 枱、榙木名加 詥詥諧出說文。加 閤古沓反六加二 鴿鳥名 合、集

又音迨說文作欱會 鉿、尺鉈 鮯魚名六足鳥尾出山海經 浩、疊地名疊音門加 答當也反六加四 跲跛行恐良

搭打出書。譗加 荅𠀤。名云小豆也加 會說文云對 祫方言云襟答小被加 吧三足沐沓 乱颯 鞡

小兒履或作鞈 馺馬行疾 霅廣疋云雨霅、又音礹衆言 卅說文卅三十直以為卅三十字 複姓思氏後改

為皆氏後合又十三加四 誻講誻或作嚃嗒 遝、合 [illegible]木姓上 沓沸溢 [illegible]、一[illegible]

唐寫本唐韻第三十八葉

譶 疾言 撻 搭撻加 傝 傝㒌不著事 傝字五合反加 蹹 踏踰也加 䃜 夫 今 搭物 頭他合
𨖼 又十三加四 沓 歠 菹 菜生水中 嗒 安 踏 著地 帽 帳上 䓂 漯
㹺 水名在平原 㹺 犬食出說文 亦作誻加 鞳 鼓聲出說文加 佮 合也出說文加二 匕 白太 伯加
雜 組合反四 䪞 斵聲 礏 礏礏山高皃 雥 群鳥 帀 子合反 匝 遍 或作迊 帀 入 拉
拹 折也 盧合反四 摺 敗 䃯 礏 磖 䃯 䶀 䶀 納 內也又姓出何氏姓苑 奴合反五加一 軜 皃 𩸘 字統云 香草
蒳 博物志云蒳如栟櫚子似檳榔可食 軜 驂馬內轡係軾前者 衲 補衲紩也 溘 至也奄也口答反九加一 㕎
匼 閉閤 山左右 匼 容 出字林加 䢔 合相當 㿯 合相當好 廅 短氣 罨 納 署 覆鳥
戶聲 敢 有峯 出字林加 亦出字林
娢 女有心 娢 也出說文加 欱 大歠 呼合反二 疲 病劣皃 㬎 衆聲五 礏 礏 㒆 僋
哈 魚多 皃 盍 何不也 胡臘反七加三 闔 閉闔 說文云門扇 或作閤 嗑 易卦 蓋 嗑 嗑
䛊 苫 靜也 出說文加 蓋 𧀸 蓬 豨出字林加 廅 古盍字加 臘 㯿 說文云人姓 臘 蠟 俗作臈 盧盍反六 𧍸 鼠
鑞 錫 擸 折 又擸擸破壞 蠟 蜜 躐 𨅖 敝 皃 皷 都盍反四 㧺 大 搨 打
或作 𨥣 擸字才盍反 𪁫 皃

盍

手打或作搶砝擸地聲又竹盇反剳相著聲一日剳鈎榻林或作榻吐盍反十四加一艓兩檣大船毦、毼

魚名似翦、布傝、劣又傝㑃不謹犬䑽食字古盍反誻、譶多言譶、

鉿、鞈鼓聲又他荅反塔佛圖搭、摸嗒、然忘懷出莊子加㗳大歠盍反一鰨

魚名奴盍反一蹋踐也徒盍反二闒門樓上屋傝傝𠍼不謹傝私盍反一傝不著事五盍反㚔惡人姓

出纂文北海有才盍反二搕揭搕和雜顪、車領骨古盍反三譶多言盍姓漢有盍寬饒字書作郒榼

酒器苦盍反三加一磕石聲禬、襠加鰪、鰈魚名女盍反二盇說文云覆蓋

洽和也侯夾反五加一狹隘古作陿祫祭名峽、石縣名加恰用心苦洽反五掐爪、帢巾帢著帽

䁢目陷劄入夾持也古洽反九郟、鄏地名在河南又姓左傳大夫郟張筴著也鋏箭具又音頰鞈

韐韋蔽膝跲躓蹶裌複衣䀫眼細諳餄、餅癘、蹄足病𨑬行書士洽反三煠

湯、騙馬驟眨目動側洽反三𤴓、偈小人皃𡱇薄小插剌入楚洽反四臿舂去皮或作𣂕疀作𨫼

𩌏鞭鍤鍫扱、鮯、䶎鼻息呼洽反三欱小𪉥歃氣逆囗手取物女洽反霎小雨

山洽反二歃、血又山輒反箚剌著竹洽反一踗跛行皃鳥洽反二凵下或作容臉坪蒼云視皃五夾反一加

唐寫本唐韻弟三十九葉　入聲

五

狎 習也胡甲反六加一 匣 箱 翈 翮上短羽 霅 衆言聲又杜甲反人霅陽障在樂浪又音颯 泆 、水凍相著 柙 檻也

以盛蓆虘光出說文加 渫 文甲反二 喋 嗟喋鳥鴈食嗟字所甲反 甲 、兵又甲子古狎反六加一 胛 背、 梜 木理亂

柙 、櫳壁 岬 山側 鉀 音○言○云鐠鎧屬今單作甲加 鴨 水鳥或作鴄鵖烏甲反五加一 壓 鎮也降也 庘 屋壞

家屋 审 人神脉剌穴 閘 開閉門出說文加 臿 舂去麦皮初甲反一 翣 飾棺形如扇以木為筐禮天子八諸侯六卿大

夫四所甲反三 [illegible] 豕毋 啑 、、啑 呷 喤呷衆聲呼甲反二 譀 諺誕

卅六

葉 枝葉又姓又書涉反四 楪 、榆縣在雲中 揲 、度 鍱 、鐵、 接 交接又姓三輔決錄有接郎葉反六 椄 續、

睫 目、 楫 舟楫又作檝 婕 、妤 菨 菨水草可食 攝 兼也錄也書涉反四加二 灄 水名在西陽 葉

縣名又余涉反加 歙 歙歙又許及反加 涉 徒行度水又姓左傳晉大夫涉佗時攝反一 獵 取禽獸良涉反五加一 鬣

鬚、 躐 踐 [illegible] 目音 儠 說文云長壯良加 捷 獲也姓漢書疾葉反二加一 寁 速也出文字指歸加 䐑 細切

十 [illegible] 下入又直立反 [illegible] 、、輒反一 [illegible] 於尼輒反九加四 聶 人姓聶州聶政 躡 蹈 鑷 、子

人捷 㚔 促或 睪 大聲 司視也說文云目捕罪加 騳 說文云一步也加 籋 說文云箝也加 謵

芼

言北涉反四　聶樹葉動皃　姑輕薄　䛕、讘細語　讘詀讘又孙讘縣名在清河丙涉反二　顳、顬鬢骨

讋多言之涉反七加三　囁口動皃又而涉反　懾怖　慴伏　慹司馬彪莊子注云慹不動皃又音捻加　霅

說文雷霅皃又蘇合胡甲杜甲三反加　摺、疊出字林加　妾七接反五加二　[illegible]續　鏶鐵炙　淁水名出說文加　鯜

魚名　鍤綴衣針丑輒反一　极驢上負极其輒反三加一　笈負書箱　衱礼注云衱文領加　輒陟葉反三　耴、耳

国名出山海經又取拈也　襵衣襵又之涉反　曄光也筠輒反又為立反三　饁餉田　爗煒爗火盛　[illegible]少氣去洽

反　萐、蒲瑞草山輒反三　箑扇　歃、血又所洽反　緁縫也居輒反一　厭惡夢於葉反又於琰反一

怗安也他協反八　怗、　[illegible]小鼓無聲　鉆、著物　鞊鞍、　貼以物質錢　跕、屣又丁協反　[illegible]

小諧　協和也古作叶胡頬反五加一　劦同力也出說文　勰思　挟、持　俠任俠又姓戰國有韓相俠累　頰、面

籀作文頬古協反六　鋏長鋏鉗　筴蓍莢榆莢皂莢　蛺、蝶　唊、多言出字林　愜心愶反二　匧

籀、　牒書板曰牒又虜姓後魏書牒云氏後改為牒氏徒協反十五加三　喋便語　蹀

疊細小走聲　氎細毛布　褺重衣　曡重　轞車聲　蝶

又丈甲又加　𪇅鳥名狀如鵲赤色兩手四足可以禦火出山海經加　黠、黔首出音譜加　擪

唐寫本唐韻第四十葉

入聲

廿六

病劣皃奴協反八加二 埝 暗聲 暬 晦暝 諗 聲絕 捻 ˎ指 鍂 小釘 切

云塞也加 燮 和也說文從言又 又蘇協反六加一 屧 屐 躞 躞ˎ蹀 韘 射韘

字指歸云從辛炎反加 ⿰夾瓦 蹈瓦聲盧協反一 聑 耳垂皃丁多反四 咠 言 㩉 [illegible]

草藤在協反一 浹 洽也浹辰十二日也子協反二 浹 ˎ漆又音狎 弽 弓弽呼楪反二 睫 目閉日

緝 績也人入反二加一 葺 脩補加 十 數名楚執反三 什 篇ˎ 拾 收ˎ 執 之入反五加三 汁 瀋

⿰執阝 縣名在北海加 ⿱執金 廣疋云羊捷加 ⿱執女 字統云至也加 習 學也因也又似入反五加二 襲 重也合也又掩襲 隰

原隰又姓隰朋齊大夫 鰼 魚挾如鵲而十翼鱗注翼如鵲鳴加也 騽 ?騽神執反加 集 聚也秦入又五加三 輯 和

揖 冊撎又音接 亼 說文云三合從入一之類皆是又子入反加 咠 說文云詞之集也從咠十加 入 又執反二加一 廿

說文云二十也今人直以爲二十字加 揖 ˎ讓又集伊入反二 挹 酌 澀 水露俗作濕失入反二 聑 耳鳴 ⿰口集 嘷嗅

入又唪字補各反五加二 潗 泉出 ⿰糸集 合也人夷質反 湒 雨皃出說文加 咠 說文云聶語也詩云咠咠幡幡加 皃姊

及 其立反二 芨 冬ˎ 縶 繫馬脚立反三 霵 小澀 馽 馬絆 蟄 ˎ蟲直立又五加三 ⿰月咠

入 說文

一 熟文

蘿

芁

肉生羊 俋 俋〻然耕皃出莊子加 𡰯 𡰯〻屆足前後相次屆字初立反出蒼頡篇加 譶 譅譶言語言不止皃 立 行立又複姓

如字一 䶄 齚䶄聲 粒 米〻 笠 雨笠本草呼破笠爲敗天公 䲯 水狗鳥也說文云謂之天狗說文云小青鳥似

白止又二三其立反 𨽸 臨出延足加 急 〻疾苦立反六 給 供給又人姓何氏姓苑 汲 〻引亦郡名在衛又

姓漢有中尉汲黯河東人 伋 孔伋字子思 級 階〻 芨 烏頭別名 泣 無聲出涕去急反三加一 𥈐 欲燥 湆

羹汁出字統加 [illegible] 小兒履光立反三加二 卌 〻字統云[illegible]把說文云數也今人直以爲四十字加 䨮 字林云雨皃又美霫東北

夷名加 吸 內息或作噏許及反五 歙 後漢有來歙又縣名在歙州舒涉反 翕 火炎一曰起又斂也合也 𧬂 〻評語聲 潝

水流皃 澀 色立反五加二 鈒 戟 霵 小雨聲 濇 不滑出說文加 [illegible] 〻言語加 戢 止也斂也阻立反六

加一 䁒 濈出皃 鰼 魚多皃或作鱡 㗊 衆口 蕺 菜名 濈 和也出說文加 邑 縣也又複姓有邑田氏楚大夫養

由氏後避仇改焉晉東莞莒縣有邑由義弟爲郡功曹主簿於汲反五加一也 悒 憂 裛 〻香又於怯反 浥 溼潤

𩛥 食飳 湁 〻湒沸皃田入反一 熤 火皃爲立反三 曅 曅曅又筠輒反 熠 〻燿羽入反 [illegible] 戢羽

聚皃出字林尼立反二加一 漝 湒漝水文皃加 屆 〻足初戢反一加 斟 字統云會聚也昌汁反一加

藥 說文云治病草又姓後漢有藥萌陽太守河內藥以灼反十四加五 躍 跳 礿 祭名或作禴 籥 樂器以竹爲笛 鑰

唐寫本唐韻弟四十一葉

入聲

開、瀹 煜爚光明 櫟 〻陽縣又音歷 龠 量器名出說文加 [illegible] 白〻嬌加 [illegible] 岸上見人 敫 光景流加 鬻

內肉湯中薄出之並出說文加 略 簡略謀略又姓出何氏姓苑云今零陵人離灼反五加三 [illegible] 紩 擽 從手字統出擊也作掠劫

人財又音亮加 䂮 逆足云利也或作䂮晉有褚䂮加 蟝 渠蟝朝生暮死蟲一名蜉蝣加 腳 居勺反二 屩 草履 灼

燒灼之若反十一加一 斫 刀斫又姓有斫胥氏何氏姓苑今云平陽人 彴 橫木渡水 [illegible] 痛 勺 周公樂名又複姓般人六

族有古尸勺二氏也 酌 〻〻酒〻 繳 繒〻 焯 火氣 [illegible] 五穀皮又音桔也 妁 字林云媒介斟酌二好之宜曰妁又音妁 謶 〻

欺也出廣足加 爍 灼爍書藥反五加一 鑠 銷〻 獡 犬驚 嬫 美好 爚 儵爚光白又音藥加 若 如也順也亦作

若兩灼反八加一 著 杜若香草 弱 芀〻 鄀 地名在襄陽 箬 竹箬 楉 〻榴石榴加 蒻 荷莖入地處又

茉名出蜀 溺 水名出龍道不勝鴻毛又奴歷反加 綽 寬也說文作繛昌約反三 [illegible] 大脣白𡵂[illegible]𡵂字言懷反 婥 〻約

〻美〻好 約 〻束又儉約亦姓韓子有古賢者約續於略反又於笑反二加一 葯 白芷葉出廣足加 卻 退俗作却去約反二 [illegible]

一酷也魚約反二 瘧 病 謔 戲也虐約反一 妁 媒也市若反四 杓 杯〻 仢 〻約流星 芍

芍藥草又香可和食芍字張約反藥字良約反又芍

陂在淮南七削反又蓮芍縣在馮翊之若反亮菧草名胡了反 [illegible] 似龜而大

丑略反四加一 婼 叔孫婼魯大夫 逴 田逴行皃 辵 說文云乍行乍止從彳止聲凡是辵之屬皆從辵 削 刻削息約反一

斮 斬也側略反一 爵 封古作䨝爵俗即略反三加一 雀 鳥 爝 炬火莊子云日月出矣而爝火不息又音嚼加 皭

靖埤蒼云白色在爵反三 嚼 噬 爝 炬火 鵲 字林云䧿七雀反七加四 趞 行皃 踖 行國皃七 碏 敬也又姓衛大

夫石碏加也 芍 破石在壽春加 棤 迹足云泟木皮甲棤亦作散加 舄 人姓纂文云古舃字加 噱 嗢噱笑不正其虐反三 蹻

舉足高 [illegible] 須臾亦倦 嬳 作姿憂縛反二加一 彠 廣疋云度入加 縛 繫也苻玃反一 矆 大視或作矆許縛反三加

一 彏 弓弦急又居縛反加 戄 驚戄又視遽皃也加 籰 所以收絲從隻王縛反一 玃 大猨遽縛反五加一 趯 大步

也 钁 方言云關東名曰鹵斫 欔 欂 矍 視遽說文云隹欲逸走從又持之加 芍 藥香草張略反三加二 著

又直略反加 碏 說文云斫也加 躩 說文云足躩如也丘縛反一

鐸 大鈴又姓左傳晉上軍尉鐸遏冠徒落反十加三 剫 治木 𢜬 村忖 踱 跳足蹋地 澤 叫云冬冰之冷澤

度 量也音渡 襗 褻衣 頙 顫出說文加 䜠 欺出廣疋加 [illegible] 亼 說文

云日冥也從茻音莽亦虜複姓五氏西秦錄有左衛刺史莫侯春後魏末有亂寢莫折念生又有莫輿涼州虜三字

好姓周太賜盧寧楊纂姓莫容慕各反十加二 幕 帷幕又姓風俗通祖能頭者後 莫 縣名 莊莫

唐寫本唐韻第四十二葉

入聲

州亦人姓 膜〻肉 鏌〻鋣劍名 摸〻㩉又莫胡反 漠〻沙 瘼病 𥨒〻

落零落盧各反廿加一 絡〻絲又姓 雒字林云雒鶆鳥又姓絡雒並出何氏姓苑 烙〻

酪乳 樂喜也五角五教二反 轁 錯 轢書 䨯洛 笿〻蘿 硌〻

䩯生草 剢去木 馲〻駝又音馲託 駱魚名又五格反 䮾鼠名 格欂櫨出音譜加 夏說文云零加

託他各反十二加四 袥開衣令大 拓手承物又複姓二氏周王 橐無底囊 魠魚名 籜〻 柝

擊柝或作欜 馲〻駝〻加 跅〻弛不遵礼度加 蘀草木葉落加 侂說文云寄也又勑加反侂傺失志皃

加 作為也起也又臧邏臧洛二反加三 柞木名又音昨 鑿精細米從臼 錯鑪別名又雜也倉各反四加一 厝礪石

䱜魚名 逪說文云交道也加 各古落反四 閣樓閣亦姓急就章有閣並許 格枝 胳腋 恪

敬也又姓晉有郎中令恪啓苦各反一 愕驚也五各反十一加三 鄂国名在武昌又人姓漢安平侯鄂君 諤謇諤直言 㟧崖〻

鍔劍端與鍔 鶚鳥名 鰐魚名 萼花〻 噩歲在酉日作噩事出迩疋加 咢口中齗咢出字統加

蝁似蜥蜴長丈居水中潛吞人出說文加 惡烏各反又烏故反三 堊白地名 𡎸玉 䫈面大皃匹各反五 濼

。䋨云日〻加〻 瓔〻

厂大

白皃

陂或作濼 粕糟々 髆割肉 轉車々 泊止也傍各反五加一 亳国名 箔簾 薄厚薄又姓漢帝

々薄 礴盤礴石 矐羕矐呼各反々又晧反五 鄗縣名光武改名高邑 壑丘々 蠚螫 郝

索盡也散也又所戟反四加一 㯓摸々 溹水名在滎蒙陽又所戟反 䕻加 々韄 涸水竭下各反六加一

洛々澤水名 鶴似鵠長喙 貉狐々 佫人姓 矐望也出埤蒼加 昨々日又羌複姓有昨和氏在各反十一加 酢

酬々 莋縣名在越巂 怍慚慙 鑿穿 鑿鏨 筰竹索西南夷尋之以渡江 柞木名又音

作 牸山牛 岝々崿山高皃 䅊地名在蜀亦作秨出蒼頡篇加 愽廣也又姓愽勞善相馬補各反十二加四 髆肩々

爆白於火 搏手擊々 鎛鐘磬上橫木 嚩々集嗼良嘆字子入反 襮衣領 鑮大鐘 簙六簙棊類

出說文書本單作愽加 蜅々嗼蝗蜋卵加 獏水名加 䩧々鞑獸名似羊九四尾耳目在耳後出山海經加 諾奴各反一

霍揮霍又姓武王弟霍州之後虞郭反七加三 霩雲霄良也 𦗼鷙視 藿豆葉香草 矐目開良出字林

加 曤明也出字林加 彍張也或作彏說文云張弓弩開元十三年置彍騎又音郭加 鄗郭亦通城郭又古博反三 崞

縣名在鴈門又山名 槨棺々 艧丹也烏郭反三 蠖蚇蠖虫々 䨼味薄 穫刈穫胡郭反五 㦜心動良 檴

々落人名 鑊鼎々 㸌々熱 廓虛也苦郭反三加一 鞹皮 漷水名在魯出說文又許虢反加

卌一

唐寫本唐韻第四十三葉　　入聲

韒 主也字林言微又姓風俗通漢有山陽令職洪之翼反六加一 織 組織 膱 油敗 蟙 蟙蟔虫名蝙蝠別名 蘵 草名似酸

漿 膱 脯長二寸曰膱出儀禮也加 直 正也除力反一 力 力筋又人姓黃帝佐力牧之後林直反六加二 朸 縣名在五原 屴 峷屴

、崱山皃 仂 不懈 鴋 似鴨而小亦作鶆出字統加 鶆 趙魏間呼鶆出方言 勑 誡也古作敕恥力反八加二 飭 密

又整也又備也 淔 水名 趩 行聲 栻 句又木名 恜 憂皃 侙 意慎侙侙 鷘 鸂鶒鳥或作鷘 敕 方言云趙

魏間呼打加 陟 升也竹力反二 稙 早禾 食 飲食又獻名博开用也又姓風俗通有博士食子公河內也乗力反二世

蝕 日月蝕說文敗瘡也亦蟲 息 止也嬎息也相即反六五加一 橞 木名 鄎 新息縣在豫州 瘜 惡息肉 熄 火

謂種火加 蒠 菲蒠別名出近足加 寔 實也是也常職反五 湜 水清 殖 多也生也 植 種 埴 黏土古文

作戴 識 常寔反六加一 式 法也敬也用也又人姓出何氏姓苑 拭 拭 軾 車前 飾 裝飾 絨 方言云趙魏呼

經而未緯者為機絨 絁 火赤許力反二 䙗 傷痛其心現書傳 崱 崱屴山皃士力反一 匿 藏也女力反二 䵑 蟲蝕

門 度也初力反三 惻 愴惻 畟 畟畟陳器狀又音即 憶 於力反十加一 臆 胸臆 億 萬億又度也

糸 醷 梅漿 檍 木名 薏 薏苡蓮心 鷾 亦鷾鴯燕 蟟 頭出小蜂 繶 皮鞮止力

一反 色 所力反七加一 歃 小怖 嗇 愛惜又姓出何氏姓苑 轖 馬車下絡帶 穡 稼穡種曰稼收曰穡 薔 薔菜

轖 字書云車藉交革加 殛 誅也紀力反六加二 極 急性相及 襋 衣領 棘 小棗亦戟名又人姓出左傳云棘本

姓棘先人避難改為棗氏蓋大夫棘子成之後 亟 急也又音氣數也加 璘 埤蒼云垂璘地名出美玉加 弋 繳射亦姓出姓苑与職

又十四加二 翊 馮翊郡又輔翊 翌 明日 廙 敬也又音異 默 皂 翼 羽翼又姓漢有諫議大夫翼奉晉翼侯之後

趩 趩走 隿 繳射或作弋 蒐 鶇蒐 㚤 婦女官 潩 水名出密縣大騩山 杙 菓木名實如梨 廙 說文云田

器 趩 說文云趩進趩如加 即 就也亦人姓風俗通有草父令即費又複姓有城陽相齊人即墨氏子力反九加一 稷 五穀之揔名

一日黍屬 稷 木名似松 櫻 牛名 蝍 蝍蛆蟲又子結反 畟 迫良 鹹 揤 揤裴縣在魏郡裴字音非 禝

社稷又人姓風俗通云后稷之後 畟 說文云理稼畟之進也詩云畟畟良耜又音測 逼 迫也或作偪彼側反二 皕 二百 堛 塗

一一五 罭 魚網 棫 木叢 蜮 短狐 𢦏 字林云大力良加 洫 溝洫况逼反五加二 闞 很 緎 羔裘縫

淢 疾流也出說文知加 洫 清淨 堛 土由 芳逼反九加二 愊 悃愊至誠 驓 羊 䮘 饑 鐵

䎗 聲 稫 稫稄禾密滿良 副 析也礼注云為子副之花者副之巾以稀加 逼 滿言 加一

具 日 揊 打 仄 陌 左傳云 廑 蘆 菖 賨是名附子一歲為附子二歲為鳥喙之 騣

唐寫本唐韻弟四十四葉　入聲

側 仄 傍 說文云 側頭加 愎 很也 苻逼反 又二加一 輻

一 又 嶷 岐嶷 魚力反 又三加二 疑 崇盛 嶷 疑 譍

又二 稷 字林云 耕也加 極 渠力反 一 德

加一 在張 槓出地理 貣 取出 說文加 則

禮說云祭用數之切 芀 蘿芀 香菜名胡荽 勒 忒 得 匿 慝

從人求物 古說文 刻 得反 又三 克 能也 剋 自 特

假 貳 又音 式 字從弋 棫 食禾蟲 黑 北反 又三 潶 水名 在 默 聲 墨 筆墨

雜是 莫北反 又六加一 默 靜 作 冒 莫報反 又 蠌 纆 索 万 万俟 複姓 北齊

昨則反 又二 鰂 或作鯽 魚名 塞 蘇則反 又蘇代 說文云

北 南北 亦奔也 博墨反 又一 菔 蘆菔 蒲 𤘼 匐 匍匐 踣

或 不定 胡國反 又三 惑 迷 蜮 蟲名 短狐 說文

鴦鴦悲食之年國郲國又姓太公之後左傳齊有國武古或反一餘嚏饈聲墨反一刼作頰帶八頰伴亼一䏰

似蝱而小斑从虯反三䏰字統云誒也又日日無光䄎衣白襟

又六加二鄴縣名在襄州又姓風俗通云漢有渠令鄴循驜驜馬高大良嶪嶪山良加㠖

髺者板加萌篋上懸鍾劃續出文䝨會留謶𪄲氣懾以懼相思懾出鄴宕加

怯去劫反又一加劫強取居怯反二加二衱領褸𦚧鰪䲗魚亦作𧎨鰪鮑於劫反六蜐南越志云石蜐生石形如龜腳得春

雨則生花加罨鳥網又烏合反二又四裛書囊又文字要略云裛坌香又於及於鄴二反䅖科䅖種殗殗殜不的白孫字音業

乏房法反匱也一法方之反則亦作灋正一猲起法反恐受財猲恐猲猲言一姂好貌

第七類

五代本韻書

第七類　五代本韻書

這一類是在刋謬補缺切韻和唐韻以後所產生的韻書，分韻多，收字廣，而且注文也比較繁富，是其特點。這裏所收的有切韻唐韻序兩種，寫本韻書殘葉一種，五代刻本韻書四種。

切韻唐韻序寫本包括陸法言序、長孫訥言序、郭知玄序和孫愐序。陸序、長孫序、孫愐序在文字方面都與以上幾類書中所有不盡相同，而與廣韻卷首所載幾乎完全一致。另一種寫本韻書殘葉也是時代很晚的書，所以與五代刻本韻書歸為一類。

五代刻本韻書，伯希和編號極為錯亂，內容也比較複雜，現在根據平、上、入三聲韻次排列。刻本情況，詳見下編考釋。

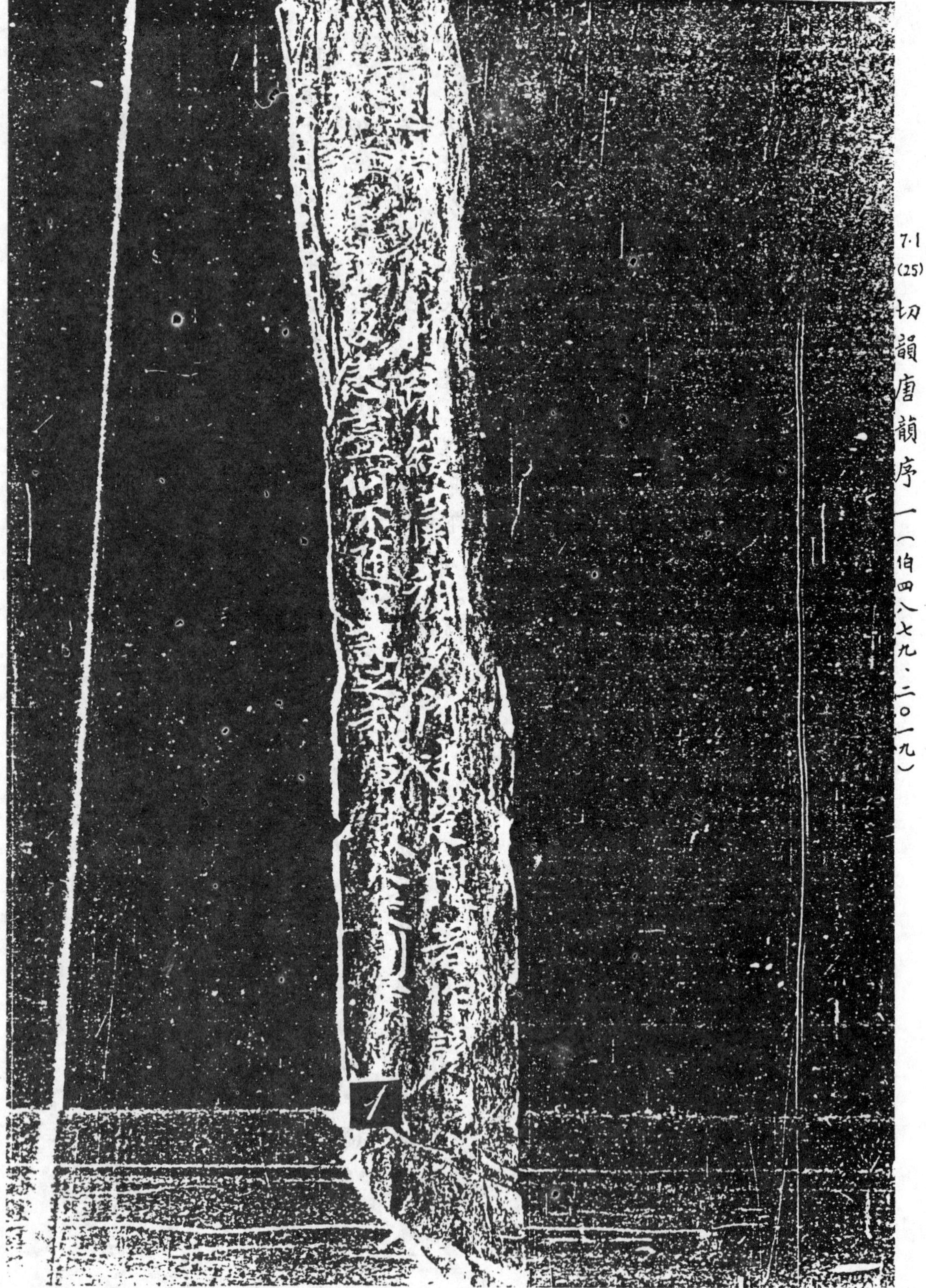

7·1 (25) 切韻唐韻序一（伯四八七九、二〇一九）

（接前）

[illegible]辯殆得精華於是更涉餘學兼從薄宦
十數年間不遑修集今反初服私訓諸弟子凡有文藻即須聲韻
屏居山野交遊阻絕疑惑之所質問無從亡者則生死路殊空
可作之歎存者則貴賤禮隔以報絕交之旨遂取諸家音韻古今字
書以前所記者定之為切韻五卷剖析毫釐分別黍累何煩
泣玉未得懸金藏之名山昔怪馬遷之言大持以蓋醬今歎楊雄
之口吃非是小子專輒乃述群賢遺意寧敢施行人世直欲不出
戶庭于時歲次辛酉大隋仁壽元年　訥言曰此製酌古沿今無
以加也然苦傳之已久多失本原差之一畫詎唯千里見炙從肉莫
究厥由輒意形聲固當從夕及其晤矣彼乃乖斯若靡馮焉
他皆放此須佩經之隟沿之餘搜其紕繆旁求得失銀鉤
[illegible]

但若攷之須俶經之隟雨之餘指其紕繆曉慈得失銀鈎
豕亥羣渉樆行拔魯魚盈貫遂徵金篆遐泝石渠略題
意詞仍記所由之典亦有一文兩體不得備陳數字同歸惟其擇
善勿謂有增有減便慮不同一點一撇咸資別據其有類雜竝為
訓解傳之不謬庶埒　云于時歲次丁丑大唐儀鳳二年　前
州多田縣丞郭知玄拾遺緒正更以朱箋三百字其新加無
反音者皆同正音　陳州司法孫愐唐韻　蓋聞文字聿興
音聲韻乃作蒼頡爾雅為首詩頌次之則有字統字林
韻集韻略述作頗衆得失平分唯陸生切韻盛行於世然隋
珠尚類虹玉仍瑕注有差錯文復漏誤若無刊正何以討論
我　國家偃武修文大崇儒術置集賢之院召才學之流自開
闢以來未有如今日之盛上行下效比屋可封輙罄搜文敢補遺
闕兼習諸書訓解州縣亦據今時字體從木從扌著彳著

閱兼習諸書訓解州縣亦據今時字體從木從扌著亻著

彳施殳施支安尔禾並悉具言庶無紕繆其有異聞奇恠傳說

姓氏原由土地物產山河草木鳥獸蟲魚備載其間皆引憑據

隨韻編紀添數家勒成一書名曰唐韻蓋取周易周禮及按三蒼爾雅字

統

7·2
(26) 切韻唐韻序二（伯二六三八）

削疏緩蕭顏多所決定魏著作謂法言曰向來論難疑處悉盡
何不隨口記之我輩數人定則定矣法言即燭下握筆略記綱紀
博問英辯殆得精華於是更涉餘學兼從薄宦十
數年間不遑修集今返初服私訓諸弟子凡有文藻即須
聲韻屏居山野交遊阻絕疑惑之所質問無從亡者則生
死路殊空懷可作之歎存者則貴賤禮隔以報絕交之旨遂取
諸家音韻古今字書以前所記者定之為切韻五卷剖析
毫氂分別黍累何煩泣玉未得懸金藏之名山昔怪馬遷
之言大持以蓋醬今歎揚雄之口吃非是小子專輒乃述群賢
遺意寧敢施行人世直欲不出戶庭于時歲次辛酉大隋
仁壽元年 訥言曰此製酌古沿今無以加也然苦傳之已久
多失本原差之一畫詎唯千里見炙從肉莫究厥由輒意形
聲固當從夕及其晤矣彼乃乖斯若靡憑焉他皆倣此須
佩經之隙沐雨之餘揩其紕繆疏得失銀鉤剕闕當不
成群溫䣛行披魯魚盈貫遂徵金篆遐泝石渠略題會
意詞仍記所由之典亦有一文兩體不得備陳數字同歸惟其
擇善勿謂有增有減便慮不同一點一撇咸資別據其有
類雜並為訓解傳之不謬庶埒 云于時歲次丁丑大唐儀鳳
二年也…青州多田縣丞郭知玄拾遺緒正更以朱箋三百字
其新加無反音者皆同上音 陳州司法孫愐唐韻
…文字聿興音韻乃作蒼頡爾雅為首詩頌次之
則有字統字林韻集韻略述作頗眾得失互分唯陸生
切韻盛行於世然隨珠尚纇…

Pelliot 2638

則有字統字林韻集韻略述作頗衆得失互分
切韻盛行於世然隋珠尚類虹玉仍瑕注有差錯文復
謬誤若無刊正何以討論我 國家偃武修文大行儒術置集賢
之院召才學之流自開闢已來未有如今日之盛上行下效比屋可
封輒罄謏聞敢補遺闕兼習諸書言訓解州縣名目[illegible]
體從木從扌著彳著亻施文施攵安爪禾並悉具言庶無紕繆
其有異聞奇怪傳說姓氏原由土地物產山河草木鳥獸
蟲魚備載其間皆引憑據隨韻編紀添彼數家勒成一
書名唐韻蓋取周易周禮及按三蒼爾雅字統字
林說文玉篇石經聲韻聲譜九經諸子史漢三國志晉宋
宋後魏周隋陳宋兩齊本草姓苑風俗通古今注賈執姓氏
英賢傳王僧孺百家譜國何晏集韻文選諸集孝子傳
輿地志及武德已來創置迄開元三十年並列注中等夫尋補
沉冗天文集撰上陳 天心又有元青子吉成子者則汝陽侯
祭之曾孫草木好古博通内外直祿巖嶺吐納自然孤志[illegible]
隸篇神農子涉淵無事希夷純煙悠忽風虛靈巖怡情
第史籀廣覽群書欲令清濁昭昇之士有終日而忘食有
連宵而不寐按搜神記精怪圖山海經博物志四夷傳大宛
國記西域記西[illegible]傳漢纂[illegible]論證俗方言御覽字府
及九經三史諸子中遺漏要字訓義解釋多有不載[illegible]
[illegible]細言之研窮其旨[illegible]思鄭重詳思畢事
[illegible]園孫氏之金[illegible]之寶貝之而已哉豈[illegible]
[illegible]

Pelliot 2638

其覽者去疑宿滯者[illegible]
而迷之有可細不可行之及古體有依約之並採以為證庶
無壅而昭其憑起終五年精成一部前後總加四万二千三百
八十三言仍篡録石經勒成存正體幸不譏繁于時歲次
辛卯天寶十載也　論曰切韻者本乎四聲紐以
雙聲疊韻欲使文章麗則韻調精明於古人耳或人不
達文性便格於五音為定夫五音者五行之響八音之和四
聲迭在其中矣必以五音為定則參宮參羽半徵半商
引字調音各自有清濁若細分其條目則令韻部繁碎
徒拘桎於文詞耳

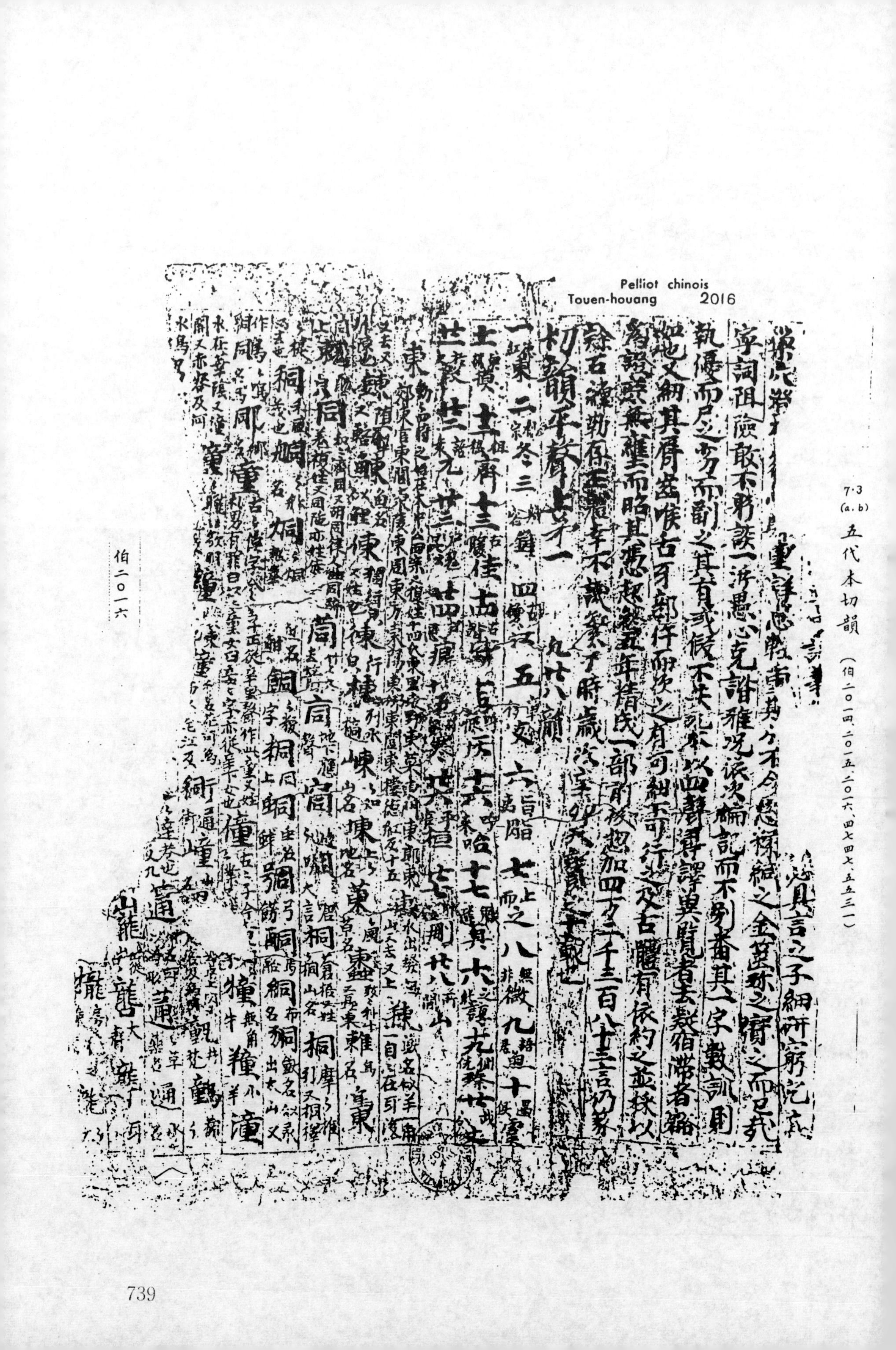

7·3
(a.b)

五代本切韻

（伯二〇一四、二〇一五、二〇一六、四七四七、五五三一）

伯二〇一六

切韻平聲上第一

言　　必具言之子細研窮究其
巢穴澄　　鄭重詳思輕重其分不令愚糅紙之金篋珍之寶之而已哉
字詞阻險敢不躬談一沂愚心克諧雅況依次編記而不別畨其一字數訓則
執優而尸之劣而副之其有或假不失元本以四聲尋譯冀覽者去疑宿滯者豁
如也又紉其脣齒喉舌牙部件而次之有可紉不可行之及古體有依約之並採以
爲證庶無壅而貽其憑起終五年精成一部前後惣加四万二十三百八十三言仍篆
隸石經勒存正體幸不譏繁于時歲次辛卯天寶之十載也

切韻平聲上第一　凡廿八韻

一東德紅　二冬都宗　三鍾職容　四江古雙　五支章移　六脂旨夷　七之止而　八微無非　九魚語居　十虞遇俱
十一模莫胡　十二齊徂嵇　十三佳古膎　十四皆古諧　十五灰呼恢　十六咍呼來　十七真職鄰　十八臻側詵　十九文武分
廿一殷於巾　廿二元語袁　廿三魂戶昆　廿四痕戶恩　廿五寒胡安　廿六桓胡官　廿七刪所姦　廿八山所閒

東動〻四時之始在木中公西宗又複姓十四氏東里東野東萊東門東郭東郊東官東閭東陵東周東方東陽東鄉東閤東樓德紅反十五　涷水出發鳩山又去又山　羴獸名似羊一角一目〻在耳後
又去又音陳也　鍊又轄　鰊陳墜犁魚名魚似鯉　倲獨行皃又姓也　倲行　棟〻樀　崠列水〻如崠上〻山名　埬地名　菄〻風草名　蝀螮〻又𧍱東　鶇鳥名
同上　䵝醜皃　同和〻齊同又胡同律人姓同蹄羗複姓又同陁亦姓徒　筒竹〻又去箭　筩同聲　峒地下應通　哃〻嘈〻大言　桐蒼梧又姓〻桐山名　侗同引又桐禪　犝〻摩〻推
〻提又去也　秱木盛　舼同〻船名　烔〻烔熱氣　鮦魚名　魚　餇字　粡〻糉　蚒上虫　䳋同弓　衕同馬　絧同布　狪獸名似豕出太山又　鐵酪名
作鳴〻嗚　狪同名鳥　郋鄉名　童古〻僕字今童子正從辛里聲作从童又姓礼男有罪曰奴曰童女曰妾〻字亦從辛下女也　僮〻僕又　童目〻　憧無角牛　子　穜小羊　潼
水在華陰又潼關又赤容反河　瞳〻朧日欲明　童裴東　童木名花可為布　宅江反　衕通街　幢山名
水鳥　了
遼巷也　反九　筩竹名可以爲眼　蓪〻草藥名　通水名　𪏆民井云車上网又尺容反鳥同　鶇〻　䴅〻
龍山〻　巃〻嵷山皃　礱大聲　聾耳
櫳房〻　龍〻

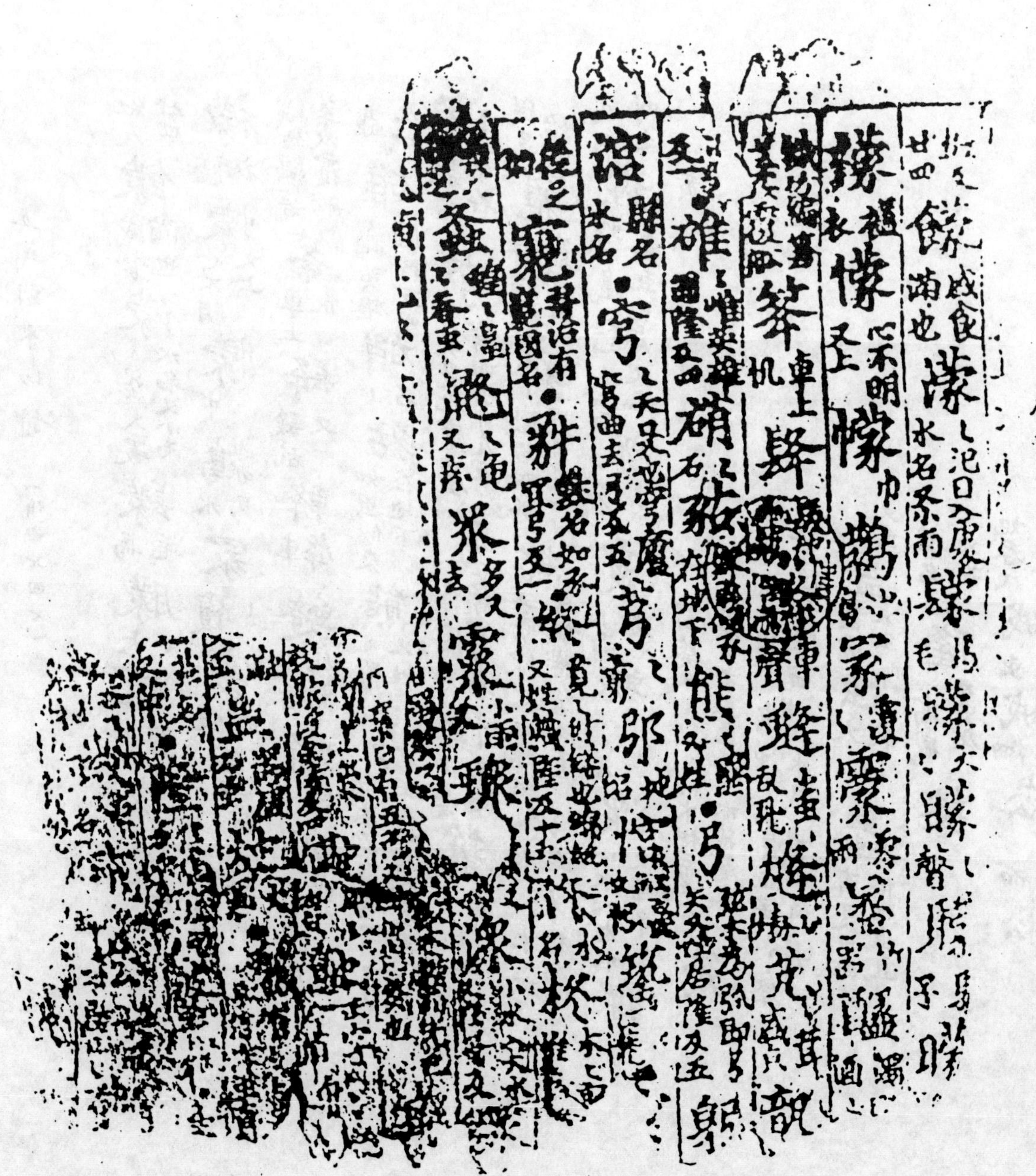

伯四七四七

紅反甾皿饛盛食滿也濛〻汜日入處水名又小雨⿰髟蒙馬毛朦〻大矇〻瞽⿰馬蒙馵子曚

⿰衤⿱蒙皿衣懞心不明又上幪巾鸏水鳥冡〻覆霿零雨⿱冡皿竹器⿰酉⿱冡皿濁酒

織竹編箬菉以覆舩篷車上帆鬔鬉乱又䡫車聲鏠小舌乱飛熢〻㶿芃〻茸盛皃⿰音凡

蟲反一·雄〻雌英雄囲隆反四硝〻石⿰豸古如虫似豕在地下熊〻羆又姓·弓弦木為弧即弓矢又姓居隆反五躬

⿰氵宮縣名水名·穹〻天昊也穹廬穹曲去弓反五芎〻藭⿰弓阝地名⿰忄宮〻憂又怨⿱穹虫〻蠪·[illegible]

從足始竆犇治有竆國名·⿰豸充獸名如豕置弓反一·終〻竟〻緑紗也綿絲又姓職隆反十五泈〻水名柊〻木〻旅椎為冬

戎人呼之螽蝗〻虫〻春虫鼨〻龟又疼衆多又去⿱雨衆小雨丈⿰金衆又潀小水入大水又在冬反⿰豸衆

黄

蜀葵又似木槿而光色茙

蘗日有五色又亦戎葵也

炊氣上出又祝融後余陵反四瀜沖〻水皃融正字今省肜〻祭

融

又虫盅器虛又虫烛火氣·蟲有足曰蟲俗作虫直

草名又芃·隆高盛力中反⿱鼓隆

妃吞乙祀⿰虫戎虫名⿰髟戎細毛崧而高曰〻硹

伯二〇一四

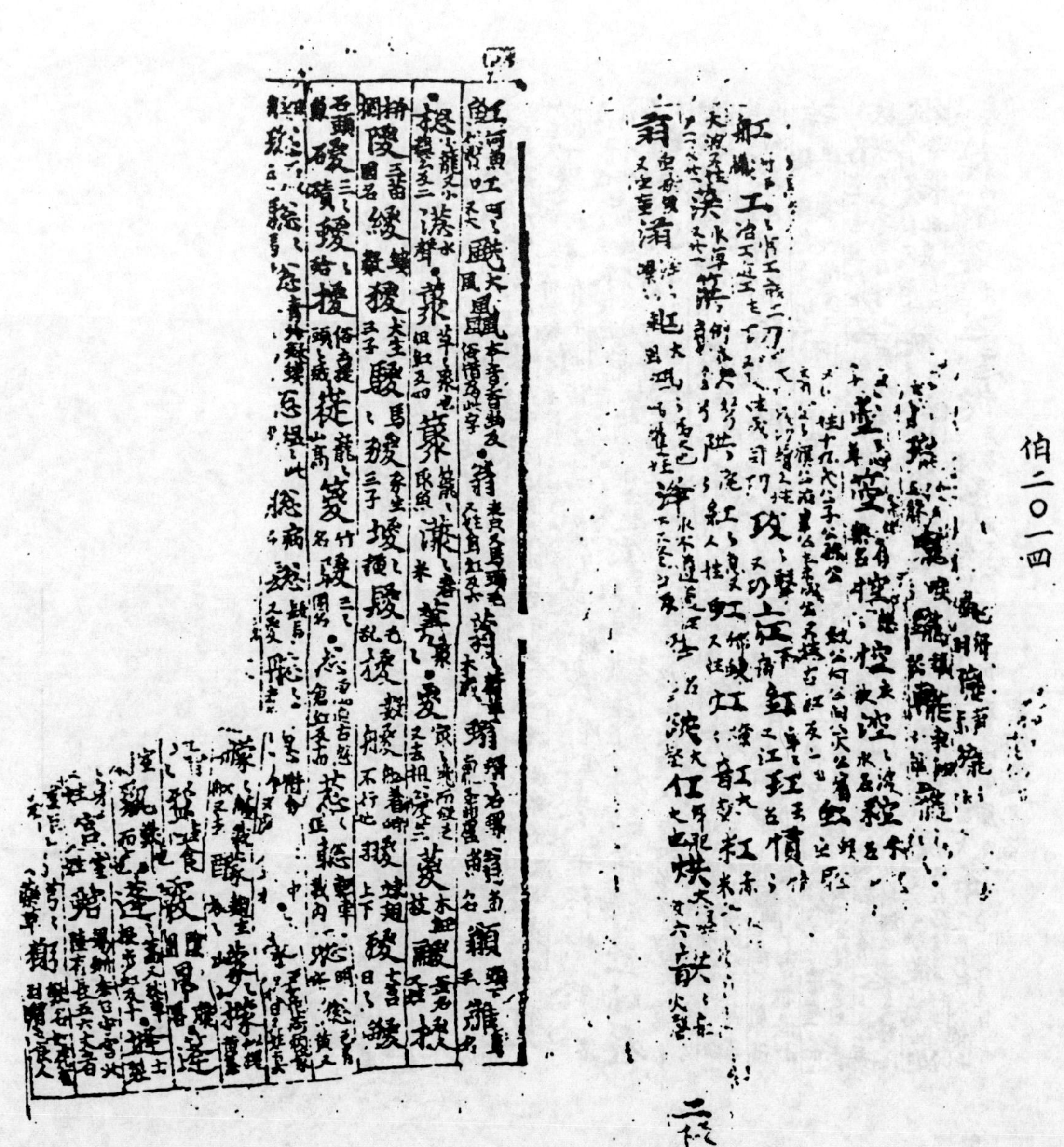

Pelliot chinois
Touen-houang 2015

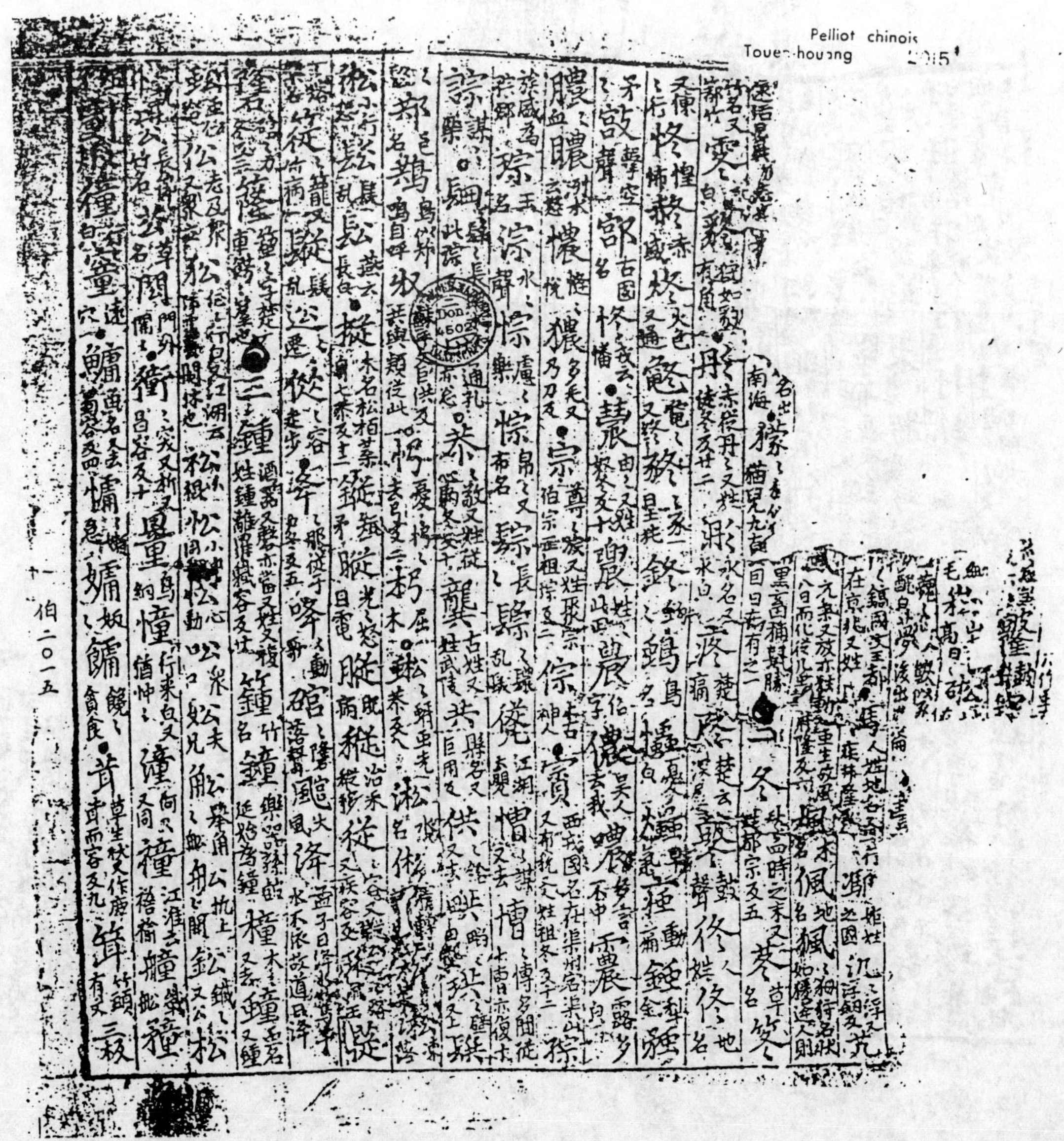

伯二〇一五

伯二〇一四

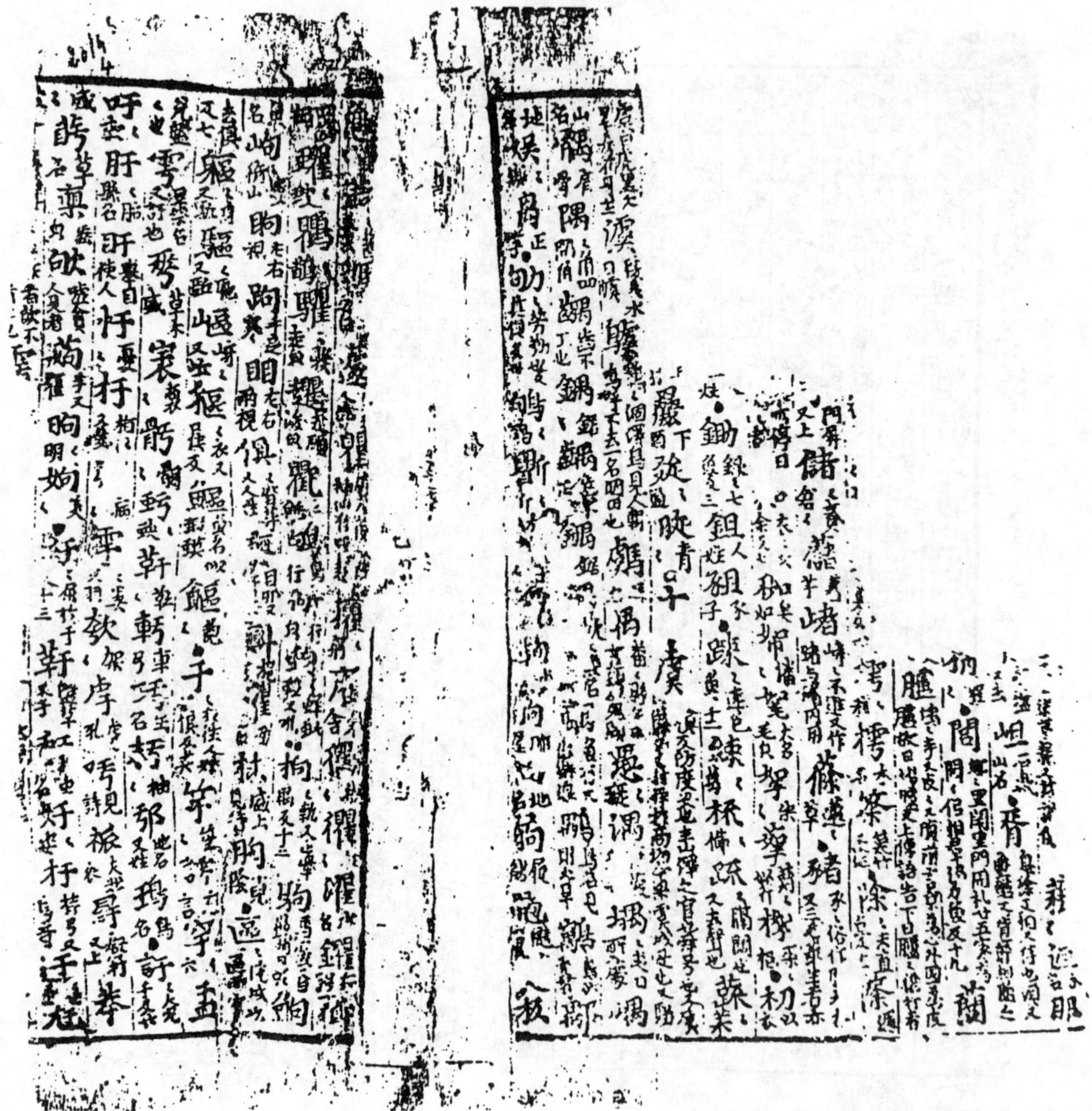

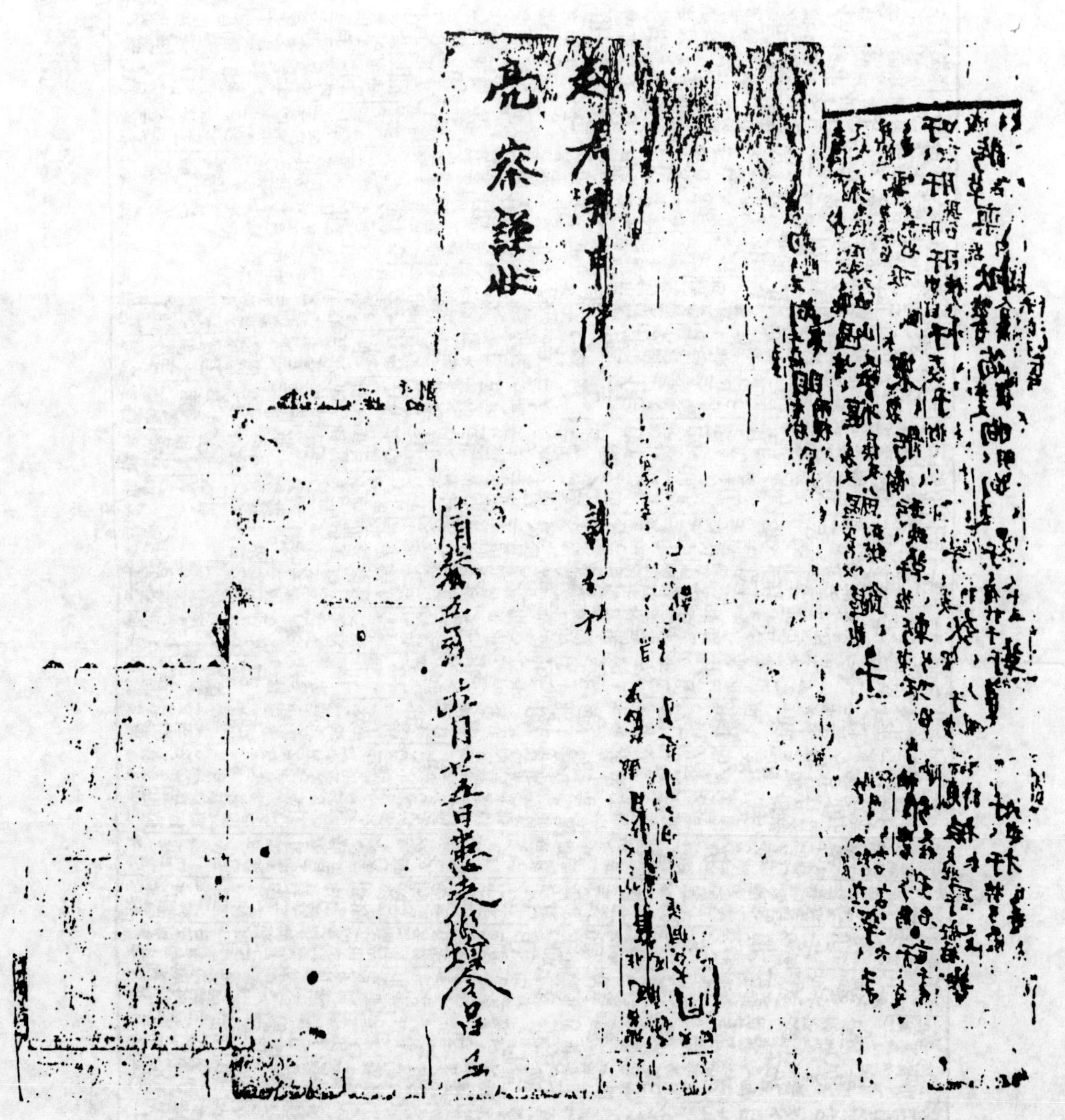

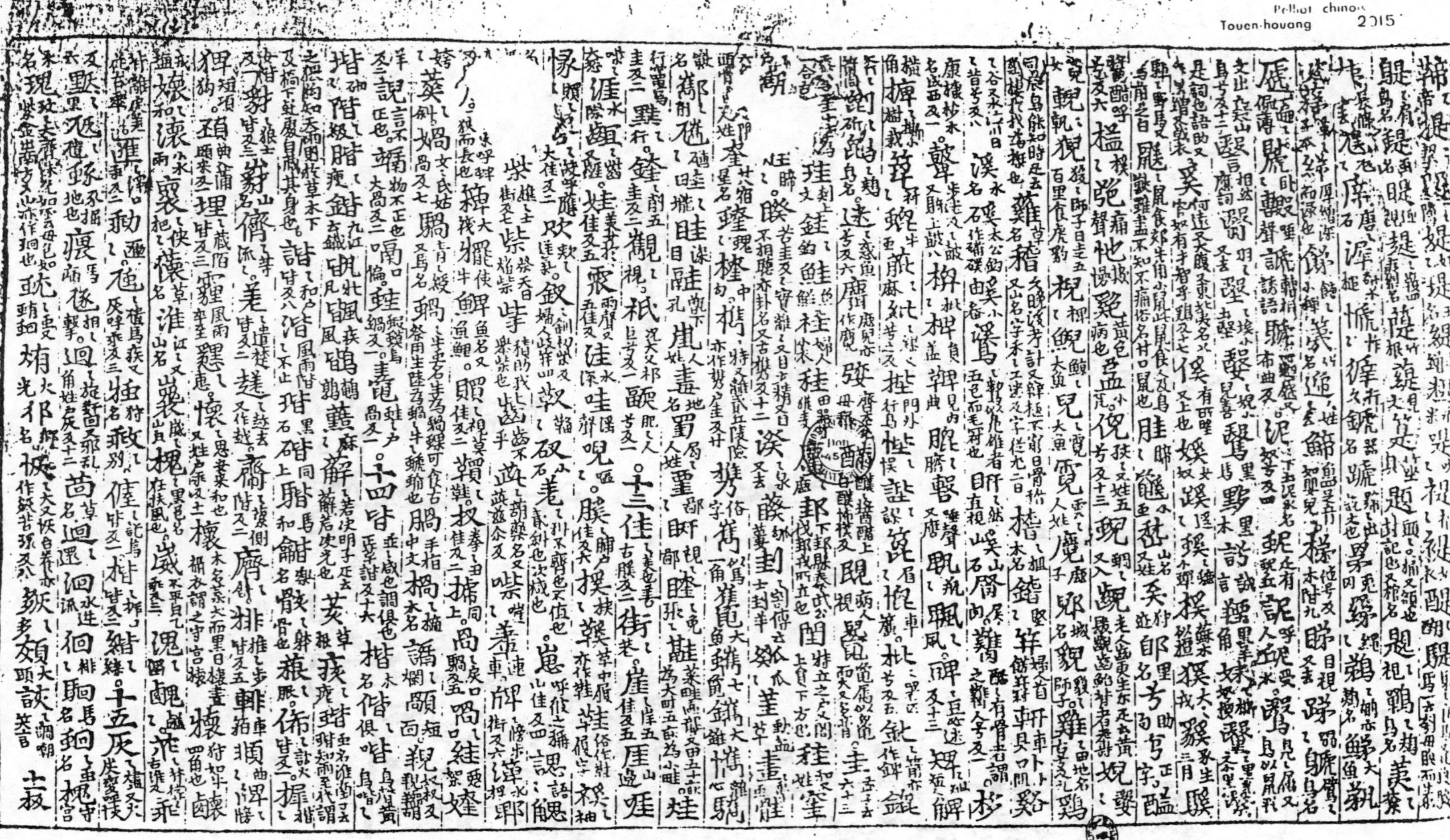

Pelliot chinois 2015

Touen-houang

伯二〇一五

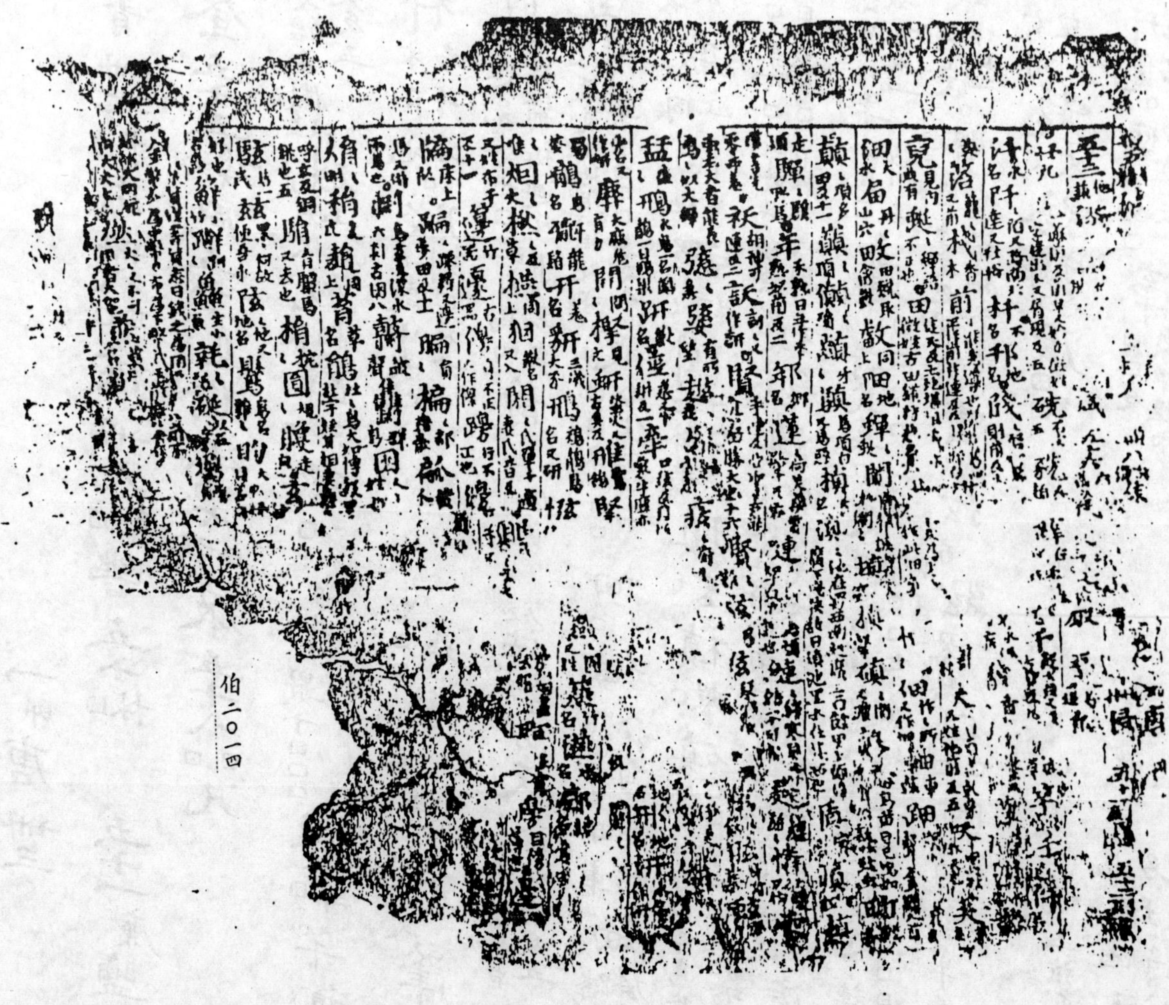

伯二〇一四

一郎唐 卅三

卌五精□清 卌六經□青 卌七求□尤 卌八□侯 卌九虬□幽 五十林□ 五十一廉鹽 五十二□□ □

五十三他兼添 五十四都登 五十五胡讒咸 五十六户監銜 五十七□語嚴 五十八□□凡

○廿九先蘇前反前早又始亦徽姓字从出又眉現反五 硃石次玉 豣豕起 蹕行貞 蹁□ㄑ ○千數十□□□ 芊□草 竿ㄑ箱 迁ㄑ進 仟ㄑ人長

汧水名 阡ㄑ陌又路南北達又仟□ 杄木名 邗地名 ○戔ㄑ敨小表 牋則□反十七 ㄑ□□ 戔香 揵□ 疾ㄑ進□ 室又 葦茂草 濡水名 鶔

鞍ㄑ 笞□□又前 棧香ㄑ木 前ㄑ進先導也□正作前祈連反 騚馬四蹄白 葥 箈籠ㄑ又□ ○天ㄑ一曰員蓋又姓他前反五 呑ㄑ呴又姓亦天也 芺草名

筧見內典有 誕ㄑ不正也 鐔ㄑ語 ・田徒天反土地堪相处亦徽姓古田□□□名十八 思□□良□□□今作此佃字 佃□ㄑ 佃作田又作□ 畋所 車輷 車轅 跙踏地 鈿金花婦人首飾□

洇水 大冃□ 屆山穴 畋ㄑ□取禽獸 畝同上 陌田地名 磾ㄑ訕 闐□聲振 塡ㄑ塞 槇擊 硨□□ 鷏□母鳥黃白色鳴如□俗說吐蚊虫 畇地名

顛ㄑ項田反十一 多巔ㄑ頂 傎□ 𪗖□ 驒馬項白又馬□ 楨木名 滇ㄑ池在蜀西南□廣三百餘頃上源深廣下淺狹故曰滇池黑水在其西也 顛□家 瘨ㄑ狂 真□

走驒ㄑ野馬 騎□ ○年禾熟曰ㄑ作年奴前反二 秊名□ ○蓮ㄑ荷芙蕖□ 嗹□□□ 連□□□ 箏良□也 縺結不可解 煩ㄑ縺ㄑ 寒又 趲ㄑ連□□ 憐ㄑ愛不□ 零

頓 漢書先零西羌 ○祆胡神天連反二 訞詞ㄑ又作訮 ○賢辛連反亞聖□能愈堅勝大也十六 礥ㄑ□ 弦弓 絃琴瑟□□□ 𢘿□ 舷□ 胘牛□ 鉉□□ 妍五弦反六也 研ㄑ磨

虫之大者能長鳴ㄑ文□ 𤸊ㄑ急 婜有所望 趆ㄑ走 妶婦人守志 痃□□ 郉地名 地名 汧水名又作□ 岍

䃭ㄑ盤 鳽水鳥一名鳴鵑一曰□渠 豣名□ ○㹏□又□□反一 牽□□反象牛脛亦

山名又作岍 𢊁大鹿危有力 開〻問 擗口見 蚈虫口又古奚反 雃口口 擊

蜀葵 鳽鳥名 𪂹 龍䶃 豣 羌名 豜 三歲大豕 鳽 鳴鵲鳥名又研 。㥟

〻喉 烟〻火 𤌷〻口 𤐫同 橪草上 狟獸名又入 閼〻氏單于適妻氏音支 。眠

又姓布千反十四 籩竹器 邊古 𨘥器 𢕹身不正又作口 𨃴行不正也 𤅸水名 槇

𤸃牀工版 。𨃨〻𨆶舞又邊 步田反十一 𥇣員〻 楄〻口口 𤕚鄰瓜口 𤕚瓜 □負

馬又併兩馬也 淵烏玄反深水口口古囦八 鼘淵鼓聲鼓 𪇔群鳥 囦人姓 婣

焆〻明 稍口皮 趙同上 𦱀草名 鵑鳥杜〻鳥大如博穀田口杜宇姪其相口口

呼玄反銅銚也五 駽青驪馬又去也 梋〻椀 圓規〻 䞴走皃 。玄

駭馬一歲 𦈠黑〻何故使君水 泫〻他又地名 鴘口鳥名口〻 眴大目 。卅

好也古 䈮小竹 𨇤口 蹮 鱻魚生小魚 𣮆〻口 以石口鳴

。錢泉貨漢書貨志曰錢之為用口口口前幣口為中幣刀布為下幣

心口下火口肉七 燃火之不可用者火口也 䕭草名 𤡬

燕〻門又姓 䕭竹名 𤅐水名 鄢地名口口口口

口口口盡 𥈽口口 □𣬸目傍薄〻 。𨗨口

𥌏器 編 𨃨足不正也

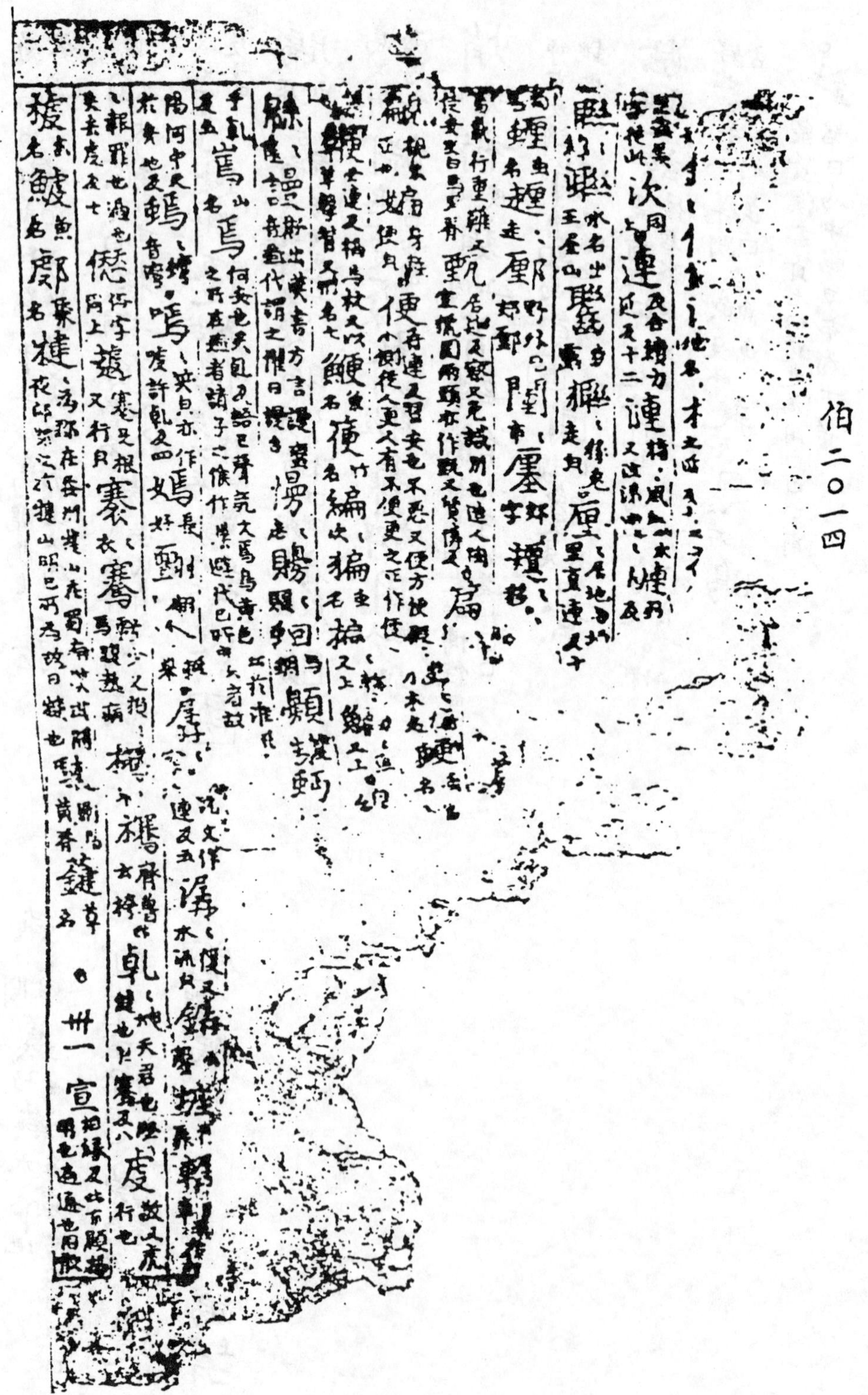

伯二〇一四

也又天丁宣反 又?徵姓丸 揎捋ヽ愃快ヽ鍹ヽ鍋子母䳦ヽ鳥又喧 揎捋又ヽ 顮ヽ頁 鶣 瑄璧ヽ又長尺巳上也 全具色純也完正本徵姓又四六 拴柱色也

泉ヽ宣 螅貝ヽ白名本草文 剈 詮理ヽ此十六 諓善ヽ又說和也 銓ヽ衡又稱次度不跂也 佺偓ヽ仙人 絟細布 駩白馬黑脣又黑脊

恮謹ヽ 栓木釘 痊ヽ病 硂石 絟ヽ 荃魚志也 崟山 悛改ヽ 譔三子之譔又仕眷反 遵 鐏 旋似全反還

恩也轉遠疾旗之指 審十五也 睻ヽ日 嫙好 鏇 好也 璇 漩流 琁玉 璿美玉 ヽ璣玉衡 還ヽ又如 檈 門

颴迴風 圓ヽ規 员 名莫 圓 規又天 栓 跧屈 拴木丁 篿ヽ車 ●鐉所以鉤門樞也 鐉ヽ重六兩 又三之也

剶去枝 㨜 椽ヽ角直 傳ヽ說即 又池戀反 擅 擊 盌南ヽ縣名 蒪草名 勬ヽ强

卷縣名說文從弓由也今作卷五 弮ヽ小博又羣 捲屈木為 駗好 權黃 瓘 躍由

䠥ヽ曲脊行貌 䊀食瓜虫名 𨘋ヽ走 鸛鴝ヽ 拳屈手指ヽ 齤曲 角齒ヽ 齹 䅌 瘔病 婘手屈不行 捲居万反 鬈名 鬈

腃ヽ脥曲貌 顴面骨 狲ヽ出名在代 䍦小 許 惠 躍行 評 䠥曲弓 員 園 鵷鳥名 還

嬛ヽ 媛婵ヽ 娟ヽ好 悁ヽ 崤由 潫水深 嬛 繯 蜎蜀 緣目ヽ以 櫞作 川

緣ヽ 鰇 沿順流 鉛 錫 台高 阮上 鳶 騝 箯 川 穿

泉 線泉三 舩 食ヽ 專 轉 塼 傳 膞 篿 軓 摶 鄟郡色名又公

本是 竹 頑 顓 遄ヽ速市 蒍 團 輲車 耑 ヽ木名 端 ●堧 穤

卅二蕭 又商姓十四 蕭

[illegible]𩙪[illegible] 飄 [illegible] 鄗 [illegible]名 鈔 [illegible] 杪 [illegible] 蔈 [illegible] 䰕 [illegible]

[illegible] 敲 [illegible] 翉 飛[illegible] 要 [illegible] 鷂 [illegible] 婹 [illegible] 邀 [illegible] 鷂 [illegible]

[illegible] 頭 大 肥 撬 [illegible] 喬 高 又姓 [illegible] 麦 [illegible] 撟 直 僑 寄 鐈 [illegible]

趫 善走 翹 飛 [illegible] 驕 [illegible] 高六尺 [illegible] 穚 禾秀 嬌 [illegible] 憍 [illegible] 蕎 [illegible] 喬 [illegible] 鷮 [illegible]

[illegible] 鐈 禹所 [illegible] 橋 [illegible] 蟜 [illegible] 嶠 [illegible]

和 [illegible] 紙 苗 田[illegible] 描 [illegible] 飛 [illegible] 錨 [illegible]

暑 [illegible] 稿 [illegible] 短 [illegible] 歲 在 遙 [illegible] 世 [illegible] 館 [illegible] 宵 [illegible]

[illegible] 根 鄗 地名 虓 虎 [illegible] 白 [illegible]

茭 蕭 [illegible] 鷂 [illegible] 鳴 [illegible] 鶴 [illegible] 鴞 [illegible] 歊

[illegible] 猇 [illegible] 脖 [illegible] 頊 [illegible]

目深 [illegible] 穴 [illegible]

[illegible] 頭 [illegible]

[illegible] 香 [illegible]

膠 [illegible] 鵰 [illegible]

伯二〇一四

雪負。瓢〻□可為勺扶宵反三 飄迴風之迴颮 鄗地名。𧕴虫吹生無遙反五 怮□於□虫□ □呼□□□ 翹鳥

㗊□□□ 䓣□□□ 𦐋□ 腰〻脊於宵反□ 㥾 □䁏虫名 𧍐〻名〻蛟 □ □□ 𪁑鳥名 要〻終〻勁 邀〻之。䵲〻翹□了也去遙反六 僥

□□□□ 顤大額 奃大肥 撬毛踏橇又从苴反 繑行皃。喬水鳥又姓巨□反十□ 喬字正 嶠 蕎麦〻 槗道〻 僑寄〻 鐈□□□

㰏

趫〻善走又去要反 𦑛飛皃 盉□□。驕舉高反馬高六尺名七 穚禾秀 嬌□〻 憍𢡛〻 𡨝□ 舉簥〻大 鷮似雉而小長毛乘輿而防□ □□□□

遙反又其□反六 繑乘 穚新 憍□□ 𢏺〻引 燆火色。鴞□〻惡鳥聲□□□□ 𢏺□□。姣巧□於 袚〻宫木 㭟〻盛 詨〻言 □交

和舒 𥝖和 㧋。苗田〻武喬反三 貓飛□□鼠 莫交反 鉓从器名。頉喧〻□又氣〻頭□□反十 𩔅□□晉□ 𩔅□□□□ 𩕄傲〻 □氣出 歊

大磬 犒猲〻短喙犬 枵玄〻星名又太歲在子曰玄〻又水名也 儌嘺!! 。卌四 肴□交反一云 □肴□□ 崤山名 □肴渾

痛聲 敿雜聲 𣪘革根 郩地名 虓虎聲又縣名又直交反 爻〻效也易卦六爻 𤽏黃白

決〻 笅〻簫。虓〻虎火交反十八 髇〻箭 嗃〻羔又呼否反 犒□〻 滈水名 飃〻風 歊

哮叫〻又去 豬豕驚 𠍳僥〻大也 㹲〻牛又去 𩑶□項□人面狀 鵁

目深良也 咬淫聲。交像形古迻格肴反十七 皮過交脛開也共合交脛 茭

龍似蛇有四脚小頭細頸〻有白 鵁

敎〻令 轇□□ 軥□

[illegible]口[illegible]石[illegible]官

魚也咬聲交[illegible]古巧反十七 茭草 筊竹索前又胡交反 迒ㄟ會 咬鳥聲 鵁 較ㄟ 鮫魚名鮨鳥長尾 鮫

蛟龍也有四腳小頭細頸頸有白嬰大者數圍 鵁ㄟ鶄可以厭火 郊都邑外曰郊王者於郊 鮫皮有珠可飾刀

能吞人池魚滿三千六百蛟來為之長也 鳥毛可為鼎高也 郊祭以祭天地謂之郊祭 筊ㄟ竹笋 胃 子

敎ㄟ 膠ㄟ黏 膠ㄟ黏又般之 嘐鷄鳴又 敲ㄟ擊 髐 鵃ㄟ 𩕉頭不正 跤足近 磽石 地

令長遠 膠大學名也 嘐火交反 [illegible]口交反 鴇骨 小石 鴇 上 跤足小處 磽地 埆

石㕛 撓ㄟ擾又 猇 西不 [illegible]ㄟ 狀 [illegible]ㄟ 苞 [illegible]ㄟ 草 [illegible] 萱 犭大多毛

出 㹧 五交反 [illegible] 平 [illegible] [illegible] 訬 [illegible] 千 敲

洨 水名 嘲ㄟ謔 翢 [illegible] 鵰 鵃 [illegible] 啁ㄟ啾 颾 [illegible]

王邢 嘲 啁嘲 張交反五 鵃ㄟ 鵃 [illegible] 啁 [illegible] 颮 [illegible] 居巢縣在廬江 又姓九

巢 六 摷 遠東 轈 兵車高若巢以望敵 勦ㄟ 子小反 鄛 鄉名 巢ㄟ 山穴 漅 [illegible] 繅 取抄 又去 鈔 [illegible]

言 摷ㄟ 取 䝤 耳中聲 側交反二 抓 [illegible] 捎 [illegible] 未所交反十六 捎 蒲 馬又道 輎 兵車 騙 尾 旓 旌旗 箾 [illegible] 娋 [illegible] 蛸 [illegible] 鞘 [illegible]

又 潸 旓 鮹 魚子 籍 娋 [illegible] 弰 之器 飃 風聲 稍 [illegible] 鞘 [illegible] 莦 [illegible]

也 鎻 [illegible] 有毒 䳂 鴞ㄟ 犛 牛 又 猫 兒 貓 似狸食鼠 赤豹 貓 又武儦反 包 左行廿女右行廿俱 包 [illegible]

七 [illegible] 重 [illegible] 茅 [illegible] 苞 [illegible] 蘭 有花 [illegible]

[illegible] 包 [illegible] 中 [illegible] 國 [illegible] 包

伯二〇一四

[illegible]璅[illegible]在　轢[illegible]　㔍[illegible]

言[illegible]　捎[illegible]　[illegible]側交反二　抓[illegible]　梢[illegible]　捎[illegible]

又[illegible]稍[illegible]　鮹[illegible]　嫂[illegible]　箵[illegible]　䬲[illegible]　[illegible]

七[illegible]蟰[illegible]　鷂[illegible]　[illegible]　[illegible]　猫[illegible]　[illegible]以捕食鼠[illegible]　[illegible]

[illegible]苞[illegible]草木[illegible]　胞[illegible]　勹[illegible]　胞[illegible]　[illegible]　[illegible]

[illegible]炮[illegible]　匏[illegible]　[illegible]　鞄[illegible]　[illegible]　麅[illegible]

袍[illegible]　跑[illegible]　蔍[illegible]　䈏[illegible]竹名　○卅五[illegible]

樔[illegible]　毫[illegible]　[illegible]　嗥[illegible]　顥[illegible]　[illegible]　嘷[illegible]　獋[illegible]犬　嫯[illegible]

[illegible]蒿[illegible]　薅[illegible]　[illegible]　撓[illegible]　[illegible]　高[illegible]　膏[illegible]

篙[illegible]　[illegible]　[illegible]　鶬[illegible]　[illegible]　磝[illegible]　[illegible]　槔[illegible]

[illegible]　[illegible]　皐[illegible]白[illegible]　[illegible]　尻[illegible]　[illegible]　敖[illegible]　[illegible]

[illegible]驁[illegible]　嗸[illegible]　[illegible]　[illegible]　鼇[illegible]　[illegible]　螯[illegible]

水[illegible]　[illegible]　翱[illegible]　[illegible]　[illegible]　[illegible]不[illegible]語[illegible]　叨[illegible]　[illegible]　韜[illegible]　謟[illegible]　搯

伯二〇一四

一本[illegible]

寡婦何陰

氏何陰不幸壽福夫主早亡無有腹生一男先戴

恐奉　　隆旨捧被而餓山頭上展

奏誠偹恐

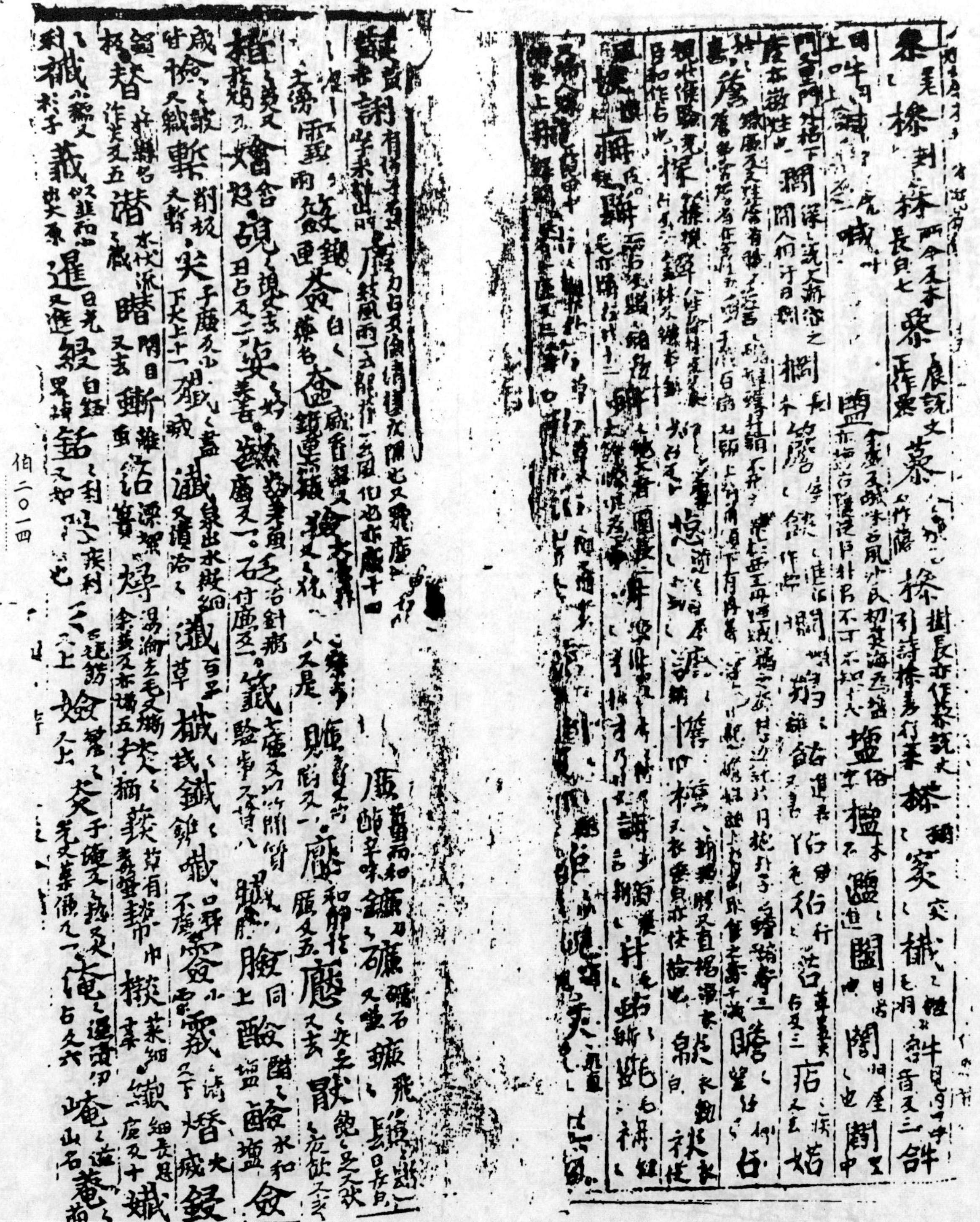

伯二〇一四

伯二〇一四

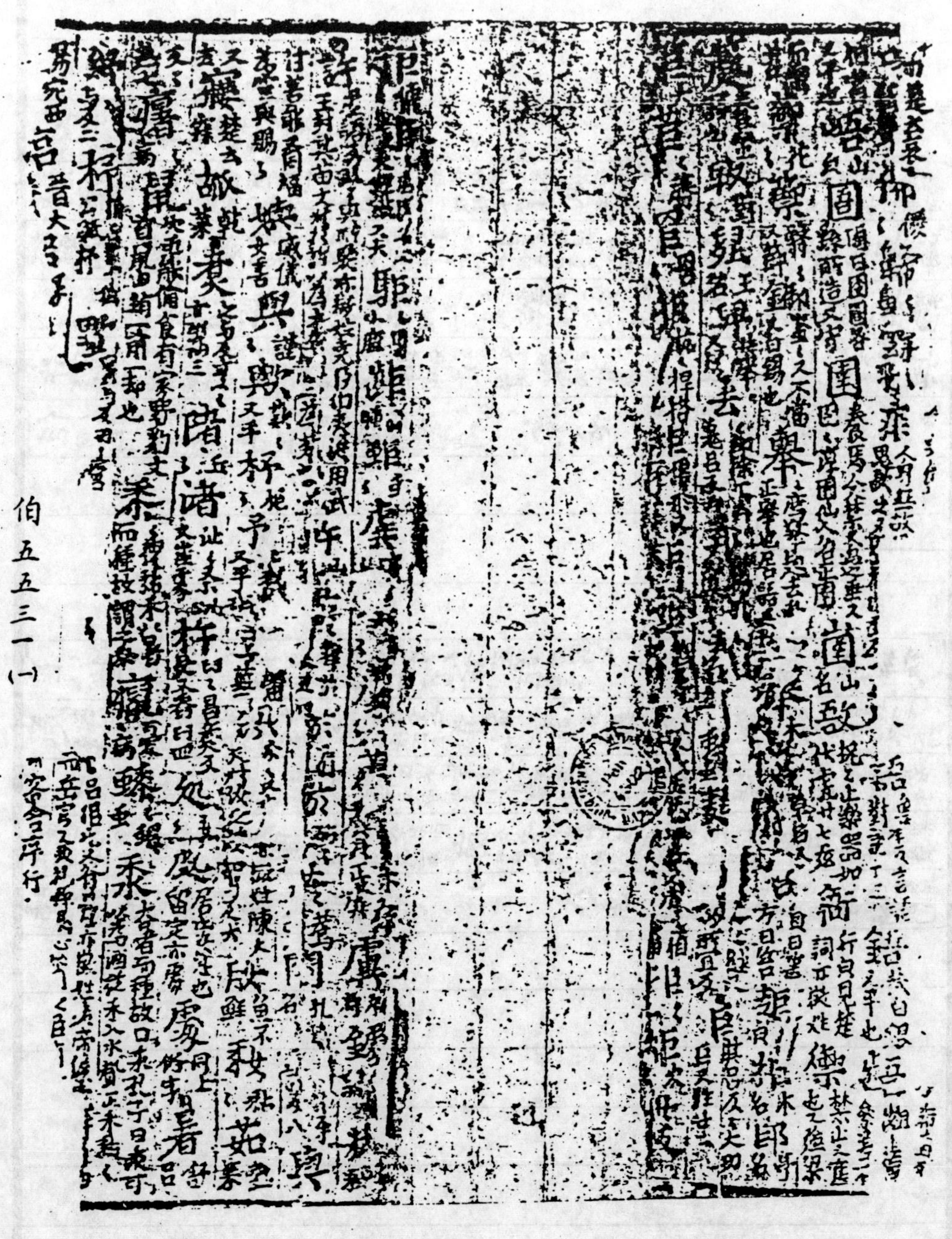

伯五五三一(一)

唏楚云良口痛聲 俙〻僾 鵗〻鼻 𪖙〻飛。痱人身無故鬼敺

又平也 相當 峿山皃 圄周曰囹圄名縣所造又守 圉養馬人又禁又邊垂又圉〻淳圉仙人名正圉 崮名 敔柷〻止樂器如伏虎廿七捄 衙行皃見㫛詞亦姓 禦禁止又應也又強梁

八語魚擧反言語對說十二 鋙鉏鋙又平也 齬齟齬不齊

而□ 藇茈 籞〻 禦又禦 鄉 鑒〻又不當又白鍚也 。舉擧擎起去□正擧也居語反十二 櫸木名 莒草名又〻國也 筥圓曰筐方曰筥 䢹行皃 柜木名 邭名亭

□ 𩾮養蠶器也 㪾對〻 䢹名 弆共擧又昜 。去〻却除正去羗呂反六 弆〻物又藏□ 䖭□虫 蚷□虫 䞘 緅〻繼又所宜反 。巨其呂反〻大切巨又姓廿二

筥大〻 苣蔴〻藤 筥〻 拒抗〻捍格□□也 秬黑黍又一稃二米 詎〻 豈 距雞足把據也 相岠〻止 炬火〻 䕢

佢□〻 鉅〻鋸鉅名又火鐵大 駏〻驉 駏小鹿 距虫 鉅虫 𧈪〻 虡高广〻 䕢〻 苣□ 蕖 正蔴 簴神將 鐻器□□ 粔〻粔籹

許虚語反子與所聽亦姓堯臣伯夷後用武王封其苗裔於許以為太岳□□二滸□□□ 岝山名 𡸁〻 䶘許反五 䶘骨 肹肩 □於黏〻 於萬門名 。与賜〻余許反八 與

付善能又同福 嬩威儀 女善 與〻謹 歟歎〻又平 杼梠〻 予我□〻又平我 蕷薯〻 汝尒〻又水□亦姓陳大夫汝仮之後如反六 敉鮮魚名又〻 䉐 敉〻黏 茹菜〻

又去 褻楚去 爲當與賜〻 𤵠 䔬亦菜 。煮之与反京亦審〻三 陼丘〻 渚 諸沚〻又小洲又崖處 杵臼〻昌表反昌與又春曰 処□安 處居處也留定亦處 處同上俗字 。暑舒呂

反二 𤸒〻病 熱七 鼠〻次虫能偷食有家野豹文首鼠由狐一前一卻也 黍〻稷黏禾以暑而種故謂之黍 癙〻癢病 鱮〻魚名又 黍大暑而種故曰黍孔子曰黍可以為酒從禾入水省正禾黏〻亦姓之臣

。紓〻緩神与反二 杼梢〻柱子狙公賦杼 野時与反田〻廬 呂晉九

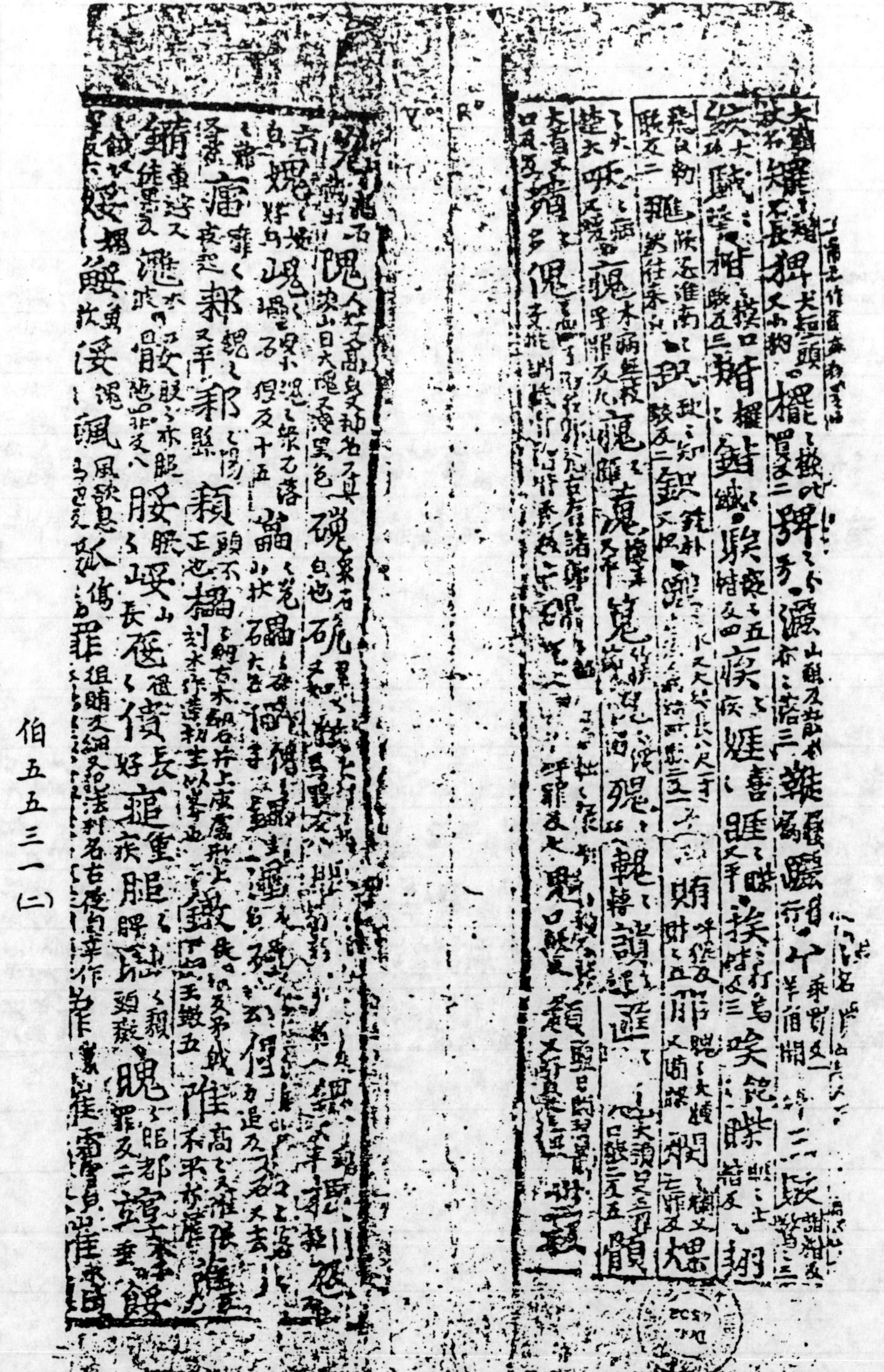

伯五五三一(二)

大鐵杖名 䆐ゝ 揩 不長 𤢾 犬短頭又小狗 。擺ゝ撥比 買反二 䑝ゝ另 灑 山解反散水 杳ゝ落三 𨇨屬 躧 徐行 。𠂹 乖買反 羊角開 十三駭 諧楷反 驚ゝ三

綊 大 絲 駴ゝ 擊 。楷ゝ模 駭反三 㨨ゝ 擺 鍇ゝ 鐵 。騃 癡ゝ五 楷反四 㾍ゝ 㾍 娾 喜 睚ゝ 睞 又平 。挨ゝ 打 楷反五 唉ゝ 飽 騃 睚ゝ士 楷反 。 翸

飛皃 勑 駭反二 𦐳 條忽 淮南ゝ 然 往來皃 、釟 鈌ゝ 知 駭反二 釟 銑 朴 又 枳 、𢳆ゝ 水又大瑟長八又一寸 廿七弦又所綺 所騃二反一 十四賄 呼猥反 財ゝ五 䐲 䐲ゝ 大腫 又䐲 睬 燗ゝ 爛又 七罪反 㷘

ゝ丈 徒云 吙ゝ病 又嘆 。瘣 木病無枝 乎罪反九 蒐 壞華 又平 蒐 竹狀 節 溾ゝ 涹 濁 磈ゝ 硬 轉 讀 列也 匯 □ 。䫥 大頭口又五罪 口猥二反 顝

大首又 口 𩕴 反 鐨ゝ 多 傀ゝ 偶 子俗名 郭秃 古有諸郭 子能調戲 滑稽 皆秃 故云 磥ゝ □ 石 □ □ □ 䫿ゝ 癡頭 呼罪反七 䫥 頭不正又 口猥反 頧 頭一曰開 習 □ 又好貌又五毀 卅二板

嵔ゝ 嵬石 戴土 隗 人姓又高貌又神名又 淡 山日大隗又淺黑色 䃬 衆石 貌也 硊 累 □ 又如 猥 犬吠 聲 烏罪反八 腲 弱病 □ 𤢻 □ 不省人 鍡ゝ 鑸 不平 椳 戶樞 䙆ゝ

病 媿ゝ 娞 好貌 嵔ゝ 𡽵 。磥 磈ゝ 衆石落 猥反十五 礨ゝ 嵬 山狀 礧ゝ 硌 大石 儡 傀ゝ 子 鑸 鍡ゝ 灅 水名 礨 小□ 石□ 云 㒍 垂貌又 力追反 磊ゝ 落 石 又去

ゝ 嵬 又 䰛 皮起 𤻲ゝ 𨚕ゝ 䰛 不平 郲 ゝ陽 縣 頪 頭不正也 櫑ゝ 𨰰 古木劍名 井上 鹿盧 刻木作 蓮 初生似 峯也 鐓 徒猥反 矛戟 下銅 玉鐓五 陮 高ゝ又陮隗 不平 亦崔 蓷 草名

鑚 車鑚又 徒果反 灉 水 波 。脮 股ゝ 亦腿 他罪反八 腇 腲 山 ゝ 長 𡰯 𡰯 ゝ 僓 長 好 𧽬 重 疾 腿ゝ 髀 頧ゝ 頟 頭癡 。䫿ゝ 䐲 都 罪反二 墤 木子 垂 。餒

ゝ 鋷 奴 罪反六 娞 媿 餧 魚 敗 浽 溾 䅗 風 欲息 ゝ 烏 回反 𧰨 傷 。罪 徂賄反 細又犯法刑名 古從自辛作 秦始皇以自又 文改 罪 也 摧 嵟 。嶉 霜雪 貌 七罪反八 漼 水清

伯二〇一四

伯五五三一（三）

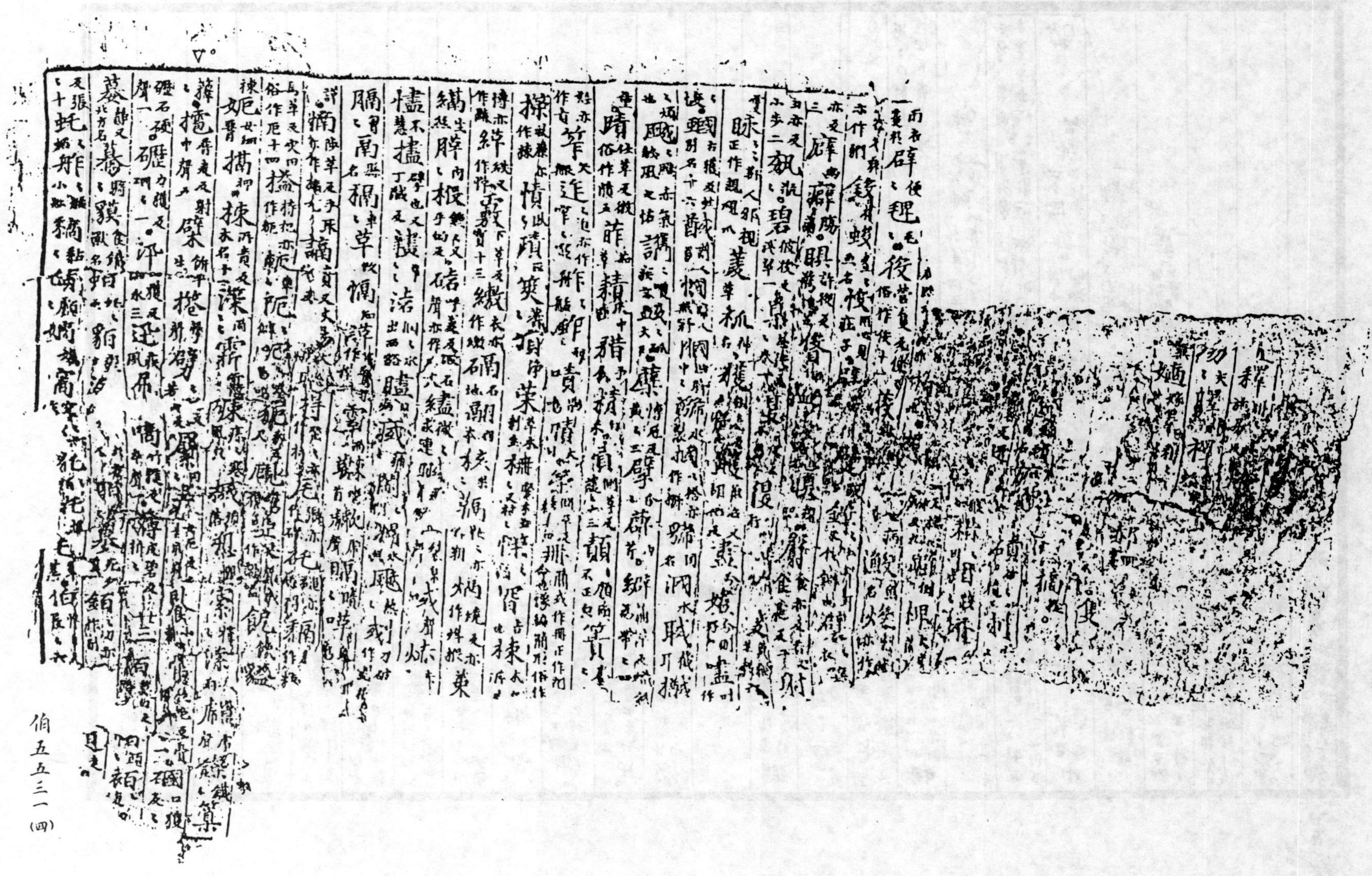

伯五五三一(四)

此葉為一整板
共三十四行

五代刻本

鼈龜屬亦作鼈也　鷩鷩鵂　虌菜蕨　蟞大阜　憋急　匹滅　扒杷　八撇齒　○覕
鐅鍬刀　潎漂　瞥目翳　鷩雉羽　鷩山海經
莂種概蒔之出說文　朳八擘　謝言　○轍車五　撤　徹　澈
訐發又去竭去偈反　許居謁反　○設識列反施二　蔎香草　○蟄扶列反易嗔又蛸列反二　鷩黃驚馬　○蠽
𦔶東小髮　拙擿　殁死死　吒鳴　○椴山列反菜萸一　○焆於列反烟氣二　咽　○瞥丑列反船行五　徹通　鰈
中草生狀象枝形　○娎許列反喜瞥　焎火氣　○㔸側別反刻刀亦作刂又列士鑵二反三　鷩似鷄而大　閷城門中板　○㔾常列反割二　折斷　○乾
丘列反迄雜康餘一　○揭昌說反拽亦作掣一　○拽以設反制手又以制手反一　●廿　雪相悅反冬雨三　疐拔　掣撦　○絕情雪反斷一　○絕子雪反茅表位
三撇手絕斷　䀦偈　○滅丑劣反皮破一　○悅以雪反樂七　閱自序　蛻蟬去皮也又始芮湯外湯卧三反　娧美也又姓　蘭草似芹　帨巾又芮反　蒓
缺傾雪反小缺又作缺又口穴反二　○蒛草名　○㰰乙劣反逆氣一　○爇如雪反燒亦作焫三　蜹蚊　○㕯言遲又奴沒反　○茷反草生而新達曰出又
方言　○拙職悅反不巧九也　頊頭短　蹳短倔　梲梁上短柱　蝃蝃蝀　頔面秀骨　棳木名　醊酸菹　蚰虫　齱
短　○窒毛　○輟陟劣反止十四　畷田間道　惙疲　蹳跳或作趰　腏骨間肉　䄌車具　罬罦又居劣反　掇連　𨮁
餟說文云祭酹　騣白額馬　䯟續骨　○劣力拙反十二　埒馬　脟腸　踤跳　呼鷄鳴　將白　絶色

淢山下水　○刷所劣反拂亦作㕞三　㕞鳥理毛　○鋝三為斤又音劣　○旻許劣反舉目使人六　烕滅　翍小鳥飛　颩
○吶女劣反訥不出口一　○妜於悅反嫈二　㓻挑　○蹶紀劣反有所犯蹇九　蹶豕發　蹶觸　罬罦　趣走　趰
○䑠七絕反膬五　脃　絟細布又采全反　磽石破　𣪠斷絕　○𥌠昔悅反當又昌悅反一　●廿一　錫先擊反賜十二
緆細布　蜥蜴　淅米　菥散　晰辨　蜥蝪　析破　菥蓂　○激古歷反濺又窽七　擊打
通泥九六反　藪草　○霹普歷反靂七　劈破　礔石　懸急速　鈲截木為器　癖瘕病　僻邪　澼絖
州　趚行皃　鄌縣名　瀝　轢車踐　瓅珠　鬲鍋釜亦作鬲　礫砂　秝木　䍥羊　櫪
縣在平原　蒚山　菻　樂白色　驢馬色　䍦　醞　歷過　磨石　磿象　厤理　𨠲下酒　櫟
覆下　剔又力計反　鷊鳥　觸　䚏角　鈴　亭　樂雉　瀝滴　同幕　螰虫
適從　嫡正　甋瓴　靮馬　滴水下　鏑箭鏃　馰馬額　肑腹下肉　礴石　玓瓅　扚引　逷
芍蓮中子　杓柄　蹢蹄　墒堦　怐古言云痛　菂藪　弔琴飾　樀揮　鸐鳥似雉　瞗日
覡巫　敲蓮　䉕鍾　蠚龜骨　獥獸名　窽窮　○鷁五歷反水鳥或作鶂五　艗舟　鷊綬草　鬩
及　敵相　翟雉　籊竿　迪進也亦作油　覿見　笛長亦作篴　滌洗　糴入米　邮鄉名

此紙首闕四行

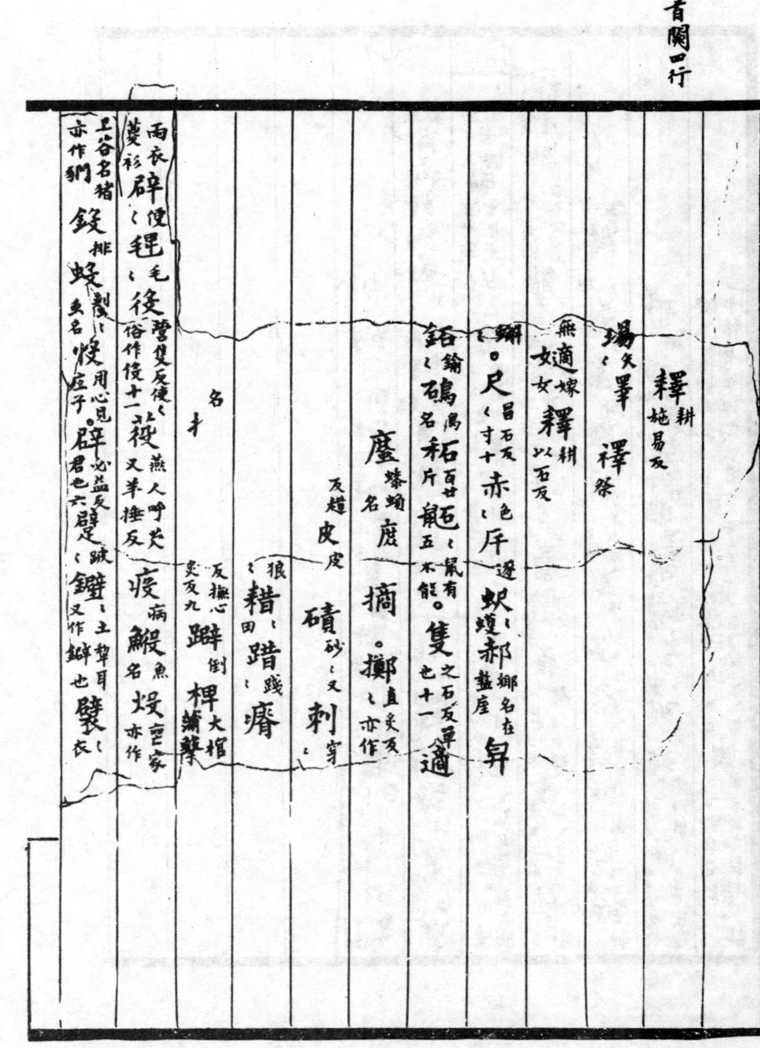

蜸 蚸 ͘ 蠓 規 ͘ 覾 ͘ 慼 憂 ͘ 戚
㽹 ͘ 足 ͘ 踢 踼亦作跟 闃 此 郥 古闃反邑名 六 鶪 鳥 伯勞 㬶
甓 𤬪歷反一 𤮨 ͘ 又 鷿 鳥名 椑 木 檗 柘 蘗 。壁 北激反 墻 ͘ 鼊 𪓰 ͘ 鼊 龜類 辟 室 縪 紒 魌 名 覛 紙
冪 鼏蓋 冪 覆食巾亦作冂 汨 水在豫章亦作涀 覭 ͘ 醶 酪澤 蝒 虫名 蜓 ͘ 又 塓 塗 覭 小見 蓂 帶傘
㵐 但水人多 。覓 莫歷反求 一 䤉 白 覓 草名 溴 水 顆 黑 蓂 莢 ͘ 滌
勣 功 積 ͘ 蠐 虫名 鶺 鳥 。𤎓 去激反乾物七 擊 傍擊 毃 攻 喫 嗽 毄 ͘ 皷
篴 竹笋 箬 周礼 ͘ 𥳑氏覆鳥之巢又丑列反 樀 發動又張革反 犻 獸名左右有首出山海經 㧅 ͘ 伐 犻
倜 他歷反遠十九 ͘ 儻 詆 ͘ 誂 趯 跳 踢 足亦作踮 剔 解 ͘ 亦作𨍭怒 惕 求 ͘ 䏲 失意視 覿 覿視
遰 西 擿 子醒 醎 蓧 盛種器也 菽 草木早死出說文 狄 北方戎 糴 米穀 汆 人姓俗作

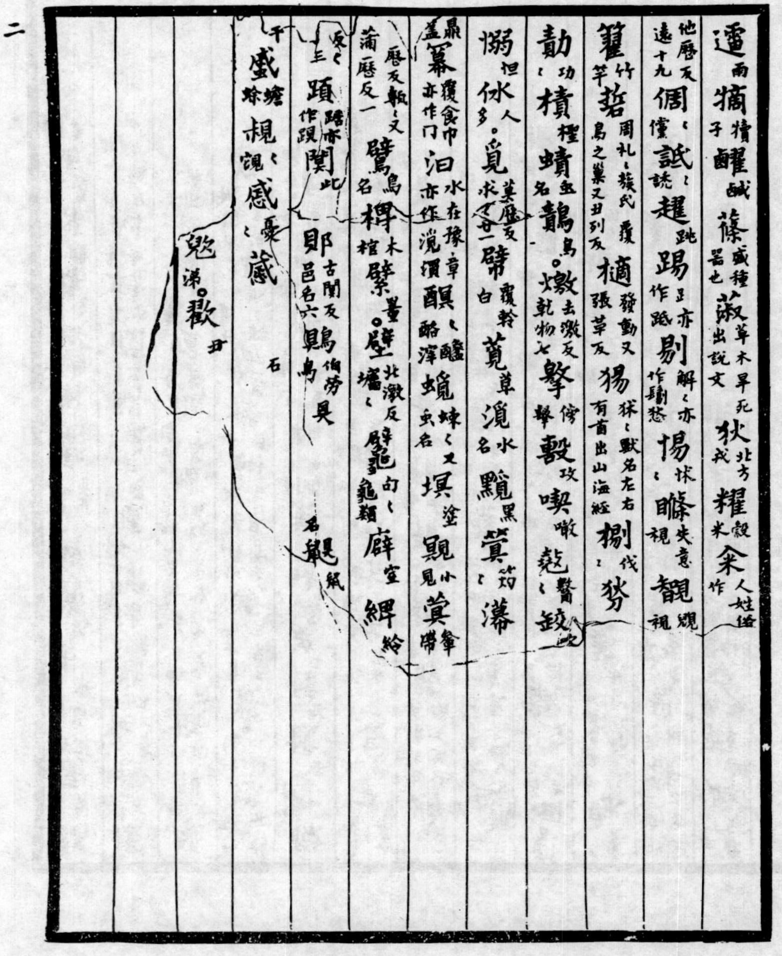

二
釋 耕施易反 襗 祭
瑒 ͘ 又 畢
嫡 無適嫁女 釋 耕以石反
鼆 ͘ 。尺 昌石反 ͘ 寸十 赤 色 斥 遷 蚇 蠖 ͘ 郝 郷名在盩厔 舁
鉐 鍮 ͘ 鼫 鳥名 柘 百廿斤 鼫 鼠有五不能 。隻 之石反單也十一 適
麆 蟟蝫名 庶
反趞 皮 皮 摘 。擲 直炙反 ͘ 亦作 磧 砂 ͘ 又 刺 穿
狼 ͘ 猎 ͘ 田 踖 ͘ 踐 瘠
反撫心 史反九 躃 倒 椑 大棺 䤒 䤒
名 手
疫 病 鰀 魚名 䁷 亦作 豆家
蓑 衣 ͘ 辟 使 ͘ 毛 ͘ 役 營隻反使 ͘ 俗作 ͘ 侵 十一 ͘ 䘒 燕人呼 ͘ 夾又羊捶反 役 又羊捶反 疫 鼓 ͘ 用心見 ͘ 辟 必益反君也 六 躄 ͘ 足 ͘ 跛 鐴 ͘ 土犂耳 ͘ 又作 鍊 也 襞 ͘ 衣
上谷名猪 亦作猲 錑 排 蛒 ͘ 裂 ͘ 虫名

亦反三 辟幽 癖腸病 瞁許役反驚視五 眢眠 衄 砉〻石 瞁視 麝食亦反香又食夜反

丑亦反小步二 甋〻瓶 碧被役反淺翠一 莫〻役反卷一 狊七役反小動二 𢓡〻行 。廿二 麦莫獲反芒穀六

霢〻 脈〻新人卯視正作覓覛〻 蓑〻草 [illegible]神 。獲胡麦反〻得七 鱯魚名又胡化反 畫分〻 嫿分明好皃 嚄叫

〻蟈古獲反蛙別名十六 馘割人首 幗婦人無冠 膕曲脚中〻 [illegible]水裂 摑〻搭亦作[illegible] 虢國名 漍水 聝截耳 [illegible]

〻頌也 䫻〻䫻赤氣熱風之㤝 讗〻嘆疾言 衋〻嫉盉大血 。檗黃〻博厄反三 擘分〻 薜山芹 繴蒲革反繊絲為帶〻四

。賾仕革反繳俗作賾五 齚齧 積種也 矠矛屬 䆐白米 。責側革反譴〻十三 幘〻頭 賾〻不正皃 簀床〻

愬亦作嘖 笮矢服 迮〻迫亦作窄〻㾈 舴〻艋 蚱蟬 嘖鸖鳴 䟄大目 。策測革反箠十四 冊簡命也象編簡形俗作

棤作棟 亦幘〻耿 䶦〻正 筴著〻 皟淨 茦草木刺生 柵豎木立〻又村〻 憡〻痛 冊告也 棟所名木

䌯亦作絠 䌯紩又作恄 。繣下革反實十三 繳衣亦作𦄾 礐石地 翮羽本 核果〻 䩹鞍〻亦作革 熇燒又亦作焃 萊

䋦生絲 䎍肉〻 𢼨鍾〻又乎的反 礐呼麥反破石聲亦作䃈十六 繣徽〻乖違 䎕飛聲 嚍裂帛聲 或聲 焃赤

㦎不慧 擭擊也又于𢧦反 䬞辛〻 漍〻水出西谿 䁤目病 瘕〻痛 闟門〻 潚水皃 颭熱〻 剨刀破作非

膈胸〻 鬲縣名 槅車〻 革改 愅知 諽作㦽 鷩亦 䨣雨 鞹首 虩虎聲 瞁〻瞶 啅鳥 鰢魚鱳

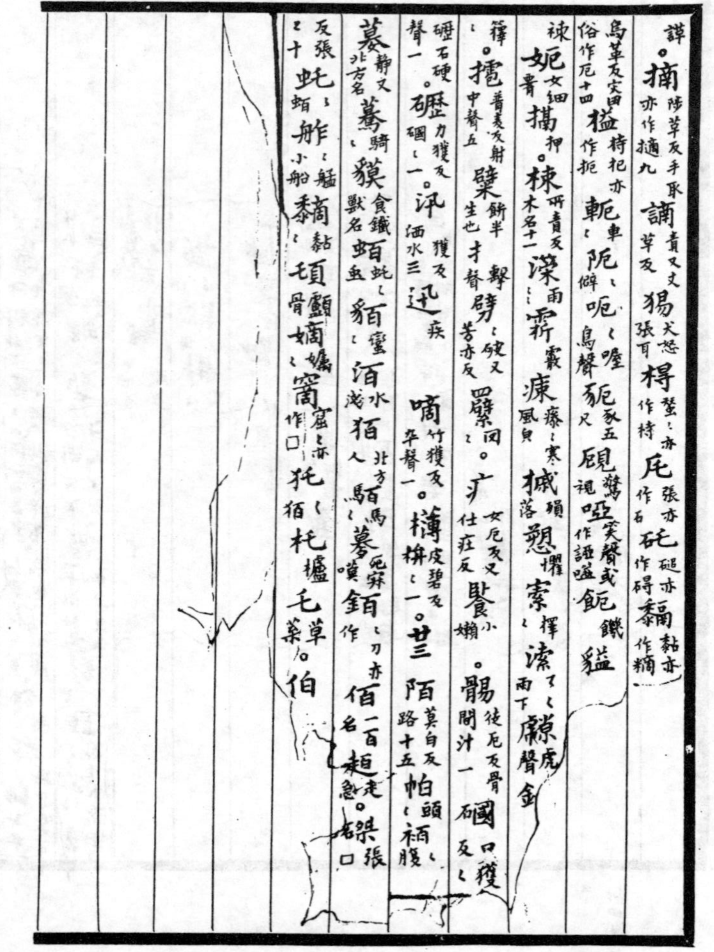

諽 。摘陟革反手取亦作擿九 謫責又丈革反 猲犬怒張耳 𢶡蟄〻亦作持 厇張亦作石 矺磓亦作碍 黐黏亦作糯

烏革反實田俗作厄十四 搤持把亦作扼 軛車〻 阸〻僻 呃〻喔鳥聲 豟豕五尺 𧢼鷩視 啞笑聲或作誽 鈪鐵 貖

[illegible] 娊女細書 搹押 。栜所責反木名十一 溹〻雨 䨤霰 瘷寒〻風皃 摵落〻 愬懼 索〻擇 溹雨下〻 虩虎聲 金

簎 。擗普麥反射中聲五 檗餅半生也 擘〻破又 劈普亦反 [illegible]〻同 。疒女厄反又仕莊反 鬒小〻嬾 。䯂徒厄反骨間汁一 䃰口獲反石〻

磿石硬聲一 。礰力獲反礰〻一 。汃獲反洒水三 迊疾 嘀竹獲反卒聲一 。㩧皮碧反〻拼一 。廿三 陌莫白反路十五 帕頭〻 袙腹〻

寞靜又北方名 驀騎〻 貘食鐵獸名 蛨蛓〻虫 貊〻蠻 洦水淺 狛北方人 䮕百馬 嗼死寂嗼 鉑〻刀亦作 佰一百名 趏走急 。㮕張名口

反張〻十 虴〻蛨 舴〻艋小船 䵵〻黏 䶗骨 嫡〻 窋〻宋亦作口 秅〻袙 杔櫨 乇草葉 。伯

Pelliot chinois

Touen houang 2015

伯二〇一五

作𢒵姣 閸 限閸 ﹅畐 ﹅田 𥁕 于國反 𩲅 愊 丈千 伐反 ﹅
三 洫 青𥁕 作闘 𥄎 牽目 使人 𤸹 痛 𩣳 行貌 𤎩 𩰍 𪄦 鷊 淢 流 𪑗 𧜞 衣𧞤又 𪑩 葉力反 敕 𠷓 翻羽 𩕨 聲
声 揊 普目反十二 愊 悃 踾 蹋地 偪 𢱢 倚 𢕼 逼 楅 聲 福 𧟉 𢕼 副 也 稫 提禾 𩎖 方又 多 𥉷 陟 地列二 作陟
𩘛 破㿚 霜 寒也 𧈅 也 稫 禾𥟀 稷 彼力反 𥞩 種十 㡼 作𥡏 昃 日斜 𦰱 翼 打 仄 作㡼 𠂆 𪍟 廣雅云 附子 一歲日 二歲日 三歲日 四歲日 烏頭 五歲日 天雄 也
𧊓 頭頃 天 𥟀 𥞩 轊 頭 𥉮 沭 水 流 𢡚 逼 𢘜 限 𥒂 㮊 𥞩 治木 𧘂 𢶀 𥢑 作穙 𦦃 𩞁 穙 腹 偪 𧒉
𥁕 大瓮 𥜶 𩞁 魚 作 畟 𣐂 𩞁 𩱍 草 𧍌 岳 𪈖 有 𡖠 𧭔 𠽳 𥍞 而職 反古 音太陽 之精 𥚹 各音 𦻂 反 𡱉 𦧫 邑名 又于 業又 尹 𠃳 𨛂
𥅚 飯 作 飲 𥑨 寶 丁力反 又 四 六 三 𢤵 毛 少 得 𠃳 渝 𥡴 𥡥 㔾 昌 力 反 淢 稽三 𥞩 𥤇 孤 也 鰀 作 𥟀 𠸤 柳 姑 三 𡊫
𡘂 淢 𡜍 呼 力 反 胡 人 𩂆 𪁧 熄 大 ﹅ 𥉷 弥 力 反 德 多 則 反 得 取 惪 𧮙 𡗅 在 張 抜 𡘓 地 理 志 見 古 木 𥆖 寺 力反 𥡽
𦔮 𤫕 𩿁 𩞁 則 祖 剋 反 𢭟 勒 盧 得 反 𦥽 𥐑 𥝑 扐 著 指 𪈀 𢿵 𢳃 𢻃 用 戢 𣃈 莱 莖 彌 劧
地理 𥢀 根 勑 本 𠿇 水 滌 協 仗 ﹅ 力 千 方 反 𢦏 孩 大 又 忒 他 得 反 差 得 打 𢼳 惡 𡕗 ﹅ 𤛗 伐 作 𠥞 得 鑿
𧺫 刻 口 得 反 鏤 五 克 㐬 刻 已 劾 自 𢍜 𡡦 罵 女 老 ﹅ 特 徒 得 反 獨 貣 假 貸 之 作 𢧵 𣼕
㠄 䙭 木 𦀳 𪁧 鵦 又 䲌 𧰖 黑 呼 得 反 𥏩 水 在 𧊱 默 聲 墨 𩂆 名 𥉷 𢧵 冒 莫
𥉷 𤐩 𨪐 𥈂 𩓥 𦣻 𥆘 𩂆 𥊜 見 𠕂 𧘂 𡕗 言 𡗅 大 𥒂
七 𤡆 鳥 𩂆 𥏚 貪 𤞺 𡛜 𥡥 穀 水 深 𦔮
賁 貳 塞 𩣺 七 古 言 蟚 𪉫 𢗉 𠁉
𤣝 𩞁 訓 𥟀 𪍞 𡘂 𥐞 𤸹 答 𡊫

蜨 又槳通反 [illegible] 鶇 鳥名 [illegible]

䩞 [illegible] 緤 古得反 [illegible] 䌰 [illegible] 草 [illegible]

饁 餉田 [illegible] 枼 [illegible] 鄴 縣在魏郡

楪 說文云 [illegible] 杵鍾鼓樓 業 [illegible] 山白 僕 人姓 [illegible]

力捐 [illegible] 晔 [illegible] 潗 水 [illegible] 熠 上 [illegible]

袷 衣 跲 躓 鉣 [illegible] 帶 [illegible] 蛺 南越志云 [illegible] 石 [illegible]

十三 罨 魚 [illegible] 網 [illegible] 稖 [illegible] 作 [illegible] 鼓 [illegible] 晻 [illegible]

揜 [illegible] 葉 [illegible]

含 [illegible] 之 [illegible] 去 [illegible]

上反 [illegible] 之 [illegible] 上 [illegible]

大唐刊謬補闕切韻一部

切韻四聲正 [illegible]

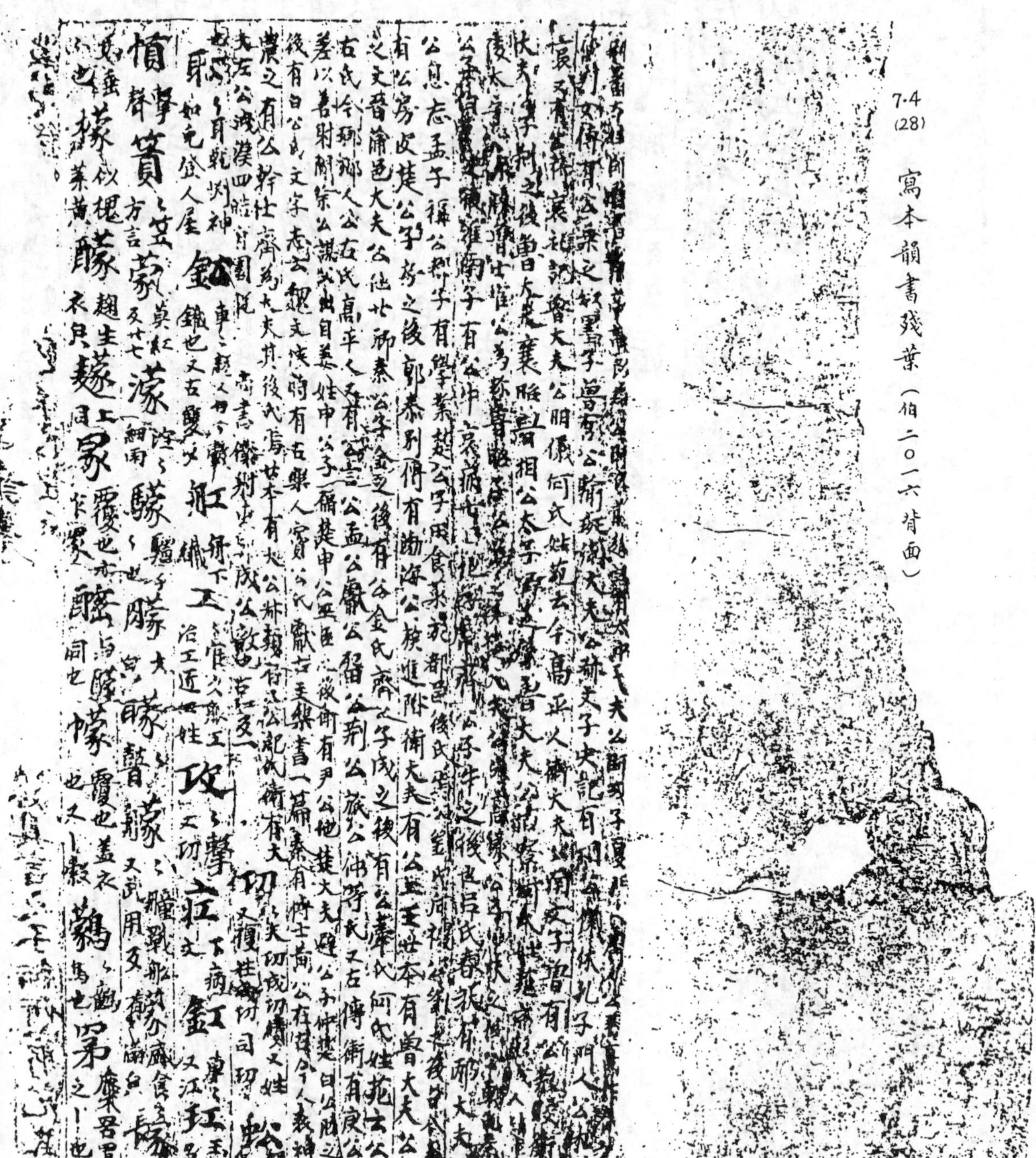

7·4
(28)

寫本韻書殘葉（伯二〇一六背面）

75
(29)

刻本韻書殘葉（列 TIL 1015）

（列 TIL 1015）

㳂 也 安 丨殘大器盂也 魏謂之盌河濟

出 子宛。難 丨易也艱也不易之稱也又木丨珠之其色黃生東 成碧色大秦國人珍之曹植樂府詩曰珊瑚閒木難又姓

馬 名。灘 水丨也又渚丨太 歲在申他干反廿 丄 馬 喘 嘆 歎同也 又音炭 攤 丨蒱 四數 譠 丨 慢 亠

相 文 蔓 吷舌 正也 嬗 緩也 撚 盤丨。刪 脂肪蘇 千反五 跚 蹣丨 珊 丨瑚廣雅曰丨瑚珠也說文曰丨瑚生海中而色赤也 姍 誹也 䈀 器。

本名亦州春秋時屬燕漢陽郡領白丨芧縣隋置州取縣爲名又姓太公爲灌丨後 氏焉礼記魯有小弓今丨城在瑕丘瑕丘今屬山陽晉改山陽爲高平郡丨氏望在彼也 鷳 鸛丨 射之

手足同又 都彈反 撣 觸也太玄經 去丨其石也 彈 糺也射也亦丨棊梁冀傳 云冀好丨棊也又徒案反 驒 連錢驄一曰青驪白文又丁 年反丨騱野獸似馬而小 驙 白 又

氏姓苑有但己爲濟陰 守又徒旱反又徒案反 𣪠 穿也又從𣦵 出文字音義 癉 病 也 膻 丨口脂澤 出證俗文 繟 寬 緩 僤 態也又 市連反 䡲 軍法 貫耳

𢦏 昨干 反七 殘 禽獸食餘 又徂贊反 殀 上 同 戔 傷也賊也又丨丨束 帛易曰束帛戔戔 盞 盡 丨 𣪠 穿 也 帴 帗 也。干 求也犯也 有干犨

行爲京 十五 乾 字樣古本音虔今借爲乾 濕字又姓出何氏姓苑也 漧 古 文 玕 琅 丨 竿 竹 丨 肝 丨 肺 奸 以 犯

汗 瑯玕美 玉 邗 越別名又音 寒江名也 汗 餘汗縣名又 寒翰二音也 迂 進 也 盂 盤也又 大盌名 旱 盾

皐丨山爲名 横落干反十二 瀾 大 波 㘓 晩也牢也遮也希也 又飲酒半罷曰丨也 讕 逸言又 力誕反 攔 階除 丨亦作

闌 蹣 也 㒩 丨衫 丨裙 讕 丨哰 語不可解。看 丨視也苦 寒反七字 輡 古 文 栞 槎 枯 上 同

面反 又二字 鼾 卧氣 激聲。濡 乃官反水 名出涿郡 二十七桓 陸入寒韻不切今別丨丨 姓本自姜姓齊桓公後曰

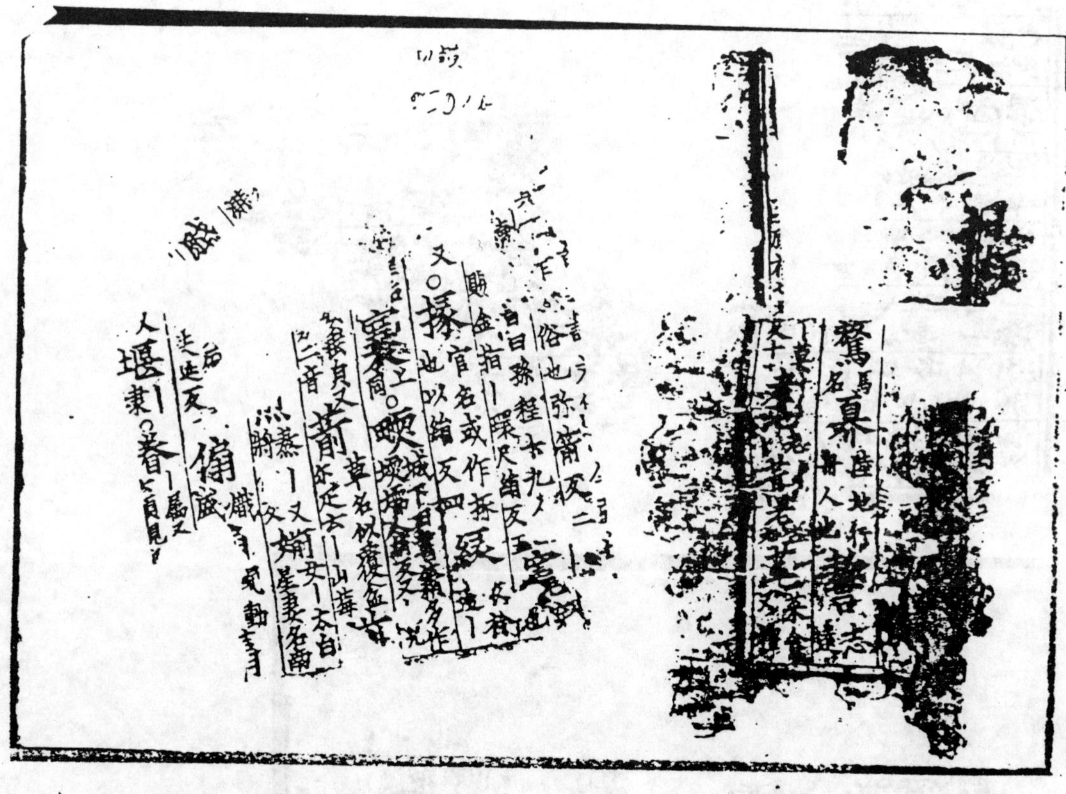

7·6
(30)

刻本切韻殘葉（列 TIID/a,b,c,d）

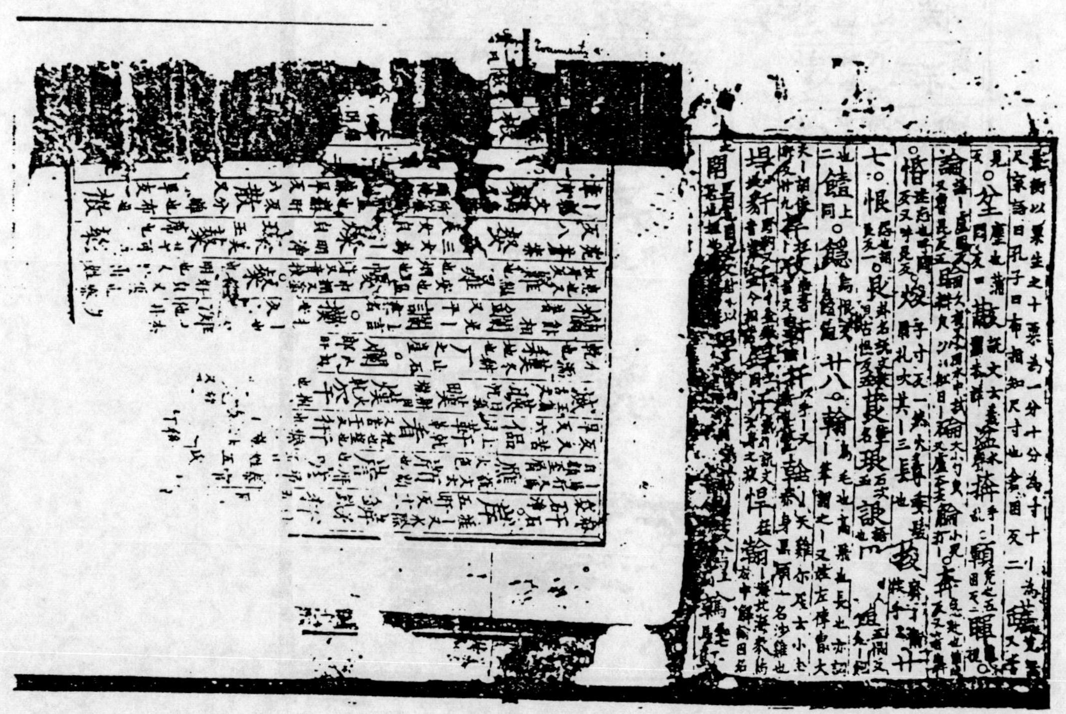

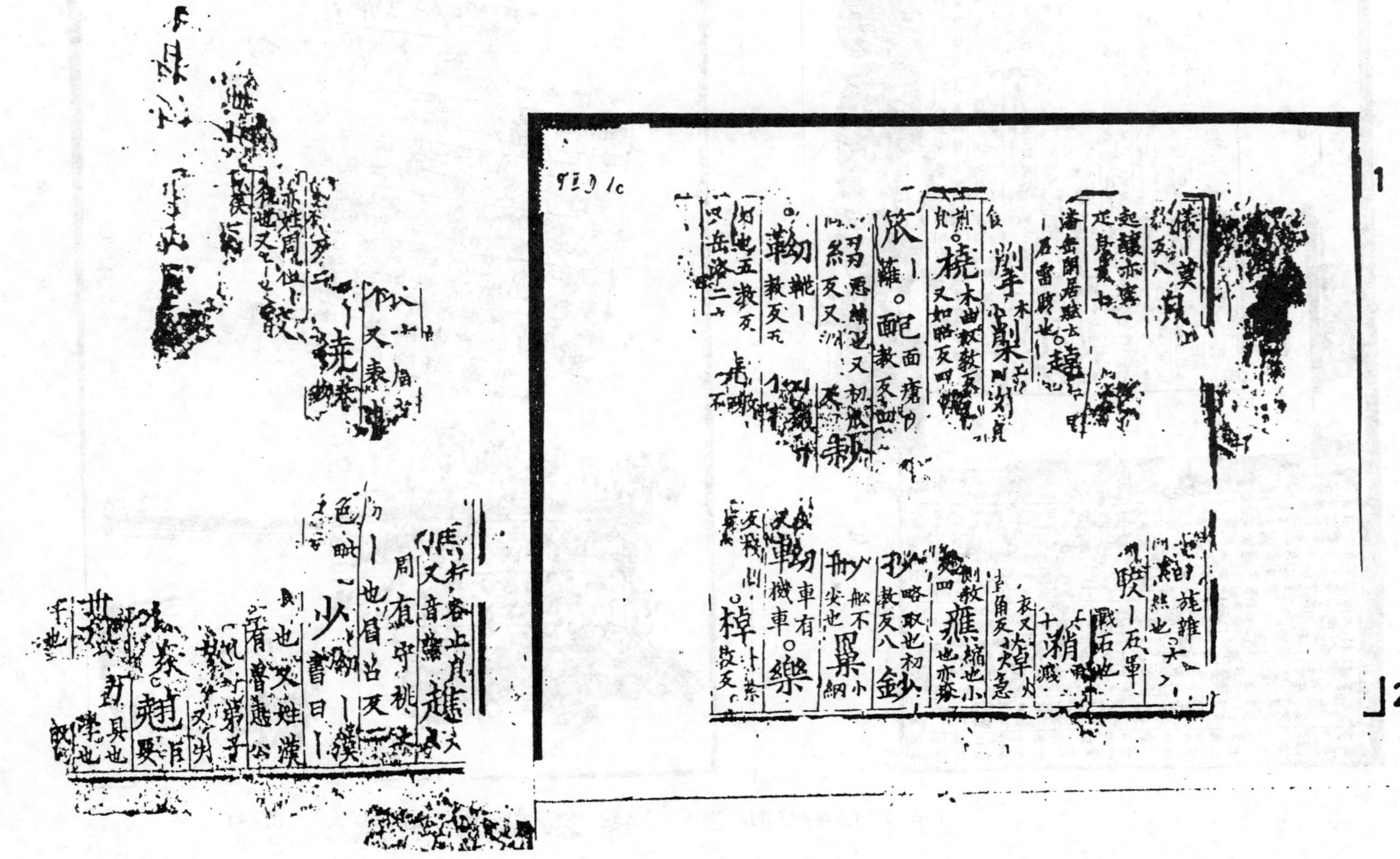

量衡以粟生之十粟為一分十分為寸十丨為尺家語曰孔子曰布指知尺寸也倉困反二 鑴瓦器又千

見。坌塵也蒲悶反四 㪉説文去義闕未詳 溢水聲 捹手丨乱。顐禿也五困反二 睴視。

論講丨盧困反又魯昆反五 睔久視不辯皃 淪水中試船曰丨 碖大小勻皃又盧本反 腀小兒打丨。奔急赴也補悶反又音犇

。惛迷忘也呼悶反又呼昆反。焌子寸反一然火周礼吹其丨三 𩯿委髮也 捘擠丨衞挨手 廿

七。恨怨也胡艮反一。艮卦名説文從目古恨反五 茛草名 珢石次玉 詪語也 [illegible] [illegible]五恨反 饐丨飽

也二 饐上同。饐烏恨反丨饐飽 廿八。翰鳥毛也高飛也長也亦詞丨筆謂之丨又姓左傳曹大

夫丨胡旰反廿九 捍抵丨 攼古文尚書 [illegible]聽丨 扞以手丨又衞也蔽也 螒丨天雞尒疋云小虫赤身黑頭一名沙雞也

垾小堤 豻野狗又音岸 釬丨金銀令相著 銲上同 汗熱丨説文云身之液 悍猛 瀚丨海北海衆鳥放中解翰因名

之閈里門也閭也居也垣也 [illegible]射丨以臂 駻馬高…丨鳥…名又…鳥止 鶾馬長毛 馯

同上 秆 木

布袋 矸石淨。岸涯丨又水際五旰反十一 鉡鐵矛 犴獄五

丨馬行又馬自額至脣 𤎌説文云火色 顔額也 㟁脣也五 喭弔

反又苦旱反六 侃上同 靬乾革 看視也望也又苦干反 衎樂也

漢玉篇古文 暵日氣乾 暵耕田壠 熯火乾 罕抱也

水濡乾也 𦔽冬耕地也 厂山石之崖。爛火孰郎旰

糷飰相著 鑭光丨又平 讕丨言書名。攤按丨也安反之 灘水奄他丹 罕

患也又奴丹反 難縕也 㬮安也烟也 盌 㦨怖擱又塗著又音接。粲好皃又優也察也明也又姓出姓

苑蒼案反八 𡝗三女為丨美女皃 燦明淨皃 璨美玉 薒草可為蓆也 𥻦

丨彩文章皃 𪇅鳥名 所以操頭幪。盍也蘇旰反蘇旱反六 散分離也布也又旱友 𢿏

訁文作亼引出
兵一作俗也弥箭反二
續書曰孫程十九人
賤金指丨環尺絹反五竃窀穸也
又。掾官名或作掾緣衣衿
也以絹反四邊丨
巨右襄上同。㬉城下田書籍多作
堧壖人絹反又宛
垂貝又葥草名似覆盆前刂
力二音亦疋古丨山莓
盛熬丨又孀女丨太白
將侚反星妻名南
失延反偏盛熾眴蠅動眴
又堰丨隸。眷丨屬又
古顧視也

刻本切韻 TIID1a

三

刻本切韻 TIID1a

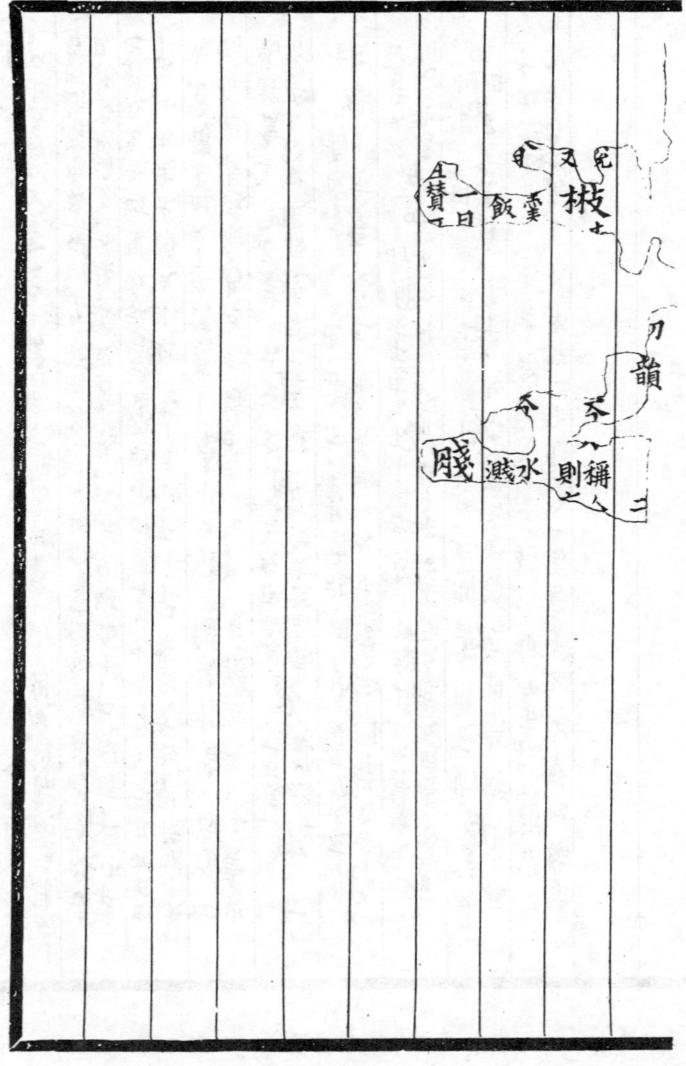

此為效韻字
[illegible]來反㮼在
內今據向達
先生抄本轉
錄

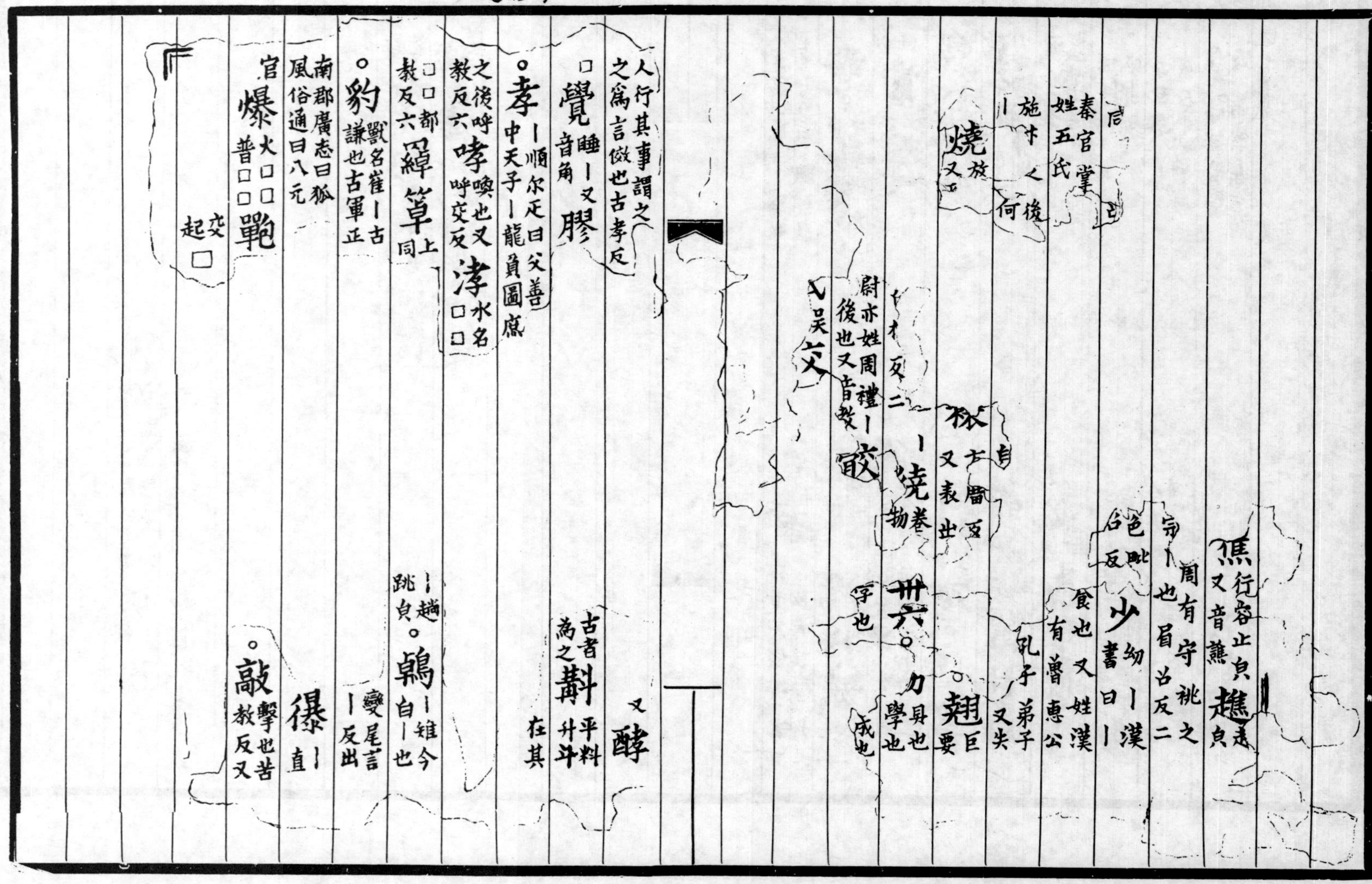

秦官掌 姓五氏
施[illegible]之 丨何後
燒 放 又[illegible]

燋 行容止皃 又音譙
趭 走皃
周有守祧之 丨也眉 呂反二
少 幼丨 書曰丨漢 食也又姓漢 有曾惠公
孔子弟子 又失
翹 巨要
○力 舁也 學也
丨垐 又表也 物巻
𢾭 丨[illegible]也
尉亦姓周禮丨 後也又音教 敀
又[illegible]文

人行其事謂之 之爲言傚也古孝反
□覺 音角 睡丨又膠
○孝 丨順尔疋曰父善 中天子丨龍負圖底
之後呼 教反六 哮 喚也又 呼交反 涍 水名 □□
□□都 教反六 䍜 上同
○豹 獸名雀丨古 謙也古軍正
南郡廣志曰狐 風俗通曰八元
官 爆 火□□ 普□□ 䶂
交 起□

又 酵
古者爲之 斠 平料 升斗 在其
丨趭 跳皃 ○鵫 丨雉今 白丨也
變尾言 丨反出
㒶 直丨
○敲 擊也苦 教反又

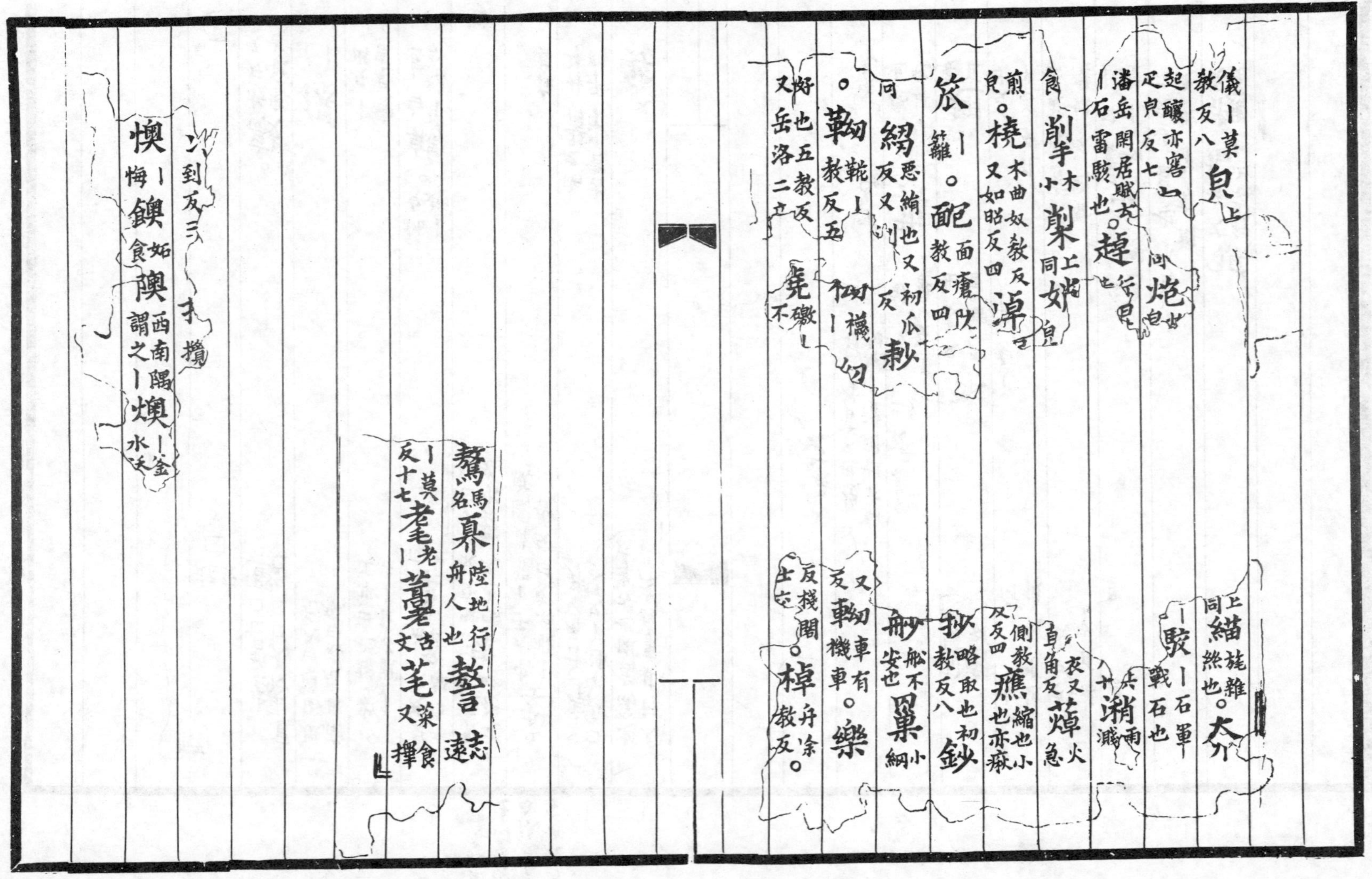

儀丨莫教反八皃上

起釀亦窖足皃反七炮

丨潘岳閑居賦云石雷駭也。趠

食掣小木梨上同姚皃

煎皃。橈木曲奴教反又如昭反四淖

筄丨籬。配面瘡教反四

同綤惡縮也又初爪反又剿

。鞄鞹丨教反五枷丨機切

又好也五教反岳洛二立皃不礉丨

上同繇旄雜絲也。大

丨駮石單戰石也

消雨濺

皀角反又衣火蕲急

側教反四縮也小也亦蘸

抄略取也初教反八鈔

船不安也罩小網

又反軥車有機車。轢

反棧閣。棹舟涂教反。

鷔馬名鼏陸地行舟人也謷志遠

丨莫反十七老毛老丨薹老古文芼菜又擇食

丨到反三攙

懊悔丨鏁妬食隩西南隅謂之丨燠丨水釜

五

附錄

韻字摘抄和有關字母等韻的寫本

附錄

韻字摘抄和有關字母等韻的寫本

這一部分包括五種韻字摘抄和四種有關字母等韻的殘本。韻字摘抄是根據韻書按韻來摘錄的。根據寫者的需要，摘錄的內容大都很簡單。因為這些材料與音韻有關，所以也一併印出。其中有兩種所根據的韻書時代比較晚，與廣韻所載的反切或訓解很接近，由此也可以看出廣韻與晚唐流行的韻書的關係。

古人了解字音中聲母的類別是很早的，至少從宋齊時代（公元五世紀）起已經有不少人理解了喉舌牙齒脣五音的分類，可是為聲類定出名稱，以字母為標目，是比較晚的。這裏所收集的幾種有關字母等韻之類的書對研究音韻學的發展和唐代的語音都是很重要的參考資料。

1 韻字殘葉一（斯六一一七）

2 韻字殘葉二（斯六三二九）

3 韻字殘卷一（伯二七五八）

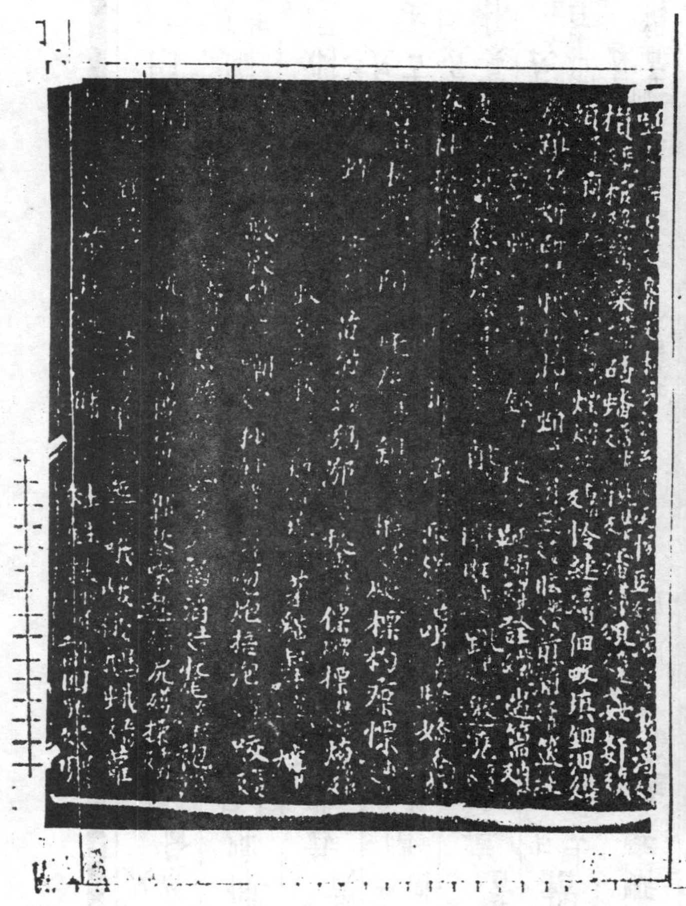

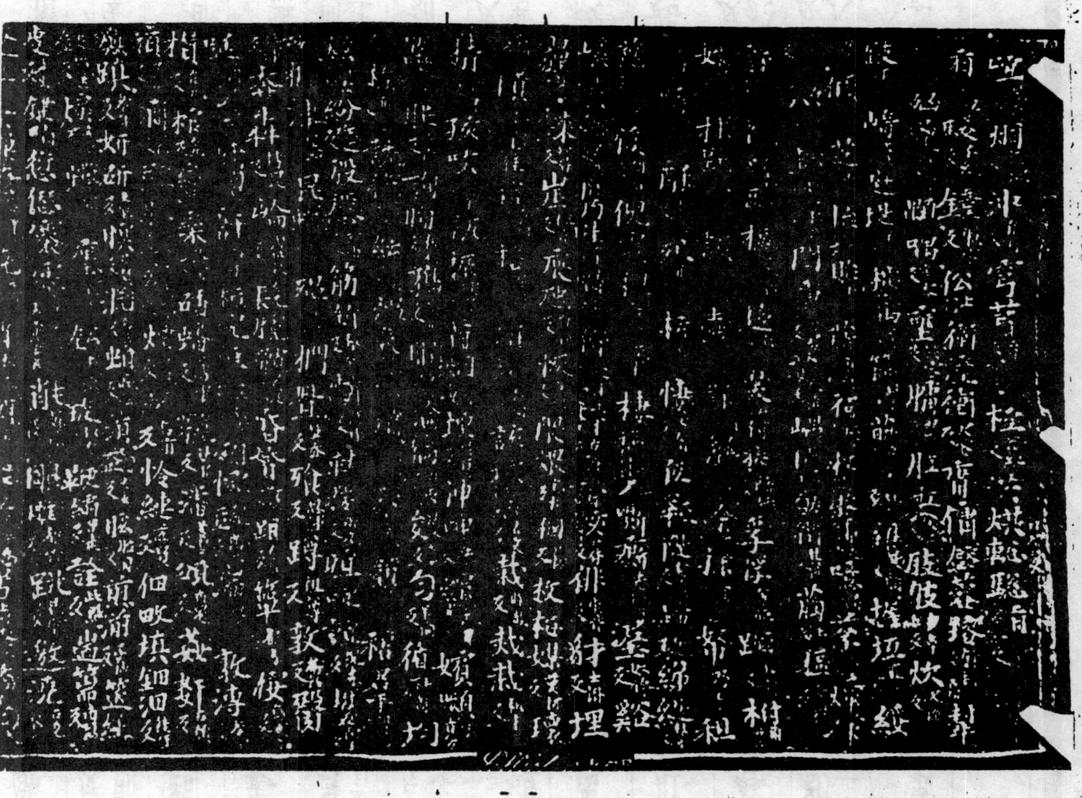

喧况袁反 烔徒紅反 沖直弓反 穹芎二同去宮反 控苦紅反 洪烘二同戶公反
輆騘二同倉紅反 痌他紅反 鬷子紅反 鐘職容反 伀同上 衝撞衝尺容反 庸
傭鎔蓉瑢五同餘封反 䡆府容反 𦙃兇許容反 顒喁魚容反 壅於容反 鱅
丑凶反 肛紅許江反 肢躰章移反 炊尺僞反 跂巨支反 崎去奇反 匙堤泥弟
反 穤离支反 篩吕反 疏夷 毞房脂反 鴟鵄處脂反 墀坻直尼反 綏息遺反
頤直追反 芝止而反 怡圯貽與之反 蒔市之反 祠似茲反 釐犛里之反 噫
音醫 孳子之反 煇揮許帝反 欺以諸反 歔嘘朽居反 閭廬力居反 茹人諸反
嵎隅音愚 劬衢其俱反 蒟同上 貙勑俱反 誅陟輸反 愉羊朱反 瑜同上 甌摳
豈俱反 趍七逾反 芙符扶防無反 孚俘芳無反 蹰直誅反 柎甫無反 姝昌朱反
反 捄舉朱反 謨莫胡反 壺戶吳反 弧同上 觚古胡反 途捈同都反 帑乃都
反 祖則吾反 嚧落胡反 酥素姑反 殂昨胡反 朽哀都反 悽七稽反 伍瓬隄
都奚反 蹄堤綈緹杜奚反 芘邊奚反 傒胡雞反 倪霓猊麑五稽反 棲栖
鼙斬嘶先稽反 涅奴低反 谿嵠溪磎苦奚反 攜畦戶圭反 喎苦緺反 偕
腊楷古諧反 諧骸戶皆反 俳步皆反 豺士諧反 埋霾莫皆反 龡知皆反 崖
擬皆反 痕虺呼恢反 恢苦迴反 隈煨烏恢反 徊戶恢反 枚梅媒莫杯反 瓌
公回反 隤杜回反 崔催倉回反 棓薄回反 堆塠都回反 該垓姟古哀反 裁
昨哉反 裁栽祖才反 猜倉才反 孩咳戶來反 甄振側隣反 茵烟姻堙於眞反
反 伸呻失人反 繽疋賓反 嬪嚬符眞反 嚚語巾反 肫章倫反 詢眴相倫反
鶉常倫反 瞤如倫反 淪倫力迍反 皴七倫反 匀羊倫反 循詳遵反 均口匀反

榛側詵反 詵侁所臻反 紜□□反 煴氳於云反 墳棼符分反 饋符文反 䙰
羣渠云反 勳許云反 紛撫文反 殷慇於巾反 筋斤舉欣反 齗語巾反 轅猨
雨元反 喧暄諠況袁反 馨附袁反 魂棞渾戶昆反 昆蜫古渾反 殟烏渾反
捫亹莫奔反 飧思渾反 蹲徂尊反 敦□昆反 豚徒渾反 奔犇博昆反 崘盧鈍
反 髡臗苦昆反 昏婚呼昆反 跟古痕反 簞都寒反 侒烏寒反 啞徒旱反 竿
肝古寒反 鼾許干反 桓完洹絙胡官反 剜惋豌削丸反 湍他端反 敦溥
度官反 攢在丸反 棺古丸反 鸞欒落官反 磻蟠薄官反 鞔毋官反 潘普官反
頒布還反 姦奸古顏反 頑五還反 瘨戶間反 弦胘絃痃胡田反 煙烟燕
烏前反 怜縺落賢反 佃畋塡鈿沺徒年反 癲顛都年反 妍研五堅反 瞑
莫賢反 淵烏玄反 蜎甌泫反 涓蠲古玄反 眩呫涓反 煎湔子仙反 箋笮鋋
以然反 㷰式戰反 蟬市連反 廛直連反 鉛與連反 琁似泉反 鞭編卑連反 詮
此緣反 遄篅市緣反 虔渠焉反 鍵同上 愆僁褰騫去乾反又虛言反下二 能蘇彫
反 鵰雕都聊反 跳徒聊反 邀澆古堯反 遼料撩擽繚落蕭反 僥五聊
梢相邀反 潮直遙反 謿枵許嬌反 呺同上 驕嬌喬舉喬反 焦蕉椒燋即消
反 陶徒刀反 肫犿徒渾反 鷂餘昭反 樤徒聊反 飈標杓瘭僄甫遙反 瓢
待反 霄蜱彌遙反 儦甫嬌反 苗猫武儦反 鴞邪于嬌反 鍪七遙反 僄飃摽
撫咍反 燎力照反 翹渠遙反 肴餚胡茅反 蛟鵁鮫膠古肴反 勦子小反 鐃
女交反 茅貓犛莫交反又一力之反下 虓音哮 脬疋交反 蔽骹磽口交反 嘲陟交
反 抄鈔楚交反又初教反 庖咆炮掊泡薄交反 咬於交反 嘮敕交反 毫嗥
號胡刀反 膏古勞反 髦旄秏莫袍反 饕洮謟滔土刀反 氂莫袍反 袍薄褒

反 禂直流反 搔臊蘇遭反 咷桃逃徒刀反 糟槽作曹反 翱熬嗷遨五勞

反 尻苦刀反 操千到反 柯怨古俄反 蹉瑳搓磋七何反 䔢得何反 鼉䡐

迤徒何反 哦峨俄鵝蛾五何反 蘿欏囉剆魯何反 莎趖娑蘇禾 䀭

薄波反 趖銼諈昨眿反 訛囮吪五禾反 騾

4 韻字殘卷二（伯三〇一六）

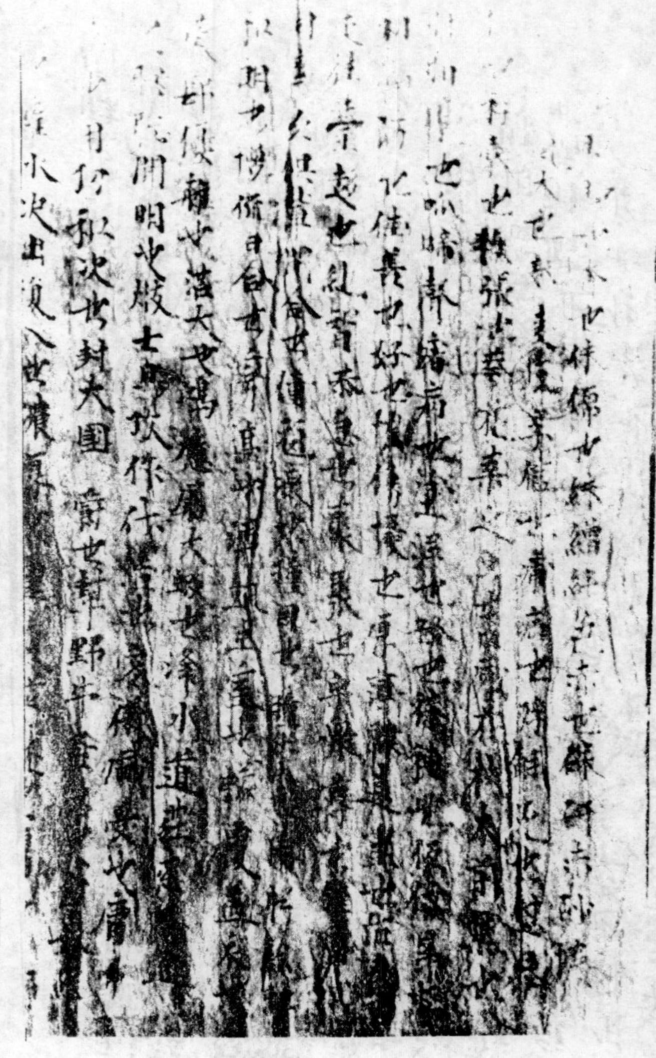

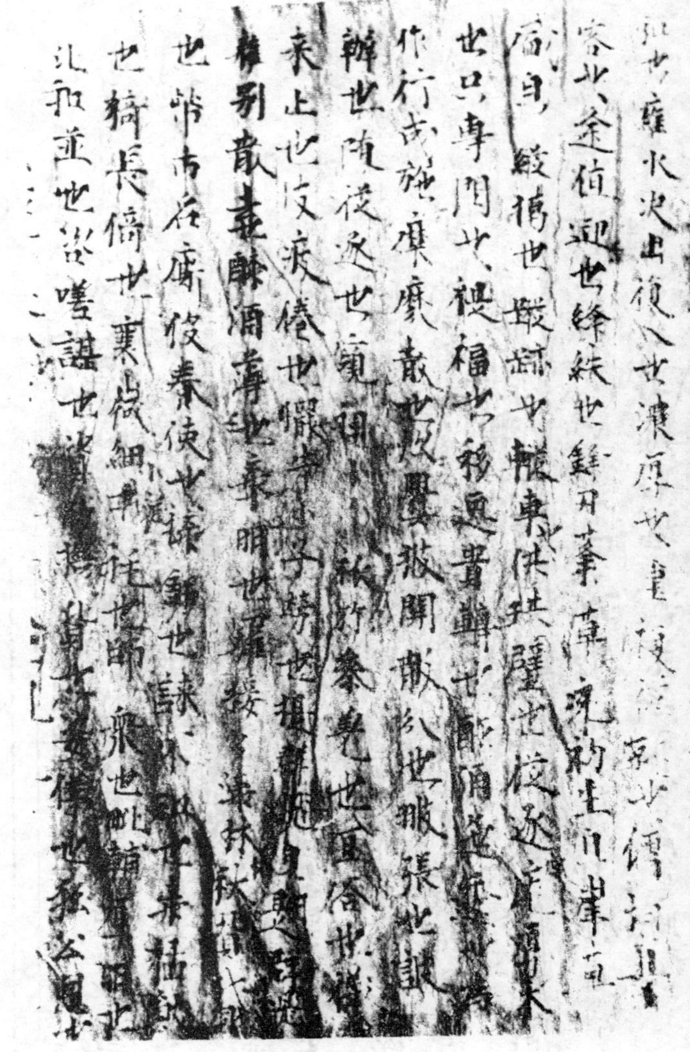

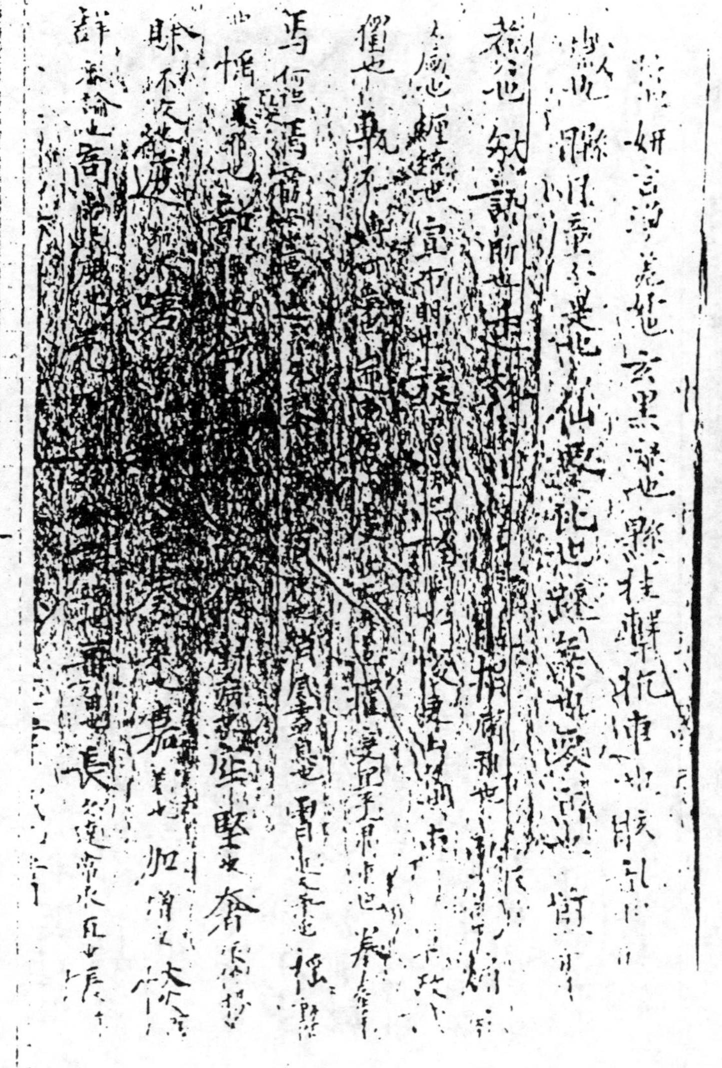

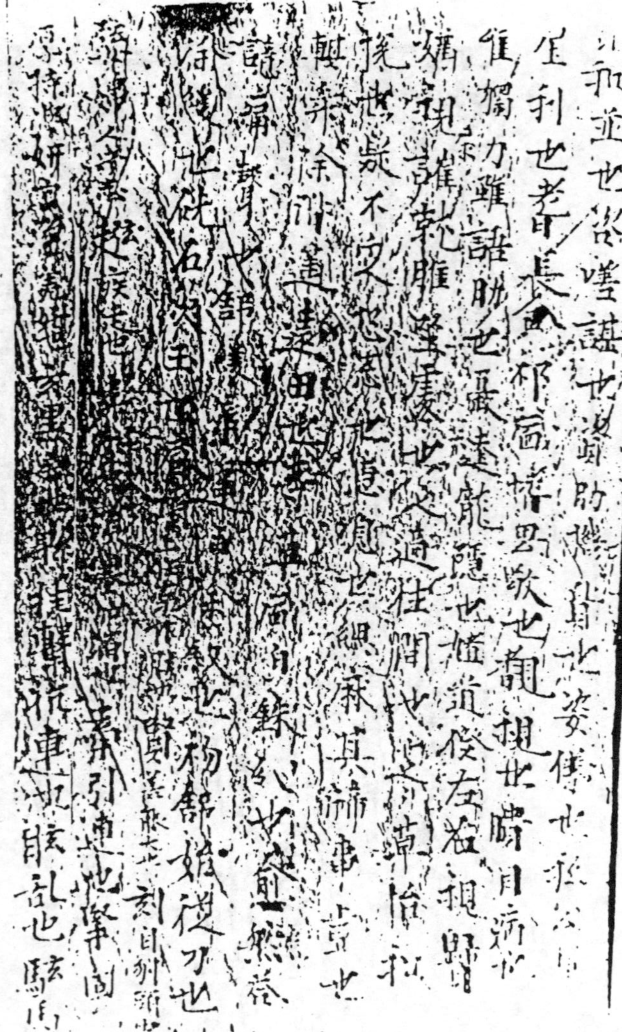

商……汎……刑……長……

多……訂……汎……

殸……齒……沼……盈……蹟……

宏大也 情 靜 睛 晹 精明正也 晶光也 誠審也信也

行亂也 衡橫也 𧗟 胻 胜 腥 骍并也 甍屋棟

晟 盛 呈 程 醒酒也 征行 旺

屏 盈 刑法也 形容也 硎 戌也 傹

丁當也 寧 俗 寍 ……

顛 ……頂也 靈 ……

逌 ……

麥 ……

𩠐 ……

餧 ……

思念也 ……

……

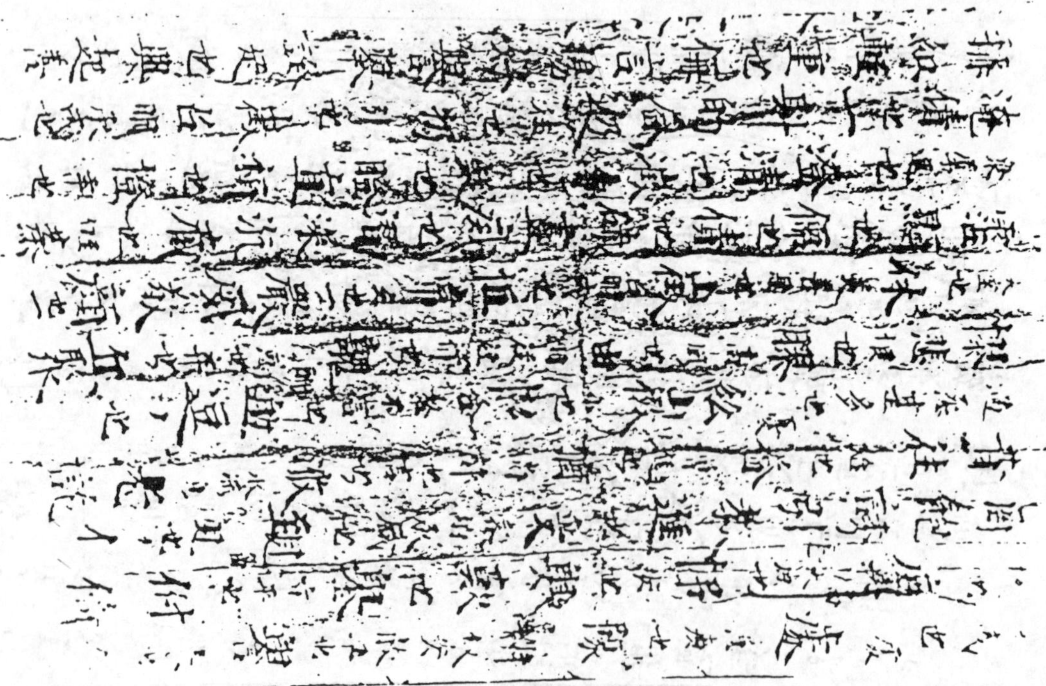

5 「馬」字残葉 （伯二六五九）

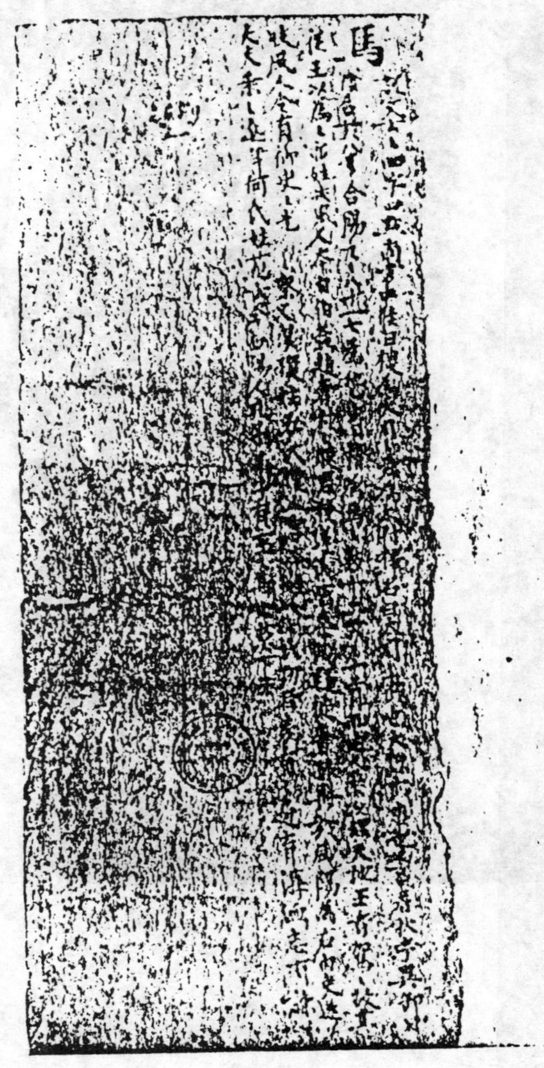

6 韻關辯清濁明鏡殘卷（伯五〇〇六）

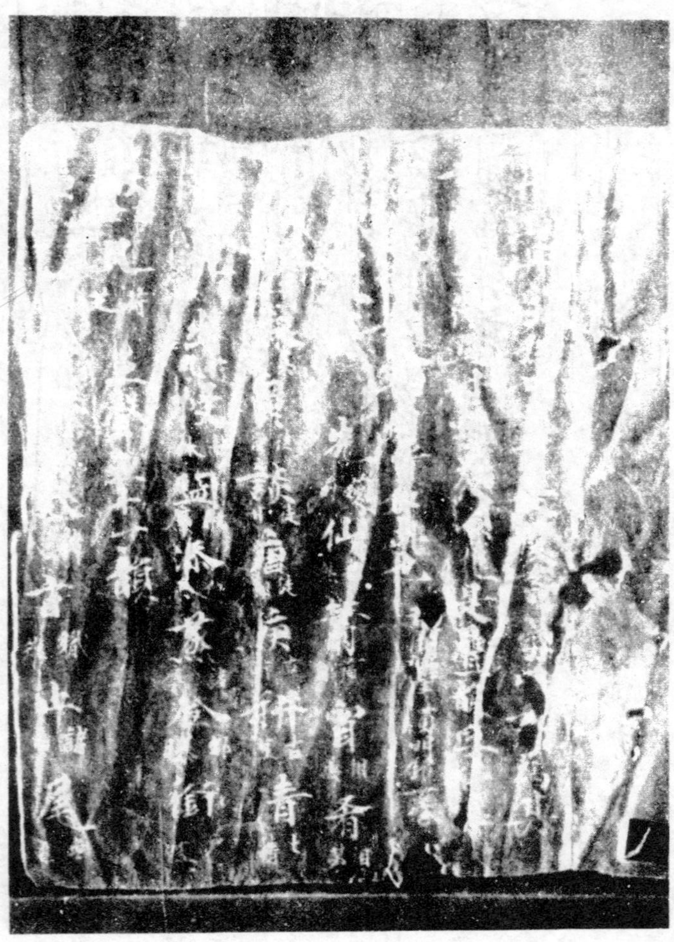

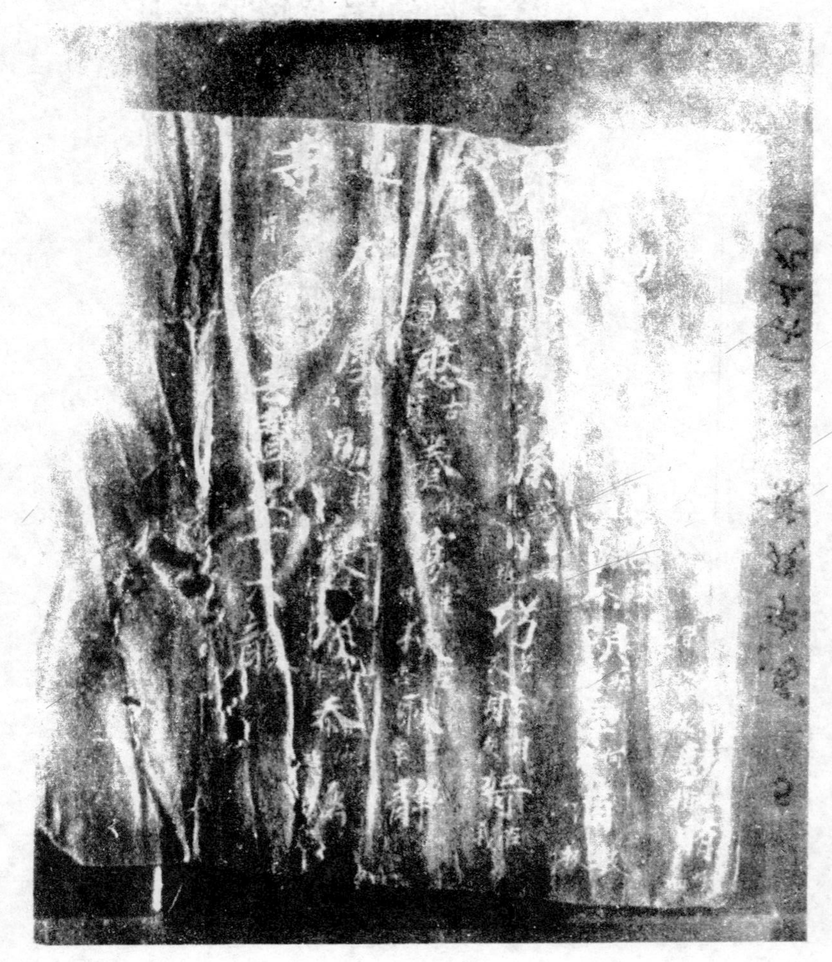

7 歸三十字母例（斯〇五一二）

端 丁當顛敁 精 煎將尖津 知 張衷貞珍
透 汀湯天添 清 千槍僉親 徹 倀忡檉縝
定 亭唐田甜 從 前牆晉秦 澄 長蟲呈陳
泥 寧囊年拈 喻 延羊鹽寅 來 良隆泠隣
審 昇傷申深 見 今京犍居 不 邊逋賓夫
穿 稱昌瞋覿 磎 欽卿褰祛 芳 偏鋪繽敷
禪 乘常神諶 羣 琴擎蹇渠 並 便蒲頻符
日 仍穰忎任 疑 吟迎言魰 明 綿莫民無
心 修相星宣 曉 馨呼歡祆
邪 囚祥餳旋 匣 刑胡桓賢
照 周章征專 影 纓烏剜煙

8 字母例字（北京圖書館藏敦煌卷子兩字五十五號）

端 顛東丹當丁擔都多登兜堤刀
透 天通灘湯廳甜嘟他鼜偷提叨
定 田洞壇唐停覃徒陁騰頭啼匋
泥 年農難囊寧南奴那能羺泥猱
韻 先東寒唐青覃模歌登侯齊豪
審 羶春商申苫升

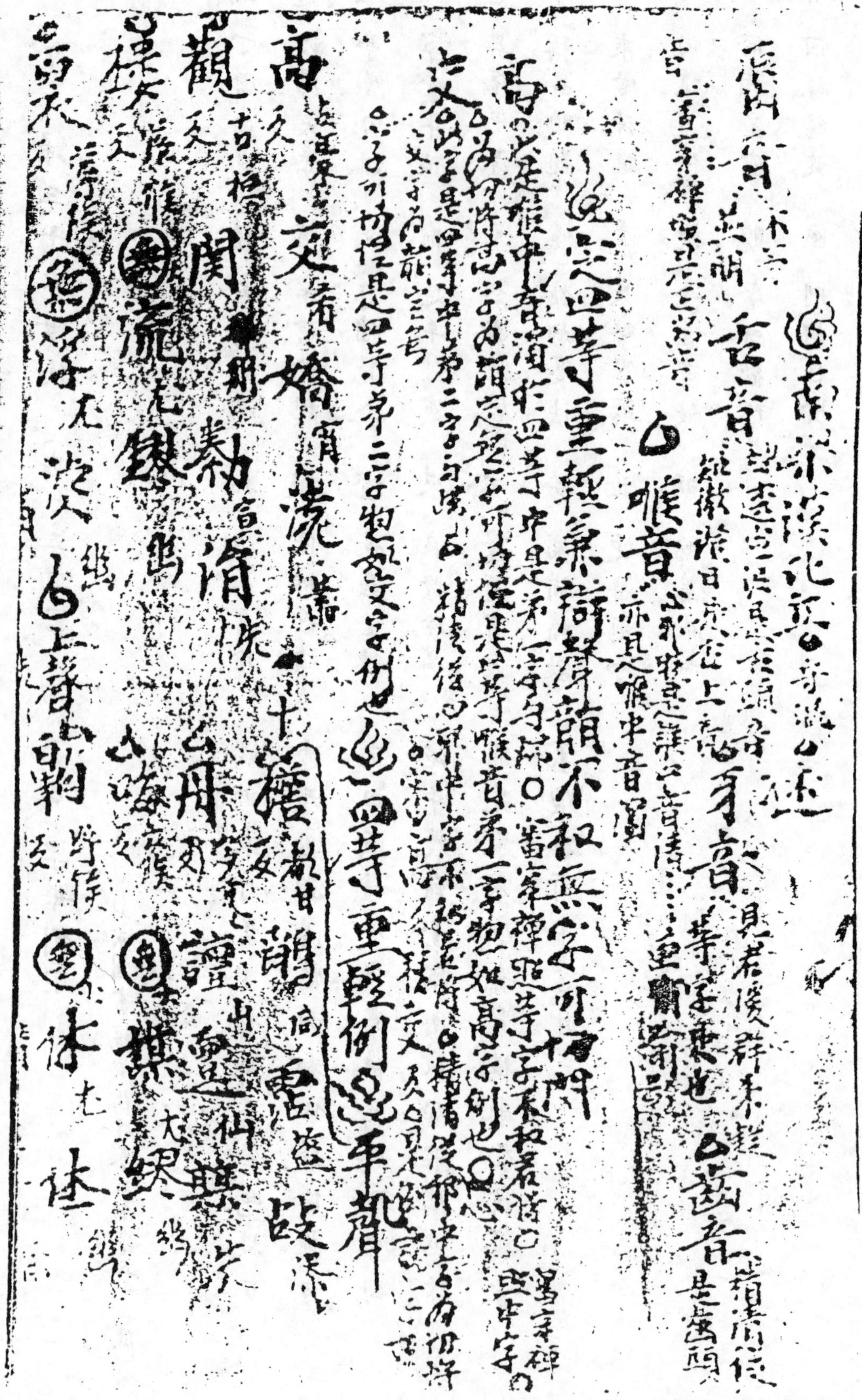

南梁漢比丘守溫述

唇音 不芳並明

舌音 端透定泥是舌頭音 知徹澄日是舌上音

牙音 見君溪群來疑等字是也

齒音 精清從是齒頭音 審穿禪照是正齒音

喉音 心邪曉是喉中音清 匣喻影亦是喉中音濁

定四等重輕兼辯聲韻不和無字可切門

定四等重輕例

上聲 鞠 反 沐 佳

韓 間 塞 璽 滿 反 覺 宽 縮

掩 反 烏敢 黠 擻 巖 果 古老 反 姣 巧 矯 小 皎

軒 反 枯葉 讓 建 見 霞 去聲 禮 反 往星 綻 栖 纏 綿 殿

漘 反 五研 膺 諱 彥 綿 硯 泉 末 反 拗 相 磨 偏 篇

節 反 即德 罽 麦 力 歷 入聲 乞 七 反 古德 薛 屑 鉄

剡 反 苦德 鏟 麦 隊 陌 契 錫 槸 反 古德 羊 麦 駢

餻 反 於德 搦 陌 遷 戚 武 反 坼 陌 勒 楊

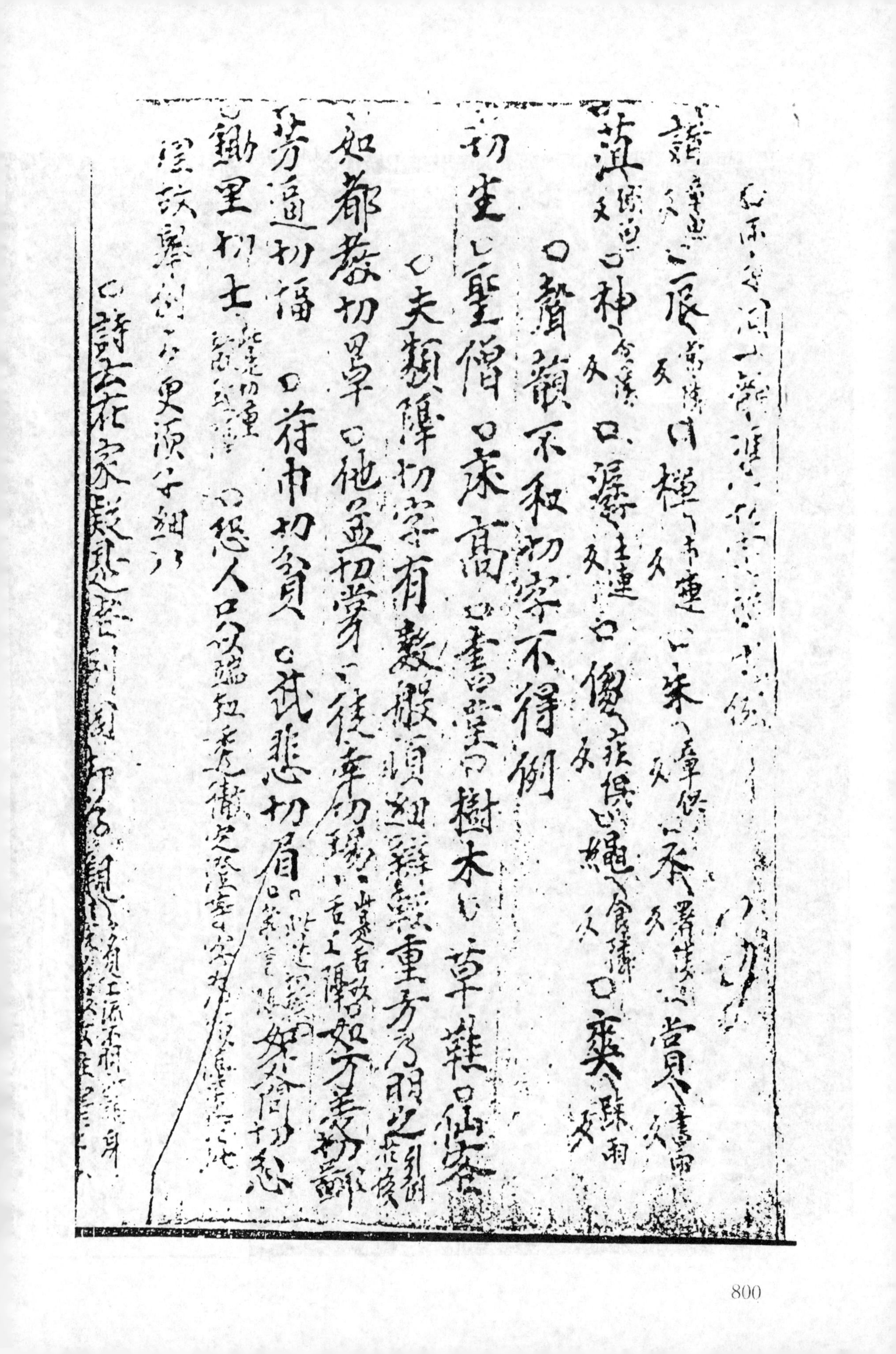

[illegible]

諸[illegible]辰[illegible]樸[illegible]朱[illegible]岑[illegible]賞[illegible]

眞[illegible]神[illegible]〇潺[illegible]〇僊[illegible]〇蠅[illegible]〇爽[illegible]

〇贊韻不和切字不得例

切生〇聖僧〇萊高〇[illegible]樹木〇草鞋〇仙茶

〇夫類[illegible]切[illegible]有數般須知[illegible]重者明之[illegible]

如都蔡切罩〇他盈切營[illegible]徒年切[illegible]如芳姜切[illegible]

芳遵切[illegible]〇荐市切貧〇武悲切眉〇[illegible]如[illegible]切愁

鋤里切士[illegible]〇恐人〇以端知[illegible]

[illegible]舉例[illegible]更須子細[illegible]

〇詩[illegible]家[illegible]

[illegible]　史記[illegible]

詩云花[illegible]疑是客[illegible]却[illegible]覲[illegible]

花家疑是客[illegible]

字去聲[illegible]不用字生疑[illegible]不知端字与知字[illegible]

別國却[illegible]覲[illegible]

辯宮商徵羽角例

欲知宮舌居中　欲知商口開張　欲知徵舌拄齒

欲知羽撮口聚　欲知角舌縮却

辯脣[illegible]相似[illegible]處不同

[illegible]不風飄個[illegible]封[illegible]　飛扉非斐[illegible]

[illegible]齒白支[illegible]分至[illegible]

原爲卷子首三截此下爲第一截標題缺

南梁漢比丘守溫述

脣音　不芳並明　舌音　端透定泥是舌頭音　知徹澄日是舌上音　牙音　見君溪群來(疑)等字是也

齒音　精清從是齒頭音　審穿禪照是正齒音　喉音　心邪曉是喉中音清　匣喻影亦是喉中音濁

定四等重輕兼辯聲韻不和無字可切門

高　此是喉中音濁於四等中是第一字與歸審穿禪照等字不和若將審穿禪照中字爲切將高字爲韻定無字可切但是四等喉音第一字揔如高字例也

交　此字是四等中第二字與歸精清從心邪中字不和若將精清從心邪中字爲切將交字爲韻定無字可切但是四等第二字揔如交字例也

審高反　精交反　是例諸字也

四等重輕例

瑣一〇〇　四三

平聲

高古豪反　交肴　嬌宵　澆蕭　擔都甘反　鶴咸　霑鹽　故战添

觀古桓反　關刪　勬宣　涓先　丹多寒反　譠山　邅仙　顛真先

樓落侯反　無尤　流尤　鏐幽　呣亡侯反　無尤　謀尤　繆幽

裒薄侯反　無小　浮尤　淲幽　齁呼侯反　無小　休尤　烋幽

上聲

葬歌旱反(字)　簡產　蹇獮　銑　滿莫伴反　畬　潸　免選　緬獮

埯烏敢反　黤檻　俺掩琰　魘琰　杲古老反　姣巧　嬌矯小　皎皦篠

去聲

肝古案反　諫諫　建願　見霰　但徒旦反　綻襉　纏線　殿口

岸五旰反　鴈諱　彥線　硯霰　半布判反　扮相　變線　遍借聲

入聲

勒郞德反　㫮麥　力職　歷錫　北布德反　蘗麥　逼職　壁錫

刻苦德反　糪麥　隙陌　喫錫　祴古德反　革麥　棘職　擊錫

龍奴德反　榒陌　匿職　溺錫　忒他德反　垿伯　敕職　惕錫

特徒德反　宅陌　直職　狄錫　餘烏德反　戹陌　憶職　益昔

□黑呼德反　赫陌　□職　吹錫　墨莫德反　麥　麥韻　窅職　覓錫

首二字爲重輕似無疑

此下爲第二　□□□□□□精清從心邪審穿禪然九字中字只有兩等重輕□　歸精清心從邪中字與歸審穿禪照兩等中

瑣一○○

字第一字不知若將歸精清從心邪中爲切將歸審穿禪照中一第字爲韻定無字何切尊生反畢一例諸也　又審穿禪照中字却與歸精清從心邪兩等字中第一字不知若將審穿禪照中字爲切將歸精清從心邪中第一字爲韻定無字可切　生尊反畢一例諸也

此下爲第三

○兩字同一韻憑切定端的例

諸章魚反　辰常隣反　禪市連反　朱章俱反　承署陵反　賞書兩反

菹側魚反　神食隣反　潺士連反　㑳莊俱反　繩食隣反　爽踈兩反

○聲韻不和切字不得例

切生 ○聖僧 ○床高 ○書堂 ○樹木 ○草鞋 ○仙客

夫類隔切字有數般須細辯輕重方乃明之引例於後

如都教切罩 他孟切掌 徒幸切瑒 此是舌頭舌上隔

如方美切鄙 芳逼切塩 苻巾切貧 武悲切眉 此是切輕韻重隔

如疋問切忿 鋤里切士 此是切重韻輕隔

恐人只以端知透徹定澄等字爲類隔迷於此理故舉例

更須子細

詩云在家疑是客別國却爲親 多見上流不明此語身說多般故註釋於後

在家疑是客 即是類隔傍韻切也如韻中都江切椿字迷者言都字歸端字椿字歸知字云都椿不用字生疑或不知端字與知字俱是一家家故言在家疑是客也

別國却爲親 緣都字歸端字椿字歸知字歸處不同便似別國雖歸處不同其切椿字是的親之故言別國却爲親也

辯宮商徵羽角例

欲知宮舌居中 ○欲知商口開張 ○欲知徵舌柱齒

欲知羽撮口聚 ○欲知角舌縮却

辯聲韻相似歸處不同

不○ 風楓佩方戎反 封葑圭○ 韭封府反 飛扇緋非斐甫反

夫趺鴂鈇甫無反 分芬棼饋府文反 芝方勇反 匪棐翡篚非反

斧俯府俌腑方矩反 粉方吻反 阪皈返坂府遠反 腹膚妃諷方鳳

反 沸痱誹方未反 癈廢方肺反 販畈方願反 富方副反 付賦傅方遇反

下缺

福腹複輻幅蝠踾輹 方六反。弗紱颰黻綍不郝由第 分勿反 髮

發汥颰(跋) 方伐反。哱紑碢不 甫鳩反。糞奮 方問反。方邡枋坊匚肪昉

府(腐)口(謟)。蕃藩 府袒反(頑)。芳豐豐酆灃僼 敷融反。峯鋒蜂烽 敷容反。霏妃

非 芳非反。敷麩孚鄜俘 芳無反。芬芬紛氛 撫文反。捧 敷隴反。斐悱斐

蜉 敷尾反。刜 方武反。忿 敷粉反。紌 峯妣反。䀆麷 敷鳳反。費鬅 方未反。肺

柹 方𢘆反。㜷娩忺疲媲 芳万反。赴訃 芳遇反。蝮覆複傷 芳福反。彿拂

弗刺紼祓繽鬅 敷勿反。怫 拂伐反。忿濆 芳問反。芳妨淓 敷方反。紑翻

幡 孚袁反 口

民國二十九年以原本照片校並改正數字 祖謀

頊一〇〇 四六

唐五代韻書

下编

亂世外餘書

丁鐵

考釋

〔考釋二〕陸法言『切韻』傳寫本

『切韻』殘葉一（伯三七九八）

此殘葉破損已甚，僅存平聲東冬鍾三韻字，共十六行。行間有界欄，韻與韻之間有間隔，韻首有韻次數目，並加朱圈，一韻之內，小紐第一字上則加朱點，以示分別。書法圓渾，猶有隸書筆勢，書寫的時代比較早。可惜中間一段污黷，已難辨識。

此葉存字雖不多，但極重要。其中反切與本書第二類所收箋注本『切韻』二（斯坦因編號二〇五五，即王國維摹寫本『切韻』殘卷第二種，以下簡稱箋二）幾乎完全相同。（箋二有誤字）。故知為『切韻』。箋二卷首有陸法言『切韻序』和長孫訥言箋注序，陸序題目與正文之間又有「伯加一千字」一行，是其書以陸法言書為底本，而字有增加，注有增益。至於此本則收字少於箋二。如東韻「空」苦紅反，五字，箋二為七字；「蒙」莫紅反，十二字（十二疑為十一之誤，詳下文），箋二為十一加二；「龍」盧紅反，十三字，箋二至少為十六字；「洪」胡籠反，十字，箋二為十一加一；「翁」烏紅反，三字，箋二為四字；「蓬」薄紅反，二字，箋二也是四字；「烘」呼同反，二字，箋二為三字；僅此數紐，多寡已顯著不同。可知此本時代當比箋二早。箋二紐內遇有增加字，一律注明「幾加幾」，而此本絕無。從注文來看，此本注文也極其簡略。習用字大都沒有訓釋。箋二注中稱「案」的，長孫序中明言「俱非舊說」，此本字下只略出訓解，並無案語。由此推斷，此殘葉應當是陸法言書較早的傳本。

『廣韻』鍾韻「恭」字下注云：「陸以恭蜙樅等字入冬韻非也。」（此注當本於『唐韻』，說詳本書第五類伯二。（一八考釋），此本「恭」「蜙」「樅」三紐字正在冬韻，與廣韻所說相合。今日所見陸法言一系的韻書莫不如此。

此本冬韻末有「右十一韻」四字。所謂「十一韻」即指冬韻內冬、彤、賨、農、恭、蜙、樅、攻、䃔、礲、宗十一紐而言。推想全書每韻之末都會有同樣的記載。這是其他唐本韻書中所沒有的。韻中的一紐稱之為「韻」，也見於王仁昫刊謬補缺切韻。宋濂跋本王韻上聲紙韻「輢」字下注云：「於綺反。車騎。陸於倚韻作於綺反之，於此輢韻又作於綺反之（作字原脫，此依敦煌本王韻補），音既同反，不合兩處出韻，失何傷甚。」這段話是批評陸法言書裏紙韻內不應當把與「倚」同音的「輢」字別出為一紐，「倚」「輢」既然都音於綺反，就應當歸併，其中所說的「倚韻」和「輢韻」都是韻中之一紐，與此本所記「右十一韻」的意義相同。又蔣斧印本唐韻入聲麥韻「隔」紐有「鰨」字，注云：「鰨鰈，魚名。陸入格韻。」案本書第二類所收箋注本切韻一（斯二〇七一，即王國維摹寫本切韻殘卷第三種）入聲陌韻格紐下正有「鰨」字，注云：「鰨鰈。」唐韻所說「陸入格韻」即指陸入格紐而言。與此本所說的「韻」的意義也是一致的。若以為陸書入聲韻目中有「格」韻之名則誤。（裴務齊正字本切韻入聲有格韻，那是另外一回事。）至於東冬鍾江一類的分韻，在箋注本切韻一入聲月韻「噦」字下則稱之為「部」。「噦」字注云：「居劣反，此字亦入薛部。」（此注箋注本切韻三和宋濂跋本王韻同，惟居劣反作乙劣反。）「薛部」即指入聲薛韻而言。言「部」則以別於小紐。「部」在唐人韻書中也稱為「韻部」。如伯二六三八韻書序末論曰一段說：「若細分其條目，則令韻部繁碎，徒拘桎於文辭耳。」「韻部」就指的是東、冬、鍾、江之類的分韻，與上文所說的「部」意義正相同。唐封演封氏聞見記說李登聲類「以五聲命字，不立諸部」，所謂「部」也是這個意思。「部」與「韻」兩個名稱所指的都是分韻的事情，不過範圍有大小之分，於是裴務齊正字本切韻又有「大韻」、「小韻」之名。裴本切韻卷首云：「右四聲五卷，大韻總有一百九十五，小韻三千六百七十一。」「大韻」即指東、冬、鍾、江之類，「小韻」即指韻中之一紐。這些名稱與此殘葉冬韻末所記「右十一韻」比觀其含義就更加清楚了。

此本書法甚精，然其中也畧有脫誤。如東韻「蒙」紐據裴本及宋跋本王韻校訂，當為「蒙濛朦矇艨饛鬔𩦿檬醿冢」十一字，「蒙」下注文作「十二」不合。正文「矇」下又奪一「艨」字，以致「艨」字注「艨艟戰船，又武用反」八字冒為「矇」字注文，這都是寫者的疏忽。又如「魟」字注「河魚似鼈」的「似」誤為「以」，「鍬」字注「短矛」誤為「短予」，都應當校正。

(2) 切韻殘葉二（伯三六九五、三六九六）

此書殘存二紙，存於巴黎國家圖書館，伯希和編為兩號。一為三六九五，一為三六九六。

三六九五一紙，正面為平聲模、齊兩韻字，背面為平聲灰、咍、真三韻字，而正面模韻下與背面咍、真兩韻下面都有殘闕，前後各十八行。書中每韻別起，韻首一字又提高一格，字大行疏，書法秀麗勻整，有虞世南的筆意，在唐代寫本中實不多見。

三六九六一紙，正面為鍾、江、支三韻字，鍾韻的前半已皺疊不可見；背面所存為支、脂、之三韻字，之韻止於「隔」字，而後半皺疊，與正面相同。這一紙和上一紙書法完全相同，當為一書。惟每面有三十行，比上一紙多十二行。又之韻末皺摺處別有斷片一段，正面自「壺」字起，至「徒」字止，為模韻字；背面自「鰓」字起，至「論」字止，為咍真兩韻字；此斷片在此無所附麗，實即三六九五一紙模、真兩韻下面所闕的一部分，兩相聯綴，如合離符。由此可知原書似為冊葉裝。三六九六一紙在前，三六九五一紙在後，兩者之間尚闕之微、魚、虞諸韻字，當另有一紙，前後始能相連。

伯希和所編三六九六號內另有一紙為去聲韻字，正面存去聲韻目和送韻至寘韻字，背面存霽韻至隊韻字，書法豐茂緜密，字体和筆勢與上述平聲鍾、江、支一紙迥然不同，內容亦異。從內容和筆蹟來看，與伯希和編號三六九三、三六九四為一書。伯希和不察，竟將此一紙黏於平聲鍾、江、支一紙之後，編為一目，實誤。現在分之為二：平聲一紙與三六九五合為一書，去聲一紙則與三六九三、三六九四合為一書，（見本書第二類）淩亂之餘，庶得其序。

三六九六鍾、江、支、脂、之諸韻和三六九五模、齊、灰、咍、真諸韻共有九十六行。每字下注釋極簡略，一般習用的字大都沒有訓釋。一紐開頭的一個字的注文，都先出訓解，後出反切，最後舉出一紐的字數。這跟切韻殘葉一（伯三七九八）是一樣的。韻中收字則與箋注本切韻一（斯二○七一）最為相近。箋注本切韻一有增加字，此本絕無，而且收字也比箋注本一畧少。如支韻「犧」許羈反，七字，箋注本一為八字；脂韻「茨」疾脂反，六字，箋注本一為七字，模韻「盧」落胡反，十五字，箋注本一為十六字。據此推斷，本書與切韻殘葉一（伯三七九八）可能都同樣是陸法言書的傳本。鍾韻一紙也與殘葉一文字正相銜接，可謂巧合。

本書反切與箋注本切韻一及箋注本切韻二（以下簡稱箋一、箋二）偶有不同，但聲韻類別並無大異。例如：

江韻「釭」又古紅反　箋一同。箋二作「又古終反」。

支韻「為」遠支反又遠偽反　箋二同。箋一「遠偽」作「于偽」。（宋跋本王韻作「榮偽」）

「闚」去隳反　箋一作「去垂反」，箋二作「去隨反」。（宋跋本王韻同）

脂韻「私」息茲反　「茲」在之韻，蓋抄寫者誤書。箋一作「息脂反」。宋跋本王韻同。

「錐」職追反　箋一同。箋二作「止椎反」。（宋跋本王韻作「職維反」。）

「狋」牛飢反　箋二同。箋一作「牛飢反」。

之韻「詩」書之反　箋二同。箋一作「所之反」。詩為審母三等字，「所」為審母二等字，此蓋抄寫者所改。

模韻「租」則胡反　箋一作「則吾反」。

灰韻「雷」路回反　箋一作「路迴反」。

咍韻「開」苦哀反　箋一作「康來反」，列於韻末。

「臺」徒哀反　箋一作「徒來反」。

真韻「甄」又居延反　箋一作「又居然反」。

其中除「私」作「息茲反」可能為寫者轉錄之誤外，其他僅為用字之不同。租、雷、開、臺、甄五字下的反切，宋跋本王韻都跟此本相合，足見王韻反切與陸書尚為接近。

至於注解，本書字下沒有訓釋的比箋一箋二多。字下有訓釋的，非同於箋一，即同於箋二。例如：鍾韻「舼」字注云「小舩」，箋二同，箋一作「小舡」；脂韻「仳」字注云「仳倠醜女」，箋二同，箋一作「仳倠醜女」；「眉」字注云「古作𦣞」，箋二同，箋一字作𦣞，注云「又作眉」；駓字注云「桃花馬色」，箋二同，箋一作「馬桃花色」。宋跋本王韻都跟本書相同。又本書注中所出又音雖與箋一、箋二沒有差別，但也有兩三處是箋一、箋二所沒有的。如鍾韻第一行「鱅」下云「又蜀庸反」，第二行「癕」下云「又於用反」，脂韻第七行「齏」下云「又徂稽反」，前兩例不見於箋二（箋一闕，無從比勘），後一例箋一、箋二都沒有，由此可見本書保留的又音比較多。法言編韻，略於訓釋，而詳於音讀，正是韻書原來的要求。到了唐代，踵事增華，不僅增字，而且詳載義訓，那就跟一般字書的功用相近了。

此本書法極精雅，但脫誤甚多。有一紐脫奪幾個字的，也有脫去正文，而注文竄入上一個字的，種類不一，別詳校記。

〔校記〕

○鍾韻

一行蓉　注「芙蓉」下脫「封」字及反切。箋注本切韻二（下簡稱箋二）「封」注作「府容反二」。

二行凶已見前一行，此處為衍文。

三行鏞箋二作「[金邕]」。

澭　注「水在宗以隹二反名」有誤。箋二作「水名在宋，又以隹反」。敦煌本王韻（伯二〇一一）同。

四行襛　注「厚」，據箋二乃「濃」字注文，此字下脫注及正文「濃」字。「襛」箋二注作「[?]襛」。

五行逢　注「苻容反二」，箋注本切韻一（下簡稱箋一）「二」作「三」，下有「縫」「漨」二字。此本「逢」下有「縫」無「漨」，而「縫」注作「水」，是脫「漨」字，「漨」字注　誤入「縫」下。

○江韻

一行杠　注「旌旗飾」三字誤書為四字。

二行牻　注「牛白黑雜反二聲」，抄寫有誤。箋二「牻」注「牛白黑雜」下有「膿」字，箋一注云：「耳中聲。女江反二」。此脫「膿」字，注文又脫奪誤寫於「牻」下。

三行栙　注「雙帆」二字，「雙」上當依箋二有「栙」字。「栙雙」為一詞。

四行雙　注云「所江反四」，此下只有二字，蓋脫一字。箋二及宋跋本王韻皆有「雙」字。

五行肛　注「許江反二」，箋二反切下「二」作「一」。

六行憃　注「又丑龍丑用三反」，「三」當作「二」。

○支韻

一行支　注章移反十　「十」箋二同，箋一作「九」。　祇注又巨支　「巨支」下脫「反」字。

二行移　注七支反　「七」字誤．箋一作「弋」。

三行匜　注杯似柿　「柿」當從箋二作「杮」。

四行出新陽　此三字非「爲」字注．箋一「爲」下有「潙」字，注云「水名，出新陽」。此本前一行「爲」下脫「潙」字，「潙」下注誤入「爲」字下。

　　麾　注託爲反　注文「託」字誤。箋一作「許」。

五行睦　字當從「圭」作「眭」。

七行吹　注又人爲反　當依箋二作「又尺僞反」。

九行魌　注小皃鬼　「小皃」當從箋一作「小兒」

　　碕　注又巨機　「機」下脫「反」字。

十一行瀷　注水名在名新豐　「新」上「名」字衍。

十六行鷦　注鳥水　「鳥水」當作「水鳥」。

○脂韻

三行梶　箋一作「槐」。此誤。

四行𪗋　此字當作「𪗋」。

五行飢　此字下脫反切。

胵　注「胒」當作「膍」。

辴　注「笑皃，又反三」又反三」有脱誤。箋一作「又勑辰反三」。

七行蠐　注蠐螬虫　「螬」字誤。箋二作「蠐」。

墀　注直屈反　「屈」當從箋一、箋二作「尼」。

八行私　注息茲反　「茲」乃之韻字。箋一作息脂反」。

尸　注云「式脂反四」，此下僅有兩字，不合。箋一、箋二並有「蓍」字，此脱。

十五行犙　注求牛子　箋一、箋二皆作「求子牛」。

十六行雎　注水名在梁郡　注箋一作「水名在梁，無郡」字。

十七行瑂　注右似玉　「右」字誤。箋一、箋二作「石」。

十八行黴　注「黴黎垢腐皃」　注「黎」箋二作「黎」箋一作「黧」。「垢腐」箋一作「垢黑」。

十九行惟　箋一箋二皆作「帷」。

邳　此字當從「丕」作「邳」。注「下邳郡」，箋一、箋二皆作「下邳縣」，案下邳郡為隋置，唐為泗州，後改為臨淮郡，領縣六，下邳即其一（見通典卷一百八十）。箋一、箋二改「郡」為「縣」蓋從唐制。

二十行駓　注桃花馬色　注箋二同。箋一作「馬桃花色」。

倠　注似倠　注「似」字誤。箋一、箋二皆作「仳」。

二十一胝　注縠始熟　箋一「胝」下注「皮厚。丁私反二」。「胝」下「秪」字注作「縠始熟」。此本「胝」下脱注及正文「秪」字。

紕　注疋夷反二　「二」箋一、箋二作「一」。此紐「紕」下再無字，作「二」蓋抄寫之誤。

嶉　注許綏反三　「三」箋一、箋二作「二」。此紐只有二字。作「三」蓋抄寫之誤。

○之韻

一行珽　注王名　「王」當從箋一作「玉」。

二行沶　箋一作「泺」。

三行思　注息慈反九　「息慈反」箋二作「息兹反」。此紐九字，但只有七字。箋一、箋二「同」下有「緦」「禗」二字，此本抄脫。

禗　注玉　箋一此字訓「不安意欲去」，箋二訓「不安欲去意」，「禗」下有輜、颸、其、期、旗、萁、騏、基、琪、九字，「琪」字訓「玉」。此本「禗」下脫本字注文及「輜」以下九字，注文「玉」蓋「琪」字注，抄寫誤錄於「禗」下。

○模韻

二行湖　已見前一行，此為衍文。

三行罛　注舩上納　「納」箋一作「綱」，此誤。

四行鴣　注鸕鴣鳥名　「鸕」當作「鷓」。

五行駼　注鳥名與鼠同穴　「駼」下脫注及「狳」「鵌」二字，此注乃駼字注文。見箋一。

七行帑　注戮　箋一同。敦煌本王韻此字訓「藏」。

憮　注大憍怯　箋一「憍」字為正文，訓「怯」。此抄入「憮」下為注文誤。

九行盧　注落胡反十五　依注本紐共十五字，而只有十四字，蓋抄寫誤脫一字。箋一及敦煌本王韻於下文「鱸」下皆有「櫨」字，注云「斂取」。疑脫此字。

十二行鰞　注鰞鰞魚　箋一注作「鰞鱡」，王韻作「鰞鰂魚名」。

十三行鋪　此字箋一及敦煌本王韻皆作「餔」，此作「鋪」蓋抄寫之誤。「鋪」音普胡反，不當列此紐。

○齊韻

二行莉　注莉花職荊　注「職」字誤。王韻作「織」。

絺　此為俗體，正作「絺」。

○灰韻

二行晦　箋一字從肉作「脢」，訓「衣上白醭」。敦煌本王韻無此字。宋跋本王韻注作「胎經二月。又莫背反」。說文「脢」訓「背肉也」，引「易咸其脢」。

昳　箋一作「脥」，此從「日」誤。

六行挼　注繫　「繫」當從宋跋本王韻作「擊」。

○咍韻

三行垓　注項羽毀處　「毀」箋一作「敗」。

四行陔　注殿偕之曰垓　箋一「陔」注作「殿階之次序」。「陔」下有「姟」字，注云「數十萬曰姟」，此脫「姟」字，「陔」下注文又有錯亂。

五行𨘑　注𨘑　注箋一作「䵺」。

○真韻

一行莀　注牛脣草名　「莀」字誤，當作「蓐」。注「牛脣」當作「牛蓐」。見箋一。

1.3(3)「切韻」殘葉三　（斯六一八七）

此殘葉存平聲幽、侵、鹽三韻字，共十五行。幽、鹽兩韻存字不多，而侵韻則完整無闕。原卷似有邊欄，書法整齊，筆勢挺勁有力。韻首有韻次數目。韻中各紐第一字上無標識。

從內容看，此本與箋注本「切韻」一（箋一．斯二〇七一）最接近，每紐收字不多。

字下有訓釋和反切的，先出訓釋，後出反切（只有盐韻「廉」字不如此）。各紐第一字反切下所記字數都沒有增加字的記載。反切與箋一殘存部分無出入。一望而知是同一系統的書。箋一侵韻的後半及盐韻開頭已殘闕不全，正可以此相補。

箋一為陸法言切韻的正字增注本，而此本注釋簡略，極似陸法言書傳本。箋一平聲分上下，侵韻列於平聲下，韻次數目是「廿」，此本「侵」字上殘存一「六」字。伯二〇一七韻書和宋跋本王韻（並見後）韻目中平聲不分上下，侵韻列為「卅六」，此本「六」上殘損，「卅」字闕落，原來數目也當為「卅六」。由是可知此本平聲五十四韻由東至凡是相連的，並不分為上下，正是陸書原來的面目。其次，箋一侵韻「針」下有注文「案文作鍼」一語（「文」謂說文），別無訓解，是所據陸書「針」字無注。今此本「針」下亦無注解。又侵韻「碪」字一紐此本只一字，而箋一「碪」下又有「椹」字，收字多寡不同，足證此本早於箋一。

另外，此本幽韻「犙」下注云：「牛三歲。山幽反。諸家音皆參。」唐本韻書中如箋一與敦煌本和宋跋本兩種王仁昫刊謬補缺切韻注中都沒有「諸家音皆參」五字。「音皆」二字疑本作「皆音」，為寫者誤倒。此所謂「諸家音」或即陸法言切韻序中所說呂靜韻集、夏侯該韻略、陽休之韻略、李季節音譜、杜臺卿韻略等數家。切韻序說：「遂取諸家音韻、古今字書，以前所記者定之為切韻五卷」，此言諸家音某與序文所說正相應。「犙」訓牛三歲出自說文。玉篇「犙」音山含切，又且含切，萬象名義音且含反，徐鍇說文篆韻譜五卷本和徐鉉校定本說文音穌含反，並無「山幽反」一音。廣韻幽韻有此字，覃韻「蘇含切」下亦有此字。陸韻「山幽反」一音不知所據，或前代字書中有作「山凾反」的，「凾」誤寫為「幽」，因而陸法言誤收入幽韻。這是一種疏失。不過書中仍注明諸家音參，學者猶可考案。後來箋一和王韻都略去這一句話，而覃韻也不收「犙」字，就給讀者增加很多疑惑。此本保存了這一條是很可寶貴的。

〔校記〕

○侵韻

三行棽　注「木枝長」下出「䰍」字，注作「又所金反」，「䰍」為衍文，寫者於字旁加點點去。注「又所金反」當屬於「棽」字下，與「木枝長」相接。

斟　注〻酌職深反八。「斟」字當從斗，唐人寫書斗每作「升」，因而「斗」「升」相混。「斟」紐共八字，此下只有七字，據裴本切韻及宋跋本王韻對勘，疑此紐脫「職」字及注文。

四行坩　此字當從「十」作「圤」，兩種王韻皆從斗作抖。

六行芡　裴本切韻及宋跋本王韻同。「廣韻」作「茺」。

八行魿　注一曰北方鮮南方曰魿　注「北方」下脫「曰」字。

黔　注黑而一曰黃黔首衆也　注「黃」字當依裴本「切韻」在「而」字下。

九行澟　此字裴本「切韻」作「凜」，「廣韻」同。

十一行摻　此字當從「木」作「槮」。

十二行涔　注「又土監反」「土」當從裴本「切韻」作「士」。

○鹽韻

一行鹽　注「金廉反」，「金」當從裴本「切韻」及宋跋本王韻作「余」。

(45)"切韻"殘葉四（斯二六八三，伯四九一七）

斯二六八三存於英國倫敦博物院，即王國維摹寫本"切韻"殘卷之第一種，所存為上聲海韻至銑韻十一韻字。書法遒勁雋逸，年代也比較早。

此書共存三葉。第一葉自「亥」字至「遠」字，存海軫吻隱阮五韻字，共十六行。第二葉自「鼴」字至「伴」字，存阮混很旱四韻字，與第一葉相銜接。行數與第一葉相同。第三葉自注文「褐」字以迄注文「束」字為旱潸產銑四韻字，與第二葉相連屬，共十三行。第一葉左右五六行下一半皆殘闕，第二葉右方所闕與第一紙左方所闕行數相同，其左方所闕則與第一葉右方所闕行數相同，適成一正一反，各有十六行。由此推想，原書似為冊葉裝。第一葉為正面，第二葉為背面，第三葉則另為一面。姜亮夫先生謂「三紙相連處今已以另紙搭接」，此乃英人改裝，已與原來裝璜不同。

伯四九一七存於巴黎國家圖書館，只有一葉，存上聲感敢養三韻字，共十五行。由字跡和內容來看，與斯二六八三實為一書。斯坦因和伯希和各切去一部分，因而割裂為二。王國維摹寫"切韻"時只見斯二六八三，所以伯四九一七殘葉一直沒有人知道。今據照片定為一書，編次在一起。

此書韻目上無韻次數目，每韻之首大都提行高一字，僅阮韻和養韻未提行，小紐上又加朱點，以示分別。每紐第一字下先出訓解，後出反切，最后舉出一紐收字數目，體製與"切韻"殘葉二（伯三六九五、三六九六）相同。

全部字下注文極簡略，每紐開頭一字大半沒有訓釋。字下訓解與箋注本"切韻"一相同，反切也大都相合。不相合的有以下幾處：

軫韻盾食尹反　裴本切韻及宋跋本王韻同，箋一作「食允反」。

隱韻近祈謹反原缺近字　箋一作「其謹反」，裴本切韻及宋跋本王韻同。

阮韻阮虞遠反　箋一作「魚遠反」。

旱韻袒又丈莧反原缺袒字　箋一及敦煌本王韻「丈」作「大」。

罕呼捍反原缺罕字　敦煌本王韻同，箋一作「呼捍反」。

潸韻赧奴板反　箋一及敦煌本王韻作「怒板反」。

敢韻埯安敢反　宋跋本王韻同，箋一作「央敢反」。

養韻想息兩反　宋跋本王韻同，箋一作「思兩反」。

這些不過是反切用字上的不同，聲韻並沒有差異。至於收字，此本則遠較箋一為少。如軫韻的軫紐、蠢紐、引紐，混韻的劊紐、獖紐，旱韻的亶紐、散紐、罕紐，潸韻的板紐，莧（莞）紐，感韻的壈紐，養韻的兩紐，響紐和賞紐（識兩反）等收字都比箋一少，而且各紐所闕都是末一字，可知此本時代在前，箋一在後。王國維在摹本跋語中曾指出此本當為陸法言原書，這話不無道理。王仁昫「刊謬補缺切韻」是根據陸法言書作的，王韻隱韻謹紐「居隱反」有「卺」「蠢」二字，「卺」訓敬，「蠢」下注云：「瓢酒器，婚禮所用。陸訓卺敬字為蠢瓢字，俗行大失。」此本隱韻謹紐有「卺」無「蠢」，「卺」下云：「瓢酒器，婚禮用」，箋一同，與王韻所說正合。據此可知箋一也是以陸法言「切韻」為底本，不過字有增加，注中往往有案語（說詳後），解說字形的話也很多，如云「俗作某」之類，而此本字數既少於箋一，又無箋一所加的案語，證之王韻，此本當為陸氏原書的傳本無疑。

〔校記〕

○海韻

一行亥注胡改一　「改」下脫「反」字。

二行稉　箋一字作「穤」。兩種王韻並同。

○軫韻

一行縝　箋一此字作「縝」。

二行䐜注肌　箋一及兩種王韻「肌」皆作「肥」。

准注古作準之君反　「準」當作「準」，「君」當從箋一作「尹」。

三行馮毛菌　此為「駗」字注文。「菌」當從箋一作「逆」。

蔺注思尹三　「尹」下當有「反」字。

五行昐注噇𢊍　「昐」箋一從「肉」作「肦」，注作「腫處」。此正文及注並誤。

黖注大䤗　注當從箋一作「大笑」。

六行眎　當從箋一作「脎」。

泯　當從箋一作「泯」。此因避唐太宗諱，「民」寫作「氏」。

七行䟢注或作晚　「晚」當從箋一作「脕」。

○吻韻

一行抆注械　正文當作「抆」，注當作「拭」。箋一不誤。

○阮韻

四行則引　此為「挽」字注。箋一訓「引」，無「則」字。

反注覆　「覆」箋一作「復」。

播　箋一作「橎」，從「木」，訓木名。

五行苑注此苑樂　「此」當從箋一作「紫」。

六行蘆笥　此為「獾」字注。「笥」當從箋一作「筍」。

○混韻

二行痒注〻溓惡寒　「溓」當作「𤺺」。

三行蕁注草聚生　「聚」當為「藂」字之誤。箋一作「叢」。

四行看　敦煌本王韻作「盾」。

五行黗　當從敦煌本王韻作「黗」。

閫注門限口本反　敦煌本王韻音「苦本反」，此「限」下當是「苦」字。

䅙　敦煌本王韻從「禾」作「䅙」。

○旱韻

三行或作怨烏管反　此為「椀」字注。「或作怨」當從箋一作「或作盌」。

叛注屑米粉　「叛」當箋一從「米」作「粄」。注箋一作「屑米餅」。

四行斷注徒　注有脫文。箋一作「徒管反，又都亂反一」。

○潸韻

二行僩注下下板反又始限反　「下」字重。「始」箋一作「姑」，當據正。

阪注又方板反　箋一作「又方晚反」，當據正。

戩注土板反　注當從敦煌本王韻作「士板反」。

三行莧注〻尔笑皃胡板反一　「莧」字箋一同。廣韻作「莞」，歸入「睆」紐。此音「胡板反」，與

「晥」字「户板反」同音。

○產韻

二行柬注一曰縣名縣在新寧　注「縣名」下箋一無「縣」字，此誤衍。

劉注初限反五　「五」箋一作「三」。此紐只三字，作「三」是也。

四行孱注又錫連反　「錫連反」當從箋一作「鋤連反」。

○感韻

二行昝注千感反　當依箋一作「子感反」。

三行坈　當依箋一作「坎」。

四行婨注：容性惡　「婨」敦煌本王韻作「嬐」。又注文「容」字箋一作「害」，王韻同。

菡注：菡　「菡」當依箋一作「菡」。

○敢韻

二行始箋一同．兩種王韻並作「姡」。

四行埯注安敢反　宋跋本王韻同。箋一作「央敢反」。

○養韻

三行秧注：穰　箋一及宋跋本王韻注作「秧穰」。

四行想注息兩反　宋跋本王韻同。箋一作思兩反。

五行敞　當依箋一作「敞」。

六行繈注緣有節居反兩反　「居」下衍「反」字。

丈注有兩反　「有」當依箋一作「直」。

瓬　即「昶」字。

(5) 『切韻』斷片一（見『西域考古圖譜』）

此斷片出於新疆吐峪溝，為日本橘瑞超所得，見於大谷光瑞所印『西域考古圖譜』。『西域考古圖譜』為香川默識所編，於公元一九一五年（日本大正四年）出版。此斷片收入下卷經籍類，目次列第⑧，題名「唐鈔唐韻斷片」。原物殘損已甚，只存一紙上截一片，正反兩面各九行，正面為平聲支韻字，背面為平聲脂韻字，原物似為冊葉裝。書法端莊整飭，雄健厚重，在唐代寫本中不多見。

此斷片王國維曾摹入『韻學餘說』（又見中華書局印本『觀堂集林』別集），並且斷定此本為陸法言『切韻』的長孫訥言箋注本。不過也有人認為這是陸法言的原書。從斷片的體制來看，收字既少，注解亦簡略，不似長孫訥言本。現存唐本韻書中與此本最相近的是伯三六九六號韻書（即『切韻』殘葉二），而王氏定為長孫箋注的斯二〇七一號和二〇五五號韻書（即王摹本『切韻殘卷』第三種，第二種，見本書第二類箋一，箋二）並不與此本相同。稍加比較就可以知道。

斷片	伯三六九六	斯二〇七一	斯二〇五五
支韻 支紐九字	十字(？)	九字	十字
卮（無注）	酒器	（闕）	圓器也一名觛所以節飲食出說文
匜 杯匜似桸又羊氏反	杯似桸	（闕）	杯也似桸又羊氏反計(許)與匜(匜)
⿱麻黍 ⿰木祭或作床	⿰木祭	⿰米祭（闕）	（無此字）
炊 爨	（無注）	（闕）	蒸
騎 馬〻	（無注）	跨馬又奇寄反	馬又奇寄也

脂韻（䙰）衰　（無注）　衰衣　衰ㄟ
諮（無注）　（無注）　問　謀ㄟ
茨疾脂反六　疾脂反六　疾脂反七　疾脂反七
維（無注）　（無注）　（無注）　語端
雖（無注）　（闕）　唯　按說文從虫唯聲（原作從唯𧈢聲誤）
荽胡菜　（闕）　荾ㄟ胡　胡荽香菜又作此荾（荾）

由這些條可以看出此本與斯二〇七一，斯二〇五五實不相同。最分歧的是「茨」紐收字的多寡不一樣。此本與伯三六九六相同，都比斯二〇七一，二〇五五少一字。其次是字的訓釋也頗有不同。如「炊」字此訓「爨」，斯二〇五五訓「蒸」；齋此訓「裳」，斯二〇七一及二〇五五皆作齊衰解。此本無訓釋的，斯二〇七一及二〇五五大半都增加了訓釋。斯二〇五五特別重視說文，遇到法言書原有訓釋與說文不同的，每每增加說文的訓解，法言書字下原無訓釋的也往往據說文增補。或說字義，或釋字形，都注明出處，並加「按」字，以表明非原來所有。上面所舉斯二〇五五支韻「卮」字和脂韻「雖」字的注文都援引說文，除此別無注解，是斯二〇五五韻書的作者所根據的陸法言書在這兩個字下是沒有訓釋的。此斷片「卮」「諮」「維」「雖」等字都不出注解，足證此斷片為陸法言原書傳本之一，而不是長孫訥言的箋注本。

(6) 切韻斷片二　（列TID）

此斷片出於新疆，為德國列考克（Albert August von Le Coq）所得，舊藏於柏林普魯士學士院。僅存原紙上部一片，下部殘闕。正面為廢韻之末及廿一震之前半，背面為震韻之末及廿二問、廿三焮、廿四願諸韻，前後韻目正相銜接。兩面行間有界闌，韻目數字為朱筆所書。書中每紐收字比較少，且無增加字，注釋也極簡略。同本書第二類所收箋注本切韻三（斯六一七六）比較，韻目數字和韻中紐次完全相合。箋注本切韻三是有增加字的，每紐第一字反切下都注明幾加幾，而此本每紐所收字數與箋注本三每紐第一字下所記原來字數相同。如此本震韻：

震職刃反五　　箋三震職刃反五加一

刃而晉反六　　箋三刃而進反六加一（裴務齊本切韻亦作而進反）

（陣）直刃反二　　箋三陣直刃反二加一

據此可知此本與箋注本三為一系書，而此本在箋注本三之前。其中反切除「刃」字作「而晉反」（宋跋本王韻同）與箋三有所不同以外，其他與箋三完全相合。至於字下訓釋，亦大體一致。（僅「藺」下訓解不同。）但箋三所出常語，此本並無。推想此與以上幾種殘葉當同為陸法言書寫本。陸書存於今者，平聲獨多，去聲最少，此斷片雖為一鱗半爪，但極可貴。既可以藉此考見後來增字本韻書與陸書之關係，又可以訂補後來各本韻書的缺誤。例如廢韻末所存殘字當為「吠」「茷」「噦」三字，廣韻「茷」下注「又方大反」，裴本切韻作「又房大反」，宋跋本王韻作「又房吠反」，三本互不相同。今此本「茷」下尚存「房大反」三字，是陸韻本作「房大反」，宋跋本王韻作「房吠反」誤。又如此本願韻第二行「飯」字下注「符万反，又符晚反」，箋三同，而王韻此處無「符晚反」一音。考箋一上聲阮韻有「飯」字，音「扶遠反」，此注「又符晚反」正與上聲相應，則以有又音為是。

〔校記〕

震韻

一行鷺注〻路鳥名　「路」當從「鳥」作「鷺」，

三行轃注小鼓在在鼓上　「轃」當從裴本「切韻」作「轃」，字從申柬聲，見「說文」。注當從箋

三及裴本「切韻」作「小鼓在大鼓上」。

問韻

二行溢注合水　「合水」當從裴本「切韻」作「含水」。

〔考釋二〕箋注本「切韻」

2.1 (7)　箋注本「切韻」一（斯二○七一）

此書就是王國維摹寫過的「切韻」第三種，藏於倫敦博物院。原物共存三十四葉，現裝成一長卷。書中「民」「旦」等字不缺筆，僅上聲軫韻「愍」字作「愍」，而「純」字作「純」，凡從「屯」的字多作「乇」或作「乇」，「純」為憲宗名，此書似為元和以後九世紀人所書。原書平聲分為上下兩卷，合上去入三聲，共為五卷。現只存平上入四卷，獨闕去聲一卷。平聲上一卷存三鍾至廿六山，鍾韻之前闕卷首序文和平聲上韻目及東、冬兩韻字，而鍾韻、支韻缺落的字也比較多。平聲下一卷自一先至廿八凡，上聲一卷自一董至五十一范，首尾都完整。其中只有幾韻略有缺損。入聲一卷，存一屋至廿七藥，藥韻只存一部分，藥韻之後，闕

鐸、曉、德、業之五韻。四卷書総計有八百二十一行。這是唐本韻書中存字比較多的一種。

從原書的形製來看，每葉紙幅大小相同，所書行數，或為二十四行，或為二十五行，多者達二十六行，推測原書可能是冊葉裝。平聲上每葉都是廿四行．哈韻、真韻一葉（即第七葉）所存為二十二行，後尾當缺兩行（王國維抄本空一行，不合）。平聲上自先韻至覃韻四葉（即十至十三葉）每葉二十五行，由談韻以下幾葉（即十四至十八葉）每葉為二十六行。中間青韻、尤韻一葉（即第十六葉）後存二十四行，前面當缺兩行（王抄作一行，不合）。侯韻幽韻侵韻一葉（即第十七葉）存前二十二行，後尾當缺四行（王抄作兩行，不合）。這是從前後葉的行數可以推斷出來的。

這個寫本到了英國人手裏以後，把它粘成一個長卷，不僅失去原來的樣子，而且誤將平聲下清、青、尤、侯、幽、侵諸韻（即第十六和第十七兩葉）粘接在上聲紙韻一葉（即第二十葉）第四行之後，原書紙韻的另一部分字就被隔開了。這樣粗鹵是不能整理古代文物的。（王國維抄本已加更正）現在就原物照片影印，分別注明葉數，以便稽考。

此書平聲上為二十六韻，平聲下為二十八韻，上聲為五十一韻，入聲為三十二韻，韻目的名稱和次第等等都同王仁昫刊謬補缺切韻所記陸法言書的面目相同。書中每紐第一字的注文是先出訓解，後注反切，反切之後記明一紐的字數，這與前一類的寫本在體例上也是一樣的。不過同前一類的寫本比較，還有不少差別。主要差別有以下幾點：

(1)本書收字稍有增加　　例如切韻殘葉二（伯三六九六）支韻犧紐（許羈反）七字，本書八字；脂韻茨紐（疾脂反）六字，本書七字（多「瓷」字）。切韻殘葉四（斯二六八三）

軫韻軫紐（之忍反）八字，本書九字；引紐（余軫反）二字，本書三字（多「鈏」字）。又殘葉四（伯四九一七）感韻壈紐（盧感反）二字，本書三字（多「澟」字）；養韻兩紐（良獎反）五字，本書六字（多「倆」字）；響紐（許兩反）四字，本書五字（多「鄉」字）。

（2）反切用字有不同　例如：切韻殘葉二（伯三六九六）支韻「為」遠支反，又薳偽反，本書作又于偽反；又殘葉二（伯三六九五）哈韻「臺」徒哀反，本書作徒來反；「開」苦哀反，本書作康來反。切韻殘葉四（斯二六八三）軫韻「盾」食尹反，本書作食允反；「隱」韻「近」祈謹反，本書作其謹反。又殘葉四（伯四九一七）敢韻「埯」安敢反，本書作央敢反；養韻「想」息兩反，本書作思兩反。（王仁昫書除隱韻「近」字音其謹反與本書相同以外，其他如臺開盾阮埯想等字反切都與前一種相同。）

（3）有些字本書已增加訓解　例如：切韻殘葉二（伯三六九六）支韻「披」字無注，本書訓「散」；「羲」下無注，本書訓「氣」；脂韻「資」下無注，本書訓「財」；「齌」下無注，本書訓「喪衣」；「諮」下無注，本書訓「問」；「耆」下無注，本書訓「長」。切韻殘葉四（伯四九一七）養韻「獎」字無注，本書訓勸。

（4）本書增多又音　例如：切韻殘葉二（伯三六九六）支韻「騎」下無注，本書注云「騎馬，又奇寄反」。切韻殘葉四（伯四九一七）敢韻「黲」下音倉敢反，本書音「倉敢反，又七感反」。

（5）本書增注俗作某　例如：本書真韻「眞」字下云「俗作真」，此注不見於切韻殘葉二（伯三六九五）。本書軫韻「僶」下注云「俗作僶」，「黽」下注云「俗作黾字」，混韻「本」下注云「俗作夲」，旱韻「㪚」下注云「俗作散」，「侃」下注云「俗作偘」，在切韻殘葉四（斯二六八三）正文都作本書所說的俗體，注中一律沒有「俗作某」的話。陸法言書正文本不避俗體，注文中有「古作某」

和「或作某」，「古」指篆隸，「或」指別體。但本書正文則多以「說文」為准，所以注文中列舉當時通行的寫法，稱為「俗作某」。

(6)本書注文中有案語　例如：本書侵韻「針」字下有「案文作鍼」四字（「文」指「說文」），不見於「切韻殘葉四」（斯六一八七）。又本書養韻「兩」下云「按文廿四銖為兩」，也不見於殘葉四（伯四九一七）類此案語共有三十二處。

(7)一紐的字次略有不同　例如：「切韻殘葉二」（伯三六九六）脂韻「嫘」字在「欙」下，本書則在「蘽」下。又殘葉二（伯三六九五）真韻「昏」紐「昏」下出「涽」字，本書則「涽」字在「昏」上。

根據以上的比較，可知本書已經不是陸法言的原書。不過，大體和前一類的寫本相去不甚遠，雖有增字加訓，但數量不多。王仁昫所指出的陸書的一些缺失，如「韡」「范」二字未立反語，紙韻「輢」紐與「倚」紐音同而重出，止韻「氾」字和隱韻「巹」字訓義不當，書中不當收「言」「言」（見阮韻）「凸」（見屑韻）「凹」（見洽韻）等字之類，也都見於本書，足證本書就是根據陸法言書而增修的一種「切韻」。因此，要考查陸法言的原書情況，這是我們可以依據的很重要的一種材料。

本書卷首殘闕，作者已不可考。書中案語大都根據「說文」解說字形，只有幾處是說明字義的，凡引「說文」處一律作「文」，可能是寫者所節略。斯二○五五寫本「切韻」（見後）箋注本「切韻」二注文中也有同類案語，體例與本書相似。卷首有陸法言序和長孫訥言序。長孫序說：「頃以佩經之隙，沐雨之餘，指其紕繆，疇茲得失……遂乃廣徵金篆，遐泝石渠，略題會意之詞，仍紀所由之典。……又加六百字，用補闕遺。……但稱案者，俱非舊說。傳之弗謬，庶埒箋云。」王國維認為斯二○五五寫本書中有新加字，而且注中案語很多，與長孫序中所說正相合，應當就是長孫箋注本「切韻」，而本書案語少，但體例與斯二〇五五相同，可能就是長孫書的節本。現在考察起來，斯二〇五五內的訓解和反切與本書並不完全相同，而且斯二〇五五在本書之外又有增加字，時代當比本書晚。因此，我們不能說本書是斯二〇五五的節本。而只能說這與斯二〇五五箋注本切韻是同一類的書

本書每紐第一字下雖有字數，但不注幾加幾，因此全書一共有多少增加字不可知。注文中注明「新加」的只有十五處，事實上每韻都會有增加字。下面是各卷的字數：

平聲上（支韻以前各韻據斯二〇五五所記原來字數計算，加字數除外。脂韻以下都根據本書實有字數。韻有缺字的，只記大約字數。）

東約172 冬29 鍾約94 江約41 支約199 脂162 之125 微76 魚130 虞191 模131 齊144 佳36 皆40 灰69

咍52 真約174 臻約10 文63 殷15 元83 魂65 痕9 寒145 刪32 山28 （約二三一五字）

平聲下

先96 仙166 蕭75 宵137 肴80 豪108 歌124 麻102 覃61 談35 陽173 唐137 庚100 耕66 清存46 青102

尤186 侯75 幽19 侵約50 鹽存71 添23 蒸50 登40 咸29 銜18 嚴6 凡3

（存二一八三字，根據殘缺行數約計缺九十字，原約有二二七三字）

上聲（迥、有、厚三韻有殘闕，據斯二六九三箋注本"切韻"補缺字數）

董33 腫45 講13 紙134 旨79 止75 尾40 語94 麌87 姥80 薺53 蟹21 駭8 賄49 海36 軫58

吻13 隱15 阮44 混40 很5 旱50 潸16 產22 銑47 獮108 篠39 小47 巧18 皓70 哿62 馬52

感52 敢18 養66 蕩63 梗44 耿8 靜28 迥45+2 有54+18 厚48+20 黝5 寑41 琰40 忝16 拯1 等3

豏16 檻12 范4 （共二一四七字）

入聲（本書藥韻殘缺，藥韻以下據蔣本"唐韻"殘卷除去加字數目補記字數。蔣本"唐

韻所根據的不是法言原書，但所記原來字數比較接近本書。

屋102　沃32　燭69　覺91　質137　物33　櫛8　迄11　月53　沒59　末120　黠51　鎋35　屑122　薛112　錫82

昔106　麥57　陌80　合62　盍約42　洽約38　狎22　葉55　怗52　緝67　藥374　鐸121　職約108　德約41　業15　乏4

（約二一八一字）

這四卷的字數合計有八九一六字。惟去聲一卷字數不可知。宋濂跋本王仁昫刊謬補缺切韻所根據的陸法言書的字數是平聲上為二九〇八，平聲下沒有記載，上聲為二〇七〇，去聲為二三三二，入聲為二一五六。這裡平聲上字數有誤（詳宋跋本王韻說明），上入二聲字數與本書只相差幾十字，如果用王韻所記去聲字數和上面所計本書平聲上下及上，入二聲字數合計在一起，全書五卷約有一萬一千二百四十八字。這個數字之內還包括一部分增加字在內，估計陸法言原書不會多於一萬一千字。封氏聞見記聲韻篇曾說法言切韻共一萬二千一百五十八字。封演書作於大曆貞元之間，他所根據的本子可能是後來的增修本，而不是陸氏原著，所以字數比以上所計還多九百字。

根據本書不僅可以大體估計出法言切韻全書的字數，而且可以看出更多關於法言書分韻歸字以及反切的情況。

法言書共分一百九十三韻，每韻之中小紐例不重出。除王仁昫所指出的上聲紙韻「倚」「輢」兩紐同音「於綺反」不當重出以外，在本書中肴韻韻末有「㺒」字音「五交反」，與「聱」紐「五交反」同音，尤韻「啾」子由反，與「遒」紐即由反同音，陌韻韻末有「搦」字，音「奴格反」，與上「蹃」字「女白反」同音，都應當合為一紐。王韻「㺒」字併入聱字一紐，「啾」字併入「遒」字一紐，蔣斧本唐韻「搦」「蹃」二字也歸併在一起。此本「㺒」「啾」「搦」三字別出，是否法言原書如此不可知。

本書中字下不立反切的有四處：歌韻「鞾」字下注云：「鞾鞋。無反語」。歌韻韻末「伽」字下注云：「無反語．噱之平聲」．上聲拯韻「拯」下注云：「拯休．無反語．取蒸之上聲」。又范韻「范」下注云：「姓。無反語，取凡之上聲」。「䇹」字、「拯」字、「范」字陸書沒有反語，王仁昫書都一一注明，惟獨「伽」字王韻不言陸無反語，這個字也許不是陸書原有的。本書注取「噱」之平聲，「噱」為藥韻字，王韻音「其虐反」，由此可知唐代「伽」字與藥韻元音相同。這對於我們了解唐代歌韻和藥韻字的讀音是有幫助的。

本書所保留的反切有二千一百多（又音不在內）。其中值得我們注意的有以下幾點：

(1)以端母字切知母字　如江韻「樁」音都江反，覺韻「斲」音丁角反，脂韻「胝」音丁私反，語韻「貯」音丁呂反，馬韻「觰」音都下反，黠韻「窡」音丁滑反，鎋韻「鵽」音丁刮反等都是類隔切。

(2)以輕脣音字切重脣音字　如支韻「皮」音符羈反，脂韻「悲」音府眉反，灰韻「肧」音芳杯反，真韻「貧」音府巾反，潸韻「阪」音扶板反，銑韻「編」音方顯反，庚韻「兵」音甫榮反，鹽韻「砭」音府廉反，蒸韻「凭」音扶冰反，符、扶、甫、府、芳、方等字後代都讀為輕脣音，而被切的字都是重脣音。書中這類例子很多。

(3)以重脣音字切輕脣音字　如尤韻「浮」音薄謀反，月韻「怖」音匹伐反，薄、匹都是重脣音字，而浮、怖後代都讀為輕脣音。以重脣切輕脣的例子不多。

(4)以匣母字切喻母三等字　如文韻「雲」音戶分反，月韻「越」音戶伐反。雲、越在宋代等韻圖中屬喻母三等，戶字則屬匣母。

根據以上幾點來看，「切韻」所表現的聲母讀音和後代有些不同。以端母字切知母字（大都屬於二等字），知母字的讀音和端母一定相近；以輕脣音字切重脣音字，或以重脣音字切輕脣音字，脣音字很可能都讀重脣，而沒有分化出輕脣音；以匣母字切喻母三等字，喻母三等字當讀同匣母。這些都是考證「切韻」音系所應當注意的。

另外，我們也看到這個寫本在反切方面還有一些錯字。如齊韻「齊」字注「俱稽反」，「俱」當作「徂」，文韻「芬」字注「無云反」，「無」當作「撫」。至於之韻「詩」字音「所之反」，尤韻「謀」字音「莫侯反」，這和抄寫者的語音有關。「詩」字切韻殘葉二（伯三六九六）和斯二。五五箋注本切韻（見後）都作「書之反」，「詩」與「書」都是審母三等字，此作「所之反」，「所」為審母二等字，寫者可能讀審母二三等相同，所以誤寫作「所之反」。「謀」音「莫侯反」，「侯」為「侯」韻字，王韻作「莫浮反」，則與「謀」字歸韻相合。此作「莫侯反」，表明寫者讀「謀」字韻母與「侯」相同。這與前面所說「徂稽」誤為「俱稽」、「撫云」誤為「無云」一類的筆誤不同，讀者當能明辨。

此書以前只有王國維抄本，王抄雖然比較精審，但也有原本不誤而王氏寫誤的。如殷韻「欣」音許斤反，宵韻「囂」音許口反，庚韻「兄」音許榮反，「許」字王氏一律誤寫為「詩」；歌韻「倭」音烏和反，「烏」王氏誤寫為「与」；添韻「嗛」音苦蕈反，「苦」王氏誤寫為「古」，音皆不合。今據照片影印，學者可以覆案，不致為王氏抄本所誤。

2.2（8）箋注本切韻二（斯二。五五）

（一）

此本存於倫敦博物院，即王國維摹寫過的切韻第二種。所存只有原書卷一的一部分。卷首有陸法言切韻序和唐高宗儀鳳二年（公元六七七）長孫訥言序，序文後為平聲上二十六韻韻目，次為東韻到魚韻九韻字，虞韻以下未抄。共有一百七十九行。原書為卷子本。書法粗劣，且有譌誤，抄錄的年代也比較晚。

書中除微韻以外，注文都是先出訓解，後出反切，反切下注明一紐字數，體例與陸法言書相同。但字有增加，而且注文中又每每有案語，這與長孫序所說「但稱案者，俱非舊說」的話相合，所以王國維在「書唐寫本切韻後」斷定本書為長孫箋注本（見「觀堂集林」卷八）。不過，本書從之韻「鰦」字起到魚韻「戲」字止一段（共二十行，主要是微韻字），是先出反切，後出訓解，再記一紐字數，體例與其他各韻都不相同，而與王仁昫「刊謬補缺切韻」的體製和內容幾乎全部相合。由此可知本書還雜有王仁昫切韻在內，而不是單純的一種書。王國維沒有見到敦煌本王仁昫切韻，所以對這一部分不清楚。自從劉復刊出敦煌本王韻以後，才為人所發現。

為甚麼抄寫的人把王韻抄錄在內呢？這可能是由於原本有殘缺，而不得不根據另一種韻書來增補。從本書所抄長孫序文有空闕和支韻「敍」下注明「四行全無」來看，原來的底本一定有缺損。寫書人沒有別的本子可以依據，所以就用王韻抄配在內。王韻沒有長孫訥言的序文，抄者遇到原本殘闕處也就無法增補，只好空闕了。

本書除去根據王韻抄補的一部分以外，其餘的幾韻都是有案語的。所加的案語主要是根據「說文」解說字形和字義。取「說文」以訂補「切韻」就是本書的特色。這與卷首長孫序文所說「遂乃廣徵金篆，遐泝石渠，略題會意之詞，仍紀所由之典」，正相符合。因此，我們可以說抄本中有案語的這幾韻很可能就是長孫訥言的箋注本了。不過，是否就是長孫的原作，還不能確定，其中難免也有後人增益改訂的地方，我們只能把它做為是長孫箋注的一種傳本來看待。

長孫訥言為北周長孫儉之後。「元和姓纂」卷七「長孫」下云：「北平王嵩，魏太尉。五代孫慶明，後名儉，周僕射。生平、徹。徹生文則，庫部郎中。敦生師（敦不見上文，疑文字有脫誤），黃門侍郎。師生訥言。」又裴務齊正字本「刊謬補缺切韻」卷首稱長孫訥言為「前德州司戶參軍」。據此可知訥言為唐黃門侍郎長孫師之子，曾為德州司戶參軍。德州在今山東，司戶參軍是州長史下掌戶籍計帳等事的人。

(二)

這個寫本每紐第一字反切下都詳記字數，遇有增加，則注明幾加幾。前者為原來字數，後者為所加字數，分別甚明。凡據「說文」增補的字，字下大都注有「出說文」三字。就所記的原來底本的字數來看，與「箋注本切韻」一（斯二○七一）所記的字數大體接近，可是還略有增加。在注解方面，除去案語不見於「箋注本切韻」一以外，其餘所注訓釋也跟箋注本一不盡相同。現在用幾種有關的材料比對如下：

本書	切韻殘葉一（伯3798）	切韻殘葉二（伯3696）	箋注本一	裴本切韻
東韻空 七	五			七加二
蒙 十一加二	十一			十一加五
櫳 四房	房ゝ			案說文房室
洪 十一加一	十			十二加二
葓 草名	水草			水草
翁 四	三			三加二
葼 十二加一				十四加六
蓬 四	二			四加四
鍾韻鍾 九加一	八			九加三

重	二加一	二		三
⿰革咠	〻毛也	毳飾		毳飾又馬鞍飾
江韻 胮	二			二加一
支韻 支	十	十	九	十一加八
移	十加一	十	十	十加十六
披	〻尋	(無注)	散	開也又撿
犧	八	七	八	八加六
羲	(原無注)	(無注)	氣	氣也
敧	五		四	四加七
提	四加一		三	六加六
腄	二		一	一加一
脂韻 姨	十二		十一	十四加九
毗	十三		十二	十四加七
貔	獸		豹屬省作豼	獸名
資	(無注)	(無注)	財	取也用也
齋	〻衰	(無注)	喪衣	緝也續也
諮	〻謀	(無注)	問	謀
墀	六加一	六	六	六加七
私	二加一	二	二	二加三
屍	死〻	(無注)	(無注)	死

者	丶老	(無注)	長	老
梨	七加三	七	七	七加九
遺	(無注)	(無注)	失	忘也失也
雖	(原無注)		辞	語辞又假
𩥉	(原無注)	(無注)	神名	首
騅	馬名	(無注)	馬倉白雜	馬色
邳	下邳縣四加一	下邳郡三	下邳縣三	三加四下邳縣名
之韻詞	五		四	
㟴	九		八	
魚韻舒	展		開	
攄	三		二	
嘘	氣丶		(無注)	
閭	里丶		門	
廬	倚丶		屋	

從上列可以看到：(1)本書所記的原來字數有些紐比“切韻”殘葉一(伯三七九八)或箋注本一略多一兩個字，而沒有少一兩個字的；裴本切韻所記的原來字數或與本書所記的原來字數相同，或稍多，而同於箋注本一的(如「翁」「邳」兩紐)就很少。(2)“切韻”殘葉二(伯三六九六)字下沒有訓釋的，本書和箋注本一大都增加了訓解，但所加並不相同；裴本切韻一律增加訓解。由此可證本書所據的底本既不是箋注本一，也不是“切韻”殘葉二(伯三六九六)寫本。如果“切韻”殘葉二寫本是陸法言書的話，箋注本一是比較接近陸

書的一個增字加注本，而本書所據的底本已經是字數多於箋注本一的另外一個增字本了。

箋注本一全書的字數約為一萬一千二百四十八字（包括一部份新加字在內。見前箋注本一考釋）。本書所記原本字數，支韻比箋注本一多四字，脂韻多三字，之韻也多三字，估計全書可能比箋注本一要多上幾百字，全書總有一萬一千五六百字之數，這與孫愐"唐韻"序中所說一萬一千五百字的數目很相近。這是就本書的底本來說的。可是，本書又在原來底本之外有所增加。東韻有六字，鍾韻有三字，江韻有一字，支韻有九字，脂韻有十字，之韻有五字，大都據"說文"增補。僅此六韻就有增加字三十四個，全書的增加字當有幾百，這樣就同"封氏聞見記"所說一萬二千一百五十八字之數相近。

本書卷首"切韻"序下題「陸法言撰」，次行有「伯加一千字」五字（一千原誤寫為千一，後挑正）。這裏所指的是現存書中所有的新增的字數，還是原來底本的增加字數，已無從考覈。「伯」是人名，還是錯字，也不可知。

（三）

這個寫本除收字比箋注本一多而且案語多以外，更值得我們注意的是書中反切的改動。

本書	"切韻"殘葉一（伯3798）	"切韻"殘葉二（伯3696）	箋注本一	宋跋本王韻	裴本"切韻"
東韻仲 初中反。				敕中	敕中
戎 而隆反				如隆	如隆
冬韻彤 從冬反×	徒冬			徒冬	徒冬

韻	字	反切					
	農	奴東反×	奴冬			奴冬	奴冬
	恭	駒東反×	駒冬			駒冬	駒冬
	宗	作綜反×				作琮	作琮
鍾韻	松	羊容反×	詳容			詳容	詳容
	蛩	渠用反×		渠容		渠容	渠容
江韻	醲	女紅反×			女江	女江	女江
支韻	鈹	普羈反。		敷羈		敷羈	敷羈
	帔	又普髮反。		又芳髮反		又芳髮反	又芳髮反
脂韻	鴟	處指反×（絺、尼、私、伊、梨等紐反切脂均誤作指）			處脂	處脂	處脂
	葵	渠惟反		渠隹	渠隹	渠隹	渠隹
	錐	止惟反		職追	職追	職維	職追
	邳	蒲悲反。			符悲	符悲	符悲
	丕	普悲反。		敷悲	敷悲	敷悲	敷悲
	胝	陟夷反。			丁私	丁私	丁私
之韻	釐	里之反			理之	理之	
	癡	出之反。			丑之	丑之	
魚韻	礜	又与據反			又以據反	又以據反	
	胥	息魚反			息餘	息魚	

這裏有些是錯字，有些是反切用字的不同，而有些就牽涉到讀音的問題了。與讀音有關的有兩類：一類是「切韻」中有些類隔切已改為音和切。如支韻的「鈹」字「帔」字和脂韻

的「邳」字「丕」字原用敷、芳、符等輕脣音字作反切上字，本書都改用普、蒲等重脣音字。脂韻的「胝」字原為丁私反，丁為端母字，本書改用知母字為切，音陟夷反（「陟」王抄誤作「涉」）。這種情形在《切韻》系統韻書中是比較少見的。可是，書中有些類隔切並沒有改。如支韻的「皮」仍音符羈反，脂韻的「悲」仍音府眉反，江韻的「椿」仍音都江反。足見體例不一。另一類是書中有兩個屬於舌上音徹母的字用正齒音穿母字為切，即東韻「忡」字王韻為敕中反，本書作初中反，之韻「癡」字箋注本一和王韻都作丑之反，而本書作出之反。這兩處很可能是抄寫的筆誤，與將冬韻「農」字和「恭」字下的反切下字「冬」字都誤書為「東」相似。抄寫的人口中「東」「冬」同音，所以誤書「冬」為「東」；同樣，抄寫的人口中徹母與穿母（包括二等三等）也許音同或音近，所以「敕中」寫為「初中」，「敕」唐人一般寫為「勑」，「勑」「初」形近，「丑之」寫為「出之」。原書恐怕並不如此。這一類應當與前一類分別看待。前一類改類隔切為音和切是有意改換的，這兩處似乎是偶然寫誤的，兩者性質並不一樣。

從以上所說來看，本書與箋注本一在反切方面也頗不一致，各有來源，不能混同。王國維認為箋注本一即從本書出，顯然與實際情況不符。

（四）

本書能保存卷首陸序、長孫序和東冬鍾江支脂之諸韻字，對我們了解唐代韻書發展的情況很有用處。現在所存的唐本韻書中保存下東冬鍾江四韻全部字的，除本書外只有宋跋本王韻和裴務齊正字本《切韻》兩部書，可是那兩部書的著作年代都比本書稍晚。要了解陸法言《切韻》原來的面目和長孫書的體製，本書還是很重要的一項材料。

本書抄寫草率，脫字訛字較多。如鍾韻「舂」下脫反切「書容反」和正文「舂」字，鍾韻「邕」紐下脫「雍」「廱」二字，江韻古雙反「杠」字上脫「扛」字和注文，支韻「爲」紐「潙」字下脫注文和正文「嬀」字，支韻韻末脫「闚」字去垂反一紐，脂韻「蕤」紐上脫「龜」字居追反一紐，當據〝切韻〞殘葉一（伯三七九八），〝切韻〞殘葉二（伯三六九六）和〝箋注本一〞校正。

又上文曾指出這個寫本從之韻末「鎡」字至魚韻「廠」字是根據王仁昫〝刊謬補缺切韻〞抄配的，但從魚韻「初」字至韻末「𧆞」字雖然與〝箋注本一〞大體接近，但有幾紐的字次，如「疽」紐「豬」紐都同宋跋本王韻相同。又「諸」字下注云：「章魚反。五。衆也」，「除」字下注云：「直魚反。七。去也」。「衆也」「去也」二訓都列在反切和字數之後，而且都與宋跋本王韻的訓解相同，這些無疑問也是根據王韻增添上去的。

2.3(9) 〝箋注本切韻〞三（伯三六九三、三六九四、三六九六、斯六一七六）

(一)

這種寫本共有四葉，伯三六九三、三六九四、三六九六、三葉存於巴黎國家圖書館，斯六一七六凡一葉存於倫敦博物院。這四葉的字跡和體例完全相同，實際就是一個書。因為斯坦因和伯希和各劫去一部分，所以分置兩處。不見原物或原物的照片，是無從知道的。

這四葉每葉各有兩面，四葉相連，而每葉兩邊都有殘闕。每葉所存行數不等，多者有四十六行，少者有三十餘行。從各葉殘闕來看原書當為葉子本。書中上聲「小」韻「肇」字音「治小反」，入聲「沒」韻「汩」字和「末」韻「撥」字都訓「治」，這三處「治」字避唐高宗諱均缺筆，而他處「治」字則否。

本書所存為上去入三聲字。伯三六九三正面存上聲「銑」韻至「馬」韻，背面存「蕩」韻至「檻」韻；伯三六九六正面存去聲韻目和「送」韻至「寘」韻字，背面存去聲「祭」韻至「隊」韻；伯三六九四正面存去聲「勁」韻至「梵」韻和入聲韻目的一部分，以及入聲「屋」韻的開頭，背面存入聲「質」韻至末韻。斯六一七六，正面存去聲「廢」韻至「翰」韻，背面存「嘯」韻至「漾」韻，這應當是和伯三六九六一葉相銜接的。這四葉所存上去入三聲的韻部如下：

上聲	25銑	26獮	27篠	28小	29巧	30晧	31哿	32馬	33(感)	34(敢)
	35(養)	36蕩	37梗	38耿	39靜	40迥	41有	42厚	43黝	44寑
	45琰	46忝	47拯	48等	49豏	50檻	51(范)			
去聲	1送	2宋	3用	4絳	5寘	6(至)	7(志)	8(未)	9御	10(遇)
	11(暮)	12(泰)	13(霽)	14祭	15卦	16怪	17夬	18隊	19(代)	20廢
	21震	22問	23焮	24願	25恩	26恨	27翰	28(諫)	29(襉)	30(霰)
	31(線)	32嘯	33笑	34效	35号	36箇	37禡	38勘	39闞	40漾
	41(宕)	42(敬)	43(諍)	44勁	45徑	46宥	47候	48幼	49沁	50豔
	51㮇	52證	53嶝	54陷	55鑑	56梵				
入聲	1屋	2(沃)	3(燭)	4(覺)	5質	6物	7櫛	8迄	9月	10沒
	11末									

以上所列各韻雖然其中尚有殘闕，但所存幾近全書十分之三，由此足以看出原書的分韻和體例。

這個寫本韻目上的數次都用朱筆，每紐第一字上一般也都加朱筆點。每卷另起行，與前一卷連寫。卷目下注明四聲和韻數，然後列出一卷韻目和反切。不過抄寫者未能細校，略有脫誤。如去聲韻目「㮇」韻下脫「證」韻，入聲韻目「洽」韻下脫「狎」韻，都是很明顯的疏失。同樣，書中的正文和注文也有不少脫誤的地方。

本書上聲共有五十一韻，去聲共有五十六韻，「嚴」韻沒有上去二聲韻目，仍然是陸法言書的系統。書中注文案語極多，大都援引說文以說明字形和字義。每紐第一字下，先出訓釋，後出反切和一紐字數。字數如有增加，則注明「幾加幾」。凡據說文增補的字，一般都在字下注有「出說文」三字。其中有一字之下具備兩訓三訓的，例作「某也、某也」。這些都與箋注本切韻二（斯二○五五）的體例完全相同。因此，可以斷定這兩種同是長孫訥言書的傳本。從書法上來看，抄寫的年代是比較早的。筆法圓渾可愛，在唐寫本中別具一種風格，似為中唐人所書。

我們知道以說文訂補切韻，這是長孫書的特點。書中正字體，補闕文，廣訓解，增異讀，大體都以說文為本。

在解釋形體方面，本書除引用許氏說文以外，還引用到顏師古字樣和杜延業新定字樣。按長孫序云：「弱冠嘗覽顏公字樣，見炙從肉，莫究厥由。」本書上聲寑韻「稟」字注云：「說文作此㐭，又作禀，從木無點，顏監從禾有點也。」此所稱「顏監」，即指秘書監顏師古而言。顏師古字樣與杜延業新定字樣現在已經失傳。日本見在書目著錄各為一卷。杜書為別於師古字樣，所以加上「新定」二字。武后垂拱間顏元孫所作干祿字書序云：「元孫伯祖故秘書監貞觀中刊正經籍，因錄字體數紙，以示讎校楷書，當代共傳，號為顏氏字樣。懷鉛是賴，汗簡攸資。時訛頓遷，歲久還變。後有群書新定字樣，是學士杜延業續修，雖稍增加，然無條貫。或應出而靡載，或詭衆而難依。且字書源流起於上古，自改篆行隸，漸失本真。若總據說文，便下筆多礙，當去泰去甚，使輕重合宜。」

足見這兩部書在高宗時代很通行。據顏元孫所說，這兩部書都以說文為准繩，而杜延業尤重說文，所以「詭衆而難依」。長孫箋注處處以說文為憑證，一定與當時的風氣有關。本書上聲厚韻「叩」字下云：「杜建業從㔾」。琰韻「撿」下云：「書撿。又按說文杜廷業字樣為撿」。杜建業和杜廷業當是杜延業之誤。裴務齊正字本刊謬補缺切韻去聲教韻「挍」字下云：「撿挍。杜延字樣二並從木。」這與本書撿字下注相合，但「杜延」下又脫一「業」字。杜延業史無傳記。太平廣記卷二百五十詼諧類引啟顏錄，曾記「唐華原令崔思誨口吃，每與表弟杜延業遞相戲弄」，不知是否就是這個人。長孫書作於唐高宗儀鳳二年，本書中引及顏師古和杜延業的字樣，更可以證明這個寫本應當是長孫箋注的傳寫本。

（二）

這個寫本所存雖然不及全書的三分之一，但是很重要。因為根據本書不僅可以與箋注本二互證，還可以與箋注本一（斯二〇七一）对校。箋注本一上聲「有」韻「厚」韻都有闕字，可以據本書增補。箋注本一闕去聲一卷，而本書所存去聲字正多，也恰好可以補其不足。這實在是很難得的材料。本書和箋注本一及箋注本二合起來就將近切韻原書百分之八十，對了解陸法言原書和後來各家韻書都有很大的用處。

本書和箋注本一比較，韻次是一致的，而紐次和字次都畧有不同（上聲「寑」韻最顯著）。在收字方面，本書在一韻之末或多出一二紐，如上聲「獮」韻末多「燃」「嬉」二紐，「蕩」韻末多「懬」字（丘晃反）一紐，「靜」韻末多「省」「渻」二字一紐，「琰」韻末多「𧮰」字一紐，入聲「質」韻末多「叱」「咥」二紐，「月」韻末多「钀」字一紐；而在同一紐之中本書收字也略有增加。除明白注明加幾字的以外，所記原來的字數也有比箋注本一多一兩個字的。就上去入三聲殘存的部分而論、上聲二十一韻約增加四十五字、去聲二十四韻約增加三十字（箋注本一闕去聲，無可比較，此僅就本書注明加字的數目計算），入聲七韻約增加三十五字。估計全書約增加五六百字。凡一紐第一字下注明加幾的，所加的字很少不是出自說文的。不過，也有少數幾紐的字數比箋注本一少。例如箋注本一「皓」韻「草」紐七嫂反三字，此本少一「騲」字；「哿」韻「哿」紐古我反三字，此本少一「哿」字；「迥」韻「頂」紐丁茗反七字，此本七作六；「寑」韻「荏」紐如甚反六字，此本少一「衽」字；「琰」韻「琰」紐以冉反四字，此本少一「棪」字。由此可見這兩個寫本所根據的切韻底本並不一樣。最明顯的證據是上聲「小」韻「矯」紐的「嬌」字。本書「嬌」下云：「女字。一本作蟜。」而箋注本一正文則作「蟜」，注云：「女字。一本作嬌。」兩本正相對照。另外從反切方面來看，兩本也略有不同。如：

箋一	本書
獮韻「卷」古轉反	居轉反（宋跋本王韻同）
皓韻「草」七嫂反	七掃反（王韻同）
梗韻「打」又都定反	又都挺反（王韻又都行反）
「冷」又魯定反	又魯挺反（王韻同）
迥韻「頂」丁茗反	丁挺反（王韻同）
厚韻「鯫」土垢反又土溝反	士垢反又士溝反（王韻同）
黝韻「愀」茲糾反又在由子了二反（宋跋本王韻同）	慈糾反又在由子了二反（敦煌本王韻同）
寑韻「甚」損枕反	植枕反（敦煌本王韻同，宋跋本王韻作食枕反）
琰韻「婡」又棄葉反（王韻同）	又去葉反
櫛韻「瑟」山櫛反	所櫛反（王韻同）

月韻「越」戶伐反　　王伐反（王韻同）

末韻「奪」徒括反　　徒活反（王韻同）

「脫」又土活反　　又吐活反（王韻同）

「豁」呼活反　　呼括反（王韻同）

「掇」多活反　　多括反（王韻同）

這裏的反切除去顯然的錯字不論外，其他的反切大都是用字的不同。「梗」韻「打」「冷」二字又入「迥」韻，箋注本一的又音反切與歸韻不合。「黝」韻「湫」字箋注本一音「茲糾反」，屬精母，本書音「慈糾反」，屬從母，讀音不同。案禮記．哀公問「孔子湫然作色而對曰」陸德明經典釋文云：「湫，七小反，舊慈糾反，又在由反，又音秋，又子了反。」據釋文「湫」字只有清、從兩母讀音。箋注本一的「茲糾反」當為「慈糾反」之誤。又此字本書和箋注本一又音「在由子了二反」，「子了」當為「千了」之誤。箋注本一「篠」韻「湫」「紐」子了反下雖收有「湫」字，但本書和王韻都不收。足證「子了」一音有問題。月韻「越」字箋注本一音「戶伐反」，與「文」韻「雲」字音「戶分反」相同，本書「越」字改音「王伐反」，推想「文」韻「雲」字也可能改作「王分反」。切韻音「戶」為匣母洪音字，「王」為匣母細音字，本書改「戶」為「王」可能有兩種原因：一種是用「戶」字切「雲」「越」二字，不如用「王」字更為協和；另一種是由於「雲」「越」二字的聲母與「戶」字已經有不同，不能不改。前者屬於怎樣用反切更好地把字音注出來的問題，後者屬於語音有變，反切也要隨之而變的問題。以意度之後者的可能性最大。宋跋本王韻「雲」音「王分反」，「越」音「王伐反」，與本書相同。

在注解方面，本書與箋注本一也不一致。例如：

箋一	本　書
獮韻撰（無義訓）	錄也具也

篠韻謏　善訬　小也

小韻繞　纏　繚繞

哿韻蠃　螺蠃虫也蠃蜾蒲盧云云　蠃螺蒲盧云云在「螺」字下

梗韻秉　持　（無注）

靜韻穎　禾末　禾秀

迥韻頲　頭挾足長　狹頭頲頲也

婞　佷　佷也直也

有韻咎　罪　（無注）

寑韻恁　信又如林反　念

噤　寒渠歆反口噤　寒渠歆反

忝韻驔　黃脊　驪馬黃首出說文

等韻䔲　齊多肯反又多改反　齊多肯反

質韻乙　（無義訓）　辰也

物韻物　（無義訓）　万物

拂　（無義訓）　拭也除也

茀　草色　道草多

月韻䡞　盾新加　說文盾新加

越　（無義訓）　逾也於也曰也揚也

噦　居劣反此字亦入薛部一　逆氣居劣反一此字亦入薛部

謁　（無義訓）　請也告也

没韻 扤	動搖	動搖又音月
歍	一骨反咽中息不利新加	一骨反咽中息不利出說文新加

由此可知兩本注解不盡相同，而此本增加義訓的地方也比較多。箋注本一和本書字下或有又音，或無又音，也很不一致。根據這些現象來看，兩書增修時所根據的底本一定不同。值得我們注意的是箋注本一注文標出「新加」的字在本書裏也同樣有「新加」字樣，但本紐第一字下所記字數已經把注明「新加」的字計算在內，而不言「幾加幾」，推想這類新加字當出自原來所根據的底本，並非本書編者所加，因此本紐第一字下只記字的總數，不注「幾加幾」。據此又可知本書所根據的底本並非陸法言的原書，而是一個已經有增加字的本子了。

本書的重要不僅在於可以幫助我們理解箋注本一和箋注本二，而且可以幫助我們理解王仁昫「刊謬補缺切韻」和裴本「刊謬補缺切韻」以及蔣本「唐韻」。王韻不是根據長孫書來編的，但是王仁昫所根據的「切韻」與本書所根據的底本頗為接近。最明顯的證據是反切比較一致。除前面已經舉過的上聲入聲的例子以外，還可以舉一些去聲的例子做比較：

	本書	王韻	唐韻	裴本切韻
祭韻 例	力制反	同	同	力滯
猘	居厲反	同	居例	居例
劓	義例反	牛例	牛例	義例
怪韻 械	祜界反	胡界(宋跋本)	胡介	戶屆
蒯	苦壞反	同(宋跋本)	苦怪	苦拜
鎩	所拜反	同(宋跋本)	同	所界

夬韻	邁	莫敗反	莫話(宋跋本)	莫話	莫話
	噲	烏快反	烏夬(宋跋本)	烏夬	烏夬
	蠆	丑芥反	同(宋跋本)	丑介	丑界
	喝	於芥反	同(宋跋本)	同	於界
	譪	火芥反	同(宋跋本)	火介	火界
恩韻	鐏	祖鈍反	祖困(敦煌本)在困(宋跋本)	祖悶	存困
	寸	倉困反	同	同	七困
	盆	蒲悶反	同	同	盆悶
翰韻	炭	他半反	同		他旦
	漢	呼半反	同		呼旦
	粲	倉旦反	同		七旦
效韻	奅	匹皃反	同	同	匹豹
	皰	防孝反	同	㤃教	防教
号韻	秏	呼到反	同	同	呼報
漾韻	讓	如狀反	如仗(敦煌本)同(宋跋本)	人樣	如仗
宥韻	救	久右反	久祐(宋跋本)	居祐	久祐
	晝	陟救反	同(宋跋本)	同	陟又
	臭	尺救反	同(宋跋本)	同	鴟救
	溜	力救反	同(宋跋本)	力究	六救
嶝韻	亘	古嶝反	同	古鄧	古鄧

從這些例子可以看出王韻和本書的反切大都相同，唐韻或同或異，各佔一半，裴本切韻去聲和本書相差最多。因此可以知道王韻所根據的切韻與本書的底本最接近，前面所說的上聲小韻的「嬌」字不作「蟜」亦是一證，而唐韻和裴本切韻去聲當別有所本。不過，唐韻和裴本切韻每韻的小紐還是與本書大都相同的，王韻小紐則略有增加。如「卦」韻多「諣」「膪」「嶭」「庍」四紐，「怪」韻多「顡」「瘥」二紐，「夬」韻多「啐」字一紐，「宥」韻多「鼽」字一紐，「候」韻多「腤」「偶」「剽」三紐，「幼」韻多「𧿒」字一紐，這些都是本書和唐韻以及裴本切韻所沒有的。可見唐韻和裴本切韻雖然是另外兩類書，但與本書的底本還不無相近的地方。

總結以上所說，本書與箋注本二是同一類書，箋注本一比本書早，所據的底本也與本書不同。王仁昫所據的陸法言書與本書的底本是相近的，但每韻的小紐已有增加。這些書前後的關係可以表示如下：

陸法言切韻
- 增字本一
  - 箋注本一
- 增字本二
  - 箋注本二
  - 箋注本三
  - 王仁昫切韻

〔考釋三〕增訓加字本切韻

3.1 (10)

增訓本切韻殘葉一（斯五九八〇）

這個殘葉是由兩段粘合在一起的。包括去聲焮韻、願韻和慁韻三韻字。焮韻、願韻上一半和慁韻字是一段，焮韻、願韻下一半又是一段。上一段行與行之間沒有界欄，下一段有界欄，字跡全然不同，中間粘合的痕迹也非常明顯。上一段應當是原書，下一段是後來的抄配。兩段之間既有重複的地方，又有上下不相應的地方，由此可以斷定下面抄配的一段所根據的是另外一種書。

我們可以從上一段「嬔」字和「傿」字的注文來看。上一段「嬔」字注「嬔息，一曰鳥伏乍（乍下脫「出」字）芳万反。」而下一段又有「乍出芳」三字，顯然相重。從上一段注文書寫的位置來看，在「芳万反」下還闕落三個字，下與注文第二行「俗曰嬔，奴侯反，又齊人謂生子」相接，而下一段「嬔」字的注文依照第一行殘存的「乍出芳」三字的地位來看，第二行絕不可能有上一段那樣多的訓解。下一段一定是根據另一種書來抄寫的。

再看上一段「傿」字的注文是「依人，或㥯。於靳反，三。」據此「傿」紐共有三字。依箋注本三（斯六一七六）焮韻「傿」紐「傿」下當有「檃」「濦」二字。現在「傿」下只存一「檃」字，「檃」字注文和「濦」字都已缺落，而下一段有「檃」字注文，又有「濦」（水名，在汝南）「棟」（無注）二字。「濦」「棟」二字與上「傿」「檃」二字合計，就有四個字了，這與上一段「傿」下所注「三」字之數不符。下一段右方寫者又別錄「傿」「檃」二字，「傿」下注「於靳反，四」，合「濦」「棟」二字，數目正合。可見上一段「傿」紐只有三字（斯六一七六同），下一段則多一「棟」字（裴本切韻「傿」紐有此字，訓「束」）。

上下字數不相應。由此更可以證明下一段所根據的是另一種書無疑。

這兩段雖然不是同一種書，但都是增注本切韻。不過，兩書增注的重點不同。

上一段娰韻上朱書的韻次是「廿三」，每紐收字數目與吐魯番出土的切韻殘片（列TIID）相同，當與陸法言書比較接近。這一段內普通常用的字都沒有訓釋，如近、願、怨、販、勸、憲、健、遠、悶等字都是如此，但是有些字在原注之外已有增加，值得注意。陸書的體例是小紐第一字下先出訓釋，次出反切，反切之下記出本紐的字數，以下就不再有甚麼解釋了。可是本書在反切和字數之後又別有訓解。如：

嬔：~息。一曰鳥伏乍出。芳万反□□□

俗曰䴏，奴侯反。又齊人謂生子。

（切韻殘片列TIID和斯六一七六注作「嬔息，一曰鳥伏乍出。芳万反四。」）

楥：靴楥。許勸反。□□□□□

□作此暉。周□作韗作□。

（敦煌本王韻「楥」許勸反。韗楥。工。「韗」作鼓工。又禹愠反。亦作韗。）

（唐韻「楥，韗履楥。」周禮「韗，韗又音運。俗作楦。虛願反。一。」）

鐏：矛戟下。徂困反，一。鄭

玄云：失底□□□

（斯六一七六：矛戟下。徂鈍反，二。敦煌本王韻：徂困反。矛戟下。二。）

這些都是在反切和字數之後又有訓釋的。據切韻殘片列TIID和斯六一七六「嬔」字下原只有「嬔息」和「鳥伏乍出」兩義。「嬔息」即「蕃息」。玄應一切經音義卷一、卷九云：「今中國謂蕃息為嬔息」，這也就是現代北方話所說的「ㄈㄢˋ」。「鳥伏乍出」是孚乳之義，專就鳥伏卵而言。本書注文又增出「俗曰魑」和「齊人謂生子」兩義。「俗曰魑」上所闕當是「兔子」二字，「爾雅．釋獸」云：「兔子娩」，郭璞注云：「俗呼曰魑。」至於「齊人謂生子」一義則與「娩」相同。「文選」張衡「思玄賦」舊注引「纂要」云：「齊人謂生子曰娩。」即此注所本。「援」字原注「靴援」，本書後面又載入一些有關的異體，雖然字有殘缺，而唐韻的注文還可以考證。（依王韻，則「韡」別為一字。）這也是後來增益的。「鐏」下舊注「矛戟下」，新增鄭玄云云，可能本於「禮記．曲禮上」鄭注。「曲禮上」：「進戈者，前其鐏，後其刃」，鄭注云：「銳底曰鐏，取其鐏地。」由此來看，上一段韻書是根據陸法言書而增添訓釋的，所加訓釋，博采各書，不以「說文」為限，與長孫箋注又有不同。但常用字仍不加訓解。

下一段抄配的也是一種增注本韻書。收字雖稍有增加（如「傿」「紐」「楝」字），但為數不多。所存願韻「万紐」「娩紐」、「建紐」、「堰紐」等都不像有增加字。在訓釋方面，也都很簡單，可是有些普通字已經增有義訓。如「万」訓「十千」，「建」訓「立」都是。這就與上一段不同了。從上下兩段粘合的情形來看，下一段顯然是因為上一段有殘闕而抄配上去的，所以各行就都要與上一段相承。可是由於寫者所根據的韻書與上一段不同，以致原書所闕無從填足，第一行「延」下只好留下很多空白。

總起來看，這個殘片存字雖不多，而上下兩段在唐本韻書中時代還是比較早的。至於作者，已無可考。

三二　增訓本切韻殘葉二（伯三七九九）

此殘葉存入聲怗、緝、藥三韻字，共有二十一行。怗韻「頰」字前一行無字，原書似為葉子本。書中緝韻敘次為二十六，藥韻為二十七，注文先舉訓解，再出反切，體例和韻次並與陸法言書相同。

本書各韻小紐反切和字次都與箋注本一（斯二〇七一）最為接近。箋注本一怗韻「頰」音古怗反」，本書音吉協反」，藥韻「略」音離灼反」，本書作龍灼反」，用字不同，而音類無殊。箋注本一緝韻「執」音側什反」，本書作之入反」，側為照母二等字，與本韻「戢」字阻立反音重，「執」為照母三等字，本書作之入反」不誤。王韻、唐韻都作之入反。至於收字，本書除怗韻多「渫」「甈」「笘」三字，緝韻多「噆」字，藥韻多「爍」「䂮」二字以外，僅藥韻灼紐少一「犳」字，其他都與箋注本一所收相同。可是在訓解方面，本書就比箋注本一多得多了。箋注本一，一般習用的字大都沒有訓解，而本書只有「立」「澀」「脚」數字無訓，其餘一律增添訓解。例如緝韻「十」訓「成數」，「執」訓「持也」，「及」訓「與也」，泣訓「落淚」，吸訓「入氣」，悒訓「憂」，藥韻「藥」訓「療病」，「略」訓「謀也」，這些在箋注本一裏都沒有。更值得注意的是本書不僅每字有訓解，甚且有一字數訓的。例如緝韻「蟄」下云：「蟄蟲，隱也，靜也」，藥韻「若」下云：「順也，善也，辭也」都是。由此推測本書當在箋注本一之後。

就本書所收文字和字下訓解與箋注本一以外的書來比較，則發現除藥韻「爍」字（陽宮以外，其餘所有文字幾乎都見於王仁昫刊謬補缺切韻和裴本切韻，（蔣本唐韻不完全具備，如緝韻的「噆」字、「邑」字。）但字的訓解稍近於裴本切韻和唐韻。例如：

本書	裴本切韻	宋跋本王韻	唐韻
怗韻頰面	面	頤	頰面
蘿 草藻	草藻	草蘆	草麗
笘 字林笘也說文竹籤斫牒反	竹牒反竹箕	（字在聑紐音子協反）竹箕又充甘反	（無此字）

藥韻

䂮（尒雅云利云）	爾雅云䂮利	䂮 人名晉有褚䂮	䂮 爾雅云利也或作䂮晉有褚䂮
若 順也善也辭也	順	如	如也順也
芍 蕭該云芍藥是藥草云云	芍藥	蕭該云云	蕭該云云
辵 乍行乍止	乍行乍止	走辵	說文云乍行乍止

由這些例子可以看出裴本切韻和唐韻與本書的注解略近。本書注解曾引用字林，裴本切韻和唐韻書中也常常引用。裴本切韻和唐韻收字固多於本書，且唐韻緝韻「歙」下云：「後漢有來歙，又縣名，在歙州」，而本書作「又縣名，在新安」，則仍襲用法言原書地名（見箋注本一）。據此推斷，本書的時代又當在裴本切韻和唐韻之前。其作者已無可考。

3.3 (12) 增字本切韻殘卷 （伯二〇一七）

此殘卷存陸法言切韻序、平上去入四聲韻目和平聲東韻的一部分，細字精抄，極為工緻。陸序自「支脂魚虞共為不韻」始，其上殘闕。陸序前有無其他序文不可知。四聲韻目中平聲最完整，上去入三聲略有殘損。所記平聲為五十四韻，上聲為五十一韻，去聲為五十六韻，入聲為三十二韻，合計為一百九十三韻。平聲韻目廿六山之後，繼之以廿七先，以迄五十四凡為止，不分上下。韻目的敘次和反切都與箋注本一、箋注本二（斯二〇七一和斯二〇五五）相合。很清楚，這是陸法言書的系統。現在唐本切韻中保存陸法言一百九十三韻韻目最完整的就是這個寫本了。

不過，這個寫本還不是陸法言的原書。陸書上聲「拯」韻原無反語，箋注本一（斯二〇七一）「拯」字注云：「無反語，取蒸之上聲。」王仁昫刊謬補缺切韻同，而本書韻目拯下「之芳」（姜抄同於斯二〇七一，誤），這是其他唐寫本韻書中所沒有的。只有宋夏竦古文四聲韻”所據“唐切韻”「拯」音之「陳」，與此相近。其次本書「東」字下云：「德紅反。二加一」，是韻內已有增加字。又書中「東」字、「中」字下都先出反切，後出紐字數，最後出本字訓解和又音。根據箋注本二（斯二〇五五）推證，此類訓解和又音列於反切和字數之後的，一定是後來增加的。所以說這還不是陸法言的原書。

本書字下的注文比較多。每字的訓解大體介乎箋注本二（斯二〇五五）和裴務齊正字本“刊謬補缺切韻”之間。例如：

東紐「東」德紅反，二加一。“說文”：春方也。又動也。從木，從日。又云從日在水中。　箋注本二作「德紅反，二。按“說文”：春方也，動也。從日。又云從日在水中。」裴本“切韻”作「按“說文”：春主東方也。萬物生動也。從木，從日。又云日在水中。德紅反，二加二。」

「涷」冰。又東送反。　箋注本二無此字。　裴本“切韻”作「水也。又多貢反。」

「涷」水名。又瀧涷，霑也。　箋注本二作「水名。」裴本“切韻”作「瀧涷，水名。」

同紐「僮」古作童子，今為僮僕。　箋注本二作「古作童子，今為僕也。」　裴本“切韻”同。

「童」古作僮僕，今為童子。“說文”童字從辛。辛，丘山反。下有學而亂辛也。男有罪曰奴，奴曰童，女曰妾。下闕

箋注本二作「古作僕，今為童子。從辛，辛，丘山反，本從干。古者干字頭向上曲而亂辛，非辛也。男有罪曰奴，奴曰童，女曰妾。從辛重，妾字亦從辛。」　裴本“切韻”作「古作僕，今為童子，未冠之稱也。按“說文”童字從辛，辛，丘山反。辛從干。古者干字頭向上曲而亂辛，非辛字也。男子

有罪曰奴，奴曰童，女子曰妾。從辛重省聲也。」　裴本切韻作「瞳曨，日欲明。又他孔反。」

「瞳」瞳曨，日欲明。　箋注本二同。

「⿰革童」輂具飾。箋注本二無此字。　裴本切韻作「被具」。宋跋本王韻作「被具飾」。

中紐「中」陟隆反，三。中央；和。又陟仲反，當。　箋注本二作「按說文和也。陟隆反。又涉仲反。三。」　裴本切韻作「陟隆反。和也，當也。又涉仲反。三加一。」

「衷」善，又衷衣。　箋注本二作「按說文衷褻衣也。」　裴本切韻作「善也。按說文衷褻衣，又陟仲反。」

「忠」（無訓釋）箋注本二同。　裴本切韻注作「貞也，誠也。」宋跋本王韻注作「讜言。」

「柊」木名。　箋注本二無此字。　裴本切韻訓同。

從以上這些例子可以了解這個殘卷是箋注本二和裴本切韻之間的一部書。箋注本二所有的字，本書都有；凡本書中所有的字或訓解不見於箋注本二的，又大都見於裴本切韻。只有同紐的「洞」字和注文「……良，又洪洞，縣名」（正文「洞」字缺，只存注文的一部分）不見於裴本切韻。本書的作者和年代雖不可考，但是它在唐本韻書中的地位是可以確定的。它應當屬於增字本切韻一類，年代當在箋注本二之後。

3.4 (13) 增字本切韻殘葉一（斯六。一三）

這個殘葉有前後兩面，前面為職德二韻字，共十一行，後面為德業之三韻字，共十二行，前後兩面相連，原書當為葉子本。

從韻目數次來看，德為三十，之為三十二，則職為二十九，業為卅一，這與陸法言〝切韻〞的部叙是一致的。注文一般都是先列訓解，後出反切，最後注出一紐的字數・字有增加，則注明幾加幾(見「洫」字下)，而又在新增的字下注明「新加」二字(見「爂」字下)。體例和〝箋注本切韻〞二很相近。字下的訓解間或也有列在反切和一紐字數之後的，那可能是後加的，所以寫在最後。

至於每紐的反切，大體與〝裴務齊正字本刊謬補缺切韻〞和〝蔣斧本唐韻〞接近，可是又不完全相同。例如：

	本書	裴本〝切韻〞	宋跋本王韻	蔣斧本〝唐韻〞
職韻	逼彼側反	彼力反	彼側反	彼側反
	愊符逼反	符逼反	皮逼反	符逼反
	嶷魚抑反	魚抑反	魚力反	魚力反
德韻	則子德反	子得反	即勒反	子德反
	忒他得反	他則反	他則反	他德反
	黑呼德反	呼德反	呼德反	呼北反
	賊作則反	昨則反	昨則反	昨則反
	北博墨反	博墨反	彼墨反	博墨反
	蔔仿北反	傍北反	傍北反	蒲北反
	餩口黑反	愛黑反	愛墨反	愛墨反

除此以外，其他各紐反切與〝裴本切韻〞、〝王仁昫切韻〞、〝蔣本唐韻〞都相同。在收字方面，這個殘葉各紐的字數和〝唐韻〞所根據的〝切韻〞非常接近，只是偶有少數增加字而已。現在列

舉幾紐作比較：

本書		裴本切韻	王韻	蔣本唐韻
職韻	即 8	9	11	9加1（九字之中，原已有八字，下倣此）
	逼 2	5	5	2
	域 4	6	鈌	5加1（原4）
	洫 5 注作"二加一"有誤，疑當作"三加二"。	6	8	5加2（原3） 此紐有"閾"字，與本書相同。裴本切韻收入域紐。又此紐"淢"下云："疾流也。出說文。"
	堛 7	7	10	9加2（原7）
	愎 3 內有一個新加字。	4	3	3加1（原2）
德韻	忒 3	4	4	4加1（原3）
	墨 5	5	9	6加1（原5）
	塞 2	2	2	2加1（原1）
	菔 4 本紐"殆"字訓"殪"，裴本切韻"殆"字作"殕"，訓同。本書"殆"當為"殕"字之誤，唐韻無此字。	6	8	4加1（原3）

考裴本切韻去入兩卷和蔣本唐韻所據底本都近於長孫箋注本切韻（詳後）。這個殘葉和唐韻所據的底本一定很相似，時代當比唐韻較早。本書有些字的訓釋不見於各本切韻。如職韻"翌"下訓"明日"，又訓"飛皃"，"廙"下訓"敬"，又訓"行口不却"。又業韻"裛"下各書都訓"書囊也"，本於說文，而本書訓"近口裛也"，與各書也不相同。

3.15 增字本切韻殘葉二（斯六〇一二）

此殘葉有兩面，都是一葉的上一半。前面為錫韻字和職韻"蟙"字的注文，背面是職韻字，兩面正相銜接，原書為葉子本無疑。每行有界欄，小紐上都加朱點。每紐第一字注文，先出訓解，後出反切和一紐字數，與陸法言書體例相同。每字注解極簡略，常用字大都沒有訓釋，也和陸韻相似。不過鐸韻「礴」下云：「陸欠」，「䬣」下云：「楚人食麥饘謂之䬣，見方言。陸欠。」又職韻「畫」下云：「傷也，見尚書。陸欠。」由此可知本書是根據陸法言書而增修的。上面的幾個字都是陸韻沒有收的，所以注云「陸欠」。

本書收字與現存各家韻書都稍有不同。有的字見於這一種書，有的字見於另外一種書，沒有完全相同的。如：

本書	裴本切韻	王韻	唐韻
鐸韻泊紐 欂欂櫨	無	無	無
⿰革尃 口口口內飾也	無	無	無
礴 口口陸欠	無	無	礴 盤礴石
臛紐 熇 酷烈	熇 熱又火酷反	無	無
涸紐 佫 人姓	無	佫 人姓	佫 人姓
秴 似黍而小	無	秴 黍	無
昨紐（⿰牜乍） 山牛	⿰牜乍 山牛	無	⿰牜乍 山牛
⿰糹乍 絙	⿰糹乍 絙	⿰糹昔 竹繩	無
岝 ～崿山巖	無	無	岝 ～崿山高皃
䬣 楚人食麥饘謂之䬣見方言陸欠	無	無	無
霍紐 推 揮推促疾皃	攉 揮攉	無	無

穫 紭濩	湯濩	濩 水流皃	無	無
職韻 䅊 紭㸌	火氣	無	無	無
殛 紭蕀	商蕀草名 細葉……	蕀 草	蕀 菀蕀	無

從這些例字可以看出本書與上列裴本切韻、王韻、唐韻等書收字都不完全相同，應當是另外一家書。同時也可以知道上面的一些字沒有注「陸欠」的是否就是陸書所原有，也很難說。本書的作者和年代已無可考。

3:6 (15) 增字本切韻殘葉三（伯四七四六）

此葉共存十六行，周邊有烏絲欄，小紐上有朱點，所存為入聲職德業乏四韻字。末題「切韻卷第五」。這四韻的數次是職為二十九，德為三十，業為三十一，乏為三十二。這與陸法言切韻完全相同。書中職韻「殛」字，德韻「貣」字、「蟔」字、「[illegible]」字，業韻「怯」字、「蜐」字之下都注有「陸欠」二字，與前一種韻書殘葉（斯六〇一二）體例相同。前一種韻書殘葉鐸韻「飵」字下注云：「楚人食麥饘謂之飵，見方言。陸欠。」本書德韻「[illegible]」字下注云：「案，方言南楚罵賊庸為[illegible]。陸欠。」兩書都用方言增補陸書，應當是同一類書。所不同的是職韻兩書的紐次有不同；注文中前一種書不加「案」字，而本書注中有「案」字；前一種書不說明形體，而本書則側重解說形體。如職韻「逼」下云「爾雅作此偪」，「極」下云「字從木」，德韻「或」下云「正作或，下並准此」，業韻「脅」下云「又作脇，俗從力非」都是。可見兩種書還不一樣。

另外，本書的反切和王韻、唐韻還有些不同。如職韻「堛」音「不逼反」，王韻、唐韻都作「符逼反」；德韻「賊」音「藏則反」，王韻、唐韻作「昨則反」；又「塞」音「蘇德反，又蘇蓋反」，（「蓋」為泰韻字），王韻、唐韻作「蘇則反，又蘇載反」。（「載」為代韻字）。據此可知本書以陸法言書為底本，其中也不無改動。因為這幾韻都沒有接近法言原書的材料來供比較，只好闕而不論。

本書作者無可考。從書中特別注重辨析字形來看，也許是新唐書、藝文志所著錄的僧智猷辨體補修加字切韻一類的書。

3.7（16） 增訓本切韻斷片（斯六一五六）

此斷片只存一葉的中間一段，上下並闕。每行有界欄，正面存去聲五十三嶝、五十四陷、五十五鑑幾韻的字和入聲韻目的一部分，韻目數次作朱書，入聲韻目前有「切韻卷□」一行；背面所存為入聲燭覺兩韻的字。書法工整有力，小紐上都加朱點。原書似為葉子本。

書中每紐第一字下先出訓解，再出反切，後出一紐字數，仍然是陸法言切韻的體例。但是並非陸書。因為入聲覺韻「覺」字下注云：「古岳反，又古孝反，八。字從爻，俗從与非。」這種刊正字體的話是陸書所沒有的。在殘葉正面入聲韻目部分還有殘存的三行注文。注文是「李与昔同，夏□□陌同，呂与昔□□麥同，今□□。」根據王仁昫刊謬補缺切韻，這應當是「錫」韻的注文。王韻入聲韻目「錫」韻下注云：「李与昔同，夏侯与陌同，呂与昔別，与麥同，今並別。」這與本書的注文是一樣的。從本書「屋」韻和「錫」韻書所寫的地位來看，此葉入聲韻目每行當分列五韻，「錫」韻正在第四行的開端。

一屋　二沃　三燭　四覺　五質
六物　七櫛　八迄　九月　十沒
十一末　十二黠　十三鎋　十四屑　十五薛

十六錫 李与昔同 去云

這些韻的次第與陸法言〝切韻〞和王仁昫〝切韻〞完全相合。從韻目下有注文這一點來看，似為王仁昫書，但從以下各方面來看，可知這與王仁昫書並不相同。

(1)本書題名〝切韻〞，不作〝刊謬補缺切韻〞。

(2)王韻每紐第一字的注文先舉反切，後出訓解，再記一紐字數，本書則先出訓解，後出反切和一紐字數，兩書體例不同。

(3)敦煌本王韻去聲「鑑」韻之後有「嚴」韻和「梵」韻，本書「鑑」韻末為「鑱」字，「鑱」字下所餘只有一行的三分之二，只能列一韻，而不能列兩韻，原書當只有「梵」韻，而無「嚴」韻，與王韻不同。如果本書上聲沒有「广」韻，則與陸法言書相同。

(4)王韻嶝韻「[illegible]」字下還有三紐，陷韻「賺」字下還有四紐，而本書嶝韻止於「[illegible]」字，陷韻止於「賺」字，字比王韻少。其他如：

嶝韻魯鄧反本書一字，箋注本三（伯三六九四）和裴本〝切韻〞同，王韻則為二字。

燭韻而玉反本書六字，箋注本一作而蜀反，字數相同，裴本〝切韻〞為七字，敦煌本王韻為九字，宋跋本王韻為十字。又七玉反本書一字，箋注本一和裴本〝切韻〞同，而王韻為四字。

覺韻古岳反本書為八字，箋注本一相同。裴本〝切韻〞九字，敦煌本王韻十一字，宋跋本王韻十二字。

由此可知本書收字數量近於箋注本一，而不同於王韻。

(5)本書的反切和訓解不盡與王韻相同。如燭韻「辱」字而玉反，箋注本一、裴本〝切韻〞、王韻以及〝唐韻〞均作「而蜀反」。用字有不同。本書燭韻「輍」字上有「鋊」字注文「……沓云銅屑……

……錢取鋊是」，而《箋注本一》、《裴本切韻》和敦煌本王韻注文都作「炭鉤」，宋跋本王韻作「又俞鍾反，可以鉤鼎，鼎耳也，炭鉤也。鑪以銷鐵。」並與本書不同。本書「沓」上當為「許」字，許慎《說文》云：「鋊可以鉤鼎耳及鑪炭，一曰銅屑。」下文「錢」字上當為「摩」字。「摩錢取鋊」見《史記·平準書》和《漢書·食貨志》。《史記》云：「今半兩錢，法重四銖，而姦或盜摩錢裏取鋊，錢益輕薄而物貴」。字作「鋊」。《漢書》作「摩錢質而取鋊」。《集解》：「臣瓚曰：許慎云鋊銅屑也，摩錢漫面以取其屑，更以鑄錢」。這就是本書注文所本。

根據上述幾點，可以證明本書並非王仁昫《切韻》，而是另一種書。這種書與《箋注本一》接近，時代當在王仁昫書之前。王書韻目下注出呂靜、夏侯詠等諸家分韻的異同，而本書韻目下也有同類的注文，足見此種注文不始於王仁昫書，而在王仁昫以前就有了。這是極難得的一條證據。韻目下有這種注文，依事理推之，當本於陸法言書，但是，現在所看到的陸法言《切韻》傳寫本都闕總韻目，而長孫訥言箋注本韻目下並無此注，所以有人認為這種注文是王仁昫所加，其實不然。今有此殘片，宿疑可解。另詳《王仁昫刊謬補缺切韻》一考釋。

3.8 (17) 增字本《切韻》斷片 （列TIVK75・TIV70+71）

這些斷片共有八片，是德國人列考克自我國新疆吐魯番一帶地方所得，舊藏於普魯士學士院。今以韻次為序，一為魚虞兩韻字，二為模齊兩韻字，三、四為文韻字，五為旨止兩韻字，六為止尾語三韻字，七為姥薺蟹駭賄五韻字，八為去聲韻目的一部分和送韻字。一至七列考克編號為TIVK75，八為TIV70+71。這裏僅六、七兩片有原物照片，其他都是據向達先生的抄本轉錄的。其中一、二兩斷片只存上部，下部殘缺。三、四兩斷片是文韻的上一半和下一半，中間殘鈌，所以分裂為二。五、六、七斷片只有下部，而無上部。五、六兩片原來當為一紙，第五片存八行，第七行「以」字下「羊止」二字正當一行之末，「反」字當在第八行。第八行所存注文「踈士口三」，恰恰是第六斷片「史」字的注文，前後正相銜接。第六、第七兩片所存都是十二行，第七片應是第六片的背面。

從書的體例和內容來看，這些斷片原來應當是一部書。書中韻與韻分開，各為起止。平聲有韻目數次的是十虞、十二齊、十九文，去聲韻目數次比較清楚的是五十豔、五十四惱。這些都與陸法言書相同。可是每紐第一字下先列反切，次列一紐字數，最後列本字訓釋和又音，如旨韻「否」字「跽」字、止韻「俟」字、「刺」字、蟹韻「枳」字「矮」字下都是如此，體例與陸書已有不同。

就斷片所存各韻與箋注本一相比，不僅字有增加，注出「幾加幾」，而且反切也略有差異。例如：

本書	箋一	王仁昫切韻
虞韻虞 語俱反十二加二	十二	十七
模韻逋 博孤反四加八	四	八
枯 苦胡反三加二	三	七
都 丁姑反三	丁胡反	丁姑反四
榑 普胡反五加一	五	六
齊韻齊 徂兮反五加一	徂嵇反五	徂嵇反七
低 丁兮反七加三	當嵇反七	當兮反十七
旨韻壘 力軌反八加二	力究反八	十

韻	字	反切		
	唯	以水反五	四	八
	巋	丘軌反	羌軌反	(無)
止韻	徵	貞里反一	陟里反一	陟里反一
	紀	居己反二加一	居似反二	居似反四
	里	良士反八加一	九	九
	滓	側李反三加二	四	三
尾韻	韙	違鬼反八	韋鬼反九	韋鬼反九
薺韻	祢	乃礼反四加三	四	十
	泚	千礼反二加一	二	三
	啟	康礼反五加一	六	九
蟹韻	買	莫解反四加一	四	五
賄韻	磥	落猥反八	九	十二

這裏所記的原來字數大體與箋注本一相同。不過，箋注本一蟹韻「擺」下有「[illegible]」字一紐，駭韻「唉」字下有「[illegible]」字一紐，這兩紐字都不見於本書。從這些地方可以知道本書的底本和箋注本一還不完全一樣。

本書去聲韻目下有注文。豔韻下注云：「呂與梵同，夏口與㮇同，今並口。」陷韻下注云：「李與鑑同，夏侯別，今依夏侯。」這些都與王仁昫"刊謬補缺切韻"相同。但是我們不能因此就認為是王仁昫的書。第一，王仁昫的書每紐第一字的注文是先出反切，次出本字的訓解和又音，最後一紐的字數，與本書體例不同。其次，本書字下的訓解極為簡單，地理名稱都不注明所在州郡，只注「地名」、「水名」而已。每紐第一字大都只有反切，而没有訓解，這與王韻每字并「各加訓」不同。另外，王仁昫書每紐所收字數大都比本書多（見上所舉），但是本書有些紐的字數又比王韻多。如模韻「逋」紐本書為十二字，王韻為八字，本書「補」（刈禾也）「誧」二字王韻未收；止韻「滓」紐本書為五字，王韻為三字，本書「𦍩」字（羕菜）王韻未收。其他如虞韻「虞」紐本書有「喁」字，止韻「似」紐有「麀」字，語韻「與」紐有「𨗀」「與」「嶼」三字，薺韻「邸」紐有「奃」字，「弟」紐有「䏲」字，也都不見於王韻。由此可知本書與王韻不是一種書。王韻書中有正字，有增訓，又有增字，而本書只重增字，性質與王韻全不相同，應當是另一家書。

本書作者已無可考。書的時代可能與王仁昫書接近。王韻作於中宗神龍間（詳後），中宗名顯，所以書中避「顯」字。如上聲薺韻「洗」字箋注本一音「先禮反，又蘇顯反」，而王韻則改「蘇顯」為「蘇典」。本書薺韻「洗」字下所注又音也作「蘇典反」，如果是因避諱而改，那就是中宗以後的人所作了。

王仁昫書韻目下注有呂靜、夏侯該、李季節、陽休之、杜臺卿五家分韻的異同，現在又看到本書和前一種「切韻」寫本（斯六一五六）同樣有這種注文，可見韻目有這種注文的不止是一種書，可能都是出於陸法言書，所以注文完全相同。

〔考釋四〕 王仁昫「刊謬補缺切韻」

4.1(18) 王仁昫「刊謬補缺切韻」序（伯二一二九）

此序文寫於唐高宗時中天竺沙門地婆訶羅所釋「大乘密嚴經」的背面，前為王仁昫序，後為陸法言序，陸序後有寫者僧善惠題名。陸序標題為「陸詞字法言撰切韻序」，這與宋濂跋本王仁昫刊謬補缺切韻正相同。由此可見王仁昫書只有自序和陸法言序，故宮博物院舊藏裴務齊正字本刊謬補缺切韻沒有陸序，而有王仁昫自序和長孫訥言序，那已經不是王仁昫原書的面目了。

這個寫本與上面所說的兩種刊謬補缺切韻寫本的文字稍有不同。如「江東道」，宋跋本同，裴本則作「江東南道」。「昫祇務守職」，宋跋本同，裴本作「昫駈務守職」。「救俗切須」，宋跋本「切」下衍「清」字，裴本作「救俗切韻」。「韻以部居」，裴本誤作「韻以韻居」。「莫過斯甚」，宋跋本作「豈過斯甚」。「昫沐承高旨」，宋跋本作「昫沐承高議」。文字都略有不同。「然苦字少」一句，「苦」宋跋本和裴本都誤作「若」，當以此本為正。又宋跋本「觀風察俗，政肅令清，即持斧埋輪，而鸇逐隼擊」，而裴本作「觀風察俗，政先肅令清，持斧理輸，而鸇逐隼擊」，此本作「觀風察俗，政先令肅清，即持斧理論，而鸇逐隼擊」。均當以宋跋本為正。「持斧」即指秉持斧鉞而言，「埋輪」為後漢張綱事。後漢書卷八十六張綱傳云：「綱字文紀，少明經學，司徒辟為御史。時順帝委縱宦官，有識危心。漢安元年選遣八使，徇行風俗，皆耆儒知名，唯綱年少。餘人受命之部，而綱獨埋其車輪於洛陽都亭曰：豺狼當路，安問狐狸？遂奏大將軍梁冀無君之心十五事。」「鸇逐隼擊」謂捕捉不法之徒，即左傳所謂「誅之如鷹鸇之逐鳥雀也」。這些都是推崇侍御史平嗣先的話，「理輸」和「理論」無疑都是錯字。

王仁昫因受平嗣先的啟示而作刊謬補缺切韻。平嗣先無考。序云「大唐龍興，肅問寓縣，有江東道巡察黜陟大使、侍御史平侯嗣先者，燕國鼎族，京兆冠蓋，博識多才，智周鑒遠。」既云「燕國鼎族」，則平嗣先的郡望當是燕國。魏書卷八十四儒林傳有平恆，北齊書卷二十六有平鑒，都是燕國薊人。平嗣先一定也是源出薊縣，因官於長安，所以說「京兆冠蓋」。

王仁昫的事蹟已無可考。序文下題「朝議郎行衢州信安縣尉」，「字德温」。宋跋本「刊謬補缺切韻」上聲銑韻「顯」字下注云「今上諱」，「顯」為中宗名，可知王仁昫為中宗時人。書中先韻「淵」字下注云「武帝諱」，之、志兩韻「治」字下注云「大帝諱」，武帝即高祖，大帝即高宗。凡陸法言書中用「治」字的，王韻一律改字，「切韻」銑韻原來有幾紐用「顯」字作切的（如「銑」音蘇顯反，「典」音多顯反，「殄」音徒顯反，「編」音方顯反，「辮」音薄顯反，「峴」音胡顯反），王韻因避中宗諱，或改「顯」為「典」，或改「顯」為「蘭」。據此，可證王仁昫著書的年代不能早於中宗之世。序云：「大唐龍興，廉問寓縣，有江東道巡察黜陟大使、侍御史平侯嗣先者……爰屆衢州，精加采訪。」唐蘭先生根據這些話確定王韻作於中宗神龍二年（見故宮印王仁昫「刊謬補缺切韻跋」），是正確的。武后末年，中宗即位，恢復國號曰唐，當時制誥稱為「中興」。可是後來因為補闕張景源議才改稱「龍興」，見「冊府元龜」卷四八。臺省部（中華書局印本五七二四頁）。「新唐書」卷三十八「地理志」汝州有龍興縣，注云：「本滍陽，武德四年置。貞觀元年省。證聖元年析陝城魯山復置，曰武興。神龍元年更名中興，尋又更名。」這與「冊府元龜」所記正相合。序云「大唐龍興」，即指中宗即位而言無疑。唐釋智昇「開元釋教錄」卷九「實叉難陀傳」、「義淨傳」、「和菩提流志傳」都有「和帝龍興」的話，和帝即中宗。足見「大唐龍興」四字所指的年代是非常清楚的。中宗即位後，神龍二年（公元七〇六）曾遣十道巡察使廉訪州縣，事見「新唐書」卷四「中宗紀」。「通典」卷三十二「職官典」云：「大唐武德元年罷郡置州，改太守為刺史，而雍州置牧。至神龍二年二月分天下為十道，置巡察使二十人（原注：一道二人），以左右臺及內外官五品以下堅明清勁者為之。兼按郡縣，再朞而代。至景雲二年改置按察使，道各一人。」平嗣先為侍御史，正五品以下官。他廉問衢州，當即在神龍二年。王韻的序文已將作書

的年代說得很清楚，以前曾經有人以為王韻作於太宗貞觀年間，那是錯誤的。（詳見拙作《問學集》內《王仁昫切韻著作年代釋疑》）

王仁昫書名為《刊謬補缺切韻》，原注云：「刊謬者謂刊正誤謬；補缺者謂加字及訓。」序文裏引述平嗣先的話說：「陸法言《切韻》，時俗共重，以為典規，然苦字少，復闕字義，可為刊謬補缺《切韻》，削舊濫俗，添新正典，并各加訓，啟導愚蒙。」這就是王仁昫作書的主旨。現在流傳下來的王韻有兩種本子：一種是故宮博物院所藏宋濂跋本，一種是敦煌佛窟本。敦煌本有闕損，而宋濂跋本完整無闕。這個序文也出自敦煌，寫者可能就是敦煌莫高窟的僧人。

(八) 王仁昫《刊謬補缺切韻》一（敦煌本，伯二〇一一）

此書出自敦煌，為伯希和劫去，現存巴黎國家圖書館。原物共二十二紙，作兩面書，每面多的有三十五六行，每韻另起，韻首一字上有朱書韻次數目，一紐字數也以朱筆書寫。所存有平上去入五卷，平聲韻目數次不分上下（由「侯」為四十四，「登」為五十可證），平聲為五十四韻，上聲為五十二韻，去聲為五十七韻，入聲為三十二韻，全書共分一百九十五韻，比陸法言《切韻》增多「嚴」韻上去聲「广」「嚴」兩韻。這個抄本各卷都有殘闕，其中平聲和入聲所闕較多。原書當為冊葉裝。書法挺秀，楷法中兼有隸書波磔。平聲庚韻「亨」字下注文有「此本是王子春寫字用」一語，不知是否即王子春所寫。書寫年代不詳。

此書劉復曾手抄校刻，收入《敦煌掇瑣》。但原書紙色污黯，缺損之處，文字尤其不易辨識，因此劉抄頗有脫誤。如《掇瑣》一〇一第四三〇頁第五行脂韻「攖」字和注文原在下一行「蘞」字上。四五一頁第五行後原有一行存注文「久雨」二字（當為「霪」字注文），刻本失去。四五二頁第一行談韻「蕑」注云「葱別名」原作「綊」，注云「色鮮」，又「酣」字下原無暫字，而「暫」字下「嫛」「歛」「笘」等字和注文原在下一行，不在本行，「掇瑣」誤併在一行。又四八七頁第十行蕩韻「黨」字一行後原本另有一行，存「麃」「軏」二字，刻本也脫落。又如四四六頁第七行有韻「眑」字注文原為「眑膠，又於糾反，幽靜」，「掇瑣」正文誤作「䏚」，而注文作「〻膠，又於交反」，與原書不合。四四七頁第四行豪韻「䮯」下原注「行皃」，而「掇瑣」則誤作「馬行」。如此之類與原本行款和文字不符的很多。後來姜亮夫先生又在巴黎細心摹寫一過，收入「瀛涯敦煌韻輯」，點畫行款悉照原本之舊，比「掇瑣」本就可靠多了。現在據原書照片影印，以免轉寫失真。另附作者據照片所校「掇瑣」本於後。照片有不易辨識處，讀者可與姜書比觀。

本書平聲卷首殘闕，上去入三聲卷首都題「朝議郎行衢州信安縣尉王仁昫字德溫新撰定」，則作者為王仁昫無疑。王書就陸法言「切韻」刊正譌謬，增字加訓，在唐代一定比較流行，所以傳本不只一種。故宮博物院所藏宋濂跋本「刊謬補缺切韻」也是王仁昫書，但抄寫年代比本書晚，反切和注釋與本書也不盡相同，文字上的脫誤也比較多。不過，全書完整無闕，可以與本書參看比證。

宋跋本王書序文說：「既字該樣式，乃備應危疑。韻以部居，分別清切。舊本墨寫，新加朱書。兼本闕訓，亦用朱書。其字有疑涉，亦略注所從，以決疑謬。使各區析，不相雜廁」。所謂「韻以部居，分別清切」是指分部正音而言；所謂「字該樣式，備應危疑」，即指刊正字體而言。在字形上，遇有疑涉，又注明偏旁所從，以決疑謬。合之加字加訓，增補又音，這都表明王仁昫想從各方面使韻書趨於完善，以便切合實用。因此內容比陸法言書增益多多。這樣，韻書就更接近於字書，在唐代韻書的發展上代表一個新的趨向。

王仁昫在序文末注云：「所有新加字並朱書，其訓即用墨書。或朱(注1)有正體及通俗者，皆於本字下朱書。」據此可知原作凡是新加的文字都用朱書，以與陸書分別。現在這個抄本只有韻目數次和每紐字數用朱書，其餘一律用墨書，因此已很難正確辨別出哪些字是舊有的，哪些字是新加的了。

就全書各韻所收字數而論，參照宋跋本來計算，大約有一萬七千字，新增的字約有五千九百多字，那比陸法言書總要多到三分之一以上。現在根據本書和宋跋本所記各卷字數與箋注本切韻一比列如下：

	箋注本切韻一	本書所記舊韻字數	新加字數	合計	宋跋本所記舊韻字數	新加字數	合計
平聲上	約三一五	(缺)	(缺)		二九〇八	一〇六八	三九七六(實計三二四六)
平聲下	約二七三	(缺)	(缺)		(缺)	(缺)	
上聲	二一四七	二〇七七	二一一五×(一二一五)	三二九二	二〇七〇×(二〇七七)	一二一五	三二九二
去聲	(缺)	二三三二	一二四六	三五七八	二三三二	一二四六	三五七八
入聲	約二一八一	二一五六	一三三三	三四八九	二一五六	一三四三×(一三三三)	三四八九

這裏平聲下一卷王韻兩種寫本都缺字數。根據宋跋本將所有字數統計一下，平聲下共有三千三百五十字，比箋注本一約多一千零七十七字。宋跋本其他四卷新增字數為四千八百六十二字，合計共為五千九百三十九字。依據宋跋本所記全書原有字數和新加字數合計為一萬七千六百八十五字。但平聲上一卷實計僅有三千二百四十六字，如新加字數為一千零六十八，則原來只有二千一百七十八字，不得為二千九百零八字。此處可能抄寫有誤。然則王仁昫書所收約為一萬六千九百五十五字。除去新增五千九百餘

字，他所根據的切韻底本大約有一萬一千字。這個數目比箋注本一要少二三百字。那一定是更接近於陸法言原書的本子了。其次，從五卷書增加字的數量來看，平聲增加的字數最多，入聲雖是三十四韻，但增加字比上聲或去聲還多，這與一字兩讀兼包並舉有關。

本書比陸書多「广」「嚴」二韻，而韻目次第與陸書相同。可是在每一紐第一字下先出反切，後出訓解，最後記出一紐字數，體例與陸書有異。至於反切則改變不多，與第一類切韻殘本幾乎完全相合，而箋注本一則不如此。例如：

咍韻「開」，伯三六九五苦哀反，本書同，箋注本一作康來反。

「臺」，伯三六九五徒哀反，本書同，箋一作徒來反。

敢韻「埯」，伯四九一七安敢反，本書同，箋一作央敢反。

養韻「想」，伯四九一七息兩反，本書同，箋一作思兩反。

軫韻「盾」，斯二六八三食尹反，本書同，箋一作食允反。

混韻「剸」，斯二六八三茲損反，本書同，箋一作慈損反。

潸韻「赧」，斯二六八三奴板反，本書和箋一作怒板反。

銑韻「銑」，斯二六八三蘇顯反，箋一同，本書避諱作蘇典反。

由此可見王韻的反切除去避諱改字的例子以外與第一類切韻殘本的反切大都相合。那麼，他所根據的切韻與陸法言書一定是非常接近的。如果以箋注本一和王韻相比，王韻的反切絕大部分與箋注本一相同，即使有不同的，也只是用字之異，音韻並無差別。如模韻「都」字箋注本一音丁胡反，本書作丁姑反，仙韻「船」字箋注本一音食川反，本書作繩川反，歌韻「何」字箋注本一音胡歌反，本書作韓柯反等等，這都只是用字的異同，究竟哪一個與陸書原本相合，已不可考。

見不過十幾處。本書名為「刊謬補缺切韻」，而明白指出陸書闕失的地方並不多。合本書與宋跋本所

本書保存比較完全的有以下十處：

(1)平聲歌韻「鞾」下注云：「鞾。無反語。胡靴。亦作靴，或作㲀。火戈反，又布(希)波反。陸無反語，何李(?)誣於今古。」(亦見宋跋本)

(2)上聲韻目五十一广下注云：「虞俺反，陸無此韻目失。」(亦見宋跋本)

(3)上聲韻目五十二范下注云：「符凵反，陸無反，取凡之上聲失。」(亦見宋跋本)

(4)上聲止韻「汜」下注云：「音似者在成皋東，是曹咎所渡水；音凡者在襄城縣南汜城，是周王出居城，曰南汜；音匹劍反者在中牟縣汜澤，是晉伐鄭師于汜，曰東汜。三所各別，陸訓不當，故不錄。亦作汜。」(亦見宋跋本。箋注本一「汜」下注作「江有汜。又水名，在河南成皋縣。一曰潁川襄城縣，一曰在滎陽中牟縣，流入河。又符嚴敷劍反。」)

(5)上聲隱韻「卺」下注云：「敬」，「巹」下注云：「瓢酒器，婚禮所用。陸訓卺敬字為巹瓢字，俗行大失。」(宋跋本只有訓釋。案陸書原只有卺字，訓「瓢酒器，婚禮用。」見斯二六八三箋注本一同。)

(6)上聲阮韻「言」下云：「語偃反。言言脣急。陸生載此言言二字列于切韻，事不稽古，便涉字祆，留不削除，庶覽者之鑒詳其謬。」(宋跋本只有反切。箋注本一言音語偃反，言音去偃反，注云言言脣急。)

(7)去聲韻目五十六嚴下云：「魚俺反，陸無此韻目失。」

(8)去聲過韻「足」下云：「案緅字陸以子句反之，此足字又以即具反之。音既無別，故併

足。」(此謂併「足」於緅紐，宋跋本「足」字併入緅紐，此處無「足」字。)

(9)入聲屑韻「凸」下云：「陸云：高起，字書無此字，陸入切韻何考研之不當」。(箋注本一訓「高起」，宋跋本注云：「肉高起」。)

(10)入聲洽韻「凹」下云：「下，或作容，正作窅。案凹無所從，傷俗尤甚。名之切韻，誠曰典音，陸采編之，故詳其失」。(箋注本一注云：「下，或作容」。宋跋本同。)

另外宋跋本可以補充本書的有以下三處：

(1)平聲元韻「蕃」下云：「草盛，陸以為蕃屏失」。(本書闕「元韻」。箋注本一「蕃」訓屏。)

(2)上聲腫韻「湩」下云：「都隴反，濁多。此是冬字之上聲，陸云冬無上聲，何失甚。」(本書闕腫韻。箋注本一腫韻無「湩」字。裴本切韻注作冬恭反，濁多。此冬之上聲。)

(3)上聲紙韻「輢」下云：「於綺反，車輢。陸於倚韻作於綺反之，於此輢韻又於綺反之，音既同反，不合兩處出韻，失何傷甚」。(此條本書有闕損。)

這十幾處當中，有些是陸的疏失，如同音的字而分立兩紐(「輢」「足」是例)，形義不同的字混而為一(如「氾」「汜」二字)；但有些並非法言的錯誤，如「韡」「范」等字，因為收字少，所以沒有適當的字作反切，「卷」「蕃」等字，因為同音通假，所以義訓與說文形義不同。這都不能說是錯誤。王韻既從增字補訓入手，遇到陸韻不恰當的地方自然就都隨宜訂正了。

王韻最引人注意的是韻目下所注呂靜、夏侯該、陽休之、李季節、杜臺卿五家韻書與切韻分韻的異同。本書注有闕佚，幸有宋跋本王韻和裴務齊正字本刊謬補缺切韻可以參照增補。現在就三者所存根據四聲相承的關係校錄如下：

平聲	上聲	去聲	入聲
1東	1董 呂與腫同，	1送	1屋

2 冬 陽與上聲，江同與鍾韻，呂別夏今依夏侯。

3 鍾 4 江 5 支

6 脂 呂夏侯與微之大亂雜，陽李杜別今依陽李杜。

7 之 8 微 9 魚

10 虞 11 模

12 齊

夏侯別今依夏侯。

2 腫 3 講 4 紙

5 旨 夏侯為疑，呂與陽李杜別今依呂杜。

6 止 7 尾

8 語 呂與虞同，夏侯陽李杜別今依夏侯陽李杜。

9 麌 10 姥

11 薺

2 宋 陽與用絳同，夏侯別今依夏侯。

3 用 4 絳 5 寘

6 至 夏侯與志同，陽李杜別今依陽李杜。

7 志 8 未 9 御

10 遇 11 暮 12 泰

13 霽 無平上聲，李與祭同，呂與杜別。

2 沃 陽與燭同，呂夏侯別今依呂夏侯。

3 燭 4 覺

13 佳

14 皆 呂陽與齊同，夏今依夏侯杜。

15 灰 夏侯陽杜與咍同，呂別，今依呂。

16 咍

17 真 呂與文同，夏侯陽杜別，今依夏侯陽杜。

12 蟹 李與駭同，夏侯別，今依夏侯。

13 駭

14 賄 李與海同，夏侯為疑，呂別，今依呂。

15 海

16 軫

14 祭 別，今依呂。無平上聲。

15 卦

16 怪 夏侯與泰同，杜別，今依杜。

17 夬 無平上聲。李與怪同，呂別與會同，夏侯別，今依夏侯。

18 隊 李與代同，夏侯為疑，呂別，今依呂。

19 代

20 廢 無平上聲，夏侯與隊同，呂別，今依呂。

21 震

5 質

18 臻 無上聲。呂、陽、杜與真同，夏侯別，今依夏侯。

19 文 陽、杜與文同，夏侯與臻同，今並別。

20 殷

21 元 陽、夏侯、杜與魂同，呂別，今依呂。

22 魂 呂、陽、夏侯與痕同，今別。

23 痕

24 寒

25 刪 李與山同，呂、夏侯、陽別，今依呂、夏侯、陽。

26 山 陽與先、仙同，夏侯、杜別，今依夏侯、杜。

17 吻

18 隱 呂與吻同，夏侯別，今依夏侯。

19 阮 夏侯、陽、杜與混很同，呂別，今依呂。

20 混

21 很

22 旱

23 產 呂與旱同，夏侯別，今依夏侯。

24 潸 陽與銑、獮同，夏侯別，今依夏侯。

22 問

23 焮

24 願 夏侯與慁別，與恨同，今並別。

25 慁 呂、李與恨同，今並別。

26 恨

27 翰

28 諫 李與襉同，夏侯別，今依夏侯。

29 襉

6 櫛 呂、夏侯與質同，今別。

7 物

8 迄 夏侯與質同，呂別，今依呂。

9 月 夏侯與沒同，呂別，今依呂。

10 沒

11 末

12 黠

13 鎋

27 先 夏侯陽杜與山同，呂別，今依呂。

28 仙

29 蕭

30 宵 陽與蕭宵同，夏侯杜別，今依夏侯杜。

31 肴

32 豪

33 歌

34 麻

35 覃

36 談 呂與銜同，陽夏侯別，今依陽夏侯。

25 銑 夏侯陽杜與獮同，呂別，今依呂。

26 獮

27 篠 李夏侯與小同，呂杜別，今依呂杜。

28 小

29 巧 呂與晧同，陽與篠小同，夏侯並別，今依夏侯。

30 晧

31 哿

32 馬

33 感

34 敢 呂與檻同，夏侯別，今依夏侯。

30 霰 夏侯陽杜與線同，呂別，今依呂。

31 線

32 嘯 陽李夏侯與笑同，夏侯(?)與效同，呂杜並別，今依呂杜。

33 笑

34 效 陽與嘯笑同，夏侯杜別，今依夏侯杜。

35 号

36 箇 呂與禡同，夏侯別，今依夏侯。

37 禡

38 勘

39 闞

14 屑 李夏侯與薛同，呂別，今依呂。

15 薛

20 合

21 盍 □□□同，夏侯□□□夏侯。

37 陽 呂、杜與唐同，夏侯別，今依夏侯。

38 唐

39 庚

40 耕

41 清

42 青

35 養 夏侯在平聲陽唐、入聲藥鐸並別，上聲養蕩為疑，呂與蕩同，今別。

36 蕩

37 梗 夏侯與靖同，呂別，今依呂。

38 耿 李、杜與梗迥同，呂與靖迥同，與梗別；夏侯與梗靖迥並別，今依夏侯。

39 靜 呂與迥同，夏侯別，今依夏侯。

40 迥

40 漾 夏侯在平聲陽唐、入聲藥鐸並別，去聲漾宕為疑，呂與宕同，今並別。

41 宕

42 敬 呂與靜勁徑同，夏侯與勁同，與諍徑別，今並別。

43 諍

44 勁

45 徑

27 藥 呂、杜與鐸同，夏侯別，今依夏侯。

28 鐸

19 陌

18 麥

17 昔 （注殘損，不可辨。）

16 錫 李與昔同，夏侯與陌同，呂與昔別，與麥同，今並別。

43 尤 夏侯杜與侯同，呂別，今依呂。
44 侯
45 幽
46 侵
47 鹽
48 添
49 蒸
50 登
51 咸 李與銜同，夏侯別，今依夏侯。
52 銜
53 嚴

41 有 李與厚同，夏侯為疑，呂別，今依呂。
42 厚
43 黝
44 寑
45 琰 呂與忝范豏同，夏侯與范豏別，與忝同，今並別。
46 忝
47 拯 無韻，取蒸之上聲。
48 等
49 豏 李與檻同，夏侯別，今依夏侯。
50 檻
51 广 陸無此韻目，失。

46 宥 呂李與候同，夏侯為疑，今別。
47 候
48 幼 杜與宥同，呂別，今依呂夏侯。
49 沁
50 豔 呂與梵同，夏侯與㮇同，今並別。
51 㮇
52 證
53 嶝
54 陷 李與鑑同，夏侯別，今依夏侯。
55 鑑
56 嚴 陸無此韻目，失。

26 緝
24 葉 呂與怗洽同，今別。
25 怗
29 職
30 德
22 洽 李與狎同，呂夏侯別，今依呂夏侯。
23 狎
31 業

32 乏 呂與業同，夏侯與合(?)同，今並別。　57 梵　52 范 陸無反，取凡之上聲，失。　54 凡

這些注文還不是很完備的，但由此可以看出陸韻分韻與呂夏侯等五家書的異同，同時由五家書韻部的分合可以進而探索南北朝時期南北語音的概況，這對於考查漢語語音發展的歷史也是很有用的資料。唐本韻書韻目下有小注的還有斯六一五六「切韻」殘葉和列TIV70+71「切韻」殘葉兩種（見前），但這些都不是陸法言的原書，現存陸書的寫本既闕總的韻目，長孫箋注一類的「切韻」寫本中韻目下又是沒有小注的，那麼，這些小注是不是陸法言書原有的呢？我們從宋跋本王韻在上聲腫韻「湩」字下所說「此是冬字之上聲，陸云冬無上聲，何失甚」一語同上面冬韻注「無上聲」正相應一事可知這些小注應當是陸法言所加。小注中所說「今依某家」或「今並別」等，正是法言根據顏之推、蕭該等人共同討論所決定的結果寫出來的，以明與五家書的異同，絕非後人所增。

王韻根據陸書增修，除增字以外，還增加義訓。陸書原有的訓釋大都仍舊，原來沒有訓釋的，一律增補。即使是極普通的字也都有訓解（宋跋本有少數字闕義訓）。例如：支韻「施」訓為，「池」訓蓄水，微韻「飛」訓翔，「衣」訓服裳，魚韻「魚」訓水蟲，「居」訓止，模韻「吾」訓我，「租」訓田稅，灰韻「回」訓旋，「雷」訓小霆，寒韻「寬」訓大，「安」訓泰等等，而箋注本一都沒有訓解。王韻每字加訓，雖與字書很接近，可是一個字只取其一種通常的意義，還不像字典那樣兼備眾義。

在注文中王韻還特別注意增添字的又音和字的異體、俗書。凡字有兩讀的都增注「又某某反」，或注「又音某」。同時根據又音增補正文。其中注出異體俗書的又分為以下一

些名目：

(1)古作某：之韻「𪐺」古作辝，陽韻「瘡」古作創，銜韻「鑒」古作鑑，止韻「以」古作㠯。

(2)古文作某：号韻「墺」古文作垇。

(3)今作某：支韻「眭」姓，今作畦，霰韻「賔」今作于賔。

(4)亦作某：微韻「輝」亦作煇暉，歸亦作帰，虞韻「膚」亦作肤，模韻「塗」亦作途。

(5)又作某：齊韻「隄」又作堤，侵韻「襟」又作衿。

(6)或作某：灰韻「杯」或作盃，咍韻「開」或作闓，豪韻「萄」或作陶，歌韻「訶」或作呵。

(7)正作某：魚韻「猪」正作豬，皆韻「懐」正作懷，語韻「去」正作厺，旱韻「偘」正作侃。

(8)本作某：霽韻「丽」本作麗，祭韻「弊」本作㢢，号韻「帽」本作冃。

(9)通俗作某：魚韻「胥」通俗作肙，虞韻「趨」通俗作趍，模韻「吳」通俗作吴，咍韻「來」通俗作来。

(10)俗誤作某：虞韻「鄜」俗誤作敷州，寒韻「欒」俗誤作欒。

這樣不憚其煩地博采異體俗書列於注文之內是前所未有的。值得我們特別重視的是其中所舉的通俗的寫法，這對於我們研究漢字楷書形體簡化的歷史是很寶貴的資料。劉復作「宋元以來俗字譜」僅注意到宋元以下書中所有的俗字，卻對本書所有反而忽略。本書所收的俗體字都是社會上通行的，宋元的俗字大都因承唐代而來。學者以此書與「宋元以來俗字譜」對看，更可以明瞭漢字楷書簡化源遠流長，不始於近代。本書所載的唐代的通俗字體相當完備，可做為一部唐代通俗字字典來看。它的用處是很多的。原書抄錄雖比較精細，但仍有錯字，劉復「敦煌掇瑣」內有校勘記，可以參看。

4.3 (20) 王仁昫「刊謬補缺切韻」二（故宮博物院藏）

這部王仁昫「刊謬補缺切韻」是唐本韻書流傳至今的惟一的完整無闕的一部書，現藏於北京故宮博物院。一九四七年故宮博物院曾據原本影印，末有唐蘭先生跋。全書共二十四葉，以兩紙合為一葉，除第一葉外，都是兩面書寫，一共四十七面，每面三十五行，或三十六行。原書最初當為冊子本，後改作「龍鱗裝」，每葉相去約一公分，錯疊鱗比，裝為一卷，既便於翻閱，又便於舒卷。每面有朱絲欄，書法端正，一絲不苟，有顏真卿筆意。韻目數次和每紐字數都用朱書。書中用雌黃點定的地方，年久大都脫落，凡是沾染過雌黃的，紙色都特別烏暗。此書由宋至清一直藏於帝王內府，清「石渠寶笈」有著錄，名為「唐吳彩鸞書唐韻」。書尾有明洪武間宋濂跋語。為別於敦煌本王韻，通稱為宋跋本王韻。

本書卷首有自序和陸法言序，序文首題「刊謬補缺切韻序」下注云：「刊謬者，謂正訛謬；補缺者，謂加字及訓」。次行題「朝議郎行衢州信安縣尉王仁昫字德温新撰定」，與敦煌本王韻相同，內容也大同小異，當是同一書的不同傳本。本書只有「顯」字缺末筆，其他唐帝名號都不避諱，偏旁寫法與唐人一般的手寫體有不同，書寫的年代可能比較晚。

卷首序文標題下記有全書總字數，共為六萬三百七十六字。下注「舊三萬三千九百二十二言，新二萬六千四百五十三言」，新舊相加，則差一字。但這六萬多字是不是全書正文和注文的總字數呢？從各卷注文之多來看，全書的字數要比六萬多得多，至少反切和又音以及每紐的字數、刊正訛謬的注語等等都沒有包括在內。這個字數只能是每卷卷首所記字數的總和。本書卷二與卷一連寫，以致脫記第二卷字數，其他各卷都記有總數，總數之下又分記舊韻所有字數和新加字數。現在分錄各卷所記字數如下：

	卷一	卷二	卷三	卷四	卷五	五卷合計
總數	一二〇六三	(一二二〇六)	一二〇一六	一二〇一四	一二〇七七	六〇三七六
舊韻	二九〇八		(二〇七〇X) 二〇七七 (敦煌本)	二三三二	二一五六	
訓	四九七〇		四一二一	四〇九七	四四六五	
或亦	一六		三三	三五	三一	
古	四		五	二	九	
俗	一		二	一	一	
(合計)	七八九九		六二三八	六四六七	六六六二	
補舊缺訓	一一二二		一三三〇	一〇七六	八四八	
新加韻	一〇六八		一二X一五 (一二一五)(敦煌本)	一二四六	(一三四X三) 一三三三 (敦煌本)	
新加字訓	二三五二		二八一二	二七六七 (二七六〇X)(敦煌本)	(二〇X一七) 二七七四 (敦煌本)	
亦或	三四二		三六七	三九三	四一六	
正	四四		一九	三五	一九	
通俗	三七		三	二三	一九	
古	〇		〇	〇	二	
本	二		四	六	四	
(合計)	四九六七		五七七八	五五四六	五四一五	
(新舊共計)	一二八六六		一二〇一六	一二〇一三	一二〇七七	

從右表首先可以看出卷一所記舊有和新加的字數合計共一萬二千八百六十六字，與總數一萬二千六十三不合。本書卷一由「東」韻至「山」韻的正文實計有三千二百四十六字，如

除去一千零六十八字新加字，則舊韻只有二千一百七十八字，與所記二千九百零八字相差七百三十字。據此可知原記舊韻字數一定有誤。其次，本書卷二缺記字數，根據五卷總數除去卷一、卷三、卷四、卷五幾卷的字數，所餘為一萬二千二百零六字，此數當為卷二總字數。卷二自「先」韻至「凡」韻的正文實計為三千三百五十字。舊韻字數如按照箋注本一所有二千二百七十三字計算，則新加字當為一千零七十七字。全書五卷新加字達五千九百三十九字。

卷三舊韻和新加韻字數，本書與敦煌本不同，就全卷總數計，舊韻當依敦煌本，新加韻當依本書始合。卷四新加字訓本書與敦煌本不同，依本書所記全卷總數與卷首所載只差一字。卷五新加韻和新加字訓字數，本書所記數字有誤。如據敦煌本所記計算，則與全卷總數完全相符。由此來看，各卷卷首所記總數可能都是對的，子注所記各類字數，兩書互有得失。

本書卷一實計有三千二百四十六字，卷二實計有三千三百五十字，卷三實計有三千二百四十四字，卷四實計有三千六百五十七字（本書去聲脫「嚴」韻，據敦煌本字數計算），卷五實計有三千四百七十四字（「職」韻有缺損，只存一百五十四字，今以一百六十字計算），五卷共計為一萬六千八百七十一字。這與前面敦煌本王韻說明中所估計的原書字數僅差八十餘字，可能由於抄寫有脫落所致。

本書與敦煌本王韻是同一種書的傳本，可是本書抄校不夠精細，錯亂訛脫都比較多。如去聲「御」韻開頭先出「據」紐，後出「御」紐；「嘯」韻「朧」字誤寫在「線」韻之末；而去聲「嚴」韻則完全脫去。至於注文，訛奪尤甚，遠不如敦煌本之精善。兩本的差別主要有三方面：

(1)反切用字不盡相同。舉平聲字為例：

敦煌本	本書
微韻沂魚衣反	魚機反(箋一同)
虞韻敷撫夫反(箋一同)	撫扶反
齊韻低當兮反	當嵇反(箋一同)
黎落嵇反(箋一同)	落奚反
灰韻裴蒲灰反	蒲恢反(箋一同)
摧昨灰反(箋一昨恢反)	昨回反
寒韻酸素官反(箋一同)	素丸反
剜一完反(箋一同)	一丸反
歡呼官反(箋一同)	呼丸反
先韻蹁部田反	蒲田反(箋一同)
宵韻嚣許嬌反(箋一同)	許喬反
豪韻饕吐高反(箋一吐蒿反)	土毫反
歌韻駝徒和反	徒何反(箋一同)
唐韻卬五岡反	五崗反(箋一同)
倉七岡反(箋一同)	七崗反
庚韻平符兵反(箋一同)	蒲兵反
明武英反	武兵反(箋一同)
尤韻浮薄謀反(箋一同)	縛謀反
侵韻簪側岑反	側岑反

盐韻苫窒㾝反　　　　失㾝反（箋一同）

蒸韻殑綺兢反　　　　其矜反（箋一同）

(2) 注文有詳略。例如：

敦煌本	本書
之韻萁豆茎亦作䕯	豆茎
噫恨聲亦作譩又於擬反	恨聲
模韻啚思度説文音鄙訓云難意今因循作圖非	思度
圖畫説文云計難從口音韋從啚啚難意用啚作圖非	畫
吳國名通俗作呉	國名又姓俗作呉
灰韻灰呼恢反爐餘從ナ，通俗作灰	呼恢反俗作灰
咍韻垓八極又垓下堤名在沛郡項羽敗處（又下亥反）	八極又垓下堤名
猍貍別名陳楚江淮	貍別名

問云

寒韻鳹々鵲鳥知未來事

鵲字或鵲又口沃

反或作鳹鵲字古

沃反

鬆々頭屈髮為之又

防滿反卧髮曰鬆

仙韻燃燒上然從火已是

燒更加火非同梁

加木失

豪韻繅絡𦇭取絲又七聊

反深色紺又所銜

反旗垂皃正作縿

庚韻亨(許庚反)通又普庚

反煮又虛掌反獻

神雒三音正一字

籀文作此弇依隷

作亨顧野王以享

不虀要為亨於亨

加火為烹強生分

々鵲知未來事

々頭屈髮為之

燒上從火(脫落甚多)

絡𦇭取絲

通又普庚反

析不及依本同長
音上長音去豈亦
別作字乎也
蒸韻憎蘇曾反緇徒　　蘇曾反緇徒正作僧」

(3)收字多寡有不同。例如：

魚韻「余」紐，敦煌本有二十三字，本書二十一字，無「璵」「予」二字

仙韻敦煌本韻末有「辿」「褑」「嫣」三紐，本書無。

蒸韻「增」紐，敦煌本十字，本書九字，無「曾」字。

寢韻敦煌本韻末缺「顩」字，本書有「顩」字，注云：「卿飲反，一，容皃醜」。

沁韻敦煌本韻末有「甚」字，本書無。

鑑韻敦煌本有「臉」字，本書無，別有「饞」字。

由上所舉可知兩本尚有異同，本書脫略處當據敦煌本增補。

〔考釋五〕裴務齊正字本刊謬補缺切韻

5(1)「裴務齊正字本刊謬補缺切韻」(故宮博物院藏)

(一)

此書舊有唐蘭先生寫印本和延光室據原物影照本。全書共三十八葉，作冊葉裝，末有明萬曆壬午(萬曆十年，公元一五八二)項元汴題記一紙。舊藏故宮博物院。

本書共五卷，平聲上聲闕佚頗多，去入二聲則完整無闕。全書四聲韻目如下：

平聲　1東　2冬　3鍾　4江　5陽　6唐　7支　8脂　9之（只存一部分）　10微（以下十六韻闕，據卷一韻目補。）　11魚　12虞　13模　14齊　15皆

上聲　1董　2腫　3講　4養　5蕩　6紙　7旨　8止　9尾　10語　11麌　12姥　13薺　14駭

去聲　1涷　2宋　3種　4絳　5様　6宕　7寘　8至　9志　10未　11御　12遇　13暮　14霽　15祭　16泰　17界　18夬

入聲　1屋　2沃　3燭　4覺　5藥　6鐸

16 灰 17 臺 18 真 19 臻 20 文 21 斤

22 登 23 寒

24 魂 25 痕 26 先

以下七韻並闕此據上去三聲次第補出韻目。

27 仙 28 删 29 山

15 賄 16 待 17 軫

18 吻 19 謹

以下廿三韻並闕此據上聲卷首韻目補

20 等 21 旱

22 混 23 佷 24 銑

25 獮 26 潸 27 産

19 廢 20 誨 21 代 22 震

23 問 24 靳

25 磴 26 翰

27 恩 28 恨 29 霰

30 線 31 訕 32 襇

7 質 8 櫛 9 物 10 訖

11 德 12 褐 13 點 14 紇

15 屑

16 薛 13 黠 17 鎋

30 元　31 蕭　32 宵　33 交（只存後半(?)）　34 豪　35 庚　36 耕　37 清　38 冥　39 歌　40 佳　41 麻　42 侵　43 蒸　44 尤　45 侯　46 幽　47 鹽　48 添　49 覃

28 阮　29 篠　30 小　31 絞　32 晧　33 梗　34 耿　35 請　36 茗　37 哿　38 解　39 馬　40 寑　41 極　42 有（只存一部分）　43 厚　44 黝　45 琰　46 忝　47 禫

33 願　34 嘯　35 笑　36 教　37 号　38 更　39 諍　40 凊　41 瞑　42 箇　43 懈　44 禡　45 沁　46 證　47 宥　48 候　49 幼　50 豔　51 㮇　52 醰

18 月　(29) 格　19 隔　(30) 昔　20 覓　21 緝　22 職　23 葉　24 怗　25 沓

50 談	48 淡	53 闞	26 蹋
51 咸	49 減	54 陷	27 洽
52 銜	50 檻	55 鑑	28 狎
			29 格
			30 昔
53 嚴	51 广	56 嚴	31 業
54 凡	52 范	57 梵	32 之

從以上所列的韻目表可以看出此書韻目排列的次第與陸法言「切韻」很不相同，有些韻目的名稱也不一樣。這在唐五代韻書中是別具一格的。

（二）

這個寫本，書法遒勁秀麗，但頗有脫誤。每韻第一字韻目作朱書，每紐開頭第一字上都加有朱點。書中避諱的情況很複雜。從「民」的字缺筆作「𠀌」，而「治」字不缺筆。入聲緝韻從「旦」的字都作「旦」，當是避睿宗諱，而去聲翰韻「旦」字並不缺筆。又之韻「疑」字下「語基反」的「基」字缺末筆，「基」字缺筆，似避玄宗諱。案治字不避諱，當在高宗已祧之後。但玄宗以後各帝名均不缺筆，而去聲種韻「用」字又寫作甪（反切「用」字仍作「用」）。因此，書寫的時代一時尚不易確定。

此書卷首書名下題「朝議郎行衢州信安縣尉王仁昫撰」。次行題「前德州司戶參軍長孫訥言注」、承奉郎行江夏縣主簿裴務齊正字」。在此之後為王仁昫序和長孫訥言序。序文後又有字樣（即字形偏旁辨異）一段。王國維認為這部韻書是王仁昫用長孫注和裴務齊注重修的，所以兼題二人之名。（見觀堂集林卷八書內府所藏王仁昫切韻後）案王國維沒有見到過真正的王仁昫書，僅僅因為本書卷首題「王仁昫撰」，所以就認為這是王仁昫所作其實不然。現在我們可以根據前面兩種王仁昫書的寫本來比看，就可以理解清楚。

(1)王仁昫書因據陸法言書增修，所以卷首只有自序和陸法言序，沒有長孫訥言序。本書不載陸序，而在王仁昫序以外有長孫訥言序，且在兩篇序文之上又以朱筆標明「王仁昫序」「長孫序」，可見此書非王仁昫的原著。

(2)本書「嚴」韻有上去二聲韻目，全書共為一百九十五韻，與王韻相同，但韻目的名稱和次第與王韻不同的很多。

(3)本書各卷體例並不一致。平聲一韻目冬、脂、真、臻四韻下有小注，上去入三聲韻目下都沒有注文。平聲東、冬、鍾、江、支、脂、之七韻內每紐第一字下大都是以反切、字數和本字的訓解為序，只有少數字下訓解列在反切之前，而平聲其他各韻以及上去入三聲都是訓解次於反切之後，末尾注明字數。以反切、字數、訓解為序是從長孫箋注的格式演變而來的。因為陸法言原書很多字下只有反切和字數，而沒有訓解，後來增修的書就把訓解補在字數之後。至於訓解次於反切與字數之間，那就是王仁昫書的體例了。兩者各有所承，體例不同。再從標出字數的方法來看，上述的平聲七韻一紐之內有加字的一律注明「幾加幾」，平聲其他各韻和上去入三聲諸韻都只有一個數目，不分別原有字數和加字字數。言「幾加幾」的是長孫箋注一類書的辦法，不言「幾加幾」的是王仁昫書的辦法。王韻加字本作朱書，所以記字數時不稱「幾加幾」。據此可知本書不是純粹的一種體例，平聲東、冬等七韻與其他部分不同。

(4)全書平上去入各韻小紐收字數目與王韻相比，情況各有不同。平聲東、冬等七韻收字特多，其他各韻也比王韻稍有增加，而去入兩卷反倒少得很多。惟有上聲一卷與王韻最為相近。(詳見附錄「唐韻前韻書收字和紐數多少比較簡表」)這種差異表明本書各卷來源不同。

(5)本書反切與王韻並不全同。即以上聲而論，上聲收字雖然與王韻接近，但反切仍然與王韻有差異。例如本書董韻「動」字音徒揔反，王韻作徒孔反；腫韻「覂」字音方勇反，王韻作方奉反；講韻「俒」字音莫項反，王韻作武項反；紙韻「婢」字音避爾反，王韻作便俾反；如此之類尚多。足見本書作者並非王仁昫。

(6)本書除韻次和韻目名稱與陸韻、王韻有不同以外，還有一些字的歸韻不同於陸韻或王韻。即如「切韻」尾韻「豈」「扆」「蟣」三紐本書都歸入止韻，琰韻「險」「貶」「預」「儼」「儉」「撿」「奄」七紐本書都歸入广韻，有韻「婦」「缶」兩紐韻本書都歸入厚韻，王韻去聲梵韻「劍」「欠」「俺」三紐本書列入去聲嚴韻，入聲麥韻「碧」字本書列入格韻(陌韻)。這些都表明本書在王韻之後，對王韻有因有革。

(7)在注釋方面，平聲東、冬等七韻最為詳細，而且有案語，注釋與箋注本二相近。(如東韻盅、終、崇、弓、融等字注文表現得很清楚)。所引字書和訓詁書有「爾雅」「說文」「方言」「字林」「博雅」(即「廣雅」)「字書」「漢書音義」等書。平聲其他各韻注釋則比較簡略，既無案語，也很少引及各種字書，只有幾處注明出「說文」或「方言」。去聲的注釋近於平聲東、冬七韻，訓釋詳細，並有案語。注釋與箋注本三相近。所引字書訓詁書除「爾雅」「說文」「方言」「字林」外，又有「釋名」「王逸」「證俗文」「杜延業」「字樣」等書。入聲的注釋雖不如去聲那樣多，間或也引及「爾雅」「說文」「方言」「字林」。惟有上聲一卷注釋近於王韻，字形字音較詳，而訓釋較略。上聲止韻「汜」下云：「江有汜。又水名，在河南成臯縣東，書咎所度水處。又符嚴反，在潁襄城南汜城，造(是)周王出居城，曰南氾是。又敷劍反，在榮(滎)陽中牟縣，氾流入河，氾澤是晉伐鄭師于氾，曰東氾是。」文字與王韻大體相同。又陸法言〝切韻〞紙韻「倚」「輢」兩紐同音於綺反，王韻在「輢」字下指出「音既同反，不合兩處出韻，失何傷甚」，本書則併「輢」字於「倚」紐下，注云：「車輢。陸本別出。」與王韻相合。但去聲遇韻陸法言書「足」音即具反，與「緅」字子句反音同，王仁昫指出不當重出(見敦煌本王韻)，而本書仍分為兩紐。由此可見本書只有上聲與現在所看到的王韻相近，其他各卷並不如此。

綜合以上所說，可知這個寫本並非單純的某一家之作，而是采用兩種以上不同的韻書配合纂錄而成的。其中既有長孫箋注傳本的東西在內，又有王仁昫的書傳本的東西在內，甚至還有別家的東西。由此也可以明白為什麼卷首既有王仁昫序，又有長孫序，著者不僅題名王仁昫，而又兼及長孫訥言，同時又有裴務齊的名字。裴務齊事蹟無可考。本書題為「承奉郎行江夏縣主簿」。日本〝見在書目〞有〝裴務齊切韻〞五卷，〝廣韻〞卷首所列增字諸家姓氏中也有裴務齊一家。本書絕不是王仁昫用長孫、裴務齊兩家書來重修的，而是某家用長孫、王仁昫等書增補改編的。至於是否為裴務齊所編，還是一個問題。日本源順〝倭名類聚鈔〞卷七羽族部曾引〝裴務齊切韻〞云：「鶻，鷹屬也。隼，鷙鳥也。大名祝鳩。」(大字疑誤)這兩條都與本書不同。本書上聲軫韻「隼」字訓「鳩」，入聲黠、紇兩韻「鶻」訓「鶻鳩」。因此還很難說本書就是裴務齊之作。不過書中有關字的寫法和注中解說字形的文字一定有裴務齊的東西。如東韻「蟲」下注作「虫非」，「馮」下注「從水作非」之類都不見於箋注本二和王韻。可能出自裴務齊。現在原書編者不可知，姑且題為〝裴務齊正字本刊謬補缺切韻〞，簡稱〝裴本切韻〞。

(三)

這部書既然是一個匯合長孫箋注和王仁昫刊謬補缺切韻兼及其他家韻書的本子，其時代一定在中宗以後。本書卷首題「四聲五卷大韻總有一百九十五，小韻三千六百七十一（注云：二千一百廿韻清，一千五百五十一韻濁）。」所謂「大韻」即指韻部而言；所謂「小韻」，即指每部之內一紐而言。全書四聲共有一百九十五韻，雖然還是王仁昫書的系統，可是自有它的特點。首先韻次和韻目名稱的改變就是很特殊的。在韻次方面，現在所見到的唐本韻書中很少有脫離陸法言切韻的格局的，惟有本書改變較大，與衆不同。如：

(1) 陽唐次於江韻之後；

(2) 佳韻次於歌麻之間；

(3) 登韻與真臻文斤諸韻比次，列於斤韻之後；

(4) 寒韻列於魂痕之前，而刪山元三韻列於先仙之後；

(5) 侵與蒸同列，覃談與鹽添咸銜嚴凡同列。

以上各韻的上去二聲韻目與平聲一致。去聲泰韻則列於霽祭之後，與界夬同列。至於入聲，與平上去的次第大都相應，只有刪韻入聲黠韻次於褐紇兩韻之間，庚韻入聲格韻和清韻入聲昔韻次於洽狎與業乏之間，與平上去次第有異。這些韻次的改變總有一部分與編者口中實際的讀音有關，否則不會有如此大的變動。書中陽唐與江相次，寒與魂痕相次，元與刪山相次，佳與歌麻相次，覃談與鹽添咸銜相次，泰與界夬相次，必然由於元音相近。書中登與斤相次，蒸與侵相次，據切韻音的系統，登收-ŋ，斤收-n，蒸收-ŋ，侵收-m，韻尾不同，本書登與斤，蒸與侵所以比列在一起，一方面可能是由於元音相同，另一方面還可能是由於登侵兩韻的韻尾與切韻音也有不同。這些現象對考查唐代方音都大有幫助。

在韻目方面，本書特別注意四聲韻目的讀音在聲母上是否一致。凡切韻所定有不是雙聲的，則盡可能改用雙聲字。例如：

皆	駭	界(怪)	
灰	賄	誨(隊)	
臺(咍)	待(海)	代	
斤(殷)	謹(隱)	靳(焮)	訖(迄)
寒	旱	翰	褐(末)
魂	混	恩	紇(沒)
刪	潸	訕(諫)	黠
(交)(肴)	絞(巧)	教(效)	
庚	梗	更(敬)	格(陌)
耕	耿	諍	隔(麥)
清	請(靜)	清(勁)	昔
冥(青)	茗(迥)	暝(徑)	覓(錫)
佳	解(蟹)	懈(卦)	
覃	禫(感)	醰(勘)	沓(合)
談	淡(敢)	闞	蹋(盍)
銜	檻	覽(鑑)	狎

從這裏可以看出作者對四聲韻目聲紐讀音的一致特別重視，同時也注意到韻母的開合。

如皆韻去聲用「界」，不用「怪」，佳韻去聲用「懈」，不用「卦」，目的在於取其與平上韻目開合一致。凡無字可取，或雖然有字而不是常用的也就沒有改。這都是不得已的。

從本書韻次和韻目名稱的改變來看，本書作者很有革新的精神，不過只局限於纂錄舊韻，而沒有能夠全部改作，所以不可能充分表現當時的語音系統，我們只能從部分的或個別的一些情況中去觀察。

除了韻次和韻目名稱的改變以外，有些字在歸韻方面也是值得我們注意的。如在前面已經指出的王韻上聲尾韻「豈」「扆」「蟣」三紐本書都歸入止韻，有韻「婦」「缶」兩紐都歸入厚韻，琰韻「險」「貶」「預」「儼」「儉」「撿」「奄」等七紐都歸入广韻，這些都與實際語音有聯系。由「豈」「扆」等字歸入止韻可知尾韻開口字與止韻韻母讀音相同。這與劉知幾(字子玄因避玄宗名「幾」與「隆基」的「基」音同而以字行)正可以互相印證。由「婦」「缶」等字歸入厚韻可知此類字的韻母已經沒有i介音，同時聲母也有由重脣音向輕脣音分化的趨勢。由「險」「儉」「奄」等字歸入广韻，可知琰韻這一類牙喉脣音字與广韻讀音不分。這都是書中所透露的一些比較重要的現象。

另外本書在又音當中也反映了一些語音情況。例如去聲夬韻「話」下注云：「下快反，又胡跨反」，「胡跨反」則為禡韻，這就是現代「話」字讀音的較早的記錄。又如去聲泰韻「襘」下注云：「苦會反，鹿糖(當作鹿糠)。秦音苦活反。」秦指關中。「苦活反」音闊，屬入聲曷韻，即本書褐韻。糠襘是古人常用的一個詞，猶現代方言中所說「糠殼」。這一條方音不見於王韻，其他唐人書中也都沒有記載。秦音苦活反，而不音苦會反，也正是陸法言切韻序所說「秦隴則去聲為入」的一項證明。除此之外，本書在抄寫上也出現了一些差異。如上聲旨韻徐姊反下「雉」字注云「又直理反」，「理」王韻作「履」，畢履反下「比」字注「又脾志反」，「志」王韻作「四」，「履」「四」為脂韻上去聲字，「理」「志」則為之韻上去聲字，韻有不同。又本書去聲志韻

「忌」音其既反，「意」音於既反，「既」王韻並作「記」。「記」為志韻字，「既」則為微韻去聲未韻字。由此可知在抄寫人的口裏脂之兩韻字不分，之韻與微韻開口字不分。這都表現出唐代的語音與「切韻」分韻的系統已不盡相同。

本書在注音方面還有兩點可以注意的地方。(1)王韻有一些因承「切韻」而來的脣音類隔切，在本書裏有一部分已經改作音和切。如平聲支韻「卑」不作「府移反」，而作「必移反」；「裨」不作「符支反」，而作「頻移反」；耕韻「繃」不作「甫萌反」，而作「逋萌反」；幽韻「彪」不作「甫休反」，而作「補休反」；上聲講韻「[illegible]」不作「武項反」，而作「莫項反」；去聲笑韻「褾」不作「方廟反」，而作「必廟反」；入聲質韻「[illegible]」不作「房律反」，而作「旁律反」。這些都使反切在表示字音上更為切合。不過還有些以輕脣切重脣的字並沒有改。(2)本書注又音的方式，除了用反切和又音某來表示以外，還采用了以四聲來指明讀音的方式。例如平聲蒸韻「興」下云：「虛陵反。起也。又去聲。」覃韻胡男反「頷」下云：「面黃。又上聲。」談韻昨甘反「鏨」下云：「鑿。又去聲。」「暫」下云：「少時。亦去聲。」咸韻乙咸反「黯」下云：「深黑。又上聲。」去聲寘韻於義反「陭」下云：「陭氏。又平聲。」御韻「疏」下云：「所據反。書疏。又平聲。」陷韻「韽」下云：「於陷反。又入聲。」這種利用四聲表明又讀的方式(起於中唐以後見文宗時唐玄度「九經字樣」)，是王韻中所沒有的。不過，這些例子只見於平聲和去聲，而上聲未見。

由此來看，本書在音韻方面所表現出來的特點還是很多的。

(四)

最後，我們還應當注意到本書與「箋注本切韻」三的關係。

箋注本三所存有上去入三聲字。本書去入兩聲有些韻的反切與「箋注本三」是接近的。

例如：

箋注本三（伯三六九四）	本書	敦煌本王韻	宋跋本王韻
祭韻 剿 義例反	同	牛例反	同
跇 丑世反	同	丑勢反	同
震韻 觀 匹刃反	同		（無）
櫬 楚覲反	同	初遴反	同
韻 永盡反	永燼反	為捃反	同
刃 而進反	同		而晉反
舜 舒閏反	同	施閏反	同
願韻 販 方願反	同	於×願反	方怨反
獻 許建反	同	憲 許建反	同
證韻 稱 蚩證反	同	蚩證反	尺證反
豔韻 占 胼×豔反	同	支豔反	同
鑑韻 覱 子鑑反	同		（無）
鬟 下鑑反	同		（無）
質韻 叱 盇日反	同		尺栗反
沒韻 蚏 普沒反	朏 普沒反		（無）

其次，箋注本三的訓釋每每比王韻多，而本書去聲一卷大都與箋注本三相近。例如：

箋注本三（伯三六九四）	本書	王韻
送韻 鳳 說文從凡鳥聲×	瑞鳥從凡鳥	靈鳥

詷 譓詷說文共也周書曰在夏后氏之詷一曰譀	譓詷又共也一曰譀也	譓詷
㝱 注引說文	同	〔寐見事
霽韻 切 衆說文從乜	衆從乜	衆
祭韻 濿 渡水說文又作砅	渡水又作砅	渡水
恠韻 价 善詩云价人惟藩	副使詩云价人惟藩亦善也	善
夬韻 話 會合善	語話也一云會合也又善	語話
震韻 縉 〻雲氏說文帛赤色	〻雲氏又帛也又赤也	縉雲氏又絳
浚 在衛說文又抒	水名在衛又抒	水名在衛
願韻 券 〻約……說文契券從力者倦字	約也契也從力 從力是倦字	卷約
獻 說文作獻宗廟大名	貢也一曰宗廟大名	進
恩韻 慁 悶心亂胡困反說文憂也一曰擾	悶亂又憂亦擾	悶亂
翰韻 看 說文從手目	從手從目	（無）

根據以上所舉可以了解本書作者一定曾經以箋注本三為依據。箋注本三注中引用「說文」訓解，本書多照錄，惟省去「說文」名稱。又本書效韻「挍」下云：「撿挍，杜延字樣二並從木。」（杜延下脫「業字」。）箋注本三上聲琰韻「撿」下云：「書撿。又按說文杜廷業字樣為檢。」（「廷」為「延」字之誤。）這兩條也恰恰相應。由此可見本書取自箋注本三的東西一定比較多。如果不見箋注本三就很難了解清楚。推想本書注文中凡有引及「說文」或注明出「說文」的部分可能都與長孫書有關係。不僅平聲東冬鍾江支脂之七韻和去聲入聲是如此，就是平聲的另一部分和上聲的後一部分恐怕也是如此。就上聲而論，如本書有韻「羑」「庮」二字、厚韻「母」「呫」二字，黝韻「赳」字、琰韻「剡」字、广韻「澰」「閹」二字、范韻「范」字等注文都與箋注本三相同或

相近，而不同於王韻，這就是很明顯的證據。另外，本書字下有一些注明「一本作某」的，如平聲冥韻「鯖」字下注云「一本作鯖(?)」，麻韻茶紐「樣」字下注云「一本作梌」，入聲陌韻棟紐「械」字下注云「一本從木」之類可能也出自長孫箋注一類的書。我們看箋注本三上聲小韻「嬌」下云「一本作嬌」，祭韻「鰶」下云「一本作此(?)」，例正相同。這類注語，在王仁昫書中是沒有的。足見本書取材於長孫書的極多。

古人得書遠不如今日這樣容易。即使獲得一書，也往往會有殘闕。本書各卷既不完全同於長孫箋注，又不完全同於王仁昫的書，很可能是由於作者所得的兩家書都不是完整無闕的，所以各卷體例不同，注釋詳略也不一樣。

總起來說，這部書對研究唐代語音有很大的價值。書的體制和內容雖不純粹，但作者在采掇編定時，考案音義，也頗具匠心。其中文字可以校訂箋注本二、箋注本三以及王韻的地方也很多。本書詳於義訓也是一大特點。例如鍾韻「鱅」字，箋注本二和王韻但云「鳥名」，本書注云：「鳥名。案鱅鳥似鶩而黑，尖口鷄足，顏師古〔云〕今之水鳥也。」又脂韻「夷」字，箋注本一，箋注本二無訓解，王韻訓「平」，本書注云：「平也，傷也，說也，滅也。又東方人名。字從弓從大。」舉此可見一斑。字的訓解不斷加詳，這是唐代韻書發展的一種趨向，從〝唐韻〞以後注解就更加繁富了。本書作者沒有看到〝唐韻〞是可以肯定的。

〔考釋六〕 唐韻寫本

(6.1)
(22)

孫愐《唐韻》序

此序文載於清代卞永譽《式古堂書畫彙考》卷八，今據鑑古書社影印本移錄。原題《唐女仙吳彩鸞楷書四聲韻帖》，全書五卷，為明萬曆間項元汴家舊藏，內有宋「宣和」「紹興」印，和項元汴收藏印記。書尾有「元和九年正月三日寫吳王本」一行，是此書寫於憲宗時（公元八一四）。書末有元柯九思審定題字，又有元至元四年虞集《寫韻軒記》和項元汴題記。卞氏錄出原書序文和各卷韻數及葉數，並說明原書有宋徽宗識題，韻帖共六十葉，每葉面背俱書。據此可知原物為葉子本。至於舊題女仙吳彩鸞書，完全出於神話附會，宋以來書籍所載唐本韻書幾乎都稱為吳彩鸞所書，虛妄荒誕，誠無足取。

本書名為《唐韻》，據卞氏所記各卷韻數如下：

卷第一　平聲五十（四）　平聲上廿六韻　計一十二葉

卷第二　平聲下廿八韻　計一十一葉

卷第三　上聲五十二韻　計一十一葉

卷第四　去聲五十七韻　計一十一葉

卷第五　入聲三十二韻　計一十五葉

由此可知全書四聲分韻數目共一百九十五韻，與王仁昫《切韻》相同，上去二聲都比陸法言書多一韻。可惜卞永譽沒有抄錄韻目，推想多出來的兩韻，應是「嚴」韻的上去兩韻。從各卷抄寫的葉數來看，去聲五十七韻僅有十一葉，而入聲只有三十二韻，竟有十五葉，則入聲字必大有增加，與王韻相似。

卞氏所錄此書序文只孫愐一序，似作於開元末年，首行題《唐韻序》，次行題「朝議郎行陳州司法參軍事臣孫愐上」。序文首尾完備，開頭說明作書的旨趣，其次說明書的作法和特點，最後說「等夫與誦，戰汗交集，恧媿上陳，死罪死罪」，形式和內容完全是一篇簡短的上表文字，與『廣韻』前所載孫愐序不僅字句有不同，而且沒有「又有元青子吉成子」以迄最末「于時歲次辛卯天寶十載也」一大段。孫序文字本來很清順，可是『廣韻』後面所綴的那一大段，文氣與上全不相連，意思也寫得不清楚，顯然是後人增添上去的。我們不能因為伯二○一六、二○一九、二六三八也都有這一段，就認為這是孫愐的原文。伯二○一六等寫本都是寫得很晚的（詳後）。王國維看到卞永譽所錄的『孫愐序』與『廣韻』所載不同，於是認為孫愐『唐韻』有開元中初撰之本，又有天寶十載重定之本。這是由於首先肯定了蔣斧本『唐韻』為孫愐書，又把題為天寶十載的序文和蔣本『唐韻』聯係在一起，曲為彌縫，才提出這種見解。如果仔細研究，就可以發現天寶序文所說和蔣本『唐韻』的內容並不相符。天寶間序文說「又紐其脣齒喉舌牙，部件而次之」，而蔣本『唐韻』並不如此（詳後伯二○一六說明）。設開元本「嚴韻有上去二聲，而蔣本嚴韻去聲反又併入於梵」，也於情理不合。王說完全出於假想，未可據信。陸志韋先生在『唐五代韻書跋』裏曾提出「孫愐唐韻未必有開天兩本」，那是有道理的。卞永譽纂錄的序文和各卷韻數以及書末題識跋語，前後藏者印章等都很細緻，他一定看到了原書，所以要了解孫韻，不能不於此求之。

序文指出陸法言『切韻』「遺漏字多，訓釋義少」（『廣韻』作「注有差錯，文復漏誤」）所以要補其遺闕，增加注釋。序云「今加三千五百字，通舊總一萬五千文」，則原有一萬一千五百字，所增字數比王韻要少兩千多字。但是訓解就比王韻繁密多了。序云：「兼集諸書，為註訓釋，州縣名目，多據今時」，而且「文體偏傍，點畫意義，從才（手字邊）從木，著亻著亻，並悉具言，庶無紕繆」。又說：「其（有）異聞，奇怪傳說，姓氏原由，土地物產，山河草木、鳥獸蟲魚，略載其間，皆引憑據」。這樣，韻書的注釋就近似類書了。注釋豐富，自然用處增多，更符合實際需要。所以我們看到的唐韻以後的韻書大抵都是這一類。宋修廣韻也就是從這一類書發展而成的。孫愐唐韻在韻書的編纂內容上引起了一個新的變化，這是值得注意的。

孫愐書注文援引憑據甚多，是一大特點。在字書訓詁書之外兼及經子諸史文選諸集以及有關姓氏地理等書，「并具三教」，以成一家之作，可謂宏富。所謂三教，指儒釋道而言。唐代佛道兩教並盛，韻書注中每每引及釋典和列仙傳一類的書，正是這種情況的反映。本書僅存序文一篇，要了解孫愐書自不能不參看蔣本唐韻和宋修廣韻。蔣本唐韻不就是孫愐書(詳後)，但與孫韻有一定的關係。孫序說注釋皆引憑據，蔣本也正是如此。廣韻中所保存的唐韻舊文也很多，可以互相參驗。例如賈執姓氏英賢傳和王僧孺百家譜雖未見於蔣本唐韻，而廣韻東韻「中」下、之韻「期」下、魚韻「閭」下都引及賈執書；之韻「其」下、虞韻「瞿」下、麌韻「禹」下都引及王僧孺書，這些無疑問都是因承孫愐書而來的。

孫愐序又說：「武德已來創置，迄於開元廿年，並列注中」。蔣本唐韻鍾韻「獚」下有「開元十三年置獚騎」一語。又質韻「厔」下注云「盩厔，縣名，在京兆」，箋注本切韻一本作「在扶風」，廣韻尤韻「盩」下注「盩厔縣在京兆府」，與此相應。京兆府本為雍州，開元元年改府，見新唐書卷三十七地理志。這些都是唐代開元間的建置。至於武德以至開元前的建置見於廣韻的都屬於地理名稱。武德初年的建置見於之韻「慈」下，脂韻「夔」下，魚韻「舒」下、「渠」下，寒韻「安」下，陽韻「房」下，薺韻「濟」下，獮韻「沔」下、「兗」下，未韻「魏」下。貞觀間的建置見於支韻「嬀」下和脂韻「伊」下。玄宗先天元年的建置見於支韻「儀」字注。注云：「亦州名，本漢涅縣地。秦為上黨郡。武德為遼州，又為箕州，今為儀州。」案新唐書卷三十九地理志云：「遼州樂平郡武德三年析并州之樂平、遼山、平城、石艾置。六年徙治遼山。八年曰箕州。先天元年（公元七一二）避玄宗名曰儀州。中和三年（公元八八三）復曰遼州。」案玄宗名隆基，所以箕州改稱儀州。廣韻注云「今為儀州」，是指唐，而不是指宋。這些都是武德以至開元前的建置。由此可見廣韻中關於地理建置方面出於唐韻的很多。要了解孫愐序文所說，蔣本唐韻和宋修廣韻是很重要的參考材料。

今廣韻卷首所載孫愐序文與此篇文字頗有不同，那是後來改動的。例如「遺漏字多，訓釋義少」，廣韻作「注有差錯，文復漏誤」，「兼集諸書，為註訓釋，州縣名目，多據今時」，廣韻作「兼習諸書，具為訓解，州縣名號，亦據今時」。又「今加三千五百字，通舊總一萬五千文，其註訓解，不在此數」等語廣韻都刪去。廣韻所錄已經不是原序，要了解孫愐原書，當以此序為準。

(23) 唐韻殘葉（伯二○一八）

此葉所存為東、冬、鍾三韻字，共十四行，周邊有烏絲欄，每紐第一字上一律加有朱點。存字雖不多，但注文較繁。從體例和各方面情形來看和蔣本唐韻最為相似，所以姑且擬名為唐韻。今就所見分述如下：

(1)本書每紐第一字下訓解列前，反切列後，最末記出一紐字數。陸法言切韻是如此，唐韻也是如此。書中一紐之內凡有新加的字在記字數的時候都注「幾加幾」，而所加的字數即包括在前一數目之內。凡新加的字，也都在字下一一注明，一望而知哪些字是新加的。例如鍾韻「龍」下云：「力鍾反，七加三。」全紐共有七字，末尾「鸗」「龔」「籠」三字每字下都注有「加」字，這三個字就是原來底本所沒有的。又如「舂」下云：「書容反，五加一」，全紐共有五字，末尾「惷」字為新加字，「衝」下云：「尺容反，六加一」，全紐共有六字，末尾「潼」字為新加字。這種體例只有蔣本唐韻如此，其他寫本韻書凡言幾加幾的都是指在原來字數之外又新加幾字，要知全紐字數應當以上下兩數字合計；而且新加的字有的注明，有的就不注明；和唐韻不同。本書在這一點上是與唐韻一致的。

(2)本書反切與陸法言切韻和王仁昫刊謬補缺切韻不完全相同，分明是陸韻、王韻以外的一種書。如：

冬韻賨藏宗反　箋注本二和王韻(宋跋本下同)作「在宗反」。廣韻作「藏宗切」。

淙又之戎反　伯三七九八切韻、箋注本二和王韻作「又職隆反」。廣韻作「又徂紅、職戎二切」。

隆石力冬反　箋注本二和王韻作「力宗反」。廣韻作「力冬切」。

宗作冬反　箋注本二和王韻作「作綜反」。廣韻作「作冬切」。

鍾韻容以恭反　箋注本二和王韻作「餘封反」。廣韻同。

這裏「賨」「宗」二字的反切不同於陸韻、王韻，但與徐鉉本說文和徐鍇說文篆韻譜十卷本相合。徐鉉所定說文音明言「今並以孫愐音切為定」，據此可知本書與徐鉉所根據的唐韻相近。惟本書「容」音「以恭反」，大徐說文則作「余封反」，尚不一致。宋修廣韻的反切絕大部分與蔣本唐韻相同。以上所舉的幾個例子中本書和廣韻相同的居多，也可以證明本書與蔣本唐韻是一類的書。

還有，蓋音「從」紐的字在陸韻、王韻一般用「昨」、「在」、「才」、「徂」等字作切，而不用「藏」字，本書用「藏」切「賨」表明是另一系統的書。陸韻、王韻東韻三等字以「隆」字作切語下字的很多，而大徐說文和宋修廣韻一律不用「隆」字，凡陸韻作「隆」的，或改作「戎」，或改作「弓」，這一定出自孫愐唐韻。孫愐書作於唐玄宗開元末，玄宗名隆基，書中自不能不避「隆」字。本書冬韻「漎」字下云「又之戎反」，陸韻（見伯三七九八）、王韻都作「又職隆反」，本書改「職隆」為「之戎」，正可以說明本書的時代合於孫愐唐韻。

（3）廣韻鍾韻「恭」下注云：「陸以恭、蜙、樅等入冬韻非也。」王國維以為此語出自唐韻（見觀堂集林卷八書吳縣蔣氏藏唐寫本唐韻後）考切韻「恭」音駒冬反，「蜙」音先恭反，「樅」音七恭反，都在冬韻。大徐本說文「恭」「供」「龔」並音俱容切，「蜙」音息恭切，「樅」音七恭切，「容」為鍾韻字，足證徐鉉所據唐韻「恭」「蜙」「樅」等字在鍾韻，不在冬韻。本書冬韻「農」紐下雖殘闕不全，然與箋注本二比觀，此下當為「農」紐和「攻」紐字，不能再有「恭」「蜙」「樅」三紐字，而且鍾韻「容」字音為以恭反，以「恭」切「容」，更可以證明「恭」「蜙」「樅」三紐入鍾韻，不在冬韻，與大徐所據孫愐唐韻相同。

（4）孫愐唐韻序云：「其有異聞、奇怪傳說、姓氏原由、土地物產，山河草木、鳥獸蟲魚，備載其間，皆引憑據，隨韻編紀。」今此本注文較以上各種寫本韻書繁富得多，其中關於姓氏、草木蟲魚之類解說尤詳，與唐韻序所說正合。如「螅」下引淮南子，「蝬」下云出異物志，「嫜」（橦）下引字樣，「舂」下引世本，「松」下引玄中記，「賨」「蠪」二字下引廣雅，「蓬」「洚」「伀」「龔」「㺎」諸字下引說文，這與蔣本唐韻體制相同。

就以上幾點來看，本書是唐韻一類的書是沒有問題的。從這個殘卷中不僅找到唐韻把「恭」「蜙」「樅」等字收入鍾韻的證據，而且可以了解到廣韻平聲部分也與去入兩卷一樣近於唐韻。例如此殘卷中一字數訓的很多，其中「宗」訓「衆也，本也，尊也」，「容」訓「盛也，儀也，受也」，「庸」訓「常也，用也，功也，和也，次也，易也」，「封」訓「大也，國也，厚也，爵也」等等，「廣韻」無一不同。其他韻書都沒有這樣多的訓解，足見本書在韻書發展上是一個新的轉變。義訓增多，則接近於訓詁辭書，詳於姓氏名物，則接近於類書，與前此所有的韻書已經大不相同，「蔣本唐韻」所載有關姓氏原由和歷史人物的文字則更加繁富。此殘葉所存雖只寥寥十數行，但使我們了解到的東西並不少。現在我們還不能說這是否就是孫愐原書，因為釋中算「法華經釋文」（「新修大正藏」二一八九，頁一五八第二欄）「蓬」音薄紅反下引孫愐云「又蒲孔反」，「蒲孔」一音並不見於這個殘葉。

6.3 (24) 「唐韻」殘卷（蔣斧舊藏）

唐寫本「唐韻」存在去聲、入聲兩卷。入聲一卷卷首題「唐韻卷第五」，凡三十四韻，首尾完整，中間略有缺損。去聲一卷自「未」韻起至「梵」韻止，「未」韻缺前一半，中間自「代」韻末尾至「願」韻前一半又全缺。此書為葉子本，兩卷共存四十四葉，每葉二十三行，有烏絲欄，書法與虞世南所書「孔子廟堂碑」接近。書中去聲「翰」韻「旦」字避睿宗諱缺筆作「旦」，入聲「職」韻「鄎」字注「新鄎縣在豫州」，「豫」字避代宗諱缺末兩筆作「豫」，代宗以後帝名都不避諱，據此推測此書可能寫於代宗之世。書內有宋「宣和」一印，元「鮮于」（即鮮于樞）一印和柯九思題款。又有明晉府書畫印和項元汴印。清末為吳縣蔣斧所得，後來上海有影印本，但流傳不廣。現在原物不知流落何處，今據舊日影印本重印。

本書每韻韻首一字都作朱書，書眉記有韻目數次。入聲卷首有一屋至三十四乏之韻目。本書分韻與「切韻」不同的地方在於去聲分為五十九韻，比「切韻」多稕、換、過三韻，入聲分為三十四韻，比「切韻」多術、曷二韻。去聲震、稕分為兩韻，翰、換分為兩韻，箇、過分為兩韻，入聲質、術分為兩韻，曷、末分為兩韻，由此而推，平聲真韻後當有諄韻，寒韻後當有桓韻，歌韻後當有戈韻，上聲也一定與平去入三聲相應。這在切韻、王韻之外另成一個系統。王韻上去二聲有广嚴二韻，本書去聲梵韻與陷鑑兩韻相連，不出嚴韻，而嚴字收入梵韻之末，上聲有無广韻不可知。

關於本書要探索的問題很多，下面僅就本書的體例和內容略述如下：

在體例上，本書每紐第一字下先出義訓，後出反切，最後記本紐字數。只有入聲之韻先出反切，後出訓解，最後注明字數，這是王仁昫書的體例，與本書其他各韻不合。在一紐之內，凡在原本之外又有增加字的都與原來字數合計，所加字數則注明「加幾」。例如「四加一」，即指本紐共有四字，其中有一字為後加字，原本只有三字。凡後加字、注文都有「加」字，這與伯二〇一八殘葉是一樣的。

從收字方面來看，本書收字的數目比王韻少。如果除去加字不算，就本書所指原來的本子來說，大體近於箋注本一和箋注本三。去聲不易統計，單就入聲而論，共有二千七百四十七字（闕損處不易計算，這只是一個大約的數目），其中包括了四百九十三個增加字（這也是大約的數目），把增加字除去，則為二千三百五十四字，這就是原來本子的字數，那比箋注本一還要多一百七十多字。箋注本一估計約為二千一百八十一字。從這個數字的統計上可以知道兩件事：

(1)本書入聲原本的字數比箋注本一多。原來的本子並不是陸法言的原書。

(2)本書入聲字由箋注本一的二千一百八十餘字發展為二千三百五十餘字，又發展為二千七百四十多字，表明韻書中入聲收字的數量逐漸加多。（王韻已增多到三千四百八十九字）其中有一部分與又音字的增入有關。

本書提到陸法言書的地方有三處：線韻「颴」下（字當作颷）云：「陸無訓義」；證

韻「蹬」下云：「直視皃，陸本作眙」；麥韻「鯿」下云：「鯿鰊魚名，陸入格韻」。「格韻」指陌韻「格」紐而言。這些可能是從本書所根據的底本抄錄下來的。「鯿」箋注本一和王韻都在陌韻，本書歸入麥韻，與以前各書不同。又箋注本一和箋注本三月韻有「𤟤」字，注云：「此字亦入薛部」，本書「𤟤」字即收入薛韻，而月韻不收。由此可見本書在字的歸韻上也略有改變。

在整個音系方面，本書分韻不僅比「切韻」「王韻」多，而且小紐也有增加。如：

去聲：眷韻譸 荒故反　　夬韻敗 北邁反（「廣韻」補邁切）

闞韻三 蘇暫反　　勁韻輕 墟正反

入聲：質韻蹷 居乙反　　沒韻扢 亘没反（「廣韻」併入「骨」紐）

鎋韻瞎 荒刮反（「廣韻」無）　　緝韻届 初戢反加　斟 昌汁反加

薛韻抴 羊列反　掣 昌列反

洽韻脛 五夾反加

德韻祴 古得反

以上所舉大都列於韻末，或注「加」字，或不注「加」字，而都是箋注本一和王韻所沒有的，但幾乎都見於「廣韻」。由此可見「廣韻」與本書是很接近的。

至於反切，本書與「切韻」和王韻不同的很多。但幾乎都是用字上的不同。有的是由於避諱而改換的。如「翰」韻避睿宗諱，反切一律不用「旦」字，箋注本三和王韻用「旦」字的本書或作「案」，或作「旰」。其他何以要改，還需要研究。宋修「廣韻」與本書十之七八相同。本書「質」韻「率」字音「所律反」，「律」為「術」韻字，「率」當入「術」韻（宋跋本王韻作「師出反」）。又「颵」字音「于筆反」，「颵」是合口字，也應當入「術」韻。「廣韻」都與本書一致。另外，在又音方面，「切韻」大都采用反切形式，注云「又某某反」，王韻因承不改，本書則趨向於采用直音。例如：

	箋注本一	王韻	本書	廣韻
屋韻穀	古鹿反又古學反	又古學反	又音角	同上
勠	力竹反又力抽反	又力抽反	又音留	同上
沃韻告	古沃反又古号反	又古号反（敦煌本）	又音誥	同上
術韻繘	居蜜反又餘律反	質韻無又音	又音聿	又餘律反
迄韻乞	去訖反又去颾反	無又音	又音氣	無又音
錫韻轢	閭激反又盧各反	又盧各反	又音落	又音洛

又音不完全應用反切而兼用直音，這在韻書上也是一種新的改變。〝廣韻〞也大都因承〝唐韻〞，兼用直音。

本書的注釋已極為繁富。普通字雖然有些不加訓解，可是一般都有義訓。一字之下兼備數訓的也比較多。如「未」韻「既」下云「已也，盡也」，「御」韻「御」下云「理也，待也，進也」，「暮」韻「素」下云「帛也，先也，空也」都是。注釋當中引書極多，前代字書、訓詁書自〝倉頡〞、〝爾雅〞、〝方言〞、〝說文〞以迄〝玉篇〞、〝字統〞、〝文字指歸〞、〝字樣〞等幾乎全部涉及，而又特別詳於官制、姓氏和人名。這樣，韻書就兼有多方面的用處了。詳於官制姓氏，一定是為了適應當時社會的需要才這樣做的。

根據以上所說，本書在分韻、反切、又音以及注釋各方面都大有改變，與僅就法言書增字加訓的一些韻書不同。

本書名為〝唐韻〞，但還不能認為就是孫愐的原作。根據卞永譽所錄的〝唐韻〞各卷的韻數，孫愐書共分一百九十五韻，而本書在陸法言〝切韻〞一百九十三韻之中又分出諄準稕術、桓緩換末、戈果過十一韻，那就至少有二百。四韻，與下永譽所錄韻數不合。本書自然不是孫愐原作。另外倭名類聚鈔、淨土三部經音義和釋中算法華經釋文中所引孫愐說與此本不同者居多。日人所引是否即是孫愐原書也不可知。宋徐鉉校定說文采用孫愐音切，而所記反切與此殘卷音系又頗有不同（見嚴學宭先生大徐本說文反切的音系）。南宋時魏了翁所見唐韻則又是一種面目（見鶴山先生大全集卷五十六吳彩鸞唐韻後序）。由此可見唐代流行的唐韻寫本很多，在孫愐書之後一定又有不同的增修本，本書可能就是增修本的一種。

根據孫愐序文來看，凡序文所稱引的一些書，本書注文中大都引用到了；孫序所說「州縣名目，多據今時」，今時當指開元年間，本書所有的州縣名稱也沒有天寶以後所改的新名。如翰韻「罕」下注云：「枹罕郡名」，而不稱安昌郡（新唐書卷四十云：「河州安昌郡本枹罕郡，天寶元年更名。」）；昔韻「夾」下注云：「字從兩入，弘農陝字從此」，稱弘農而不稱陝郡（新唐書卷四十八云：「陝州陝郡本弘農郡，武德元年曰陝州，天寶元年更郡名。」陝為屬縣。）所用還是天寶以前的舊名。又孫序云：「武德已來創置，迄開元廿年，並列注中」，而本書鐸韻「獷」字下注云：「開元十三年置獷騎」，與孫序所說也正相符合。足見本書去孫愐原書還不會太遠，可能是比較接近於孫愐原書的一種增修本。

〔考釋七〕 五代本韻書

7.1 (25) 切韻唐韻序一（伯四八七九、二〇一九）

伯二〇一九殘卷所存為陸法言切韻序、長孫訥言序、郭知玄題識和孫愐唐韻序。

陸序自「握筆略記綱紀」始，其上已殘缺。伯四八七九也是切韻序殘文，正與此卷前部銜接，字體行款完全相符，由於破析為二，所以伯希和誤編為兩號。現在補綴在一起，使前後相連。孫愐序前題「陳州司法孫愐唐韻」，原文只抄至「及按三蒼爾雅字統」一語，以下未抄。前後共存二十九行。

陸序和長孫序與其他早期寫本不盡相同。下面略舉幾處作比較：

(1) 本書陸序	箋注本二(2.2)、伯二〇一七(3.3)、伯二一二九(4.1)和宋跋本王韻
蕭顏多所決定	顏外史蕭國子多所決定
何不隨口記之	何為不隨口記之
私訓諸弟子	私訓諸弟(伯二一二九作「私訓諸子弟」)
未得懸金	未可懸金

(2) 本書長孫序	箋注本二、裴本切韻
訥言曰此製酌古沿今	訥言謂陸生此製酌古沿今
見炙從肉	此上有「弱冠嘗覽顏公字樣」一語
頃佩經之隙	頃以佩經之隙
遂徵金篆	遂乃廣徵金篆
其有類雜並為訓解	此上有「又加六百字用補闕遺」一語
傳之不謬庶埒箋云	「不」作「弗」，且此上有「但稱案者俱非舊說」一語

從這裏可以看到本卷所録長孫序文頗有刪芟，這可能是由於在長孫以後增修者又有新增字，數目已多於六百，而且長孫注中引用「爾雅」「說文」和「顏氏字樣」之類的案語也不適用，所以把長孫原序所說「又加六百字，用補闕遺」和「但稱案者，俱非舊說」等語都刪掉，以免

發生疑惑。

孫愐序雖然沒有寫全，而文字也與前面第六類所錄〝唐韻序〞不同。如孫愐序「隨珠尚纇，和璧仍瑕，遺漏字多，訓釋義少」，此本作「隋珠尚纇，虹玉仍瑕，注有差錯，文復漏誤」，又原文「今加三千五百字，通舊總一萬五千文，其註訓解，不在此數，勒成一家，并具三教，名曰唐韻」，此本則刪改為「隨韻編紀，添彼數家，勒成一書，名曰唐韻」，足見這個寫本已非孫愐之舊。所謂「添彼數家」，不知是那幾家。宋修〝廣韻〞卷首所載〝切韻〞〝唐韻〞的序文即從此類寫本轉錄，文字完全相同。

7.2（26）

〝切韻〞〝唐韻〞序二（伯二六三八）

此殘卷共存五十五行，前為陸法言〝切韻序〞，只從「選精切除削疎緩」始，以上殘闕。次為長孫訥言序和郭知玄題識，後為孫愐〝唐韻序〞，最後有「論曰」一段。序文文字與前一種大體相同。孫愐序前題「陳州司法孫愐唐韻」。據卞永譽〝式古堂書畫彙考〞所錄〝唐韻序〞，孫愐為陳州司法參軍，此略去「參軍」二字。〝唐韻序〞後一半與伯二〇一六（7.4）抄本相同（見後），但伯二〇一六沒有後面「論曰」一段話，這一段話究竟是何人所加已不可考。〝廣韻〞卷首所載諸家序文與此殘卷幾乎完全相合，最後也有「論曰」這一段話，足見〝廣韻〞所載諸家序文是有底本的，並非宋人修纂時所集錄。此殘卷略有錯字，〝廣韻〞也大都相同，〝廣韻〞所據的底本可能就是這一類的抄本，抄校並不精細。但此殘卷也有一些地方是可以刊正〝廣韻〞的。例如長孫序「揩其紕繆」，〝廣韻〞「揩」誤作「楷」，「論曰」一段中「或人不達文性，便格於五音為定」，「定」〝廣韻〞作「足」，依下文自以作「定」為是。

7.3
(27)

五代本切韻（伯二〇一四、二〇一五、二〇一六、四七四七、五五三一）

(一)

這一類韻書都是五代時期的刻本，其中有一小部分是抄補的。伯希和分編為五種號碼。現在根據敦煌遺書總目索引（一九六二年商務印書館編印）的記載敘次如下：

二〇一四（印本，有抄補，存九葉）

634 第一葉：十六行，為卅三職、卅四德；背面十二行，為卅五業、卅六之。末題「大唐刊謬補缺切韻一部」。

629 第二葉：十九行，為廿四緩、廿五潸、廿六産、廿七銑。

613 第三葉：抄錄八行，印本十八行，又抄錄十二行，為一東、二冬。

617 第四葉：十九行，為九魚、十虞。背寫清泰五年敦煌縣令呂狀。

623 第五葉：九行，無韻目。（應為卅五笑、卅六效。案此處記載可能有誤）

610 618 619 621 第六葉：二十五行，存韻目及廿九先；背面二十五行，為620 卅仙、卅一宣、卅二蕭。

624 第七葉：十三行，為五十一盍。

622 第八葉：十三行，為卅三宵、卅四肴；背面十三行，為卅四肴、卅五豪。

625 第九葉：十一行，無韻目。（案為紙韻字）

二〇一五（印本，存三葉）

630 第一葉：三十行，為廿六洽、廿七狎、廿八葉、廿九怗。

617 第二葉：三十四行，為十二齊、十三佳、十四皆、十五灰。

616 第三葉：十九行，為一東、二冬。

二〇一六(寫本)

611 612 存序文七行，切韻平聲上韻目和一東韻六整行，三半行共二十行。(背面有七行，另是一種韻書)

614 (615) 四七四七(印本存上半葉十二行)

五五三一(印本，存三對殘葉)

628 第一葉：兩面，每面五行，(上聲十三駭、十四賄)

626 627 第二葉：兩面，每面五行。(上聲七尾、八語)

632 631 第三葉：兩面，一面存三十四行，為二十雪，廿一錫；一面存三十行，為廿二

635 634 633 麥、廿三陌。

這些殘葉有邊欄和行線，板葉數次都記在每板末尾，這是早期刻板書的一種形式。二〇一五的第二葉(齊佳皆灰幾韻)和五五三一的第三葉(薛雪錫幾韻)都是一整板，每板共有三十四行。有些殘葉保存兩面，前後兩面行數相同，推想原書應是葉子本，兩板粘合為一葉，這與敦煌本王仁昫切韻裝裱的形式一定是相同的。

這些殘葉皺摺破損的地方很多，在伯希和劫去以後可能也有損壞，但始終未能修整裝裱，甚且顛倒錯亂，比次失序。其中二〇一四第一葉(即職德韻字)的背面、第六葉(仙宣韻)和第八葉(宵肴韻)的前面又都用紙糊在裏面，不能展開來看。二〇一四第一葉的背面被糊的是卅五業、卅六乏兩韻，王重民先生曾經看到，沒有抄錄，今據照片影印。二〇一四第六葉和第八葉兩葉的前面幸有姜亮夫先生的抄本，收入瀛涯敦

煌韻輯》現在就根據姜先生的抄本載入。

另外，關於二〇一四第五葉也還有一些問題。據《敦煌遺書總目索引》，這一葉共存九行，不見韻目，注云：「應為卅五笑、卅六效」，而二〇一四第八葉正面十三行為卅三宵、卅四肴，背面十三行，為卅四肴、卅五豪，並沒有「笑」「效」兩韻字。但是根據姜先生的記載，宵肴豪三韻字共有三個殘葉：

(1)由宵韻「瓢」字至肴韻「膠」字，全六行，殘字七行，共十三行。

(2)從肴韻「哮」「豞」字起五行，至「獶」字止，有「十八板」字樣，下另有「洶」「嘲」以下六行，止於「匏」字。「匏」字一行僅存注文四字，正文殘餘半字。

(3)從肴韻「窠」字起六行半，下承三十五豪，更七行，至「柶」字止，共計十三行，無殘缺。

這三葉，一、二兩葉有相重的一部分，二、三兩葉也有相重的一部分，文字是相銜接的，不過未必就是一個印本。《敦煌遺書總目索引》所著錄的二〇一四第八葉就是這裏所說的(1)(3)兩葉，各十三行，這兩葉粘合為前後兩面，前一面為紙糊起。至於《敦煌遺書總目索引》所著錄的二〇一四第五葉應當就是這裏所說的第二殘葉了。第二殘葉實際上也是兩葉。有「十八板」字樣的是前一板的後一部分，這是一葉；從「洶」「嘲」以下的幾行是後一板(即十九板)的前一部分，這又是一葉。前一葉有四整行，四行之前又有一行注文殘字，後一葉有五整行，五行之後又有一行注文殘字。前後兩葉合起來共有九整行，姜先生把注文殘字也做一行算，所以說前面是五行，後面是六行。與《敦煌遺書總目索引》所指並沒有甚麼兩樣。這兩面都是「肴」韻字，由此可知《敦煌遺書總目索引》所注「應為卅五笑、卅六效」很可能是錯誤的。因為伯希和的編號明明是二〇一四(5)，推想不會再有「笑」「效」兩韻的殘葉了。

（二）

伯希和把這一批殘葉分編為五種號碼，毫無準則，非常淩亂。根據照片來看，二〇一六抄寫的二十行和二〇一四第三葉東韻前面抄寫的八行筆跡完全相同，而且文字正相銜接，應當就是一葉，而伯希和分編為兩號，此其一。又伯希和所編四七四七號存東韻十二行的上一半，這正是二〇一四(3)東韻一紙所缺的一部分，兩者都是印本，紙葉正相連接，應當粘合在一起，而伯希和也把它分為兩號，此其二。這些情形如果不見原物照片，就很難斷定了。由此可見伯希和的編號有如記賬，對這些極為珍貴的歷史文物並沒有細心觀察，同時又缺乏整理這些古籍的能力，所以茫然不知所措，只能有一葉就編一個號碼了。

還有，這一批韻書殘葉的板式和字體很不一致。我們雖然看到了大部分的照片，但是照片並不能把原物的各個方面（如紙張、墨色、大小等）都表現得很清楚。最早魏建功先生在〈唐宋兩系韻書體制的演變〉一文裏（見一九三二年《國學季刊》三卷一號）曾經指出這批材料包含着好幾種刻本，後來姜亮夫先生在巴黎看到這一批殘葉，又有了比較細緻的記載，但是仍有不十分明確的地方，除非仔細考查原物，很難全部清楚。現在只能依據照片反復比觀，從字體和板式以及體制方面加以區分，大體可以辨別出一共有六種不同的樣式：

原編號	韻字	葉數	所存行數	每行約計字數	字間的疏密	板刻首尾	全板行數	韻首上數字刻寫情況	紐首第一字例注	姓氏五音	其他

(1)	二〇一六	序文、韻目、東韻字	一	20			抄寫		訓、反、數	不言五音	注文多。與二〇一四(3)相接。或體同上二例。又音有「又去」「又某」。
	二〇一四(3)	東冬		1.抄8行 2.刻18行 6–17(闕上半) 3.抄12行	25		末題「一板」。边粗。		訓、反、數	不言五音	注文多。紐次不同於廣韻。又音有「又去」「又某」。
	四七四七	東	上半葉	12行		窑	一板半		訓、反、數	不言五音	注文多。又音有「又上」「又去」「又某」。與二〇一四(3)6–17行下半相接。
	二〇一五(3)	東冬、鍾		19行	25	窑	末題「三板」	刻	訓、反、數	不言五音	注文多。與二〇一四(3)相接。恭、蜙、淞、樅等字在冬韻。
	二〇一四(4)	魚虞	兩半葉一尾一首	前12行 後7行	25		前半葉題「八板」。十二行。後半葉七行。边粗。		訓、反、數(脣虞二字反訓數)	不言五音	注文多。紐次不同於廣韻。又音有「又上」「又去」「又某」。背寫清泰五年(後唐潞王公元九三四)正月敦煌縣令呂狀。
(2)	二〇一五(2)	齊佳皆灰	一	34行	27	窑	十一板 34行	刻	訓、反、數(聲韋字反、訓、數)	「迴角姓」	注文多。「或體」有別出。注同上。又音有「又去」「又某」。
	五三二(2)	尾語	兩半葉、一尾一首。	前五行 後五行	27	窑	前「三十板」	刻	反訓、數多，訓、反、數少。	衛、許、汝、呂「徵姓」	注文多。又音有「又平」「又去」。
	五三二(1)	蟹駭賄	兩半葉、一尾一首。	前5行 後5行	27	窑	「卅二板」	朱書	反訓數多，訓、反、數少。	無姓氏	注文多。
(3)	二〇一四(5)	有	兩半葉	前4行 後5行		窑	前「十八板」		訓、反、數多，反訓數少。	「巢、茅、包、角姓」	注文多。又音有「又去」「又某」。
	二〇一四(8)	宥有豪	兩半葉	前13行 後13行		窑			訓、反、數多，反訓、數少。		注文多。

編號	韻目	葉	行數	每行字數	疏密	板數		刻寫	注文次序	姓氏	附記
二〇一四(7)	侵鹽	兩半葉	前7行 後6行		密	前「廿六板」			訓、反、數。或反、訓、	闞、「徵」姓，詹「宮」姓」	注文多。或體別出，注「同上」。又音有「又上」「又去」。
二〇一四(9)	紙	兩半葉	前5行 後6行		密	前「廿八板」			反、訓、數。或訓、反、		注文多。或體別出，注「同上」。又音有「又平」「又上」「又某」。
二〇一四(2)	旱緩潸產銑	兩半葉	19行		密	前卅四板			反、訓、數。或訓、反、		注文多。又音有「又去」「又某音」「又某」。
(4) 二〇一四(6)	平聲下韻目先仙宣蕭	兩半葉	前25行 後26行	28 29	疏			刻	訓、反、數。或反、訓。	先、田、宣、全「徵」姓，蕭「又商」姓」	注文多。或體別出，注「同上」。又音有「又去」「又某」。
(5) 五五三(3)	薛雪錫	一	34行	25 26	疏		34行	刻	反、訓、數。	不言五音	注文少。紐次不同於廣韻，或體亦不重出，大都言「作某」，間或注云「或作」「又作」。又注音「作某某反」。
五五三(4)	昔麥陌	一	30行	25 26	疏			刻	反、訓、數	無姓氏	同前。
(6) 二〇一五(1)	盍洽狎葉怗	一	30行	26	疏	「六十九板」		寫	反、訓、數		注文少。或體不重出，注云「亦作」「又作」。又音某「又某」「又某音」「某某反」。同前。末題「大唐刊謬補缺切韻一部」。
二〇一四(1)	職德業之	兩半葉	前16行 後12行	26	疏			寫	反、訓、數		

（三）

上列六種不同的刻板，每行字數大體都在二十五字至三十字之間，而注文中字與字之間有疏有密是非常清楚的。韻目上的數字有寫的，也有刻的。每紐第一字的注文，有的是訓釋居前，反切居後；有的是反切居前，訓釋居後，還有一些是具備兩種情況，而多少不等。在注釋方面，入聲韻的注釋都比較簡單，平聲韻和上聲韻大體都比較繁富。論姓氏，有的標舉五音，有的就不講五音，體例也不一致。至於字體，有的筆畫遒勁，有的筆畫圓轉，有的極為工整，有的兼采行草筆法，體式也不相同。到底這些殘葉是一種書，還是好幾種書，這是首先要判斷的一個問題。要解決這個問題需要從幾方面來進行考察。

(1)先從板面來考察。這些殘葉全板較完整的有第三種二〇一五(2)齊佳皆灰韻和第五種五五三一(3)薛雪錫韻兩板，這兩板都是三十四行。再看第一種二〇一四(3)的印本部分（東韻）和第二種二〇一五(3)的冬鍾韻可以前後相接為一板，這一板也是三十四行。由此估計，這些殘葉的板面所有的行數可能是一樣的。

(2)從板數前後連接的情況來考察。這些殘葉中平聲和上聲部分有十葉是有板數的，根據書中的韻目和板數相對照，可以敘列如下：

一板（序文闕）　二板（二〇一六序文，平聲上韻目和二〇一四(3)前八行東韻）

三板（二〇一五(3)印本東韻部分至二〇一五(3)鍾韻字）（鍾江支脂之微等韻當在四板至八板）

八九板（二〇一四(十)存魚虞韻字）（模齊當在九板至十一板）

十一板（二〇一五(2)存齊佳皆灰韻字，整板）（灰咍真諄臻文殷元魂痕寒桓刪山等韻當在十二板至十六板）

十六、十七板（二〇一四(6)存平聲下韻目、先仙宣蕭等韻字）

十八、十九板（二〇一四(8)存宵肴豪等韻字）（歌戈麻覃談陽唐庚耕清青尤侯幽等韻當在十九板至二十六板）

二十六板（二〇一四(7)存侵鹽韻字）（鹽添蒸登咸銜嚴凡等韻字以及上聲韻目、董腫講等韻當在二十七至二十八板）

二十八、二十九板（二〇一四(9)存紙韻字）（旨止韻字當在二十九板）

三十、三十一板（五五三一(2)存尾語韻字）（虞姥薺等韻字當在三十一板至三十二板）

三十二、三十三板（五五三一(1)存蟹駭賄韻字）（海軫準隱吻阮很混等韻當在三十三板至三十四板）

三十四、三十五板（二〇一四(2)存旱緩潸産銑等韻字）

由以上所列可以看出二〇一四、二〇一五、五五三一幾號平聲和上聲各韻的板葉是互相連屬的，這些殘葉很像是同一種書。入聲部分，只有二〇一五(1)盍洽狎葉帖幾韻一板末有「六十九板」字樣，其他幾葉都殘闕。但是二〇一四(1)職德韻一紙板式和字體與二〇一五(1)盍洽狎葉帖數韻完全相同，應當是同一種書無疑。職德韻前應是緝藥鐸幾韻，如果緝藥鐸是一板，職德韻一紙當為七十一板，那麼最末葉乏韻一紙就應當是七十二板了。

(3) 就殘葉所存韻目數次是否前後相連來考察。　殘葉中二〇一六寫本序文後有平聲上二十八韻韻目，二〇一四(6)印本先韻前有平聲下韻目的一部分。我們可以根據這兩個韻目來與殘葉裏所記的韻目數次相比較。殘葉中二〇一五(3)冬為二，鍾為三；二〇一四(4)虞為十，虞韻前有魚韻字；二〇一五(2)佳為十三，皆為十四，灰為十五，佳韻前有齊韻字；二〇一四(6)先為二十九，仙為三十，宣為三十一，蕭為三十二；二〇一四(8)肴為三十四，豪為三十五，肴韻前為宵韻字；二〇一四(7)盍為五十一，盍韻前為侵韻字。這是平聲部分。上聲部分沒有韻目，在殘葉中五五三一(2)語為八，語韻前有尾韻字；五五三一(1)駭為十三，賄為十四，駭韻前有蟹韻字；二〇一四(2)緩為二十四，潸為二十五，産為二十六，銑為二十七，緩韻前有旱韻字。根據這些，我們可以把平聲韻目和上聲的一部分韻目排列如下：

(平) 1東　2冬　3鍾　江　支　脂之　微　魚　10虞　模　齊　13佳

皆 [15]灰 咍 真 諄 臻 文 殷 元 魂 痕 寒 桓

刪 山 先 仙 [31]宣 [32]蕭 宵 肴 [35]豪 歌 戈 麻 覃

談 陽 唐 庚 耕 清 青 尤 侯 幽 侵 [51]鹽 添

蒸 登 咸 銜 嚴 凡

(上)董 腫 講 紙 旨 止 尾 [8]語 麌 姥 薺 蟹 [13]駭 [14]賄

海 軫 準 吻 隱 阮 混 很 旱 [24]緩 [25]潸 [26]產 [27]銑

從上列的韻目可以看出平聲和上聲各板殘葉的樣子雖不盡同，而所見的韻目數次前後是相連貫的。二〇一四(6)韻目中蒸韻列於鹽添之間，不與登韻相次，那可能是寫刻之誤。

殘葉中入聲部分有韻目數次的是五五三一(3)雪為二十，錫為二十一，雪韻前有薛韻字；五五三一(4)麥為二十二，陌為二十三，麥韻之前有昔韻字；二〇一五(1)洽為二十六，狎為二十七，葉為二十八，怗為二十九，洽韻前為盍韻字；二〇一四(1)德為三十四，德韻前為職韻字。據"敦煌遺書總目索引"，職德一葉背面為三十五業和三十六乏。由此可知全部入聲當有三十六韻。這是今日所見韻書中入聲分韻最多的了。蔣斧本"唐韻"入聲是三十四韻，宋夏竦"古文四聲韻"所據"唐切韻"入聲則有三十五韻，在"唐韻"質術兩韻之間多一聿韻。聿韻所收為「聿卒戌卹黜怵出」等字，術韻所收為「術述繘」等字。但在薛韻以外不別出雪韻。本書入聲既為三十六韻，根據前面所舉各殘葉的韻目數次，參照夏竦書，可以排列如下：

屋 沃 燭 覺 質 聿 術 物 櫛 迄 月 沒 曷

末 黠 鎋 屑 薛 [20]雪 [21]錫 昔 [22]麥 [23]陌 合 盍 [26]洽

27狎　28葉　29怗　緝　藥　鐸　職　34德　35業　36乏

這裏雪錫兩韻的數目與前後都不相合。原書如果質韻後有聿韻，雪韻也只能是十九，錫當為二十。如果雪韻錫韻數字不誤，則昔當為二十二，麥陌當為二十三、二十四。雪錫昔麥陌幾韻雖然是兩板，但同是一種刻本，前後數次不當如此錯亂。姜亮夫先生認為雪韻既為二十，雪韻前除有聿韻外，當另有一韻，此韻果為何韻不可知；雪韻之後錫為二十一，麥為二十二，是昔韻併入於錫。今案麥韻前所出都是昔韻字，雪韻後所出都是錫韻字，錫韻字在前一板，昔韻字在後一板，全不相混，不能說錫昔合為一韻。因此推想雪錫兩韻的數目可能寫刻有誤。雪韻前如果與夏竦書韻目相同，即質韻後有聿韻，則雪為十九，錫為二十，昔為二十一，麥正為二十二。由麥至乏的數次也完全相連，無一不合。所以入聲這一部分的殘葉雖然刻板字體有不同，韻目數次小有差誤，但仍然很像是同一種書。不過，僅僅憑仗這一點，還不能就下肯定的斷語，還必須有其他的證據。

(4)從韻內紐次排列的情況來比較。　陸法言"切韻"、王仁昫"刊謬補缺切韻"以及蔣斧本"唐韻"等一系的韻書每韻各紐排列的先後大體是一致的，而且紐次的先後並沒有確定的原則。現在我們看這一批五代印本的韻書殘葉中由第一種到第四種即平聲和上聲部分各韻的紐次已經與陸韻、王韻不同，各韻都有了很大的改變，即每韻的紐次幾乎都是按照五音的類屬來排列的。凡是屬於五音同類的一些紐都比次在一起，不相雜廁，這正是二。一六序文中所說「又紐其脣齒喉舌牙，部伴而次之」的實際涵義。現在就存字較多的一些韻列舉如下：

(下面用通常應用的標音符號注出各紐的類別。h代表曉紐，ɦ代表匣紐，·代

表影紐，元代表日紐）

東韻二〇一六東t同d通t'籠l——二〇一四(3)空k'公k洪ɦ烘h翁•——楤s葼ts 㚇ts

倯ts'——四七四七蒙m蓬p'蓬b——雄ɦ弓k穹k'䆗ŋ——終tɕ充tɕ'戎ɲ融j——中ʈ

忡ʈ'蟲ɖ隆l——二〇一四(3)嵩s崇dʒ——瞢m豐p'馮b風p

虞韻二〇一四(4)虞ŋ劬g拘k區k'于ɦ訏h紆•(下缺)

先韻二〇一四(6)先s千ts'戔ts前dz——天t'田d顛t年n蓮l——祆h賢ɦ妍ŋ牽k'

堅k煙•——眠m邊p蹁b——淵•涓k玄ɦ——

仙韻二〇一四(6)仙s錢dz……(然)ɲ木tɕ……涎z——連l——廛ɖ……(邅)ʈ——甄k——篇p'便b

鞭p綿m——(一)ɦ嗎h孱dʒ愆k'乾g——

宣韻二〇一四(6)宣s全dz詮ts'鐫ts旋z——悛ts鐉ʈ'椽ɖ權ʈ攣l——勸k拳k'權g

翾h員ɦ娟•——緣j川tɕ'船dʑ專tɕ遄ʑ壖ɲ燀tɕ'跧ts汕ʈ'——

肴韻二〇一四(5 8)肴ɦ虓h(一)ŋ齩•交k敲k'——鐃n嘲ʈ颭ʈ'——巢dʒ謅tʃ'䫐ts梢s——

茅m包p胞p'庖b——

豪韻二〇一四(8)豪ɦ蒿h高k尻k'敖ŋ——叨t'(下缺)

魚韻二〇一四(4)……(疽)ts'胥s——閭l(攄)ʈ'除ɖ豬ʈ(袽)ɲ——初tʃ'鋤dʒ疏ʃ——

齊韻二〇一五(2)……嗁d梯t'泥n——鷖•奚ɦ醯h倪ŋ雞k谿k'——齯ɲ移z——鼙b鞞p

批p'迷m——圭k睽k'攜ɦ烓•鍷ŋ祇g䝟ɲ

佳韻二〇一五(2)佳k崖ŋ娃•膎ɦ㗾h釵tʃ'崽ʃ柴dʒ——牌b買m——杈ʈ咼k'媧k竵n

䌇h蛙•䵷ɦ——

皆韻二〇一五(2)皆k諧ɦ俙h摔n——豺dʒ差tʃ'齋tʃ——排b埋m——懷ɦ崴•乖k匯k'虺h——

僮·揩k' —

鹽韻 二〇一四(7) 鹽j 苫ɕ 詹tɕ 棎ʐ 姑tɕ' 髯n' —黏n 沾t 灸ɕ 廉l —㶌·硯t' 龖ng 砭p —

韱ts' 尖ts 替dz 燖z 纖s —炎ɦ 淹·(下缺)

紙韻 二〇一四(9) 紙tɕ 是ʑ 侈tɕ' 爾n' 弛dʑ 豕ɕ 跬k' 迆j —邐l 褫t' 撖t 柅n —此ts' 紫ts

徙s(下缺)

語韻 五五三一(2) 語ng 舉k 去k' 巨g 許h 於·—與j 汝n' 煮tɕ 杵tɕ' 暑ɕ 紓dʑ 墅ʑ —呂l(下缺)

駭韻 五五三一(1) 駭ɦ 楷k' 騃ng 挨·—睬dʐ 翊t 釟t 灑ʃ —

賄韻 五五三一(1) 賄h 瘣ɦ 魄k' 頦ng 猥·—磥l 鐓d 骽t' 腲t 餧n —罪dz 皠ts'(下缺)

由上所列可見平聲韻和上聲韻的一些殘葉各韻都是依照五音的類屬來排列紐次的，其中只有仙韻和鹽韻安排得還不夠整齊。這些殘葉雖然板刻不同，體例都是一致的。

其次，我們再看入聲的一部分。入聲的一部分就與平聲上聲大不相同了。入聲每韻的紐次和切韻和蔣斧本唐韻幾乎完全一樣。五五三一薛雪兩韻在切韻和唐韻是一韻，本書分為開合兩韻，薛韻為開口字，雪韻為合口字，而紐次依舊和切韻相同，並沒有按照五音類屬改換。下面是一部分入聲韻的紐次：

薛韻 五五三一(3)……鷩p 覕p' 莂p 𡋶ɱ……孑k 訐ɕ 孌b 蠽ts 㩊s 焆·𪑹t' 娎h 鄭ts'

㔻t 𪋃k' 掮tɕ' 拽j —

雪韻 五五三一(3) 雪s 絕dz 蕝ts 𧾷t' 悅j 缺k' 噦·爇n' 說ɕ 拙tɕ 歠tɕ' 輟t 劣l 刷ʃ

旻h 吶n 蚗·蹶k(︶)臊ts' 啜ʐ

錫韻 五五三一(3) 錫s 激k 礔p' 靂l 的t 檄ɦ 鷁ng 荻d 逖t' 績ts 燩k' 惄n 覓m 甓b

壁p 闃k' 郥k 戚ts'……歡t'

麥韻　五五三一(4)麥m 獲ɣ 蟈k 檗p 綼b 賾dʒ 責tʃ 策tʃ 礊k' 覆ɣ 磍h 隔k 摘ȶ 戹•

棟ʂ 擗p' 疒n 䮕ȡ 蟈k' 礰l 汎(?)嘀ȶ 櫎b

洽韻　二○一五(1)洽ɣ 恰k' 夾k 箑dʒ 眨tʃ 插tʃ' 齡h 囚n 霎ʂ 劄ȶ 踗• 腌ŋ 澀j

狎韻　二○一五(1)狎ɣ 渫ȡ 甲k 鴨• 霅tʃ' 翣ʃ 呷h 渫ȡ 眣 牐ȶ 浹ɣ

葉韻　二○一五(1)葉j 椄ts 攝ɕ 涉ʑ 獵l 捷dz 牒ȡ 聶n 謵tʃ' 讘ń 讋tʃ 妾ts 鍤ȶ 极g

輒ȶ 曄ɣ 痿k' 箑ʃ 緤k 厭• 牒ȡ 緤ŋ

職韻　二○一四(1)……洫h 堛p' 湜ts 愎bv 嶷ŋ 日ń 埿dz 剭ȶ 瀷tʃ' 抑• 㦝h 𤋮m

德韻　二○一四(1)德t 則ts 勒l 忒t' 刻k' 特d 黑h 墨m 賊dz 塞s 北p 菔b (下缺)

以上一些入聲韻的紐次都沒有按照五音來排列，與平聲韻上聲韻體例不同。入聲韻薛霤錫昔麥陌等殘葉和洽狎葉怗職德等殘葉應當是一類書無疑。

(5)就各殘葉注文排列反切訓釋的先後和表現字的或體的方式來比較。從注文來看平上聲各韻字的注釋都比較繁富，每紐第一字下有些先出訓解，後出反切，有些則反切或先出或後出不一律；入聲各韻則注釋大都比較簡略，每紐第一字下先出反切，後出訓解，再注一紐字數，絕無例外。先出訓解，後出反切和字數是陸法言切韻的辦法；先出反切後出訓解，最後出字數，這是王仁昫切韻的辦法。入聲韻的體例與王韻正相同。其次從表現字的或體的方式來看：平聲和上聲部分都有或體別出，立為正文，注明「同上」的例子，有些則不別出，只在注文中注明「又某」「或作某」「又作某」「亦作某」；但入聲部分，或體一律不別出，一般只在注文中注明「亦作某」，少數注「或作某」「又作某」。或體不別出，只在注中注云「亦作某」，這也正是王韻的體例。案，二○一四(1)職德韻的背面是業乏韻，最後則有「大唐刊謬補缺切韻」一行，這更可以證明入聲韻一部分與王韻的關係最為密切。

從以上各方面的比較來看，這些殘葉中平聲韻和上聲韻（即前四種殘葉）儘管刻板不同，應當是同一種書。至於入聲一部分（即五、六兩種），與平上差別很大，很可能是另一種書。我們應當把平聲上聲和入聲區別開，分做兩部分看待。現在就這兩部分的一些特點分述如下。

（四）

先論平聲和上聲。平聲和上聲所存的殘葉比較多，板刻字體不同，可能與刻工和刻板先後不同有關係。二。一六寫本和二。一四(3)東韻是相銜接的，這在前面已經說過了。二。一六存天寶十載序文六行半，每行約三十字。序文後是『切韻』平聲上韻目，韻目與標題共佔四行，韻目後東韻存六整行，三斷行。二。一四(3)東韻抄寫的部分有三整行，五斷行。五斷行前一行只存注文「他紅」二字，這正是二。一六東韻六整行後第一斷行「通」字的反切，所以恰恰相連為一板。二。一四(3)末題「二板」，這一板連序文、韻目及東韻字合起來共有二十五行半，以二十六行計算，前面還應當有八行，方是三十四行之數。二。一六所存天寶十載序文的一部分與伯二六三八(72)韻書序文寫本和『廣韻』卷首所載相同。推想前面所缺的文字也一定是一樣的。伯二六三八和『廣韻』卷首除『唐韻序』以外，還有陸法言和長孫訥言等人序。從二。一六每行的字數和板面的行數來看，原書第一板中很可能也具有這些序文。

伯二六三八序文寫本『唐韻序』從「蓋聞文字聿興，音韻乃作」起到「于時歲次辛卯天寶十載也」止，『廣韻』卷首也是如此。但『式古堂書畫彙考』所錄『唐韻序』沒有「又有元青子吉成子」以下到「天寶十載」的一大段，這一段文字很明顯是孫愐以後的人續上去的。現在本書卷首恰恰有這一段序文，而且這段序文與本書的體例和內容是相應的。這是值得我們注意的。

這個刻本韻書分韻比較多。不僅真諄、寒桓、歌戈三部開口與合口都分立為兩韻，而且仙韻的合口也分立為宣韻。本書除了分韻增多以外，所收的字數和字下所加的訓解也比其他唐本韻書多。

在收字方面，本書每紐的字數已經很接近於廣韻，有些字廣韻也沒有收（瀛涯敦煌韻輯有摘記）。這些比以前的韻書增多出來的字是從各種書籍中尋求來的，其中包括佛經在內。新加的字當中有些是或體俗字，還有一些是書本上不大使用的口語詞。例如東韻癹紐「撥」字注云：「俗云提頭撥滅」；齊韻泥紐「誽」字注云：「呼人」；肴韻庖紐下「跑」字注云：「足跑地也」；佳韻媧紐（姑咼反）「腡」字注云：「手指中文」；這些都是口語詞的記載。本書字數既然增多，一韻的紐數也頗有增加。如東韻「[illegible]」音宜弓反，「墶」音口5反，冬韻「恟」音去弓反，齊韻「祇」音巨兮反，「鍷」音五圭反，「麌」音人兮反，佳韻「咼」音口騧反，駭韻「[illegible]」音知駭反，「𢃄」音勅駭反，「灑」音所駭反，賄韻「䰇」音五罪反等都是新增的。其中冬韻的「恟」當入東韻，齊韻的「麌」當與「麛」字歸為一紐，這些不妥的地方都是後加字中常見的現象。另外，值得注意的是在或體字中有不少別出立為大字的例子，注明「俗字」、「正字」，或注明「同上」，這種體例是以前王韻或孫愐韻所沒有的。

在訓釋方面，本書同於陸韻王韻的固然不少，但是不相同的也很多，而且一字之下往往有幾個訓解，與唐韻相似。可是每個訓解之下並不都加「也」字。例如：

冬韻「賨」：西戎國名，在渠州宕渠山。又布稅。又人姓。祖冬反。

鍾韻「鍾」：酒器。又磬。亦當。又姓。又複姓鍾離羅，職容反。

魚韻「胥」：息徐反。相。又待也。須。又蟹醢。又胥靡相隨。
齊韻「稽」：久。晚。後。考計。又辯捷不窮曰骨稽。又山名。
宣韻「宣」：相緣反。吐布顯揚。明也。遍通也。用散也。又天子宣室。亦徽姓。
「權」：具卷反。權，反常合道。又迹行遠。又孌。平重秤錘。始。
肴韻「茅」：莫包反。草似蘭，有花。又王祭以縮酒。又古者封諸侯以為藉。又明
也。又山名。亦角姓也。
豪韻「高」：古刀反。出上也。崇敬也。遠。亦姓。
語韻「圉」：養馬人。又禁。又边垂。又囹圉。淳圉仙人名。

以上所舉每字之下都有幾個訓解。案卷首序文云：「一字數訓，則執優而尸之，劣而副之」。實際上義訓只有正確與否，無所謂優劣，這裏不過是把通常習用的和易解的排在前面而已。在『唐韻』中每字的訓解大都詳舉出處，而本書除偶引『爾雅』『說文』以外，只見『抱朴子』、『異物志』、『玄中記』幾種書，這與『唐韻』又不相同。

還有，『唐韻』注文中特别詳於姓氏源由，本書雖然也講姓氏，但大都只言某姓，而不侈陳姓望所出（僅語韻「許」「汝」兩字下言為某某之後），這與『唐韻』也不一樣。可是本書在說明姓氏的時候，有一部分是分别宮商五音的。如：

二〇一五(2)灰韻「迴」字注云角姓；　二〇一四(6)先韻「先」「田」二字，宣韻「宣」「全」二字注云徵姓，蕭韻「蕭」字注云商姓；　二〇一四(8)肴韻「巢」「茅」「包」三字注云角姓；　二〇一四(七)盐韻「閻」字注云徵姓，「詹」字注云宮姓」；

五五三(2)語韻「衙」「許」「汝」「呂」四字注云徵姓。

這種以五音論姓是以前各種韻書中所沒有的。以五音論姓遠始於東漢，見王充『論衡・詰術』，今已不傳。唐代姓氏書中一定有記載。『舊唐書』卷七十九『呂才傳』載太宗時太常博士呂才

宅經敘云：

「易曰：『上古穴居而野處，後世聖人易以宮室，蓋取諸大壯。』迨於殷周之際乃有卜宅之文。……至於近代師巫更加五姓之說。言五姓者，謂宮商角徵羽等，天下萬物悉配屬之。行事吉凶，依此為法。至如張王等為商，武庚等為羽，欲似同韻相求；及其以柳姓為宮，以趙姓為角，又非四聲相管。其間亦有同是一姓，分屬宮商，後有複姓數字，徵羽不別。驗於經典，本無斯說，諸陰陽書亦無此語，直是野俗口傳，竟無所出之處。」（新唐書卷一百七呂才傳文字略有改動）

從這一段話來看，姓氏分屬五音，並沒有一定的準則，與字音關係不大。本書以五音論姓，可能取自當時流行的姓氏書。到宋代廣韻裏還有少數這類的例子，無疑問是從這種韻書遺留下來的。

另外，在反切方面，本書與前幾類韻書都不一致。王韻反切用字絕大部分與陸韻相同，到了唐韻，改變的就多了。廣韻與唐韻關係比較密切，所以廣韻的反切大都與蔣本唐韻相合。可是本書與陸韻，王韻以及廣韻的用字都很有不同。例如：

箋注本一	箋注本二	王韻(宋跋本)	本書	廣韻
東韻弓	居隆反	同	同	居戎
窮	去隆反	同	去弓	去宮
蟲	巨隆反	同	直弓	直弓
風	方隆反	同	府隆	方戎
豐	敷隆反	同	孚隆	敷戎
馮	扶隆反	同	并隆	房戎

洪　胡籠反	同	户工	户公
冬韻賨　在宗反	同	祖冬(徂冬)	藏宗
隆　力宗反	同	力冬	力冬
虞韻傴氣俱反	同	去俱	豈俱
紆憶俱反	同	於于	憶俱
齊韻梯湯嵇反	同	他兮	土雞
泥奴低反	同	奴兮	奴低
豍方口反	方奚	必迷	邊兮
佳韻牌薄佳反	同	步街	薄佳
釵楚佳反	同	初柴	楚佳
語韻煑諸與反	同	之與	章與
駭韻挨於駭反	同	烏楷	於駭
緩韻短旱韻都管反	同	丁卵	都管

這一類的例子還很多，無庸多舉。由此可見本書的反切在用字方面自成一類，與陸韻、王韻以及廣韻不同。夏竦古文四聲韻所出的韻目反切與本書平聲和上聲韻目的反切是一致的(唐韻的韻目反切也是如此，書內的反切則與韻目不同)，可是古文四聲韻所根據的唐切韻每韻的紐次並不按五音的類別來排列，書中的反切是否與本書相同不可知。

本書表示又音的方法有三種：一種是用反切，稱「又某某反」；一種是用直音，稱「又音某」，「又某音」，或「又某」；一種是用四聲表示，注出「又平」「又上」「又去」「又入」(見齊韻倪紐「蜺」字下)。第三種方法在裴務齊正字本刊謬補缺切韻中曾出現過。這種方法既簡便，又容易領會，所以書中應用較多。這與伯二〇一六序文中所說「以四聲尋譯，冀覽者去疑，宿滯者豁如也」正相應。

在表音方面最重要的革新應當是韻內紐次的叙列。從上文所舉的一些韻的紐次來看，有幾點是值得注意的：

(1)牙音見溪群疑和喉音曉匣影連屬在一起為一類。

(2)脣音、舌頭音、舌上音、齒頭音、正齒音都分別不混。

(3)喻母(j)與照、穿等音同列。如東韻「融」與「終、充、戎」(tɕ tɕʻ ȵ)為一組，鹽韻「鹽」與「苫、詹、棎、姑、髯」(ɕ tɕ ʑ tɕʻ ȵ)為一組。由此可知喻母與照、穿等音相近，並不屬於喉音。(等韻喻母三等則屬喉音匣母。)唐人「歸三十字母例」以喻與精、清、從相配，與本書不同。

(4)來母、泥母在一等韻和四等韻中與端透定排在一起，在三等韻中與知徹澄排在一起。(泥母在二等韻中有列在疑母位置的。如佳韻的「覣」與「咼、媧」相次，皆韻的「搱」與「揩、諧、俙」相次。)由此可知知徹澄三母為舌部破裂音，還沒有發展為破裂摩擦音。

(5)日母在三等韻中出現，與照穿牀審禪三等字列在一起。如東韻的「戎」字，宣韻的「擩」字，鹽韻的「髯」字，語韻的「汝」字都是如此。這表明日母與照、穿等母讀音為一類。唐人「歸三十字母例」把「審穿禪日」叙列在一起，與此相同。照、穿讀tɕ tɕʻ，日母當讀為ȵ。(守温字母以知徹澄日為一組)

以上幾點對我們了解唐代的語音大有幫助。本書一韻的紐次能依照五音類屬來排列，這是韻書體例的一大變革。不僅有條理，而且便於尋檢。宋人所編的「集韻」，紐次也是按五音類別來排列的，這一定與本書有關係。「集韻」中還有不少字的訓釋都與本書相同

（如仙韻的「焉」字、肴韻的「包」字是例），前後相承之迹是很明顯的。

根據前面所說，我們可以了解這種韻書具有很多特點，既不是王仁昫「刊謬補缺切韻」一類的書，也不是孫愐「唐韻」一類的書，在唐五代韻書中自成一類。

從前王國維認為孫愐「唐韻」有開元、天寶兩本。本書有天寶十載序文，而書名「切韻」，書的體例與序文所說也正相應。如序文說「又紐其脣齒喉舌牙，部件而次之」，只有本書如此，蔣本「唐韻」並不如此。釋中算「法華經釋文」所引孫愐說和源順「倭名類聚抄」所引「唐韻」注文也都與本書不同。王國維以為有天寶序文的是孫愐「唐韻」的重修本，顯然是不對的。天寶序文究竟是何人所作無可考。本書所以有這篇序文，包括兩種可能：一種可能是本書和這篇序文的作者是同一個人；另一種可能是本書的底本如此，作者根據底本重修，所以照錄原序。從這篇序文列於本書卷首序文之末來看，第二種可能性比較大。這本書成書的時代無疑問是比較晚的。因為平聲仙韻之後已有宣韻。至於本書的作者就更難考定了。唐代各家韻書有佚文可考的，如祝尚丘、薛峋、麻杲、韓知十、釋清澈、釋弘演等家都與本書不同。可知這是祝尚丘諸家以外的一家書。本書二。一四(4)魚虞韻背面寫有「清泰五年敦煌縣令呂狀」一行。清泰為後唐潞王年號，清泰五年為公元九三八年。公元九三六年後唐即為後晉所滅，敦煌地處邊遠，不知後唐已亡，所以仍用清泰年號。據此推測，這部書應當是清泰五年以後刷印的。

（五）

現在再研究一下入聲一部分的殘葉。入聲各韻的體例不同於平聲和上聲部分，這在前面已經說過了。在內容方面，入聲不同於平上的有以下三點：

(1)平聲和上聲每一韻的反切不同於箋注本一和王仁昫切韻者比較多，但入聲各韻除雪韻與德韻頗有不同以外，其他各韻大都一致。如麥韻、錫韻、職韻、葉韻等幾乎全部相同。

(2)平上聲的紐次和字次大半與箋一和王韻不同，但入聲各韻除雪韻外其他各韻與箋一王韻大都相同。

(3)平聲和上聲字的注釋不同於王韻的極多，而且訓解比較繁富。但入聲薛雪錫昔麥陌幾韻(伯五五三一(3)(4))的字訓釋都比較簡單。凡是王韻有的字，訓解大都一致，只是或體和又音略有損益而已。例如本書錫韻各字的注解幾乎完全與王韻相同。其中「激」字本書注作「古歷反。激濺。又竅。」「又竅」二字當是又音。但「激」何以音「竅」令人難解。宋跋本王韻「激」字注作「古歷反。濺。又古竅居略二反」。由此可知「又竅」二字乃是抄錄之誤。王韻「激」字又見嘯韻古弔反下，注云：「水急。又古歷反」，與錫韻所注正相應照。又本葉同韻「靈」紐「麻」字下注云「理」，王韻注同。「衆」「麻」本訓「治」(見說文)，裴本刊謬補缺切韻正作「治」，王仁昫的書因避高宗諱、所以作「理」。本書與王韻相同，也正可以說明兩者的關係比較切近。又如麥韻韻尾「𢷤」字注云：「皮碧反。栟𢷤。」王韻同。但「碧」字本書在昔韻，音彼役反(廣韻同)，王韻則在麥韻，音陂隔反。本書麥韻收有「𢷤」字，很可能就是根據王韻寫錄下來的。箋一、裴本切韻和蔣本唐韻麥韻都不收此字。至於入聲職德兩韻和盍洽狎葉怙幾韻，與上面所說的一些入聲韻情形相似，注文也大都與王韻相同，有些王韻沒有收的字則同於蔣本唐韻。例如德韻墨紐下有「万」字，注云：「虜複姓，北齊□□□侯普，侯字音其。」又葉韻聶紐下(之涉反)有「慹」字，注云：「司馬彪莊子注，慹不動貌。又音捻。」這些都不見於王韻，而見於蔣斧本唐韻，足見這一部分又有不少字和注解是取自唐韻的。

根據以上的情形來看，殘葉的入聲部分很可能是以王仁昫〝切韻〞為底本，而又參取別家的韻書增修而成的。這與職德韻一葉背面所題「大唐刊謬補缺切韻」的書名不無聯係。

入聲部分雖接近王韻，但是收字遠比王韻多，有些紐又是王韻所沒有的。在歸韻方面，也有少數字與王韻不同。如昔韻「碧」字音彼役反，蔣本〝唐韻〞音方彳反，而王韻此字收入麥韻。又如麥韻陽紐「鰏」字，蔣本〝唐韻〞注云：「鰏鯻魚名，陸入格韻。」所謂「格韻」，即指陌韻「格紐」而言。箋一和王韻此字都在陌韻格紐，音古陌反。本書收入麥韻，與〝唐韻〞同。另外，書中在字音上博采諸家的地方一定也很多。如〝集韻〞職韻有日字，注云：「而力反。太陽精也。李舟說。」本書職韻也正有「日」字，注云：「而職反，古音。太陽之精。又口口反。」姜亮夫先生曾認為本書與李舟有關。他指出〝集韻〞引李舟說有八條：

(1) 東韻彤字云：「李舟從肉。」
(2) 支韻腄字云：「馬及鳥脛上結骨。李舟說。」
(3) 皆韻虆字云：「法可以虆罔人心。李舟說。」
(4) 先韻漨字云：「詩漨漨者義。李舟說。」
(5) 禡韻梢字云：「木參交以枝炊奥者。李舟說。」
(6) 薛韻朳字云：「無齒杷。李舟讀。」
(7) 薛韻謁字云：「白也。李舟說。」
(8) 職韻日字云：「太陽精也。李舟說。」

他說：「漨字〝廣韻〞入二仙，蓋別有所本，〝集韻〞本李舟說入一先，本卷亦入一先，是本卷原於李舟也。朳字訓無齒杷，此〝玉篇〞說也，而各卷皆入黠韻，獨〝集韻〞引李舟說入薛，本卷亦入薛韻，是本李舟也。又謁字各本皆在月韻，而〝集韻〞引李舟說入薛韻，本卷亦

入薛韻，是亦本李舟說也。本卷已采李舟說，其書之成當在唐代德二宗之後矣。」（見瀛涯敦煌韻輯論部十三）

今案：平聲上聲部分與入聲不同，上文已有論列。姜先生所舉八條中只有「朳」字一條是與本書相合的。先韻「蓱」字已見於宋跋本王韻，則未必采自李舟書。東韻「肜」字，二〇一四(3)並不從肉；皆韻「巢」字，二〇一五(2)未收。姜先生所說入聲薛韻「謁」字，在五五三一(3)實際是「揭」字，正文雖殘闕不存，而注文作「揭發，又去竭去偈反」，與「訐」字同紐，非「謁」字無疑。至於職韻的「日」字，集韻是據李舟說采入的，但本書是否采自李舟書還很難確定。考法華經釋文引祝尚丘云：「日，太陽之精也。古音而職反。」（見大正新修藏經卷五十六，頁一五〇）與本書注文反切完全相合。那麼，與其說采自李舟，勿寧說采自祝尚丘了。李舟書現已無存，很難比證，可以存而不論。但本書在王韻和唐韻之外曾采及別家的韻書是可以肯定的。

總之，入聲這一部分是上承王韻、唐韻，而又有所增補的書，與平聲上聲部分的體例和性質不同。所以我們不應當混為一談。

但是，從韻目的系統來說，平聲部分有「宣」韻，入聲部分有「雪」韻，平與入正相應。如果平上部分與入聲部分是兩種書，這兩種書在分韻上還應當是屬於同一系統的。另外，敦煌所出守溫韻學殘卷四等重輕例中平聲有「仙」韻，又有「宣」韻，上聲有「獮」韻，又有「選」韻。夏竦古文四聲韻所據唐切韻也是如此。這批刻本韻書中上聲內是否有「選」韻不可知。南唐徐鍇說文解字篆韻譜（十卷本）所據切韻平聲有宣韻，入聲有聿韻，也是這一個系統的書。不過，反切與這種刻本韻書殘葉不同，當又是另外一種韻書無疑。

7.4 (28) 寫本韻書殘葉（伯二〇一六背面）

這一殘葉粘在伯二〇一六的背面，所存只有七行，為東韻字，但與正面並不是同一種書。正面東韻字與伯二〇一四(3)是前後相連的，「公」紐之下為「洪」紐，而此書「公」紐之下是「蒙」紐，兩者紐次不同。其次，字的注解也頗有差異。即如「公」字下本書備陳姓氏，與「廣韻」相同，而伯二〇一四(3)則極簡略。在收字方面，伯二〇一四(3)「公」紐有十四字，「蒙」紐有二十四字(見伯四七四七第一行)，而本書「公」紐為十三字，「蒙」紐為二十七字，字數不同。由是足見本書與伯二〇一四(3)不是同一種書。伯希和沒有注意到二〇一六正面和二〇一四(3)是相銜接的，只看到這一葉與二〇一六正面同是寫本，所以誤粘在一起。現在根據內容分別為二，不相雜廁。

又二〇一四(3)「紅」字前有一殘紙，上有「前趙錄有太中大夫公師彧，子夏門人。齊人公羊高作春秋」二十三字與此殘葉字體完全相符。在此之前又有一殘紙，只有「之後」二字。這些都是此葉「公」字注文的殘餘。伯希和因其散落，而附粘在二〇一四(3)「紅」字之前，實際應當放在此葉「公」字注文之前才對。

此本「公」紐下為「蒙」紐仍然是陸韻、王韻的次第，可是文字大有增加，注文又特別詳於姓氏，這在唐代韻書中一定是時代比較晚的書。「廣韻」注中關於姓氏的說明可能就是從這種韻書來的。

7.5 (29) 刻本韻書殘葉（列 TIL1015）

此殘葉出自新疆吐魯番，為德人列考克所得，舊藏於德國普魯士學士院，存平聲寒韻字和桓韻韻首，共十三行。字體類顏真卿，雖然整齊，但不如宋刻本那樣工緻，似為五代間刻本。周圍有雙邊欄，所存為一板的後一部分，上下也都略有缺損。其中收字和廣韻非常相近，只有壇紐「赧」「㜊」二字不見於廣韻。各紐反切也都與廣韻相同，惟廣韻言「某某切」，本書則言「某某反」。寒韻「但」字注「又徒案反」，廣韻作「又徒旦反」，用字略有不同。

本書又音中除用反切外兼用直音。如「嘆」下云：「又音炭」，「汗」下云：「又寒翰二音也」，都是直音。字有異體的（包括籀文、古文），一律別出，注明「籀文」、「古文」，或注「上同」。廣韻的體例也正是如此。

至於字的注釋，與廣韻相比，也是同者多，不同者少。如：

	本書（寒韻）	廣韻
盌	丨殘，大器盂也。……魏謂之盌，河濟……	盌盞，大盂。
難	難易也，艱也，不易之稱也。又木丨，珠名。其色黃，生東……成碧色。大秦國人珍之。曹植樂府詩曰：珊瑚閒木難。又姓，……	艱也，不易稱也。又木難，珠名。其色黃，生東夷。曹植樂府詩曰：珊瑚閒木難。又姓，百濟人。
灘	水丨也。又涒丨，太歲在申。他干反，十。	水灘也。爾雅云：太歲在申曰涒灘。他干切，十。

濡　乃官反。水名，出涿郡。　水名，出涿郡。乃官切，一。

這些只是小有不同的例子，其他幾乎全同。

根據以上所說，可知本書與《廣韻》是很接近的。本書「濡」字在寒韻末，音「乃官反」，案「官」為桓韻字，「濡」當歸入桓韻，而《廣韻》也列於寒韻，由此更可以看出《廣韻》與這種韻書關係很密。

本書桓韻的數次題為二十七，注云：「陸入寒韻不切，今別。」這與宋夏竦《古文四聲韻》所據的《唐切韻》和魏了翁所見的《唐韻》的韻目是一致的。夏竦書真韻之後有諄韻，齊韻之後有移韻，桓韻為二十七。魏了翁在《吳彩鸞唐韻後序》說：「其部敘於二十八刪、二十九山之後繼之以三十先、三十一仙」，案刪為二十八，桓在刪前，則當為二十七，韻目數次適與本書相同。魏了翁《唐韻後序》又說：「此書別出移、臡二字為一部，注云：陸與齊同，今別。」這就是移韻。案「陸與齊同，今別」與本書桓字注「陸入寒韻不切，今別」體例正同。據此可知本書雖無書名，當與夏竦所見的《唐切韻》和魏了翁所見的《唐韻》是一類書無疑。

7.6 (30)　刻本《切韻》殘葉　（列TIID1a.b.c.d.）

此刻本《切韻》殘葉與前一種一樣，出自新疆吐魯番，現藏於德國普魯士學士院。字大行疏，刻工精緻，板邊作雙欄，每板十八行，板心一行則上刻《切韻》二字，下有葉數和刻工姓名，完全是宋代書板形式，當為五代末、北宋初之間所刻。原書可能是蝴蝶裝。現在所存只有去聲恩恨翰線笑效号幾韻字，但殘損零亂，乏人整齊裝治，列考克只胡亂黏於a.b.c.d.四紙，次第全不相連，且有「覺」字的一面又反裱在內，不得舒展，無由攝影。幸向達先生曾得見原物，並有抄本，現即根據向先生所錄補入，並將其他各板一一重摹，就原書位置排列，以便考索。

此書名為「切韻」，韻目有數次的是二十七恨、二十八翰、三十六効與蔣本「唐韻」「廣韻」相同。可是收字比「唐韻」「廣韻」都多。

本書		唐韻	廣韻
慁韻坌	蒲悶反四	一	二
論	盧困反五	一	三
翰韻翰	侯旰反廿九	十五	二十五
岸	五旰反十一	六	九
粲	蒼案反八	四	六
線韻釧	尺絹反五	一	四
效韻奅	足皃反七	四	六
皰	防教反四	二	五

這裏除效韻「皰」紐比「廣韻」少一字以外，其他都比「廣韻」多幾字。書中各韻紐次與「唐韻」「廣韻」全同，各紐反切，僅「慁韻」「奔」字一紐「唐韻」音「晡悶反」，「廣韻」音「甫悶切」，本書音「補悶反」小有不同，至於注釋，大都與「廣韻」相似，只是訓解和引書多少不齊而已。例如：

本書	廣韻
慁韻焌 子寸反一 然火 周禮吹其－三	然火周禮云遂龡其焌子寸切
翰韻翰 鳥毛也高飛也 長也亦詞翰又	鳥羽也高飛也亦詞翰說文曰天雞 赤羽也又姓左傳魯大夫翰明

姓左傳曾大夫
｜明(唐韻作鳥
毛又高飛亦詞
翰云云)
扞以手｜又衛也 以手扞又衛也
蔽也(唐韻作以
手扞)
汗熱｜說文云身 熱汗
之液(唐韻作熱
汗)
幔巾攔又塗著又 巾攔又塗著也
音捍
瀚｜海北海衆鳥 瀚海北海
放中解翰因名
之(唐韻瀚海北
海名)
閈里門也閭也居 里也居也垣也說文曰閭也汝南平輿里門曰閈
也垣也
看視也望也又苦 又苦干切
干反(唐韻作又

苦干反）

鑭 光丨又平　　光鑭

線韻 㖡 城下田書籍多　　城下田人絹切又而兗切
作㙜壖人絹反
又人兗口

葥 草名似覆盆尔　　草名
足云葥山莓唐
韻云草名似覆
盆）

眷 丨屬又……云顧　　眷屬說文顧也居倦切十五
視也……

笑韻 僬 行容止皃又音　　行容止皃禮曰庶人僬僬
譙

效韻 礉 丨石軍戰石也　　礉石軍戰石也
潘岳閒居賦云
丨石雷駭也

号韻 隩 西南隅謂之丨　　說文曰水隈崖也
（唐韻同）

由此可見本書和廣韻所根據的本子是比較接近的。不過，廣韻的底本收字不如本書多，訓解和互注的又音也比本書略少。從分韻方面來看，本書去聲當有䄄韻换韻，其平聲真諄和寒桓也應當有分。這一定是在蔣本唐韻以後的一種切韻無疑。

這一種韻書注文中與正文相同的字一律用直線(丨)來代表，與前一種刻本韻書(TIIL1015)相同。前一種韻書「難」字下引曹植樂府詩，本書效韻「璥」下引潘岳閒居賦，同出於文選，體例相似。前一種書或體中兼收古文(如「看」字下)，本書也是如此(如「漢」「捍」二字下)，而且或體別出，一律注云「上同」。推想這兩種刻本可能非常接近，甚至於是同一種書的先後刻本。前一種在先，此一種在後。韻書當中注文引及文選較多的是祝尚丘切韻。淨土三部經音義卷一「倫」下引祝尚丘云：「輩也。文選雜體詩曰：遠想出宏域，高步超常倫。向曰：宏大；倫，輩也。」(見十三葉上)又卷二「從倚」下引祝云：「少迴步也。文選洛神賦曰徙倚傍徨是也。」(見十九葉下)本書或又在祝尚丘書之後。從翰韻「斕」下以「又平」標注又音的辦法來看，與五代刻本切韻(伯二〇一六，二〇一四)相同。則本書的時代或與五代刻本切韻相近。不過，五代刻本切韻或體別出的注作「同上」，而本書則注作「上同」，廣韻也作「上同」，而不作「同上」。足見這本韻書比五代刻本切韻更多地接近於廣韻。

本書中一紐第一字下所注訓釋和反切的前後次第也不一致。有的訓釋先於反切，有的反切先於訓釋(如「熒」字「饋」字「饞」字「褑」字下)。反切列於訓釋之前的可能取自切韻唐韻以外的書，如王韻之類，所以體例不一。廣韻上承唐韻而來，反切一律列在訓釋之後。體例就變得完全一致了。

〔考釋八〕韻字摘抄和有關字母等韻的寫本

1 韻字殘葉一（斯六一一七）

此殘卷僅存十一行，就一韻中摘記一些同音字，沒有韻目，僅略出訓解，由「嘌」字起，至「奮」字止，包括切韻霽祭卦怪夬隊代廢震問和翰韻幾韻字。「讚、饡、趲、濽」四字屬翰韻，而插在隊韻中間，可能是抄寫之誤。

從摘記的體例來看，其中除「睟」字下音祖晦反以外，其他都不出反切。凡音同的字都連寫，音不相同的，中間用「一」畫隔開，在唐人韻書寫本中別具一格。但其中也有分劃未盡的。如「曀」與「祭」，「懈」與「戒」，「憒」與「潰」，「鐀」與「癈」之間都應當畫開，而未加「一」，足見抄寫比較草率。甚且還有訓釋與所出正文不相應的。例如「例」下注「勉」，「厲」下注「瘴」，「櫬」下注「施」都有錯誤。

這裏摘記的一些字，在韻次上雖然和切韻一系的韻書相似，但有幾個字在歸韻上和切韻一系的韻書並不相同。根據現存的唐本韻書來看，「詣」字王韻，唐韻都收在霽韻，而這裏與祭韻「藝」字列為同音；「會」字王韻，唐韻都收在泰韻，這裏與隊韻「憒」字（古對反）列為同音；「近」字切韻、王韻在焮韻，這裏與震韻的「瑾、覲、饉」等字列為同音。由此可知這個寫本所根據的韻書可能不是切韻一系的韻書。這份材料雖然存字不多，但值得重視。

2 韻字殘葉二（斯六三二九）

此葉只存十三行，依模齊佳皆灰咍真韻次列字，字次與切韻箋注本一與（斯二〇七一）大體相同，不知所據為何種韻書。由真韻部分「姻、辛、綸、屯、神」數字連寫來看，真諄還没有分成兩韻，此種韻書的時代可能早於『唐韻』。

3　韻字殘卷一（伯二七五八）

此殘卷無書名，共存三十四行。開頭從「喧」字起，以前無字；末尾為「騾」字，下闕。『敦煌掇瑣』和『瀛涯敦煌韻輯』都有錄本，但『掇瑣』中略有錯字。如文韻「饙」下「府文反」，『掇瑣』「府」作「符」，魂韻「蹲」下「祖尊反」，『掇瑣』「祖」作「袒」，並誤。

此卷無疑問是根據某種韻書摘錄下來的，除開頭「喧」字外，從東韻「烔」字至戈韻「騾」字共抄錄三十三韻字，東鍾之間沒有冬韻字。其中真、諄，寒、桓，歌、戈都分別很清，不僅韻次與『廣韻』相同，而且紐次也幾乎與『廣韻』完全相合。字下反切用字也沒有多少差異。其中與『廣韻』相同，而不同於今日所見其他唐本韻書的有以下各紐：

東　穹（去宮）

魚　歟（以諸）　歔（朽居）　閭（力居）　茹（人諸）

虞　劬（其俱）　甌（區，豈俱）　趨（七逾）　芙（妨無）　孚（芳無）　蹰（直誅）　柎（甫無）　捄（舉朱）

模　途（同都）　帑（乃都）　酥（素姑）　殂（昨胡）

齊　凄（七稽）　低（都奚）　蹄（杜奚）　棲（先稽）　谿（苦奚）

佳　喎（苦緺）

灰　崔（倉回）　棓（薄回）

咍　裁（昨哉）　孩（戶來）

真　甄（側隣）　茵（於真）　伸（失人）　繽（匹賓）　嬪（符真）

諄　肫（章倫）　淪（力迍）　皴（七倫）

臻　詵(所臻)

文　紛(撫文)

殷　筋(舉欣)

寒　靬(許干)

桓　鞔(毋官)

山　癇(戶閒)

先　弦(胡田)　怜(落賢)　佃(徒年)　癲(都年)　妍(五堅)

仙　涎(以然)

宵　蟬(彌遥)　鴞(于嬌)

肴　嘲(陟交)

豪　饕(土刀)　尻(苦刀)

歌　哦(五何)　蘿(魯何)

這些反切都與《廣韻》相同。其他唐本韻書用字都不一樣。南唐徐鍇《說文韻譜》與此相近，但也稍有出入。此卷「甄」音「側隣反」，徐鍇《韻譜》同，其他唐本韻書都作「職鄰反」。由此可見這個殘卷所根據的韻書時代一定比較晚，可能是晚唐五代期間流行的一種韻書，這種韻書最接近於《廣韻》。

另外，殘卷中有些字的反切是屬於上聲或去聲的，但那都是又音，抄者脫去平聲反切，以致前後在四聲上不一致。現在與《廣韻》對比如下：

支　炊尺偽反　《廣韻》炊與吹同音，吹音昌垂切，又尺偽切。此誤以「吹」下又音列於「炊」下，脫昌垂反一音。

魂　崘盧鈍反　〝廣韻〞崘與論同音盧昆切，論又音力旬盧鈍二切。此處抄錄有誤。

先　蜎甄泫反　〝廣韻〞蜎與淵同音，蜎下云：「又甄泫切」，此處只錄蜎字又音，未與淵字同列。

仙　煽式戰反　〝廣韻〞此字與羶同音式連切，煽下云：「又式戰切」。此處脫平聲反切，只錄又音。

肴　勦子小反　〝廣韻〞勦與巢同音鉏交切，勦下云：「又子小切」。此處脫平聲反切，只錄又音。

豪　操千到反　〝廣韻〞操七刀切又七到切。此脫平聲反切，只錄又音。

其他如寒韻「唌」下音徒旱反，宵韻「燎」下音力照反，也同樣是又音。原卷所要錄的應當都是平聲，寫者不慎，所以雜入上去聲的反切。這些上去聲的又音反切，凡是〝廣韻〞有的，也幾乎全部相同。可證〝廣韻〞的底本與此殘卷所根據的韻書極為接近。

此卷所列反切不同於〝廣韻〞的，只有以下幾個字：

齊　蓖邊奚反　〝廣韻〞邊兮切。

皆　銶知皆反　〝廣韻〞卓皆切。

崖擬皆反　〝廣韻〞擬皆切一紐無此字。（崖入佳韻，音五佳切。）

灰　恢苦廻反　〝廣韻〞苦回切。

諄　瞤如倫反　〝廣韻〞諄韻無此字。

殷　殷於巾反　廣韻於斤切

齗語巾反　廣韻語斤切

魂　蹲徂尊反　廣韻徂尊切

桓　剜削丸反　削為剜字訓解。剜，《廣韻》音一丸切。

仙　鉛與連反　《廣韻》與專切。

琁似泉反　《廣韻》似宣切。

這裏的反切大半是用字上的不同，惟有殷斷二字都以巾字為切，與《廣韻》韻部有出入。「巾」為真韻字，依據殷斷二字排列的地位來看，原來不會以「巾」字為切，《廣韻》「巾」都作「斤」，這也許是因為當時「巾」「斤」二字音同，寫者誤書「斤」為「巾」。小徐《說文韻譜》殷音於斤反，而大徐改訂本《說文韻譜》則作於巾反，其誤正同。又「鉛」字殘卷作與連反，「鉛」為合口字，「連」為開口字，以「連」切「鉛」，韻有不合，「連」字或因上文「廛」字反切（直連反）而誤。

4　韻字殘卷二（《字口》）（伯三〇一六）

此殘卷存七十七行，末有抄改牒文一通。據《敦煌遺書總目索引》稱此卷前有書籤題為《字口》，下一字不詳。但從內容來看，仍然是一種韻字雜抄。其中既有平聲字，又雜有上去入三聲字，而且韻次凌亂，同為一韻，而又前後重出，極不整齊（如蒸韻就三見）。前面二十八行，正文和義訓相連，字體大小相同，自二十九行以下才分為大小字，正文大字，義訓小字。此卷的特點在於每字的訓釋一般都比較多。例如：

同　齊、久、俱、輩、聞、合也。

攻　作、伐、治也。

為　作、行、成、施也。

填　塞、加、滿也。

延　税、遠、進、長、言也。

長　久、達、常、永、直也。

方　且、道、比、類也。

呈　見、示、平、解也。

徵　召、明、承、成、虛也。

備　具、防、辦、愼也。

志　望、念、慕、知、意也。

豫　辦、叙、安、猒、早也。

由　用、從、經、行也。

潛　深、沈、藏也。

蒸　衆、厚、進也。

偁　言、揚、好譽、舉、詮、足也。

這種一字數訓，而在訓釋最後加一「也」字，和五代刻本韻書（伯二〇一四、二〇一六）相同。上舉各字的訓解，《廣韻》也大都相似。據此推斷，此卷所根據的韻書一定是晚唐五代間比較接近於《廣韻》的一種韻書。

5　「馬」字殘葉　（伯二六五九）

此葉但有「馬」字和「馬」字注文，出於何書不可知。注文引《說文》、《釋名》、《春秋考異郵》以及姓氏書，最後注音「莫下反」，不似韻書。但其中有很多文句與宋修《廣韻》上聲馬韻「馬」字注相同，所以收錄，以備參照。

6 "韻關辯清濁明鏡"殘卷 (伯五〇〇六)

此殘卷只存十四行。第三行有「韻關辯清濁明鏡一卷」九字，應當就是本書的名稱。殘卷前部缺損，現在殘存的前三行是：

得與「丹」字為切。凡有是雙聲字皆互為其切。「灘」字得與「丹」字為韻。凡是疊韻字皆互為韻。諸欲反切，例皆如此也。韻關辯清濁明鏡一卷

這是說明「反切」的一段話。由此可知這是一種審辨字音的書。

在此以後，分列平聲下廿八韻的韻目和上聲五十一韻的韻目，而去聲只題「去聲五十六韻」，韻目沒有寫。平聲和上聲兩部分的韻目也有脫漏，與所記韻數不合。

考平聲下為廿八韻，上聲為五十一韻，去聲為五十六韻，這正是陸法言"切韻"的面目。本書平聲和上聲韻目下所注的反切與伯二〇一七（增字本切韻3.3）也完全相合。據此可知本書即以陸法言書為根據，時代可能早於守溫。可惜只存十數行，作者如何辨析字音清濁，已無可考。

7 "歸三十字母例" (斯〇五一二)

這是今日所見最早的有關字母的材料。僅存十二行，無書名，前面標題為「歸三十字母例」，很像是某種辨析聲韻的書中的一段。原書為唐人所作，但確切的年代不可知。在現存的唐人著作中只有德宗貞元間沙門智廣所作"悉曇字記"內有「字母」的名稱，而端透定泥等三十字母的名目，在唐人書中還不曾發現有記載，所以這份材料是非常寶貴的。從這份材料我們可以知道唐人所造字母的情況。

字母的創造，自然是受了梵文悉曇的影響。從五音的辨別和聲母的排列次第都看得很清楚。這個寫本所列三十字母完整無缺。每母下列舉四字，四字韻類不同，而同歸一母，所以稱為「歸三十字母例」。例如：

端　丁當顛故

透　汀湯天添

定　亭唐田甜

泥　寧囊年拈

這裏的例字豎讀為雙聲，橫讀為疊韻。丁汀亭寧為青韻字，當湯唐囊為唐韻字，顛天田年為先韻字，故添甜拈為添韻字。讀者可以豎讀或橫讀來辨析字母的類別。

從例字之間的疊韻關係，我們可以知道作者把字母分為八組。即：

端透定泥　精清從喻　知徹澄來

審穿禪日　見磎群疑　不芳並明

心邪照　曉匣影

這八組舌音端透定泥列在最前。其中有些聲母的配置與宋人等韻圖的三十六字母不同。如審母列於穿母之前，照母與心邪相並，喻母與精清從等列，都表明在開始創製字母時安排得還不夠妥善。至於日母和來母的列法一定與當時的讀音是相符合的。日母可能是ń，與審穿禪發音部位相同，所以歸為一組；來母為舌音，而知徹澄可能是舌部塞音ȶ的一類（還不曾變為後日的塞擦音），所以知徹澄來列為一組。

這三十字母中沒有牀母。從禪母的地位和所舉的例字來看，禪母當為塞擦濁音，所以有禪無牀。另外，此處脣音只有不芳並明四母，所舉例字內包括夫敷符無四個輕脣音字，推測定字母的人口裏讀這類字可能還沒有分化得十分明顯，所以只立四母。到宋人三十六字母裏脣音就分立為幫滂並明非敷奉微八母了。

8　字母例字（北京圖書館藏，雨字五十五號）

這一例字共存六行，第六行尚有殘缺。見許國霖《敦煌石室寫經題記與敦煌雜錄》（一九三六年鉛印本）前無書名或標題，內容與前一種《歸三十字母例》相似。開端為端透定泥四母，次為審母，字母次第可能也與《歸三十字母例》相同。現在所存的一部分正是例字的開端幾行。每母之下有十二個例字，審母只存六字，其中「商」原誤作「高」，「苫」原誤作「苦」今改正。端透定泥四母的例字，橫讀都是一韻。如顛天田年同屬先韻，丹灘壇難同屬寒韻。但東通洞農一行，東通洞都是東韻字，而農為冬韻字，擔甜覃南一行，擔覃南都是覃韻字，而甜為添韻字，這都同所標韻目不完全相合。

9　守溫韻學殘卷（伯二〇一二）

此殘卷共存三截，劉復曾抄錄刻入《敦煌掇瑣》，但抄刻有誤字。殘卷缺書名，所存第一截首行題「南梁漢比丘守溫述」。考《宋史．藝文志》有守溫《清濁韻鈐》一卷，不知是否與此書相同。南宋鄭樵《通志．藝文略》和王應麟《玉海》又著錄有僧守溫《三十六字母圖》一卷，但本書所列字母只有三十，而不是三十六，《三十六字母圖》當別為一書，可能是後人所作，仍題名為守溫。

守溫事蹟無可考。本書題「南梁漢比丘」，「南梁」應當是地名，「漢比丘」是別於外國沙門的意思。可是「南梁」究竟是甚麼地方，說法不一。唐蘭先生曾以《太平廣記》卷一百九十溫造條為證，認為「南梁」應該就是興元，即現在的陝西南鄭縣，這種說法是完全可信的。

唐文宗太和四年(公元八三○)興元軍殺節度使李絳，京兆尹溫造被派至興元，濫殺兵士五千餘人，這是非常殘暴的一件事。太平廣記溫造一條引王仁裕見聞錄，所記就是這件事。王仁裕書稱興元為「南梁」，稱興元人為「梁人」，或「南梁人」。最末說：「余二十年前職於斯，故老尚歷歷而記之矣。」王仁裕在後唐莊宗時曾官於興元，親至其地，則所稱南梁就是興元無疑。興元本稱梁州，也就是漢魏時所稱的漢中。地在秦嶺之南，所以有南梁的稱謂。德宗時雖改稱興元府，但南梁的名稱仍舊應用。如憲宗末李紳(公垂)從辟山南觀察府時(見新唐書卷一八一本傳)曾作有南梁行長詩(見全唐詩卷十八)，即是一證。下至後唐莊宗時王仁裕仍稱興元為南梁。據此可知南梁是唐人習用的名稱，絕不是一個很少有人知道的偏僻的地名，所以守溫題稱南梁漢比丘。

守溫著書的年代不可知。從書內四等重輕例中有「宣」「選」兩韻目來看，這與宋夏竦古文四聲韻所據的唐切韻相同。他所根據的韻書一定是時代比較晚的書。殘卷所舉的例字當中也有一些字不見於其他唐本韻書而僅見於廣韻的字。如四等重輕例中候韻的「呣」字，職韻的「[illegible]」字，辯聲韻相似歸處不同中的「肞」「釩」二字(廣韻收在范韻)都是。這些字在廣韻裏也都在一韻之末。由此又可以了解守溫所根據的韻書不僅分韻多，而且收字也多。又殘卷中辯宮商角徵羽例所云宮，舌居中；商，口開張；徵，舌拄齒；羽，撮口聚；角，舌縮却等，與神珙四聲五音九弄反紐圖相同。神珙為憲宗元和以後人，則守溫的時代當晚於神珙，推想可能是晚唐時期的人。

唐代僧人長於文字音韻的人很多。沙門清澈、弘演、智猷等都編有韻書，守溫在審音方面的影響更大。

這個殘卷可惜不全。所存三截，文字雖不多，但內容非常重要。現在略舉幾點說明如下：

(1)字母　根據前面的"歸三十字母例"來看，字母名目的創造可能在守溫以前。此卷所列字母名稱與"歸三十字母例"相同，可是排列的次序頗有改變。第一，以脣舌牙齒喉五音分類，而又以脣音居首；第二，舌音有舌頭舌上之分，齒音有齒頭正齒之異。這都是宋代等韻圖如"韻鏡"之類的藍本。第三，照母與審穿禪歸為一類，而以喻母列入喉音一類，審音分類與"歸三十字母例"不同。惟照母列於禪母之後，與精清從排列的順序尚不一致。至於寫本中來母寫在牙音羣母之下，心邪二母寫在喉音曉母之上，都是傳抄之誤。來母在"歸三十字母例"裏與知徹澄為一組，屬舌音，守溫自然不會列為牙音。下面一段文字中精清從心邪是合在一起來說的，明明屬於齒頭音，可證字母表中心邪寫在喉音曉母之上是傳寫之誤。

唐人所定的三十字母與實際語音的聲母系統應當是相應合的，不過正齒音照組在韻書中分為兩類，而三十字母當中只有一類。在殘卷第三截"兩字同一韻憑切定端的例"又舉出下列一些字作比較：

諸章魚反　辰常隣反　禪市連反　朱章俱反　承署陵反　賞書兩反

葅側魚反　神食隣反　潺士連反　㑳莊俱反　繩食陵反　爽踈兩反

這裏所舉例字的反切，第一行和第二行相對的字，反切下字相同，只是反切上字不同，所以說「兩字同一韻，憑切定端的」。反切下字同，而上字不同，音也就有不同。上面所所舉的例字，照母分為兩類，審母也分為兩類，禪母與「神」「繩」不同一類，也與「潺」不同一類（即禪母與牀母三等二等都不同），這就完全與韻書一致了。可是並沒有增加新的字母名目，在實際語音中是否只有「審穿禪照」四母則不可知。

(2)四等　就讀音相近的幾韻分別為四等，起於唐代。此卷「四等重輕例」所列各韻字的等第與宋代流傳的「韻鏡」完全相同，很像是根據一種已有的韻圖錄下來的。其中以「丹譠遭顛」，「忒圻勅惕」，「特宅直狄」各分列為四等，一四等為端組，二三等為知組，「韻鏡」列圖的方式也是如此。又例字中以「幽」韻「鏐繆流休」，「獮」韻的「緬」，「琰」韻的「魘」，「昔」韻的「益」列為四等字，這也與「韻鏡」是一致的。由此可見「韻鏡」一類書的規模在唐代已經具備。殘卷中不同於「韻鏡」的是「免」「緬」二字「韻鏡」歸開口，此與「滿」「彎」相配，歸合口。又「韻鏡」陌麥昔錫四韻與職德二韻分為兩圖，此以職德與陌麥錫同列，也略有不同。這些也表現出一小部分唐代語音的情況。

(3)類隔切　殘卷云：「夫類隔切字有數般，須細辯輕重，方乃明之。」所舉類隔切有三類：

(a)舌頭舌上隔：都教切罩　他孟切牚　徒幸切瑒

(b)切輕韻重隔：方美切鄙　芳逼切堛　符巾切貧　武悲切眉

(c)切重韻輕隔：足問切忿　鋤里切士

又說：「恐人只以端知透徹定澄等字為類隔，迷於此理，故舉例耳，更須子細了了。」所謂端知透徹為類隔，即舌頭舌上隔，後兩類則表示脣音有重輕之分。以輕切重，以重切輕，同為類隔。至於「鋤里切士」一例，「鋤」與「士」韻圖同屬牀母二等，本非類隔，此處指明為切重韻輕，「鋤」「士」聲母的讀音也許已有不同。今音「鋤」為塞擦音，「士」為擦音。考日本釋空海所作「文鏡祕府論」引唐人說「牀」為重，「霜」為輕，即以塞擦音為重，以擦音為輕。守溫謂「鋤里切士」為切重韻輕隔，所指或即塞擦音與擦音之分。

(4)不芳兩母字　從殘卷辨類隔切一段可知守溫時脣音已經分化為重脣、輕脣兩類，而殘卷"辯聲韻相似歸處不同"一段內又分舉「不」「芳」兩母字，兩兩相對，先舉「不」母字，由「風楓」起至「蕃藩」，後舉「芳」母字，由「豐酆」至「䎐翻幡」，包括平上去入四聲字，前後互相對照。例如：

(不)平聲風楓偑方戎反
　　封葑崶犎葑府容反
　　上聲覂方勇反
　　匪棐餥篚非尾反
　　去聲諷方鳳反
　　沸疿誹方未反
　　入聲福腹複幅輻蝠蝮方六反
　　髮發泼颰方伐反

(芳)豐酆灃僼敷融反
　　峯鋒蜂烽敷容反
　　捧敷朧反
　　斐悱棐蜚敷尾反
　　賵䴸敷鳳反
　　費髴方(芳)未反
　　蝮覆蕧復芳福反
　　怫拂伐反

讀者可以依此對比。從這一段對列的情形來看，目的是要使人能夠分辨不芳兩母的輕脣音字，就是宋人三十六母中的非敷兩母。但由此也正透露出當時語音「不芳兩母已然有混同的趨勢，否則作者就不會如此不厭其詳地舉例辨別了。

總之，這個殘卷非常重要。從這個殘卷我們既可以理解到唐代字母等韻學的建立和宋代等韻圖的關係，同時還可以窺探出一些唐代語音的實際情況。所以略舉其要，以為研究音韻者參考。

輯逸

二　輯逸

唐代各家韻書逸文輯錄

這裏所輯錄的唐代韻書逸文包括下列十二家：

1郭知玄　2韓知十　3蔣魴　4薛峋

5裴務齊　6麻杲　7武玄之《韻詮》　8祝尚丘

9孫愐　10孫伷　11弘演寺釋氏　12沙門清澈

這十二家中，《韻詮》一書在唐慧琳《一切經音義》裏每每引用，逸文頗多，龍璋《小學蒐佚》中已有輯本，孫愐《唐韻》，王國維已有《唐韻佚文》一書，搜羅也比較廣，現在僅就他們所沒有收集到的補錄在這裏。

郭知玄、薛峋、裴務齊、祝尚丘、孫愐幾家的名字都見於《廣韻》卷首，韓知十、蔣魴、麻杲、孫伷、弘演寺釋氏和沙門清澈幾家，則見於日本藤原佐世《見在書目錄》（唐昭宗大順時作－公元八九一）。現在所輯錄的各家書的逸文主要出自日本人所著的以下幾種書：

(1)妙法蓮華經釋文　釋中算作，三卷。見《大正新修大藏經》卷五十六。此書作於公元九一六年，當五代後梁末帝貞明二年。

(2)倭名類聚抄　源順作，十卷。此書作於公元九三一至九三五之間，當五代後唐末年。現在採用的是狩谷望之箋注本。

(3)弘決外典抄　具平親王撰。四卷。此書作於公元九九一，當宋太宗淳化二年。

(4)淨土三部經音義集　釋信瑞纂，四卷。此書作於公元一二三六年，當宋理宗端平三年。

這四種書採摭唐人的韻書種類都很多。〝淨土三部經音義集〟編著時代已近宋末，可是所引唐人韻書的訓解都標明出於〝東宮切韻〟。〝東宮切韻〟是菅原是善所撰，這是唐代各種切韻的一個集本。菅原是善就是菅原道真的父親，卒於公元八八〇年，當唐僖宗廣明元年，年六十九。〝東宮切韻〟是時代很早的一部書，所以信瑞書中所引的唐人韻書來源還是比較古的。具平親王的〝弘決外典抄〟是就唐代宗時釋湛然所著的〝止觀輔行傳弘決〟通稱為〝輔行記〟摘抄其中所引到的儒書而編成的，與清張心泰所輯錄的〝輔行記〟相似。〝輔行記〟為四十卷，〝弘決外典抄〟把所抄錄的湛然注編為四卷，而又加注了一些音釋。音釋中所引的各家韻書的訓解可能也出自〝東宮切韻〟。〝倭名類聚抄〟在卷三〝夾纈〟條下也用〝東宮切韻〟，推想所引各家書一定也與〝東宮切韻〟有關係。

釋中算〝妙法蓮華經釋文〟是承接隋曇捷〝法華經字釋〟和唐窺基〝法華音訓〟而作的。序云：「凡今所撰錄者，取捷公之單字，冉(?)基公之音訓，其餘列諸京之疏釋，載諸家之切韻。」書中所引〝切韻〟有十三家，另外還提到〝新切韻〟、〝新唐韻〟。如云：「跏字，古書無之，新切韻有之」(大正新修大藏經卷五十六、一四七頁第二欄)、「鈸字，古書無之，新切韻有之」(一五四頁、一欄)、「教字，新唐韻云詰也．語也」(一四七頁，二欄)，足見中算所看到的唐本韻書很多。他在每一條下都先出反切，後出各家韻書的訓解。所立反切，聲韻部類僅脂之有相混的例子(如一五八頁一欄「屍」音式之反，一六七頁二欄「比」音俾以反)，其他與〝切韻〟〝唐韻〟沒有甚麼出入。在反切用字方面有不少與〝唐韻〟相同的例子。如：

御　牛據反（一五〇.三）　王韻魚據反
助　床據反（一五七.三）　王韻鋤據反
遇　牛具反（一五一.三）　王韻虞樹反
喚　呼貫反（一五八.三）　王韻呼段反
灌　古玩反（一六四.三）　王韻古段反
現　胡甸反（一四七.三）　王韻戶見反
誑　居況反（一五三.一）　王韻九忘反
物　文弗反（一五五.三）　箋一、裴本切韻無弗反
列　良薩反（一六一.二）　箋一、裴本切韻呂薛反
寂　前歷反（一四九.三）　箋一、王韻昨歷反
刻　苦得反（一五三.二）　王韻苦德反

這些都與蔣斧印本唐韻相同，而不同於切韻和王韻。其中有少數字的反切也與現在所看到的唐本韻書不一樣。例如：

於　憶魚反（一四五.三）　箋一、王韻作央魚反，廣韻央居切。
橫　侯彭反（一五七.三）　箋一、王韻作胡盲反，廣韻戶盲切。
凡　符咸反（一五九.三）　箋一扶芝反，王韻符芝反，惟古文四聲韻和廣韻音符咸切。
犯　防錽反（一六一.二）　箋一無反語，取凡之上聲，王韻符山反，廣韻防泛切。
呪　至獸反（一七〇.一）　王韻、唐韻都作職救反。
得　等勒反（一四五.一）　王韻多特反，蔣本唐韻多則反。

從這些例子來看，中算所加的反切是否完全根據一種韻書也很難定。音類既然與切韻

不殊，所以現在輯本裏就一律不錄。遇有必要時，加括號標出，倭名類聚抄的注音來源也不清楚，而且其中直音很多，因此現在也一律不取。

除了以上所說的幾種書以外，在輯錄各家韻書時，還用到日本古抄卷子本五行大義的標記和背記。五行大義為隋蕭吉所作，抄本的標記和背記為日本人所加，等於是原書的音義，其中引到的韻書很多，體例與淨土三部經音義集所引東宮切韻相似，來源很古，所以也分家輯錄，與得自其他書者集在一起。

這些家分韻的情況，除孫愐唐韻以外，我們能略有所知的是武玄之的韻詮。韻詮的平聲分為五十韻，韻目見於日本釋安然悉曇藏。至於其他各家，則幾無可考。惟一可以看到的是麻杲切韻裏「母」音美詁反（法華經釋文指出古切韻用吳音作莫厚反），與陸法言切韻歸韻不同，這與元廷堅的韻英是相同的。慧琳一切經音義多取韻英音。慧琳書卷四「茂盛」條云：「上莫候反，吳楚之音也，韻英音為摸布反」，「茂」即「母」字的去聲。切韻歸侯韻去聲候韻，韻英則歸入模韻去聲暮韻。又卷三十八「拇指」條云：「上莫補反，古今正字云：足大指也」，「拇」與「母」是同音字，「莫補反」與「美詁反」相同。切韻「母」「拇」都歸侯韻上聲厚韻，此則同歸入模韻上聲姥韻。韻英表現的是關中音，即慧琳所謂秦音（見卷一「覆載」條下），那麼，麻杲書在這一點上與韻英是一樣的，原書很可能也是重視表現當時北方讀音的一種韻書。

在這些韻書的逸文中有關音韻方面的材料雖然不多，可是我們根據這些逸文可以略知每種書在訓詁方面的一些特點，還可以從中了解一些詞在唐代語言中實際應用的具體意義。這對我們理解唐以後近代語詞彙和詞義的發展也有一些用處。例如虛詞，在古的字書裏大都僅僅釋為「辭也」，而缺乏明確的解釋。從六世紀以後才有人在這方面注意。在唐代韻書裏，郭知玄訓「迺」：驚辭曰迺也，「矣」：語已助辭也，「或」：不定之辭也，麻杲『切韻』訓「哉」：語助也，「耶」：未定之辭也，「寧」：願辭也，「者」：別事之詞也，弘演寺釋氏『切韻』訓「垂」：將欲也，「將」：欲也，「何」：疑問詞也，「耳」：助辭也，「且」：暫爾也，「既」：已也，「但」：唯也，「輒」：率爾也，「脫」：不定也(義同「儻」)，這都是在訓詁上的一種發展。還有些書特別注意訓解的明確性。例如郭知玄訓「肥」：膚體充盈也，「烟」：火燒草木黑氣也，「他」：非己也，「鹽」：煎鹹水所作也，「震」：雷也，陰陽相薄聲也，「笑」：憙出聲也，「怒」：事不意而至也，弘演寺釋氏訓「燒」：火自燃也，「燈」：燃膏油以照明也，「女」：在父母家之稱，「婦」：在夫婿家之稱，「染」：色霑物也，「誦」：背文曰誦，「論」：議也，談競理也，「片」：半也，薄物曰片，不全曰片，「讀」：目對文而口唱也等等都是。其中也有些詞的訓解是以前不大見的。如郭知玄訓「果」：事遂曰果，「應」(去聲)：自遠而至也，「密」：祕密也，「切」：逼切也，麻杲訓「事」：事業也，「澀」：不滑也，亦澀吃也(即口吃之義)，釋氏訓「體」：親信於事也，「漸」：稍也，「要」：須甚也，「稱」(去聲)：適好也之類，都是近代語裏習見的意義。由此來看，把這些韻書的逸文分家輯錄在一起還是很有意義的。

現在對各家分韻的情況既然知道得很少，除『韻詮』外，各家逸文都依據『切韻』韻目分韻排列，以便尋檢。在前面所舉的幾種日本的古代著作裏還引有陸法言（或題陸詞）、長孫訥言、王仁昫幾家。陸書文字見於唐窺基『法華音訓』的（見大正新修『大藏經』窺基『妙法蓮華經玄贊』每卷末）都是很可靠的，其他所引往往是後來的增修本，不盡可信，所以不再輯錄。長孫書逸文不多，且多引『說文』為訓，王仁昫書已有完整傳本，各書所引六十餘條，又大都與宋跋本相近。因此，長孫和王仁昫書也都不入錄。

這裏逸文下所標「五記」指『五行大義背記』，「五標」指『五行大義』標記，「淨」指『淨土三部經音義集〞，「倭抄」指〝倭名類聚抄〞，「弘抄」指〝弘決外典抄〞，「法」指〝法華經釋文〞。在此以外的書，如〝慧琳音義〞〝希麟續音義〞〝普賢行法經記〞〝悉曇要訣〞〝三教指歸注〞等都標舉書名，不用一個字來表示。〝淨土三部經音義集〞用的是仿宋排印本，所記數字，前面的是卷數，後面的是葉數。〝倭名類聚抄〞用的是狩谷望之箋注本，所記數字，也是卷數和葉數。〝弘決外典抄〞下只記卷數。〝法華經釋文〞用的是大正新修〝大藏經〞本，所記數字，前面的是頁數，後面的是欄數。讀者可以據此覆檢原書。

一　郭知玄切韻

平（東）中　中央也（法一四四・三）
東　春之方也（法一四七・三）
雄　英雄也（法一五二・二）
怱　急遽皃（淨二・十）
（鍾）容　受也（法一六五・二）
（江）邦　所以封諸侯也（五記）
（支）為　作也（法四九・三）
吹　以氣激物也（法五〇・三）
馳　大走也（法一五六・二）
施　張設也（法一五九・二）
疲　體倦也（法一六〇・三）
（脂）姿　儀容（淨一・九）
悲　痛泣也（淨三・五）
屍　死人形體也（法一五八・二）
卑　下也（法一六六・三）
（之）慈　善於子（淨一・二六）
疑　心不了也（淨二・二五後）
其　厥也（法一四五・一）
之　助辞也（法一四六・一）
欺　詐也（法一五三・一）
（微）肥　膚體充盈也（法一五九・三）
幾　同數多少也（法一六五・三）
（魚）渠　通水入田也（五記）
如　若也（法一四四・三）

疏 稀也(法一六八・一)

(虞)俱 偕也(法一四五・二)

(齊)梯 木堦所以登高也(倭抄三・五五)

齊 整也(法一七一・三)

(咍)胎 懐子三月(五記)

材 木任用也(法一五三・二)

(文)文 文章(淨一・三後)

云 言也(法一六一・二)

(殷)勤 不怠也(法一四九・三)

(元)原 廣平之地也(法一六四・三)

(魂)魂 運也人之陽氣游也(淨二・一三)

尊 高貴也(法一四七・一)

(山)艱 難也(法一六四・二)

(先)懸 垂下也(法一五六・一)

烟 火燒草木黑氣也(法一五九・一)

前 進也(法一六三・三)

(仙)緣 因緣也(法一四七・三)

(宵)朝 旦(五記)

(豪)刀 似刎一刃曰刀也(法一六四・三)

(歌)他 非己也(法一六〇・二)

羅 布物也(法一六五・一)

(麻)蛇 極毒螫虫也(法一五七・二)

(覃)貪 貪婪也(法一五一・二)

龕 塔下室也(法一六四・三)

(陽)羊 羔羊也(法一五五・三)

牀 臥机也又作床(法一六一・二)

(唐)光 明也(法一四六・二)

湯 溫水也(法一五〇・一)

黃 中央色也(法一五五・一)

(庚)行 行步也(法一四九・三)

坑 深坎也(法一五二・三)

(耕)鸚鵡 能言有三色異(淨四・五)

爭 競也(法一五六・二)

(清)精 靈也又奇妙(淨一・一九)

名 所以名質也(淨四・八)

貞 正也易云貞者事之幹也(法一五二・三)

(青)經 典也又經緯之經(淨一・一後)

聽 許也(法一六三・三)

(尤)瑠璃 寶也(淨一・一八)

周 遍也(法一四七・三)

流　水從下也（法一五〇・一）

（傒）樓　樓櫓城上屋（淨一、一三後）

（侵）龕　嶌也（曰鳥獸未孚者（淨一、五後）

臨　莅也（法一六一・三）

尋　逐也（法一七〇・一）

（盔）盔　煎鹹水所作也（法一六一・二）

瞻　望視也（法一五〇・二）

（登）僧　出家緇服人（法一五〇・一）

（咸）讒　邪言害正（淨二・十七後）

（嚴）嚴　莊也（法一四八・一）

上（董）孔　穴也（法一五九・一）

（旨）水　所以潤萬物也（五記）

視　瞻也（法一五二・三）

履　踐也（法一七一・三）

（止）己　紀也物形可紀（五記）

紀　綱紀（五標）

里　人所居（淨二・十五）

始　初也（法一五四・二）

使　役也（法一六〇・二）

矣　語已助辭也（法一五二・三）

（尾）葦　蘆屬細者（法一五二・二）

（語）序　述也又由也次也（五記）

汝　爾也（法一五一・三）

許　可也（法一五六・一）

鼠　穴居小獸也（法一五七・三）

（麌）主　主領又賓主之主（淨二・十四後）

聚　集也（法一五三・二）

（姥）戶　有扉曰戶（五記）

努　竭力也（淨二・五後）

抵　獸以角觸物（淨二・九）

（薺）體　身軀也（法一四九・二）

洒　驚辭曰洒也（法一五二・一）

（海）綵　絹帛入色也（法一五三・三）

近　就也（一四八・一）

（隱）損　減也（法一六三・二）

（混）眼　目也（法一五一・三）

（産）典　常也陳常道也（淨一・八）

（銑）了　畢也（一五五・三）

（篠）窈窕　深遠貌又窈窕幽閒又善心曰窈（淨二二十三後）

(晧)(小) 小 不大也(法一四七・二)
稾 古者以稾為筆書記以刀刻於板也(倭抄五・二十一)
果 事遂曰果(法一六二・一)
(哿) 鎖 連鐵環以拘頸也(法一六九・三)
馬 武畜也(法一四九・一)
(馬) 假 借也(法一五二・一)
(感) 感 動心(淨一・十)
(敢) 慚 小恥也(法一五四・三)
(養) 想 思想也(淨三・八)
掌 手心也(法一四六・二)
(梗) 永 長也(法一五四・三)
(靜) 靜 不喧也(法一四九・二)
整 理也(法一六〇・三)
請 求請也(法一五二・三)
(有) 酒 百藥之長所以宴歡行禮(淨二・二十後)
醜 面貌惡也(法一四八・三)
首 頭也(法一五八・三)
負 背荷也(法一六〇・二)
(厚) 毆 毆逐又於后反打(五記)

去
(寢) 審 諦也(法一六一・二)
(用) 誦 無本闇還也(淨三・十四)
共 同也(法一五一・二)
(絳) 巷 街巷也(法一六七・三)
(寘) 僞 不真也(淨一・十五後)
智 達也(法一四六・一)
臂 肱也(法一六九・二)
帥 主帥(五記)
(至) 示 呈也(法一五〇・三)
弃 捐也或作棄(法一五一・三)
備 具也(法一五三・一)
醉 飲酒失度也(法一六四・二)
冀 希望也(法一六四・二)
孳 繁貌(五標)
事 事務也(法一四八・三)
(志) 值 遇也(法一五一・二)
寺 伽藍佛廟名也(法一六六・二)
(未) 氣 息也(法一六〇・二)
(御) 譽 稱讚人之美(淨一・二十)
(暮) 度 踰越也(法一四六・二)

固 堅也（法一四九・三）
妬 忌也（法一五二・三）
布 織麻及紵為幣也（法一五三・三）
庫 貯財帛舍也（法一五六・二）
（泰）大 不小也（法一四四・三）
蓋 覆也（法一四九・二）
會 合也（法一六四・二）
（祭）誓 結言也（法一五三・一）
（卦）畫 胡卦反丹青所圖也又胡麥反畫分也（法一五三・三）
（怪）疥 口食瘡也（法一五九・三）
械 穿木加足也（法一六九・三）
（代）愛 悦（淨一・二六）
黛 青也所以畫眉焉（法一四六・三）
（震）震 雷也陰陽相薄聲也（五記）
賑 給也（淨二・二十）
引 羊晉反牽也（淨三・十三後）
（問）暈 氣繞日月也（倭抄一・一四）
訓 誨也（法一六八・一）
（願）建 立也（法一五三・二）

怨 恨深也（法一六六・三）
（慁）頓 困頓也（法一六九・一）
（翰）段 分段也（法一六九・三）
（霰）殿 王者寢室又作壁（淨一・十三後）
（線）変 怪也（法一四八・二）
（嘯）叫 大呼也（法一五八・三）
（笑）笑 憙出聲也（法一五〇・一）
（箇）馱 負物者也（倭抄七・七九）
（漾）讓 推賢之言也（淨二・二五）
妄 言不信也（淨三・十後）
相 貌也（法一四七・三）
障 （之亮反）礙也又諸良反（法一五六・二）
（敬）詠 吟諷也（法一六六・一）
鏡 鑒容也（法一六八・三）
（勁）聖 正也（法一四七・二）
淨 潔也（法一四八・二）
性 心性也（一五〇・一）
姓 氏也（一五一・一）
（徑）聽 （他定反）以耳取聲也（法一五一・一）
（宥）富 饒財也（法一五五・二）

入

晝 日中也（法一六〇・一）

(候) 茂 草木盛也（法一五〇・二）

(證) 應 自遠而至也（淨一・十五後）

(屋) 肅 敬懼貌（五記）

戮 又作僇加刑（五記）

哭 哀亡者之聲（淨二・八後）

福 佑也（淨二・十後）

獨 老而無子也（淨三・十二）

速 疾也（法一五一・三）

(沃) 鵠 鴻鵠似鶖色蒼（淨四・五）

(燭) 獄 牢罪人所也（法一四七・三）

辱 恥也（法一四九・三）

(質) 密 秘密也（法一六一・二）

(物) 佛 胡言佛陀漢言覺者（淨一・二）

屈 不伸也（淨三・十五後）

物 有用者通稱也（法一五五・三）

(月) 罰 懲罪也（淨二・十後）

(沒) 忽 事不意而至也（淨二・三）

(末) 奪 手持物失落也（淨二・十七）

(屑) 竊 盜也（淨二・十七）

切 逼切也（法一六四・二）

(薛) 說 論述也以言誘他也（淨一・二後）

竭（渠列反）乾也（法一五九・三）

列 羅列也（法一六一・二）

(昔) 籍 簿籍書也（淨一・四後）

(麥) 策 竹簡（五記）

責 以理呵也（法一五四・三）

(陌) 逆 犯也（淨三・四後）

迫 逼切也（法一五三・一）

(合) 塔 佛墳也（法一四五・一）

納 受也（法一六三・三）

(盍) 鑞 美錫也（法一五三・三）

(狎) 甲 鎧也（五記）

(緝) 執 捉也（法一六一・一）

(藥) 鶴 似鳥而少白駁也（法一五六・三）

弱 不強也（法一六四・一）

(鐸) 錯 誤也（法一五三・一）

落 零也（法一五五・二）

(職) 力 健也（淨一・十二）

色 五綵之總名也（法一四八・二）

(德) 勅　君之教令也(法一六一、三)
國　域也(淨一、十六後)

2　韓知十切韻

平
(東) 功　德也(淨一、一〇)
(支) 萎　草木死壞也(法一六三、二)
(脂) 飢　餓也(法一五八、一)
追　逐也(法一五六、二)
(微) 威　德也(法四七、一)
(魚) 居　處也(法一六〇、三)
(虞) 愚　不慧(淨一、二、後)
俞　又益也(法一六一、二)
(咍) 哀　憫也(法一六三、一)
(寒) 觀　示也(淨一、一四)
(刪) 顏　眉目間也(淨一、九)
(仙) 偏　不平也(法一五六、二)
荃　取魚具也(五記)
(陽) 狂　失常性(五記)
(清) 精　神又明也(淨一、二九又二、一三、後又二、一九)

得　獲也(法一四五、一)
或　不定之辭也(法一四八、三)
(侵) 尋　續也(法一七〇、一)
婬　邪僻之行(淨二、一、六)
(蒸) 應　當也(法一四八、一)
上
(止) 使　令也(法一五二、一)
(姥) 鼓　擊也(法一六九、二)
(薺) 牴　牴觸漢書作角抵戲兩相當角勝故名
角牴牴者當也(淨二、九)
(馬) 且　猶復也(法一六八、一)
捨　棄也(法一四九、二)
(養) 想　像也(淨三、八)
(耽) 耽　不安貌也(弘鈔四注)
(琰) 險　亦作嶮(法一五四、二)
去
(寘) 積　聚禾穀(法一六九、一)
睡　坐寐也(法一六九、三)
(遇) 付　以物與人也(法一六一、二)
(暮) 雇　以財借人力也(法一六一、二)

（廢）柿　削朴也謂削木之朴所出細片曰柿也（倭抄五、八四）

入（漾）妄　詐也說文亂也（淨三、一〇・後）

（物）拂　除也（法一六一、一）

（緝）濕　水浸潤也（法一六四、三）

（陌）逆　咈戾（淨三、四・後）

客　賓徒也（法一六一、二）

（鐸）作　為也又去聲（法一四八、二）

3　蔣魴切韻

平（鍾）鍾　磬之大者也（法一六五、三）

（江）江　小海也（法一六五、二）

（模）蘇　牛羊馬乳煎成蘇也（法一六七、三）

（真）陳　布也（法一六二、二）

（魂）樽　酒海也（倭抄四、七七）

（先）先　昔也（法一五三、二）

（麻）跏　跏趺坐也（法一四七、二）

（尤）籌　算也（法一五五、一）

（侯）篼　牛馬口上籠也（倭抄五、七八）

上（董）桶　汲水於井之器也（倭抄四、八五）

搏　捉（五記）

（職）逼　廹也（法一五三、一）

（德）國　封邑古者諸侯稱國大夫曰家（淨一二六、後）

（葉）攝　引持也（淨三、一二、後）

（業）接　合也（法一六四、二）

接　持也（法一六五、二）

總　聚絲成束也（倭抄六、一九）

汞　水銀別名也（倭抄三、八三）

（講）棒　杖名也（倭抄五、四七）

（紙）樏　樏子有隔之器也（倭抄六、七三）

綺　似錦而薄者也（倭抄三、九〇）

（語）鼯鼠　鼯鼠有五能能飛不能過屋能啼不能轉聲能泅不能過瀆能緣不能窮木能耕不能掩身喻人之短藝即 螻蛄也（倭抄八、九五）

處　處分也（法一五二、三）

(姥)(阮)(篠)(哿)(馬)

距 鷄雉脛有岐也(倭抄七、四八)

戽 洩舟中水之斗也(倭抄三、六七)

宛 迴轉也(法一、六〇、一)

篠 細細小竹也(倭抄一〇、八五)

我 吾也(法一四四、三)

瓦 燒泥為之蓋屋宇上蓬萊子造也(倭抄三、一九)

(敢)(養)(迥)(厚)

毯 毛席以五色綵為之(倭抄六、六九)

蠁子 酒醋上小飛蟲也(倭抄八、九九)

逈 遠也(法一六四、一)

餢飳 (部斗二音)油煎餅名也(倭抄四、四五)

去

(忝)(送)(寘)

簟 織簟為席暑月舖之(倭抄六、七〇)

送 遣也(法一六三、二)

鞁 以鞍駕馬也(倭抄五、五一)

半臂 衣名也(倭抄四、九)

(至)

鷙 鷹鷂總名也(倭抄七、五)

櫃 以厨向上開闔器也(倭抄四、八一)

(志)(未)

意 心也(法一四七、一)

熨 熨斗所以熨衣裳也(倭抄六、四七)

(暮)(霽)(代)(翰)

袴 脛上衣名也(倭抄四、一四)

棙 琵琶撥名也(倭抄六、五)

袋 囊名又金銀魚袋(倭抄四、二五 又六、七七)

汗 人身上熱汁也(倭抄一、六〇)

⿰旱皮 在臂避弦具也(倭抄二、九〇)

(霰)(線)(笑)(禡)(宕)(宥)(沁)

炭 樹木以火燒之仙人嚴青造也(倭抄四、一〇三)

練 熟絹也(倭抄三、九四)

院 別宅也(倭抄三、一〇)

輕笑 嗤笑也(法一七二、二)

卸 除鞍(倭抄五、五一)

浪 水文波浪也(法一六九、三)

繡 以五色絲刺萬物形狀也(倭抄三、九一)

忩 以篾為筆曰忩周赧王時史臣公田樌造也時人以竹忩畫文字今工匠墨忩是(倭抄五、八八)

(證)(嶝)(梵)

甑 炊飯器也(法四、八四)

鐙 鞍兩邊承脚具也(倭抄五、五五)

泛子 釣別名也(倭抄五、七二)

入

(覺)

嶽 高山名也(倭抄一、六〇)

鋜 鏁足具也(倭抄五、四九)

(昔)(錫)(參)　兎褐　襩衣以兎毛和織也(倭抄三、九〇)
績　績麻苧名也(倭抄六、六、三)
簀　床上藉竹名也(倭抄三、三三)
核　子中之骨也(倭抄九、八五)
(陌)　拍　打也拍板樂器名也(倭抄六、一五)
(鐸)　樂　喜樂也(法一四九、二)

4 薛峋切韻

平(鍾)　重　累也(法一四八、一)
(支)　隨　從也(法五二又、三)
疲　勞也(法一六〇、三)
羅　遭被於事也(法一六〇、三)
瑠璃　火齊珠(淨音一、六)
鵜　一名鵜鶘(法一五六、三)
(脂)　尼　文僧也(法一四五、三)
(微)　微　匿也(五記)
巍　功德高大亦謂巍巍也(法一六九、三)
(魚)　車　黃帝作車舟故號軒轅氏世本奚仲造車謂廣制度(淨四、一、後)
徐　徽也(法一六一、二)

(職)　穡　笋上大皮也(倭抄一〇、八六)
(德)　極　乏也(法一五六、二)
墨　以松柏煙和膠合成也(倭抄五、二一)
塞　閉也填也(法一五九、一)
(怗)　韉　鞍下韉脊也(倭抄五、五二)

(虞)　夫　周禮以八寸為尺十尺為丈人長一丈故云丈夫(淨二、一、六)
(模)　狐　似犬黃白色長尾(法一五七、三)
珊瑚　或生山(淨一、八)
呼　大聲也(法一五八、三)
都　大凡也(法一六〇、三)
(齊)　齊　等也(法一七、三)
(咍)　胎　養也(五記)
(真)　昫　日出溫暖氣(五記)
勻　翼旬反少也齊平等稱(五記)
(文)　文　虛辭飾過皆曰文(淨一、四)
(寒)　干　數之不定也(法一四六、三)

(仙)連　(力延反續也)又以為檐樋字又戾見反未成難(五記)

詮　具也具說事理曰詮(五記)

(宵)遥　遠也(法一六一・一)

(肴)交　錯也(法一五〇・二)

(豪)豪　有權勢也(法一六一・二)

(陽)量　以量分多少也(淨一・二二・後)

芒　禾穗芒也(倭抄九・二一)

強　健也(法一六〇・三)

(唐)當　正也應也(法一四八・一)

(庚)榮　人之華寵也(法一五五・二)

迎　請也(法一七二・二)

(清)精　粹米之精細者又凡物之善曰精(淨一・一九)

精　人之魂神精其理幽靜也(淨二・一九)

名　人及萬物各須有以名其質也名顯而分別也又有異德顯亦別謂之名山丘衆物有奇異亦皆謂之名也(淨四・八)

(青)經　法也聖王之書可為常法又文籍之教曰經又佛留教語也漢明帝夜夢金人丈餘羣臣言議而說傳毅曰西國有胡神其名曰佛不過數日西國獻佛白馬馱經至是也(淨一・一後又一・八)

(尤)不　詞之遷也(法一六三・二)

(侯)毆　擊說文撫擊也(五記)

(侵)任　堪也(法一五一・三)

婬　私通也謂女姦私也(淨二・一六)

(鹽)鹽　神農時人宿沙氏初煮海水為鹽(法一六一・三)

(登)曾　詞之舒也(法一六二・三)

能　任也(法一四六・二又一五一・三)

(銜)欃　(鋤銜反)又七巖反槍欃彗星又名孛言其形孛孛若掃帚(五記)

上

(講)講　談經典義也(法一四八・二)

(旨)指　手足指也(法一五三・三)

指　指示人也(法一六七・一)

水　准平也水性平准平物淮南子云有形之類莫尊於水(五記)

(止)已　起也(五記)

似　像類也(法一六一・三)

(語)去　遣也(法一六三・二)
(麌)主　家長也(浄二・二四・後)
(姥)戶　一家謂一戶(五記)
(海)海　百川所歸也(法一五五・一)
采　官也(法一七一・三)
(阮)㦦　古文作忓(法一五六・一)
(篠)曉　知也(法一五四・三)
窈窕　美也(浄二・二三・後)
(哿)果　木果也(法一五〇・一)
火　燬也所以燒毀萬物也(法一五五・三)
(馬)且　將也(法一六八・一)
(感)感　應動又痛傷也(浄音一・一〇・後)
(養)滉瀁　水無涯際(浄二・二五・後)
長　張丈反進也尊也百物所成謂之長(浄四一・後)
(梗)竝　俱也彭猛反俗作並蒲迥反比也(法一六六三)
並　俱也(法一五九・一)
東　禾束也(倭抄九・二一)
(有)酒　造也案造為吉凶之事(浄二・二〇・後)

(厚)母　萬物類能生皆云母老子有名萬物之母(浄三・六・後)
(豏)減　輕少也說文損也(法一六三・三)

去

(用)縱　亂放也(法一六一・三)
(至)類　種類也(法一五二・一)
帥　東宮切韻云所律反薛峋曰又襄翠反導領人衆又將軍(五記)
憔悴　憂愁之容(浄三・五)
(志)志　望也(法一四八・三)
(未)彿　(符弗反)又芳味反彷彿相似(浄一・一)
(泰)狽　敗亂之形(弘鈔二注)
(霽)切　普也(法一五一・二)
(祭)歲　十二月之總名也(法一五〇・一)
(卦)賣　出物以交易也(法一六六・三)
(代)靉　陰也(五記)
(震)震　又作振(五記又法一四七・一)
(問)糞　穢物肥地也(法一六一・二)
(願)健　剛強也(法一六五・三)
(慁)鈍　識闇濁也(法一五三・一)
(翰)算　賦名(浄一・三・後)

(号)號　施令又召也(淨四・八)
(漾)王　往況反盛德之君南面之尊故謂王王天下也(法一六六・三)
(敬)命　有生之類所稟以生(淨二・二三)
入(屋)服　用也(法一六七・二)
覆　反覆也(法一六二・一)
(質)悉　皆也(法一四八・二)
(末)末　對本之言也(法一五二・一)
括　撿又結速(五記)
(屑)潔　清潔也(法一五六・一)
(薛)莂　明也亦解也或作詗別也(法一六七・二)

5　蘘務齋切韻

上(軫)隼　鷙鳥也大名祝鳩(倭抄七・八。業「大字疑誤」)

6　麻杲切韻

平(鍾)忪　忪忪懼貌(淨二・二四)
從　猶由也(法一四八・二)
(脂)悲　哀湯也(淨三・五)

(陌)逆　却拒也(淨三・四・後又法一六〇・二)
赫　赤光貌(淨一・一九)
(合)咂　玄應云嗟又作咂入口也薩峋同之(法一六〇・一)
(狎)狎　夾(五記)
(緝)泣　眼出涕(淨三・五)
(帖)攝　乃牒反捼也(淨三・一二・後)
(職)力　務也(淨一・一二)
(業)業　事也(法一四八・二)
接　續也(淨三・一三・後)
入(沒)鶻　鷹屬也(倭抄七・八)
鵃　俗呼為老鵃(法五六・三)
(微)微　無也(五記)
(虞)孚　廣雅生也(五記)

(模)

虞　書云儆戒無虞虞度也虞度量也(五記)

諛　謟也蒼頡篇諛謟曲也尚書僕臣諛厥后自聖孔氏曰謟諛也(淨二・十四)

須　須臾不久也(法一六四・三)

菩　內典有菩提胡語也漢言善心衆生(淨一・三)

(佳)

狐　一名野干(法一五七・三)

咼　(口蛙反)麻咼又枯瓜反(法一六八・一)

(咍)

哉　語助也(法一五四・二)

財　貨物也(法一五五・三)

(真)

倫　禮云擬人必於其倫倫類也又云祭有十倫倫猶義(五記)

鈞　法也(五記)

仁　謚法貴賢親親曰仁(淨三・十五)

身　躬也(法一四六・一)

塵　又宙刃反塗塵也(法一六一・二)

論　(力屯反)言有理也又盧魂反說也(法一六四・一)

(文)

文　說文才猾也(淨一・四)

軍　衆也(法一六三・二)

(殷)

慇　慇懃丁寧也(法一五二・二)

(魂)

瓫　瓦器也(法一六一・二)

(寒)

珊　郭璞曰珊瑚樹者有枝無葉碧雞橋其上也(淨一・十八)

安　猶居止也(法一四九・三)

(山)

閑　欄也(毛詩標記)

(仙)

詮　理也(五記)

禪　內典坐定也(法一四九・二)

燃　燒也(法一五一・二)

甎　瓦類也(一五三・二)

(宵)

痟　渴病也(法一六〇・二)

(豪)

桃　詩云桃之落之桃截本末也(五記)

高　崇也(法一五〇・一)

(歌)

迦　內典有迦葉(法一四五・一)

羅　絡也(法一六五・二)

(麻)

車　車輿之總名易云神農氏沒黃帝氏作服牛乘馬言奚仲作者非也奚仲夏時車政益有加(淨四・三)

耶　未定之辞也(法一五五・一)

斜　傾也又作衺(法一五六・二)

（唐）贓　納賄受財曰贓（五記）

傍　側也（法一五五・二）

惶　悚懼也（法一五八・一）

（庚）槍　欃槍妖星怪氣彗也（五記）

荊　棘也又作荆（法一六二・三）

（耕）鸚鵡　有三種青一種白一種五色一種交州已南諸國悉有之白及五色者其性尤慧解（淨四・五後）

（清）瓔珞　穿雜珠上以飾於身頸（淨一・五）

精　細好也亦人之精爽也（淨一・十九・二・十九）

屏營　國語云屏營彷徨於山林（淨二・五後）

（青）形　體也（法一五三・一）

寧　願辭也（法一五四・二）

（尤）由　從也（法一五一・二）

憂　愁也（法一五一・三）

（上腫）擁　擁持也（法一七〇・三）

（紙）徙倚　猶俳佪也（淨二・十九後）

技　技藝也（法一五〇・二）

氏　姓之別號也（法一六七・一）

（旨）揆　比也（五標）

（止）比　比較也（法一六七・二）

以　用也（法一四六・二）

裏　衣內也（法一六九・二）

己　身也（法一六七・一）

（尾）斐　文章貌易曰君子豹變其文斐（五記）

（姥）仵　陰氣與陽相仵（五記）

母　美詁反古切韻用吳音作莫厚反（法一四五・三）

土　（徒古反）土地田圭也人居其中謂之土圭也又他古反（法一四七・三）

（賄）猥　廣雅云鄙也衆也頑也（淨二・九後）

（軫）引　發也杜預左氏傳注曰引導也（淨三・十三後）

（阮）婉　婉轉避也（法一六〇・一）

（巧）巧　詩云巧言如流言之善也一曰巧言辯佞之言辯惠也莊子巧歷不能得而況凡乎（淨一・二十）

（晧）稾　禾莖也（倭抄九・二十一）

好　善也（法一四八・二）

（哿）可　然也（法一四八・二）

（馬）者　別事之詞也（法一四七・三）

野 郊外也（法一五三三）

（養）

養 廣雅曰養樂也（净三六後）

想 淮南子曰想而無形者不能思於心（净三八）

像 形也（法一五一二）

（静）

頸 項也（法一五八三）

（有）

酒 説文就也言就人性之善惡（净二二十後）

誘 進也（法一五五三）

（琰）

險 阻也（法一五四二）

去

（送）

夢 寢中見物也（法一六六三）

（志）

事 事業也（法一四八三）

（遇）

具 足也（法一四九三）

遇 不期而會也（法五三）

（暮）

故 事故也（法一四八二）

慕 思慕也（法一六六三）

（霽）

計 國語計成而後行又范子有計然之術（净三後）

（祭）

憩 明也（法一四六一）

弊 惡也（法一五六二）

（代）

薆 薆對草盛（五記）

愛 憐念（净一廿六）

（震）

震 亦作振動也懼也（五記）

（願）

販 轉賣也（法一六六三）

（翰）

觀 爾雅觀謂之闕今案左傳官室不觀杜預曰觀臺榭也（净一十四）

（霰）

現 露也（净一四七三）

（線）

眷 親也（净二廿二）

卷 書卷也（法一六四三）

（号）

奥 説文室也深邃難測（净一十一後）

（箇）

惰 嬾也（法一六六三）

（宕）

曠 空過也（法一五三二）

（敬）

病 疾甚曰病（法一四八三）

（勁）

令 上命也又告也（法一六五二）

（豔）

潛 疾豔反潛淵水又藏也（五記）

（證）

應 相感應也（净一十五後）

入

（屋）

木 木質言如木然（五記）

戮 既斬殺之又辱也（五記）

（燭）

屬 衆人也（净一六後）

欲 將也（法一四八二）

（覺）

角 斜也（法一七二二）

（質）

匹　匹婦一婦人也（五記）

必　果也（法四八、二）

吉　良善也（法一六三、二）

（沒）

忽　倏忽俄頃也（淨二、三）

（末）

括　易云括囊無咎括結也（五記）

（鎋）

剎那　內典有剎那俄頃也（法一六五、三）

（薛）

說　告也釋也（淨一、一後）

（昔）

益　增也（法一五〇、二）

（麥）

鎃　普麥反銁鎃也（倭抄五、七六）

（陌）

逆　不順也（法一六〇、二）

（緝）

澀　不滑也亦澀吃也（法一六八、一）

（鐸）

鰐　似鱉有四足喙長三尺甚利齒虎及大鹿渡水鰐擊之皆中斷（倭抄八、四）

（職）

息　止也（法一四六、二）

極　盡也（法一五六、二）

（德）

國　說文邦也又小曰邦大曰國（淨一、十六後）

賊　害物曰賊（淨二、十七後）

默　靜不言也（法一四九、三）

裓　各則反（法一五五、三）

7　武玄之〝韻詮〟

〝韻詮〟〝新唐書．藝文志〟十五卷，〝日本見在書目錄〟十卷，又十二卷。

日本大正新修〝大藏經〟卷八十四安然、〝悉曇藏〟引〝韻詮〟數則。安然書序於元慶少主即位四年歲次庚子二月朔旦，時當唐僖宗廣明元年（公元八八〇）。

韻詮序云：李季節之〝輯定音譜〟於前，陸法言之徒修〝切韻〟於後。（卷二，三八一頁三欄）

正名例云：書有六體，一曰形声，二曰會意，三曰象形，四曰假借，五曰指事，六曰轉注。但諸儒異見，穿鑿者多。（卷一，三六八、二）

繕寫例云：自大篆小篆之後即有隸書，後人亦破楷書為行書，破行書為草書。所

以シン相亂，才寸相雜。(同前)

反音例云：服虔始作反音，亦不詰定。臣謹以口声為證。(同前。安然云：言口声者，即是口處發響之声。)

明義例云：凡為韻之例四也。一則四声有定位，平上去入之例是也。二則正紐以相證，令上下自明，人忍仞日之例是也。三則傍通以取韻，使声不誤，春真人倫是也。四則雖有其声，而無其字，則闕而不書，辰蜃脣例也(卷二、三八二、一)

商略清濁例云：先代作文之士，以清韻之不足，則通濁韻以裁之。濁韻之不足，則兼取叶韻以會之。叶韻之不足，則仍取並韻以成之。(同前)

韻詮五十韻頭：

羅盧何反　家古牙反　支章移反　之止而反　微無飛反　魚語居反　虞語俱反

模莫胡反　佳胡膎反　齊徂兮反　皆古階反　移成西反　灰呼恢反　咍呼来反

蕭蘇聊反　宵相焦反　周之牛反　幽於虯反　侯胡溝反　肴胡交反　豪胡刀反

東德紅反　冬都宗反　江古邦反　鍾之容反　陽移章反　唐徒郎反　京古行反

爭側耕反　青倉經反　清七精反　蒸之應反　登都藤反　春尺倫反　臻側詵反

文武分反　魂戶昆反　元愚袁反　先蘇前反　仙相然反　山所姦反　寒胡安反

琴渠今反　岑鋤簪反　覃徒含反　談徒甘反　咸胡讒反　嚴語坎反(坎当作杴)　添他兼反

鹽余占反　(卷二、三八三、三)

這五十韻按照陰声韻在前陽声韻在後来排列的。陽声韻內又按照韻尾-ng、-n、-m三類来排比，次第整齊有序。與陸法言切韻相比較，韻目名稱稍有不同，而其中無脂韻、殷韻、痕韻、删韻、銜韻、凡韻等之韻。可能是脂併入之，殷併入文，痕併入魂，删併入山，銜併入咸，凡併入嚴。但又由齊韻分出移韻，由侵韻分出岑韻，也比較特殊。由齊分出移，因移韻一類字韻與齊不同；由侵（即琴）分出岑，與「切韻」中臻不與真同韻相似。

「韻詮」見於慧琳「一切經音義」引用的文字很多，龍璋「小學蒐佚」已輯錄者，今不重錄，學者可參看。武玄之不知何時人，慧琳書作於德宗之世，則武玄之為德宗以前人無疑。五代時孫光憲「北夢瑣言」卷九云：「曾見「韻詮」，鄙駁「切韻」，改正吳音，亦甚覈當。」足見五代時「韻詮」還有傳本，所言改正「切韻」亦甚覈當，可能就是指歸併韻類而言。

下列遼文即據「悉曇藏」所引平声韻次來排列的，上去入韻目名稱次第都不可考，僅據平声韻次排列。

平

（家）跏　跏趺坐也（法一四七·二）

（魚）車　淮南子曰古者見轉蓬為車（淨四·三）

（虞）夫　男子通稱人一丈為量謂之丈夫謂婦人為夫人夫之言扶扶成夫之德（淨二十六、法一五〇·三）

拘　捉也（五記）

（侯）毆　逼（五記）

（東）宮　謹案古者宮室一也自漢以後君所居曰宮艮所舍曰室也呂氏春秋高元作宮（淨一·十三後）

（陽）場　僧集之處也（法一五〇·二）

瘡　疽疥也又作刅創同也（法一六一·三）

（唐）贓　以罪徵財（五記）

（京）横　任也（法一五七·三）

迎　候也（法一七二·二）

經　經巡之字或作逕（法一六五·三）

（青）名　明也以明其質也以夕以口闇不相見須口以自名也（淨四·八）

（春）仁　仁主東方木仁為角声（淨三·一五）

（文）文　字有韻謂之文無韻謂之筆（淨一·三後）

上

（元）怨 讎也（法一六六・三）

（寒）野干 似狐而小（法一五八・二）

（琴）侵 欺也（淨二・一八）

（紙）棰 或作箠（法一六〇・一）

（止）子 實也（法一六五・三）

（語）處 居也（法一四九・二）

（麌）腐 承先師訓以此與父同声改為撫音矣（法一五五・二）案中算引窺基云朽也，府音，又撫音。腐與父同声，下有敗字，似言父敗，如里名勝母，曾子不入也。此語見窺基法華音訓（法華玄贊卷五末）。由此可知父今音變去声而腐字不變的原因。

（姥）努 努力勤勉也（淨二・五後）

（薺）禮 內典禮拜也（法一四七・二）

（篠）了 象人無兩臂也（法一七二・二）

（有）酒 案戰國策云帝女儀狄造酒獻於禹曰後必以酒亡國遂𥳑而去之（淨二・二〇後）

（阮）反 叛也（法一六〇・二）

（感）感 以德動物（淨一・十後）

去

（大、 （法一七一・二）

（遇）數 筭數也（法一四六・二）

（暮）渡 涉水也（法一六九、）

（怪）𢿙 人毀曰𢿙也又云加刀損減也字作壞誤也（法一六九・三）

（宥）呪 誓也（法一七〇・一）

䶂 赤黃色俗謂之鼠狼（法一五七・三）

（命）命 稟天而生皆曰性命（淨二・二三）

（勁）正 直也（法一五四・三）

（證）應 事意相當也（淨一・十五後）

（換）冠 加冕於首（淨一・五）

入

（屋）伏 屈也（法一六二・二）

（燭）蓐 衣也草也（淨二・廿六）

足 脚趾也（法一四七・二）

（鐸）樂 願也（法一四六・二）

薄 不厚之稱也（法一五三・二）

（陌）澤 陂澤也（法一六〇・三）

（昔）籍 古者無紙以竹殺青為簿及寫書（淨一・四後）

（職）敕 誠也正也（淨二・廿四）

(質)率　領也(法一六二・三)

出　發遣也(法一六二・三)

8　祝尚丘切韻

祝尚丘年代不可考。慧琳書引及祝氏切韻，據此可知祝為德宗以前人。

平(東)終　畢竟也(法一五三・二)

聰　察也謂明了也(法一六三・三)

(鍾)峯　山尖高處也(倭抄一・六二)

(之)癡　病也(淨二・一二・後)

(虞)莩　葦中白幕(五記)

(模)麁　物不精細也(法一六八・二)

(齊)迷　惑也(法一五三・二)

(佳)牌　牌牘(弘鈔四注)

(皆)皆　咸也(法一四五・二)

懷　包藏也(法一六八・三)

(咍)才　技藝也(法一四六・二)

(眞)辛　苦也(法一六六・三)

淳　朴也厚也(法一六五・二)

倫　輩也文選雜体詩曰遠想出宏域高步超常倫向曰宏大、倫輩也(淨一、三)

(薛)設　會也(法一六四・三)

(緝)泣　悲也(淨三・五)

(文)分　施也(法一五一・三)

(魂)魂　靈也(淨二・一三)

(寒)殘　傷也(法一五八・三)

官　官位也從𠂤猶衆也(淨一・六・後)

(先)懸　遙遠也(法一五四・三)

(仙)宣　明也(法一四八・二)

(蕭)梟　土梟鳥白日不見夜能拾蚤蝨又一名鵂鶹少美長醜其子大則食其母古以此鳥不孝夏至日捕磔懸其頭於木上(五記又法一五六・三)

(陽)蜣蜋　黑甲蟲在糞中者也(法一五七・三)

長　永也(法一五二・二)

(庚)兵　軍器金刃者曰兵(淨二・二五)

(清)纓　馬胸鞅也(法一五六・二)

(尤)
戚　畢竟也(浄三、八)
魌魌　上音浮下偷口反諸字書本無此字顔之推證俗音從食作餢飳字鏡與考声祝氏切韻等並從麥作麰䴸音與上同(慧琳音三七、十二)

上

(侵)
婬　放也(浄二、一六)

(凡)
凡　皆也(法一六二、二)

(董)
摠　皆也普也(法一六六、二)

(紙)
徙倚　少廻歩也文選洛神賦曰徙倚徬徨是也(浄二、二九、後)

(止)
止　安也(法一六三、三)
已　(音以)大也語然詞(五記)

(語)
擧　擎起也(法一五四、二)

(麌)
主　君上也執也掌也典也職守也晏子春秋曰一心可以事百主百心不可事一主孔安國註尚書曰民心於上無有常主惟愛己者則歸之是也(浄二、二四、後)

(姥)
鹵　瀉鹵左氏傳表淳鹵杜預曰淳鹵确薄之地也(五記)
五　字從二陰陽在天地閒交午(五記)
苦　患也(法一四八、三)

(薺)
啓　下通於上也(法一六五、三)

(養)
長　大師也(法四、一、後)

(琰)
險　惡也(法一五四、二)

去

(寘)
刺　芒鋭殺也(浄二、五、後)

(至)
膩　膏澀也(法一六、三)
憔悴　容皃哀惡(浄三、五)
示　現也(法一五〇、三)

(祭)
藝　魚祭反伎能在身也(浄一、四)

(夬)
快　稱心也(法一四八、二)

(隊)
碓　踏舂具也(倭抄四、八三又六、四五)

(代)
愛　親也(法一、二六)

(沁)
妊　懷任也(法一、六八、三)

入

(屋)
伏　匿藏也(法一、六八、三)
肉　凡有血氣之類皆謂肉也(法一四九、二)
畜　許竹反(法一、六六、二)

(沃)
毒　苦痛也(法一五三、一)

(燭)
屬　類也齊等也(浄一、六、後)

(覺)
覺　曉悟也(法一四八、三)

(質) 日　太陽之精也古音而職反(法一五〇、三)

逸　縱也(法一五〇、三)

率　統也(法一六二、三)

(月) 髮　頭毛也(法一四九、二)

(沒) 卒　忽速也(法一六六、二)

(屑) 節　符信也(淨二、一九、後)

漯　出東方曰漯(五記)

(昔) 席　藉也草履為之蘇公造也(法一六二、二)

籍　通籍二尺竹牒也又凡書於簡札皆曰籍應劭曰籍者為二尺竹牒記其年紀名字物色懸之門也(淨一、四、後)

(陌) 赫　明也顯發也毛詩赫赫顯盛貌爾雅赫迅也(淨一、二九)

(狎) 押　檻圈胡甲反(五記)

(德) 黑　墨色也(法一五八、三)

賊　殺人不忌也韓詩賊仁者謂之賊賊義者謂之殘莊子斥交離親謂之賊也(淨二、一七、後)

相撲　較力也亦作撲(法一六六、二)

9　孫愐"唐韻"

"唐韻"在"倭名類聚抄"裏引用的最多，其中也有別題為「孫愐切韻」的，可能是另一種書。"法華經釋文"中所引有孫愐，有"唐韻"；而大都稱「孫愐曰」。"淨土三部經音義集"據"東宮切韻"都題「孫愐」。古寫本"五行大義"標記和背記也是如此。日本釋圓珍"觀普賢菩薩行法經記"(上下兩卷，見"大藏經"卷五十六)和釋明覺"悉曇要訣"(四卷，見"大藏經"卷八十四)也都引到"唐韻"。孫愐書依序文當稱"唐韻"，而"唐韻"的傳寫本以及增修本在唐代一定種類比較多，上述的日本古籍中所引也很雜亂。凡稱「孫愐」的也未必就是孫愐的原書。釋中算所引孫愐書的注解往往不見於現存的蔣斧印本"唐韻"。蔣本有不少字是沒有訓解的，而中算所引每每有訓解。"倭名類聚抄"所引的"唐韻"與蔣斧印本也或同或不同。

以前，王國維曾經根據「倭名類聚抄」和「淨土三部經音義集」所引「唐韻」和「孫愐曰」輯成「唐韻佚文」一卷，凡蔣本「唐韻」去入兩卷已有的字不論注釋相同與否都不錄。現在根據上述各書分別輯錄，據蔣本「唐韻」韻目系統編次在一起。為便於分辨，凡原文引稱「孫愐」的，都在字上加一小圈表明。字上不加圈的，都是原文引稱「唐韻」的。凡見於王國維所輯「唐韻佚文」的，則在字的右邊加一圈點。直接用王書的，都在字下括號內注一「王」字。「倭名類聚抄」所引「唐韻」的訓解與蔣斧本相同的，一律不錄。如有不同，則照錄引文，並注出與蔣本的異同。凡各書引到「孫愐」的，無論與現存蔣本是否相同，都一一錄出，並與蔣本比較，以見諸書所引「孫愐」說與現存蔣本「唐韻」的異同。下面所錄的逸文下只有卷數和頁數而沒有書名的都出於狩谷棭齋注本「倭名類聚抄」。出自其他各書的，一律有書名，以免混淆。

平声

（東）

鶇・ 鳥名也（七．一七）

蛞蝀 料斗也（八．八六）

同 齊也和也合也（法一五〇二）

筒・ 竹名也（一〇．八五）

瞳・ 目童也（二．八）

罿・ 車上網也（三．七六）

䨴・ 小雨也（一．二七）

䳘・ 雀䳘小鷹也（七．八）

芎藭・ 香草也根曰芎藭苗曰蘪蕪（一〇．

（公）

楓・ 黃帝殺蚩尤棄其桎梏變為楓木脂入地千年化為虎魄（王．釋文螢湘山野錄）

蘴・ 蔓菁苗也（四．五六）

鶵・ 怪鳥也（七．二二）

籠・ 竹器也（四．九四）

櫳・ 乘馬又牽也（一．一〇七）

韉・ 韉頭也（五．五九）

磨礱 磨礱磑也(四、八四)
翁 老人也(一、八九・孫切)
葱 葷菜也(九、二六)
悤 遽也速也(淨二、一〇)
葼 木細枝也(一〇、二八)
椶 椶櫚一名蒲葵(一〇、九九)
蓬 薄紅反孫愐云又補孔反(法一五八)
篷 篷庵船上屋也(三、六三)

(鍾)(冬)

獶 音農又(奴刀反)毛犬也(七、七二)
衳 小褌也(四、一六)
訟 訴也(法一七〇、二)
重 重字多音唐韻云直容反複也疊也(已上平)直隴(力重)反多也厚也慎也又直龍反又直用反(已上上)柱容反更為也又柱容反(已上去)(觀普賢菩薩行法經記卷上二三四、二)
從 (七恭反)服也隨也(又蹤容鏦用反)(法一五六、二)
胷 膺臆也(二、二六)

(江)

江 江海也(一、四七)
釭 燈也(王、草堂詩餘前集卷下注)
邦 大曰邦小曰國(五記)
瀧 南人名湍曰瀧(倭抄一、五二)
牽紋 挽船繩也(三、六六)

(支)

梔 梔子木實可染黃色者也(六、四八)
枝 枝柯也(法一五二、三)
榰 榰柱支屋敧也(五、八二)
眵 目汁凝也(二、一一)
移 遷也(法一六五、一)
觿 角錐童子佩觿(五、八九)
奇 異也(法一五五、三)
蚑 蟲行也(八、一〇一)
儀 左傳有威可畏謂之威有儀可象謂之儀(淨一、九後)
釃 酒薄也(四、三六)
疵 黑病也(法一五三、二)
帇 布名也(三、九六)
羈 馬絡頭也(五、五九)
紕 繒欲壞也(三、九四)
絁 繒似布也(三、九四)

(脂)

鏩・平木器也(五・八六)

差　不齊等也(法一六八・二)

魅・魅也(一・四四)

黐・所以黏鳥也(五・六八)

醨・下酒也(四・三四・唐)

鞴・鞍鞘也(五・五四・唐)

槻・木名堪作弓者也(一〇・九九・唐)

鴟　小青雀也(七・一五)

姨　母之姊妹也(一・二八)

痍・瘡也(二・七二・唐)

枇・枇杷菓木冬花而夏實也(九・七二・唐)

資　助也(法一・六四・二)

鴟　鳶鳥也(弘鈔一)

鵄　一名鳶(法一六五・三)

瓷・瓦器也(四・九一)

鬐・馬項上長毛也(七・八六)

棃・果名也(九・五七)

龜　水蟲靈屬也大戴禮云甲蟲之長也(法一七三)

悲・嘆也(浄三・五)

(之)

圮　土橋也(三・五五)

塒・毛詩云鷄栖于塒注云鑿墻而棲曰塒(七)

鯖　魚名也似魴肥美江東四月有之(八・二三)

疑　猜也又猶豫不決之貌(浄二・二五後)

罘罳　屏也(三・三・六)

鎡錤　鋤別名也(五・七四)

鯔　魚名也(八・一七・孫切)

咨　耻也擊之以令耻(五記)

葸　心所念曰葸(一・二六)

(微)

微　劣也薄也少也毛詩箋云微(不明也又微猶虧傷也(五記)

輝　光輝也

暉　日色

煇　上同|以上三字見普賢行法經記巻上(二・三六・一)

幃・香嚢也(六・四四・唐)

韋・柔皮也(五・九二)

(魚)

戚 左傳有戚可畏謂之戚(淨一、九後)
䰕 吳人曰鬼越人曰䰕(一、三二)
希 奇也(法一四八、一)
車 乗也畜駕之(淨四、三)
腒 腒腊乾肉也(四、六二)
渠 尚書渠大今案毛詩夏屋渠渠箋云渠渠猶勤勤也(五記)
苞苴 裹魚肉也(六、三六)
蝍蛆 食虵虫蜈蚣是也(八、七〇)
鶬鸆 白鷺也(七、三七)
梳 櫛也(六、三〇)
虛 空而不實也(法一五二、三)
椶櫚 一名蒲葵(一〇、九九已見東韻)
礛䃴 青礪石也(五、九七)
如 似也(法一四四、三)

(虞)

愚 癡也惷也又昧而妄知也嚚也頑也(淨二、二二後)
鸔鷵 護田也(七、二八)
鴝 鳥名也(七、一七)
須 意所欲也(法一五二、一)

几 或作机(法一五五、三)
騟 紫馬也(七、八三)
驅 使也又作駈(法一六二、二)
鳧 野鴨也(觀記上二三七、二)
莩 說文艸也漢書非有葭莩之親張晏曰葭蘆葉也莩葭裏白皮也月令用葭莩為灰是也(五記)
拘 繫也泮也拘繫也今案公羊傳拘秦昭公於南郢是也(五記)

(模)

模 法也形也(六、六四)
犛 犛紕牛領上衣也(三、七八)
菩 梵云菩提漢言正道也(淨一、三)
蒲 草名似蘭可以為席也(一〇、六七)
狐 能為妖怪百歲化為女者也(七、六三)
箶 箶簏箭室也(五、三七、案蔣本屋韻有簶字注云胡簶箭室出音譜)
孤 案禮少而無父母曰孤(淨二、一二)
奴 人之下也(一、一〇八)
烏 孝烏也(七、一二)

鍋・　鍋鏑溫器也(四・七三)
晡　日晚申時(弘鈔一)
枯・　朽也(法一五九・三)

(齊)

犂・　墾田器也(五・七三)
蹄　畜足圓曰蹄歧曰甲(七・七四・孫切)
枅　承衡木也(三・三〇)
鯨鯢　大魚雄曰鯨雌曰鯢(八・六)
泥・　土和水也(一・六〇)
畦・　菜畔也(一・七七)

(佳)

蛙・　蝦蟇也(八・八六)
扠・　以拳加人也(三・一〇四)

(皆)

甌・　屋牡瓦也(三・二一)
輫　車箱也(三・七二)
懷　抱也(法一五一・三)
搋・　以拳加物也(二・一〇四)

(灰)

玫瑰　大齊珠也(三・八七)
蚘・　人腹中長蟲也(二・六三)
炲煤　灰集屋也(四・一〇四)
櫑　酒器也(四・七九)
縗・　喪衣也(六・七八)

鎚・　餅子也(四・四八)

(哈)

開　啟也解也(法一四八・三一)
炲・　炲煤灰集屋也(四・一〇四)
駘・　駑馬也(七・七九)
荄　草根也(一〇・一七)
林・　衆木也(五・八四)
孩・　始生小兒也(一・八五)
鰓　魚頰也(八・三一)

(真)

磌　柱礎也(三・三三)
因　緣也(法一四七・三)
晨　寅時也(淨四・二・後)
臣　男子之賤稱也(法一四九・二)
親　附也(法一四八・一)
身　躬軀(二・二三)
濱・　水際也(一・五七)
鑌・　鑌鐵為刀甚利(三・八〇)
鱗・　魚甲也(八・三一)
塵・　塵埃揚土也(一・六〇)
寅・　說文臏也(五記)
獱・　獺之別名也(七・五八)

麋 鹿屬也(七・五九)

民 業天子曰兆民諸侯曰萬民(淨四・三六・後)

(諄)

肫 鳥藏也(七・四七)

椿 木名也(一〇・一一〇)

蒓 水葵也(九・三二)

醇 厚酒也(四・三四)

漘 朴也(王・希麟續音義十)

皴 皮細起也(一・三三)

(臻)

榛 榛栗也(九・五九)

(文)

槿 木文也(一〇・八九)

薰 薰陸香出大秦國(法一六九・一)

葷 臭菜也(九・二三)

(殷)

勲 勲勲再三也(法一五二・二)

(元)

杬 木名出豫章煎汁藏果及卵不壞(王・容齋續筆一六)

蚖 毒蛇也(法一五七・一)

轅 車轅也(三・七三)

猨 猴猻(七・六三)

蹯 熊掌也(七・七三)

鴛 鴛鴦於袁反(普賢行法經記卷上二三七・一)

鱕 魚有橫骨在鼻前如斤斧者也(八・一五)

鐇 廣刃斧也|倭抄五・八四・唐

(魂)

箟 箭竹名也(一〇・八五)

臀 坐處也(二・三〇)

盆 瓦器也(四・九〇)

棔 合歡木其葉朝舒暮斂者也(一〇・九五)

(痕)

跟 足腫也(二・四三)

(寒)

豻 胡地野犬名也(七・五八)

單 獨也(法一六七・二)

丹 赤色也(法一五六・一)

安 止也(法一五六・一)

檀 檀香木也(法一四八・二)

欄 階際木勾欄也(三・二二)

襴 襴衫也(四・一八)

(桓)

莞 可以為席者也(一〇・七一)

湍 急瀨也(一・五一)

貒 似豕而肥者也(七・六五)

冠 束髮也(淨一・五)

髖　兩髂間也(二・二八)

(删)

盤・　器名也(四・九二)

瘢　瘡痕也(二・七二)

還　歸也(法一五五・一)

鐶・　指鐶也(六・一八)

顏・　額也容色也(淨一・九)。容也亦顏額又姓以紅著色也(觀記上二三六・一引唐韻)

菅・　草名也(一〇・七一)

攀・　挽也牽也(淨一・五後)

斕斒　色不純也(王・草堂詩餘後集卷上注)

(山)

鷴　孫愐唐韻云白鷴尾長五六尺也(慧琳音義九九・一〇)

(先)

韉・　鞍韉也(五・五二)

天　清氣上浮為天也(法一四六・二)

鰹・　大鮦也大曰鰹小曰鮵(八・六)

鈿・　金華飾(王・草堂詩餘注)

顛・　山頂也(一・六二)

磌　柱礎也(三・三三)

(仙)

鮮・　潔也新也美也(法一五九・二)

帑䘰　牛領上衣也(三・七八)

饘・　厚粥也(四・三九)

旃・　旃檀香木也(一〇・八七)

纏・　繞也(法一六九・一)

連・　累也繫也絆也(五記)

綿　綿絮也(三・九七)

旋　匝也迴也(法一六六・一)

專・　心有所主曰專(法一六二・三)

拳・　屈手也(二・三八)

攣・　所以綴鷹狗也(五・六四)

癵　玉篇通為攣字今依唐韻類音玄應從癵字也(法一六〇・一)

(蕭)

貂・　貂有黃貂黑貂出東北夷(七・六三)

鷯・　鷦別名也(七・四)

調・　均也正也(法一五〇・三)

鞗・　革轡也(五・六〇)

(宵)

朝・　晨又寅時從旦至食時為終朝(五記)

憍　舉喬反(悉曇要訣五二一・一)

芭蕉　其葉如席者也(一〇・九)

鐎　温器三足有柄也(四・七四)

饒　益也倍也(法一五〇・二)

窯　燒瓦竈也(三・一六)

瓢　瓠也(四・八六)

(肴)

巢　鳥巢在穴曰窠在樹曰巢(七・五〇)

梢　枝梢也(一〇・一一八)

脬　腹中水府也(二・三七)

瓠　匏也(四・八六)

(豪)

膏　肪(二・三二)

槁　棹竿也(三・六四)

勞　倦也(法一六七・一)

絛　絲繩也(五・六五)

縿　絡繭取絲也(六・六二)

褒　博桃反(悉曇要訣五二四・一)

桃　舉也今案毛詩蠶月桃桑箋云桃桑枝葉落々也儀禮桃已注云可以挹物於器中也又借音治堯反撓桃玄曠々之貌(五記)

萄　藤菓名可食如櫻桃其色紫也(法一六二・三)

遭　逢也(法一四八・三)

槽　馬槽也(五・六二)

尻　臀也(三・二九)

(歌)

我舸　所以擊舟也(三・六六)

哦俄誐　此三字唐韻平聲同五何反(悉曇要訣五八・一)

酇　昨何反(悉曇要訣五一五・二)

羅　綺羅又網羅也(三・九二)

蘿　女蘿也(一〇・七五)

饆饠　餌名也(四・四八)

鈔鑼　銅器也(四・七五)

(戈)

莎　莎草草名也(一〇・七一)

囮　網鳥者媒也(五・六七)

頗　頗字有和音非也(悉曇要訣五三三・二)案蔣本過韻頗普過反又普禾反)

窠　鳥巢在穴曰窠(七・五〇)

蝌　蝌蚪蝦蟇子也(八・八六)

(麻)

虵　毒虫也(八・五五)

加　益也(法一五一・三)

笳　胡人卷蘆葉而吹曰胡笳(王草堂詩餘前集下注)
迦　有迦葉氏也(法一四五・一)
霞　赤雲氣也(一・二二)
袈裟　袈裟傳法衣即沙門之服也(五・一三)
差　擇也殊也(法一五四・三)
鎈　錢異名也(三・八三)
楂　水中浮木也(三・六〇)

(覃)

潭　深水也(一・五一)
譚　言論戲調也(王・希麟音義十)
鐔　劒鼻也(五・四五)
楠　木名也(一〇・一四)
庵　小草舍也(三・一六)
笵　竹名也(一〇・八四)
嵐　山下出風也(一・二〇・孫切)
鐕　無蓋釘也(五・八〇)

(談)

蛤　古三反爾雅云貝在水曰蛤也(八・四三)
藍　染草也(六・五一)
鸕　鸕鷀今之郭公也(七・二四)
蚶　蚌屬狀如蛤圓而厚外有理縱橫即今之蚶也(八・四〇)

(陽)

楊　赤莖柳也(一〇・九一)
禓　道上祭一曰道神也(一・四〇)
梁　棟梁也(三・二五)
橡樟　木名生而七年始知矣(倭抄一〇・四)
韓　泥鞍飾也(五・五六)
橿　萬年木也(一〇・一〇三)
場　祭神佛之處也(法一五〇・二)
肪　膏肪脂也(二・三二)
纕　馬腹帶也(五・五五)
瘡　痍也(二・七二)
眶　目眶也(二・一〇)
鴦　央音於良反又烏良反出唐韻(普賢行法經記上二三七・一)
霙　雨雪相雜也(一・三〇)
強　壯盛也(淨二一・一七)

(唐)

鰽　魚名也(八・一一)
廊　殿下外屋也(三・五)
狼　豺狼(法一五七・三)

駺　馬尾白也(七·八五)

襠　兩襠衣名也(四·一〇)

堈　甕也(四·八九)

篁　竹叢也(一〇·八七)

行　行伍也(法一五五·一)

吭　胡郎反鳥吭嚨也(七·四七)

(庚)

肓　目睛視無光(淨三·七·後)又目無眸子也(三·五〇)

鎗　小鼎也(四·七四)

驚　奮動也(法一五二·二)

荊　木名也(一〇·一一〇)

明　光也(法一四六·三)

鳴　鳥啼也(七·四九)

榮　幸也(法一五五·一)

兵　世本蚩尤制兵器諸侯曰兵者不祥器不獲已而用之(淨二·二五)

猩　猩猩獸身人面好飲酒者也(七·五四)

鯨　大魚雄曰鯨雌曰鯢(八·三)

(耕)

鸚　鸚鵡人言鳥(淨四·五後)

儜　乃庚反又如耕反(悉曇要訣五一七·三)

牸　牛色駁如星也(七·八一)

(清)

清　淨也(法一四八·三)

精　專意也(淨一·二法一四六·二)〇又光也(淨一·一九)

鶄　鵁鶄鳥名也(七·二二)

檉　柱也(三·二九)

營　軍營也(三·二一)

纓　冠纓(四·六)

蟶　蚌屬也(八·四二)

成　就也(法一五一·一)

箴　織具也(六·五四)

騂　馬赤色也(七·八四)

(青)

經　佛留教語也(法一四四·三)

桯　碓桯也(四·八三)

靪　補履下也(四·三二)

翎　鳥羽也(七·四五)

鸰　鳥鸛別名也(七·三)

耵聹　耳垢也(二·七八)

汀　水際平沙也(一·五八)

鞓　皮帶鞓也(四·二三)

(尤)

憂 惱恨也(淨三・五)
畱 住也(法六五・一)
嵺 田不耕而火種也(一・七三)
旒 旌旗之末垂者也(五・三三)
楸 木名也(一〇・一二)
楢 堅木也(一〇・一二)
囚 拘摯也(法一六一・二)
籌 筭也合也(淨一・三後)
輶 車輶也(三・七三)
𥎊 射鳥矢名也(五・六八)
求 覓也(法一四八・三)
毬 毛丸打者也(二・九五)
浮 博謀反
謀牟 二字莫浮反(以上三字悉曇要訣五三四一)

(侯)

箜篌 樂器也(六・七)
傴 烏侯反
甌 亦同音也(以上二字悉曇要訣五二三・三)
鷗 水鳥也(七・四一)
樓 落侯反(悉曇要訣五二三・三)〇閣也穎項所造重屋也(淨一・一四)
鉤 古侯反(悉曇要訣五二三・三)
溝 渠也(法一六四・二)
篼 飼馬籠也(六・七三)

(侵)

尋 溫也(法一五四・二)
碪 擣衣石也(六・四五)
婬 貪色也戲也(淨二・一六後)
琴 樂器神農作之本五絃周文王加二絃(六・二)
禽 能飛曰禽(淨〇一・五後)
金 黃金謂之璗其美者謂之鏐鏐即紫磨金也(法一六五・三)

(鹽)

檐 屋檐也(三・一三)
幰㡘 車帷也(三・七六)
匳 香匳盛香器也(五・七)
籤 細削竹也(六・三五)
潛 檀也(五記)
鉗 以鐵有所法束田叔自髡鉗為王家奴說文云鉗鐵有所劫束也(五記)

(添)謙　卑而不踰曰謙也(法一六七・三)
糠　青稻白米也(九・三)
懲　勸也誨也毛詩予其懲而又毖彼後患也
苦也(五記)
(蒸)繩　索也(法一五五・一)
乘　登也(法一六八・一)
塍　稻田畦也(一・七六)
昇　登也(法一六三・三)
(登)柧棱　四方木也(一〇・一〇三)

上聲

(董)澒　水銀滓也(三・八三)
(腫)踵　足後也(二・四三)
勇　猛也(法一四六・二)
(紙)⿺九咼　說文鷙鳥食已吐其皮毛如丸也(七・四八)
艤　整舟向岸也(三・六〇)
阤　池爾反唐韻又施是反(法一五六・三)
羋　綿綼反羊鳴也
嘪　同音也羊聲也(以上二字悉曇要訣・四)
(旨)指　手指也(二・三八)
机　案屬也(四・八一)

憎　疾也心有所惡也(法一五六・二)
能　善也(法一四六・二)
縢　囊之可帶也(六・七七)
(咸)咸　悉也(法一四八・一)
(銜)讒　妄言謂姦臣也(淨二・一七後)
巖　峯也險也(一・六五)
欃　宇林欃槍剡也漢書木名爾雅欃槍謂之袚星(五記)
(嚴)杴　(虛嚴反)鍬屬也(五・七七)
屨　草曰扉麻曰屨革曰履黃帝臣於則造也(四・二五)
水　上古之時用之為酒今之玄酒也(五記)
揆　察也(五記)
柅　籆柄也(六・六〇)
痞　腹內結病也(二・六三)
(止)止　停也(法一五二・一)
恃　倚也憑託也(法一六七・二)
喜　悅也(法一四七・三)

喜 好也(法一六〇・三)
之 予也(法一四五・一)
已 此也説也了也止也果也盡也毛詩甚也廣雅成也(五記)。止也(法一五九・二)
巳 説文以四月陽氣以出陰氣以藏萬物皆成文章故巳為地形(五記)
耳 主聽聲者也(三・七)
士 人士也(法一五〇・三)
子 息也(一・一二五・孫切)
梓 木名楸之屬也(一〇・一〇四)
擬 度也魚紀反(普賢行法經記二三七・三)

(尾)

斐 文章相雜也(五記)
篚 竹器方曰筐圓曰篚也(四・九三)
鬼 吳人曰鬼越人曰𩴾(一・三二)
虫 鱗介揔名也(八・五五)

(語)

語 話也牛據反又魚舉反(法一五〇・二)
籞 池水中編竹籬養魚也(五・七〇)
圄 囹圄獄名也(五・五〇)
稰 自生稻也(九・三)
宁 門屏之間也(三・一一)
女 大戴禮云女者如也言心如男子之教也(浄四・八)
許 然也(法一六五・三)
礎 柱下石也(三・三三)
嶼 海中洲也(一・六三)
羽 鳥翅也(七・四四)

(麌)

宇 宇也(三・一〇)
鯆 大魚名也(八・一六)
鸚鵡 鸚鵡人言禽(浄四・五後)
楮柱 支屋敧也(五・八二)
鸕鷀 今之郭公也(七・二四)

(姥)

莽 莫補反又音蟒(悉曇要訣五一七・三)
櫓 城上守禦樓也(三・四)
艣 所以進船也(三・六五)
胋 古文股字也(二・四一)
仵 偶敵也(五記)
苦 味不甘也(法一六八・二)
戶 一扇為戶兩扉為門杜預(五記)

(薺) 普 周也(法一四六·一)
䟿 横首杖也(六·七六)
濟 濟濟衆盛貌(弘鈔一)
米 穀心也(法一六一·三)
髀 股也(二·四一)
牴 突衝也欺也(淨二·九)
(蟹) 鑼 大鐵杖也(六·七六)
嘪 漢解反羊聲(悉曇要訣·四)
(賄) 傀儡 樂人所弄也(二·一〇)
(海) 乃 語辭也(法一五二·一)
(軫) 胗 唇瘡也(二·八一)
(隱) 隱 安也(法一五二·三)
堰 堰埭壅水也(一·五〇)
阮 反 背違也(法一六〇·二)
坂 地險也(一·六三)
(旱) 嬾 惰也亦作懶矣(法一六六·三)
(緩) 暖 火氣也(法一六二·一)
満 充也盈也(法一四六·二)
(潸) 板 薄木也(五·八四)
瓪 屋牝瓦也(三·二一)

(産) 鮁 魚名也(八·二四)
鏟剗 上平木器也下削也(五·九五)
(銑) 丳 炙肉丳也(六·三四)
燹(音與銑同) 逆燒也(四·一〇·孫切)廣韻逆燒一義
在獮韻
扁 扁署門户又姓也(王·容齋四筆卷六)
糄 燒稻為米也(四·五一)
糄糠 煮米多水者也(四·三九)
(獮) 鱓 (音善)孫愐云韻略作䱇又作鱔也(弘抄四)
蜿蟮 蚯蚓也(八·八四)
辯 別也理也(法一六四·一)
愐 思也(法一五九·二)
鴘 鷹鷂二年色也(七·五)
囀 鳥吟也(七·四九)
歂 口氣引貌也(二·五五)
鮸 魚名也(八·二四)
(小) 沼 池沼也(一·四九)
遶 周帀也(法一四七·一)
膘 脅前也(八·三二)

縹 青黄色也（慧琳音義五・六後）
蟜 居友反（悉曇要訣五二・一）
（巧）
巧 好也（法一五〇・三）
炒 炒燩火乾也（四・六〇）
潦 雨水也（一・二六）
（皓）
老 耆老也（法一四八・三）
稻 秔稻也（九・一）
惱 恨也又亂也（淨三・五）
草 百卉惣名也（一〇・一）
褓 襁褓小兒被也（四・一六）
懊 惱也恨也（法一四五・一）
（哿）
舵 正船木也（三・六五）
可 善也（法一四八・二）
（果）
粿 淨米也（五・一九）
鎖 鐵鎖也（三・四七）
垛 射垛也（二・九一）
坐 結趺也（法一四七・二）
果蓏 說文木上曰果地上曰蓏（九・五六）
輠 車脂角也（三・七六）
（馬）
鰢 魚名也（八・一七）

踝 足骨也（二・四三）
（感）
慼 愧也懼也（淨一・一〇後）
（敢）
淡 竹名也（一〇・八四）
（養）
橡 櫟實也（六・四九）
兩 二也（法一五二・二）
想 存思也（淨三・八）
紡 績也（六・六二）
長 大也（法一五二・二）
（蕩）
膀 題示也（五・二六）
幌 帷幔也（六・六五）
（梗）
哽 哽噎食塞也（二・五四）
鯁 魚刺在喉又骨鯁也（八・三二）
梀 木可為笏也（一〇・八九）
舴艋 小漁舟也（三・五七）
（耿）
[艹耿] 芋莖也（九・八二）
（靜）
穎 穗也（九・二一）
（迥）
艇 小船也（三・五七）
杻 所以拘罪人也（法一六九・三）
（有）
酉 飽也老也又云說文就也八月黍成就可作酎故八月建酉卯為春

門萬物以出酉為秋門萬物以入(五記)

(厚)母 牧也道也生曰母死曰妣(淨三、六後)

枓 柱上方木也(三·三)

蝌蚪 蝦蟇子也(八·八六)

鷦 黑色水鳥名也(七·四〇)

偶 妃也又匹也(五記)

叟 老人稱也(一·八九)

吼 牛鳴也(七·七五) 牛鳴呼后反古作

吽(悉曇要訣五五六·三)

去聲

(送)衆 三人以上為衆(法一四五·一)

(用)縱 恣也(法一五八·三)

誦 對文曰讀背文曰誦(淨三·一四)

重 案見鍾韻

(絳)巷 里中道也(三·五〇)

(寘)積 草積也(法一六九·一)

議 謀也(法一四八·一)

義 仁義也釋名曰義者宜也裁制事務使合宜也(普賢行法經記二四三·二)

戲 遊也弄也(法一五〇·一)

(寑)稐 圓草褥(六·七〇)

鰧 魚名似蝦而赤文(八·一五)

㐭 倉有屋曰㐭(三·一二)

(琰)撿 校也(法一六九·三)

瞼 目瞼也(二·一〇)

(忝)荏苒 猶展轉也(慧琳音義六八·三)

膁 腰左右虛肉處也(二·二九)

(等)肯 受也(法一五五·三)

翅 鳥翼也(七·四五)

(至)穗 禾穀末也(九·二一)

邃 幽遠之貌(五記)

利 吉也力至反出唐韻羽聲(普賢行法經記二四三·二)

致 至也(法一六〇·二)

騺 馬脚屈重也(七·九〇)

枇 細櫛也(六·三〇)

庛 瘞也(三·一七)

憔悴 有所憂也(淨三·五)

(志) 鎚 好銅半熟也(三・八〇)
志 念也意也誠也(希麟續音義二・一一)
寺 後漢西域人摩騰來初止於鴻臚寺遂
取寺名置白馬寺佛寺之號自茲而
起也(法一六六・一)
孳 乳化曰孳交接曰尾(五記)
(未) 熾 猛火也又盛也(四・一〇)
厞 草曰厞麻曰屨革曰履黃帝臣於則造
也(四・二五)蔣本有奪字
(御) 御 理也衛也(法一五〇・三) 蔣本理也待也
進也又姓
翥 飛舉也(七・四九) 蔣本翥飛也亦作翥
疏 記疏也(五・二六)蔣本疏記也
詛 呪詛以言相厭也(法一六九・三)蔣本詛〻呪
欅 枈食器也(四・八二)蔣本枈食者或作擧
(暮) 槶 射鼠斗也(五・六七)
胯 兩股間也(二・二九)蔣本股也韓信出於胯
下
鮬 婢妾魚也(五・一六)蔣本魚名
(泰) 膾 細切肉也(四・五七)蔣本魚膾亦作鱠

癩 恚瘡也(法一五九・三)蔣本云疾又作
癘
(霽) 螮 亦蛇也或作蔕(慧琳音義九九・五)
蔣本云螮蝀
髻 鬟也(二・二一)蔣本綰髮
戀 寐言也(二・五九)
(祭) 制 止也(法一五二・三)蔣本禁制
藝 伎也才能曰藝(淨一・四)蔣本藝才
能
(怪) 薤 葷菜也(九・二六)蔣本注殘缺
(隊) 珮 玉珮也古之君子必佩玉以比德(六
七)
瑇瑁 下莫佩反瑇瑁蟲名也如龜形
生南海也(弘鈔四)蔣本云瑇瑁
背 弃背也(法一六七・二)棨蔣本殘缺
(代) 瑇 瑇瑁徒戴反(弘鈔四)蔣本云又玳瑇
瞹
导 內典無导(法一五二・一)蔣本云礙止也
又作碍又作导五槩反
愛 恚也(淨一・二六)蔣本無注解

(廢) 廢 弋射收繳具也(五・六五)

穢° 污也(法一五五・一)

吠 狩廢反(悉曇要訣五(一・三))。犬之鳴聲也(七・六)

(震) 震 卦至東方起也說文云劈歷動物者也(五記)

賑° 給富也又救也(淨二・二〇)

訊° 毛詩告也(五記)

櫁 楝也(三・二九)

(愍)(燉) 悃 惓也病篤也(淨一・二五)蔣本無注

論° 論議也以事相難也(法一六六・一)蔣本無注

(翰) 騂° 突惡馬也(七・七九)蔣本云馬高六尺

彈 放丸弓也(五・三六)蔣本無注

暵 耕田壠(一・七五)蔣本無壠字

館 客舍也(三・九)蔣本云館舍

(換) 段° 斷也(法釋一六九・三)蔣本云分段又姓

筭° 籌策也合也(淨一・三後)蔣本筭計也

幔 幌幔幕也帳也(三教指歸注下)蔣本帷幔也

(諫) 棧 板木構險為道也(三・五五)蔣本云木棧道

(霰) 騆 青驪馬今之鐵驄馬也(七・八一)蔣本青驪馬也詩曰駜彼乘騆

殿° 宮室也(淨一・一三後)○宮殿也(三・三)蔣本與倭抄合

淀 堂練反與電同音(悉曇要訣五二。・三)蔣本唐練反無此字

瑱 玉充耳也(六・一七)蔣本玉名

殿° 都面反軍前曰啟後曰殿後漢書上功曰最下功曰殿(五記)蔣本云軍在前曰啟在後曰殿最口口音義云上功最懼下功曰殿文有譌誤

(線) 佃 作田也(一・七三)蔣本云營田

甎° 器緣謂口邊也(四・九三　孫切)棐蔣本無此字

戀° 慕也(法一五五・三)蔣本同

饌° 具食也(法一六四・三)蔣本同

(嘯) [月+肅] 切肉合糅也(四・六三)棐蔣本無此字

(笑) 徼 徼道小道也(三·四九)蔣本云循也小道也

鞘 刀室也(五·四六)蔣本作鞘注云刀鞘又作鞘

廟 貌也(法一五〇·二)蔣本同

驃 匹召反(悉曇要訣五二〇·二)蔣本毗召反又卑笑匹召二反

(效) 皰 面瘡也(二·七五)蔣本云面熱生氣

⿰舟少· 船不安也(三·六〇)

⿰舟少· 角上浪皮也(七·七二)以上二文蔣本並無

(号) 導 引教也(法一四六·二)蔣本云導引

筲 莫報反(悉曇要訣五二四·一)蔣本冐字及注並殘缺

(箇) 餓 从飢也(一·四一·孫切)蔣本無注解

(過) 過 咎也(法一五二·三)蔣本無注解

(禡) 夜 暮也(一五一·二)蔣本無注解

欛 劒柄也(五·四四)蔣本作把注云刀把

杷 作田具也(五·七六)蔣本云杷田器

(闞) 惔 今案唐韻惔字徒濫徒甘二反去聲與憺字同(法一六三·二)蔣本云憺恬靜亦作惔徒濫反又徒敢反

(漾) 養 飲飼之曰養古文作羧同余兩余亮二反(淨三·六後)蔣本云養供養

讓 推不受也(淨音二·二五)蔣本云讓退讓責

蟓 桑上繭(六·五八)蔣本云桑蠒即桑蠶出迳足

張 施也(法一五六·一)蔣本云張張施

障 遮也(法一五六·一)蔣本無注解

壯 盛也(法一五九·二)蔣本無注解

妄 誑也杜氏注左傳曰妄不法也(淨三·一一)蔣本唐韻妄字注與望謫亂

(敬) 竟 終也(法一五一·一)蔣本云窮也又姓出姓苑

鏡 照人面者也(六·二五孫切)蔣本注無此語

⿰目英 隱也(希麟續音義一·一三)蔣本作眏無注解

更 古孟反重也(法一五五·二)蔣本云易也說文古衡反

枰 投簿局也(二一〇·六)蔣本云獨坐板牀一曰投博局又音平

(勁)

°行　善德之迹(淨二·八)蔣本云景迹

遉　遉邏(三·五五)蔣本云羅犢也又作偵

(宥)

°性　行也(法一五〇·一)孫蔣本同

°獸　能飛曰禽能走曰獸(淨一·五後)蔣本云禽獸字林云兩足曰禽四足曰獸

°皺　皮不展也(法一六七·二)蔣本云面皺

蜏　朝生暮死虫名也(八·一〇)蔣本云蟲名

(候)

°鬪　爭也競也(法一五八·二)蔣本云鬪競

°湊　合(五記)蔣本云水會

°陋　愧又踈惡也(淨一·一四後)

鎒耨　鐵齒杷名也(五·七六)蔣本無

(沁)

⿺瓜心　青皮瓜名也(九·七三)

°禁　守也(法一六七·三)蔣本云制也

蔭　庇蔭也(三·一七)蔣本蔭字無注

°飲　以酒漿飼人也(法一五〇·一)蔣本無注解

(豔)

焰　以冉反焰之火初著也(法一五八·三)

爓　以贍反(同上)蔣本爓光亦作燄

(證)

°稱　恆意也(法一六二·二)蔣本同

(鑑)

鑱　犁鐵又土具也(五·八一)蔣本云鑱土具

⿰革毚　⿰革鳥之短也(五·五二)蔣本注脫

(屋)

穀　水菜可食(九·三四)蔣本菜作草

°哭　哀號(淨二·八後又法一六八·二)蔣本云哭哀聲字林云哭之屬也

簏　箾簏箭室也(五·三七)蔣本云簏箱

°福　祿也爵命也(淨二·一〇後)蔣本無注解

°復　返也重也(法一六九·一)蔣本復重也

°複　織複機之卷繒者也(六·五六)蔣本云織複卷繒者出字林

鏑　鴝鏑溫器也—(倭抄四·七三)唐蔣本唐韻鴝鏑二字不從金

鞠　今通謂之毬子(倭鈔二·一〇八)孫棠蔣本唐韻同

蓫　羊蹄菜也(九·五四)蔣本作薫云亦作遂

竹　不凋之草也(法一五二·二)棠蔣本云竹姓本姜姓為孤竹君其後氏焉

°閦　唐眾也出字統又內典有阿閦如來(法一六三·三)蔣本同

(沃)

⿰糸戚　繒文貌也(三·九二)蔣本云⿰糸戚〻文

⿸尸豕·　(音竺)尾下孔也(二·三〇)蔣本無

(燭)

鸖　鸖屬也(淨四·五)蔣本云鳥名

僕　侍從人也(一·九五)蔣本云僮僕詩傳云附也亦姓

褥　佛經阿耨字是也(法一四五·三)蔣本作耨云小兒愛

屬　之俗反付也足也會也官衆也儕等也亦連屬(普賢行法經記二三六·二)蔣本無會也以下八字

屬　市玉反屬俗也(普賢行法經記二三六·二)蔣本云附也類也

觫　觳觫具也(六·三四)蔣本無此字

粟　禾子也(九·七)蔣本云禾實

(覺)

矠　取魚矠也(五·六九)廣韻作簎蔣本無此字

殼　虫之皮甲也(八·五三)蔣本無虫之二字

(質)

匹　仇也(五記)蔣本云說文文字從八乚字㨿一匹

衵　女人近身衣也(四·一二)蔣本云近身衣

櫁　香木也(一〇·九四)蔣本作樒云木樒樹名

必　審也然也(法一四八·二)蔣本云審也說文從弋八

饆　饆饠餌名也(四·四八)蔣本無饆字

筆　所以書者蒙恬所製楚曰聿吳曰不律燕曰不弗律秦曰筆也(法一五三·三)蔣本云秦蒙□□造

(物)

勿　莫也(法一五一·三·孫)蔣本同

佛　釋家也又佛覺也自覺覺他人名之曰佛(淨三)佛釋像也(法一四四·三)蔣本云佛者覺也自覺覺他名曰佛

(櫛)

髻　額前髮也(二·二一)蔣本無此字

瑟　樂器似箏而大三十六絃(六·三·孫切)蔣本云樂器

(月)

橛　所以止扇也(三·四八)蔣本作橜云杙也又銜橜馬勒

(沒)

突　衝也欺也(淨二·九)蔣本云觸也說文從大

忽　倏然也(法一五八·三)蔣本云倏忽又姓一蠶為十忽十忽為一絲案當云十蠶為一忽

窟　窠也(五記)蔣本云窟ㄟ穴

籺　籺糲漢書食糠籺是(九·一九)蔣本作覈云ㄟ糲頭漢書云食糠覈耳

(末)

括　閉同也(五記)蔣本云撿也結也至也

筈　箭受弦處也(五·三八)蔣本云箭筈

(屑)

鬐· 以組束髮也(六·二七·孫切)蔣本無此字

秳· 舂穀不潰者也(九·二○)蔣本無此字

魃 旱神也(一·三七·孫切)蔣本云旱魃

粫 米麥破也(九·二○)蔣本粫字殘闕存麥破
二字

結 古屑反縛也(法一四五·一)蔣本結字殘闕
古屑反三字可見

潔 淨也(法一五六·一)蔣本云清

僭 濫也(五記)蔣本云僭々俛

纈 繒之有灰花(三·九一·孫)蔣本云帛纈

篾 竹皮也(一○·八七·孫切)蔣本云篾竹篾

(薛)

折 (食列反)斷而猶連在也(法一五九·一)

説 詰也又論也(淨一·一後)蔣本云告也

別 分別也(法一五二·一)蔣本別字注闕

(昔)

腊 腒腊乾肉也(四·六二)蔣本云乾肉

石 甎類也(法一五三·二)蔣本云山石

(麥)

策 謀也籌也又竹筴又所以箠馬也(五記)蔣本注不同

䅥·擭· 所以捕鳥也(五·六八)蔣本無擭字

(陌)

洦洦 淺水貌也(一·四五)蔣本無此二字

粡𥽥 煮米多水者也(四·三九)蔣本無𥽥字

逆 亂也(淨三·四後)蔣本無注解

鞸·韄· 佩刀把中皮也(五·四六)蔣本韄佩
刀飾

(合)

鴿 仁禽巣於寺宇也(法一五七·一)蔣本云
鳥名

(盍)

塔 孫愐切韻云齊楚曰塔楊越曰龕一曰
塔下室也(淨二·一後)蔣本作塔云
佛圖

(狎)

岬 山側也(一·六四)蔣本作砷注同

(葉)

鍱 銅鍱也(三·四六)蔣本銅作鐵

接 捧也承也(淨三·三後)蔣本云交接

躡 尼輒反踏也履也登也急也(普賢行法經
記上二三七·三)蔣本注云蹈

(帖)

俠 豪俠又人姓也韓朝有俠累也(三教指歸注
上)蔣本云任俠又姓戰國有韓相俠累

捻 乃協反(悉曇要訣五一七·三)蔣本奴協
反

(緝)

入 人執反内也納也(法一四六·一)蔣本無注
解

急 迫也(法一五八·三)蔣本云急疾

(藥) 。給 賑也(法一五六・二)蔣本云供給又人姓
斫 削也又斷也(五記)蔣本云刀斫又姓
。却 除也(法一六五・二)蔣本云退俗作却
杓 斟水器也(四・八六)蔣本云杯杓
膜 肉內薄皮也(二・三二)蔣本云肉膜
(鐸) 。作 役也使也(法一六一・三)蔣本云為也起也又臧羅
臧洛二反
錯 鑢別名又摩也(五・九一)蔣本摩作雜
鶚 大鵰也(七・四)蔣本云鳥名
腭 口中上腭(二・一七)蔣本作咢云口中斷咢出字統
。摶 持也擊也(五記)蔣本云手擊
䡀・ 車下索也(三・七四)蔣本無此字
(職) 植 栽也(法一四六・一)蔣本云種也
棘 剌也(法一六三・一)蔣本云小棗亦越戟名又人姓

10 孫伷切韻

平(東) 童 童僮二字經史通用(法一五三・二)
悤 說文多遽悤悤也字林作忩多務也(淨二
・一〇)
(支) 為 成也(法一五一・一)

弋 弋射也(二・八八)蔣本云縻亦繳又姓出
姓苑
翼 羽又助也(七・四五)蔣本云羽翼又姓
芅 蔬芅似桃而花白今之羊桃也(一〇・二七)蔣
本作杙云菓木名實如李
(德) ⿱遺火 炒⿱遺火火乾也(四・六〇)蔣本作㸅注殘闕
扐・ 指間也(二・三八)蔣本無此字
賊 胙則反盜也(普賢行法經記下二四二・三)蔣
本無注解
(業) 魥・ 以竹貫魚出復州界也(四・五九)蔣本無
此字
。刦 刦奪也又掠人物也(二・一六後)蔣本云
強取
(之) 癡 愚騃也心無所識(淨二・一二・後)
(魚) 車 釋名車古者曰車聲如居言行所
以居人也今曰車車舍也行者所
處若舍也(淨四・三)

(虞) 愚 說文从心禺禺猴屬性之愚者(淨二・一二・後)
(模) 吾 我也(法一五二・一)
(佳) 扠 扠扸參差也(法一六六・二)
(真) 貧 無財也(法一五四・二)
(魂) 魂 淮南子天氣為魂地氣為魄左傳心之精爽是謂魂魄(淨二・一三)
(寒) 歡 喜樂也(法一四七・三)
(刪) 攀 字統云或作攀(淨一・五・後)
(仙) 連 說文眉連也上林賦云長眉連娟(五記)
(歌) 戈 方言吳楊之閒謂戟為戈(淨二・二五)
(覃) 堪 勝任也(法一五二・一)
(唐) 剛 金之精剛者也(法一四九・一)
藏 隱也(法一五八・二)
(清) 屛營 廣雅屛營怔忪懼也(淨二・五・後)
(侵) 禽 爾雅二足而羽謂之禽四足而毛謂之獸走者飛者總曰獸(淨一・五・後)

上

(蒸) 昇 上也(法一六三・三)
(紙) 跪 膝至地也(法一六七・二)
(止) 紀 緒也(五記)
(語) 所 猶處也(法一四五・三)
(薺) 遞 爾雅遞迭也說文更易也(淨二・一・後)
(阮) 夗 轉臥也(法一六〇・一)
(養) 滉瀁 大波兒(淨二・二五・後)
長 左傳教誨不倦曰長儀禮獻衆賓之長鄭玄曰長其老者也鄭玄注周禮曰老尊稱也(淨四・一・後)

去

(泰) 癩 說文作癘癘癩同也(法一五九・三)
(霽) 切 漢書一切衆也(淨一・二・後)
(震) 順 從也(法一五一・三)
(翰) 筭 說文云長六寸計歷數者從竹弄言常筭乃不誤又作笇(淨一・三・後)
半 中分也(法一六七・一)
(霰) 殿 蒼頡篇殿大堂也(淨一・一三・後)
(線) 箭 箭竹主為矢因為矢為箭(法一六八

·三)

(宕)喪　死也亦作𠷫(法一六七·二)

(敬)行　周禮德行外內之稱也在心為德施文為行(淨音二·八)

(勁)令　命也法也(淨二·二四)

(幼)幼　稚也(法一五五·三)

入(屋)哭　說文哀聲哭者人必聚故從吅(淨二·八·後又法一六八·二)

六　數之次五者也(法一四五·三)

(沃)掬　盛滿兩手也(法一六五·一)

鵠　韓詩外傳云鴻鵠一舉千里楚辭云黃鵠之一舉知山川之紆曲再舉知天地之圓方(淨四·五)

〃　弘演寺釋氏切韻

"日本見在書目錄"有釋弘演"切韻"十卷。"東宮切韻"引稱「釋氏」，"弘決外典抄"引作「弘演寺釋某」，所以現在題作「弘演寺釋氏」。

平(東)空　虛也(法一四九·二)

充　滿也(法一五一·三)

(鍾)容　含容也(法一六五·一)

(燭)辱　惡也(法一四九·三)

續　繼也連也(法一五四·二)

(質)嫉　玉篇害賢曰嫉害色曰妒(淨二·五)

(末)鈸　樂器形如瓶口對而擊之(法一五四·一)

(屑)竊　盜自中出也(淨二·一七)

(緝)泣　說文無聲出淚曰泣去急反(淨三·五)

(職)敕　君父之命也(淨二·二四)

(德)惑　疑也論語四十而不惑孔安國曰不疑惑也(淨二·二五·後)

(葉)攝　錄也(法一五〇·一)

(業)劫　強取也(法一六〇·二)

(支)池　停水曰池也(法一五〇·一)

垂　將欲也(法一六三·二)

(脂)唯　獨也一也(法一五一·三)

(微)(魚)(虞)(模)(齊)(真)(文)(殷)(痕)(山)(先)(仙)

非渠於虞拘謏鬚洿爐埿倫仁神聞欣根閑牽詮連

不是也(法一四七・三)
溝也(五記)
于也(法一四五・三)
安也有也
樂也(五記)
聯也止也
執也(五記)
面從媚於人
(淨二・十四)
口下毛也
(法一四九・二)
深也大曰潢小曰
洿(五標)
盛火具也
(法一六七・二)
水和土也
(法一五三・二)
正配也比類也
(五記)
忍也愛人及物
曰仁(淨三・十五)
妙神不測也
(法一四八・一)
耳受聲也
(法一四四・三)
喜也
(法一四九・二)
草木本始也依內典
根性也(法一五一・二)
靜也
(法一四九・二)
引挽也
(法一六一・二)
擇也
(五記)
續也合也
(五記)

(宵)(肴)(豪)(歌)(麻)(談)(陽)(唐)(庚)(清)

宣泉穿旋焼超膠牢茄何袈裟甘将張房牂綱盲鳴名

述也
(法一四八・一)
水自出也
(法一五〇・一)
掘也
(法一六四・三)
行返也
(法一六六・一)
火自燃也
(法一五五・三)
越上也
(法一六三・三)
黏物煮皮角為之
(法一五三・三)
堅固也闌也
(法一六八・一)
茄子一名紫瓜子
(倭抄九・七六)
疑問詞也
(法一四八・一)
天竺語也此云無
垢衣(倭抄五・一二)
美也
(法一六二・三)
欲也
(法一六一・一)
舒也開也又竹亮
反(法一五六・一)
小室也
(法一六二・一)
三歲羊也詩云東門之楊其葉牂
牂盛也又太歲在單為敦牂(五記)
大繩維持諸
小索(五標)
目無眸子
(淨三・七後)
声響也
(法一五〇・二)
名號也
(淨四・八)

盈　滿也（法一六〇・三）

（青）經　引絲以織織（淨一・一後）

星　天文列宿也（法一六九・二）

（尤）柔　和也耎也（法一四八・三）

遊　遊曆也（法一五一・三）

稠　密也（法一五三・二）

（幽）幽　深遠貌也（法一六二・三）

（侵）金　金有五色赤曰銅白曰銀青曰鉛黃曰金（五記）

禽　鳥之大者（淨一・五後）

侵　千金反犯也（淨二・十八）

任　能也堪也（法一六〇・三）

（添）謙　敬也虛也讓也（淨二・二）

（蒸）徵　兆也審也明也驗也又陟里反大也（五記）

（登）增　益也（法一四九・三）

燈　燃膏油以照明也（法一五〇・三）

（凡）凡　非一也（法一六二・一）

上

（董）動　搖也（法一四七・二）

（腫）種　類也（法一四七・三）

腫　皮膚高起病也（法一六〇・三）

（紙）爾　是也（法一四六・二）

（旨）揆　商度也則也（五標）

（止）里　二十五家為里（淨二・十五）

起　立也（法一四八・二）

耳　助辭也（法一五二・三）

（語）女　女在父母家之稱婦在夫壻家之稱（淨四・八）

與　賜也（法一五五・三）

許　聽也（法一五六・一）

巨　大也（法一六一・五）

去　除卻也（法一六三・二）

（姥）滷　地不生物（五記）

苦　勤也（法一六二・一）

（薺）禮　敬也（法一四七・二）

體　親信於事也（法一六一・三）

（蟹）解　（佳買反）脫也又古雅反（法一五二・一）

（軫）引　進也（淨三・十三後）

盡　罄也（法一四五・一）

（阮）返　歸也（法一五八・三）

（篠）曉　明也（法一五四・三）

（小）少　寡尠也（法一五二・二）

（巧）絞　索繩也（法一五六・一）

(晧) 浩 胡老反水浩浩大流也(淨二·廿三後)

惱 懊惱有所恨痛也(淨三·五)

(馬) 且 暫爾也(法一六五·三)

(養) 長 張兩反大也增也(淨四·一後)

(梗) 猛 勇健也(法一四九·二)

(有) 九 八後十前也(法一五三·一)

(厚) 偶 对偶也(五記)

厚 非薄也(法一六二·一)慇重也(法一六六·三)

(琰) 漸 (慈染反)稍也(法一五三·三)

染 色露物也(法一五九·二)

掩 (衣儉反)覆藏也(法一六二·三)

(范) 犯 (防錽反)侵也(法一六一·二)

去

(用) 誦 背文曰誦以声節之曰誦也(法一四九·二)

(寘) 義 理也(法一四七·二)

離 (力智反)遠去也(法一四九·二)

臂 手腕也(法一六九·二)

(至) 邃 深遠也(五記)

帥 部也言之曰將又旅帥(五記)

二 一三之間也(法一四五·一)

至 到也(法一四七·三)

(志) 器 器皿也(法一六一·二)

志 慕也(法一四八·三)

字 名字也(法一五一·一)

異 別也(法一五一·二)

置 措也(法一五六·二)

(未) 既 已也(法一五一·三)

味 口所識也(法一五六·二)

(御) 去 往也不住也又上声(法一四八·一)

豫 逸也(法一五二·二)

慮 思也(法一五二·二)

(遇) 懼 怖也(法一六三·一)

句 一辭之終曰句也(法一六四·三)

(暮) 布 分也遍也(法一四九·一)

惡 憎也(法一四九·三)

露 彰顯也(法一五六·一)

(泰) 會 集聚也(法一四七·二)

(霽) 計 計算也(淨一·三後)

詣 至也(法一四九·二)

繼 續也(法一五一·三)

細 小也精也(法一五九·一)

(祭)綴 連也(五記)

勢 威力也(法一四六・二)

際 边畔也(法一四八・三)

(卦)差 病愈也(法一六七・二)

(隊)背 脊也(法一六〇・二)

(代)閡 又作礙 水門也(五記)

(震)賑 以財濟人乏也(浄二・廿)

進 前也昇也(法一四六・二)

(問)聞 (文奮反)令聞遠至也(法一四六・一)

(願)勸 勉也(法一六二・一)

販 買賤賣貴也(法一六六・三)

(慁)困 苦悶反疲也貧也(浄一・廿五)

論 議也談競理也(法一六〇・三)

(翰)觀 城門双闕也於上觀望也(浄一・十四)

岸 重崖也(法一四六・一)

但 唯也(法一五二・三)

喚 相呼也(法一五八・三)

灌 注也(法一六四・三)

(霰)片 半也薄物曰片不全曰片(五記)

健 未成難也(五記)

(笑)要 須甚也(法一五二・二)

(号)奥 室也穴也藏也(浄一・十一後)

(箇)過 逾越也(法一四八・一)

破 壞也(法一四九・三)

座 床座也(法一五一・二)

(漾)妄 虚謬言也(浄三・十後)

忘 不記憶也又武方反(法一五一・三)

況 別也(法一五二・三)

誑 (居況反)妄言惑人也(法一五三・一)

(敬)競 爭也(法一五六・一)

(勁)正 平也(法一五五・二)

(宥)究 窮也(法一五一・一)

就 成也(法一五二・一)

鷲 鵰也(法一五六・三)

(候)湊 嵌也競進也(五記)

(沁)禁 制也又平声止也(法一六七・三)

(證)勝 过好餘者也(法一四八・三)

稱 (去声)適好也(法一六三・二)

(鑑)懺悔 西域云懺悔此云發露謝罪(浄三・五後)

入

(屋)肅 嚴敬也戒也孔曰肅敬也毛詩九月肅霜傳曰肅縮也(五記)

讀　目對文而口唱也（淨三・十四）
木　樹總名也（法一五三・二）
熟　成也（法一六二・二）
（沃）鵠　鵠鵲鳥似鵲鵲一名射的（淨四・五）
（燭）足　充也又將喻反（法一五一・三）
髑　髑髏也（法一五六・二）
（覺）學　習也（法一四五・三）
數　（所角反）頻也屢也又音速（法一五五・二）
（質）律　法則也（法一六六・二）
（物）屈　屈折伏也曲也（淨三・十五後）
（櫛）瑟　三十六絃也（法一六八・二）
（月）發　起也（法一五一・二）
（末）末　淺薄也遠也無也勿也端也顛也（五標）
達　道路也（淨一・三）
奪　強取他物（淨二・十七）
脱　落也不定也（法一五六・三）
活　養也（法六四・三）
（黠）察　審視也（法一五〇・二）
（屑）竊　私盜也（淨二・十七）
纈　結帛為文綵也（倭抄三・九一）

滅　盡也（法一五〇・一）
（薛）說　言敘也（淨一・一後）
熱　溫盛也（法一五九・一）
（錫）寂　安靜也（法一四九・三）
覓　尋求也（法一六一・三）
（昔）籍　戶書也（淨一・四後）
（合）荅　對也（法一四八・一）
匝　周遍也（法一五五・三）
（盍）鐵　鉛之白色者也（法一五三・三）
（狎）甲　爪也毛詩傳曰甲押也（五記）
（葉）輒　率爾也（法一六〇・二）
（緝）急　疾速也促盡也（淨二・五後）
泣　無声而淚（淨三・五）
立　建也（法一五三・一）
集　聚也（法一五七・三）
（藥）斫　斬也（五記）
若　如ク也（法一四八・三）
略　省也（法一四八・三）
著　附也（法一五〇・一）
（鐸）搏　手握物令相著也（五記）

（職）（德）

惡 不善也（法一四八・二）

度 （音鐸）測也（法一五二・一）

食 飡也（法一五〇・一）

色 彩也形也（法一六二・二）

劾 推劾取其實辭（五記）

12 沙門清徹切韻

平 （虞）（模）

虞 助也望也專也毛詩無貳無虞傳曰虞誤也賈逵曰虞備也（五記）

珊瑚 生海中磐石上欲取之作鐵網沉水底珊瑚即貫而生一歲高二三尺如小樹肉紋網出白色軟似菌一年黄三年赤採之（淨一・一八）

（真）（元）（寒）（山）（先）（仙）（豪）（唐）（庚）

涃 曰淵曰涃又他魂反 涃灘（五記）

返 （府遠反）又府元反（法一五八・三）

彈 手拊也（法一六八・三）

山 大陵也（法一四四・三）

憐 愛惜也（法一五五・三）

便 （婢仙反）次便也（法一四九・二）

勞 疲也（法一六七・一）

藏 埋也（一六八・三）

兵 軍衆也（法一四九・三）

國 都也（淨一・十六後）

賊 竊也殘害也（淨二・十七後）

惑 迷乱也（淨二・廿五後）

特 別也異也（法一五〇・三）

刻 削鏤也（法一五三・三）

上 （登）（銜）（姥）（篠）（馬）

去 （至）（志）（暮）（祭）（怪）

生 起也（法一五一・一）

弘 廣也多也（法一六一・三）

欃 （士咸反）欃搶又初銜反 妖星（五記）

困苦 困病之甚也苦也 又困也（五記）

了 曉了也（法一五二・一）

也 詞絶也（法一五一・二）

祕 密也要也（法一五四・三）

師 正也左傳賜三師（五記）

置 安也（法一五六・一）

作 去聲執作也（法一六二・一）

衛 侍衛也（法一五六・二）

世 世界（法一四六・一）

戒 僧受法也（法一四九・三）

入

(隊) 內 內字閡類反出內也(法一六一・一)

(代) 薆 薆蔚草盛蔽不見貌(五記)

(願) 願 樂欲也(法一四八・二)

(翰) 榦 樹枝(五記)

岸 彼岸也(法一四六・一)

(簡) 佐 輔佐也(法一六〇・三)

(禡) 化 教化也(法一四九・三)

(漾) 讓 仁也(淨二・二・三)

(宕) 藏 徂浪反庫藏也又徂郎反收也(法一五一・二)

(敬) 命 天常也陸士衡弔魏武帝文曰當建安之三八寶大命之所艱注曰大命謂天命也尚書曰天建厥德用集大命(淨二・二・三)

(勁) 政 令也(法一五二・一)

(宥) 救 濟也(法一五九・二)

覆 蔽也(法一五六・三)

(候) 陋 醜猥也或作陋宴(淨一・四・後)

(屋) 祿 位也毛詩曰君子至止福祿如茨箋曰君子至止者謂來受爵命者爵命曰福賞賜曰祿茨屋蓋也如屋蓋喻多也(淨二・一〇・後)

服 衣裳之總名也(法一四九・二)

宿 止舍也(法一六二・一)

首蓿 罽賓國多首蓿張騫使西域得之也(法一六九・一)

(燭) 蓐 席也(淨二・二・六)

欲 樂欲也(法一四八・一)

(質) 實 真也(法一五一・三)

(物) 佛 符弗切佛像也又皮逼反(淨一・一)

(沒) 忽 或作迫(淨二・三)

(屑) 節 叙也量也省也(淨二・二・九・後)

閉 (方結反)塞也又博計反掩也亦作閇(法一六六・三)

(薛) 絶 斷也(法一五九・二)

(昔) 滷 又鹵亦反苦地說文海濱廣滷(五記)案廣韻滷字郎古昌石徒歷三音茲依清徹音置此

(陌) 白 素色也(法一四七・三)

(德) 裓 盛香具也(法一五五・三)案廣韻云裓釋典有衣裓古得切

唐五代韻書集存・跋

陳新雄

周燕孫祖謨教授《唐五代韻書集存》一書，爲當代彙集唐五代及敦煌韻書寫本最爲完整之總集之一，與姜亮夫《瀛涯敦煌韻輯》，潘重規師《瀛涯敦煌韻輯新編》，鼎足而三。實爲當代韻書總集之中，最爲精審者。今將由臺灣學生書局刊行臺灣版，以利臺灣學術界之參考，學生書局印行有日，囑余撰一跋文，紀其刊行緣起。先生之書，非余淺學，所敢任綴蕪辭，然介紹先生音學造詣於臺灣聲韻學界，固其榮幸也。因徵之於先生，先生復函以爲能作跋繫後，文辭多多爲善。故乃不辭譾陋，略綴數言，其有玷辱先生之書者，尚乞海涵爲幸。

余自入師範大學，從先師許詩英先生學，因耳聞燕孫教授之學術造詣，先師嘗謂當年中央研究院歷史語言研究所招聘研究員，須經考試，而當時經考試錄取爲研究員者，亦僅周先生與董同龢先生二人而已。在臺灣研究聲韻學之學人，六十歲以下，四十歲以上者，於董先生在聲韻學上之造詣，皆躬親體會，因民國四十年代時，在臺灣能用之聲韻學教科書，唯一之一本，則爲董先生之《中國語音史》，今改名爲《漢語音韻學》。縱未躬親受業，亦均私淑久矣。故提及董同龢先生，臺灣聲韻學界，可謂無人不曉，無人不知。而周先生與董先生齊名，其年壽益長，著述益豐，於聲韻學上之成就，在大陸學術界，固已屬泰山北斗之尊矣，而於當今世界語言文字學術界中，由於老成凋謝，今亦無幾人能望其項背者矣。

余初於《輔仁學誌》讀先生〈陳澧切韻考辨誤〉〈四聲別義釋例〉〈審母古音考〉〈禪母古音考〉諸文，早已仰慕涉獵之淵洽，考證之精詳。然以當時情況，形格勢禁，無由通其款愫，而拳拳之誠，固無少懈也。民國五十八年（一九六九）因撰寫博士論文《古音學發微》，託友人於香港購得先生《漢語音韻論文集》及與羅莘田先生合撰之《漢魏晉南北朝韻部演變研究》，於先生聲韻學之成就，讀其著述益多，則景慕愈深也。其後臺灣世界書局影印先生《廣韻校本》《廣韻校刊記》問世，而於先生用力之勤劬，乃有更深之體悟。其後讀瑞典馬悅然（Göran Malmqvist）"Chou Tsu-mo on the Ch'iehyün"（Bulletin of The Museum of Far Eastern Antiquities 40）一文，始知先生之學術，不僅爲國人所推崇，而於世界漢學界亦人所仰望者也。及讀先生《問學集》，從知千里之程，起於跬步。先生學術造詣之精洽，固由來有自矣。其時猶未知先生有《唐五代韻書集存》之著也。迨後讀《羅常培語言學論文選集．校補本十韻彙編序》，始悉周先生有《唐本韻書彙輯》之作，羅先生謂周先生此書所得材料，已較《十韻彙編》出版時增益甚多。至民國七十年代中（一九八〇），張生光宇返自美國，始攜帶先生編《唐五代韻書集存》返國，余亟託友人於香港搜購，已不可得，因就張生之書影印，故余至今猶只見影印本也。書經影印，圖片均感模糊，閱讀至感費力，於研究學術，殊感不便，因思如何設法徵得先生同意，由臺灣出版界另出臺灣版，以裨益學術界。雖有此意，其時大陸甫行開放，而臺灣尚在戒嚴期間，彼此溝通，殊多不便。會余日籍學生瀨戸口律子，來自東京，道及先生女公子在日，因託將拙著《鍥不舍齋論學集》呈正，是爲與先生通訊之始也。

西元八八至九零年，余應聘香港浸會學院中文系爲首席講師，基於地緣之關係，乃得與先生互通音信，道其仰慕之懷。並以拙稿〈陳澧切韻考系聯廣韻切語上下字補充條例補例〉一文求正，蒙先生許以「好學深思」，鼓勵極大。九零年夏余與浸會學院中文系主任左松超博士舉辦包括海峽兩岸學人在內之聲韻學國際學術研討會，先生以年事高，不克遠行，而未能晤面。九一年河南漯河市舉辦「許慎暨說文解字研究國際學術會議」，承先生邀請與會，一切就緒，正慶多年仰慕，得釋渴念。未料因會期接近中秋佳節，臺港兩地返鄉團敍人潮洶湧，機票難求，因而錯失良機，懊惱異常。是年十一月，武漢華中理工大學舉辦「漢語言學國際學術研討會」，先生以氣候轉寒，不利遠行，又再度失去晤面之緣。

數年以來，雖與先生慳於一面，未克當面請益，然先生獎勵後學，猶復通訊不絕也。余此次武漢之行，順道遊東坡赤壁、黃鶴樓、岳陽樓、洞庭湖、君山、周郎赤壁等名勝古蹟，所到之處，皆塡詞記勝，並以所塡詞寄呈先生郢正。蒙先生寵錫七絕一首云：

坡公遺蹟著千秋。江上風清正好遊。更羨先生多逸興，岳陽黃鶴兩登樓。

先生不僅賦詩相贈，更以所搜集之黃鶴樓與岳陽樓舊圖片影印相贈，先生誠所謂性情中人也。因奉和先生原玉一首：

仰望光風幾許秋。真儒事業久神遊。他年捧手濂溪日，定拜玄亭問字樓。

方大陸音韻學研究會成立之初，亦集會於武漢，先生填浣溪沙詞紀其事，並寫以贈，其詞曰：

高會群英集鄂城。登樓四望楚山青。東湖煙暖碧波平。　論韻宜分洪與細，審音當辨重和輕。蕭顏事業喜崢嶸。

余亦有和作，以報先生之青眼也。余和詞云：

流水高山有故城。知心難遇眼常青。登樓同祝八風平。　文字相看繁與簡，聲音還辨重和輕。古今南北各崢嶸。

所以言此瑣細者，正欲說明余以後學對前輩仰慕之深，以及前輩對後學愛護之切。先生爲能嘉惠後學，此書之能在臺出版，先生亦費盡苦心。因恐兩地郵寄資料而有差失，除《唐五代韻書集存》兩巨册由北京掛號寄來外，其原版圖片，乃託其日籍學生眞水康樹君，先攜帶至日本，然後以掛號寄臺，輾轉費神者，無非盼能順利出版，以嘉惠此間學人而已。至於先生《唐五代韻書集存》之內容，先生〈序言〉及〈考釋〉言之已詳，讀者自行參閱，可知端的，固毋庸再細爲縷覼也。尚餘一事容爲讀者諸君告者，先生此書再版，較之原版，增多〈補遺〉，爲蘇聯科學院東方學研究所所藏韻書殘葉，乃原本之所無者，今之此本，庶幾可稱完璧也。

中華民國八十一年（一九九二）五月二日後學陳新雄謹跋於臺北市和平東路鍥不舍齋

图版玖　　安正文界画《黄鹤楼图》和《岳阳楼图》

右：《岳阳楼图》

左：《黄鹤楼图》

三　附表

1. 切韻系韻書反切沿革異同略表

表中舉出各書四聲韻部中一部分韻紐首字的反切，比較異同，以見其前後相承的關係。各書都相同的不錄。加[〃]的表示與左边相同。韻次依照"廣韻"。

[平聲]

	韻字	1.1 (陸)	1.2 (陸)	1.3 (陸)	2.1 (箋一)	2.2 (箋二)	4.2 (王)	4.3 (王)	5.1 (裴)	7.3 (五代)	廣韻
東韻	弓					居隆		〃	〃	〃	居戎
	穹					去隆		〃	〃	去弓	去宮
	忡					初中		勅中	〃		〃
	蟲					直隆		〃	〃		直弓
	蓬	薄紅				〃		〃	薄功	步紅	薄紅
	風					方隆		〃	〃	府隆	方戎
	豐					敷隆		〃	〃	孚隆	敷戎
	馮					扶隆		〃	〃	并隆	房戎
	融					餘隆		〃	〃	余隆	以戎
	烘	呼同				〃		呼紅	呼同		呼東
	洪	胡籠				〃		〃	〃	戶工	戶公
冬韻	恭	駒冬				駒東×		駒冬	〃		九容(入鍾)
	宗					作綜		作琮	〃	祖琮	作冬
	樅	七恭				〃		七容	七恭		〃(入鍾)
	賨	在宗				〃		〃	〃	祖冬	藏宗
鍾韻	重		治容			〃		直容	〃		〃
	松祥容					羊×容		詳容	〃		〃
	衝					尺容		〃	〃	昌容	尺容
江韻	胮		足江		匹江	〃		栢江	匹江		匹江
	龐		薄江			〃		蒲江	薄江		蒲江
支韻	卑				府移			〃	必移		府移
	鈹		敷羈			普羈	敷羈	〃	〃		〃
	陴						符支		裨頻移		符支
	劑		觜隨		〃	〃	〃	〃	〃		遵為

	韻字	1.1 (陸)	1.2 (陸)	1.3 (陸)	2.1 (箋一)	2.2 (箋二)	4.2 (王)	4.3 (王)	5.1 (裴)	7.3 (五代)	廣韻
	離					呂私		呂移	〃		呂支
脂韻	葵		渠隹		〃	渠惟		渠隹	〃		渠追（與逵紐同）
	胝				丁私	涉夷		丁私	〃		丁尼
	丕		敷悲		〃	普悲		敷悲	〃		〃
	鵻		職追			止推		職推			職追
	惟		洧悲		以隹			〃	〃		以追
之韻	癡				丑之	出之	丑之	〃			〃
	輜				楚治	〃		楚持	楚治		楚持
	詩	書之			所之	書之		〃	〃		〃
微韻	沂				魚機	〃	魚衣	魚機			魚衣
	幃				王非	〃		〃			雨非
魚韻	胥				息餘	息魚	〃	〃		息呂	相居
	鉏				助魚	〃	〃	〃		士魚	〃
	如				女魚	汝魚		〃			人諸
虞韻	區				氣俱			〃		去俱	豈俱
	敷				撫夫		〃	撫扶			芳無
	紆				憶俱			〃		於于	憶俱
模韻	都				丁胡		丁姑	〃			當孤
	徒		度都		〃		〃	〃			同都
	租		則胡		則吾		側吾	則胡			側吾
	蘇		思吾		〃		息吾	〃			素姑
齊韻	雞							古嵇		古兮	古奚
	谿				苦嵇			〃		苦兮	苦奚
	倪				五嵇			〃		五兮	五稽
	梯				湯嵇			湯稽		他兮	土雞
	磇				方口		方奚	〃		必•迷	邊兮
	鼙				薄迷			〃		步迷	部迷
	西				索嵇			素雞			先稽
	栘				成栖			成西		〃	成臡
佳韻	媧				姑柴			〃	〃	姑咼	古蛙
	覢				妳佳			〃	〃	奴杈	妳佳
	釵				楚佳			〃	〃	初柴	楚佳
皆韻	皆				古諧			〃		革諧	古諧
	俙							呼皆		火皆	喜皆

韻目	韻字	1.1 (陸)	1.2 (陸)	1.3 (陸)	2.1 (箋一)	2.2 (箋二)	4.2 (王)	4.3 (王)	5.1 裴	7.3 (五代)	廣韻
	諧				戶佳x			戶皆		〃	〃
灰韻	鮠		魚回		五回		〃	〃			五灰
	裴		薄恢		蒲恢		蒲灰	蒲恢			蒲回
咍韻	開		苦哀		康来		苦哀	〃			〃
	臺		徒哀		徒来		徒哀	〃			〃
真韻	繽				敷賓			〃			匹。賓
	斌							鄙口			彬府。巾
	囙				於鄰			〃			於真
文韻	雲				戶分			王分			〃
寒韻	瞞				武安			〃			母官(入桓)
山韻	嘫				女閑			奴閑			女閑
先韻	邊				布玄		〃	〃		布千	布賢
	蹁				蒲田		部田	〃		步田	部田
仙韻	船				食川		繩川	〃		食川	〃
	遄				市。延		市緣	〃			〃
宵韻	喬				巨朝			奇驕			巨嬌
肴韻	交				古肴					格肴	古肴
豪韻	饕				吐蒿		吐高	土毫			土刀
歌韻	何				胡歌		韓柯	〃	胡哥		胡歌
	呿						墟迦	佉墟伽			佉丘伽
	伽				無反語噱之平声		去迦	求迦	茄巨x羅反		求迦
	拕				徒何		徒和	駝徒何	徒禾		徒和(入戈)
	鞾				無反語		火戈又布x波	無反語火戈反	希波		許戈(入戈)
麻韻	鴉				烏加				烏加		鵶於加
庚韻	兵				甫榮			補。榮	〃		甫明
	平				符兵			蒲。兵			符兵
耕韻	輣				扶萠			〃			薄萠
	繃				甫萠			〃	逋。萠		北萠
	傾				去縈x			去營	去盈		去營
	并							補。盈	府盈		府盈
清韻	精				子情			子清	子情		子盈
青韻	熒				胡丁			〃	乎丁		戶扃
蒸韻	殑				其矜		綺兢	其矜	綺陵		其矜
	蒸				語x膺			諸膺	〃		煮仍
	升				識烝		識承	〃	〃		識蒸

	韻字	1.1 (陸)	1.2 (陸)	1.3 (陸)	2.1 (箋一)	2.2 (箋二)	4.2 (王)	4.3 (王)	5.1 (裴)	7.3 (五代)	廣韻
	陵				力膺			六應			力膺
登韻	增				作滕		在滕	昨滕			作滕
尤韻	浮				薄謀		〃	縛謀	父謀		縛謀
	謀				莫矦		莫浮	〃	〃		〃
	搊				楚尤		〃	〃	楚求		楚鳩
	收				式周		式州	〃	式周		式州
侯韻	獳				女溝		奴溝	〃	女溝		奴鉤
幽韻	彪				甫休			甫休	補休		甫烋
	淲							扶彪	〃		皮彪
侵韻	琴			渠金	渠今			渠金			巨金
	簪			側岑			側琴	側岑	側今		側吟
	吟			魚今			魚音	〃	魚今		魚金
鹽韻	苫				視詹		〃	〃	視占	〃	〃
凡韻	凡				扶芝		符芝	〃	〃		符咸×

[上聲]

	韻字	2.1 (箋一)	4.2 (王)	4.3 (王)	5.1 (裴)	7.3 (五代)	廣韻
董韻	琫	方孔		〃	〃		邊孔
	蓊	烏孔	阿孔	〃	〃		烏孔
腫韻	䳕			莫湩	莫奉		莫湩
	湩			都隴反此是冬字上聲陸云冬無上聲何失甚	冬恭反此冬之上声		都鳰
講韻	[illegible]	武項		〃	莫項		武項
紙韻	撤		陟侈	〃	〃	陟尔	陟侈
	彼	甫委		補靡	卑被		甫委
	渳	民婢	弥婢	〃	民婢		綿婢
	紫	茲尒	茲此	茲尒	茲此	茲此	將此
	䑛	食氏	食紙	〃	〃	食氏	神帋
止韻	紀	居似	〃	居以	居似		居里
	滓	側李	〃	〃	側里		阻史
	俟	漦史		〃	鋤使		牀史

	韻字	1.4 (陸)	2.1 (箋一)	2.3 (箋三)	4.2 (王)	4.3 (王)	5.1 (裴)	7.3 (五代)	廣韻
尾韻	豈		氣狶		〃	〃	氣里 (入止)		袪狶
	扆		衣豈		依豈	〃	衣豈 (入止)		於豈
	虺		許偉		許偉	許偉	許葦		許偉
語韻	去		羌舉		楚舉	羌舉	羌呂	〃	〃
	野		署與		〃	墅署與	〃	書与	承與
	與		余筥		〃	〃	余舉	余許	余呂
麌韻	撫		孚武		〃	〃	敷武		芳武
	父		扶雨		〃	〃	扶宇		扶雨
	武		無主		〃	〃	〃		文甫
姥韻	苦		康杜			〃	枯户		康杜
	粗		徂古		〃	〃	似古		徂古
賄韻	誹		蒲罪		〃	鋪罪	蒲罪		
海韻	茝		昌待		昌給	昌殆	昌待		昌給
軫韻	盡	慈引	〃		〃	詞引	慈忍		〃
	引	余忍	〃		〃	余吟	餘軫		余忍
	盾	食尹	食允		食尹	〃	〃		〃
隱韻	近	祈謹	丘謹		〃	〃			〃
旱韻	管		古纂		〃	〃		古卵	古滿
	短		都管		〃	〃		丁卵	都滿
	椀		烏管		〃	〃		烏緩	烏管
潸韻	赧	奴板	怒板		〃	奴板		女板	女版
產韻	簡	古限	〃		〃	〃		佳限	古限
	醆	側限	〃			〃		側產	阻限
銑韻	典	多顯	〃			多繭			多殄
	殄		徒顯		徒典	〃			〃
	辮		薄顯			薄典			薄泫
	銑	蘇顯	〃			蘇典		先典	蘇典
獮韻	篆		治兗			持兗			〃
小韻	肇		治小	〃		直小			治小
晧韻	草		七嫂	七掃		〃			采老
哿韻	左		作可			則可			臧可
	歌		呼可	呼我		〃			虛我
馬韻	捨		書者		書野	書也			書冶
	社		市者			市也			常者
養韻	長					中兩	丁丈		知丈

韻目	韻字	1.4 (陸)	2.1 (箋一)	2.3 (箋三)	4.2 (王)	4.3 (王)	5.1 (裴)	7.3 (五代)	廣韻
	枉		紆往			紆罔	紆兩		紆往
	敞	昌兩	〃		昌上	昌兩			〃
蕩韻	榜		薄朗				博朗		北朗
	奘		徂朗			在朗			徂朗
	慌		虎晃			虛晃			呼晃
梗韻	永		榮昞	〃		榮丙			于憬
有韻	舅		巨久			強久	巨久		其九
	缶		方久		〃	〃	方負(入厚)		方久
	婦					房久	防不(入厚)		房九
厚韻	走			子厚		作口	子厚		子苟
	歐			鳴口	烏口	〃	烏厚		烏后
寑韻	枕		之稔	〃		〃			章荏
敢韻	埯		央敢			安敢	〃		烏敢
琰韻	漸		自染		〃	自冉	自琰		慈染
广韻	广			儼魚檢	虞掩又音儼		魚儉又音儼		儼魚掩
范韻	范		無反語取凡之上聲		符山反	陸無反語取凡之上聲	符山反		防泛

〔去聲〕

韻目	韻字	2.3 (箋三)	4.2 (王)	4.3 (王)	5.1 (裴)	6.3 唐	廣韻
送韻	夢	莫鳳	〃	莫諷	〃		莫鳳
用韻	重			持用	治用		柱用
絳韻	胖			普降	匹降		匹降
	漴			士巷	士降		士絳
寘韻	僞		危睡	危賜	〃		危睡
	縋			池累	馳僞		馳僞
至韻	鼻		毗四	〃	毗志		毗至
	[illegible]		楚類	楚利			楚愧
	肄		羊至	〃	羊志		羊至
志韻	忌		渠記	〃	其既		渠記
	意		於記	〃	於既		於記
未韻	沸		府謂	〃	符謂		方味
御韻	遽		渠據	〃	〃	其倨	其據
	御		魚據	〃	〃	牛據	牛倨

(廣韻多同唐韻)

	韻字	2.3 (箋三)	4.2 (王)	4.3 (王)	5.1 (裴)	6.3 (唐)	廣韻
	筯			直據	治據	遅倨	〃
	女			娘擧	乃據	尼據	〃
	詛		側據	〃	〃	莊助	〃
	處		杵去	〃	昌據	〃	〃
	署		常據	〃	常慮	常恕	〃
	汝			而據	〃	人庶	人恕
遇韻	樹		殊遇	〃	〃	常句	〃
	裕		羊孺	〃	〃	羊戍	〃
	芋		羽遇	〃	〃	王遇	〃
暮韻	訴			蘇故	〃	桑故	〃
霽韻	泥		奴細	〃		奴計	〃
	薜		薄計	〃	蒲計	〃	〃
	嚖		虎惠	虛惠	虎惠	呼惠	〃
祭韻	跇	丑世	丑勢	〃	丑世	丑例	〃
泰韻	旆		薄蓋	蒲蓋	蒲外	蒲蓋	〃
	蔡		七蓋	〃	七大	倉大	〃
	餀			海蓋	〃	呼艾	〃
夬韻	蠆	丑芥	丑菜	丑芥	丑界。	丑介	丑犗
	[illegible]	所芥		〃	所界。		所犗
	喝	於芥	於菜	於芥	於界。	於芥	於犗
隊韻	誨		荒佩	〃	〃	荒內	〃
代韻	礙			五愛	〃	五槩	五溉
震韻	賮	(1.6 疾刃)	疾刃	似刃	疾刃		徐刃
	韻	永賮	為捃	永賮	永燼		王問(入問)
慁韻	坌		蒲悶	〃	盆悶	蒲悶	〃
	鐏		徂困	在悶	存困	祖悶	徂悶
翰韻	旰	古旦	〃	〃	〃	古案。	〃
	旦	得安	得案	〃	丹按	得旰	得按
	岸	五旦	吾旦	〃	五旦	五旰	〃
	玩		吾段	五段	〃	五換	〃
襇韻	幻		胡眼	胡辨	胡辨	胡辨	〃
霰韻	見		古電	〃	堅電	古電	〃
	霰		蘇見	〃	〃	蘇甸	蘇佃
	縣		黃練	〃	玄絢	黃練	黃絢
線韻	絹		古椽	吉椽		古椽	吉椽

	韻字	2.3 (箋三)	4.2 (王)	4.3 (王)	5.1 (裴)	6.3 唐	廣韻
	面			弥戰	弥便	弥箭	〃
	選			息絹	息便	息絹	〃
嘯韻	窔	烏弔	於弔	〃	烏弔	烏叫	〃
笑韻	召		直笑	〃	持笑	直少	直照
	裱		方廟	〃	必廟		方廟
	邵		寔耀	寔曜	常照	寔照	實照
效韻	罩		如敎	丁教	都教	〃	〃
禡韻	吒		陟訝	〃	〃	陟嫁	陟駕
	帊	芳覇	〃	〃	〃	普駕	〃
漾韻	讓	如狀	如仗	如狀	如仗	人樣	人漾
宕韻	謗			補曠	補浪	螃甫曠	補曠
敬韻	敬			居孟	居命	居慶	〃
	慶			綺映	〃	丘敬	〃
	柄			彼病	鄙病	陂病	陂命
	褸			婁一諍	於諍	鷖迸	〃
勁韻	聖		聲正	識正	聲正	式正	〃
徑韻	定	特徑	〃	〃	〃	徒脛	徒徑
	腥	息定	〃	〃	〃	蘇佞	〃
證韻	稱	蚩證	蚩證	尺證	蚩證	昌孕	〃
嶝韻	蹭	七贈	〃	〃	〃	七鄧	千鄧
宥韻	僦	即就	〃	即救	即就	〃	〃
沁韻	譖		側讖	側禁	側讖	疾蔭	莊蔭
闞韻	暫		慙濫	〃	〃	藏濫	〃
豔韻	占		支豔	〃	將豔	章豔	〃
陷韻	鮎	都陷	〃	〃			陟陷
	蘸	滓陷	〃	責陷	滓陷	莊陷	〃
梵韻	劍	舉欠	舉欠	〃	覺欠(入釅)		居欠
	欠	去劍	〃	〃	〃(入釅)	〃	〃

〔入聲

	韻字	2.1 (箋一)	2.3 (箋三)	4.2 (王)	4.3 (王)	5.1 (裴)	7.3 (五代)	6.3 (唐)	廣韻
屋韻	菊	居竹			居六	舉竹		居竹	居六
	麴	駈竹		〃	〃	丘竹		駈菊	驅菊
	粥	之六		之竹	〃	之六			〃

韻目	韻字	2.1 (箋一)	2.3 (箋三)	4.2 (王)	4.3 (王)	5.1 (裴)	7.3 (五代)	6.3 (唐)	廣韻
沃韻	梏	古沃		〃	古篤	古沃		〃	〃
燭韻	幞	房玉		〃	〃	〃		旁玉	房玉
	粟	相玉		〃	〃	〃		相足	相玉
	贖	神燭		神觸	神玉	神爥		神燭	神蜀
覺韻	斲	丁角			〃	〃		竹角	〃
質韻	必	卑吉			比蜜				卑吉
	弼	房律			房筆	旁律		房密	〃
	蜜	民必		名必	無必	民必			你畢
	一	憶質		伊室	於逸	憶質		於悉	〃
	橘	居蜜		〃	〃	〃		居聿(入術)	〃(入術)
物韻	物	無弗	〃		無佛	無弗		文弗	〃
月韻	怫	匹伐	〃		〃	〃		拂伐	〃
	越	户伐	王伐		〃	〃		〃	〃
沒韻	訥	諾骨	〃		諾忽	諾骨		奴骨	内骨
	卒	則沒	〃	〃	〃	〃		臧沒	〃
末韻	掇	多活	多括	多活	多括	〃		〃	丁活
	末	莫割	〃	〃	〃	莫曷		莫割	莫撥
屑韻	血	呼玦			呼決	〃		呼玦	呼決
薛韻	別			憑列	皮列	憑列			皮列
	拙	職雪			〃	〃	職悅(入雪)	〃	〃
	啜	樹雪		〃	處雪	樹雪		殊雪	〃
藥韻	灼	之爍			之藥	之略		之若	〃
	綽	處約			處灼	〃		昌約	〃
陌韻	額	五陌			〃	五百		五伯	五陌
昔韻	碧				陂隔(入麥)	逋逆(入陌)	彼役	方彳	彼役
	席	祥亦		詳石	詳昔	祥亦		〃	詳易
	石	常石		〃	常尺	〃		常隻	〃
錫韻	燉	去激		〃	〃	〃		苦擊	〃
	霹	普激		〃	〃	〃	普歷	普擊	〃
德韻	刻				苦德	〃	口得	苦得	〃
	特				徒德	〃	大得	徒得	〃
	則				即勒	子則	祖勒	子德	〃
	勒				盧德	〃	力得		盧則
緝韻	執	側什			之入	之十		之入	〃

	韻字	2.1 (箋一)	2.3 (箋三)	4.2 (王)	4.3 (王)	5.1 (裴)	7.3 (五代)	6.3 (唐)	廣韻
	邑	英及			〃	〃		於汲	〃
合韻	納	奴荅			奴合	奴荅		奴合	奴荅
	合	胡閤			〃	胡荅			侯閤
盍韻	[illegible]			倉臘	〃		子臘		倉雜x
洽韻	眨	阻洽		〃	〃	〃	〃	側洽	〃

2. 唐韻前韻書收字和紐數多少比較簡表

（這一部分材料只是舉例的性質，並不包括所有的四聲韻部。從這個比較表可以看出《唐韻》以前幾種主要韻書傳本之間前後因承的關係。）

[東]

	1.1 (3798)	2.2 (箋二)	3.3 (2017)	4.3 (王)	5.1 (裴)	6.2 (唐一)
東		2	2+1	2	2+2	
同		18	□6	21	16+6	
中		3	3	4	3+1	
蟲		4		5	3+4	
終		10		11	10+2	
忡		1		2	1+1	
崇		2		2	2	
嵩		4		3	4	
戎		4		4	4	
弓		4		4	4	
融		2		2	2	
雄		2		2	2	
瞢		3		3	3+2	
穹		2		4	2+2	
竆		3		3	3	
馮		3		5	3+1	
風		2		2	2+1	
豐	(6)?	6		6	6	
充		3		5	3+2	
隆	(3)?	3		3	3+1	
空	5	7		7	7+2	
公		7		9	8+1	
蒙	12(11)	11+2		17	11+5	
籠	13	16?		18	15+7	
洪	10	11+1		14	12+2	
叢		1+1		1	2+1	
翁	3	4		5	3+2	
怱		8+1		12	8+4	
通		4		4	4	4
葼		12+1		19	14+6	

	1.1 (3798)	1.2 (3696)	2.2 (箋二)	4.3 (王)	5.1 (裴)	6.2 (唐一)
蓬	2		4	5	4+4	6(+4)?
烘	2		3	2	2	
檧			2	1	1	
			峴1			

[冬]

	1.1 (3798)	1.2 (3696)	2.2 (箋二)	4.3 (王)	5.1 (裴)	6.2 (唐一)
冬			2	2	2	2
彤	6		6	15	5+11	7(+1)?
賨	(5)		5	7	5+3	5
農	3		3	4	3+1	?
恭	4		4	6	4+3	?
蜙	(2)		2	4	2+3	
樅	2		2	4	2+2	
攻	1		2_{x}(1)	2	1+2	
硿	1		1	2	1+3	2(+1)
礐	?		1	2	1+2	2
宗	?		2_{x}(1)	1	1	?
			髼1			
					鬉2	

[鍾]

	1.1 (3798)	1.2 (3696)	2.2 (箋二)	4.3 (王)	5.1 (裴)	6.2 (唐一)
鍾	8		9+1	10	9+3	11(+3)
龍	4		4	4	4+4	7(+3)
舂	4		( )	6	5+2	5(+1)
松	2		2	3	2+2	2
衝	5		5	8	5+4	6(+1)
容			14	19	14+8	16(+2)
封		(2)	2	2	2+1	162
胷		7	7	8	8+1	8(+1)
顒		3	2_{x}(3)	3	3	3
邕		11	·11	12	11+1	9(+1)
醲		3	4	4	4	

	1.2 (3696)	1.5 (西)	2.1 (箋一)	2.2 (箋二)	4.3 (王)	5.1 (裴)
重	2			2+1	5	3
從	1			1	1	1+2
蹱	2			2	3	2
逢	2x(3)		3	4x(3)	5	3+3
峯	9		(9)	9	10	9+1
縱	3		3	3	5	3+2
茸	5			5	8	5+2
蛩	6		6	6+1	11	6+5
鱅	2			2	2	2+1
						銎1
[江]						
江	5		5	5	7?	5+2
厖	6			6	9	6+5
膿	(2)		2	2	4	2+2
窗	3		3	3+1	4	3+2
邦	1			1	1	2
棒	4			4	5	4+1
胮	2		2	2	2	2+1
瀧	1		1	1	1	1
雙	4			4	4	4+1
龐	(2)			2	2	2
肛	1			1	2	1+1
腔	( )		5	5	5	5
幢				3	3	3
惷	( )			2	2	2
樁				1	1	1
[支]						
支	10?	9	9	10	15	11+8 (17)
移	10		10	10+1	25	10+16 (25)
為	2		2	2	2	2+2
媯	1		1	1	2	1+1
麾	3		3	2x(3)	5	3
逶	5			5+1	8	5+5
糜	4		4	4+1	5	4+5
隋	3			3+1	6	3+3
髻	2			2	3	2+1

	1.2 (3696)	1.5 (西)	2.1 (箋一)	2.2 (箋二)	4.3 (王)	5.1 (裴)
垂	3		3	3	7	3+4
羸	1			1	1	1
吹	2	3		2+1	3	2+1
鈹	5			5	8	5+3
陂	4		4	4	7	4+5
隨	2			2	2	1+3
虧	1			1	1	1+1
闚	1			1	1	1
奇	6			6	9	6+5
衹	8			9+2	15	10+9 (18)
犧	7		8	8	12	8+6
鼓	( )		4	5	8	4+7
宜	5			(5)	5	5+1
皮		5		3	5	3+2
提			3	4+1	8	6+6 (11)
兕				1	1	1
離				13+1 (13)	26	14+14
疵	4			2x(3)	7	3+7
眥			7	7	14	7+9
羈				6	7	5+2
卑			5		8	6+5
裨					陴6	5+2
縋					5	3+3
斯					22	12+13
差					1	1
攜					7	5+2
弥					10	8+4
雌					5	2+2
知					4	2+2
漪			5		8	5+5
馳			( )		13	6+6
眭					1	1
危			3		3	3+1
訑			1		1	1+1
眵			1		2	1
醨			2	3x(2)	4	2+3

	1.2 (3696)	2.1 (箋一)	2.2 (箋二)	4.3 (王)	5.1 (裴)
[illegible]	(1)	1	1	1	1
痿		1	1	2	1+1
厜	3	3	3	5	3+2
槻		4	4	6	4+2
劑	1	1	1	3	1+2
衰	1	1	1	1	1
腄		1	2x(1)	2(山)	1+1
[illegible]					1
[illegible]					2+1
[illegible]			(1)		1
[illegible]		1	1		1
		闚,			

[脂]

	1.2 (3696)	2.1 (箋一)	2.2 (箋二)	4.3 (王)	5.1 (裴)
脂	3	3	3	6	4+5
姨	11	11	12	15	14+9
師	( )	2	2	2	2+4
毗	( )	12	13	16	14+7
咨	8	8	8	11	8+2
飢	( )	2	2	2	2+2
鴟	3	3	3	5	2+2
絺	3	3	3	3	3+2
郪	3	3	3+1	6	3+3
茨	6	7	7	10	6+5
尼	3	3	3	4	3+4
墀	6	6	6+1	10	6+7
私	2	2	2+1	5	2+3
尸	4	4	4	4	4
鬐	6	6	6	8	6+5
伊	3	3	3	4	3+1
梨	7	7	7+3	15	7+9
葵	4	4	4	7	3+4
追	2	2	2	3	1+2
龟		2		2	2+2
[illegible]	3	3	3+1	5	3+4
衰	3	3	3	3	3
惟		8	8	10	8+1

	1.2 (3696)	2.1 (箋一)	2.2 (箋二)	3.8 (加字)	4.2 (王)	4.3 (王)	5.1 (裴)
灅		7	7			12	7+10
綏		6	6+1			7	6+5
逵	5	5	5			10	5+11
眉	9	9(8)	9			11	9+6
悲	1	1	1			1	1
雖	6	6	6			7	6+2
誰	2	2	2			2	2
帷	1	1	1			1	1
邳	3	3	4+1			4	3+4
丕	5	5	5			7	5+6
倠	1	1	2x(1)			4	2+1
鎚	3	3	3+1			4	3+1
推	1	1	1			1	2+1
胝	1	2	2			2	2
紕	2x(1)	1	1			1	1+2
嗺	3x(2)	2	2			2	2
歸	1	1	1			2	2
狋	1	1	1			1 一	2 [illegible]1 厌1 ?一

[模]

	1.2 (3696)	2.1 (箋一)	2.2 (箋二)	3.8 (加字)	4.2 (王)	4.3 (王)	5.1 (裴)
模		7			9		
[illegible]		7			7		
胡	14	14			19		
孤	15	15			21		
徒	17	17			21		
奴	6	6			6		
呼	5	5			8		
吾	10	10			12		
祖	2	2			2		
盧	15:	16			23		
蘇	3	3			3		
徂	2	2			3		
烏		9			14		
逋	4	4		4+8	8		

	1.2 (3695)	2.1 (箋一)	3.8 (加字)	4.2 (王)
枯		3	3+2	7
麁	2	2		3
琜	2	2		5
都		3	3	4
禣		5	5+一	6
[灰]				
灰		3		3
恢		5		6
隈		3		6
回		7		9
枚	10?	11		11
瓌		2		4
雷	4	4		8
頹		6		11
崔		3		3
磓		3		5
推	3	3		4
膗	3	2		3
裵	5	5		7
杯		1		1
肧	4	4		5
鮠	3	3		3
鞋	2	2		4
懷	2	2		2
				腴2
[咍]				
咍	2	2		2
開	2	1		3
哀	3	3		5
臺	6	6		9
該	9x(8)	7x(9)		16
栽	6	6		7
來	6	6		18
灾	3	3		
猜	2	2		
胎	4	4		

	1.2 (3695)	2.1 (箋一)	4.2 (王)	5.1 (裴)
孩	2	2		
鰓	4	4		
皚	4	3		
能	1	1		
[豪]				
豪		5	11	10
高		12		19
勞		7		18
蒿		4	5	5
毛		4(6)	8	9
饕		13	18	21
刀		5	5	5
騷		8	9	10
袍		1	2	2
褒		1	2	2
陶		13	19	22
糟		4	8	9
敖		13	15	21
熝		2	2	2
曹		7	11	9
猱		3	5	4
亢		(1)	1	1
操		2	2	2
			橐1	1
[歌]				
歌		7	7	8
和		4	4	6
過		5	7	10
羸		10	12	12
莎		(8)	8	10
痤		3	5	5
訛		3	6	6
科		7	11	11
倭		2	4	4
蹉		4	6	5
多		1	2	3

	2.1 (箋一)	4.2 (王)	4.3 (王)	5.1 (裴)
娑	3	3		3
婆	3	4		4
摩	(5)	7		7
駞	8	(16)		18
髊	8	13		14
莪	8	10		10
他	3	4		3x(2)
羅	3	5		7
那	5	6		7
何	4	6		6
訶	2	5		5
波	4	4		5
頦	2	2		3
珂	2	(2)		3
阿	3	6		7
訑	2	4		4
捼	1	1		1
扡	1	(2)		2
韡	1	(2)		2
䏧	1	1		1
伽	1	(1)		1
		呿2		佉2
		迦1		(1)
		胠2		2
		佉2		1
				嘔1
				虵1
				茄2

[陽]

	2.1 (箋一)	4.2 (王)	4.3 (王)	5.1 (裴)
陽	13		23	27
詳	5		7	7
良	10		16	16
香	3		5	4
商	9		14	14
房	3	4	4	4
章	(9)		11	12

	2.1 (箋一)	4.2 (王)	4.3 (王)	5.1 裴
昌	5		6	7
羌	3		3	3
薑	10	10	10	12
長	5		8	7
張	3		3	3
穰	9		13	15
方	8		10	11
襄	9	8	9x(10)	12
將	5	6	6	6
瘡	1		2	2
亡	6x(9)		10	12
孃	2	4	4	4
床	1	2	2	2
莊	3	4	4	4
常	6	6	6	7
霜	4	4	4	4
牆	5	7	6	7
鏘	7	10	11	12
匡	8	9	9	11
王	1	2	2	2
央	6	7	7	7
強	4	4	7x(4)	4
葛	3	3	3	3
芳	2	3	3	3
狂	(2)	(3)	3	3

[唐]

	2.1 (箋一)	4.2 (王)	4.3 (王)	5.1 裴
唐	15	28	28	30
郎	20	23	24	24
当	6	8	8	9
倉	4	5	5	5
剛	9	11	11	11
桑	2	4	4	3
康	4	8	8	10
荒	4	10	10	13
黃	21	28	28	30
光	7	9	9	9

	2.1 (箋一)	3.8 (加字)	4.2 (王)	4.3 (王)	5.1 (裴)
湯	3		5	5	7
滂	3		5	5	6
汪	3		4	5	5
鴦	2		4	4	6
炕	2		( )	2	2
航	9		12	12	15
茫	6		11	11	12
臧	3		3	4	5
囊	1		2	2	2
傍	5		8	8	8
卬	5		6	6	6
藏	1		1	1	1x(1)
骯	1		1	1	1

上聲

〔旨〕

	2.1 (箋一)	3.8 (加字)	4.2 (王)	4.3 (王)	5.1 (裴)
旨	5		(4?)		4
視	1		1		1
美	2		3		3
鄙	1		2		2
兕	4		4		4
几	4	6	8		8
姊	2		2		2
匕	6		8		8
軌	6		8		8
洧	4	4	4		4
矢	3		3		3
死	1		1		1
雉	1x(2)		3		3
牝	1		1		1
履	1		1		1
水	1	1	1		1
壘	8	8+2	10		10
揆	2		5		5
趡	2		2		2
柅	( )	1	1		1
癸	1	1	1		1

	2.1 (箋一)	3.8 (加字)	4.2 (王)	5.1 (裴)
否	5	5	7	8x(7)
靡	1		1	1
嚭	1		3	4
蕊	1		1	
唯	4x(5)	5	8	2
歖	1		1	1
澤	3		3	5x(3)
蹄	1	1	( )	
薾	1		( )	8?
康	1		1	
跽	1	1	1	1
		豨 1	瞞 1 跽 2	2? 跪 1

〔止〕

	2.1 (箋一)	3.8 (加字)	4.2 (王)	5.1 (裴)
止	8		9	9
市	2		2	2
徵	1	1	1	1
喜	1	1	1	1
以	3		5	5
似	6		7	7
紀	2	2+1	4	4
史	3	3	3	3
耳	3		5	5
里	9	8+1	8x(9)	9
始	1		1	1
枲	5		6	6
峙	5	5	6	6
起	5		6	6
士	3		3	3
俟	2	2	4	4
子	4	4	7	7
矣	1		2	2
擬	3		5	5
齒	1	2x(1)	1	1
恥	2	( )	2	2
刺	1	1	2	2

	2.1 (箋一)	3.8 (加字)	4.2 (王二)	5.1 (廣)
澤	4	3+2	3	3
			攄1	1
[語]				
語	8		10	10
呂	9		12	12
佇	5		10	9
與	4		5	5
煮	3		3	3
汝	5		5	5
暑	5		5	5
杼	2		2	2
貯	4		7	8
諝	4		5	4
女	2		2	2
楮	2		2	2
許	1		1	1
巨	11		15	16
所	2		5	5
楚	3		5	5
阻	2		2	8x(2)
齟	2		1	(1)
咀	2		5	(5)
梳	1		2	2
舉	4		9	12
敘	7		11	7
去	2		3	4
野	1		1	墅1
紓	2		2	2
跛	1		1	1
苴	1		1	1
[麌]				
麌	2		2	4
羽	12		13	13
聚	1		2	2
甫	9		13	13
武	11		16	16

	1.44 (斯2683)	2.1 (箋一)	4.2 (王二)	4.3 (王三)	5.1 (廣)
父		6	12		12
撫		7	9		9
豎		2	2		2
庾		8	11		11
柱		1	1		1
詡		( )	9		9
主		4	4		5
傴		1			2
齲		1			1
黼		2			2
乳		2	2		2
窶		1	2		2
數		1			1
矩		5			9
取		1	1		1
縷		6	10		10
			縝1		1
			纙1		1
[海]					
海		2		2	( )
愷		5		6	( )
宰		2		2x(3)	( )
駘		6		9	9
乃		1		3	3+1
改		3		2	2
亥	1	1		4	4
啡	1	1		1	1
採	4	5		6	6
茝	1	1		1	1
等	1	1		1	1
穤	1	1		2	2
在		1		1	1
俖		1		1	1
欸		3		4	4
倍	2	2		2	2

[軫]	(斯2683) 1:4	(箋一) 2:1	(王) 24:3	(裴) 5:1
軫	8	9	15	15
賸	2	3	9	9
准	3	3	3	3
尹		4	7	9
筍	3	3	4	5
愍	4	4	10	10
牝	2	2	4	4
殞	2	2	5x(4)	4
窘	4	4	7	7
紖	2	2	2	2
黰	1	1	1	1
引	2	3	8	9
忍	3	3	3	3
矧	2	2	3	3
緊	2	2	2	2
盡	1	1	1	1
泯	5	5	5	5
腎	3	3	4	4
釿	1	1	3	3
盾	1	1	2	2
			儁 4	4
			笉 1	1
			櫄 1	1
			輪 1	1
			維 1	1
			麇 1	1
			螼 2	2
			賰 2	1
			輑 1	1
				巾 1
[吻]				
吻	3	3	5	5
粉	2	2	2	2
憤		3	9	9
忿	1	1	2	2
惲	3	3	7	7

	(斯2682) 1:4	(箋一) 2:1	(箋三) 2:3	(王) 24:3	(裴) 5:1
䵃		1		3	3
				梱 3	3
[銑]					
銑	5	5		7	
腆		6		10	
典	2	2		3	
蜎		2		4	
殄		2		2	
繭	5	5	5	9	
峴		3	3	10	
顯		3		4	
撚		1	1	3	
撰		1	1	2	
緬		5		5	
泫		5	4+1	8	
辮		3		4	
畎		3	3	4	
犬		1	1	1	
				窒 4	
[獮]					
獮		4		6	
演		3	3	3	
踐		3	3+1	6	
膳		3		14	
展		5	5	5	
趁		3		5	
淺		1		1	
闡		2	2	6	
遣		3	3	7	
善		5	5+1	6	
蹇		3	3	4	
翦		3	3+1	9	
蹨		3	4	5	
輦		4	4	6	
件		3	3	3	
緛		1	1	1	

	2.1 (箋一)	2.3 (箋三)	4.2 (王)	4.3 (王)	5.1 (裴)	6.3 (唐)
鬗	3	2		2		
辮	1	( )		3		
緬	6	6		6		
褊	1	1+1		1		
吮	3	( )		雋4		
臇	1	3		2		
辡	1	1		3		
兗	2	2		5		
臠	2	2		3		
轉	1	1		1		
卷	1	1		2		
圈	1	1		2		
輭	6	6+1		8		
舛	3	3		5		
膞	3	3+1		6		
篆	3	3		6		
剸	2	2		6		
選	1	1		1		
撰	3	3		3		
蜎	1	1		1		
蠉	1	1		5x(2)		
梗	1	1		5		
免	7	7		7		
搼	1	1		1		
鱃	3	4		6		
		僛1		2		
		嫱1		( )		
				扒2		

去聲

[祭]

	2.1 (箋一)	2.3 (箋三)	4.2 (王)	4.3 (王)	5.1 (裴)	6.3 (唐)
祭			7	7	5/11	5
歲			3	3	3	3
衛			6	6	6	6(+2)
芮			3	3	4/11	4(+1)
贅			2	2	1	1
啐			1	1	1	1
毳			11	11	7	6(+1)

	2.3 (箋三)	4.2 (王)	4.3 (王)	5.1 (裴)	6.3 (唐)
銳	3	5	5	3	3
綴		4	4	3	3(+1)
稅		6	6	5	5
弊		4	4	4	4
毳		2	2	1	1
鷩		4	4	2	4(+1)
蔽		3	3	2	2
劌		3	3	4	3
袂		1	1	1	1
㡜		3	3	3	3
掣	3	6	6	4	3(+1)
制		12	13/11	8	8(+2)
逝	7	8	9x(8)	8	8(+1)
曳	10	18	17/11	10	12(+2)
緆	2x(3)	4	4	3	3
藝	4	5	5	4	5(+1)
滯	3	5	5	4	2
例	11+2 (12)	16	16	15	12(+1)
憩	3	4	4	5	4
世	3	3	3	3	3
猘	4	6	6	6	4
癠	1	1	1	1	1
偈	1	1	1	1	1
啜	1	1	1	1	1
蹶	2+1	9	9	2	2
劓	1	1	1	1	1
毳	1	(2)	2止	1	1

[卦]

	2.3 (箋三)	4.2 (王)	4.3 (王)	5.1 (裴)	6.3 (唐)
卦	2	3	3	3	3(+1)
懈	3+1	4	4	5	5(+2)
隘	2	2	2	2	2
邂	2	2	2	2	2
賣	1	1	1	1	1
畫	5	7	7(6)	6	5
差	2	2	2	2+2	2
睚	1	1	1	1	1

	2.3 (箋三)	4.2 (王)	4.3 (王)	5.1 (裴)	6.3 (唐)
謑	1	1	1	1	1
庎	1			1	1
粺	2	3	3	2	2
瘵	2	3	3	2	2
派		4	4	3	4(+2)
債	1	1	1	1	1
嫛	1	(2)	2	1	1
蠡	1(止)	2	2	1止	1止
諣		1	1		
膪		1	1		
辟		1	1		
庍		1止	1止		
[怪]					
恠	3+1	6	6	4	4(+2)
噫	2	2	2	2	2
瘵	2	3	3	3	3
誡	12+2	20	19	15	16(+4)
衸	1	1	1	1	1
譮	1	3	3	1	1
械	3+1	7	7	5	4(+1)
腞	1	2	2	2	2(+1)
𠠑	3	6	6	5	3(+1)
拜	2	2	2	2	2
湃	1+1		2	2	2
壞	1		2	2	2(+1)
瞔	1+1	2	2	2	2(+1)
憊	2	4	4	2	2
䀛	1+1	2	2	2	2
鎩	3		3	3	3(+1)
炫	1止		1	1 喊2	1止
顡		1	1		
瘥		1	1		
[夬]					
夬	2		2	3	2
快	2		2	2	2
邁	2	2	2	3	2

	2.3 (箋三)	4.2 (王)	4.3 (王)	5.1 (裴)	6.3 (唐)
話	1	1	1	2	1
敗	2	2	2	2	2
黵	1	2	2	1	1
嘬	1		2	1	1
芥	3	3	3	3	3
蠆	1	1	1	2	2
喝	2	1	2	4	3
𠵡	1		1	1	
咶	1	1	1	1	1
譪	1止	1	1	1止	
		啐1	1		
					敗1
					敹1
					口1
[禡]					
禡		7		6	6
駕	8	10		9	8
亞		6		4	4(+2)
嚇		6		5	5
迓	4	3		3	4(+1)
詫	1	1		1	1
吒		4		3	5(+2)
詐		1		2	3(+1)
乍	1	5		2	3
謝	2	3		2	2
骼	2	3		2	2
暇		3		4	2
褯		3		4	3(+1)
夜	3	3		3	3
趆	1	1		1	1
蝑		3		2	3
柘		6		5	5
唶	2	2		2	2
舍	3	4		3	4(+1)
射		2		3	2
霸		4		4	6(+2)

	2.3 (箋三) 斯6176	4.2 (王)	4.3 (王)	5.1 (裴)	6.3 (唐)
帊	2	2		2	2
㧓	4	4		4	4
化		4		4	4
跨		1		1	1
誸	1	1		1	1
飫	1	3		3	2
胗	1	2		1	1
笡	1	1		1	1
				权1	嗔3(+1)
				謏1	蛇 1

[宥]

	2.3 (箋三) 斯6176	4.2 (王)	4.3 (王)	5.1 (裴)	6.3 (唐)
宥	10		14	11	11(+1)
救	5		7	6+1	7(+1)6
胄	7+1	12	12	8	8
晝	1	2	2	2	2
狩	3	4	4	3	4
臭	1	1	1	1	1
岫	3	3	3	3	3
齅	2	2	2	2	3(+1)
呪	1	3	3	2	2(+1)
舊	2	2	2	2	2
瘦	3x(2)	3	3	3	3
皺	3	4	4	4	4
副	3	4	4	3	5(+1)
簉	1	2	2	2	1
富	3	4	4	3	3
畜	2	2	2	2	2(+1)
溜	6	12	12	10	9(+1)
秀	4	5	5	5	5(+1)4
驟	1	1	1	1	1
僦	1	2	2	1	2(+1)
就	2	2	2	2	2
糅	3	3	3	3	3
復	2	5	5	2	3
狖	4	9	9	5	(5)
授	3	4	5	3	3

	2.1 (箋一)	2.3 (箋三) 斯6176	3.7 (增訓) 斯6156	4.2 (王)	4.3 (王)	5.1 (裴)	6.3 (唐)
蘇		1		4	4	1	1
				亂1	1		

[候]

	2.1 (箋一)	2.3 (箋三) 斯6176	3.7 (增訓) 斯6156	4.2 (王)	4.3 (王)	5.1 (裴)	6.3 (唐)
候		6		12	12	6	10(+1)
寇		5		7	5廾	5	5
茂		8		14	14	10	9(8)
仆		1		3	2廾	1	1
豆		9		12	11	9	9
鬬		3		6	6	4	(4)
耨		3		3	4廾	3	3
瘷		2		6	5廾	2	2
奏		1		1	1	1	2
透		3		4	4	3	3
漚		2		3	3	2	2
遘		11		14	14	13	13
鞻		6		7	7	7	7(+1)
陋		5		8	8	6	5
蔻		4+1		7	7	5	5(+3)
				腊2	2		
				偶1	1		
				剔1	1		

[幼]

	2.1 (箋一)	2.3 (箋三) 斯6176	3.7 (增訓) 斯6156	4.2 (王)	4.3 (王)	5.1 (裴)	6.3 (唐)
幼		1		1	1	1	1
謬		1		2	2	1	2
蹂		1		1	1	1	1
				𨅬1	1		

入声

[燭]

	2.1 (箋一)	2.3 (箋三) 斯6176	3.7 (增訓) 斯6156	4.2 (王)	4.3 (王)	5.1 (裴)	6.3 (唐)
燭	7			10		8	8(+1)
玉	3			3		3	4(+1)
旭	3			3		3	3
輂	5			10		6	7(+1)
局	2			3		2	3
蜀	5			7		6	7(+1)
觸	2			3		2	2
辱	6		6	9		7	8(+2)

	2.1 (箋一)	2.3 (箋三) 3694	3.7 (增訓) 斯6156	4.2 (王)	4.3 (王)	5.1 (裴)	6.3 (唐)
束	2			2		2	2
欲	5			6		8,(7)	8(+3)
躅	1			1		1	1
錄	11			13		11	12(+2)
曲	3		3	3		3	3
瘃	2			4		2	2
贖	1			1		1	1
足	1			1		1	2(+1)
幞	1			1		1	1
促	1		1	4		1	2(+1)
續	3		3	3		3	3
粟	3			3		3	4(+1)
轐	1			1		1	1
梀	1			5		2	2(+1)
						亍1	
〔物〕							
物	3	3			7	3	5(+1)
弗	6	7			13	10	11(+1)
鬱	(3)	5			(8)	5	6(+1)
亥	2	2			2	3	4(+1)
屈	2	2			4	2	3(+1)
倔	6	7			7	6	7(+2)
佛	4	6			9	6	5
颫	2	2(3)			4	4	3(+1)
䬍	2	2			3	2	(2)
拂	6	7			9	7	7(+1)
					屈1	祓1 䖵3	
〔櫛〕							
櫛	3	3			3	3	3
瑟	5	5			5	5	5
〔迄〕							
迄	4	(4)			7	4	5(+1)
訖	2	2			3	3	2
疙	1	1			3	1	3(+1)
起	1	1			2	1	1

	2.1 (箋一)	2.3 (箋三)	4.2 (王)	4.3 (王)	5.1 (裴)	6.3 (唐)
圪	1	1		1	1	1
乞	2	2		2	2	2(+1)
〔月〕						
月	3	4		5	5	3
伐	8	8		10	9	8
越	5	6		8	6	7(+2)
厥	8	8		14	8	8
噦	1	1		1	1	0
嫳	2	2		2	2	3x(2)
鱖	6	6		8	6	6
闕	2	2		2	2	2
髮	2	3		4	3	3(+1)
韤	1	1		1	1	1
颰	3	4		5	4	3
謁	4	4		4	4	4
歇	3	3		3	4	3
訐	3	4		4	4	3
揭	1	1		1	1	1
怫	1	1		1	1	1
		鐵1		鐵1		
〔沒〕						
沒	3	3	5	5	(4)	2
骨	4	5	10	10	5	4
勃	6	7	13	13	8	8(+2)
咄	1	1	1	1	1	1
宊	3	3	(4)	4	3	3
突	6	7	11	11	7	6
頞	4	4	5	5	4	5(+1)
忽	5	6	14	14	8	6
兀	4	4	9	9	6	5(+1)
竴	1	2	( )	1	1	1
		䥑1	3	3	1	2(+1)
窟	5	5	8	11?	5	6(+1)
訥	2x(3)	3	3	3	3	3
窣	2	2	3	3	2	2
猝	1		3	3	2	1

	2.1 (箋一)	2.3 (箋三)	3.2 (3799)	4.2 (王)	4.3 (王)	5.1 (裴)	6.3 (唐)
捽	3			(3)	4	3	3
瓿	3x(5)	7		8	9	7	4
卒	2	2		3	3	2	
		蝴1					
		楕1					
散	1	1					
				鶻4	4	1	搰4(+2)
						朏1	
							卒3(+1)
							抗1
[怗]							
怗	8				10	10	8
協	4				8	6	5(+1)
頬	6		6		7	6	6
愜	2				4	2	2
牒	12		15		20	16	15(+3)
擪	2		2		2	3	2
蕭	7		6		9	7	8(+2)
燮	5		5		8	5	6(+1)
甄	1		1		2	1	1
聑	2x(3)		3		5	3	4
雜	1		1		1	1	1
浹	1		1		2	1	2
牃	2		2		3	3	2
			笘1			笘1	
[緝]							
緝	2		1?		5	3	2(+1)
十	3		3		3	3	3
執	3		3		4	4	5(+3)
習	3		3		9	5	4(+1)
褶	1		1		1	1	1
集	3		3		7	5	5(+3)
( )			入1		2	1	2(+1)
揖	2		2		2	2	2
湮	2		2		2	2	2
嗅	3		3		8	4	5(+2)

	2.1 (箋一)	3.2 (3799)	4.3 (王)	5.1 (裴)	6.3 (唐)
及	2	2	5	2	2
縶	3	3	3	3	3
蟄	2	2	3	(5)	5(+3)
立	6	6	8	7	7
急	6	6	11	6	6
岌	1	1	1	1	
泣	2	2	2	3	3(+1)
鞁	1	2	4	2	3(+2)
吸	5	5	9	7	5
澀	3	3	5	3	5(+2)
戢	5	5	6	6	6(+1)
邑	6	6	6	6	5(+1)
湁	1	1	2	1	1
熤	2	2	3	熠3	3
			囙1		
			鵖4		
				霫2	
				礬1	
					孨2(+1)
					届1
					斟1

附

表

附表

國立中央圖書館出版品預行編目資料

唐五代韻書集存／周祖謨著.--臺一版 -臺北市：
臺灣學生，民83
面； 公分.--（中國語文叢書；25）
ISBN 957-15-0605-2（套；精裝）.--ISBN 957-15-0606-0（上冊；精裝）-- ISBN 957-15-0607-9（下冊；精裝）

1.中國語言 -聲韻

802.417　　83002469

唐五代韻書集存（全二冊）

編者：周祖謨
出版者：臺灣學生書局
發行人：丁文治
發行所：臺灣學生書局
臺北市和平東路一段一九八號
郵政劃撥帳號〇〇〇二四六六八號
電話：三六三四一五六
FAX：三六三六三三四
本書局登記證字號：行政院新聞局局版臺業字第一一〇〇號
印刷所：國利印製有限公司
地址：中和市中山路二段五六八巷26號
電話：二二五二八一一七
香港總經銷：藝文圖書公司
地址：九龍偉業街九十九號連順大廈五字樓及七字樓
電話：七九五九五九五

定價：新臺幣一五〇〇元
一九九四年四月臺一版
二〇〇三年三月臺一版二刷

ISBN 957-15-0605-2（一套；精裝）
ISBN 957-15-0606-0（上冊；精裝）
ISBN 957-15-0607-9（下冊；精裝）

臺灣學生書局出版

中國語文叢刊

①古今韻會舉要的語音系統　竺家寧　著
②語音學大綱　謝雲飛　著
③中國聲韻學大綱　謝雲飛　著
④韻鏡研究　孔仲溫　著
⑤類篇研究　孔仲溫　著
⑥音韻闡微研究　林慶勳　著
⑦十韻彙編研究（二冊）　葉鍵得　著
⑧字樣學研究　曾榮汾　著
⑨客語語法　羅肇錦　著
⑩古音學入門　林慶勳、竺家寧　著
⑪兩周金文通假字研究　全廣鎮　著
⑫聲韻論叢　**第三輯**　中華民國聲韻學學會、輔仁大學中國文學系所　主編
⑬聲韻論叢　**第四輯**　中華民國聲韻學學會、東吳大學中國文學系所　主編
⑭經典釋文動詞異讀新探　黃坤堯　著
⑮漢語方音　張琨　著
⑯類篇字義析論　孔仲溫　著
⑰唐五代韻書集存（二冊）　周祖謨　編